U0141623
俊嘉
20150329
政大書城

俊嘉

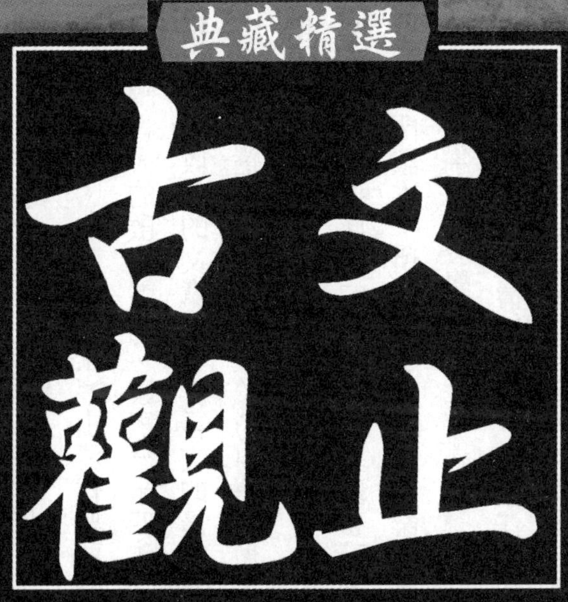

國學名師◆遲嘯川 文學博士 謝哲夫◆主編

◎全書二百二十二篇文章◎七十六位作者介紹
◎八種古籍的歷史評價◎學習文言文地入門讀物

前言

《古文觀止》是清康熙三十三年（一六九四）由吳楚才、吳調侯選定的古代散文選本。二吳均是浙江紹興人，長期設館授徒，此書是為學生編的教材。除本書外，二吳還細著了《綱鑒易知錄》。《古文觀止》由清代吳興祚審定並作序，序言中稱以此正蒙養而裨後學，當時為讀書人的啟蒙讀物。康熙三十四年（一六九五）正式鐫版印刷。書名《古文觀止》意指文集所收錄的文章代表文言文的最高水準，學習文言文至此觀止矣。本書亦有入選不當者，因為選編主要是著眼於考科舉時做策論，但作為一種古代散文的入門書，仍有其存在價值。

《古文觀止》編選此書的目的是「正蒙養而裨後學」，給青少年提供一個學習文言文及家塾訓蒙的入門讀本。所選的古文大多文辭平易短小精悍、篇目適中，同時附有簡要的注解和短評，讓初學者便於學習、了解。

《古文觀止》的作者是清初山陰（今浙江紹興）人吳乘權、吳大職叔侄倆。吳乘權，字楚才。他一生研習古文，好讀經史。康熙十五年（一六七六）就在福州輔助先生教伯父之子學習古文，後竟以授館終其一生。除參與選編《古文觀止》外，他還同周之炯、周之燦一起採用朱熹《通鑒綱目》體例，編過一個歷史普及讀本《綱鑒易知錄》。大職，字調侯，也是嗜古學而才器過人。他一生的主要經歷，是在家鄉同叔父一道教書。二吳編撰《古文觀止》費時有年。起初，他們只是為給童子講授古文編了一些講義。後來逐年講授，對古文的見解越來越深，講義越編越精，以致好事者手錄而去，鄉先生讀後有觀止之歎，勸他們付之剞劂以公之於世。這樣，他們才輯平日之所課業者若干首為一書。書稿編好後，即寄往歸化(今呼和浩特市)請吳興祚審閱。興祚，字伯成，號留村，為乘權伯父。他官至兩廣總督，時任漢軍副都統。他披閱數過，以為此書於初學古文者大為有益，便於康熙三十四年(一六九五)端午節為書做序，且亟命付諸梨棗。這樣就有了《古文觀止》最早的刻本。

《古文觀止》所選之文上起東周，下至明末，大體反映了先秦至明末散文發展的大致輪廓和主要面貌。其中包括《左傳》、《國語》、《公羊傳》、《禮記》、《戰國策》、韓愈、柳宗元、歐陽修、蘇軾、蘇轍、王安石……共二二二篇。本書入選之文皆為語言精煉、短小精悍、便於傳誦的佳作。衡文標準基本上兼顧到思想性與藝術性，當然所謂思想性是以不違背封建正統觀念為基準的。選者以古文為正宗，也不排斥駢文收入四篇，在當時是難能可貴的。

《古文觀止》所選以散文為主，間有駢文辭賦，基本上均為歷代傳誦名篇，具有永恆的藝術魅力。編者以觀止來冠名，恐怕確有當初吳公子季劄觀賞舞樂時那種由衷讚歎溢於言表的心境。從這點來看，《古文觀止》是一部形象的中國歷代散文大觀，也是一部活生生的散文發展歷程。

另一方面，《古文觀止》雖為當時的蒙童和普通古文愛好者所選編，但一點也沒有媚俗的氣息，這些不朽的經典中，蘊含著豐富的歷史知識、成熟的人生經驗、艱深的文章美學，乃至博遠的宇宙哲理。在中國浩森的散文之海裏，優秀之作實在太多了，而《古文觀止》所選作品真是做到了蒙童讀來不高，學人讀來不低，這是一部選集堪稱中國傳統文學通俗讀物。

《古文觀止》所收以散文為主，兼取駢文。與《文選》以來的古文選本相比，它包括的時代既長，卷帙又不甚多，而且文章的體裁多樣，較少派別的偏見，可謂廣收博采，而又繁簡適中。在編排上，全書按時代先後分為八個章節，每個章節都有重點作家和作品。由此可以縱觀古文發展的源流，也可以分析各個作家的不同風格。每篇文章又都有簡要的評注，輔助讀者理解文義，掌握行文的章法。加以入選的文章多屬久經傳誦的佳作，所以此書廣為流行至今。

最後，對於整個編輯、譯注過程中，難免有錯誤或不妥之處，望您能不吝批評指正。

目錄

◆卷一　周文

◆卷二　秦文

◆卷五　唐文

◆卷六　唐宋文

◆卷八 明文

卷一　周文

鄭伯克段於鄢《左傳》[1]

（隱公元年）

【題解】

常言道：一母生二子，必有厚薄。春秋時代的鄭國王后武姜，對莊公和共叔段二子有愛惡之偏見，導致兄弟之間的權利之爭，感情破裂。莊公對共叔段姑息放縱，然後乘時而動用兵機，追殺而想置之於死地，連母親也不放過。羣臣的勸諫又有何用？骨肉之間，機關算盡，殘忍到了極點。本篇在人物情感、性格的刻畫上非常精工。譬如姜氏的偏私任性，共叔段的野心勃勃，鄭莊公的老謀深算、陰險狠毒，都呼之即出，躍然紙上。

初，鄭武公娶於申[2]，曰武姜[3]。生莊公及共叔段。莊公寤生[4]，驚姜氏，故名曰「寤生」，遂惡之[5]。愛共叔段，欲立之。亟請於武公，公弗許。及莊公即位，爲之請制[6]。公曰：「制，巖邑也，虢叔死焉，佗邑唯命。」請京[7]，使居之，謂之京城大叔。

【注釋】

[1]《左傳》：又稱《春秋左氏傳》、《左氏春秋》，相傳爲魯國太史左丘明所作，後來又經過許多人的增益。它按照魯國的先後十二位國君在位的年代，記載了自魯隱公元年（前七二二年）至魯哀公二十七年（前四六八年）春秋各國的重要歷史。它是我國第一部敘事詳細的、完整的歷史著作，也是先秦歷史文學中的優秀之作。《古文觀止》取其中三十四篇，約占全書六分之一。[2]申：姜姓國，在今河南南陽縣。[3]武姜：「姜」是她娘家的姓，「武」表示她丈夫被追認爲鄭武公。[4]寤生：逆生，即胎兒出生時先下腳，言生之難。寤：同「牾」。[5]惡：厭惡、憎恨。[6]制：地名，是鄭國的險要城市，在今河南縣東。[7]京：京邑最大，在今河南滎陽縣東南。

大：同「太」。下同。

祭仲曰①：「都城過百雉，②國之害也。先王之制：大都，不過參國之一③；中，五之一；小，九之一。今京不度，非制也④。君將不堪⑤。」公曰：「姜氏欲之，焉辟害⑥？」對曰：「姜氏何厭之有⑦？不如早爲之所，無使滋蔓⑧。蔓，難圖也；蔓草猶不可除，況君之寵弟乎？」公曰：「多行不義，必自斃⑨。子姑待之。」

既而大叔命西鄙、北鄙貳於己⑩。公子呂曰⑪：「國不堪貳，君將若之何⑫？欲與大叔，臣請事之⑬；若弗與，則請除之，無生民心。」公曰：「無庸⑭，將自及。」大叔又收貳以爲己邑，至於廩延⑮。子封曰：「可矣！厚將得衆⑯。」公曰：「不義不暱，厚將崩。」

【注釋】

①祭仲：鄭國大夫。②雉：量詞。長三丈，高一丈爲一雉。③參：同「三」。④非制：不是先王的制度。⑤不堪：受不了，控制不住。⑥辟：同「避」。⑦厭：滿足。⑧滋蔓：滋長、蔓延。⑨斃：倒下去，死。⑩鄙：偏遠的城鎮。貳：兩屬，即雙方共管。⑪公子呂：字子封，鄭國大夫。⑫若之何：怎麼辦，如何處置。⑬事：侍候、侍奉。⑭無庸：意思是說不用除掉大叔。⑮廩延：鄭國的城市名，在今河南延津縣北。⑯厚：指土地廣闊，這裏指擴大地域，擴張勢力。

大叔完聚①，繕甲兵②，具卒乘③，將襲鄭。夫人將啟之④。公聞其期，曰：「可矣！」命子封帥車二百乘以伐京⑤。京叛大叔段。段入於鄢⑥，公伐諸鄢⑦。五月辛丑，大叔出奔共⑧。

書曰⑨：「鄭伯克段於鄢。」段不弟，故不言弟；如二君，故曰克；稱鄭伯，譏失教也；謂之鄭志⑩，不言出奔，難之也。

【注釋】

①完：修築城池；聚：集中人民、糧草。②繕：修理、製造。③卒：步兵。乘：兵車、戰車。④夫人：姜夫人。啟：開，打開，即做內應。⑤帥：率領。⑥鄢：鄭國地名，在今河南鄢陵縣內。⑦諸：之於的合音。⑧辛丑：古人以天干（甲乙丙……）、地支（子丑寅……）相配記日。辛丑是五月二十三日。共：古國名，在今河南輝縣。段出奔共國，所以稱共叔段。⑨書：指《春秋》經。⑩鄭志：鄭作之志，即從姑息放縱而最終趕盡殺絕的意圖。

遂置姜氏於城潁而誓之曰①：「不及黃泉，無相見也！」既而悔之②。

潁考叔爲潁谷封人③，聞之，有獻於公。公賜之食，食捨肉。公問之，對曰：「小人有母，皆嘗小人之食矣④，未嘗君之羹，請以遺之⑤。」公曰：「爾有母遺，繄我獨無⑥！」潁考叔曰：「敢問何謂也？」公語之故，且告之悔。對曰：「君何患焉⑦？若闕地及泉⑧，隧而相見⑨，其誰曰不然？」公從之。公入而賦：「大隧之中，其樂也融融⑩。」姜出而賦：「大隧之外，其樂也泄泄⑪。」遂爲母子如初。

【注釋】①城潁：鄭國城市名，在今河南臨潁縣西北。②黃泉：地下的泉水，這裏指墓穴。③潁考叔：鄭國大夫。潁谷，鄭國地名，在今河南登封縣西南。封人：管理疆界的官。④小人：對自己的不德或卑賤的謙稱，表示尊敬。⑤遺：給、留給。⑥緊：句首語氣語。⑦何患：即患何，憂愁什麼。⑧闕：同「掘」，挖掘。⑨隧：隧道、地道。這裏用作動詞，挖隧道的意思。⑩融融：和悅自得的樣子。⑪泄泄：形容舒暢愉快的樣子。

君子曰①：潁考叔，純孝也。愛其母，施及莊公。《詩》曰：「孝子不匱，永錫爾類②。」其是之謂乎？

【注釋】①君子曰：這是《左傳》作者假設君子之言以發表評論的一種方式。②指《詩經．大雅．既醉》篇。匱：窮盡。錫：賜予、給予。類：同類的人。這裏的意思是：孝子的孝心是沒有窮盡的，又能以自己的孝心永遠影響和感化自己的同類。

【譯文】

當初，鄭武公從申國娶回妻子，名叫武姜。生下莊公和共叔段兩個兒子。莊公出生時是難產，驚嚇了姜氏，所以取名叫「寤生」，因此姜氏就厭惡他。姜氏偏愛共叔段，想立他做太子。多次向鄭武公請求，武公不答應。等到莊公做了鄭國國君，姜氏又替共叔段請求把制地封給他。莊公說：「制，是一個險要的地方，東虢國的國君就死在那裏。其他地方我都隨便您挑選。」姜氏替他請求京做封地，莊公就叫共叔段住在那裏，稱他爲「京城大叔」。

鄭大夫祭仲說：「都市的城牆超過了一百雉，便是國家的禍害。先王的制度是：大城市不得超過國都的三分之一；中等城市不超過五分之一；小城市不超過九分之一。今天京的城牆不合法度，不是先王的制度，您將要受不了他。」莊公說：「姜氏想這樣，我又怎麼能逃避這個禍害呢？」祭仲回答說：「姜氏哪裏有滿足的時候？不如早點作個安排，不要讓他的勢力滋長蔓延。蔓延開來，就難對付了。蔓延的野草尚且不能夠除盡，何況是您寵愛的弟弟呢！」莊公說：「做多了對國家不義的事情，必然會自取滅亡。你等著瞧吧！」

不久，太叔命令原屬鄭國的西邊和北邊的邊遠城市從屬於莊公又從屬於自己。鄭大夫公子呂說：「我們的國家受不了這種從屬兩個主人的情況，您打算怎麼處理這件事？如果把鄭國交給太叔，就請您允許我侍奉他；如果不給太叔，就請您除掉他，不要讓鄭國的老百姓生二心。」莊公說：「不用除掉他，他將會自及於禍，自作自受的。」

太叔又把原來的從屬的地方收歸自己所有，而且擴展到了廩延。子封說：「可以動手了！地域擴大，將會得到更多人的歸附。」莊公說：「他既對國君不義，又對兄長不親，地方占得再大也必然完蛋。」

太叔積極地修築城牆，集中民力、糧草，修理並製造盔甲、武器，編組步兵和戰車，準備偷襲鄭國。姜夫人也將作爲內應，替他打開城門。莊公獲悉太叔偷襲鄭國的日期，便說：「可以動手了！」命令子封率領兩百輛戰車去討伐京城。京城的人反叛了太叔段。太叔逃到了鄢。莊公又追到鄢去討伐他。五月二十三日那天，太叔便逃到共國去了。

《春秋》上記載說：「鄭伯克段於鄢。」因爲段的所作所爲不像做弟弟的樣子，所以不稱「弟」。倒像是兩國國君，所以說是「克」；直稱莊公爲鄭伯，是譏諷他沒盡到兄長的教育責任，姑息他弟弟的惡行；說這是莊公本來的意圖。不說出奔，是因爲難以說明其中的原因。

於是，鄭莊公把姜氏安置到城潁，並發誓說：「不到黃泉，不再見面。」可是，不久他又後悔不應該這樣。

潁考叔是潁谷管理疆界的官，聽到了這件事，便去給莊公進獻禮品。莊公賜給他飯食，他吃飯時故意把肉留下。莊公問他緣故，他回答說：「我家中有母親，小人孝敬的食物她都吃過了，就是沒嘗過君王的美味，請您允許我把肉帶回去孝敬母親。」莊公說：「你有母親可以孝敬食物，我獨沒有！」潁考叔說：「請問您這話怎麼說？」莊公向他說明了緣故，並且告訴他自己很後悔。潁考叔回答說：「您又何必爲這事而煩惱呢?如果挖地見到了泉水，再打一條隧道在裏面與您母親相見。又有誰說這樣做不對呢？」莊公照他的話做了。莊公走進地道時賦詩說：「大隧道裏面，母子相見，是多麼快樂啊！」姜氏走出地道時賦詩說：「大隧道外面，母子相見，是多麼舒暢啊！」於是母子又像以前一樣了。

君子說：潁考叔，是眞正的孝子。愛自己的母親，還影響到莊公。《詩經》上說：「孝子不匱，永錫爾類」，大概說的就是這種情況吧。

周鄭交質《左傳》（隱公三年）

【題解】

公元前七七〇年，周平王東遷之後，周王室地位漸微。諸侯爭霸，諸侯勢力日益強大，以致演出王室與諸侯交換人質一幕。本篇以「禮」、「信」二字爲文眼。但是依靠人質來維持友好關係，能稱得上「信」？哪有尊卑高下之「禮」？可見周禮的時代已被武力埋葬，「忠信」蕩然無存了。「周鄭」並稱，鄭公不臣，平王不君，「二國」、「交質」，皆寓譏諷於不言之中。這就是古人所謂的「春秋筆法」。

鄭武公，莊公爲平王卿士[1]。王貳於虢[2]，鄭伯怨王[3]。王曰：「無之。」故周鄭交質[4]。王子狐爲質於鄭[5]，鄭公子忽爲質於周[6]。王崩[7]，周人將畀虢公政。四月，鄭祭足帥師取溫之麥[8]；秋，又取成周之禾[9]。周鄭交惡。

【注釋】

[1]平王：周平王，前七七〇年至前七二〇年在位。卿士：執政大臣。鄭武公及鄭莊公父子都以諸侯身份在周王朝做卿士，掌王室實權。[2]貳：貳心，此指周王分權與虢公，藉以削弱鄭莊公的實權。虢：指西虢公，也是周王朝留下任職的諸侯。[3]鄭伯：鄭莊公。[4]質：人質、抵押品。古代兩國交往，各派世子或宗室子弟留居對方作保證，藉以取信，叫交質。[5]狐：周平王的兒子。[6]忽：鄭莊公的兒子。[7]崩：古代帝王或王后死了叫「崩」。[8]畀：授予，托付的意思。祭足：鄭大夫祭仲。溫：周地，在今河南溫縣西南。[9]成周：周地，今河南洛陽市東郊。

君子曰：「信不由中[1]，質無益也。明恕而行，要之以禮[2]，雖無有質，誰能間之[3]！苟有明信[4]，澗溪沼沚之毛[5]，蘋蘩薀藻之菜[6]，筐筥錡釜之器[7]，潢汙行潦之水[8]，可薦於鬼神，可羞於王公[9]。而況君子結二國之信[10]，行之以禮，又焉用質！《風》有《采蘩》、《采蘋》[11]，《雅》有《行葦》、《泂酌》[12]，昭忠信也。」

【注釋】

[1]中：同「衷」，內心。[2]要：約束。[3]間：離間、挑撥。[4]明信：誠意、忠信。[5]澗溪：山中小河。沼：池沼。沚：沙洲。毛：野草。[6]蘋：即水中浮萍，又叫四葉菜、田字草。蘩：即白蒿。薀藻：一種喜歡聚生的水草。薀：同「蘊」，聚集。[7]筐筥：盛物的竹器，方形爲筐，圓形爲筥。錡：有足的鍋。釜：無足的鍋。錡、釜都是炊具。[8]潢、汙：沈積的死水。行潦：路旁的積水。[9]薦：向鬼神進獻物品，特指來用豬、牛、羊三牲的祭祀。羞：美味的食品。用作動詞，是進獻美味的意思。[10]君子：春秋時代對統治者和貴族男子的通稱。[11]《風》：指《詩經》中的《國風》。其中的《采蘩》、《采蘋》都是《國風．召南》中的詩篇，敍婦女採野菜供祭祀用。這裡取其不嫌菲薄的意思。[12]《雅》：指《詩經》中的《大雅》、《小雅》。《行葦》、《泂酌》爲《大雅．生民之什》中的兩篇。《行葦》爲祭祀後宴請父兄耆老的詩，歌頌相互之間忠誠愛護，和睦相親。《泂酌》講用積水也可供祭祀。

【譯文】

鄭武公、莊公擔任周平王的卿士。平王對虢公比較信任，想分一部分權力給他，於是鄭莊公埋怨平王。周平王說：「沒有這麼一回事啊！」因此，周王朝與鄭國交換人質。平王的兒子狐到鄭國做人質，莊公的兒子忽在周王朝做人質。周平王死後，周王室的人想把政權托付給虢公。四月，鄭國大夫祭足率兵強收了周王室管轄的溫地的麥子；秋天，又割走了成周的禾苗。從此，周王室和鄭國更加互相猜疑懷恨對方了。

君子說：「誠意不是發自內心的，交換人質又有什麼益處？不欺不忌，將心比心地辦事，並用禮義來約束，即使沒有人質，又有誰能夠離間他們呢？假如確有誠意，那麼山澗、溪流、池沼、灘塗旁邊的野草，大蘋、白蒿、聚藻之類的野菜，方筐、圓筥、釜、鼎等器物，停積的死水，路旁的積水，都可以用來祭祀鬼神，進獻王公。更何況君子訂立兩國的盟約呢！依禮行事，又哪裡用得著人質呢？《國風》中的《采蘩》、《采蘋》，《大雅》中的《行葦》、《泂酌》，這四首詩是昭明忠信之行的啊！」

石碏諫寵州吁《左傳》

（隱公三年）

【題解】

「寵」字是此篇始終的總綱和主腦。自古子不可寵，寵子必驕，驕必「速禍」也。石碏看到了這一點，並且提出了以「義方」爲教子之法，以「六順」爲絕患之本。無奈莊公剛愎自用，貽禍患於後代，確實是遺憾。至於「六逆」、「六順」，反映了帶有濃厚的封建綱常色彩的等級觀、倫理觀，這是不可避免的歷史侷限性。

衛莊公娶於齊東宮得臣之妹[1]，曰莊姜[2]。美而無子。衛人所爲賦《碩人》也[3]。又娶於陳，曰厲嬀[4]。生孝伯，蚤死[5]。其娣戴嬀[6]，生桓公，莊姜以爲己子[7]。

【注釋】

[1]衛，國名。東宮：太子所住的宮室，故稱太子也稱東宮。得臣：齊太子名。[2]莊姜：衛莊公的妻子，得臣的妹妹。[3]賦：賦詩。《碩人》：《詩經．衛風》中篇名。[4]陳：陳國，嬀姓侯國。「厲」與下文的「戴」都是謚號。[5]蚤：同「早」。[6]娣：古代諸侯嫁女，常常妹妹隨嫁；娣：女弟，即妹妹。[7]以爲己子：即以之爲己子。

公子州吁，嬖人之子也[1]。有寵而好兵[2]，公弗禁。莊姜惡之。

石碏諫曰[3]：「臣聞愛子，教之以義方[4]，弗納於邪[5]。驕、奢、淫、泆，所自邪也[6]。四者之來，寵祿過也[7]。將立州吁，乃定之矣[8]；若猶未也，階之為禍[9]。夫寵而不驕，驕而能降，降而不憾，憾而能眕者，鮮矣[10]。且夫賤妨貴，少陵長[11]，遠間親，新間舊[12]，小加大，淫破義[13]，所謂六逆也[14]。君義、臣行、父慈、子孝、兄愛、弟敬，所謂六順也[15]。去順效逆，所以速禍也[16]。君人者，將禍是務去，而速之，無乃不可乎[17]？」弗聽。

其子厚與州吁遊，禁之，不可[18]。桓公立，乃老[49]。

【注釋】

[1]嬖人：寵妾。古代受寵的人如果地位低賤稱嬖人，這裏是特指。[2]好兵：喜歡玩弄武器。[3]石碏：衛國的大夫。[4]義方：即義道，正道的意思。[5]邪：邪路，邪道。[6]淫：無度，即沒有節制。泆：放蕩。所自邪：也即邪道所由來。[7]寵祿：宏愛和賜祿。[8]乃定之：就定下他。[9]階：階梯，引申為導引，釀成。[10]眕：安定。鮮：少。[11]陵：同「凌」，侵凌，欺侮。[12]遠：疏遠的人；舊：舊人。[13]加：欺凌，侵犯。[14]六逆：六種逆理的事。是針對莊姜和嬖人、桓公與州吁而言的。[15]六順：六種順理的事。[16]速禍：招致禍患。[17]無乃不可乎：恐怕不可以吧。[18]不可：無用、不起作用。[19]老：告老，即告老退休。

【譯文】

衛莊公娶了齊國太子得臣的妹妹，名叫莊姜。生得美麗但沒有生兒子。衛國人因此替她作了《碩人》這首詩。衛莊公又在陳國娶了一個妻子，叫厲嬀，生了孝伯，很早就死了。厲嬀的妹妹戴嬀生了桓公，莊姜把他當作自己的兒子。

公子州吁，是莊公寵妾所生的兒子，得到莊公的寵愛，而且喜歡玩弄兵器，莊公不禁止，莊姜則討厭他。

衛國大夫石碏勸諫莊公說：「我聽說一個人喜愛自己的兒子，就應當用正道來教育他，不要使他步入邪路。驕傲、奢侈、無度、放蕩，這是走向邪路的由來。這四種惡習的產生，都是由於寵愛和賜祿太過分。如果要立州吁做太子，那就要定下來；如果還沒有定下來，就會引導他釀成禍亂。受寵愛而不驕傲，驕傲又能安於地位下降，地位下降而又不怨恨，怨恨又能自安自重的人，是很少的啊。況且，低賤的妨害高貴的，年少的欺凌年長的，疏遠的離間親近的，新人挑撥舊人，弱小的壓著強大的，淫亂的破壞道義的，這就是所謂的六種逆理的事。國君制命爲義，臣下奉行君令，父親慈愛兒子，兒子孝順父親，兄長愛護弟弟，弟弟敬重兄長，這就是所謂六種順理的事。離開順理而效法逆理，這是使禍害加速到來的原因。作爲國君應該盡力去掉禍害，現在卻加速禍害的到來，這樣做恐怕不可以吧！」莊公不聽勸諫。

石碏的兒子石厚和州吁交往，石碏禁止他不起作用。到了衛桓公即位，石碏就告老退休了。

臧僖伯諫觀魚《左傳》

（隱公五年）

【題解】

本篇是臧僖伯對魯隱公的一席勸諫之言。魯隱公認為觀魚逸樂是小節而一意孤行。臧僖伯卻十分鄭重地指出「君不舉」和「納民手執物」的利害關係。認為國君的舉動關係國家的「治」與「亂」。文中舉出大量典故制度，都是針對「觀魚」的，極力勸阻魯隱公，最後以「非禮」評價隱公的行為。同時，從文中也能看出古代等級制度的森嚴。

春，公將如棠觀魚者[1]。臧僖伯諫曰[2]：「凡物不足以講大事[3]，其材不足以備器用，則君不舉焉[4]。君將納民於軌物者也[5]，故講事以度軌量謂之軌[6]，取材以章物采謂之物[7]；不軌不物，謂之亂政[8]。亂政亟行，所以敗也[9]。故春蒐[10]、夏苗[11]、秋獮[12]、冬狩[13]，皆於農隙以講事也[14]。三年而治兵，入而振旅[15]，歸而飲至，以數軍實[16]。昭文章[17]，明貴賤，辨等列，順少長，習威儀也[18]。鳥獸之肉，不登於俎[19]，皮革、齒牙、骨角、毛羽，不登於器[20]，則君不射，古之制也。若夫山林川澤之實，器用之資[21]，皂隸之事，官司之守，非君所及也[22]。」公曰：「吾將略地焉[23]。」遂往。陳魚而觀之[24]，僖伯稱疾不從。書曰：「公矢魚於棠[25]。」非禮也，且言遠地也。

【注釋】

①公：魯隱公。棠：魯國地名，在今山東魚台縣北。魚者：捕魚的人。魚同「漁」。②臧僖伯：人名，即公子彄。③講：演習。大事：古代指祭祀和兵戎。④舉：舉動、行動。不舉：意爲沒有什麼行動。⑤納民：即把百姓納入。軌物：指法度。⑥度：端正。軌量：法度。⑦章：彰明、顯示。物采：器物的文彩。⑧亂政：敗壞政務。⑨亟：多次、屢次。所以敗：敗的原因。⑩春蒐：春獵名，選擇不孕的禽獸。⑪夏苗：夏獵名，爲苗除害。⑫秋獮：秋獵名，順秋天蕭殺之氣。⑬冬狩：冬獵名，不再有選擇。⑭講事：講習武事。⑮治兵：指練兵、演習。振旅：整頓軍隊。⑯歸：出兵歸來。飲至：即回來告祭祖宗廟而飲酒。軍實：指軍用器械和獵獲的東西。⑰昭：昭明、鮮著。文章：文采，此指東服旌旗的文采。⑱順：順序。威儀：威武而講禮儀。⑲俎：古代祭祀時用以載牲（豬牛羊）的禮器。⑳器：指禮器和兵器，分別用於祭祀和軍事㉑實：本義是果實，這裏指產品。資：指資材。㉒皂隸：古代服賤役的人，或指卑下小臣，小吏。官司：有關官吏。及，涉及。㉓略地：巡察邊境。㉔陳：陳設、張設（漁具）。㉕矢魚：同「陳魚」。

【譯文】

春天，魯隱公將往棠地觀看漁人捕魚。臧僖伯勸諫說：「凡是器物不能用於講習祭祀和兵戎的大事上，它的材料不能夠製作禮器和兵器，那麼國君就不會對它有所舉動。國君要做的事是把百姓引上正軌，善於選擇材料。所以講習大事來端正法度叫做軌；擇取材料來彰明器物的文彩叫做物；不軌不物，就是敗壞政事。多次敗壞政事，就是國家衰敗的原因。所以春蒐、夏苗、秋獮、冬狩這四種田獵活動，都是趁農閑時進行的。每過了三年又要演習一次，並進入國都整頓軍隊；出兵歸來告祭宗廟，宴飲三軍，清點軍用器械和所獵獲的東西。演習中要顯示東服旌旗的文采，貴賤分明，等級不亂，少長有順序。這都是演習上下的威儀啊。鳥獸的肉擺不上宗廟的祭器裏，皮革、齒牙、骨角、毛羽，不能做禮器、兵器的裝飾。那國君就不必去打獵。這是古代的制度啊。至於山林、沼澤的產品，一般器物的材料，是下等官吏的事情，有關官吏管的事，不是國君所應參與的。」隱公說：「我要去巡視邊境呢。」於是，魯隱公到了那裏。命令漁人張網捕魚給隱公觀看，僖伯推說有病沒有隨從。《春秋》上記載說：「公矢魚於棠」，這是不合於禮的事，而且說明棠地是距國都很遠的地方。

鄭莊公戒飭守臣《左傳》

（隱公十一年）

【題解】

春秋時代，王室既卑，子孫失序，是上天厭周德。弱肉强食，已不足爲怪事。本篇通過齊魯與鄭三國破許反映了這一現象。鄭莊公的戒飭之詞，吞吐無從捉摸，確實是審時度勢、老謀深算。實際上是滿口的假仁假義，表面爲許國計，內心卻處處爲自己的貪欲作掩飾，説得委婉紆曲而已。倒因此而獲「有禮」之譽，但此篇確爲辭令妙品。

秋，七月，公會齊侯、鄭伯伐許[1]，庚辰，傅於許[2]。潁考叔取鄭伯之旗蝥弧以先登[3]。子都自下射之[4]，顛[5]。瑕叔盈又以蝥弧登[6]，周麾而呼曰[7]：「君登矣！」鄭師畢登。[8]壬午，遂入許。許莊公奔衛。齊侯以許讓公[9]。公曰：「君謂許不共[10]，故從君討之。許既伏其罪矣[11]，雖君有命，寡人弗敢與聞[12]。」乃與鄭人[13]。

【注釋】

[1]許：國名，姜姓，西周初年封給伯夷的後代文叔。在今河南許昌市東。[2]傅：同「附」。逼近，迫近。[3]蝥弧：鄭莊公的旗名。[4]子都：公孫閼。[5]顛：墜，下墜。[6]瑕叔盈：鄭國大夫。[7]周麾：遍招。麾：同「揮」。[8]畢登：全部登上城。[9]以許讓公：將許國的土地讓給魯隱公。[10]共：同「供」，供職、進貢。一説同「恭」，也通。[11]既：已給。伏其罪：認罪。[12]弗敢與聞：意爲不敢接受許國的領土。[13]鄭人：鄭莊公。

鄭伯使許大夫百里奉許叔以居許東偏①。曰：「天禍許國，鬼神實不逞於許君，而假手於我寡人②。寡人唯是一二父兄③，不能共億④，其敢以許自爲功乎⑤？寡人有弟，不能和協，而使餬其口於四方，其況能久有許乎？吾子其奉許叔，以撫柔此民也。吾將使獲也佐吾子⑥。若寡人得沒於地，天其以禮悔禍於許，無寧茲許公復奉其社稷⑦？惟我鄭國之有請謁焉，如舊昏媾⑧，其能降以相從也⑨。無滋他族⑩，實逼處此⑪，以與我鄭國爭此土也。吾子孫其覆亡之不暇，而況能禋祀許乎⑫？寡人之使吾子處此，不惟許國之爲⑬，亦聊以固吾圉也⑭。」乃使公孫獲處許西偏⑮，曰：「凡而器用財賄⑯，無置於許⑰。我死，乃亟去之⑱！吾先君新邑於此⑲，王室而既卑矣，周之子孫，日失其序⑳。夫許，大岳之胤也㉑。天而既厭周德矣㉒，吾其能與許爭乎？」

【注釋】

①百里：許大夫名。許叔：即許穆公，許莊公的弟弟。許東偏：許國東部邊邑。②天禍：上天降禍。不逞：不快、不滿的意思。假：借。③一二父兄：指同姓羣臣。④共億：共安、相安。億：同「臆」。⑤自爲功：作爲自己的功勞。⑥弟：共叔段。餬其口：有寄食的意思。吾子：指百里，一種既親又尊的對稱代詞。撫柔：安撫。獲：公孫獲，鄭大夫。⑦沒於地：即壽終葬於地下。無寧：難道。茲：此。社稷：土神、穀神，代指國家或政權。⑧請謁：請求。昏媾：互相結爲婚姻。昏：同「婚」。⑨降：委屈、降心。⑩他族：指威脅、危害許鄭兩國的他姓國家。⑪逼：逼迫，逼害。⑫覆亡：顛覆危亡。不暇：即救之不及。禋祀：祭祀。⑬不惟：不只，不僅。⑭圉：邊疆。⑮西偏：許國的西部邊境。⑯財賄：財貨。而：同「爾」，你。⑰置：放置，放在。⑱亟：急速，趕緊。⑲新邑：鄭武公東遷建都於新鄭。⑳序：世系班次。㉑大岳：相傳神農之後，爲唐堯時四

岳之一。胤：後代。22周德：周的氣運。

君子謂：鄭莊公於是乎有禮。禮，經國家，定社稷，序人民，利後嗣者也1。許無刑而伐之2，服而捨之，度德而處之，量力而行之3，相時而動，無累後人4，可謂知禮矣。

【注釋】

1經：治理，經營。2刑：同「型」，法度。3度德：揣度德行厚薄。4無累：不連累。

【譯文】

秋天七月，魯隱公會合了齊侯、鄭伯攻打許國。八月初一，三國的軍隊逼近許國城下。潁考叔舉著鄭莊公的蝥弧旗，率先登上了城頭。公孫閼從城下暗射一箭，潁考叔中箭栽下城牆而死。鄭國大夫瑕叔盈又舉起蝥弧旗登上城牆，並向四面揮舞旗幟大聲喊道：「我們的國君登城了。」於是鄭國的士兵全部登上了城牆。初三這一天，鄭軍便占領了許國都城。許莊公逃到衛國去了。齊侯要將許國的領土讓給魯隱公。隱公推辭道：「您說許國不給周王進貢，又不復行諸侯職責，所以我才隨您一起征討他。現在許國已經認罪了，雖然有您的命令，我也不敢聽從了。」於是將許國的領土讓給了鄭莊公。

鄭莊公讓許國大夫百里侍奉許莊公的弟弟許叔住在許國東都的邊邑。對他說：「上天降禍給許國，鬼神也對許君不滿，所以借我的手來懲罰他。我有少數幾個同姓臣子都不能相安同心，怎敢把討伐許國作爲自己的功勞呢？我有個弟弟，不能和睦相處，使他在四方奔走寄食，我又怎能長久地占領許國呢？您應當輔佐許叔志安撫這裏的百姓，我將派公孫獲來幫助您。如果我得到善終埋在地下，上天施恩而懊悔對許國的降禍，難道許公就不能再來治理他的國家？只是我們鄭國有個請求，如同往日再結婚姻關係，想必許國能委屈相從吧。千萬不要滋長他國勢力，逼近和進駐這裏，從而和我鄭國爭奪這塊土地。如果這樣，我的子孫挽救危亡都來不及，又怎麼祭祀許國的祖先呢？我之所以叫您住在這裏，不僅是爲了許國，也是姑且鞏固我的邊疆。」於是又派遣公孫獲住在許國的西部邊境，對他說：「凡是你的財物，不要放在許國。我死後，你就趕緊離開許國。我的祖先在這裏新建都邑，周王室已經衰微了，周朝的子孫們一天天失去了自己的世系次序。而許國是太岳的後代，上天既然已厭棄了國王朝的氣運，我們又怎能與許國爭奪呢？」

君子認爲：鄭莊公在這件事情上是有禮的。「禮」是治理國家，穩定政權，安撫人民，有利於後代的工具。許國違背了法度就征伐他，服罪了就寬恕他，揣度德行而處理問題，估量力量去施行，觀察時機而行動，不連累後人，可以說是懂得禮了。

臧哀伯諫納郜鼎《左傳》

（桓公二年）

【題解】本篇開篇劈頭提出「昭德塞違」四字總綱。先從正面闡釋如何昭明美德，再以反面指出摒棄美德的錯誤行爲以及「塞違」的必要性，就爲勸諫隱公宗廟之中不能放置違亂之賂鼎做了鋪墊。並進一步指出國君、百官不能接受賄賂，應當厲行儉約的厲害關係。一位春秋時代的士大夫能夠認識到這一點確實是難能可貴的。

夏，四月，取郜大鼎於宋[1]，戊申，納於大廟[2]，非禮也。

【注釋】[1]郜大鼎：郜國的大鼎。郜：姬姓國，周文王庶子始封於此地，爲宋所滅。鼎：爲國之重器。[2]大廟：即太廟，帝王的祖廟。

臧哀伯諫曰[1]：「君人者，將昭德塞違，以臨照百官[2]，猶懼或失之，故昭令德以示子孫[3]。是以清廟茅屋[4]，大路越席[5]，大羹不致[6]，粢食不鑿[7]，昭其儉也[8]。袞、冕、黻、珽[9]，帶、裳、幅、舄[10]，衡、紞、紘、綖[11]，昭其度也。藻、率、鞞、鞛[12]，鞶、厲、游、纓[13]，昭其數也。火、龍、黼、黻[14]，昭其文也。五色比象[15]，昭其物也[16]。錫、鸞、和、鈴⑰，昭其聲也。三辰旂旗，昭其明也⑱。夫德，儉而有度，登降有數⑲，文物以紀之，聲明以發之，以臨照百官，百官於是乎戒懼而不敢易紀律⑳。今滅德立違㉑，而置其賂器於大廟㉒以明示百官，百官象之，其又何誅焉㉓。國家之敗，由官邪也㉔。官之失德，寵賂章也㉕。郜鼎在廟，章孰甚焉㉖！武王克商，遷九鼎於雒邑㉗，義士猶或非之㉘，而況將昭違亂之賂器置於大廟，其若之何！」

【注釋】

①臧哀伯：魯大夫，臧僖伯之子。②昭德：發揚善德。臨照：監視的意思。③令德：美德。④清廟：周朝祭祀祖先的地方，取其肅穆清靜的意思。⑤大路：古代天子祭天時乘的車子。越席：結蒲草爲席。越，通「括」，結，束。⑥大羹：肉汁，祭祀用。不致：不放調料，不備五味。⑦粢：黍稷合稱，當時主食。不鑿：不加工。⑧昭：昭明、表明。⑨袞：古代天子和上公的禮服，祭祀用。冕：古代天子、諸侯、卿大夫戴的最尊貴的禮帽。黻：蔽膝，熟皮製成。珽：帝王所持的玉笏。⑩帶：束腰的子。裳：下衣。幅：綁腿的布。舄：古代一種復底鞋。⑪衡：使冠固著於髮上的簪子。紞：古代帽子兩邊懸掛瑱玉的帶子。紘：古代冠冕上的紐帶。綖：古代冠上的飾布。以上四物都是冠飾。⑫藻：放玉的襯墊，木製，外包熟皮。率：佩巾。鞞鞛：都是刀鞘上的裝飾物。⑬鞶：皮製束衣帶。厲：垂著的大帶子。游：古代旌旗下垂的飄帶。纓：馬頭上的皮帶飾物。⑭火：畫爲火。龍：畫爲龍。黼、黻：古代禮服上所繡的花紋。以上四樣，都是禮服上繪繡的花紋。⑮五色：青、黃、米、白、黑五種顏色。比象：模仿天地四方繪出物象。⑯昭其物：表明器物都有本原。⑰鍚、鸞、和、鈴：都是車馬上的鈴鐺一類裝飾。⑱三辰：日、月、星。古代旗幟上畫有龍並繫有鈴的叫「旂」，繡有熊虎的叫「旗」。⑲登降：增減，指禮的尊卑及數的增減。⑳紀：記錄。戒懼：謙戒和畏懼。㉑滅德立違：消除善德，樹立邪惡。㉒賂器：賄賂的器物。㉓明示：明顯的示範，即榜樣，這裏指壞的榜樣。象之：即法之，效法那樣做。㉔官邪：官吏的邪惡橫行。㉕寵賂：自恃寵信而受賄賂。㉖章：顯眼、明顯。㉗九鼎：爲夏、商、周三代傳國之寶。相傳爲夏禹收九州所貢之金所鑄，象徵九州。雒邑：即洛邑，雒同「洛」。㉘義士：指伯夷、叔齊

這一類不肯臣服周朝的人。

公不聽，周內史聞之曰[1]：「臧孫達其有後於魯乎[2]！君違，不忘諫之以德[3]。」

【注釋】

[1]周內史：周朝的內史官。[2]有後：必有後代。於魯：在魯國長享祿位。[3]諫之以德：用善德勸阻他。

【譯文】

魯桓公二年四月，從宋國取得郜國的大鼎。放進太廟，這是不合於禮的。

臧哀伯進諫說：「作爲人君，應該發揚善德，阻塞邪惡，來爲百官做表率。就這樣還怕有什麼過失，所以要昭明美德以示範於子孫後代。因此，宗廟用茅草來蓋頂，樸素的車子，草編的席子；肉汁不調五味，飯食不加工成精米，這都是爲了表明儉約。禮服、禮帽、蔽膝、朝板、束帶、下衣、綁腿、鞋子，以及帽子上的絲帶。玉帶、紐帶、冠布，這都是表明尊卑等級制度的。玉墊、佩巾、刀鞘、鞘上的裝飾品、革帶、帶飾。旗上的小鈴、馬頭上的裝飾，這都是爲了表明尊卑等級的禮數。衣服上畫龍、畫火以及各種不同顏色的花紋，這都是爲了表明貴賤的文彩。車服器械上用五色繪出物象，表明器物都有本原。車馬旗幟上的各種鈴飾，表明聲音。畫有日、月、星的旌旗，爲了表示光明燦爛。那美德，是儉約而有法度，上下尊卑有一定的禮數，用文采裝飾，器物色彩表示記錄它。用聲音，光彩來發揚它，把這些擺到百官面前，百官才會謹戒和畏懼，不敢蔑視和違反綱紀制度。現在摒棄善德而樹立邪惡，把受賄賂的器物放在太廟裏，以此向百家做了壞榜樣。百官效法著去做，又有什麼理由去懲罰他們呢？國家的衰敗，是由於官吏的邪惡。官吏失去了美好的德行，是由於自恃寵信公開受賄。郜國的大鼎放在太廟裏，還有什麼比這更顯眼的受賄？周武王滅了商朝，把九鼎遷到了洛陽，伯夷、叔齊等義士還認爲這樣做不對。更何況把明顯地表示邪惡和禍亂的賄賂器物放在太廟裏，那又該怎麼辦呢？」

桓公不聽從他的勸告。周王室的內史聽到這件事，說：「臧孫達將會有後代能在魯國長久地享有祿位吧！國君違背了禮制，他都沒有忘記用善德來勸諫他。」

季梁諫追楚師《左傳》

（桓公六年）

【題解】

孫子曰：知己知彼，百戰不殆。確實如此，楚國伯比深知少師性格，施詐誘他出兵，果然得逞。隨國季梁也深諳楚人兵法，一語道破伯比之詐。本篇更重要的是從季梁的諫言中反映的對於神與民的關係的一種進步認識。他首先提出「動則有成」的前提是「道」，即「忠於民而信於神」。然後論述應該以民爲神主，這是千古不變的真理。君主只有完成了對人民有利的事情，才可去虔誠地祭祀神祇。而且，表現出一種民本主義思想和「忠信」道德觀，看到了民衆的力量、作用。本篇的行文也深受贊譽，堪稱妙筆。

楚武王侵隨[1]，使薳章求成焉[2]，軍於瑕以待之[3]。隨人使少師董成[4]。

【注釋】

[1]楚：國名，羋姓，子爵。楚也稱荊。隨：國名，姬姓，侯爵。後被楚國所滅。[2]薳章：楚國大夫。[3]軍：動詞，駐紮軍隊。瑕：隨地，在今湖北隨縣境。[4]少師：官名，其名氏不詳。董：主持。成：和談、講和。

鬬伯比言於楚子曰[1]：「吾不得志於漢東也[2]，我則使然[3]。我張吾三軍而被吾甲兵[4]，以武臨之[5]，彼則懼而協以謀我[6]，故難間也[7]。漢東之國，隨爲大。隨張，必棄小國[8]。小國離，楚之利也。少師侈[9]，請羸師以張之[10]。」熊率且比曰[11]：「季梁在[12]，何

益？」鬭伯比曰：「以爲後圖。少師得其君。」

【注釋】

1鬭伯比：楚大夫。楚子：指楚武王。楚爲子爵，故稱楚子。2漢東：指漢水以東的諸小國。3我則使然：是我自己造成的。4張：擴張、擴大。三軍：楚爲左、中、右三軍，此泛指軍隊。被：同「披」，披帶。5臨：征臨，此指統治。6協：協力，聯合。7間：離間。8張：大，猶言自驕自傲。9侈：驕傲自大。10羸師：故意使軍隊表現出疲弱，即隱藏精銳。羸：瘦，弱。張之：使之張。11熊率且比：楚國大夫。12季梁：隨國的賢臣。

王毀軍而納少師1。少師歸，請追楚師，隨侯將許之。季梁止之曰：「天方授楚2。楚之羸，其誘我也，君何急焉？臣聞小之能敵大也，小道大淫3。所謂道，忠於民而信於神也。上思利民，忠也；祝史正辭4，信也。今民餒而君逞欲5，祝史矯舉以祭6，臣不知其可也。」公曰：「吾牲牷肥腯7，粢盛豐備8，何則不信？」對曰：「夫民，神之主也。是以聖王先成民，而後致力於神9。故奉牲以告曰：『博碩肥腯10』。謂民力之普存也11，謂其畜之碩大蕃滋也12，謂其不疾瘯蠡也13，謂其備腯咸有也14。奉盛以告曰：『潔粢豐盛15』，謂其三時不害而民和年豐也16。奉酒醴以告曰：『嘉栗旨酒17』，謂其上下皆有嘉德而無違心也。所謂馨香，無讒慝也18。故務其三時，修其五教19，親其九族，以致其禋祀20。於是乎民和而神降之福，故動則有成。今民各有心，而鬼神乏主21，君雖獨豐，其何福之有？君姑修政而親兄弟之國，庶免於難22。」

隨侯慎而修政，楚不敢伐。

【注釋】

①毀軍：毀損軍容，即隱藏精兵，陳列老弱殘兵。②授：付予即授給楚國以強盛。③小道：小國有道。大淫：大國淫虐無度。④祝史：主持祭祀祈禱的官吏。正辭：言辭實在，不虛誇。⑤餒：飢餓。逞慾：放縱私慾。⑥矯舉：假稱功德，即虛假報功德。⑦牲牷：牲，供祭祀的牲畜。牷，純色全牲。肥腯：肥壯。⑧粢盛：古代盛在祭器裏供祭祀的黍稷。黍、稷叫粢，裝進器皿叫做盛。豐備：豐厚齊備。⑨神之主：即百姓爲鬼神的主體。先成民：先養民有所成就。⑩告：祝告。博碩：肥大。腯：肥壯。⑪普存：普遍富足。⑫畜：六畜。蕃：繁殖。⑬蔟蠡：六畜所患皮膚癬癢之病。⑭備腯咸有：各種牲畜都肥壯而齊備無缺。⑮奉盛：奉獻粢（黍、稷）。⑯三時：指春、夏、秋三時。不害：不損害農時。⑰醴：甜酒。嘉：美好、善。栗：借用爲洌，清，潔。旨酒，美酒。⑱讒慝：誣陷讒諛的邪惡念頭。⑲修：修明。五教：指父義、母慈、兄友、弟恭、子孝。⑳九族：上自高、曾、祖、父，下至子、孫、曾、玄，加上本身。另一說，父族四代，母族三代，妻族兩代，合爲九族。禋祀：祭祀。㉑各有心：各懷異心。乏主：無主。㉒庶：差不多。難：禍難。

【譯文】

楚武王侵襲隨國。又派遣薳章去向隨國要求議和，同時把軍隊駐紮在瑕等待時機進攻。隨國派少師主持和談。

楚國大夫鬬伯比對楚王說：「我們不能在漢水東邊一帶達到目的，是我們自己失策造成的。我們擴充軍隊，配備好鎧甲和武器，用武力去逼迫他們，他們害怕，只好同心協力來對付我們。所以就很難離間他們了。漢水以東的國家，隨國最大。隨國要是驕傲了，必然會拋棄那些小國。小國跟它分離，就是楚國的利益。少師這人很驕傲，請您把軍隊假裝成疲弱的樣子，助長他的驕氣。」楚國大夫熊率且比說：「有季梁在，這樣做有什麼用？」鬬伯比說：「這是爲以後打算，因爲少師比季梁更得他們國君的寵信。」

楚王聽了伯比的話，把軍隊假裝成疲弱的樣子，接待少師。少師回到隨國，請求追擊楚軍。隨侯將要答應少師的請求。季梁勸阻他說：「上天正福佑楚國，楚軍的疲弱是假裝出來引誘我們的，您何必這樣急呢？我聽說小國之所以能夠抵抗大國，是因爲小國有道而大國淫虐無度。所謂道，就是對人民忠誠，對鬼神信實。君主能夠想到如何對人民有利，這是忠；掌管祭祀的官員言辭眞實不虛誇，這是信。現在百姓挨餓而君主放縱私慾，祭祀時，祝史的祝辭虛報功德欺騙鬼神，我不知道這怎麼可以成功。」隨侯說：「我們祭祀用的豬、牛、羊三牲都是純色、肥大的，祭祀用的黍稷也豐足、齊備，怎麼說不能取信於鬼神呢？」季梁回答說：「百姓是神祇的依靠，因此，古代聖明的君王首先完成對人民有利的事情，然後再致力於祭祀神祇。所以在奉獻犧牲時祝告神祇說：『三牲又大又肥。』這是說人民的財力物力普遍富足，是說各種牲畜長得肥大而繁殖很快，沒有生過癬癢等疾病，各種牲畜都肥壯而齊備不缺。在奉獻黍稷時祝告神祇說：『黍稷潔淨又豐盛。』這是說春、夏、秋三季農時都沒有受損害，人民和睦，年成豐收。奉獻甜酒時祝告神祇說：『又好又淸的美酒。』這是說君臣上下都有美好的德行而沒有邪惡的心思。所說的祭品的芳香，就是說沒有讒諛邪念。所以要致力於人民的春、夏、秋三季農事，修明五種教化，親近九族，拿這份誠心去致力於祭祀神祇。這樣人民齊心協力，神祇也會賜福，因此做任何事情都能成功。現在人民各懷異心，鬼神失去主要依靠，您的祭祀雖然很豐盛，又哪裏會求到什麼福！您暫且修明政事，親近兄弟國家。這樣也許可以避免禍難。」

隨侯害怕起來，於是修明國內政事，楚國也就不敢攻打隨國了。

曹劌論戰《左傳》

（莊公十年）

【題解】

本篇記魯國以弱勝强的齊魯長勺之戰。它發生於魯莊公十年（公元前六八四年）。面對强大的齊國的進攻，弱小的魯國運用曹劌這位沒有權勢之謀士的戰略原則，並戰勝了齊國。本文體現《左傳》的特點。略寫戰鬥場面，詳述戰前各因素。戰爭的勝利肯定了曹劌的政治遠見和戰爭指揮才能。

齊師伐我[1]，公將戰。曹劌請見[2]。其鄉人曰：「肉食者謀之，又何間焉[3]？」劌曰：「肉食者鄙[4]，未能遠謀。」遂入見。問：「何以戰[5]？」公曰：「衣食所安，弗敢專也，必以分人。」對曰：「小惠未遍，民弗從也。」公曰：「犧牲玉帛[7]，弗敢加也[8]，必以信[9]。」對曰：「小信未孚[10]，神弗福也[11]。」公曰：「小大之獄[12]，雖不能察，必以情。」對曰：「忠之屬也[13]，可以一戰，戰則請從。」

【注釋】

[1]齊師：齊國的軍隊。我：指魯國。因爲《左傳》的作者爲魯國史官，故稱魯爲我。[2]曹劌：魯國的一位沒有權勢的謀士。[3]肉食者：指居高位享厚祿的大官。[4]鄙：眼光短淺。[5]何以：憑什麼（條件）。[6]所安：養生之物。專：獨享。[7]犧牲：祭祀用的牛、羊、豬。玉帛：寶玉和絲綢。[8]加：虛誇。意即以小報大，以少報多，

以惡報美。9信：誠心。10孚：信用，指被信任。11福：保佑。12獄：案件。13忠之屬：盡心辦事的表現。

公與之乘1，戰於長勺2。公將鼓之3，劌曰：「未可。」齊人三鼓，劌曰：「可矣。」齊師敗績。公將馳之，劌曰：「未可。」下視其轍，登軾而望之4，曰：「可矣。」遂逐齊師。

既克，公問其故。對曰：「夫戰5，勇氣也。一鼓作氣6，再而衰7，三而竭8。彼竭我盈，故克之。夫大國，難測也，懼有伏焉。吾視其轍亂，望其旗靡9，故逐之。」

【注釋】

1乘：四匹馬拉的戰車，這裏指戰車。2長勺：魯國地名，今山東萊蕪縣東北。3鼓之：擂鼓進兵。4轍：車輪輾出的痕跡。軾：車前的橫木。5夫：發語詞。6作：振作。7再，第二次。8竭：盡，空。9靡：倒下。

【譯文】

齊國軍隊攻打我國，莊公準備應戰。曹劌要求謁見莊公。他的同鄉人說：「大官們自有辦法，你又何必參與呢？」曹劌說：「大官們眼光短淺，不能深謀遠慮。」於是進見莊公。

他問莊公：「憑什麼條件應戰？」莊公說：「衣食之類的養生物，不敢獨自享用，一定把它分給別人。」曹劌說：「這種小恩小惠並沒有遍及全國，老百姓是不會跟您去打仗的。」莊公說：「祭祀用的牛、羊、豬和寶玉、絲綢，不敢虛報，一定以誠心去祭神。」曹劌說：「小小的誠心還不能取得神的信任，神不會保佑您的。」莊公說：「大大小小的訴訟案件，雖然不能一一徹底查清，但一定要按實情處理。」曹劌答道：「這是爲老百姓盡心辦事的表現，可以憑這些去應戰。作戰時請讓我跟您去。」

莊公和他同坐一輛戰車，在長勺兩軍交戰，剛開戰，莊公就要下命令擊鼓進兵。曹劌說：「不行。」齊軍擂過第三次鼓後，曹劌說：「可以了。」齊軍大敗而逃，莊公正要命令軍隊乘勝追擊。曹劌說：「不行。」他跳下車察看齊軍的車輪痕跡，又爬到車前橫木上去觀望齊軍敗退情況，才說：「可以了。」莊公就下令追擊齊軍。

打了勝仗後，莊公問他爲什麼要這樣指揮。曹劌回答道：「打仗全靠戰士們的勇氣。第一次擂鼓，戰士勇氣大振，第二次擂鼓，勇氣衰退，第三次擂鼓，勇氣就徹底完了。正當敵軍勇氣完了時我軍勇氣還旺盛，因此打敗了齊軍。然而强國難以估計，我怕前面有伏兵。經過觀察，我看到他們的車輪混亂，旗幟已倒下，知道他們眞是大敗，因此才追擊他們。」

齊桓公伐楚盟屈完《左傳》

（僖公四年）

【題解】

齊桓公為圖霸業，憑著強大的國力，打著「尊王攘夷」的旗號，東伐西討，南征北戰。他率領八國聯軍在攻破蔡國的前提下，南伐楚國，妄圖乘勢征服楚國。但楚國針鋒相對，毫不示弱。齊桓公考慮到在頑強的楚人面前無必勝的把握，只好與楚握手言和並簽訂盟約。

本文的外交辭令實在叫人嘆為觀止。管仲闡述伐楚的理由，處處以周王室的利益為藉口，顯得名正言順，冠冕堂皇。楚使在詰問刁難面前隨機應變，八面玲瓏，特別是屈完的話，不卑不亢，柔中帶剛，以如簧之舌流水之智迫使齊侯就範，堪稱行人辭令的典範。

春，齊侯以諸侯之師侵蔡[1]。蔡潰，遂伐楚。楚子使與師言曰[2]：「君處北海[3]，寡人處南海[4]，唯是風馬牛不相及也[5]。不虞君之涉吾地也[6]，何故？」管仲對曰[7]：「昔召康公命我先君太公曰[8]：『五侯九伯[9]，女實征之[10]，以夾輔周室[11]。』賜我先君履[12]：東至於海，西至於河[13]，南至於穆陵[14]，北至於無棣[15]。爾貢包茅不入[16]，王祭不共，無以縮酒[17]，寡人是徵[18]。昭王南征而不復[19]，寡人是問。」對曰：「貢之不入，寡君之罪也[20]，敢不共給？昭王之不復，君其問諸水濱。」

師進，次於陘[21]。

【注釋】

[1]春：指魯僖公四年即公元前六五六年春天。齊侯：齊桓公。春秋五霸之一。齊屬侯爵，故文中稱齊侯。當時他率宋、魯、陳、衛、鄭、許，曹和齊八國軍隊侵犯蔡國。蔡，國名，姬姓，在今河南汝南，上蔡等地。[2]楚子：楚成王。楚屬子爵，故稱楚子。這是春秋筆法，實際上此時楚已稱王。使：派遣使者。[3]處：居住。北海：泛指北方。下句南海泛指南方。[4]寡人：寡德之人。這是古代君王自己的謙稱。[5]風：走失。本句指兩國相距極遠，一向互不干涉，即使放牧走失了牛馬，也到不了對方境內。一說雌雄相誘叫風。[6]不虞：不料。涉：本意爲踏水過河，此處當進入講。[7]管仲：齊大夫，名夷吾，字仲。[8]召康公：周成王時太保（官名）召公奭，其封地在召（今陝西岐山縣），故稱召公。「康」是他的謚號。先君，後代君臣對本國已故君王的稱呼。太公，即呂尙，名望，齊國始祖。因姓姜故通稱姜太公，或稱太公望。一說字子牙，故又稱姜子牙。[9]五侯九伯：五侯即公侯伯子男五等爵。九伯，九州之長。「五侯九伯」在這裏泛指所有的諸侯。[10]女：通「汝」。實：句中語氣詞，表示命令或期待。[11]夾輔：輔佐。[12]履：本義指鞋子，文中作踐踏解，意即齊國可以征伐的範圍。[13]河：黃河。[14]穆陵：地名，今山東臨朐縣南的穆陵關。[15]無棣：齊國的北境，在今山東無棣縣附近。[16]包：束。茅：青茅，楚地特產。《韓非子．外諸說》曰：「是時楚之青茅不貢於天子三年矣。」入：納。此處指納貢。[17]共：同「供」。下同。縮酒：滲酒。祭祀時的儀式之一，把酒倒在茅東上滲下去，就像神飲了一樣。一說爲濾酒，濾去酒中渣滓。[18]徵：問，追究。[19]昭王：周昭王，晚年荒於國政，人民恨他，傳說當他巡行到漢水時，當地人民故意弄了一艘用膠黏的船給他，行至江心，船解體，昭王溺死。[20]寡君：臣子對別國君臣等稱自己國君時所用的謙詞。[21]次：軍隊臨時駐紮。陘：地名，今河南偃城縣南。

夏，楚子使屈完如師[1]。師退，次於召陵[2]。

齊侯陳諸侯之師[3]，與屈完乘而觀之[4]，齊侯曰：「豈不穀是爲[5]？先君之好是繼[6]。與不穀同好[7]，何如？」對曰：「君惠徼福於敝邑之社稷[8]，辱收寡君[9]，寡君之願也。」

齊侯曰：「以此衆戰[10]，誰能禦之？以此攻城，何城不克！」對曰：「君若以德綏諸侯[11]，誰敢不服？君若以力，楚國方城以爲城[12]，漢水以爲地[13]，雖衆，無所用之！」

屈完及諸侯盟。

【注釋】

[1]屈完：楚大夫。[2]召陵：地名，在今河南偃城縣東。[3]陳：同「陣」，列陣。[4]乘：乘兵車。齊桓公與屈完同乘兵車檢閱諸侯軍隊。[5]不穀：不善，古代諸侯自稱的謙詞。[6]先君之好是繼：繼承先君的友好關係。[7]與不穀同好：跟我友好。[8]徼：求。敝邑：謙稱自己的國家。社：土神。稷：穀神。[9]辱：屈從。收：收容，接納。[10]衆：衆將士。[11]綏：安撫。[12]方城：山名，在今河南葉縣南。[13]池：護城河。

【譯文】

魯僖公四年的春天，齊桓公率領諸侯的軍隊侵襲蔡國。蔡國的軍隊被打垮了，於是乘勢討伐楚國。楚王派人對齊侯說：「您住在北海，我住在南海，就是放牧的馬牛走失了，也到不了對方的國境之內的。沒想到您會到達我們這兒，這是什麼緣故呢？」管仲回答說：「從前召康公命令我們齊國的先君太公說：『各諸侯國如有什麼罪過，你可以去征討他們，以此來輔佐周王室。』召康公還賜給了我們先君征伐的範圍，東到大海，西到黃河，南到穆陵，北到無棣。你們本應該向周王室進貢包茅的，可至今仍不見進獻，以致於周王祭祀時沒有用來滲酒的東西，所以我們國君要責問這件事；昭王南下巡狩卻沒能夠活著回去，我們國君也要問個清楚。」楚使回答說：「沒有貢納包茅，這的確是我們國君的罪過，以後還敢不納貢嗎？至於昭王爲什麼沒有回去，您這是到漢水邊上去問一下吧。」

於是諸侯的軍隊向前推進，駐紮在陘地。

這年夏天，楚王派屈完到諸侯軍中求和。於是諸侯的軍隊後撤，駐留在召陵。

齊侯把諸侯的軍隊排列成戰陣，和屈完同坐一輛戰車檢閱隊伍。齊侯說：「這麼多諸侯同來，難道是爲了我嗎？不過是繼承先君的友好關係罷了。你們同我結成友好關係，好嗎？」屈完回答說：「您施加恩惠給我們國家求得幸福，不嫌屈辱收納我們的國君，這正是我們君主的心願啊。」齊侯說：「用這麼多的將士去作戰，又有誰能夠抵擋他們？用他們去攻城，又有哪座城池能不被攻克？」
屈完回答說：「您要是用恩德來安撫諸侯，那還有誰敢不服從您？您要是想依靠武力進行征服，那麼楚國就會把方城山作爲城牆，把漢水作爲護城河，您的兵馬再多，也將毫無用處！」

屈完便和諸侯簽訂了盟約。

宮之奇諫假道《左傳》

（僖公五年）

【題解】

晉國再次向虞國借道討伐虢國，其用心實在險惡難知。虞大夫宮之奇識破了晉的陰謀，於是向虞公慷慨陳辭，極言道不可借。否則「脣亡齒寒」，虞將步虢之後塵。而糊塗的虞公卻迷信宗族關係和神權，不聽忠言，最後國破家亡，只爲天下人留下「虞公之不可諫」的笑柄。

這篇文章反映了春秋時代的民本思想。在天人關係上，強調人事，認爲只有施行德政親和人民，國家才能長治久安。

晉侯復假道於虞以伐虢[1]。宮之奇諫曰：「虢，虞之表也[2]。虢亡，虞必從之。晉不可啟，寇不可玩[3]。一之爲甚，其可再乎？諺所謂『輔車相依，脣亡齒寒』者[4]，其虞虢之謂也。」

公曰：「晉，吾宗也[5]，豈害我哉？」對曰：「大伯、虞仲，大王之昭也[6]。大伯不從，是以不嗣[7]。虢仲、虢叔，王季之穆也[8]；爲文王卿士[9]，勳在王室，藏於盟府[10]。將虢是滅，何愛於虞？且虞能親於桓、莊乎[11]？其愛之也。桓莊之族何罪？而以爲戮，不唯逼乎[12]？親以寵逼[13]，猶尚害之，況以國乎？」

【注釋】

①晉侯：晉獻公。復：又。假：借。魯僖公二年晉曾向虞借道伐虢，滅下陽。虞：國名，周武王時封大王次子虞仲的後代於虞（今山西平陸縣東北六十里）。虢：國名，又名北虢。文王封其弟叔於陝西寶雞附近，號西虢。北虢是虢仲的別支，在今平陸。②宮之奇：虞大夫。諫：進忠言規勸。表：外面，這裏指屏障。③寇：外來的敵軍。玩：忽視，輕視。④輔：通「酺」，面頰。車：牙床骨。⑤宗：同祖爲宗，即同姓。晉、虞、虢均爲姬姓國，同一祖先。⑥大（同「太」）伯：太王的長子。虞仲：太王的次子。古時常王死後，在宗廟裏設有神位，位次在左邊的稱「昭」，在右邊的稱「穆」。昭位之子在穆位，穆位之子在昭位，這樣左右更疊，分別輩次。太王在宗廟中位於穆，故太王之子爲昭。⑦不從：指不從父命。太伯是長子，本應繼承太王的位，但他認爲小弟季歷的兒子姬昌（周文王）有聖德，能使周興盛强大，就和大弟仲雍一起出走，好讓季歷繼承王位傳給姬昌，所以說他「不從」。不嗣：太伯出走後，當然沒有繼承太王之位，故稱「不嗣」。⑧虢仲，虢叔：虢的開國祖先，是王季的次子和三子，周文王的弟弟。王季在宗廟中位於昭，故其子爲穆。虢仲封東虢，已於僖公二年爲晉所滅。虢叔封西虢，即文中所指之虢。⑨卿士：執掌國政的大臣。⑩盟府：主管盟誓典冊的官府。⑪桓、莊：桓叔與莊伯，這裏指桓莊之族。桓叔是晉獻公的曾祖，莊伯是晉獻公的祖父。桓莊之族即晉獻公的從祖兄弟，原爲晉貴族。晉獻公爲了加强集權，在魯莊公二十五年（公元前六六八年）將他們全部殺害。⑫逼：威脅。⑬寵：尊貴。

公曰：「吾享祀豐潔①，神必據我②。」對曰：「臣聞之，鬼神非人實親③，惟德是依。故《周書》曰：『皇天無親，惟德是輔④。』又曰：『黍稷非馨，明德惟馨⑤』，又曰：『民不易物，惟德緊物⑥。』如是，則非德，民不和，神不享矣。神所馮依⑦，將在德矣。若晉取虞⑧，而明德以薦馨香⑨，神其吐之乎？」

弗聽，許晉使。使宮之奇以其族行⑩。曰：「虞不臘矣⑪。在此行也，晉不更舉矣⑫。」

冬，晉滅虢。師還，館於虞⑬。遂襲虞，滅之。執虞公⑭。

【注釋】

①享祀：祭祀。用食物祭鬼神叫享。②據：依據，依附。既依附，則必保佑。③實：語助詞，賓語前置標誌。下文「是」亦同。「鬼神非人實親」即「鬼神非親人」。④《周書》：古書名，早已亡佚。所引兩句今見之於僞古文《尚書・蔡仲之命》。皇：大。輔：助。這裏指保佑。⑤黍稷：泛指五穀，爲祭祀用品。馨：散布很遠的香氣。古人以爲鬼神聞到香氣就是享用了祭品。這兩句見僞古文《尚書・君陳》。⑥緊：語氣詞。這兩句見僞古文《尚書・旅獒》。⑦馮：同「憑」。⑧取：攻取、滅掉。⑨薦：獻。馨香：指祭品。⑩行：去，離開虞國。⑪臘：年終的大祭，這時放縱官民飲酒作樂。⑫更：再。舉：起兵。晉將用滅虢的軍隊來滅虞，不需再起兵了。⑬館：駐紮，住。⑭執：很輕易地捉住。

【譯文】

晉獻公再次向虞國借道去討伐虢國。宮之奇向虞公勸諫說：「虢國是虞國的屏障。如果虢國滅亡了，那麼我們虞國也就會跟著滅亡。不能夠打開關門讓晉國的軍隊進入國境，不可以忽視外部的敵人。借道一次給它就已經太過份了，難道還可以第二次嗎？俗話說：面頰和牙床互相依托，沒了嘴唇，牙齒就會挨凍。這說的正是虢國和虞國之間的關係啊。」

虞公說：「晉君和我是同一個祖宗的後代，他怎麼會害我呢？」宮之奇回答說：「太伯和虞仲都是太王的兒子，太伯由於不從父命出走，所以沒有繼承王位。虢仲和虢叔是王季的兒子，他們做文王的輔政大臣，對周王室立有功勛。記載他們功勞的典册還保存在官府裏。如今晉國連虢國都要消滅掉，又怎麼會顧惜虞國呢？再說虞國能比晉獻公的從祖兄弟更親嗎？晉侯對他們應該是關懷愛護的。桓、莊兩族有什麼罪過呢？竟慘遭殺戮。晉侯難道不是欺人太甚了嗎？親戚因爲恩寵而威脅到了晉侯的地位，尚且要殺害他們，何況我們是一個國家呢？」

虞公說：「我祭祀鬼神的物品豐盛而且乾淨，神靈一定會保佑我的。」宮之奇回答說：「我聽說鬼神並不親近所有的人，而只保佑有德行的人。所以《周書》上說：『上天沒有偏愛，只幫助有德之人。』又說：『黍稷這類祭品並不能散發很遠的香氣，只有明顯的美德才能香飄萬里，爲鬼神所享受』，又說：『人民的祭品雖然相同，但只有那有德之人獻上的鬼神才會享受。』這樣看來，如果沒有美德，人民不能安居樂業，那麼祭品再豐盛再潔淨，鬼神也不會享用。神靈所依憑的，就在於德行。如果晉攻占了虞國，修明德行，再把豐潔的祭品獻給鬼神，那麼鬼神還會吐出來嗎？」

虞公不聽宮之奇的規勸，答應了晉國使者借道的要求。宮之奇便帶領他的族人離開虞國。他說：「等不到臘祭那一天，虞國就已滅亡了。晉國滅虞就在這次軍事行動中，用不著再發兵了。」

這年冬天，晉滅掉了虢國。晉國回師時，駐留在虞國。於是乘機襲擊虞國並一舉消滅了它，而且很輕鬆地就捉住了虞公。

齊桓下拜受胙《左傳》

（僖公九年）

【題解】

齊桓公以霸主身分在葵丘會盟諸侯，可謂志得意滿，傲視羣雄，不可一世了。然而在周王室的使節面前，他仍顯得畢恭畢敬，彬彬有禮，儼然是一位恭行臣節的楷模。《左傳》之所以記下這一事件，目的便是要維護宣揚這種君君臣臣的正統思想，以爲後世效法。

夏，會於葵丘1。尋盟2，且修好，禮也。

王使宰孔賜齊侯胙3，曰：「天子有事於文武4，使孔賜伯舅胙5。」齊侯將下拜。孔曰：「且有後命。天子使孔曰：『以伯舅耋老6，加勞7，賜一級，無下拜。』」對曰：「天威不違顏咫尺8。小白余9敢貪天子之命，無下拜？恐隕越於下10，以遺天子羞，敢不下拜。」下，拜，登，受11。

【注釋】

1夏：指魯僖公九年夏天。葵丘：今河南蘭考縣境內。當時齊桓公在這裏會合周王室的使者和魯、宋、衛、鄭、許、曹諸國的國君。2尋：重申舊事。前一年，即僖公八年春一月，齊桓公曾在曹國的洮地會集魯、宋等國諸侯，所以這次集會稱爲「尋盟」。3王：周襄王。宰孔：宰是官名，孔是名，當時周王室的卿士。齊侯：齊桓公。胙：古代祭祀用的肉。依周朝規矩，凡是不與周王同姓的諸侯，不是夏商兩朝的後代子孫，不得賞賜這種「胙」。周王賜給異姓諸侯祭肉，是一種優禮。4文武：周文王和周武王。事：這裏指祭祀。5伯舅：周王室與異姓諸侯通婚，故尊稱他們爲伯舅。⑥耋：年七十爲耋。⑦加勞：加之有功勞於王室。魯僖公七年，周惠王死，惠王後欲立其愛子大叔帶。太子鄭向齊桓公求援，八年一月，齊桓公召集八國諸侯討論，支持太子鄭，鄭得立，是爲周襄王，故稱「加勞」。一說爲重加慰勞，亦通。⑧顏：頭。咫：八寸。咫尺：形容很近。⑨小白：齊桓公的名字。余：對自我的謙卑的稱呼。⑩隕越：墜落。⑪下：下階。拜：拜謝。登：登堂。受：受胙。指受賜時的四種動作。

【譯文】

夏天，諸侯在葵丘集會，重申前次的盟約，並且加强相互間的友好關係，這是合乎禮節的事。周襄王派遣使者宰孔給齊桓公送來了祭肉。宰孔說：「天子正在祭祀文王和武王，特地派我來把祭肉賜給伯舅您。」齊桓公準備下階拜謝，宰孔忙說：「且慢，後邊還有命令。天子讓我告訴您：『因爲伯舅您年紀大了，並且對王室有功勞。所以晉升一個等級，無須下階拜謝。』」齊桓公回答說：「天子的威嚴就在我面前，小白我怎敢貪天子的寵命而不下階拜謝呢？那樣，恐怕就要墮落成爲不知禮節的下人，丢天子的臉，我怎敢不下階拜謝呢？」於是走下台階拜謝，登堂接受祭肉。

陰飴甥對秦伯《左傳》

（僖公十五年）

【題解】

秦晉韓之戰中，晉惠公被秦國俘擄。秦許晉平後，晉派陰飴甥盟會秦伯以迎回惠公。面對老奸巨滑的秦穆公，陰飴甥巧妙地利用「小人」和「君子」的對比，誘使穆公鑽入圈套，決定做君子放還惠公。陰飴甥可謂不辱使命。

十月，晉陰飴甥會秦伯[1]，盟於王城[2]。秦伯曰：「晉國和乎？」對曰：「不和。小人恥失其君而悼喪其親[3]，不憚征繕以立圉也[4]，曰：『必報讎，寧事戎狄。』君子愛其君而知其罪，不憚征繕以待秦命[5]，曰：『必報德，有死無二。』以此不和。」秦伯曰：「國謂君何[6]？」對曰：「小人戚[7]，謂之不免，君子恕[8]，以爲必歸。小人曰：『我毒秦[9]，秦豈歸君？』君子曰：『我知罪矣，秦必歸君！』貳而執之，服而舍之[10]，德莫厚焉，刑莫威焉。服者懷德，貳者畏刑。此一役也[11]，秦可以霸。納而不定，廢而不立，以德爲怨，秦不其然。」秦伯曰：「是吾心也。」改館晉侯[12]，饋七牢焉[13]。

【注釋】

[1]陰飴甥：晉大夫，即呂甥。秦伯：秦穆公。[2]王城：秦地，在今陝西朝邑縣西南。[3]小人：春秋時指被統治的勞動者。君：晉惠公，在秦晉韓之戰中被俘。[4]圉：晉惠公的太子名。[5]君子：指晉國貴族。秦命：指秦國

釋放晉惠公的命令。⑥國謂君何：指晉國內部對晉惠公的命運怎樣估計。⑦戚：憂傷。⑧恕：用自己善良的心推想別人的心。⑨我毒秦：指晉惠公本是在秦穆公的支持下回晉繼承侯位的，後來卻與秦爲敵。又以前晉發生災荒時，秦給晉送來糧食，後秦發生災荒，晉卻不予救濟。⑩貳：背叛。舍，同「捨」，釋放。⑪此一役也：指秦晉韓之戰。⑫改館：換一個住所，改用諸侯之禮相待。⑬七牢：牛、羊、豬各一頭，叫一牢。七牢是當時款待諸侯的禮節。

【譯文】

魯僖公十五年十月，晉國大夫陰飴甥會見秦穆公，在王城簽訂盟約。秦穆公問：「你們晉國人的意見協調一致嗎？」陰飴甥回答說：「不一致。老百姓認爲君主被敵人俘擄是一件恥辱的事，並且他們爲自己在戰爭中死去的親人而悲痛，所以不怕再次徵兵作戰，而是積極地修繕武器和城防，並且準備立太子圉做國君，還說：『一定要報仇雪恨，寧可因此而侍奉戎狄。』貴族們敬愛惠公但知道他有罪過，也不惜徵召兵卒，修繕城防，來等待秦國釋放晉君的命令。他們說：『一定要報答秦國的恩德，死了也無二心。』因此國內人民的意見並不統一。」秦穆公說：「你們晉國人對惠公的命運有什麼看法呢？」陰飴甥回答說：「老百姓非常憂傷，認爲他必死無疑，貴族們用他們善良的心來揣測大王您的心，認爲他一定會被放回。老百姓說：『我們對秦恩將仇報，秦國怎麼會把國君放回來呢？』貴族們說：『我們已經知道自己的過錯了，秦國一定會讓我們國君回來。』背叛自己就把他抓起來，服罪了就釋放他，這樣，沒有什麼會比秦國的恩德更深厚了，沒有什麼比秦國的刑罰更威嚴了。服罪的人感激懷念秦國的恩德，背叛的人害怕秦國的刑罰。通過這次戰役，秦國就可以稱霸天下了。當初送他回晉爲君，現在卻使他不得在位，把他抓了起來，現在他認罪了卻不把他放回去繼續立爲國君，這樣把過去的恩德化作今日的仇怨，秦國是絕對不會這樣做的。」秦穆公說：「這正是我的想法。」於是把晉侯送到國賓館去住，並贈給他豬、牛、羊各七頭。

子魚論戰《左傳》

（僖公二十二年）

【題解】

宋襄公不自量力，竟以中原霸主自居，這就不可避免地要和國力強盛、窺伺霸主地位已久的楚國發生尖銳的衝突，終於導致了楚宋泓之戰。宋襄公在你死我活的戰爭中，擺出一副長者風度，以顯示自己是仁義之師。結果坐失戰機，被楚人打得落花流水，受傷而逃。

子魚論戰一段，一針見血地指出戰爭就是要利用敵人的弱勢，乘勢殺敵，決不能有絲毫的心慈手軟。子魚的話，憤激而帶譏諷，論証嚴密、無懈可擊，實在痛快淋漓。對宋襄公來說，無異於迎面一盆冷水，當頭一頓棒喝。

楚人伐宋以救鄭[1]。宋公將戰[2]。大司馬固諫曰[3]：「天之棄商久矣[4]。君將興之，弗可赦也已[5]。」弗聽。及楚人戰於泓[6]，宋人既成列，楚人未既濟[7]。司馬曰：「彼衆我寡，及其未既濟也，請擊之。」公曰：「不可。」既濟而未成列，又以告。公曰：「未可。」既陳而後擊之[8]，宋師敗績。公傷股[9]，門官殲焉[10]。

國人皆咎公。公曰：「君子不重傷[11]，不禽二毛[12]。古之爲軍也，不以阻隘也[13]。寡人雖亡國之餘[14]，不鼓不成列[15]。」

【注釋】

1魯僖公二十二年（前六三八年），宋襄公率許、衛等國伐鄭，因鄭依附於楚，故楚人伐宋以救鄭。2宋公：宋襄公，名茲父。3大司馬固：即宋莊公之孫公孫固。司馬是統率軍隊的高級長官。4天子棄商：宋是商的後代，所以公孫固這麼說。這時周滅商已經四百多年。5赦：赦免。指違背天意的罪過，上天不會赦免。6泓：宋國水名。在今河南省柘城縣西北。7既：已經。濟：渡河。8陳：通「陣」，排列陣勢。9股：大腿。10門官：國君的親軍。殲：盡死。11重：再。12禽：通「擒」，抓住。二毛：頭髮黑白相關的人，指老人。13阻隘：險陰之地。14亡國之餘：宋是商的後代，所以宋襄公這麼說。15鼓：擊鼓，這是進攻的信號。

子魚曰：「君未知戰，勍敵之人1，隘而不列，天贊我也2。阻而鼓之，不亦可乎？猶有懼焉3。且今之勍者，皆吾敵也，雖及胡耇4，獲則取之，何有於二毛？明恥教戰，求殺敵也。傷未及死，如何勿重？若愛重傷5，則如勿傷；愛其二毛，則如服焉6。三軍以利用也7，金鼓以聲氣也8。利而用之，阻隘可也，聲盛致志9，鼓儳可也10。」

【注釋】

1勍：同「勁」，勍敵即「勁敵」。2贊：助。3猶有懼焉：還怕未必能夠獲勝。4雖：即使。及：到達。胡：大，指年紀大。耇：壽。胡耇，指很老的人。5愛：憐惜。6則如：何如。服：屈服，投降。7三軍：春秋時，大的諸侯國有上、中、下三軍。這裏泛指軍隊。8金：鑼。古代作戰，擊鼓進軍，鳴鑼收兵。氣：士氣。9致：招致，引起。10儳：不整齊。這裏指沒有擺成陣勢的意思。

【譯文】

楚國的軍隊攻打宋國來解救鄭國。宋襄公準備和楚國交戰。大司馬公孫固規勸說：「上天拋棄商已經很久了，您想復興它，上天是不會赦免您的。」宋襄公不聽他的勸告。於是和楚軍在泓水展開戰鬥。宋軍已經擺好了陣勢，而楚軍還沒有完全渡過泓水。司馬說：「他們的兵多，我們的兵少，趁他們還沒有完全渡過泓水，請您下令向他們進攻。」宋襄公說：「不行。」楚軍渡過泓水之後尚未排列好陣勢，司馬又請求攻擊他們。宋襄公說：「不行。」楚軍擺好陣勢後向宋軍發動進攻，宋軍被打得一敗塗地，宋襄公的大腿也受了傷，親軍被全部消滅。

宋國的人都怪罪宋襄公。襄公辯解說：「君子不再殺傷已經受傷的人，不俘擄年老的人。古代行軍作戰，不靠對方處於險陰時取得勝利。我雖然是已滅亡了的商朝的後代，但也能夠做到不向沒有擺好陣勢的敵軍發動進攻。」

子魚說：「您不懂什麼是戰爭。强大的敵人，暫時因爲險阻而沒能擺好陣勢，這是上天幫助我啊。乘著他們處於險阻而向他們發動進攻，難道不可以嗎？就是這樣還擔心不能獲勝呢。何況如今那些强大的國家，都是我們的敵人。即使是老頭子，捉住了也要取他們的性命，何況只是那些頭髮斑白的人呢？讓人民明白恥辱，教導他們要勇敢作戰，這是爲了殺傷敵人。敵人受傷還沒有死，怎麼能不再次擊殺他們呢？如果不想再次擊殺那些受傷的敵人，就不如一開始就不殺傷他們；如果憐惜那些頭髮斑白的敵人，那就不如向他們投降。軍隊憑藉一切有利的時機作戰，鳴鑼擊鼓是用來鼓舞士氣的。既然軍隊要憑藉有利的時機行動，那麼趁敵人遇到險阻時進攻是可以的。金鼓宏壯的聲音可以鼓舞士兵的鬥志，那麼擊鼓進攻那些還沒有擺好陣勢的敵人也是可以的。」

寺人披見文公《左傳》（僖公二十四年）

【題解】

寺人披趨炎附勢，見風使舵，一副典型的政客嘴臉。但他能言善辯，將自己過去刺殺晉文公的罪行僞飾爲忠君之行以示忠貞，又引齊桓公重用仇敵管仲的故事中之以大義，最後指出晉國內部危機重重而曉之以利害，因而得到文公的召見，揭穿了呂、郤的陰謀，達到了邀功於文公的目的。晉文公因此避免了一場大禍，並顯示了他不計前嫌，寬宏大量的君子之風，可見文公能成爲春秋五霸之一，決非偶然。

呂、郤畏逼[1]，將焚公宮而弒晉侯[2]。寺人披請見[3]。公使讓之[4]，且辭焉[5]，曰：「蒲城之役[6]，君命一宿，女即至[7]。其後余從狄君以田渭濱[8]，女爲惠公來求殺余[9]，命女三宿，女中宿至[10]。雖有君命，何其速也？夫袪猶在[11]，女其行乎！」對曰：「臣謂君之入也，其知之矣。若猶未也，又將及難。君命無二，古之制也。除君之惡，唯力是視。蒲人，狄人，余何有焉？今君即位，其無蒲，狄乎？齊桓公置射鉤而使管仲相[12]，君若易之，何辱命焉？行者甚衆，豈唯刑臣[13]！」公見之，以難告[14]。三月，晉侯潛會秦伯於王城。己丑，晦[15]，公宮火。瑕甥、郤芮不獲公[16]，乃如河上，秦伯誘而殺之。

【注釋】

①呂、郤：呂甥（即陰飴甥）、郤芮，晉大夫，都是晉惠公的親信舊臣。晉文公爲公子逃亡在外時，惠公曾經要殺死他。所以文公即位後，呂、郤害怕被迫害。②弒：臣殺君，子殺父，婦殺夫稱弒。晉侯：晉文公重耳。③寺人：官內的待衛小臣，即後世的宦官。披，寺人的名。④使：派人。讓：責備。⑤辭：拒絕。⑥蒲城：在今山西隰縣西北。魯僖公五年，晉獻公（重耳的父親）命寺人攻蒲，搜捕重耳，重耳逃走。⑦女：固「汝」，你。宿：一晚爲一宿。⑧田：打獵。⑨惠公：晉惠公，名夷吾，他是文公的弟弟，但先做國君。⑩中宿：第二天。⑪袪：衣袖。⑫《左傳・莊公九年》載：魯送公子糾回國，在乾（地名）與公子小白發生戰鬥，公子糾的部下管仲用箭射中了小白衣上的帶鉤。後來小白即位爲齊桓公，卻不追究這件事，反而任命管仲做相國。⑬刑臣：這裏是披自稱，因披是受了宮刑的閹人。⑭難：禍害。指呂、郤將要謀害文公的計劃。⑮己丑：是當年三月二十九日。晦：陰曆每月的最後一天。⑯瑕甥：即呂甥。因呂甥食邑在瑕城，故稱。

【譯文】

呂甥、郤芮害怕受到晉文公的迫害，準備縱火燒毀文公的宮殿並將他殺死。這有個叫披的宦宮求見文公。晉文公派人責備他，並且拒絕接見，說：「蒲城那一仗，晉獻公命令你第二天到達，你當天就到了。後來我和秋國的君王在渭水邊上狩獵，你向惠公請求讓你殺我，惠公命令你三天趕到，你第二天就到了。雖說是奉君命行事，但你爲什麼行動得那麼迅速呢？當初被你砍斷的衣袖我還保存著，你還是給我滾開吧！」披回答說：「我本來以爲您回國做了君主，一定會懂得爲君之道了。如果還不知道的話，那麼又要遭受禍難了。君王的命令必須毫無二心地去執行，這是古代的制度。爲君王除掉他所討厭的東西，必須盡力而爲。蒲人、狄人，對我又有什麼關係呢？現在您當上了晉國的國君，難道就不會發生在蒲、狄時那樣的災禍嗎？從前齊桓公不計較管仲曾經射中自己衣帶鉤的仇恨，讓他做自己的相國，如果您跟他的做法不同，又何必勞駕您下命令呢。要離開晉國的人很多，難道就我一個嗎？」於是晉文公召見了他，披把呂、郤的陰謀告訴了文公。三月，晉文公偷偷地在王城會見了秦穆公，商討對策。三月二十九日，晉文公的宮室著火。呂甥、郤芮沒有抓到晉文公，就逃到黃河邊上，秦穆公把他們引誘過去殺掉了。

介之推不言祿《左傳》

（僖公二十四年）

【題解】

介之推追隨重耳在外流亡十九年，即使無功，其耿耿忠心，難道不值得嘉獎？可是介之推認爲重耳最終回國執政完全是由於天命而不在人事，因此當晉文公賞賜隨從流亡的人時，他認爲這是「上下相蒙」，不但沒有去爭求利祿，反而和母親一道歸隱了。

介之推的天命觀是荒謬的，但他那種不追逐名利，超脫物慾的處世態度，卻是發人深省的。

晉侯賞從亡者[1]。介之推不言祿[2]，祿亦弗及。推曰：「獻公之子九人，雖君在矣[3]。惠、懷無親[4]，外內棄之，天未絕晉，必將有主。主晉祀者，非君而誰？天實置之，而二三子以爲己力[5]，不亦誣乎？竊人之財，猶謂之盜，況貪天之功以爲己力乎？下義其罪，上賞其奸，上下相蒙[6]，難與處矣！」其母曰：「盍亦求之[7]，以死誰懟[8]？」對曰：「尤而效之[9]，罪又甚焉！且出怨言，不食其食[10]。」其母曰：「亦使知之，若何？」對曰：「言，身之文也[11]，身將隱，焉用文之？是求顯也[12]。」其母曰：「能如是乎？與女偕隱[13]。」遂隱而死[14]。

晉侯求之不獲，以綿上爲之田[15]，曰：「以志吾過[16]，且旌善人[17]。」

【注釋】

①晉侯：晉文公。從亡者：跟隨文公一起流亡的人，如孤偃、趙衰等人。②介之推：晉貴族，曾隨重耳流亡國外。祿：古代稱官吏的俸給，薪水。③獻公：晉文公的父親。君：指晉文公。④惠：晉惠公。懷：晉懷公。惠公是文公的弟弟，懷公是惠公的兒子。⑤二三子：相當於現在講的「那幾位」，指跟從文公逃亡的人。「子」是對人的美稱。力：功勞。⑥蒙：欺。⑦盍：何不。⑧懟：怨恨。⑨尤：過失。⑩怨言：指前面講的「竊人之財……難與處矣！」等語，不食其食：前一「食」字，動詞，吃；後一「食」字，名詞，指俸祿。⑪文：修飾，此處有「表白」之意。⑫顯：顯達。⑬偕：俱。⑭遂隱而死：指晉文公因尋找不到隱居在山裏的介之推，就放火焚山，想借此讓介之推出來，誰知介之推寧死也不出山，焚身於火海之中。⑮綿上：地名。在今山西介休縣南、沁源縣西北的介山（一說綿山）下。⑯志：記。⑰旌：表揚。

【譯文】

晉文公賞賜跟他一起流亡的人。介之推不說自己有功勞應該享受俸祿，因此高官厚祿也沒有他的份。介之推說：「獻公有九個兒子，現在只有君侯（指晉文公重耳）還活著。惠公，懷公不親愛臣民，因此國外的諸侯，國內的人民都拋棄了他們。上天並沒有滅絕晉國的意圖，因此晉國必定會有新一代君主。主持晉國祭祀的人，不是君侯又是誰呢？這實在是上天的安排，但那些人卻認爲這是他們的功勞，這難道不是太荒唐了嗎？偷別人的錢財，尚且稱爲盜賊；何況是把上天的功勞一筆勾消而把它當作自己的功勞呢？臣下把他們這種勾當看作是正當的，君上對他們的這種奸惡行徑加以賞賜，上下互相欺騙，我實在難以和他們相處共事啊！」他母親說：「你爲什麼不也去要求賞賜呢，要不死了又怨誰呢？」介之推回答說：「我把他們這種行爲當作罪過，現在卻讓我去仿效他們，那罪過就更加嚴重了！況且說了怨恨的話，就不會再吃他賞賜的食物了。」他母親說：「那麼也讓國君知道這件事，怎麼樣？」介之推回答說：「言語，是自身思想的表白，我要隱居了，還用得著表白嗎？這是想求得顯達啊。」他母親說：「能夠這樣嗎？我和你一起隱居。」於是隱居到死。

晉文公找介之推不到，就把綿上之田作爲介之推的封田，說：「用這來記下我的過失，並且用來表揚好人。」

展喜犒師《左傳》

（僖公二十六年）

【題解】

在齊孝公大軍壓境的險情下，魯君派展喜去慰勞齊軍。展喜在言談從容之間便使一場流血戰爭得以避免，原因就在於他抓住了齊孝公想繼承其父桓公霸業的迫切心理，指出齊國不講信義，無故出師是不合王道的。因爲展喜抓住了對方的要害，大義凜然而又委婉動聽，從而使齊孝公心內震恐，只好撤軍。

齊孝公伐我北鄙[1]，公使展喜犒師[2]。使受命於展禽[3]。

齊侯未入竟[4]，展喜從之。曰：「寡居聞君親舉玉趾，將辱於敝邑，使下臣犒執事[5]。」齊侯曰：「魯人恐乎？」對曰：「小人恐矣，君子則否。」齊侯曰：「室如縣罄，野無青草[6]，何恃而不恐[7]？」對曰：「恃先王之命。昔周公、大公[8]，股肱周室[9]，夾輔成王，成王勞之而賜之盟[10]。曰：『世世子孫，無相害也。』載在盟府[11]，太師職之[12]。桓公是以糾合諸侯而謀其不協，彌縫其闕而匡救其災。昭舊職也[13]。及君即位，諸侯之望曰：『其率桓之功[14]。』我敝邑用不敢保聚[15]。曰：『豈其嗣世九年，而棄命廢職，其若先君何！』君必不然。』恃此不恐。」齊侯乃還。

【注釋】

①齊孝公：齊桓公的兒子。我：因爲《左傳》的作者是魯國人，所以稱魯國爲「我國」。鄙：邊遠的地方。②公：指魯僖公。展喜：魯大夫，展禽的弟弟。犒：用酒食慰勞軍隊。師：指齊軍。③受命：指向展禽領受犒勞齊軍的辭令。展禽：魯大夫，展無駭之子，名獲字禽。食邑於柳下，謚曰惠，故後來又叫柳下惠，他是春秋時魯國賢人。④竟：通「境」。⑤玉趾：腳趾，客氣的說法。辱：屈尊，使受辱，客氣的說法。敝邑：指魯國，自謙之詞。執事：手下辦事人員，實指齊桓公。古人爲了表示尊敬，不直接指稱對方，而說他左右的人。⑥縣：通「懸」。罄：一種中空的樂器。青草：指菜蔬。⑦恃：倚仗，依靠。⑧周公：周文王的兒子，名旦，魯國的始祖。太公，即姜太公，齊國的始祖。⑨股：大腿。肱：胳膊由肘到肩的部分。「股肱」意爲得力的助手。這裏用作動詞，意爲輔佐。⑩成王：周成王，周武王之子。⑪載：載書，指盟約。盟府：掌管盟約文書檔案的官府。⑫職：掌管。⑬昭舊職：昭顯齊太公的事業。⑭望：期望。率：遵循。桓指齊桓公。⑮保聚：「保」指修築城郭，「聚」指繕治甲兵。

【譯文】

齊孝公率軍攻打我國北部邊境，魯僖公派展喜去慰勞齊軍。先讓他到展禽那裏去聽取犒軍的辭令。

齊孝公還沒有到達魯國境內，展喜就迎上去，說：「我們國君聽說您親自到來，將要屈尊駕臨我國，特地派我來犒勞您左右的人。」齊孝公說：「魯國人害怕嗎？」展喜回答說：「老百姓害怕了，但士大夫並不怕。」齊孝公說：「你們魯國人的房子裏空空如也，就像是倒懸的罄，田野裏沒有蔬菜，憑什麼不害怕呢？」展喜回答說：「憑先王的命令。從前周公，太公扶助周室，輔佐成王，成王慰勞他們並命令他們結盟發誓說：『世世代代的子孫，都不要互相侵害。』這盟約至今還保藏在盟府裏，由太師掌管著。齊桓公因此聯合諸侯，解決他們之間的糾紛，彌補他們的過失，並且拯救他們的禍難，這都是爲了表明齊國仍然在履行太公輔佐周王室的固有職責啊。到您即位之後，諸侯對您寄予了希望，說：『他能遵循齊桓公的功業。』因此，我國也就不敢集結兵力，防守邊境，說：『難道他即位剛九年，就要背棄先王的命令，廢除自己的固有職責嗎？這怎麼能對得住太公和桓公呢！想來您一定不會這樣做。』我國的士大夫就因爲這個原因而不害怕。」於是齊孝公就撤軍回去了。

燭之武退秦師《左傳》

（僖公三十年）

【題解】

在秦晉兩國兵臨城下，千鈞一髮之際，鄭國老臣燭之武赤膽忠心，隻身深入虎穴，**對秦穆公剖析**陳辭，雄辯地証明滅亡鄭國對秦不但没有絲毫益處，反而會增强晉國這個潛在對手的實力，**只有保存**鄭國，秦才能得到好處。這樣就達到了分化瓦解敵軍的目的，並使秦鄭兩國化干戈玉帛，**從而使鄭國**轉危爲安。

晉侯、秦伯圍鄭[1]，以其無禮於晉[2]，且貳於楚也[3]。晉軍函陵[4]，秦軍氾南[5]。佚之狐言於鄭伯曰[6]：「國危矣，若使燭之武見秦君[7]，師必退。」公從之。辭曰：「臣之壯也，猶不如人；今老矣，無能爲也已。」公曰：「吾不能早用子[8]，今急而求子，是寡人之過也。然鄭亡，子亦有不利焉。」許之。

【注釋】

[1]晉侯：晉文公。秦伯：秦穆公。[2]以：因爲。無禮：晉文公爲公子時曾流亡各諸侯國，經過鄭國時，鄭文公沒有以禮相待。[3]貳：有貳心，這裏是依附的意思。鄭自莊公以後，國勢日衰，它介於齊、晉、楚三大國之間，看誰的勢力强就依附誰，有時依附這一邊，暗地裏又討好另一邊。此指僖公二十八年城濮之戰時鄭助楚攻晉一事。[4]函陵：鄭地。今河南新鄭縣北十三里，與東氾水較接近。[5]氾南：鄭地。今河南中牟縣南。即東氾水。[6]佚之狐：鄭大夫。鄭伯：鄭文公。前六七二年至前六二八年在位。[7]燭之武：鄭大夫。[8]子：古代對

子的尊稱。

夜縋而出①，見秦伯。曰：「秦、晉圍鄭，鄭既知亡矣。若鄭亡而有益於君，敢以煩執事②。越國以鄙遠③，君知其難也。焉用亡鄭以陪鄰④？鄰之厚，君之薄也。若捨鄭以爲東道主⑤，行李之往來，共其乏困⑥，君亦無所害。且君嘗爲晉君賜矣⑦，許君焦、瑕⑧，朝濟而夕設版焉⑨，君之所知也。夫晉，何厭之有⑩？既東封鄭⑪，又欲肆其西封⑫。若不闕秦⑬，將焉取之？闕秦以利晉，唯君圖之。」秦伯說⑭，與鄭人盟。使杞子、逢孫、楊孫戍之⑮，乃還。

【注釋】

①縋：繩索。這裏指用繩子綁住身體，從城牆上往下放。②執事：敬詞，左右辦事的人。這裏實際上指秦穆公本人。③鄙：邊疆，這裏作動詞用。遠：偏遠的地方（指鄭國）。④陪：增厚，增強。鄰指晉國。⑤東道主：東方道路上招待宿食的主人。因爲鄭在秦東，所以這麼說。⑥行李：使者。共：同「供」。⑦指秦穆公曾經幫助晉惠公回國即位。嘗：曾經。賜：恩德。⑧焦、瑕：晉地名，在今河南三門峽一帶。⑨朝：早晨。版：打土牆用的夾板。設版，指築城備戰。⑩厭：通「饜」，滿足。⑪封：疆界。這裏用作動詞，即「以……爲疆界」之意。⑫肆：放肆，指極力擴張。⑬闕：損害。⑭說：同「悅」。⑮杞子、逢孫、楊孫：均爲秦大夫。

子犯請擊之①。公曰：「不可！微夫人之力不及此②。因人之力而敝之③，不仁；失其所與④，不知⑤；以亂易整⑥，不武。吾其還也⑦。」亦去之⑧。

【注釋】

①子犯：即狐偃，晉大夫，晉文公的舅父。②微：非，沒有。夫人：那個人。指秦穆公。此句指秦穆公在晉惠公死後又幫助晉文公回國繼取君位的事。③敝：敗壞、損害。④所與：同盟者，與國。⑤知：同「智」。⑥亂：指秦晉兩國同盟破裂，互相攻戰。整：指秦晉兩國和睦相處。易：代替。⑦其：無義，句中舒緩語氣的助詞，可譯爲：「還是」。⑧去：離去。

【譯文】

晉文公，秦穆公率軍圍攻鄭國，因爲鄭文公曾經對晉文公無禮，而且又依附楚國。當時晉軍進駐函陵，秦軍進駐氾南。

佚之狐對鄭文公說：「國家很危險了，如果讓燭之武去拜見秦穆公，那麼敵人的軍隊一定會撤退。」鄭文公便聽從了他建議。燭之武卻推辭說：「我年輕力强的時候，尚且比不上別人；如今老朽了，更加辦不了事了。」鄭文公說：「我不能及早重用您，到了危急的關頭才來求你，這是我的過錯。但如果鄭國滅亡了，對您也沒好處啊。」於是燭之武便答應了他。

晚上，燭之武用繩子縛住自己，從城上吊了下來，見到了秦穆公。燭之武說：「秦晉兩國圍攻鄭國，鄭國人知道自己就要滅亡了。如果鄭國的滅亡對您有好處，那還得麻煩您呢！越過他國把遙遠的地方作爲自己的邊境，您一定知道其中的困難。怎能用滅亡鄭國來增强鄰國的實力呢？鄰國實力的增强，就是秦國實力的削弱啊。如果您放棄攻打鄭國，並把它作爲東方道路上爲秦國準備食宿的主人，貴國的使者來往經過這裏，也能供應他們缺乏的東西，這對您也沒有什麼害處。再說您曾經幫助過晉惠公回國即位，他答應把焦、瑕兩地送給您作爲酬謝，可是他早晨剛渡過黃河，傍晚就修築工事來防備您，這是您知道的。晉國怎麼會滿足呢？等到晉國東面的疆土擴展到鄭國，那麼必定會擴張他們西部的邊疆。如果不損害秦國，那他又從哪裏獲得土地呢？損害秦國來使晉國受益，希望您好好考慮一下。」秦穆公非常高興，於是和鄭人結成聯盟。讓杞子、逢孫、楊孫守衛鄭國，自己率軍回國去了。

子犯請求出兵襲擊秦軍。晉文公說：「不行！如果沒有那個人的幫助我也不會有今天。得過人家的幫助卻要損害人家，這是不仁義的；失掉自己的同盟者，這是不明智的；用混戰來代替聯盟，這是不勇武的。我們還是回去吧。」於是晉軍也撤離了鄭國。

蹇叔哭師[1]《左傳》

（僖公三十二年）

【題解】

秦國雖從氾南撤軍，但仍企圖把勢力擴張到東方，因而就必然要攫取鄭國做它的軍事據點。秦穆公精明練達。但野心勃勃，利令智昏，不考慮實際情況，結果可想而知。蹇叔兩「哭」既說明他作爲秦國元老的透徹分析形勢能力，也表明了蹇叔的拳拳愛國心。

杞子自鄭使人告於秦曰：「鄭人使我掌其北門之管[2]，若潛師以來，國可得也。」穆公訪諸蹇叔[3]。蹇叔曰：「勞師以襲遠，非所聞也。師勞力竭，遠主備之[4]，無乃不可乎？師之所爲，鄭必知之。勤而無所，必有悖心[5]。且行千里，其誰不知？」公辭焉。召孟明、西乞、白乙[6]，使出師於東門之外。蹇叔哭之曰：「孟子[7]！吾見師之出而不見其入也。」公使謂之曰：「爾何知！中壽[8]，爾墓之木拱矣[9]！」

【注釋】

[1]蹇叔：秦大夫，秦國元老。[2]使：派人。管：鑰匙。[3]諸：之於。[4]遠主：指鄭國，因爲秦和鄭之間隔著晋國。[5]悖心：叛亂的情緒。[6]孟明：秦大夫百里奚的兒子。名視，孟明是字。西乞：複姓，名術。白乙：複姓，名丙。三人都是秦將。[7]孟子：即孟明。「子」是古代對男子的美稱。[8]中壽：六、七十歲。蹇叔當時大約八九十歲了。[9]拱：兩手合抱。

蹇叔之子與師。哭而送之，曰：「晉人御師必於殽①。殽有二陵焉②：其南陵，夏后皋之墓也③；其北陵，文王之所辟風雨也④。必死是間，余收爾骨焉。」秦師遂東。

【注釋】

①殽：同「崤」，山名。在今河南洛寧縣西北。②陵：大山。殽有南北二山（即「二陵」），相距三十五里，故稱二崤。③南陵：即西陵。夏后皋，夏代的天子，名皋，是夏桀的祖父。④北陵：即東陵。文王：周文王。辟：同「避」。

【譯文】

杞子從鄭國派人報告秦穆公說：「鄭國官方叫我掌管都城北門的鑰匙，如果您秘密派軍隊來偷襲，鄭國可以占領到。」秦穆公拿這事來徵詢蹇叔的意見。蹇叔說：「讓軍隊辛辛苦苦去偷襲遠方的國家，我沒聽說過。使軍隊累得精疲力竭，遠方的鄭國卻早已有所準備，這恐怕不行吧？我們的軍事行動，鄭國一定會知道。秦軍勞苦了卻毫無所得，士兵會產生叛亂的情緒。再說，軍隊長征千里，還有誰不知道呢？」秦穆公拒絕了蹇叔的意見。召集孟明、西乞和白乙三員大將，叫他們從東門出兵。蹇叔哭著說：「孟明啊！我看見軍隊出發，卻見不到他們回來了！」秦穆公派人對他說：「你知道什麼！如果你活到六七十歲就死了的話，現在你墳墓上的樹也有兩手合抱那麼粗了。」

蹇叔的兒子也參加了這支軍隊。蹇叔哭著送他，說：「晉國的軍隊一定會在崤山狙擊我軍，殽有兩座大山：那南邊的大山是夏王皋的墳墓；那北邊的大山是周文王避過風雨的地方。你必定會死在兩山之間，我就到那裏去收你的屍骨吧！」

秦國的軍隊就向東進發了。

鄭子家告趙宣子《左傳》

（文公十七年）

【題解】

弱小的鄭國夾在晉楚兩個敵對的大國中間，實在是受盡了委曲。鄭子家在這封信中，歷數了鄭國君臣對晉國的朝見活動，表明了鄭對晉的恭敬和忠誠，說明晉侯責備鄭伯是無理的。同時子家又暗示說如果被逼急了，鄭也不惜決一死戰或投靠楚國。最後陳述鄭國屈服於楚國是迫不得已，訴說小國的辛酸苦楚。

子家的信，詞句懇切，言辭宛轉，不卑不亢，剛柔相濟。由於曉之以理，動之以情，終於打動了趙宣子的心，不再苛責鄭國。

晉侯合諸侯於扈[1]，平宋也[2]。

於是晉侯不見鄭伯[3]，以為貳於楚也。鄭子家使執訊而與之書[4]，以告趙宣子曰[5]：

「寡君即位三年，召蔡侯而與之事君[6]，九月，蔡侯入於敝邑以行[7]，敝邑以侯宣多之難[8]，寡君是以不得與蔡侯偕。十一月，克減侯宣多而隨蔡侯以朝於執事[9]。十二年六月，歸生佐寡君之嫡夷[10]，以請陳侯於楚而朝諸君[11]。十四年七月，寡君又朝，以蕆陳事[12]。十五年五月，陳侯自敝邑往朝於君。往年正月，燭之武往朝夷也[13]。八月，寡君又往朝。以陳、蔡之密邇於楚而不敢貳焉[14]，則敝邑之故也。雖敝邑之事君，何以不免？在位之中，一朝於襄，而再見於君[15]，夷與孤之二三臣相及於絳[16]，雖我小國，則蔑以過之矣[17]。

【注釋】

[1]晉侯：晉靈公，前六二〇年至前六〇七年在位。扈：鄭地名，在今河南原陽縣。[2]平宋：平定宋亂以立宋文公。宋昭公無道，先一年十一月，被宋襄公夫人派人殺了。[3]鄭伯：鄭穆公，名蘭，爲鄭國第九君，前六二七年至前六〇六年在位。[4]子家：鄭公子歸生，字子家，鄭國執政大臣。執訊：負責通訊，聯絡的官。書：信。[5]趙宣子：即趙盾，晉卿，晉執政大臣。[6]蔡侯：指蔡莊公。君：指晉靈公之父晉襄公。[7]敝邑：對別人稱自己國家的謙稱。[8]侯宣多：鄭大夫。鄭穆公爲侯宣多所立，於是他恃寵專權，故稱「侯宣多之難」。[9]克滅：稍稍平定。克：勝。滅：損。[10]嫡：嫡子，正妻所生的長子。夷：鄭國太子名，即後來的鄭靈公。[11]陳侯：指陳共公，前六三一年至前六一四年在位。陳共公要去朝見晉國，又擔心楚國不高興，所以歸生輔助太子夷爲他請命於楚國。諸：「之於」的合音。[12]蕆：完成。[13]往年：去年。燭之武：鄭大夫。往朝夷：太子夷往朝於晉。這是倒裝句。[14]密邇：緊密靠近。邇：近。[15]襄：晉襄公。君：這裏指晉靈公。[16]孤：侯王的自稱。及：來到。絳：晉都。今山西曲沃縣西南。[17]蔑：無，沒有。

「今大國曰[1]：『爾未逞吾志[2]。』敝邑有亡，無以加焉。古人有言曰：『畏首畏尾，身其餘幾[3]。』又曰：『鹿死不擇音[4]。』小國之事大國也，德，則其人也，不德，則其鹿也。鋌而走險[5]，急何能擇？命之罔極[6]，亦知亡矣。將悉敝賦以待於儵[7]，唯執事命之。文公二年[8]，朝於齊。四年，爲齊侵蔡，亦獲成於楚[9]。居大國之間而從於強令[10]，豈其罪也。大國若弗圖[11]，無所逃命。」

晉鞏朔行成於鄭[12]，趙穿、公婿池爲質焉[13]。

【注釋】

①大國：指晉國。②逞：滿足。③此句意指非常害怕。④音：通「蔭」，指庇蔭之處。言外之意是：如果晉國逼迫太緊，鄭國就要投靠楚國。⑤鋌：快跑的樣子。⑥命：指晉國的要求。罔極：無窮。⑦悉：盡。賦：這裏指軍隊。古時按田賦出兵。儵：地名，在晉鄭交界處。⑧文公：指鄭文公，下文「四年」亦同。⑨成：達成和議。⑩强令：强制性的命令。⑪圖：體諒。⑫鞏朔：晉大夫。⑬趙穿：晉卿。公婿池：晉靈公的女婿，名池。

【譯文】

晉靈公在扈會集諸侯，商議平定宋國的內亂。

在這個時候，晉靈公沒有召見鄭穆公，他認爲鄭國投靠楚國，對晉懷有二心。鄭國的執政大臣子家派一名通訊官給晉國的執政大臣趙宣子送去一封信，信中說：

「我們國君即位三年，便叫蔡侯和他一起來侍奉晉君。九月，蔡侯到達我們國家準備出發到晉國去，當時我們國內因爲侯宣多專權作亂，我們的君主因此不能夠和蔡侯一同去。十一月，大體上平定了侯宣多的叛亂，我們的君主就隨蔡侯一道去朝見晉君。十二年六月，我輔助我們的太子夷一同到楚國替陳侯請命，好讓楚國允許陳侯來朝見晉君。十四年七月，我們國君又朝見你們的君王，來完成陳侯朝見晉君的準備工作。十五年五月，陳侯從我國出發去朝見晉君。去年一月，燭之武和太子夷一起朝見晉君。八月，我們國君又親自朝見晉君。爲什麼陳、蔡兩國對楚國那樣親近卻不敢對晉國懷有二心呢？這是因爲我們國家的緣故啊。雖然我國這樣盡心盡力地服侍晉君，但還是不免於獲罪，這是什麼原因呢？我們君主在位這些年，一次朝見襄公，兩次朝見靈公，太子夷和幾位大臣相繼來到晉都絳，我們雖然是一個小國，但侍奉晉君這樣恭敬忠誠的，還沒有誰超過我們。

「如今晉國說：『你沒有滿足我的要求。』看來我們國家只有亡國一條路了，因爲我們無法再增加什麼來侍奉晉國了。古人說：『畏首畏尾，去了兩頭，身子剩下來的還能有多少呢？』又說：『鹿在生死關頭，就顧不得選擇庇蔭的地方了。』小國侍奉大國，如果大國能以德相待，那麼他們就是人；否則，他們就是鹿了。鹿飛奔在險路上，在危急的關頭還能選擇什麼呢？晉國對我國的要求沒有止境，我們鄭國也知道要亡國了。我們準備將全國的兵力都集結在儵這個地方，只準備聽您的命令了。文公二年，我國也曾朝見過齊國的君王。文公四年，替齊國攻打過蔡國。但也和楚國達成了和議。處於大國之間而聽從他們强制性的命令，這難道是我們鄭國的過錯嗎？晉國如果不體諒一下我國，那麼也不能不聽您的命令了。」

晉國於是派鞏朔到鄭國講和，並把趙穿、晉靈公的女婿池兩人作爲人質留在鄭國。

王孫滿對楚子《左傳》

（宣公三年）

【題解】

春秋時期，周王朝逐漸衰落，諸侯稱雄爭霸。楚莊王時，確立了霸權地位，極力向北前進，陳兵周朝邊境，詢問九鼎輕重，企圖取代周朝王權。周大夫王孫滿爲維護周朝王權，極力抗議楚莊王，說明了治天下「在德不在鼎」的道理，並指出「周德雖衰，天命未改」，句句針對楚國的意圖，回答了楚莊王。

楚子伐陸渾之戎1，遂至於雒2，觀兵於周疆3。定王使王孫滿勞楚子4，楚子問鼎之大小輕重焉5。對曰：「在德不在鼎。昔夏之方有德也6，遠方圖物，貢金九牧7，鑄鼎象物8，百物而爲之備，使民知神姦。故民入川澤山林，不逢不若9。螭魅罔兩10，莫能逢之。用能協於上下，以承天休11。桀有昏德，鼎遷於商12，載祀六百13。商紂暴亂，鼎遷於周14。德之休明15，雖小，重也；其姦回昏亂，雖大，輕也。天祚明德，有所底止16。成王定鼎於郟鄏17，卜世三十，卜年七百，天所命也。周德雖衰，天命未改，鼎之輕重，未可問也。」

【注釋】

1楚子：楚莊王。楚是子爵，但自稱爲王。陸渾之戎：古代西北兄弟民族之一，原在秦晉西北，後遷於伊川，在今河南嵩縣東北。②雒：同「洛」。洛水發源於陝西洛南縣，經河南流入黃河。③觀兵：檢閱軍隊以炫耀武力。④定王：名瑜。爲周朝第二十一代王。王孫滿、周大夫。勞：慰勞。⑤鼎：相傳是夏禹所鑄的九鼎。夏、商、周三代傳以爲國寶。鼎是王權的象徵，平時鎖在室內，人看不見，所以楚莊王問它的大小輕重。這句話，顯示了要取代周王室的意圖。⑥方：正。⑦圖物：繪制各地奇異之物。貢金：貢獻金屬品。九牧：九州之長。貢金九牧，即：「九牧貢金」。⑧鑄鼎象物：即用九牧所貢的銅鑄鼎，並把所描繪的奇異事物鑄在鼎上。⑨不若：不順，不利之物。⑩螭魅：通「魑魅」，山林中的鬼怪。罔兩：通「魍魎」，水中的鬼怪。⑪用：因。休：福佑，保佑。⑫桀：夏王朝最後的君主。⑬載祀：記年。⑭紂：商王朝最後的君主。⑮休明：美好清明。⑯祚：賜福。底止：限度，指最終的年限。⑰成王：指周成王。定鼎：九鼎爲傳國重器，王都所在，即鼎之所在，因而稱定都爲定鼎。郟鄏：地名，在今河南洛陽。

【譯文】

楚莊王討伐陸渾部落的戎族，於是來到洛水邊上，在周朝的邊境上陳兵示威。

周定王派王孫滿去慰勞楚莊王。楚莊王便詢問九鼎的大小輕重。王孫滿回答說：「有天下在於有德，而不在乎有鼎。從前夏朝正在有德政的時候，遠方各地把他們那金的奇異之物繪製成圖，獻給朝廷；九州的長官也貢獻出了各地出產的銅。夏王把這些銅鑄成九鼎，把各地所繪的奇物鑄在鼎上，使人民看到鼎上的各種好壞物象，預先作好防備。所以百姓進入河湖山林，不會遇到不順利的事情。山水木石的鬼怪，人們也不會遇到。因此上下能夠協調一致，能夠承受上天所賜給的福分。夏桀有昏亂的行爲，九鼎就遷移到商朝，商朝保持了六百年。商紂王暴虐無道，九鼎又遷移到周朝。德行美好清明，鼎雖然小，也是很重的；要是奸邪昏亂，鼎雖然大，也是很輕的。上天賜福給那些有德行的人，也是有年限的。周成王把鼎安置在郟鄏時，曾占卜過，可以傳三十代，歷年七百，這是上天的旨意。現在周朝的德行雖然衰落，可是天命還沒有改變。九鼎的輕重，是不能詢問的。」

齊國佐不辱命《左傳》

（成公二年）

【題解】

公元前五八九年，齊晉鞌之戰，齊軍戰敗歸逃，晉軍繼續追擊。齊國派賓媚人出使晉國談判。晉國提出十分苛刻的條件，賓媚人從容不迫，逐條駁斥，並委婉的表達出齊國將會「收拾餘燼，背城借一」的決心，從而在道理上折服了晉人，取得了談判的勝利。

晉師從齊師①，入自丘輿②，擊馬陘③。齊侯使賓媚人賂以紀甗、玉磬與地④；不可，則聽客之所為⑤。

【注釋】

①從：追擊。②丘輿：齊邑名，在今山東益都縣界。③馬陘：齊邑名，在益都縣的西南。④齊侯：齊頃公，前五九八年至五八二年在位。賓媚人：即國佐，齊大夫。賂：贈送財物。甗：飲器，青銅或陶製。玉磬：玉製樂器。這是齊滅紀國時所得到的兩件國寶。⑤客：指晉國。

賓媚人致賂，晉人不可，曰：「必以蕭同叔子為質①，而使齊之封內盡東其畝②。」對曰：「蕭同叔子非他，寡君之母也。若以匹敵③，則亦晉君之母也。吾子布大命於諸侯，而日必質其母以為信，其若王命何④？且是以不孝令也。《詩》曰：『孝子不匱，永錫爾類⑤。』

若以不孝令諸侯，其無乃非德類也乎⑥？先王疆理天下⑦，物土之宜而布其利⑧，故《詩》曰：『我疆我理，南東其畝⑨。』今吾子疆理諸侯，而曰：『盡東其畝。』而已，唯吾子戎車是利⑩，無顧土宜，其無乃非先王之命也乎？反先王則不義，何以爲盟主？其晉實有闕⑪！四王之王也⑫，樹德而濟同欲焉⑬。五伯之霸也⑭，勤而撫之，以役王命⑮。今吾子求合諸侯，以逞無疆之欲。《詩》曰：『敷政優優，百祿是遒⑯。』子實不優而棄百祿，諸侯何害焉！不然，寡君之命使臣，則有辭矣⑰。曰：『子以君師辱於敝邑，不腆敝賦，以犒從者⑱，畏君之震，師徒撓敗⑲。吾子惠徼齊國之福⑳，不泯其社稷，使繼舊好，唯是先君之敝器土地不敢愛㉑，子又不許。請收拾除燼，背城借一㉒。』敝邑之幸，亦云從也；況其不幸，敢不唯命是聽！』

【注釋】

①蕭同叔子：指齊頃公的母親。蕭：國名。同叔：蕭國國君的字，此人爲齊頃公的外祖父。子：指女兒。晉人不便直言，所以這樣稱呼她。質：人質。②封內：國境內。盡東其畝：使田間的壟埂順著東西方向。晉人以兵車進攻齊時易於通行。③匹敵：指國君地位平等。④王命：先王以孝治天下的遺命。先王：已去世的帝王。⑤匱：竭盡。錫：賜予。詩見《詩經．大雅》。⑥無乃：委婉的語氣詞，有「恐怕」的意思。⑦疆理：指對田地的劃分與治理。疆：定疆界。理：治理。指劃定溝渠和道路。⑧物：察看。布：分布。⑨南東其畝：指壟埂走向，或順著南北方向，或順著東西方向。詩句見《詩經．小雅．信南山》，南、東都是動詞。⑩戎東：兵東。⑪闕：缺點，過失。⑫四王：指禹、湯、周文王、周武王。王：以德治天下的意思。⑬濟：滿足。同欲：共同的欲望。⑭五伯：指夏的昆吾，商的大彭、豕韋、周的齊桓、晉文。也有人認爲是指齊桓公、宋襄公、晉文公、秦穆公，楚莊王。伯：通「霸」。⑮以役王命：從事於王命。⑯敷：施行。優優：寬大平和的樣子。祿：幸

福。遒：聚集。詩句見《詩經・商頌・長發》。⑰辭：言詞，話。⑱不腆：不豐富。賦：這裏指軍隊。⑲撓敗：挫折失敗。⑳徼：求取。㉑敝器：指紀甗、玉磬等。愛：吝惜。㉒燼：燒殘的灰，這裏此喻殘餘的軍隊。背城借一：背靠著城，再打一仗。意即在城下決一死戰。

【譯文】

晉軍追擊齊軍，從丘輿進入齊境，攻打馬陘。齊頃公派遣賓媚人把從紀國得來的甗、玉磬和土地獻給晉國，請求講和；如果晉人還不答應，那只好聽任他們所採取的行動了。

賓媚人獻上禮物，晉人不答應，說：「一定要拿蕭同叔的女兒做人質，並且要把齊國境內的所有田壟都改為東西向，才可以退兵。」賓媚人回答說：「蕭同叔的女兒不是別人，是我們君主的母親，如果以同等地位看待，也是晉國君主的母親。您向諸侯發布重大命令，卻說要把他的母親作為人質，當作憑信，這符合先王以孝治天下的遺命嗎？而且這是教人做不孝的事情。《詩經》上說：『孝子的孝心沒有窮盡，並永遠以孝道影響和感化同類的人。』假如用不孝去號令諸侯，恐怕不是以孝道來影響自己的族類吧？先王畫分疆界，治理土地，要察看土地宜於種什麼作物，然後使它得到合理的安排，所以《詩經》上說：『我畫分疆界，我治理土地，田埂有的是南北走向，有的是東西走向。』現在您畫分和治理各諸侯國的土地，卻說全部都要東西走向，只圖對您的兵車前進有利，不顧土地是否適宜，這恐怕不是先王的命令吧？違反先王的命令就是不義，又憑什麼做諸侯的盟主呢？晉國確實有過失。四王能夠成就王業，都樹立了德政而又能滿足諸侯的共同願望，五伯能夠成就霸業，也是辛勤地安撫諸侯，共同執行先王的命令，現在您想集合諸侯，卻只圖滿足自己無限的欲望。《詩經》上說：『施行寬和的政治，各種福祿都會匯集起來。』您不講寬和，拋棄了各種福祿，這對諸侯又有什麼損害呢？假如您不答應講和，我們的君主命令我還有話說。他說：『您帶領軍隊到我們的國土上來，我們用不強大的軍隊來和你們周旋。由於害怕您的聲威，我們的軍隊遭到挫敗。如果您願意施恩惠，肯賜福給齊國，不滅亡齊國，使兩國能繼續保持以前的友好關係，那麼我們就不會吝惜先君留下來的寶物和土地，可是，您又不答應。那我們就只好收集殘兵剩卒，在城下和您決一死戰。我國如果幸而得勝，也還會跟隨您。如果不幸戰敗，那還敢不聽從您的命令！』」

楚歸晉知罃《左傳》

（成公三年）

【題解】 晉楚兩國交換俘虜，知罃即將被釋放回國，楚王問他如何報恩，知罃說：「無怨無德，不知所報」，最後表示：將來再一次和楚軍作戰時，一定竭力致死，這就是對楚王的報答。這種忠於晉國，對楚不卑不亢的精神，使楚王認識到「晉未可與爭」。

晉人歸楚公子谷臣與連尹襄老之屍於楚[1]，以求知罃[2]。於是荀首佐中軍矣[3]，故楚人許之。

【注釋】 [1]谷臣：楚莊王的兒子。連尹襄老：楚臣。連尹：官名。襄老：人名。公元前五九七年晉楚邲之戰時，晉國俘獲谷臣，射死襄老，把屍體運回晉國。楚國俘獲知罃。[2]知罃：晉大夫，荀首之子。[3]於是：在這個時候。荀首：即知莊子，晉國的上卿。佐：輔，任副職的意思。中軍：古代軍事編制，分左中右三軍，主帥親率中軍。

王送知罃[1]，曰：「子其怨我乎？」對曰：「二國治戎，臣不才，不勝其任，以爲俘馘[2]。執事不以釁鼓[3]，使歸即戮，君之惠也。臣實不才，又誰敢怨？」王曰：「然則德我乎[4]？」對曰：「二國圖其社稷而求紓其民[5]，各懲其忿以相宥也[6]，兩釋纍囚以成其好[7]；二國有好，臣不與及，其誰敢德？」王曰：「子歸，何以報我？」對曰：「臣不任受怨，君亦不任受德，無怨無德，不知所報。」王曰：「雖然，必告不穀[8]。」對曰：「以君之靈[9]，纍臣得歸骨於晉[10]，寡君之以爲戮，死且不朽[11]。若從君惠而免之，以賜君之外臣首[12]，首其請於寡君而以戮於宗[13]，亦死且不朽。若不獲命而使嗣宗職[14]，次及於事，而帥偏師以脩封疆[15]，雖遇執事，其弗敢違[16]。其竭力致死無有二心[17]，以盡臣禮[18]，所以報也。」王曰：「晉未可與爭。」重爲之禮而歸之[19]。

【注釋】

[1]王：指楚共王，前六一三年至前五九一年在位。[2]俘馘：俘虜。馘：割掉耳朵。古代戰時以割取敵人屍首左耳來記戰功。[3]執事：侍從左右的人。這裏實際指楚共王，下同。釁鼓：古代的一種祭祀。用牲畜的血來塗抹鐘鼓。這裏是被殺掉的意思。[4]然則：既然這樣，那麼。德：感激。[5]紓：寬舒，即解除苦難之意。[6]懲：抑止。忿：怒氣，怨恨。宥：寬赦，即原諒之意。[7]累囚：被捆綁起來的俘虜。[8]不穀：不善。這是諸侯自稱的謙詞。[9]靈：威靈。即福氣之意。[10]累臣：被俘虜的人。這裏是知罃的自稱。歸骨於晉：骨頭能回到晉國。意即能活著回到晉國。[11]不朽：不腐爛。這裏指對國君忠貞不渝。[12]外臣：對別國君主稱本國的臣。這裏指知罃的父親荀首。[13]戮於宗：執行家法，在宗族內處死。[14]嗣：繼承。宗職：家族世襲的官職。[15]帥：同「率」。偏師：副師、副將所屬的軍隊。這裏是客氣話。脩：治理。封疆：邊界。[16]違：躲避。[17]致死：效死；貢獻生命。[18]以盡臣禮：這個「臣禮」是對晉君，不是對楚王。知罃意爲：忠晉即所以報楚。[19]禮：禮儀。

【譯文】

晉國人把楚國公子谷臣和連尹襄老的屍骨送到楚國，要求換回知罃。這個時候，知罃的父親荀首已是晉國中軍的副統帥了，所以楚國答應他了。

楚共王送知罃回國時，對他說：「你大概怨恨我吧？」知罃回答說：「兩國交戰，我沒有才能，不能勝任自己的職務，以致於當了俘虜。您不把我殺掉，用我的血塗鼓祭祀，使我能回到晉國去受刑，這是您對我的恩惠。我實在沒有才能，還敢怨恨誰呢？」楚共王說：「既然這樣，那麼你感激我嗎？」知罃回答說：「兩國都爲自己的國家考慮，以求解除百姓們的苦難，各自抑制自己的怒氣而互相寬恕！雙方釋放俘虜而建立友好的關係，兩國都有好處，這和我個人並沒有關係，我又感激誰呢？」楚共王說：「你回去後，用什麼來報答我呢？」知罃回答說：「我沒有什麼被人怨恨的地方，您沒有什麼讓我感激的恩德，咱們相互既無怨恨，又無恩德，我不知道應該怎樣報答。」楚共王說：「雖然這樣，你一定要告訴我。」知罃回答說：「托您的福氣，我這把骨頭能夠回到晉國，我們的國君把我殺掉了，我死了也是忠貞不渝的。如果是因爲您的恩惠，我們國君赦免了我，把我交給您的外臣荀首，荀首再向我們的國君請命，然後在宗族內將我處死，那我死了也是忠貞不渝的。如果不能得到國君殺我的命令，而讓我繼承宗族世襲的官位，輪到我擔任軍職，率領一支軍隊去保衛邊疆，那時我即使遇到了您，也不敢迴避。我將盡力作戰，直到戰死，不會有二心，用這來盡到我做臣子的職責，這就是我用來報答您的。」楚共王說：「晉國是不能同他爭鬥的。」於是爲知罃舉行了隆重的禮儀，送他回國。

呂相絕秦《左傳》

（成公十三年）

【題解】

秦、晉兩國君主互結婚姻，但爲了爭奪霸權，又勾心鬥角，不斷進行戰爭。本文是晉統率諸侯軍隊進攻秦國之前，先派呂相到秦宣布的絕交辭令。在這篇辭令裏，呂相歷數秦的罪狀，指責秦不顧兩國邦交的友好歷史，做出了背信棄義的事。這篇辭令開戰國策士游説之辭的先河，也是後世檄文之祖。

晉侯使呂相絕秦[1]，曰：「昔逮我獻公及穆公相好[2]，戮力同心[3]，申之以盟誓，重之以婚姻[4]。天禍晉國[5]，文公如齊，惠公如秦。無祿[6]，獻公即世[7]，穆公不忘舊德，俾我惠公用能奉祀於晉[8]，又不能成大勛而爲韓之師[9]。亦悔於厥心，用集我文公[10]，是穆之成也[11]。

【注釋】

[1]晉侯：指晉厲公，前五八〇年至前五七三年在位。呂相：人名，晉大夫魏錡之子。[2]昔逮：自從。獻公：晉獻公。穆公：秦穆公[3]戮力：合力，勉力。[4]重：又。昏：通「婚」。指秦穆公娶晉獻公女兒爲夫人之事。[5]天禍晉國：指晉獻公死後，由於他的幾個兒子爭位所造成的內亂。重耳（晉文公），夷吾（惠公）等羣公子先後逃出晉國，流亡各地。[6]無祿：無福祿，不幸。[7]即世：去世。[8]俾：使。晉惠公是由秦穆公送回晉國即位爲國君的。[9]大勛：大功。韓之師：僖公十五年（前六四五年）秦伐晉，戰於韓原，秦國俘獲晉惠公。[10]指秦

穆公幫助重耳（文公）回國做國君。[11]成：成全。

文公躬擐甲冑[1]，跋履山川，逾越險阻，征東之諸侯虞、夏、商、周之胤而朝諸秦[2]，則亦既報舊德矣。鄭人怒君之疆場[3]，我文公帥諸侯及秦圍鄭[4]。秦大夫不詢於我寡君，擅及鄭盟[5]，諸侯疾之，將致命於秦[6]。文公恐懼，綏靖諸侯[7]，秦師克還無害[8]，則是我大有造於西也[9]。

【注釋】[1]躬擐甲冑：親自穿著鎧甲、戴著頭盔。躬：親自。擐：穿。[2]胤：後代。[3]怒：侵犯。疆場：邊境。場：疆界。[4]參看《燭之武退秦師》。帥：通「率」。[5]及：和，同。[6]疾：痛恨。致命：拼死決戰。按：當時秦鄭結盟，確實對晉不利，但說諸侯因此對秦深惡痛絕，是晉誇大之辭。[7]綏靖：安撫。[8]克：能夠。[9]造：恩德。西：指秦國，秦在晉西。

「無祿，文公即世，穆爲不弔[1]，蔑死我君[2]，寡我襄公，迭我殽地[3]，奸絕我好[4]，代我保城[5]，殄滅我費滑[6]，散離我兄弟，撓亂我同盟[7]，傾覆我國家。我襄公未忘君之舊勳，而懼社稷之隕[8]，是以有殽之師[9]。猶願赦罪於穆公，穆公弗聽，而即楚謀我[10]。天誘其衷[11]，成王隕命[12]，穆公是以不克逞志於我[13]。

【注釋】[1]弔：弔唁。[2]蔑：輕視。[3]寡：少。這裏是欺侮的意思。迭：突然襲擊。[4]奸絕：拒絕。奸：通「扞」。[5]保城：指晉國防守的邊城。[6]殄滅：毀滅。費滑：滑國的都城，在今河南偃師縣附近。[7]撓亂：擾亂。同盟：

鄭國、滑國都是晉國的同姓盟國，所以稱「兄弟」、「同盟」。8隕：通「殞」。滅之。9殽之師：魯僖公三十二年，晉敗秦軍於殽。10赦罪：求和解。即：接近。即楚：親近楚國。此指秦釋放鬭克回楚，同謀伐晉事。11誘：引導。衷：內心。12成王隕命：指魯文公元年，楚成王被殺之事。13逞：滿足，施展。

「穆、襄即世，康、靈即位1。康公我之自出2，又欲闕翦我公室3，傾覆我社稷，帥我蝥賊，以來蕩搖我邊疆4，我是以有令狐之役5。康猶不悛6，入我河曲7，伐我涑川8，俘我王官9，翦我羈馬10，我是以有河曲之戰11。東道之不通，則是康公絕我好也。

【注釋】

1康：秦康公。靈：晉靈公。2秦康公是晉獻公女兒伯姬所生，所以說出自晉國。3闕：通：「掘」，挖掘。翦：截斷。4蝥賊：兩種吃莊稼的害蟲。此處是指晉國的公子雍。5令狐：晉地名。在今山西臨猗縣西。令狐之役發生在文公七年。晉襄公死後，晉國的執政大臣趙盾主張立公子雍。這時公子雍在秦國，派了使者去迎接。不料襄公夫人堅持要立原定的太子，趙盾不得已立了晉靈公。秦國還不知道這個消息，派了軍隊送公子雍回國，晉出兵迎擊，於是發生令狐之戰。6悛：悔改。7河曲：晉地名，在今山西永濟縣西南一帶。其地恰值黃河轉折之處，故名河曲。8涑川：水名，在今山西西南部。9王官：晉地名，在今山西聞喜縣南。10翦：削弱。羈馬：晉地名，在今山西永濟南。11河曲之戰：勝負未分，秦軍連夜撤走。

「及君之嗣也1，我君景公，引領西望2，曰：『庶撫我乎！』君亦不惠稱盟，利吾有狄難3，入我河縣4，焚我箕、郜5，芟夷我農功6，虔劉我邊陲7，我是以有輔氏之聚8。

【注釋】

1君：指秦桓公。2引領：伸長脖子。3有狄難：指魯宣公十五年，晉伐赤狄潞國並把它滅之一事。4河縣：

指靠近黃河的縣邑。即下文的箕、郜等地。5箕：箕邑，即今山西蒲縣箕城。郜：在今山西祁縣西。6芟夷：鏟除，毀壞。農功：農作物。7虔劉：殺戮。邊陲、邊境。8輔氏之聚：指魯宣公十五年（前五九四年），晉在輔氏聚眾抗秦事。輔氏：晉地名，在今陝西大荔縣。

「君亦悔禍之延，而欲徼福於先君獻、穆1，使伯車來命我景公曰2：『吾與女同好棄惡，復修舊德，以追念前勳。』言誓未就，景公即世，我寡君是以有令狐之會3。君又不祥4，背棄盟誓。白狄及君同州5，君之仇讎而我之昏姻也6。君來賜命曰：『吾與女伐狄。』寡君不敢顧昏姻，畏君之威而受命於使7。君有二心於狄，曰：『晉將伐女。』狄應且憎8，是用告我，楚人惡君之二三其德也9，亦來告我曰：『秦背令狐之盟而來求盟於我，昭告靈天上帝、秦三公、楚三王曰10：『余雖與晉出入11，余唯利是視。』不穀惡其無成德，是用宣之，以懲不一。』諸侯備聞此言，斯是用痛心疾首，暱就寡人12。寡人帥以聽命，唯好是求。君若惠顧諸侯，矜哀寡人，而賜之盟，則寡人之願也，其承寧諸侯以退，豈敢徼亂？君若不施大惠，寡人不佞13，其不能以諸侯退矣。敢盡布之執事，俾執事實圖利之。」

【注釋】

1獻、穆：晉獻公、秦穆公。2伯車：秦桓公的兒子。3令狐之會：事在魯成公十一年。4祥：善。這裡是善心的意思。5白狄：狄族中的一支。同州：與秦同在雍州地區。6仇讎：仇敵。我之昏姻也：白狄和赤狄同屬狄族，而赤狄女季隗是晉文公的一位夫人，所以說是婚姻。7使：指秦使臣。8憎：憎恨。9二三其德，反覆無常的品德。10靈天：上天。秦三公：指秦穆公、秦康公、秦共公。楚三王：指楚成王、楚穆王、楚莊王。11出入：有來往。12暱：親近。13不佞：不才。

【譯文】

晉厲公派遣呂相去跟秦國絕交，說：「從我們獻公和你們穆公開始，兩國的關係一直互相友好，同心協力，並把這種關係用盟約誓言確定下來，又互通婚姻來加深兩國的關係。上天降災禍給晉國，文公奔往齊國，惠公奔往秦國，不幸，獻公去世了，秦穆公沒有忘記往日的情誼，使得我惠公能繼承晉國的君位。但又不能始終成就援助惠公的大功，卻對我們發動了韓原之戰。後來穆公心裏有些後悔，因此，支持我文公順利地登上君位，這是穆公的成全。

「文公親自穿著鎧甲，載著頭盔，跋山涉水，歷盡艱難險阻，率領東方的諸侯：虞、夏、商、周的後代，一齊朝見秦國，就已經報答了秦國過去的恩德了。鄭國人侵犯您的邊境，我們文公便率領諸侯和秦國的軍隊圍攻鄭國。你們的大夫不詢問我們國君的意見，就私自和鄭國訂立了盟約。諸侯都痛恨這件事，要和秦國拚命，文公怕秦國受害，便安撫諸侯，使秦軍能安然回國，沒有受到危害，這是我們對秦國有重大的恩德啊！

「不幸，文公去世，秦穆公卻不來弔唁，輕視我們去世的君主，欺侮我們襄公的孤弱，並且襲擊我們殽地，斷絕和我們的友好關係，攻打我們的邊境城邑，滅掉我們的同姓國費滑。離開我們兄弟國的關係，擾亂我們的同盟，企圖顛覆我們的國家。我們襄公沒有忘記穆公以前的功勛，但怕國家遭受滅亡，因此才有殽地的戰爭。我們仍然希望穆公寬宥我們，但穆公不聽，卻親近楚國來謀害我們。上天引導人們的心意，楚成王被人殺死，因此，秦穆公侵犯我國的陰謀未能得逞。

「秦穆公、晉襄公去世，秦康公、晉靈公即位。康公是我們晉國女子所生，又想削弱我的公室，顛覆我們的國家；還帶著我國公子雍那個蟊賊，一起來騷擾我們的邊境，我們因此有了令狐之戰。康公還是不肯改過，侵入我們河曲，攻打我們涑川，劫掠我們王官的地方占領我國的羈馬，我國因此又和秦發生了河曲之戰。秦晉兩國不通往來，那是康公斷絕和我們的友好關係造成的。

「到您繼位以後，我國君主景公伸長脖子向西張望，說：『秦國也許會來安撫我們吧！』可是您也不肯施恩，和我們締結盟約，卻利用我國有赤狄之戰的困難，侵入我國的河縣，焚燒我國的箕、郜，割掉我國的莊稼，殺戮我國邊疆的人民，我們因此才有輔氏的集兵設防。您也懊悔不該使戰禍延長，想要向先君獻公、穆公求福，派遣伯車來吩咐我們景公說：『我和您重新和好，拋棄以前的仇怨、恢復、發展過去的友好關係，以此來追念先君的功勛吧！』盟約還沒有訂立，我們景公就去世了，我們厲公因此和秦有令狐的會盟。您又不懷善意，背棄了盟約。白狄和你們同處雍州，是你們的仇敵，卻是我們的親戚，您派人來吩咐說：『我和你們一起討伐白狄！』我們君主不敢顧及親戚關係，懾於您的威力，就接受了您使者的命令。可是您又討好白狄，對他們說：『晉國將要攻打你們了。』白狄表面上答應了，心裏卻很憎惡你們，因此告訴了我們。楚國人討厭您這種反覆無常的品德，也來告訴我們說：『秦國違背了令狐的盟約，來要求同我們結盟。他們還向皇天上帝以及秦國的三公，楚國的三王發誓說，我們秦國雖然同晉國有往來，但我們是唯利是圖的』。我們討厭秦國沒有道德，因此把這件事宣揚出來，來懲戒那些言行不一致的人。諸侯都聽到了這番話，因而感到痛心疾首，和我們親近。現在我們君主率領諸侯聽侯您的答覆，目的只求和好。您若是看得起諸侯，並且憐憫我們，跟諸侯訂立盟約，那是我們君主的願望。我們也當承受秦君的命令，安撫諸侯，然後讓他們退去，哪裡敢來擾亂您呢？您要是還不肯施予大恩，我們國君沒有什麼才能，那就不能使諸侯退兵了。我大膽的把所有的話都向您講了，請您仔細權衡得失利弊吧！」

駒支不屈於晉《左傳》

（襄公十四年）

【題解】

本文記載姜戎族首領駒支，遭到晉國大臣指責後，據理反駁，取得勝利。從此可以看出晉國的執政者蠻橫地欺壓少數民族的統治者，把自己的霸權不鞏固歸罪於戎子駒支。而駒支能逐層辯駁，理直氣壯，特別是歷數自己和晉國多次配合作戰，才能打敗威脅晉國的秦國。這使范宣子不能不考慮今後戰爭的需要，於是立即表示道歉。

會於向[1]，將執戎子駒支[2]。范宣子親數諸朝曰[3]：「來，姜戎氏。昔秦人迫逐乃祖吾離於瓜州[4]，乃祖吾離被苫蓋，蒙荊棘[5]，以來歸我先君。我先君惠公有不腆之田[6]，與女剖分而食之。今諸侯之事我寡君不如昔者，蓋言語漏洩，則職女之由[7]。詰朝之事[8]，爾無與焉[9]！與，將執女。」對曰：「昔秦人負恃其衆，貪於土地，逐我諸戎。惠公蠲其大德[10]，謂我諸戎是四岳之裔胄也[11]，毋是翦棄[12]。賜我南鄙之田，狐狸所居，豺狼所嗥[13]。我諸戎除翦其荊棘，驅其狐狸豺狼，以爲先君不侵不叛之臣，至於今不貳。昔之公與秦伐鄭，秦人竊與鄭盟而舍戍焉[14]，於是乎有殽之師[15]，晉御其上，戎亢其下[16]，秦師不復，我諸戎突然。譬如捕鹿，晉人角之，諸戎掎之[17]，與晉踣之[18]，戎何以不免？自是以來，晉之百役，與我諸戎相繼於時，以從執政，猶殽志也，豈敢離逷⑲？今官之師旅⑳，無乃實有所闕，以攜諸侯，而罪我諸戎。我諸戎飲食衣服不與華同，贄幣不通㉑，言語不達，何惡之能爲？不與於會，亦無瞢焉㉒。」賦《青蠅》而退㉓。

宣子辭焉㉔，使即事於會，成愷悌也㉕。

【注釋】

①向：春秋吳地。在今安徽懷遠。魯襄公十四年，晉國召集諸侯的使臣，在這裏商議共同討伐楚國的事情。②戎子：姜戎族首領。姜戎是古戎人之一。駒支：姜戎族首領的名字。③范宣子：晉大夫，又叫士匄。朝：原指朝廷。這裡指諸侯使臣一起會商事情時設立的朝位。④瓜州：在今甘肅敦煌縣。⑤被：同「披」。苫：編茅草蓋屋。這裡是指編茅草做衣服穿。蒙：戴。荊棘：這裡指用荊條編成的帽子。⑥腆：豐厚。⑦職：主要。女：同「汝」，你。由：緣故。⑧詰朝：明早。⑨與：參加。⑩蠲：昭明、顯示。⑪四岳：傳說爲堯，舜時的四方部落首領。裔胄：後代。⑫翦棄：滅絕。⑬嗥：吼叫。⑭舍戍：留下戍守的人。魯僖公三十年，晉與秦圍攻鄭國，鄭之老臣燭之武說服秦穆公，秦與鄭私下訂立盟約，留下戍守的將士，班師回國。⑮殽之師：指魯僖公三十年晉軍在殽山一帶襲擊秦軍一事。殽：即殽山，在今河南西部。⑯亢：同「抗」，抗擊。⑰角之：從正面執其角。掎之：從後面抓住其足。⑱踣：同「仆」，跌倒。⑲逷：疏遠。⑳官之師旅：指晉國羣臣。㉑贄幣：禮品，引申爲禮儀。㉒瞢：悶，不舒暢。㉓《青蠅》：《詩經．小雅》篇名。詩中有：「愷悌君子，無信讒言」的語句。㉔辭：辭謝、道歉。㉕愷悌：和藹可親。

【譯文】

晉國在向地會集諸侯，準備把姜戎族首領駒支抓起來。范宣子親自在盟會朝堂上數落駒支的罪狀，說：「來，姓姜的戎人！從前秦人把你們的祖先吾離從瓜州趕出來，你們祖先吾離當時身披茅草衣，頭戴著荊棘帽，來歸附我們先君。我們先君惠公只有少量的土地，仍和你們平分享受。現在諸侯服侍我們君王不及以前了，大概是有些什麼言語被洩露出去。這主要是由於你的緣故。明天會盟的事，你不要參加了。如果參加，就把你抓起來。」駒支回答說：「從前秦人依仗他們人多，貪婪地擴展土地，驅逐我們戎人。惠公顯示了他的大恩德，認爲我們戎人是四岳的後代，不應該這樣被滅絕。賜給我們南部邊遠的土地，那是塊狐狸居住，豺狼嗥叫的地方。我們戎人鏟除了那裏的荊棘，趕跑了那裏的狐狸豺狼，從此成了你們先君的不內侵也不外叛的臣子，到現在沒有二心。過去你們文公跟秦國去討伐鄭國，後來秦人私自跟鄭訂立盟約，並留人駐守，於是發生了殽的戰爭。當時你們從前面抵禦秦兵，我們從後面抗擊秦兵，秦軍全部覆沒，這也是由於我們戎人效力，才取得這樣結果的。譬如捕捉一隻鹿，晋人抓住它的角，戎人抓住它的腿，和晋國共同把它弄倒。那麼，我們戎人爲什麼還不能免罪呢？從此以後，晋國的多次征戰，我們戎人一直隨時聽從你們執政的命令，如同殽之戰那樣，始終如一，我們又怎麼敢同你們背離疏遠呢？現在晋國的將帥等大夫，也許有什麼差錯吧，以致疏遠了諸侯，卻怪罪我們戎人。我們戎人吃的穿的，與你們華夏族不一樣，禮儀不同，言語不通，還能做什麼壞事呢？不讓我參加明天的會，我心裏也沒有什麼不舒暢的。」誦讀了一首名爲《青蠅》的詩便退下去了。

范宣子向他道歉，請他參加盟會，這是爲了成全自己平易近人的美名。

祁奚請免叔向《左傳》（襄公二十一年）

【題解】

晉國老臣祁奚是一個以正直無私而聞名的人。叔向是一個善於分別君子和小人的人。祁奚告老還鄉後，聽說叔向無辜受到株連，就不顧年老、路遠，急忙趕來全力營救。充分表現了祁奚之「外舉不棄仇，內舉不先親」的高貴品質。他救了叔向後，不居功，而叔向也不向他表示私人的謝意。這都是很難得的，今天對我們也有很深的教育意義。

欒盈出奔楚①。宣子殺羊舌虎②，囚叔向③。人謂叔向曰：「子離於罪④，其爲不知乎⑤？」叔向曰：「與其死亡若何？《詩》曰：『優哉游哉，聊以卒歲⑥。』知也。」

【注釋】

①欒盈：晉大夫，因與晉國的另一大夫范鞅爭權，謀害范鞅，事敗，逃奔楚國。②宣子：范宣子，即范鞅。羊舌虎：晉大夫，欒盈的同黨。③叔向：即羊舌肸，羊舌虎之兄，也是晉大夫，曾爲太子太傅。④離：同「罹」，遭遇不幸的事。⑤知：同「智」，明智。⑥語見《詩經．小雅、采菽》。優游、閑暇而快樂自得的樣子。

欒王鮒見叔向曰①：「吾爲子請。」叔向弗應，出不拜。其休皆咎叔向。叔向曰：「必祁大夫②。」室老聞之③，曰：「欒王鮒言於君無不行，求赦吾子，吾子不許；祁大夫所不能也，而日必由之，何也？」叔向曰：「樂王鮒從君者也，何能行？祁大夫外舉不棄讎[4]，內舉不失親[5]，其獨遺我乎？《詩》曰：『有覺德行，四國順之[6]。』夫子[7]，覺者也[8]。」

【注釋】

[1]樂王鮒：即樂桓子，晉大夫。[2]祁大夫：即祁奚，字黃羊。[3]室老：古時大夫都有家臣，家臣中為首的稱室老。[4]不棄讎：祁奚告老時，晉君問他何人可以替他，他推舉自己的仇人解狐。[5]不失親：解狐去世後，祁奚向晉君推荐自己的兒子祁午。[6]語見《詩經．小雅．抑》。[7]夫子：那個人，指祁奚。[8]覺：正直。

晉侯問叔向之罪於樂王鮒[1]，對曰：「不棄其親，其有焉。」於是祁奚老矣[2]，聞之，乘馹而見宣子[3]，曰：「《詩》曰：『惠我無疆，子孫保之[4]。』《書》曰：『聖有謨勛，明徵定保[5]。』夫謀而鮮過，惠訓不倦者，叔向有焉，社稷之固也。猶將十世宥之[6]，以勸能者。今壹不免其身[7]，以棄社稷，不亦惑乎？鯀殛而禹興[8]，伊尹放大甲而相之[9]，卒無怨色；管、蔡為戮[10]，周公右王[11]。若之何其以虎也棄社稷？子為善，誰敢不勉？多殺何為？」宣子說[12]，與之乘，以言諸公而免之[13]。不見叔向而歸，叔向亦不告免焉而朝[14]。

【注釋】

[1]晉侯：指晉平公。[2]於是：在這個時候。[3]馹：指古代驛站專用的馬車。[4]語見《詩經．周頌．清廟之什、烈文》篇。保：依賴。[5]語見《古文尚書．胤征》。謨：謀略。徵：證明[6]十世：指遠代子孫。宥：寬宥、赦免。[7]勸：勉勵。壹：指因羊舌虎這一件事。[8]鯀：傳說中我國原始時代的一個部落首領，禹的父親。因治水無功，被舜殺死在羽山。殛：誅殺。[9]伊尹：商朝初年的大臣，曾輔佐商湯滅夏桀。大甲：指太甲，商湯的嫡長孫，太丁之子。傳說他即位以後，破壞商湯成法，被伊尹放逐，三年後太甲悔過復位，伊尹仍輔佐他治理國

家。⑩管、蔡：管叔、蔡叔。周公旦的弟弟，因發動叛亂被殺被逐。⑪周公：周武王的弟弟，名旦，亦稱叔旦。曾助武王滅商。武王死後，成王年幼，由他攝政。右王：指輔佐成王。⑫說：同「悅」。高興。⑬諸：「之於」的合音。公：即晉平公。免之，免去叔向的罪。⑭告免：告訴祁奚自己被免了罪。意即向祁奚道謝。

【譯文】

欒盈被范宣子驅逐，逃到楚國。范宣子殺了羊舌虎，囚禁了叔向。有人對叔向說：「您遭受這樣的罪，恐怕不明智吧？」叔向說：「這和那些死了的相比又怎麼樣呢？《詩經》上說：『好清閑安逸啊！姑且了此一生吧！』這就是明智。」

欒王鮒見到叔向說：「我去爲您求情。」叔向沒有答理，他出去時也不拜謝。人們都埋怨叔向。叔向說：「只有祁大夫能夠救我。」他的家臣頭領聽了這話說：「欒王鮒在國君面前說話，沒有不被採納的。他要向國君請求赦您，您不答應；祁大夫是無能爲力的，您卻說非他不可，這是爲什麼呢？」叔向說：「欒王鮒是順從國君的人，他怎麼能做這件事？祁大夫推薦人才時對外不捨棄仇人，對內不回避親人，他會獨獨丟棄我嗎？《詩經》上說：『有正直的德行，天下都會順從。』祁大夫就是有正直德行的。」

晉君向欒王鮒詢問叔向的罪過，欒王鮒回答說：「他這個人不會背棄自己的親人，同謀的事也許是有的。」這時，祁奚已經告老還鄉了，聽到叔向被囚禁的消息，就乘著驛站的車來見范宣子，說：「《詩經》上說：『文王、武王施給百姓的恩惠太深廣，周王室的子孫就依賴它得到百姓的擁護。』《尚書》上說：『聖人有謀略功勛，應該對他的安寧和福佑有明顯的表示。』參與謀畫國家大事，而又很少過錯，給人很多教益，卻從事不知疲倦，叔向就具有這種品德；國家就依賴他這樣的人來鞏固。對於這樣的人，即使他第十代子孫犯了罪，也要加以寬宥，以此來勉勵那些賢能的人。現在因爲他弟弟羊舌虎這一件事，就使他本人都不能被赦免。拋棄了國家所依靠的人，不是太糊塗了嗎？過去鯀被處死，他的兒子禹卻得到重用；伊尹曾放逐過太甲，後來又輔佐他，太甲也從來不流露出怨恨的顏色；管叔、蔡叔被殺，而他們的兄長周公仍然輔佐成王。怎麼能因爲羊舌虎的緣故而拋棄國家的賢臣呢？您如果能行善，誰還敢不勉勵自己，何必多殺人呢？」

宣子聽了很高興，就和他一起乘車去向晉平公說情，叔向因此得到赦免。事情協妥以後，祁奚沒有見叔向就回去了，叔向也不面謝祁奚就去朝見晉平公。

子產告范宣子輕幣《左傳》

（襄公二十四年）

【題解】

文章採取對比的手法，使樹立美德和聚斂財物的兩種治國方法產生的後果，更加鮮明、突出。語言精煉，用危語、贊語交替說明「重幣」、「輕幣」的利害關係，終於說服了范宣子，減輕了小諸侯國的一些負擔。

范宣子為政，諸侯之幣重[1]。鄭人病之[2]。二月，鄭伯如晉[3]。子產寓書於子西以告宣子[4]，曰：「子為晉國，四鄰諸侯不聞令德[5]，而聞重幣，僑也惑之[6]。僑聞君子長國家者，非無賄之患[7]，而無令名之難。夫諸侯之賄，聚於公室[8]，則諸侯貳[9]。若吾子賴之[10]，則晉國貳。諸侯貳，則晉國壞，晉國貳，則子之家壞。何沒沒也[11]，將焉用賄？

【注釋】

[1]幣：帛，古代通常用作禮物。這裏指諸侯向盟主晉國進獻的貢品。[2]病：這裡作動詞用，憂慮。[3]鄭伯：鄭簡公。如：到。[4]子產：即公孫僑，春秋時傑出的政治家。他是鄭貴族子國的兒子，名僑，字子產，一字子美，鄭簡公十二年（公元前五五四年）為卿，二十三年執政。寓：寄，傳書。子西：鄭大夫。當時隨從鄭簡公去晉國。[5]令：美。[6]僑：子產自稱。[7]賄：財物。患：憂愁。[8]公室：指晉君。[9]貳：有二心，即離心。[10]賴：取得，這裡指私自占有。[11]沒沒：沉湎、執迷的樣子。

「夫令名，德之輿也[1]。德，國家之基也。有基無壞，無亦是務乎[2]？有德則樂，樂則能久。《詩》云：『樂只君子，邦家之基[3]。』有令德也夫！『上帝臨女，無貳爾心[4]。』有令名也夫！恕思以明德[5]，則令名載而行之，是遠至邇安[6]。毋寧使人謂子，子實生我，而謂子浚我以生乎[7]！象有齒以焚其身[8]，賄也。」

宥子說，乃輕幣。

【注釋】

[1]輿：車。[2]無亦：等於說「何不」。[3]見《詩經・小雅・南山有臺》篇。只：語助詞，沒有意義。[4]見《詩經・大雅・大明》篇。女：通「汝」，你。爾：你。[5]恕思：心存寬厚之意。[6]邇：近。[7]浚：深取。[8]焚身：喪身。

【譯文】

范宣子執掌晉國的政權，諸侯貢納的禮物加重了。鄭國很憂慮這件事。魯襄公二十四年二月，鄭簡公到晉國去，子產托子西給宣子帶去一封信，信上說：您治理晉國，四周的諸侯沒有聽到您的美德，只聽到您加重諸侯繳納的貢品。我對此感到疑惑不解，我聽說君子掌管國家政權的，不是擔心沒有財物，而是擔心沒有美好的聲譽。如果把諸侯的財物都集中到晉國的公室，那麼諸侯就要叛離。如果您貪圖這些財物，那麼晉國的人民就會叛離。諸侯叛離，那晉國就要崩潰；晉國人民叛離，那您的家就要崩潰，爲什麼這麼貪戀呢？要這些財富又有什麼用呢？

「好的名聲，是裝載美德的車子；德，是國家的根本，有了根本，國家才不會敗亡，爲什麼不盡力求那好名聲呢？有美德人民才喜悅，人民喜悅國家才能保持長久。《詩經》上說：『君子能和別人同樂，這是國家的根本啊。』這就是說君子有美德啊！『上帝看顧你，你不要三心二意。』這就是說要有美好的聲譽啊！以寬厚的心情來推行美德，那麼好的聲譽就會隨著美德到處傳誦，因此遠方的人會來歸附，近處的人也會安居樂業。寧可讓人們對您說：『您實在使我們生存下來了』，不能讓人們對您說：『您深取了我們的財物而自己享受呢！』大象有了牙齒就要喪生，因爲象牙也是財物呀。」

宣子看了信以後很高興，於是就減輕了諸侯貢納的禮物。

晏子不死君難《左傳》（襄公二十五年）

【題解】

晏嬰是齊國富有經驗的政治家。齊莊公因爲荒淫被崔杼殺死。晏嬰表示既不爲他殉身，也不爲他逃亡，更不能置之不理。因爲他認爲無論是君是臣，都應該對國家負責，所以他採取了哀痛盡禮的處理方法。

崔武子見棠姜而美之[1]。遂取之[2]。莊公通焉[3]。崔子弒之[4]。

【注釋】

[1]崔武子：即崔杼，齊國卿。棠姜：齊國大夫棠公的夫人。棠公死，崔杼娶她爲妻。[2]取：同「娶」。[3]莊公：齊莊公。通：私通。[4]弒：古時稱臣殺君、子殺父爲弒。

晏子立於崔氏之門外[1]。其人曰[2]：「死乎？」曰：「獨吾君也乎哉？吾死也？」曰：「行乎？」曰：「吾罪也乎哉？吾亡也？」曰：「歸乎？」曰：「君死安歸？君民者[3]，豈以陵民[4]？社稷是主。臣君者，豈爲其口實[5]？社稷是養。故君爲社稷死則死之，爲社稷亡則亡之。若爲己死，而爲己亡，非其私暱[6]，誰敢任之？且人有君而弒之，吾焉得死，而焉得亡之？將庸何歸[7]？」

門君而入，枕屍股而哭，興，三踊而出⑧。人謂崔子必殺之。崔子曰：「民之望也⑨，舍之得民⑩。」

【注釋】

①晏子：即晏嬰（？——前五〇〇年），字平仲。歷仕靈公、莊公、景公三世。公元前五五六年任齊卿，以幹練、節儉、擅長辭令聞名。②其人：晏子左右的人。③君民者：做人民的君主的人。④陵：超越、凌駕。⑤口食：口中食物，即俸祿。⑥私昵：最親近的人。⑦庸何：即「何」，哪裡。⑧興：起立。踊：跳，這裡指因哀痛而跺腳。⑨望：爲人所敬仰的有聲望的人。⑩舍：釋放。

【譯文】

崔武子看見棠姜很美麗，於是娶了她，齊莊公和她私通，崔武子就把莊公殺死了。

晏嬰站在崔家的大門外，他的隨從問他：「您是打算爲國君死難嗎？」晏嬰說：「只是我一個人的國君嗎！我爲什麼要爲他去死呢？」隨從問他：「逃走嗎？」晏嬰說：「是我的罪過嗎？我爲什麼要逃走呢？」隨從又問：「回去嗎？」晏嬰說：「國君死了，我們怎麼能回去呢？做百姓君主的，難道只凌駕於百姓之上？要以國家爲重啊！做國君臣子的人，難道是爲了他的俸祿嗎？要扶持國家啊！因此，倘若國君是爲了國家而死，臣子也應跟著去死；國君是爲了國家逃亡，臣子也應該跟著逃亡；倘若國君是爲個人而死，爲個人而亡，不是他最寵愛親近的人，誰敢承擔這個責任呢？況且人家是得國君信任的大臣卻把國君殺了，我只是一般的臣子怎麼會爲他去死？怎麼會爲他逃亡？現在國君已死，我又將回到哪裡去呢？」

崔家的門開了以後，晏嬰走進去，把莊公的屍體放在自己的腿上，哭了一陣。然後站起來，哀痛得再三跺腳，才走出來。有人對崔子說一定要把晏嬰殺掉。崔子說：「他是百姓所敬仰的人，放掉他可以得到民心。」

季札觀周樂《左傳》

（襄公二十九年）

【題解】

吳公子季札是春秋時代的一位賢人。他訪問魯國時，要求欣賞中原各國的雅聲。他把音樂看成政治的象徵，從各國的風（即民歌）的樂調，判斷它們的政治情況；從四代樂舞的姿態，體察出舜、禹、湯、武四位帝王的政教業績，是一篇出色的評論文章。

吳公子札來聘[1]，請觀於周樂[2]。

【注釋】

[1]公子禮：吳王壽夢最小的兒子，一稱季札，又稱季子。因其食邑爲延陵、州來，所以又稱延陵季子或延州來季子。壽夢死，國人欲立季札爲王，他固辭不受。魯襄公二十九年，歷聘魯、齊、晋、鄭、衛諸國。聘：古代國與國之間派使者訪問。[2]周樂：周天子的音樂。周成王曾把周天子的音樂賜給周公，魯爲周公的後代，所以保存有這套音樂。

使工爲之歌《周南》、《召南》[1]。曰：「美哉！始基之矣[2]，猶未也；然勤而不怨矣[3]。」爲之歌《邶》、《鄘》、《衛》[4]。曰：「美哉淵乎[5]！憂而不困者也。吾聞衛康叔、武公之德如是[6]，是其《衛風》乎？」爲之歌《王》[7]。曰：「美哉！思而不懼，其周之東乎8！」為之歌《鄭》9。曰：「美哉！其細已甚10，民弗堪也，是其先之乎？」為之歌《齊》11。曰：「美哉！泱泱乎12，大風也哉13！表東海者，其大公乎14？國未可量也。」為之歌《豳》15。曰：「美哉！蕩乎16！樂而不淫，其周公之東乎17？」為之歌《秦》18。曰：「此之謂夏聲19。夫能夏則大，大之至也，其周之舊乎20？」為之歌《魏》21。曰：「美哉！渢渢乎22！大而婉23，險而易行，以德輔此，則明主也。」為之歌《唐》24。曰：「思深哉25！其有陶唐氏之遺民乎26？不然，何憂之遠也？非令德之後27，誰能若是？」為之歌《陳》28。曰：「國無主，其能久乎29？」自《鄶》以下30，無譏焉。

【注釋】

1工：樂王。《周南》、《召南》：周、召是周公、召公的最初封地。後來長江、漢水、汝水一帶隸屬周朝版圖，即由周公、召公分別管轄，因此，這裏的樂歌稱為《周南》、《召南》。2始基：開始奠基。3勤而不怨：勞苦而不怨恨，指《周南》、《召南》樂歌中所體現的民情。4《邶》、《鄘》、《衛》：采自這三個諸侯國的樂歌。邶、鄘、衛是周初在殷商地區（今河南北部）所封的三個諸侯國。5淵：深遠。6衛康叔：康叔，周公的弟弟，封於衛。武公：康叔的九世孫。傳說二人都是衛國的賢君。7《王》：指采自王城一帶的樂歌。王城：西周的東都，平王東遷後定都於此，故地在今河南洛陽市。周之東：指周室東遷。9《鄭》：采自鄭國的樂歌。春秋時期的鄭國在今河南新鄭、鄭州、滎陽一帶。10細：本指音節的細碎，這裏象徵政令煩瑣細碎，所以下文說百姓很難忍受。11《齊》：指采自齊國的樂歌。春秋時期的齊國包括今山東東北部和中部。12泱泱：深廣宏大的樣子。13大風：大國的氣魄。14大：同「太」。大公：指姜太公呂尚，因輔佐文王、武王滅商有功，封於齊為齊國的始祖。15《豳》：指采自豳地的樂歌。豳：在今陝西旬邑西。16蕩：坦蕩無邪。17周公之東：指周公東征。但也有人認為這不是指周公東征，而是指伯禽封魯。18《秦》：指采自秦國的樂歌。春秋時期的秦國，在今陝西、甘肅一帶。19夏聲：華夏的聲調。夏，有大、正的意義。20周之舊：秦地在陝、甘一帶，本西周舊地。21《魏》：指采自魏國的樂歌。西周和春秋時期的魏國在今山西芮城。前六六一爲晉所滅。22渢渢：指意節輕盈飄逸。23婉：委婉。24《唐》：指採自唐地的民歌，唐：在今山西西南部。25思：憂思。26陶唐氏之遺民：晉本唐地，故說有堯之遺風。陶唐氏：即唐堯，傳說中的古代帝王。27令德：美德。28《陳》：指采自陳國的樂歌。春秋時期的陳國，在今河南東南部和安徽北部。29國無主：陳的音樂淫亂放蕩，百姓沒有畏忌，所以說是國無主。30《鄶》：鄶（今河南密縣一帶）的歌曲。今《詩經》中有《檜風》。

爲之歌《小雅》1。曰：「美哉！思而不貳，怨而不言，其周德之衰乎？猶有先王之遺民焉。」爲之歌《大雅》2。曰：「廣哉！熙熙乎3！曲而有直體4，其文王之德乎？」爲之歌《頌》5。曰：「至矣哉！直而不倨6，曲而不屈；邇而不逼，遠而不攜；遷而不淫，復而不厭；哀而不愁，樂而不荒7；用而不匱，廣而不宣，施而不費，取而不貪8；處而不底9，行而不流。五聲和10，八風平11，節有度，守有序12，盛德之所同也。」

【注釋】

1《小雅》：主要是貴族的作品，也有些是民間歌謠。大部分出於西周晚期，小部分是東周時期的作品。2《大雅》：大多是西周初期的歌曲，今見於《詩經·小雅》之後。3熙熙：和美、融洽。4直體：正直的節操。5《頌》：指周公室的祭祀歌曲。今《詩經》有《周頌》，此外有《魯頌》、《商頌》。6倨：傲慢。7荒：過度。8「用而不匱」至「取而不貪」：這幾句是以物資作比喻。第一句，言聲音如物資的用之不竭，此喻樂調的豐富多采。第二句，言聲音如大量的物資，但不完全表露，此喻樂調含蓄有餘味。第三句：言聲音如施物與人，但物的本身不見減少。第四句：言聲音如向人取物，但所取之物並不過分。後兩句用以此喻樂調的節奏勻稱，無畸輕畸重之病。9底：停滯。10五聲：也稱五音，即五聲音階中的宮、商、角、徵、羽五個音級。11八風：也稱八音。指金、石、土、革、絲、木、匏、竹八類樂器。12守有序：各種樂器交相鳴奏，但都有一定的次序，相守不亂。

見舞《象箾》、《南籥》者[1]。曰：「美哉！猶有憾[2]。」見舞《大武》者[3]。曰：「美哉！周之盛也，甚若此乎[4]？」見舞《韶濩》者[5]。曰：「聖人之弘也。而猶有慚德，聖人之難也[6]。」見舞《大夏》者[7]。曰：「美哉！勤而不德，非禹其誰能修之？」見舞《韶箾》者[8]。曰：「德至矣哉！大矣，如天之無不幬也[9]，如地之無不載也。雖甚盛德，其蔑以加於此矣[10]。觀止矣！若有他樂，吾不敢請已。」

【注釋】

[1]《象箾》：執竿而舞，好像作戰時的擊刺動作一樣，是一種武舞。箾，竹竿。《南籥》：以籥伴奏的舞蹈，是一種文舞。籥：古管樂器。[2]有憾：有遺憾，感到美中不足。[3]《大武》：歌頌周武王的樂舞。[4]這句話在讚美中含有諷刺。[5]《韶濩》：歌頌商湯的樂舞。[6]慚德：指商湯的天下是用武力得的，不是用德教得的。[7]《大夏》：歌頌夏禹的樂舞。[8]《韶箾》：虞舜時的樂舞。[9]幬：覆蓋。[10]蔑：無、沒有。

【譯文】

吳公子季札到魯國來訪問，請求觀賞周王室的樂舞。

魯侯便讓樂工爲他演唱《周南》、《召南》。季札聽了說：「好啊！周的教化開始奠定基礎了，雖然還不算完美，但已經反映出人民勤勞而沒有怨恨的情緒。」給他演唱《邶風》、《鄘風》、《衛風》，季札說：「好啊，多麼深沉呀！百姓雖有憂傷，但還不至於困頓。我聽說衛國的康叔和武公的品德就是如此，這些大概是衛國的的樂曲吧？」給他演唱《王風》。季札說：「好啊！雖有憂思，但沒有恐懼，這大概是周室東遷以後的樂曲吧？」給他演唱《鄭風》。季札說：「好啊！可惜太煩瑣，百姓受不了呀，這大概是它很早就要滅亡的原因吧？」給他演唱《齊風》。季札說：「好啊！聲音宏大，反映出大國的氣派。可以做東海一帶諸侯的表率，是太公的國家吧？它的前途是不可限量的。」給他演唱《豳風》。季札說：「好啊！聲音多坦蕩呀！歡樂而又不過份，這大概是反映周公東征的樂曲吧？」給他演唱

《秦風》。季札說：「這就叫做華夏的音調，能產生這種夏聲，氣勢自然是非常宏大的，大到極點了！這大概是周室舊地的樂曲吧？」給他演唱《魏風》。季札說：「好啊！輕盈飄逸，宏大而委婉，節拍雖急促卻流暢；用有美德的人加以扶持，那一定是個英明的君主了。」給他演唱《唐風》。季札說：「憂思多麼深遠啊！這裡也許有唐堯故國的遺民吧！否則，爲什麼憂得這麼深，想得這麼遠呢？不是有美德的人的後代，那個能像這樣呢？」給他演唱《陳風》。季札說：「國家沒有好的君主，還能長久嗎？」從《鄶風》以後，季札就沒有評論了。

給他演唱《小雅》。季札說：「好啊！有憂思而無叛離的二心，有怨恨但不說出來，大概是周朝的德教開始衰敗了吧？不過那時還有先王的遺民。」給他演唱《大雅》。季札說：「聲音多寬廣啊！多麼和諧！既委婉曲折又有正直的節操，這不就是周文王的盛德嗎！」給他演唱《頌》。季札說：「好極了！剛直而不傲慢，委婉曲折而不卑下靡弱，緊湊而不急促，疏遠而不離心；變化而不過分，反覆而不令人厭倦。有哀思而不至於憂傷，安樂而不過度。供人取用而不會匱乏，廣大而不張揚；施與而不費損；求取而不貪得；寧靜而不停滯，流動而不泛濫。五音和諧，八風平靜；節奏有一定的規律，樂器配合有一定的準則。樂舞中表現出來的，與聖賢的美德是一致的。」

看到表演《象箾》、《南籥》舞時，季札說：「好啊！但還有點美中不足。」看到表演《大武》舞時，季札說：「好啊！當年周朝的盛況，大概就是這個樣子吧！」看到表演《韶濩》舞時，季札說：「聖人的德行寬宏，但是還有感到慚愧的行爲，可見聖人處世很難啊！」看到表演《大夏》時，季札說：「好啊！爲百姓的事勤勞而不自以爲功，如果不是禹，還有誰能做得到呢？」看到表演《韶濩》舞時，季札說：「德行達到了極點！廣大無限，如同天那樣覆蓋著一切，如同地那樣承載著一切！即使還有更高尚的品德，恐怕也不會超過這種境界了。我觀賞的樂舞至此達到極點了！如果還有別的音樂，我不敢請求觀賞了。」

子產壞晉館垣《左傳》

（襄公三十一年）

【題解】

本文説的是鄭國子產拜訪晉國，沒有受到接見，於是拆毀了晉國的館舍圍牆。晉大夫士文伯責難子產，子產與之針鋒相對的一段對答。晉國考慮到「霸王」的長遠利益，只好假惺惺地表示接受子產的批評。文章在結尾就這一件事充分肯定了語言在交際中的巨大作用。

子產相鄭伯以如晉[1]。晉侯以我喪故[2]，未之見也。子產使盡壞其館之垣[3]，而納車馬焉。

【注釋】

[1]子產：即公孫僑，鄭國的執政大臣。相：輔佐。鄭伯：鄭簡公，前五六五至前五二九年在位。[2]晉侯：指晉平公。我喪：指魯襄公死了才不久。據《春秋》載，襄公死於三十一年六月。[3]館：招待別國賓客的館舍，垣：牆，圍牆。

士文伯讓之曰[1]：「敝邑以政刑之不修，寇盜充斥，無若諸侯之屬，辱在寡君者何[2]；是以令吏人完客所館[3]。高其閈閎[4]，厚其牆垣，以無憂客使。今吾子壞之，雖以者能戒，其若異客何[5]？以敝邑之爲盟主，繕完葺牆[6]，以待賓客；若皆毀之，其何以共命[7]？寡君使匄請命[8]。

對曰：「以敝邑褊小[9]，介於大國，誅求無時[10]，是以不敢寧居，悉索敝賦[11]，以來會時事。逢執事之不閒[12]，而未得見；又不獲聞命，未知見時。不敢輸幣[13]，亦不敢暴露。其輸之，則君之府實也[14]，非薦陳之[15]，不敢輸也；其暴露之，則恐燥濕之不時而朽蠹[16]，以重敝邑之罪。僑聞文公之爲盟主也[17]，宮室卑庳[18]，無觀臺榭[19]，以崇大諸侯之館。館如公寢[20]，庫廄繕修[21]，司空以時平易道路[22]，圬人以時塓館宮室[23]。諸侯賓至，甸設庭燎[24]，僕人巡宮，車馬有所，賓從有代[25]，巾車脂轄[26]，隸人牧圉[27]，各瞻其事[28]，百官之屬，各展其物[29]。公不留賓，而亦無廢事[30]，憂樂同之，事則巡之[31]，教其不知，而恤其不足。賓至如歸，無寧菑患[32]，不畏寇盜，而亦不患燥濕。今銅鞮之宮數里[33]，而諸侯舍於隸人。門不容車，而不可逾越，盜賊公行，而天厲不戒[34]。賓見無時，命不可知。若又勿壞，是無所藏幣，以重罪也。敢請執事，將何所命之？雖君之有魯喪[35]，亦敝邑之憂也[36]。若獲薦幣，修垣而行，君之惠也，敢憚勤勞。」

【注釋】

[1]士文伯：晉大夫，名匄，字伯瑕。與范宣子士匄同族同名。讓：責備。[2]敝邑：對自己國家的謙稱。諸侯之屬：諸侯的卿、大夫。這和「執事」一樣，是客氣的說法，實指來晉輸納貢物的諸侯。無若……何：無奈……怎麼辦。[3]是以：因此。完：修繕。[4]閈閎：指館舍的大門。[5]異客：別國的賓客。[6]繕完：修治。葺牆：用茅草覆蓋牆頭。[7]共：同「供」。[8]匄：士文伯名匄。[9]褊小：狹小。[10]誅求：索取。[11]賦：指財物。[12]會時事：按時朝會納貢。時事：春秋時一種按時朝貢的制度。執事：對對方表示尊敬的稱呼。[13]幣：玉石、絲織

品、車、馬之類的禮物。[14]府實：府庫中的物品。[15]薦：進獻。陳：陳列。古時賓主相見，當庭陳列禮品。[16]朽蠹：腐爛、損傷。[17]文公：指晉文公，前六三六年至前六二八年在位。[18]卑：低。庫：小。[19]觀：宮門兩旁高大的建築物。台：高而平的建築物。榭：建在高台上的敞屋。[20]公寢：國君的寢室。[21]庫：倉庫。廐：馬棚。[22]司空：官名，掌管土木工程。易：修整。[23]圬人：泥瓦匠。塓：粉刷牆壁。[24]甸：甸人，掌管柴薪的官吏。庭燎：庭中用以照明的火炬。[25]有代：有人代爲服役。[26]幣車：官名，掌管車輛。脂：動詞，塗油。轄：古代車輛兩端的鍵。這裡指車軸。[27]隸人：古代從事洒掃一類勞役的人。牧：看守、放牧牛羊的人。圉：養馬的奴隸。[28]瞻：照管、看顧。[29]展：陳列。[30]公：指晉文公。無廢事：指不因爲停留的日子過多而影響諸侯的政事。[31]巡：巡察。[32]菑：同「災」。[33]銅鞮之宮：晉國國君的別宮，故址在今山西沁縣南。[34]夭厲：疫疾。[35]有魯喪：指藉口有魯侯去世的事。[36]敝邑之憂：晉國、鄭國都與魯國同姓，所以魯喪不但是晉國的悲傷，而且也是鄭國的悲傷。

文伯復命，趙文子曰[1]：「信！我實不德，而以隸人之垣，以贏諸侯[2]，是吾罪也。」使士文伯謝不敏焉。

晉侯見鄭伯[3]，有加禮，厚其宴好而歸之[4]。乃築諸侯之館。

叔向曰[5]：「辭之不可以已也如是夫[6]！子產有辭，諸侯賴之。若之何其釋辭也[7]？《詩》曰：『辭之輯矣，民之協矣；辭之懌矣，民之莫矣[8]。』其知之矣。」

【注釋】

[1]趙文子：名武，趙盾的孫子。晉國的執政大臣。[2]贏：接受，這裡是接待的意思。[3]晉侯：即晉平公。[4]厚其（宴）好：隆重款待，表示友好。[5]叔向：即羊舌肸，晉大夫。[6]辭：辭令，應酬的言詞。已：廢止。夫：語氣詞。[7]釋：放棄。[8]《詩》：見《詩經・大雅・板》。輯：和諧。懌：喜悅。莫：安定。

【譯文】

子產隨從鄭簡公去晉國。晉平公藉口有魯襄公的喪事，沒有接見他們。子產派人把晉國館舍的圍牆全部拆毀，把自己的車馬放進去。

士文伯責備子產說：「我國因爲政治刑法施行得不好，盜賊非常多，無奈諸侯常屈駕來訪問我們的國君，無法保證他們的安全，因此派人修繕好賓客所住的館舍，加高它的大門，增厚它的牆壁，使外國賓客不擔憂盜賊。現在您把它拆毀了，雖然您的隨從能自行戒備，但其他國家的賓客怎麼辦呢？因爲我國是盟主，所以把館舍修得堅固，蓋好圍牆，用來接待賓客，假若都把它毀壞了，那拿什麼來滿足大家需要呢？我們的國君派我士匄來請問您拆毀圍牆的用意。」

子產回答說：「因爲我國地方狹小，夾在大國中間，而大國索求貢納物品又沒有定時，因此不敢安居，盡量搜索我國的財物，拿來作爲朝會時進獻的貢品。碰上你們的國君沒有空閑不能見面，又沒有得到命令，不知什麼時候才能接見。既不敢把財物送進去，又不敢把它露在外面。若是送進去了，那就是你們國君府庫中的物品了，沒有把它陳列在庭中獻給你們的國君，我們是不敢送進去的。若是把它們暴露在外面，又怕因晴雨無常腐爛損傷，從而加重我國的罪過，我聽說晉文公做盟主時，宮室矮小，沒有觀台樓閣，卻把諸侯住的館舍建得又高又大。館舍就像文公的寢宮一樣，倉庫、馬棚也修繕得很好，司空按時修建平整道路，泥水匠按時粉刷賓館宮室。諸侯的賓客到了，甸人在庭院設置火炬照明，僕人巡邏館舍，車馬有安置的地方，賓客隨從也都有人代爲服役，管車的官來爲車軸塗油，清掃的人，看守牛羊的人，餵馬的人，各自做他分內的事；各個部門的官吏，各自拿出招待賓客的物品。文公不留難賓客，也不荒廢他們的事情；憂樂和賓客同享，有事就親自巡察；賓客有什麼不了解的就加以教導，有什麼困難就加以接濟。賓客到了晉國就像到了自己家裏，不顧慮災禍，不怕盜賊，也不擔心天氣或晴或雨。現在銅鞮的宮室廣闊數里，而諸侯的館舍像奴隸的房子一樣，大門進不了車，周圍又有圍牆阻隔，無法越過。盜賊公開行動，瘟疫不設法預防。接見賓客沒有定時，會見的命令也無從知道。假如又不能拆毀牆壁，這就沒有地方收藏我們的財物；如果財物損毀了，那就加重了我們的罪過。我請問您，您將命令我們把這些財物放到什麼地方？雖說你們的國君有魯國的喪事，也同樣是我國的憂傷。如果能進見晉君，獻上貢品，我們會把圍牆修好才走的，這是晉君的恩惠，我們哪裡還怕這一點辛勞？」

士文伯回報了責問子產的情況。趙文子說：「確實這樣。我們實在不好，用奴隸的住所來接待諸侯，這是我的過錯。」於是派士文伯向子產道歉，說明自己辦事疏忽的罪過。

晉平公接見鄭簡公，特別加重了禮儀，舉行豐厚的宴會表示友好，然後送他們回去。於是建築了接待諸侯住的賓館。

叔向說：「辭令不可以廢止，竟然有這樣大的關係啊！子產的一席話，諸侯也靠他得到了益處。怎麼能夠放棄辭令呢？《詩經》上說：『辭令和協，人民團結；辭令動聽，人民安定。』子產是懂得善於辭令的好處的。」

子產論尹何爲邑《左傳》

（襄公三十一年）

【題解】

鄭國的上卿子皮想派年輕而忠厚的尹何任邑大夫。子產不同意，認爲實踐之前，一定要見習一番，然後邊做邊學樣。他採取各種比喻，反覆說明不經過學習就去從政的危險，終於使子皮心服。從而刻劃出兩個人物的性格：子產推心置腹，深謀遠慮；子皮虛懷若谷，從善如流。最後子皮更加信任子產。

子皮欲使尹何爲邑[1]。子產曰：「少[2]，未知可否。」子皮曰：「愿[3]，吾愛之，不吾叛也。使夫往而學焉[4]，夫亦愈知治矣。」子產曰：「不可。人之愛人，求利之也，今吾子愛人則以政，猶未能操刀而使割也[5]，其傷實多。子之愛人，傷之而已，其誰敢求愛於子？子於鄭國，棟也[6]，棟折榱崩[7]，僑將厭焉[8]，敢不盡言。子有美錦[9]，不使人學製焉。大官大邑，身之所庇也[10]，而使學者製焉。其爲美錦，不亦多乎？僑聞學而後入政，未聞以政學者也。若果行此，必有所害。譬如田獵[11]，射御貫[12]，則能獲禽；若未嘗登車射御，則敗績厭覆是懼[13]，何暇思獲？」子皮曰：「善哉！虎不敏[14]。吾聞君子務知大者遠者，小人務知小者近者。我，小人也。衣服附在吾身，我知而慎之。大官大邑，所以庇身也，我遠而慢之[15]，微子之言[16]，吾不知也。他日我曰[17]：『子為鄭國，我為吾家，以庇焉其可也。』今而後知不足。自今請，雖吾家，聽子而行。」子產曰：「人心之不同，如其面焉。吾豈敢謂子面如吾面乎？抑心所謂危[18]，亦以告也。」

子皮以為忠，故委政焉[19]。子產是以能為鄭國[20]。

【注釋】

[1]子皮：名罕虎，鄭國的上卿，前任執政大臣。尹何：子皮的年輕家臣。為：作動詞用，治。邑：這裏泛指一般的采邑。[2]少：年輕。[3]愿：謹慎老實。[4]夫：他，指尹何。[5]操刀：拿刀。[6]棟：大梁。[7]榱：屋椽子。[8]僑：子產自稱其名，因子產名公孫僑。厭：同「壓」。[9]美錦：美麗的絲織物。[10]庇：掩護。這裏是寄托的意思。[11]田獵：打獵。[12]御：駕駛車馬。貫：同「慣」，習慣。[13]敗績：翻車。厭覆：翻車被壓。[14]虎：子皮自稱其名。[15]慢：輕忽。[16]微：無，沒有。[17]他日：從前。[18]抑：只不過。[19]委：托付，交給。[20]是以：因此。為：治理。

【譯文】

子皮想讓尹何治理一個采邑。子產說：「年紀輕，不知道能不能勝任。」子皮說：「尹何忠厚謹慎，我喜歡他，他是不會背叛我的。讓他到那裡學習一下，就會更加懂得治理政事了。」子產說：「不能這樣。大凡愛護一個人，總希望對他有利，現在您喜愛別人，就讓他來管理政事，就好像還不會拿刀卻要他去割東西，那對他一定有很多傷害。您的所謂愛人，只不過是傷害人家罷了，那還有誰敢求得您的喜愛呢？您對於鄭國如同房屋的棟樑。棟樑折斷了，屋椽自然要崩塌，我也會被壓在下面。我不敢不把這些話全部說出來。假如您有一塊美麗的絲綢，您不會讓人拿它去學著做衣服。擔任大官，治理大邑，是人們身家性命的寄托，卻讓一個學習政事的人去管理。豈不是替美麗的絲綢的考慮比大官大邑還要多嗎？我只聽說過學好了再去管理政事，沒有聽說過拿治理政事去叫人學習的。如果真的這樣做，一定會受到危害。譬如打獵，只有習慣於射箭、駕車，才能獵獲禽獸；要是從來沒有登過車、射過箭、駕過車，那就只是擔心翻車被壓，還有什麼心思去考慮獲取禽獸呢？」子皮說：

「太好了！我這個人很笨，我聽說過：君子總是努力使自己懂得那些大的、遠的事情；小人只懂得小的，近的事情。我是一個小人，衣服穿在我身上，我是知道加以愛惜的；大官大邑是身家性命的寄托，我卻把它疏忽了，看輕了。假如沒有您這番話，我還不會知道。從前我說過：『您治理鄭國，我治理我的家，在您的庇蔭之下，還是可以把家治理好的。』從現在起才知道，這樣做還是不夠的。從今以後，即使是治理我的家，也要聽您的意見行事。」子產說：「人心的不同，就像人的面貌一樣。我怎敢說您的面貌同我的一樣呢？不過我心裏覺得您這樣做很危險，就據實相告罷了。」

子皮認爲子產非常忠實，所以就把鄭國的政事委托給他。子產因此能夠治理鄭國。

子產卻楚逆女以兵《左傳》

（昭公元年）

【題解】

魯昭公元年，楚國以聘問迎娶爲藉口，企圖率兵襲擊鄭國。鄭子產在兵臨城下的危機時刻，及時識破並戳穿了他們的陰謀。在伯州犁與鄭子羽的對話中，子羽揭露出對方的陰謀，並進一步指出這種陰謀將危害到楚國在諸侯間的威望，動搖它的霸主地位。從而使楚國不敢輕舉妄動。

楚公子圍聘於鄭[1]，且娶於公孫段氏[2]，伍舉爲介[3]，將入館，鄭人惡之[4]。使行人子羽與之言[5]，乃館於外。

【注釋】

[1]公子圍：春秋楚共王次子，名圍。楚王郟敖時爲令尹，後殺死郟敖即位爲楚靈王。公元前五四〇年至前五二九年在位。聘：訪問。[2]公孫段：字伯石。因食邑於豐，又稱豐氏。鄭大夫。[3]伍舉：楚大夫，伍子胥的祖父。介：副使。[4]惡：討厭、憎恨。[5]行人子羽：即公孫揮，字子羽，任鄭國行人。行人：管朝覲聘問的官。

既聘，將以衆逆[1]。子產患之，使子羽辭曰：「以敝邑褊小[2]，不足以容從者，請墠聽命[3]。」

令尹使太宰伯州犁對曰[4]：「君辱貺寡大夫圍[5]，謂圍『將使豐氏撫有而室』[6]。圍布几筵[7]，告於莊、共之廟而來[8]。若野賜之[9]，是委君貺於草莽也，是寡大夫不得列於諸卿也。不寧唯是，又使圍蒙其先君[10]，將不得為寡君老[11]。其蔑以復矣。唯大夫圖之。」子羽曰：「小國無罪，恃實其罪[12]。將恃大國之安靖己[13]，而無乃包藏禍心以圖之[14]。小國失恃而懲諸侯[15]，使莫不憾者。距違君命，而有所壅塞不行是懼[16]。不然，敝邑館人之屬也[17]，其敢愛豐氏之祧[18]？」

伍舉知其有備也，請垂櫜而入[19]，許之。

【注釋】

[1]逆：迎接。[2]以：因為。褊：狹小。[3]墠：郊外的祭祀場地。[4]令尹：楚國官名，這裡指公子圍。太宰：官名，管理宮廷內外事務，輔助國君治理國家。伯州犁：楚國的宗子，楚康王時任太宰。[5]貺：賜與。寡大夫：對於他國自稱本國大夫的謙詞。[6]豐氏：指公孫段氏。撫有而室：指將豐氏女嫁給公子圍。撫：占有。而：同「爾」，你。[7]布：設置。几筵：指古時的一種祭席。[8]莊、共：指楚莊王、楚共王，公子圍的祖父、父親。[9]若野賜之：意謂城外成婚禮。[10]蒙：欺。先君：指莊王、共王。[11]老：大臣稱老，古時公卿大夫的尊稱。[12]恃：依靠。[13]靖：安定。[14]而：同「爾」，你。包藏禍心：外表和好，心懷惡意。[15]懲：警戒。[16]距：同「拒」。壅塞：阻塞不通。[17]館人：管理客館，招待賓客的人。[18]祧：遠祖的廟。[19]垂：倒懸。櫜：古代盛衣甲或弓箭的袋子。倒懸箭袋：表示沒有帶弓箭。

【譯文】

楚國公子圍訪問鄭國，並且迎娶公孫段氏的女兒為妻。伍舉擔任副使。將要進入鄭都的賓館，鄭國人很厭惡他們。派了行人子羽去跟他們說，於是他們居住在城外。

訪問禮儀結束後，楚國的使者想帶很多軍人進城迎親。子產擔憂這件事，派子羽去推辭說：「因為我們國都狹小，容納不了隨從的人，請在城外祭祀場地，聽從你們的命令舉行婚禮吧！」

令尹公子圍派太宰伯州犁回答說：「蒙鄭君厚賜我大夫公子圍，對他說：『將把豐家女兒嫁給你作爲妻室。』公子圍設置了祭席，到莊王、共王的廟裡祭告之後才來的。如果是在野外受賜，就等於把鄭君的賞賜拋棄在草莽之間！這樣，也使我大夫不能立於諸卿的行列了。不僅如此，又使公子圍欺騙了自己的祖先，也就再不能做我們國君的大臣了，這樣我們就沒法回國了。希望大夫好好考慮這件事。」子羽說：「小國沒有什麼罪過，一心依賴大國而自己毫無防備才是它的罪過。我們本來也打算依靠你們大國來安定自己的國家，怎奈你們包藏禍心，要來暗算我們。要是我國失去了依靠，那些依附楚國的諸侯都會引以爲戒，沒有不恨楚國的，因而抗拒楚君的命令，楚君的命令就會受到阻塞而不能施行，這倒是我們擔心的。如果不是這樣，鄭國對於楚國就像守館舍的人一樣，還敢吝惜豐氏的祖廟，而不許在城裏成禮嗎？」

伍舉知道鄭國有了防備，就請允許他們倒懸箭袋進城。子產這才答應了他們。

子革對靈王《左傳》

（昭公十二年）

【題解】

本文主要記敘的是子革對靈王進行諷諫的諫辭。文章從對楚靈王服飾的刻意描繪，到他求鼎求田的發問，極力表現出了一副驕奢自滿貪得無厭的霸主形象。寫子革則語言委婉，似恭順，實嘲諷，最後進行諷諫。成功的刻畫出了這位諫臣的形象。

楚子狩於州來[1]，次於潁尾[2]。使蕩侯、潘子、司馬督、囂尹午、陵尹喜帥師圍徐[3]，以懼吳。楚子次於乾谿[4]，以爲之援。

【注釋】

[1]楚子：即楚靈王、楚共王次子，名圍，即位以後改名虔。公元前五四〇年至前五二九年在位。狩：冬季打獵叫狩。此處泛指楚王出游。州來：古小國名，春秋時屬楚，後爲吳所滅，故址在今安徽鳳台縣境。[2]潁尾：潁水入淮處，在今安徽潁上東南。次：駐紮。[3]蕩侯等五人：都是楚大夫。徐：小國名，在吳楚之間，在今江蘇徐州一帶。是吳的同盟國。[4]乾谿：地名，在今安徽亳縣東南。

雨雪[1]，王皮冠、秦復陶、翠被、豹舄[2]，執鞭以出，僕析父從[3]。右尹子革夕[4]，王見之。去冠被，舍鞭[5]，與之語曰：「昔我先王熊繹[6]，與呂伋、王孫牟、燮父、禽父並事康王⑦。四國皆有分⑧，我獨無有。今吾使人於周，求鼎以爲分⑨，王其與我乎？」對曰：「與君王哉！昔我先王熊繹，辟在荊山⑩，篳路藍縷⑪，以處草莽；跋涉山林，以事天子；唯是桃弧棘矢⑫，以共御王事⑬。齊，王舅也⑭；晉及魯衛，王母弟也⑮。楚是以無分，而彼皆有。今周與四國⑯，服事君王，將唯命是從，豈其愛鼎？」王曰：「昔我皇祖伯父昆吾⑰，舊許是宅⑱。今鄭人貪賴其田，而不我與。我若求之，其與我乎？」對曰：「與君王哉！周不愛鼎，鄭敢愛田？」王曰：「昔諸侯遠我而畏晉，今我大城陳、蔡、不羹⑲，賦皆千乘⑳，子與有勞焉。諸侯其畏我乎？」對曰：「畏君王哉！是四國者㉑，專足畏也，又加之以楚，敢不畏君王哉！」

【注釋】

①雨雪：下雪。雨：作動詞用。②皮冠：皮帽子。秦復陶：秦國所贈羽衣，可以防雨雪。翠被：用翠羽做裝飾的披肩。被：就是「帔」，披肩。豹舄：用豹皮做的鞋。③僕析父：楚大夫。④右尹：官名，春秋時楚國長官多稱尹。子革：鄭大夫子然之子，名丹，由鄭奔楚。夕：晚上謁見。⑤舍：放下。⑥熊繹：楚國始封的國君。⑦呂伋：齊太公姜尚的兒子。王孫牟：衛始封的君主康叔的兒子。燮父：晉始封的君主唐叔的兒子。禽父：周公的兒子，名伯禽，始封於魯。康王：即周康王，周成王的兒子。⑧四國：指齊、衛、晉魯。分：分器，古代天子把寶器分給諸侯，世代保存，稱爲分器。⑨鼎：相傳禹鑄九鼎。歷經夏、商、周三代，爲周室的國寶。⑩辟：通「僻」，偏僻。荊山：楚人的發祥地，在今湖北南漳縣西。⑪篳路：柴車。藍縷：破爛的衣服。⑫桃弧：桃木做的弓。棘矢：酸棗木做的箭。⑬共御：供奉。共：通「供」。⑭王舅：周成王的母親是姜太公的女兒，所以說齊君是周王的舅父。⑮王母弟：晉祖唐叔是周武王的同母弟。魯祖周公、衛祖康叔都是周成王的同母弟。⑯四國：指齊、晉、魯、衛。⑰昆吾：陸終氏生六子，長名昆吾，少名季連。季連是楚的遠祖，所以稱昆吾爲「皇祖伯父」。昆吾曾住在許地，故說「舊許是宅」。⑱許：周初所分封的諸侯國之一。在今河南許

昌。後許國南遷，其地爲鄭所有。[19]陳、蔡：本爲周武王滅商後所封的諸侯國，後來兩國都爲楚所滅。不羹：楚地名。有東西二城。東不羹在今河南舞陽縣北，西不羹在河南襄城縣東南。[20]賦：指兵車。當時按田賦出兵車，故稱。[21]四國：指陳、蔡和東西不羹。國：這裡指地區。

工尹路請曰[1]：「君王命剝圭以爲鏚柲[2]，敢請命。」王入視之。析父謂子革：「吾子，楚國之望也。今與王言如響[3]，國其若之何？」子革曰：「摩厲以須[4]。王出，吾刃將斬矣[5]！」

【注釋】[1]工尹路：人名。楚工尹奉之後，以世官爲氏。[2]剝：破開。圭：古玉器名，長方形，上尖下方。鏚：斧子。柲：兵器的柄。[3]今與王言如響：指子革回答靈王，每句話都好像回聲一樣。這是責備子革隨聲附和。[4]摩厲以須：子革把自己的言語比作刀刃，磨快以等待時機。磨厲：同「磨礪」，磨刀刃。須：等待。[5]刃：刀口。

王出，復語。左史倚相趨過[1]。王曰：「是良史也[2]！子善視之。是能讀《三墳》、《五典》、《八索》、《九丘》[3]。」對曰：「臣嘗問焉。昔穆王欲肆其心[4]，周行天下，將皆必有車轍馬迹焉。祭公謀父作《祈招》之詩以止王心[5]，王是以獲設於祇宮[6]。臣問其詩而不知也。若問遠焉，其焉能知之？」王曰：「子能乎？」對曰：「能。其詩曰：『祈招之愔愔[7]，式昭德音[8]。思我王度[9]，式如玉，式如金。形民之力[10]，而無醉飽之心。』」

【注釋】[1]左史：官名。周代史官有左史、右史之分。左史記言，右史記事。春秋時晉楚兩國都設有左史。倚相：人名，楚國的史官。②是：此、這。代指倚相。③《三墳》、《五典》、《八索》、《九丘》，都是古書名，已失傳。④穆王：指周穆王，名滿，昭王的兒子。肆：放縱。⑤祭公謀父：周穆王的卿士。祈招：舊注認爲是人名，即司馬祈父，名招，掌管軍事。《先秦文學史參考資料》疑「招」是「韶」的假借字，《祈招》是樂名，這種解釋較妥。⑥祇宮：周穆王的別宮，故址在今陝西南鄭縣。⑦愔愔：深厚平和的樣子。⑧式：語首助詞，無義。昭：明。⑨度：儀表、行爲。⑩形：同「型」，有衡量的意思。

王揖而入。饋不食①，寢不寐，數日。不能自克，以及於難②。

仲尼曰③：「古也有志④：『克己復禮，仁也。』信善哉⑤！楚靈王若能如是，豈其辱於乾谿？」

【注釋】

①饋：向尊長進食物。②難：遭難。魯昭公十三年（前五二九年），楚公子比，公子棄疾等率領陳、蔡、不羹、許、葉的軍隊反靈王，靈王兵潰逃走，在途中自縊而死。③仲尼：孔子（前五五一年至前四七九年），名丘，字仲尼。春秋末期的思想家，教育家，儒家學派的創始人。④志：記載。⑤信：眞的，的確。

【譯文】

楚靈王在州來一帶打獵，駐紮在潁尾，派遣蕩侯、潘子、司馬督、囂尹午、陵尹喜率領軍隊圍攻徐國，用來威脅吳國。楚靈王自己駐紮在乾谿，作爲他們的後援。

當時天正下雪，楚靈王戴著皮帽子，穿著秦國贈送的羽衣，披著翠羽裝飾的披肩，穿著豹皮鞋子，拿著鞭子走出來，僕析父跟在他的後面。傍晚，右尹子革來朝見，楚靈王接見了他，摘下帽子，卸了披肩，放下鞭子，對子革說：「從前我們的祖先熊繹、和呂伋、王孫牟、燮父、禽父共同服事周康王，齊、衛、晉、魯四國都有分器，只有我們沒有，現在我派人到周室去，要求把寶鼎給我們做分器，周王肯給我嗎？」子革回答說：「會給您啊！從前我們先王熊繹，住在荊山那偏僻的地方，駕著柴車，穿著破衣，住在荒涼的草地上，跋山涉水、穿越森林，來服事周天子；只有桃木弓，棘木箭以貢獻給周王室使用。齊君是周王的舅父，晉國、魯國和衛國的祖先也都是周王的同母弟。楚國因此沒有分器，而他們都有。現在周王朝和這四國都來服事您，都要聽從您的命令，難道還會吝惜寶鼎嗎？」楚靈王說：「從前我們的皇祖伯父昆吾，原是居住在許這塊地方的。現在鄭國貪圖並且霸占這塊土地，不肯還給我，我如果向他們索取，他們會給我嗎？」子革回答說：「會給您的啊！周王朝尚且不吝惜寶鼎，鄭國還敢吝惜土地嗎？」楚靈王說：「過去諸侯疏遠我國而畏懼晉國，現在我大規模的修築陳、蔡和不羹的城池，它們都有兵車千乘，這件事你也有功勞，諸侯會畏懼我嗎？」子革回答說：「會畏懼您啊！僅這四國的力量，就足夠使諸侯畏懼了，再加上楚國，他們敢不畏懼您嗎？」

這時，工尹路請示說：「您命令剖開王圭，裝飾斧柄，請問製作成什麼式樣？」楚靈王進裡面看去了。析父對子革說：「您是楚國有聲望的人。現在您和王談話，只隨聲附和，國家的前途將會怎樣呢？」子革說：「我已經把刀刃磨快了，正在等待時機，等王出來，我的刀鋒就將斬斷他的念頭了。」

靈王出來，又和子革談話。左史倚相從靈王跟前急速走過。靈王說：「他是一個很好的史官，你要好好對待他。這個人能讀《三墳》、《五典》、《八索》、《九丘》等古書。」子革回答說：「我曾經問過他，從前周穆王想要放縱自己的慾望，周游天下，要使每個地方都留下他的車輪印和馬蹄印。祭公謀父作了一首叫《祈招》的詩，用來勸阻穆王的企圖，穆王因此才能在祗宮善終。我問倚相這首詩，他尚且不知道，假若問更遠的事，他怎麼能知道呢？」靈王說：「你能知道嗎？」子革回答說：「能夠。這首詩說：『祈招深厚平和，顯示出周王的美德。希望我王的行爲，像玉一樣的純潔，像金一樣的堅實。他使用民力從不過度，總是反復權衡，就像對待飲食一樣，從沒有過於飽醉的貪心。』」

靈王聽完，拱手作揖，進入室內。送上的食物吃不下，躺在床上睡不著，這樣過了幾天，但終於不能克制自己，因而後來招致了災難。

孔子說：「古書上有這樣的記載：『克制自己的慾望，遵循先王的禮法，就是仁。』這句話確實好啊！楚靈王假若能這樣做，難道他會在乾谿受辱自殺嗎？」

子產論政寬猛《左傳》

（昭公二十年）

【題解】

寬猛，指寬政和猛政，與後人所説的王道、霸道的意思相近，都是古代統治者統治人民的手段。子產臨死前，對政治手腕不靈活的子大叔指示，治國「莫如猛」。孔子則從理論上總結出統治經驗，認爲最好的方法是「寬猛相濟」。

鄭子產有疾，謂子大叔曰①：「我死，子必爲政。唯有德者能以寬服民，其次莫如猛。夫火烈，民望而畏之，故鮮死焉。水懦弱，民狎而玩之②，則多死焉，故寬難。」疾數月而卒。

大叔爲政，不忍猛而寬。鄭國多盜，取人於萑苻之澤③。大叔悔之，曰：「吾早從夫子，不及此。」興徒兵以攻萑苻之盜，盡殺之，盜少止。

【注釋】

①子大叔：指游吉。鄭簡公、鄭定公時爲卿。定公八年（前五二二年）繼子產執政。大，同「太」。②狎：輕視。玩：玩弄。③取人於萑苻之澤：誣指起義者劫取財物。周景王二十三年（前五二二年），鄭國的奴隸會集於萑苻之澤（今河南中牟北），舉行武裝起義。後被子大叔鎮壓下去。

仲尼曰：「善哉！政寬則民慢，慢則糾之以猛。猛則民殘，殘則施之以寬。寬以濟猛，猛以濟寬，政是以和。《詩》曰[1]：『民亦勞止，汔可小康[2]，惠此中國，以綏四方[3]。』施之以寬也。『毋從詭隨[4]，以謹無良，式遏寇虐[5]，慘不畏明[6]。』糾之以猛也。『柔遠能邇[7]，以定我王。』平之以和也。又曰：『不競不絿[8]，不剛不柔，布政優優[9]，百祿是遒[10]。』和之至也。」

及子產卒，仲尼聞之，出涕曰：「古之遺愛也。」

【注釋】

[1]《詩》：即《詩經》。語見《詩經．大雅．民勞》篇。[2]汔：但願。[3]中國：指中原，即今陝西中部一帶，當時是周的腹心地區。綏：安撫。[4]詭隨：欺詐善變。這裏指欺詐善變的人。也就是「小惡」。[5]式：句首語氣詞，無義。遏：制止。[6]慘：通「憯」，副詞，用法和「曾經」相似。明：嚴明的法律。[7]柔：安撫。能：親善。邇：近。這兩句詩是總結上面八句的。[8]見《詩經．商頌．長發》。競：爭。絿：緩。[9]優優：平和的樣子。[10]遒：集聚。

【譯文】

鄭國子產有病，對子太叔說：「我死了以後，你必然會掌管國家的政事。只有德行高尚的人，才能夠行寬政使人民服從。德行較差的人治國，就不如用猛政。火性猛烈，人民望見就害怕它，所以很少有人被火燒死；水性柔弱，人民看輕它，玩弄它，因此被水淹死的人就很多。所以實行寬政是很難的。」子產病了幾個月就死了。

太叔執政，不忍心施行猛政而施行寬政。於是鄭國的盜賊就多起來了，在萑苻澤劫取行人。太叔感到後悔，說：「假如我早聽了子產的話，就不會這樣了。」於是調動步兵攻打萑苻的盜賊，全部殺死他們，盜賊才稍稍止住。

孔子說：「好啊！施行寬政人民就怠慢，怠慢就用猛政加以糾正；施行猛政人民就受到殘害，受到殘害再施行寬政。用寬政來補救猛政的缺失，用猛政來補救寬政的缺失，政治因此平和。《詩經》說：『老百姓也太勞累了，且讓他們有個小的安寧，加恩給中原的百姓，就能安定天下的人民。』這就是施行寬政。『對小惡不要寬容放縱，就可以警戒壞人；對盜賊暴行要堅決制止，因為他們根本不怕嚴明的法律。』這就是用猛政來糾正。『懷柔遠方，親善近處，從而來安定我們的王室。』這是講的施行寬猛相濟的平和政治。《詩經》又說：『不過強也不過急，不過於嚴厲也不寬大無邊，施政平和，各種福祿都在這裡聚集。』這就是平和政治的極點。」

等到子產死後，孔子聽到這個消息，流著眼淚說：「子產是繼承了古人仁愛的遺風的人啊。」

吳許越成《左傳》（哀公元年）

【題解】

魯定公十四年（前四九六年），吳王闔閭在檇李被越王勾踐戰敗，傷足而死。哀公元年（前四九四年）吳王夫差在夫椒擊敗越國，爲他的父親報了仇。越王勾踐派人求和，夫差準備答應他。伍員知道後，勸諫吳王夫差不要養虎貽患，他以夏少康作比，以歷史作借鑒，分析勾踐的爲人，主張除惡務盡，徹底消滅越國，但吳國夫差不聽忠言，最後被越國所滅。

吳王夫差敗越於夫椒[1]，報檇李也[2]，遂入越。越子以甲楯五千保於會稽[3]，使大夫種因吳大宰嚭以行成[4]。吳子將許之。伍員曰[5]：「不可，臣聞之：『樹德莫如滋[6]，去疾莫如盡[7]。』昔有過澆，殺斟灌以伐斟鄩[8]，滅夏後相[9]。後緡方娠[10]，逃出自竇[11]，歸於有仍[12]，生少康焉，爲仍牧正[13]，惎澆能戒之[14]。澆使椒求之[15]，逃奔有虞[16]，爲之庖正[17]，以除其害。虞思於是妻之以二姚[18]，而邑諸綸[19]，有田一成[20]，有衆一旅[21]，能布其德，而兆其謀[22]，以收夏衆，撫其官職[23]。使女艾諜澆[24]，使季杼誘豷[25]，遂滅過戈[26]，復禹之績[27]。祀夏配天，不失舊物。今吳不如過，而越大於少康，或將豐之，不亦難乎？勾踐能親而務施，施不失人，親不棄勞，與我同壤，而世爲仇讎[28]。於是乎克而弗取，將又存之，違天而長寇讎29，後雖悔之，不可食已30。姬之衰也31，日可俟也32。介在蠻夷而長寇讎，以是求伯33，必不行矣。」

【注釋】

1夫差：春秋末年吳國國君，吳王闔閭的兒子。夫椒：山名，在今江蘇吳縣西南太湖中。哀公元年（前四九四年），吳王夫差曾在這裏打敗越國。2報：報復。檇李：在今浙江嘉興西南。魯定公十四年（前四九六年），吳伐越，越王勾踐在檇李擊敗吳軍，吳王闔閭傷足而死。3越子：越王勾踐，春秋末年越國國君。前四九七年至前四六五年在位，越國曾被吳國戰敗，屈辱求和。勾踐臥薪嚐膽，發憤圖強，終於轉弱爲强，滅了吳國。甲楯：指被甲執楯的士兵。楯：通「盾」，盾牌。會稽：山名，在今浙江紹興南。4種：文種，字子禽。越國大夫。因：介詞，通過。太宰：官名。嚭：吳國大臣名，楚大夫的伯州犁的孫，出之奔吳，以功任太宰。因善於逢迎，深得吳王寵信。行成、議和。5伍員：字子胥。楚大夫伍奢次子，伍奢被殺，他逃奔吳國爲大夫，幫助吳王闔閭奪取王位，因功封於申，所以又叫申胥。6二語見《尚書．泰誓》。滋：增益。7盡：斷根。8過：夏時國名，在今山東掖縣北。澆：人名，相傳是東夷族首領寒浞之子，封於過。斟灌：夏時國名，在今山東壽光縣東北四十里。斟鄩：夏時國名，在今山東濰縣西南五十里。9夏後相：傳說中夏朝君主，夏禹的曾孫，少康的父親。10後緡：傳說中夏王相之妻，有仍氏的女兒。娠：懷孕。11竇：孔穴。12有仍：古國名，在今山東濟寧縣。後緡是有仍國的女兒，所以逃歸娘家。13少康：夏後相的遺腹子。牧正：主管畜牧的長官。14惎：憎恨。戒：警戒。15椒：澆的臣子。16有虞：傳說中古部落名，即有虞氏，舜是這個部落的領袖，居蒲阪，這裡指舜的後代封國，在今河南虞城縣北。17庖正：主管膳食的官長。18姚：有虞的姓。19綸：有虞地名，在今河南虞城縣東南。邑：動詞，封予采邑。諸：介詞，之、於二字的合音。20成：古代土地面積單位。方十里爲一成。21旅：古代以步卒五百人爲一旅。22兆：開始。23撫：安定。24女艾：少康臣。諜：暗地察看。25季杼：少康的兒子。豷：澆的弟弟。26戈：豷的封國。27禹：傳說中古代部落聯盟領袖。姓姒，因治水有功，繼舜位。他的兒子啟建立了夏朝。28仇讎：仇敵。29違天：違背天意。長：增加，這裏指增强越國的勢力。30食：消除。31姬：吳爲姬姓，這裡指吳國。32日可俟也：猶言指日可待。俟：等待。33蠻：古代對南方各族的蔑稱。夷：古代對東方各族的蔑稱。伯：通「霸」。

弗聽。退而告人曰：「越十年生聚，而十年教訓，二十年之外，吳其爲沼乎①！」

【注釋】

①沼：池子。這裡指吳滅之以後，吳國的宮室廢壞，將變爲池沼。

【譯文】

吳王夫差在夫椒打敗了越國，這是爲了報復在檇李被越國打敗的仇恨，並趁勢打進了越國。越王勾踐帶領披甲執盾的五千名士卒，退守會稽山，派大夫文種通過吳國太宰嚭向吳王求和，吳王夫差準備答應他。伍員說：「不可以。我聽說：『樹德越多越好，除害越徹底越好。』古時過國的國君澆，殺了斟灌，打敗了斟鄩，消滅了夏王相。相的妻子緡正懷孕，從牆洞裡逃出，回到她的娘家有仍國，生了少康。少康長大後，做了有仍國主管畜牧的官吏。少康恨透了澆，並對他時刻戒備著。澆派臣子椒四處搜尋少康，少康逃奔到虞國，做了主管膳食的官，才得以免除災難。虞國的國君思就把他的兩個女兒嫁給了少康，並把綸這個地方作爲他的封邑。少康有了一成土地和一旅軍隊，他能廣布恩德並開始實行他的謀略。他招收夏朝的遺民，用封官定爵的方式來安撫他們。又派女艾暗地察看澆的行止，還讓季杼去引誘豷。於是滅掉了過國和戈國，恢復了夏禹的業績，祭祀夏朝的祖先，配享天帝，沒有失去夏朝的天下。現在吳國不如過國强大，而越國卻比少康强大，如果讓越國强大起來，再要對付它不就困難了嗎？越王勾踐能夠親近臣民而又能給人民以實惠，給實惠就不會失去民心，親近臣民就不會忽略有功勞的人。越國與吳國土地相連並且世世代代結爲仇敵。這個時候打敗了它卻不把它消滅，反而要保存它，這樣違背天意助長仇敵，以後即使後悔，也不能消滅它了。吳國的衰亡，是指日可待了。處在蠻夷之間卻又助長自己的仇敵，用這樣的方法來謀求霸主的地位，是一定行不通的。」

吳王不聽勸告。伍員退下來告訴別人說：「越國只要用十年的時間養育人民，積聚財富，再用十年教育人民和訓練軍隊；二十年以後，吳國的宮室恐怕將要變成池沼了。」

祭公諫征犬戎《國語》[1]

【題解】

周朝傳到穆王，王室力量已經衰微。但穆王仍想維持大一統的局面，而遠征犬戎。祭公對他進行了勸諫，他先講述周先王的傳統經驗，注意以德服人，不輕易動兵。再講述先王規定的法制，對荒遠地區的民族只要求保持名義上的宗主關係就行了。但穆王不聽勸告，結果威信掃地，得到的只是「狼、鹿」八隻而已。

穆王將征犬戎[2]，祭公謀父諫曰[3]：「不可。先王耀德不觀兵[4]。夫兵戢而時動[5]，動則威；觀則玩，玩則無震[6]。是故周文公之《頌》曰[7]：『載戢干戈[8]，載櫜弓矢[9]。我求懿德[10]，肆於時夏[11]，允王保之[12]。』先王之於民也，茂正其德[13]，而厚其性，阜其財求[14]，而利其器用；明利害之鄉[15]，以文修之，使務利而避害，懷德而畏威，故能保世以滋大[16]。

【注釋】

[1]《國語》：相傳爲春秋時左丘明所作。是我國第一部國別史性質的書。它記載了從西周穆王十二年（前九九〇年）至東周定王十六年（前四五三年）期間周、魯、齊、晉、鄭、楚、吳、越等八國貴族的一些言論。有些內容與《左傳》互有詳略異同。其書經過漢代劉向的考校，今存二十一卷。[2]穆王：周穆王，名滿。康王之孫，昭王的兒子。前一〇〇一年至前九四七年在位。犬戎：我國古代西方民族名，即昆戎。商朝和周朝時，在今陝西省涇水渭水流域游牧。[3]祭公謀父：周公的後代。當時爲周王卿士。祭：封邑名。謀父：是字。[4]耀德：光大

增益，加多。德治。觀兵：顯示兵威。5戢：聚集、收藏。時動：按照一定的季節行動。如春夏秋務農，冬天講武。6震：懼怕。7周文公：周公姬旦，「文」是他的謚號。《頌》：這裡指《詩經・周頌・時邁篇》。古代相傳，此時是歌頌武王巡狩諸侯的樂歌，周公所作。8載：句首助詞，無義。干戈：兵器名。9櫜：收藏盔甲，弓箭的袋子。這裏作動詞用，收藏。10懿德：美德。11肆：傳布。時：指示代詞，相當於「這，這個」。夏：指中國。12允：信，相信。王：指周武王。13茂：通「懋」，勉勵。德：道德。14阜：豐富、盛多。15鄉：所在。16滋：增益，加多。

「昔我先世后稷1，以服事虞、夏2。及夏之衰也3，棄稷弗務，我先王不窋用失其官4，而自竄於戎翟之間5。不敢怠業，時序其德，纂修其緒6，修其訓典7，朝夕恪勤8，守以惇篤9，奉以忠信，奕世載德10，不忝前人11。至於武王12，昭前之光明而加之以慈和，事神保民，莫不欣喜。商王帝辛13，大惡於民。庶民弗忍，欣戴武王14，以致戎於商牧15。是先王非務武也，勤恤民隱16，而除其害也。

【注釋】

1先世：先代。后稷：周民族的始祖，姓姬名棄。傳說他善種百穀，帝堯命他爲農師（后稷）。其子孫世襲后稷的官職。2虞夏：虞：指虞舜；夏，指夏朝。棄爲舜的農官，棄子不窋又繼爲夏啟的農官，故稱「服事虞夏」。3夏之衰：指夏啟之子太康因溺於游畋而失帝位。4不窋：棄的兒子。5竄：逃走，隱藏。戎翟：指戎秋。我國古代對西北部民族的統稱。6纂：同「纘」，繼續。緒：前人未竟的事業。7訓典：教化法度。修：有增進、加強等意思。8恪：恭敬、謹慎。9惇：敦厚。10奕世：累世。載：承受。11忝：玷汚。12武王：周武王姬發，周文王之子。滅掉商朝，成爲西周王朝的建立者。13辛：商代最後一個君主紂王的名。14戴：尊奉，擁護。15商牧：商朝都城朝歌的郊外牧野，在今河南淇縣西南。16恤：憐憫。隱：痛苦。

「夫先王之制，邦內甸服[1]，邦外侯服[2]，侯衛賓服[3]，夷蠻要服，戎翟荒服[4]。甸服者祭，侯服者祀，賓服者享[5]，要服者貢[6]，荒服者王[7]。日祭、月祀、時享、歲貢、終王、先王之訓也。有不祭，則修意；有不祀，則修言；有不享，則修文；有不貢，則修名；有不王，則修德[8]；序成而有不至[9]，則修刑。於是乎有刑不祭，伐不祀，征不享，讓不貢，告不王。於是乎有刑罰之辟[10]，有攻伐之兵，有征討之備，有威讓之令，有文告之辭。布令陳辭而又不至，則又增修於德，無勤民於遠。是以近無不聽，遠無不服。

「今自大畢，伯仕之終也[11]，犬戎氏以其職來王。天子曰：『予必以不享征之[12]，且觀之兵。』其無乃廢先王之訓而王幾頓乎[13]！吾聞夫犬戎樹惇[14]，能帥舊德，而守終純固[15]，其有以御我矣[16]。」

王不聽，遂征之，得四白狼、四白鹿以歸。自是荒服者不至。

【注釋】

[1]邦內：指國都四面近郊五百里內地區。甸服：國都近郊地區的人，以耕作田地交糧食出兵車服事天子，故稱甸服。甸：田，即耕作田地。[2]邦外：國都近郊四面五百里之外的地區。侯服：以諸侯的身份服事天子。[3]侯衛：諸侯國的外衛，即邦外四面的地區，也是五百里。賓服：因不是諸侯，而是以賓客的身份服事天子，故稱賓服。[4]夷蠻：古代對邊遠民族的稱呼。要服：距國都極遠，依靠立約結盟服事天子，故稱要服。要：約。荒服：因其地區更遠，處於荒野，所以稱荒服。當地民族因遷徙無常，只在首領更換或中原王朝新王嗣位時，入朝一次。[5]享：獻。指獻上祭品祭祀始祖。[6]貢：指貢納祭品祭祀遠祖、天地之神。[7]王：指夷狄的首領承認

周朝的正統，按時去朝見天子。⑧修意：檢查自己的意圖。修言：檢查自己的言論號令。修文：檢查國家的法令制度。修名：檢查尊卑的名號。修德：檢查自己的德行。⑨序：次序。指以上「意、言、文、名、德」五者的次序。⑩辟：法令、條例。⑪大畢、伯仕：犬戎族的兩個君主。⑫享：享獻，即每季一次向天子貢獻祭品，本是「賓服」諸侯的職分，這裡用來責備「荒服」的犬戎，是妄加的罪名。⑬頓：敗壞。⑭樹：建立。惇：敦厚。⑮守終：指能守住終生入朝一次的職分。純固：專一。⑯御：抵禦。

【譯文】

周穆王打算去征伐犬戎。祭公謀父勸阻說：「不行。先王只發揚他們的德治，而不輕易炫耀武力。兵力聚集，按時行動，一動就顯出威勢。炫耀就是濫用，濫用就不能使人懼怕。所以周公的《頌》詩說：『收好干戈，藏好弓箭；我王講求美德，施行到全中國，相信我王能永保天命。』先王對於百姓，鼓勵他們端正自己的德行，使他們性情純厚，充分滿足他們的財富要求，使他們有稱心的器物用具；讓他們懂得利和害的所在，用禮法陶冶人民，使他們專心從事有利的事情而避免有害的事情，感恩戴德而又懼怕刑威，因此，先王創建的事業就能世代相承，並能發展壯大。

「從前我們的先世後稷、不窋相繼做農官，服事虞、夏兩朝。到夏朝衰敗時，廢掉了農官這個官職，不再注意農事。我們先王不窋因爲失去了農官的職務，只好自己逃避到戎、狄之中。他對農業仍不敢懈怠，經常宣揚祖先的美德，繼續他的事業，改進他的教化法度，早晚謹慎勤懇，用純樸篤實的態度加以保持，用忠誠信實的態度加以奉行。自後世世代代相傳，繼承了這優良的品德，沒有玷污前人。到了武王，他發揚前人光明磊落的德行，再加上慈愛和善，事奉神明，撫育人民，百姓沒有不感到歡欣鼓舞的。那時商紂王對百姓太凶惡，百姓不堪忍受，都樂於擁護武王，這樣才出兵在商郊牧野打敗了商紂王。這並不是先王非要從事武力，而是憂慮體恤人民的痛苦，爲他們除掉禍害啊。

「先王的制度是：天子都城近郊的地區，叫甸服；城郊以外的地區，叫侯服；侯服以外是賓服，屬於蠻夷的地方是要服；戎、狄所居之地是荒服。甸服地區要給天子供獻祭祀祖父、父親的祭品，侯服地區要給天子供獻祭祀高祖、曾祖的祭品，賓服地區要給天子供獻祭遠祖的祭品，要服地區要給天子供獻祭神的祭品，荒服地區的諸侯要進來朝見天子。祭祀祖父、父親是每天一次，祭祀高、曾祖是每月一次，祭祀始祖是每季一次。祭祀遠祖、天地之神是每年一次，入朝天子則終身一次。這是先王的遺訓。如果有不來供日祭的、天子就檢查自己的思想，有不來供月祭的，就檢查自己的言論；有不按季獻祭品的，就檢查自己的法令；有不來進歲貢的，就檢查自己規定的尊卑名號；有不來朝見的，就檢查自己的德行；依次檢查完了，如果還有不來供獻朝見的，就檢查刑法。因此，有依法懲治不祭的，派軍隊去討伐不祀的，命令諸侯去征剿不享的，派使者責備不貢的，用文辭曉諭不朝見天子的指施。因此，有懲罰的法律，有攻打的軍隊，有征剿的武備，有嚴厲譴責的命令，有曉諭的文辭。如果已經宣布法令、發出文告後，還有不來供獻朝見的，那就再以自己的德行上檢查，斷不可使百姓勞苦，到遠方進行戰爭。這樣，近處沒有人不聽從的，遠方沒有人不歸服的。

「現在，自從大畢、伯仕去世以後，犬戎君長都按照他們的職守來朝見天子。但您卻說：『我一定要以不享的罪名去征討他，並向他們顯示兵威』，這恐怕是違背先王的教導，使『荒服者王』的制度幾乎遭到破壞了吧？我聽說犬戎樹立了淳厚的風尚，能遵循他先人的德行，始終如一的保守他們的國家，他們一定有抵抗我們的辦法。」

周穆王不聽謀父的話，去攻打犬戎。結果只得到四頭白狼、四隻白鹿回來。從此以後，荒服的諸侯就不來朝見天子了。

召公諫厲王止謗《國語》

（周語上）

【題解】

周厲王以刑殺爲威，壓制國人對他的批評，召公勸諫厲王，應該讓人民說出他們想說的話，因爲「防民之口，甚於防川」。但周厲王不聽勸告，最後被流放到彘地。本文氣勢磅礴，把形象的比喻和透徹的說理緊密地結合起來，有較強的說服力。

厲王虐[1]，國人謗王[2]。召公告王曰[3]：「民不堪命矣[4]！」王怒，得衛巫[5]，使監謗者，以告，則殺之。國人莫敢言，道路以目[6]。

【注釋】

[1]厲王：周厲王，名胡。周夷王的兒子，周穆王的四世孫。前八七八年至前八四二年在位。由於暴虐無道，引起人民反抗，他被放逐到彘。[2]謗：議論、責備。[3]召公：姬虎，諡號穆公。周厲王的卿士，後輔佐周宣王。[4]堪：受。不堪，受不了。[5]巫：以侍奉鬼神爲職業的人。[6]道路以目：人們在道路上相遇，以眼神示意，形容敢怒而不敢言。

王喜，告召公曰：「吾能弭謗矣[1]。乃不敢言。」召公曰：「是障之也[2]。防民之口，甚於防川。川壅而潰[3]，傷人必多，民亦如之。是故爲川者[4]，決之使導；爲民者，宣之使言[5]。故天子聽政[6]，使公卿至於列士獻詩[7]，瞽獻曲[8]，史獻書[9]，師箴[10]，瞍賦[11]，矇誦[12]，百工諫[13]，庶人傳語[14]，近臣盡規[15]，親戚補察[16]，瞽史教誨[17]，耆艾修之[18]，而後王斟酌焉，是以事行而不悖[19]。民之有口，猶土之有山川也，財用於是乎出；猶其有原隰衍沃也[20]，衣食於是乎生。口之宣言也，善敗於是乎興，行善而備敗[21]，所以阜財用衣食者也[22]。夫民慮之於心，而宣之於口，成而行之[23]，胡可壅也？若壅其口，其與能幾何？」

王弗聽，於是國人莫敢出言。三年，乃流王於彘[24]。

【注釋】

[1]弭：消除，止。[2]障：築堤防水叫障。引申為阻塞。[3]壅：堵塞。[4]為川者：治水的人。[5]宣：引導，開放。[6]聽政：處理政事。[7]公卿至於列士：周王室官職分為公、卿、大夫、士各級。士是下層官員，又分上士、中士、下士三個等級。[8]瞽：盲藝人，這裏指樂官太師。此言樂官進獻反映民意的歌曲。[9]史獻書：史官獻書於王，使知往古政治得失，作為借鑑。[10]師：少師。低於太師的樂官。箴：一種寓有功戒意義的文辭。箴言。[11]瞍：沒有瞳仁的盲人。賦：朗誦，指朗誦公卿列士所獻的詩。[12]矇：有瞳仁而看不見東西的盲人。誦：指不配合樂曲的誦讀。[13]百工：指各種手工藝者。一說指管理各種工奴的工官。[14]庶人：平民，老百姓。老百姓是沒有機會看到國王的，所以只能把意見間接地傳給國王，叫「傳語」。[15]盡規：盡規諫的職責。規：進諫，規勸。[16]親戚：指與天子有親屬關係的大臣。補察：彌補王的過失，監督王的行動。[17]瞽、史：是承接上文「瞽獻曲，史獻書」而言。[18]耆、艾：古稱六十歲的人為耆。五十歲的人為艾。這裏指朝中高年有德的人。修：修飾整理。[19]悖：違背。[20]其：代指土地。原：高而平的土地。隰：低下而潮濕的土地。衍：平原。沃：肥美的土地。[21]備：預防。[22]阜：增多、豐富。[23]成：成熟。行：流露。[24]流：放逐。彘：晉地名，在今山西霍縣境內。放逐周厲王的事發生在公元前八四二年。

【譯文】

周厲王暴虐無道，國內的人民指責他的過失。召公告訴厲王說：「百姓忍受不了您的命令啦！」厲王聽了很惱怒，找來一個衛國的巫師，叫他去監視指責自己過失的人。只要衛巫來報告，厲王就把被告發的人殺掉。國內的人民都不敢說話了，在路上相遇，只用眼神示意。

厲王很高興，告訴召公說：「我能制止謗言了，他們不敢說話了。」召公說：「這是堵塞了他們的嘴！堵塞人民的嘴，比堵塞江河的後果還要嚴重；河水被堵塞，一旦決口奔流，被傷害的人一定很多，禁止人民講話也是這樣。因此，治水的人，應該疏通河道，使它暢行無阻；治理人民的人，要引導他們讓他們敢於講話，所以天子處理政事，讓公卿大夫直到列士都進獻諷諫的詩篇，樂官進獻反映民意的歌曲，史官進獻可供借鑒的史書，少師進獻寓有勸戒意義的文辭，瞍者朗誦，矇者吟詠，各色工匠分別諫諍，百姓的議論輾轉上達，左右近臣盡心規勸，宗室姻親補過糾偏，樂官史官施行教誨，元老重臣再把樂師，史官的教誨加以修飾整理，然後由天子親自斟酌裁決，因此，政事施行起來才不違背情理。人民有嘴，就像大地有山有水一樣，財富用度都從這裏生產出來，又像大地上有高原、窪地、平川和沃野一樣，衣服食物才從這裡產生。放手讓人民講話，政事的善惡成敗才能從這裏反映出來。好的加以推行，壞的加以防範，這裏是增加財富、器物、衣服、食品的好辦法。人民在心裡想，用嘴巴說，他們考慮成熟以後就自然流露出來，怎麼能堵塞他們的嘴呢？如果堵塞他們的嘴，那又能堵塞多久呢？」

厲王不聽召公的勸告。從此，國內的人沒有一個人敢說話了。過了三年，人民就把厲王流放到彘地去了。

襄王不許請隧《國語》

（周語中）

【題解】

本文記敘的是周襄王在復位之初的十分困難的處境中，婉言回絕了晉文公請求天子葬禮的要求。襄王在回答中强調他不能改變先王遺留下來的制度，他只有這點形式上的禮制才能表示他的天子身份。這一番話棉裡藏針，柔中有剛，終於使晉文公放棄了這一要求。

晉文公既定襄王於郟[1]，王勞之以地[2]，辭，請隧焉[3]。王弗許，曰：「昔我先王之有天也，規方千里，以爲甸服[4]，以供上帝山川百神之祀[5]，以備百姓兆民之用[6]，以待不庭不虞之患[7]。其餘，以物分公侯伯子男[8]，使各有寧宇[9]，以順及天地，無逢其災害。先王豈有賴焉[10]？內官不過九御[11]，外官不過九品[12]，足以供給神祇而已[13]，豈敢厭縱其耳目心腹[14]，以亂百度[15]？亦唯是死生之服物采章[16]，以臨長百姓而輕重布之[17]，王何異之有？今天降災禍於周[18]，余一人僅亦守府[19]，又不佞以勤叔父[20]，而班先王之大物[21]，以賞私德[22]，其叔父實應且憎，以非余一人，余一人豈敢有愛也？先民有言曰：『改玉改行[23]。』叔父若能光裕大德，更姓改物[24]，以創制天下，自顯庸也，而縮取備物[25]，以鎮撫百姓，余一人其流辟於裔土[26]，何辭之與有？若猶是姬姓也，尚將列爲公侯，以復先王之職，大物其未可改也。叔父其茂昭明德[27]，物將自至。余敢以私勞變前之大章，以忝天下[28]，其若先王與百姓何？何政令之爲也？若不然，叔父有地而隧焉，余安能知之？」

文公遂不敢請，受地而還。

【注釋】

[1]晉文公：姓姬名重耳，文公是謚號。是春秋時期五霸之一。襄王：周襄王，前六五一年至前六一九年在位。前六四九年，其異母弟叔帶勾結戎人，奪取王位，襄王逃到鄭國。第二年，晉文公接受襄王的要求，出兵救周，支持襄王在郟地復位。郟：邑名，在今河南洛陽附近。[2]勞：犒勞、賞賜。襄王因晉文公立了功，把陽樊、溫原、欑茅之田賞給他。[3]隧：指墓道。這裡用作動詞。古時天子死後，靈柩從地下挖掘的通道入葬。諸侯不得用此禮。[4]甸服：指京城的四郊地區，有向天子定期納貢賦的職分。[5]上帝：天神。山川百神：地神，指五岳河海以及大地丘陵諸神。[6]百姓：有世功的百官。[7]不庭：不來朝貢。不虞：意外的事故。[8]其餘：指甸服以外的地區。這些地區分封給大小諸侯，他們定期向天子納貢。[9]寧宇：安居。[10]賴：利，盈餘。意思是說，天子並沒有得到什麼利益，都把它分給諸侯了。[11]內官：王宮中的女官。九御：即九嬪，九種女官。[12]外官：王朝政府的官吏。九品：即九卿，九種行政官。指冢宰、司徒、宗伯、司馬、司寇、司空以及少師、少傅、少保。據《周禮》：「內有九室，九嬪居之；外有九室，九卿朝焉」。[13]神：天神。祇：地神。[14]厭縱：盡情放縱。厭：滿足。耳目：指聲色。心腹：指嗜飲。[15]度：法令，規定。[16]服物：使用的器物及禮儀，包括隧葬。采章：采色花紋。[17]臨長：統治。輕重：尊卑、貴賤的等級。布：展示。[18]天降禍災：指叔帶之亂。[19]府：先王的府藏。[20]不佞：謙詞，即不才。叔父：天子稱同姓諸侯叫叔父。[21]班：分給。大物：指隧，即天子的葬禮。[22]賞私德：酬謝別人對自己的恩德。[23]玉：佩玉。改行：改變地位。[24]光裕大德：發揚偉大的德行。更姓改物：古代君王易姓，即指改朝換代，要改正朔，易服色，表示朝代的變更。[25]庸：功用。縮取：斂取。備物：天子的全部葬禮。[26]流：流放。辟：戮。裔土：邊遠的地方。[27]茂昭：勉力發揚。昭：光明。[28]私勞：私德。忝：玷辱。

【譯文】

晉文公使周襄王在郟地復位後，襄王拿土地作爲對他的酬勞，晉文公推辭了，而請求允許他死後採用掘地道的天子葬禮。襄王不允許說：「從前我們先王得了天下，畫出國都周圍千里的土地作爲甸服，用來供奉天神和地神的祭祀，用來提供百姓萬民的用度，防止諸侯不朝和意外的禍患。其餘的土地，平均分給公、侯、伯、子、男，使他們各有安寧的住處，從而順應天地尊卑的法則，不致遭遇災害。先王哪裡有什麼特別利益呢？他的內官只有九嬪，外官只有九卿，僅夠供奉天神地神罷了，難道敢放縱他的聲色嗜慾來擾亂法度嗎？天子只不過是生前死後的服飾葬禮不同，用來表示是治理百姓的君長，並表示尊卑貴賤的區別，除此之外，天子和其他人還有什麼區別呢？現在上天給周王室降下災禍，我個人只是看守住先王故府的遺物，又沒有才幹，以至勞累叔父；如果分出先王的葬禮，來報答叔父的恩德，那叔父即使接受了也會憎惡我，責怪我，我個人怎麼敢存吝惜的心情呢？前人有句話說：『改變佩玉，就必須改變地位。』叔父如果能光大發揚美德，更換姓氏和制度，創建掌管天下的大業，顯示自己的功勞，那麼，採取天子的服物采章，來統治安撫百姓，我就是被流放、殺戮在邊遠的地方，還能有什麼話和您說呢？如果你還是姓姬，那就仍將處於諸侯的地位，來履行先王規定的職分，那麼天子的葬禮就不可以更改了。叔父如能努力發揚光明的德行，天子的葬禮將會不招自來。我怎敢憑著私恩改變先王的重要制度，玷辱天子的人民，這樣做怎麼對得住先王和百姓呢？還要政令做什麼呢？再若不然，叔父有土地，就開墓道行隧葬禮，我又怎麼能知道呢？」

晉文公於是不敢再提請隧葬的要求，接受了土地回本國去了。

單子知陳必亡《國語》（周語中）

【題解】

單襄公是東周王朝的使臣，他根據自己在陳國時的親身感受，推斷出陳侯必然會有大的災難，國家也一定會滅亡。他首先列舉出陳必亡的十五條事實。然後闡述陳必亡的原因是：內政不修、生產破壞、外交廢馳、國君腐化。引古證今，前後對比，指出陳侯是自取滅亡，絕非偶然。

定王使單襄公聘於宋[1]。遂假道於陳[2]，以聘於楚[3]。火朝覿矣[4]，道茀不可行也[5]，侯不在疆[6]，司空不視塗[7]，澤不陂[8]，川不梁[9]，野有庾積[10]，場功未畢[11]，道無列樹[12]，墾田若蓺[13]，膳宰不致餼[14]，司里不授館[15]，國無寄寓[16]，縣無旅舍，民將築臺於夏氏[17]。及陳，陳靈公與孔寧，儀行父南冠以如夏氏[18]，留賓弗見。

【注釋】

[1]定王：周定王，前六〇六年至五八六年在位。單襄公：名朝，也稱單子，周定王的卿士，「襄」是諡號。聘：訪問。[2]假道：借道。[3]楚：古國名，在今湖南、湖北、安徽、江蘇、浙江等省內。國都在郢（今湖北省江陵縣北）[4]火：即二十八宿中的心宿，又叫商星，是一顆恒星。覿：見。[5]道茀：道路荒蕪。[6]侯：侯人，主管迎送來往的賓客的小官。[7]司空：也稱司工，掌管土木、水利工程的官。[8]澤：水積聚的地方，這裏指水塘。陂：澤邊堵水的堤岸。[9]梁：架橋梁。[10]庾：露。積：積聚之物。[11]場功：指收割莊稼。場：打糧、晒糧的場地。[12]列樹：古時在道路兩旁種樹作爲標記。[13]墾田：已開墾的土地。蓺：茅草芽。[14]膳宰：即膳夫，宣

達王命以及主管王的飲食等事的官吏。餼：活的牲畜。[15]司里：主管客館的官。[16]國：都城。寄寓：猶言旅館。[17]台：供人遠望的高平建築物。夏氏：指陳大夫夏徵舒家。陳靈公與徵舒母夏姬公開淫亂，所以要百姓給夏氏築台。[18]陳靈公：名平國。孔寧、儀行父：都是陳國的大夫。南冠：楚國的帽子。

單子歸，告王曰：「陳侯不有大咎[1]，國必亡。」王曰：「何故？」對曰：「夫辰角見而雨畢[2]，無根見而水涸[3]，本見而草木節解[4]，駟見而隕霜[5]，火見而清風戒寒。故先王之教曰：『雨畢而除道，水涸而成梁，草木節解而備藏，隕霜而冬裘具[6]，清風至而修城郭宮室。』故《夏令》曰[7]：『九月除道，十月成梁。』其時儆曰：『收而場功[8]，偫而畚梮[9]，營室之中，土功其始[10]。火之初見，期於司里[11]。』此先王之所以不用財賄，而廣施德於天下者也。今陳國火朝覿矣，而道路若塞，野場若棄，澤不陂障，川無舟梁，是廢先王之教也。

【注釋】

[1]咎：凶災。[2]辰角：星名。九月初寒露節早晨在東方出現。辰：通「晨」。見：通「現」。[3]天根：星名。它在寒露節後五日的早晨出現。涸：水乾。[4]本：氐宿別名。在寒露後十天早晨出現。節解：指草枯萎、樹葉落。[5]駟：房宿，東方蒼龍七宿中的第四宿，屬天蠍座。在九月中霜降節早晨出現。[6]隕：下落。裘：皮衣，這裏泛指冬天穿的衣物。具：完備，準備好了。[7]夏令：夏代的月令。[8]而：同「爾」，你，你的。下同。[9]偫：備辦。畚梮：用竹、木、鐵片等作的盛土和抬土的器具。[10]營室：星名，即室星。夏歷十月黃昏時，出現在南方的正中，古人認為這時可以營造宮室。土功：指土木建築工程。[11]期：會。

「同制有之曰[1]：『列樹以表道[2]，立鄙食以守路[3]；國有郊牧[4]，疆有寓望[5]。藪有圃草[6]。囿有林池[7]，所以御災也。其餘無非谷土，民無縣耜[8]，野無奧草[9]，不奪農時，不蔑民功[10]。有優無匱[11]，有逸無罷[12]。國有班事[13]，縣有序民[14]。』今陳國道路不可知，田在草間，功成而不收[15]，民罷於逸樂，是棄先王之法制也。

【注釋】[1]制：法制。[2]表道：標識道路。[3]鄙：四面邊邑。食：每十里有廬，廬有飲食。守路：守候過路的人，給他們食用。[4]郊：城外。牧：放牧場。[5]畺：同「疆」。寓：客舍。[6]藪：窪地。圃草：茂盛的草。圃，通「甫」，多、大。[7]囿：高養禽獸、種植樹木的園林。多數是供君主貴族打獵遊樂的場地。[8]縣：同「懸」，掛。耜：古代一種與鍬相似的農具。此泛指農具。[9]奧：深。[10]蔑：棄、廢掉。[11]優：寬裕。匱：缺乏。[12]罷：同「疲」。[13]班事：力役按次序進行。[14]序民：百姓輪番服役或休息。[15]功成：指農業的勞動成果。

「周之《秩官》有之曰：『敵國賓至[1]，關尹以告[2]，行理以節逆之[3]，侯人爲導，卿出效勞[4]，門尹除門[5]，宗祝執祀[6]，司理授館[7]，司徒具徒[8]，司空視塗，司寇詰奸[9]，虞人入材[10]，甸人積薪[11]，火師監燎[12]，水師監濯[13]，膳宰致餐[14]，廩人獻餼[15]，司馬陳芻[16]，工人展車[17]，百官各以物至，賓入如歸，是故大小莫不懷愛。其貴國之賓至[18]，則以班加一等，益虔[19]。至於王使，則皆官正涖事[20]，上卿監之。若王巡守[21]，則君親監之。』今雖朝也不才[22]，有分族於周[23]，承王命以爲過賓於陳[24]。而司事莫至[25]，是蔑先王之官也。

【注釋】[1]敵國：地位相等的國家。[2]關尹：古代把守關門的官吏。[3]行理：又稱行李行人，是主管外交使節朝覲、聘同的官吏。節：符節，使者用作憑証的信物。逆：迎接。[4]卿：天子、諸侯所屬的高級的長官。周代把卿分爲上卿、中卿、下卿三級。勞：慰勞。5門尹：管門的人。除：打掃。6宗祝：宗：宗伯；祝：太祝。主管祭祀、祈禱的官吏。9授館：安排賓客館舍。8司徒：掌管土地，人口、物產的官。9司寇：掌管刑獄、糾察的官。10虞人：主管山澤的官吏。11甸人：主管柴火的官吏。12火師：管火的人。燎：夜間照明的火燭。13水師：主管洗滌的官吏。14餐：熟食。15廩人：主管糧食的官吏。餼：這裏指穀和米。16司馬：主管養馬的官吏。芻：餵牲畜的草料。17工人：也稱工師，主管各種手工業的官吏。18貴國：大國。19班：次位。加一等：尊一級。虔：恭敬。20莅：臨，到。21巡守：天子到諸侯國去巡視。守：同「狩」。22朝：單襄公自稱。23分族：親族的分支。24過賓：過路的賓客。25司事：百官通稱，指各種主管事務的人。

「先王之令有之曰：『天道賞善而罰淫1，故凡我造國，無以匪彝2，無即慆淫3，各守爾典，以承天休4。』今陳侯不念胤續之常5，棄其伉儷妃嬪6，而帥其卿佐以淫於夏氏7，不亦瀆姓矣乎8？陳，我大姬之後也9。棄袞冕而南冠以出10，不亦簡彝乎？是又犯先王之令也。

「昔先王之教，茂帥其德也11，猶恐隕越12；若廢其教而棄其制，蔑其害而犯其令，將何以守國？居大國之間13，而無此四者，其能久乎？」

【注釋】

1天道：天理。2匪彝：違背常規。匪：同「非」，不是；彝：常。這裏指常規。3慆：輕慢。4休：吉祥。5胤續：繼嗣。胤：後代。6伉儷：配偶。指陳靈公的夫人。妃嬪：次於夫人的妾7卿佐：指孔寧，儀行父。8瀆姓：褻瀆同姓。因為夏氏是媯姓，陳也是媯姓，所以說瀆姓。瀆：褻瀆。9大姬：周武王的長女，嫁給陳的始祖虞胡公為妻，是陳的祖妣。大：同「太」。10袞冕：古代君王的禮服和禮帽。南冠：楚國的帽子。11茂：勉力、努力、盡力。12隕越：顛仆、墜落。13大國：指晉、楚。陳處於晉、楚之間。

六年①，單子如楚②。八年，陳侯殺於夏氏，九年，楚子入陳②。

【注釋】

①六年：周定王六年。②如：到。③楚子：楚莊王。楚莊王藉口討伐夏征舒殺君之罪，把陳滅了，作爲一個縣。

【譯文】

周定王派單襄公到宋國訪問，於是向陳國借路，以便到楚國訪問。那時已是早晨能見到心星的時節，但陳國路上長滿了雜草，難以通行，候人不在邊境迎賓，司空不巡視道路，湖泊不設堤防，河上不架橋梁，田野有露天堆積的穀物，禾場也沒有修整完畢；路旁沒有種植樹木，開墾出來的田裏的農作物長得像茅草芽，膳夫不送牲畜給賓客，司里不把賓客引入賓館；國都沒有寄宿的寓所，縣城沒有旅舍，老百姓卻要去替夏氏築臺。到了陳國都城，陳靈公和孔寧、儀行父，戴了楚冠到夏姬家裏，丟下客人不見。

單襄公回來報告周定王說：「陳侯即使沒有大的過失，國家也一定滅亡。」定王說：「這是什麼緣故呢？」襄公回答說：「當角星在早晨出現的時候，雨水就稀少了；天根星在早晨出現的時候，河水就要枯竭；氐星出現時，草木便凋落了；房星出現時，就要下霜了；心星出現時，清風便預告嚴寒的到來。所以先王的教導說：『雨水稀少，就修整道路；河水乾涸，就修建橋梁；草木凋落，就預備儲藏糧食；嚴霜下降，就置備好冬衣，清風吹來，就修建城郭房屋。』所以《夏令》說：『九月修治道路，十月建成橋梁。』到時候又告戒人們說：『結束你場院的農事，並準備好你的盛土抬土的工具，室星出現在天空正中時，開始營造房屋；心星初次出現時，到司里那兒會合集中。』這就是先王之所以不浪費財物，就能給天下百姓普遍地施予恩德的原因。現在的陳國，心星在早晨出現了，道路還堵塞不通，田野的場院好像已被丟棄，湖泊不設堤防，河上沒有船隻和橋梁，這是廢棄先王的教導啊！』

「周的法制規定說：『種植樹木，用來標明道路的遠近，邊遠地區備有飲食供應來往的行人；都城的近郊有牧場，邊境有客舍和迎送賓客的人；窪地裏長有茂盛的野草，苑囿中有樹林和池塘，這都是用來防備災害的。其餘的地方無不是種糧食的土地，百姓不把農具掛起來，田野裏沒有深草；不耽誤農業季節，不浪費人民勞力。百姓們生活才會富裕而不困乏，生活安樂而不覺疲勞。都城的建設工程有計劃的安排，地方的力役有秩序的進行。』現在的陳國的道路找不到，田地埋沒在亂草中間，莊稼成熟了也不收割，百姓被陳侯的荒淫逸樂弄得很疲勞。這是丟掉了先王法規制度的表現啊。

「周代的《秩官》篇有這樣的規定：『具有同等地位的國家賓客來訪，關尹便報告國君，行理拿著符節去迎接他，侯人做引導，卿士到郊外慰勞，門尹打掃門庭，宗伯和大祝陪同賓客到宗廟執行祭儀，里宰安排館舍，司徒調派僕役，司空巡察道路，司寇盤查奸盜，虞人供應木材，甸人準備柴薪，火師監察門庭的火燭，水師料理盥洗事宜，膳宰送來熟食，廩人進獻糧食，司馬擺出餵牲口的草料，匠人檢修客人的車輛。各種官吏都按照自己擔負的職責來供應物品。賓客來了，好像回到自己家裏一樣。所以賓客不論身份高低，沒有不感到懷念和欣喜的。如果是大國的賓客來到，那麼管事的官吏，位次還要加高一級，更為恭敬。如果是天子的使臣到來，就派主管部門的長官親臨接待，使上卿監察他們。如果是天子親自巡視。那麼國君便親自照管接待的事。』現在我雖然沒有才能，但是周王的親族，奉天子的命令，作為過路的賓客到了陳國，可是陳國的主管官吏竟不到場，這是輕視先王的制度啊。

「先王的訓令有這樣的話：『天道獎賞善良懲罰淫邪。所以我們治理國家，不許可非法的事情，不遷就怠惰和淫亂的行為，各自遵守自己的法度，承受上天的福佑。』現在陳侯不考慮繼嗣的常規，拋棄他的妻妾，反而帶領他的臣下到夏氏那裏縱情淫樂，不也是褻瀆了自己的姓氏嗎？陳國，是我們大姬的後代，卻扔下周的禮服禮帽，戴著楚國的帽子出去，不也是輕視正常的禮法嗎？這又觸犯了先王的法令啊！

「從前，人們對於先王的教導，盡力遵循他們的德政，還怕墮落跌倒；如果廢除他的教導，拋棄他的禮制，輕視他的官制，從而違犯他的命令，又拿什麼來保住國家呢？陳國處在大國之間，卻沒有以上四條，還能長久得了嗎？」

周定王六年，單襄公到楚國。八年，陳靈公被夏徵舒殺死。九年，楚莊王攻進陳國。

展禽論祀爰居《國語》

（魯語上）

【題解】

臧文仲叫國人去祭祀海鳥「爰居」，展禽根據傳統的祭祀標準，從政治上批評臧文仲既不了解海鳥的來歷，也不研究它對百姓有沒有害處，就把它當作神物來祭祀。使臧文仲在事實面前承認了錯誤。

文章主張「仁者講功，智者處物」，反對「淫祀」，在古代是頗有見地的。

海鳥曰「爰居」，止於魯東門之外二日。臧文仲使國人祭之[1]。展禽曰[2]：「越哉[3]，臧孫之爲政也！夫祀，國之大節也[4]，而節，政之所成也。故愼制祀以爲國典[5]。今無故而加典，非政之宜也。

【注釋】

[1]臧文仲：魯國的卿士，複姓臧孫，名辰。「文」是諡號。[2]展禽：魯國大夫，名獲，字禽，又字季。又名柳下惠，「柳下」是地名，「惠」是諡號。[3]越：即越出禮儀規範的意思。[4]節：制度。[5]國典：國家的常法。

「夫聖王之制祀也，法施於民則祀之[1]，以死勤事則祀之[2]，以勞定國則祀之[3]，能禦大災則祀之[4]，能捍大患則祀之[5]。非是族也[6]，不在祀典。昔烈山氏之有天下也[7]，其子曰柱[8]，能植百穀百蔬。夏之興也，周棄繼之[9]，故祀以為稷。共工氏之伯九有也[10]，其子曰后土[11]，能平九土[12]，故祀以為社。黃帝能成命百物[13]，以明民共財[14]。顓頊能修之[15]，帝嚳能序三辰以固民[16]，堯能單均刑法以儀民[17]，舜勤民事而野死[18]，鯀鄣洪水而殛死[19]，禹能以德修鯀之功[20]，契為司徒而民輯[21]，冥勤其官而水死[22]，湯以寬治民而除其邪[23]，稷勤百谷而山死[24]，文王以文昭[25]，武王去民之穢[26]。故有虞氏禘黃帝而祖顓頊[27]，郊堯而宗舜[28]；夏後氏禘黃帝而祖顓頊，郊鯀而宗禹[29]；商人禘舜而祖契，郊冥而宗湯；周人禘嚳而郊稷，祖文王而宗武王。幕[30]，能帥顓頊者也，有虞氏報焉[31]；杼[32]，能帥禹者也，夏後氏報焉；上甲微[33]，能帥契者也，商人報焉；高圉，太王[34]，能帥稷者也，周人報焉。凡禘、郊、宗、祖、報，此五者，國之祀典也。

「加之以社稷山川之神，皆有功烈於民者也。及前哲令德之人，所以為民質也[35]；及天之三辰，民所以瞻仰也；及地之五行[36]，所以生殖也[37]；及九州名山川澤[38]，所以出財用也。非是，不在祀典。

【注釋】

[1]施：施行。這句指的是黃帝、顓頊、帝嚳、契、周文王等「聖王」。[2]死：不顧性命。這句指的是舜、鯀、冥、后稷。[3]定：安定。[4]禦：防禦。[5]捍：抵擋。[6]族：類。[7]烈山氏：即炎帝，傳說上古時代姜姓部落首領。[8]柱：古人名，在夏代以前已被祀為谷神。[9]棄：即后稷，周族的始祖，傳說他降生後多次拋棄，故名棄。後做農官，叫稷，死後他為谷神。[10]共工氏：上古代的部落首領。伯同「霸」，九有：九州。[11]后土：名句龍，共工氏部落的後裔，輔佐黃帝，為土官，後世祀為土神。[12]九土：九州的土地。[13]黃帝：傳說姓姬，號

軒轅氏。是中原各族的共同祖先。曾打敗炎帝與蚩尤的部落，成為各部落聯盟的首領。有很多創造發明。成命：定名。⑭明民：使民不迷惑。共財：供給賦斂。共同：「供」。⑮顓頊：傳說中上古時代部落首領，號高陽氏。為黃帝的孫子，他對原始宗教有所改革，使民政與巫術脫離。⑯帝嚳：傳說中上古時代部落首領，號高辛氏，對天文歷法貢獻。三辰：日、月、星。固：安定。⑰堯：名放勛，號陶唐氏。父系氏族後期部落聯盟首領，曾選舜為繼承人。單通「殫」，竭盡。儀：善。⑱舜：姓姚，名重華，號有虞氏。父系氏族後期部落聯盟首級。曾選禹為繼承人。野死：傳說舜征有苗死在南方蒼梧之野。⑲鯀：傳說是父系氏族社會後期部落首領，號崇伯。堯命他治水，因築堤防水失敗，被堯殺死於羽山。⑳禹：姓姒，號文命。父系氏族中期部落聯盟首領。他改進其父鯀的治水方法，以疏導為主，取得成功，史稱夏禹或夏後氏。㉑契：商族的始祖，幫助禹治水有功，被舜任命為司徒，掌管教化。輯：和。㉒冥：傳說是契的六世孫，在夏代為水官。官：職務。㉓湯：又稱成湯、成唐、商族首領。任用伊尹執政，在征服鄰近小國後，滅夏桀，建立商朝。邪：邪惡勢力，指夏桀。㉔山死：傳說後稷死在黑水之山。㉕文王：周族首領，姓姬，名昌。「文」是諡號。周武王之父。傳說他被紂王囚禁期間，對《周易》的思想內容有所發揮。㉖武：姓姬名發，「武」是諡號。他利用其父開創的基業，率領四方諸侯在牧野打敗紂王，建立西周王朝。穢：惡勢力，指紂王。㉗禘：古時天子祭祀先祖的大典，稱大祭。祖：指視開國之祖的祭禮。這裏，禘、祖都用做動詞。㉘郊：天子在郊外祭天地的禮，也可以配祭祖先。宗：祭宗族長的禮。這裏，郊，宗都是用作動詞。㉙夏代實行父死子繼制度，所以郊鯀而宗禹。㉚幕：傳說是舜的後代，在夏朝成為本部族的首領。㉛帥：遵循。報：報答恩德的祭禮。㉜杼：傳說是禹的後代，少康之子。即季杼。㉝上甲微：契的後代，商湯的六世祖，其父王亥被有易氏首領綿臣殺死，他為父報仇，從有易氏手中奪回被搶的牛羊。㉞高圉：棄的十世孫，周族的首領。太王：即古公亶父，高圉的曾孫，文王的祖父。㉟質：信。㊱五行：金、木、水、火、土。㊲生殖：生育繁殖。㊳川澤：河流、湖泊。

「今海鳥至，已不知而祀之，以為國典，難以為仁且知矣[1]。夫仁者講功，而智者處物。無功而祀之，非仁也，不知而問，非智也。今茲海其有災乎？夫廣川之鳥獸，恒知而避其災也。」是歲也，海多大風，冬暖。文仲聞柳下季[2]之言，曰：「信吾過也。季子之言[3]，不可不法也。」使書以爲三筴[4]。」

【注釋】

[1]難：不容易。[2]柳下季：即展禽，季是按兄弟排行最小的意思。[3]子：古代對男子的美稱。[4]筴：同「策」，古代用竹片或木片寫字，用繩編連起來。一篇文字稱爲一策。

【譯文】

一隻叫做「爰居」的海鳥，停留在魯國都城的東門外已有兩天了。臧文仲命令都城的人去祭祀它。展禽說：「臧孫這樣處理政事太超越祀禮了！祭祀是國家重大的制度，而制度是政事取得成功的條件。所以要慎重地制定祀禮，做爲國家的常法。現在無緣無故地增加祭祀，不是處理政事的適宜的做法。

「聖王創制祀典時：凡能施行法令，保證百姓利益的，祭祀他；辛勤辦事而獻出生命的，祭祀他；用功績安定國家的，祭祀他；能夠防禦大災難的，祭祀他；能夠抵禦大禍的，祭祀他。不是這幾類的，不在祀典之內。從前烈山氏掌管天下的時候，他的兒子叫做柱，能種植各種穀物和蔬菜；夏朝興起，周人始祖棄繼承了柱的事業，所以後來便供祀他們爲穀神。共工氏稱霸九州的時候，他的兒子叫后土，能治理九州的土地，所以把他視爲土神。黃帝能給各種事物命名，使百姓明瞭，並且供給國家財物；顓頊能繼續黃帝的功業。帝嚳能按照日、月、星的運行規律，安排季節的順序，使百姓安居樂業；堯能盡力公平行使刑法，使百姓向善；舜爲民事辛勞而死在蒼梧之野；鯀防堵洪水而被堯殺死；禹以高尚的德行繼續並完成鯀治的功業；契做司徒，使百姓和睦相處；冥盡忠守職，而死在水中；商湯用寬厚的態度治理百姓，除掉邪惡的夏桀；稷辛勤地種植百穀而死在山上；文王以文德著稱，武王剪除了百姓的禍害紂。所以有虞氏大祭黃帝，祖祭顓頊，郊祭堯，宗祭舜；夏後氏大黃帝，祖祭顓頊，郊祭鯀，宗祭禹；商人大祭舜，祖祭契，郊祭冥，宗祭湯；周人大祭嚳，郊祭稷，祖祭文王，宗祭武王。幕能遵循顓頊的德政，商人對他舉行報祭；上甲微能遵循契的德政，商人對他舉行報祭；高圉和太王能遵循稷的德政，周人對他們舉行報祭。總共有禘祭、郊祭、宗祭、祖祭和報祭，這五種祭祀，都是國家的祭祀大典！

「再加上社稷山川的神靈，都是對百姓有功德的；以及以前的聖哲和有美德的人，是能導民以誠信的；又天上的日、月、星，是百姓仰望的，地上的金、木、水、火、土是百姓要依靠它們才能生存繁殖的；九州的名山大川，是出產財物用品的。不屬於這幾類的，都不在祭祀常法之內。

「現在海鳥飛來，自己不明白便祭祀它，列爲國家的祀典，這是很難認爲是仁愛而明智的了。仁愛的人講求功績，有智慧的人考察事物的道理。沒有功績而祭祀它。不是仁愛；不懂得又不去問，不是明智。現在大海上恐怕有災難了吧？那大海的鳥獸，常常預先知道而躲避這場災難。」

這一年，海上多大風，冬季暖和。文仲聽到柳下惠的話，說道：「這確是我的錯誤！季子的話，不能不聽。」他叫人把柳下惠的這些話寫成三份簡策。

里革斷罟匡君《國語》

（魯語上）

【題解】

本文寫魯宣公不顧時令，下網捕魚，里革當場割破魚網，強行勸阻的經過。著重指出「魚方別孕，不教魚長，又行網罟」，是「貪無藝也」。魯宣公勇於改正自己的錯誤，接受里革的批評。文章借里革之口闡述了注意保護自然資源的問題。

宣公夏濫於泗淵[1]。里革斷其罟而棄之[2]，曰：「古者大寒降[3]，土蟄發[4]，水虞於是乎講罛罶[5]，取名魚[6]，登川禽[7]，而嘗之寢廟[8]，行諸國人，助宣氣也[9]。鳥獸孕，水蟲成，獸虞於是乎禁罝羅[10]，矠魚鱉[11]，以爲夏槁[12]，助生阜也[13]。鳥獸成，水蟲孕，水虞於是乎禁罝罜麗[14]，設阱鄂[15]，以實廟庖[16]，畜功用也[17]。且夫山不槎蘖[18]，澤不伐夭[19]，魚禁鯤鮞[24]，獸長麑䴠[21]，鳥翼鷇卵[22]，蟲舍蚳蝝[23]，蕃庶物也[24]，古之訓也。今魚方別孕，不教魚長，又行網罟，貪無藝也[25]。」

【注釋】

[1]宣公：魯宣公，前六〇八年——前五九一年在位，「宣」是謚號。濫：下網捕魚。泗：泗水，發源於今山東省泗水縣，經曲阜、濟寧等縣流入江蘇境內。[2]里革：魯大夫。罟：魚網。[3]大寒：二十四節氣之一，在陽曆一月下旬。[4]土蟄：在地下冬眠的動物。[5]水虞：掌管水產及有關政令的官。罛：大魚網。罶：捕魚的竹簍

子。窄頸，腹大而長。底部開口，魚從底部進去後便出不來。也叫笱。[6]名魚：大魚。[7]登：通「得」，求取。川禽：水中的動物，即下文的「魚鱉」、「水蟲」類。[8]嘗：嘗新，古代一種祭祀。統治者把應時的新鮮食品，先用於祭祀祖宗。寢廟：指宗廟。古代統治者的宗廟有廟和寢兩部分，前面的稱廟，後面的稱寢，合稱「寢廟」。[9]宣：疏通。氣：這裏指陽氣。孟春氣溫漸高，稱陽氣上升。[10]獸虞：掌管鳥獸及有關政令的官。罝：捕兔的網。羅：捕鳥的網。[11]矠：刺取。[12]槁：乾枯，這裏指乾魚。[13]助生阜：助其生長。阜：生長。[14]罜䍡：小魚網。[15]阱：捕獸的陷坑。鄂：埋有尖木樁的陷坑。[16]廟庖：宗廟裡的廚房。庖：廚房。[17]畜：儲藏。[18]槎：用刀或斧砍伐。蘖：樹木被砍伐後再生的新枝。[19]夭：還未長大的草木。[20]鯤：魚子，鮞：小魚。[21]麑：小鹿。麌：小駝鹿。[22]鷇：初生的小鳥。翼：輔育。這裏是保護的意思。[23]舍：棄舍。蚳：蟻的幼蟲。蝝：蝗的幼蟲，古人用它做醬。[24]庶物：萬物。[25]藝：限度。

公聞之曰：「吾過而里革匡我，不亦善乎！是良罟也，爲我得法。使有司藏之[1]，使吾無忘諗[2]。」師存侍[3]，曰：「藏罟不如寘里革於側之不忘也[4]。」

【注釋】

[1]有司：主管官員。[2]諗：規諫。[3]師：樂師。存：樂師名。[4]寘：同置。

【譯文】

魯宣公在夏天到泗水的深處下網捕魚，里革割破他的魚網，並把它扔在一邊，說：「古時候，等到大寒以後，冬眠的動物開始活動了，水虞才計劃用魚網、魚笱，捕大魚，捉龜鱉等，拿到宗廟裏祭祀祖宗，再叫百姓也這樣去做，這是爲了幫助散發地下的陽氣。當鳥獸懷孕，水生物已經長大的時候，獸虞這時便禁止用網捕捉鳥獸，只准刺取魚鱉，並做成夏天食用的乾魚，這是爲了幫助鳥獸生長，當鳥獸已經長大，魚鱉開始孕育的時候，水虞便禁止用小魚網捕捉魚鱉，只准設下陷阱捕獸，用來供應宗廟和庖廚的需要，這是爲了儲存的物產，以備享用。而且，到山上不能砍伐新生的樹枝，在水邊不能割取幼嫩的草木，捕魚時禁止捕小魚，捕獸時要留下小鹿和小駝鹿，讓它們好好成長，捕鳥時要保護雛鳥和鳥卵，捕蟲時要避免傷害幼蟻和幼蝗，這是為了使萬物繁殖生長。這是古人的教導。現在，正當魚類孕育的時候，不僅不讓它長大，反而下網捕捉，眞是貪心不足啊！」

宣公聽了這些話以後說：「我有過錯，里革便糾正我，這不很好嗎！這是一張很大意義的網，它使我認識到古代治理天下的方法，讓主管官吏把它藏好，使我永遠不忘里革的規諫。」有個叫存的樂師在旁侍候宣公，說：「保存這張網，不如將里革安置在身邊，這樣更不會忘記他的規諫了。」

敬姜論勞逸《國語》

（魯語下）

【題解】

本文記敘了一個貴族婦女敬姜教子的言論。她用前代勤勞從政的業績和當時的禮法教育她的兒子，防止他隨著地位的變化而放縱腐化。這些道理即使今天聽起來，也還是很有意義的。

公父文伯退朝[1]，朝其母[2]，其母方績[3]。文伯曰：「以歜之家[4]，而主猶績[5]，懼干季孫之怒也[6]，其以歜爲不能事主乎？」其母嘆曰：「魯其亡乎？使僮子備官[7]，而未之聞邪[8]？居[9]！吾語女[10]。昔聖王之處民也，擇瘠土而處之[11]，勞其民而用之，故長王天下[12]。夫民勞則思，思則善心生；逸則淫，淫則忘善，忘善則惡心生。沃土之民不材[13]，淫也；瘠土之民莫不嚮義[14]，勞也。是故天子大采朝日[15]，與三公、九卿祖識地德[16]。日中考政，與百官之政事，師尹惟旅、牧、相宣序民事[17]；少采夕月[18]，與太史、司載糾虔天刑[19]；日入監九御[20]，使潔奉禘、郊之粢盛[21]，而後即安[22]。諸侯朝修天子之業命[23]，晝考其國職[24]，夕省其典刑[25]，夜儆百工[26]，使無慆淫[27]，而後即安。卿大夫朝考其職，晝講其庶政，夕序其業，夜庀其家事[28]，而後即安。士朝受業，晝而講貫[29]，夕而習復，夜而計過30，無憾而後即安31。自庶人以下，明而動，晦而休32，無日以怠。王后親絲玄紞33，公侯之夫人，加之以紘綖34，卿之內子為大帶35，命婦成祭服36，列士之妻加之以朝服37，自庶士以下，皆衣其夫。社而賦事38，烝而獻功39，男女效績，愆則有辟40，古之制也。君子勞心，小人勞力，先王之訓也。自上以下，誰敢淫心捨力？今我，寡也，爾又在下位41，朝夕處事，猶恐忘先人之業。況有怠惰，其何以避辟？吾冀而朝夕修我42，曰：『必無廢先人。』爾今曰：『胡不自安43？』以是承君之官44，余懼穆伯之絕祀也45。」

仲尼聞之曰46：「弟子誌之47，季氏之婦不淫矣48。」

【注釋】

1公父文伯：即公父歜，敬姜之子，春秋時魯大夫。父同「甫」。2朝：古時候去見君王叫朝，兒子見父母也稱「朝」。3績：績麻。4歜：文伯自稱其名。5主：大夫或大夫之妻稱主。這裏指敬姜。敬姜是魯大夫公父穆伯之妻，季康子的叔祖母，生公父文伯，早寡。「敬」是穆伯的謚號。6干：冒犯。季孫：季康子，名肥，季桓子之子，魯國的卿。7僮：通「童」。備官：做官。8之：指代做官的道理。邪：通「耶」。9居：坐下的意思。10女同「汝」，你。11瘠土：不肥沃的土地。12王：稱王。13沃：肥美。不材：不成材，無用。14嚮：同「向」。15大采：五彩禮服。朝日：古代天子祭祀日神的一種禮儀。每年春分節穿著五彩禮服，朝拜日神。16三公：周朝中樞的最高長官，太師、太傅、太保。九卿：周朝中樞分管各部門的最高行政長官，冢宰、司徒、宗伯、司馬、司寇、司空、少師、少傅、少保。祖：熟習。地德：古人將土地能生長萬物，養育人民的這種功用稱為地德。17師尹：大夫官。惟：與。旅：眾士。牧：地方長官。相：國相。宣：布。序：次第。18少采：三彩禮服。夕月：古代天子祭祀月神的一種禮儀，每年秋分節穿著三彩禮服，祭祀月神。夕：夜間祭祀。19太史：古代編著史書兼管星曆的官吏。司載：主管天文的官。載：歲。古人紀年以木星在周天移動的位置為準，觀察日月星辰的變化，以辨吉凶。糾：恭。虔：敬。刑：法。天刑：指上天顯示的吉凶景象。20九御：九嬪。指天子內宮的各種女官。㉑禘：大祭。郊：郊祭。粢盛：古代盛在祭器內以供祭祀用的穀物。㉒即：就。㉓業：事。命：命令。㉔國職：國家大事。㉕典刑：常法。㉖儆：警戒。百工：百官。㉗慆淫：怠慢、放蕩。㉘庀：治理。家：指古代大夫的封地。㉙講貫：講解學習。㉚計過：計數過失，即省察自己的言行。㉛憾：悔恨。㉜晦：晚上。㉝玄紞：王冠兩旁用來懸瑱（古代冠冕上垂在兩側以塞耳的玉）的黑色絲繩。㉞紘：古代冠冕上的帶子，由頷下挽上而繫在笄的兩端。綖：覆在冠冕上的布。㉟大帶：緇帶，用黑帛做的束腰帶。㊱命婦：有封號的婦女。指大夫之妻。㊲列士：周代的士，分元士、中士、下士三等，下士也稱庶士。㊳社：祭祀土地神，春分節舉行。賦事：布置農桑一類事務。㊴烝：冬天的祭祀。獻功：獻出勞動得來的成果，如五穀布帛。㊵愆：過失。辟：罪過，處罰。㊶下位：這裏指大夫，在當時的統治階級中地位較低。㊷而：通「爾」，你。修：勉勵。㊸胡：何，為什麼。㊹承：擔任。㊺絕祀：斷絕了祭祀的人。㊻仲尼：孔丘，春秋時魯國人，儒家始祖，教育家。㊼誌：記住。㊽淫：安逸。

【譯文】

公父文伯退朝回來，去見他的母親，他的母親正在紡麻。文伯說：「像我們這樣的人家，做主母的還要紡麻，恐怕會招惹季孫氏生氣，以為我不能服侍母親吧！」他母親嘆息道：「魯國大概要滅亡了吧！讓你這樣的孩子做官，你沒有聽說過做官的道理嗎？坐下，我來告訴你。以前聖王安置百姓，總是揀瘠薄的土地安置他們，使他們經常勞累，然後支配他們，所以能夠長久地統治天下。百姓勞苦就會想到儉約，想到儉約，就會產生善心；安逸了就會放蕩，放蕩就會忘掉善心，忘掉善心，就會產生壞心。住在肥沃土地上的百姓沒有成材的，就是由於放蕩的緣故；住在瘠薄土地上的百姓沒有一個不嚮往正義的，這是由於勞苦的緣故。所以，天子在每年的春分，要分上五彩的禮服朝拜日神，並和三公，九卿共同熟習、了解大地生育萬物的情況。白天考察朝政和百官的政事。師尹、衆士，州牧、國相，都要宣布政教使百姓有條不紊，每年的秋分，天子要穿上三彩的禮服祭祀月神，和太史、司載恭敬地觀察上天顯示徵兆。晚上則監督九嬪，使她們把禘祀、郊祀的祭品都料理好，保持潔淨，然後才去睡覺。諸侯則要在早上處理天子交下的任務和命令，白天考察自己封國的事務，傍晚檢查自己執行法令的情況，夜裏要告誡手下百官，使他們不致怠惰放蕩，然後才睡覺。卿大夫則在早上考察自己的職責，白天講習各種政事，傍晚整理一天所做的事務，夜間辦理自己封地的事情，然後才睡覺。士人則在早上接受任務，白天講習政事，傍晚再復習，夜裏省察自己有沒有過失，要是沒有什麼過失，然後就去睡覺。從庶人以下，天亮做事，夜晚休息，沒有一天可以怠惰。皇后要親自編織玄紞，公侯的夫人要編織和紘綖，卿的妻子編織大帶，大夫的妻子做祭服，列士的妻子加做朝服，從庶人以下，各人的妻子都要給自己丈夫做衣裳。春分祭祀的時候，布置農事，冬天祭祀的時候，獻出勞動成果，男男女女都盡力做出成績，發生過失就治罪，這是古代的制度。君子用心力操勞，小人用體力操勞，這是先王的教導。從上到下，誰敢放蕩而不盡力工作呢？現在我成了寡婦，你又處在大夫的職位，就是從早到晚身於政事之中，還恐怕忘了祖宗的業績，何況有了怠惰的念頭，你該怎樣避免處罰呢？我本希望你早晚提醒我說：『一定不要廢棄祖宗的業績。』你現在卻說：『爲什麼不自圖安逸？』你用這種態度來承擔國君任命的官職，我擔心你亡父穆伯將要無人祭祀了！」

孔子聽到敬姜這番話，說：「弟子們記住這些話，季氏的婦人可以算是勤勞而不貪圖安逸的了。」

叔向賀貧《國語》

（晉語八）

【題解】

晉卿韓宣子憂貧，叔向向他道賀。本文即是叔向以欒武子、郤昭子爲借鑒，反覆論証說明應憂德不憂貧的一番言論。表現了古代統治階級把德放在第一位來要求其成員的標準。

叔向見韓宣子[1]，宣子憂貧，叔向賀之。宣子曰：「吾有卿之名[2]，而無其實[3]，無以從二三子[4]，吾是以憂，子賀我，何故？」對曰：「昔欒武子無一卒之田[5]，其官不備其宗器[6]，宣其德行，順其憲則[7]，使越於諸侯[8]，諸侯親之，戎狄懷之[9]，以正晉國。行刑不疚[10]，以免於難[11]，及桓子[12]，驕泰奢侈[13]，貪欲無藝[14]，略則行志[15]，假貸居賄[16]，宜及於難，而賴武之德，以沒其身。及懷子[17]，改桓之行，而修武之德，可以免於難，而離桓之罪[18]，以亡於楚[19]。夫郤昭子[20]，其富半公室，其家半三軍[21]，恃其富寵以泰於國[22]，其身屍於朝，其宗滅於絳[23]。不然，夫八郤五大夫三卿[24]，其寵大矣，一朝而滅，莫之哀也，惟無德也。今吾子有欒武子之貧，吾以爲能其德矣[25]，是以賀。若不憂德之不建，而患貨之不足，將弔不暇，何賀之有？」

【注釋】

1叔向：羊古氏，名肸，字叔向，春秋時晉大夫。韓宣子：韓起，「宣子」是諡號，春秋時晉國的卿。2卿：天子、諸侯所屬的高級官員。3實：實際，指財物。4從：追隨，與之交往。二三子：指周朝的卿大夫。5欒武子：欒書，「武子」是諡號，春秋時晉國上卿。一卒之田：百頃田地。這是上大夫的俸祿。上卿的俸祿應有一旅之田五百頃。古時，五百人爲旅，百人爲卒。6宗器：宗廟中的祭器。7憲則：法制、法度。8越：超越國界，傳播美名。諸侯：古代天子統轄下各國君主的統稱。9懷：懷念，歸附。10不疚：沒有弊病。11以免於難：欒武子曾殺晉厲公，立晉悼公，因爲他行爲公正，沒有受到「弒君」的責難。12桓子：欒黶，欒書之子，任下軍元帥，春秋時晉大夫。「桓」是諡號。13泰：過分。14無藝：無極。15略：干犯。則：憲則、法度。16居賄：囤積財物。17懷子：欒盈，欒黶之子，春秋時晉國下卿。「懷」是諡號。18離：同「罹」，遭受。19亡：逃奔。20郤昭子：郤至，春秋時晉國正卿，因有軍功自傲，和郤錡、郤犨控制朝政，被晉厲公親信殺死，家族被誅滅。21三軍：晉國的軍事編制。晉文公重耳開始實行上軍、中軍、下軍的編制，每軍萬人。家：家臣。22寵：尊榮。泰：驕傲放肆。23絳：晉國故都，今山東翼城東南。24八郤：郤氏八人。五大夫：郤文，郤豹、郤芮、郤谷、郤溱，五人皆爲晉大夫。三卿：郤錡、郤犨、郤至，三人皆爲晉卿。25能其德：能行欒武子之德。

宣子拜，稽首焉1，曰：「起也將亡2，賴子存之。非起也敢專承之3，其自桓叔以下4，嘉吾子之賜5。」

【注釋】

1稽首：古時一種跪拜禮，叩頭至地，是九拜中最恭敬者。2起：韓宣子自稱其名。3專承：獨自承受。4桓叔：名成師，號桓叔，晉穆侯之子。桓叔之子名萬，受封於韓邑，稱韓萬。所以韓起尊桓叔爲韓氏祖先。5嘉：贊許。這裏是感激的意思。

【譯文】

叔向去見韓宣子。宣子正爲貧困而發愁，叔向反而向他表示祝賀。宣子說：「我只有正卿的虛名，卻沒有它的財產，沒有什麼可以和卿大夫們交往的，我正在爲此發愁。你卻祝賀我，這是什麼緣故呢？」叔向回答說：「從前欒武子沒有百人的田產，他家裏連祭祀的器具都不齊全；但他能發揚美德，遵循法制，美名傳播於諸侯各國。諸侯親迎他，戎狄歸附他，因此使晉國得到安定，執行法度沒有弊病，因而避免了災難。傳到桓子時，他驕傲奢侈，貪得無厭，干犯法度，任意胡爲，借貸牟利，囤積財物，該當遭到禍難；但依賴他父親欒武子的餘德，才得以善終。到了懷子，懷子改變他父親桓子的行爲，繼承他祖父武子的德行，本來是可以免除災難的。可是由於受他父親桓子罪惡的連累，因而逃亡到楚國。再說郤昭子，他的財產抵得上晉國公室財產的一半，他的家臣占了三軍將佐的一半，他依仗自己的財富和勢力，在晉國橫行霸道，結果他的屍體在市朝上示衆，他的宗族在絳邑滅絕。要不是這樣，那八個姓郤的，五個做大夫，三個做卿，他們的勢力夠大了，而一旦被消滅，沒有一個人同情他們，那是因爲沒有德行的緣故。現在，你有欒武子一樣的清貧，我認爲你能繼承他的德行，所以表示祝賀。如果不擔心德行不能建立，只爲財產不足而發愁，我表示哀悼還來不及，哪裏還會祝賀你呢？」

宣子聽了。跪拜頓首說：「我就要滅亡了，全靠你拯救了我。不但我本人蒙受你的恩惠，也許從桓叔以後的子孫，都將感激你的恩賜。」

王孫圉[1]論楚寶《國語》

（楚語下）

【題解】 王孫圉是一個開明的政治家，他認爲國家之寶首先是人才，其次是對國家和百姓有用的東西，玩物不能算寶。這在當時是很可貴的。

王孫圉聘於晉，定公饗之[2]，趙簡子鳴玉以相[3]，問於王孫圉曰：「楚之白珩猶在乎[4]？」對曰：「然。」簡子曰：「其爲寶也幾何矣？」曰：「未嘗爲寶。楚之所寶者，曰觀射父[5]，能作訓辭，以行事於諸侯，使無以寡君爲口實[6]。又有左史倚相[7]，能道訓典[8]，以敘百物[9]，以朝夕獻善敗於寡君，使寡君無忘先王之業。又能上下説乎鬼神[10]，順導其欲惡，使神無有怨痛於楚國。又有藪曰雲，連徒洲[11]，金、木、竹、箭之所生也[12]，龜、珠、角、齒、皮、革、羽、毛[13]，所以備賦[14]，以戒不虞者也[15]。所以共幣帛[16]，以賓享於諸侯者也[17]。若諸侯之好幣具，而導之以訓辭，有不虞之備，而皇神相之[18]，寡君其可以免罪於諸侯，而國民保焉[19]。此楚國之寶也。若夫白珩，先王之玩也，何寶焉？圉聞國之寶，六而已。聖能制議百物，以輔相國家，則寶之；玉足以庇廕嘉穀[20]，使無水旱之災，則寶之；龜足以憲臧否[21]，則寶之；珠足以御火災[22]，則寶之；金足以御兵亂[23]，則寶之；山林藪澤，足以備財用，則寶之。若夫嘩囂之美㉔，楚雖蠻夷，不能寶也。」

【注釋】

①王孫圉：楚國大夫。②定公：晉頃公的兒子，名午。饗：宴請。③趙簡之：晉國大夫，名鞅。鳴玉：弄響身上的佩玉。相：相禮，在禮儀中輔助定公。④白珩：楚國最好的佩玉。⑤觀射父：楚國大夫。⑥口實：話柄。⑦左史：周代史官有左史、右史之分。左史記言，右史記事。春秋時，晉楚兩國都沒有左史。倚相：楚國左史的名字。⑧訓典：先王傳下的典籍。⑨敍：次第。百物：百事。⑩說：同「悅」。⑪藪：湖澤。雲：即雲夢澤。在今湖北。連：連接。徒洲：洲名。⑫箭：小竹。⑬齒：象牙。革：去了毛的獸皮。羽：鳥羽。毛：牦牛尾。⑭賦：兵賦。⑮不虞：意外的禍患。⑯共：同「供」。幣帛：贈送的禮物。玉、馬、皮、圭、璧、帛，古時都可以稱爲幣。⑰享：獻。⑱皇：大。相：幫助。⑲保：安定。⑳玉：祭祀的玉器。嘉穀：好莊稼。㉑憲：法。臧否：善惡。㉒珠：珍珠之類。㉓金：金屬器具。如刀劍戈矛等。㉔嘩囂：喧嘩的聲音，這裏指玉佩發出的聲音。

【譯文】

王孫圉到晉國去訪問，晉定公設宴招待他。晉國大夫趙簡子做陪客，故意弄響身上佩帶的玉器問王孫圉說：「你們楚國的白珩還在吧？」王孫圉回答說：「是的。」趙簡子說：「它作爲一件寶物，值多少錢？」王孫圉說：「未曾把它當作寶物。楚國認爲最寶貴的，是觀射父。他善於辭令，出使各諸侯國，使他們不把我們國君作爲話柄。還有左史官倚相，能陳述先王的遺訓和各種典章制度，安排好一切事情，每天早晚把善惡說給我們國君聽，使我們國君不忘記先王的功業。他又能取悅天上的神和地下的鬼，順從他們的好惡，使神鬼對楚國沒有怨恨。此外又有一個大湖叫雲夢，連接徒洲，是金、木、竹、箭、龜、珠、角、齒、皮、革、羽、毛等出產的地方，用來供應兵賦，防備意外的禍患，也用來作爲禮品，贈送給各諸侯國。如果諸侯喜愛這些禮品，再用好的辭令去勸導他們。有了對付意外事件的準備，加上皇神保佑我們，我們國君大概可以不得罪諸侯，國家和人民就安寧了。這些才是楚國的寶物。至於白珩，只是先王的玩物，哪裏是寶物呢？我聽說國家的寶物只有六件：賢人能夠做好、分析一切事情，幫助治理國家，那就應該看作寶物；祭祀用的玉器，如果能保佑五穀豐登，使人民不遭受水旱災害，那就應該作爲寶物；占卜用的龜殼，如果能夠顯示吉凶，那就應該作爲寶物；珍珠如果完全可以防禦火災，那就應該作爲寶物；金屬武器如果能夠防禦戰亂，那就應該作爲寶物；山林湖泊，如果能夠供給人們財物，那就應該算是寶物。至於那發出響鬧聲音的佩玉，楚國雖然地方偏遠，文化落後，也不會把它當作寶物。」

諸稽郢行成於吳《國語》

（吳語）

【題解】

本文與下篇《申胥諫許越成》是姊妹篇，必須合看，這一事件才始末畢具。

本篇寫文種向勾踐獻計，派諸稽郢卑辭厚禮向吳王夫差求和，作爲緩兵之計。諸稽郢利用和助長吳王夫差的驕傲自大心理，說動了吳王。

吳王夫差起師伐越[1]，越王勾踐起師逆之江[2]。大夫種乃獻謀曰[3]：「夫吳之與越，唯天所授，王其無庸戰[4]。夫申胥、華登[5]，簡服吳國之士於甲兵[6]，而未嘗有所挫也[7]。夫一人善射，百夫決拾[8]，勝未可成。夫謀，必素見成事焉[9]，而後履之[10]，不可以授命[11]。王不如設戎，約辭行成[12]，以喜其民，以廣侈吳王之心[13]。吾以卜之於天，天若棄吳，必許吾成不吾足也[14]，將必寬然有伯諸侯之心焉[15]。既罷弊其民，而天奪之食[16]，安受其燼[17]，乃無有命矣。」

【注釋】

[1]夫差：吳王闔廬的兒子。姬姓。魯定公十四年，吳伐越，被越在檇李地方打敗，闔廬傷足而死。三年後，夫差報仇，在夫椒打敗越國，越國大夫文種向吳國求和，吳國答應了。這一次，吳又起兵伐越。[2]勾踐：越王允常的兒子。逆：迎戰。[3]種：文種。[4]庸：用。其，語氣詞。[5]申胥：即伍子胥，楚大夫伍奢的兒子，名員。

楚平王七年伍奢被殺，伍子胥逃到吳國，幫助闔廬奪取王位。不久攻破楚國，以功封於申，所以又稱申胥。華登：宋司馬華費遂的兒子。華氏在宋作亂失敗，華登就逃到吳國，做了吳國的大夫。6簡服：訓練。7挫：敗。8決：鉤弦的物品。用象骨做成，用來套在拇指上鉤弦。拾：用皮做成用來套在左臂上，好像後世的護袖。這句的意思是：一人會射箭，成百的人會爭著仿效。9素見：預見。10履：實行。11授命：意思是拚命。12設戎：設兵自守。約辭：卑下的言辭。行成：請求講和。13侈：驕傲自大。14不吾足：即「不足吾」，不重視我們，瞧不起我們。15伯：同「霸」。16罷：通「疲」。天奪之食：上天奪去他們的生活物資。這裏的「之」相當於「其」。17燼：這裏意思是殘留下來的東西。

越王許諾，乃命諸稽郢行成於吳1，曰：「寡君勾踐使下臣郢，不敢顯然布幣行禮2，敢私告於下執事曰3：昔者越國見禍，得罪於天王4。天王親趨玉趾5，以心孤勾踐6，而又宥赦之。君王之於越也，緊起死人而肉白骨也7。孤不敢忘天災8，其敢忘君王之大賜乎？今勾踐申禍無良9，草鄙之人，敢忘天王之大德，而思邊陲之小怨，以重得罪於下執事？勾踐用帥二三之老10，親委重罪11，頓顙於邊12。今君王不察，盛怒屬兵13，將殘伐越國14。越國固貢獻之邑也，君王不以鞭箠使之15，而辱軍士使寇令焉16。勾踐請盟：一介嫡女，執箕帚以晐姓於王宮17；一介嫡男，奉槃匜以隨諸御18；春秋貢獻，不解於王府19。天王豈辱裁之？亦征諸侯之禮也20。夫諺曰：『狐埋之而狐搰之21，是以無成功。』今天王既封殖越國22，以明聞於天下23，而又刈亡之24，是天王之無成勞也25。雖四方之諸侯，則何實以事吳26？敢使下臣盡辭，唯天王秉利度義焉27！」

【注釋】

1諸稽郢：越大夫。2顯然：公開地。幣：玉、帛等禮物。3下執事：手下辦事的官員。4得罪於天王：指檇李之役。天王：尊稱吳王。5玉趾：猶言「貴步」。6孤：棄。7緊：是。起死人肉白骨：使死人復活，使白骨長肉。8天災：指上文「越國見禍」。意思是檇李之役傷了闔廬，是受了天譴，一時糊塗闖了大禍。9申禍：再次遭受災禍。無良：不好，不善。10老：人臣。這裏是謙詞。11委：承擔。12頓顙：叩頭。顙：額。13屬：集中。14殘伐：殺伐。15箠：鞭子。16寇令：抵御敵寇的號令。17箕：撮箕。晐：同「該」，完備。《曲禮》：「納女於天子，日備百姓。」意為天子後宮應有天下所有異姓貴族的女兒做妃嬪。「晐姓於王宮」意即納女於吳。18槃：同盤。匜：洗手洗臉用的器具。御：近臣宦豎之美。19解：同「懈」。20王府：吳王的府庫。20征：征稅。21搰：挖。22封殖：培植，這裏是以草木自喻。23明聞：公開宣布。24刈：割草。25成勞：成果。26實：信。27秉：拿。

【譯文】

吳王夫差起兵去攻打越國，越王勾踐起兵到江邊迎戰。越國大夫文種獻計說：「吳國和越國，存亡決定於天，大王您不用和它打仗。申胥和華登，對吳國的士兵進行軍事訓練，還從來沒有打過敗仗。有一個人善於射箭，就會有成百的人拉起弓弦學習他，我們要想取勝恐怕不可能。謀劃一件事，必須預見能夠得到成功，然後才能去做它，不能去蠻幹拚命。大王您不如一邊準備好防禦，一邊派人去用好話求和，使吳國的人民高興，不斷加强吳國的驕傲心理。我們可以向上天占卜一下這件事：天意如果要滅亡吳國，吳國這次就一定會允許講和，不把我們放在眼裏，而且一定會慢慢產生稱霸諸侯的野心。等到他們把老百姓弄得疲憊不堪了，而又碰上水災旱災使吳國農業欠收，我們就安安穩穩地收拾它的殘局，吳國就沒有天命，非亡不可了。」

越王接受了他的建議，就派諸稽郢去向吳國求和說：「我們國君勾踐派小臣郢來到這裏，不敢公然按禮節呈獻禮品，只敢私下告訴您的手下人說：從前越國被上天懲罰，一時糊塗，得罪了天王。使得天王親自帶兵打到我國，是從心裏拋棄了勾踐，但後來又赦免了他。天王對於越國，是起死回生，恩同再造。勾踐不敢忘記上天的懲罰，難道還敢忘記天王您的恩德嗎？現在勾踐又受到上天懲罰，得罪了您。但我們這些偏僻地方的粗鄙之人，又怎麼敢忘了天王您的大恩大德，記著邊界上的小小糾紛，以致再得罪您的手下們？因此，勾踐帶幾個老臣，親自前來承擔重罪，在邊境上叩頭認錯。現在天王您不加細察，大發雷霆，調派軍隊，要消滅越國。越國本來是一個向您稱臣納貢的地方，您不用鞭子去驅使指揮它，卻麻煩士兵像對待敵人一樣攻打它。現在勾踐請求講和，訂立盟約：一個嫡生的女兒，叫她拿著掃帚撮箕，在您的王宮裏侍奉天王；一個嫡生的兒子，叫他捧著托盤臉盆，跟著您那些近侍聽您使喚。每年春秋兩季前來進貢，將貢品送給天王府庫裏，決不會有一絲懈怠。大王您是否肯作決定呢？這也符合天子向諸侯征稅的禮啊！俗話說：『狐狸剛把東西埋在土裏，又不放心，把它挖出來，因此事情做不成功。』現在天王既然已經培植了越國，公開向天下宣佈了，現在卻又要鏟除它，這是天王您勞而無功啊！即使是四方的諸侯國，又怎麼敢再相信吳國而臣事吳國呢？勾踐斗膽派小臣來轉達這些話，請天王您從利益和道義兩方面，細細考慮一下吧！」

申胥諫許越成《國語》

（吳語）

【題解】

本文緊接上篇《諸稽郢行成於吳》，寫吳國君臣對勾踐遣使求和的態度。夫差驕傲自大，準備答應越國的求和；申胥對勾踐的緩兵之計明若觀火，洞察秋毫，他的分析與文種獻計時說的一絲不差，真正是英雄所見略同。可惜吳王昏庸，竟聽不進忠告，還是中了勾踐的計。

吳王夫差乃告諸大夫曰：「孤將有大志於齊[1]，吾將許越成，而無拂吾慮[2]。若越既改，吾又何求？若其不改，反行吾振旅焉[3]。」申胥諫曰：「不可許也。夫越非實忠好吳也，又非懾畏吾甲兵之強也[4]。大夫種勇而善謀，將還玩吳國於股掌之上[5]，以得其志。夫固知君王之蓋威以好勝也[6]，故婉約其辭[7]，以從逸王志[8]，使淫樂於諸夏之國[9]，以自傷也。使吾甲兵鈍弊，民人離落[10]，而日以憔悴[11]，然後安受吾燼。夫越王好信以愛民，四方歸之，年穀時熟，日長炎炎[12]。及吾猶可以戰也，爲虺弗摧[13]，爲蛇將若何？」吳王曰：「大夫奚隆於越[14]？越曾足以爲大虞乎[15]？若無越，則吾何以春秋曜吾軍士[16]？」乃許之成。

將盟，越王又使諸稽郢辭曰：「以盟爲有益乎，前盟口血未乾[17]，足以結信矣。以盟爲無益乎，君王捨甲兵之威以臨使之，而胡重於鬼神而自輕也？」吳王乃許之，荒成不盟[18]。

【注釋】

1有大志於齊：要攻打齊國，北上稱霸。2而：你們。拂：違背。3反：同「返」，指伐齊回來。振旅：整頓部隊。4懾：害怕。5還：同「旋」，轉動。玩：玩弄。6蓋：崇尚。7婉約：謙卑。8從：同「縱」。9諸夏：黃河流域（古稱中原）的各國，如齊、晉、宋、鄭、衛等。10離落：離散。11憔悴：困苦。12長：發達。炎炎：勢盛的樣子。13虺：小蛇。14奚：何。隆：看重。15虞：憂患。16曜：同「耀」，炫耀。17口血未乾：古時訂盟，盟者歃血，即嘴唇塗上牲畜的血，表示誠意。口血未乾是說訂立盟約不久。18荒：空。

【譯文】

吳國夫差就告訴各位大夫說：「我將要攻打齊國，所以我準備答應越國的求和，你們不要違背我的意願。如果越國會改正過去的行為，我還要求什麼呢？如果它不悔改，等我從齊國回來，再整頓軍隊攻打它。」申胥勸阻說：「不能答應越國的求和。越國並不是眞正忠心和我們友好，也不是害怕我們軍隊強悍。越國大夫文種既勇敢又足智多謀，他將會把吳國放在大腿和掌心裏玩弄，從而達到他們的目的。他本來知道您是一個恃強好勝的人，所以用些謙卑的言辭，放縱擴大您驕傲的思想，使您盲目樂觀去和中原各國爭霸，從而傷害自己。使我們的軍隊打得精疲力盡，人民離散，一天天貧弱困苦下去，然後他們安安穩穩來收拾我們的殘局。那越王講求信用，愛惜人民，各地人心都向著他，年年農業豐收，國勢一天天興旺。趁著現在我們還可以打勝他們，就該抓緊時機。這條小蛇不打死它，等它長成了大蛇怎麼辦？」吳王說：「大夫您為什麼這樣看重越國？越國還能成為我們的大患嗎？如果沒有越國，春秋兩季我向誰去炫耀武力呢？」就答應了越國的求和。

將要歃血盟誓的時候，越王又叫諸稽郢來推辭說：「如果認為盟誓有好處，那以前的盟約還在，嘴上的血還沒乾，足以表示雙方的信任了；如果認為盟誓沒有用，天王您就不用軍隊也可以控制越國，為什麼重視鬼神而看輕自己呢？」吳王竟同意了，白白地答應了越王求和卻沒有要越王歃血盟誓。

春王正月《公羊傳》[1]

（隱公元年）

【題解】

《春王正月》是《公羊傳》的第一篇，是作者對《春秋》魯隱公元年第一句經文：「元年春王正月」的解釋。本篇用事例說明了統治階層確定繼承人的原則：「立嫡以長不以賢，立子以貴不以長。」這樣做是爲了避免那些王子、公子們之間的爭奪。

元年者何[2]，君之始年也。春者何？歲之始也。王者孰謂？謂文王也[3]。曷爲先言王而後言正月[4]？王正月也[5]。何言乎王正月？大一統也[6]。公何以不言即位[7]？成公意也。何成乎公之意？公將平國而反之桓[8]。曷爲反之桓？桓幼而貴[9]，隱長而卑[10]。其爲尊卑也微[11]，國人莫知，隱長又賢，諸大夫扳隱而立之[12]，隱於是焉而辭立，而未知桓之將必得立也。且如桓立，則恐諸大夫之不能相幼君也[13]。故凡隱之立，爲桓立也。隱長又賢，何以不宜立？以適以長不以賢[14]，立子以貴不以長[15]。桓何以貴？母貴也。母貴則子何以貴？子以母貴，母以子貴。

【注釋】

[1]《公羊傳》：相傳爲公羊高所作。公羊高，春秋時齊國人，是子夏的學生，作《春秋傳》，世稱《春秋公羊傳》。兩漢景帝時由後學著錄成書。它用問答體逐層剖析《春秋》經文的所謂微言大義。[2]元年：人君即位的第一年，

這裏指魯隱公元年。③文王：周文王，姬姓，名昌。商紂時爲西伯。④曷：同「何」。⑤王正月：每年的第一個月叫正月，每月的第一天叫朔。古時王者受命，必改正朔。這裏講的「王正月」是說依照周王的正朔，用周曆紀年月。⑥大一統：王者受命改正朔後，天下臣民都必須遵守，稱爲「大一統」。⑦公：指魯隱公。⑧平：治。反：同「返」，歸還。桓：魯桓公，隱公的異母弟。這句是說隱公想治理好魯國後，把政權歸還給桓公。⑨桓幼而貴：桓公年紀較小地位卻較高。桓公的母親是魯惠公的夫人。⑩隱長而卑：隱公的母親只是魯惠公嫡夫人隨嫁來的姐妹，因此隱公年紀較大地位卻較低。⑪其爲尊卑也微：貴賤差別不大。他們的母親都不是嫡夫人。⑫扳：牽，援引，這裏是擁護的意思。⑬相：輔助。⑭適：同「嫡」，正妻，正妻生的兒子叫嫡子。⑮子：庶子。媵人、侄娣生的兒子。

【譯文】

「元年」是什麼意思？是指魯隱公即位第一年。「春」是什麼？就是一年的頭一個季節。「王」是說誰？指周文王。爲什麼先說「王」後說「正月」？因爲是文王受命後改建的正月。爲什麼說「王正月」？是說天下統一，都奉行周文王的正朔。魯隱公爲什麼不說是即位？這是成全隱公的意思。爲什麼說是成全隱公的意思呢？因爲隱公準備治好國家後，把王位還給桓公。爲什麼要還給桓公呢？因爲桓公年紀雖小地位卻高一些，隱公雖然年紀大些地位卻低一些。這種高低差別很小，魯國的人都不知道，隱公年紀較大又很賢明，各位大夫都擁護隱公，立他做國君。隱公如果在這時推辭不即位，就不能知道桓公將來還一定能立爲國君。如果現在立桓公，又怕這些大夫不會誠心輔助這麼年輕的國君。所以隱公做國君，是爲了桓公將來能做國君。隱公年紀較大又很賢明，爲什麼不應該做國君？因爲立正室夫人的兒子做國君就根據年紀大小而不根據賢能，立媵、妾的兒子做國君就根據地位高低而不根據年紀。桓公爲什麼地位高？因爲他母親地位高。母親地位高，兒子爲什麼地位就高？因爲兒子可以由於母親高貴而高貴，母親也可以因爲兒子高貴而高貴。

宋人及楚人平《公羊傳》

（宣公十五年）

【題解】

本篇是解釋《春秋》「宋人及楚人平」這一句，認爲《春秋》記載這次講和是既褒又貶：贊揚於反和華元兩人以誠相待，特別是子反，聽説宋國易子而食、析骸而炊，十分同情，便把楚國的情況如實告訴華元；同時又批評他們作爲人臣，不應該不報告國君就自行講和。

外平不書[1]，此何以書？大其平乎己也[2]。何大其平乎己？莊王圍宋[3]，軍有七日之糧爾，盡此不勝，將去而歸爾。於是使司馬子反乘堙而闚宋城[4]，宋華元亦乘堙而出見之[5]。司馬子反曰：「子之國何如？」華元曰：「憊矣[6]！」曰：「何如？」曰：「易子而食之[7]，析骸而炊之[8]。」司馬子反曰：「嘻！甚矣憊！雖然，吾聞之也，圍者柑馬而秣之[9]，使肥者應客，是何子之情也[10]？」華元曰：「吾聞之，君子見人之厄，則矜之[11]；小人見人之厄，則幸之[12]。吾見子之君子也，是以告情於子也。」司馬子反曰：「諾，勉之矣[13]！吾軍亦有七日之糧爾。盡此不勝，將去而歸爾。」揖而去之[14]。

反於莊王[15]。莊王曰：「何如？」司馬子反曰：「憊矣！」曰：「何如？」曰：「易子而食之，析骸而炊之。」莊王曰：「嘻，甚矣憊！雖然，吾今取此，然後而歸爾。」司馬子反曰：「不可。臣已告之矣，軍有七日之糧爾。」莊王怒曰：「吾使子往視之，子曷爲告之？」司馬子反曰：「以區區之宋⑯，猶有不欺人之臣，可以楚而無乎？是以告之也。」莊王曰：「諾，舍而止！雖然，吾猶取此然後歸爾。」司馬子反曰：「然則君請處於此，臣請歸爾。」莊王曰：「子去我而歸，吾孰與處於此？吾亦從子而歸爾。」引師而去之。故君子大其平乎己也。此皆大夫也，其稱「人」何？貶。曷爲貶？平者在下也⑰。

【注釋】

①外平不書：《春秋》是魯史，對他國稱外。外平是其他國家之間互相講和，與魯國無關，所以不記載。書：記載。②己：自己，指宋國的華元和楚國的子反。相對於兩國君主稱「己」。③莊王：楚莊王，春秋五霸之一。④司馬：官名，掌管軍政軍賦。子反：即公子側。堙：爲登上城牆而築的土山。闚：同「窺」，偷看。⑤華元：宋大夫。⑥憊：疲憊，困難。⑦易子：交換兒子。⑧析：分開。骸：屍骨。炊：用火燒熟食物。這裏是做燃料的意思。⑨柑：同「鉗」，夾住。這裏指用木銜馬口。秣：餵牲口。這句意思是：被圍的人在餵馬時，用木銜馬口，使馬不吃食，從而向敵人顯示有蓄積。⑩情：實情。⑪厄：困苦，災難。矜：憐憫。⑫幸：高興。⑬勉之：努力堅守。⑭揖：作揖，古時的拱手禮。⑮反：同「返」⑯區區：小。⑰平者在下：講和的是在下的臣子。

【譯文】

別的國家停戰講和的事，《春秋》是不記載的。這次爲什麼記載呢？是贊揚這次講和是華元和子反自行決定的。爲什麼要贊揚華元子反自主講和？楚莊王帶兵圍攻宋國都城，軍中只有七天的口糧了。吃完這些糧食還沒有攻下宋國都城，就要離開宋國回去了。於是莊王就派司馬子反登上攻城的土山去偷看宋國都城裏的情況，宋國的華元這時也在宋城的土山上觀察城外動靜，恰好見了面。司馬子反問：「貴國情況如何？」華元說：「困難極了。」子反問：「困難到什麼程度了？」華元說：「困難到了互相交換兒子殺了吃，劈開屍骨燒東西的程度。」司馬子反說：「唉！眞是困難到了極點。雖然這樣，但是我聽說：被圍的人，在餵馬時，用木銜住馬嘴，使它不能吃，表示糧食很多吃不完，還牽出肥壯的馬給客人看，您爲什麼要說出城內的實情呢？」華元說：「我聽說，君子見到人家的困難，就憐憫他；小人看到別人的困難，就幸災樂禍。我看到您是君子，就把實情告訴您。」子反說：「好的。你們努力堅守吧。我們軍隊也只有七天的口糧了。吃完這些糧食還沒攻下城池，就要離開這裏回去了。」兩人互相作了個揖就離開了。

子反回到莊王那裏，莊王問：「情況怎麼樣？」司馬子反說：「困難極了。」莊王問：「困難到了什麼程度？」子反說：「已經互相交換兒子殺了吃，劈開屍骨燒東西。」莊王說：「眞是困難極了。雖然這樣，我現在還是要攻下它然後才回去。」司馬子反說：「不行。我已經告訴了他：我們的軍隊也只有七天的糧食了。」莊王大怒說：「我叫你去察看他們的情況，你怎麼把我們的情況告訴他？」子反說：「以一個小小的宋國，尚且有不騙人的臣子，楚國這樣的大國能夠沒有嗎？所以我把實情告訴了他。」莊王說：「算了吧。你修建房屋住下來。雖然糧食快吃完了，我還是要攻下城池才回去。」子反說：「那就請您住在這裏吧，請您讓我回去。」莊王說：「你離開我回去，我和誰住在這裏？我也和你回去算了。」就帶領軍隊離開了宋國。所以君子贊他們自行講和。他們兩個都是丈夫，《春秋》卻稱他們爲「人」，這是爲什麼？這是批評他們。爲什麼要批評他們？因爲兩個決定講和的人都是在下的臣子，自作主張有些侵犯君權。

吳子[1]使札來聘《公羊傳》

（襄公二十九年）

【題解】

本文很奇怪，作者就六字經文，揮灑成一篇「動人」的讓國故事。季子兄弟讓國，古時傳爲美談。但所導致的結果，仍然是一場兄弟之間的互相殘殺。這反映出剝削階級內部之間的矛盾是不可能靠一兩個人的品德而得到解決的。本文既高度讚揚了吳季札的品德，卻又强調所謂「華夷之辨」。

在寫法上用層層設問，再加以回答的辦法演發經文大義。文章結構嚴謹，爲何用「吳子」，用「聘」，用「札」而不用「子」，均予交待，一字不漏。

吳無君無大夫[2]，此何以有君有大夫？賢季子也[3]。何賢乎季子？讓國也[4]。其讓國奈何？謁也，餘祭也，夷昧也，與季子同母者四[5]。季子弱而才，兄弟皆愛之，同欲立之以爲君。謁曰：「今若是迮而與季子國[6]，季子猶不受也。請無與子而與弟。弟兄迭爲君，而致國乎季子。」皆曰：「諾。」故諸爲君者，皆輕死爲勇，飲食必祝曰：「天苟有吳國，尚速有悔於予身[7]！」故謁也死，餘祭也立；餘祭也死，夷昧也立；夷昧也死，則國宜之季子者也。

季子使而亡焉。僚者[8]，長庶也[9]，即之[10]。季子使而反，至而君之爾。

【注釋】

①吳子：指吳王夷昧。札：季子的名，季子是吳王諸樊的弟弟。季子是春夷昧之命來魯通好的。②吳無君無大夫：這是說《春秋》記載吳國的事情，一向只稱國，不言及它的君與大夫的，以表示它與中國不同的意思。中國：是東周時期北方諸侯的自稱，對楚、吳、越等國稱爲蠻夷之邦。當時「中國」這一名稱，雖然含有地區居中的意思，但更重要的意義則指傳統文化的所在地。文化高的地區稱爲夏，文化高的人或族稱爲華，華夏合起來稱爲中國。吳國被認爲是文人低的蠻夷之邦，所以不承認它的國君和大夫。③賢：讚美的意思。④讓國：吳王壽夢要傳國給季子；壽夢死，季子不受而讓國給他的哥哥。⑤謁、餘祭、夷昧三人，都是吳王壽夢的兒子，季札的哥哥。是同母四兄弟。⑥迮：倉猝，突然。⑦悔：這裏指災禍。⑧僚：夷昧的兒子。⑨長庶：在謁、餘祭、夷昧三人的兒子中他是最大的。⑩即之：即位爲君。

闔廬曰①：「先君之所以不與子國而與弟者，凡爲季子故也。將從先君之命與，則國宜之季子者也。如不以先君之命與，則我宜立者也②。僚惡得爲君乎③？」於是使專諸刺僚④，而致國乎季子。季子不受，曰：「爾弑吾君，吾受爾國，是吾與爾爲篡也⑤；爾殺吾兄，吾又殺爾，是父子兄弟相殺，終身無已也。」去之延陵⑥，終身不入吳國。故君子以其不受爲義，以其不殺爲仁。

賢季子，則吳何以有君有大夫？以季子爲臣，則宜有君者也。「札」者何？吳季子之名也。《春秋》賢者不名，此何以名？許夷狄者；不一而足也⑦。季子者，所賢也，曷爲不足乎季子？許人臣者必使臣，許人子者必使子也。

【注釋】

1闔廬：謁的兒子，即公子光。2我宜立：闔廬是謁的兒子，謁是吳王壽夢的長子，按照當時立嫡以子的原則，那麼闔廬應該繼承他父親的王位。3惡：何。4專諸：吳國堂邑（今江蘇六合北）人。春秋時著名刺客。吳王僚十二年（公元前五一五年），公子光設宴請僚，專諸假扮廚師，藏匕首在魚腹中進獻，刺殺僚，自己也當場被殺。5篡：用非法手段奪取地位和權力。6延陵：地名，今江蘇武進縣治。7足：完美。

【譯文】

《春秋》記載吳國的事，本應該只稱吳國，而不記載它的國君和大夫的。這裏爲什麼又稱君，又稱大夫呢？是爲了讚美季子呀。爲什麼要讚美季子？是因爲他讓國啊。他讓國是怎麼回事？原來是這樣？謁、餘祭、夷昧和季子，是同母所生的四兄弟。季子最小，卻很有才能，幾個哥哥都很喜歡他，都想立他做國君。謁說：「現在要是匆促地把君位交給季子，季子還是不會接受的。我想請你們都不要把君位傳給自己的兒子，而傳給弟弟，兄弟依次做國君，最後就能夠把君位讓給季子了。」大家都說：「好的。」所以這幾個做國君的，都把輕視生命看作勇敢，吃飯時一定禱告說：「上天如果還要眞有吳國，那就趕快降災禍到我身上！」所以，謁死了，餘祭即位；餘祭死了，夷昧即位；夷昧死了，就應當能到季子做國君了。可是那時季子出使他國，不肯回來。有個叫僚的，是庶子中最大的，即位做了國君。季子出使回國了，一到吳國，就承認僚是國君。

謁的兒子闔廬說：「我的父親之所以不傳位給兒卻傳給弟弟，完全是因爲季子的緣故。如果執行我父親的命令嘛，那麼君位就應該讓給季子；如果不執行我父親的命令嘛，那麼我就該做國君。僚怎麼能做國君呢？」於是派專諸刺死僚，要把君位讓給季子。季子不肯接受，並說：「你殺死我的君主，我接你的君位，這就是我和你共同謀篡了。你殺死我哥哥的兒子，我又因此殺死你，這是父子兄弟互相殘殺一輩子都殺不完啊。」於是就離開吳國都城到延陵去，一輩子都不再進吳的都城。所以君子認爲他不接受公子光送的君位是「義」，認爲他不殺公子光是「仁」。

讚美季子就讚美他個人好了，爲什麼把吳國記載得有君主、有大夫呢？因爲把季子看做臣子，就應該使他有君主。「札」是什麼？是吳國季子的名字。按照《春秋》寫書的原則，凡是賢人是不直書其名的，這裏爲什麼直書其名呢？稱讚文化落後的夷狄國家，不能因爲它有一個賢人就算完美無缺了。季子這人既然被人認爲是賢人，那麼還有什麼不完美的呢？稱讚那個國君的臣子，一定要使這臣子處於臣的地位；稱讚那個父親的兒子，一定要使這兒子處於子的地位。直書季子的名字，也就是要他永遠不忘記自己是吳國的臣子。

鄭伯克段於鄢《穀梁傳》[1]

（隱公元年）

【題解】

此文宜與本書首篇參看。

本文解釋《春秋》「夏五月，鄭伯克段於鄢。」先解釋「克」字，表示雙方等於敵國；再說貶低段是爲了嚴厲責備鄭伯；又再解釋「於鄢」二字；最後爲鄭伯提出正確的辦法。

全文以設問答問爲結構，步步闡發經義。

「克」者何？能也。何能也？能殺也。何以不言殺？見段之有徒衆也[2]。段，鄭伯弟也。何以知其爲弟也？殺世子、母弟目君[3]，以其目君，知其爲弟也[4]。段，弟也而弗謂弟；公子也而弗謂公子，貶之也。段失子弟之道矣[5]。賤段而甚鄭伯也[6]。何甚乎鄭伯？甚鄭伯之處心積慮[7]，成於殺也[8]。於鄢[9]，遠也；猶曰取之其母之懷中而殺之云爾[10]，甚之也。然則爲鄭伯者，宜奈何？緩追、逸賊[11]，親親之道也[12]。

【注釋】

[1]《穀梁傳》：爲《春秋》三傳（《左傳》、《公羊傳》、《穀梁傳》）之一。體裁接近《公羊傳》，是研究秦漢間和漢初儒家思想的重要資料。初僅口頭流傳，西漢時才寫成書，相傳爲穀梁赤所作。穀梁赤，魯國人，是子夏的學生。據唐朝楊士勛《穀梁傳疏》說：「穀梁子，名叔，字元始，一名赤。受經於子夏，爲經作傳。」[2]段：即共叔段，鄭莊公的弟弟。[3]世子：天子、諸侯的長子。母弟：同母弟。目：稱的意思。目君：凡是殺世子和同母

弟的，《春秋》經文上都按國君稱號。④以其目君知其爲弟：因爲稱他爲鄭伯，所以知道被殺的段是他的弟弟。⑤段失子弟之道：共叔段恃寵驕横，貪得無厭，失去了做子弟的本分規矩。⑥賤段而甚鄭伯：賤視共叔段也是加重鄭伯的罪責。⑦處心積慮：存心而又蓄意很久。這句是說段的不義，都是由於鄭伯平日處心積慮造成的。⑧成於殺：猶言致於死地。⑨鄢：鄭國地名，在今河南鄢陵縣境。按《春秋》書法原則，國君殺大夫，照例不寫地點。這裏寫「於鄢」，是斥責鄭伯的殺害弟弟。⑩其母：指武姜。這句是說鄭伯所以要殺共叔段，是恨武姜愛共叔段而厭惡自己，所以雖然共叔段逃奔到了鄢地，仍然是像從母親懷中拖出來殺掉一樣。⑪緩追：不要窮追。逸賊：放掉作亂的人（指共叔段）。⑫親親：愛護親人。

【譯文】

（魯隱公元年夏季五月，鄭莊公在鄢打敗了共叔段。）「克」是什麼意思呢？是能夠戰勝。能夠戰勝又是什麼意思？就是能夠殺共叔段。爲什麼《春秋》經上不說殺，是因爲共叔段有軍隊，不容易殺他呀。

段是鄭伯的弟弟，怎麼知道他是鄭伯的弟弟呢？凡是殺死天子、諸侯的長子和同母弟弟的，經文上都按國君稱呼，現在經文上稱他爲鄭伯，就可知道段是弟弟了。段既是弟弟，卻不稱弟；既是公子，卻不稱公子，這是貶抑他的意思。也是因爲段不遵守做子弟的規矩。但輕視段也就格外强調了輕視鄭伯。强調輕視鄭伯幹什麼？强調鄭伯平日處心積慮要致自己的弟弟於死地的罪責。經文上說「於鄢」是表示路遠的意思；說鄭伯追到很遠的地方去殺他的弟弟，等於說從他母親的懷中拖出來殺掉一樣，這是强調他罪責深重的意思。那麼做鄭伯的應該怎樣？不要去窮追，並且放掉他，這才是愛護親人的正確方法啊。

虞師晉師滅夏陽[1]《穀梁傳》

（僖公二年）

【題解】

只圖眼前的小利，不顧以後的大患，這就是虞國所以很快被晉國滅亡的原因。文章對荀息的獻計與分析寫得具體生動，縝密周到。寫宮之奇的勸諫和虞公的態度，爲荀息的分析做了極好的印證。最後用荀息的詼諧作結，更顯示了他的成竹在胸和老謀深算。

全文先用設問答問說明夏陽的重要性質，一句「虞之爲主乎滅夏陽，何也？」引出本事。

非國而曰滅，重夏陽也[2]。虞無師[3]。其曰師，何也？以其先晉[4]，不可以不言師也。其先晉何也？爲主乎滅夏陽也。夏陽者，虞、虢之塞邑也[5]。滅夏陽而虞、虢舉矣[6]。

【注釋】

[1]參閱本書《宮之奇諫假道》。[2]夏陽：古地名，《左傳》作下陽，故城在今陝西韓南縣。春秋時是西虢的邊邑，也是它的要塞。西虢，在今山西平陸縣。晉假道於虞以伐虢就是伐西虢。[3]虞：同文王時所建立的諸侯國，姬姓，開國君主是古公亶父之子虞仲的後代。虞無師：晉滅夏陽，虞沒有軍隊參加。[4]先晉：虞國答應借道給晉國以攻打虢國，是虞國比晉國先有滅虢之心。[5]虢：西周初年所封的諸侯國之一。姬姓。有東虢、西虢之分。東虢的始封之君爲周文王弟虢仲（一說虢叔），在今陝西寶雞，西周滅亡時，隨周平王東遷到上陽（今河南三門峽），支族仍留原地，稱爲小虢。小虢於公元前六八七年爲秦所滅，西虢於公元前六五五年爲晉所滅。這裏所指即爲西虢。塞：邊界上的險要地方。[6]舉：拔取。

虞之爲主乎滅夏陽，何也？晉獻公欲伐虢[1]，荀息曰[2]：「君何不以屈產之乘[3]，垂棘之璧[4]，而借道乎虞也[5]？」公曰：「此晉國之寶也。如受吾幣而不借吾道[6]，則如之何？」荀息曰：「此小國之所以事大國也。彼不借吾道，必不敢受吾幣。如受吾幣而借吾道，則是我取之中府而藏之外府，取之中廄而置之外廄也[7]。」公曰：「宮之奇存焉[8]，必不使受之也。」荀息曰：「宮之奇之爲人也，達心而懦[9]，又少長於君。達心則其言略[10]，懦則不能强諫，少長於君，則君輕之。且夫玩好在耳目之前[11]，而患在一國之後[12]，此中知以上乃能慮之[13]，臣料虞君，中知以下也。」

【注釋】

[1]獻公：晉國的君主，晉文公的父親。[2]荀息：晉大夫。[3]屈：晉地名，在今山西石樓縣東南，出產良馬。[4]垂棘：晉地名，故地在今山西省境，出產美玉。璧：玉的通稱。[5]借道乎虞：虞夾在晉與虢之間，晉要攻打虢國，必須向虞國借道。[6]幣：古時候玉、馬、皮、圭、璧、帛，都稱爲幣。這裏指美玉和良馬。[7]廄：馬棚。[8]宮之奇：虞大夫。[9]達心：心裏很明白。達：通曉。懦：軟弱。[10]略：簡略。[11]玩好：此指璧和馬。[12]清人王引之《經義述聞》認爲「患在一國之後」的「之後」是多餘的。是後人所增，不通。因爲這裏只論地方的大小，不論時間的遠近。他的意思是「一國」指虞國。其實舊本有「之後」也通，「一國」指虢國，意義反更明顯。[13]知：同「智」。下同。

公遂借道而伐虢。宮之奇諫曰：「晉國之使者，其辭卑而幣重，必不便於虞。」虞公弗聽，遂受其幣而借之道。宮之奇又諫曰：「語曰：『脣亡則齒寒[1]。』其斯之謂與！」挈其妻子以奔曹[2]。獻公亡虢五年，而後舉虞。荀息牽馬操璧而前曰[3]：「璧則猶是也，而馬齒加長矣[4]。」

【注釋】

[1]脣亡則齒寒：脣在外，齒在內，脣亡故齒寒，比喻休戚相關。[2]挈：帶，領。曹：西周初年所封的諸侯國之一，姬姓，始封之君爲周武王弟叔振鐸，建都陶丘（今山東定陶縣西南），公元前四八七年爲宋所滅。[3]操：拿著。[4]馬齒加長：是說馬的年歲加大了。

【譯文】

夏陽不是國家，而《春秋》卻說滅亡了它，這是重視夏陽的緣故。虞國並沒有出動軍隊攻打夏陽，而要連帶說及它的軍隊，這是什麼意思呢？因爲它比晉國先存有貪心，所以不可不說它也出動了軍隊。爲什麼說虞國比晉國先有貪心呢？因爲它在滅夏陽這件事情上負有主要責任，否則，夏陽是不會被滅的。夏陽是虞、虢的邊境要地，滅掉了夏陽，虞、虢兩國就易於攻取了。

說虞國在滅夏陽這件事情負有主要責任是怎麼回事呢？原來晉獻公想要攻打虢國，晉的大夫荀息獻計說：「您爲什麼不拿屈地產的好馬，垂棘出的好玉，去賄賂虞國，向虞國借道呢？」獻公說：「好馬、好玉是晉國的寶貝，如果虞國收下了我的禮物而不肯借給道路通過，那將怎麼辦呢？」荀息說：「按小國事奉大國的道理，他要是不肯借路讓我們通過，一定不敢收下我們的禮物；要是收下我們的禮物而借路讓我們通過，那我們就好比從中府裏取出寶物藏放到外府裏去，從中廄裏牽出良馬拴在外廄裏一樣。」獻公說：「虞國有個賢大夫宮之奇，他一定會阻止虞國君接受這份禮物的。」荀息說：「宮之奇這個人，心裏雖然很通曉事理，但很懦弱，況且他從小就是在虞君身邊長大的。由於他自己通曉事理，以爲旁人也會像他一樣通曉，所以說話就很簡略；又由於他處事懦弱，不聽就不去力爭；再加以他從小就在虞君身邊長大的，虞君輕視他，不會聽他的話。況且這些玩好的東西就在虞君的眼前，而禍患卻在虢國的後面，這需要有中等智慧以上的人才能想到這一點，我預料虞君，是中智以下的人。」

獻公聽了荀大夫的話，就去向虞國借路攻打虢國。宮之奇進諫說：「晉國派來的使者，他的言辭很謙虛，而禮物卻又厚重，一定是不利於虞國的。」虞公不聽他的話，就收下了晉國送來的禮物，把道路借給晉國。宮之奇又進諫說：「俗話講：『嘴唇沒有了，牙齒就要受寒。』就是說的這個意思吧！」便帶了他的妻子兒女逃到曹國去了。

獻公滅虢國，在僖公五年，然後又把虞國滅了。荀息牽著馬，拿著玉，走到獻公面前說：「玉還是原來的樣子，不過馬的年紀卻增大了些兒。」

晉獻公殺世子申生[1]《禮記》[2]

（檀弓上）

【題解】

本文篇幅雖小，卻委婉曲折地寫出了世子申生的愚孝。申生的行爲本來是極端可笑的，作者站在儒家立場，竟作爲正面人物加以歌頌。這也可以看出儒家禮教的荒謬。

晉獻公將殺其世子申生[3]。公子重耳謂之曰[4]：「子蓋[5]言子之志於公乎？」世子曰：「不可。君安驪姬[6]，是我傷公之心也。」曰：「然則蓋行乎？」世子曰：「不可。君謂我欲弒君也。天下豈有無父之國哉？吾何行如之[7]？」使人辭於狐突曰[8]：「申生有罪，不念伯氏之言也[9]，以至於死。申生不敢愛其死。雖然，吾君老矣，子少[10]，國家多難。伯氏不出而圖吾君[11]，伯氏苟出而圖吾君，申生受賜而死。」再拜稽首，乃卒。是以爲恭世子也[12]。

【注釋】

[1]據《左傳．僖公四年》及《國語．晉語》所記，晉獻公寵愛驪姬，想立自己的兒子奚齊爲世子，便在獻公面前讒毀申生，說申生企圖殺君篡位。於是申生逃往故都曲沃，最後自縊而死。[2]《禮記》：儒家經書之一，記述儒家禮教學說及先秦典章制度、風俗習慣等。《漢書．藝文志》稱爲「七十子後學者所記」。可見此書並非成於一人之手。現在所保存的有《大戴禮記》，爲漢朝人戴德所選輯；《小戴禮記》，爲戴德的侄兒戴聖所選輯。《小戴禮

記》共四十九篇，即今日通行的《禮記》。《檀弓》是《禮記》中的篇名。③世子：長子。④重耳：中生的異母弟。後爲晉文公。⑤蓋：此處同「盍」，何不。⑥驪姬：晉獻公的寵妃。⑦何行如之：行，路，名詞。如，往，動詞。之，代詞，復指「行」字。意謂「到哪裏去？」⑧狐突：重耳的外祖父，晋大夫，他是申生的師傅，這時以病在都城休養。⑨伯氏：即指狐突。魯閔公二年，晉獻公派遣申生伐東山時，狐突曾勸他趁此機會逃到別的地方去，申生沒有聽從，「不念伯氏之言」即指此。⑩子少：指驪姬的兒子奚齊，年紀還小。⑪圖：圖謀安國之策。⑫恭：亦作共，申生的謚號。《謚法》：「敬順事上曰恭。」

【譯文】

晉獻公將要殺他的太子申生。公子重耳對申生說：「你何不把你的心意向國君講明呢？」太子說：「不可。君上沒有驪姬，就不安逸；如果我把眞相講明，那是我傷君上的心了。」公子重耳說：「那麼，你怎麼不逃去呢？」太子說：「不可，那樣君上會說我想要殺害他。天下哪有存在沒有父親的國家呢？我能夠逃到哪裏去？」

太子派人去辭別狐突說：「申生得了罪，這是不聽您的話，所以弄到性命也保不住了。我申生不敢貪生怕死，不過君上年紀老了，他所寵愛的兒子又小，國家的患難正多。伯氏如不肯出來爲君上圖謀安定國家的方法，那就罷了；伯氏如肯出來爲君上圖謀安定國家的方法，那麼我申生就等於受了您的恩惠，死了也是甘心的。」於是拜了兩拜，叩頭到地，就自殺了。因此後世稱他爲恭世子。

曾子易簀《禮記》
（檀弓上）

【題解】

古人政體，是一家之政，無明君昏主可擇，要維持此種政體，只能靠等級森嚴的禮制，大到封爵進宮，小到穿衣戴帽，各有規矩，這就是禮制。

曾子是孔子的大弟子，自然是守禮模範。文章一開篇八筆寫出曾子病勢的景象，十分簡潔，且合禮。童子不懂禮，突兀地讚揚起曾子的竹席來了。弟子樂正子春急止也止不住。曾子連忙請求換掉席子，並教育弟子：「君子愛人以德，細人愛人以姑息。」此言足為警句。但今天看來守一席之禮未免迂闊了。人命竟不如席？所謂「禮」真是殺人不見血。

曾子寢疾，病[1]。樂正子春坐於床下[2]，曾元、曾申坐於足[3]，童子隅坐而執燭[4]。童子曰：「華而睆[5]，大夫之簀與[6]？」子春曰：「止！」曾子聞之，瞿然曰[7]：「呼？」曰：「華而睆，大夫之簀與？」曾子曰：「然！斯季孫之賜也[8]，我未之能易也。元，起易簀！」曾元曰：「夫子之病革矣[9]，不可以變[10]。幸而至於旦[11]，請敬易之。」曾子曰：「爾之愛我也不如彼[12]。君子之愛也以德，細人之愛人也以姑息[13]。吾何求哉？吾得正而斃焉[14]，斯已矣。」舉扶而易之，反席未安而沒[15]。

【注釋】

①曾子：名參，字子與，孔子的學生。據說他領悟孔子「吾道一以貫之」的道理，能繼承孔子的學說。寢：臥床。疾：指一般的病。病：重病。②樂正子春：曾子的學生。③曾元、曾申：都是曾子的兒子。④隅：角落，邊側。⑤睆：美好的樣子。指席子的竹篾節疤刮得很光滑。⑥簀：床蓆。⑦瞿然：驚動的樣子。⑧季孫：魯大夫季孫氏，魯國的當權派，世代掌握政權，權勢極大。⑨革：急。病革：病危。⑩變：移動。⑪旦：天亮。⑫彼：指童子。⑬細人：小人，器量小的人。姑息：姑且偷安於目前。⑭斃：死。⑮反：同「返」。

【譯文】

曾子臥病在床，病勢很重了。他的學生樂正子春坐床下，他的兒子曾元、曾申坐在他的腳邊，服侍的家童坐在屋角，手裏拿著一枝蠟燭。

家童說：「多漂亮的花紋，多光滑的篾子，這是大夫用的蓆子啊！」樂正子春說：「不許多說！」曾子聽到了，感到很吃驚，說：「啊？」童子又說：「多漂亮的花紋，多光滑的篾子，這是大夫用的蓆子啊！」曾子說：「是的！這是季孫贈送我的，我自己已無力把它換掉了。元兒，把我扶起來，換掉這蓆子。」曾元說：「父親的病很重，現在不能更換，且等到天亮時，我們再更換它。」曾子說：「你愛護我呀，還不如這小孩。君子愛護人要用道德去開導他，小人愛護人則對姑息遷就。我還希望得到什麼呢？我只要能夠死得合乎正禮，這就行了！」於是大家只好把他扶起來，換掉蓆子；再扶他睡下，還沒睡安穩，曾子就死了。

有子之言似夫子《禮記》

（檀弓上）

【題解】

本文記載的是關於學習方法的問題。有子只問曾子一個有關孔子的問題，曾子死記硬背答了兩個。而有子根據自己對孔子的理解，斷然否定曾子的回答，其思想也有可取之處。

本文的章法很別緻：第一段寫有子的否定，但不完全說出否定的根據；第二段寫子游的解釋，最後一段有子才把否定的根據說出來。寫得層次分明，靈活跌宕。

有子問於曾子曰[1]：「問喪於夫子乎[2]？」曰：「聞之矣。喪欲連貧，死欲速朽。」有子曰：「是非君子之言也。」曾子曰：「參也聞諸夫子也[3]。」有子又曰：「是非君子之言也。」曾子曰：「參也與子游聞之[4]。」有子曰：「然。然則夫子有爲言之也。」

【注釋】

[1]有子：即有若，春秋晉人，孔子的學生。孔子死後，門人因爲他的面貌、神態都像孔子，想把他作爲老師來對待。[2]喪：做過官，後來失掉官職，古代叫「喪」。夫子：指孔子。問：一說應作聞，聽到。[3]參：曾子自稱。諸：之於。[4]子游：姓言，名偃，春秋吳人，孔子的學生。

曾子以斯言告於子游。子游曰：「甚哉，有子之言似夫子也[1]！昔者夫子居於宋，見桓司馬自爲石椁[2]，三年而不成。夫子曰：『若是其靡也[3]，死不如速朽之愈也。』死之欲速朽，爲桓司馬言之也。南宮敬叔反[4]，必載寶而朝[5]。夫子曰：『若是其貨也[6]，喪不如速貧之愈也。』喪之欲速貧，爲敬叔言之也。」

【注釋】

[1]平日孔子的學生都認爲有子之言有點像夫子，即得夫子談話的用意，所以子游發出這樣的感嘆。甚：極。[2]桓司馬：姓向，名魋，宋大夫。司馬：官名，掌管軍事。封邑在桓，故稱桓司馬或桓魋。椁：也寫作槨。古代以外棺爲椁，即套在內棺上的一副大棺材。[3]靡：奢侈。[4]南宮敬叔：魯國大夫，姓仲孫，名閱，孟僖子的兒子，孔子的學生。反：指失位離魯，後又返回。[5]載寶而朝：裝載著寶物入朝行賄賂，以求復位。[6]貨：行賄賂。

曾子以子游之言告於有子。有子曰：「然。吾固曰非夫子之言也。」曾子曰：「子何以知之？」有子曰：「夫子制於中都[1]，四寸之棺，五寸之椁，以斯知不欲速朽也。昔者夫子失魯司寇[2]，將之荊[3]，蓋先之以子夏[4]，又申之以冉有[5]，以斯知不欲速貧也。」

【注釋】

[1]中都：魯地名，在今山東汶上西。制：制定。魯定公九年，孔子爲中都宰，曾制定棺椁的規格，即下文所說的四寸之棺，五寸之椁。[2]司寇：官名，古爲六卿之一，掌管刑獄，糾察等事。魯定公十四年，孔子曾爲魯國的司寇，後失位。[3]荊：楚國原先的國名。[4]子夏：姓卜，名商，春秋衛人，孔子的學生。[5]申：再。冉有：名求，字子有，春秋魯國人，孔子的學生。

【譯文】

有子問曾子道：「你向老師問過一個人失去官位以後，應該怎麼辦的問題嗎？」曾子說：「聽他說過：丟官位以後希望快些貧窮，死了以後希望快些腐爛。」有人說：「這不是老師所說的話。」曾子說：「我確實是親耳聽老師講的。」有子還是說：「這不是老師所說的話。」曾子說：「我與子游一同聽到的。」有子說：「如果是眞的，那麼老師一定是另有所指而說的。」

曾子把這些話告訴子游。子游說：「像得很啊！有子的話確實像夫子。以前夫子住在宋國，看見桓司馬替自己用石頭做一副外棺，三年還沒有做好。夫子便說：『像這樣奢靡浪費，死了不如快些爛掉才好呢。』死了希望快些腐爛的話，是爲桓司馬說的，南宮敬叔共失去官位回魯國後，總是載著寶物入朝行賄賂以求復位。夫子說：『像這樣的行使賄賂，丟了官位還不如快些貧窮的好呢。』丟了官位希望快些貧窮這句話，是爲敬叔說的。」

曾子又把子游的話告訴有子。有子說：「對的。我原說這不是夫子所說的話。」曾子說：「你怎麼知道的？」有子說：「夫子做中都宰時，定下棺椁的規格，棺四寸，椁五寸，由此我就知道他不主張人死了希望快些腐爛。從前夫子失了魯國司寇的官位，將到楚國去，先叫子夏去接洽，又叫冉有去致意。由此我知道他並不主張丟了官位希望快些貧窮。」

公子重耳對秦客《禮記》

（檀弓下）

【題解】

晉獻公生前寵愛驪姬，殺了世子申生，公子重耳出逃。晉獻公時，重耳正和狐偃等謀臣外祖家狄人那裏避難。秦穆公派人弔唁，窺探重耳的意向。重耳君臣識穿使者的真正目的，爲此進行了巧妙的周旋，顯示出一副遵循禮制，仁愛孝悌的姿態，騙取了秦穆公的信任，爲重耳後來回國繼任打下了基礎。

這篇文章撕破了統治階級的仁愛親厚這層溫情脈脈的面紗，顯示出他們的勾心鬥角，爾虞我詐的本來面目。

晉獻公之喪[1]，秦穆公使人弔公子重耳[2]，且曰：「寡人聞之：『亡國恒於斯，得國恒於斯[3]。』雖吾子儼然在憂服之中[4]，喪亦不可久也[5]，時亦不可失也，孺子其圖之[6]！」以告舅犯[7]。舅犯曰：「孺子其辭焉。喪人無寶，仁親以爲寶[8]。父死之謂何？又因以爲利[9]，而天下其孰能說之[10]。孺子其辭焉。」

【注釋】

[1]晉獻公：春秋時晉國國君，前六七六年至前六五一年在位。他臨死前託大夫荀息扶立驪姬之子奚齊爲君。當時公子重耳、夷吾已逃亡在外。[2]秦穆公：春秋時秦國國君，前六五九年至前六二一年在位。嬴姓，名任好。弔：慰問死者家屬。[3]恒：常。斯：此，這時。[4]儼然：恭敬莊重的樣子。憂服：服喪[5]喪：失去國內地位，

逃亡在外。下同。6孺子：通常指年幼者。這裏是指嫡長子後面的兒子。晉獻公的九個兒子當中，除世子申生外，重耳爲最長，當嗣君位，所以秦穆公這樣稱呼他。圖：圖謀，考慮。7舅犯：即狐偃，字子犯，重耳的舅父，與其一起流亡。8仁親：仁愛懷念親人。9利：指父死時回國即位。10說：通「悅」。

公子重耳對客曰：「君惠弔亡臣重耳1，身喪父死，不得與於哭泣之哀2，以爲君憂。父死之謂何？或敢有他志以辱君義3。」稽顙而不拜4。哭而起，起而不私5。子顯以致命於穆公6。穆公曰：「仁夫公子重耳！夫稽顙而不拜，則未爲後也7，故不成拜8；哭而起，則愛父也；起而不私，則遠利也9。」

【注釋】

1亡臣：逃亡在外的人。2與：參加。這是指不能親身回國參加葬禮。3他志：別的想法。這裏指謀取君位。4稽顙：古人守喪時拜客的一種禮節。拜時以額觸地。顙：額。5私：私談。6子顯：即秦穆公的兒子縶，弔重耳的使者。7後：後嗣，繼承人。8成拜：古時喪禮之一。主喪人對弔唁者先稽顙，後拜謝，稱「成拜」。重耳認爲自己不是晉國君位的繼承人，故不能主喪，不行「成拜」禮。9遠：避開。

【譯文】

晉獻公死了，秦穆公派子顯去弔唁公子重耳，並且說：「我聽到過這樣的話：『喪失國家，常在這個時候，取得國家，也常在這個時候。』雖然您莊重地處於服喪期，可是在外流亡也不能太久，謀奪君位的時機也不宜錯過，您還是好好考慮一下吧。」

重耳把這番話告訴了他舅舅子犯。子犯說：「您必須辭謝他。一個流亡者沒有什麼可貴的，只有仁愛思親才是可貴的。父親死了是何等的不幸，又借這個時機去謀私利，那麼天下人又有誰會對此感到高興呢？你必須辭謝他。」

公子重耳回答客人說：「承蒙您來弔唁亡命之臣重耳，我流亡在外，父親又死了，不能夠回國參加葬禮，以哭泣表示哀痛，勞貴國國君替我擔憂。父親死了是何等的不幸，我怎麼敢有別的想法，辜負貴國國君慰問的情義呢？」說完，就在地下叩頭，但不拜謝秦客。他哭著站起來，站起來以後就不再和秦客私下交談了。

子顯將上述情況匯報給秦穆公。穆公說：「公子重耳真的是仁愛啊！他叩頭後卻不拜謝賓客，表明他不以晉獻公的繼位人居，因此用不著拜謝。哭著站起來，表明他對父親的愛戴思念，站起來後不再和客人私下交談，表明他拋棄了個人的利益。」

杜蕢揚觶《禮記》（檀弓下）

【題解】

晉平公在大臣死而未葬之時仍飲酒作樂，不合禮制。廚師杜蕢端起酒來將陪酒的師曠、李調各罰一杯，又自罰一杯，竟無一言，下階而走。這引起了平公的好奇心，召而問之，杜蕢一一指明師曠、李調和自己該罰的原因，使晉平公翻然醒悟自己的過失。這種機智幽默的勸諫法，實在是空前絕後。

知悼子卒[1]，未葬。平公飲酒[2]，師曠、李調侍[3]。鼓鍾[4]。杜蕢自外來[5]，聞鐘聲，曰：「安在？」曰：「在寢[6]。」杜蕢入寢，歷階而升，酌曰[7]：「曠飲斯！」又酌曰：「調飲斯！」又酌，堂上北面坐飲之[8]。降，趨而出[9]。

【注釋】

[1]知悼子：晉大夫，名罃，知莊子之子，悼是他的謚號。[2]平公：晉平公，名彪。[3]師曠：晉國的著名樂師。李調：晉平公的近臣。[4]鼓鍾：敲鐘奏樂。鍾：樂器，歌鍾。[5]杜蕢：《左傳》作「屠蒯」，晉平公的廚師。[6]寢：寢宮。[7]酌：斟酒。[8]堂上北面坐飲之：古時候人君的位置朝南，臣子見君時面向北。杜蕢北面而坐，就可以面向國君行臣禮了。坐，即跪。因爲古時席地而坐，坐時兩膝跪在地上，屁股坐在腳後跟上，屁股稍離開腳後跟就成爲跪了，所以跪也叫坐。但坐不可以叫跪。[9]降：下階。趨：小步快走。

平公呼而進之，曰：「蕢！曩者爾心或開予[1]，是以不與爾言。爾飲曠何也？」曰：

「子卯不樂②。知悼子在堂③，斯其爲子卯也大矣④！曠也，太師也⑤，不以詔⑥，是以飲之也。」「爾飲調何也？」曰：「調也，君之褻臣也⑦，爲一飲一食忘君之疾⑧，是以飲之也。」「爾飲何也？」曰：「蕢也，宰夫也⑨。非刀匕是共⑩，又敢與知防⑪，是以飲之也。」平公曰：「寡人亦有過焉，酌而飲寡人。」杜蕢洗而揚觶⑫。

公謂侍者曰：「如我死，則必無廢斯爵也⑬。」至於今，既畢獻⑭，斯揚觶，謂之杜舉。

【注釋】

①曩者：剛才。②子卯不樂：夏桀以乙卯日死，商紂以甲子日死，後來就以甲子、乙卯兩日爲國君的忌（疾）日，不許飲酒奏樂。③在堂：堂指殿堂，是舉行吉凶大禮的地方。「在堂」在這裏是指停靈在堂。④斯其爲子卯也大矣：古時國君對於卿大夫，人剛死不舉樂，人剛下葬不吃肉。悼於是親近的大臣，死了還沒有下葬，人君的哀痛，應當甚於祭紂的疾日，所以說大於子卯。⑤太師：樂宮之長。⑥詔：告訴。⑦褻臣：態度隨便，可以不拘禮節的近臣。⑧疾：疾日，猶言惡日，忌日。⑨宰夫：廚師。⑩匕：古代指販勺。共：通「供」。⑪與：參與。知防：察覺知防止違禮之事。⑫揚：舉起。觶：古時飲酒用的器皿。⑬爵：酒器。⑭獻：這裏指敬酒。

【譯文】

知悼子死了，還沒有下葬，晋平公就喝起酒來，師曠和李調作陪，並且敲鐘作樂。杜蕢從外面走進來，聽到了鐘聲，就問：「在哪裏？」有人回答說：「在寢宮內。」杜蕢走進寢宮，從台階上走上來，斟了一杯酒，說：「師曠，你喝這杯！」又斟了一杯酒，說：「李調，你喝這杯！」接著斟了第三杯酒，自己在堂上朝北跪下，一口喝乾，隨後起身下階，快步走出寢宮。

晋平公喊他進來說：「杜蕢！剛才你的心中好像有什麼話要開導我，所以我沒和你說話。你罰師曠喝酒是什麼意思？」杜蕢說：「每逢子卯忌日，君主不得飲酒作樂。知悼子剛死還沒下葬，這比子卯忌日更重要！師曠是樂宮之長，他不把這層意思告訴您，所以要罰他。」平公又問：「你罰李調喝酒又是什麼意思呢？」杜蕢說：「李調是您寵幸的近臣，他爲了貪圖吃喝，竟忘了您的忌日，所以也要罰他。」平公說：「那麼你自己喝酒又是什麼意思呢？」杜蕢說：「我只是一個廚師，不專心拿著刀子、勺子來供給飲食，竟敢參與知諫防閑的事，所以也要罰我自己。」晉平公說：「我也有過錯啊，斟上酒，罰我一杯吧。」杜蕢把觶洗乾淨，舉著罰酒獻上。

平公對侍從人員說：「如果我死了，也一定不要扔掉這個酒杯。」直到今天，每當主人向客人敬酒完畢，都要把酒杯舉起來，人們把這叫作杜舉。

晉獻文子成室《禮記》

（檀弓下）

【題解】

晉獻文子新居落成，賓朋臨門視賀。唯有張老的賀辭非同凡響，而獻文子的答辭禱告也不落陳套，以致爲後人稱讚不已，成爲一篇佳話。

張老敢於實話實說，獻文子居安思危，從善如流的精神，都是讓人欽佩不已的。

晉獻文子成室[1]，晉大夫發焉[2]。張老曰[3]：「美哉輪焉[4]，美哉奐焉[5]！歌於斯[6]，哭於斯[7]，聚國族於斯[8]。」文子曰：「武也得歌於斯，哭於斯，聚國族於斯，是全要領以從先大夫於九京也[9]。」北面再拜稽首，君子謂之善頌善禱[10]。

【注釋】

[1]獻文子：即趙武，晉卿。「獻文」是諡號。成室：新居落成。[2]發：送禮祝賀。[3]張老：晉大夫。[4]輪：高大。[5]奐：通「煥」，色彩鮮明華麗。[6]歌：祭祀時奏樂唱詩。[7]哭：死喪哭泣。[8]聚國族：宴集國賓，聚會宗族。[9]要：通「腰」，古時候罪重處以腰斬的刑罰，罪稍輕就處以砍頭的刑罰。領：頸。全要領，是指免於遭受上述刑罰。先大夫：指趙武死去的父親，祖父。九京：即九原。春秋時晉國卿大夫的墓地。[10]禱：祈福免禍。

【譯文】

晉國獻文子的新居落成，晉國的大夫都前去送禮祝賀。大夫張老說：「眞美啊，這樣的高大雄偉！眞美啊，這樣的金碧輝煌。既可以在這裏祭祀唱詩，也可以在這裏居喪哭泣，還可以在這裏宴享國賓，聚會宗族。」獻文子說：「我如果眞能夠在這裏祭祀唱詩，居喪哭泣，在這裏宴享國賓，聚會宗族，那就是我能夠保全身軀，不會死於非命，能夠和我先祖、先父一起葬在九原了。」說完，向北拜了兩拜，叩頭感謝張老。當時的君子稱贊他們一個善於贊頌，一個善於祈禱。

卷二　秦文

蘇秦以連橫說秦[1]《戰國策》[2]

【題解】

本文最大的特點，就是緊緊抓住蘇秦由失敗困頓到成功顯達的轉折，亦即促成六國與秦抗衡的轉折，入木三分地描繪了蘇秦過人的辯才、智謀以及他那不同凡響的刻苦磨礪。文章從兩個角度塑造蘇秦的形象：作爲辯士的蘇秦，具有過人的智謀韜略，是一個叱吒風雲、扭轉乾坤的人物；作爲一個知識分子，他刻苦發奮，深切感受世態炎涼，又是一個熱衷功名、得意忘形的凡夫俗子。本文同時也反映了戰國時代「逞干戈，尚游說」的歷史面貌。

另外，文章大量運用了對偶句、排比句，因而氣勢磅礴，結尾部分也很逼真傳神。

蘇秦始將連橫說秦惠王曰：「大王之國，西有巴蜀、漢中之利[3]，北有胡貉、代馬之用[4]，南有巫山、黔中之限[5]，東有殽、函之固[6]，田肥美，民殷富，戰車萬乘，奮擊百萬[7]，沃野千里，蓄積饒多，地勢形便[8]，此所謂天府[9]，天下之雄國也。以大王之賢，士民之衆，車騎之用，兵法之教，可以并諸侯，吞天下，稱帝而治，願大王少留意[10]，臣請奏其效。」

秦王曰：「寡人聞之，毛羽不豐滿者，不可以高飛；文章[11]不成者，不可以誅罰；道德不厚者，不可以使民；政教不順者，不可以煩大臣。今先生儼然不遠千里而庭教之，願以異日。」

【注釋】

①《蘇秦以連橫說秦》：本篇選自《戰國策・秦策一》。篇名為選文者所定。蘇秦：東周洛陽（今河南洛陽東）人，字季子。連橫：以西方秦國為主，聯合太行山以東的個別國家，攻擊其他國家。是一種分化六國，使它們服從秦國的策略。②《戰國策》：是一部戰國時代的史料匯編，作者難考。流傳至今的本子是經西漢學者劉向編輯的，書名也為劉向所定。分為東周、西周、秦、齊、楚、趙、韓、魏、燕、宋、衛、中山十二國，共三十三篇，細分為四百九十七章。此書主要記載戰國策士的言論和活動，肯定他們在政治上的地位和作用。《戰國策》保存了許多重要史料，但也有誇張和虛構的地方，不盡與史實相符。《戰國策》又是一部歷史文學傑作，對人物形象的描寫具體生動而有個性，達到了較高的藝術水準。語言生動形象，氣勢充沛。③巴：今四川省東部地區。蜀：今四川省西部地區。漢中：今陝西省南部地區。當時這三個地區雖不屬秦，但交通頻繁，所以說秦西邊有利。④胡：這裏指北方匈奴區居住地方。貉：獸名，毛皮可製裘（皮衣）。代：地名，今山西、河北二省北部，其地產馬。⑤巫山：山名，在今四川省巫山縣東。黔中：地名，戰國時楚地，後為秦所有，在今湖南西北部和貴州東部地區。⑥殽：山名，在今河南省洛寧縣西北。函：函谷關，在今河南省靈寶縣西南。⑦奮擊：這裏指奮勇作戰的武士，即精銳的軍隊。⑧地勢形便：指國土地勢便於攻守。⑨天府：自然條件優越，形勢險固，物產富饒的地方。⑩少留意：稍稍注意。這是委婉的說法。⑪文章：這裏指法令。

蘇秦曰：「臣固疑大王之不能用也。昔者神農伐補遂①，黃帝伐涿鹿而禽蚩尤②，堯伐驩兜③，舜伐三苗④，禹伐共工⑤，湯伐有夏⑥，文王伐崇⑦，武王伐紂⑧，齊桓任戰而霸天下⑨。由此觀之，惡有不戰者乎⑩？古者使車轂擊馳⑪，言語相結，天下為一；約從連橫⑫，兵革不藏⑬；文士並飭⑭，諸侯亂惑；萬端俱起，不可勝理；科條既備，民多偽態⑮，書策稠濁⑯，百姓不足；上下相愁，民無所聊⑰，明言章理，兵甲愈起，辯言偉服，戰攻不息，繁稱文辭，天下不治；舌敝耳聾，不見成功；行義約信，天下不親。於是乃廢文任武，厚養死士⑱，綴甲厲兵⑲，效勝於戰場。夫徒處而致利⑳，安坐而廣地，雖古五帝、三王、五霸㉑，明主賢君，常欲坐而致之，其勢不能，故以戰續之。寬則兩軍相攻，迫則杖戟相撞，然後可建大功。是故兵勝於外，義強於內；威立於上，民服於下。今欲並天下，凌萬乘㉒，詘敵國㉓，制海內，子元元㉔，臣諸侯，非兵不可。今之嗣主㉕，忽於至道，皆惛於教㉖，亂於治，迷於言，惑於語，沉於辯，溺於辭，以此論之，王固不能行也。」

【注釋】

①神農：即炎帝。傳說他教民耕種，故稱神農。神農與下文的黃帝、堯、舜、禹等，都是傳說中的古代帝名，實即古代部落或部落聯盟的首領。補遂：古國名。②黃帝：即軒轅氏，傳說是華夏族的始祖。蚩尤：傳說中九黎部落首領，與黃帝戰於涿鹿，兵敗被殺。③堯：姓姬，名放勛，國號唐，傳位於舜。驩兜：堯的臣，因作亂而被放逐。④舜：姓姚，名重華，國號虞，傳位給禹。三苗：部落名，分布在今江西九江、湖南岳陽、湖北武昌一帶。傳說舜遷三苗於三危（在今甘肅敦煌縣）。⑤禹：夏朝開國君主，也稱大禹、夏禹，姓姒，名文命。鯀之子。奉舜命治水有功，被舜選為繼承人。共工：古代傳說人物。⑥湯：商朝開國君主，姓子，名履。原為夏朝諸侯，夏桀無道，他起兵攻桀，建立商朝，有夏：即夏朝。有，加在專有名詞前的字頭，無實義。⑦文王：姓姬，名昌，殷紂時為西方諸侯，稱西伯。崇：指崇侯虎，殷紂的卿士，助紂為虐，被文王誅殺。⑧武王：文王之子，名發。武王率諸侯在牧野打敗了紂，建立了周朝。⑨齊桓：齊桓公。任：用。⑩惡：何，哪裏。⑪使車轂擊：使臣的車轂相互撞擊，意思是說使臣來往頻繁。轂：車輪中心突出部分。⑫約從：從，同「縱」，南北為縱。山東六國從南到北結成聯盟共同御秦稱為「合縱」。⑬兵革不藏：不收藏兵甲，意思是說戰爭不息。⑭飭：同「飾」，巧，指用花言巧語游說諸侯。⑮偽態：虛偽奸惡。⑯稠濁：繁多而混亂。⑰聊賴：依靠。⑱死士：不怕死的勇士。⑲綴甲厲兵：縫好衣甲，磨厲兵器。意思是作好戰爭準備。綴，連屬，古代士卒的甲，是用皮和金屬片縫綴而成。⑳徒處：無所事事地呆著。㉑五帝：指傳說中上古時的五個帝王，即

黃帝、顓頊、帝嚳、堯、舜。三王：指夏禹、商湯、周文王。五霸：指春秋時先後稱霸的五個諸侯，即齊桓公、晉文公、宋襄公、秦穆公、楚莊王。一說是齊桓公、晉文公、楚莊王、吳王闔閭、越王勾踐。㉒萬乘：指古代能出兵車萬輛的國家。一車四馬爲一乘。㉓詘：同「屈」。㉔子：有愛護、統治的意思。統治者自稱「爲民父母」，故稱人民爲子女。元元：百姓。㉕嗣主：繼承王位的國君。㉖惛：糊塗。

說秦王書十上，而說不行，黑貂之裘敝，黃金百斤盡，資用乏絕，去秦而歸①。羸縢履蹻②，負書擔橐③，形容枯槁，面目黧黑④，狀有愧色⑤。歸至家，妻不下紝⑥，嫂不爲炊，父母不與言。蘇秦喟然嘆曰⑦：「妻不以我爲夫，嫂不以我爲叔，父母不以我爲子，是皆秦之罪也。」乃夜發書，陳篋數十⑧，得太公《陰符》之謀⑨，伏而誦之，簡練以爲揣摩⑩。讀書欲睡，引錐自刺其股，血流至足。曰：「安有說人主而不能出其金玉錦繡，取卿相之尊者乎？」期年⑪，揣摩成，曰：「此眞可以說當世之君矣。」

於是乃摩燕烏集闕⑫，見說趙王於華屋之下⑬，抵掌而談⑭，趙王大說⑮，封爲武安君⑯，受相印。革車百乘、錦繡千純⑰，白璧百雙，萬金萬鎰⑱，以隨其後。約從散橫⑲，以抑强秦。故蘇秦相於趙而關不通⑳。當此之時，天下之大，萬民之衆，王侯之威，謀臣之權，皆欲決於蘇秦之策。不費斗糧，未煩一兵，未戰一士，未絕一弦，未折一矢，諸侯相親，賢於兄弟。夫賢人任而天下服，一人用而天下從。故曰：「式於政，不式於勇㉑；式於廊廟之內，不式於四境之外。當秦之隆，黃金萬鎰爲用，轉轂連騎，炫熿於道㉒，山東之國，從風而服，使趙大重。且夫蘇秦特窮巷掘門、桑戶棬樞之士耳[23]，伏軾撙銜[24]，橫歷天下，庭說諸侯之主，杜左右之口，天下莫之伉[25]。

【注釋】

[1]去：離開。[2]羸：纏繞。縢：綁腿布。蹻：草鞋。[3]囊：一本作「橐」，口袋。[4]黧黑：黑而帶黃的顏色。[5]愧：一本作「歸」，當爲誤寫。[6]紝：織布帛的絲縷，借指織機。[7]喟然：嘆息的樣子。[8]篋：書箱[9]太公：姜太公，呂尚。《陰符》：相傳是太公所作的兵書。[10]簡：選擇。練：熟練，熟記。揣摩：反覆推測探求眞正意義。[11]期年：周年。[12]摩：逼近，切近。燕烏集闕：宮闕名。[13]趙王：趙肅侯。華屋：華麗的宮舍。[14]抵掌而談：形容談得投機。抵掌：擊掌。[15]說：同「悅」。[16]武安：在今河北武安縣。[17]純：束，捆。[18]鎰：古代重量單位，二十兩爲一鎰。[19]約從散橫：指聯合六國以抗秦，破壞別的國家與秦的連橫。[20]關不通：關，指函谷關，是秦與六國來往的要塞。關不通，就是說秦與六國斷絕了往來。[21]式：運用。[22]炫熿：顯耀。熿：同「煌」。[23]掘門：窟門，就著牆挖的小門。桑戶：用桑木做門。棬樞：用彎木做門軸。這些都是形容房屋的簡陋，說明蘇秦出身貧寒。[24]伏軾撙銜：意思是乘坐高車大馬，洋洋得意。軾：車前橫木。撙：勒住。銜：馬勒口。[25]杜：塞。伉：同「抗」。

將說楚王，路過洛陽。父母聞之，清宮除道[1]，張樂設飲，郊迎三十里；妻側目而視，側耳而聽；嫂蛇行匍伏[2]，四拜自跪而謝。蘇秦曰：「嫂，何前倨而後卑也[3]？」嫂曰：「以季子位尊而多金。」蘇秦曰：「嗟乎！貧窮則父母不子，富貴則親戚畏懼，人生世上，勢位富厚，蓋可以忽乎哉[4]！」

【注釋】

[1]宮：房屋。[2]匍伏：爬行。[3]倨：傲慢。[4]蓋：通「盍」，何，怎麼。

【譯文】

蘇秦起初用連橫的主張去游說秦惠王說：「大王的國家，西邊有巴蜀、漢中的有利條件，北邊有胡貉、代馬可以使用，南邊有巫山、黔地的險阻，東邊有殽山、函谷關的堅固。土地肥美，百姓富足，戰車上萬乘，勇士上百萬，肥沃的土地上千里，貯存的物資極其豐富，地理形勢險要，可攻可守，這正是所說的『天府之國』，是天下最强大的國家，憑著大王的賢明，士兵百姓的衆多，將士的聽命效勞，兵法的普遍教練，可以併吞諸侯，統一天下，稱帝號治理天下。請大王稍微留意我的話，讓我陳說這樣做可以收到的功效。」

秦王說：「我聽說過，羽毛還沒有長豐滿的，不可以高飛；法令不完備的，不可以用刑罰；道德修養不厚重的，不可以役使百姓；政治教化不修明的，不可以煩勞大臣。現在先生鄭重其事地不遠千里來到這裏在朝廷上教誨我，請改日再說吧。」

蘇秦說：「我本來就懷疑大王不會採納我的主張。從前神農討伐補遂，黃帝攻打涿鹿擒獲蚩尤，唐堯討代驩兜，虞舜討伐三苗，夏禹討伐共工，商湯討伐夏桀，周文王討伐崇侯虎，周武王討伐商紂，齊桓公用戰爭手段成爲諸侯霸主。從這些事情看來，哪裏有不用戰爭的呢？古時候使者的車子來來往往絡繹不絕，各國用言語結成盟約，天下成爲一體。現在講合縱連橫，武器並沒有收藏，文人辯士都花言巧語競相游說，使諸侯迷惑昏亂，各種矛盾和事端因此產生，天下繁亂得不能治理；法律條規制訂得完備，老百姓虛僞奸惡的也很多；文書、簡策繁多雜亂，老百姓反而不能豐足；上上下下都發愁，人民的日子過不下去；越是講冠冕堂皇的道理，戰爭就越多；衣著華麗的辯士越是能說會道，戰爭就越不能停止；越講那些繁雜的說教和浮誇的言辭，天下就越不能治理；說的人舌頭說破了，聽的人耳朵聽聾了，卻見不到成功。於是廢除文辭，崇尚武力，用優厚的待遇豢養不怕死的勇士，製好盔甲，磨快兵器，在戰場上決定勝負。什麼也不做卻能獲得利益，安坐不動而能擴充領土，即使是古代的五帝、三王、五霸和其他的賢明君主，想坐而得利，那也是辦不到的，所以只好用戰爭來接替文治，距離遠就擺開陣勢兩軍相攻，距離近就兵器對兵 器互相拼殺，這樣才能建立偉大的功業。因此，士兵在外面打勝仗，君主在國內施仁政，國家的威望就樹立起來了，下面的老百姓也就服從了。如今想要吞并天下，淩駕在擁有兵車萬乘的大國之上，讓敵國屈服，從而控制天下，統治萬民臣服諸侯，那是非用武力不可的。現在那些繼承王位的國君，卻忽視這至關重要的道理，被政教所昏亂，被花言巧語所迷惑，沉溺在辯論和辭令之中，照這樣看來，大王您本來就不會施行我的主張的。」

蘇秦向秦老王上書十次，而連橫的主張沒有被採納。黑貂皮衣穿破，攜帶的百斤黃金用完了，生活費用沒有了，只得離開秦國回家裹著綁腿，穿著草鞋，背著書籍，挑著行李，模樣憔悴，臉色又黑又黃，流露著慚愧的樣子。回到家裏，妻子不下織機，嫂子不給他做飯，父母不和他說話。蘇秦長嘆一聲說：「妻子不把我當丈夫，嫂子不把我當叔子，父母不把我當兒子，這都是蘇秦自己的過錯啊！」就連夜翻出書籍，把幾十箱書打開，找到了姜太公寫的名叫《陰符》的兵法書，伏案誦讀，選擇重要的熟記，反覆研究它的本意。讀書疲倦想睡的時候，就拿個錐子刺自己的大腿，鮮血直流到腳上。說道：「哪有游說君主而不能得到他的金玉錦繡、獲取卿相尊位的呢？」過了一年，他的兵法研究透了，便說：「這回眞可以游說當世的君主了。」

於是，蘇秦走到燕烏集闕，在華麗的宮殿裏拜見了趙肅侯，兩人談得拍起手來，情投意合。趙王非常高興，封蘇秦爲武安君，授給相印，還有兵車百輛，錦繡千捆，白璧百雙，黃金二十萬兩，跟在他的後面，去約集六國合縱拆散連橫，抑制强大的秦。所以蘇秦做了趙的相國後，秦國通過函谷關和各國聯繫的交通就斷絕了。這個時候，天下如此之大，百姓如此之多，王侯的威嚴，謀士的權勢，都要由蘇秦的計策決定。這樣不費一斗糧食，不用一件兵器，不用一個士兵打仗，不斷一張弦，不折一支箭，六國的諸侯就互相親善，比兄弟還好。眞是賢人當政，天下信服，一人任用，天下順從。所以說，靠政治，不靠勇敢，靠在朝廷決策，不靠在國境之外打仗。蘇秦最顯赫的時候，有二十萬兩黃金作爲費用，車輪飛轉，馬隊連綿，威風凜凜地在大道上奔馳。山東各諸侯國，聽到風聲就附從，使趙國的地位大大提高。原來蘇秦只不過是一個居住在窮街僻巷、寒屋陋室裏的窮書生罷了，拜相以後，乘坐著高車大馬，游歷天下，在各國的朝廷上游說諸侯，國君左右的人都被辯得啞口無言，天下的人沒有一個敢和他抗衡。

蘇秦將要去游說楚王，路過洛陽老家，他的父母聽說這個消息後，就收拾房屋，打掃道路，敲鑼打鼓，備辦酒席，到三十里外的郊野去迎接；他的妻子不敢正面看他，側著眼睛看他，側著耳朵聽；他的嫂嫂，像蛇一樣地爬行，伏在地上，向蘇秦跪拜請罪。蘇秦說：「嫂嫂，你爲什麼以前那樣傲慢，而現在又這樣卑下了呢？」嫂嫂說：「因爲你現在地位尊貴，又有很多金錢。」蘇秦感嘆地說：「唉！貧窮的時候，父母都不把我當兒子，富貴的時候家裏的親人都害怕。人活在世界上，權勢地位、金錢財富，怎麼可以忽視呢？」

司馬錯論伐蜀[1]《戰國策》

【題解】

本文是寫秦國關於外交軍事政策的一次著名爭論。張儀主張伐韓，司馬錯主張伐蜀，各抒己見。司馬錯眼光遠大，對當時的形勢認識很清楚，決定取實利去虛名，而又不引起諸侯警覺，他的主張合乎當時秦國的實力。他詳細陳述了利害，駁倒了張儀，秦惠王採納了他的決策。

司馬錯與張儀爭論於惠王前[2]，司馬錯欲伐蜀。張儀曰：「不如伐韓。」王曰：「請聞其說。」

對曰：「親魏善楚，下兵三川[3]，塞轘轅、緱氏之口[4]，當屯留之道[5]，魏絕南陽，楚臨南鄭[6]，秦攻新城、宜陽[7]，以臨二周之郊[8]，誅周王之罪[9]，侵楚、魏之地。周自知不救，九鼎寶器必出[10]。據九鼎，按圖籍[11]，挾天子以令天下，天下莫敢不聽，此王業也。今夫蜀，西僻之國，而戎狄之長也。敝名勞衆[12]，不足以成名；得其地，不足以爲利。臣聞：『爭名者於朝，爭利者於市。』今三川、周室，天下之市朝也，而王不爭焉，顧爭於戎狄[13]，去王業遠矣。」

【注釋】

①本篇選自《戰國策·秦策一》。司馬錯，秦人。②張儀：戰國時魏人，入秦任秦惠王相，封武信君，他以連橫的策略遊說諸侯服從秦。秦武王即位後，他入魏爲相。公元前三一〇元卒。③三川：今河南宜陽地。因黃河、洛河、伊河流經其地而得名。④轘轅：山名。在今河南偃師縣東南，山路盤曲，地勢險要。緱氏：地名，在今河南偃師縣東南，爲軍事要地。⑤屯留：地外，在今山西省屯留縣南。⑥南陽：在今河南南陽，因在太行山南，黃河以北故稱南陽。南鄭：在今河南新鄭縣，韓國都城。⑦新城：在今河南伊川縣西南。宜陽：在今河南宜陽縣西。這兩地都屬韓國。⑧二周：指建都洛陽的周王室（東周）和附近的一個小國西周。西周是周考王時分封的。⑨誅：聲討、討伐。⑩九鼎：見《臧哀伯諫納郜鼎》注。⑪圖籍：地圖，戶籍。⑫敝名：有些本子作「敝兵」。⑬顧：卻，反而。

司馬錯曰：「不然。臣聞之，欲富國者，務廣其地①；欲强兵者，務富其民；欲王者，務博其德。三資者備，而王隨之矣。今王之地小民貧，故臣願從事於易②。夫蜀，西僻之國也，而戎狄之長也，而有桀、紂之亂。以秦攻之，譬如使豺狼逐羣羊也。取其地，足以廣國也，得其財，足以富民；繕兵不傷衆③，而彼已服矣。故拔一國，而天下不以爲暴；利盡四海④，諸侯不以爲貪。是我一舉而名實兩附，而又有禁暴止亂之名。今攻韓，劫天子。劫天子，惡名也，而未必利也，又有不義之名，而攻天下之所不欲，危⑤。臣請謁其故⑥：周，天下之宗室也⑦；韓，周之與國也⑧。周自知失九鼎，韓自知亡三川，則必將二國並力合謀，以因乎齊、趙⑨，而求解於楚、魏。以鼎與楚，以地方與魏，王不能禁。此臣所謂『危』，不如伐蜀之完也⑩。」

惠王曰：「善！寡人聽子。」卒起兵伐蜀⑪，十月取之。遂定蜀。蜀主更號爲侯，而使陳莊相蜀。蜀既屬⑫，秦益强，富厚，輕諸侯。

【注釋】

①務：一定，務必。②從事於易：易，平易，與險相對而言。司馬錯認爲伐韓是危險的，伐蜀是比較容易取得成功的。③繕兵：整治軍備，加强軍隊。④四海：應爲「西海」，指蜀地。⑤危：應爲「危矣」。⑥謁：說明，陳述。⑦宗室：周王稱天子，各國諸侯都爲他所封，都應尊他爲首領，周室爲天下所宗仰，故稱宗室。⑧與國：相與交好之國，盟國。⑨因：依據，引申爲借助、利用。⑩完：有萬全的意思。⑪卒：終於。⑫屬：歸屬，歸附。

【譯文】

司馬錯和張儀在秦惠王面前爭論。司馬錯要攻打蜀國，張儀說：「不如攻打韓國。」秦惠王說：「我想聽你們說一說理由。」

張儀說：「我們先去親近魏國，友善楚國，然後出兵三川，阻塞轘轅、緱氏兩地的要道關口，擋住屯留的道路，讓魏國斷絕南陽，楚國兵臨南鄭，我們秦國進攻新城、宜陽，逼近東周西周的城郊，聲討二周君主的罪行，再去侵占楚國、魏國的土地。周王自知無法解救，一定會獻出九鼎寶器。我們占有了九鼎，按照地圖和戶籍，挾持周天子來號令天下，天子沒有誰敢不服從，這是帝王的功業啊。現在那蜀國，是西方的一個偏僻的小國，而且是戎狄的首領。我們去攻打它，士兵疲乏，百姓勞苦，卻不能揚名天下，得到它的土地也不能獲得實際利益。我聽說過：『爭名的人要到朝廷去，爭利的人要到市場去。』現在三川、周室，就是天下的朝廷和市場，大王不去爭奪，反而去爭奪戎狄，這樣離帝王大業就遠了。」

司馬錯說：「不是這樣。我聽說過：要想富國的，一定要擴大他的土地；要想强兵的，一定要使他的百姓富裕，要想稱霸天下的，一定要廣施他的德政。這三個條件具備了，那麼稱霸天下的事業也就跟著來了。如今大王的國家地方小，百姓窮，因此我願意做那容易成功的事。那蜀國是西方一個偏僻的國家，也是戎狄的首領，而且出現了夏桀、商紂那樣的亂政。如果用秦國的兵力去攻打它，就好像豺狼驅趕羊羣一樣，奪取了它的土地，可以擴大秦國的疆土，得到了它的財富，可以富裕秦國的百姓。整治軍隊不傷害老百姓，它就已經降服了。這樣滅亡一個國家，天下不認爲我們殘暴；取得了西海的財富，諸侯不認爲我們貪婪，這是一舉而名利雙收的事，並且又有禁亂止暴的好名聲。如果進攻韓國，劫持天子，劫持天子是壞名聲，而且不一定有好處，還會得個不義的名聲。況且攻取天下所反對攻取的，是很危險的！請讓我們講講理由：周室是天下的宗主，韓國是周交好的國家。周室自己知道會失去九鼎，韓國自己知道會丟掉三川，那一定會把兩國的力量聯合，依靠齊國和趙國，並且會去向楚國和魏國求救。如果周把九鼎給楚國，韓把三川給魏國，大王是不能制止的。這就是我說『危險』的原因。不如攻打蜀國萬全。」

秦惠王說：「很好！我聽你的。」最後，秦起兵攻打蜀國，十個月的時間攻克，於是平定了蜀國。蜀國的國君改稱爲侯，並派陳莊去做蜀國的相國。蜀國歸屬了秦國，秦國更加强大富裕，更加輕視各諸侯國了。

范雎說秦王 [1]《戰國策》

【題解】

本文記載了秦昭王初次接見范雎時兩人的談話。范雎在說秦王之前，正受魏國追捕，入秦之後，秦相穰侯又懼人奪權，嚴加防範，因而范雎在講話時要十分講究技巧。他先對秦王進行試探，看秦王是否願意擺脫骨肉之親和左右大臣的羈絆，聽信自己的主張，因而三問不答。談話中他幾番鋪墊，委婉道來，又故作聳聽危言，加以要挾，抓住了秦國統治者的內部矛盾，套住了秦王的心，使得秦昭王很快表態全心全意信任他。

范雎至秦，王庭迎范雎，敬執賓主之禮，范雎辭讓。是日見范雎，見者無不變色易容者。秦王屏左右，宮中虛無人。秦王跪而進曰[2]：「先生何以幸教寡人？」范雎曰：「唯唯[3]。」有間，秦王復請，范雎曰：「唯唯。」若是者三。

秦王跽曰[4]：「先生不幸教寡人乎？」

范雎謝曰：「非敢然也！臣聞昔者呂尚之遇文王也，身爲漁父而釣於渭陽之濱耳[5]。若是者交疏也[6]。已一說而立爲太師[7]，載與俱歸者，其言深也。故文王果收功於呂尚，卒擅天下，而身立爲帝王。即使文王疏呂望而弗與深言，是周無天子之德，而文、武無與成其王也。今臣，羈旅之臣也[8]，交疏於王，而所願陳者，皆匡君臣之事[9]，處人骨肉之間[10]。

願以陳臣之陋忠，而未知王心也，所以王三問而不對者是也。臣非有所畏而不敢言也，知今日言之於前，而明日伏誅於後，然臣弗敢畏也。大王信行臣之言[11]，死不足以爲臣患，亡不足以爲臣憂[12]，漆身而爲厲[13]，被髮而爲狂[14]，不足以爲臣恥。五帝之聖而死，三王之仁而死，五霸之賢而死，烏獲之力而死[15]，奔、育之勇而死[16]。死者，人之所必不免。處必然之勢，可以少有補於秦，此臣之所大願也。臣何患乎？伍子胥橐載而出昭關[17]，夜行而晝伏，至於菱水[18]，無以餬其口，膝行蒲伏，乞食於吳市，卒興吳國，闔閭爲霸。使臣得進謀如伍子胥，加之以幽囚不復見，是臣之說行也，臣何憂乎？箕子，接輿[19]，漆身而爲厲，披髮而爲狂，無益於殷、楚。使臣得同行於箕子、接輿，可以補所賢之主，是臣之大榮也，臣又何恥乎？臣之所恐者，獨恐臣死之後，天下見臣盡忠而身蹶也[20]，是以杜口裹足，莫肯向秦耳。足下上畏太后之嚴，下惑奸臣之態，居深宮之中，不離保傅之手[21]，終身暗惑，無與照奸[22]，大者宗廟滅覆，小者身以孤危，此臣之所恐耳。若夫窮辱之事，死亡之患，臣弗敢畏也。臣死而秦治，賢於生也。」

秦王跽曰：「先生是何言也！夫秦國僻遠，寡人愚不肖，先生乃幸至此，此天以寡人慁先生[23]，而存先王之廟也。寡人得受命於先生，此天所以幸先生而不棄其孤也。先生奈何而言若此！事無大小，上及太后，下至大臣，願先生悉以教寡人，無疑寡人也。」范雎再拜，秦王亦再拜。

【注釋】

[1]本篇選自《戰國策·秦策三》。范睢，字叔，魏人。因爲出使齊國時私受齊襄王賞賜而受到鞭笞，裝死方得逃脫。後來逃到秦國，上書給秦昭王，昭王用他爲相，取代了穰侯。[2]跪：古人席地而坐，以臀著足跟叫坐，直起大腿叫跪。[3]唯唯：應諾的聲音，如同「是是」、「好好」。[4]跽：長跪（跪時兩膝據地，挺直身子）。[5]呂尙：即姜太公。先世封於呂，所以稱呂尙，又稱呂望。謂陽：渭水的北岸（在今陝西岐縣）。[6]交疏：交情不深。[7]已：同「已而」，不久的意思。[8]羈旅：他鄉作客。羈，寄。旅，客。[9]匡：正，救助。[10]處人骨肉之間：指自己處在昭王與太后、穰侯之間。太后與昭王是母子，穰侯與昭王是舅甥，都是極近的親屬關係。[11]信：果眞。行：實行。[12]亡：指流亡。[13]漆身而爲厲：以漆塗身，使皮膚腫癩。厲：同「癩」。[14]被髮而爲狂：披散頭髮，假裝瘋癲。被，同「披」。[15]烏獲：秦武王時的大力士。[16]奔、育：指孟奔、夏育，戰國時的著名勇士。也作賁育。[17]伍子胥：名員，春秋時楚國人。他的父兄都被楚平王殺害，他藏在口袋裏，裝在車上逃出昭關，投奔吳國。橐：口袋。昭關：楚國關名，在今安徽含山縣西北。[18]菱水：即溧水，源出安徽蕪湖，東流入江蘇，注入太湖。[19]箕子：紂王的叔父，名胥余，封於箕。箕子諫紂不聽，便披髮裝瘋，去做奴隸。接輿：春秋時楚國的隱士，曾裝瘋避世。[20]蹶：僵僕。[21]保傅：宮中主管奉侍養育之職的女官，不是指大臣。[22]照奸：辨別奸邪。照，察出。[23]圂：同「溷」，亂，這裏是煩擾的意思。

【譯文】

范睢到了秦國，秦昭王在朝廷上迎接他，用賓主的禮節恭恭敬敬地接待，范睢辭讓不受。見到接見場面的人沒有不驚奇得臉色都變了的。秦王叫左右退下，宮中空無一人。秦王便跪在地請教說：「先生拿什麼指教我呢？」范睢說：「是是。」過了一會兒，秦王再次請教他，范睢又說：「是是。」像這樣反覆了三次，秦王長跪著說：「先生不願指教我嗎？」

范睢表歉意的說：「不敢這樣的。我聽說以前呂尙遇到文王時，他只不過是個漁父，在渭水邊釣魚。像這樣，交情是很疏遠的。後來和文王談了一次話，就被立爲太師，坐車和文王一起回去，這是因爲他言談深切。所以後來文王果眞依靠呂尙取得成功。如果當時文王疏遠呂尙，不和他深談，那就是周沒有做天子的德量，文王、武王也不能成就他們的王業。現在，我是一個外來的客卿，和大王交情不深，但是我所要陳說的，又都是匡正君臣的事情，處在您們親骨肉間，我願意表達我的愚忠，卻不知道大王的心意如何，這就是大王三次問我我不回答的原因。我不是有什麼害怕不敢說，我就是知道今天在大王面前說了，明天就要遭到誅殺，我也不會怕死的。大王果眞能實行我所說的，死亡不足以成爲我的憂患，放逐不足以使我感到憂傷，身上塗漆長出癩瘡，披頭散髮成爲瘋子，也不足以使我感到羞恥。五帝那麼聖明也死了，三王那麼仁德也死了，五霸那麼賢能也死了，烏獲那麼有力氣也死了，孟奔、夏育那麼勇敢也死了。死，是人不能避免的。如果我處在必然招來死亡的形勢，只要對秦國稍微有些補益，這就是我最大的願望了，我又有什麼可擔憂的呢？伍子胥裝在袋子裏逃出昭關，夜裏趕路白天躲藏，到了蔆水地方，沒有食物吃，便跪著爬著，在吳市乞討，後來終於振興了吳國，使吳王闔閭成爲霸主。如果我能進謀像伍子胥一樣，即使把我幽禁起來，終生不再見大王，只要我的主張能夠實行，我又有什麼可憂慮的呢？箕子和接輿身上塗漆生了癩瘡、披頭散髮成了瘋子，對於殷朝和楚國卻沒有助益，如果我像箕子和接輿那樣，只要對賢明大王有所幫助，這就是我最大的光榮了，又怎麼會感到羞恥呢？我所怕的，只是怕我死了以後，天下的賢士看到我盡忠卻被殺，因而都閉了嘴巴、停了腳步，沒有人肯到秦國來了。現在大王上面怕太后的威嚴，下面被奸臣的奸邪迷惑，住在深宮裏面，離不開宮中保傅的服侍，終身迷惑不明，沒有誰和您一起明察奸邪；這樣大則使國家覆滅，小則自身孤危，這是我最擔心的了。像那窮困受羞的事，死亡的憂患，卻不是我敢害怕的。我死了而秦國能得到治理，那比我活著還要好得多。」

秦王長跪著說：「先生這是什麼話！秦國地處偏僻荒遠，我又愚蠢沒有能力，幸而先生來到這裏，這是上天要讓我來煩擾先生，保存我先王的宗廟。我能夠領受先生的指教，這是上天寵愛我先王又不遺棄我啊。先生爲什麼說這樣的話呢！現在事情不論大小，上到太后，下到大臣，希望先生一概指教我，不要再疑心我了。」范睢拜了兩拜，秦王也拜了兩拜。

鄒忌諷齊王納諫 [1]《戰國策》

【題解】

鄒忌從家庭親友間的微妙關係領悟到政治上的一番大道理，因而現身說法，諷諫齊王。告誡君主不可受蒙蔽，而必須廣開言路，虛心納諫。並非危言聳聽，卻也發人深省。類比真切，語言生動，清吳楚材評說：「千古臣諂、君蔽、興亡關頭，從閨房小語破之，快哉！」

鄒忌修八尺有餘[2]，而形貌膚麗[3]。朝服衣冠[4]，窺鏡，謂其妻曰：「我孰與城北徐公美？」其妻曰：「君美甚，徐公何能及君也！」城北徐公，齊國之美麗者也。忌不自信，而復問其妾曰：「吾孰與徐公美？」妾曰：「徐公何能及君也！」旦日[5]，客從外來，與坐談，問之：「吾與徐公孰美？」客曰：「徐公不若君之美也。」明日，徐公來，孰視之，自以爲不如。窺鏡而自視，又弗如遠甚。暮，寢而思之，曰：「吾妻之美我者，私我也[6]；妾之美我者，畏我也；客之美我者，欲有求於我也。」

於是入朝見威王，曰：「臣誠知不如徐公美。臣之妻私臣，臣之妾畏臣，臣之客欲有求於臣，皆以美於徐公。今齊，地方千里，百二十城，宮婦左右莫不私王[7]，朝廷之臣莫不畏王，四境之內莫不有求於王。由此觀之，王之蔽甚矣！」

王曰：「善！」乃下令：「羣臣吏民能面刺寡人之過者⑧，受上賞；上書諫寡人者，受中賞；能謗議於市朝⑨，聞寡人之耳者，受下賞。」令初下，羣臣進諫，門庭若市，數月之後，時時而間進，期年之後，雖欲言，無可進者。

燕、趙、韓、魏聞之，皆朝於齊。此所謂「戰勝於朝廷」。

【注釋】

①本篇選自《齊策》。鄒忌：齊威王相，有辯才。諷：諷喻，用比喻，隱語或故事來打動對方，使對方自覺地接受意見。②修：長。八尺：古時候一尺約相當於現在七寸。③膚麗：容貌美麗。④朝：早晨。服：穿載。⑤旦日：明日。⑥私：偏愛。⑦宮婦左右：宮廷裏面的后妃以及左右侍候太監宮女等。⑧刺：指責。⑨謗議：指責議論。市朝：指公共集會場所。市：做買賣的地方；朝：百宮集會的地方。

【譯文】

鄒忌身高八尺多，容貌漂亮。一天早晨，他穿戴好衣服，照著鏡子，對他妻子說：「我和城北的徐公，誰漂亮？」他的妻子說：「您漂亮極了，徐公哪能比得上您呢！」城北徐公，是齊國的美男子。鄒忌自己不相信，又問他的妾說：「我和徐公，誰漂亮？」妾說：「徐公哪能比得上您呢！」第二天，有位客人從外邊來，鄒忌和他坐著談話，問他的客人說：「我和徐公，誰漂亮？」客人說：「徐公不如您漂亮啊！」

又過了一天，徐公來了，鄒忌仔細地看他，自己認爲不如徐公漂亮。照著鏡子看自己，更覺得自己相差很遠。晚上，他躺在床上想這件事，悟出了一番道理：「我的妻子說我漂亮，是因爲偏愛我；我的妾說我漂亮，是因爲怕我，客人說我漂亮，是因爲有求於我。」

於是，鄒忌就進朝去見齊威王，說：「我確實知道自己不如徐公漂亮。可是，我的妻子偏愛我，我的妾怕我，我的客人有求於我，都說我比徐公漂亮。如今齊國方圓一千里，城池一百二十座。宮裏的后妃和左右的近臣，沒有誰不偏愛大王；朝廷的大臣，沒有誰不怕大王，國境之內，沒有誰不對大王有所求。這樣看來，大王受的蒙蔽太厲害了。」

齊威王說：「好！」就下了一道命令：「文武百官和百姓能夠當面指出我的過錯的，受上等賞；上書勸諫我的，受中等賞；能在公共場所指責議論我讓我聽到的，受下等賞。」命令剛下達時，羣臣紛紛進諫，宮門口和院子裏像鬧市一樣人來人往；幾個月之後，要隔一段時間才間或有人進諫；一年以後，即使有人想說也沒有什麼可進諫的了。

燕、趙、韓、魏各國聽到這個情況，都到齊國朝見。這就是人們說的「在朝廷上戰勝了敵人。」

顏斶説齊王[1]《戰國策》

【題解】

戰國時代，許多文士遊説諸侯，以獵取高官厚祿。但也有人不慕利祿，不畏橫強，潔身自愛，本篇的顏斶就是如此。面對驕橫的齊王，他毫不退讓，針鋒相對，義正辭嚴，旁徵博引地論證了士比王貴重。更難得的是，勝論之後，對齊王的厚賜他不屑一顧。他高潔的氣節和齊王倨傲的神態都通過全篇的對話表現出來了，結尾以「君子」的贊詞結束，很有分量。

齊宣王見顏斶，曰：「斶前！」斶亦曰：「王前！」宣王不悅。左右曰：「王，人君也，斶，人臣也。王曰：『斶前』，斶亦曰：『王前』，可乎？」斶對曰：「夫斶前爲慕勢，王前爲趨士[2]，與使斶爲慕勢，不如使王爲趨士。」王忿然作色曰：「王者貴乎？士貴乎？」對曰：「士貴耳，王者不貴。」王曰：「有説乎？」斶曰：「有。昔者秦攻齊，令曰：『有敢去柳下季壟五十步而樵采者[3]，死不赦！』令曰：『有能齊王頭者，封萬戶侯，賜金千鎰！』由是觀之，生王之頭，曾不若死士之壟也[4]。」

宣王曰：「嗟乎，君子焉可侮哉！寡人自取病耳[5]。願請受爲弟子。且顏先生與寡人遊[6]，食必太牢[7]，出必乘車，妻子衣服麗都[8]。」顏斶辭去，曰：「夫玉生於山，制則破焉；非弗寶貴矣，然太璞不完[9]。士生乎鄙野，推選則祿焉；非不尊遂也[10]，然而形神不全。斶願得歸，晚食以當肉[11]，安步以當車，無罪以當貴，清淨貞正以自虞[12]，則再拜而辭去。

君子曰：「斶知足矣，歸眞反璞，則終身不辱。」

【注釋】

[1]本篇選自《戰國策・齊策四》，有部分刪節。顏斶，齊國的隱士。[2]趨士：指禮賢下士。[3]柳下季：即柳下惠，春秋時魯國高士。見《展禽論祀爰居》注。[4]曾：竟然。[5]病：羞辱。[6]遊：交往。[7]太牢：一豬、一牛、一羊，三牲具備，叫「太牢」。[8]麗都：華美。[9]璞：蘊藏著玉的石塊。[10]尊遂：尊貴顯達。遂，達。[11]晚食以當肉：意思是，把飯吃遲一些，雖然沒有好吃的，但是因爲飢餓而感到香甜，抵得上吃肉。[12]虞：同「娛」，快樂。

【譯文】

齊宣王召見顏斶，說：「顏斶，到我跟前來！」顏斶也對齊宣王說：「大王，到我跟前來。」齊宣王很不高興。左右的人說：「大王是君主，你是臣下。大王說『顏斶到我跟前來』，你也說『大王到我跟前來』，這可以嗎？」顏斶回答說：「我到大王跟前去，是貪慕權勢，大王到我跟前來，是禮賢下士。與其讓我做個貪慕權勢的，不如讓大王禮賢下士。」宣王忿忿地板起面孔說：「君王尊貴呢？還是士尊貴？」顏斶說：「士尊貴，君王不尊貴。」宣王說：「有解說嗎？」顏斶說：「有。」從前秦國攻打齊國，下命令說：「有誰敢到離柳下季墳墓五十步之內的地方去砍柴，判處死刑，不赦免。」又下命令說：「有誰取得齊王的頭，封他爲萬戶侯，賞給黃金二萬兩。」從這裡看來，活著的君王的頭，還不如死了的賢士的墳墓。」

齊宣王說：「唉！君子怎麼能夠侮辱呢？我自取羞辱了。我希望您收我做弟子。只要顏先生和我交往，吃的一定是豬牛羊三牲，出門一定乘坐車輛，您的妻子兒女都能穿上華麗的衣服。」顏斶辭謝說：「那玉生在山中，一加工製作就把璞弄破了；玉不是不寶貴，但是它的本來面目已經全非了；士生活在偏僻的山野，一經推選得到俸祿，這並非不尊貴，可是他的形體精神已經不能保持本色。我情願回去，遲一點吃飯，就權當吃肉，慢步走路，就權當坐車，沒什麼罪過，就權當富貴，清淨正直地生活，自得其樂。」就向齊宣王拜了兩拜，告辭離開了。

君子說：「顏斶很知足，反璞歸眞，那麼終身都不會蒙受羞辱。」

馮諼客孟嘗君[1]《戰國策》

【題解】

本文記敘出身貧窮的馮諼寄食於孟嘗君的門下，開始受到人們輕視，三次彈鋏而歌表示感嘆，後來在幫助孟嘗君焚券市「義」，迫齊王復相，建宗廟於薛等「營造三窟」的工作中，表現出卓越的政治才能，鞏固了孟嘗君的地位。文章反映了士在當時政治生活中的重要作用。全篇情節曲折而波瀾起伏，清朝余誠曾評它：「真有武夷九曲，步步引人入勝之致。」

齊人有馮諼者，貧乏不能自存，使人屬孟嘗君[2]，願寄食門下[3]。孟嘗君曰：「客何好？」曰：「客無好也。」曰：「客何能？」曰：「客無能也。」孟嘗君笑而受之，曰：「諾。」

左右以君賤之也，食以草具[4]。居有頃，倚柱彈其劍，歌曰：「長鋏歸來乎[5]，食無魚！」左右以告。孟嘗君曰：「食之，比門下之客。」居有頃，復彈其鋏，歌曰：「長鋏歸來乎，出無車！」左右皆笑之，以告。孟嘗君曰：「爲之駕，比門下之車客[6]。」於是乘其車，揭其劍[7]，過其友，曰[8]：「孟嘗君客我！」後有頃，復彈其劍鋏，歌曰：「長鋏歸來乎，無以爲家[9]！」左右皆惡之，以爲貪而不知足。孟嘗君問：「馮公有親乎？」對曰：「有老母。」孟嘗君使人給其食用，無使乏，於是馮諼不復歌。

【注釋】

[1]文本節選自《戰國策．齊策四》。馮諼：一本作「馮煖」，《史記》作「馮驩」。孟嘗君：姓田名文，齊王室貴族，任相國，孟嘗君是封號，封地在薛。[2]屬同「囑」。囑托，介紹。[3]寄食：依靠別人吃飯。[4]食：給……吃。草具：本指裝盛粗劣飲食的食具，此代指粗糙的食物。[5]鋏：劍把。長鋏，這裡代指長劍。[6]車客：出門可以乘車的食客。[7]揭：高舉。[8]過：拜訪，探望。[9]家：養家。

後孟嘗君出記[1]，問門下諸客：「誰習計會[2]，能爲文收責於薛者乎[3]？」馮諼署曰[4]：「能。」孟嘗君怪之，曰：「此誰也？」左右曰：「乃歌夫『長鋏歸來』者也。」孟嘗君笑曰：「客果有能也！吾負之[5]，未嘗見也。」請而見之，謝曰：「文倦於是[6]，憒於憂[7]，而性懦愚，沉於國家之事，開罪於先生。先生不羞，乃有意欲爲收責於薛乎？」馮諼曰：「願之。」於是約車治裝，載券契而行[8]。辭曰：「責畢收，以何市而反[9]？」孟嘗君曰：「視吾家所寡有者。」

驅而之薛[10]，使吏召諸民當償者，悉來合券。券遍合，起矯命[11]，以責賜諸民，因燒其券，民稱萬歲。

長驅到齊[12]，晨而求見。孟嘗君怪其疾也，衣冠而見之[13]，曰：「責畢收乎？來何疾也？」曰：「收畢矣。」「以何市而反？」馮諼曰：「君云『視吾家所寡有者』，臣竊計[14]，君宮中積珍寶，狗馬實外廄[15]，美人充下陳[16]，君家所寡有者，以義耳。竊以爲君市義。」

孟嘗君曰：「市義奈何？」曰：「今君有區區之薛，不撫愛子其民，因而賈利之[17]。臣竊矯君命，以責賜諸民，因燒其券，民稱萬歲，乃臣所以爲君市義也。」孟嘗君不説，曰：「諾，先生休矣。[18]」

【注釋】

[1]記：通告。[2]計會：算帳，管理財務。[3]文：田文，孟嘗君自稱其名。責：同「債」。薛：孟嘗君的封地，故城在今山東藤縣東南。[4]署：簽名。[5]負：虧待。[6]是：指政事。[7]憒：困擾。[8]券契：指債卷，關於債務的契約。[9]市：買。反：同「返」。[10]驅：趕著車子。[11]矯命：假托孟嘗君的命令。矯：假託。[12]長驅：驅車直前，不在中途逗留。[13]衣冠而見之：穿載整齊，表示恭正。[14]竊：私自，謙詞。[15]實：充實，充滿。[16]下陳：古代統治階級堂下陳放禮品，站列婢妾的地方。[17]賈利：用商人的手段去取利。指向老百姓放債榨取利息。[18]休矣：意思是得了，算了。

後期年，齊王謂孟嘗君曰：「寡人不敢以先王之臣爲臣[1]！」孟嘗君就國於薛[2]。未至百里。民扶老攜幼，迎君道中。孟嘗君顧謂馮諼：「先生所爲文市義者，乃今日見之！」馮諼説：「狡兔有三窟，僅能免其死耳！今有一窟，未得高枕而臥也。請爲君復鑿二窟。」孟嘗君予車五十乘，金五百斤，西游於梁[3]。謂梁王曰：「齊放其大臣孟嘗君於後諸侯，先迎之者，富而兵強。」於是梁王虛上位，以故相爲上將軍，遣使者，黃金千斤，車百乘，往聘孟嘗君。馮諼先驅，誡孟嘗君曰：「千金，重幣也[4]，百乘，顯使也。齊其聞之矣！」梁使三反，孟嘗君固辭不往也。

齊王聞之，君臣恐懼。遣太傅齎黃金千斤[5]，文車二駟[6]，服劍一[7]，封書謝孟嘗君曰：「寡人不祥[8]，被於宗廟之祟[9]，沉於諂諛之臣[10]，開罪於君。寡人不足爲也[11]，願君顧先王之宗廟，姑返國統萬人乎[12]！」馮諼誡孟嘗君曰：「願請先王之祭器，立宗廟於薛[13]。」廟成，還報孟嘗君曰：「三窟已就，君姑高枕爲樂矣。」

孟嘗君爲相數十年，無纖介之禍者[14]，馮諼之計也。

【注釋】

[1]「寡人」句：這是罷免孟嘗君職務的一種辭令。孟嘗君在齊宣王時任丞相，齊宣王死後，齊湣王繼位。湣王是宣王的兒子。所以這樣說。[2]就國：回到自己的封地。[3]梁：即魏國。魏建都大梁，故又稱「梁」。[4]重幣：貴重的禮物。[5]齎：帶著。[6]文車：飾有花紋的車。駟：四匹馬拉的車，這裡作量詞。[7]服劍：齊王自己佩的劍。[8]不祥：不善。[9]被：遭受。祟：災禍。[10]諂諛：阿諛逢迎。[11]爲：幫助，輔佐。[12]統：治理，統率。[13]立宗廟於薛：在薛建立齊國先王的宗廟。孟嘗君是齊國王室成員之一，因此可以請求立宗廟。薛有宗廟，齊國一定全力保護，不必擔心外來侵犯。同時可以使孟嘗君的地位更加鞏固。[14]纖介：細小。纖，細。介，同「芥」，小草。

【譯文】

齊國有個叫馮諼的人，貧困得不能養活自己，托人介紹給孟嘗君，希望在孟嘗君門下混口飯吃。孟嘗君問「客人有什麼愛好？」來人說：「客人沒什麼愛好。」孟嘗君問：「客人有什麼才能？」來人說：「沒有什麼才能。」孟嘗君笑著答應說：「好吧。」

左右的人認爲孟嘗君輕視他，就給他吃粗劣的飯食。過了不久，馮諼靠在柱子上彈著他的長劍唱道：「長劍啊，咱們回去吧，吃飯沒有魚。」左右的人把這件事告訴了孟嘗君，孟嘗君說：「照門下吃魚的客人的待遇給他吃。」過了不久，馮諼又彈著他的劍，唱道：「長劍啊，咱們回去吧，出門沒有車。」左右的人都譏笑他，把這件事報告了孟嘗君。孟嘗君說：「給他備車吧，如同門下有車的客人。」於是馮諼坐上他的車，舉著他的劍去拜訪他的朋友，說：「孟嘗君把我當客人對待。」這以後又過了一段時間，馮諼又彈起他的劍，唱道：「長劍啊，咱們回去吧！沒有什麼用來養家。」左右的人都很厭惡他，認爲他貪心不足，孟嘗君問：「馮先生有親人嗎？」他回答說：「有位老母親。」孟嘗君派人供給她衣食費用，不讓她缺少什麼。從此，馮諼不再彈劍唱歌了。

後來，孟嘗君出了個告示，問門下的客人：「有誰熟悉算帳理財，能夠替我到薛地去收債？」馮諼簽名說：「我能。」孟嘗君看了感到奇怪，就問：「這是誰呀？」左右的人說：「就是那個唱『長劍啊，咱們回去吧』的人。」孟嘗君笑著說：「這位客人果然有才能，我虧待了他，還沒有接見過他呢！」就派人請他來相見。孟嘗君道歉說：「我被政事弄得很疲倦，被憂慮弄得心煩心亂，又生性懦弱愚笨，沉溺在國家的事務中，得罪了先生，先生不以爲羞辱，還有意替我到薛地去收債嗎？」馮諼說：「我願意去。」就準備車馬，整理行裝，裝著收債契約就要出發。辭行的時候馮諼問：「債收完後，買些什麼東西回來？」孟嘗君說：「看我家缺少什麼。」

馮諼趕著車到了薛地，派官吏召集應該還債的百姓，都來核對債約，債約都核對完了，馮諼假傳孟嘗君的命令，把借款賞賜給百姓，就燒掉了他們的債約，百姓歡呼萬歲。

馮諼馬不停蹄地趕回齊國都城，清晨就求見孟嘗君。孟嘗君對他這麼快回來感到很奇怪，就穿戴好衣帽去接見他，問道：「債收完了嗎？怎麼回來得這麼快？」馮諼說：「收完了。」孟嘗君又問：「用債款買了什麼回來？」馮諼說：「您說『看我家裡缺少什麼』，我私下考慮，您家裡堆滿了珍寶，良狗駿馬擠滿了外面的牲口棚，美女站滿了堂下。您家缺少的，是『義』。我私下替您買回了『義』。」孟嘗君問：「買『義』怎麼買的？」馮諼說：「現在您只有一塊小小的薛地，不把那裡的百姓當作子女一樣撫愛，卻用商人的手段向他們謀取利息。我已經私下假託您的命令，把債款賜給百姓了，因此燒了他們的債約，百姓歡呼萬歲，這就是我給您買的『義』。」孟嘗君不高興，說：「好吧，先生算了吧。」

過了一年，齊王對孟嘗君說：「我不敢把先王的臣子作爲我的臣子。」孟嘗君只好回到自己的封地薛地去住。走到離薛地還有一百里的地方，百姓扶老攜幼，在大路上迎接孟嘗君，整整有一天，孟嘗君回頭對馮諼說：「先生替我買的『義』，竟在今天看到了。」

馮諼說：「聰明的兔子有三個洞穴，僅僅能夠免除死亡。如今您只有一個洞穴，還不能高枕無憂睡大覺啊。請讓我爲您再鑿兩個洞穴。」孟嘗君給他車子五十輛，黃金五百斤，到西方去游說梁國。馮諼對梁惠王說：「齊王放逐他的大臣孟嘗君到諸侯國去，先迎接他的諸侯，能使自己的國家富足，軍隊强大。」於是梁惠王空出最高的官位，把原來的相國調任做上將軍，派遣使者帶著黃金千斤，馬車百輛去聘請孟嘗君。馮諼搶先回來告訴孟嘗君說：「黃金千斤，是貴重的聘禮，車子百輛，是顯赫的使者，齊王大概聽到這件事了。」梁國的使者往返了多次，孟嘗君堅決推辭不去。

齊王聽到這些情況，君臣都很恐慌，就派太傅送去黃金千斤，華麗的車子二輛，佩劍一把，封好書信向孟嘗君道歉說：「我不好，遭受祖宗降給的災禍，被諂媚逢迎的奸臣所迷惑，得罪了您。我是不值得您輔佐的，只希望您顧念先王的宗廟，暫時回來統率萬民吧。」馮諼告訴孟嘗君說：「希望您向齊王求得祭祀先王的禮器，在薛地建立宗廟。」宗廟建成了，馮諼回去向孟嘗君報告說，「三個洞穴已經鑿好，您姑且高枕而臥，過快樂日子吧。」

孟嘗君做了幾十年相國，沒有一丁點的災禍，這都是由於馮諼的計策啊。

趙威后問齊使 [1]《戰國策》

【題解】

本文寫趙威后對齊使的七次發問，表現了趙威后以民爲本的政治思想。篇中一直問到底七次問話，整齊中寓有變化，說理充分而氣勢逼人。

齊王使使者問趙威后[2]，書未發[3]，威后問使者曰：「歲亦無恙耶[4]，民亦無恙耶？王亦無恙耶」使者不說，曰：「臣奉使使威后，今不問王，而先問歲與民，豈先賤而後尊貴者乎？」威后曰：「不然。苟無歲，何以有民？苟無民，何以有君？故有問舍本而問末者耶[5]？」

乃進而問之曰：「齊有處士曰鍾離子[6]，無恙乎？是其爲人也，有糧者亦食，無糧者亦食；有衣者亦衣，無衣者亦衣。是助王美其民也，何以至今不業也[7]？葉陽子無恙乎？[8]是其爲人，哀鰥寡[9]，恤孤獨[10]，振困窮[11]，補不足，是助王息其民者也[12]，何以至今不業也？北宮之女嬰兒子無恙耶[13]？撤其環瑱[14]，至老不嫁，以養父母，是皆率民而出於孝情者也，胡爲至今不朝也[15]？此二士弗業，一女不朝，何以王齊國、子萬民乎？於陵子仲尚存乎[16]？是其爲人也，上不臣於王，下不治其家，中不索交諸侯[17]，此率民而出乎於無用者，何爲至今不殺乎？」

【注釋】

①本篇選自《戰國策·齊策四》。趙威后：趙惠文王的王后，惠文王死時，其子孝成王尚幼，由威后執政。②齊王：這裡指齊襄王，齊閔王之子，名法章。③書：信。發：拆封，啓封。④歲：年成。恙：災禍疾病。⑤本：根本。末：末節。⑥處士：隱士。有才能而不出來做官的人。鍾離子：鍾離是複姓，子，是尊稱。⑦不業：不使他成就功業，意即不用他。⑧葉陽子：齊國隱士。葉陽，複姓。⑨鰥：年老無妻或喪妻的男子。寡：寡婦。⑩孤：年少無父。獨：年老無子。⑪振：同「賑」，救濟。⑫息：繁殖。⑬北宮：複姓。嬰兒子：北宮之女的名字，齊國有名的孝女。⑭環：耳環，臂環。瑱：作耳環的玉。⑮不朝：不上朝。古代婦女有封號的才能上朝，所以這裡「不朝」是指不加封號。⑯於陵：齊國邑名，在今山東省鄒縣東南。子仲：齊國隱士。⑰索交：求交，結交的意思。

【譯文】

齊襄王派使者去問候趙威后。齊王寫給趙威后的信還沒有啓封，趙威后就問使者說：「今年的收成好吧？百姓平安無事吧？大王也健康吧？」使者很不高興，說：「我奉命出使到威后這裡來，現在您不先問候齊王，卻先問收成和百姓，怎麼把卑賤的擺在前面，把尊貴的放在後面？」趙威后說：「不是這樣的。假如沒有收成，哪裡還有老百姓？假如沒有老百姓，哪裡還有君主呢？難道有詢問不先問根本而先問末節的嗎？」

威后又進一步對使者說：「齊國有個處士叫鍾離子的，他好嗎？他的爲人，對有糧食的人給吃，對沒糧食的人也給吃，對有衣穿的人給穿，對沒衣穿的人也給穿。這是幫助齊王撫養百姓，爲什麼到現在還不任用他呢？葉陽子好嗎？他的爲人，憐憫鰥夫寡婦，撫恤孤兒孤老，救濟貧窮的人，幫助缺衣少食的人，這是幫助百姓生息繁衍的人，爲什麼到現在還不任用他呢？北宮氏的女兒嬰兒子好嗎？她摘掉身上的首飾，一直到老都不出嫁，盡心奉養父母。這是帶領百姓奉行孝道的人，爲什麼到現在還不給她加封號讓她上朝呢？這兩個隱士不被任用，這個孝女不加封號，憑什麼治理齊國、撫愛百姓呢？於陵子仲還活著嗎？他的爲人，上不肯向國君稱臣，下不治理他的家，中不求與諸侯結交，這是帶動百姓毫無作爲的人，爲什麼到現在還不把他殺掉呢？」

莊辛論幸臣 [1]《戰國策》

【題解】

戰國末年，楚懷王被秦王騙去不得歸，懷王兒子襄王立爲國君。他不思報仇，天天和一些逢迎取寵的臣子一起玩樂，莊辛規勸他不聽，就避到趙國去。不到半年，秦國侵占了楚的大片土地，攻下楚國國都，襄王逃到城陽，把莊辛請回來，問他怎麼辦，莊辛就説了這段話。這篇勸諫之詞運用了一系列生動的故事進行類比，説明貪圖安逸、喪失警惕必將招致嚴重後果。從小到大，從物到人，遠遠説來，漸漸逼入。最後點破題面，令人毛骨悚然，具有很强的説服力和感染力。

臣聞鄙語曰[2]：「見兔而顧犬，未爲晚也，亡羊而補牢，未爲遲也。」臣聞昔湯、武以百里昌，桀、紂以天下亡。今楚國雖小，絕長續短[3]，猶以數千里，豈特百里哉！

王獨不見夫蜻蛉乎[4]？六足四翼，飛翔乎天地之間，俯啄蚊虻而食之，仰承甘露而飲之，自以爲無患，與人無爭也。不知夫五尺童子，方將調飴膠絲[5]，加己乎四仞之上[6]，而下爲螻蟻食也。

夫蜻蛉其小者也，黃雀因是以[7]。俯噣白粒[8]，仰棲茂樹，鼓翅奮翼，自以爲無患，與人無爭也。不知夫公子王孫，左挾彈，右攝丸，將加己乎十仞之上，以其類爲招[9]，晝游乎茂樹，夕調乎酸鹹[10]，倏忽之間，墜於公子之手[11]。

夫黃雀其小者也，黃鵠因是以[12]，游乎江海，淹乎大沼[13]，俯噣鱔鯉，仰嚙菱衡[14]，奮其六翮[15]，而凌清風，飄搖乎高翔，自以爲無患，與人無爭也。不知夫射者，方將修其碆盧[16]，治其矰繳[17]，將加己乎百仞之上，被⿰監刂磻[18]，引微繳，折清風而抎矣[19]，故晝游乎江湖，夕調乎鼎鼐[20]。

【注釋】

[1]本篇節選自《戰國策·楚策四》。莊辛：楚臣，楚莊王的後代，故以莊爲姓。幸臣：君主寵愛的臣子。[2]鄙語：俗語。[3]絕長續短：截長補短。[4]蜻蛉：蜻蜓。[5]貽：糖漿，粘汁。膠絲：塗在絲線上。[6]加：加害。仞：古代長度單位，一仞爲七尺。也有的說一仞爲八尺。[7]因是以：如同這樣。因：如同。是：這樣。以：同「已」，語氣助詞。[8]噣：同「啄」。白粒：米。[9]以其類爲招：類，同類。招，招誘。另一動解釋：清王念孫以爲「類當爲頸」。招：靶子，目標。意思是拿它的頸部作爲靶子。[10]調乎酸鹹：用酸鹹調味，指被烹煮。[11]「倏忽」兩句：清王念孫認爲這兩句是後人妄加的；金正煒則認爲這兩句應在「晝游」句之前。[12]黃鵠：天鵝。[13]淹：滯留，這裡是棲息的意思。[14]衡：同「蘅」，水草。[15]六翮：鳥翅上的六根大羽毛，俗稱大翎，這裡指鳥翅。[16]碆：石制的箭頭。盧：黑色的弓。[17]矰：短箭。繳：系在箭上的生絲線。[18]被⿰監刂磻：被，遭受。⿰監刂，鋒利。磻，同「碆」，石箭。[19]抎：同「隕」，墜落。[20]鼎：古代燒煮食物的炊具。鼐：大鼎。

夫黃鵠其小者也，蔡靈侯之事因是以[1]，南游乎高陂[2]，北陵乎巫山[3]，飲茹谿流之流[4]，食湘波之魚[5]，左抱幼妾，右擁嬖女，與之馳騁乎高蔡之中[6]，而不以國家爲事。不知夫子發方受命乎宣王[7]，繫己朱絲而見之也[8]。

蔡聖侯之事其小也，君王之事因是以。左州侯[9]，右夏侯[10]，輦從鄢陵君與壽陵君[11]，飯封祿之粟⑫，而戴方府之金⑬，與之馳騁乎雲夢之中⑭，而不以天下國家爲事。不知夫穰侯方受命乎秦王⑮，填黽塞之內，而投己乎黽塞之外⑯。

【注釋】

①蔡靈侯：蔡國的國君，公元前五百三十一年被楚靈王誘殺。蔡國在今河南省上蔡縣，即下文的「高蔡」。②高陂：楚地名。③陵：登。④茹溪：源出巫山，在今四川省巫山縣以北。⑤湘波：湘水，源出廣西靈川縣，入今湖南，注入洞庭湖。⑥高蔡：即蔡國。⑦子發：楚大夫。靈王：一本作「宣王」。⑧朱絲：紅色的繩索。⑨州侯：楚襄王寵臣。⑩夏侯：楚襄王寵臣。⑪輦：上古指用人拉的車，秦漢後專指帝王坐的車。鄢陵君、壽陵君：都是襄王的寵臣。⑫封祿：封地。⑬方府：楚國財庫名。⑭雲夢：古譯名，在今湖北中部，跨長江兩岸，包括洞庭湖。⑮穰侯：即魏冉，秦昭王相國，封於穰。秦王，指秦昭王。⑯「填黽塞」兩句：填：同「鎮」，鎮守這裡是占領的意思。黽塞：即平靖關，在今河南信陽市南。黽塞之內：指黽塞南被秦國占領了的地方。黽塞之外：當時楚襄王逃到城陽，城陽在黽塞以北，所以稱黽塞之外。

【譯文】

我聽到一句俗語說：「看到兔子才回頭喚獵狗去追，還不算晚，丟了羊才去修補羊圈，還不算遲。」從前商湯、周武王憑著一百里的小地方昌盛起來，夏桀、商紂雖擁有天下卻亡了國。現在楚國雖然小，截長補短拼湊起來算一下，還有方圓幾千里的土地，豈只一百里呢！

大王看見過那蜻蜓嗎？六條腿四個翅膀，在天地間自由地飛翔，向下可以啄食蚊、虻，向上可以接飲甜美的露水，自以爲沒有什麼禍患，和人沒有爭奪。它不知道那五尺高的小孩子，正在調製沾液塗在絲線上，在四仞高的空中加害自己，掉下來成爲螻蟻的食物。

那蜻蜓恐怕是小的例子，黃雀也是這樣。它向下啄食米粒，飛上去棲息在茂盛的樹林裡，鼓動翅膀飛翔，自以爲沒有什麼禍患，和人沒有爭奪。它不知道那公子王孫，左手拿著彈弓，右手拿著彈丸，要在十仞高的空中加害自己，用它的同類招誘它加以捕捉。它白天還在茂盛的樹林裡飛來飛去，晚上就被酸鹹調和做成美食了。頃刻之間，就落到公子手裡。

那黃雀的事還是小的事情，天鵝也是這樣。它在大江大海裏浮游，棲息在湖沼中，低頭吞吃鱔

魚、鯉魚，仰頭咀嚼菱角水草，它扇動翅膀，駕著清風，飄飄搖搖地在天空中飛翔，自以為沒有什麼禍患，跟人沒有爭奪。它不知道那獵人正在修整它的石箭和黑弓，收拾他繫著絲線的箭，將要在百仞高的空中加害自己，它中了鋒利的石箭，拖著輕細的絲繩，以清風中落下來。白天，它還在江湖中浮游，晚上就被放在鼎鍋裡烹煮了。

那天鵝的事還是小事情，蔡靈侯的事也是這樣。他往南遊玩了高陂，向北攀登了巫山，喝著茹溪的水，吃著湘江的魚，左手抱著年輕的姬妾，右手摟著寵愛的美女，和她們在上蔡的原野上放馬奔馳，却不把國家政務當作一回事。他不知道子發正接受楚靈王的命令，用紅繩綁著自己去見楚靈王。

蔡靈侯的事還是小事，大王您的情況也是這樣。您左邊有州侯，右邊有夏侯，車後跟著鄢陵君和壽陵君，吃著封地進貢的糧食。裝載著國庫裡的錢財，和他們駕車在雲夢澤裡游玩，却不把國家政務當一回事。您不知道穰侯正接受秦昭王的命令，率領軍隊占領了黽塞之南，而把您趕到了黽塞之北。

觸讋說趙太后[1]《戰國策》

【題解】

本篇記敘的是觸讋巧妙地勸諫趙太后讓兒子到齊國做人質的故事，告訴人們一個深刻的道理：「父母之愛子，則為之計深遠。」文章成功地塑造了觸讋這個富有生活經驗、善於進諫的老臣形象。面對氣盛偏執、溺愛幼子的趙太后，他採取迂迴曲折，因勢利導的方法，巧妙地說服了她。作者用細緻的筆觸刻劃了人物的言談舉止，傳神地表現了人物的情緒和性格。

趙太后新用事[2]，秦急攻之。趙氏求救於齊，齊曰：「必以長安君為質[3]，兵乃出。」太后不肯。大臣強諫。太后明謂左右：「有復言令長安君為質者，老婦必唾其面。」

左師觸讋言願見[4]。太后盛氣而揖之[5]。入而徐趨[6]，至而自謝，曰：「老臣病足，曾不能疾走，不得見久矣，竊自恕，恐太后玉體之有所郄[7]，故願望見。」太后曰：「老婦恃輦而行。」曰：「日食飲得無衰乎[8]？」曰：「恃鬻耳[9]。」曰：「老臣今者殊不欲食，乃自強步[10]，日三四里，少益嗜食，和於身。」曰：「老婦不能。」太后之色少解。

【注釋】

[1]本篇選自《戰國策．趙策四》。觸讋：應為觸龍。文中「觸讋」是「觸龍言」之誤。趙太后即趙威后。[2]用事：任事，這裡指執政。當時趙孝成王年幼，由趙太后執政。[3]長安君：趙太后的小兒子。質：人質。先秦時

兩國結盟，常以君主的子弟或大臣作爲人質，住在盟國。4左師：官名。5揖：拱手行禮，即接待的意思。一說「揖」應爲「胥」，等待的意思。6徐趨：徐，慢。趨，小步快走。是古代下見上，臣見君的走路姿態。觸讋腳有病，所以只能「徐趨」。7郄，同「隙」，病，不舒適。清王念孫認爲當作「谻」，疲倦的意思。8得無：該不會。衰：減少。9鬻：粥的名字。10强步：勉强走動。

左師公曰：「老臣賤息舒祺1，最少，不肖2，而臣衰，竊愛憐之，願令補黑衣之數3，以衛王宮。沒死以聞4。」太后曰：「敬諾，年幾何矣？」對曰：「十五歲矣。雖少，願及未填溝壑而託之5。」太后曰：「丈夫亦愛憐其少子乎？」對曰：「甚於婦人。」太后曰：「婦人異甚6。」對曰：「老臣竊以爲媼之愛燕后7，賢於長安君。」曰：「君過矣，不若長安君之甚！」左師公曰：「父母之愛子，則爲之計深遠。媼之送燕后也，持其踵8，爲之泣，念悲其遠也，亦哀之矣。已行，非弗思也，祭祀必祝之，祝曰：『必勿使反9』。豈非計久長有子孫相繼爲王也哉？」太后曰：「然。」

左師公曰：「今三世以前，至於趙之爲趙10，趙王之子孫侯者，其繼有在者乎？」曰：「無有。」曰：「微獨趙11，諸侯有在者乎？」曰：「老婦不聞也。」「此其近者禍及身，遠者及其子孫。豈人主之子孫則必不善哉？位尊而無功，奉厚而無勞12，而挾重器多也13。今媼尊長安君之位，而封以膏腴之地，多予以重器，而不及今令有功於國；一旦山陵崩14，長安君何以自託於趙？老臣以媼爲長安君計短也，故以爲其愛不若燕后。」太后曰：「諾，恣君之所使之。」於是為長安君約車百乘，質於齊，齊兵乃出。

子義聞之曰⑮：「人主之子也，骨肉之親也，猶不能恃無功之尊，無勞之奉，以守金玉之重也，而況人臣乎！」

【注釋】

①息：兒子。②不肖：不賢，沒有出息。③黑衣：當時王宮衛士穿黑色軍服，所以這裏代指衛士。④沒死：冒著死的危險。以聞：把事情告訴您。⑤填溝壑：指死。原指死後無人埋葬，屍體填塞在山溝裡，這裡是謙稱。⑥異甚：特別厲害。⑦媼：對老年婦女的尊稱。燕后：趙太后之女，嫁到燕國為后，故稱燕后。⑧持其踵：握住燕后的腳後跟，因為燕后是坐車子走的，不忍分離。⑨必勿使反：古代諸侯之女出嫁他國，只有被廢或亡國時，才能回來。這句是說，希望女兒不要遭到災禍。⑩趙之為趙：趙氏建立趙國的時候。趙氏本是晉國的大夫，後與韓、魏共分晉國，公元四百零三年，周天子封韓、趙、魏為諸侯。⑪微獨：不僅。⑫奉：同「俸」，即俸祿。⑬重器，貴重的東西，寶物。⑭山陵，比喻國君，這裡指趙太后。崩：古代稱帝王死為崩。⑮子義：趙國賢士。

【譯文】

趙太后新近執政，秦國就加緊進攻趙國。趙國向齊國求援。齊王說：「必須要用長安君來作人質，才能出兵。」趙太后不同意，大臣們竭力勸諫。太后明確地對左右的人宣佈：「有再說讓長安君去作人質的，我這個老婆子一定要把唾沫吐到他臉上！」

左師觸讋說他希望覲見太后，太后怒氣衝衝地等候著他。觸讋進宮以後慢慢地向前小跑，到了太后跟前自己請罪說：「老臣的腳有毛病，沒法快跑，很久沒能來覲見您了。我私下原諒了自己，但是擔心太后的貴體有不舒服的地方，所以希望覲見您。」太后說：「我靠車子行動。」觸讋說：「每天的飲食該不會減少吧？」太后說：「靠喝點粥罷了。」老臣近來很不想吃東西，就自己勉強走走，每天走三四里，才稍微增加了一點食慾。身體也感到舒適了。」太后說：「我可做不到。」太后臉色略微緩和了。

左師公說：「我的兒子舒祺，年紀最小，不成器。可是我年紀老了，心裡很疼愛他，希望能讓他充當一名衛士，來保衛王宮，因此我冒著死罪來稟告太后。」太后說：「好吧。他年齡多大了？」左師公說：「十五歲了。雖然年紀小，但希望趁自己還沒死，把他託付給您。」太后說：「男人也疼愛自己的小兒子嗎？」觸讋說：「比女人還疼愛得厲害些。」太后笑著說：「女人疼愛自己的小兒子特別厲害。」左師公說：「我私下認為，您疼愛燕后超過疼愛長安君。」太后說：「你錯了。不像疼愛長安君那麼的厲害。」左師公說：「父母疼愛子女，就要為他們作長遠打算。您送燕后出嫁的時候握住她的腳跟為她哭泣。想起她離家遠嫁就傷心，也眞是憐愛她了。燕后走了後，您不是不想念她，但是每當祭祀的時候總為她祈禱，祈禱說：『一定不要讓她回來。』這難道不是為她作長遠打算，希望她有子孫世為王嗎？」太后說：「是的。」左師公說：「從現在上推到三世之前，一直上推到趙氏建立趙國的時候，趙國君主子孫封侯的，他們的繼承人還有繼續侯位的嗎？」太后說：「沒有。」觸讋說：「不單是趙國，其他諸侯的子孫封侯的，他們的繼承人還在侯位的嗎？」太后說：「我沒有聽說過。」觸讋說：「這就是說他們之中近則自身遭了禍，遠則禍患落到他們子孫身上。難道君王的子孫就注定不好嗎？不是。只是因為他們地位尊貴而沒有功勛，俸祿豐厚而沒有什麼勞績，卻擁有很多貴重的財寶。如今您讓長安君的地位尊顯。賜給他很多貴重的財寶，卻不趁現在讓他為國立功，一旦您百年後，長安君憑什麼在趙立足？老臣以為您為長安君考慮得太短淺了，所以說您對他的愛不如對燕后的愛。」太后說：「好吧，任憑您派他到哪裡去。」就為長安加準備了一百輛車子，到齊國去做人質。齊國的援軍就出動了。

子義聽到這件事後說：「國君的兒子，也是骨肉之親，尚且不能依靠功勛的高位，沒有勞績的俸祿，來保持他的富貴，何況是做臣子的呢？」

魯仲連義不帝秦《戰國策》[1]

【題解】

趙孝成王時，秦圍戰上黨，上黨降趙。秦遂出兵攻趙，大破趙軍於長平，坑殺趙卒四十萬，進圍邯鄲，形勢極其危急。這時，魏援趙軍隊不敢進軍，魏王還派辛垣衍勸趙尊奉秦王爲帝。魯仲連在這種情況下挺身而出，堅決反對投降。他引用大量史實，義正辭嚴地駁斥了「帝秦」的主張。

秦圍趙之邯鄲[2]，魏安釐王使將軍晉鄙救趙[3]，畏秦，止於蕩陰[4]，不進。魏王使客將軍辛垣衍間入邯鄲[5]，因平原君謂趙王曰[6]：「秦所以急圍趙者，前與齊閔王爭强爲帝[7]，已而復歸帝[8]，以齊故。今齊益弱[9]，方今唯秦雄天下，此非必貪邯鄲，其意欲求爲帝。趙誠發使尊秦昭王爲帝，秦必喜，罷兵去。」平原君猶豫未有所決。

此時魯仲連適游趙，會秦圍趙[10]。聞魏將欲令趙尊秦爲帝，乃見平原君曰：「事將奈何矣？」平原君曰：「勝也何敢言事[11]？百萬之衆折於外[12]，今又內圍邯鄲而不去[13]，魏王使將軍辛垣衍令趙帝秦。今其人在是。勝也何敢言事？」魯連曰：「始吾以君爲天下之賢公子也，吾乃今然後知君非天下之賢公子也。梁客辛垣衍安在？吾請爲君責而歸之！」平原君曰：「勝請爲召而見之於先生。」平原君遂見辛垣衍曰：「東國有魯連先生，其人在此，勝請為紹介而見之於將軍。」辛垣衍曰：「吾聞魯連先生，齊國之高士也。衍，人臣也，使事有職，吾不願見魯連先生也。」平原曰：「勝已泄之矣。」辛垣衍許諾。

【注釋】

1本篇選自《戰國策‧趙策三》。魯仲連：又稱魯連，齊國高士，一生不做官，好為人排難解紛。2邯鄲：趙國國都，在今河北省邯鄲市西南。3魏安釐王：魏國國君，信陵君的異母兄。晉鄙：魏國大將。4蕩陰：地名，當時為趙、魏交界處，在今河南湯陰縣。5客將軍：別國人在魏國做將軍，稱「客將軍」。辛垣衍：複姓辛垣，名衍。間入：潛入。6因：通過。平原君：趙國的公子趙勝，封平原君。趙王：指趙孝成王，名丹。7「前與」句：指公元前二八八年秦昭王和齊閔王相約同時稱帝，昭王稱西帝，閔王稱東帝。8「已而」二句：齊閔王後來取消了帝號，秦昭王因此也不稱帝。歸帝：指廢去帝號。9今齊閔王益弱：秦圍邯鄲時，閔王已死。故鮑彪注認為：「閔王」二字是衍文，應為「今齊益弱」，意思是現在齊國已衰弱了。10會：遇到。11勝：平原君趙勝自稱。12「百萬」句：指長平之戰，秦國坑殺趙卒四十萬。折：損傷。13去：驅逐。

魯連見辛垣衍而無言。辛垣衍曰：「吾視居此國城之中者，皆有求於平原君者也。今吾視先生之玉貌，非有求於平原君者，曷為久居此圍城之中而不去也？」魯連曰：「世以鮑焦無以從容而死者1，皆非也。今眾人不知，則為一身。彼秦者，棄禮義而上首功之國也2，權使其士，虜使其民。彼則肆然而為帝，過而遂正於天下3，則連有赴東海而死耳，吾不忍為之民也！所為見將軍者，欲以助趙也。」辛垣衍曰：「先生助之奈何？」魯連曰：「吾將使梁及燕助之，齊、楚固助之矣。」辛垣衍曰：「燕則吾請以從矣。若乃梁，則吾乃梁人也，先生惡能使梁助之邪4？」魯連曰：「梁未睹秦稱帝之害故也，使梁睹秦稱帝之害，則必助趙矣。」辛垣衍曰：「秦稱帝之害將奈何？」魯仲連曰：「昔齊威王嘗爲仁義矣5，率天下諸侯而朝周。周貧且微，諸侯莫朝，而齊獨朝之。居歲餘，周烈王崩6，諸侯皆弔，齊後往。周怒赴於齊曰7：『天崩地坼8，天子下席9。東藩之臣田嬰齊10後至則斮之11。』威王勃然怒曰：『叱嗟12！而母13婢也！』卒爲天下笑。故生則朝周，死則叱之，誠不忍其求也。彼天子固然，其無足怪。」

【注釋】

1 鮑焦：周時隱士，不滿時政，後抱樹而死。從容：舉動。無以從容意思是沒有作爲。2 上首功：崇尚戰功。上：同「尚」，崇尚。首功：斬首之功。秦國爲了獎勵軍功，根據戰場上殺敵的多少，作爲計功晉級的標準。3「過而」句：甚至要統治整個天下。過：甚至。正於天下：統治天下。4 惡：怎麼。5 齊威王：姓田，名嬰齊。6 崩：古代帝王死稱「崩」。7 赴：同「訃」，報喪。8 天崩地坼：喻指周烈王死亡。坼：裂。9 下席：走下座席。指新天子執行喪禮。古時居喪要睡草荐、枕土塊，以示哀悼。10 東藩：指齊國。藩本義是「藩籬」，引申爲「屏障」。古代分封諸侯，爲的是屏藩王室，所以稱諸侯爲藩國。齊在東方，所以稱東藩。11 斮：同「斫」，斬首。12 叱嗟：怒斥聲，相當於「呸」。13 而：你。同「爾」。

辛垣衍曰：「先生獨未見夫僕乎？十人而從一人者，寧力不勝，智不若邪？畏之也。」魯仲連曰：「然梁之比於秦若僕邪？」辛垣衍曰：「然。」魯仲連曰：「然吾將使秦王烹醢梁王1。」辛垣衍怏然2不悅曰：「噫！亦太甚矣，先生之言也！先生又惡能使秦王烹醢梁王？」魯仲連曰：「固也，待吾言之。昔者鬼侯、鄂侯、文王3，紂之三公也。鬼侯有子4而好，故入之於紂。紂以爲惡，醢鬼侯。鄂侯爭之急，辨之疾，故脯鄂侯5。文王聞之，喟然而嘆，故拘之於牖里之庫百日[6]，而欲舍之死。曷爲與人俱稱帝王，卒就脯醢之地也。」

「齊閔王將之魯，夷維子執策而從[7]，謂魯人曰：『子將何以待吾君？』魯人曰：『吾將以十太牢待子之君。』夷維子曰：『子安取禮而來待吾君？彼吾君者，天子也。天子巡狩，諸侯避舍[8]，納筦鍵[9]，攝衽抱几[10]，視膳於堂下，天子已食，乃退而聽朝也。』魯人投其籥[11]，不果納[12]。不得入於魯。將之薛[13]，假涂於鄒[14]，當是時，鄒君死，閔王欲入弔，夷維子謂鄒之孤曰[15]：『天子弔，主人必將倍殯柩[16]，設北面於南方，然後天子南面弔也。』鄒之羣臣曰：『必若此，吾將伏劍而死。』故不敢入於鄒。鄒魯之臣，生則不得事養，死則不得飯含[17]，然且欲行天子之禮於鄒、魯之臣，不果納。今秦萬乘之國，梁亦萬乘之國。俱據萬乘之國，交有稱王之名，睹其一戰而勝，欲從而帝之，是使三晉之大臣[18]，不如鄒、魯之僕妾也。

且秦無已而帝[19]，則且變易諸侯之大臣。彼將奪其所謂不肖，而予其所謂賢；奪其所憎，而予其所愛。彼又將使其子女讒妾[20]爲諸侯妃姬，處梁之宮，梁王安得晏然而已乎[21]？而將軍又何以得故寵乎？」

於是辛垣衍起，再拜，謝曰：「始以先生爲庸人，吾乃今日而知先生爲天下之士也！吾請去，不敢復言帝秦。」

【注釋】

1烹醢：古代酷刑。烹，煮殺；醢，剁成肉醬。2怏然：心中不服而怨忿的樣子。3鬼侯、鄂侯：都是商紂王時諸侯。鬼侯之國在今河北省臨漳縣，鄂侯之國在今山西省中陽縣。文王，即周文王。4子：這裏指女兒。好：美。5脯：古代酷刑，把人殺死後做成肉乾。6牖里：地名，在今河南省湯陰縣北。庫：監獄。7夷維子：齊閔王臣子。策：馬鞭。8避舍：退出自己的宮舍。9納筦鍵：把鑰匙交給天子。筦鍵：鑰匙。10几：古代設在座側的小桌子。11投其籥：指閉門下鎖。籥：同「鑰」。12不果納：即果不納，終於不讓他入境。13之：往。14假：借。涂：同「途」，路。鄒：鄒國，在今山東鄒縣。15鄒之孤：鄒國的新國君。因喪父，故稱孤。16倍殯柩：把靈柩挽到相反的方位。古代以坐北朝南為正位，故國君的靈柩放在北面。天子來弔喪，天子要面向南，這樣就得把靈柩移到坐南朝北的方位。倍，同「背」。17「生則」兩句：指鄒、魯貧弱，國君生時，臣子不能侍奉供養；國君死後，不能行飯含之禮。飯含：古代殯禮：在死中口裏安放一些糧食叫「飯」，在死者口裏安放玉石稱為「含」。18三晉：指韓、趙、魏三國。三國都是春秋時晉國分出，所以稱三晉。19無已：無人阻止。20子女：這裏專指女。讒妾：善於進讒言的妾婦。21晏然：安逸。

秦將聞之，為卻軍五十里1。適會公子無忌奪晉鄙軍2以救趙擊秦，秦軍引而去3。

於是平原君欲封魯仲連。魯仲連辭讓者三，終不肯受。平原君乃置酒，酒酣，起，前，以千金為魯連壽4。魯連笑曰：「所貴於天下之士者，為人排患、釋難、解紛亂而無所取也。即有所取者5，是商賈之人也，仲連不忍為也。」遂辭平原君而去，終身不復見。

【注釋】

1卻：退。2公子無忌：即信陵君。3引：退卻。4壽：祝福的意思。5即：如，如果。

【譯文】

秦軍包圍了趙國的都城邯鄲。魏安釐王派將軍晉鄙領兵援救趙國。晉鄙害怕秦軍，駐紮在蕩陰，不敢前進。魏王派客籍將軍辛垣衍乘圍困不緊時潛入邯鄲，通過平原君對趙王說：「秦國急於圍攻趙國的原因，是以前秦昭王和齊閔王互相爭勝稱帝，不久秦昭王取消了帝號，就是由於齊閔王廢去帝號的緣故。現在齊國已經衰弱，當今只有秦王能稱雄天下了，這次不是一定要貪圖邯鄲，它的意圖是想要稱帝。趙國如果派遣使者尊奉秦昭王爲帝，秦王一定高興，就會撤兵離去。」平原君心裏猶豫，沒有作出決斷。

這時魯仲連恰巧在趙國遊歷，正遇上秦軍圍困邯鄲。聽說魏國打算讓趙國尊奉秦昭王爲帝，就拜見平原君說：「這件事怎麼辦呢？」平原君說：「我哪裏還敢談論這件事？趙國百萬大軍在外戰敗，現在秦軍又深入國內圍攻邯鄲而不能把他們打退，魏王派將軍辛垣衍來勸趙國尊奉秦王爲帝，現在這個人還在這裏，我怎麼還敢談論這件事？」魯仲連說；「最初我把您當作天下的賢明公子，我從今以後才知道您不是天下的賢明公子。梁國客人辛垣衍在哪裏？讓我替您責備他讓他回去。」平原君說：「讓我叫他來見先生。」平原君就去見辛垣衍，說：「東方齊國有位魯仲連先生，這個人正在這裏，讓我介紹他會見先生。」辛垣衍說：「我聽說魯仲連先生，是齊國道德高尚的人。我，是個做臣子的，出使到趙國，有職務在身。我不願意見魯連先生。」平原君說：「我已把您的活動透露給他了。」辛垣衍只好答應了。

魯仲連見到辛垣衍，却不說話。辛垣衍說：「我看住在這座被圍的城池裏的人，都是有求於平原君的。現在我觀察先生的樣子，不是對平原君有求的人，爲什麼久住在城裏不離開呢？」魯仲連說：「那些認爲鮑焦是因爲無所作爲貧困而自殺的人，都是不對的。現在很多人不了解他，還以爲他是爲了個人而死。那秦國，是拋棄禮義、崇尚斬首之功的國家。用權術去役使它的士兵，用對待奴隸的辦法去驅使它的百姓。如果秦王肆無忌憚地自稱爲帝，甚至統治天下，那麼我魯仲連只有跳進東海自殺了，當他的百姓我忍受不了！我所以要見將軍，是想救助趙國。」辛垣衍說：「先生怎樣救助趙國？」魯仲連說：「我打算讓魏國和燕國幫助它，齊國、楚國本來就會幫助它的。」辛垣衍說；「燕國已聽從魏國約請尊秦爲帝了。至於魏國，我就是魏國人，您怎麼能使魏國幫助趙國呢？」魯仲連說：「這是魏國沒有看到秦王稱帝的危害的緣故，如果使魏國看到秦王稱帝的危害，那麼就必定幫助趙國了。」辛垣衍說：「秦王稱帝的危害會怎麼樣？」魯仲連說：「從前齊威王曾經實行仁義，他率領天下諸侯去朝見周天子。當時周王室貧困弱小。諸侯沒有誰去朝見，唯獨齊威王去朝見他。過了一年多，周烈王駕崩，諸侯們都去弔喪，齊威王後到。周天子大怒，派人向齊國報喪說：『天子去世，新天子也睡在草席上守喪。你東方的臣子田嬰齊，竟然最後才到，該斬首！』齊威王勃然大怒說：『呸！你母親不過是個婢女。』他終於被天下的人譏笑。之所以周烈王活著的時候去朝見他，死後卻罵他，實在是因爲不堪忍受周天子的苛求啊。做天子的本來就是如此，那是不足爲怪的。」

辛垣衍說：「先生難道沒有看做奴僕的嗎？他們十個人服從一個，難道是他們的力氣敵不過他，智慧趕不上他嗎？是害怕他啊！」魯仲連說：「這樣說來，魏國和秦國相比就像奴僕嗎？」辛垣衍說：「是的。」魯仲連說：「既然這樣，那麼我將讓秦王烹煮魏王、把他剁成肉醬。」辛垣衍心裏氣忿，很不高興地說：「先生的話太過分了！先生又怎麼能讓秦王烹煮魏王把他剁成肉醬呢？」魯仲連說：「本來就能這樣，讓我來說吧。從前，鬼侯、鄂侯、文王，是紂王的三公。鬼侯有個女兒長得很美，所以進獻給紂王，紂王却以爲她長得醜，把鬼侯剁成肉醬，鄂侯爲這件事爭得很厲害，辯得很急切，所以把鄂侯殺了做成肉乾。文王聽到這件事後，長嘆了一口氣，因此又把文王拘囚在牖里的監獄裏一百天，並且想殺死他。爲什麼魏王和別人一樣號稱帝王，却要走向被做成肉乾、剁成肉醬的地步呢？齊閔王要到魯國去，夷維子拿著馬鞭駕車隨行，對魯國人說：『你們準備用什麼禮節接待我的君主？』魯國人說：『我們打算用豬牛羊各十頭接待您的君主。』夷維子說：『你們根據什麼禮節這樣接待我們的君主呢？我的君主，是天子啊。天子到諸侯國視察，諸侯要退出自己住的宮殿，避居別處，交出鑰匙，提起衣襟搬設几案，在堂下伺候天子吃飯。天子吃完了飯，諸侯才能退出去處理政務。』魯國人就關了城門下了鎖，不讓齊閔王入境。齊閔王沒能進入魯國都城，想到薛國去，向鄒國借路。正當這時候，鄒國國君去世，閔王想要進去弔喪。夷維子對鄒國新君說：『天子來弔喪，主人應該把靈柩換個方向，放在南面面向北面，然後天子向南弔喪。』鄒國的大臣們說：『一定要這樣的話，我們就用劍自刎而死。』因此閔王不敢進入鄒國。鄒魯兩國的臣子，在國君活著的時候不能按禮事奉，死了不能按禮辦理喪事，貧弱到了這個程度，尚且在齊閔王要他們向他行天子之禮的時候，還不肯接受。現在秦國的擁有萬輛兵車的國家，魏國也是擁有萬輛兵車的國家，互相有稱王的名分。看到秦國打了一次勝仗，就想跟在秦王後面尊他爲帝。這是要使韓、趙、魏的大臣還不如鄒、魯兩國的奴僕呢！況且，如果秦無人制止而稱了帝，那就會撤換諸侯的大臣，撤掉他認爲不好的，安插他認爲賢能的，撤掉他所討厭的，換上他所喜愛的。他還要讓他的女兒和專門挑撥是非的姬妾去做諸侯的后、妃，住在魏國的宮室裡，魏怎麼還能平安快樂呢？而將軍您又憑什麼能保持原來的恩寵呢？」

於是辛垣衍站了起來，拜了兩拜，謝罪說：「起初以爲先生是個平庸的人，現在才知道先生是天下的賢士。我就離開這裏，不敢再說尊秦爲帝的事了。」

秦國將軍聽到這件事，爲此退兵五十里。恰好遇上魏公子無忌奪取了晋鄙的軍權來援救趙國，襲擊秦軍，秦軍便撤軍離開了。

於是平原君想要加封魯仲連。魯仲連再三辭謝推讓，始終不肯接受。平原君就設置酒席宴請他。酒興正濃的時候，平原君站起來走到魯仲連面前，捧出千金厚禮爲魯仲連祝壽。魯仲連笑著說：「天下之士寶貴的地方，是爲人排除憂患、解除危難、消除紛亂而不要什麼報酬。如果要酬勞的話，那就是做買賣的商人了，我魯仲連不忍心做這種人。」於是辭別平原君走了，終生沒有再來見他。

魯共公擇言[1]《戰國策》

【題解】

本文記錄的是魯共公的一段言論。他勸誡統治者不要貪戀美酒、美味、美女、美景，否則必然導致亡國。語句整齊，井井有條，重覆又不呆板。

梁王魏嬰觴諸侯於范臺[2]。酒酣，請魯君舉觴[3]。魯君興，避席擇言曰[4]：「昔者，帝女令儀狄作酒而美[5]，進之禹，禹飲而甘之，遂疏儀狄，絕旨酒[6]，曰：『後世必有以酒亡其國者。』齊桓公夜半不嗛[7]，易牙乃煎熬燔炙[8]，和調五味而進之[9]，桓公食之而飽，至旦不覺[10]，曰：『後世必有以味亡其國者。』晉文公得南之威[11]，三日不聽朝，遂推南之威而遠之，曰：『後世必有以色亡其國者。』楚王登强臺而望崩山[12]，左江而右湖[13]，以臨彷徨，其樂忘死，遂盟强臺而弗登，曰：『後世必有以高臺陂池亡其國者[14]。』今主君之尊[15]，儀狄之酒也；主君之味，易牙之調也；左白臺而右閭須[16]，南威之美也；前夾林而後蘭臺[17]，强臺之樂也。有一於此，足以亡其國。今主君兼此四者，可無戒與[18]？」梁王稱善相屬[19]。

【注釋】

[1]本篇選自《戰國策・魏策二》。魯共公，魯國國君，名奮。[2]梁王魏嬰：即梁惠王。[3]觴：古代飲酒用的器

物。④擇言：擇善而言，這裏指選擇好的祝酒辭。⑤帝女：堯或舜的女兒。儀狄：美女名。⑥旨：味美。旨酒就是美酒⑦嗛：銜在口裏，此處意思是厭食。⑧易牙：齊桓公的寵臣雍巫的字，善調味，煎熬燔炙：四種享飪方法。⑨五味：甜、酸、苦、辣、鹹。⑩覺：醒來。⑪南之威：即南威，美女名。⑫楚王：指楚莊王，春秋五霸之一。强台：即章華臺（在今湖北潛江縣西南）。崩山：即巫山。⑬江：長江。湖：洞庭湖。⑭陂池：池塘。高台陂地，泛指宮殿園林。⑮主君：對國君的尊稱。尊：同「樽」，酒器。⑯白臺、閭須：都是美人名。⑰夾林、蘭臺：魏國的林、臺名。⑱與：同「歟」。⑲相屬：相互連接，這裏指連聲說好。

【譯文】

梁王魏嬰在范台設酒宴請諸侯。當酒飲到暢快的時候，惠王請魯共公舉杯祝福。魯共公站起來，離開座位選擇了一段好的祝酒辭。說：「以前，帝女叫儀狄釀酒，味道很美，就進獻給禹。禹喝了，覺得很甜美，就疏遠了儀狄，戒了酒，說：『後世一定有因爲飲酒而忘掉他的國家的人。』齊桓公半夜裏不想吃東西，易牙就剪熬燒烤，調和五味做成吃的進獻給齊桓公。齊桓公吃得很飽，睡到了天亮也沒醒來。就說：『後世一定有因爲美味而忘掉他的國家的。』晉文公得到美女南威，三天不聽朝政，就把南威推到一邊，疏遠了她。他說：『後世一定有因爲美女而亡掉他的國家的。』楚莊王登上强臺，眺望崩山，左有長江右有洞庭湖，居高臨下徘徊難去，快樂得忘記了死亡。於是發誓不再登强臺，說：『後世一定有因爲高臺水池亡掉他的國家的。』現在主君您的杯子裏是儀狄的美酒，您的食物，是易牙調出的美味，您左有白臺而右有閭須，都是南威一樣的美女，前有夾林後有蘭臺，如同登臨强臺一樣令人快樂。只要有一條，就能亡掉自己的國家，何況您現在兼有四種呢？可以不戒備嗎？」魏王連聲稱好。

唐雎說信陵君[1]《戰國策》

【題解】

本文寫唐雎勸告信陵君應該責己嚴、待人寬，不要耿耿於自己對別人的恩德，而應該銘記別人對自己的恩德。唐雎先從四條處世準則說起，然後明告立了功的信陵君應該謙虛謹慎，說得很委婉。

信陵君殺晉鄙[2]，救邯鄲，破秦人，存趙國，趙王自郊迎[3]。唐雎謂信陵君曰：「臣聞之曰，事有不可知者，有不可不知者；有不可忘者，有不可不忘者。」信陵君曰：「何謂也？」對曰：「人之憎我也，不可不知也[4]；吾憎人也，不可得而知也[5]。人之有德於我也，不可忘也[6]；吾有德於人也，不可不忘也。今君殺晉鄙，救邯鄲，破秦人，存趙國，此大德也。今趙王自郊迎，卒然見趙王[7]，臣願君之忘之也。」信陵君曰：「無忌謹受教[8]。」

【注釋】

[1]本篇選自《戰國策・魏策四》。唐雎：魏國人。有的選本作「唐且」。說：勸說。信陵君：魏公子無忌。戰國時著名四公子之一。[2]晉鄙：魏國的大將。秦圍邯鄲，魏王派晉鄙率兵救趙，晉鄙因為懼怕秦軍強大，不敢進攻，後來信陵君設法竊兵符，殺晉鄙，領兵攻秦，解除了邯鄲之圍，解救了趙國。[3]郊迎：到郊外迎接。[4]不可不知：意即應該知道，以便對付。[5]不可得而知：意即不能讓別人知道。[6]不可忘：意即要永遠記在心上。

⑦卒然：猝然，突然。這裡有「馬上」的意思。卒：同「猝」。⑧無忌：信陵君的名，自稱其名，表示恭敬。謹慎、鄭重。

【譯文】

魏信陵君殺死了晋鄙，解救了邯鄲之圍，打敗了秦軍，保存了趙國，趙親自到邯鄲郊外來迎接。唐睢對信陵君說：「我聽說過事情有些是不可以知道的，有些是不可以不知道的；有些是不可以忘記的，有些是不可以不忘記的。」信陵君說：「這怎麼說呢？」唐睢回答說：「人家憎惡我，是不可以不知道的，我憎惡人家，是不可以被人家知道的；人家對我有恩德，是不可以忘記的；我對人家有恩德，是不可以不忘記的。如今您殺死了晋鄙，解救了邯鄲之圍，打敗了秦軍，保存了趙國，這是很大的恩德。現在趙王親自到郊外來迎接，你馬上就要會見他，希望您把這件事情忘掉。」信陵君說：「無忌恭敬地接受您的教誨。」

唐雎不辱使命[1]《戰國策》

【題解】

本文通過記敘使者唐雎與秦王針鋒相對的鬥爭，塑造了一個威武不屈、見義勇爲的俠士形象，同時勾勒了秦王驕橫、凶暴的醜惡面目。從而闡明了反抗强暴、維護國家領土和主權的正義力量是不可戰勝的主題思想。本文節奏緊湊、語言生動犀利、口吻神態畢肖，並成功地運用了對照手法。

秦王使人謂安陵君曰：[2]「寡人欲以五百里之地易安陵[3]，安陵君其許寡人[4]！」安陵君曰：「大王加惠，以大易小[5]，甚善。雖然，受地於先王[6]，願終守之，弗敢易。」秦王不說。安陵君因使唐雎使於秦。

【注釋】

[1]本篇選自《戰國策、魏策四》。不辱使命：奉命出使外國，能維護本國的尊嚴，不被威勢壓服。[2]秦王：即秦始皇嬴政，當時還沒有稱皇帝。安陵君：安陵國的國君。安陵：原是魏國的附庸國。故地在今河南省鄢陵縣西北。[3]寡人：國君對自己的謙稱，意謂寡德之人。[4]其：助詞，表揣測，勸勉。[5]以大易小：安陵只有方圓五十里，秦假說用五百里調換，故這麼說。[6]先王：指安陵始封君成侯。

秦王謂唐雎曰：「寡人以五百里之地易安陵，安陵君不聽寡人，何也？且秦滅韓亡魏[1]，而君以五十里之地存者，以君為長者[2]，故不錯意也[3]。今吾以十倍之地請廣於君，而君逆寡人者[4]，輕寡人歟？」唐雎對曰：「否！非若是也。安陵君受地於先王而守之，雖千里不敢易也，豈直五百里哉[5]？」

【注釋】 [1]滅韓：在秦王嬴政十七年（公元前二三〇年）。亡魏：在秦王嬴政二十二年（公元前二二五年）。[2]長者：忠誠厚重的人，也指年高有德行的人。[3]錯意：同「措意」，放在心上。[4]逆：不順從，違背。[5]直：只，僅僅。

秦王怫然怒[1]，謂唐雎曰：「公亦嘗聞天子之怒乎？」唐雎對曰：「臣未嘗聞也。」秦王曰：「天子之怒，伏屍百萬，流血千里。」唐雎曰：「大王嘗聞布衣之怒乎[2]？」秦王曰：「布衣之怒，亦免冠徒跣[3]，以頭搶地耳[4]。」唐雎曰：「此庸夫之怒也，非士之怒也[5]。夫專諸之刺王僚也[6]，彗星襲月[7]；聶政之刺韓傀也[8]，白虹貫日[9]；要離之刺慶忌也[10]，蒼鷹擊於殿上[11]。此三子皆布衣之士也，懷怒未發，休祲降於天[12]。與臣而將四矣。若士必怒，伏屍二人，流血五步，天下縞素[13]，今日是也。」挺劍而起。秦王色撓[14]，長跪而謝之，曰[15]：「先生坐，何至於此！寡人諭矣。夫韓、魏滅亡，而安陵以五十里之地存者，徒以有先生也。」

【注釋】 [1]怫然：發怒的樣子。[2]布衣：平民。古代沒有官職的平民不能穿絲織品製的衣服，只能穿粗布衣服，故稱平民爲布衣。③徒跣：赤腳步行。④搶：碰，撞。⑤士：含義很廣。這裏指勇武的人。⑥專諸：人名。王僚：吳王名僚，被他的姪子公子光所遣勇士專諸刺死。⑦彗星：即掃帚星。襲月：指彗星的光芒掩蓋月亮。古人以爲人事與天象相應，故認爲人間發生專諸刺王僚的事變天上就出現彗星襲月的徵兆。⑧聶政：戰國時齊人。韓傀：又名俠累，韓國的丞相。韓大夫嚴仲子跟韓傀有仇，便請聶政去刺殺了韓傀。⑨白虹貫日：白虹貫穿太陽。也是說因人事而引起天變的景象。⑩要離：春秋時吳國人。慶忌：吳王僚的兒子。王僚被專諸刺死之後，慶忌逃到魏國，被吳王闔閭（即公子光）派遣要離刺死。⑪蒼鷹擊於殿上：要離刺慶忌時，突有蒼鷹正殿上搏鬥。⑫休：吉祥的預兆。祲：險的預兆。⑬縞：白絹。素白：白綢。古代喪服，都用白色。天下縞素：意指國君死後，全國的人都要穿喪服。⑭色撓：神色撓屈，即沮喪的樣子，撓：屈。⑮長跪：古人席地而坐，兩膝著地，以臀部坐於腳跟之上。「長跪」是兩膝著地，上身挺直。這是尊敬對方的表示。

【譯文】

秦王派人對安陵君說：「我想拿五百里的土地來換取安陵，安陵君可要答應我啊！」安陵君說：「承蒙大王施給恩惠，拿大面積的土地來換小小的安陵，實在好得很，雖說這樣，但我是從祖先那裏繼承了這塊封地，願意終身守護它，不敢拿來調換。」秦王很不高興。安陵君因此派唐雎出使秦國。

秦王責問唐雎說：「我拿五百里的土地去換安陵，安陵君卻不聽從我，這是爲什麼呢？再說，秦國已滅了韓國，亡了魏國，可是安陵君憑著五十里的土地能夠倖存到現在，是因爲我把安陵君當作忠厚長者，才不把他放在心上。如今我拿十倍的土地請安陵君擴大他的領土，而他卻違背我的意願，這不是輕視我嗎？」唐雎回答說：「不！並不是這樣，安陵君繼承祖先傳來的土地要守護它，即使用方圓千里的土地也不敢調換，何況只有方圓五百里呢！」

秦王變了臉色，怒氣沖沖地對唐雎說：「你也曾經聽說過天子發怒的事嗎？」唐雎回答說：「我還沒聽說過。」秦王說：「天子一發怒，會使上百萬人喪命，流血遍及千里地面。」唐雎說：「大王也曾經聽說過平民百姓發怒的事嗎？」秦王說：「平民百姓發怒，不過摘下帽子，打著赤腳，拿腦袋亂撞地罷了。」唐雎說：「這是庸人發怒，不是勇武的人發怒啊。當年專諸刺殺吳王僚的時候，掃帚星的光芒掩蓋月亮，當聶政刺殺韓傀的時候，白虹貫穿太陽；當要離刺殺慶忌的時候，突然老鷹在殿堂上空博鬥。他們這三個人，都是平民中的勇士，他們鬱積的憤怒還沒發作，老天爺就降下了吉凶的兆頭。現在加上我唐雎就是四個人了。如果勇武的人當眞發了怒，就有兩個人立即喪命，鮮血流在五步之內，全國的人都要穿白戴孝，今天就是這樣啊！」說著，拔出寶劍，站了起來。

秦王現出沮喪、屈服的神色，挺直上身跪著向唐雎道歉說：「先生請坐下來，哪裏要到這個地步！我現在明白了，那韓國、魏滅亡了，可是安陵君憑五十里的土地還保存下來，只是因爲有您在啊！」

樂毅報燕王書 [1]《戰國策》

【題解】

文章起筆極簡要地交待了背景，然後記述了燕惠王文過飾非的「謝」。正是這一飾非之舉使樂毅明白不可被用。遂寫下此篇報燕王書。從禮制上説，臣指責君的過失是害禮，樂毅先以此答燕惠王，以爲己辯，隨即回顧往事，委婉含蓄地表達了他來負於燕，但鑒於往事，又不可留在燕國。所以這麼做是爲保全燕昭王和燕惠王的名聲。樂毅此書，語氣婉轉，語意懇切真摯，憂憤在於心而不露，是一篇耐讀的作品。

昌國君樂毅[2]，爲燕昭王合五國之兵而攻齊[3]，下七十餘城，盡郡縣之以屬燕[4]。三城未下[5]，而燕昭王死。惠王即位，用齊人反間[6]，疑樂毅，而使騎劫代之將[7]。樂毅奔趙，趙封以爲望諸君[8]。齊田單詐騎劫[9]，卒敗燕軍，復收七十餘城以復齊[10]。

【注釋】

[1]本篇選自《戰國策．燕策二》。樂毅：戰國時著名軍事家。原是魏國的大臣，奉魏昭王命使燕，受到燕昭王的禮遇，便留在燕國，被封爲亞卿。後來死在趙國。燕王：指燕惠王，昭王子。[2]昌國君：是樂毅的封號，因爲助燕昭王破齊有功，昭王封他爲昌國君。昌國：齊地，在今山東淄博市附近。[3]「爲燕昭王」句，燕昭王伐齊有其歷史原因，燕王噲時，想效法堯舜讓賢，將君位讓給丞相子之，結果引起國內大亂，齊國趁機打敗燕國。燕昭王即位，決心報復齊國。於是築黃金臺招攬人才，人才紛紛從各地來燕。五國，趙、楚、韓、魏、燕。[4]郡縣之：把它們劃爲郡縣。郡縣，這裏作動詞用。之：指所攻占的齊國的七十餘城。[5]三城：指聊城，莒、即

墨。聊城，莒都是今山東縣首縣名。即墨故城在城山東平度縣東南。⑥齊人：齊將田單。反間：惠王做太子時，就與樂毅有嫌隙，立為國君後，田單就放出謠言，說燕昭王想叛燕自立，惠王便信以為真。⑦騎劫：一般作「騎劫」。燕國將領。⑧望諸君：封號。望諸，地名，在今河南商丘、虞城二縣之間。⑨詐騎劫：田單派人向燕軍詐降，使燕軍麻痺；又用一千多頭牛，牛角上縛著刀，尾巴上縛著浸油的木柴，夜間以火點燃，使猛衝燕軍，並以五千勇士隨後衝殺，結果騎劫戰死，燕軍潰敗。這便是有名的「火牛陣」。⑩復：前面的「復」是「又」、「再」之意。後面的「復」是「光復」之意。

燕王悔，懼趙用樂毅，承燕之敝以伐燕①。燕王乃使之讓樂毅②，且謝之曰③：「先王舉國而委將軍，將軍為燕破齊，報先王之讎④，天下莫不振動，寡人豈敢一日而忘將軍之功哉！會先王棄群臣⑤，寡人新即位，左右誤寡人⑥。寡人之使騎劫代將軍，為將軍久暴露於外⑦，故召將軍且休計事。將軍過聽，以與寡人有隙⑧，遂捐燕而歸趙。將軍自以為計則可矣，而亦何以報先王之所以遇將軍之意乎？」

【注釋】①敝：指燕被齊敗。②讓：責備。③謝：道歉。④讎：同「仇」。⑤先王：指燕昭王。棄：拋下。意為昭王辭世。⑥左右：指左右親近的人。誤：指造謠說樂毅背叛燕國。⑦暴露：指樂毅長期行軍作戰，餐風飲露，很辛苦。暴：同「曝」。⑧陳：裂痕，隔閡。

望諸君乃使人獻書報燕王曰：

「臣不佞①，不能奉承先王之教，以順左右之心，恐抵斧質之罪②，以傷先王之明，而又害於足下之義[3]，故遁逃奔趙。自負以不肖之罪，故不敢爲辭說[4]。今王使使者數之罪[5]，臣恐侍御者之不察先王之所以畜幸臣之理[6]，而又不白於臣之所以事先王之心，故敢以書對。

「臣聞賢聖之君，不以祿私其親，功多者授之；不以客隨其愛，能當者處之。故察能而授官者，成功之君也；論行而結交者，立名之士也。臣以所學者觀之，先王之舉措[7]，有高世之心，故假節於魏王[8]，而以身得察於燕。先王過舉，擢之乎賓客之中[9]，而立之乎羣臣之上[10]，不謀於父兄，而使臣爲亞卿[11]。臣自以爲奉令承教，可以幸無罪矣，故受命而不辭。

【注釋】

[1]不佞：不才。佞，有才智。[2]斧質：古代斬人的刑具。斧：刀。質：即鑕，刀下的墊座。[3]足下：指燕惠王。這是舊時書信中對收信人的尊稱。古代可用於尊者，後代只用於同輩。這兩句是說，樂毅如果被殺，就傷了昭王知人之明，輿論也會指責惠王不義。[4]這兩句是說，樂毅奔趙，不明實情的人會指責他，他爲了保全燕昭王和燕惠王的名聲，寧願自己承擔罪名，也不願意申辯。[5]數：數說。之：指樂毅自己。[6]侍御者：侍候國君的人，猶左右、執事。實際代指惠王。這是一種婉曲說法。幸臣：寵信的臣子，這裏指樂毅自己。[7]舉措：措施，安排。[8]假：憑借。節：古時使者所拿的符節。樂毅原在魏國任職，奉魏王之命出使燕國，受燕昭王賞識，留在燕國。[9]擢：提拔。[10]立：位置，這裏指給以高位。[11]亞卿：官名，僅次於上卿。上卿是最高的官位，亞：次。

「先王命之曰：『我有積怨深怒於齊，不量輕弱，而欲以齊爲事』。臣對曰：『夫齊，霸國之餘教[1]，而驟勝之遺事也[2]。閑於兵甲[3]，習於戰攻[4]。王若欲伐之，則必擧天下而圖之。擧天下而圖之，莫徑於結趙矣[5]。且又淮北、宋地[6]，楚、魏之所同願也[7]。趙若許約，楚、魏盡力[8]，四國攻之，齊可大破也。』先王曰：『善！』臣乃口受令，具符節[9]，南使臣於趙，顧反命，起兵隨而攻齊。以天之道，先王之靈，河北之地，隨先王擧而有之於濟上[10]。濟上之軍，奉令擊齊，大勝之。輕卒銳兵[11]，長驅至國[12]。齊王逃遁走莒[13]，僅以身免。珠玉財寶、車甲珍器，盡收入燕，大呂陳於元英[14]，故鼎返之於乎歷室[15]，齊器設於寧臺[16]，薊丘之植，植於汶篁[17]。自五伯以來[18]，功未有及先王者也。先王以爲順於志，以臣爲不頓命[19]，故裂地而封之[20]，使之得比乎小國諸侯。臣不佞，自以爲奉令承教，可以幸無罪也，故受命而弗辭。

【注釋】

[1]霸國：指齊桓公曾稱霸中原，爲諸侯盟主。餘教：餘下的業績。[2]驟勝：屢次戰勝。遺事：舊事。[3]閑：同「嫻」，熟悉。[4]習：習慣。[5]徑：直接。[6]淮北、宋地：都是齊國的屬地。宋在今河南商丘一帶爲齊所吞并。[7]願：希望。楚國想得到淮北，魏國想得到宋地。[8]或讀爲，「趙若許，約楚趙宋盡力。」[9]具：持。[10]河北：黃河以北，濟：濟水。[11]輕卒銳兵：輕裝的精兵。[12]國：指齊國的國都臨淄。[13]齊王：齊湣王。莒：當時齊國未被燕軍攻下的三城之一。[14]大呂：齊國的鐘名。元英：燕國的宮名。[15]故鼎：齊國原來從燕國收去的鼎。今又復歸燕。歷室：燕國的宮名。[16]寧臺：燕國的台名。[17]薊丘：燕國都城，今北京市西南。前一「植」字指竹林之類；後一「植」字是動詞，種植。汶：汶水，在齊國境內，篁：竹田。[18]五伯：指秦秋時的五霸。伯，讀「霸」。[19]不頓命：不辜負使命。頓：挫折。[20]裂地而封之：指割地封樂毅爲昌國君。

「臣聞賢明之君，功立而不廢，故著於春秋[1]；蚤知之士[2]，名成而不毀，故稱於後世。若先王之報怨雪恥，夷萬乘之強國[3]，收八百歲之蓄積[4]，及至棄羣臣之日，遺令詔後嗣之餘義[5]，執政任事之臣，所以能循法令，順庶孽者[6]，施及萌隸[7]，皆可以教於後世。

「臣聞善作者不必善成[8]，善始者不必善終[9]。昔者伍子胥說聽乎闔閭[10]，故吳王遠跡至於郢[11]，夫差弗是也，賜之鴟夷而浮之江[12]。故吳王夫差不悟先論之可以立功[13]，故沉子胥而不悔。子胥不蚤見主之不同量[14]，故入江而不改。

「夫免身全功以明先王之迹者，臣之上計也。離毀辱之非[15]，墮先王之名者[16]，臣之所大恐也。臨不測之罪，以幸為利者，義之所不敢出也。

「臣聞古之君子，交絕不出惡聲；忠臣之去也，不潔其名，臣雖不佞，數奉教於君子矣[17]。恐侍御者之親左右之說，而不察疏遠之行也[18]，故敢以書報，唯君之留意焉！」

【注釋】

[1]春秋：史冊。古代編年史都叫春秋，並非專指魯《春秋》。[2]蚤：同「早」。[3]夷：平定。[4]八百歲：從姜太公呂望建立齊國到齊閔王為止的大約年數。收蓄積：長期積累的財富被燕國收取。[5]後嗣：子孫後代。餘義：深遠的意義。[6]順：「同愼」，預防。庶孽：庶子，即妾所生的兒子。昭王對繼位的事情預先作了安排，防止了爭位的內亂發生。[7]施：普及。萌隸：指老百姓。萌：同「氓」。[8]作者：指開創事業的人。[9]始：開頭，終：結果。[10]伍子胥：名員，春秋時楚國人。他的父親伍奢、兄伍尚為楚平王所殺。他便逃至吳國，輔助吳王闔閭伐楚，吳軍一直到打進楚國國都郢。[11]遠跡：在這處留腳跡。指長途伐楚。[12]「夫差」二句：吳王夫差

（闔閭子）打敗越國，越王勾踐請和。伍員勸夫差乘勝滅越，夫差不聽；後來夫差聽信讒言，懷疑伍員不忠，賜劍逼伍員自殺。伍員臨死前對左右的人說：「剜出我的眼珠掛在東門上，看越寇進來滅亡吳國。」夫差知道大怒，把伍員的屍首盛在皮袋裏，拋入江中，九年以後，越國果然滅掉吳國。鴟夷：皮革製的口袋。⑬先論：預見。指伍子胥預見吳國不滅掉越國，越國就會滅掉吳國。⑭量：胸懷度量。⑮離：同「罹」，遭受。⑯墮：同「隳」，毀壞。⑰數：屢，常。⑱疏遠：指自己是被燕惠王疏遠了的人。行：行爲，心跡。

【譯文】

昌國君樂毅，替燕昭王集合韓、趙、魏、楚、燕五國的軍隊共同去攻打齊國。攻下七十多座城池，全都改爲郡縣歸屬於燕國。還有三座城池沒有攻下，燕昭王就死了。燕惠王即位，聽信了齊國人的離間，懷疑樂毅，就派騎劫代替樂毅作大將。樂毅便逃到趙國去，趙國封他做望諸君。後來齊將田單用計詐騙騎劫，結果大敗燕軍，又收復七十多座城池，光復了齊國。

燕惠王感到後悔，怕趙國重用樂毅，乘著燕國被齊國打敗了的機會來攻打燕國。燕王就派人去責備樂毅，並向他道歉說：「先王把整個國家都托付給將軍，將軍爲燕國攻破齊國，報了先王的仇，天下沒有誰不震動，我哪敢一天忘記將軍的大功呢？正碰上先王拋下羣臣與世長辭，我剛剛即位，左右的人誤了我，我叫騎劫代替將軍，是考慮到將軍長期風餐露宿在外，所以召回將軍，暫且休息一下並共同商議國事，將軍誤會了我，因而同我有了隔閡，便拋棄燕王而投奔趙國。將軍爲自己考慮是可以的，可是怎樣來報答先王知遇將軍的恩情呢？」

望諸君樂毅就派人送信回答燕王說：

「我沒有才智，不能夠承受先王遺留下來的教誨，順從您的心意，以致損傷先王知人善任的英明，又使您落個不義的名聲，因此逃奔到趙國。自己寧願背著不賢的罪名，不敢爲自己辯解。如今大王派使者來數說我的罪過，我怕你不了解先王爲什麼要厚待寵信我的道理，而且又不明白我奉事先王的一片忠心，因此大膽地寫下這封信來回答您。

「我聽說賢聖的君主，不拿俸祿私自給他的親信，功勞多的才授給他；不拿官職隨意賜給他偏愛的人，能夠勝任的才使用他。因此審察誰有才能就授給誰官職的，是能夠成就功業的君主；衡量誰品行好就和誰結交的，是能夠成就名聲的人。我憑所學到的知識來看，先王的舉止措施高出當今一般人的見解，因此我向魏王借用出使的符節，得以親自來到燕國考察。先王過分抬舉，把我從賓客中提拔上來，安置我的職位高於許多臣子，沒有和父老兄弟商量，便叫我做了燕國的亞卿。我自以爲只要奉行先王的命令，接受先王的教誨，便可以僥倖免除罪過了，因此接受了任命，沒有推辭。

「先王命令我說：『我有積累了幾代的冤仇，對齊國深爲痛恨，因此不估量自己國小力弱，想把報復齊國作爲首要大事。』我回答說：『那齊國，還保持稱霸的遺業，而且有屢屢打勝仗的經驗，熟習軍事，慣於作戰。大王如果要出兵伐，那就必須聯合天下的力量來對付它。聯合天下的力量來對付它，沒有比聯絡趙國更直接的了。況且淮北、宋地，是楚國、魏國都希望得到的地方。趙國如果答應結約，楚、趙、宋都能盡力，四個國家攻打齊國，就可以大破齊國。』先王說『好。』我便接受先王的親口命令，拿著符節，向南出使趙國，又趕快回來，跟隨先王起兵伐齊，憑藉上天的贊助，先王的威靈，河北的地利，跟隨先王一下子占有了齊國的濟上。來到濟上的燕軍，奉令進攻齊軍，取得巨大勝利。輕裝的精銳部隊長驅而入，一直攻到齊國國都，齊湣王逃到莒城，僅僅保住了性命。齊國的珠玉、財寶、戰車冑甲，珍貴器物全被收繳到燕國：大呂鐘擺在元英殿前；被齊奪走的燕鼎又回到燕國，放在歷室；齊國的貴重器物陳列在寧台殿；而燕都薊丘的竹木種植在齊國汶水的竹田里。以春秋五霸以來，功勞沒有誰比得上先王的。先王感到如願以償，認爲我沒有辜負使命，所以割地封我，使我能夠和小國諸侯相比。我沒有才能，自認爲只要奉行先王的命令，接受先王的教誨，便可以僥倖免除罪過了，因此接受任命，沒有推辭。

「我聽說賢明的君主，功業建立起來了就不會廢棄，所以能載入史册；有預見的賢士，名聲成就了就不會毀壞，所以被後世稱道。先王的報仇雪恥，削平了擁有萬輛兵車的强國，收取齊國八百年蓄積的珍寶；待到拋下羣臣逝世之日，給子孫留下遺詔，意義深遠。因此，執政任事的大臣能夠遵循法令，預防庶出的兒子爭奪王位，把好處施給全國百姓。先王的這些遺教，都是可以教育後代的啊！

「我聽說善於開創事業的人不一定善於守成，有個好開頭的不一定有個好結果。從前，伍子胥的主張被吳王闔閭採納接受，所以吳王闔閭能夠遠征到楚國的都城郢。吳王夫差卻不是這樣，還把伍子胥的屍體裝在皮口袋裏拋入大江。吳王夫差不明白伍子胥的預見可以用來建立功業，因而把伍子胥的屍體沉到江中也不後悔。伍子胥沒有及早認識到闔閭和夫差兩個君主的胸懷度量不同，因而到死沒有改變態度。

「避免自己一死，保全伐齊的功勞，以顯示先王的業績，這是我的上策，遭受誹謗責難，敗壞先王知人善用的好名聲，這是我的最大的恐懼；面臨不可預測的大罪，卻想僥倖助趙伐燕來謀取私利，在道義上我是不敢這樣做的。

「我聽說古代的君子，與人絕交後不說傷人家的壞話；忠臣離開朝廷的時候，也不毀謗君主來洗刷自己的名聲。我雖然沒有才智，卻多次從賢人君子那裏受到教誨，恐怕您聽信左右親近的人的話，不能考察我這個被疏遠的人的行爲，因此冒昧寫下這封信回答您，希望大王用心考察一下吧！」

諫逐客書

李斯[1]

【題解】

戰國時很多客卿來到秦國，影響了秦國貴族的權勢。適逢韓國派鄭國來秦，勸秦王大規模興修水利，企圖消耗秦的國力，以免對韓用兵。此事洩露後，秦國貴族一味攻擊客卿皆間諜，勸秦王驅逐所有客卿。李斯也在被逐之列，故寫下這篇「諫逐客書」。

本文引用充足的歷史事實，先正面立論，說明各客卿有功於秦國，又設妙喻，以不拒他國的珍寶器物與逐客相比，歸結指出逐客的危害性。行文中，多用排比，反覆論證，很有說服力，使秦王不得不除逐客之令。

秦宗室大臣皆言秦王曰[2]：「諸侯人來事秦者，大抵爲其主遊間於秦耳[3]，請一切逐客[4]。」李斯議亦在逐中。斯乃上書曰：

【注釋】

[1]李斯：楚國上蔡（今河南上蔡縣）人，荀卿的學生。他游說秦，秦王拜他爲客卿。後來，幫助秦王（即秦始皇）統一天下，當了丞相。秦二世時，被趙高陷害腰斬於咸陽。諫：規勸君主、尊長或朋友，使改正錯誤。[2]宗室：與國君同一祖宗的貴族。[3]間：離間。[4]逐客：指當時在秦國做官任事的外籍人。

「臣聞吏議逐客，竊以爲過矣。

「昔穆公求士[1]，西取由余於戎[2]，東得百里奚於宛[3]，迎蹇叔於宋[4]，求丕豹、公孫支於晉[5]。此五子者，不產於秦，而穆公用之，并國二十，遂霸西戎。孝公用商鞅之法[6]，移風易俗，民以殷盛，國以富强，百姓樂用[7]，諸侯親服，獲楚、魏之師[8]，舉地千里[9]，至今治强。惠王用張儀之計[10]，拔三川之地[11]，西并巴蜀[12]，北收上郡[13]，南取漢中[14]，包九夷[15]，制鄢郢[16]，東據成皋之險[17]，割膏腴之壤，遂散六國之從[18]，使之西面事秦，功施到今[19]。昭王得范雎，廢穰侯，逐華陽[20]，强公室，杜私門[21]，蠶食諸侯，使秦成帝業。此四者君者，皆以客之功。由此觀之，客何負於秦哉？向使四君卻客而不內[22]，疏士而不用，是使國無富利之實，而秦無强大之名也。

【注釋】

[1]穆公：即秦穆公。春秋五霸之一。[2]由余：晉國人，先在西戎任職，後來秦穆公設法使他投奔秦國。戎：西戎，我國西部的少數民族。[3]百里奚：楚國人，原爲虞國的大夫。晉滅虞，奚被伏，作爲晉獻公女兒陪嫁的奴僕入秦。後逃入楚，被楚人捉住。穆公聽說他很有能力，使用五張羊皮贖了他，並任用爲大夫。宛：楚地，今河南南陽市。[4]蹇叔：百里奚的朋友，住在宋國，經百里奚推荐入秦，封爲上大夫，參見《蹇叔哭師》。[5]丕豹：晉大夫丕鄭的兒子，丕鄭被殺，豹奔秦，穆公任用爲將。公孫友：又名子桑，先游晉，後歸秦爲穆公謀臣。[6]商鞅：戰國時衛人，姓公孫，名鞅，又稱衛鞅。佐秦孝公變法，使秦富强，孝公以商於之地封鞅，號爲商君。[7]樂用，樂於被使用，即肯爲國出力。[8]獲楚魏之師：楚宣王三十年，秦封衛鞅於商，南侵楚。秦孝公二十二年，商鞅擊敗魏軍，俘魏公子卬，得魏河西之地。[9]舉：攻取，占領。[10]惠王：秦孝公的兒子，又稱惠文王。張儀：魏國人，惠王用爲丞相，爲秦定連橫之計，游說諸侯事奉秦國。[11]三川：約今河南洛陽市一帶。這個地區有黃河，伊水，洛水三條河，所以稱三川。[12]巴、蜀：原爲二國名，都在今四川省。[13]上郡：本魏地，在今陝西榆林一帶。[14]漢中，在今陝西漢中地區，原屬楚國，後被秦國所占。[15]九夷：指當時楚國境內的

許多少數民族。九，泛言其多。夷，當時對南方少數民族的稱呼。16鄢：楚地名，在今湖北宜城縣。郢：楚國的都城，在今湖北江陵縣。17成皋：即今河南省蓉陽縣虎牢關，古代是一個軍事要地。18六國之從：指韓、魏、趙、齊、燕、楚聯合抗秦的合縱政策。從，同「縱」。19施：延續。20穰侯：即魏冉，秦昭王的舅父，曾為相國。華陽：即華陽君，名芈戎。21强：加强。杜：限制。22向使：假使。卻：匙絕。內：同「納」。

今陛下致崑山之玉1，有隨和之寶2，垂明月之珠，服太阿之劍3，乘纖離之馬4，建翠鳳之旗5，樹靈鼉之鼓6。此數寶者，秦不生一焉，而陛下說之7，何也？必秦國之所生然後可，則是夜光之璧，不飾朝廷；犀象之器8，不為玩好；鄭衛之女9，不充後宮；而駿馬駃騠10，不實外廄；江南金錫不為用，西蜀丹青不為采11。所以飾後宮，充下陳12，娛心意，說耳目者，必出於秦然後可，則是宛珠之簪13，傅璣之珥14，阿縞之衣15，錦繡之飾，不進於前，而隨俗雅化16，佳冶窈窕17，趙女不立於側也。夫擊甕叩缶18，彈箏搏髀19，而歌呼嗚嗚快耳者，真秦之聲也；鄭衛桑間20，韶虞、武象者21，異國之樂也。今棄擊甕叩缶而就鄭衛，退彈箏而取韶虞，若是者何也？快意當前，適觀而已矣。今取人則不然，不問可否，不論曲直，非秦者去，為客者逐。然則是所重者在乎色、樂、珠、玉，而所輕者在乎人民也。此非所以跨海內，制諸侯之術也22。

【注釋】

1崑山：在今新疆和闐縣，以出產美玉著稱。2隨、和之寶：指隨侯之珠與和氏之璧，都是古代最著名的珍寶。3太阿：利劍名，相傳為吳國的歐冶子、干將合鑄。4纖離：駿馬名。5翠鳳之旗：用翠取的羽毛作裝飾的旗幟。6靈鼉：一種類似鱷魚的爬行動物，其皮可以製鼓，鼓聲洪亮。7說：同「悅」。8犀象之器：用犀牛象角和象牙製作的器具。9當時人們認爲鄭、衛之地多美女。10駃騠：良馬名。11丹青：丹沙、靛青之類，可作繪畫的顏料，西蜀盛產。12下陳：台階下面姬妾歌舞的地方。13宛珠：宛地的珠。14傅：同「附」，附著，璣：不圓的珠。珥：耳環。15阿：齊國東阿（今山東東阿）。縞：白色的絹。16俗：世俗。雅：優雅。17佳冶：美好艷麗。18甕：盛水的壇。缶：瓦器。19箏：竹製樂器名。髀：大腿。20桑間：衛國地名，在濮水上。當時那裏的地方音樂很出名。21韶虞：相傳是舜時的樂曲。武象：周樂。22跨：凌駕。比喻統一。

臣聞地產者粟多，國大者人衆，兵强則士勇。是以泰山不讓土壤1，故能成其大；河海不擇細流2，故能就其深；王者不卻衆庶，故能明其德。是以地無四方，民無異國，四時充美，鬼神降福，此五帝三王之所以無敵也3。今乃棄黔首以資敵國4，卻賓客以業諸侯5，使天下之士退而不敢西向，裹足不入秦，此所謂藉寇兵而齎盜糧者也6。

夫物不產於秦，可寶者多；士不產於秦，而願忠者衆。今逐客以資敵國，損民以益讎，內自虛而外樹怨於諸侯7，求國之無危，不可得也。」

秦王乃除逐客之令，復李斯官。

【注釋】

1讓：捨棄，拒絕。2擇：排除。3五帝：指黃帝、顓頊、帝嚳、唐堯、虞舜。三王：指夏禹、商湯、周文王。4黔首：秦稱百姓爲黔首。黔，黑色。5業：作動詞用，促成其事的意思。6齎：贈送，給與。7外樹怨諸侯：意思是把客籍人趕回各國，這些人會怨恨秦國，極力輔佐諸侯攻秦。這等於秦王自己在外部樹立了衆多的仇敵。

【譯文】

秦國的宗室大臣們一起向秦王說：「各諸侯國人來服事秦國的，大都是在替他們的君主進行遊說、離間，請把所有的客籍人都趕走。」李斯也是在商議中要被驅逐的一個。李斯就寫信給秦王說：

「聽說官使們商議趕走客籍人，我私下認爲這樣做是錯誤的。

「從前，穆公訪求賢士，西邊從戎族那裡選拔了由余，東面從楚國的宛縣得到了百里奚，從宋國迎來了蹇叔，從晉國來了丕豹和公孫友。這五個人，都不出生在秦國，可是穆公重用他們，因而兼并了二十個小國，於是稱霸西戎。孝公採用了商鞅的新法，移風易俗，百姓因此興旺富足，國家因此繁榮富强，百姓都樂意爲國出力，各諸國都對秦國親善歸服，戰勝了楚、魏的軍隊，攻取了上千里的土地，使得秦國至今還保持安定强盛，惠王採用張儀的計策，攻取了三川的土地，向西吞并了巴、蜀，向北收得了上郡，向南奪取了漢中，拿下了廣大少數民族地區，控制著楚國的鄢、郢，向東占據了成皋的天險，取得了大片肥沃的土地。於是離散了韓、魏、趙、齊、楚、燕六國的合縱聯盟，使他們都尊崇、侍奉秦國，這功勞一直延續到今天。昭王得到范雎，廢除穰侯，驅逐華陽君，加强王室的權力，限制豪門貴族的勢力。漸漸地吞并諸侯各國，幫助秦國建成帝王的事業。這四位君主，都憑借了客籍人的功勞。由此看來，客籍人哪裏辜負了秦國呢！假使這四位君主拒絕不接納客籍人，疏遠賢士而不用，這就是使國家沒有富足的實力，而秦國也沒有强大的名聲了。

「現在陛下得到了崑崙山的寶玉，有了隨侯珠、和氏璧，懸掛著光如明月的珍珠，佩帶著太阿寶劍，乘坐名叫纖離的駿馬，豎著用翠取羽毛作裝飾的彩旗，擺設著鱷魚皮蒙的大鼓。這幾種寶物秦國不出產一種，可是陛下非常喜愛它們，這是爲什麼呢？一定要秦國出產的才能用，那麼這種夜光璧就不能裝飾朝廷，犀牛角和象牙製的器物就不能做玩賞的東西，鄭衛兩國的美女就不能住滿後宮，而且駿馬駃騠不該關滿外面的馬欄，江南的銅錫不該用作器物，西蜀的丹青不能用來做顏料，凡是裝飾後宮的珠玉充滿台階下面的姬妾、娛樂心意的器物、悅耳目的音樂圖畫等，如果一定要出產在秦國的才可用，那麼，這些嵌著宛珠的簪子，鑲著小珠的耳環，東阿白絹做成的衣服，錦繡的飾物，就不能進獻到您面前，而且打扮時髦，豔麗苗條的趙國女子就不能侍立在您的身邊了。敲打著瓦甕瓦缽，彈著竹箏，拍腿打拍子，唱著嗚嗚的歌曲來娛人耳目的，才眞正是秦國的音樂呢！鄭、衛、桑間的音樂，以及韶虞、武象，是別國的音樂呢！如今拋棄敲打瓦器而欣賞鄭衛的音樂，撤走竹箏而選擇韶虞的樂曲，像這樣做是爲了什麼呢？還不是爲了眼前的心情愉快，適合觀賞罷了。如今您用人卻不肯這樣做，不問適宜不適宜，不論正確不正確，凡不是秦國人就要他離開，只要是客籍人就趕走。這樣做就說明，你所重視的是女色、音樂、珍珠、寶玉，而所輕視的則是人才了，這可不是統一天下，制服諸侯的策略啊。

「我聽說土地廣大的糧食就豐富，國家大的人口就衆多，武器精銳，兵士就勇敢。因此泰山不拒絕土壤，所以能形成它的高大；河海不排除細流，所以能形成它的深廣；君主不拒絕庶民，所以能顯示他的厚德。因此說地不分東西南北，人民不分本國別國，能夠四季都富庶美好，鬼神都來保佑。這就是五帝、三王無敵於天下的根本原因。現在您竟然拋棄百姓去資助敵國，驅逐客籍人去成就別國諸侯的事業，使天下的賢士都退縮畏懼，不敢向西，停住腳步不肯進入秦國，這就叫做借武器給敵人，送糧食給盜賊啊。

「物品不出產在秦國，可是值得珍貴的很多；賢士不出生在秦國，但願意效忠秦國的很多。現在驅逐客籍人去資助敵國，損害百姓去增加對手的力量，使得國家內部空虛；而在對外又結怨於諸侯，想求得國家沒有危險，是辦不到的啊！」

秦王（看了李斯的書信）便撤銷逐客的命令，恢復了李斯的官職。

卜居[1]《楚辭》[2]

【題解】

屈原「信而見疑，忠而被謗」，遭到奸臣昏君的迫害，被放逐在外。他鬱塞了滿股的愁怨和苦悶，通過卜問，抒發了自己對黑白顛倒、是非混淆的不公平世界的憤懣和詰責，表現了自己堅持真理和正義，不向奸佞妥協的高尚人格和戰鬥精神。

文中大量運用了排比、對比、反問、比喻等修辭手法，氣勢雄壯、形象鮮明、文彩燦然。

屈原既放[3]，三年不得復見。竭知盡忠[4]，而蔽障於讒[5]。心煩慮亂，不知所從，乃往見太卜鄭詹尹[6]，曰：「余有所疑，願因先生決之[7]。」詹尹乃端策拂龜[8]，曰：「君將何以教之？」

【注釋】

[1]《卜居》，《楚辭》篇名。東漢王逸認爲是屈原所作，也有人認爲不是屈原的作品。卜居，占卜自己該怎樣處世，何去何從。[2]《楚辭》：詩歌總集名。西漢劉向輯。收戰國時楚人屈原、宋玉及漢代淮南小山、東方朔、王褒、劉向等人的作品十六篇，其中以屈原的作品爲主。這些作品的風格、形式一致或相近，並運用了楚地的文學樣式，方言聲韻和風土物產，具有濃厚的地方色彩，故稱《楚辭》。[3]屈原：前三四〇年至前二一八年，名平，字原，楚國貴族。曾任楚懷王的左徒、三閭大夫等官。後被流放，最後投汨羅江而死。作品有《離騷》、《九歌》、《九章》、《天問》等。其生平詳見《史記·屈列傳》。放：流放。屈原在前三〇四年至前三〇二年曾被放逐江北（今湖北竹山對岸）一帶。[4]知：一作「智」。[5]蔽：障，遮蔽阻擋。[6]太卜：官名上官之長。鄭詹

。7決：決斷。8策：蓍草。龜：龜殼。策和龜都是古代占卜用的工具。

吾寧悃悃款款，朴以忠乎1？將送往勞來斯無窮乎？寧誅鋤草茆2以力耕

以成名乎？寧正言不諱以危身乎？將從俗富貴以偷生乎？寧超然高舉以保眞

慄斯，喔咿嚅唲以事婦人乎5？寧廉潔正直以自清乎？將突梯滑稽6，如脂如

韋7，以潔楹乎8？寧昂昂若千里之駒乎9？將泛泛若水中之鳧10，與波上下，偷以全吾軀乎？寧與騏驥亢軛乎11？將隨駑馬之跡乎12？寧與黃鵠比翼乎13？將與雞鶩爭食乎14？此孰吉孰凶？何去何從？世溷濁而不清15，蟬翼爲重，千鈞爲輕16。黃鐘毀棄17，瓦釜雷鳴18。讒人高張19，賢士無名。吁嗟默默兮20，誰知吾之廉貞？」

【注釋】

1寧……得……：寧可……還是……，選擇句式。悃悃款款：忠心耿耿的樣子。送往勞來：對來來往往的客人，不停地交談迎送。指忙於世俗的應酬，鑽營奔走。2誅：鏟除。茆：通此「茅」，茅草。3游大人：奔走於達客貴人中間。4眞：本來面看。5哫訾：阿諛奉承。慄斯：小心獻媚。斯：虛詞。喔咿嚅唲：强顏歡笑的樣子。婦人：指鄭袖，楚懷王的寵妃。6突梯滑稽：圓滑詭詐的意思。7脂：豬油。韋：柔軟的熟皮革。8潔：用繩子圍繞圓柱形物體。楹：柱子。9昂昂：氣概不乏的樣子。10泛泛：浮游無定的樣子。鳧：野鴨。11騏驥：兩種良馬名。亢：通「伉」，並列。軛：馬具。狀如人字形，套在馬的頸部。12駑馬，劣馬。13黃鵠：天鵝。14鶩：鴨。15溷濁：渾濁。16鈞：古代重量單位，三十斤爲一鈞。17黃鐘：樂器。比喻有才能的人。18瓦釜：用陶土燒製的鍋。比喻無才無德的人。19高張：竊居高位。趾高氣揚。張：驕橫自大。20默默：一作「嘿嘿」。無言的樣子。

詹尹乃釋策而謝曰：「夫尺有所短，寸有所長；物有所不足，智有所不明；數有所不逮[1]，神有所不通[2]。用君之心，行君之意。龜策誠不能知此事。」

【注釋】

[1]數：指占卜。逮：達到。[2]神：神靈。通：了解，溝通。

【譯文】

屈原被放逐後，有三年沒有再見到楚懷王。他使出全部的才智來盡忠國家，卻受到讒佞之人的壓制。他心煩意亂，不知道該怎麼辦才好。於是去見太卜鄭詹尹，說：「我有些迷惑不解的事，希望能根據您的幫助得到解決。」詹尹於是擺出蓍草，拂去龜殼上的灰塵，說：「您要對我說什麼呢？」

屈原說：「我寧可忠心耿耿，保持誠樸忠厚的心地呢？還是應當到處周旋逢迎，力求不陷於困境呢？寧可鋤掉雜草，盡力耕作呢？還是去遊說諸侯，謀取功名呢？寧可直言不諱，危害自身呢？還是隨波逐流，謀取富貴，苟且偷生呢？寧可遠離塵世，隱居山林，保持自己純眞的本性呢？還是阿諛奉承，奴顏婢膝，去迎合那個人呢？寧可廉潔正直，使自己清清白白呢？還是圓滑詭詐，毫無骨氣地圍著別人轉呢？寧可氣宇軒昂，像匹千里馬？還是浮游不定，像那水中的野鴨呢？隨著波浪的起伏，苟且保全我的性命呢？寧肯和良馬並駕齊驅呢？還是跟在劣馬後面亦步亦趨呢？寧可和天鵝比翼高飛呢？還是和雞鴨一起在地上爭食呢？所有這些，哪個吉利？哪個凶險？什麼應當拋棄？什麼應當遵從？這個世界渾濁不清，把薄薄的蟬翼說成很重很重，將千鈞的重物看得輕而又輕。把那黃銅做的編鐘毀棄不用，卻把那土燒的瓦鍋打得如同雷鳴。諂諛小人高高在上，氣焰囂張，賢良君子默無聲息。唉！還有什麼可說的呢，誰人知道我的廉潔和忠貞！」

詹尹於是放下蓍草，表示抱歉說：「尺有顯得短的地方，寸有顯得長的時候。任何事物都有欠缺，智慧有不明瞭的地方，占卜有不能預料的地方，神靈有無法了解的地方。按照您的心意，實行您的主張。我的龜殼和蓍草實在不知道這些事情。」

宋玉對楚王問[1]《楚辭》

【題解】

宋玉爲了辯駁楚王的詰責，卻從音樂談起，指出曲高和寡這一現象。接著通過鳳與鷃、鯤與鯢的鮮明對比，説明俗人是無法理解聖人的，這樣就維護了自己的清白。通篇流露了宋玉的孤高之情，反映了他在政治上不得意的怨忿。

這篇文章委婉含蓄，形象瑰奇，手法誇張，文辭華美。確是辭賦中的精品。

楚襄王問於宋玉曰：「先生其有遺行與[2]？何士民衆庶不譽之甚也[3]？」

宋玉對曰：「唯，然[4]，有之[5]。願大王寬其罪，使得畢其辭。

「客有歌於郢中者[6]。其始曰《下里巴人》[7]，國中屬而和者數千人[8]。其爲《陽阿薤露》[9]，國中屬而和者數百人。其爲《陽春白雪》[10]，國中屬而和者，不過數十人。引商刻羽[11]，雜以流徵[12]，國中屬而和者，不過數人而已，是其曲彌高，其和彌寡[13]。

故鳥有鳳而魚有鯤[14]。鳳凰上擊九千里，絕雲霓，負蒼天[15]，足亂浮雲，翱翔乎杳冥之上[16]。夫藩籬之鷃[17]，豈能與之料天地之高哉[18]？鯤魚朝發崑崙之墟[19]，暴鬐於碣石[20]，暮宿孟諸[21]；夫尺澤之鯢[22]，豈能與之量江海之大哉[23]！

「故非獨鳥有鳳而魚有鯤也，士亦有之。夫聖人瑰意琦行[24]，超然獨處[25]，世俗之民，又安知臣之所爲哉？」

【注釋】

[1]宋玉：戰國後期楚國著名辭賦家，屈原後出生，和唐勒、景差同時。他是屈原的學生，曾爲頃襄王小臣。楚王：楚襄王，亦即楚頃襄王，名橫，楚懷王之子，前二九八年至前二六三年在位。[2]遺行：可遺棄的行爲。搞不好的行爲。一說：遺釋爲失，遺行即不對的行爲。[3]庶：衆。譽：稱贊。[4]唯：敬謹答應之辭，相當於「是」、「嗯」等。然：是的。[5]有之：有這事。[6]郢：楚國都城，在今湖北江陵東北。[7]《下里巴人》：楚國通俗的民間歌曲。[8]屬：接續。和：應和。[9]《陽阿薤露》：楚國較爲高雅的歌曲名。[10]《陽春白雪》：楚國高雅的歌曲名。[11]引商刻羽：古代以宮、商、角、徵、羽爲五音，也稱五聲。其中商聲輕勁敏疾，羽聲低平掩映，所以引高其聲而爲商音，減低其聲而爲羽音。刻：削、減。[12]流徵：流動的徵音，其聲抑揚連續。[13]稱：越。寡：少。[14]鯤：古代傳說中的大魚。[15]絕：超越。負：背著。[16]杳冥：指極高極遠看不清的地方。杳：高遠。冥：幽深。[17]藩籬：籬笆。鷃：小鳥。[18]料：計數。[19]崑崙之墟：崑崙山。墟：山基。[20]暴：通「曝」，晒。鬐：通「鰭」，魚脊背。碣石：海邊山名，在今河北省昌黎縣。[21]孟諸：大澤名，在今河南商丘縣東北。[22]尺澤：一尺來深的水塘。鯢：小魚。[23]量：計量。[24]瑰意琦行：宏大的志向，美好的行爲。瑰：大。琦：美。[25]超：高遠之意。

【譯文】

楚襄王問宋玉說：「先生也有不檢點的行爲吧？爲什麼那麼多人都對你有極大的不滿情緒呢？」

宋玉回答說：「嗯，是的。有這種情況。希望你能寬恕我的過錯，讓我把話說完。

「在都城中有一個唱歌的外地人，他開始時唱《下里巴人》這首歌，城中能和他接唱應和的有幾千人；當他唱《陽阿薤露》時，能和他接唱接首的還有幾百人；當他唱《陽春白雪》時，能和他接唱應和的就只有幾十個人了。當他一會兒高唱商聲，一會兒低唱羽聲，又夾雜著流動的徵音時，全城中能和他接唱應和的反剩下幾個人了。這樣看來，曲調越高雅，能夠應和的人就越少。

「所以鳥中有鳳凰，魚中有鯤魚。鳳凰向上飛了九千里，超越了雲霞，背負蒼天，腳攪亂浮雲，在那遙遠幽深的天空中自由地飛翔；那種生活在籬笆蒿草間的鷃鳥，又怎能和鳳凰一起估算天地的高大呢！鯤魚早上從昆侖山下出發，白天在碣石晒脊背，傍晚在孟諸過夜；那尺把深的泥培中的小魚，又怎能和鯤魚衡量長江大海的深廣呢？

「因此不只是鳥類中有鳳凰而魚類中有鯤魚，士人當中也有傑出的人才。聖人的偉大志向和美好操行，超出常人而獨自存在，一般的人又怎能知道我的所作所爲呢？」

卷三　漢文

五帝本紀贊①《史記》

【題解】

本文表明司馬遷對有關史料作了考訂、分析，並到有關地區進行考察，得出古文《尚書》和不被儒者們重視的《五帝德》、《帝係姓》等書所記載的史料接近歷史真實情況的結論。說明了司馬遷對古代歷史文獻的傳說的求實精神和慎重態度。

太史公曰②：「學者多稱五帝，尚矣③。然《尚書》獨載堯以來④，而百家言黃帝，其文不雅馴⑤，薦紳先生難言之⑥。孔子所傳《宰予問五帝德》及《帝係姓》⑦，儒者或不傳⑧。余嘗西至空峒⑨，北過涿鹿⑩，東漸於海⑪，南浮江淮矣⑫，至長老皆各往往稱黃帝堯舜之處⑬，風教固殊焉⑭。總之不離古文者近是⑮。予觀《春秋》、《國語》⑯，其發明《五帝德》、《帝係姓》章矣⑰，顧弟弗深考⑱，其所表現皆不虛⑲。《書》缺有間矣⑳，其軼乃時見於他說㉑。非爲學深思，心知其意，固難爲淺見寡聞道也。余并論次，擇其言尤雅者，故著爲本紀書首。」

【注釋】

①五帝本紀贊：本文選自司馬遷所著的《史記》。

司馬遷（約西元前一四五年——？），字子長，夏陽人，西漢史學家、文學家、思想家。他幼年刻苦讀書，青年時遊歷各地，遊蹤幾乎遍及全國，考察風俗，採集傳說。武帝元封三年，繼父職任太史令，有機會博覽政府所藏大量書籍。太初元年開始草手編寫史書。天漢二年，因替李陵辯解，得罪下獄，身受腐刑，出獄後，任中書令，發憤繼續完成所著史籍，人們原稱此書爲《太史公書》，後來稱爲《史記》。

《史記》是我國第一部以人物爲中心的紀傳體通史，上起傳說中的黃帝，下迄漢武帝太初年間，記載了上下三千年的歷史，共五十二萬餘字，一百三十篇。其中本紀十二篇，按年代順序記述帝王的言行和政績；表十篇，按年代譜列各時期的重大事件；書八篇，書記有關經濟，政治和文化制度；世家三十篇，主要記載各諸侯國的興衰；列傳七十篇，記載各類歷史人物的活動；這五種體裁文中，本紀和列傳是此書的主體，因此人們把《史記》的編寫方法叫做紀傳體。②太史公：司馬遷自稱③尚：文遠。④《尚書》：是一部奴隸時代的歷史文獻匯編，主要記載商、周帝王的言論與文告，同時也有東周、戰國時代人根據傳說編造的虞，夏史書的記載，從漢代起稱爲《書經》。⑤雅馴：正確可信。雅：正確。馴：通「訓」。此爲說得通、合理之意。⑥薦紳：同「措紳」。措，插。紳，大帶。古代官員上朝時把手裏拿著的笏版插在腰帶上。故稱士大夫爲「措紳」。⑦《宰予問五帝德》、《帝係姓》：是《大戴禮記》和《孔子家語》中的篇名。⑧或：有的人。⑨空峒：山名，也寫作「崆峒」。⑩涿鹿：山名，山側有涿鹿城，傳說黃帝堯、舜都曾在這裏建都。⑪漸：至，達到。⑫浮：乘船而行。⑬長老：指年長的人。⑭風教：風俗教化。⑮古文：指《尚書》、《宰予問五帝德》《帝係姓》。近是：近於是，近於正確。⑯予：我。⑰章：同「彰」。明白、顯著。⑱顧：但。弟通「第」，只是。⑲見通「現」。⑳有間：有年月長。㉑軼：通「佚」，散失。

【譯文】

太史公說：學者所常常說到五帝，五帝距離今天已經很長時間了，就是《尚書》也只記載了堯以來的史事，而諸子百家提到黃帝，他們的記述都不嚴謹可信，所以士大夫也無法說清楚。孔子所傳的《宰予問五帝德》和《帝係姓》，儒者多不傳授學習。我曾經西到崆峒山，北過涿鹿山，東達大海，南渡江淮，到過那些老人都各自經常談論黃帝、堯、舜的地方，其風俗教化本來有所不同。總的說來以不違背古記載的說法爲接近正確。我看《春秋》、《國語》，其中闡發《五帝德》、《帝係姓》兩篇，非常明顯，但是學者不深入考察，其實它們的記載都是可信的。《尚書》殘缺已經有較長的時間了，它所缺失的內容常常可在其它的著作中見到。如果不是好學深思，領會書中意旨的人，本來就很難和見識淺薄、孤陋寡聞的人說清楚。我把有關五帝的材料綜合起來，加以論定編排，選擇那些最爲正確可信的，寫成《五帝本紀》，作爲十二本紀的開頭。

項羽本紀贊[1] 《史記》

【題解】

本文通過對項羽一生經歷的簡述，真實再現了秦漢之際風雲變幻的歷史畫面，成功的描繪了項羽這一歷史人物的典型性格。司馬遷肯定了項羽起兵反秦，推翻秦王朝的歷史功績，分析了項羽失敗的原因，批駁了他的宿命論思想。

太史公曰：吾聞之周生曰[2]：「舜目蓋重瞳子」[3]，又聞項羽亦重瞳子，羽豈其苗裔邪[4]？何興之暴也[5]！夫秦失其政，陳涉首難[6]，豪傑蜂起[7]，相與並爭，不可勝數[8]。然羽非有尺寸[9]，乘勢起隴畝之中[10]，三年，遂將五諸侯滅秦[11]，分裂天下而封王侯，政由羽出，號爲「霸王」。位雖不終，近古以來[12]，未嘗有也。及羽背關懷楚[13]，放逐義帝而自立[14]，怨王侯叛己，難矣。自矜功伐[15]，奮其私知而不師古，謂霸王之業[16]，欲以力征經營天下[17]，五年卒亡其國，身死東城[18]，尚不覺寤[19]，而不自責，過矣[20]。乃引「天亡我，非用兵之罪也」[21]，豈不謬哉！

【注釋】

[1]項羽本紀贊：項羽（前二三二——前二〇二年）：名籍，字羽，下相人。秦二世元年從叔父項梁起兵吳地反秦。秦王後，自立爲西楚霸王，大封王侯。在楚漢戰爭中，爲劉邦擊敗，最後從垓下（今安徽靈璧南）突圍至

烏江自殺。項羽是秦末及秦鬥爭中一個叱吒風雲的英雄人物，三年而亡暴秦，一度左右天下，但因其本身的弱點和政策的錯誤，終演成悲劇。司馬遷不以成敗論英雄，爲他立「本紀」，放在《秦始皇本紀》之後，《高祖本紀》之前。②周生：漢時儒者，生，先生，對前輩學者的尊稱。③重瞳子：雙瞳孔。④苗裔：後代子孫。⑤暴：突然。⑥陳涉：陳勝別名，秦末農民起義領袖。⑦蜂起：像衆多的蜂一起飛出。⑧勝：盡。⑨尺寸：長度單位，引申爲小，指尺寸封地。⑩隴畝：田野，這裏指民間。隴通「壟」。⑪將：率領。五諸侯：指原來的齊、趙、韓、魏、燕五國。⑫近古：春秋，戰國以來的時代。⑬背：放棄。關，關中之地，即秦地。⑭義帝：前二〇八年，項梁立楚懷王的孫子熊心爲王，仍稱楚懷王。前二〇六年，項羽分封諸王，表面上尊楚懷王爲義帝。前二〇五年，項羽派人殺死義帝。⑮矜：誇耀。伐：功勞。⑯謂：以爲。⑰經營：籌劃謀取。⑱東城：古縣名，在今安徽定遠縣東南。⑲寤：通「悟」，醒。⑳過，錯誤。㉑引：援引，作爲理由。

【譯文】

太史公說：我聽周先生說：「舜的眼睛大概是雙瞳孔的」。又時說項羽的眼睛也是雙瞳孔。項羽難道是舜的後代子孫嗎？他爲什麼能興起得這樣迅猛呢！當秦朝政治衰敗已極時，陳涉首先發動起義，天下豪傑紛紛起義，相互爭奪天下，多得不可勝數，而項羽並沒有尺寸地盤作爲依靠，卻趁著當時的形勢從民間崛起，三年的時間，便率領五國的諸侯滅掉了秦朝，把天下的土地分封給各個王侯，各項政令都由項羽制定。自號爲「霸王」。他的王位雖然沒有保持下來，但從近古以來像他這樣的還不曾有過。等到他放棄關中，懷戀楚地，放逐義帝自立爲王，就失去了人心，這時怨恨那些王侯背叛自己，就很困難了。項羽誇耀自己的功勞，自高自大，運用個人的才智而不效法古人，以爲霸王的事業只靠武力征伐，就能統治天下，只有五年的時間就亡了國，直到他自身死在東城，還不曾覺悟而責備自己，這實在是個大錯誤。他卻說：「這是上天要滅亡我，不是我用兵的錯誤」，這難道不是非常荒謬嗎！

秦楚之際月表《史記》

【題解】

秦楚之際是指秦二世胡亥在位時期和項羽統治時期。時間較短，但由於事件錯綜複雜，因此按月來記述，稱之爲「月表」。

本文是《秦楚之際月表》的序。作者高度概括了秦楚之際的風雲變幻：陳涉發難、項羽滅秦、劉邦稱帝，這些事都是在很短的時間內發生的，文章回顧了歷史上一些帝王統一天下的艱難歷程，揭示了秦亡漢興的原因。

太史公讀秦楚之際，曰：初作難，發於陳涉。虐戾[1]滅秦，自項氏。撥亂誅暴，平定海內，卒踐帝祚[2]，成於漢家。五年之間，號令三嬗[3]。自生民以來，未始有受命若斯之亟也[4]。

【注釋】

[1]虐戾：暴虐。[2]踐：登。祚：帝位。[3]五年：指公元前二〇七年至公元前二〇二年。號令：發號施令。這裡指代政權。嬗：變更。[4]受命：古代認爲做帝王是受天之命。亟：急。

昔虞夏之興[1]，積善累功數十年，德洽百姓，攝行政事[2]，考之於天，然後在位。湯武之王，乃由契后稷修仁行義十餘世3，不期而會孟津八百諸侯4，猶以為未可，其後乃放弒5。秦起襄公6，章於文、繆7獻孝之後8，稍以蠶食六國9，百有餘載，至始皇乃能并冠帶之倫10。以德若彼，用力如此，蓋一統若斯之難也！

【注釋】

1虞：虞舜。夏：夏禹。都是傳說中我國父系氏族社會後期的部落領袖。2洽：潤澤。攝：代理。3契：傳說中商的始祖。后稷：傳說中周的始祖。4孟津：古黃河渡口，在今河南孟津縣東北、孟縣西南。相傳周武王伐紂，在這裡盟會諸侯。5放弒：指湯放桀、武王伐紂之事。6秦起襄公：襄公：秦襄公。因護送周平王東遷有功，被平王封為諸侯，賜給岐西之地。從此秦國的地位日益上升。7章於文繆：章，彰著，顯大。文：秦文公。繆：秦穆公。8獻、孝：指秦獻公及其子秦孝公。9稍：逐漸。蠶食：象蠶吃桑汁，一口口咬抖。六國：指戰國時期的齊、楚、燕、韓、趙、魏。10冠帶：官吏或士大夫，這裡指六國諸侯。倫：同類。

秦既稱帝，患兵革不休，以有諸侯也。於是無尺土之封1，墮壞名城2，銷鋒鏑3，鉏豪傑4，維萬世之安5。然王跡之興，起於閭巷6，合從討伐，軼於三代7。鄉秦之禁8，適足以資賢者為驅除難耳。故憤發其所為天下雄9，安在無土不王10？此乃傳之所謂大聖乎？豈非天哉！豈非無哉！非大聖孰能當此受命而帝者乎？

【注釋】

1無尺土之封：秦設置郡縣，不封子弟功臣。2墮：通「隳」，毀壞。3銷鋒鏑：銷毀兵刃和箭頭。4鉏：通「鋤」，鏟除。5維：希望。6閭巷：里巷，指民間。7合從：從通縱，泛指聯合各地反秦的軍隊。軼：超過。8鄉秦之禁：鄉通「向」，從前。9所：所在，指地方。為：成了。10無土不王：當時流傳的古語。意為：「沒有封地便不能做王」。

【譯文】

太史公研讀秦楚之際的記載，說：最早發難反秦的是陳涉；用暴虐的手段滅掉秦朝的是項羽；撥亂反正，誅凶除暴、平定天下，最終登上帝位，取得成功的是漢。五年之間，政權變更了三次，自古以來，天命的變更，還不曾有這樣急促的。

當初虞夏興起之時，他們積累行善幾十年，累積功德，恩德潤澤百姓，代行君主的政事，然後還要受到上天的考驗，再才能登上帝位。商湯和周武稱王是由契和后稷開始，經過了十幾代修仁行義，到周武王時，竟然沒有約定就有八百諸侯到孟津集會，他還認爲時機沒到。到後來商湯才放逐了夏桀，武王才殺掉了殷紂。秦國是在襄公時開始興起，在文公、穆公時逐漸強大，到獻公、孝公之後，逐步侵占了六國的土地。經過了一百多年，到了秦始皇時才吞併了六國諸侯。實行德治要像虞、夏、湯、武那樣源遠流長，使用武力要像秦這樣年深日久，統一天下是如此艱難！

秦始皇稱帝之後，憂慮過去的戰爭所以不斷，是由於有諸侯的緣故。於是他對功臣、宗室連一尺土地都不分封，並且拆毀有名的城池，銷毀刀箭，鏟除英雄豪傑，以爲這樣就能保持帝業，長治久安。然而帝王的事業，却興起在普通街巷之中，天下英雄豪傑互相聯合，對伐暴秦，氣勢超過了前面的三代。從前秦朝的那些禁令，恰好幫助了賢能的人，幫助他們掃除了創業的艱難。因此漢高祖能從他所在的地方發憤而起，成了天下的英雄，怎麼能說：沒有封地便不能成爲帝王呢？這就是傳說中所講的大聖人嗎？這難道不是天意嗎！這難道不是天意嗎？如果不是大聖人，誰能在這亂世承受天命建立帝業呢？

高祖功臣侯者年表《史記》

【題解】

本文是年表的序言，目的在於探究列侯衰亡的原因。漢初劉邦的功臣有一百多人被封爲侯，但都很快衰微了。其原因一方面是由於漢朝法規日益嚴密，另一方面是由於列侯子孫因富貴而無視法律，往往犯法亡國。

太史公曰：古者人臣功有五品，以德立宗廟、定社稷曰勳①，以言曰勞，用力曰功，明其等曰伐，積日曰閱②。封爵之誓曰：「使河如帶，泰山若厲③，國以永寧，爰及苗裔④。」始未嘗不欲固其根本，而枝葉稍陵夷衰微也⑤。

【注釋】

①宗廟：古代帝主，諸侯或士大夫祭祀祖宗的廟宇。這裡指帝業。社稷：土地神和各神，古代指國家。②言：指出謀劃策，決定大事。明其等：分辨他們功勞的等差。伐：通「閥」功績。閱：經歷。③厲：同「礪」，磨刀石。④爰：乃。苗裔：後代子孫。⑤根本：指中央政權。枝葉：指皇帝的同宗旁支親屬。陵夷：高山逐漸變成平地，引申爲衰微。

余讀高祖侯功臣，察其首封，所以失之者，曰：異哉所聞！《書》曰：「協和萬國」，遷於夏商或數千歲。蓋周封八百，幽厲之後[2]，見於《春秋》。《尚書》有唐虞之侯伯，歷三代千有餘載，自全以蕃衛天子[3]，豈非篤於仁義[4]，奉上法哉？漢興，功臣受封者，百有餘人。天下初定，故大城名都散亡，户口可得而數者十二三。是以大侯不過萬家，小者五六百户。後數世，民咸歸鄉里，户益息[5]，蕭、曹、絳、灌之屬，或至四萬[6]，小侯自倍[7]，富厚如之。子孫驕溢[8]，忘其先，淫嬖[9]。至太初百年之間[10]，見侯五[11]，餘皆坐法隕命亡國[12]，耗矣。罔亦少密焉[13]，然皆身無兢兢於當世之禁云。

【注釋】

[1]協和萬國：見《尚書．堯典》。原文是「百姓昭明，協和萬邦」。漢避高祖劉邦諱，改「邦」爲國。[2]幽、厲：周幽王、周厲王。[3]蕃同「藩」，屏障。[4]篤：忠實。[5]息：滋息，繁育。[6]蕭、曹、絳、灌：指蕭何、曹參、絳侯周勃、灌嬰。都是漢初的主要功臣，被封爲侯。[7]自倍：指爲自己過去的一倍。[8]驕溢：驕傲自大，盛氣凌人。[9]淫嬖：淫亂邪惡。[10]太初：漢武帝年號（前一〇四——前一〇一年）。[11]見侯五：現在爲侯者僅剩下五人。見同「現」。[12]坐：因爲，由於。隕命：喪命。[13]罔：同「網」。法網。少：稍微。

居今之世，志古之道[1]，所以自鏡也，未必盡同。帝王者，各殊禮而異務，要以成功爲統紀，豈可緄乎[2]？觀所以得尊寵及所以廢辱，亦當世得失之林也[3]，何必舊聞？於是謹其終始，表見其文，頗有所不盡本末；著其明，疑者闕之[4]。後有君子，欲推而列之，得以覽焉。

【注釋】

1志：通「誌」，記住。2緄：縫合。3林：比喻聚集在一起。4闕：通「缺」。

【譯文】

太史公說：古時候臣子的功勞分爲五等：憑德行來建立帝業，安定國家的叫做勛；憑言論立功的叫做勞；憑力氣立功的叫做功；分辨他們功勞的大小叫做閥；按時日計算功績稱爲閱。封爵的誓詞說：「即使黃河細得和衣帶一樣，泰山消磨得像缺磨刀石，封國也永遠安寧，並延續到子孫後代。」起初未嘗不想鞏固他的根本，但到後來，他的枝葉却漸漸衰敗了。

我研讀了高祖時被封爲侯的功臣的材料，考察他們開始封與後來先去侯爵的原因之後，說：實際情況和傳聞根本不同。《尚書》說「在以前有許多國家和睦相處。」延續到夏、商有幾千年之久。周朝封了八百諸侯。直到周幽王周歷王之後，在《春秋》上都還有記載。《尚書》上記有唐堯、虞舜策封的侯伯經歷了三個朝代一千多年，能保全自己，擁護天子，難道不是由於他們堅守仁義，遵守天子的法令嗎？漢朝建國的時候，功臣受封的有一百多人。當時天下剛剛平定，所以大城市和著名都會的人口流散死亡，剩下的人口實際只有十分之二三。因此大侯封地不超過一萬家，小的只有五、六百戶，後來經過幾代，人民都回到鄉里，人口漸漸繁衍，蕭何、曹參、周勃、灌嬰等侯爵，有的戶口多到四萬戶，小侯的戶數也比過去增加了一倍，他們財富的增加也是這樣。於是他們的子孫驕傲自滿，盛氣凌人，忘了祖先創業的艱難，行爲淫亂邪惡。到武帝太初時，經過了百年間，剩下的侯只有五個了，其他的都因爲犯罪而喪命，先去了封國，全完了。國家的法規稍微嚴密是個原因，但也是由於他們都沒有小心謹慎地遵守當世的法令。

處在當今的社會，記住古代的道理，可以作爲自己的借鑒，但並不要求古今完全相同。從來帝王的禮法各不相同，他們所致力的方面也不相同，關鍵在於使事業成功，怎麼可以要求他們完全一樣呢？考察功臣爲什麼得到尊寵或遭受廢棄屈辱的原因，也是當代人得失的共同的原因，何必依靠過去的傳聞呢？因此，我愼重地記載了他們的經歷始末，用表列出文字說明，有些地方不能把事情的本末說得詳盡，只記敍那些淸楚顯著的部分，有疑惑的空下來。今後如果有人打算詳細記載，可以從這個表中看到。

孔子世家贊《史記》

【題解】本文是《孔子世家》篇後的贊語，通過作者瞻仰孔氏遺跡，君王賢人不能流傳，而孔子以平民身分傳十餘世的比較，表現了作者對孔子的無限推崇之情。

太史公曰：《詩》有之[1]：「高山仰止[2]，景行行止[3]。」雖不能至，然心鄉往之[4]。余讀孔氏書，想見其爲人。適魯，觀仲尼廟堂、車、服禮器[5]，諸生以時習禮其家[6]，余低回留之[7]，不能去云。天下君王，至於賢人，衆矣！當時則榮，沒則已焉。孔子布衣[8]，傳十餘世，學者宗之[9]。自天子王侯，中國言六藝者[10]，折中於夫子，可謂至聖矣！

【注釋】[1]《詩》：《詩經》，我國最早的一部詩歌總集。[2]高山：比喻道德高尚。止：語助，表示肯定語氣。[3]景行：大路，比喻行爲正大光明。[4]鄉：通「向」，傾向。[5]適：到。仲尼：孔子字。[6]以時：按時。[7]低回：徘徊。[8]布衣：平民。[9]宗：以動用法，以……爲宗。[10]六藝：《易》、《禮》、《樂》、《詩》、《書》、《春秋》。

【譯文】太史公說：《詩經》上有這樣的話：「巍峨的高山，人們仰望它；寬闊的大道，人們遵循著它前進。」我雖然不能達到這個境界，可心裡却向往著它。我讀孔子的著作，想像到他的爲人。我到魯國，觀看了孔子的廟堂，他乘過的車子，穿過的衣服，用過的禮器，還看儒生們在他家裡按時演習禮儀，這些都讓我徘徊留戀，捨不得離開。天下的君王和那些道德才能出衆的人，實在是多，他們在世時十分榮耀，但死後就一切都完了。孔子只是一個平民，他的學說傳了十多代，仍爲讀書人所尊崇。從天子王侯起，中國講說六藝的都以孔子的學說作爲準則，孔子這個人，可以說是最高的聖人了。

外戚世家序《史記》

【題解】

本文是《外戚世家》的序。《外戚世家》主要記載漢高祖到武帝對后妃及其親戚的情況。本文通過三個朝代的興衰，説明了外戚對國家興衰的重要影響，强調了帝王慎重擇婚的特殊意義。

自古受命帝王及繼體守文之君[1]，非獨內德茂也，蓋亦有外戚之助焉[2]。夏之興也以塗山[3]，而桀之放也以妹喜[4]。殷之興也以有娀[5]，紂之殺也嬖妲己[6]。周之興也以姜原及大任[7]，而幽王之禽也淫於褒姒[8]。故《易》基乾坤[9]，《詩》始《關雎》[10]，《書》美釐降[11]，《春秋》譏不親迎[12]。夫婦之際[13]，人道之大倫也。禮之用，唯婚姻爲兢兢[14]。夫樂調而四時和，陰陽之變，萬物之統也[15]，可不慎焉？人道弘道[16]，無如命何！甚哉，妃匹之愛[17]，君不能得之於臣，父不能得之於子，況卑下乎！既歡合矣，或不能成子姓[18]；能成子姓矣，或不能要其終[19]：豈非命也哉？孔子罕稱命[20]，蓋難言之也[21]。非通幽明之變[22]，惡能識乎性命哉[23]？

【注釋】

①受命帝王：指一國一朝的開創者。繼體：繼承先帝的政體。守文：遵守先帝的法度。②蓋：表推測，大約。焉：語助，表肯定語氣。③涂山：古地名，相傳夏禹娶涂山氏的女子。④妺喜：有施氏之女，爲桀所寵，⑤有娀：古國名，帝嚳娶有娀氏女簡稱爲次妃，生契，爲殷始祖。⑥嬖：寵愛。妲己：商紂王的寵妃。⑦姜原：傳說是周的始祖后稷的母親。大任：即太任，周文王的母親。⑧禽：通擒。褒姒：周幽王的寵妃。傳說生來不好笑，周幽王爲博她一笑，妄舉烽火，戲弄諸侯。後犬戎入侵，國破，褒姒被擄。⑨乾坤：《周易》中開兩卦的卦名，分別表示陽與陰，男與女等。基：始。⑩《關雎》：《詩》的第一篇。⑪釐降：指堯把二女嫁給舜。釐：料理。降：下嫁。⑫親迎：古婚禮「六禮」之一。新婿親至女家迎娶。⑬際：結合。⑭兢兢：小心謹慎的樣子。⑮陰陽：指夫婦。統：綱領。⑯弘：發揚。⑰甚：超過。妃通「配」。⑱歡合：親愛和好。子姓：子孫。姓：生息。⑲要：求得。⑳罕：稀少。㉑蓋：大概，表推測。㉒幽明：泛指可見和不可見的。無形和有形的事物，如陰陽、生死、善惡等。㉓惡：何怎麼。性：本性。命：命運。

【譯文】

自古以來承受天命的帝王以及繼位守成的君主，不但他個人的德行完美，大概也是因爲有外戚的幫助。夏朝的興起是因爲娶了涂山氏的女子，而夏桀的被流放則是因爲寵愛妺喜。商朝的興起是因爲娶了有娀氏的女子，而商紂王的被殺是由於他寵愛妲己。周朝的興起是因爲娶了姜原和太任，而周幽王的被擒則是由於他被褒姒迷亂。所以，《周易》的基礎是乾坤；《詩》的開頭一篇就是《關雎》，《尚書》讚美堯料理女兒的婚事，《春秋》譏諷男子娶親不親自迎接。夫婦的結合，實行禮儀，表示是人類道義中最重要的倫理。禮的運用，唯獨在婚姻上要小心謹慎。樂聲協調就四時和諧，陰陽的變化，是萬物的本源，難道不應小心謹慎嗎？人能把道義發揚光大，對命運卻無可奈何。夫婦之間的情愛超過了一切，君王不能從臣子那裡得到，父親不能從兒子那裡得到，何況地位低下的人呢？夫妻之間既已相愛而結合，有的卻不能育兒女，能生育兒女的，又不能白頭偕老，這難道不是命運嗎？孔子很少談命運，大概是由於難以說清楚。不能通曉幽明的變化，怎麼能懂得人性與命運呢？

伯夷列傳《史記》

【題解】

本篇是《史記》七十列傳的第一篇，文章簡要地記述了伯夷、叔齊的事跡，歌頌了他們注重節義的品德，並糾正了關於他們死時毫無怨恨的說法。

本文寫法上風格獨特，以抒情議論爲主，不像一般的列傳那樣看重敘事。以孔子等人的言論爲線索，以許由、務光、顏淵等的事跡爲陪襯，抒發了作者對不合理的社會現象的不滿，表達了對「天道」的懷疑。

夫學者載籍極博[1]，猶考信於六藝。《詩》、《書》雖缺[2]，然虞夏之文可知也[3]。堯將遜位[4]，讓於虞舜。舜、禹之間，岳牧咸薦[5]，及試之於位，典職數十年[6]，功用既興，然後授政。示天下重器[7]，王者大統，傳天下若斯之難矣。而說者曰：「堯讓天下無許由[8]，許由不受，恥之[9]逃隱。及夏之時，有卞隨、務光者[10]。」此何以稱焉？太史公曰：余登箕山[11]，其上蓋有許由冢云[12]。孔子序列古之仁聖賢人，如吳太伯、伯夷之倫，詳矣[13]。余以所聞由、光義至高，其文辭不少概見[14]，何哉？

【注釋】

[1]夫：句首助詞，無意義。載籍：書籍。[2]缺：缺失。[3]虞：虞舜。夏：夏禹。《尚書》中的《堯典》、《舜典》記

載了堯、舜禪讓的傳說。[4]遜位：讓位。[5]岳：四岳，分掌四方部落的四個首領。牧：九牧，九州的行政長官。[6]典職：管理政務。典：主持。[7]重器，象徵國家權力的寶物。[8]許由：傳說為上古隱士，堯要天下讓給他，他拒不接受，逃隱到潁水以北。[9]恥：以動用法，以……為恥。[10]卞隨、務光：相傳湯要把天下讓給卞隨、務光，卞隨認為恥辱投水而死，務光不受而逃隱。[11]箕山：在今河南登封南。[12]冢：墳墓。[13]吳太伯：周朝祖先古公亶父的長子，讓位於弟弟季歷，自己出走到他地。[14]概：梗概，略。

孔子曰：「伯夷、叔齊，不念舊惡，怨是用希[1]。」「求仁得仁，又何怨乎？」[2]余悲伯夷之意，睹軼詩可異焉[3]。其傳曰：

伯夷、叔齊，孤竹君之二子也[4]。父欲立叔齊。及父卒，叔齊讓伯夷。伯夷曰：『父命也。』遂逃去。叔齊亦不肯立而逃去。國人立其中子[5]。於是伯夷、叔齊聞西伯昌善養老，『盍往歸焉』[6]。及至，西伯卒，武王載木主[7]，號為文王，東伐紂。伯夷、叔齊叩馬而諫曰[8]：「父死不葬，爰及干戈[9]，可謂孝乎？以臣弒君，可謂仁乎？」左右欲兵之[10]。太公曰[11]：「此義人也。」扶而去之[12]。武王已平殷亂，天下宗周[13]，而伯夷、叔齊恥之[14]，義不食周粟，隱於首陽山，采薇而食之[15]。及餓且死[16]，作歌。其辭曰：「登彼西山兮[17]，采其薇矣。以暴易暴兮，不知其非矣。神農、虞、夏忽焉沒兮，我安適歸矣[18]？于嗟徂兮[19]，命之衰矣！」遂餓死於首陽山。

由此觀之，怨邪？非邪？

【注釋】①惡：嫌隙，仇恨。是用：是以，因此。希：通「稀」，少。②語見《論語．述而》。怨：怨恨。③軼詩：散逸而未收入《詩經》的詩歌，即指下文的《采薇》歌。異：不同。④孤竹：古國名。在今河北盧龍縣南。⑤中子：第二個兒子。因伯夷排行第一，叔齊排行第三，故稱排行第二者爲中子。⑥西伯昌：周文王姬昌，善養老：友善的收養老人。⑦木主：削木爲神主，類似後世的靈牌。⑧叩馬：扣住馬的韁繩，不讓前進，叩，通「扣」。⑨爰：就，於是。干戈：泛指武器。這裡指興兵打仗。⑩兵：兵器，名詞用如動詞，用兵器殺人。⑪太公：姜子牙。⑫去：使動用法，使……離開。⑬宗周：以周爲宗主，即承認周王室對天下的統治權。⑭恥：以動用法，以……爲恥。⑮首陽山：在今山西永濟南。薇：野菜，可生食。⑯且：接近。⑰西山：即首陽山。兮：語氣詞，相當於現在的「啊」。⑱神農：神農氏，傳說中遠古的帝王。忽焉：渺茫貌。適歸：往歸。⑲于嗟：即「吁嗟」，感嘆詞。徂：通「殂」死。

或曰：「天道無親，常與善人①。」若伯夷、叔齊，可謂善人者非邪？積仁絜行如此而餓死②！且七十子之徒，仲尼獨薦顏淵爲好學③。然回也屢空④，糟糠不厭⑤，而卒蚤夭⑥。天之報施善人，其何如哉？盜跖日殺不辜⑦，肝人之肉，暴戾恣睢⑧，聚黨數千人橫行天下，竟以壽終。是遵何德哉⑨？此其尤大彰明較著者也⑩。若至近世，操行不軌，專犯忌諱⑪，而終身逸樂，富厚累世不絕。或擇地而蹈之⑫，時然後出言，行不由徑⑬，非公正不發憤，而遇禍災者，不可勝數也。余甚惑焉，儻所謂天道⑭，是邪？非邪？

【注釋】①與：幫助。動詞。②絜行：品德高尚。絜，通「潔」。③七十：孔子弟子三千，賢人七十二。這裡取整數。④回：顏回，字淵，孔子弟子。空：貧困。⑤糟糠：糟：酒渣，糠：穀糠。這裡指極差的食物。厭：通「饜」

滿足，飽。6蚤：通「早」，顏回三十二歲就死了。7盜跖：古代傳說中的大盜。8肝：通「甘」，甘：美也。以……爲美。恣睢：縱情任性，胡作非爲。9遵：循，依據。10較著：顯著。較：通「皎」。11忌諱：指違反法令的事。12擇地而蹈之：看好了地方才下腳邁步，比喻做事謹慎規矩。13時：用如動詞，等到合適的時候。徑：小路。14儻：通「倘」。假使，假如。

子曰：「道不同不相爲謀。」亦各從其志也。故曰：「富貴如可求，雖執鞭之士，吾亦爲之；如不可求，從吾所好1。」「歲寒，然後知松柏之後凋2。」舉世混濁，清士乃見3。豈以其重若彼，其輕若此哉4！

「君子疾沒世而名不稱焉5。」賈子曰6：「貪夫徇財，烈士徇名，夸者死權，衆庶馮生7。」「同明相照，同類相求。」「雲從龍，風從虎，聖人作而萬物睹8。」伯夷、叔齊雖賢，得夫子而名益彰9；顏淵雖篤學，附驥尾而行益顯10。岩穴之士，趨舍有時若此11，類名堙滅而不稱，悲夫12！閭巷之人，欲砥行立名者13，非附青雲之士14，惡能施於後世哉15！

【注釋】

1語見《論語．述而》。好：愛好，喜好。2語見《論語．子罕》。凋：凋零。3清士：品行高潔之士。見：通「現」。顯露。4以：因爲，連詞。5語見《論語．衛靈公》。稱：稱道。6賈子：賈誼。7徇：通「殉」。爲達到某種目的而不惜犧牲自己的生命。夸者：誇耀權勢的人。馮：通「憑」依靠。8語見《易．乾卦》。作：興起。睹：看得見。9益：更加。彰：顯著。10附驥尾：比喻追隨聖賢之後。驥：千里馬。11岩穴之士：隱士。趨：進取。舍：舍棄。12堙滅：或作「湮滅」，埋沒。13砥：磨刀石。用如動詞，培養。14青雲之士：指品德高尚的人。⑮惡：怎麼。施：流傳。

【譯文】

讀書的人看的書籍是極其廣博的，但還要用六藝來考察劾實。《詩》、《書》雖然有些殘缺，然而有關虞舜、夏禹的文章還是能看到的。堯快要退位時，把天下讓給舜。舜和禹在即位之前，都有四岳、九牧的部落推荐，並讓他們擔任官職，試著執政，幾十年後，功勞已經顯示出來了，才正式把政權交給他們，向他們出示國家最珍貴的寶器。帝王是最尊貴的地位，把天下傳下來是這樣的困難啊。可是有人卻說堯曾經把天下讓給許由，許由不接受，認爲這是恥辱，逃走做隱士去了。到了夏朝，又有卞隨、務光兩個人也是這樣。這麼說的根據是什麼呢？太史公說：我登上箕山，據說上面有許由的墳墓。孔子按次序論述古代仁人、聖人、賢人的事跡，如吳太伯，伯夷之類，十分詳細。我所聽到的許由、務光的德義都是很高尚的，但在各種記載中，有關他們的文辭卻很少，這是什麼原因呢？

孔子說：「伯夷、叔齊不記舊仇，怨氣因而很少。」「求仁義就得到了仁義，還有什麼可以怨恨的呢？」我替伯夷的心意感到悲傷，讀他們遺留下來的詩，我有了不同的看法。他們的傳文說：

伯夷、叔齊是孤竹君的兩個兒子，父親打算立叔齊爲君，等到父親死後，叔齊讓位給伯夷。伯夷說：「這是父親的決定。」伯夷於是逃走了。叔齊也不肯繼位，也逃走了。國中的人於是立孤竹君的二兒子作國君。這個時候，伯夷叔齊聽說西伯姬昌敬養老者，說：「何不到他那兒去呢？」等到到了那裡，西伯已經死了，武王用車子載著西伯的靈牌，追封他爲文王，向東討伐商紂王。伯夷、叔齊拉著武王的馬繮繩勸道：「父親死了不去埋葬，就大動干戈，能說得上是孝順嗎？以臣的身分去殺君主，能算是仁義嗎？」武王左右的人要殺掉他們。姜子牙說：「這是兩個有節義的人。」把他們扶起來，讓他們走了。周武王已經平定了殷亂，天下都歸順了周朝，但是伯夷、叔齊卻認爲這是可恥的，堅持節義，不吃周朝的糧食，在首陽山隱居，採集野菜充飢。等到他們快要餓死的時候，作了一首歌，歌詞說：「登上首陽山啊，採集山上的野菜。用暴虐去代替暴虐啊，還不知道這樣已經錯了。神農、虞舜、夏禹的時代轉眼就過去了，我還能到哪裡去呢？哎呀，只有餓死啊，命運已經衰微了！」伯夷，叔齊於是餓死在首陽山。

從這種情況看來，是怨恨呢？還是不怨恨呢？

有人說：「上天是沒有偏私的，經常幫助善良的人。」像伯夷、叔齊這樣的人，可以算是善人呢，還是不能算？他們仁德完備、品行高潔到這樣竟會餓死！在七十弟子中間，孔子雖獨推舉顏淵是最爲好學的人，但是顏淵卻常常遭受貧困之苦，連粗劣的食物都吃不飽，終於過早的死去了。上天報答給善人的，又是怎麼樣的下場呢？盜跖每天都殺害無辜的人，吃人的肉，殘暴凶狠，橫行無忌，聚集黨羽幾千人橫行天下，到老年竟安然死去。這又是遵循什麼樣的德行呢？這些是特別大而又明白顯著的例子。如果說到了近代，那些操行不合規範，專門違反國家法令的人，卻終身享受安樂、財產豐厚，幾代也用不完。那些選好了地方才下腳，到了時機才說話的人，走路都不敢走小路，不是公正的事決不發憤去做，但自身卻遭受災難的人，簡直多得數也數不清。我對此感到非常疑惑，假如這就是所說的天道。是對呢？還是不對呢？

孔子說：「主張不同，用不著互相商量。」也是各自按照自己的志向罷了。所以說：「如果富貴可以求得，即使拿著鞭子爲別人駕車，我也會幹；如果富貴不能求得，那還是按照我所喜好的去做吧。」「天氣寒冷了，然後才知道松柏是最後落葉的。」當整個社會都混濁汚穢時，品行高潔的人就會顯現出來。難道不是因爲他們把道德看的那樣重，才把富貴看得這樣輕啊！

「君子所擔心的是死後名聲不被人們所稱道。」賈誼說：「貪財的人爲財而死，好義的人爲名獻身，熱中權勢的人因爭權喪命，普通的老百姓都爲生存而奮鬥。」「同樣明亮的就會互相映照，同類的事物就會互相輔助。」「雲從龍，風從虎，聖人興起，萬物之情都看得很清楚。」伯夷、叔齊雖然有賢德，得到孔子的稱讚後名聲就會更加顯著；顏淵雖然專心好學，但只有追隨孔子之後名聲才會更加顯著。隱居山林的人，或成名於世，或湮沒無聞，都有一定的時機，像這類聲名埋沒而不被後世稱道的實在可悲呀！普通的人，如果想要修養品德，建立聲名，不依附於那些德高望重的人，怎麼能使名聲流傳到後世呢！

管晏列傳《史記》

【題解】

本篇是管仲、晏嬰的合傳。他們都是齊國的名臣。管仲輔佐齊桓公使他成爲春秋時期的第一個霸主；晏子輔佐齊景公，使齊國達到了盛世。寫管仲，著重寫他與鮑叔牙的友誼；寫晏嬰，著重寫他推薦越石父和車夫的事。司馬遷高度讚揚了兩人的品德，稱讚他們爲朋友不計得失，推薦有才能的人不計出身的好品質。

作者寫的是遺事，但能娓娓道來，把自己內心的感慨滲透在字裡行間。自己遭受李陵之禍，平日的朋友卻沒有一個幫忙，因此寫這些事情來抒發自己的胸中之塊磊。

管仲夷吾者[1]，潁上人也[2]。少時常與鮑叔牙遊[3]，鮑叔知其賢。管仲貧困，常欺鮑叔[4]，鮑叔終善遇之，不以爲言[5]。已而鮑叔事齊公子小白[6]，管仲事公子糾[7]。及小白立爲桓公，公子糾死，管仲囚焉[8]。鮑叔遂進管仲[9]。管仲既用，任政於齊，齊桓公以霸，九合諸侯，一匡天下[10]，管仲之謀也。

【注釋】

[1]管仲（？——前六四五年），春秋初期齊國的政治家。名夷吾，字仲，潁上人。今存《管子》一書。[2]潁上：潁水河邊。今安徽潁上縣。[3]鮑叔牙：春秋時齊大夫，以知人著稱。後世常以「管鮑」比喻交誼深厚的朋友。[4]欺：欺騙。[5]以：因爲這。[6]小白：即齊桓公。桓公姓姜，名小白，齊襄公之弟。[7]公子糾：齊襄公之弟。

與公子小白爭奪侯位失敗後被殺。[8]囚：囚禁。齊襄公死後，管仲助公子糾爭奪王位，失敗，被魯國押解至齊。[9]進：推薦。[10]以霸：因而稱霸。九合：多次會盟。一匡天下：統一天下，使之安定。匡：扶救。

管仲曰：「吾始困時，嘗與鮑叔賈[1]。分財利多自與，鮑叔不以我爲貪[2]，知我貧也。吾嘗爲鮑叔謀事而更窮困，鮑叔不以我爲愚，知時有利不利也。吾嘗三仕三見逐於君[3]，鮑叔不以我爲不肖，知我不遭時也[4]。吾嘗三戰三走[5]，鮑叔不以我爲怯，知我有老母也。公子糾敗，召忽死之[6]，吾幽囚受辱，鮑叔不以我爲無恥，知我不羞小節而恥功名不顯於天下也[7]。生我者父母，知我者鮑子也。」

鮑叔既進管仲，以身下之[8]。子孫世祿於齊，有封邑者十餘世[9]，常爲名大夫。天下不多管仲之賢而多鮑叔能知人也[10]。

【注釋】

[1]賈：做生意。[2]以……爲：認爲……是。[3]仕：擔任官職。逐：免職。[4]遭：遇到。[5]走：跑，敗逃。[6]召忽：與管仲同事公子糾，公子糾敗，召忽自殺。[7]羞：以動用法，以……爲羞。恥：以動用法，以……爲恥。[8]以身下之：指管仲爲相，而鮑叔爲大夫。[9]十餘世：指鮑叔的子孫。[10]多：稱讚，讚美。

管仲既任政相齊，以[1]區區之齊在海濱[2]，通貨積財，富國強兵，與俗同好惡。故其稱曰[3]：「倉廩實而知禮節[4]，衣食足而知榮辱，上服度，則六親固[5]。四維不張[6]，國乃滅亡。下令如流水之源，令順民心。」故論卑而易行。俗之所欲，因而予之；俗之所否，因而去之⑦。其為政也，善因禍而為福，轉敗而為功。貴輕重⑧，慎權衡⑨。桓公實怒少姬⑩，南襲蔡，管仲因而伐楚，責包茅不入貢於周室⑪。桓公實北征山戎⑫，而管仲因而令燕修召公之政⑬。於柯之會⑭，桓公欲背曹沫之約⑮，管仲因而信之⑯，諸侯由是歸齊。故曰：「知與之為取，政之寶也⑰。」

【注釋】

①以：憑。②海濱：齊國東面臨海。③其稱曰：引自《管子・牧民》篇。④倉廩：裝糧食的倉庫。⑤六親：指父、母、兄、弟、妻、子。⑥四維：指禮、義、廉、恥。維：綱紀。⑦俗：平民百姓。⑧輕重：本指貨幣，這裡指輕重緩急。貴：以動用法，以……為貴。重視。⑨權衡：本指秤，引伸為衡量、比較、權衡得失。⑩桓公實怒少姬：齊桓公二十九年，桓公和蔡姬在船上遊覽，蔡姬因搖蕩船口驚嚇桓公，被送回蔡國，蔡國把蔡姬改嫁，桓公大怒，於是伐蔡。⑪包茅：古代祭祀時，用包著的青茅濾去酒渣，因而稱青茅為包茅。⑫山戎：古族名，又稱北戎。春秋時，分布在今河北北部一帶。齊桓公二十三年山戎伐燕，齊桓公救燕而伐山戎。⑬召公：又稱召康公，姓姬，周伐燕國的始祖，周成王時任太保。⑭柯：齊桓公五年，齊魯會盟於柯。柯地在今山東東阿縣。⑮曹沫之約：齊桓公五年，齊桓公與魯莊公會盟於柯，魯武士曹沫持匕首挾持齊桓公，要求退還被侵佔的魯地，桓公只好答應。後來桓公想反悔，管仲勸他實踐諾言，於是歸還了魯國的土地。⑯信：取信。⑰故曰句：引自《管子・牧民》。

管仲富擬於公室①，有三歸、反坫②，齊人不以為侈。管仲卒，齊國遵其政，常强於諸侯。後百餘年而有晏子焉。

晏平仲嬰者，萊之夷維人也③。事齊靈公、莊公、景公④，以節儉力行重於齊⑤。既相齊，食不重肉⑥，妾不衣帛⑦。其在朝，君語及之，即危言⑧；語不及之，即危行⑨。國有道，即順命；無道，即衡命⑩。以此三世顯名於諸侯。

【注釋】

①擬：相比。公室：諸侯的家族。②三歸：三座高台，供遊賞之用，反坫：堂屋兩柱間設有土台，供放置酒器之用，按「禮」諸侯才有三歸和反坫，管仲是大夫，不應享有。③萊：古國名，今山東黃縣東南有萊子城，即古萊國。夷維：今山東高密。④齊靈公：前五八一——前五五四年在位。齊莊公：前五五三——前五四八年在位。齊景公：前五四七——前四九〇年在位。⑤以：因爲。⑥重肉：兩種肉菜。⑦妾：小老婆。帛：絲織品的總稱。⑧危言：直言。⑨危行：直行。⑩衡命：權衡利弊，然後行動。

越石父賢，在縲紲中①，晏子出，遭之途，解左驂贖之②，載歸。弗謝，入閨③，久之，越石父請絕。晏子懼然④，攝衣冠謝曰：「嬰雖不仁，免子於厄⑤，何子求絕之速也？」石父曰：「不然。吾聞君子詘於不知己，而信於知己者⑥，方吾在縲紲中，彼不知我也⑦。夫子既已感寤而贖我，是知己⑧；知己而無禮，固不如在縲紲之中。」晏子於是延入爲上客。

【注釋】

①越石父：齊國的賢人。縲紲：捆犯人的繩子。這裡做囚禁解。②遭：遇到，途：路上。左驂：車子左邊的馬。③閨：內室的小門。④懼：驚異的樣子。⑤厄：困境。⑥詘：通「屈」。信：通「伸」。⑦方：當……的時候。⑧夫子：對人的尊稱，相當於現在的「您」。

晏子爲齊相，出，其御之妻從門間而窺其夫[1]。其夫爲相御，擁大蓋，策駟馬[2]，意氣揚揚，甚自得也。既而歸，其妻請去[3]。夫問其故。妻曰：「晏子長不滿六尺，身相齊國[4]，名顯諸侯。今者妾觀其出，志念深矣，常有以自下者[5]。今子長八尺，乃爲人僕御，然子之意自以爲足，妾是以求去也[6]。」其後，夫自抑損[7]。晏子怪而問之，御以實對。晏子薦爲大夫。

【注釋】

[1]窺：偷看。[2]策：駕馭。駟馬：四匹馬。[3]去：離開。[4]相：爲……相。[5]自下：指謙虛謹慎，甘居人下。[6]是以：以是，因爲這個。[7]抑損：克制，謙虛。

太史公曰：吾讀管氏《牧民》、《山高》、《乘馬》、《輕重》、《九府》[1]，及《晏子春秋》，詳哉其言之也。既見其著書，欲觀其行事，故次其傳[2]。至其書，世多有之，是以不論，論其軼事[3]。

管仲世所謂賢臣，然孔子小之[4]。豈以爲周道衰微，桓公既賢，而外勉之至王，乃稱霸哉[5]？語曰：「將順其美，匡救其惡，故上下能相親也[6]。」豈管仲之謂乎？

方晏子伏莊公屍哭之，成禮然後去[7]，豈所謂「見義不爲無勇」者邪[8]？至其諫說，犯君之顏，此所謂「進思盡忠，退思補過」者哉[9]！假令晏子而在，余雖爲之執鞭，所忻慕焉[10]！

【注釋】

①《牧民》等，都是《管子》一書中的篇名。②次：編排。③軼事：散失的事，多指未經史書記載的事。④小：以……爲小，輕視。⑤豈：難道。既：已經。至王，實行王道。至，達到，實行。⑥匡：匡正。親：和睦。⑦成禮然後去：據《左傳》記載，齊大夫崔杼殺死莊公，晏嬰進去，抱著莊公屍體痛哭，盡了君臣之禮，然後才離去。⑧見義不爲：引文出自《論語・爲政》篇。⑨進思盡忠：引文出自《孝經・事君章》。⑩忻慕：高興、嚮往。忻：同「欣」。

【譯文】

管仲，名夷吾，是潁上的人。年輕時常與鮑叔牙交往，鮑叔知道他很有才能。管仲家裡很貧困，常常佔鮑叔的便宜。鮑叔始終待他很好，不因這樣而說些什麼。不久鮑叔侍奉齊國的公子小白，管仲侍奉公子糾。等到公子小白做了齊桓公，公子糾被殺死，管仲也成了囚徒。鮑叔於是便向齊桓公推薦管仲。管仲被任用以後，執掌齊國的政事，齊桓公因此稱霸。多次盟會諸侯，使天下得以安定，都是管仲的謀略。

管仲說：當初我貧困的時候，曾經和鮑叔一起經商，分財利時總是自己多拿一些，鮑叔不認爲我是貪財，他知道我家裡貧困。我曾經給鮑叔辦事，結果使他更加窮困，鮑叔不認爲我是愚蠢的，知道時機有利和不利。我曾經三次做官，三次被罷免官職，鮑叔不認爲我沒有才幹，知道我沒有遇到時運。我曾經三次參加戰鬥，三次敗逃，鮑叔不認爲我是膽小，知道我家裡有老母親需要奉養。公子糾失敗了，召忽爲他而自殺，我在牢獄裡受屈辱，鮑叔不認爲我是不知道羞恥，知道我是不拘泥於小節，卻以功名不能顯揚於天下爲羞恥，生我的是父母，但了解我的卻是鮑叔。

鮑叔已經推薦了管仲，自己願意身居管仲之下。鮑叔的子孫都在齊國享受世祿，十幾代都有封地，常常是有名的大夫。天下人不稱讚管仲的才能，卻稱讚鮑叔能夠識才。

管仲執掌政事做了齊國的宰相後，憑小小的齊國在海邊的有利條件，流通貨物，積聚財富，富國強兵，與老百姓同好同惡。所以他說：「倉庫充實了，老百姓就知道禮義；衣食富足了，老百姓就懂得榮辱；君主如果能遵守法度，那麼六親的關係就會親密無間。禮義廉恥得不到伸張，國家就會滅亡。國家頒布的政令，要像流水的源頭，使它順應民心。」所以他的政令淺顯，就容易實行。百姓所希望的，就順應民意給予他們；百姓所不贊同的，就順應民意廢除它。

管仲治理政事，善於利用禍患所得福，把失敗轉變爲成功。注意事情的輕重緩急，愼重地衡量利害得失。桓公事實上怨恨少姬，於是南下襲擊蔡國，管仲卻利用這個機會討伐楚國，責備楚國不向周天子進貢包茅。桓公事實上是要北伐山戎，而管仲卻利用這個機會命令燕國實行召公的政令。齊魯兩國在柯地會盟，齊桓公後來又想違背與曹沬簽定的盟約，管仲卻藉這個盟約取得了諸侯的信任，於是諸侯都歸服齊國。所以說：「認識到給予是爲了取得的道理，就是治理政事的法寶。」

管仲的財富可以和諸侯的家族相比，他有三歸，有反坫，但齊國人並不認爲他奢侈。管仲死後，齊國仍然遵循他的法令法規，常常比各諸侯國都强大。一百多年以後齊國又出了個晏子。

晏平仲，萊地夷維人。侍奉過齊靈公、齊莊公、齊景公，因爲他力行節儉被齊國人敬重。已經做了齊國的相，吃飯時不吃兩種肉菜，小老婆不穿絲織的衣服。他在朝廷上，國君問到他的事情，就直言回答；國君沒有和他談到事情就親自秉公執行。當國家有道的時候，就按照命令行事；國家沒有道的時候，就衡量利害然後再去行事。因爲這樣，他在靈、莊、景三朝中都能在諸侯中顯揚名聲。

越石父是個有才能的人，被關在牢獄裡面。晏子外出，在路上遇到他，就解下車子左邊的馬把他贖出來，載著他回到家裡。晏子沒有向石父告辭，就進入內室，過了很長時間還不出來。於是越石父請求斷絕交情。晏子大吃一驚，整理自己的衣冠道歉說：「我雖然沒有仁德，但也幫助您解脫了困境，您爲什麼這麼快就要求絕交呢？」石父說：「不是這樣。我聽說君子在不了解自己的人那裡受屈辱，但在了解自己的人那裡應該受到尊重。當我在監獄裡的時候，那些人是不了解我的。現在您已經了解我並把我從監獄裡贖出來了，就是我的知己；是知己而待我無禮，本來就不如在監獄裡面好呢。」晏子於是請他進來把他待爲上賓。

晏子做了齊國的宰相，在一次外出時，他車夫的妻子從門縫偷看她的丈夫。她丈夫替宰相駕車，坐在車蓋下面，趕著四匹馬，意氣昂揚，非常得意。丈夫回家後，他的妻子請求離婚。丈夫問她是什麼原因。妻子說：「晏子身高不滿六尺，身任齊國宰相，名聲顯揚於各諸侯國。今天我看他出來，志念深遠，常常露出甘居人下的情態。而你現在身長八尺，卻給人家當車夫，可是你的心意卻自以爲滿足了。我因爲這個就要求離婚。」從這以後，他的丈夫就變得謹愼謙虛了。晏子感到很奇怪就問他，車夫如實回答了。於是晏子就推薦他做了齊國的大夫。

太史公說：我讀管子的《牧民》、《山高》、《乘馬》、《輕重》、《九府》，以及《晏子春秋》，書中說得詳細極了。已經看了他們所著的書，還想了解他們的所做所爲，因此編寫了這篇傳記。至於他們的著作，世上大多還有，因此不多說了，這裡只講述他們的軼事。

管仲是世人所稱道的賢臣，然而孔子卻輕視他。難道是因爲周室衰微；桓公已經很賢明，而管仲不勸勉他實行王道，卻輔佐他當了霸主嗎？古語說：「做臣子的要訓應君主的美德，糾正他們的過失，所以君臣才能團結和睦。」這難道是說的是管仲嗎？

當晏子伏在莊公的屍體上嚎啕大哭，盡了爲臣之禮後才離開，難道是所謂「見義不爲，就沒有勇氣」的人嗎？至於他直言規勸，冒犯君主的威嚴，這就是所謂「在朝廷上要想著竭盡忠心，在家要想著彌補過失」的人啊！假使晏子現在還活著，我就是爲他執鞭駕車，也是我喜歡和嚮往的。

屈原列傳[1]《史記》

【題解】

本篇主要記載了屈原一生的不幸遭遇，「信而見疑，忠而被謗」，但屈原始終不肯與世俗同流合污。歌頌了屈原的傑出才能和高度的愛國主義精神；也揭露了楚國君王的昏庸腐敗和小人的妒賢誤國。在寫作方法上常在敘述中插入或長或短的議論，一唱三嘆，抒發了作者對屈原的無限敬仰和同情。

屈原者，名平，楚之同姓也[2]。爲楚懷王左徒[3]。博聞强志[4]，明於治亂，嫻於辭令[5]。入則與王圖議國事，以出號令；出則接遇賓客，應對諸侯。王甚任之。

上官大夫與之同列[6]，爭寵而心害其能[7]。懷王使屈原造爲憲令，屈平屬草稿未定[8]。上官大夫見而欲奪之，屈平不與，因讒之曰：「王使屈平爲令，衆莫不知，每一令出，平伐其功[9]，曰：以爲『非我莫能爲』也[10]。」王怒而疏屈平。

【注釋】

[1]《屈原列傳》：選自《史記》的《屈原賈生列傳》。屈原（公元前三四〇——前二七八年）：我國偉大的浪漫主義愛國詩人。他的作品都收在漢人編的《楚辭》裡。[2]楚之同姓：指屈原是楚國王族的後裔。楚國王族姓羋，後來分爲屈、景、昭等氏。[3]左徒：官名，職位反次於令尹。[4]志：通「記」。[5]嫻：熟悉。辭令：泛指交際應酬的語言。[6]同列：官階相同。[7]害：妒嫉。[8]屬：連綴、編寫。[9]伐：誇耀。[10]「曰」與「以爲」重覆，大概

是衍文。

屈平疾王聽之不聰也1，讒諂之蔽明也2，邪曲之害公也，方正之不容也3，故憂愁幽思而作《離騷》4。《離騷》者，猶離憂也5。夫天者，人之始也；父母者，人之本也。人窮則反本6，故勞苦倦極，未嘗不呼天也；疾痛慘怛7，未嘗不呼父母也。屈平正道直行，竭忠盡智以事其君，讒人間之8，可謂窮矣9！信而見疑，忠而被謗，能無怨乎？屈平之作《離騷》，蓋自怨生也。《國風》好色而不淫10，《小雅》怨誹而不亂11，若《離騷》者，可謂兼之矣。上稱帝嚳，下道齊桓，中述湯武12，以刺世事。明道德之廣崇，治亂之條貫13，靡不畢見14。其文約，其辭微，其志潔，其行廉15。其稱文小而其指極大，舉類邇而見義遠16。其志潔，故其稱物芳17；其行廉，故死而不容自疏18。濯淖汙泥之中19，蟬蛻於濁穢20，以浮游於塵埃之外，不獲世之滋垢21，皭然泥而不滓者也22，推此志也，雖與日月爭光可也。

【注釋】

1疾：痛心。2明：眼睛。3方正：行爲端正。4《離騷》：屈原所作的抒情長詩。5離憂：遭受到憂愁。離：通「罹」，遭受。6窮：處境困難。反：通「返」。7慘怛：指精神上的痛苦。怛：憂傷。8讒人：小人。間：離間。9窮：處境艱難。10《國風》：《詩經》中的一部分，其中有很多表現愛情的民歌。淫：過分。11《小雅》：《詩經》中的一部分，其中有些政治諷刺詩。誹：諷刺。12帝嚳：傳說中的上古帝王，即高辛氏。齊桓：春秋時的齊桓公。湯、武：商湯、周武王。13明：闡明。廣：大。崇：高。廣崇：指重要性。條貫：條理。14靡：無，沒有。畢：完全。見：通「現」。15約：簡潔，簡練。微：隱微，含蓄。廉：方正不苟。16指：同「旨」。作品的含意。類：事例。邇：近。義：道理。17稱物芳：指《離騷》中多用美人、香草作比喻。18疏：

鬆解。[19]濯淖：汚泥濁水。[20]蟬蛻：蟬脫殼，比喻不受環境影響，品行高潔。[21]滋垢：黑色的髒東西。[22]皭然：潔白的樣子。滓：黑泥。

屈平既絀[1]，其後秦欲伐齊，齊與楚從親[2]。惠王患之[3]，乃令張儀詳去秦[4]，厚幣委質事楚[5]，曰：「秦甚憎齊，齊與楚從親，楚誠能絕齊，秦願獻商於之地六百里[6]。」楚懷王貪而信張儀，遂絕齊。使使如秦受地[7]，張儀詐之曰：「儀與王約六里，不聞六百里。」楚使怒去，歸告懷王。懷王大怒，大興師伐秦。秦發兵擊之，大破楚師於丹淅[8]，斬首八萬，虜楚將屈匄[9]，遂取楚之漢中地[10]。懷王乃悉發國中兵，以深入擊秦，戰於藍田[11]。魏聞之，襲楚至鄧[12]。楚兵懼，自秦歸。而齊竟怒不救楚，楚大困。

【注釋】

[1]絀：同「黜」，罷免。[2]從：同「縱」，合縱。親：親善、友好。[3]惠王：秦惠王。[4]張儀：魏國人，以連橫的主張幫助秦惠王破壞六國的合縱。詳：同「佯」，假裝。去：離開。[5]厚幣：豐厚的禮物。委：獻納。質：同「贄」進見時攜帶的禮物。[6]商於：秦地名，今陝西商縣到河南內鄉一帶。[7]Ⓐ使、Ⓑ使：Ⓐ動詞，派遣。Ⓑ名詞，使者。如：到。[8]丹淅：二水名。丹水發源於陝西商縣西北，東流入河南。淅水發源於河南盧氏縣，南流與丹水會合。[9]屈匄：楚將名。[10]漢中：地名，在今陝西南部和湖北西部。[11]藍田：秦縣名，在今陝西藍田縣西。[12]鄧：今河南鄧縣。

明年[1]，秦割漢中地與楚以和。楚王曰：「不願得地，願得張儀而甘心焉。」張儀聞，乃曰：「以一儀而當漢中地[2]，臣請往如楚。」如楚，又因厚幣用事者臣靳尚[3]，而設詭辯於懷王之寵姬鄭袖。懷王竟聽鄭袖，復釋去張儀。是時屈平既疏，不復在位，使於齊，顧反[4]，諫懷王曰：「何不殺張儀？」懷王悔追張儀不及。

其後，諸侯共擊楚，大破之，殺其將唐昧[5]。

時秦昭王與楚婚，欲與懷王會。懷王欲行，屈平曰：「秦，虎狼之國，不可信。不如毋行！」懷王稚子子蘭勸王行；「奈何絕秦歡！」懷王卒行。入武關[6]，秦伏兵絕其後，因留懷王，以求割地。懷王怒，不聽，亡走趙，趙不內[7]。復之秦，竟死於秦而歸葬[8]。

【注釋】

[1]明年：第二年，指楚懷王十八年。[2]當：價值相當。這裡有換取的意思。[3]因：憑藉。用事者，當權的人。[4]顧反：回來。返，同「返」。[5]殺其將唐昧：戰事發生於楚懷王二十八年。[6]武關：在今陝西商縣東，是秦國的南關。[7]亡：逃亡。內：同「納」接納。[8]之：動詞，到，往。

長子頃襄王立[1]，以其弟子蘭為令尹[2]。楚人既咎子蘭[3]，以勸懷王入秦而不反也。

屈平既嫉之，雖放流，睠顧楚國[4]，繫心懷王，不忘欲反。冀幸君之一悟，俗之一改也[5]。其存君興國而欲反覆之[6]，一篇之中，三致意焉。然終無可奈何，故不可以反，卒以此見懷王之終不悟也。

人君無愚智賢不肖，莫不欲求忠以自為[7]，舉賢以自佐；然亡國破家相隨屬[8]，而聖君治國累世而不見者，其所謂忠者不忠，而所謂賢者不賢也！懷王以不知忠臣之分[9]，故內惑於鄭袖，外欺於張儀，疏屈平而信上官大夫、令君子蘭。兵挫地削，亡其六郡[10]，身客死於秦[11]，爲天下笑。此不知人之禍也。《易》曰：「井渫不食，爲我心惻[12]。可以汲。王明，並受其福。」王之不明，豈足福哉！

令尹子蘭聞之大怒，卒使上官大夫短屈原於頃襄王[13]，頃襄王怒而遷之[14]。

【注釋】

[1]頃襄王：名熊橫，前二九八年——前二六三在位。[2]令尹：楚官名，爲楚國的最高行政長官。[3]咎：埋怨，責備。[4]睠顧：眷戀，懷念。[5]冀：希望。[6]反覆之：指把楚國從衰亡中挽救過來。[7]莫：否定代詞，沒有誰。[8]屬：接連。[9]以：表原因，因爲。[10]亡：丢失。六郡：指漢中地帶。[11]客死：死在他鄉。[12]渫：淘除汚濁。這兩句比喻有才能的人不爲世所用。[13]卒：終於。短：毀謗。[14]遷：放逐。

屈原至於江濱，被髮行吟澤畔[1]，顏色憔悴，形容枯槁[2]。漁父見而問之曰：「子非三閭大夫歟[3]？何故而至此？」屈原曰：「舉世混濁而我獨清，衆人皆醉而我獨醒，是以見放[4]。」漁父曰：「夫聖人者，不凝滯於物而能與世推移。舉世混濁，何不隨其流而揚其波？衆人皆醉，何不餔其糟而啜其醨[5]？何故懷瑾握瑜而自令見放爲[6]？」屈原曰：「吾聞之，新沐者必彈冠[7]，新浴者必振衣。人又誰能以身之察察[8]，受物之汶汶者乎[9]！寧赴常流而葬乎江魚腹中耳[10]，又安能以皓皓之白而蒙世之溫蠖乎[11]！」

乃作《懷沙》之賦[12]……

於是懷石遂，自投汨羅以死[13]。

【注釋】

[1]被：同「披」。[2]形容枯槁：身形臉容十分瘦弱，好像枯乾了的樣子。[3]三閭大夫：掌管楚國王族屈、景、昭三姓事務的官。[4]是以：以是，因為這。見：被。[5]餔：吃。啜：喝。醨：薄酒。[6]瑾、瑜：都是美玉。[7]彈冠：用手彈去帽子上的灰塵。[8]察察：清潔的樣子。[9]汶汶：昏暗的樣子。[10]常流：即長流，指江水。[11]皓皓：皎潔的樣子。溫蠖：塵滓積累的樣子。[12]《懷沙》：《楚辭．九章》的篇名。是屈原懷念長沙的詩。《史記》中全文照錄，《古文觀止》的編者把它刪去了。[13]汨羅：水名，在今湖南省汨羅縣。

屈原既死之後，楚有宋玉、唐勒、景差之徒者[1]，皆好辭而以賦見稱[2]。然皆祖屈原之從容辭令[3]，終莫敢直諫。其後楚日削，數十年，竟為秦所滅[4]。

自屈原沈汨羅後百有餘年，漢有賈生[5]，為長沙王太傅[6]，過湘水，投書以弔屈原[7]。

太史公曰：余讀《離騷》、《天問》、《浮名魂》、《哀郢》[8]，悲其志。適長沙[9]，過屈原所自沈淵，未嘗不垂涕，想見其為人。及見賈生弔之，又怪屈原以彼其材，游諸侯，何國不容，而自令若是。讀《服鳥賦》[10]，同生死，輕去就[11]，又爽然自失矣[12]！

【注釋】

[1]宋玉、唐勒、景差：宋玉，楚國人，相傳為屈原弟子。唐勒、景差：與宋玉同時的人。[2]辭：文辭，這裡指文學。[3]祖：模仿、效法。從容辭令：指文章委婉含蓄。從容：舒緩的樣子。[4]為秦所滅：公元前二二三年秦滅楚。[5]賈生：賈誼。[6]太傅：官名，職務是輔佐國君或教導太子。[7]書：指賈誼所寫的《弔屈原賦》。[8]《天問》、《招魂》、《哀郢》：都是屈原的作品，收入《楚辭》。[9]適：到，往。[10]《服鳥賦》：賈誼作。[11]同生死：生死同等看待。去：指被貶官放逐。就：指在職任職。[12]爽然：茫茫無主的樣子。

【譯文】

屈原，名平，與楚國的王族同姓。他做過楚懷王的左徒，見聞廣博，記憶力很强，通曉國家治亂的道理，擅長外交的辭令。在朝內與楚王謀劃商議國家大事，發號施令，對外接待賓客，應酬諸侯。懷王很信任他。

上官大夫和屈原官階相等，想爭得寵幸，心裡很嫉妒屈原的才能。懷王讓屈原制定一份國家的法令，屈原寫好了草稿，但還未審定，上官大夫見了就想搶走，屈原不肯給他。於是他就對楚王進讒言說：「大王讓屈原制定法令，大家沒有誰不知道的，每發出一項法令，屈原就誇耀自己的功勞，說『除了我沒有誰能制定！』。」楚懷王聽了很生氣，因而疏遠了屈原。

屈原痛心懷王聽信上官大夫的話，是非不分，被讒言媚語蒙蔽了眼睛，邪惡的小人危害公正的人，品行端正的人不能在朝容身，所以他憂愁苦悶，沈鬱深思，寫出了《離騷》。「離騷」就是遭遇憂愁的意思。天，是人的起源，父母，是人的根本。人在處境困難時總是追念上天和父母。所以人在勞苦疲憊到極點時，沒有不喊天的；在病痛悲傷的時候，沒有不呼叫父母的。屈原爲人端正行爲正直，竭盡自己的忠心和智慧來輔佐他的君主，但小人卻離間他們，可以說是處境困難啊！誠信卻被懷疑，忠誠反而被誹謗，能夠沒有怨恨嗎？屈原作《離騷》就是由於怨恨引起的。《國風》雖多描寫男女愛情卻並不過分；《小雅》雖然有怨憤諷刺但並不擾亂君臣之分，像《離騷》，可以說兼有這二者的特點。它對遠古稱述帝嚳，近世稱述齊桓公，中古稱述商湯和周武王，用這些來諷刺當時的政事。闡明道德的廣大崇高，國家治亂的來龍去脈，沒有不完美表現出來的。他的文筆簡練，他的辭意含蓄，他的志趣高潔，他的行爲方正。文中說的事雖然細小，但含義卻極其遠大；列舉的事雖是眼前常見的，但體現的意義卻極其深遠。他的志趣高潔，所以文中多用芳草香花作比喻；他的行爲正直，所以到死也不爲奸佞之徒所容。自己遠離混濁的泥潭，像蟬脫殼一樣，超脫於塵世之外，不被塵世的汚垢所玷汚，保持皎潔的品德，出汚泥而不染。可以推斷屈原的這種高尚的德行，即使與日月爭光也是可以的。

屈原已經被免了官，後來秦國打算攻打齊國，齊國同楚國聯合抗秦，秦惠王對此感到憂慮，於是叫張儀假意離開秦國，帶著豐厚的禮物呈獻給楚王，表示願意侍奉楚王。說：「秦國很憎恨齊國，而齊國卻與楚國合縱相親。如果楚國確實能同齊國絕交，秦國願意把商、於六百里的土地送給楚國。」楚懷王起了貪心，相信了張儀的話，就同齊國絕交。然後派使臣到秦國接受土地。張儀抵賴說：「我和楚王約定的是六里，沒有聽說有六百里。」楚國使臣憤怒地離開秦國，回來報告給懷王。懷王大怒，發動大批軍隊去討伐。秦國出兵還擊，在丹江，淅川流域把楚軍打得大敗，殺了八萬人，俘虜了楚國的將領屈匄，於是奪取了楚國漢中一帶的土地。懷王發動全國的兵力深入秦國作戰，在藍田作戰。魏國聽到這個消息，派兵偷襲楚國，一直到達鄧地。楚軍害怕起來，從秦國撤退。齊國由於怨恨楚國，不派兵援救，楚國處境十分困窘。

第二年，秦國割漢中的土地給楚國來講和，懷王說：「不願意得到土地，只要得到張儀就甘心了。」張儀聽了，說：「用一個張儀來換得漢中的土地，我請求到楚國去。」到了楚國，又用豐厚的禮物賄賂當權的大臣靳尚，叫他在懷王的寵姬鄭袖面前編了一番騙人的假話。懷王竟然聽信了鄭袖的話，又把張儀放走了。這時屈原已被疏遠，不在朝中任要職，出使到齊國去了。他從齊國回來，勸懷王說：「爲什麼不殺張儀呢？」懷王感到後悔，派人去追趕張儀，但趕不上了。

後來諸侯聯合攻打楚國，大破楚軍，殺了它的將領唐昧。

這時秦昭王與楚國通婚，要求與懷王會面。懷王打算去，屈原說：「秦國像虎狼一樣的國家，是不能相信的，不如不去。」懷王的小兒子子蘭勸懷王去，說：「怎麼能斷絕和秦國的友好關係呢？」懷王終於去了。一進入武關，秦國的伏兵就斷絕了他的歸路。於是扣留了懷王，要求割讓土地。懷王惱羞成怒，不肯答應，逃跑到趙國，趙國不接納，他又回到秦國，終於死在那裡，屍體被運回楚國埋葬了。

懷王的大兒子頃襄王繼位，任用他的弟弟子蘭作令尹。楚國人都抱怨子蘭，因爲他勸懷王到秦國去，而使懷王無法回來。

屈原也爲此嫉恨子蘭，雖然被流放到外地，但仍眷念著國都，惦記著懷王，盼望著能再回到朝中任職，希望國君能夠覺悟，習俗能夠轉變。屈原關心國君，一心使國家復興，想使它轉弱爲强的願意，在他的每篇作品中，都多次出現。但是最終還是沒有辦法，所以不能夠回到朝廷任職。由此可以看出懷王是始終沒有醒悟的。

做君主的，無論他愚笨還是聰明、賢能還是昏庸，沒有不希望得到忠臣來幫助自己，舉拔賢能來輔佐自己的。但是國破家亡的事一件接一件，而聖明的君主，政治清明的國家，幾代也遇不到一個，就是因爲「忠臣」並不忠，「賢人」並不賢的緣故。懷王因爲不懂得識别忠臣，所以在内被鄭袖所迷惑，在外被張儀所欺騙，疏遠了屈原而信任上官大夫和令尹子蘭，結果軍隊遭到挫敗，土地被分割，丟失了六個郡，自身也客死在秦國，被天下的人恥笑。這就是由於不了解人而帶來的災禍啊！《易經》上說：「井淘乾淨了，還沒有人吃井裡的水，我心裡很難過，因爲這水是可以供汲取飲用的。君主明智，天下人都能得福。」如果君主不明智，難道還能得福嗎？

令尹子蘭聽說屈原嫉恨他，非常憤怒，便讓上官大夫在頃襄王面前說屈原的壞話。頃襄王大怒，因而放逐了屈原。

屈原走到江邊，披頭散髮，在水邊邊走邊吟詩，面色憔悴，身體削瘦。漁父見了問他說：「您不是三閭大夫嗎？爲什麼來到了這個地方呢？」屈原說：「整個社會都是混濁的，只有我是清白的，衆人都醉了，只有我獨自清醒，因此被流放。」漁父說：「聖人，不受外界事物的拘束，而能夠隨著世俗變化。世人都是混濁的，爲什麼不隨著這種潮流而推波助瀾呢？衆人都醉了，爲什麼不吃他們的酒糟喝他們的淡酒呢？爲什麼要保持寶玉般的情操而自找被放逐的災難呢？」屈原說：「我聽說：剛洗過頭的人，一定要彈去帽子上的灰塵。剛洗過澡的人，一定要抖去衣服上的灰塵。作爲人，誰能讓自己潔白的身體蒙受塵世的汚垢呢？我寧可跳入江水，葬身魚腹，又怎能讓自己高潔的胸懷，蒙受世俗的汚濁呢？」

他便寫了《懷沙》這篇詩。

於是抱著石頭，跳進汨羅江而死。

屈原已經死後，楚國有宋玉、唐勒、景差這些人，都愛好文學，以善於作賦被人稱道。他們的作品都效法屈原辭令的委婉含蓄，終究不敢直言勸諫。在這以後，楚國的領土一天天縮小，幾十年後終於被秦國滅亡。

自屈原投汨羅江後，經過一百多年，漢朝有個賈誼，擔任長沙王的太傅，他在渡過湘水時撰寫文章，投入到江中，用來憑弔屈原。

太史公說：我讀了《離騷》、《天問》、《招魂》、《哀郢》，爲屈原的志向不能實現而悲傷。我到長沙，經過屈原自沈的地方，不能不傷心落淚，想像到屈原的爲人。後來看見賈誼憑弔他的文章，又責怪屈原如果憑他那樣的才能去遊說諸侯，哪個國家不能容身呢？而自己偏要選擇這樣的道路！看了賈誼的《服鳥賦》，體會到他把生死同等看待，把罷官得官看得很輕，這使我感到茫然不知所措了。

酷吏列傳序《史記》

【題解】

本篇是《史記・酷吏列傳》的序。治理國家是用道德來教育人呢，還是用嚴刑峻法來制約人呢？司馬遷主張前者而反對後者。文中引用孔子、老子的言論來說明他的主張正確，用秦朝法網嚴密而奸僞萌起，漢初法網粗疏而吏治蒸蒸來證明他的政治觀點。

孔子曰[1]：「道之以政[2]，齊之以刑，民免而無恥[3]；道之以德，齊之以禮，有恥且格[4]。」老氏稱[5]：「上德不德，是以有德[6]；下德不失德，是以無德[7]。」「法令滋章[8]，盜賊多有。」太史公曰：信哉！是言也[9]！法令者治之具，而非制治清濁之源也[10]。昔天下之網嘗密矣，然奸僞萌起，其極也，上下相遁[11]，至於不振。當是之時，吏治若救火揚沸[12]，非武健嚴酷，惡能勝其任而愉快乎[13]！言道德者，溺其職矣。故曰：「聽訟，吾猶人也，必也使無訟乎[14]。」「下士聞道大笑之[15]」，非虛言也。漢興，破觚而爲圜[16]，斲雕而爲朴[17]，網漏於吞舟之魚[18]；而吏治蒸蒸[19]，不至於奸，黎民艾安[20]。由是觀之，在彼不在此[21]。

【注釋】

①孔子曰：引文見《論語．爲政》。②道：同「導」，引導。③免：避免。④格：正，正派。⑤老氏：老子，即老聃，姓李名耳，春秋時著名的思想家，道家的創始人。⑥不德：不自以爲德，即不局限於外在的標準，主張無爲自化。⑦不失德：堅守外在的標準，則終於失去內在的道德。⑧滋：更加，章：同「彰」，明白。⑨信：的確，實在。是：這。⑩淸：淸明，指政治好。濁：混亂，指政治不好。⑪遁：迴避。⑫救火：指負薪救火。揚沸：指揚湯止沸。都是比喻於事無益。⑬惡：何。偸快：求一時的苟安和快意。⑭「聽訟」三句：語出《論語．顏淵》，是孔子的話。⑮下士：下愚的士人。引文見《老子》四十一章。⑯破觚而爲圜：把方形東西的稜角去掉而爲圓形。這裡比喻法制簡約渾厚。觚：有稜角的酒器。圜：通「圓」。⑰斲雕而爲朴：去掉華麗的裝飾變爲樸素。即返樸歸眞。斲：砍，去掉。朴：樸素。⑱網漏吞舟之魚：一口能吞下船的大魚從網裡漏掉。比喻法網的寬疏。⑲蒸蒸：興盛，美好的樣子。形容吏治很好。⑳艾安：太平無事。艾：通「乂」，治理。㉑彼：指任德。此：指任刑。

【譯文】

孔子說：「用行政命令來引導，用刑罰來約束，百姓只是避免犯罪卻沒有羞恥之心；用道德來引導，用禮義來約束，人們就會懂得恥辱而行爲正派。」老子說：「道德高尚的人不偏限於形式上的『道德』，所以他是有道德的；道德低下的人偏限於形式上的『道德』，所以他是沒有道德的」。「法令越是明白具體，盜賊反而會更多。」太史公說：「這話確實很對。法令是治理國家的工具，而不是社會治理得好壞的根源。從前天下的法網曾經是很嚴密，但是邪惡欺詐的事卻不斷發生。發展到極點時，上上下下互相包庇迴避，以至於國家無法振興起來。在這個時候，官吏用法治如同負薪救火，揚湯止沸，都於事無補，不採取强硬嚴酷的手段，又怎能擔負起責任並且求得一時的效用呢？主張用道德治理的人，必然使職務沈滯而不能開展。」所以說：「審理案件我同別人一樣，所不同的是我主張一定要使訴訟事件不發生！」「下愚的士人聽說用德治，便嘲笑它。」這不是假話。漢朝興起時，廢除繁規苛法，提倡返樸歸眞，法網寬疏得可以漏掉吞舟的魚，可是官吏的成績卻很輝煌，不爲非作歹，百姓平安無事。由此看來，治理國家在於用德而不在用刑。

遊俠列傳序《史記》

【題解】

本篇是《遊俠列傳》的序。所謂「遊俠」：是指那些出身下層勇於鋤暴安良的英雄，他們輕生重義，勇於救人危難。文章說明了寫作《遊俠列傳》的原因，讚揚了他們言行一致、抗暴扶弱的美好品德，表達了對封建法制的批判。作者把文王、武王和王者的親屬以及獨善其身的季次、原憲作爲陪襯，並把遊俠與豪暴之徒加以區別，使讀者更加深刻地認識到遊俠的高尚和可貴的品行。

韓子曰[1]：「儒以文亂法，而俠以武犯禁[2]」。二者皆譏，而學士多稱於世云。至如以術取宰相、卿大夫[3]，輔翼其世主，功名俱著於春秋[4]，固無可言者。及若季次、原憲[5]，閭巷人也[6]，讀書懷獨行君子之德[7]，義不苟合當世[8]，當世亦笑之。故季次、原憲終身空室蓬戶，褐衣疏食不厭[9]，死而已四百餘年，而弟子志之不倦[10]。今遊俠，其行雖不軌於正義[11]，然其言必信，其行必果，已諾必誠，不愛其軀，赴士之厄困[12]。既已存亡死生矣[13]，而不矜其能，羞伐其德，蓋亦有足多者焉[14]。

且緩急[15]人之所時有也。太史公曰：昔者虞舜窘於井廩[16]；伊尹負於鼎俎[17]；傅說匿於傅險[18]；呂尚困於棘津[19]；夷吾桎梏[20]；百里飯牛[21]；仲尼畏匡，菜色、陳蔡[22]；此皆學士所謂有道仁人也，猶然遭此災，況以中材而涉亂世之末流乎[23]？其遇害何可勝道哉？

【注釋】

[1]韓子：指韓非，戰國時法家代表人物，著有《韓非子》。[2]這兩句引自韓非子的《五蠹》。[3]至如：至於。以：憑。[4]著：記載，著錄。春秋：泛指當時的史書，不專指《春秋》。[5]季次：孔子的弟子公晳哀，字季次。原憲：孔子弟子，字子思。兩人終身都沒有作官。[6]閭巷：里巷，指民間。[7]懷：保持，堅持。獨行君子：有獨特節操的君子。[8]苟：隨便。[9]蓬戶：用茅草編成的屋門。褐衣：粗布衣服。疏：同「蔬」。厭：同「饜」，滿足。[10]志：記，懷念。倦：衰，停息。[11]軌：合，正義：當時的社會道德準則，這裡指國法。[12]戹困：危急和困難。戹：災難。[13]存亡死生：使之者存，使生者死。意即拯救垂亡之弱者。[14]矜、伐：誇耀。多：讚美。[15]緩急：偏義副詞，急難。[16]據說舜沒有做帝王以前，他的父親聽信後妻的兒子的話，想害死舜。叫舜去修穀倉，就放火燒倉，企圖燒死舜。叫舜去淘井，就用土填井，打算活埋舜。窘：窮困，為難，廩：穀倉。[17]伊尹：商湯的賢相，傳說先前伊尹曾作過廚師。負：背著。鼎：烹煮用的炊具。俎：切肉的砧板。[18]傅說：殷五武丁的賢相，相傳他在見武丁前在傅險做泥工。匿：隱藏，傅險：即傅岩，在今山西平陸縣東。[19]呂尚：又稱姜子牙，太公望。相傳他在七十歲時還在棘津過著賣苦力的生活。後輔佐周武王滅殷建立周朝。[20]夷吾桎梏：夷吾，即管仲。見《管仲晏列傳》。桎梏：腳鐐手銬。[21]百里飯牛：百里，百里奚，後為秦穆公的相國，他曾經賣身為奴，替人養牛。飯：餵養。[22]仲尼：即孔子。畏：指受威脅。菜色：飢餓之色。孔子周遊列國時，在匡地被誤認為陽貨（匡人的仇人），幾乎被害。[23]涉：經歷。末流：末世，指衰敗之期。

鄙人有言曰[1]：「何知仁義，已饗其利者為有德[2]。」故伯夷醜周[3]，餓死首陽山，而文、武不以其故貶王[4]；跖蹻暴戾[5]，其徒誦義無窮。由此觀之，「竊鉤者誅，竊國者侯[6]，侯之門，仁義存」，非虛言也[7]。

今拘學或抱咫尺之義[8]，久孤於世，豈若卑論儕俗[9]，與世浮沈而取榮名哉？而布衣之徒，設取予然諾⑩，千里誦義，爲死不顧世。此亦有所長，非苟而已也。故士窮窘而得委命⑪，此豈非人之所謂賢豪間者邪⑫？誠使鄉曲之俠⑬，予季次、原憲比權量力，效功於當世，不同日而論矣⑭。要以功見言信⑮，俠客之義，又曷可少哉？

【注釋】

①鄙人：指一般老百姓。②已：同「以」。鄉：同「享」。③伯夷：見《伯夷列傳》。醜：恥，認爲……恥。④以：因爲，故：緣故。⑤跖、蹻：盜跖，莊蹻，相傳爲古代的兩個大盜。戾：橫行無忌。⑥鉤：衣服上的帶鉤。「竊鉤者誅」三句：引自《莊子・胠篋篇》。⑦虛言：沒有根據的話。⑧拘學：拘謹固執的學者。咫尺：形容微小。咫：古代長度單位，八十爲一咫。⑨儕俗：與世俗相等，儕：齊、平。⑩取予然諾：對待取予很愼重。答應了的事情一定辦到。取：接受。予：給予。然諾，應許。⑪委命：把性命委託給他人。⑫間者：傑出的人才。⑬鄉曲：鄉里，指窮鄉僻野。⑭同日而論：相提並論。⑮要：總之。見：通「現」，顯著。

古布衣之俠，靡得而聞已①。近世延陵、孟嘗、春申、平原、信陵之徒②，皆因王者親屬，藉於有土卿相之富厚③，招天下賢者，顯名諸侯，不可謂不賢者矣。比如順風而呼，聲非加疾，其勢激也。至如閭巷之俠，修行砥名④，聲施於天下，莫不稱賢，是爲難耳。然儒墨皆排擯不載。自秦以前，匹夫之俠，湮滅不見，余甚恨之。以余所聞，漢興有朱家、田仲、王公、劇孟、郭解之徒⑤，雖時扞當世之文罔⑥，然其私義，廉潔退讓，有足稱者。名不虛立，士不虛附⑦。至如朋黨彊比周⑧，設財役貧，豪暴侵凌孤弱，恣欲自快，遊俠亦醜之。余悲世俗不察其意，而猥以朱家、郭解等⑨，令與豪暴之徒同類，而共笑之也。

【注釋】

1靡：無、不。2近世：指春秋戰國以來。延陵：春秋時吳國公子季札，因封於延陵，故稱延陵季子。孟嘗：孟嘗君，齊國貴族田文。春申：春申君，楚考烈王的相黃歇。平原：平原君，趙惠文王之弟趙勝，信陵：信陵君，魏安釐王異母弟無忌。3藉：憑藉4修行砥名：修養和磨鍊自己的品行。砥：磨礪。5朱家、田仲等：都是漢初著名的遊俠。司馬遷的《遊俠列傳》就是記敍他們的事蹟。6扞：違反，抵觸。文罔：指指法紀。罔：同「網」。7虛附：白白的依附。8朋黨：營私結黨，宗强：豪强的宗族。比周：彼此勾結。9猥：混雜。

【譯文】

韓非子說：「儒生們往往用文字擾亂法度，俠士們往往依仗武力違反禁令。」儒生和遊俠都受到譏刺，但有學問的儒者卻大多受到世人的稱讚。至於那些靠儒術取得宰相、卿、大夫等高官的人，輔佐當時的君主，功名都記載在史冊上，本來就沒有什麼好說的了。至於像季次、原憲，都是里巷平民，一心讀書，保持著獨行君子的崇高品德，堅持道義，不與世俗同流合污，當世的人也譏笑他們。所以，季次、原憲終身居住在用蓬草編成門扇的破屋子裡，連粗布衣服，簡單的飲食都得不到滿足。但他們死了四百多年後，他的弟子們仍然懷念他們。現在的遊俠，他們的行爲雖與國家的法令不合，但他們說話必定守信用，辦事一定有結果。已經答應的事一定會認眞的去完成，不吝惜自己的生命，爲別人的危急困難而奔走。已經把陷於危難的人解救出來，卻不誇耀自己的本事，以誇耀自己對別人的恩惠爲羞恥。像這樣的遊俠，大概也有值得稱讚的地方吧。

況且危難的事情是人們經常有的。太史公說：當初舜在淘井和修糧倉的時候受到迫害，伊尹背著炊具當過人家的廚子；傅說曾隱藏在傅岩；呂尚曾困居在棘津；管仲帶過手鐐腳銬；百里奚曾替人餵過牛；孔子在匡地受到過威脅，在陳、蔡兩地斷炊挨餓，面有菜色。這些人都是有學問的人所說的有道德的仁人，尚且遭到這樣的災難，何況一個普通人而又處在亂世的最黑暗的時期呢？他們所遭受的災難怎麼能夠說得完呢？

老百姓有這樣的話說：「怎麼知道仁義呢？自身享受到誰的好處，誰就是有德的人。」所以伯夷認爲周滅商是可恥的，餓死在首陽山，但是周文王、周武王的威望並沒有因此受到損害；盜跖、左蹻殘酷暴戾，但是他們的黨徒卻永遠稱誦他們的義氣。照這樣看來，「偷衣帶鈎的要被殺頭，而竊國的大盜卻被封侯，封了侯，他的門內就存在仁義了。」這話不是沒有根據的啊！

現在那些拘謹的學者，死守著狹隘的道義長久地孤立在世俗之外，這怎麼比得上降低論調，附合流俗，與世俗共沈浮去獵取功名呢？而那些平民出身的遊俠，卻重視取予財物和給予人家的許諾，氣義傳誦千里，爲他人而死，不顧世俗的議論，這些人也有他們的長處，不是隨便亂來的。所以士人到了窮困窘迫時就把自身性命委託給他們，這難道不是人們所說的賢人、豪傑等傑出的人物嗎？如果把這些鄉里的遊俠跟季次、原憲等人比較地位，衡量能力，他們在當時所作出的貢獻，是不能相提並論的。總之，從功效的顯著，說話講信用來看，遊俠的正義行爲，又怎麼能夠輕視呢？

古時候民間的遊俠，已經不得而知。近世的延陵吳季子、孟嘗君、春申君、平原君、信陵君之類的人，都因爲是國王的親屬，憑藉著有封地和卿相的富厚條件，招納天下賢能的人，使自己名揚於諸侯，不能說他們不是賢人了。就像順風呼喊一樣，聲音本身並沒有加大，是風勢促使它傳播得很遠。至於居住在民間的遊俠，修養自己的品德，成就自己的名聲，佳名於天下，沒有人不稱讚他們的賢能，這實在是很困難的。可是儒家、墨家都排斥遊俠，不把他們的事蹟記載下來。在秦以前，民間的遊俠都被埋沒沒有記載下來，我對此感到非常遺憾。根據我所知道的，從漢朝興起以來，有朱家、田仲、王公、劇孟、郭解這些人，雖然經常觸犯國家的法令，但是他們個人的道德信義，廉潔謙讓，是有值得稱讚的地方的。他們的名聲並不是憑空建立起來的，士人也不會無緣無故的依附他們。至於結黨營私的人和强宗豪族彼此勾結，依仗錢財役使貧民，依仗權勢侵害、欺侮那些勢孤力弱的人，放縱私慾，只圖自己痛快，遊俠對這些人也深爲憎惡。我惋惜世俗的人不體察遊俠的心意，卻隨意地把朱家、郭解和那些人等同看待，把他們跟豪强暴徒做一類而加以譏笑。

滑稽列傳[1]《史記》

【題解】

《史記·滑稽列傳》是專敘滑稽人物的傳類。本文只選了開頭的短序和淳于髡傳。

本文記敘了淳于髡三次用隱語向齊王進諫的事，表現了淳于髡的聰明才智和對國家大事的關心。方法上比喻新奇淺近，富意深刻明白，行文韻散相間，錯落有致，寫得生動活潑。

孔子曰：「六藝於治一也[2]：《禮》以節人，《樂》以發和，《書》以道事，《詩》以達意，《易》以神化，《春秋》以道義。」太史公曰：天道恢恢[3]，豈不大哉！談言微中，亦可以解紛。

淳于髡者[4]，齊之贅婿也[5]。長不滿七尺，滑稽多辯，數使諸侯[6]，未嘗屈辱。齊威王之時[7]，喜隱[8]，好爲淫樂長夜之飲，沈湎不治[9]，委政卿大夫。百官荒亂，諸侯並侵，國且危亡[10]，在於旦暮，左右莫敢諫。淳于髡說之以隱曰：「國中有大鳥，止王之庭，三年不蜚[11]，又不鳴，王知此鳥何也？」王曰：「此鳥不飛則已，一飛沖天；不鳴則已，一鳴驚人。」於是乃朝諸縣令長七十二人[12]，賞一人，誅一人，奮兵而出。諸侯振驚，皆還齊侵地。威行三十六年。語在《田完世家》中[13]。

【注釋】

[1]滑稽：能言善辯、口齒流利的意思，指善於運用隱語進行諷諫或排解糾紛的人。[2]六藝：即六經，下文中所提到的。[3]天道：指自然法則。恢恢：廣大無邊的樣子。[4]淳于髡：淳于，複姓；髡：名。齊國大夫。[5]贅婿：舊時男子到女家結婚，叫贅婿。所生子女從母姓，作爲母方後代。[6]數：多次。使：出使。[7]齊威王：前三五六年至前三二〇年在位。[8]隱：隱語。不把本意直接說出而藉別的詞語來暗示的話。[9]沈湎：沈溺。指嗜酒無度。[10]且：將近，快要。[11]蜚：通「飛」。[12]縣令長，一縣的長官。人口在萬人以上的爲令，人口在萬人以下的爲長。[13]《田完世家》：《史記》世家之一，記載戰國時齊的史事。

威王八年，楚大發兵加齊[1]。齊王使淳于髡之趙請救兵[2]，齎金百斤[3]，車馬十駟。淳于髡仰天大笑，冠纓索絕[4]。王曰：「先生少之乎[5]？」髡曰：「何敢！」王曰：「笑豈有說乎？」髡曰：「今者臣從東方來，見道旁有禳田者[6]，操一豚蹄，酒一盂而祝曰：『甌窶滿篝[7]，汙邪滿車[8]，五穀蕃熟，穰穰滿家[9]。』臣見其所持者狹，而所欲者奢，故笑之。」於是齊威王乃益齎黃金千鎰[10]，白璧十雙，車馬百駟。髡辭而行，至趙。趙王與之精兵十萬，革車千乘[11]。楚聞之，夜引兵而去。

【注釋】

[1]加：侵略。[2]之：動詞，到。[3]齎：贈送。金：黃銅。[4]冠纓：帽帶子。索：盡。絕：斷。[5]少：以動用法，以……少。[6]禳田：祈求豐收。禳：向鬼神祈禱，消除災禍。[7]甌窶：狹小的高地，篝：竹籠子。[8]汙邪：地勢低下，易於積水的劣田。[9]穰穰：五穀豐饒的樣子。[10]鎰：古代重量單位，二十兩或二十四兩爲一鎰。[11]革車：古代的一種戰車。

威王大說[1]，置酒後宮，召髡賜之酒。問曰：「先生能飲幾何而醉？」對曰：「臣飲一斗亦醉，一石亦醉[2]。」威王曰：「先生飲一斗而醉，惡能飲一石哉[3]！其說可得聞乎？」髡曰：「賜酒大王之前，執法在傍，御史左右，髡恐懼俯伏而飲，不過一斗徑醉矣[4]。若親有嚴客，髡帣韝鞠跽[5]，侍酒於前，時賜餘瀝，奉觴上壽[6]，數起，飲不過二斗徑醉矣。若朋友交遊，久不相見，卒然相睹[7]，歡然道故，私情相語，飲可五六斗徑醉矣。若乃州閭之會[8]，男女雜坐，行酒稽留，六博投壺[9]，相引爲曹[10]，握手無罰，目眙不禁[11]，前有墮珥[12]，後有遺簪[13]，髡竊樂此，飲可八斗而醉二參[14]。日暮酒闌[15]，合尊促坐[16]，男女同席，履舄交錯[17]，杯盤狼藉[18]，堂上燭滅，主人留髡而送客，羅襦襟解，微聞薌澤[19]，當此之時，髡心最歡，能飲一石。故曰：『酒極則亂，樂極則悲，萬事盡然。』言不可極，極之而衰。」以諷諫焉。齊王曰：「善」。乃罷長夜之飲，以髡爲諸侯主客[20]。宗室置酒，髡嘗在側。

【注釋】

[1]說：同「悅」，高興。[2]一石：一石等於十斗。[3]惡：何，怎麼。[4]徑：即，就。[5]帣：同「卷」。韝：袖籠。鞠：鞠躬。跽：小跪（雙膝著地，上身挺直）。[6]觴：古代盛酒器。壽：敬酒。[7]卒然：突然。卒：同「猝」。[8]州閭：鄉里。[9]六博：古代的賭博遊戲，類似近代的走棋。投壺：古代宴會的一種禮制，也是流行於士大夫中的一種遊戲。方法是用箭投入特製的壺中以投中多少決勝負，負者罰飲酒。[10]相引：互相邀集。爲曹：分組。曹：輩。[11]眙：瞪著眼直視。[12]珥：婦女的珠玉耳飾。[13]簪：婦女捲髻的首飾。[14]參：同「三」。

⑮闌：完、盡。⑯尊：同「樽」，酒器。促：迫近，靠近。⑰履舃交錯：鞋子錯雜滿地。古人席地而坐，入席必先脫鞋，所以鞋子錯亂。舃：木底鞋。⑱狼藉：縱橫雜亂。⑲襦：短衣。薌：同「香」。薌澤：香氣。⑳諸侯主客：接待諸侯賓客的官員。

【譯文】

孔子說：「六經對於國家的治理，作用都是一樣的，《禮》是用來節制人們的行爲的，《樂》是用來發揚和氣的，《尚書》是用來記述歷史事蹟的，《詩》是用來表達思想的，《易》是用來通達事物的神明變化的，《春秋》是用來說明君臣大義。」太史公說：「天道廣闊無限，眞是宏大啊！談說稍微中肯，也是可以排難解紛的。

淳于髡是齊國入贅的女婿，他身長不滿七尺，詼諧善辯多次出使諸侯，從來沒有受過屈辱。齊威王在位時，喜歡隱語，喜好過度的享樂，通宵達旦的飲酒，沈溺在酒色之中，不治理國事，把政事委託給卿大夫。於是百官懈怠政事混亂，諸侯都來侵略，國家將要危亡，左右的大臣都不敢直言勸諫。淳于髡用隱語勸諫齊王說：「國內有一隻大鳥，它棲息在大王的宮庭裡，三年不飛不叫，大王知道這隻鳥是爲什麼嗎？」威王說：「這隻鳥不飛便罷，一飛就會沖上天；不鳴便罷，一鳴就會驚人。」於是就召集各縣的長官七十二人來朝見，獎賞一人，殺了一人，整頓兵馬，出去作戰。諸侯十分震驚，把侵佔齊國的土地全部歸還了。這以後齊威王的聲威延續了三十六年。這事記在《田完世家》中。

齊威王八年，楚國大規模的發兵侵略齊國。齊威王派淳于髡到趙國去請求救兵，讓他送去黃銅一百斤，四匹馬駕的車十輛。淳于髡仰天大笑，把帽子上的纓帶全都震斷了。威王說：「先生嫌東西少嗎？」淳于髡說：「怎麼敢呢？」威王說：「先生大笑，難道有什麼道理要講嗎？」淳于髡說：「今天我從東方來，看見路旁祈求田地豐收的人拿著一隻豬蹄、一壺酒，禱告說：『狹小的高地收成滿籠，低窪的水田收成滿車。讓五穀茂盛成熟，堆滿家中』。我看他拿出的東西少而希望得到的多，所以笑他。」於是齊威王就加送黃金千鎰，白璧十對，四匹馬拉的車子百輛。淳于髡告別齊王出發。到了趙國，趙王給他精兵十萬，戰車一千輛。楚國聽到這個消息，連夜撤兵回去了。

威王非常高興，在後宮擺了酒宴，召淳于髡來賜給他酒。威王問：「先生能喝多少酒才醉？」醉淳于髡回答說：「我喝一斗也醉，喝一石也醉。」齊威王說：「先生喝一斗就醉了，怎麼能夠喝一石呢？能把這個緣故說給我聽聽嗎？」淳于髡說：「在大王面前喝賞賜的酒，執法的官員在旁邊，御史大夫在後面，我內心恐懼，低頭喝酒，不過一斗就醉了。假如在父母的尊貴的客人面前，我捲起袖子，彎著身子跪在那裡，在前面侍奉他們飲酒，不時賞賜些剩酒給我，我捧著酒杯上前敬酒，多次起身應酬，不過二斗就喝醉了。假如是好朋友交往，很久沒有見面，忽然相逢，高興地談論往事，相互傾吐私情，可以喝到五六斗就要醉了。如果是鄉里舉行集會，男女混坐在一起，彼此斟酒慢慢地喝，又作六博、投壺的遊戲，結伴搭夥，握握女人的手也不受責罰，瞪著眼睛看她們也不禁止，前面有掉了耳環的，後面有丢失了簪子的，我暗自喜歡這種場面，可以喝到八斗才會有兩三分醉意。等到日落西山酒快喝完了，把酒杯合在一起，緊緊的挨著坐，男女同在一席，鞋子滿地錯雜，杯盤縱橫散亂；堂上的蠟燭熄滅了，主人留下我把客人都送走。這時那陪酒的女子把絲羅短衣的衣襟解開，可以微微聞到一股香氣。當這個時候，我心裡最高興，就能喝一石了。所以說飲酒過度了就會昏亂；歡樂到極點就會轉化爲悲哀。萬事都是這樣的。這是說什麼都不能過分，過分了就會衰敗。」淳于髡用這些話來規勸齊王。齊王說：「好！」於是就取消了通宵達旦的宴飲。任命淳于髡做接待諸侯的主客。每逢王族舉行宴會，淳于髡常在旁邊照應。

貨殖列傳序《史記》

【題解】

本文是《史記・貨殖列傳》的序。貨殖：發展生產和貿易多多積累財富的意思。

本文論述了爲積累財富而努力發展生產和貿易，對於富國裕民，形成好的社會風氣和鞏固國家統治具有重要作用。並指出不斷發展生產和貿易是符合客觀發展規律的。還否定了《老子》所設想的「老死不相往來」的社會，肯定了春秋齊國的富國裕民之道，從而說明了貨殖的重要性。

老子曰[1]：「至治之極，鄰國相望，雞狗之聲相聞，民各甘其食，美其服，安其俗，樂其業[2]，至老死不相往來。」必用此爲務，挽近世涂民耳目[3]，則幾無行矣。

太史公曰：夫神農以前，吾不知已[4]。至若《詩》、《書》所述虞、夏以來，耳目欲極聲色之好，口欲窮芻豢之味[5]，身安逸樂，而心誇矜勢能之榮，使俗之漸民久矣[6]，雖戶說以眇論，終不能化[7]。故善者因之，其次利道之[8]，其次教誨之，其次整齊之[9]，最下者與之爭。

【注釋】

[1]《老子》：書名，又稱《道德經》，相傳爲春秋末老聃著。[2]甘：以……爲甘，美：以……爲美，都是以動用法。安：習慣。安其俗：習慣他們的風俗。樂：喜好。[3]涂：閉塞。[4]神農：傳說中上古時的帝王，教民耕

作。已：同「矣」。5芻豢：泛指各種牲畜的肉。芻：食草的動物。豢：吃糧食的動物。6漸：浸蝕，沾染。7眇論：微妙的道理。8道：同「導」，引導。9整齊：用法令約束。

夫山西饒材、竹、穀、纑、旄、玉石1；山東多魚、鹽、漆、絲、聲色2；江南出楠、梓、姜、桂、金、錫、連、丹沙、犀、玳瑁、珠璣、齒、革3；龍門、碣石北多馬、牛、羊、旃裘、筋角4；銅、鐵則千里往往山出棋置：此其大較也5。皆中國人民所喜好6，謠俗被服飲食奉生送死之具也7。故待農而食之，虞而出之8，工而成之，商而通之。此寧有政教發征期會哉？人各任其能，竭其力，以得所欲。故物賤之徵貴，貴之徵賤9，各勸其業，樂其事，若水之趨下，日夜無休時，不召而自來，不求而民出之。豈非道之所符，而自然之驗邪10？

【注釋】

1山西：指太行山以西。饒：富有。穀，木名，即楮木，樹皮可以造紙。纑：野麻，可以製布。旄：牦牛尾，可以做旗杆上的裝飾品。2山東：指太行山之東。聲色：音樂和女色。3江南：指長江以南。連：同「鏈」，未煉過的鉛礦石。丹沙：即朱砂。玳瑁：海中動物，像魚，其甲殼可做裝飾品。璣：不圓的珠子。4龍門：即龍門山，在今山西河津西北，陝西韓城東北。碣石：山名，在今河北樂亭縣西南。旃：同「氈」。筋角：製造弓弩的材料。5大較：大概、大略。6中國：指中原。7謠俗：風俗習慣。8虞：虞人，掌管山澤園林的官，這裡指開發山林資源的人。9徵：徵兆，預先出現的苗頭。10驗：應驗，表現。

《周書》曰1：「農不出則乏其食，工不出則乏其事，商不出則三寶絕2，虞不出則財匱少③。」財匱少而山澤不辟也。此四者，民所衣食之原也。原大則饒，原小則鮮④。上則富國，下則富家⑤。貧富之道，莫之奪予，而巧者有余，拙者不足。故太公望封於營丘⑥，地潟鹵⑦，人民寡，於是太公勸其女功⑧，極技巧，通魚鹽，則人物歸之，繈至而輻湊⑨。故齊冠帶衣履天下，海岱之間斂袂而往朝焉⑩。其后齊中衰，管子修之⑪，設輕重九府⑫，則桓公以霸，九合諸侯⑬，一匡天下，而管氏亦有三歸⑭，位在陪臣⑮，富於列國之君。是以齊富强至於威、宣也⑯。

【注釋】

①《周書》：周朝的文誥。②三寶：指糧食、財富、器物。③匱：缺乏。④饒：豐富。鮮，少。⑤富：使動用法，使……富。⑥太公望：即姜太公，又稱呂尚。營丘：在今山東省昌樂縣東南。⑦潟鹵：鹽鹼地。⑧女功：指有關女子紡織的事。⑨繈：用繩索穿好的錢串。輻：車輪中間的直木。⑩海岱之間：指渤海和泰山之間的諸侯國。⑪管子：管仲。見《管晏列傳》。⑫輕重：古代以物價調節商品的辦法。九府：周代掌管財物的九個官府。⑬九合：多次會盟。⑭三歸：台名，管仲所築。⑮陪臣：諸侯的大夫，對天下自稱陪臣。⑯宣、威：指齊宣王和齊威王。

故曰：「倉廩實而知禮節，衣食足而知榮辱①。」禮生於有而廢於無②。故君子富，好行其德；小人富，以適其力。淵深而魚生之，山深而獸往之，人富而仁義附焉。富者得勢益彰，失勢則客無所之③，以而不樂④。諺曰：「千金之子，不死於市。」此非空言也。故曰：「天下熙熙⑤，皆爲利來；天下壤壤⑥，皆爲利往。」夫千乘之王⑦，萬家之侯⑧，百室之君⑨，尚猶患貧，而況匹夫編戶之民乎⑩！

【注釋】

①廩：糧倉。這兩句引文見自《管子．牧民》。②有：富有。無：貧窮。③之：動詞，往、去。④以而：因而。⑤熙熙：和樂的樣子。⑥壤壤：通「攘攘」，紛亂的樣子。⑦千乘之王：指分封的王。⑧萬家之侯：指諸侯。⑨百室之君：指大夫。⑩匹夫：普通的百姓。編戶之民：編入戶口冊的平民。

【譯文】

《老子》上說：「天下治理得最好的時候，鄰國的人互相望得見，雞鳴狗吠的聲音也可以彼此聽得到，老百姓都認爲自己的飲食甘美，自己的服裝漂亮，習慣於本地的風俗，喜歡從事他們的職業，到老死都不互相往來。」如果一定把這當作要務，去挽回近世的風俗，堵塞人民的耳目，就幾乎無法行得通了。

太史公說：神農以前的事，我不知道。至於像《詩經》、《尚書》裡所講的從虞舜、夏朝以來，人們的耳目都想極力享受音樂和女色的美好，口裡都想盡量享受各種牲畜的肉的滋味。身體安於舒適、享樂，而內心誇耀有權勢、有能力的光榮，這種習俗浸染民心已經很久了，即使是用《老子》的微妙言論挨家挨戶地勸說，也終究不能改變。因此，最好的辦法是聽其自然，其次是用利益去引導他們，其次是教育他們，再次就是制定規章制度來約束他們，最下等的辦法就是和他們爭利。

太行山以西富有木材、竹子、楮木、野麻、旄牛尾和玉石；太行山以東盛產魚、鹽、漆、絲和音樂、女色；江南出產楠木、梓木、生薑、桂、金、錫、鉛礦石、丹砂、犀牛角、玳瑁、珠璣、象牙、皮革；龍門山、碣石山以北盛產馬、牛、羊、毛氈、筋角；出產銅鐵的山往往相距不出千里，密布有如棋子：這是物產分布的大概情況。這些都是中原人民所喜愛的，各地的風俗都拿他們做穿衣、飲食、養生、送死的東西。所以說靠農夫耕作來供給人們食物，靠管理山林川澤的人，才能把物品採集運出來，器物靠工匠製造，貨物靠商人流通。這難道有政令教化去徵調限期會集嗎？人們各自發揮自己的才能，竭盡自己的力氣，去得到自己想要的東西。所以賣東西到物價貴的地方去，買東西到物價賤的地方去。人們都各自勤勉致力於他們的本業，樂於從事他們的工作，就像水往低處流，日日夜夜沒有停止的時候，不用召喚就自己來到，不用要求人們就會把它生產出來。這難道不是符合規律而且是自然法則的表現嗎？

《周書》上說：「農民不種田，糧食就會缺乏；工匠不生產，器物就會短缺；商人不做買賣，吃的、用的和錢財就不能流通，虞人不運出物資就會導致財源缺乏，財源缺乏，山澤也就得不到開發。」這四個方面是人們衣食的源泉。源泉大就富裕，源泉小就貧乏。在上能使國家富足，在下能使家庭富裕。貧和富的方法，沒有人奪取或給予，不過機敏的人有餘，笨拙的人不足。所以，姜太公封在營丘，土地是鹽鹼地，人口少，於是姜太公就鼓勵婦女紡織，極力提倡工藝的技巧，把魚鹽運到外面去賣。各地的人都紛紛來到齊國，就像錢串一樣絡繹不絕，像輻條一樣聚集到這裡。因此齊國製造的帽子、帶子、衣服、鞋子傳遍天下，從渤海到泰山之間的諸侯都整斂衣袖來到齊國朝拜。這以後，齊國中途衰落，管仲修復太公的遺業，設立管理物價的九個官府，齊桓公因此稱霸，多次會盟諸侯，使天下政治得到匡正。管仲也有三歸台，雖然他的地位不過是陪臣，卻比各諸侯國的君主還要富有。因此，齊國富强的局面一直延續到齊威王、齊宣王的時代。

所以說：「糧食充實了，百姓就會懂得禮節；衣食充足了，百姓就會知道光榮與恥辱。」禮節產生於富有，而廢棄於貧窮。因此，君子富有了，就願去做仁義的事；小人富有了，就把力量用在適當的地方。潭深，魚就自然生長在那裡；山深，野獸就自然去到那裡。人富有了，仁義就會自然的依附在他身上。富貴的人得到權勢就更加顯赫；失掉權勢，連作客都沒有地方去，因而心情不快。諺語說：「家有千金的人，便不會因犯法而在市上處死。」這不是空話。所以說：「天下的人，熙熙攘攘，都是爲利而來，爲利而往。」有千乘兵車的王，有萬家封地的侯，有百家封邑的大夫，尚且還擔心貧窮，何況編在戶口冊上的普通老百姓呢？

太史公自序《史記》

【題解】

本文是作者爲《史記》寫的序言（節選）。文章開頭揭示了作者的胸襟和使命，以繼承周公孔子爲己任。接著極力讚頌《春秋》的巨大社會作用，從側面闡述了自己寫作《史記》的宗旨。最後說明自己在寫作過程中，遭受到了身殘的巨大不幸，曾一度灰心，但最終決心忍辱負重，發奮寫作，實現自己終生的誓願，終於完成了《史記》這部巨著。

太史公曰：「先人有言[1]：『自周公卒五百歲而有孔子[2]。孔子卒後至今五百歲，有能紹明世[3]，正《易》傳，繼《春秋》，本《詩》、《書》、《禮》、《樂》之際？』意在斯乎！意在斯乎！小子何敢讓焉[4]。」

【注釋】

[1]先人：指司馬遷的父親司馬談。

[2]周公：姓姬，名旦，周武王的弟弟，成王的叔叔。武王崩，成王年幼，周公攝政。周朝的禮樂制度相傳都是周公制定的。[3]紹：繼。明世：太平盛世。[4]小子：古時子弟晚輩對父兄尊長的自稱。

上大夫壺遂曰[1]：「昔孔子何爲而作《春秋》哉？」太史公曰：「余聞董生曰[2]：『周道

衰廢，孔子爲魯國司寇[3]，諸侯害之，大夫壅之[4]。孔子知言之不用，道之不行也，是非二百四十二年之中[5]，以爲天下儀表[6]，貶天子，退諸侯，討大夫，以達王事而已矣。』子曰：『我欲載之空言，不如見之於行事之深切著明也。』夫《春秋》，上明三王之道[7]，下辨人事之紀，別嫌疑，明是非，定猶豫，善善惡惡，賢賢賤不肖，存亡國，繼絕世，補敝起廢，王道之大矣。《易》著天地，陰陽、四時、五行，故長於變；《禮》經紀人倫[8]，故長於行；《書》記先王之事，故長於政；《詩》記山川、溪谷、禽獸、草木、牝牡、雌雄，故長於風[9]；《樂》樂所以立，故長於和；《春秋》辨是非，故長於治人。是故《禮》以節人[10]，《樂》以發和，《書》以道事，《詩》以達意，《易》以道化，《春秋》以道義。撥亂反之正，莫近乎《春秋》。《春秋》文成數萬，其指數千[11]。萬物之散聚，皆在《春秋》。《春秋》之中，弒君三十六，亡國五十二，諸侯奔走不得保其社稷者，不可勝數。察其所以[12]，皆失其本已。故《易》曰：『失之毫釐，差以千里。』故曰：『臣弒君，子弒父，非一旦一夕之故也，其漸久矣。』故有國者不可以不知《春秋》，前有讒而弗見[13]，後有賊而不知。爲人臣者不可以不知《春秋》，守經事而不知其宜[14]，遭變事而不知其權[15]。爲人君父而不通於《春秋》之義者，必蒙首惡之名。爲人臣子而不通於《春秋》之義者，必陷篡弒之誅，死罪之名。其實皆以爲善[16]，爲之不知其義，被之空言而不敢辭[17]。夫不通禮義之旨，至於君不君，臣不臣，父不父，子不子。君不君則犯[18]，臣不臣則誅，父不父則無道，子不子則不孝。此四行者，天下之大過也。以天下之大過予之，則受而弗敢辭。故《春秋》者，禮義之大宗也。夫禮禁未然之前[19]，法施已然之後；法之所為用者易見，而禮之所為禁者難知。」

【注釋】

[1]上大夫：官名。壺遂：人名。曾和司馬遷一起參加定律歷。[2]董生：即董仲舒（前一七九年——前一〇四年），廣川人。西漢哲學家，今文經學大師。生：尊稱，即先生，老師。[3]司寇：官名，主管刑獄，糾察等事。[4]壅：堵塞，壅蔽。[5]是非：動詞，褒貶。二百四十二年：《春秋》記事，從魯隱公元年起，到魯哀公十四年止，共二百四十二年。[6]以為：以之為，把它作為。[7]三王：指夏禹、商湯、周文王。[8]經紀：安排。人倫：指人與人之間的等級關係。[9]牝：雌性的鳥獸；牡：雄性的鳥獸。風：教化。[10]是故：因此。[11]指：通「旨」。意旨，要旨。[12]所以……的原因。[13]讒：說壞話的人，小人。[14]經事：正常的事情。經：正常，尋常。[15]權：變通。[16]實：實心，本意。[17]被：加。辭：推辭。[18]犯：侵犯，觸犯。這裡指被臣下所侵犯。[19]未然，還沒有成為事實。

壺遂曰：「孔子之時，上無明君，下不得任用，故作《春秋》，垂空文以斷禮義[1]，當一王之法。今夫子上遇明天子[2]，下得守職，萬事既具，咸各序其宜。夫子所論，欲以何明？」

太史公曰：「唯唯，否否[3]，不然！余聞之先人曰：『伏羲至純厚[4]，作《易》八卦；堯、舜之盛，《尚書》載之，禮樂作焉[5]；湯武之隆，詩人歌之。《春秋》採善貶惡，推三代之德[6]，褒周室，非獨刺譏而已也。』漢興以來，至明天子，獲符瑞[7]，建封禪[8]，改正朔[9]，易服色[10]，受命於穆清[11]，澤流罔極[12]，海外殊俗，重譯款塞[13]，請來獻見者，不可勝道。臣下百官，力誦聖德，猶不能宣盡其意。且士賢能而不用，有國者之恥；主上明聖而德不布聞，有司之過也。且余嘗掌其官，廢明聖盛德不載，滅功臣、世家、賢大夫之業不述，墮先人所言，罪莫大焉！余所謂述故事，整齊其世傳，非所謂作也，而君比之於《春秋》，謬矣。」

【注釋】

[1]空文：指文章，與具體的事業相對而言。[2]夫子：對別人的尊稱，相應於您。明天子：指漢武帝。[3]唯唯：答應聲。否否：不是這樣，不然。[4]伏羲：傳說中上古部落的酋長。相傳他始畫八卦，教民捕魚畜牧。[5]作：興起。焉：句尾語氣詞，無義。[6]三代：指夏、商、周三代。[7]符瑞：吉祥的象徵。指漢武帝元狩元年捕獲白麒麟事。符：憑證。瑞：祥瑞。[8]封禪：指歷代帝王到泰山祭神。封：登泰山設壇祭天。禪：在山南梁父山上闢基祭地。[9]正朔：正月初一日。正：歲首。朔：初一。古時改朝換代，新帝王有改正朔的習慣。[10]服色：服用器物的顏色。古時各個朝代以崇尚的正色爲一切服用器物的顏色。如夏崇尚黑色，商朝崇尚白色，周朝崇尚赤色。[11]穆清：指上天，天氣清而和。[12]罔極：無窮無盡。[13]重譯：經過幾重翻譯。款塞：叩關，叩開塞門。

於是論次其文。七年[1]，而太史公遭李陵之禍，幽於縲紲[2]。乃喟然而嘆曰：「是余之罪也夫？是余之罪也夫？身毀不用矣！」退而深惟曰：「夫《詩》、《書》隱約者，欲遂其志之思也。昔西伯拘羑里，演《周易》[3]；孔子厄陳蔡，作《春秋》[4]；屈原放逐，著《離騷》[5]；左丘失明，厥有《國語》[6]；孫子臏腳，而論兵法[7]；不韋遷蜀，世傳《呂覽》[8]；韓非囚秦，《說難》、《孤憤》[9]；《詩》三百篇，大抵賢聖發憤之所爲作也。此人皆意有所鬱結，不得通其道也，故述往事，思來者。」於是卒述陶唐以來[10]，至於麟止[11]，自黃帝始。

【注釋】

①七年：從太初元年到天漢三年。②李陵之禍：漢武帝天漢二年，騎都尉李陵率五千步兵擊匈奴，戰敗投降，司馬遷在武帝面前爲李陵辯解，因而下獄，受腐刑。縲紲：捆綁人的繩索，這裡指牢獄。③西伯：指周文王。相信文王被紂王拘禁在羑里時，推演《易》的八卦爲六十四卦，成爲《周易》骨幹。④孔子厄陳、蔡：孔子周遊列國，在陳、蔡受到圍攻，絕糧等困厄，以後回到魯國寫作《春秋》。⑤屈原事見《史說．屈原賈生列傳》。⑥左丘：左丘明，春秋時魯國的史官。厥：句首助詞，無意義。《國語》：古代的一部史書，相傳爲左丘明所作。⑦孫子：戰國時大軍事家孫臏。他的同學龐涓爲魏惠王將軍，嫉妒他的才能，把他騙到魏國割去膝蓋骨。臏：古代酷刑，即刖去膝蓋骨。⑧不韋：呂不韋，秦始皇初年爲相國，後獲罪免職，被貶謫到蜀地，呂不韋在去蜀路上自殺。《呂覽》即《呂氏春秋》，是呂不韋的門客所著。⑨韓非：韓國的公子，後到秦國，被李斯陷害，下獄而死。他著了《韓非子》一書，《說難》、《孤憤》是其中的兩篇。⑩陶唐：即唐堯。因他先被封在陶，後又遷到唐，因此稱爲陶唐氏。⑪麟：指漢武帝獵獲白麟那一年，即元狩元年，《史記》的事止於這一年。春秋時魯哀公十四年也獵獲到一隻麒麟，孔子當時正寫作《春秋》聽到這消息，認爲麟出非時，於是絕筆。司馬遷作《史記》止於漢武帝獲麟之時，有繼承和模仿《春秋》的意思。

【譯文】

太史公說：「先父曾經說過：『自從周公死後五百年孔子出生，孔子死後到今天已經五百年了，到了接續清明盛世，糾正對《周易》的解釋，續寫《春秋》，探求《詩》、《書》、《禮》、《樂》之間本原的時候了。這番話的意思就在這裡吧！』我怎麼敢謙讓呢？」

上大夫壺遂說：「從前孔子爲什麼寫作《春秋》呢？」太史公說：「我聽董仲舒說：『周朝的制度衰微荒廢，孔子做了魯國的司寇，諸侯把他視爲他們的禍害，大夫處處給他設置障礙。孔子知道自己的意見不會被採用，政治主張也無法實現，因此便對二百四十二年中發生的大事進行評論、褒貶，把它作爲天下行事的標準，譏貶天子，斥責諸侯，聲討大夫，只是爲了要實行王道罷了。』孔子說：『我想只提出褒貶的空論，不如把褒貶表現在具體事件中更爲深刻明顯』。《春秋》這部書，上則闡明三王的治道，下則分辨人世的倫理綱常！解釋疑惑難明的事理，辨明是非，確定猶豫難定的事，表彰善良，貶斥邪惡，尊敬賢良的人，鄙視不肖的人，恢復已經滅亡了的國家，接續斷絕了的世系，修補弊端，振興衰廢，這都是王道的重大內容。《易》說明天地、陰陽、四季、五行的關係，所以長於變化；《禮》是人世倫常綱紀，所以長於實行；《尚書》記載過去帝王的事業，所以長於政事；《詩》記述山川，溪谷、禽獸、草木、牝牡、雌雄的狀況，所以長於教化；《樂》是禮樂建立的依據，所以長於陶治性情；《春秋》明辨是非，所以長於治理百姓。因此，《禮》用來節制人的行動，《樂》用來抒發和樂之情，《書》用來指導政事，《詩》用來表達心意，《易》用來推演事物的變化，《春秋》用來引導人民遵守道義。治理亂世，使它歸於正常安定，沒有比《春秋》更切合需要的了。《春秋》的字數有幾萬，要旨有幾千條，萬事萬物的成敗、聚散的道理都在這部書裡：《春秋》一書中，記載殺死國君的事件有三十六起，國家滅亡的有五十二個，諸侯逃亡失去政權的數不勝數。考察之所以這樣的原因，都是由於失去了仁義這個根本。所以《易》上說：『失之毫里，差之千里』。所以說：『臣子殺死君王，兒子殺死父親，並不是一朝一夕的原因，而是在很長時間內逐步發展形成的。』因此，一國的君主不可以不懂《春秋》，否則面前有人進讒言，却看不出，背後有叛逆作亂的人，也不了解。做臣子的不可以不懂《春秋》，否則就不知道日常事務怎樣處理才恰當，遇到事變就不會相機應付。作爲君主、父親如果不通曉《春秋》的大義，就一定會蒙受首惡的名聲。作爲臣下、兒子，如果不通曉《春秋》的大義，必然陷入篡位殺父的該殺之罪，落個死罪的名聲。其實他們都是把這些當好事來做的，只是不知道禮義，人們憑空給他們加上罪名也不敢推辭。由於不通曉禮義的要旨，就會造成君王不像君王，臣子不像臣子，父親不像父親，兒子不像兒子；君不像君就會被觸犯，臣不像臣就會被誅殺；父不像父，就沒有道德規範；子不像子，就會成爲不孝之徒。這四種行爲是天下最大的過錯。把天下最大的過錯加給他們，也只好接受而不敢推辭。所以《春秋》是禮義的本原。禮是在壞事發生前加以防範，法是在壞事發生後加以懲處；法起的作用很容易被人看見，而禮的預防作用却不易被人了解。」

壺遂說：「孔子那個時候，上沒有賢明的君主，下則不被重用，所以才作《春秋》，用文辭來判斷禮義，當作一位帝王立的法。現在您上遇聖明的天子，下有固定的職位，萬事齊備，都各自安排在適當的位置上。你說的話，想用來說明什麼呢？」太史公說：「啊啊，不，不，不是這樣。我聽先父說過：『伏羲極其純樸厚道，他作了《易》的八卦；堯、舜那樣的盛德，《尚書》記載下來，禮、樂由此興起；商湯、周武功業那樣興隆，詩人加以歌頌。《春秋》稱讚善良，貶斥邪惡，推崇三代的盛德，褒揚周室，不僅僅是諷刺譏笑而已。漢朝興起以來，到當今的聖明天子，得到了吉祥的符瑞，舉行了祭天地的大典，改革曆法，變更衣服器物的顏色，承受天命，恩澤無窮無盡，連海外不同風俗的國家都經過幾重翻譯，叩開邊塞的大門請求貢獻物品，拜見君主，這樣的人多得數不清。臣下百官極力誦揚天子的明德，仍然不能完全表達自己的心意。況且，士人賢能的人不被重用，是國君的恥辱；皇上聖明而他的盛德沒有廣泛傳揚，這是官吏的過失。而我曾任過太史令，廢棄聖明天子的盛德不去記載下來，磨滅功臣、諸侯、賢大夫的功業不加記述，背棄父親的遺教，沒有比這罪過更大的了。我所說的記述過去的事，只是整理、歸納他們的世系傳記，算不上什麼著作。而您把它和《春秋》對比，就不對了。」

於是我把有關資料加以編排，寫成文章。過了七年，太史公遭受到李陵禍，被禁在監牢之中。於是喟然長歎道：「這是我的罪過嗎？這是我的罪過嗎？身體遭到毀壞，沒有什麼用了。」平靜下來深思道：「大凡《詩》、《書》隱約其辭的地方，都是作者想實現自己的意志而必須深思的地方。當初西伯被拘禁在羑里，推演出了《周易》；孔子在陳、蔡受到困厄，後來作了《春秋》；屈原遭到流放，卻寫作了《離騷》；左丘雙目失明，後來著作了《國語》；孫臏被挖去膝蓋骨，就研究兵法；呂不韋遷到蜀地，世上流傳著他主持編寫的《呂覽》；韓非子被囚禁在秦國，寫出了《說難》、《孤憤》兩篇。《詩》三百篇，大多是賢人聖人抒發內心的憤懣而創作出來的，這些人都是志向被壓抑中，不能實現他們的主張，所以記述過去的事，想作為後世的借鑒。」於是我終於記述完了從陶堯以來的事情，從黃帝開始，一直到當今皇帝獵獲白麟的那一年為止。

報任少卿書

司馬遷

【題解】

這是司馬遷給他的朋友任安的信。在這封信中，司馬遷向任安詳細敘述了自己下獄受刑的經過，抒發了受刑後的痛苦和怨恨，說明了他忍辱苟活是爲了完成《史記》這部著作，回答了他所以不能推荐賢才的原因，反映了當時社會的黑暗與殘酷。

信中感情沉痛悲憤，言辭委婉深沉，文勢起伏跌宕而呼應綿密，前人評價這篇文章是「感慨嘯歌，大有燕趙烈士之風；憂愁幽思，則又直與《離騷》對參。」

太史公牛馬走，司馬遷再拜言[1]，少卿足下[2]：曩者辱賜書[3]，教以慎於接物[4]，推賢進士爲務，意氣勤勤懇懇[5]。若望僕不相師[6]，而用流俗人之言，僕非敢如此也。僕雖罷駑[7]，亦嘗側聞長者之遺風矣[8]。顧自以爲身殘處穢[9]，動而見尤[10]，欲益反損，是以獨抑鬱而誰與語[11]，諺曰：「誰爲爲之？孰令聽之？」蓋鍾子期死，伯牙終身不復鼓琴[12]。何則？士爲知己者用，女爲説己者容[13]。若僕大質已虧缺矣[14]，雖才懷隨、和[15]，行若由、夷[16]，終不可以爲榮，適足以見笑而自點耳[17]。書辭宜答，會東從上來[18]，又迫賤事，相見日淺，卒卒無須臾之間[19]，得竭志意。今少卿抱不測之罪[20]，涉旬月[21]，迫季冬[22]，僕又薄從上雍[23]，恐卒然不可爲諱[24]，是僕終已不得舒憤懣以曉左右[25]，則長逝者魂魄，私恨無窮。請略陳固陋。闕然久不報[26]，幸勿爲過。

【注釋】

[1]牛馬走：司馬遷自稱的謙詞，意思是像牛馬一樣供驅使的僕人。[2]足下：書信中對人的尊稱。[3]曩：從前，過去。辱賜書：承您不以給我這樣的人寫信爲羞恥。[4]愼：古書愼、順通用。愼：遵循。物：事。[5]務：事務。意氣：指情意和語氣。[6]望：怨。不相師：不聽指教。[7]罷：同「疲」。駑：劣馬。疲駑：比喻才能低下。[8]側聞：私下聽說。是自謙之詞。[9]顧：只是。身殘：指受了腐刑。處穢：處於被人輕視汚穢的地位，指和宦官同列。[10]尤：過錯。這裡是指責、責備的意思。[11]抑鬱：心情煩悶。誰與：與誰。[12]鍾子期、伯牙：春秋時楚國人。伯牙彈琴，鍾子期知音。鍾子期死後，伯牙就破琴絕弦，終身不再彈琴，因爲世上沒有知音的人。[13]說：同「悅」。喜歡，愛慕。[14]大質：指身體。虧缺：受到損害。[15]隨、和：隨侯珠，和氏璧，古代最珍貴的寶物名。[16]由、夷：許由、伯夷，都是古代推爲品德高尚的人。[17]點：汚辱。[18]會：適逢。從：跟從。上：皇帝，指漢武帝。[19]卒卒：同「猝猝」，匆忙急迫的樣子。須臾：一會兒，片刻。[20]少卿抱不測之罪：指任安被判處腰斬。漢武帝晚年聽信江充，江充誣太子謀反，太子起兵討江。時任安爲北軍使者護軍，接受了太子的命令，因被牽連判死刑。[21]旬月：滿月。旬：遍、滿。[22]季冬：農曆十二月。漢律，十二月處決犯人。[23]薄：同「迫」：迫近。雍：地名，在今陝西鳳翔縣南。雍有祭五帝的壇，漢武帝常常到那裡去祭祀。[24]不可爲諱：指任安被處死。諱：忌諱的事。[25]曉：告知。左右：與「足下」的意思相近，這裡是對任安的尊稱。[26]闕然：指隔了很久。闕：同「缺」。

僕聞之：修身者，智之符也[1]；愛施者[2]，仁之端也；取予者，義之表也[3]；恥辱者，勇之決也；立名者，行之極也。士有此五者，然後可以託於世，而列於君子之林矣。故禍莫憯於欲利[4]，悲莫痛於傷心，行莫醜於辱先，詬莫大於宮刑[5]。刑餘之人，無所比數[6]，非一世矣，所從來遠矣。昔衛靈公與雍渠同載，孔子適陳[7]；商鞅因景監見，趙良寒心[8]；同子參乘，袁絲變色⑨；自古而恥之！夫中材之人，事有關於宦豎⑩，莫不傷氣，而況於慷慨之士乎？如今朝廷雖乏人，奈何令刀鋸之餘⑪，薦天下之豪俊哉！僕賴先人緒業⑫，得待罪輦轂下二十餘年矣⑬。所以自惟：上之不能納忠效信，有奇策材力之譽，自結明主；次之又不能拾遺補闕⑭，招賢進能，顯巖穴之士；外之不能備行伍⑮，攻城野戰，有斬將搴旗之功⑯；下之不能積日累勞，取尊官厚祿，以爲宗族交遊光寵。四者無一，遂苟合取容⑰，無所短長之效⑱，可見於此矣。向者僕亦常廁下大夫之列⑲，陪奉外廷末議⑳，不以此時引維綱㉑，盡思慮，今已虧形爲掃除之隸㉒，在闒茸之中㉓，乃欲仰首伸眉，論列是非，不亦輕朝廷、羞當世之士邪？嗟乎！嗟乎！如僕尚何言哉！尚何言哉！

【注釋】

①符：標誌，象徵。②愛施：愛：惠；施：給予，推行。③取予：取得和給予。這句話的意思是說，一個人對待財物是取多還是取少，是否給予別人，這是義的表現。④憯：同「慘」，痛苦。欲利：貪私利。⑤宮刑：古代割除男性生殖器官的一種刑法。⑥比：比併，排在一起。數：計算。⑦適：往。衛靈公和夫人出遊，讓宦官雍渠同坐一輛車，孔子乘後面的車，經過都市，孔子認爲這是恥辱，便離開了衛國。⑧商鞅見秦王，是通過秦王寵信的宦官景監引見的。秦國的賢士趙良認爲投靠宦官，名聲不好，擔心商鞅會招來災禍。⑨同子：漢文帝時的宦官趙談，子是尊稱。司馬遷因父親司馬談與趙談同名。爲避父諱，稱他爲「同子」。參乘：古時乘車陪坐在車子右邊的人。⑩宦豎：宮廷供使的小臣，主要指宦官。⑪刀鋸之餘：指受過刑的人，司馬遷自稱。⑫緒：餘。⑬待罪：即做官，謙詞。輦轂下：指皇帝所在京城。輦轂：皇帝的車駕。⑭拾遺補闕：拾取國君遺亡的事物，補救國君的缺失，指進諫，闕：同「缺」。⑮行伍：指軍隊。古時軍隊編制，五人爲伍，二十五人爲行。⑯搴旗：拔掉敵人的旗，插上自己的旗。搴：拔取。⑰取容：討好，取得別人的喜歡。⑱短長：偏義複詞，這裡指「短」。效：貢獻。⑲廁：夾雜。漢代沿用古制，分大夫爲上、中、下三等。太史令是下大夫。⑳

外廷：皇帝與大臣議事的朝堂。末議：微末意見，謙詞。[21]引：正、整頓。維綱：指國家的法度。[22]掃除之隸：打掃汙穢的奴隸，指地位低下的人。[23]闒茸：闒是小戶，茸是小草，比喻卑賤低劣。

且事本末未易明也。僕少負不羈之才，長無鄉曲之譽。主上幸以先人之故，使得奏薄技，出入周衛之中[1]。僕以爲戴盆何以望天[2]，故絕賓客之知[3]，亡家室之業[4]，日夜思竭其不肖之才力，務一心營職，以求親媚於主上。而事乃有大謬不然者。

夫僕與李陵俱居門下[5]，素非能相善也[6]。趨舍異路[7]，未嘗銜盃酒，接殷勤之餘歡。然僕觀其爲人，自守奇士：事親孝，與士信，臨財廉，取與義，分別有讓，恭儉下人，常思奮不顧身，以殉國家之急。其素所蓄積也，僕以爲國士之風[8]。夫人臣出萬死不顧一生之計，赴公家之難，斯以奇矣。今舉事一不當，而全軀保妻子之臣[9]，隨而媒櫱其短[10]，僕誠私心痛之。且李陵提步卒不滿五千，深踐戎馬之地，足歷王庭[11]，垂餌虎口，橫挑彊胡[12]，仰億萬之師，與單于連戰十有餘日[13]，所殺過當[14]。虜救死扶傷不給，旃裘之君長咸震怖[15]，乃悉徵其左、右賢王[16]，舉引弓之人，一國共攻而圍之。轉鬬千里，矢盡道窮，救兵不至，士卒死傷如積，然陵一呼勞軍，士無不起，躬自流涕，沬血飲泣[17]，更張空弮[18]，冒白刃，北嚮爭死敵者。陵未沒時[19]，使有來報，漢公卿王侯皆奉觴上壽。後數日，陵敗書聞，主上爲之食不甘味，聽朝不怡，大臣憂懼，不知所出。僕竊不自料其卑賤，見主上慘愴怛悼[20]，誠欲效其款款之愚[21]，以爲李陵素與士大夫絕甘分少[22]，能得人之死力，雖古之名將，不能過也。身雖陷敗，彼觀其意，且欲得其當而報於漢。事已無可柰何，其所摧敗，功亦足以暴於天下矣。僕懷欲陳之而未有路，適會召問，即以此指推言陵之功[23]。欲以廣主上之意，塞睚眦之辭[24]。未能盡明，明主不曉，以爲僕沮貳師[25]而爲李陵游說，遂下於理[26]。拳拳之忠[27]，終不能自列[28]，因爲誣上，卒從吏議[29]。家貧，貨賂不足以自贖；交遊莫救視，左右親近，不爲一言[30]。身非木石，獨與法吏爲伍，深幽囹圄之中[31]，誰可告愬者[32]！此眞少卿所親見，僕行事豈不然乎？李陵既生降，隤其家聲，而僕又佴之蠶室[33]，重爲天下觀笑[34]。悲夫！悲夫！事未易一二爲俗人言也[35]。

【注釋】

[1]周衛：嚴密防衛的地方，指宮禁。周：環繞。[2]頭戴木盆就望不見天，要望天就不能戴盆，二者是矛盾的，這裡比喻要辦好公事就不能顧及私事。[3]知：知道，了解。這裡指交往。[4]亡：丟掉，拋棄。[5]李陵：陝西成紀人，名將李廣的孫子，善騎射。武帝時拜騎都尉，天漢二年帶兵攻打匈奴，以少擊衆，戰敗投降，後病死於匈奴。俱居門下：李陵曾任侍中，司馬遷當時任太史令，都是可以出入宮門的官，所以說俱居門下。[6]素：平常。善：友好。[7]趣：向前走。舍：停止。[8]國士：國中才能傑出的人。[9]妻子：妻室兒女。[10]媒糵其短：指把李陵的過失構成大罪。媒糵：酒麴，這裡做動詞用，釀成。[11]王庭：匈奴首領單于居住的地方。[12]橫挑：四處挑戰。胡：戰國秦漢時對匈奴的稱呼[13]單于：古代匈奴對其君主的稱呼[14]過：超過。當：相當。[15]旃裘：匈奴人用的毛氈，皮裘。旃：同「氈」。[16]左右賢王：左賢王、右賢王。匈奴君主單于下面的最高官位。[17]沬血：血流滿面。沬：洗臉。[18]張：舉。弮：弩弓。[19]沒：指軍隊覆沒。[20]慘愴怛悼：悲哀傷心。[21]款款：忠實懇切的樣子。[22]士大夫：指李陵的部下將領。絕甘：甘美的東西自己不吃。分少：把僅有的少量物品分給別人。[23]指：意思。推言：陳述。[24]睚眦：瞪眼怒視，指憤恨[25]沮：毀謗。貳師：指貳師將軍李廣利。他是漢武帝的寵妃李夫人的哥哥。征和三年，漢武帝派李廣利出征匈奴，李陵爲助。李陵被圍，李廣利未及時救援。司馬遷

爲李陵辯護，漢武帝認爲他是詆毀李廣利。[26]理：大理，掌管刑法的官。[27]拳拳：忠誠恭敬的樣子。[28]自列：自陳、自我辯解。[29]吏議：獄吏的意見。[30]交遊：朋友。左右親近：皇帝身邊的親近之臣。[31]囹圄：監獄。[32]愬：同「訴」，訴說。[33]佴：一說安放。蠶室，剛受過宮刑的人怕風寒，必須住在嚴密、溫暖的屋子裡。它像養蠶的房子一樣，所以叫蠶室。[34]重：又、更。[35]一二：逐一地。

僕之先，非有剖符丹書之功[1]，文史星曆[2]，近乎卜祝之間[3]，固主上所戲弄，倡優所畜[4]，流俗之所輕也[5]。假令僕伏法受誅，若九牛亡一毛，與螻蟻何以異？而世俗又不能與死節者次比[6]，特以爲智窮罪極，不能自免，卒就死耳。何也？素所自樹立使然也[7]。人固有一死，或重於泰山，或輕於鴻毛，用之所趨異也[8]。太上不辱先，其次不辱身，其次不辱理色[9]，其次不辱辭令，其次詘體受辱[10]，其次易服受辱[11]，其次關木索、被箠楚受辱[12]，其次剔毛髮、嬰金鐵受辱[13]，其次毀肌膚、斷肢體受辱，最下腐刑極矣！傳曰[14]：「刑不上大夫。」此言士節不可不勉勵也。猛虎在深山，百獸震恐，及在檻阱之中[15]，搖尾而求食，積威約之漸也[16]。故士有畫地爲牢，勢不可入；削木爲吏，議不可對，定計於鮮也。今交手足，受木索，暴肌膚，受榜箠，幽於圜牆之中。當此之時，見獄吏則頭槍地[17]，視徒隸則心惕息[18]。何者？積威約之勢也。及以至是[19]，言不辱者，所謂強顏耳[20]。曷足貴乎？且西伯，伯也，拘於羑里[21]；李斯，相也，具於五刑[22]；淮陰，王也，受械於陳[23]；彭越、張敖，南面稱孤，繫獄抵罪[24]；絳侯誅諸呂，權傾五伯，囚於請室[25]；魏其，大將也，衣赭衣，關三木26；季布為朱家鉗奴27；灌夫受辱於居室28。此人皆身至王侯將相，聲聞鄰國，及罪至罔加29，不能引決自裁30，在塵埃之中，古今一體，安在其不辱也？由此言之，勇怯，勢也；強弱，形也。審矣，何足怪乎？夫人不能早自裁繩墨之外31，以稍陵遲32，至於鞭箠之間，乃欲引節，斯不亦遠乎！古人所以重施刑於大夫者33，殆為此也。夫人情莫不貪生惡死，念父母，顧妻子。至激於義理者不然，乃有所不得已也。今僕不幸，早失父母，無兄弟之親，獨身孤立，少卿視僕於妻子何如哉？且勇者不必死節，怯夫慕義，何處不勉焉？僕雖怯懦，欲茍活，亦頗識去就之分矣34，何至自沉溺縲紲之辱哉35！且夫臧獲婢妾36，猶能引決，況僕之不得已乎？所以隱忍茍活，幽於糞土之中而不辭者37，恨私心有所不盡，鄙陋沒世而文采不表於後世也。

【注釋】

1 剖符：剖分開的信符。古代的符一分為二，君臣各執一半，上寫誓詞，以示信守。丹書：即丹書鐵券，在鐵券上用硃砂寫上誓詞。漢初規定，凡受封剖符丹書的有功之臣，後世子孫有罪可以赦免。2 文史星曆：都是太史令掌管的事。文：文獻。史：史籍，星：天文。曆：曆法。3 卜祝：管占卜和祭祀的官，即卜官和巫祝。4 倡優：古代伶人樂工等傳藝人，社會地位極低。所畜：被豢養。5 輕：輕視，看不起。6 次比：比較，即相提並論。7 所自樹立：自己平素所樹立的。8 用：名詞，作用，用處。之：連詞，相當於「的」。所趨：趨向的目標。9 理色：臉面顏色。10 詘體：指身體被捆綁。詘：同「屈」。11 易服：改穿赭色的囚服。古時犯人穿紅赭色的衣服。12 關：貫穿，指套上。木：木枷。索：繩索。箠：杖。楚：荊條。13 剔毛髮：把頭髮剃光，古代叫髡刑。嬰：環繞。金鐵：指鐵圈，以鐵圈束頸，古代叫鉗刑。14 傳：古書，歷史記載。「刑不上大夫」是《禮記．曲禮》中的話。15 檻：關獸的籠子。阱：捕獸的陷坑。16 約：約制。漸：逐步形成。17 槍：碰撞。18 惕息：懼怕喘息。⑲以：同「已」。⑳强顔：强作厚顔，即厚著臉皮。㉑伯也：伯：首領。西伯拘羑里：注見《史記．太史公自敍》。㉒李斯：秦始皇用爲丞相。秦二世立，因爲趙高進讒言，受五刑，腰斬咸陽。五刑：割鼻，斬左右趾，打殺、斬首，把骨肉剁成肉醬。㉓淮陰：即淮陰侯韓信，漢高祖封他爲楚王，因有人告他想反叛朝廷，漢高祖就用計在陳地縛住他。㉔彭越：劉邦的功臣，被封爲梁王。後因有人告發他謀反，被夷滅三族。張敖：劉邦的功臣趙王張耳的兒子、劉邦的女婿。張耳死後，他繼嗣爲趙王因謀反罪被捕入獄。㉕絳侯：周勃，漢初功臣，曾與陳平共誅諸呂，擁立文帝。後被人誣告，一度下獄。傾：超越。伯：同「霸」。請室：大臣請罪之室。㉖魏其：漢景帝時大將軍魏其侯竇嬰。衣：動詞。穿。三木：在頭、手、足三處戴上木枷。㉗季布：項羽的將領。項羽失敗後，劉邦用重賞購求季布。季布就改名換姓，受髮鉗之刑，賣身於當時魯國的大俠朱家爲奴，以避禍。㉘灌夫：灌夫平吳楚七國之亂有戰功，漢武帝時爲太僕，因得罪丞相田蚡，下獄受誅。居室：官署名，當時拘訊犯罪貴族的地方。㉙罔：同「網」，法網。㉚引決自裁：自殺。㉛繩墨：法律。㉜陵遲：衰頽，卑下。㉝重：以……爲重，看重。㉞去：舍，指舍生。就：指就義。㉟縲紲：捆綁犯人的繩索。引申爲囚禁。㊱臧獲：對奴婢的賤稱。㊲糞土：指汚濁的環境。

古者富貴而名磨滅，不可勝記，唯倜儻非常之人稱焉①。蓋文王拘而演《周易》②；仲尼厄而作《春秋》③；屈原放逐，乃賦《離騷》④；左丘失明，厥有《國語》⑤；孫子臏腳，兵法修列⑥；不韋遷蜀，世傳《呂覽》⑦；韓非囚秦，《説難》、《孤憤》⑧；《詩》三百篇，大抵賢聖發憤之所爲作也⑨。此人皆意有所鬱結，不得通其道，故述往事，思來者。乃如左丘無目，孫子斷足，終不可用，退而論書策，以舒其憤，思垂空文以自見⑩。僕竊不遜，近自託於無能之辭，網羅天下放失舊聞⑪，略考其行事⑫，綜其終始，稽其成敗興壞之紀，上計軒轅⑬，下至於茲，爲十表，本紀十二，書八章，世家三十，列傳七十，凡百三十篇⑭。亦欲以究天人之際⑮，通古今之變，成一家之言。草創未就，會遭此禍，惜其不成，是以就極刑而無慍色。僕誠以著此書，藏諸名山，傳之其人，通邑大都⑯，則僕償前辱之責⑰，雖萬被戮，豈有悔哉！然此可爲智者道，難爲俗人言也！

【注釋】

①倜儻：卓越，無拘束。②演：推演。《周易》：相傳周文王被商紂王囚於羑里時，將八卦推演爲六十四卦，成爲《周易》一書的基礎。③厄：困厄，災難。相傳孔子周遊列國，在陳、蔡遭受圍攻和絕糧的困苦，才回到魯國寫作《春秋》一書。④屈原：戰國時楚國人，我國古代第一個偉大詩人。《離騷》：屈原所作的抒情長詩。⑤左丘：左丘明，春秋時期魯國的史官。厥：句首助詞，無意義。《國語》：相傳是左丘明寫的一部史書。⑥孫子：戰國時的大軍事家孫臏，孫武的後代，著有《孫臏兵法》。他的同學龐涓爲魏國的將軍，嫉妒他的才能，把他騙到魏國割去膝蓋骨。臏：古割去膝蓋骨的一種酷刑。⑦不韋：呂不韋，秦始皇初年爲相國。後獲罪免職，秦始皇把他和他的家屬貶謫到蜀地去，不韋於是自殺。《呂覽》，即《呂氏春秋》，爲呂不韋的門客所著。⑧韓非：韓國的公子，戰國時法家的代表人物，後到秦國，爲李斯所陷害，下獄而死，他著了《韓非子》一書，《說難》、《孤憤》是其中的兩篇。⑨大抵：大都是。⑩空文：指文章，與具體的功業相對而言。見：同「現」。⑪放失：散失。⑫考：考察。⑬軒轅：即黃帝。傳說中中原各族的祖先。⑭凡：總共。⑮天人之際：自然現象與政治社會的關係。⑯通：流傳。⑰責：同「債」。

且負下未易居①，下流多謗議②。僕以口語遇遭此禍，重爲鄉黨所戮笑③，以汙辱先人，亦何面目復上父母之丘墓乎？雖累百世，垢彌甚耳！是以腸一日而九迴④，居則忽忽若有所亡，出則不知其所往。每念斯恥，汗未嘗不發背沾衣也。身直爲閨閤之臣⑤，寧得自引於深藏岩穴邪？故且從俗浮沉，與時俯仰，以通其狂惑⑥。今少卿乃教以推賢進士，無乃與僕私心刺謬乎⑦？今雖欲自雕琢曼辭以自飾⑧，無益於俗不信，適足取辱耳。要之，死日然後是非乃定，書不能悉意，略陳固陋。謹再拜。

【注釋】

①負：背負。下：低下，這裡指因犯罪受刑而帶來的壞名聲。②下流：指下賤。③戮：羞辱。④是以：以是，因此。⑤直：只是，只不過，閨閣之臣，指宦官。閨閣：婦女住所。這裡指皇帝的後宮。後宮的臣子，即宦官。⑥通：抒發。狂惑：內心的悲憤和矛盾。⑦刺謬：違背。相反。⑧曼：美。

【譯文】

僕人太史公司馬遷再次致敬並陳說，少卿足下：先前承蒙您屈尊寫信給我，教導我待人接物要謹愼，並擔負起向皇帝推荐賢才的責任，情意和語氣誠摯懇切。如果抱怨我沒有聽從您的教導，反而聽信了世俗人的話，我是不敢這樣的。我雖然才能低劣，也曾私下聽到過德高望重的長者遺留下來的風尚。只是自己認爲身體已經殘廢，處在可恥的地位，一行動就會受到責難，想對事情有所補益，反而會招來損害。因此獨自憂愁煩悶，而又能跟誰訴說呢？諺語說：「爲誰去做？教誰來聽？」鍾子期死後；伯牙終生不再彈琴。爲什麼呢？賢士爲了解自己的人效力，女人爲喜歡自己的人打扮。像我這樣身體已經殘廢了，即使才能像隨侯珠、和氏璧那樣寶貴，品德像許由、伯夷那樣高潔，終究不能把這當作榮耀，恰好足以被人恥笑而自己受汚辱罷了。來信本該及時回覆，但我恰好跟從皇帝從東方回來，又忙於煩瑣的事務，能與您相見的日子很少，而我又匆匆忙忙沒有片刻空閑來詳盡的說明我的心意。現在您遭受到意外的罪禍，過一個月就接近十二月了，我又要跟從皇帝去雍地，恐怕您驟然之間遭到不幸，這樣我就終生不能抒發心中的憤懣讓你有所了解，那就會使您與世長辭的靈魂抱怨無窮。請允許我略略陳述固塞淺陋的意見。隔了很久沒有回信，希望不要責怪。

我聽說：善於修身，是智慧的象徵；樂於施捨，是仁德的開端；不隨便取予，是義的表現；懂得恥辱，是勇的標誌；樹立名聲，是行的頂峯。一個士人有了這五種品德，然後才可以在社會上立足，而列入君子的行列。所以禍患沒有比貪圖私利更悲慘的了，悲哀沒有比傷心更痛苦的了，行爲沒有比使祖先受辱更醜惡的了，恥辱沒有比遭受宮刑更嚴重的了。受過宮刑的人，沒有人肯和他們相提並論，這種情況不是一個時代的事，長久以來就是這樣了。從前衛靈公與雍渠同坐一輛車，孔子感到恥辱，離開衛國到陳國去了；商鞅見秦孝公是由於景監的推荐，趙良便感到寒心；趙談陪坐在漢文帝的車上，袁絲看到了臉色驟變。自古以來人們就看不起宦官。就是只有一般才能的人，事情涉及到宦官的，沒有不挫傷意氣的，何況那些激昂剛毅而又有志氣的人呢？現在朝廷雖然缺乏人才，怎麼能讓受過刑罰的人推荐天下的豪傑俊士呢？我依賴父親的餘業，得以在京城任職，已經二十多年了。自己平時常想：上不能對皇帝盡忠效信，有策略卓越，才幹突出的聲譽，以取得聖明君主的信任；其次又不能替皇帝拾取遺漏、補正過去、招延、推荐賢能之人和隱居之士；對外又不能參與軍隊攻城野戰，取得斬將奪旗的功勞；下不能逐日積累功勞，取得高官厚祿，使宗族、朋友增光得寵。四個方面沒有一項成功，只能苟且迎合皇帝的心意，沒有任何微小的貢獻，可以從這裡看出來。先前我也曾居於下大夫的行列，侍奉在朝堂上，發表些微的不足道的議論，不在當時整頓國家的綱常法紀，竭盡自己的思慮。現在身體已經殘廢，成了地位低下的人，處在地位卑賤的人中間，還想昂首揚眉，評論是非，不是輕蔑朝廷，羞辱當今的士人嗎？唉呀，唉呀！像我這樣的人還有什麼話可說呢？還有什麼話可說呢！

況且事情的原委是不容易明白的。我年輕時沒有卓越非凡的才能，長大成人後也沒有受到鄉里的稱譽。幸虧皇上因為我父親的緣故，使得我能貢獻自己微薄的才能，允許我在宮禁之中進出。我認為頭上頂著盆子怎麼還能望見天呢，於是就斷絕了和賓客的交往，把家庭和事拋在一邊，日夜想著全部獻出自己微薄的才力，務必專心盡職，以期取得皇上的信任和寵幸。然而竟會出現與願望截然相反的情況。

我和李陵都在宮廷做官，平常並沒有很深的關係，各人走各人的路，不曾在一起飲過酒，互相表示友好的感情。但是我觀察他的為人，確是個能自守節操的出衆人物，侍奉雙親很孝順，同士人結交講信用，處理財物能保持廉潔，對待取捨講義氣，能分別長幼尊卑，謙讓有禮，恭敬節儉，甘居人下，經常想著奮不顧身，為國家的危難不惜犧牲。他平素所修養的品德，我認為具有國家傑出人才的風度。作為臣子，不辭萬死，不顧惜自己的生命，奔赴國家的危難，這已經是個奇士了。如今他的行事一有不當，那些只知保全自己和家庭的大臣們，隨即誇大李陵的過失，我真是私下對此感到很痛心。況且李陵率領的步兵不到五千，深入匈奴境內，到達單于居住的地方，在虎口邊設下誘餌，勇敢地向强大的胡人四處挑戰，向處在高處的幾萬敵軍進攻，與單于的軍隊連戰了十多天，殺掉的敵人超過自己兵士的數量。敵軍連救死扶傷都顧不上。胡人的君長都震驚恐怖，於是全部徵調他們的左右賢王，出動了所有拉弓射箭的人，用一國的兵力共同圍攻他們。李陵轉戰千里，箭射完了，道路斷絕了，而救兵却不到，士兵死傷嚴重，屍體堆積如山。但是李陵一聲號喚，慰勞軍隊，士兵無不奮起，人人眼中流淚，臉上沾滿血污，暗自抽泣，於是拉開空弓，冒著白光閃閃的刀劍奔向北方，與敵人決死搏鬥。李陵的軍隊還沒有覆沒時，有使者送來捷報，朝廷的公卿王侯都向主上舉杯祝賀。過了幾天李陵兵敗的奏章報來，皇上爲此吃飯無味，上朝處理政事也不高興，大臣們擔憂害怕，不知如何是好。我私下裡沒有考慮自己的卑賤，見皇上極度悲痛傷心，實在想誠懇的獻出自己愚昧的見解。我認爲李陵對部下能做到有好吃的東西自己不吃，把僅有的少量物品分給別人，因而能得到部下的拼死出力。即使古代的名將，也不能超過他。李陵雖然失敗被俘，但看他的心意，還是想找恰當的機會立功報效漢朝的。事已至此，無可奈何，但他摧敗敵人的功勞已足以向天下表白了。我心裡想把這些陳述給皇上但沒有機會，恰好碰上皇上召見詢問，我就把這些意見稟告皇上並陳說李陵的功勞，想以此來寬慰皇上的胸懷，堵塞那些詆毀誣陷李陵的言語。我沒有完全表達明白，皇上不明白我的心意，以爲我詆毀貳師將軍李廣利而替李陵辯解，於是把我交給大理寺問罪，我的誠摯懇切的忠心，終於不能自我表白。因此被定爲誣上的罪名，最後皇上同意了法吏的判決。我因爲家裡貧窮，錢財不夠用來贖身，朋友中沒有誰來援救看望，皇上身邊的人沒有誰替我說一句話。人身不是木石，單獨同執法的官吏在一起，深深的拘禁在監獄之中，這痛苦能向誰去訴說呢？這些正是你親眼看到的，我的遭遇難道不是這樣的嗎？李陵已經活著投降了匈奴，敗壞了他家族的聲譽，我又在蠶室中蒙受恥辱，更加被天下人笑，可悲啊！可悲啊！這事是不容易一一跟俗人講清楚的。

我的祖先並沒有受賜剖符丹書那樣的功勞，只是掌管文獻，歷史、天文、曆法、職位接近卜官和巫祝，本是被皇上戲弄，像樂師、優伶那樣被豢養，而被世人所輕視的，假使我伏法被殺，就像九頭牛身上失去一根毛，同螻蛄螞蟻又有什麼不同呢？而世俗的人又不把我同堅持氣節而死的人相提並論，只是認爲我智慧窮盡，罪惡極大，不能自己避免，終於被殺罷了。爲什麼呢？是平時自己所從事的職業和所處的地位造成的。人本來免不了一死，有的比泰山還重，有的比鴻毛還輕，這是由於死的價值不相同啊。最上等的是不使祖先受汚辱，其次是自身不受汚辱，其次是不因別人的臉色而受汚辱，其次是不因別人的言辭而受汚辱，其次是被捆綁而受汚辱，其次是被換上囚服受汚辱，其次是戴上刑具、遭受拷打受汚辱，其次是剃光頭髮，戴上鐵圈受汚辱，其次是毀壞肌膚，截斷肢體受汚辱，最下等的是腐刑，受汚辱到了極點。古書上說：「刑罰不能加到大夫身上。」這話是說士人的節操不可不加以勉勵。猛虎在深山的時候，百獸都震驚害怕，等到把它關在柵欄和陷阱裡，便搖著尾巴向人求食，這是人用威力和約束而逐漸形成的狀況。所以有的士人看見地上畫個圈圈作監牢，他也堅決不進去；削個木頭人作爲獄吏，他也絕不同它對答，這是由於早有見地、態度堅決鮮明的緣故，如今手腳被捆，戴上刑具，暴露肌膚，遭受拷打、幽禁在牢獄之中，當這個時候，見了獄吏就要叩頭觸地，見了獄卒就心裡害怕。爲什麼呢？這是由於獄吏威勢的逼迫而逐漸造成的。等到已經到了這個地步，還說自己沒有受到汚辱，就是常說的厚著臉皮罷了，還有什麼值得尊貴的呢？況且西伯是一方諸侯的首領，被拘禁在羑里，李斯是丞相，受盡了五種酷刑；淮陰侯本是王，卻在陳地被捆綁；彭越、張敖都是面向南方稱孤道寡的王，被下獄定罪；絳侯誅殺諸呂，權勢超過春秋五霸，被囚禁在請罪之室；魏其侯是員大將，卻穿上赭色囚衣，手腳和頸上都套著刑具；季布賣身給朱家做帶枷的奴隸，灌夫被拘禁在少府獄中受辱。這些人都身至王侯將相，名聲傳揚天下，等到犯罪落入法網，不能自盡，卻被囚禁在監牢裡面，在古今都是一樣的，哪裡有不受汚辱的呢？照這樣說來，勇怯強弱都是形勢造成的，明白了這個道理，還有什麼值得奇怪的呢？人不能早早的在法律制裁之前就自殺，因此逐漸志氣衰頹，等到被鞭打仗責時，才想保全氣節自殺，這不是已經太晚了嗎？古人之所以對大夫施刑很愼重，就是由於這個原因吧。按照人的常情，沒有誰不貪生惡死，懷念父母，顧念妻室兒女的，至於被正義公理所激發的人就不是這樣，他們是有不得已的緣故。現在我很不幸，父母過早的死去，沒有兄弟，獨自一人孤立在世，少卿你看我對妻室兒女的感情怎麼樣呢？況且勇敢的人不一定爲氣節而死，怯懦的人如果仰慕節義，在什麼情況下不能勉勵自己呢？我雖然怯懦，想苟且活在世上，也稍微能識別捨生就義的道理，何至於自甘陷入監而受汚辱呢？而且奴僕婢妾還能夠自殺，何況我已給到了不得已的地步呢？我之所以暗自忍耐苟活下來，被拘禁在汚濁的環境中不肯死的原因，是怨恨我心中想做的事還沒有完成，在恥辱中離開人世，我的文章著述就不能留傳給後世。

古時候富足尊貴而名聲磨滅的人，多得不可勝數，只有才能卓越突出的人受到後人的稱讚。周文王被拘禁却推演出《周易》，孔子遭受困厄却著有《春秋》，屈原被放逐才寫下了《離騷》；左丘明雙目失明，寫出了《國語》；孫臏被割去膝蓋骨，編寫出了一部兵法；呂不韋被貶謫到蜀地，《呂覽》一書流傳後世；韓非被囚禁在秦國，曾著《說難》、《孤憤》；《詩》三百篇，大抵都是賢人、聖人抒發他們心中的憤懣而著作的。這些都是人們的思想被壓抑，心中有所鬱結，不能實現他們的主張，因此才敍述過去的事跡，而寄希望於未來的人。就像左丘明雙目失明，孫臏斷掉雙足，再也不能被世上任用了，於是退隱著書，以此來抒發心中的怨憤，希望自己的文章能流傳，使自己的心意得以表白。我不自量力，運用拙劣的文辭，收集天下散失的傳聞，略微考訂它的事實，綜合它的前後始末，考查它成功、失敗、興起、衰亡的原因，上從黃帝開始，下到今天，寫成表十篇，本紀十二篇，書八篇，世家三十篇，列傳七十篇，總共一百三十篇。也想用來探求自然現象與社會政治的關係，通曉從古到今的變化，形成一家獨立的見解。草稿還沒有完成恰好遭遇到這場災禍。我痛惜全書還沒有完成，因此遭受極殘酷的刑罰也沒有怨恨的表示。我果眞寫完了這本書，就把它藏在名山之中，傳給可信的人，使它傳播到大都市裡，那麼我就以抵償以前受到的屈辱，即使受刑被殺一萬次，又有什麼可以悔恨的呢？可是這些話只可以向有智慧的人去說，很難同世俗的人去講。

況且背負著因犯罪受刑的壞名聲在社會上不易安身，地位低賤的人容易受到誹謗議論。我因爲說了幾句話而遭遇這場災禍，更加被鄉里的人恥笑，又汚辱了祖宗，還有什麼臉面再到父母的墳上去呢？即使過了百代，恥辱會愈來愈深。所以我非常痛苦，每天腸子要在腹中攪動多次，平日在家裡恍惚迷離，好像丟失了什麼，出門却不知道要往哪裡去，每當想到這件恥辱的事，沒有不汗流浹背，沾濕衣服的。我是一個宦官，又怎能自行引退隱居深山岩穴中呢？所以只好跟著世俗沉浮，隨著時勢上下，來抒發自己狂亂迷惑之情。現在你教我推賢進士，恐怕和我個人的想法相違背吧？現在即使用美好的言辭自我裝飾，也沒有益處，不會取得世人的信任，恰恰足以得到恥辱罷了。總之，人死之後是非才有定論。這封信不能完全表達我的心意，只是略略陳述我的固塞淺陋的意見，恭謹的再次致敬。

高帝[1]求賢詔　漢書

【題解】

這是漢高祖劉邦在統一天下，建立漢朝之後，特爲求賢而頒下的一道詔令，說明求賢的目的、意義和做法，他以王霸自許，把選才任人作爲帝王事業能否成功的一個重要條件。文章詞意懇切，氣勢宏壯，顯示出高瞻遠矚，今人不讓古人的進取精神。

蓋聞王者莫高於周文[2]，伯者莫高於齊桓[3]，皆待賢人而成名。今天下賢者智能，豈特古之人乎[4]？患在人主不交故也，士奚由進[5]？今吾以天之靈，賢士大夫定有天下，以爲一家，欲其長久世世奉宗廟亡絕也[6]。賢人已與我共平之矣，而不與吾共安利之，可乎？賢士大夫有肯從我遊者[7]，吾能尊顯之。布告天下，使明知朕意[8]。御史大夫昌下相國[9]，相國酇侯下諸侯王[10]，御史中執法下郡守[11]。其有意稱明德者[12]，必身勸，爲之駕[13]，遣詣相國府，署行、義、年[14]。有而弗言，覺免[15]。年老癃病[15]，勿遣。

【注釋】

[1]高帝即漢高祖劉邦（前二〇六～前一九五），字季，沛（今江蘇沛縣）人，漢朝第一個皇帝。[2]周文：周文王，周代的聖王。蓋：發語詞。[3]伯：同「霸」。齊桓：齊桓公，春秋時霸主。[4]特：獨，但，只是。[5]奚：何。[6]宗廟：祭祀祖先的廟堂，古時把帝王的宗廟當作國家政權的象徵。亡：同「無」。[7]遊：交遊，「從我

遊」即參加治理天下。⑧朕：皇帝的自稱。⑨御史大夫：秦漢時僅次於丞相的中央最高長官，主要職務爲監察、執法，秉掌重要文書圖籍。西漢時丞相缺位，往往以御史大夫遞補，並與丞相、太尉合稱三公。昌：周昌，沛縣（今江蘇）人，跟從劉邦入關破秦，建漢後爲御史大夫，封汾門侯。⑩酇侯：即蕭何。沛縣人，曾爲沛縣吏，秦末佐劉邦起義，在楚漢戰爭中有大功，官居丞相，封酇侯。⑪御史中執法：即御史中丞，御史大夫的副手。郡守：始置於春秋戰國時，初爲武職，防守邊郡。秦以郡爲最高的地方行政區域，每郡置守，掌治其郡。漢景帝時改稱太守。⑫明德：美德。⑬必身勸，爲之駕：郡守必須親自前去勸勉，並爲賢者駕車。⑭署行、義、年：登記他的品行、儀表、年齡。署：塡寫、登記。義通「儀」，儀表，包括身材尺寸、膚色。遣：送。詣：到。⑮有而弗言，覺免：有賢才而郡守不報告，發覺後免他的官。⑯癃病：腰部彎曲，背部隆起，泛指殘疾，也指年老衰弱多病。

【譯文】

聽說古代帝王沒有超過周文王的，霸主沒有超過齊桓公的。他們都是依靠賢人的幫助而成名的。現在天下就有有智慧、有才能的賢人，難道只有古代才有嗎？可憂慮的是君主不去接交他們，賢士們透過什麼途徑進身呢？現在我靠著上天神靈的保佑，賢士大夫的幫助，平定了天下，把天下統一成一家。我希望它能長久地保持下去，奉祀宗廟，世代不絕。賢人已經同我一起平定了天下，如果不同我一起使它興盛，那怎麼能行呢？賢士大夫有願意跟從我治理天下的，我一定能使他們顯貴。把我的旨意布告天下，使大家都明白知道。這個布告由御史大夫周昌下達給丞相，丞相蕭何下達給諸侯王，御史中丞下達給郡守。那些確實稱得上德行賢明的人，郡守應親自去勸他們出來，並爲他們駕車，送到丞相府。記錄他們的品行、儀表和年齡。如果有賢才而郡守不報告，一經發覺，就免除他的官職。年老體弱多病的賢人，不要送來。

文帝議佐百姓詔

漢書

【題解】

在連續數年遭災之後，漢文帝給大臣們下了這道詔令，叫他們討論和提出幫助百姓解決困難的辦法。文中反覆詢問，層層逼進，表現出要求解決民食問題的迫切心情。

間者數年比不登①，又有水旱疾疫之災，朕甚憂之。愚而不明，未達其咎②。意者③，朕之政有所失而行有過與④？乃天道有不順⑤，地利或不得，人事多失和，鬼神廢不享與⑥？何以致此？將百官之奉養或費⑦，無用之事時或多與？何其民食之寡乏也？夫度田非益寡⑧，而計民未加益，以口量地，其於古猶有餘，而食之甚不足者，其咎安在？無乃百姓之從事於末⑨，以害農者蕃，為酒醪以靡穀者多⑩，六畜之食焉者眾與⑪？細大之義，吾未能得其中⑫，其與丞相、列侯、吏二千石、博士議之⑬，有可以佐百姓者，率意遠思⑭，無有所隱。

【注釋】

①間：近來。比：屢屢。登：莊稼成熟。②達：通曉。咎：實禍、弊病。③意者：疑問詞，置於句首表猜想。④朕：我。秦始皇以後，皇帝自稱。與：通「歟」，下同。⑤乃：還是，在選擇句中表疑問。⑥廢：停止。享：祭獻。⑦將：還是。或：也許，都是選擇連詞。⑧度：量，計算。⑨無乃：恐怕，只怕。末：指工商業，

相對於農業而言。⑩醪：酒釀、濁酒。靡：通「糜」，耗費、糜費。⑪六畜：指馬、牛、羊，雞、犬、豬等各種牲畜。食：通「飼」，餵養牲畜、禽類。⑫中：適中。⑬其：語氣詞，表示祈求、命令。列侯：漢制，羣臣異姓封侯者稱列侯或徹侯。二千石：漢代對郡守的通稱。博士：官名，掌管書籍文獻，通古今史事，出謀獻策。⑭率意：隨從己意。意思是不要有顧慮。

【譯文】

近年來，連續不斷地收成不好，又加上水旱和瘟疫的災難，對此我非常憂慮。我愚笨、不聰明，不曉得弊病出在什麼地方。我想，是我的政治措施有失策的地方，行爲有過失呢？還是不順天道，沒善用地利，多失人和，廢棄了對鬼神的祭祀呢？爲什麼弄到這個樣子呢？也許是給官員們的俸祿太浪費，或者無用的事情辦得太多了呢？百姓的糧食爲什麼這麼缺乏？計量田地，並沒有減少；人口沒有比從前增加，如按人口計算土地，每個人所得比古代還多，而糧食非常不足，弊病究竟在什麼地方？是否百姓因從事工商業而損害農業生產的事太多，釀酒類因而浪費糧食太多，飼養六畜的人太多了呢？大大小小的原因很多，我還找不到究竟是什麼原因。希望同丞相、列侯、郡守和博士們一起討論。如果有可以幫助百姓解決困難的辦法，就坦率地提出來，深謀遠慮，不要有什麼顧慮和保留。

景帝令二千石[1]修職詔 漢書

【題解】

這是漢景帝劉啓下的一道整頓吏治的詔令。他要求二千石等高級官員「各修其職」，防止地方長官利用職權貪污，掠奪百姓，使天下的百姓努力務農養蠶，積蓄穀物以備災害。

雕文刻鏤[2]，傷農事者也；錦繡纂組[3]，害女紅者也[4]。農事傷，則飢之本也；女紅害，則寒之原也。夫飢寒並至，而能無爲非者寡矣。朕親耕[5]，后親桑，以奉宗廟粢盛祭服[6]，爲天下先。不受獻，減太官[7]，省徭賦，欲天下務農蠶，素有畜積[8]，以備災害。强毋攘弱，衆毋暴寡，老耆以壽終[9]，幼孤得遂長[10]。

今歲或不登[11]，民食頗寡，其咎安在[12]？或詐僞爲吏，吏以貨賂爲市，漁奪百姓[13]，侵牟萬民[14]，縣丞，長吏也，奸法與盜盜[15]，甚無謂也。其令二千石，各修其職。不事官職耗亂者[16]，丞相以聞，請其罪[17]。布告天下，使明知朕意。

【注釋】

[1]二千石：郡國守相的代稱。漢朝封國的國相和郡的太守，俸祿都爲二千石。修：治，整頓。[2]雕文鏤刻：雕刻和裝飾器物，指生活奢侈。[3]纂組：用絲編織的紅色綬帶。[4]女紅：女工，指婦女所作的紡織、刺繡、縫紉等。[5]朕：皇帝自稱。[6]粢盛：祭祀所用的穀。黍稷叫粢，在器皿裡叫盛。[7]太官：主管膳食的官。[8]畜：通

「蓄」，積蓄。⑨耆：六十歲以上的人。⑩遂：成。⑪登：穀物成熟。⑫咎：過失、罪過。⑬漁奪：像漁人打魚一樣地掠奪。⑭牟：謀取。⑮奸法：利用法令做壞事；盜盜：助盜爲盜。⑯秏：秏同「眊」，昏亂不明。⑰清：問，追查。

【譯文】

在器物上雕琢刻鏤花紋，是損害農業生產的事，用錦繡去織花編綬，是傷害女工的事。農業生產受到損害，是飢餓根源；女工受到危害，是寒冷的根本。飢寒交迫的時候，還能不進行非法活動的人很少。我親自耕種，皇后親自採桑養蠶，用來供奉祭祀宗廟的穀物和服裝，給天下人效法。不受貢物，減少膳食費用，減輕百姓的勞役和賦稅，希望天下百姓專心務農養蠶，平時有積蓄，以防備災害。使强者不掠奪弱者，人多的不欺侮人少的。老年人能享其天年，孤兒幼子能順利長大成人。

今年收成又不好，民食非常缺乏，造成這種狀況的過錯到底到哪裡？或許是奸詐不正的人當了官吏，這些官吏拿金錢賄賂交易，盤剝百姓，侵奪萬民。縣丞是一縣的官吏之長，執法徇私，助盜爲盜，很不應該。現在我命令二千石的地方官，各自忠於職守，整頓吏治。不盡忠職守和昏亂不稱職的，丞相把他們報上來，問他們的罪。特此布告天下，使大家明白我的用意。

武帝求茂才[1]異等詔 漢書

【題解】

這是漢武帝劉徹下的一道求賢的詔令。文告提出要建立非常的功業，必須不拘一格，破除世俗之見，選拔和重用人才。

蓋有非常之功，必待非常之人。故馬或奔踶而致千里[2]，士或有負俗之累而立功名[3]。夫泛駕之馬[4]，跅弛之士[5]，亦在御之而已[6]。其令州郡察吏民，有茂材異等可爲將相，及使絕國者[7]。

【注釋】

[1]茂才：秀才，因避光武帝劉秀諱而改稱茂才。異等：超羣出衆，不同凡俗。[2]奔踶：乘它便奔，站立著又踢人。指馬不馴服。踶，同「踢」。[3]負俗：被世人譏諷嘲笑。累：毛病。[4]泛駕：把車子弄翻，指不受駕馭。泛，通「翻」，翻覆。[5]跅弛：放蕩不守禮法。[6]御：駕馭。[7]其：語氣詞，表命令。絕國：極爲邊遠的國家。

【譯文】

要建立不同一般的功績，必定要靠不平常的人才。所以有的馬奔跑踢人，卻能日行千里，有的人受世俗嘲諷，卻能建立功名。那種不受駕馭的馬，放蕩不守禮法的士人，也在於如何駕馭和使用罷了。我命令州郡的長官，留心考察吏民中的秀才和出類拔萃可以擔任將相及使遠方國家的人才。

過秦論上

賈誼[1]

【題解】

〈過秦論〉分上、中、下三篇，本文爲上篇。總論秦得天下的形勢，及其失敗的主要原因。文章開頭極寫秦國的强盛，鋪張渲染，逐漸推進，「及至始皇」一段達到了極點。轉而寫陳涉，併同九國之師對比，九國的人才和龐大的武裝力量所不能推翻的秦國，却被一羣折木爲兵的農民軍給推翻了，寫得波瀾起伏，又步步緊逼，到結尾處點明中心論點，大有畫龍點睛之妙。

文章前後對照，鋪張排比，氣勢磅礴，姿態橫生。

秦孝公據殽、函之固[2]，擁雍州之地[3]，君臣固守，以窺周室[4]；有席捲天下[5]，包舉宇内[6]，囊括四海之意[7]，并吞八荒之心[8]。當是時也，商君佐之[9]，内立法度，務耕織，修守戰之具，外連衡而鬬諸侯[10]。於是秦人拱手而取西河之外[11]。

【注釋】

[1]賈誼（西元前二百年——前一百六十八年），洛陽人，西漢初年著名的政治家和文學家。曾任博士，太中大夫等官，後貶爲長沙王太傅及梁懷王太傅等官，因受權貴的嫉妒和排擠，才能不能施展，抑鬱而死，終年三十三歲。著作經後人整理有《新書》十卷。[2]殽、函：指殽山和函谷關。當時是秦國的東部邊境。[3]雍州：古州之一。這裡指秦國當時統治的主要地區，相當於今陝西東部、北部及甘肅部分地區。[4]窺：偷看，這裡有等待時機奪取的意思。[5]席捲：像捲席子那樣全部捲了進去。[6]包舉：像用布包包東西那樣全部包了去。宇内：天下。[7]囊括：像用口袋裝東西那樣全部裝了去。四海：全中國，古人以爲中國的四周都是海。[8]八荒：四方和

四隅，指四周極遠的地方。以上四句都說秦有統一天下之心。⑨商君：即商鞅。⑩連衡：也作「連橫」，指西方的秦周分別同東方的魏、韓、趙、燕、齊、楚等訂立盟約，以利用六國的矛盾而各個擊破的策略。⑪拱手：兩手合抱，形容輕而易舉。西河之外：魏國在黃河以西一帶地區。

孝公既沒①，惠文、武、昭襄蒙故業②，因遺策，南取漢中③，西舉巴、蜀④，東割膏腴之地⑤，北收要害之郡。諸侯恐懼，會盟而謀弱秦，不愛珍器、重寶、肥饒之地，以致天下之士⑥，合從締交⑦，相與爲一⑧。當此之時，齊有孟嘗，趙有平原，楚有春申，魏有信陵⑨。此四君者，皆明智而忠信，寬厚而愛人，尊賢重士，約從離橫⑩，兼韓、魏、燕、楚、齊、趙、宋、衛、中山之衆⑪。於是六國之士，有甯越、徐尚、蘇秦、杜赫之屬爲之謀⑫，齊明、周最、陳軫、召滑、樓緩、翟景、蘇厲、樂毅之徒通其意⑬，吳起、孫臏、帶佗、倪良、王廖、田忌、廉頗、趙奢之倫制其兵⑭。嘗以十倍之地，百萬之衆，叩關而攻秦⑮。秦人開關延敵⑯，九國之師，逡巡遁逃而不敢進。秦無亡矢遺族之費，而天下諸侯已困矣。於是從散約解，爭割地而賂秦。秦有餘力而制其弊⑰，追亡逐北⑱，伏屍百萬，流血漂櫓，因利乘便，宰割天下，分裂河山，彊國請服⑲，弱國入朝⑳。

【注釋】

①沒：通「歿」，死。②惠文：秦孝公之子，又稱惠王，名駟。西元前三三七年至西元前三一一年在位。武：惠文王之子秦武王，名蕩。昭：武王的異母弟秦昭襄王，又稱昭王，名則。③漢中：今陝西漢中一帶。④巴、蜀：兩國名，都在今四川省。⑤膏腴之地：肥沃的土地。⑥致：羅致、招致。⑦合從：即「合縱」，指東方六

國南北聯合，共同抗秦的策略。8相與：互相結交。9孟嘗君田文，平原君趙勝，春申君黃歇，信陵君魏無忌，是戰國時著名四公子，以招賢納士著稱。10約從離橫：相約「合縱」，拆散秦國的「連橫」。11爭：聚合。12甯越：趙國人；徐尚：宋國人。蘇秦：東周洛陽人，主張合縱抗秦的代表人物，當時位「縱約長」。杜赫：周人。13齊明，周最……：當時著名的外交家。14吳起、孫臏……：當時著名的軍事家或名將。15叩關：直攻函谷關之意。叩：去、犯。16延敵：這裡是迎擊敵人的意思。延：延納。17制其弊：意思是利用六國衰敗的時候控制它們。18亡：逃跑，北：敗北。北通「背」。敗者背身逃走。19請服：請求臣服。20朝：朝拜。

施及孝文王、莊襄王1，享國日淺，國家無事。及至始皇2，續六世之餘烈3，振長策而御宇內，吞二周而亡諸侯4，履至尊而制六合5，執捶拊以鞭笞天下6，威振四海。南取百越之地7，以爲桂林、象郡8；百越之君，俯首繫頸，委命下吏9。乃使蒙恬北築長城而守藩籬10，卻匈奴七百餘里，胡人不敢南下而牧馬11，士不敢彎弓而報怨。於是廢先王之道，燔百家之言12，以愚黔首13；隳名城14，殺豪俊，收天下之兵聚之咸陽15，銷鋒鍉16，鑄以爲金人十二，以弱天下之民。然後踐華爲城，因河爲池17，據億丈之城，臨不測之谿以爲固18。良將勁弩19守要害之處；信臣精卒，陳利兵而誰何20！天下已定，始皇之心，自以爲關中之固21，金城千里22，子孫帝王萬世之業也。

【注釋】

1孝文王：秦昭襄王的兒子，名柱。即位一年就死了。莊襄王：秦孝文王的兒子，名子楚，在位僅三年。2始皇：秦始皇，名嬴政。他公元前二百二十一年消滅六國，建立了我國歷史上第一個統一的中央集權的封建王朝。3續：發揚。六世：指孝公、惠文王、武王、昭襄王、孝文王、莊襄王六代。餘烈：遺留下來的輝煌功業。[4]二周：戰國末年兩個小國：西周、東周。[5]履至尊：登上帝位。六合：天地和四方，泛指天下。[6]捶拊：棍子。短的叫「捶」，長的叫「拊」。鞭笞：鞭子，竹板。這裡指鞭打的意思。[7]百越：當時居住在我國東南地區各個越族部落的總稱。[8]桂林：郡名，在今廣西僮族自治區北部。象郡：郡名，在今廣西僮族自治區南部及其以南、以西部分地區。[9]俯首：低頭聽命，委命：把性命交出去，任憑處置。[10]蒙恬：秦始皇的主要將領。[11]卻：擊退。匈奴：秦漢時我國北部的一個民族。[12]燔百家之言：指前二百一十三年，秦始皇下令燒毀儒家經典，各國史記和諸子弟。燔：焚燒。[13]黔首：百姓。[14]隳：毀壞。[15]兵：兵器。咸陽：秦朝的都城（在今陝西咸陽市東北）。[16]鍉：通「鏑」，箭頭。[17]踐：登、踩。華：華山；河：黃河；池：護城濠。[18]不測：不可探測。[19]勁弩：強有力的弓。[20]誰何：呵問是誰，即盤問。何，通「呵」。[21]關中：自函谷關以西，戰國時秦國所占有的地城。[22]金城千里：銅牆鐵壁般的城牆千里相連。

始皇既沒，餘威振于殊俗[1]。然而陳涉甕牖繩樞之子[2]，甿隸之人[3]，而遷徙之徒也[4]。材能不及中庸，非有仲尼、墨翟之賢[5]，陶朱、猗頓之富[6]，躡足行伍之間[7]而俛起阡陌之中[8]，率罷弊之卒[9]，將數百之衆，轉而攻秦。折木爲兵，揭竿爲旗。天下雲集而響應，贏糧而景從[10]，山東豪俊[11]，遂併起而亡秦族矣。

【注釋】

[1]殊俗：風俗不同的地方。[2]陳涉：即陳勝，中國歷史上第一次大規模農民起義領袖。甕牖繩樞：用破甕口作窗，用繩子拴門軸。形容住宅簡陋，出身貧苦。[3]甿隸：自己沒有土地，從事農業勞動的人，即雇農。[4]遷徙：前二百零九年，陳涉等被徵發到漁陽戍邊。[5]仲尼：即孔丘，儒家創始人。墨翟：墨家學派創始人。[6]陶朱：即范蠡，春秋末年越國大夫，因棄官到陶地經商成巨富，號陶朱公。猗頓：春秋時魯國巨富。[7]躡足：插足、參加。行伍：軍隊。[8]俛起：奮起，俛通「勉」，盡力。阡陌：田間小路，這裡指農村。[9]罷弊：疲倦、困乏。罷，同「疲」。[10]贏：肩挑，背負。景從：像影子跟著形體似的。景同「影」。[11]山東：崤山以東。指

東方六國。

且夫天下非小弱也[1]。雍州之地，殽、函之固，自若也。陳涉之位，不尊於齊、楚、燕、趙、韓、魏、宋、衛、中山之君也，鉏耰棘矜[2]，不銛於鉤戟，長鎩也[3]；謫戍之衆[4]，非抗於九國之師也；深謀遠慮，行軍用兵之道，非及曩時之士也[5]。然而成敗異變，功業相反。試使山東之國與陳涉度長絜大[6]，比權量力，則不可同年而語矣。然秦以區區之地，致萬乘之權[7]，招八州而朝同列[8]，百有餘年矣[9]。然後以六合爲家，殽函爲宮。一夫作難而七廟隳[10]，身死人手[11]，爲天下笑者，何也？仁義不施，而攻守之勢異也[12]。

【注釋】

[1]且夫：語氣詞。放在句首有「再說」意。[2]耰：平整土地的一種農具，形如榔頭。棘矜：漆木棍。[3]銛：鋒利。鉤：似劍而彎的兵器，鎩：大矛。[4]謫戍之衆：指陳涉、吳廣帶領的九百戍卒。[5]曩時之士：指上文說的甯越、徐尚等六國之士。曩：從前。[6]度長：量長短。絜大：比粗細。[7]萬乘：周制：天子地方千里，有兵車萬乘。因此，稱天子爲萬乘。[8]招：攻取。八州：相傳古代分中國爲九州，這裡指秦所占雍州外全國土地。朝同列：使原與秦於同等地位的諸侯國向秦朝拜。[9]百有餘年：指從秦孝公到秦始皇，共一百三十多年。[10]作難：發難，奮起反抗。七廟：古代天子有七廟，供奉七代祖先。一個王朝滅亡，它的七廟也就被新王朝拆毀。[11]身死人手：本身被人殺死。指秦二世被趙高所殺，子嬰被項羽所殺。[12]攻守：進攻與守成。

【譯文】

秦孝公憑藉著殽山，函谷關的險固地勢，占有雍州的土地，君臣牢固地守衛著，以便尋找機會奪取周王朝的政權。他們懷著席捲天下，征服列國，控制四海，吞併八方的雄心。在這個時候，商鞅輔佐孝公，對內建立法規制度，努力發展農業和紡織業，整治攻守的器械；對外進行連橫的策略，使其他諸侯國王相爭鬬。這樣，秦國輕而易舉地取得了西河以外的大片土地。

秦孝公死後，惠文王、武王、昭襄王繼承舊業，繼續推行孝公的策略，向南攻占了漢中，向西奪取了巴蜀，向東割取了肥沃的土地，向北征服了地勢險要的州郡。各國諸侯恐懼起來，他們集會訂盟，圖謀削弱秦國。不惜用珍貴的器具、財寶和肥沃的土地來招納天下的士人。他們締結盟約，互相支持，結爲一體。在這個時候。齊國有孟嘗君，趙國有平原君，楚國有春申君，魏國有信陵君。這四個人，都很明智，且正直有信義，寬厚又愛護百姓，尊敬且重用賢人。他們相約「合縱」而破壞「連横」，聚合起韓、魏、燕、趙、宋、衛、中山等國的衆多人力。這時，六國的士人中，有甯越、徐尙、蘇秦、杜赫這一類人出謀劃策，有齊明、周最、陳軫、召滑、樓緩、翟景、蘇厲、樂毅等一夥外交家往來溝通意見，有吳起、孫臏、帶佗、倪良、王廖、田忌、廉頗、趙奢等一批人統率軍隊。他們曾經以十倍的土地和上百萬的大軍，直攻秦國的函谷關。秦國人開關迎敵，九國軍隊退的退、逃的逃，不敢前進。秦國沒有一支箭，一個箭頭的損失，可是天下的諸侯已經困苦不堪了。於是「合縱」拆散，盟約瓦解。各諸侯國爭著割地賄賂秦國。秦國有了充分的力量利用諸侯的困難去制服他們，追逐敗逃的敵人，擊斃上百萬的士兵，流的血多得可漂起大盾牌。秦國便依靠有利的條件，乘著大好形勢，控制天下，分裂各國的土地。這樣，强國請求臣服，弱國到秦國朝拜。

延續到孝文王，莊襄王的時候，他們在位的日子太短，國家沒有發生重大事件。到了秦始皇，他發揚了六代祖先遺留下來的功業，揮動長鞭駕馭天下，吞併東、西二周，滅掉了各諸侯國，登上了至尊的皇帝寶座，統治著上下四方，用嚴刑鎭壓天下人民，聲威震動四海。他向南攻取了百越的土地，設立桂林郡和象郡。百越的君主低著頭，脖子上繫著繩子，把性命交給秦國的下級官吏。於是派蒙恬在北方修築長城並固守這道屏障，把匈奴擊退七百多里。使匈奴人不敢南下牧馬，六國的勇士不敢張弓來報怨仇。於是廢棄了先王的法制，燒毀了諸子百家的書籍，以使百姓愚昧無知；毀掉著名的城池，殺掉六國的豪傑，收取天下的兵器，集中到咸陽，銷熔刀箭，鑄成十二個金人，用來削弱天下百姓的力量。然後以華山爲城牆，以黃河爲城壕。上據億丈之高的城牆，下臨深不可測的護城河，使它們成爲堅固的屏障。派優秀的將領，用强勁的弓弩，守衛著要害的地方；讓可靠的大臣，精銳的士兵，拿著銳利的武器，盤問來往行人。天下已經平定，秦始皇的心裡以爲關中地勢險固，千里金城，已完成子子孫孫稱帝稱王的萬世不敗的基業了。

秦始皇死後，遺留下來的威風仍然震懾著邊遠地區。但是，陳涉這個貧寒出身的子弟，沒有土地的農民，而且是被徵發去守邊的人；論才能比不上一般人，沒有孔丘、墨翟那樣的賢能，沒有陶朱、猗頓那樣的富有；夾雜在戍邊隊伍的中間，奮起於村野百姓裡面，帶領幾百名疲憊不堪的士兵，却轉過矛頭來向秦朝進攻。他們砍斷樹幹當兵器，舉起竹竿作旗幟，天下百姓像雲彩一樣匯集，像回聲一樣應聲而起，農民們自己背著糧食如影隨形。六國的豪傑便一齊行動起來而消滅了秦王朝。

再說，秦國的力量本來並不微弱，雍州的地勢、殽函的險固，還是原來那樣；陳涉的地位並不比齊、楚、燕、趙、韓、魏、宋、衛、中山等國的君主尊貴；鋤、耰和漆木棍並不比鉤、戟和長矛鋒利；被徵調去戍邊的士卒，也抵不上九國軍隊的强大；他們深謀遠慮，指揮作戰的本領，也比不上從前六國的將領，可是成功和失敗却發生了異常的變化，成就了完全相反的功業。假如叫各諸侯國爲陳涉比較長短粗細，較量一下權勢力量，根本不能相提並論。秦國憑藉它很小的一塊地盤，奪取了帝王的權力，使其他八州的諸侯來朝拜，已經一百多年了。然後秦國以天下爲一家，把崤、函地區變成宮殿。可是一個普通人發難，秦王朝就滅亡了，皇子皇孫也死在別人手裡，成爲天下的笑柄。這是什麼原因呢？因爲不施行仁義，而攻打天下和守衛天下的形態發生了根本變化！

治安策一

賈誼

【題解】

本篇節選自賈誼的〈陳政事疏〉。西漢初年，天下初定。各諸侯王國封地大，勢力強，同朝廷存在著尖銳的矛盾。爲了解決這個矛盾，賈誼在文中向漢文帝提出「衆建諸侯而少其力」的辦法，建議把原來的諸侯國再分成若干個小國，以削弱諸侯的力量。文章羅列了許多論據，從正反兩方面論證了這樣做的必要性，很有說服力。

夫樹國固[1]，必相疑之勢[2]，下數被其殃[3]，上數爽其憂[4]，甚非所以安上而全下也。今或親弟謀爲東帝[5]，親兄之子西鄉而擊[6]，今吳又見告矣[7]。天子春秋鼎盛[8]，行義未過，德澤有加焉，猶尚如是，況莫大諸侯，權力且十此者乎！然天下少安，何也？大國之王幼弱未壯，漢之所置傅相方握其事[9]。數年之後，諸侯之王大抵皆冠[10]，血氣方剛，漢之傅相稱病而賜罷[11]，彼自丞尉以上徧置私人[12]，如此，有異淮南，濟北之爲邪[13]？此時而欲爲治安，雖堯舜不治[14]。

【注釋】

[1]夫：發語詞，無意義。樹國：建立諸侯國。固：強大。[2]相疑：指諸侯國實力膨脹，在各方面都超過中央的規定而同中央政權相比擬、相對立。疑：通「擬」。[3]下：指諸侯王。數：屢次。[4]爽：憂傷。[5]親弟：指淮

南厲王劉長，漢文帝的弟弟。漢文帝六年，劉長陰謀勾結匈奴謀反，事敗後自殺。劉長封地在長安以東，所以說他「謀為東帝」。[6]親兄之子：指濟北王劉興居。劉興居是文帝兄劉肥的兒子。他在文帝起兵去太原抗擊匈奴的時候，企圖起兵西去滎陽，後被擊敗，自殺。鄉通「向」。[7]吳：指吳王劉濞，漢高祖劉邦的侄子。當時實力較大，有謀王跡象，被告發。[8]春秋：指年齡。鼎：方、正當。[9]傅：朝廷派到諸侯王國的輔佐之官；相：朝廷派到諸侯王國的最高行政長官。[10]冠：表示成年。古時男子二十歲行冠禮；天子、諸侯十二歲時加冠。[11]賜罷：恩准辭官，即年老退休。[12]丞、尉：縣的文武官吏。[13]邪：通「耶」，疑問助詞。[14]堯、舜：古時傳說中的聖人。

黃帝曰：「日中必慧，操刀必割[1]。」今令此道順而全安，甚易，不肯早為，已乃墮骨肉之屬而抗剄之[2]，豈有異秦之季世乎[3]？夫以天子之位，乘今之時，因天之助，尚憚以危為安，以亂為治；假設陛下居齊桓之處，將不合諸侯而匡天下乎？臣又以知陛下有所必不能矣。假設天下如曩時[4]，淮陰侯尚王楚[5]，黥布王淮南[6]，彭越王梁[7]，韓信王韓[8]，張敖王趙[9]，貫高為相[10]，盧綰王燕[11]，陳豨在代[12]，令此六七公者皆亡恙[13]，當是時而陛下即天子位，能自安乎？臣有以知陛下之不能也。天下淆亂[14]，高皇帝與諸公併起，非有仄室之勢以豫席之也[15]。諸公幸者乃為中涓[16]，其次僅得舍人[17]，材之不逮至遠也。高皇帝以明聖威武即天子位，割膏腴之地以王諸公，多者百餘城，少者乃三四十縣，德至渥也[18]。然其後十年之間，反者九起[19]，陛下之與諸公，非親解材而臣之也[20]，又非身封王之也，自高皇帝不能以是一歲為安，故臣知陛下之不能也。然尚有可諉者曰疏[21]。臣請試言其親者。假令悼惠王王齊，元王王楚，中子王趙，幽王王淮陽，共王王梁，靈王王燕，厲王王淮南，六七貴人皆亡恙[22]，當是時陛下即位，能爲治乎？臣又知陛下之不能也。若此諸王，雖名爲臣，實皆有布衣昆弟之心[23]，慮亡不帝制而天子自爲者[24]。擅爵人，赦死罪[25]，甚者或戴黃屋[26]。漢法令非行也，雖行不軌如厲王者，令之不肯聽，召之安可致乎[27]？幸而來至，法安可得加？動一親戚，天下圜視而起[28]。陛下之臣雖有悍如馮敬者[29]，適啟其口，匕首已陷其胸矣。陛下雖賢，誰與領此[30]？故疏者必危，親者必亂，已然之效也。其異姓負彊而動者，漢已幸勝之矣，又不易其所以然。同姓襲是跡而動，既有徵矣[31]，其勢盡又復然。殃禍之變，未知所移[32]，明帝處之尚不能之安，後世將如之何？

【注釋】

[1]語出《武經、六韜》。慧：晒。這兩句話的意思是：機不可失，時不再來。[2]已乃：就會。抗剄：抗，高舉；剄：割頸。這裡指殺頭。[3]季世：末世。[4]曩時：從前的時候，指漢高祖劉邦之時。[5]淮陰侯：即韓信。韓信是輔佐劉邦建立漢朝的功臣，封楚王，後被告謀反，降爲淮陰侯。陳豨反，劉邦親征，韓信稱病不從，被處斬。[6]黥布：即英布，從劉邦破項羽，封淮南王，後韓信、彭越被殺，怕禍及自己，遂反，兵敗而死。[7]彭越：漢初功臣，封梁王，劉邦親征陳豨，彭越稱病不從，被告謀反而被殺。[8]韓信：指韓王信，與淮陰侯韓信同時，戰國時韓王的後代，歸附劉邦，封爲韓王。因被劉邦懷疑，他便勾結匈奴以叛漢，失敗被斬。[9]張敖：趙王張耳的兒子，劉邦的女婿。張耳死後，他繼父職爲趙王，因與國相貫高謀刺劉邦事有牽連，降爲宣平侯。[10]貫高：趙王張敖的國相。劉邦過趙時，他想暗殺劉邦，事敗被捕，後自殺。[11]盧綰：劉邦的同鄉同學，且同一天所生，從劉邦起兵有功，封燕王。陳豨叛亂，劉邦懷疑與他有關，盧綰逃奔匈奴，封東胡盧王。[12]陳豨：漢初封陽夏侯，統轄趙代兩地邊防軍，後發動武裝叛亂，自立爲代王，兵敗被殺。[13]亡恙：即無恙，亡通「無」。[14]淆亂：混亂。[15]仄室：即側室，卿大夫的庶子。仄室之勢：指宗族勢力。豫席：豫同「預」席：憑

藉。⑯中涓：皇帝親近的侍從官。⑰舍人：比中涓低的侍從官。這兩句是說，跟隨劉邦起義的，沒有六國貴族的後代，都是一些小官之類。⑱渥：深厚。⑲十年之間，反者九起：指高祖二年到十一年十年中，除前述韓王信、貫高、韓信、彭越、黥布、陳豨、盧綰外，還有燕王臧荼和利幾的謀反事件，共九起。⑳解材：較量才能。㉑諉：推諉，托辭。㉒悼惠王：劉肥。元王：劉邦的弟弟劉交。中子：劉邦的兒子劉如意。幽王：劉邦的兒子劉友。共王：劉邦的兒子劉恢；靈王：劉邦子劉建；歷王：劉邦子劉長。當時他們都已死。㉓布衣：普通百姓。昆弟：兄弟。文帝劉恒也是劉邦的兒子。㉔慮：大約，大概；亡不：沒有不。㉕赦：赦免。㉖黃屋：黃蓋車，天子坐的車子，用黃色的綢子做車蓋。尾同「幄」。㉗安：怎麼。致：來。㉘圜視：瞪眼怒視。圜同「圓」。㉙馮敬：御史大夫，因告發淮南厲王劉長謀反，被刺客刺死。㉚領：治理。㉛襲：蹈襲。徵：徵兆。㉜變：突然發生的事件。移：改變。

屠牛坦一朝解十二牛而芒刃不頓者①，所排擊剝割②，皆眾理解也③。至於髖髀之所④，非斤則斧⑤。夫仁義恩厚，人主之芒刃也；權勢法制，人主之斤斧也。今諸侯王皆眾髖髀也，釋斤斧之用而欲嬰以芒刃⑥，臣以為不缺則折。胡不用之淮南、濟北？勢不可也。

【注釋】①屠牛坦：一個名坦的殺牛的人。是春秋時善於宰牛的人。芒刃：鋒利的刀刃。頓：同「鈍」。②排：剔除；擊：砍。③理：肌肉的紋理。解：肢節。④髖：盆骨。髀：大腿骨，這裡泛指牛的大骨頭。⑤斤、斧：都是砍東西的工具。橫刃的叫斤，豎刃的叫斧。⑥釋：放下。嬰：同「攖」，觸。

臣竊跡前事①，大抵强者先反。淮陰王楚最强，則最先反；韓信倚胡，則又反；貫高因趙資，則又反；陳豨兵精，則又反；彭越用梁，則又反；黥布用淮南，則又反；盧綰最弱，最後反。長沙乃在二萬五千戶耳[2]，功少而最完，勢疏而最忠，非獨性異人也，亦形勢然也。曩令樊、酈、絳、灌據數十城而王[3]，今雖以殘亡可也。令信、越之倫列爲徹侯而居[4]，雖至今存可也。然則天下之大計可知已。欲諸王之皆忠附，則莫若令如長沙王；欲臣子之勿菹醢[5]，則莫若令如樊、酈等；欲天下之治安，莫若衆建諸侯而少其力。力少則易使以義，國小則亡邪心。令海內之勢如身之使臂，臂之使指，莫不制從[6]。諸侯之君不敢有異心，輻湊併進[7]，而歸命天子，雖在細民，且知其安，故天下咸知陛下之明。割地定制，令齊、趙、楚各爲若干國，使悼惠王、幽王、元王之子孫，畢以次各受祖之分地[8]，地盡而止，及燕、梁他國皆然。其分地衆而子孫少者，建以爲國，空而置之，須其子孫生者[9]，舉使君之[10]。諸侯之地其削頗入漢者[11]，爲徙其侯國及封其子孫也。所以數償之[12]，一寸之地，一人之衆，天子亡所利焉，誠以定治而已。故天下咸知陛下之廉。地制一定[13]，宗室子孫莫慮不王，下無倍畔之心[14]，上無誅伐之志，故天下咸知陛下之仁。法立而不犯，令行而不逆，貫高、利幾之謀不生[15]，柴奇、開章之計不萌[16]，細民向善，大臣致順，故天下咸知陛下之義，臥赤子天下之上而安[17]，植遺腹[18]，朝委裘[19]，而天下不亂，當時大治，後世誦聖，一動而五業附[20]，陛下誰憚而久不爲此？

【注釋】[1]竊：私下。跡：根據事實進行考察。[2]長沙：指長沙王吳芮。漢文帝時他的後代仍在長沙爲王。[3]樊：樊噲，封舞陽侯。酈：酈商，封曲周侯。絳：周勃，封絳侯；灌：灌嬰，封潁陽侯。這四人都是忠附劉邦的。[4]

徹侯：又名通侯，爵位名。徹侯只吃封邑的租稅，不掌封邑的政權，也不要住在封地。5菹醢：古時的一種酷刑，把人殺死剁成肉醬。6制從：制服、聽從。7輻：車輪上的輻條。湊：湊集，聚攏。8畢：全都。9須：待。10舉：全部。11削頗：削減。這句指因犯罪而被朝廷沒收的封地。12「及封其子孫也，所以數償之。」據清人錢大昕引沈彤說，「也」字爲「他」字之誤。全句應標點爲：「及封其子孫他所，以數償之」。13一：統一、劃一。14倍畔：同「背叛」15利幾：原項羽大將，後降劉邦，封爲潁川侯，後因謀反被殺。16柴奇、開章：兩人都參與了淮南厲王劉長的叛亂。17赤子：嬰兒。18植：立。遺腹：遺腹子。19委：放置。衾：衣衾，指先帝用過的衣冠。20五業：指前面所講：明、廉、仁、義、聖。附：歸附。

天下之勢方病大瘇1一脛之大幾如要2，一指之大幾如股3，平居不可屈信4，一二指搐5，身慮無聊6，失今不治，必爲錮疾7，後雖有扁鵲8，不能爲已。病非徒瘇也，又苦蹠戾9。元王之子，帝之從弟也10，今之王者，從弟之子也11。惠王之子，親兄子也12；今之王者，兄子之子也13。親者或亡分地以安天下14，疏者或制大權以逼天子15。臣故曰非病瘇也，又苦蹠戾。可痛哭者，此病是也。

【注釋】

1瘇：兩腳浮腫的病。比喻諸侯王的勢力太大。2脛：小腿。要：同「腰」。3股：大腿。4屈信：彎曲伸展。信同「伸」5搐：抽搐、痙攣。比喻一二處諸侯反叛。6身：全身。慮：大抵。無聊：沒有依靠。比喻天下不安。7錮疾：經久難以治癒的疾病。8扁鵲：戰國時名醫。9蹠戾：腳掌向反面彎曲。10從弟：堂弟，楚元王劉交是劉邦的弟弟，元王之子劉郢和文帝是堂兄弟。11當時楚王是劉郢的兒子劉戊，即文帝堂弟的兒子，關係較疏。12齊悼惠王劉肥的兒子劉襄，由於劉肥是文帝的親哥哥，所以說他是「親兄子也」。13當時齊王是劉襄的兒子劉側，文帝的侄孫，關係較疏。14親者：文帝自己的子孫。15疏者：指齊悼惠王、楚元王等的子孫。

【譯文】

建立的諸侯王國力量强大了，必然造成同朝廷對等的形勢。各諸侯王常因朝廷的猜疑而遭受禍殃，朝廷也經常爲諸侯王的叛亂而擔憂。這實在不是安定朝廷，保全臣民的好辦法。如今，陛下的親弟弟有的曾圖謀自立爲東帝，親侄子也向西面襲擊朝廷，現在，吳王又被人告發要謀反。陛下正當壯年，行事合乎道義，沒有什麼差錯，對他們又再三給以恩惠，他們尚且如此，更何況最强的諸侯國，權力比他們還大十倍的呢？但是天下却還比以前稍爲安寧，這是什麼原因呢？因爲目前各大諸侯國的國君還年幼，朝廷安置在那裡的太傅、丞相正掌握著王國的大權。幾年之後，諸侯王大都加冠成人。他們血氣方剛，朝廷委派的太傅和丞相便不得不托病辭職歸家，他們便會把縣丞，縣尉以上的官職統統安排給自己的親信，這樣一來，他們的行爲能和淮南王、濟北王有什麼不同呢？到了那時，要想使天下太平安定，即使是唐堯虞舜也辦不到了。

黃帝說：「要曬東西必須趁太陽正午，要宰割東西必須趁刀子在手。」現在按照這個道理行事，就很容易做到安上全下。假如不及早行動，以後就會發展到破壞骨肉之情，且拿起刀來互相殘殺，這和秦朝末年又有什麼不同呢？憑著天子的權位，乘著當今的好形勢，還靠著上天的保佑，尚且對轉危爲安、改亂爲治的措施有所顧慮，假如陛下處於齊桓公那種情況，恐怕不會有聯合諸侯而一匡天下的舉動吧？我知道陛下一定不會這樣做的。假如國家的形勢還象從前那樣，淮陰侯韓信還統治著楚國，黥布統治著淮南，彭越統治著梁，韓王信統治著韓國，張敖統治著趙國，貫高做趙國的相，盧綰統治著燕國，陳豨還在代國。假如這六七個王公都健在。就在這個時候，陛下登上皇位，自己能覺得安全嗎？我有理由認爲這是不可能的，秦末天下混亂，高皇帝與上述諸公一同起事，當時並沒有宗族的勢力可以依靠，諸公中最幸運的也不過做了中涓，甚至僅僅得到一個舍人的職位。這些人的才能比高皇帝差遠了。高皇帝憑著他的聖明威武，即天子位，劃出肥沃的土地分封諸公爲侯王，多的一百多個城市，少的也有三、四十個縣，恩德是厚極了。可是在以後的十年當中，謀反的事發生了九起。陛下跟這些王公的關係，並非親自同他們較量過方能而使他們甘心稱臣，也不是親自封他們當諸侯王的。高皇帝尚且不能因此而得到一年的安定，因而我知道陛下也必不能得到安定。不過，還有可推托的藉口，說是那些王公與劉氏關係疏遠。那麼，讓我說說關係親近的同姓王。假如讓悼惠王還在齊國稱王，元王還在楚國稱王，中子還在趙國稱王，幽王在淮陽稱王，共王在梁國稱王，靈王在燕國稱王，厲王在淮南稱王，這六七個貴人都健在，這時，陛下即天子位，能使國家太平嗎？我又知道陛下是不可能的。像這些王，雖然名義上是臣子，實際上心裡認爲自己和天子是普通兄弟一樣的關係，他們沒有一個不想採用跟皇帝一樣的制度而自己當天子的。他們擅自封給別人爵位，赦免有死罪的囚犯，甚至乘坐天子專用的黃蓋車。漢朝的法令在那裡行不通。即使能推行法令，對於厲王那樣不守法紀的人，命令都不肯聽從，召見他，又怎肯來呢！幸而來了，法律又怎能施加到他身上？觸動了一個親戚，全國的諸侯王就瞪起眼睛，起來反抗了。陛下的臣子中，雖然不乏馮敬那樣的勇敢者，但剛要開口，刺客的匕首已經刺進他的胸膛了。陛下雖然賢明，可誰能同您一起來治理這些諸侯王呢？所以，關係疏遠的異姓王必然給國家帶來危害，關係親近的同姓王必定會發動叛亂，這已是事實所證明了的，那些自恃强大可而發動叛亂的異姓王，朝廷已經僥倖戰勝他們了，可並沒有改變那種造成叛亂的條件。同姓王因襲先例發動叛亂，已經有徵兆了，這種形勢完全會使叛亂重演。這些突然發生的災禍，不知道如何改變。英明的皇帝在這種情況下，尚且不能使國家安定，後世子孫又能拿它怎麼樣呢。

屠牛坦一個早晨宰十二頭牛，但屠刀的芒刃並沒有變鈍，這是因爲他排擊剝割的地位都在肌肉和骨頭的縫隙的中間。遇到那胯骨和大腿骨，他不是用砍刀就是用斧子。仁義恩德，好比君主的芒刃，權勢和法制則是君主的砍刀和斧子。如今的諸侯王都像衆多的胯骨和大腿骨，如果不用砍刀、斧子，而用芒刃去切割，我看不碰出缺口就會折斷。爲什麼不用仁義恩德去對待淮南王、濟北王呢？那便是因爲形勢不允許這樣。

我私自考察了一下從前發生的事，發現大都是勢力强大的先反叛。淮陰侯韓信，稱王於楚，勢力最强，就最先反叛；韓王信依靠匈奴支持，繼續反叛；貫高依靠趙國的力量，又反叛；陳豨因他的部隊精良，又反叛；彭越利用梁國的力量，又起來反叛；黥布依靠淮南的力量又反叛；盧綰勢力最弱，最後反叛。長沙王吳芮僅封有人口二萬五千戶，功勞很小却保存得最完善，關係疏遠却對漢朝最忠誠，這不只是他的性情和別的諸侯王不同，而是形勢使他這樣的。如果從前讓樊噲、酈商、周勃、灌嬰占據幾十個城市，做了諸侯王，到今天即使已經破敗滅亡也是可能的。如果讓韓信，彭越他們只於徹侯地位，即使至今還存在也是可能的。既然這樣，那麼天下大計就明白了。希望諸侯王都忠心依附漢朝，最好讓他們像長沙王一樣；希望臣子不被剁成肉醬，最好讓他們像樊噲、酈商等人一樣；希望天下安定，最好多多建立諸侯國，削弱他們的力量。勢力小，就容易用法令來約束他們；國小，就不會有反叛之心。假使天下的形勢，就如身體指揮手臂，手臂指揮手指一樣，沒有不服從的；諸侯王不敢有二心，像輻條湊向車輪軸一樣，聽命於天子。那麼，即使是普通百姓，也知道國家安定，因此全天下都知道陛下的英明。分割土地，規定制度，使齊、趙、楚幾個諸侯王國分成若干小國，使悼惠王、幽王、元王的子孫，全部依次序得到祖先的一塊份地，一直到分完爲止。對於燕、梁和其他諸侯也都這樣辦。那些封地多而子孫小的王國，也先分建若干小國，可空著君位，等他們的子孫出生，全讓他們做國君。某些諸侯的土地被大量削減而收歸朝廷，用來調劑侯國的封地，或將來封給他們的子孫，並且如數補償。一寸土地、一個百姓，天子都不貪圖他們的，而只是爲了家的安定太平罷了，因此，天下都知道陛下的廉節。分割封地的制度一經確定，宗室子弟沒有誰擔心不能封王的，諸侯就不會產生背叛的心思，朝廷也就不必有誅殺討伐的意圖，因此，天下都知道陛下的仁愛。法紀確立起來，沒有人敢於觸犯，命令通行了沒有人對抗，貫高、利幾之類的陰謀不會發生，柴奇、開章之類的詭計不再重演，老百姓都趨向善良，朝廷大臣個個效忠，因此，天下都知道陛下的恩義。那時，即使讓一個嬰兒統治天下也會安定太平；即使立遺腹子，讓臣下朝拜先帝留下的衣裘，天下也不會混亂。當代得到大治，後世歌頌聖明。一項措施的採取，就能得到五種功業，陛下還有什麼顧慮而長久地不這樣做呢？

現在天下的形態，就像一個人正患有嚴重的腳腫病。一條小腿腫得跟腰差不多大，一個腳趾頭腫得差不多與大腿一樣粗。平時不能屈伸，一兩個腳趾抽搐，就感到渾身痛失去了依靠。現在不及時醫治，必然成爲不治之症。以後即使有扁鵲那樣的名醫，也不能夠挽救了。病還不僅是兩腳浮腫，又苦於腳掌扭折。元王的兒子是陛下的堂弟，現在繼承王位的，是您堂弟的兒子；惠王的兒子是您親哥哥的兒子，這一代的齊王，是陛下您的侄孫。近親當中有的還沒有封地來安定天下，而遠親有的却掌握大權，威逼天子。所以我說不只害了腳腫病，還苦於腳掌扭折。而使人痛哭的也正在於此病。

論貴粟疏

鼂錯[1]

【題解】

本文是鼂錯於公元前一百六十八年向漢文帝上呈的一封奏書。文章論述了農業對國計民生的重要性，提出了勸農務本，獎勵糧食生產及發展農業生產的具體辦法。漢文帝採了他的意見，促進了生產的發展和經濟的繁榮，爲維護和加强西漢帝國的封建統治提供了物質條件。

全文圍繞中心論點，用反覆對比的手法進行論證，從歷史的和現實的不同角度加以說明，說理透徹，條理清楚，邏輯嚴密。

聖王在上，而民不凍飢者，非能耕而食之，織而衣之也，爲開其資財之道也[2]。故堯、禹有九年之水[3]，湯有七年之旱[4]，而國無捐瘠者，以畜積多而備先具也[5]。今海內爲一，土地人民之衆，不避禹、湯[6]，加以亡天災數年之水旱，而畜積未及者，何也？地有餘利[7]，民有餘力，生穀之土未盡墾，山澤之利未盡出也，游食之民未盡歸農也。民貧則姦邪生，貧生於不足，不足生於不農，不農則不地著[8]，不地著則離鄉輕家，民如鳥獸[9]，雖有高城深池，嚴法重刑，猶不能禁也。夫寒之於衣，不待輕暖[10]；飢之於食，不待甘旨[11]；飢寒至身，不顧廉恥。人情一日不再食則飢，終歲不製衣則寒。夫腹飢不得食，膚寒不得衣，雖慈母不能保其子，君安能以有其民哉？明主知其然也，故務民於農桑⑫，薄賦斂，廣畜積，以實倉廩，備水旱，故民可得而有也。

【注釋】

①鼂錯（前二百——前一百五十四）：潁川（今河南禹縣）人，西漢著名的政治家、政論家。少學申商刑名之學，漢文帝時爲太子家令，景帝時爲內史，後遷御史大夫，曾先後上書主張重農貴粟和改革政治，削減諸侯國的權力。前一百五十四年，吳楚等七國叛亂，以「誅鼂錯清君側」爲名。景帝爲求七國罷兵，殺了鼂錯。〈論貴粟疏〉：選自《漢書‧食貨志》。《漢書》本傳說：鼂錯上書文帝，「復言守邊備塞，勸農務本，當世急務二事。」本篇就是講「勸農務本」部分。粟：穀子，古代是糧食的通稱。今專指小米。疏：奏疏。②食之：給他們吃，衣之：給他們穿。資財：物資財富。③堯禹有九年之水：《史記‧夏本紀》記載：「堯聽四岳，用鯀治水，九年而水不息，功用不成。」後來由禹治水成功。故這裡並言「堯禹」。④湯有七年之旱：商湯時發生大旱，有的說五年，有的說七年。⑤捐：拋棄。指流離失所。瘠：瘦弱。指餓瘦，以：因。畜，同「蓄」。⑥不避：不讓，不次於。⑦餘利：也作「遺利」。⑧地著：固定下來依附土地爲生。著：附著。⑨民如鳥獸：指百姓行動像鳥獸飛走無常。⑩輕暖：指絲綢之衣，狐貉衣裘。⑪甘旨：甜美。指一切好的東西。⑫農桑：種田養蠶。

民者，在上所以牧之①，趨利如水走下，四方無擇也②。夫珠玉金銀，飢不可食，寒不可衣，然而衆貴之者，以上用之故也③。其爲物輕微易藏，在於把握④，可以周海內而亡飢寒之患⑤，此令臣輕背其主，而民易去其鄉，盜賊有所勸⑥，亡逃者得輕資也⑦。粟米布帛，生於地，長於時，聚於力⑧，非可一日成也。數石之重⑨，中人弗勝⑩，不爲奸邪所利，一日弗得而飢寒至。是故明君貴五穀而賤金玉。

【注釋】

[1]上：秦漢以後通常稱皇帝為「上」。牧民：封建統治階級常把對人民的統治比作對牛羊的牧養。牧：治理、統治。[2]走：向往。無擇：不選擇方向和地域。[3]貴：珍惜，看重。以：因。用：重用。[4]把握：握在手掌中。[5]周海內：走遍天下。[6]勸：鼓勵。[7]輕資：輕便的物資。[8]聚於力：荀悅《漢紀．文帝紀》作「聚於市」。[9]石：古代用「石」作為衡量輕重的單位，以一百二十斤為「石」。又用「石」作為容量的單位，以十斗為一石。[10]中人：力量中等的人。勝：擔負。

今農夫五口之家，其服役者不下二人[1]，其能耕者，不過百畝，百畝之收，不過百石。春耕夏耘，秋穫冬藏，伐薪樵[2]，治官府[3]，給繇役[4]。春不得避風塵，夏不得避暑熱，秋不得避陰雨，冬不得避寒凍，四時之間，亡日休息。又私自送往迎來，弔死問疾，養孤長幼在其中[5]。勤苦如此，尚復被水旱之災，急政暴虐[6]，賦斂不時，朝令而暮改。當其[7]有者半賈而賣[8]，亡者取倍稱之息[9]。於是有賣田宅、鬻子孫以償債者矣[10]。而商賈大者積貯倍息，小者坐列販賣，操其奇贏[11]，日游都市，乘上之急，所賣必倍。故其男不耕耘，女不蠶織，衣必文采，食必梁肉，亡農夫之苦，有阡陌之得[12]。因其富厚，交通王侯[13]，力過吏勢[14]，以利相傾，千里游敖[15]，冠蓋相望[16]，乘堅策肥[17]，履絲曳縞[18]，此商人所以兼并農人，農人所以流亡者也。今法律賤商人，商人已富貴矣；尊農夫，農夫已貧賤矣。故俗之所貴，主之所賤也；吏之所卑，法之所尊也。上下相反，好惡乖迕[19]，而欲國富法立，不可得也。

【注釋】

[1]服役：給官府服勞役。[2]伐薪樵：給官府砍木柴等燃料。薪樵：木柴。[3]治官府：修理官府的房屋。[4]給繇役：交公差。給：供給。[5]養：撫養。長：養育。[6]政：同「征」，征收。[7]其：一作「具」，齊備。這裡作「交納」解。[8]賈：同「價」。[9]取：借。倍稱：加倍。[10]鬻：賣。[11]操：掌握。奇贏：指利潤。操其奇贏，便是囤積居奇，投機取利。[12]阡陌：本指田間的小路，這裡指田地。[13]交通：結交來往，勾結。[14]吏勢：官府的勢力。[15]游敖：同「遨遊」。本指遊玩，這裡指奔走。[16]蓋：車蓋。[17]堅：堅固的車。策：馬鞭，這裡是趕的意思。肥：肥壯的馬。[18]履：穿。絲：絲鞋。曳：拖著。縞：絲織的白絹。[19]乖迕：違背。

方今之務，莫若使民務農而已矣。欲民務農，在於貴粟，貴粟之道，在於使民以粟為賞罰。今募天下入粟縣官[1]，得以拜爵，得以除罪。如此，富人有爵，農民有錢，粟有所渫[2]。夫能入粟以受爵，皆有餘者也。取於有餘，以供上用，則貧民之賦可損[3]，所謂損有餘補不足，令出而民利者也。順於民心，所補者三：一曰主用足，二曰民賦少，三曰勸農功。今令：民有車騎馬一匹者[4]，復卒三人[5]。車騎者，天下武備也，故為復卒。神農之教曰[6]：「有石城十仞[7]，湯池百步[8]，帶甲百萬，而亡粟，弗能守也。」以是觀之，粟者，王者大用[9]，政之本務。令民入粟受爵，至五大夫以上[10]，迺復一人耳。此其與騎馬之功，相去遠矣。爵者，上之所擅[11]，出於口而亡窮；粟者，民之所種，生於地而不乏。夫得高爵與免罪，人之所甚欲也。使天下人入粟於邊[12]，以受爵免罪，不過三歲，塞下之粟必多矣。

【注釋】

①縣官：漢朝稱皇帝爲「縣官」，這裡指朝廷，政府。②渫：流通。③損：減少。④車騎馬：能駕戰車的馬。車騎：戰車。⑤復：免。⑥神農之教：《漢書、藝文志》「兵家」有《神農兵法》一篇，這裡所引的「神農之教」或許出於其中。神農，傳說的遠古帝王，相傳是他開始教民耕種的。⑦仞：古代以七尺或八尺爲一仞。十仞，不是實數，形容很高。⑧湯池：湯；沸水。池，護城河，比喻險要的城防。百步；不是實數，形容很寬。⑨大用：最重大的資財。⑩五大夫：一種爵位。漢朝沿襲秦朝的制度，侯以下一共分二十級，五大夫在第九級。據《漢書・食貨志》，納粟四千石，就可封爲五大夫。⑪擅：專有。⑫邊：邊境。

【譯文】

聖明的帝王在上統治時，百姓不會受凍挨餓的原因，並不是帝王能夠親自種糧食給百姓吃，親自織布給百姓穿，只不過替他們開闢了獲得物資財富的路子。所以堯、禹時有過連續九年的水災，商湯時有過七年的大旱，可是國內沒有流離失所和面黃飢瘦的人，是因爲積蓄很多而備災的物資早就準備齊全了。

現在全國統一了，土地廣大，人口衆多，不亞於湯禹時代，加上又沒有連續數年之久的水旱災荒，可積蓄的物資沒有湯禹時代充足，這是爲什麼呢？是因爲土地沒有充分利用，民衆的潛力沒有充分發揮，生長糧食的荒地沒有完全開墾，山林湖澤的資源還沒有盡量開發，游手好閒的人還沒有全部回鄉務農。百姓貧窮就產生奸詐邪惡，貧窮產生於物資不充足，物資不充足產生於不務農業。不務農業就不會定居一個地方，不定居一個地方就輕易離開家鄉，百姓像飛禽走獸一樣到處覓食，雖然有高高的城牆，深深的護城河，有嚴厲的法令，殘酷的刑罰，還是不能禁止他們的。人受凍的時候，對於衣服的要求，不奢求質料輕暖的；飢餓的時候，對於食物的要求，不講究甘口美味的；飢寒交迫時，就顧不得什麼廉恥了。人通常一般情況是，一天不吃上兩餐飯就感到饑餓，整年不做衣服就會受凍。肚子飢餓卻沒有食物，身上寒冷而沒有衣穿，即使是慈母也不能保有她的兒女，君主又怎麼能保有他的百姓呢！英明的君主懂得這番道理，所以努力督促百姓播種糧食，栽桑養蠶，減輕賦稅，增加糧食的積蓄，來充實倉庫，防備水旱天災，所以就可以保有百姓了。

當老百姓的，在於帝王怎樣治理。他們追逐利益就像水往低處流，不選擇東西南北。那些珍珠、寶玉、黃金、白銀，餓了不能充飢，冷了不能保暖，可是大家珍惜看重它們，這是因爲帝王重用它們的緣故。它們作爲物品，重量輕、體積小，容易收藏，握在手中，可以走遍天下也不會有飢寒的顧慮。這就是使得臣子輕易地背棄他的君主，使得百姓輕易地離開他們的家鄉，使得盜賊受到鼓勵，使得逃亡的人得到便於攜帶的財物。粟米布帛，從地裡生出來，順著節氣長起來，聚集儲藏要花費人力，這不是短時間內能夠辦到的。幾石重的糧食，氣力平常人的搬不動，不會成爲壞人貪求的東西。但一天沒有這些東西就會挨餓受凍。因此，英明的君主貴重五穀而看輕金玉。

如今五口人的農民家庭，每戶給官家服役的不少於二人，每戶能耕種的土地不到一百畝，一百畝土地的收入不超過一百石。他們春天耕種，夏天鋤草，秋天收割，冬天保藏；還要砍柴，修理官府的房舍，應付各種官差；春天不能夠躲避風塵，夏天不能夠避開暑熱，秋天不能夠躲避陰雨，冬天不能夠避開寒冷，一年四季沒有一天休息，還有私人間的親朋往來，弔唁死者，慰問病人，撫養孤老，養育幼兒，所需費用，都包括在這當中。農民勤勞辛苦到這般地步，還要遭受水旱災害，急迫沉重的租稅，加上官府收賦稅不按季節，早晨的命令到了傍晚又更改，處境更加困苦。當交納賦稅的時候，有農產品的人家，半價把產品賣掉換錢交稅；沒有農產品的人家，按加倍的利息借債來交稅。這樣一來，就有賣田賣屋，賣兒賣女來償還債務的人了。但是，那些商人們，資金多的就囤積居奇，收取加倍的利息，資金少的就開設店鋪，經營買賣，投機取巧。每天在都市裡鑽來鑽去，乘著朝廷急需這些物品的時機，所賣的物品一定要加倍提價。所以這些人家裡男的不耕種土地，女的不養蠶織布，但穿的是綾羅綢緞，吃的是精米鮮肉。他們沒有農民的辛苦，卻能坐享田地裡的收穫。憑藉著他們的雄厚財富，勾結王侯，勢力超過了一般官吏。他們爲爭利互相排擠，奔走千里之外，來來往往，接連不斷。他們乘著堅固的車子，趕著肥壯的馬，腳穿絲靴，身拖綢袍。這就是商人所以吞併農民，農民所以四處流亡的原因啊。現在法律上輕視商人，可是商人已經富貴了；法律上尊重農民，可是農民已經貧賤了。因此，世俗所看重的，是君主所輕視的商人，官吏所瞧不起的，是法律上所尊重的農民。上下相反，好壞顛倒，而想使國家富强，法令建立，是不能辦到的。

當前的任務，沒有比使百姓努力從事農業生產更重要的事了，要想使百姓努力從事農業生產，在於重視糧食。重視糧食的辦法，在於使百姓以糧食作爲賞罰的標準。現在號召全國人民納糧給政府，可以受封爵位，可以免除罪罰，這樣，富人有了爵位，農民有了錢，糧食得到流通。那些能夠納糧受爵的，都是有餘糧的人。從有多餘糧食的人手裡取出來，供應官府的需要，那麼貧苦農民的賦稅就可以減少。這就是所講的拿有餘補不足，命令一出而百姓可以得到利益。它符合百姓的願望，好處有三條：一是使君主財政費用充足，二是使百姓賦稅減輕，三是鼓勵了農業生產。按照現行的法令：百姓出了駕戰車的馬一匹的，就可以免除三個人的兵役。戰馬是國家的武器裝備，所以可以用來免除兵役。神農氏的書上說：「有高達十仞的石頭城牆，寬達百步的沸水護城河，披甲的軍隊上百萬，可是沒有糧食，也不能守住。」由此看來，糧食，是帝王最重大的財物，是治理國家的根本條件。讓百姓交納糧食受封爵位，封一個五大夫以上的爵位，才免除一個人的兵役。這比出一匹戰馬受到的益處相差太遠了。爵位是皇帝專有的，出於皇帝的口沒有限制，糧食是農民種出來的，出產在地裡，沒有窮盡。求得高的爵位和免除罪罰，是人們最大的欲望。叫全國人民把糧食送到邊境，用來受爵和免罪，不要過三年，邊塞地區的糧食就一定很充裕了。

獄中上梁王書

鄒陽

【題解】

鄒陽因被人讒毀而下獄，梁王要殺死他，鄒陽便在獄中給梁王寫了這封信。勸梁王不要聽信左右的讒言，要多方面聽取意見，獨自判斷是非，這樣，忠信之士才會爲王所用。信中列舉了大量的歷史事實和通俗而深刻的比喻、諺語來説明自己是忠而獲罪，信而見疑。論證雄辯有力，情詞懇切，梁王讀信後被打動了，立即釋放了他，並待爲上客。

鄒陽從梁孝王游[1]。陽爲人有智略，慷慨不苟合[2]，介於羊勝、公孫詭之間[3]。勝等疾陽，惡之孝王。孝王怒，下陽吏[4]，將殺之。陽迺從獄中上書曰：

【注釋】

[1]鄒陽：漢初齊人，先在吳王劉濞門下任職，曾勸説吳王不要謀反，吳王不聽，鄒陽便改投梁孝王門下。因羊勝等人進讒言，梁孝王把他投進監獄，他便在獄中寫了這封信。梁孝王：名武，漢文帝的兒子，景帝的弟弟，文帝十二年（前一六八年）封梁王。作曜華宮及兔園，招延四方豪傑，山東游士大多數歸附於他。死後謚爲「孝」。[2]慷慨：意氣風發。[3]介：處於……之間。羊勝、公孫詭：梁孝王門客，因孝王怨恨袁盎等人阻止景帝立自己爲漢嗣，二人與孝王謀刺袁盎等。事發後被迫自殺。[4]吏：指掌司法的官吏。

臣聞：忠無不報，信不見疑，臣常以爲然，徒虛語耳。昔荊軻慕燕丹之義[1]，白虹貫日②。太子畏之③，衛先生爲秦畫長平之事④，太白食昴⑤，昭王疑之。夫精誠變天地，而信不諭兩主⑥，豈不哀哉！今臣盡忠竭誠，畢議願知，左右不明，卒從吏訊，爲世所疑，是使荊軻、衛先生復起，而燕秦不寤也。願大王熟察之。

昔玉人獻寶⑦，楚王誅之⑧；李斯竭忠，胡亥極刑⑨，是以箕子陽狂⑩，接輿避世⑪，恐遭此患也。願大王察玉人、李斯之意，而後楚王、胡亥之聽⑫，毋使臣爲箕子、接輿所笑。臣聞比干剖心⑬，子胥鴟夷⑭，臣始不信，迺今知之。願大王熟察，少加憐焉。

【注釋】

①燕丹：燕太子丹；荊軻，戰國時衛國人。燕丹和秦王有仇，厚養荊軻，叫他去刺殺秦王，行刺沒有成功，荊軻被殺。②古人以爲人間發生不平凡的事情，天上就會出現異常的現象。「日」，代表君主。「白虹貫日」，象徵要發生殺君的事件。③太子畏之：指太子不相信荊軻，還怕他不去，實際是荊軻等一個事先約好去秦國的幫手而推遲了出發時間。④衛先生：秦國人。長平之事：秦將白起在趙國的長平大敗趙軍，想趁機滅趙，派衛先生說秦昭王增撥兵糧，秦相應侯范雎從中破壞，事未成。⑤太白：金星。昴：星宿名，趙之分野。「太白食昴」：象徵將滅趙。⑥諭：明白、懂得。⑦玉人：指楚人卞和。卞和在山中得到一塊璞，獻給楚武王，武王讓玉工檢查，玉工說是石頭，武王便砍下卞和的右腿。文王即位，卞和又獻璞，文王也以爲是塊石頭，便砍下他的左腿。到成王時，卞和抱著璞在郊外痛哭，成王叫玉工鑿去石頭，果然得到寶玉。這塊寶玉就叫和氏璧。⑧誅之：即「刑之」。⑨李斯：秦國的丞相，秦始皇死後，二世胡亥即位，荒淫無道，李斯上書諫誡，胡亥不聽，反而聽信趙高的讒言，把李斯殺了。⑩箕子：紂王的叔父，紂王荒淫昏亂，箕子怕遭禍害，便裝瘋。陽同「佯」。⑪接輿：楚國的隱士，一稱楚狂，也是爲了避世而假裝瘋癲。⑫後：使動用法，意思是「把……放在後面。」即說不要那樣。⑬比干：殷紂王時的賢臣，因強諫紂王而被剖胸挖心。⑭子胥：姓伍名員，春秋時楚國人。吳王夫差伐越，越王勾踐請和，夫差許之，子胥屢諫不聽，夫差聽信讒言叫他自殺。子胥自殺前說：「抉吾眼懸諸吳東門，以觀越人之入滅吳也」。夫差聽斥大怒，派人把子胥的屍體用皮袋裝了沈入江中。鴟

夷：皮革做的袋子。

語曰：「有白頭如新，傾蓋如故[1]。」何則？知與不知也。故樊於期逃秦之燕[2]，藉荊軻首以奉丹事[3]；王奢去齊之魏，臨城自剄，以卻齊而存魏[4]。夫王奢、樊於期非新於齊、秦而故於燕、魏也，所以去二國、死兩君者，行合於志而慕義無窮也。是以蘇秦不信於天下[5]，爲燕尾生[6]；白圭戰亡六城，爲魏取中山[7]。何則？誠有以相知也。蘇秦相燕，人惡之於燕王，燕王按劍而怒。食以駃騠[8]；白圭顯於中山，人惡之於魏文侯，文侯賜以夜光之璧[9]。何則？兩主二臣，剖心析肝相信，豈移於浮辭哉[10]！

【注釋】

[1]傾蓋：兩車在路上相遇時緊挨在一起，以致把車蓋（車上的傘）擠歪了。這兩句形容人貴相知。[2]樊於期：秦國將軍，被讒害而逃到燕國，秦始皇殺了他的全家，並用重金購其頭。燕太子丹派荊軻去刺秦王，樊於期自刎，把頭給荊軻以做進獻的禮物，接近秦王。之：往、到。[3]藉：借。奉：有「助」的意思。[4]王奢：齊國的臣子。他從齊國逃到魏國，齊國因此攻魏，王奢登上城樓對齊將說：「現在你們來，不過是爲了我的緣故。我不願苟且偷生，成爲魏國的累贅。」於是自殺。[5]蘇秦：戰國時策士，先遊說秦惠王，不被採用，後又遊說燕文侯，主張合縱抗秦，被文侯信任，賜以車馬金帛，讓他去遊說諸侯，使蘇秦終於成爲六國的縱約之長。後來其他諸侯國不信任蘇秦，只有燕國仍然信任他，以他爲相。[6]尾生：傳說中的一個極守信用的人。據說他與一個女子約定在橋下相見，女子沒到，大水來了，他抱著橋柱而死。[7]白圭：戰國時中山國將軍，在戰爭中失去六城，中山國國君要殺他，他逃到魏國，魏文侯厚待他，他便幫魏國攻滅了中山。[8]食：給人吃。駃騠：良馬名。[9]夜光之璧：一種寶玉做的璧。[10]移：指變心。

故女無美惡，入宮見妒；士無賢不肖，入朝見嫉。昔司馬喜臏腳於宋，卒相中山①；范雎拉脅折齒於魏，卒為應侯②。此二人者，皆信必然之畫，捐朋黨之私，挾孤獨之交，故不能自免於嫉妒之人也。是以申徒狄蹈雍之河③，徐衍負石入海④。不容於世，義不苟取比周於朝⑤，以移主上之心。故百里奚乞食於道路，繆公委之以政⑥；甯戚飯牛車下，桓公任之以國⑦。此二人者，豈素宦於朝，借譽於左右，然後二主用之哉！感於心，合於行，堅如膠漆，昆弟不能離⑧，豈惑於眾口哉？故偏聽生姦，獨任成亂，昔魯聽季孫之說逐孔子⑨；宋任子冉之計囚墨翟⑩。夫以孔、墨之辯，不能自免於讒諛，而二國以危。何則？眾口鑠金，積毀銷骨也⑪。秦用戎人由余，而伯中國⑫；齊用越人子臧，而彊威、宣⑬。此二國豈係於俗，牽於世，繫奇偏之浮辭哉⑭？公聽並觀，垂明當世。故意合則胡、越為兄弟⑮，由余、子臧是矣；不合則骨肉為讎敵，朱、象、管、蔡是矣⑯。今人主誠能用齊、秦之明，後宋、魯之聽，則五伯不足侔⑰，而三王易為也⑱。

【注釋】

①司馬喜：戰國時人，在宋國受臏刑，後來三次當上中山國的國相。臏：古代一種削去膝蓋骨的酷刑。②范雎：戰國時魏人，因出使齊國，回國後被魏相懷疑與齊私通，遭到毒打，打得肋斷齒脫。後來逃到秦國，當了宰相，封應侯。拉：折斷。③申徒狄：姓申徒，名狄，商末人，因諫君不信，抱甕自投於河。④徐衍：周末人，因不滿亂世，負石投海而死。⑤比周：結黨。⑥百里奚：百里奚聽說秦繆公是個賢君，要去拜見沒有路費，一路上行乞到秦國去。後來秦繆公任他為相。⑦甯戚：春秋時衛人，他曾替人家餵牛，齊桓公有一次夜裏

出來，他就在桓公的車下扣牛角而歌，桓公知他是一個賢人，任用他爲大夫。[8]昆弟：兄弟。[9]季孫：即季桓子，魯國的上卿，齊國人送給魯國女子歌舞隊，季桓子接受了，三日不朝，孔子不滿地離開了魯國。因而魯君聽信季孫，就等於驅逐孔子。[10]墨翟：即墨子，戰國時著名思想家，墨家創始人，曾爲宋大夫[11]鑠：熔化，毀：毀謗。此二句說明讒言的厲害。[12]由余：春秋時西戎的官吏，戎人派他到秦國考察，秦繆公看他是個人才，就設計使他爲秦國效勞，征服了西戎。[13]子臧：春秋戰國時越人。威、宣：齊威王、齊宣王。[14]係：束縛。奇偏之浮辭：片面的假話。[15]一本作「胡越爲昆弟」譯文仍從「吳越」解。[16]朱：丹朱，堯的兒子，凶頑不肖，故堯沒有傳位給他而禪位於舜。象：舜的弟弟，後母所生，他曾和父母共同謀劃，想害死舜。管、蔡：管叔、蔡叔。周武王的弟弟，成王的叔叔。武王死，成王年幼，周公攝政，管政、蔡叔挾持商紂的兒子武庚叛亂，周公殺死武庚、管叔，流放了蔡叔。[17]五伯：即五霸：齊桓公、晉文公、秦穆公、宋襄公、楚莊王。侔：相等，相比。[18]三王：指夏禹，商湯，周文王。

是以聖王覺寤，捐子之之心[1]，而不說田常之賢[2]，封比干之後[3]，修孕婦之墓[4]，故功業覆於天下。何則？欲善亡厭也。夫晉文親其讎，彊伯諸侯[5]；齊桓用其仇，而一匡天下[6]。何則？慈仁殷勤，誠加於心，不可以虛辭借也。至夫秦用商鞅之法[7]，東弱韓、魏，立彊天下，卒車裂之[8]；越用大夫種之謀[9]，禽勁吳而伯中國[10]，遂誅其身。是以孫叔敖三去相而不悔[11]，於陵子仲辭三公，爲人灌園[12]。今人主誠能去驕傲之心，懷可報之意，披心腹，見情素[13]，墮肝膽[14]，施德厚，終與之窮達[15]，無愛於士[16]，則桀之犬可使吠堯[17]，跖之客可使刺由[18]；何況因萬乘之權，假聖王之資乎？然則荊軻湛七族[19]，要離燔妻子[20]，豈足爲大王道哉！

【注釋】

1捐：捐棄。子之：戰國時燕王噲的宰相。噲非常信任他，把國事全部委托給他，他就南面稱王，齊因此伐燕，燕王噲被殺，子之逃亡。2說：同「悅」。田常：春秋時齊簡公的臣子，殺簡公而立平公，相平公，後來奪取了齊國的政權。賢：才能。3封比干之後：據說武王伐紂後，曾給比干的兒子封爵。4修孕婦之墓：紂王曾經剖開孕婦的肚子以觀看胎兒，周武王滅紂，爲孕婦修墓。5晉文親其仇：指寺人（宦官）披。晉文公重耳爲公子時，獻公派披去殺重耳，重耳越牆而逃，披斬去重耳的衣袖。後來重耳回國做國君，晉臣呂甥、郤芮謀反，披知道後向重耳報告，使重耳免遭其難。6齊桓用其仇：指管仲。管仲曾輔佐公子糾和小白（齊桓公）作戰，在戰爭中用箭射中小白的帶鉤，後來齊桓公即位，不記前仇，任管仲爲相，稱霸諸侯。7商鞅：戰國時衛人，在秦國輔佐孝公變法，使秦國强大。8車裂：用牛或馬駕車分裂人身體的一種酷刑。商鞅變法傷害了貴族宗室的利益，秦孝公死後，商鞅被車裂而死。9種：文種，春秋時越國的大夫，幫助越王勾踐打敗吳王夫差，後來被讒賜死。10禽同「擒」，伯同「霸」。11孫叔敖：楚國人，他曾三次當楚國的宰相而不喜，三次免相也不悔。12於陵子仲：楚國的隱士。楚王請他來當宰相，他便帶著妻子逃走，爲人灌園。13見：同「現」。情素：眞情。素同「愫」。14墮肝膽：披肝瀝膽。墮：落。15窮：窮困。達：顯達。16愛：吝惜。17桀：夏朝的暴君。堯：遠古的賢君，這句話意思是說忠於主人，不管主人是暴是賢。18跖：柳下跖，相傳爲古時大盜。由：許由，堯時高士。本句意與上句同。19湛：同「沈」。荊軻刺秦王未成，七族被誅。20要離：春秋時吳人。吳公子光派要離去刺殺慶忌，要離爲了接近慶忌，讓吳王砍斷其右手，燒死他的妻子兒女，然後假裝犯罪逃跑。燔：燒。

臣聞明月之珠，夜光之璧，以闇投人於道，衆莫不按劍相眄者1。何則？無因而至前也。蟠木根柢，輪囷離奇2，而爲萬乘器者，以左右先爲之容也3。故無因而至前，雖出隨珠和璧4，秖怨結而不見德5。有人先游6，則枯木朽株，樹功而不忘。今夫天下布衣窮居之士，身在貧羸[7]，雖蒙堯舜之術，挾伊、管之辯[8]，懷龍逢、比干之意[9]，而素無根柢之容，雖竭精神，欲開忠於當世之君，則人主必襲按劍相眄之跡矣。是使布衣之士，不得爲枯木朽株之資也[10]。

【注釋】

[1]眄：斜著眼睛。[2]蟠木：屈曲的樹木。輪囷、離奇：盤繞屈曲的樣子。[3]容：雕刻加工，盤曲的樹根被雕刻爲玩具，所以被天子器重。[4]隨珠、和璧：隨侯珠、和氏璧，都是著名的寶玉。[5]秖：同「只」，怨結：結怨。見：同「現」。[6]游：游揚、推薦。[7]羸：瘦弱。[8]伊：伊尹，商湯的賢相。管：管仲，齊桓公賢相，二人常用來代指最賢能的大臣。[9]龍逢：吳龍逢，夏朝賢臣，桀荒淫無道，龍逢強諫，被囚殺死。[10]資：作用。

是以聖王制世御俗，獨化於陶鈞之上[1]，而不牽乎卑亂之語[2]，不奪乎眾多之口[3]。故秦皇帝任中庶子蒙嘉之言以信荊軻[4]，而匕首竊發；周文王獵涇、渭[5]，載呂尚歸[6]，以王天下。秦信左右而亡[7]；周用烏集而王[8]。何則？以其能越攣拘之語[9]，馳域外之議[10]，獨觀乎昭曠之道也[11]，今人主沈諂諛之辭，牽帷廧之制[12]，使不羈之士與牛驥同皁[13]，此鮑焦所以憤於世也[14]。

臣聞盛飾入朝者，不以私汙義；底厲名號者[15]，不以利傷行。故里名勝母，曾子不入[16]；邑號朝歌，墨子回車[17]。今欲使天下寥廓之士[18]，籠於威重之權，脅於位勢之貴，回面汙行，以事諂諛之人[19]，而求親近於左右，則士有伏死堀穴巖藪之中耳[20]，安有盡忠信而趨闕下者哉[21]？

【注釋】

①鈞：製陶時在模子下面旋轉的圓形工具。②卑亂之語：愚昧混亂的話。③奪：受影響而改變。④中庶子，官名，太子的屬官。蒙嘉：人名。荊軻去刺秦王，先送了很多禮物給蒙嘉，蒙嘉在秦王面前爲他說了不少好話，使荊軻得見秦王。⑤涇、渭：二水名，在陝西。⑥呂尚：即姜太公，周文王在涇、渭之間打獵，看見呂尚在渭水釣魚，與他交談，知道他是一個賢者，便叫他坐車同歸，後來呂尚輔佐武王取得天下。⑦左右：指蒙嘉，王：誇大之辭。⑧烏集：像烏鴉一樣突然聚集。這裏指烏集之人（偶然相識）的人，即呂尚。⑨攣拘：固執而有偏見的意思。⑩域外之議：沒有任何侷限的議論。⑪昭：光明。曠：寬廣。⑫帷廧：指侍於帷牆之中的近臣妻妾。廧：同「牆」。⑬皁，同「皂」，飼牲口的食槽。⑭鮑焦：周朝時的隱士，傳說他不滿當時的政治，廉潔自守，寧願抱木而死。⑮底厲名號：鍛鍊操行，愛惜名聲。⑯里名勝母：曾子十分孝順母親，認爲「勝母」之名不順，所以不入。⑰墨子回車：墨子提倡儉樸，反對禮樂，以爲「朝歌」是早晨歌唱的意思，他覺得早晨不是歌唱的時候，所以回來。朝歌：殷朝故都，今河南河陽縣南。⑱寥廓：廣大，寥廓之士：抱負遠大的人。⑲回面：掉轉面孔，改變態度。汙行：弄髒品行。⑳崛：同「窟」。藪：長了很多草的湖。㉑闕下：宮闕之下，指帝王居住的地方。

【譯文】

鄒陽在梁孝王那裏做門客。他爲人聰明而有謀略，性格慷慨，不苟且迎合。與羊勝、公孫詭等相處在一起。羊勝等人嫉恨鄒陽，在梁孝王面前說他的壞話。孝王發怒了，把鄒陽交給獄吏定罪，將要殺他，於是，鄒陽從獄中給孝王上書說：

我聽說「忠心的人不會得不到好的報應，誠實守信的人不會被人懷疑」，過去我常常以爲這話是對的，現在看來，這只不過是一句空話罷了。從前荊軻仰慕燕太子丹的義氣，他的誠心使得天上的白虹穿過太陽，而太子丹還擔心荊軻不去刺秦王；衛先生爲秦國謀劃長平的戰事，他的忠心使太白星遮住了昴宿，但秦昭王卻還是懷疑他。他們的精誠感動了天地，卻仍不能取信於兩位君主，難道不是很悲哀的事情嗎？現在竭盡忠誠，說盡了我的看法，希望您了解。可大王不明眞枉，還是聽信了獄吏審訊之詞，使我受到世人的懷疑。這樣，即使荊軻和衛先生再世，他們也還是得不到燕太子丹和秦王的諒解的。希望大王仔細考慮這件事。

從前卞和獻寶，楚王卻砍斷了他的腳；李斯盡忠，卻受到了胡亥的極刑。因此，箕子假裝瘋癲，接輿逃避塵世，他們都害怕遭到這種禍害。希望大王考察卞和、李斯的誠意，而不要像楚王、胡亥那樣偏聽偏信。不要使我爲箕子、接輿所譏笑。聽說比干被紂王挖了心，子胥被吳王裝進皮袋沈入江中，我當初不相信，現在才明白這是眞的。希望大王仔細考察我的冤屈，稍微加以憐憫！

俗話說：「有的人相識多年，直到頭髮白了，還和新交一樣；有的人在路上偶然相遇交談，卻跟老朋友一樣。」這是什麼原因呢？這就是相知和不相知的緣故。所以樊於期從秦國逃到燕國，把頭顱借給荊軻，以便執行太子丹的任務；王奢從齊國逃到魏國，在城牆上面對齊軍自刎。使齊軍撤退而保存魏國。王奢、樊於期和齊秦兩國並非新交，同燕魏兩國也不是舊交，他們之所以離開齊、秦而爲燕丹和魏君效死，是因爲燕丹和魏君的行爲符合他們的志向，他們仰慕道義的心情是無限深厚的。所以蘇秦不被六國信任，而燕國卻把他當尾生一樣信任；白圭作中山國大將，戰敗丟失了六城，他逃到魏國卻爲魏攻取了中山，這是什麼原因呢？是因爲眞正相知的緣故。蘇秦輔佐燕王的時候，有人在燕王面前說他的壞話，燕王對那人按劍怒視，然後把他的良馬駃騠宰了宴請蘇秦；白圭因攻下中山而地位顯赫，有人在魏文侯面前說他的壞話，文侯反而賜給白圭夜光之璧。這是什麼原因呢？因爲二主兩臣之間相互肝膽相照，怎麼會被一些流言蜚語所動搖！

所以一個女人不論是美是醜，一進入宮中就會受到妒嫉；一個士人不論是賢還是不賢，一進入朝廷就會被人忌恨。從前，司馬喜在宋國被斬斷腳，後來卻做了中山國的相；范雎在魏國被打斷肋骨，打掉牙齒，到秦國卻被封爲應侯。這兩個人，都深信必然能實現自己的計畫，摒棄結黨營私的心情，只保持幾個知交好友，所以不免受到別人的嫉妒了，因此，申徒狄只好抱甕投河，徐衍只好背著石頭投入海中，他們不爲當世所容，卻堅守正義，不肯在朝中結黨，以影響主上的心意。百里奚曾在路上討飯，秦繆公卻把政事委託給他；甯戚曾在車下餵牛，齊桓公卻交給以國家的重任，這兩個人難道一面在朝廷做官，靠著國君左右的人替他說好話，然後才得到兩國君重用的嗎？這是因爲他們與國君之間，心有同感，行爲相合，君臣關係堅固如膠漆，像兄弟一樣無法離間，難道能爲衆人之口所惑亂嗎？因此偏聽一面之辭，就會發生邪惡；只信一人之言，就會造成禍亂。從前魯國國君聽信季孫的話而趕走了孔子，宋國國君採用子用的計策而囚禁了墨子。以孔子、墨子的善辯，竟不能自免於讒毀，而魯、宋二國因此而危亡，這是什麼原因呢？因爲「衆口鑠金，積毀銷骨」。秦國重用戎人由余而稱霸中國，齊國人用越人子臧而使威王、宣王時國勢强盛，這兩個國家的君主難道會被世俗之見、片面之辭所束縛嗎？他們公正地聽取意見，全面的觀察事物，成爲當世明察的典範。所以，如果意見相合，吳、越可以成爲兄弟，由余和子臧就是這樣；意見不合，就連親骨肉也可變成仇敵，丹朱、象、管叔和蔡叔就是這樣。假如人主眞能採取齊、秦兩國國君的明智做法，不像宋、魯二君那樣聽信讒信，那麼，五霸的事業不足以相比，而三王的功業也是很容易做到的。

所以聖明的君主覺悟了，便會摒棄子之的心意，不欣賞田常的賢能，而封給比干的後代以爵位，修繕被商紂剖腹的孕婦的墳墓，因此功業覆蓋天下。爲什麼呢？因爲存心向善就永不會滿足。晋文公親近他的仇敵披，在諸侯中成爲强霸；齊桓公任用他的仇人管仲，因而匡正天下。什麼原因？這便是因爲他們仁慈殷勤，心意眞誠，不憑空話辦事。

至於秦國，採用商鞅的主張，向東削弱韓、魏，很快成爲天下的强國，後來卻把商鞅車裂而死；越國用大夫文種的計謀。制服了强大的吳國，而稱霸中原，而後文種卻被迫自殺。所以孫叔敖三次免相而不後悔，於陵子仲辭掉三公的高官，去給人家灌園。現在的人主眞能克服驕傲之心，抱著有功必報的宗旨，推心置腹開誠相見，披肝瀝膽，施行厚德，始終與士人同憂患共安樂，對他們無所吝惜，那麼桀的狗可以對堯嗥叫，跖的門客可以刺殺許由。何況憑著國君的權勢，又借助聖王的恩澤呢？既然如此，那麼荊軻不怕滅掉七族，要離甘願燒死妻子的事，還有必要給大王講嗎？

我聽說，拿明月珠、夜光璧在黑夜裏面向路人投去，人們沒有不握劍怒目斜視的。爲什麼呢？這是因爲它們無緣無故地落到面前。彎曲的樹根，盤繞離奇，卻成了天子的貴重器物，這是因爲左右的人事先把它加以雕飾了，所以，無故地落到面前，即使是隨侯之珠、和氏之璧，也只能結下怨仇而不能得到感激。假如有人事先替他宣揚一番，那麼，即使是枯木朽株，也可以建立功勛而不被人遺忘。現在天下的窮困之士，處於貧窮飢餓中，即使學到了堯舜的治國之術，掌握了伊尹、管仲的學說，懷著龍逢、比干的忠心，可是平素沒有人爲他們雕飾。儘管用盡精力，想取得當世君主的信用，但人主必定會照常按劍怒目斜視。這樣就使貧寒的士人，甚至不能起到朽木枯株的作用。

因此，聖明的君主治理天下，像陶工轉鈞一樣，要獨自掌握，不受愚昧混亂的話所牽制，不爲衆說紛紜而動搖。秦始皇相信中庶子蒙嘉的話，相信了荊軻，結果圖窮而匕現；周文王在涇、渭水之濱打獵，載呂尚歸國重用，因而統一了天下。秦王信任左右的人而亡國，周文王任用偶然相識的人而稱王天下。這是什麼原因？因爲周文王能夠擺脫成見。廣泛聽取議論，獨自看到了光明廣廣的大道！現在人主沈湎於阿諛奉承之中，受近臣妻妾的制約，使那些才識高遠的賢士與普通人一樣不被任用。這也就是鮑焦之所以憤世嫉俗的原因。

我聽說，嚴肅處理國事的人，不拿私心來汚辱仁義；修養品德，注重名聲的人，不因私利而損害德行。所以遇到稱爲「勝母」的里巷，曾參不進去；城邑稱爲「朝歌」的，墨子掉轉車頭。假如想使天下高尚的士人，權威者籠絡，受勢大者脅迫，而被迫改換面孔，玷汚品行，去服侍那些阿諛奉承的人，以求得到君主的親近，那麼，士人只有隱居在山洞和湖沼之間直至老死了。哪裏會有竭盡忠信而到朝廷裏來的呢？

上書諫獵

司馬相如[1]

【題解】本文是司馬相如爲郎官時給武帝上的一封奏書。文中勸戒武帝不要冒險去追求打獵的快樂，並由此闡明：人應該及早提防災禍，因爲災禍往往發生在人不留心的時候。奏書開頭寫得悚然可畏，而後寫得委婉動聽，且詞意誠懇使武帝樂於接受。

相如從上至長楊獵[2]，是時天子方好自擊熊豕[3]，馳逐壄獸。相如因上疏諫，其辭曰：

臣聞物有同類而殊能者，故力稱烏獲[4]，捷言慶忌[5]，勇期賁、育[6]。臣之愚，竊以爲人誠有之，獸亦宜然。今陛下好陵阻險[7]，射猛獸，卒然遇逸材之獸[8]，駭不存之地[9]，犯屬車之清塵[10]；輿不及還轅[11]，人不暇施巧，雖有烏獲、逢蒙之技不得用[12]，枯木朽株，盡爲難矣。是胡越起於轂下[13]，而羌夷接軫也[14]，豈不殆哉！雖萬全而無患，然本非天子之所宜近也。

且夫清道而後行，中路而馳，猶時有銜橛之變[15]；況乎涉豐草，騁丘虛，前有利獸之樂[16]，而內無存變之意，其爲害也不難矣。夫輕萬乘之重不以爲安[17]，而樂出萬有一危之途以爲娛，臣竊爲陛下不取。

蓋明者遠見於未萌，而知者避危於無形，禍固多藏於隱微，而發於人之所忽者也。故鄙諺曰：「家絫千金，坐不垂堂⑱。」此言雖小，可以喻大。臣願陛下留意幸察。

【注釋】

①司馬相如：（前一七九年——前一一七年），字長卿，西漢著名辭賦家，蜀郡成都（今屬四川）人，景帝時爲武騎常侍，武帝欣賞他的辭賦，召爲郎，升孝文園令。所著以《子虛賦》、《上林賦》爲代表作。②長楊：秦漢宮殿名，故址在今陝西周至。③豕：豬。④烏獲：秦武王的大力士。⑤慶忌：吳王僚的兒子，他跑得很快，馬都追他不上。⑥賁、育：孟賁、夏育，古代的勇士。⑦陛下：對皇帝的尊稱。陵：登。⑧卒然：即「猝然」，突然。⑨駭不存之地：指野獸被逼驚駭，到了不能容身的地方，必然竭力反撲。⑩屬車：從車。古代帝王出行時有屬車相從，大駕屬車八十一乘。請塵：清，尊貴之意；塵，塵土；請塵，指代尊貴的人，文中指漢武帝。⑪還：同「旋」。⑫逢蒙：古代的射箭能手。⑬胡：匈奴；越：百越，漢時北方和南方的少數民族，經常騷擾漢朝。轂：車輪的中心部位，有圓孔，可以插軸。⑭羌、夷：西方和東方的少數民族，與漢爲敵。軫：車後橫木。這兩句的意思是說，當時遇到的危險情景，猶如外患發生在身邊。⑮銜：馬勒口。橛：車鉤心。銜橛之變：指馬勒斷裂，車鉤心出來以致車覆傷人。⑯利：貪享、貪圖的意思。⑰萬乘：指的是天子擁有兵車萬乘。⑱這句諺語的意思是：富人的兒子不會坐在屋檐下，以免屋上的瓦掉下來傷人。形容富家子弟非常自愛。

【譯文】

司馬相如隨從皇帝到長楊宮去打獵，當時皇帝正喜歡親自射擊狗熊和野豬，追逐野獸。相如因此上書勸阻說：

我聽說同類的事物能力卻不相同，所以論力氣要數烏獲，論敏捷要算慶忌，論勇敢必定是孟賁和夏育。以我的愚見，我私下認爲人類中確實有這樣的人，獸類中也會這樣。現在陛下喜歡登上險要的地方射殺猛獸，要是突然遇到了凶猛異常的野獸，它被逼到死亡的境地，突然侵犯陛下的車駕。這時車子來不及調轉車轅，人來不及施展武藝，即使有烏獲、逢蒙的技藝也用不上，連路上的枯木朽株也都變成障礙物了。這就像胡越起兵於皇帝的車駕之下，而羌夷也逼近車廂一樣，不是很危險嗎？即使萬分安全，沒有絲毫危險，那種地方也本來不是天子所應該接近的。

再說，在淸道之後出行，在大路中間奔馳，尙有有時會發生脫銜斷檠的變故；何況越過茂密的草地，馳騁在丘陵野地上，貪圖眼前獵獲野獸的樂趣，而沒有防止變故的心理準備，那麼，造成災禍就不是稀罕的事了。放棄天子的尊貴地位，不顧自己的安全，喜歡到萬一有危險的地方去尋求歡樂，我私下以爲陛下不應這麼做。

有遠見的人能在事故未發生之前便預見它，有智慧的人能在危害沒有形成的時候就避開它。災禍本來多半藏匿在隱微的地方，而發生在人們疏忽大意的時候。所以俗語說：「家有千金財，不坐屋簷下。」這話講的雖然是小事，卻可以說明大道理。我希望陛下留意並認眞考慮。

答蘇武書[1]

李陵

【題解】

在衆寡不敵，將士死傷殆盡的情況下，李陵被迫投降。在這封給蘇武的回信中，李陵傾訴了自己戰敗投降的經過，打算和身處異域的孤苦心情，譴責了漢朝對功臣負德的暴虐統治，說明了他所以不願歸漢的原因。全信文筆委婉生動，語氣懇切，感情憤激，頗爲感人。

這封信是否是李陵所作，蘇軾等人曾提出懷疑。

子卿足下[2]：勤宣令德[3]，策名清時[4]，榮問休暢[5]，幸甚幸甚！遠託異國，昔人所悲[6]。望風懷想，能不依依[7]！昔者不遺[8]，遠辱還答，慰誨懃懃，有踰骨肉[9]。陵雖不敏，能不慨然！

自從初降，以至今日，身之窮困，獨坐愁苦。終日無覩，但見異類。韋韝毳幕[10]，以禦風雨。羶肉酪漿[11]，以充飢渴。舉目言笑，誰與爲歡？胡地玄冰[12]，邊土慘裂，但聞悲風蕭條之聲。涼秋九月，塞外草衰[13]，夜不能寐，側耳遠聽，胡笳互動[14]，牧馬悲鳴，吟嘯成羣，邊聲四起[15]。晨坐聽之，不覺淚下。嗟乎子卿，陵獨何心，能不悲哉！

【注釋】

[1]李陵：（前?——前七四年）字少卿，西漢隴西成紀（今甘肅秦安北）人。名將李廣的孫子。武帝時爲騎都

尉。天漢三年，自請率五千步兵出居延擊匈奴，遭到敵人八萬餘騎兵包圍，一直戰鬥到「壯士從者十餘人」，以「無顏報陛下」而降。單于封他爲右校王，並把女兒嫁給他。後病死於匈奴。②子卿：蘇武字，蘇武，西漢杜陵人（今陝西西安東南人）武帝時爲郎。前一〇〇年，奉命出使匈奴，因故被扣留，前八一年才被釋回漢，蘇武回漢後，曾寫信勸李陵歸漢。足下：寫信時對對方的尊稱。③令德：美好的德行。④策名：指做官。清時：太平時代。⑤榮問：美好的名聲。問通「聞」。⑥異國：他國，這裡指匈奴。⑦望風：遠遠相望。依依：留戀的樣子。⑧不遺：不遺棄。一說李陵以前給蘇武寫信，蘇武回了信；一說指蘇武歸漢仍寫信給李陵。⑨逾：超過。⑩韋：皮革。韝：臂衣。毳幕：氈帳。⑪羶同「膻」，羊肉的氣味。酪漿：乳漿。⑫玄冰：冰厚而色黑。玄：黑色。⑬塞外：指外長城以北，包括今內蒙、甘肅和寧夏的北部及河北省外長城以外地區。⑭胡笳：古時流行於塞北和西域一帶的管樂器。⑮邊聲：邊地特有的聲音，如笳聲、馬嘶之類。

與子別後，益復無聊。上念老母，臨年被戮①。妻子無辜，並爲鯨鯢②。身負國恩，爲世所悲。子歸受榮，我留受辱，命也如何？身出禮義之鄉，而入無知之俗，違棄君親之恩，長爲蠻夷之域，傷已③！令先君之嗣④，更成戎狄之族，又自悲矣。功大罪小，不蒙明察，孤負陵心區區之意⑤。每一念至，忽然忘生。陵不難刺心以自明，刎頸以見志⑥，顧國家於我已矣⑦，殺身無益，適足增羞，故每攘臂忍辱⑧，輒復苟活。左右之人見陵如此，以爲不入耳之歡，來相勸勉。異方之樂，秖令人悲，增忉怛耳⑨。

【注釋】

①臨年：臨老之年。②鯨鯢：鯨魚，這裡用作動詞，指被作爲鯨鯢加以殺戮。③蠻夷：古代對邊疆少數民族的貶稱。④先君：李陵指自己的父親。嗣：後嗣，子孫。⑤區區：誠摯的樣子。⑥刺心：用刀子刺中心臟；刎頸：用刀子割斷喉管。都指自殺。⑦顧：念。國家：指漢王朝，與現代國家概念不同。⑧攘臂：捋袖伸臂，振

奮或發怒的樣子。⑨秖：同「只」。忉怛：憂傷。

嗟乎子卿，人之相知，貴相知心。前書倉卒①，未盡所懷，故復略而言之，昔先帝授陵步卒五千②，出征絕域，五將失道③，陵獨遇戰。而裹萬里之糧，帥徒步之師，出天漢之外④，入彊胡之域，以五千之衆，對十萬之軍，策疲乏之兵，當新羈之馬⑤。然猶斬將搴旗⑥，追奔逐北，滅跡掃塵⑦，斬其梟帥⑧，使三軍之士⑨，視死如歸。陵也不才，希當大任，意謂此時，功難堪矣⑩。匈奴既敗，舉國興師，更練精兵，彊踰十萬。單于臨陣⑪，親自合圍。客主之形既不相如⑫，步馬之勢又甚懸絕⑬。疲兵再戰，一以當千，然猶扶乘創痛⑭，決命爭首⑮。死傷積野，餘不滿百，而皆扶病，不任干戈。然陵振臂一呼，創病皆起，舉刃指虜⑯，胡馬奔走，兵盡矢窮，人無尺鐵，猶復徒首奮呼，爭爲先登，當此時也，天地爲陵震怒，戰士爲陵飲血⑰。單于謂陵不可復得，便欲引還。而賊臣教之⑱，遂便復戰，故陵不免耳。

【注釋】

①卒：同「猝」。②先帝：去世的皇帝，指漢武帝。③失道：迷失道路，指沒有按預定的日期與地點會合。④天漢：漢武帝的年號。天漢之外：指漢朝統治不到的地方。⑤羈：馬籠頭。馬：指騎兵。⑥搴：拔取。⑦滅跡掃塵：像消滅痕跡、掃除灰塵一般地消滅敵人，即乾淨俐落的意思。⑧梟帥：驍勇的將領。⑨三軍：古時大國有三軍，每軍一萬二千五百人，這裡指全軍。⑩堪：勝。⑪單于：匈奴君主的稱號。⑫客：指李陵軍。主：指匈奴軍。⑬步、馬：指李陵的步兵與匈奴的騎兵。⑭扶：用手扶住（創傷）。乘：帶著。創：創傷。⑮爭首：爭

先。[16]虜：敵人。古代泛指外族爲虜，這裡指匈奴。[17]血：血淚。[18]賊臣：指漢朝的軍侯管敢。管敢因被校尉杖打，逃入匈奴。匈奴和李陵交戰，單于怕漢有伏兵，便打算退兵，管敢告訴匈奴人說漢朝沒有伏兵。

昔高皇帝以三十萬衆困於平城[1]，當此之時，猛將如雲，謀臣如雨，然猶七日不食，僅乃得免。況當陵者，豈易爲力哉！而執事者云云，苟怨陵以不死[2]。然，陵不死，罪也。子卿視陵，豈偷生之士而惜死之人哉？寧有背君親、捐妻子而反爲利者乎！然陵不死，有所爲也[3]。故欲如前書之言，報恩於國主耳。誠以虛死不如立節，滅名不如報德也，昔范蠡不殉會稽之恥[4]，曹沫不死三敗之辱[5]，卒復句踐之讎[6]，報魯國之羞。區區之心，切慕此耳。何圖志未立而怨已成，計未從而骨肉受刑，此陵所以仰天椎心而泣血也[7]。

【注釋】

[1]困於平城：漢高祖七年（前二〇〇年），韓王信叛漢與匈奴勾結，劉邦親征，至平城被匈奴圍困，七日後方才解圍，雙方罷兵。平城：縣名，在今山西大同市東北。[2]執事者：委婉的稱呼，指漢武帝。不死：指不以身殉國。[3]有所爲：有所作爲，指在適當的時候爲他立功。[4]范蠡：春秋時楚國人，助越王勾踐滅吳有功。尊爲上將軍。會稽之恥：吳國打敗越國，越王勾踐逃到會稽，七年之後，勾踐用范蠡之計，消滅吳國，報了仇。[5]曹沫：春秋時魯國人，事莊公，有戰績。齊國出兵伐魯，曹沫三次戰敗，莊公便獻地求和，與齊盟於柯，曹沫執匕首劫齊桓公於壇上，强迫齊桓公歸還侵佔的土地，桓公只好答應了。這就是報魯國之羞。[6]讎：同「仇」。[7]椎心而泣血：捶胸痛哭，流出血淚，形容悲痛之極。

足下又云：「漢與功臣不薄。」子爲漢臣，安得不云爾乎！昔蕭、樊囚縶[1]，韓、彭菹醢[2]，鼂錯受戮[3]，周、魏見辜[4]，其餘佐命立功之士，賈誼、亞夫之徒[5]，皆信命世之才[6]，抱將相之具，而受小人之讒，並受禍敗之辱，卒使懷才受謗，能不得展，彼二子之遐舉[7]，誰不為之痛心哉！陵先將軍[8]，功略蓋天地[9]，義勇冠三軍[10]，徒失貴臣之意[11]，剄身絕域之表[12]，此功臣義士所以負戟而長歎者也。何謂不薄哉！

且足下昔以單車之使[13]，適萬乘之虜，遭時不遇[14]，至於伏劍不顧，流離辛苦，幾死朔北之野[15]；丁年奉使，皓首而歸[16]，老母終堂[17]，生妻去帷[18]，此天下所希聞，古今所未有也。蠻貊之人[19]，尚猶嘉子之節，況為天下之主乎？陵謂足下，當享茅土之薦[20]，受千乘之賞[21]。聞子之歸，賜不過二百萬[22]，位不過典屬國[23]，無尺土之封，加子之勤[24]，而妨功害能之臣，盡為萬戶侯；親戚貪佞之類，悉為廊廟宰[25]。子尚如此，陵復何望哉！

且漢厚誅陵以不死，薄賞子以守節，欲使遠聽之臣望風馳命，此實難矣。所以每顧而不悔者也。陵雖孤恩[26]，漢亦負德。昔人有言：「雖忠不烈，視死如歸[27]。」陵誠能安，而主豈復能眷眷乎[28]？男兒生以不成名，死則葬蠻夷中，誰復能屈身稽顙[29]，還向北闕，使刀筆之吏弄其文墨耶[30]？願足下勿復望陵。

【注釋】

[1]蕭、樊囚縶：蕭：蕭何，漢高祖的相國。他向高祖請求，讓百姓到上林苑去耕種空棄的土地，高祖大怒，下廷尉械繫之。樊：樊噲，漢高祖的左丞相，封舞陽侯，因遭受讒言，曾被高祖下獄。[2]韓、彭葅醢：韓：韓信，漢高祖功臣，封楚王，陳豨反，高祖親征，韓信稱病不從，被處斬，夷三族。彭：彭越，漢高祖功臣，被

告謀反，受誅，夷三族。菹醢：剁成肉醬。③鼂錯：西漢著名的政治家、政論家，景帝時任御史大夫，主張改革政治，削弱諸侯王國的封地，遭到諸侯王和貴族官僚的激烈反對，吳王劉濞聯合六國以「請誅鼂錯以清君側」爲藉口發動叛亂，景帝害怕七國的反叛勢力，誅殺了鼂錯。④周：周勃，漢初功臣，封絳侯，當丞相十餘月，被免回封地，後被告謀反，被捕治罪。魏：竇嬰，封魏其侯，漢武帝時爲丞相。後免相見疏，因營救罵丞相田蚡的灌夫而被處斬。⑤亞夫：周亞夫，周勃的兒子，文帝時爲將軍，景帝時爲大將軍，有戰功，後被讒下獄，嘔血而死。⑥命世：應運出世。⑦二子：指賈誼、周亞夫。遐舉：不用之意。⑧陵先將軍：指李陵的祖父李廣，人稱「飛將軍」，一生不得封侯。⑨功略：功勞和才略。⑩義勇：節義和勇武。三軍：軍隊的統稱。⑪貴臣：指衛青。⑫刎身：自殺。表：外。⑬單車之使：只坐一輛車子的使者，指從行的人很少。⑭遭時不遇：指蘇武出使匈奴時，適逢匈奴發生一起謀反事件，這事和蘇武的副使張勝有關，蘇武因被牽連扣留在匈奴十九年，歷盡艱辛。⑮朔北：北方。⑯丁年：丁壯之年。皓首：白頭。⑰終堂：終於堂上，死去的諱稱。⑱去帷：離開帷內，意即改嫁。⑲蠻：古代時南方少數民族的稱呼。貊：古代對東北方少數民族的稱呼。⑳茅：白茅。茅土：指封侯。天子社祭時以五色土爲壇，對諸侯時取一些五色土，放在白茅上授給諸侯。㉑千乘：也指封侯。㉒二百萬：相當於二千貫。㉓典屬國：官名，掌管少數民族事務。㉔加：加賞。㉕廊廟：指朝廷。㉖孤：負。㉗這兩句話說：雖然忠君的思想不激烈，但也不怕死。㉘眷眷：戀不捨。㉙稽顙：叩頭；顙，額。㉚刀筆之吏：指獄吏。

嗟乎子卿，夫復何言！相去萬里，人絕路殊，生爲別世之人①，死爲異域之鬼，長與足下生死辭矣。幸謝故人②，勉事聖君。足下胤子無恙③，勿以爲念，努力自愛。時因北風，復惠德音。李陵頓首。

【注釋】

①別世：另一個世界，指匈奴。②故人：老朋友，指大將軍霍光、左將軍上官桀和任立政。③胤子：兒子。胤：後嗣。蘇武在匈奴時娶了一個匈奴婦女，生一子名通國。

【譯文】

子卿足下：您努力發揚自己的美德，在政治清明的時代做官，美好的名聲到處傳揚，實在是好得很，好得很！我遠離家鄉托身異國，這是前人感到悲傷的事；臨風遠望，懷土思親，怎不令我依戀！以前承您不忘記我，從遙遠的地方給我回信，懇切地安慰和教誨，簡直超過了骨肉親人。我雖然愚笨，也不能不感慨萬端！

自從投降以來，一直到今天，一個人窮困無聊，孤孤單單，憂愁苦悶。整天看不見別的，只見異族人；皮衣氈帳用來抵禦風雨，羶肉乳漿用來充飢解渴，抬眼四望，誰能與我一起談笑歡樂？所看到的只是胡地厚厚的灰暗的冰雪與邊塞上凍裂的土地；所聽到的只是悲慘淒涼的風聲。涼秋九月，塞外草木零落，夜裡不能入睡，側著耳朵往遠處聽，只有胡笳不斷地吹響與牧馬悲哀的嘶叫，兩者交織在一起，組成邊塞特有的聲音，從四面八方升起。清晨坐起來聽著，不知不覺地流下了眼淚。唉，子卿！我李陵的感情與別人有什麼不同嗎，怎能不悲傷呢？

自從與您分別後，我就感到更加無聊。上念老母，臨到老年還被殺戮，妻子有什麼罪過呢，也一起慘遭殺害。我自己辜負了國家的恩惠，被世人所悲歎，您回去得到榮譽，我留在這裡蒙受恥辱，這是怎樣的命運啊！我出身於禮義之邦，卻進入蒙昧無知的社會。背棄了國君和雙親的恩惠，終身生活在蠻夷的地方，眞感到傷心！讓先父的後嗣，變成了戎狄的族人，想到這些我更暗自悲傷了。我功大罪小，卻沒有承蒙主上的明察，辜負了我一片誠摯的心意。每次想到這些，立刻便忘了自己還活在世上。我不難刺心來表白自己，自刎來顯示志節，但想到國家對我已經恩斷義絕，自殺已沒有益處，只能增加羞辱，因此每當我奮臂忍辱時，又苟且地活了下來。周圍的人看見我這個樣子，就說些不中聽的歡樂的話來勸慰我。但異國的歡樂，只能令人悲哀，增加憂傷罷了。

唉，子卿啊！人的相互了解，以相互知心爲貴。上次的信寫得倉促，心裡的話沒有說完，所以再簡略地說一說。當初先帝交給我五千步兵，出征極遠的地方，五位大將都走錯了路，只有我的部隊遇上了敵人，進行戰鬥。我帶著遠行萬里的糧食，率領徒步作戰的士兵，遠離漢朝，進入强大的胡人的區域，用五千士兵，對付十萬大軍，指揮疲憊的戰士，抵擋匈奴新裝備的騎兵。但仍然斬將拔旗，追逐敗逃的敵人，就像消滅腳印，掃除塵土一樣乾淨俐落。殺死敵方的猛將，使得全軍將士視死如歸，我能力有限，但希望能擔當重任，我想這時的功勳是難以勝過的了。匈奴戰敗後，便全國出動軍隊，重新挑選精兵，強大的隊伍超過了十萬人，單于親自臨陣指揮，從四面包圍。外來部隊對本地部隊，形勢既不相當，步兵和騎兵的力量對比又非常懸殊。疲勞的士兵連續作戰，一個人要抵擋上千人，但還是帶傷忍痛，豁出性命爭著衝殺。死傷的士卒積滿山野，剩下的不到百人，而且都帶著傷痛，連武器都拿不起。但是我舉臂一呼，傷病的士兵又都振奮起來，舉著刀直奔敵人，殺得匈奴騎兵趕快逃跑。就是到了武器用光，箭支射完，士兵已手無寸鐵的時候，還是空著手高呼殺敵，爭先恐後地往上衝。這時候，眞是天地爲我震怒，戰士爲我吞著血淚！單于對部下講，李陵是再也捉不住了。準備退兵回去。但是叛徒告密，唆使他再戰，因此我李陵不可避免地失敗了。

以前高祖帶領三十萬部隊，被圍困在平城。當時猛將如雲，謀臣如雨，但在圍困中仍然七天吃不上東西，僅僅免於被俘。何況像我這種情況，難道容易力免於被俘嗎？執事者議論紛紛，隨便責備我不以身殉國。我不死節，固然有罪，然而子卿你看我李陵，難道是個貪生怕死的人嗎？難道背離君親，拋棄妻子，反而認爲對我有利麼？我不死節，是想有所作爲的。正如上次信上所說，是想等待機會報恩於主上。我實在覺得白白死去不如建立名節，犧牲性命不如報答恩惠！從前范蠡不因會稽之恥而殉難，曹沫不因三次戰敗而殉身，他們終於爲越王勾踐復了仇，替魯國雪了恥。我在心裡羨慕他們兩人。怎能料到，志願還沒實現怨恨卻已形成，計劃還未實行，親人卻遭殺戮。這就是我之所以仰天擊胸，而血淚齊下的原因！

足下又說：「漢朝待功臣不薄。」您是漢朝的大臣，怎麼能不這樣說呢？從前蕭何、樊噲遭拘禁，韓信、彭越被剁成肉醬，鼂錯被斬，周勃和魏其侯判罪；其他輔佐天子，建立功勛的人，像賈誼、周亞夫一類人，確實都是應運而生的傑出人才，懷有將相的才子，卻遭受了小人的讒言，蒙受了災禍和失敗的羞辱，終於使他們懷才受謗，才能得不到施展。賈誼和周亞夫兩人之死，誰不感到痛心呢！我的祖父，功勞才略非常卓著，忠義勇敢冠絕三軍，只是失去了貴臣的歡心，被迫自殺於極遠的國土之上。這就是功臣義士之所以負戟長歎的原因，怎麼能說「不薄」呢？

再說您過去憑一個單車使臣身份到兵力強大的匈奴王庭，由於沒有碰到好時候，以至伏劍自殺也不在乎；顛沛流離，千辛萬苦，幾乎死在北方的荒野裏；丁壯之年出使，白髮蒼蒼而歸，年老的母親死去，年輕的妻子改嫁，這是天下很少聽到的，古今所沒有的事啊，匈奴人尚且稱讚你的節操，何況天下之主的漢家呢？我認爲足下應當享有分封土地的待遇，待遇千乘之國的賞賜。但聽說你回去之後，賞賜不過二百萬錢，官位不過是典屬國，沒有一尺土地的封賞，來嘉獎您的辛勞。而那些破壞功業，陷害賢者的臣子，卻都封了萬戶侯，皇親貴戚和貪贓諂媚之人也都做了朝廷的高官，您尚且是這種情況，我還有什麼希望呢？

況且漢朝因我不死節而大加殺戮，而對您的守節卻又只有微薄的獎賞，想使遠地的臣子聽到這種情況就望風歸服，這實在是太難了。這些也是我每次回首往事而不覺悔恨的原因。我辜負了漢朝的恩惠，但漢朝也辜負了我的德行。前人有這樣一句話：「忠君之心雖不激烈，但也能使到視死如歸。」我果眞安心死節了，主上難道還能懷念我嗎？男子漢活著不能成就功業，死後就葬身在蠻夷的土地上吧，誰還肯折腰叩頭請罪，回到朝廷，讓獄吏舞文弄墨，隨意羅織罪名呢？但願足下別再期望我返回漢朝了！

唉，子卿！還有什麼好說的呢？相隔萬里，人們來往斷絕，道路不通。我活著是另一個世間的人，死去是另一地域的鬼，永遠與您生死別離不能再見了！希望向老朋友們致謝，努力事奉聖明的君主。您在匈奴的兒子很好，不要掛念！願您努力珍重身體！盼您時時依托北風的方便，再給我帶來好消息。李陵叩頭致敬。

尚德緩刑書

路溫舒[1]

【題解】

本文主體是宣帝初立時路溫舒的一篇奏議。文章針對武帝之後，漢朝實行嚴刑峻法、獄吏動輒致人死罪，造成人人自危，冤獄遍於國中的局面，主張崇尚道德，減輕刑罰。路溫舒自己做過獄吏，奏書中對獄吏的草菅人命揭露得很深刻。

文章總結歷史教訓，針砭時弊，非一般空言尚德緩刑之作所能比擬。

昭帝崩[2]，昌邑王賀廢[3]，宣帝初即位[4]。路溫舒上書，言宜尚德緩刑。其辭曰：

【注釋】

[1]路溫舒：字長君，西漢鉅鹿東里（今河北平鄉）人。少時放過羊，當過縣獄吏，後來習《春秋》。舉孝廉，爲山邑丞。昭帝時，任廷尉奏曹掾。宣帝時，官至臨淮太守。[2]昭帝：西漢昭帝劉弗陵，前八六年至前七四年在位。[3]昌邑王：劉賀，漢武帝的孫子。昭帝死後無嗣，由昌邑王劉賀即位。不久，因行爲淫亂被廢。[4]宣帝：指西漢宣帝劉詢，前七三年至前四九年在位。他是漢武帝的曾孫，昭帝時爲庶人。劉賀廢黜後，劉詢即帝位。

臣聞齊有無知之禍，而桓公以興[1]；晉有驪姬之難，而文公用伯[2]；近世趙王不終[3]，諸呂作難[4]，而孝文爲太宗[5]。由是觀之，禍亂之作，將以開聖人也。故桓、文扶微興壞，尊文、武之業[6]，澤加百姓，功潤諸侯，雖不及三王[7]，天下歸仁焉。文帝永思至德，以承天心，崇仁義，省刑罰，通關梁⑧，一遠近，敬賢如大賓，愛民如赤子，內恕情之所安⑨，而施之於海內。是以囹圄空虛⑩，天下太平。夫繼變化之後，必有異舊之恩，此賢聖所以昭天命也。往者昭帝即世而無嗣，大臣憂戚，焦心合謀，皆以昌邑尊親，援而亡之。然天不授命，淫亂其心，遂以自立。深察禍變之故，迺皇天之所以開至聖也⑪。故大將軍受命武帝⑫，股肱漢國⑬，披肝膽，決大計，黜亡義⑭，立有德⑮，輔天而行，然後宗廟以安，天下咸寧。

【注釋】

①齊襄公無道，公子小白出亡到莒國，子糾出之到魯國。後來公孫無知弒襄公，小白從莒國先回到齊國，立為國君，是為齊桓公。帝桓公任用管仲為相，進行政治改革，成為春秋時著名的霸主。無知：春秋時齊公子。②伯：同「霸」。晉獻公寵愛驪姬，譖殺太子申生，立驪姬子奚齊為太子，公子重耳、夷吾出奔，後公子重耳回到晉國，立為晉文公，晉文公進行了一些改革，國力漸强，成為春秋時五霸之一。③趙王：漢高祖劉邦的寵姬戚夫人，生如意，立為趙王。劉邦死，惠帝立，太后呂雉毒死趙王如意。④諸呂作難：劉邦死後，呂后專權，封他的侄子呂台、呂產、呂祿和呂台的兒子為王，呂氏家族中很多人封為列侯。呂后死，諸呂害怕遭到大臣和諸侯王的誅伐，圖謀作亂，為太尉周勃、丞相陳平等所消滅。⑤太宗：呂后死，丞相陳平和太尉周勃迎立代王劉恆即位，是為孝文帝，廟號太宗。孝文帝重視農業，加强國防，減輕賦稅，國家得到一些恢復，出現所謂的「文景之治」。⑥文、武：周文王、周武王，古代認為是聖明的君主。⑦三王：指夏、商、周三朝的開國君主，即禹、湯、文王。⑧關：關口，交通要道；梁：橋樑。⑨恕情：推己及人之心。⑩囹圄：牢獄。⑪迺：同「乃」，皇天：天。⑫大將軍：指霍光。漢武帝臨死時任光為大司馬大將軍，輔佐幼主，一切軍政大權均取決於光。昭帝死後，昌邑王劉賀的立廢，都是霍光主持的。⑬股肱：大腿和胳膊，比喻國君的輔佐大臣。⑭黜亡義：指廢昌邑王劉賀。亡，無。⑮立有德：指立宣帝。

臣聞《春秋》正即位[1]，大一統而慎始也[2]。陛下初登至尊，與天合符，宜改前世之失，正始受命之統[3]，滌煩文，除民疾，存之繼絕，以應天意。

臣聞秦有十失，其一尚存，治獄之吏是也。秦之時，羞文學[4]，好武勇，賤仁義之士，貴治獄之吏，正言者謂之誹謗，遏過者謂之妖言[5]，故盛服先王[6]，不用於世，忠良切言，皆鬱於胸，譽諛之聲，日滿於耳，虛美熏心，實禍蔽塞，此乃秦之所以亡天下也！方今天下，賴陛下恩厚，亡金革之危[7]，飢寒之患[8]，父子夫妻，戮力安家[9]。然太平未洽者[10]，獄亂之也。

夫獄者，天下之大命也，死者不可復生，㡭者不可復屬[11]。《書》曰[12]：「與其殺不辜，寧失不經[13]。」今治獄吏則不然，上下相驅，以刻爲明，深者獲公名，平者多後患，故治獄之吏，皆欲人死。非憎人也，自安之道，在人之死。是以死人之血，流離於市；被刑之徒，比肩而立；大辟之計[14]，歲以萬數。此仁聖之所以傷也，太平之未洽，凡以此也。

夫人情安則樂生，痛則思死，捶楚之下[15]，何求而不得？故因人不勝痛，則飾辭以視之[16]，吏治者利其然，則指道以明之。上奏畏卻[17]，則鍛鍊而周內之[18]。蓋奏當之成[19]，雖咎繇聽之[20]，猶以爲死有餘辜。何則？成練者衆[21]，文致三罪明也[22]，是以獄吏專爲深刻，殘賊而亡極，媮爲一切[23]，不顧國患，此世之大賊也。故俗語曰：「畫地爲獄議不入，刻木為吏期不對24。」此皆疾吏之風，悲痛之辭也。故天下之患，莫深於獄，敗法亂正25，離親塞道，莫甚乎治獄之吏，此所謂一尚存者也。

【注釋】

1《春秋》：春秋時期記載各諸侯國歷史的書。正即位：《春秋》記載古代帝王諸侯即位，很講究名分，名分正的，就寫即位，名分不正的就不寫即位。2大一統：統一全國各地。古代帝王改朝換代之始，都要改變正朔曆法。正就是一年開始的那個月，即正月；朔，就是每月開始的那一天。改正朔，表示帝王受天命，境內是統一的。3始受命：指初即位。統：法制。4文學：指文教方面的事。5遏：阻止。6盛服先王：指忠於國事的大臣。王：「生」之誤。7金革：兵革，指戰爭。8飢寒：指貧困。9戮力：盡力。10治：協調。11𢇍：古「絕」字。12《書》：即《尚書》，又稱《書經》，是春秋戰國以前的政治文告和歷史資料的匯編。13不經：沒有依法懲治，指寬大。經：治。14大辟：死刑。15捶楚：古代打人的刑具，用來指代酷刑。16視：通「示」，這裏是招供的意思。17卻：批駁退回。18鍛鍊：治煉金屬。這裏是誣陷的意思。周內：羅織罪狀，故意陷人於罪。內同「納」。19當：判罪。20咎繇：即皋陶，相傳為舜時掌刑法的官，曾制定法律，建造牢獄。21成練：構成各種罪狀。22文致：玩弄法律條文，致人於罪。23媮：通「偷」，苟且。一切：一時權宜。24「畫地為獄」二句：參見《報任安書》注。25正：同「政」，政事。

臣聞烏鳶之卵不毀1，而後鳳凰集；誹謗之罪不誅，而後良言進。故古人有言：「山藪藏疾，川澤納汙，瑾瑜匿惡，國君含詬2。」唯陛下除誹謗以招切言，開天下之口，廣箴諫之路3，掃亡秦之失，尊文武之德，省法制，寬刑罰，以廢治獄，則太平之風，可興於世，永履和樂，與天亡極，天下幸甚。

上善其言。

【注釋】

1鳶：鷹。2古人：指春秋時晉國大夫伯宗，引文見《左傳・宣公十五年》。意思是說，事情都不會是十全十美的，所以國君也要能忍受辱罵。詬：恥辱。3箴：勸告，規戒。

【譯文】

昭帝逝世之後，昌邑王劉賀接著又被廢棄，宣帝剛剛即位。路溫舒上書給宣帝，說應當崇尚道德減輕刑罰。書中說：

我聽說齊國有公孫無知的禍患，桓公才得以興起；晉國遭受驪姬的災難，文公才成了霸主。近世的趙王不得善終，諸呂起來作亂，卻使孝文帝成爲太宗。這樣看來，禍亂的發生，將引出聖明的君主。所以齊桓公、晉文公扶起弱國，復興亡國，尊崇周文王、周武王的功業，恩惠加於百姓，功勞惠及諸侯，雖然趕不上三王的功勛，但天下的人都歸附他們的仁義了。文帝有深遠的思慮和極遠的道德，用來承受上天的意旨。崇尚仁義，減輕刑罰，關口和橋樑暢通無阻，統一遠近，像對待貴客那樣尊敬賢人，像對待幼子那樣對待子民，自己感覺心安的事就推行於四海之內，所以監獄空虛，天下太平。緊接政局變動之後，一定要有比過去不同的恩惠加於百姓，這就是聖賢用來顯示上天授予使命的表現。先前，昭帝去世後沒有子嗣，大臣們很憂慮。焦急地共同商量，都認爲昌邑王尊貴親近，於是接他進京爲帝。但是上天不授予他帝王的使命，淫亂了他的心，於是自取滅亡。我仔細地考察發生禍亂的原因，知道這是上天藉此引出最聖明的君主。所以大將軍霍光受武帝的遺命，輔佐漢室，披肝瀝膽，決定大計，廢除無義的人，擁立有德的君主。按照天道行事，然後朝廷才得安定，天下都得到太平。

我聽說《春秋》很重視端正君主即位的名分，這是爲了重視統一天下的事業和謹慎地對待事業的開始。現在，陛下剛剛登上皇位，正與上天的意旨相符，應該糾正前代的失誤，整飭才開始受命的綱紀，除掉繁瑣的法令，解除人民的疾苦，使滅亡的得以生存，斷絕的繼續下去，用來順應天意。

我聽說秦朝有十條過失，其中一條現在仍然存在，這就是治獄的官吏。秦朝的時候，輕視文教，崇尚武勇，看不起仁義之士，尊重司法的官吏，認爲直言是誹謗，諫阻過失是散布妖言。因此，盡忠國事的人不爲當世所重用，忠良切實的言論只能鬱積在胸中，諂諛逢迎的話天天充滿耳朵，虛假的稱刑獄擾亂了太平。

譽熏陶著君主的心，實際的災禍被掩蓋起來。這就是秦朝滅亡的原因！現在天下依靠陛下深厚的恩惠，沒有戰爭的危險、飢寒的憂患，父子夫妻合心齊力，安居家園。但太平之治還不完滿，原因就是刑獄擾亂了太平。

刑獄是天下的大事，死了的人不能再活過來，斷頭的不能再接上。《尚書》上說：「與其殺死沒罪的人，寧可失之寬大。」現在治獄的官吏則不是這樣，上下勾結，把苛刻當作明察，治獄苛刻的得到了公正的名聲，治獄公平的反而多有後患。所以治獄官吏都想置人於死地，並不是因為他們憎恨誰，而是求得自己安全的辦法在於把人處死。因此，死人的血淋漓於市場，受刑罰的人並肩而立，處死刑的計簿上每年數以萬計。這就是仁人聖人悲傷的原因。太平盛世所以還不圓滿，就是由於這個緣故。人之常情，安定則樂於生存，痛苦則希望死去。在棍棒拷打之下，有什麼口供不能得到呢？因此，被拘禁的人受不了痛苦，就用假話來招供；獄吏就利用這些供辭，引證法律來說明他的罪狀。怕上奏後批駁退回，於是玩弄文字，羅織罪狀，使人陷入法網。這樣的判決奏報上去，即使讓皋陶來審理，也會認為犯人是死有餘辜。為什麼呢？因為玩弄文字所羅織的罪狀很多，引據法令條文而判處的罪名也很明確。所以治獄官吏專做殘酷苛刻的事，殘害人民而沒有終止。苟且地只顧一時而不管國家的禍患，這是世上的大害。所以俗語說：「就是畫地作牢獄，也不進去；就是木頭刻的獄吏，也一定不要同他對質。」這都是憎恨獄吏的民諺，是悲痛的語辭。所以國家的禍害，沒有比刑獄更厲害的了。敗壞法紀，擾亂政事，離間親屬，堵塞道義，沒有比治獄之吏更厲害的了。這就是前面所說的仍然存在的一條過失。

我聽說烏鴉鷂鷹的蛋不遭毀壞，然後鳳凰才敢成羣地飛來；犯有誹謗罪的人不處死，然後忠良的話才能進諫。所以古人有句話：「山林蔽藏毒物，河沼容納污濁，美玉存在瑕疵，國君忍受辱罵。」希望陛下能免除誹謗罪，以吸取切實的言論，讓天下人都敢講話，拓寬勸戒進諫的道路，掃除秦朝滅亡的過失，遵崇周文王、周武王的美德，減省法制，放寬刑罰，以至於廢止刑獄，那麼，太平風氣就可以在社會上興盛起來，人們永遠生活在安樂之中，同上天一樣沒有止境，天下的人都會感到非常幸福。

皇上認為他說得好。

報孫會宗書

楊惲[1]

【題解】

本文是楊惲免爲庶人後寫給孫會宗的回信，內容雖無甚可取，遠不能同司馬遷的《報任安書》相比，但文氣流暢，有一定的感染力。這封信藉正話反說，反話正說，表達了一個「罪臣」的滿腔委屈和不滿朝廷的激憤心情，同時也體現他執著不屈、自負的傲岸態度。語言犀利放肆，以致遭到殺身之禍。

惲既失爵位，家居治產業，起室宅，以財自娛。歲餘，其友人安定太守西河孫會宗[2]，知略士也[3]，與惲書諫戒之。爲言大臣廢退，當闔門惶懼，爲可憐之意，不當治產業，通賓客，有稱譽。惲，宰相子，少顯朝廷，一朝暗昧，語言見廢[4]，內懷不服，報會宗書曰：

【注釋】

[1]楊惲：字子幼，華陰（今陝西華陰縣）人，司馬遷的外孫。漢宣帝時任左曹，因告發霍氏謀反，封爲平通侯，升中郎將，官至光祿勳。他輕財好義，很有才幹，但十分自負，喜歡揭人陰私，得罪了很多人。遭宣帝寵臣太僕戴長樂陷害，罷官爲民。後有人告他驕奢不悔過，下廷尉審理，查得他寫給孫會宗的這封信，於是被加上「大逆不道」的罪名，腰斬。[2]孫會宗：西河（漢郡名，今山西汾州）人。曾任安定（今寧夏固原縣）太守，楊惲的朋友。[3]知略：智慧和才略。[4]「一朝」句：楊惲丟官，是因爲戴長樂告發他平時語言不敬。

惲材朽行穢，文質無所底[1]，幸賴先人餘業[2]，得備宿衛[3]，遭遇時變以獲爵位[4]，終非其任，卒與禍會[5]。足下哀其愚蒙，賜書教督以所不及，殷勤甚厚。然竊恨足下不深惟其終始，而猥隨俗之毀譽也[6]。言鄙陋之愚心，若逆指而文過；默而息乎，恐違孔氏「各言爾志」之義，故敢略陳其愚[7]，唯君子察焉。

惲家方隆盛時，乘朱輪者十人[8]，位在列卿，爵為通侯[9]，總領從官[10]，與聞政事。曾不能以此時有所建明[11]，以宣德化，又不能與羣僚同心並力，陪輔朝廷之遺忘，已負竊位素餐之責久矣[12]。懷祿貪勢，不能自退，遭遇變故，橫被口語[13]，身幽北闕[14]，妻子滿獄。當此之時，自以夷滅不足以塞責，豈意得全首領，復奉先人之丘墓乎？伏惟聖主之恩[15]，不可勝量。君子遊道[16]，樂以忘憂；小人全軀，說以忘罪[17]。竊自思念，過已大矣，行已虧矣，長為農夫以沒世矣。是故身率妻子，戮力耕桑，灌園治產，以給公上，不意當復用此為譏議也。

【注釋】

[1]文質，指文采和氣質。底：招致。[2]先人：指其父楊敞。凡去世的尊氏輩稱「先」。[3]備：充數，這是自謙之詞。宿衛：值宿保衛皇帝的侍衛官。[4]遭遇時變：指自己密奏霍氏謀反而封侯。[5]卒與禍會：指被罷官為平民。[6]猥：隨隨便便。[7]愚：愚見。[8]朱輪：輪子漆成朱紅色的車。漢制，郡守以上的官員，才能乘朱輪。這是說楊家任郡守以上官員的有十人。[9]列卿：九卿之列。九卿是秦漢時中央九個政權機關的長官。通侯：又名『徹侯』，因避漢武帝劉徹的名諱，改稱通侯，又改稱列侯。[10]總領從官：楊惲曾任光祿勳，統領所有侍從官。從官，皇帝的侍從官。[11]建明：建白，即對國家政事有所陳述和建議。[12]竊位：指竊取官位而不盡職。素餐：

白吃飯，即無功受祿。13橫被口語：指戴長樂上書告他言語不敬的事。橫被：意外遭到。14北闕：宮廷北面的門樓。這是指皇帝宮內。15伏惟：伏在地上想，下對上的敬稱。16遊道：在正道上行走，即修養道德。17說：同「悅」。

夫人情所不能止者1，聖人弗禁。故君父至尊親，送其終也，有時而既2。臣之得罪，已三年矣。田家作苦，歲時伏臘3，烹羊炰羔4，斗酒自勞5。家本秦也，能爲秦聲6；婦趙女也，雅善鼓瑟7。奴婢歌者數人，酒後耳熱，仰天拊缶而呼烏烏8。其詩曰：「田彼南山，蕪穢不治。種一頃豆，落而爲萁9。人生行樂耳，須富貴何時？」是日也，拂衣而喜，奮褎低昂10，頓足起舞，誠淫荒無度，不知其不可也。惲幸有餘祿，方糴賤販貴，逐什一之利，此賈豎之事11，汚辱之處，惲親行之。下流之人，衆毀所歸12，不寒而慄。雖雅知惲者，猶隨風而靡13，尚何稱譽之有？董生不云乎14：「明明求仁義15，常恐不能化民者，卿大夫意也；明明求財利，常恐困乏者，庶人之事也。」故道不同，不相爲謀。今子尚安得以卿大夫之制而責僕哉？

【注釋】

1夫：發語詞。止：抑制。2既：已，盡。古代規定，臣子爲君父守喪三年，三年之後除喪，行動不受喪服的限制。3伏臘：指夏伏、冬臘兩個節日。4炰：裹起來烤。5斗：酒器。自勞：自己慰勞自己。6秦聲：秦地歌曲。7雅：很，表程度。瑟：古代撥弦樂器。8拊：同「撫」。缶：瓦器，秦人用作樂器。9萁：豆莖。10褎：同「袖」。11賈豎：卑賤商人。12歸：集。13靡：披靡，倒伏。14董生：指董仲舒，西漢的哲學家，今文經學大師。15明明：當作「皇皇」解，皇皇，即「遑遑」，急急忙忙的樣子。

夫西河魏土[1]，文侯所興[2]，有段干木、田子方之遺風[3]，漂然皆有節概[4]，知去就之分[5]。頃者，足下離舊土，臨安定。安定山谷之間，昆戎舊壤[6]，子弟貪鄙，豈習俗之移人哉？於今乃睹子之志矣。方當盛漢之隆，願勉旃[7]，毋多談。

【注釋】

[1]西河魏土：戰國時魏的西河，在今陝西部陽一帶，與漢代的西河郡不同。楊惲這樣說，是爲了諷刺孫會宗。[2]文侯：指戰國時的魏文侯。興：興起，發跡。[3]段干木、田子方：戰國時賢人，文侯曾拜他們爲師。[4]漂然：同「飄然」，高遠的樣子。[5]去：指辭官不仕。就：指出仕。[6]昆戎：指殷及西周時代的少數民族西戎。[7]旃：助詞，「之焉」的合音。

【譯文】

楊惲失掉爵位後在家閒居，辦置家業，建造房屋，以經營財產爲自己的樂事。一年之後，他的朋友安定太守西河人孫會宗——一位有智慧、才略的人——寫信勸誡他，說大臣廢退回家，應當關起門來誠惶誠恐，做出可憐的樣子，不應當辦置家業，結交賓客，有名氣聲望。楊惲是宰相的兒子，年輕時就名顯朝廷，一時糊塗，因語言之罪被免除爵位廢爲庶人，內心很不服氣。他回信給孫會宗說：

我楊惲資質愚鈍，行爲低劣，文采、氣質都沒有什麼值得稱道的，幸而靠了父親遺留的功業，才充當一名侍衛官，恰巧碰上霍氏叛亂，才獲得了爵位，終於不能勝任，結果遭受禍害。足下同情我的愚昧，寫信來教導我不懂的事情，情意懇切深厚。然而我私下埋怨你不能深入推究事情的原委，而隨隨便便地附和俗人的毀譽。我想講一講自己的鄙陋想法吧，又好像反對你的看法而使自己顯得文過飾非；沈默不言吧，又恐怕違背孔子「各人談你們的志願」之言的精神，所以我還是大著膽子簡略地陳述一下我的愚見，請你仔細考察吧。

我家正當興盛的時候，乘坐朱輪的就有十人。我位在九卿之列，爵位是通侯，統領皇帝所有的侍從官員，參與國家政事，我卻不能在那時有所建樹，來宣揚皇帝的德行教化；也不能跟各位官員同心協力，輔佐皇帝彌補缺漏，已經受到竊取官位無功受祿的責備很久了。我貪戀俸祿和權勢，不能自己引退，以致遭遇變故，意外受到言語上的禍事，自己被囚禁在宮內，妻子兒女都送進監獄。當這個時候，自以爲殺頭滅族不足以抵償罪責，哪裡料得到還能保全性命，再去奉祀祖先的墳墓呢？我伏在地上想著聖主的恩惠，眞是沒辦法數得清呢。君子修養道德，快樂得忘記憂愁；小人保全了性命，就高興得忘了罪過。我私下想，我的罪過已經很大了，我的德行也已有虧缺了，永遠當個農夫到死算了！因此我親自率領妻子兒女，合力種地養蠶，灌澆田園，辦置家業，來供給國家的需要，沒想到你還要用這些來譏諷我呢。

凡是人情所不能抑制的，聖人也不加禁止，所以君最尊，父最親，給他們送終以後，到一定時期也就完了，我的獲罪，已經三年了。田家勞作辛苦，一年之中在夏伏、冬臘，便烹羊烤羔，喝一點酒自己慰勞自己。我的家本來在秦地，我能夠唱秦地的歌曲。我的妻子是趙地的女子，很會彈琴鼓瑟。奴婢中有幾個會唱歌。每當酒後耳熱，便昂著頭，敲著瓦缶，口裏就「嗚嗚」地唱起來。歌詞是：「種田在那南山下，一片荒蕪未治理。種了豆子一百畝，豆子落下只剩莖。人生在世快行樂吧，等待富貴在何時？」一在這一天，我高興地擺動衣服，一高一低抖動袖子，踏著腳跳起舞來，實在是歡樂沒有限度，不知道這是不對的啊。我幸虧有些餘錢，能買賤賣貴，求得十分之一的利潤，這是卑賤的商人做的事，汚辱的行業，我親身去做，地位低下的人，衆多的毀謗都匯集在身上，令人不寒而慄。就是平時很了解我的人，也隨風倒伏，哪裏還有什麼名氣聲望可講？董仲舒不是說過麼：「急急忙忙地追求仁義，經常擔心不能教化平民的，是卿大夫的心情；急急忙忙地追求財利，還擔心困乏的，是平民百姓的事情。」所以志向不同的人，便不必互相商討問題。如今你怎麼能夠用卿大夫的要求來責備我呢？

那西河魏土，是魏文侯發跡的地方，那裡的人還保存有段干木、田子方的遺風，清高得很，有節操志氣，懂得仕與不仕的本分。前不久，足下離開故鄉，來到安定。安定在山谷之中，是古代昆戎族的舊地。那裡的子弟貪婪卑鄙，難道風俗習慣能改變人的氣質麼？現在我才看出您的志趣了。現在正當盛漢興隆的時候，希望你自己努力，不必多談了。

光武帝臨淄勞耿弇[1] 東漢文

【題解】

本文主要寫光武帝讚揚耿弇的功勞和志氣。及光武帝願意像高帝對待田橫一樣對待張步，以鼓勵張步歸誠。

行文婉轉，過渡自然。「有志者事竟成」成爲激勵人們樹立大志的千古名言。

車駕至臨淄，自勞軍，羣臣大會。帝謂弇曰：「昔韓信破歷下以開基[2]；今將軍攻祝阿以發跡[3]。此皆齊之西界[4]，功足相方。而韓信襲擊已降[5]，將軍獨拔勍敵[6]，其功乃難於信也。又田橫烹酈生[7]，及田橫降，高帝詔衛尉不聽爲仇[8]；張步前亦殺伏隆[9]，若步來歸命，吾當詔大司徒釋其怨[10]。又事尤相類也。將軍前在南陽，建此大策[11]，常以爲落落難合[12]，有志者事竟成[13]也。」

【注釋】

[1]光武帝：東漢的第一個皇帝劉秀。公元二五——五七年在位。臨淄：原春秋戰國時齊國的都城，在今山東省臨淄縣。耿弇：字伯昭，東漢扶風茂陵（今陝西興平東北）人。劉秀即位後他任建威大將軍，封好時侯，曾擊平齊地割據勢力張步，攻占咸陽、瑯邪等十二郡。[2]韓信破歷下：漢高帝三年，韓信襲擊歷下軍，平定臨淄。韓信：漢高帝的功臣，封楚王。歷下：地名，在今山東歷城縣。[3]祝阿：地名，故地在今山東長清縣。光武帝建武五年春，張步屯軍祝阿，耿弇率兵討伐，大破張步。後兩軍又戰於臨淄，耿弇攻臨淄。這時光武帝車駕到

臨淄，親自勞軍。事在建武五年冬。④此：指歷下和祝阿，都在春秋時齊國的西邊。西界：歷下和祝阿都是古時齊、魯的分界。⑤已降：秦末，田儋自立爲齊王，割據舊齊地。後田儋之子田橫，立兄田榮之子田廣爲齊王，自己爲相。漢王劉邦派說客酈食其欺騙田廣和田橫，使他們解除了歷下的武裝，韓信然後用計襲擊歷下。⑥勍敵：實力强大的敵人，指張步。勍同「勁」。⑦酈生：指酈食其。田橫以酈食其欺騙、出賣了他而烹殺酈食其。⑧衛尉：指酈食其的弟弟酈商。田橫快要來的時候，劉邦怕酈商報殺兄仇，詔之曰：「齊王田橫即至，人馬從者敢動搖者，致族夷。」⑨張步前亦殺伏隆：光武帝派光祿大夫伏隆拜張步爲東海太守，劉永也遣使立張步爲齊王。張步接受劉永的封號，殺了伏隆。⑩大司徒：伏隆的父親伏湛。⑪「將軍」二句：耿弇在南陽跟從劉秀，自請北收上谷兵（王莽時，耿父爲上谷太守），平定漁陽的彭寵，涿郡的張豐，東攻張步，平定齊地。當時劉秀同意了他的策略。⑫落落：疏闊，不苟合。⑬竟：終於。

【譯文】

光武帝的車駕來到臨淄，親自慰勞軍士，羣臣都來集會。光武帝對耿弇說：「以前韓信攻破歷下齊軍開創了漢朝的基業；如今將軍攻下祝阿，得志通顯。歷下、祝阿都是齊國的西部邊界，你的功勞可以跟韓信相比。但韓信襲擊的是已經投降的齊軍，將軍獨自攻克的卻是實力强大的敵人，這功勞的取得就比韓信困難了。另外，田橫烹殺酈生，等到田橫投降的時候，高帝命令酈商不准報仇；張步以前也殺害了伏隆，如果張步前來歸順，我也命令大司徒伏湛消除他們之間的怨仇。這又是非常類似的事情了。將軍以前在南陽地區，建立那麼大的謀略，我常常認爲疏闊難以成功，現在看來，有志氣的人，事情一定會成功的。」

誡兄子嚴敦書

馬援[1]

【題解】

這是一封作者寫給侄子的家信，談立身處世之道，因此寫得真誠坦白。開頭即聲明自己的觀點，不希望子孫有隨意議人長短的惡習，諄諄告誡他們應該誠懇、謹慎、謙虛、節儉。作者從情、理兩方面進行開導，說理透闢、情真意切。「刻鵠不成尚類鶩」和「畫虎不成反類狗」兩句，喻意深刻貼切，形象鮮明，後來成爲家喻戶曉的成語。

援兄子嚴、敦，並喜譏議，而通輕俠客[2]。援前在交趾[3]，還書誡之曰：「吾欲汝曹聞人過失[4]，如聞父母之名，耳可得聞，口不可得言也。好議論人長短，妄是非正法[5]，此吾所大惡也，寧死不願聞子孫有此行也。汝曹知吾惡之甚矣，所以復言者，施衿結褵[6]，申父母之戒，欲使汝曹不忘之耳。龍伯高敦厚周愼[7]，口無擇言，謙約節儉，廉公有威。吾愛之、重之，願汝曹效之。杜季良豪俠好義[8]，憂人之憂，樂人之樂，清濁無所失[9]，父喪致客，數郡畢至。吾愛之、重之，不願汝曹效也。效伯高不得，猶爲謹敕之士[10]，所謂刻鵠不成尚類鶩者也[11]；效季良不得，陷爲天下輕薄子，所謂畫虎不成反類狗者也[12]。訖今季良尚未可知，郡將下車輒切齒[13]，州郡以爲言，吾常爲寒心，是以不願子孫效也。」

【注釋】

①馬援（前一四——後四九）：東漢初扶風茂陵（今陝西興平東北）人。字文淵。歷任隴西太守，伏波將軍等，封新息侯。平生多豪言壯語，如「丈夫爲志，窮當益堅，老當益壯。」「男兒要當死於邊野，以馬革裹屍還葬，何能臥床上在兒女手中邪？」。嚴、敦：馬援兩個侄子的名字。②通：結交。輕：輕薄的。③交趾：漢郡名，在五嶺以南一帶。公元四〇年，交趾人起兵反漢，東漢王朝派馬援南征。④汝曹：你們。曹：輩。⑤是非：褒貶，評論。正法：正常的法制。⑥衿：佩帶。褵：佩巾。古時女兒出嫁，母親把佩巾結在女兒身上，臨行時反覆告誡。⑦龍伯高：東漢京兆（今西安市）人。名述，當時爲山都縣長。⑧杜季良：東漢京兆人。名保，當時爲越騎司馬。⑨清：指品行好的人。濁：指品行不好的人。⑩謹敕：也作「謹飭」。謹愼，能約束自己的言行。⑪刻：雕刻。鵠：天鵝。鶩：野鴨。這句比喻學不到好的樣子，還可以學到一些近似之處。⑫這句比喻學不到好的樣子，反而學壞了。⑬下車：指官吏初即位或初到任。

【譯文】

馬援的哥哥的兒子馬嚴和馬敦，都喜歡譏笑議論別人，又結交輕薄的俠客。馬援以前在交趾的時候，寄回書信告誡他們說：「我希望你們聽到人家的過失，就像聽到父母的名字一樣，耳朵可以聽，嘴裡卻不可以說。喜歡議論人家的長短，隨意褒貶正常的法制，這是我最厭惡的事情。我寧願死去也不願聽到子孫有這樣的行爲。你們知道我最厭惡這樣的事，所以再次來講的原因，就像父母送女兒出嫁時親自爲她繫上佩帶結上佩巾，重申父母的訓誡一樣，想使你們不要忘記這個罷了。龍伯高爲人誠懇、厚道、周到、謹愼，不說敗壞別人的話，謙虛節儉，廉潔公正，很有威信，我敬愛他尊重他，希望你們學習他。杜季良爲人豪爽、任俠，愛講義氣，把別人的憂愁當作自己的憂愁，把別人的快樂當作自己的快樂，不論好人壞人都交結。他父親死了，弔喪的客人，幾個郡的人都來了，我敬愛他尊重他，但不願你們學習他。學龍伯高不成，還能做個謹愼的人，這就是俗話所說的：「雕刻天鵝不成，還能像隻野鴨。」學杜季良不成，就會墮落成天下的輕薄子弟。這就是俗話所說的：「畫虎不成，反而像隻狗」了。至今季良的結局還說不定，但郡將到任總是對他咬牙切齒，州郡的人把這事說給我聽，我常常替他擔憂，所以不希望子孫學他的樣。

前出師表

諸葛亮 1

【題解】

蜀漢後主劉禪建興五年（公元二二七年），諸葛亮率諸軍北定漢中，準備出師北伐，出發前，上此表給劉禪。表中反復勸勉劉禪繼承劉備的遺志，親近賢人，遠離小人，陳述自己對蜀漢的忠誠和北取中原的堅定信心。語言懇切周詳，感情真摯，一片丹心，溢於言表。行文時敘中有議，議中有情。敘事周密，層次清楚。

臣亮言：先帝創業未半2，而中道崩殂3。今天下三分4，益州疲敝5，此誠危急存亡之秋也6。然侍衛之臣，不懈於內；忠志之士，忘身於外者，蓋追先帝之殊遇7，欲報之於陛下也。誠宜開張聖聽8，以光先帝遺德9，恢宏志士之氣10，不宜妄自菲薄，引喻失義11，以塞忠諫之路也。

【注釋】

1諸葛亮（一八一—二三四）：字孔明，瑯琊郡都縣（今山東沂南縣）人，三個時著名的政治家和軍事家。早年隱居荊州，躬耕隴畝，自比管仲、樂毅。後來輔佐劉備聯吳拒曹，建立蜀漢，拜爲丞相，劉備死後，受遺詔輔佐劉禪。前後六次出師北伐曹魏，死於軍中。謚號忠武。有《諸葛丞相集》。2先帝：指劉備。先：指已經去世的尊長。3崩殂：天子死稱崩，又稱殂。4三分：指分成魏、蜀、吳三國。5益州：蜀國所在地。漢置益州，今四川、貴州、雲南的一部分地區。疲敝：人疲物乏，這裏指國力貧弱。6秋：指緊要時刻。因爲秋天是收穫季節，農事繁忙，所以用秋天比喻緊要時刻。⑦追：追念。殊遇：特殊的待遇。⑧開張聖聽：擴大您的聽聞。意爲廣泛聽取羣臣的意見。聖：對帝王的尊稱。⑨光：發揚光大。⑩恢宏：鼓舞。⑪妄：隨意。菲薄：輕視。引喻失義：言談譬喻不合道理。

宮中、府中①，俱爲一體，陟罰臧否②，不宜異同③。若有作奸犯科及爲忠善者④，宜付有司⑤，論其刑賞，以昭陛下平明之治，不宜偏私，使內外異法也⑥。侍中、侍郎郭攸之、費禕、董允等⑦，此皆良實⑧，志慮忠純，是以先帝簡拔以遺陛下。愚以爲宮中之事⑨，事無大小，悉以諮之⑩，然後施行，必能裨補闕漏⑪，有所廣益。將軍向寵⑫，性行淑均⑬，曉暢軍事，試用於昔日，先帝稱之曰能，是以衆議舉寵以爲督。愚以爲營中之事，事無大小，悉以咨之，必能使行陣和穆⑭，優劣得所也。親賢臣，遠小人，此先漢所以興隆也⑮；親小人，遠賢臣，此後漢所以傾頹也。先帝在時，每與臣論此事，未嘗不歎息痛恨於桓、靈也⑯。侍中、尚書、長史、參軍，此悉貞亮死節之臣也⑰，願陛下親之信之，則漢室之隆，可計日而待也。

【注釋】

①宮中：指皇帝的禁宮中的侍臣。府中：指丞相府所屬官吏，也即政府中一般官吏。②陟：提升。臧：善，引申爲「表揚」、「獎勵」。否：惡，引申爲「批評」。③異同：偏義複詞，這裏指「異」。④科：法律條文。⑤有司：有專職的官吏。司：管理。⑥內外：宮中府外。⑦侍中：皇帝的侍從顧問，這裏指郭攸之、費禕。侍郎：宮中侍從皇帝，傳達詔諭的官吏，位置低於侍中，這裏指董允。⑧良實：忠良篤實。⑨愚：對自己的謙稱。⑩諮：詢問。⑪裨：增益。闕：同「缺」。⑫向寵：字巨違，襄陽人。後主劉禪時封爲都亭侯。⑬淑：和

善。均：公平。⑭行陣：軍隊。⑮先漢：指西漢。下句的後漢指東漢。⑯桓靈：指東漢末年的桓帝劉志、靈帝劉宏。他們任人唯親，政治極端腐敗，使東漢王朝走向滅亡。⑰侍中：指郭攸之、費禕。尚書：協助皇帝處理政務的官，這裏指陳震。長史：丞相府中輔助丞相管理政務的高級官員，這裡指張裔。參軍：丞相府的重要幕僚，這裏指蔣琬。

臣本布衣①，躬耕於南陽②，苟全性命於亂世，不求聞達於諸侯③。先帝不以臣卑鄙④，猥自枉屈⑤，三顧臣於草廬之中，咨臣以當世之事。由是感激，遂許先帝以驅馳⑥。後值傾覆⑦，受任於敗軍之際⑧，奉命於危難之間，爾來二十有一年矣⑨。先帝知臣謹慎，故臨崩寄臣以大事也⑩。受命以來，夙夜憂勤，恐託付不效⑪，以傷先帝之明。故五月渡瀘⑫，深入不毛⑬。今南方已定，兵甲已足。當獎率三軍，北定中原。庶竭駑鈍⑭，攘除奸凶⑮，興復漢室，還於舊都⑯。此臣所以報先帝而忠陛下之職分也。至於斟酌損益⑰，進盡忠言，則攸之、禕、允之任也。願陛下託臣以討賊興復之效，不效則治臣之罪，以告先帝之靈。若無興德之言，則責攸之、禕、允之咎，以彰其慢。陛下亦宜自課，以諮諏善道，察納雅言，深追先帝遺詔。臣不勝受恩感激。今當遠離，臨表涕泣，不知所云。

【注釋】

①布衣：平民。②躬耕：親自耕種，這裏指隱居。南陽：這裏指隆中，因隆中當時屬南陽郡。③聞：揚名。達：顯達，指做官。④卑鄙：地位卑微，見識淺陋。⑤猥：謙詞，猶言「辱」。枉屈：委屈，指屈尊就卑。⑥驅馳：奔走效勞。⑦傾覆：指公元二〇八年劉備在長坂（今湖北當陽縣）被曹操擊敗。⑧受任：奉命。指劉備逃至夏口（今湖北武漢），亮奉命去東吳求援，完成聯吳抗曹的使命。⑨爾來：從那時以來。有：同「又」。

二十一年：是從劉備三顧茅廬訪亮到亮出師北伐寫這篇文章，共二十一年。⑩臨崩寄臣以大事：指劉備病危時，曾召見諸葛亮，託付他輔佐劉禪，又對劉禪說：「……汝與丞相從事，事之如父。」⑪夙夜：早晚，日夜。⑫瀘：水名，指今金沙江的支流，指後主建興三年（二二五年）諸葛亮南征孟獲之事。⑬不毛：不能生長糧食或其他農作物。指未經開發的荒涼之地。⑭庶：幸而、或許，表示希望和可能。竭：盡。駑鈍：自謙才能平庸。駑、劣馬。鈍：刀刃不利。⑮攘：排除。奸凶：指曹魏。⑯舊都：指長安和洛陽，兩漢的都城。蜀以繼漢統自承，故以攻取二地為還都。⑰斟酌損益：權衡得失，決定取捨。損：減少。益：增加。

【譯文】

臣諸葛亮說：先帝開創統一天下的大業還沒完成一半，卻在中途去世了。現在天下分成三國，我們益州人疲物乏這確實到了危急存亡的緊要時刻了。然而侍衛陛下的大臣在內毫不懈怠，忠心耿耿的將士在外奮不顧身，這是大家追念先帝對他們特別優厚的待遇，想要在陛下身上來報答啊。陛下實在應該擴大您的聽聞，以發揚先帝遺留下來的美德，激勵將士們的志氣，不應該隨意看輕自己，說話不恰當，從而堵塞忠臣進諫的道路。

不論宮中的侍臣和府中官吏，都是蜀漢之臣，沒有親疏之別，對他們的提升、懲罰、表揚、批評不應該有所不同。如果有人作奸犯法，或有人忠誠善良，有了建樹，都應該交給負責管理的部門，評定對他們的賞罰，以顯示陛下公平而英明的法治，不應該有偏袒，使宮中、府中有不同的賞罰辦法。侍中、侍郎郭攸之、費褘、董允等人，都是忠良篤實的人，善良誠實，忠誠專一，所以先帝把他們選拔出來，留給陛下。我認為宮廷中的事務，不論大小，都去跟他們商量，然後施行，那就一定能補救缺點和疏忽之處，獲取更大的成效。將軍向寵，和善公正，通曉軍事，從前試用過，先帝稱讚他能幹，所以大家建議推薦他擔任中部都督。我認為軍營中的大小事情，都去徵求他的意見，那一定能夠使軍隊內部協調一致，才能大小之人都得到合理使用。親近賢臣，疏遠小人，這就是西漢興旺發達的原因；親近小人，疏遠賢臣，這就是東漢覆亡衰敗的原因。先帝健在時，每當跟我談論這些事情，沒有一次不對桓帝、靈帝的所作所為感到惋惜和痛心的。侍中郎攸之，尚書陳震，長史張裔，參軍蔣琬，這些都是堅貞忠良的能以身報國的大臣，希望陛下親近他們信任他們，那麼漢朝王室的興隆，就指日可待了。

我本來是個平民，在南陽親自耕田種地，只想在亂世中苟且保全性命，不想在諸侯中做官揚名。先帝不因爲我見識淺陋，地位低微，不惜降低身份，委屈自己，三次到我的茅廬裡訪問我，拿當時天下大事來徵詢我的意見。我因此很感動並受到鼓舞，就答應爲先帝奔走效勞。後來遭到軍事失利，在戰敗之際我接受了重任，在危難的時刻奉命出使，從那時以來已經二十一年了。先帝知道我遇事謹愼，所以臨終時把國家大事託付給我。自我接受遺命以來，日夜憂慮，唯恐託付的事情不能辦好，以致損傷先帝的英明。所以五月渡過瀘水，深入到草木不生的荒涼之地。現在南方已經平定，武器盔甲都已經備足，應當獎勵並統率全軍，北上平定中原。希望能竭盡我的平庸才能，鏟除奸詐兇惡的曹魏，復興漢朝王室，回到原來的國都。這是我用來報答先帝，向陛下盡忠心的份內職責啊！至於對政事的斟酌處理，掌握分寸，提出忠直懇切的意見，那是郭攸之、費禕、董允等人的責任。

希望陛下把討伐曹賊，復興漢室的任務交付給我，如果不見成效，就治我的罪，以告先帝在天之靈。如果沒有向您提出發揚德行的意見，就要責備攸之、禕、允等人的過錯，揭露他們的怠慢。陛下自己也應多加考慮國家大事，徵求正確的意見、審察採納人們的建議，深切追念先帝的遺言。這樣我對陛下的恩惠就感激不盡了。我現在就要遠離陛下，對著這篇表文流淚哭泣，不知道說了些什麼。

後出師表[1]

諸葛亮

【題解】

本文重點在六個「未解」，提出六個詰難，論據充分，正反論證，力駁羣議，說明出師伐魏刻不容緩。從前後《出師表》的對比中，可知因側重點不同，行文殊異。前表針對劉禪，多正面勸誡，語言周至懇切，迂徐委曲，後表針對「議者」，多反面駁難，語言慷慨激昂，條理分明。但兩表始終貫穿著忠貞愛國之情。其中「鞠躬盡力（瘁），死而後已」的名句，可爲諸葛亮一生的評價。但是此表是否爲諸葛亮作，後人頗多異議。

先帝慮漢賊不兩立[2]，王業不偏安[3]，故託臣以討賊也。以先帝之明，量臣之才，固知臣伐賊，才弱敵强也；然不伐賊，王業亦亡，惟坐而待亡，孰與伐之？是故託臣而弗疑也。臣受命之日，寢不安席，食不甘味，思惟北征[4]，宜先入南，故五月渡瀘，深入不毛，並日而食[5]。臣非不自惜也，顧王業不可偏安於蜀都，故冒危難以奉先帝之遺意，而議者謂爲非計[6]。今賊適疲於西[7]，又務於東[8]。兵法乘勞[9]，此進趨之時也。謹陳其事如左：

【注釋】

[1]《後出師表》：據裴松之注稱：「此表亮集所無，出張儼《默記》。」文中所涉史實多有矛盾，故人們懷疑不一定爲諸葛亮所作。[2]賊：指曹魏。蜀漢以繼承漢的正統自居，所以稱曹魏爲賊。[3]偏安：偏居於一個角落，指蜀漢當時偏居在四川一帶。[4]思惟：考慮。[5]並日而食：兩天才能吃到一天的飯。意思是說行軍艱苦，不能按

時進食。[6]非計：不正確的決策。[7]今賊適疲於西：指蜀建興六年（公元二二八年）諸葛亮出師攻打祁山（在今甘肅西和縣西北），魏國西部的南安、天水、安定三郡都叛魏應漢。適：恰好。[8]又務於東：指建興六年曹休攻打東吳，被吳將陸遜大敗於石亭，魏調軍東下。[9]乘勞：乘敵人疲勞的時候。

高帝明並日月[1]，謀臣淵深，然涉險被創，危然後安。今陛下未及高帝，謀臣不如良、平[2]，而欲以長策取勝[3]，坐定天下，此臣之未解一也。

劉繇、王朗，各據州郡[4]，論安言計，動引聖人，羣疑滿腹，衆難塞胸，今歲不戰，明年不征，使孫策坐大[5]；遂併江東，此臣之未解二也。

曹操智計，殊絕於人，其用兵也，彷彿孫吳[6]，然困於南陽[7]，險於烏巢[8]，危於祁連[9]，逼於黎陽[10]，幾敗北山[11]，殆死潼關[12]，然後僞定一時爾[13]。況臣才弱，而欲以不危而定之，此臣之未解三也。

【注釋】

[1]高帝：漢高祖劉邦。[2]良、平：指張良和陳平，都是漢高祖的功臣和謀士。[3]長策：長遠之計，萬全之計。[4]劉繇：東漢末爲揚州刺史。王朗：東漢末年爲會稽太守。二人都被孫策所敗。[5]孫策：字伯符，孫權的哥哥。坐大：自然强大。[6]孫、吳：指孫臏、吳起，都是春秋戰國時期著名的軍事家。[7]困於南陽：漢獻帝建安二年（一九七年），曹操討伐張綉，綉襲擊曹軍，殺操長子昂，操身中流矢敗走，收拾散兵，還往舞陽。舞陽縣屬南陽郡，郡治在宛（今河南南陽市）。[8]險於烏巢：烏巢，今河南省延津縣東南，官渡之戰就發生在附近。當時，曹操大敗袁紹前曾一度絕糧，故稱險。[9]祁連：山名，在甘肅境內。曹操征西域，在祁連山下遭到危險。[10]逼於黎陽：建安八年（二〇三年）春二月，曹操攻黎陽。五月，操還許昌，留將賈信屯黎陽。史書上未記載被逼之事。黎陽，在今河南浚縣境內。或說，曹操對吳蜀用兵時，袁譚據黎陽。兵逼其後。[11]幾敗北

山：建安二十四年（二一九年），曹操與劉備爭奪漢中，操自長安出斜谷，運米北山下，被趙雲所敗。⑫殆死潼關：曹操與馬超交戰，曹操自潼關北渡河，馬超率領步騎萬餘人來攻，矢下如雨，曹操幾乎喪命。⑬僞定一時：意指曹操暫時取得了政權。蜀漢自居正統，所以稱曹爲「僞」。

曹操五攻昌霸不下①，四越巢湖不成②，任用李服而李服圖之③，委任夏侯而夏侯敗亡④。先帝每稱操爲能，猶有此失，況臣駑下，何能必勝？此臣之未解四也。

自臣到漢中⑤，中間期年耳⑥，然喪趙雲、陽羣、馬玉、閻芝、丁立、白壽、劉郃、鄧銅等，及曲長屯將七十餘人⑦，突將無前⑧，賨叟、青羌散騎武騎一千餘人⑨，此皆數十年之內所糾合四方之精銳⑩，非一州之所有；若復數年，則損三分之二也，當何以圖敵⑪，此臣之未解五也。

今民窮兵疲，而事不可息⑫，事不可息，則住與行勞費正等⑬，而不及早圖之，欲以一州之地與賊持久，此臣之未解六也。

【注釋】

①五攻昌霸：建安四年（一九九年），東海昌霸背叛曹操，歸服劉備，曹操遣劉岱、王忠討伐，不克。②四越巢湖：魏以合肥爲重鎮，合肥東南有巢湖，曹操與孫權曾多次在這裏作戰。③李服：《通鑑》胡三省注認爲李服當是王服之誤。王服曾與董承等共同謀殺曹操。④夏侯：指魏將夏侯淵。淵守漢中，在定馬山被蜀將黃忠破殺。下文「夏侯授首」也指此事。⑤自臣到漢中：諸葛亮於蜀建興五年（二二七年）率軍北駐漢中。⑥期年：周年。⑦曲長、屯將：軍隊中曲、屯的長官。曲，部曲，古代軍隊較小的編制。將軍下有部，部下有曲，曲下有屯。⑧突將無前：衝鋒在前的勇將。⑨賨叟、青羌：西南地區的少數民族。諸葛亮南征時得到了一批少數民

族將領和部隊。⑩糾合：糾集，招集。⑪圖：攻打、討伐。⑫事：戰爭、戰事。⑬住：指坐等敵人的進攻。行：指主動出擊敵人。勞費：指消耗的人力物力。等：相等，一樣。

夫難平者，事也①。昔先帝敗軍於楚②，當此時，曹操拊手③，謂天下已定④。然後先帝東連吳、越，西取巴、蜀⑤，舉兵北征，夏侯授首，此操之失計而漢事將成也。然後吳更違盟，關羽毀敗⑥，秭歸蹉跌⑦，曹丕稱帝⑧。凡事如是，難可逆料⑨。臣鞠躬盡力⑩，死而後已，至於成敗利鈍⑪，非臣之明所能逆睹也。

【注釋】

①平：衡量，這裡是「預測」的意思。②敗軍於楚：指建安十二年（二〇七年）劉備在當陽。長坂被曹操打敗一事。③拊手：拍手。形容得意之狀。④已：別本作「以」。⑤東聯吳、越：指建安十三年（二〇八年）孫劉聯合大破曹兵於赤壁。西取巴、蜀：建安二十四年（二一四）劉備打敗利璋奪取益州。⑥吳更違盟：建安二十四年（二一九年），孫權違背吳蜀盟約，趁關羽北攻襄城的間隙，派呂蒙襲荊州，殺關羽。⑦秭歸：今湖北秭歸縣。蹉跌：失腳跌倒，比喻失誤。劉備痛心關羽被孫吳所殺，奮力復仇，結果被吳將陸遜所敗，逃到秭歸，收殘兵回蜀。⑧曹丕稱帝：公元二二〇年，曹操死，其子曹丕廢漢帝自立，改國號爲魏，是爲魏文帝。⑨逆料：預料，事先預測。逆：事先。⑩鞠躬：彎曲著身子，小心謹慎的樣子。盡力：選本多作「盡瘁」。瘁：過度勞累。⑪鈍：挫折。

【譯文】

先帝考慮到漢朝和魏賊不能並存，帝王的事業不能偏安於一隅之地，所以託付我去討伐曹賊。憑著先帝的聖明，估量我的才能，本來知道我伐賊是才弱敵強的；但是不討伐魏賊，漢朝的王業也要滅亡；與其坐等滅亡，不如去討伐魏賊。所以先帝就毫不猶豫地把伐賊的任務託付給我。自從接受使命那日起，我睡覺不安，吃飯無味，考慮到要北征，應該先平定南方，所以五月間渡過瀘水，深入草木不生的荒涼地區，兩天才吃一天的飯。我並不是不愛惜自己，只是想到漢朝的王業不能偏安於益州這一角落，所以冒著危險艱辛去實現先帝的遺願。但是，議論的人卻說這是不正確的決策。如今曹賊在西邊正打得疲憊不堪，又要在東方作戰。兵法上說要乘敵人疲勞之時進攻，這正是前討魏賊的好時機。現在我把討賊的事恭敬地陳述如下：

漢高祖的英明跟日月爭光，謀臣都深謀遠慮，但是他也歷盡艱險，受過創傷，經過了許多危險，然後才得到安定。現在陛下的聖明比不上漢高祖，出謀劃策的臣子不如張良、陳平，而想用長遠的計策取得勝利，坐在這裡等著統一天下，這是我不理解的第一條。

劉繇、王朗各自占據著一個州郡，在那裏空談安危計策，動不動引用古代聖人的話，疑心重重，畏首畏尾，今年不出兵，明年不打仗，使得孫策自然強大，於是併吞了江東，這是我不能理解的第二條。

曹操的智慧計謀超羣出衆，他用兵作戰就像孫臏、吳起，但是他也曾在南陽被困，在烏巢遇險，在祁連遭難，在黎陽受逼，幾乎敗於北山，差點在潼關喪命，然後才取得了暫時的穩定。何況我才能低下，卻想用十全九穩的辦法來平定天下。這是我不能理解的第三條。

曹操五次攻打昌霸不能取勝，四次渡過巢湖與孫權交戰不利，任用李服而李服反而謀害他，委任夏侯淵鎮守漢中而夏侯淵戰敗被殺。先帝常常稱讚曹操能幹，曹操還有這樣的失敗，何況我才能低下，哪裏能夠一定取勝？這是我不能理解的第四條。

從我出師到漢中來，至今只有一年的時間，但是已失去了趙雲、陽羣、馬玉、閻芝、丁立、白壽、劉郃、鄧銅等大將以及曲長屯將七十多人，還有衝鋒在前的勇士及賨叟、青羌的騎兵一千多人，這都是幾十年間從四方招集來的精銳兵力，不是益州一州所能有的。如果再過幾年，將要減少三分之二，到那個時候再憑什麼去謀圖伐敵呢？這是我不能理解的第五條。

現在百姓窮困，兵士疲累，而戰事不能停息。戰爭不能停息，那麼駐守和進攻，兩者消耗的人力和物力是相等的。既然如此，卻不及早攻打敵人，想憑一州之地，與魏賊長久相持。這是我不能理解的第六條。

難以預料的是事情的變化。從前先帝戰敗於長坂，曹操拍手稱快，認爲天下大局已定。可是後來先帝東面聯合孫吳，西面攻取巴蜀，舉兵北伐，夏侯淵被斬首，這是曹操的失算，而興復漢朝王室的事業即將成功，但後來孫權違背了盟約，偷襲荊州，關羽失敗被殺，先帝在秭歸失誤，曹丕滅漢自稱皇帝。凡事都是這樣，難以預料。我只有小心謹愼地獻出全部力量，死了之後才停止。至於是成功還是失敗，是順利還是挫折，不是我的眼光所能預見的啊。

卷四　六朝唐文

陳情表

李密[1]

【題解】

這是李密向晉武帝司馬炎上的一篇表文。文章詳細申訴了自己不能出仕的原因在於要照顧年老多病的祖母。文中訴說了自己幼年的不幸，說明自己孤苦零丁，全靠祖母辛辛苦苦一手拉拔長大，因此要報答祖母的養育之恩就必須留在家裏直到爲老人送終。又說自己侍奉君王的日子還長，不必急於一時。這樣既闡明了自己終養祖母克盡孝道的決心，又表達了對晉武帝的感激之情。

文章陳辭委婉懇切，感情濃烈深厚，說理周密透徹，語言新穎貼切，膾炙人口，難怪晉武帝讀後也深受感動，不再爲難他。

臣密言：臣以險釁[2]，夙遭閔凶[3]。生孩六月，慈父見背[4]；行年四歲，舅奪母志[5]。祖母劉愍臣孤弱[6]，躬親撫養。臣少多疾病，九歲不行[7]；零丁孤苦[8]，至於成立[9]。既無伯叔，終鮮兄弟[10]。門衰祚薄[11]，晚有兒息[12]。外無期功強近之親[13]，內無應門五尺之童[14]。煢煢獨立[15]，形影相弔[16]。而劉夙嬰疾病[17]，常在床蓐[18]。臣侍湯藥，未曾廢離[19]。

【注釋】

[1] 李密（二二四——二八七）：字令伯，一名虔。晉犍爲武陽（今四川彭山縣）人。以當時著名學者譙周爲師，博覽五經，尤長於《春秋左氏傳》。曾任蜀國尚書郎。蜀滅後，晉武帝征他爲太子洗馬，他以祖母年老多病，無人奉養爲由，推辭不就。後祖母去世，他才出仕，歷任尚書郎、漢中太守。後因賦詩得罪晉武帝被免

官，卒於家。《晉書》有《李密傳》。②險釁：厄運和罪過。③夙：早，指年幼時。閔：憂患。凶：凶險。④見背：背我，棄我而去。⑤奪：强行改變。母志：母親守節撫孤的志願。古代稱婦女在丈夫死後不再嫁爲「守志」。⑥愍：通「憫」，憐憫。孤：少而無父稱孤。⑦不行：不能走路。⑧零丁：即「伶仃」，孤苦無依的樣子。⑨至於：一直到。成立：成人自立。⑩終：這裏是「又」的意思。鮮：少。⑪祚：福氣。⑫息：子女。⑬期功：古代喪禮，凡爲祖父母、伯叔父母、兄弟姐妹、妻子服喪一年，叫「期服」；凡爲堂伯、叔堂兄弟等服喪九個月或五個月，叫「功服」。因此這裏以「期功」代指伯叔兄弟姐妹以及堂伯叔、堂兄弟姐妹等比較近的親屬。强近：比較親近。⑭應門：照看門戶。五尺：漢代的五尺相當於現在的三市尺多。童：通「僮」，少年僕人。⑮煢煢：孤單的樣子。獨立：孤獨地生活。⑯弔：安慰。⑰嬰：纏繞。⑱蓐：同「褥」，床單。⑲廢：停止。

逮奉聖朝①，沐浴清化②。前太守臣逵，察臣孝廉③；後刺史臣榮④，舉臣秀才。臣以供養無主，辭不赴命⑤。詔書特下⑥，拜臣郎中⑦；尋蒙國恩⑧，除臣洗馬⑨。猥以微賤⑩，當侍東宮⑪，非臣隕首所能上報⑫。臣具以表聞⑬，辭不就職。詔書切峻⑭，責臣逋慢⑮，郡縣逼迫，催臣上道；州司臨門⑯，急於星火。臣欲奉詔奔馳，則以劉病日篤⑰；苟順私情，則告訴不許⑱。臣之進退，實爲狼狽⑲。

【注釋】

①逮：到。聖朝：聖明的朝代，這是對晉朝恭維的說法。②沐浴：本指洗臉洗澡，這裏比喻受到……的薰陶。清化：清明的政治教化。③太守：郡的長官。孝廉：漢武帝時，察舉科目之一，令郡國向中央推舉當地能孝順父母和操行清廉的人。魏晉沿用此制。下文所說「秀才」也是當時選拔官吏的科目。④刺史：州的長官。⑤赴命：前去接受任命。⑥詔書：皇帝的命令。⑦郎中：官名，在晉代是各曹司的長官。⑧尋：不久。⑨除：授職。洗馬：也作「先馬」，太子的屬官，晉時改掌圖籍。⑩猥：鄙賤。⑪東宮：太子所居之地，借指太子。⑫

隕：墮落。[13]具：通「俱」，都。[14]切峻：急切而嚴厲。[15]逋慢：迴避怠慢。逋：逃。[16]臨門：來到家裏。[17]篤：深厚。這裏病篤指病重。[18]告訴：報告訴說，指陳述苦衷。[19]進退：指處境。狼狽：困難窘迫。

伏惟聖朝以孝治天下[1]，凡在故老，猶蒙矜育[2]；況臣孤苦，特為尤甚。且臣少事偽朝[3]，歷職郎署[4]，本圖宦達，不矜名節[5]。今臣亡國賤俘，至微至陋，過蒙拔擢[6]，寵命優渥，豈敢盤桓，有所希冀[7]？但以劉日薄西山[8]，氣息奄奄[9]，人命危淺[10]，朝不慮夕[11]。臣無祖母，無以至今日；祖母無臣，無以終餘年。母孫二人，更相為命；是以區區不能廢遠[12]。臣密今年四十有四，祖母劉今年九十有六。是臣盡節於陛下之日長，報養劉之日短也。烏鳥私情[13]，願乞終養[14]。臣之辛苦[15]，非獨蜀之人士及二州牧伯所見明知[16]，皇天后土，實所共鑑[17]。

願陛下矜愍愚誠[18]，聽臣微志。庶劉僥倖[19]，保卒餘年[20]。臣生當隕首，死當結草[21]。臣不勝犬馬怖懼之情[22]，謹拜表以聞。

【注釋】

[1]伏惟：伏在地上想，表示恭敬恐懼的態度。[2]故老：本指年老多閱歷或年高有德的人。這裏指年老的人。矜：通「憐」，憐憫。[3]偽朝：指三國時蜀國。[4]郎署：郎官的衙署。李密在蜀漢曾做過郎中、尚書郎。[5]圖：謀取。宦：做官。達：顯達。矜：誇耀。[6]拔擢：提拔。[7]優渥：優厚。渥：厚重。盤桓：徘徊，遲疑不決的樣子。有所希冀：指有其他非分的希望。李密是蜀舊臣，現在因辭新職，怕被人指為標榜名節，所以反覆說明。[8]薄：迫近。[9]奄奄：微弱的樣子。[10]危淺：危急，活不長久。[11]不慮：不能預料。[12]區區：渺小的意思，指自我，謙詞。廢遠：放棄奉養而遠離。[13]烏鳥：即烏鴉。傳說烏鴉老了之後，小烏鴉能捕蟲去餵養。[14]

終養：養老送終。⑮辛苦：辛酸苦楚。⑯牧伯：古代稱一州的長官爲牧，又稱爲伯。⑰皇天后土：指天和地。⑱矜愍：憐憫。⑲庶：表示希望或揣測，可譯爲「也許」、「可能」等。⑳卒：終。㉑結草：春秋時，晋大夫魏顆的父親魏武子臨終遺囑要將愛妾殉葬。魏顆沒有照辦，而是將他嫁了出去。後魏顆與秦將杜回交戰，見一老人結草把杜回絆倒，因而將杜回擒獲。夜見夢見老人，自稱是魏武子愛妾的父親，特來報恩。（見《左傳・宣公十年》）㉒勝：盡。

【譯文】

臣子李密啓奏陛下：我因爲命運坎坷，罪孽深重，所以幼年便遭不幸。生下來才六個月，父親就逝世了，還不到四歲，舅舅就逼迫母親改嫁。祖母劉氏，憐憫我沒了父親，身體又弱，因此親自撫養我。我小時多病，到了九歲還不能走路。一個人孤孤單單，生活困苦，就這樣一直到長大成人。我既沒有叔叔伯伯，也沒有哥哥弟弟。我的家門衰落，沒有福分，到了晚年才有兒女。外面沒有關係較親近一點的親戚，家裏頭也沒有可以照管門戶的僮僕。孤孤單單，形影相伴。而祖母劉氏多年疾病纏身，經常臥床不起。我侍奉湯藥，從來沒有間斷和離開過。

等到當今事奉聖明的王朝，我承受著清明政治的教化，前次太守逵，察舉我爲孝廉；後來刺史榮，又推舉我爲秀才。我因爲家中無人供養祖母，所以推辭了不去接受任命。陛下特地下了詔書，讓我做郎中；不久又承蒙皇上恩典，授給我洗馬的官職。我鄙陋微賤，卻得到侍奉太子的殊榮，這是我死也難以報答皇上您的。我每次都把這些情況寫在奏表上想讓您知道，因此辭謝而不接受職務。如今詔書急切嚴厲，責怪我逃避怠慢；郡縣的長官苦苦相逼，催我上路；州中的官員也親自到我家中催促，情況非常急迫。我想接受詔命趕快赴任，可是劉氏的病卻一天比一天嚴重；我想留在家中照看，申訴了苦衷，但依然得不到允許。因此我的處境實在窘迫。

我想，聖朝用孝道治理天下，凡屬年老的人，尚且都受到憐憫和撫養；何況我的孤獨苦楚更爲厲害呢。再說我年輕的時候在蜀漢做官，擔任過尚書郎的職務，本來所謀求的也就是高官厚祿，而不是名譽和節操。如今我的國家敗亡，自己也成了一個卑賤的俘虜，十分渺小，十分鄙陋，卻承蒙過分的提拔，恩寵如此優厚，我怎麼敢徘徊觀望，有什麼非分的想法呢？只是因爲劉氏已到了風燭殘年，就像是太陽快要接近西方的山嶺一樣，氣息微弱，生命垂危，朝晨醒來，不知道晚上是否還能活著。我如果沒有祖母，那我就活不到今天，祖母要是沒有我，也就不能度過剩下的歲月。祖孫二人，相依爲命。所以我不能放棄對祖母的奉養而到遠方去做官。我今年四十四歲，祖母今年九十六歲。所以我向陛下盡忠的日子還多，但報答劉氏養育之恩的日子卻太短了。烏鴉能夠哺育它的父母，不忘養育之情，我請求陛下能夠讓我爲劉氏養老送終。我的辛酸苦楚，不僅僅蜀地的人士和二州的長官知曉，而且天地神明也都看得清清楚楚。

希望陛下能憐憫我的忠誠，准許我實現這個小小的心願。或許劉氏可以僥倖地平安壽終。我活著應當爲陛下獻出生命，死後也應當像結草老人那樣在暗中報答陛下的恩惠，我懷著如同犬馬在主人面前那種惶恐的心情，恭恭敬敬地上表奏報陛下。

蘭亭集序

王羲之[1]

【題解】

公元三五三年農曆三月三日，王羲之同當時的名士謝安、孫綽等四十一人，在會稽山陰的蘭亭聚會，與會者飲酒賦詩並抄錄成集，本文是詩集的序言。這篇序言生動地記敘了聚會的盛況，抒發了個人的感慨，在一定程度上批判了「一死生」、「齊壽殤」的虛無主義思想，透露出對生活的熱愛。但文中也流露出了人生易逝、終歸於盡的消極情緒。本文體現王羲之的散文風格，文筆清幽雅，樸實自然，這在駢文統治文場的時代，是難能可貴的。

永和九年[2]，歲在癸丑[3]，暮春之初[4]，會於會稽山陰之蘭亭[5]，修禊事也[6]。羣賢畢至[7]，少長咸集[8]。此地有崇山峻嶺，茂林修竹[9]；又有清流激湍，映帶左右[10]。引以爲流觴曲水[11]。列坐其次[12]，雖無絲竹管弦之盛[13]，一觴一詠[14]，亦足以暢敘幽情。是日也，天朗氣清，惠風和暢，仰觀宇宙之大，俯察品類之盛[15]，所以游目騁懷[16]，足以極視聽之娛，信可樂也。

【注釋】

[1]王羲之（三二一～三七九）：字逸少，瑯琊臨沂（今山東臨沂）人，居會稽山陰（今浙江紹興）。出身世家大族，是王導的侄子，歷任秘書郎、征西參軍、江州刺史等職，官至右軍將軍，故世稱「王右軍」。他是我國歷史上最著名的書法家，有「書聖」之稱。胸懷曠大，喜好自然山水，厭惡繁華生活。[2]永和九年：公元三五

三年。永和，晉穆帝年號。③這年屬癸丑。④暮春之初：具體指三月上巳日（三月三日）。⑤會稽：郡名。山陰：縣名（今浙江紹興）。蘭亭：在紹興西南，其地名蘭渚，渚有蘭亭。⑥修禊：一種消除不祥的祭禮。古代的習俗，農歷三月初三，臨水而祭，以消除不祥，稱爲修禊。⑦畢至：都到了。⑧咸：全，都。⑨修：高，長。⑩映帶：景物互相映對，彼此相連。⑪流觴：把漆制的酒杯盛酒放到曲水上游，任其順流而下，停在誰面前，誰就取而飲之。觴：酒杯。曲水：引水環曲爲渠，用來放流酒杯。⑫次：處所，地方，指曲水邊。⑬絲竹管弦：都是樂器。簫笛用竹制成，是管樂器，琴瑟的弦用絲制成，是弦樂器。盛：多。這裏取「熱鬧」之意。⑭一觴一詠：一邊飲酒一邊詠詩。⑮品類：指天地萬物。⑯游目：目光隨意觀望。騁：奔馳，放任。

夫人之相與①，俯仰一世②，或取之於懷抱③，晤言一室之內④；或因寄所託，放浪形骸之外⑤。雖取捨萬殊，靜躁不同⑥，當其欣於所遇，暫得於己，快然自足，不知老之將至。及其所之既倦⑦，情隨事遷，感慨係之矣⑧。向之所欣，俯仰之間，已爲陳跡，猶不能不以之興懷⑨。況修短隨化⑩，修期於盡。古人云：「死生亦大矣⑪。」豈不痛哉！

每覽昔人興感之由，若合一契⑫，未嘗不臨文嗟悼，不能喻之於懷⑬。固知一死生爲虛誕，齊彭殤爲妄作⑭。後之視今，亦猶今之視昔，悲夫！故列敘時人，錄其所述，雖世殊事異，所以興懷，其致一也⑮。後之覽者，亦將有感於斯文。

【注釋】

①相與：相處在一起。②俯仰：低頭和抬頭，比喻短暫的時間。這裏有交往的意思。③懷抱：理想、抱負。④晤言：面對面談話。⑤放浪：放縱不羈。形骸：形體，身體。⑥靜：安靜，指晤言一室之內者。躁：指放浪形骸之外者。靜躁都指性情。⑦所之：所向往。之：動詞⑧係：附著、隨著。⑨以：因，爲。興懷：發生感慨。⑩修短：指人的壽命長短。化：造化，自然。⑪此句出於《莊子·德充符》，是莊子假託孔子說的話。⑫契：古

人用木或竹的券契，分成一半，各執一半，以相合爲憑證。⑬喻之於懷：從心裏理解明白。⑭一、齊：爲動詞，看成一樣，視爲等同之意。彭：指彭祖，傳說是古代長壽的人，活了八百歲。殤：幼年死去的人。「一死生」和「齊彭殤」，都是莊子的看法，見《莊子．齊物論》。⑮致：情致。

【譯文】

永和九年，是癸丑年，暮春三月之初，我們聚會在會稽郡山陰縣的蘭亭，在水邊嬉遊歡宴，除去不祥。許多有名人物都到了，老老少少聚集在一起。這個地方有高峻的山嶺，有茂盛的樹木和修長的竹子，還有清水急流，像帶子般輝映環繞蘭亭兩側。我們引來用作流觴的曲水，大家在曲水旁依次就坐，雖然沒弦樂和管樂演奏的繁盛場面，但飲一杯酒咏一首詩，亦是以歡暢表達幽雅深情。這一天呀，天氣晴朗清新，和風溫暖舒適，抬頭觀看天地之廣闊，低頭審察萬物之繁盛，這樣放眼瀏覽，舒展胸懷，盡情享受眼觀和耳聽的樂趣，眞是心曠神怡啊！

人們相處一起，很快地就度過一生。有的抒發自己的思想抱負，於室內相聚暢談；有的把思想感情寄託在自己愛好的事物上，不受約束，放縱無羈地生活。雖然人們的追求、情趣很不相同，但當他們遇到自己喜好的事物，就高興，得到暫時的滿足，在感到高興和滿足時，竟然不知衰老到來。等到他們對所嚮往的事物已經厭倦，情緒隨事物和環境的變遷而改變，感慨也隨之而生了。曾經所喜好的事物，瞬時成爲陳跡；還不能不因此激起心頭萬千感慨；何況人生長短全憑造化，最後終將走向死亡。古人說：「死生也是人生一件大事呢！」難道不令人悲痛嗎？

常見古人發生感慨，觀察其原因，往往像符契一樣相合。面對古人的文章，我總是悲歎，自己心裏不明白爲什麼會這樣。現在看來，把死和生等同起來是虛妄荒誕的，把生命的長短等同起來也是胡說八道，人總有一死，後代的人看今天的人，就像今天的我們看古人，都是看不到的，眞是可悲啊！所以一一記錄當時蘭亭集會者並抄錄他們所作的詩賦。雖然時代不同，事隨境遷，但對生死問題所發的感慨，其情致則是一樣的，後來的讀者，也會從我這篇文章中引發出同樣的感慨。

歸去來辭[1]

陶淵明[2]

這是一篇抒情小賦，陶淵明不滿當時官場的污濁黑暗，不願爲五斗米折腰，於是棄官回鄉，賦中描寫了他回鄉路上的舒暢心情，回鄉見到親人的喜悅以及對田園生活和山川景物的讚美和熱愛，最後感慨人生短促，應該樂天安命，盡享山林之趣。

文章表達了一種逍遙自適，返樸歸真的人生追求。洋溢著豁達開朗，樂觀向上的情感基調。但同時也潛藏著懷才不遇，功名未遂的深沉的苦悶與怨憤。

這篇小賦語言清新優美，音韻和諧悅耳，情感真摯濃烈，是一篇動人的抒情詩。

【題解】

歸去來兮，田園將蕪胡不歸！既自以心爲形役[3]，奚惆悵而獨悲！悟已往之不諫，知來者之可追[4]。實迷途其未遠，覺今是而昨非。舟搖搖以輕揚[5]，風飄飄而吹衣，問征夫以前路[6]，恨晨光之熹微[7]。乃瞻衡宇[8]，載欣載奔[9]。僮僕觀迎。稚子候門。三徑就荒[10]，松菊猶存。攜幼入室，有酒盈罇。引壺觴以自酌，眄庭柯以怡顏[11]。倚南窗以寄傲，審容膝之易安[12]。園日涉以成趣[13]，門雖設而常關。策扶老以流憩[14]，時矯首而遐觀[15]。雲無心以出岫[16]，鳥倦飛而知還。景翳翳以將入[17]，撫孤松而盤桓[18]。

【注釋】

①歸去來：歸去之意。來，語氣調。辭：是「賦」這種文學樣式的別體，形式短小，宜於抒情。漢武帝的「秋風辭」，被稱爲辭的開山。陶淵明爲彭澤縣令，郡遣督郵至，縣吏告訴他應爲整冠束帶去拜見他。陶淵明歎了一口氣說：「吾不能爲五斗米折腰，拳拳事鄉里間人。」即日解印綬去職，賦歸去來以見志。②陶淵明（三六五——四二七）：字元亮，入宋後改名潛，字淵明。潯陽柴桑（今屬江西九江市）人。生活在晉宋易代之際。他是晉大司馬陶侃的曾孫，但到他的時代，家境已衰落。曾幾度出任，做過了江州祭酒、荊州刺史桓玄的幕僚。鎮軍參軍，建威參軍，彭澤令。後在家鄉隱居終志。被其好友私謚爲靖節先生。陶淵明是田園詩的創始人，有梁蕭統所編《陶淵明集》傳世。③心：指心靈。形：身體。役：役使。因爲淵明本心不願做官，但不得不爲生活而奔走，因此說心神爲形體所役使。④悟已往之不諫，知來者之可追：這兩句出自《論語．微子》：「往者不可諫，來者猶可追。」諫，勸止。這裏是挽回的意思，追：這裏是補救的意思。⑤輕颺：指船在水面上輕快地前進。⑥征夫：行人。⑦熹微：微明，天還沒有大亮。⑧瞻：望見。衡宇：隱者所居橫門爲門的簡陋居室，此處指舊宅。《詩經．陳風．衡門》：「衡門之下，可以棲遲。」舊注以爲賢者安於貧賤，後世詩文常用「衡門」、「衡宇」指貧賤者的居處。⑨載：且、又。⑩三徑：這裏借用漢朝蔣詡的典故。據說蔣詡歸隱後，在院中開出三條小路，只和兩個知己往來。⑪眄：閑散地觀看。柯：樹枝。⑫審：深知。容膝：形容屋小只容雙膝。⑬涉：徒步過水。這裏指行走遊玩。成趣：走成了一條小路。趣：小路。⑭策：持，拿著。扶老：指拐杖。流憩：到了哪裏就到哪裏休息。憩：休息。⑮矯：舉。遐：遠。⑯岫：山有穴叫岫。⑰景：日光。這裏即指太陽。翳翳：昏暗的樣子。⑱盤桓：徘徊、流連。

歸去來兮，請息交以絕游。世與我而相違①，復駕言兮焉求②！悅親戚之情話，樂琴書以消憂。農人告余以春及③，將有事乎西疇④。或命巾車⑤，或棹孤舟⑥。既窈窕以尋壑⑦，亦崎嶇而經丘⑧。木欣欣以向榮，泉涓涓而始流⑨。羨萬物之得時，感吾生之行休⑩！

已矣乎！寓形宇內復幾時，曷不委心任去留？胡為遑遑欲何之⑪？富貴非吾願，帝鄉不可期⑫。懷良辰以孤往，或植杖而耘耔⑬。登東皋以舒嘯⑭，臨清流而賦詩。聊乘化以歸盡⑮，樂夫天命復奚疑⑯！

【注釋】

①相違：意志不合。②駕：駕車。言：語氣詞。語本《詩經・邶風》：「駕言出遊」。③及：到。④有事：指春耕的事。疇：田地。⑤巾車：有帷幔的車子。⑥棹：船槳。這裡用作動詞。⑦窈窕：山水幽深曲折的樣子。⑧崎嶇：山路高低不平之狀。⑨涓涓：水流細微之狀。⑩行休：即將結束，指死亡。語本《莊子》：「其生若浮，其死若休」。⑪遑遑：心神不定的樣子。⑫帝鄉：仙鄉。語本《莊子・天下》：「乘彼白雲，至於帝鄉」。⑬植：把杖直插在田邊。耘：除草。耔：培土。⑭皋：水邊高地。⑮聊：姑且。乘化：順隨著大自然的運轉變化。歸：古人把生病看作寄居，把死看作歸宿。盡：也是死的意思，言一個人壽數已盡。⑯樂夫天命：即樂天知命。語本《易、繫辭》：「樂天知命，故不憂」。

【譯文】

回去吧，田園將要荒蕪了，為什麼還不回去！既然是由於生治所迫，違背本心而出來做官，為什麼要憂愁悵恨一個人悲悲切切呢！我已經明白過去的一切都已無法挽回，但未來的事情還可以補救。其實我迷路還不太遠，但已經懂得如今才是對的而以往是錯誤的。小船蕩羨著輕快地行駛，清風徐徐地吹拂著衣服。向行人詢問前方的道路，恨早晨的亮光太微弱。終於看到了我的房子，高興得跑了起來。僕人們出來歡迎我，小兒於在門邊等候。我的家園已快要荒蕪了，但松樹和菊花依然存在。拉著小孩進入內室，只見酒罇中已裝滿了酒。拿起酒壺酒杯自斟自飲，看到庭院中碧綠的松枝，這使我心情非常愉快。倚在南面的窗子上寄託傲世的情懷，深知狹小的房屋容易使人安心。每天在園中走一走因而形成了一條小路，房門雖然安在那裡但常常是關閉的。拄著拐杖走到哪裡就到哪裡休息，不時抬頭遠望。只見白雲自然地從山岩間飄出，而飛累了的鳥兒也懂得返回山林休息。陽光暗淡下來，太陽就要下山了，我撫摸著孤松而獨自徘徊。

回去吧，和世人斷絕交游。這個世界和我合不來，我還駕車出來追求什麼！聽到親人含情脈脈的話，我感到高興，喜歡彈琴和讀書，這是爲了忘掉憂愁。農夫告訴我春天到了，將要到西邊的田裡去耕作。我有時駕車遊玩，有時划船開心。有時隨著曲折的溪水進入幽深的山谷，有時沿著高低不乎的道路經過小山。只見花草樹木充滿旺盛的生機，長得非常茂盛，只見泉水細小而又清澈，剛剛從山中流出來，我羡慕自然界的各種事物都得到春天的滋潤，感歎我的生命即將完結。

算了吧！一個人在世上又能活多久呢，爲什麼不按照自己的心意決定去留？爲什麼這樣急急忙忙想要到哪裡去？富貴並不是我所希望得到的，長生不死成爲神仙也不可能。希望能有一個好日子一個人出去走走，或者把拐杖插在田邊，給莊稼除除草培培土。爬上東面的山崗，我仰天長嘯，面對清澈的流水，我吟唱詩歌。姑且順應自然的變化，以盡天年吧，樂於上天命運的安排，又還有什麼值得疑慮的呢！

桃花源記

陶淵明

【題解】

本文描繪了一個沒有剝削，沒有壓迫，人人勞動，平等自由的理想社會。人們過著安定、和睦，自給自足的淳樸生活。雖然這只是作者的幻想，但這種理想深刻地反映了廣大勞動人民渴望擺脫剝削壓迫和頻繁的混亂，追求幸福生活强烈願望，同時也是對當時黑暗現實的不滿和否定。

文章運用小說筆法，進行了豐富的想像和大膽的虛構，情節曲折，描寫逼真，結構完整文字樸實流暢，具有極大的藝術魅力。

晉太原中[1]，武陵人捕魚爲業[2]。緣溪行[3]，忘路之遠近。忽逢桃花林，夾岸數百步，中無雜樹，芳草鮮美，落英繽紛[4]，漁人甚異之。復前行，欲窮其林[5]。林盡水源[6]，便得一山。山有小口，彷彿若有光。便捨船，從口入[7]。

【注釋】

[1]太原：應作「太元」。東晉孝武帝司馬曜的年號（三百七十六年——三百九十六年）。[2]武陵：郡名，治所在今湖南常德。[3]緣：沿。[4]落英：落花。繽紛：盛多貌。[5]窮：盡。[6]林盡水源：桃林的盡頭就是溪水的源頭。[7]捨船：離船上岸。

初極狹，才通人[1]。復行數十步，豁然開朗。土地平曠，屋舍儼然[2]。有良田、美池、桑竹之屬③。阡陌交通④，雞犬相聞。其中往來種作，男女衣著，悉如外人。黃髮垂髫⑤，並怡然自樂。見漁人，乃大驚，問所從來，具答之⑥。便要還家⑦，設酒殺雞作食。村中聞有此人，咸來問訊⑧。自云先世避秦時亂，率妻子邑人來此絕境⑨，不復出焉，遂與外人間隔。問今是何世，乃不知有漢，無論魏、晉。此人一一爲具言所聞，皆歎惋。餘人各復延至其家⑩，皆出酒食。停數日，辭去。此中人語云⑪：「不足爲外人道也。」

【注釋】①才通人：僅僅能容一個人行走。②儼然：整齊分明之狀。③屬：類。④阡陌：田間的小路，南北方向稱「阡」，東西方向稱「陌」。交通：交錯連通。⑤黃髮：指老人。據說年老了頭髮白後轉黃。垂髫：指小孩。小孩頭上下垂的短髮叫髫。⑥具：通「俱」，都。⑦要：同「邀」。⑧咸：都。⑨妻子：老婆孩子。邑人：同邑的人。這裡指鄉親郡人。古時小城市、縣、村落都可稱爲「邑」。絕境：與外界隔絕之境。⑩延：邀請。⑪語：告訴。

既出，得其船，便扶向路①，處處誌之②。及郡下③，詣太守④，說如此。太守即遣人隨其往，尋向所誌，遂迷，不復得路。

南陽劉子驥⑤，高尚士也，聞之，欣然親往，未果，尋病終⑥。後遂無問津者⑦。

【注釋】①扶：沿著。向：以往。②誌：記，這裡指作標記。③郡下：指武陵郡。④詣：往見。太守：郡的行政長官。⑤南陽：郡名。郡治在今河南南陽市。劉子驥：名麟之，字子驥，晉代隱士，《晉書》有其作。⑥尋：不久。⑦問津者：訪求的人。津：渡口。

【譯文】

晉太元年間。武陵郡有一個以捕魚爲業的人。一天，他沿著一條溪流行船，也不知道走了多遠。忽然見到一片桃花林，桃林在溪流兩岸延伸了幾百步遠，中間沒有一棵別的樹，樹下面青草鮮嫩肥美，落花到處都是。漁夫感到非常驚異，於是繼續划船前進，想看一看林子的盡頭有什麼景象。桃林的盡處，也就是溪水的源頭，並在這裡發現了座山。山上有個小洞，好像有光線射出來。於是漁人把船停在岸邊，從這個洞裡走了進去。

一開始洞口非常狹窄，剛好能通過一個人。再往前走了幾十步，豁然開朗。只見土地平整空曠，房屋整整齊齊。有肥沃的田地，美麗的池塘，桑樹和竹子這一類東西。田間小道東西交錯貫通，雞鳴狗叫的聲音不時可以聽見。這裡頭來往耕作的男男女女的衣著服飾，都和外面的人一模一樣。老人和小孩，都非常快活，能自得其樂。其中有一個人看到了漁人，大吃了一驚。於是問漁人從哪裡來，漁人詳細地告訴了他。那人便邀漁人回家，擺了酒，殺了雞款待他。村中聽說來了這麼一個人，都趕來向他問這問那。他們自己說他們的祖先爲了逃避秦時的戰亂，率領妻子兒女和鄰居來到這個自外界隔絕的地方，從此不再出去，因此和外界的人沒有往來。他們問漁人當今是什麼朝代，竟連漢朝都不知道，更不要說魏、晉了。漁人一一爲他們講了他的所見所聞，一個個都驚歎惋惜。剩下的人分別請了漁人到他們家去作客，用酒菜熱情招待。過了幾天，漁人告辭回家。這裡頭的人對他說：「您在這兒的見聞不值得告訴外面的人。」

出來之後，找到了他的船。於是沿著先前的來路回去，並到處留下了記號。到了武陵郡下，漁人拜見太守，向他陳述了自己的見聞。太守馬上派人跟他一起去，尋找原先做的記號，誰知却迷了路，再也找不到那條路了。

南陽人劉子驥，是一個品行極高的隱士，聽說了這件事，很高興地親去尋找桃花源，但沒有找到，不久就病死了。以後就再也沒有尋訪桃花源的人了。

五柳先生傳

陶淵明

【題解】

這是陶淵明給自己作的一篇傳文。傳中寫了自己少言、好讀書、嗜酒、脫略形跡、安於貧賤，以文自娛七條個性特點。其中有的輕描淡寫，一筆帶過，但餘味無窮；有的筆墨稍多，刻文精工，形象生動。

文章借用他人口吻抒寫自我，別有風味。文字不多，但由於能虛實相生，點面結合，再加上語言樸實厚重、斬截利落，因此傳主五柳先生的形象讓人難以忘懷。

先生不知何許人也[1]，亦不詳其姓字。宅邊有五柳樹，因以爲號焉。閑靜少言，不慕榮利，好讀書，不求甚解[2]，每有會意，便欣然忘食。性嗜酒[3]，家貧不能常得。親舊知其如此，或置酒而招之。造飲輒盡[4]，期在必醉；既醉而退，曾不吝情去留[5]。環堵蕭然[6]，不蔽風日；短褐穿結[7]，簞瓢屢空[8]，晏如也[9]。常著文章自娛，頗示己志。忘懷得失，以此自終。

贊曰[10]：黔婁有言[11]，不戚戚於貧賤，不汲汲於富貴[12]。其言茲若人之儔乎[13]？銜觴賦詩[14]，以樂其志，無懷氏之民歟？葛天氏之民歟[15]？

【注釋】

①何許：何處，什麼地方。②不求甚解：不刻意尋求深奧的解釋。實際上是指不咬文嚼字地穿鑿附會。③嗜：愛好。④造：到。輒：總是。⑤吝情：捨不得。去留：偏義復詞，即「去」，離開。⑥環堵：四面的牆壁。蕭然：空空的樣子。指窮困無物。⑦短褐：粗而短衣。穿：破。結：打結，打補丁。⑧簞：用節、竹編制的放置食物的器具。瓢：舀水的器具。⑨晏如：安然自得的樣子。⑩贊：史傳的一種評論文字的名稱。本文是仿史傳寫的，所以用「贊」來對自己作評論。⑪黔婁：春秋時魯國的一位不求仕進，獨善其身的清高名士。⑫戚戚：感傷，憂慮的樣子。汲汲：竭力求取的樣子。⑬若人：此人。儔：類。⑭銜觴：口含酒杯，指飲酒。觴是古時一種酒杯。⑮無懷氏、葛天氏：都是傳說中上古時代的氏族首領。據說在他們的時代，風俗淳厚樸實。

【譯文】

先生不知道是什麼地方的人，也不知道他的姓名。他的屋邊有五棵柳樹，因此就自號五柳先生。他安閑好靜，不喜歡多說話，不渴慕榮華富貴；喜歡讀書，但並不求太深的理解，每當讀到會心之處，就高興得忘了吃飯。喜好喝酒，但家裡窮不可能經常喝酒。親戚朋友知道他這個特點，有時便擺下酒席去請他。他一去就喝個痛快，想一定要使自己醉倒。醉了就回去，一點也不留戀。他家裡空空蕩蕩，非常破舊，既遮不住風也擋不住陽光；穿的粗布短衣到處是破洞和補丁，簞和瓢常常是空著的，但他却安然自在。先生常常寫文章自娛自樂，很能表達自己的志向。他忘卻了世俗的得失，用這種超然世外的態度度過一生。

贊論說：黔婁說過，不因爲貧賤而憂傷，不貪圖富貴而奔走。這就是說五柳先生這一類人吧。他飲酒作詩，使自己的內心得到快樂，他是無懷氏時代的人呢？還是葛天氏時代的人呢？

北山移文

孔稚珪[1]

【題解】

這是一篇揭露假隱士面目的文章。「移文」是一種與檄文相似的文體，多用於曉喻或責備。作者假託北山山神之意，對那些利祿薰心的假隱士，諷刺得入木三分，表現了作者對這種人深惡痛絕的感情。文章從表彰真隱士開始，接著點出假隱士周顒的名字，把他隱居和後判若兩人的行動作了鮮明對比，層層揭露他的虛偽，描繪他的醜惡。

本文通篇用賦的形式寫成。作者以豐富的想像力，通過擬人化的手法，把山林草木描繪得富於情感，有聲有色。

鍾山之英[2]，草堂之靈[3]，馳煙驛路[4]，勒移山庭[5]。

夫以耿介拔俗之標[6]，蕭灑出塵之想[7]，度白雪以方絜[8]，干青方而宜上[9]，吾方知之矣。若其亭亭物表[10]，皎皎霞外[11]，芥千金而不盼[12]，屣萬乘其如脫[13]：聞鳳吹於洛浦[14]，值薪歌於延瀨[15]，固亦有焉。豈期終始參差，蒼黃翻覆[16]，淚翟子之悲[17]，慟朱公之哭[18]，乍回跡以心染[19]，或先貞而後黷[20]，何其謬哉！嗚呼！尚生不存[21]，仲氏既往[22]，山阿寂寥，千載誰賞！

【注釋】

①孔稚珪：（四百四十七——五百零一），字德璋，會稽山陰（今浙江紹興）人。南朝齊文學家。他少以博學聞名，曾做過劉宋王朝主薄、記皇參軍，齊時官至太子詹事，加散騎常傳。他爲人不樂世務，愛山水，善詩文。②鍾山：即今南京紫金山。因在南京城北，又叫水山。英：精靈。此處指山神。③草堂：周顒在鍾山隱居的草堂。④驛路：古代供驛馬傳送文書的大道。⑤勒：刻，庭：指山前。⑥耿介：光明正直。拔俗：超越流俗之上，標：風度、格調⑦蕭灑：脫略而無拘束的樣子。⑧度：度量。方：比。⑨干：犯、凌駕。⑩亭亭：高聳挺立的樣子。物表：物外。⑪皎皎：潔白的樣子。⑫芥千金：視千金如草芥。芥：小草：此處作動詞用。⑬屣：草鞋，用作動詞，全句的意思是：把拋棄天子的地位看作像脫草鞋。⑭聞鳳吹於洛浦：相傳周靈王太子晋，即王子喬，不願繼王位，常漫游於伊水與洛水之間，好吹笙，聲如鳳鳴。洛浦：洛水邊。⑮值薪歌於延瀨：晋人孫登在延瀨遇見一位砍柴人，問他：你就這樣度過一生嗎？砍柴人說：我聽說聖人沒有什麼企求，只是以道德爲本，對於砍柴爲生，有什麼值得奇怪而表示悲哀的呢？於是聽歌兩章而去，值：遇上。延瀨：長河的意思。延：長。瀨：水流沙上。⑯蒼黃：本指青色和黃色，這裡比喻變化無常的意思。⑰淚：用如動詞：流淚。翟子：指墨翟。墨子見了白色的絲而哭泣，因爲覺得它既可被染成黃色，也可被染成黑色。⑱慟：大哭。朱公：指楊朱。揚朱見歧路而哭，因爲歧路既可以往南，也以往北。⑲乍：暫時。回跡：指隱居。⑳貞：正直、潔白。黷：汚濁。㉑尚生：指尚長，字子平，東漢隱士。㉒仲氏：仲長統，東漢末年人。爲人放蕩不羈，州郡召他做官，他總是稱病推辭。

世有周子，儁俗之士①，既文既博，亦玄亦史②。然而學遁東魯③，習隱南郭④，竊吹草堂⑤，濫巾北岳⑥；誘我松桂⑦，欺我雲壑⑧。雖假容於江皋⑨，乃纓情於好爵⑩。

其始至也，將欲排巢父⑪，拉許由⑫，傲百氏⑬，蔑王侯，風情張日⑭，霜氣橫秋⑮。或歎幽人長往⑯，或怨王孫不游⑰。談空空於釋部⑱，覈玄玄於道流⑲。務光何是比⑳，涓子不能儔㉑。

及其鳴騶入谷[22]，鶴書赴隴[23]，形馳魄散，志變神動。爾乃眉軒席次[24]，袂聳筵上[25]，焚芰製而裂荷衣[26]，抗塵容而走俗狀[27]。風雲悽其帶憤，石泉咽而下愴[28]。望林巒而有失，顧草木而如喪[29]。

【注釋】

[1]周子：指周顒。俊俗：流俗中卓特的人，高出一般人。[2]玄：指玄學，魏晉南北朝時流行的一種以莊老學說和《周易》作為理論基礎的哲學思想。[3]東魯：指顏闔。春秋時隱士。魯君派人用重禮聘請顏闔，希望他出來做官，他卻支開使者逃走。[4]南郭：指南郭子綦。古時超然物外，遠離世俗的隱士。[5]竊吹草堂：借用南郭先生濫竽充數的典故，說明周子是偽裝的隱士。[6]濫巾：不是隱士而濫用隱士的頭巾。北岳：北山。[7]誘：引誘。這裡含有欺騙的意思。[8]壑：山溝。[9]假容：指假者的模樣。江皋：江岸，這裡借指隱士所居之處。[10]纓情：即系情。爵：爵祿。[11]排：排斥。巢父：堯時隱士。[12]拉：折辱。許由：堯對隱士。[13]傲：輕視。百氏：諸子百家。[14]風情：指風度情調。張：大。這句意思是風度神情之高將遮天蔽日。[15]霜氣：嚴肅如霜的神氣，橫：充滿。這句比喻周子開始時裝得志兄凜嚴像秋霜一樣盛大。[16]幽人：隱士。[17]王孫：貴族子弟。[18]空空：指佛家的義理。佛家以空明空，所以叫空空。釋部：佛家的書。[19]覈：研考。玄玄：指道家的義理、道家玄之又玄，所以叫玄玄。道流：道家人物。[20]務光：傳說是夏時人，商湯讓帝位給他，他便負石沉水。[21]涓子：齊國人，隱居於宕山。儔：匹敵。[22]鳴騶：指使者的車馬。鳴：指官吏的喝道；騶：前後隨從的騎士。[23]鶴書：指徵君的詔書。因詔書所用的書體如鶴頭，所以稱鶴書。隴：山岡。[24]軒：高揚。[25]袂：衣袖。聳：高舉。以上兩句形容周子因被征的得意樣子。[26]芰章、荷衣：用芰荷做成的隱士穿的衣服。焚芰製、裂荷衣：是說他決心放棄高法的隱居生活。[27]抗：高舉。走：馳騁。抗塵容，走俗狀：是說他張揚地顯現出塵俗的儀容。[28]愴：怨怒的樣子。[29]以上四句說，風泉林木等山中自然景物見他將離開這裡，也若有所失而露出怨怒之色。

至其紐金章[1]，綰墨綬[2]，跨屬城之雄[3]，冠百里之首[4]，張英風於海甸[5]，馳妙譽於浙右[6]。道帙長擯[7]，法筵久埋[8]；敲扑喧囂犯其慮[9]，牒訴倥傯裝其懷[10]。琴歌既斷，酒賦無續[11]。常綢繆於結課，每紛綸於折獄[12]。籠張、趙於往圖[13]，架卓、魯於前錄[14]。希蹤三輔豪[15]，馳聲九州牧[16]。

使其高霞孤映，明月獨舉，青松落蔭，白雲誰侶[17]？磵戶摧絕無與歸[18]，石逕荒涼徒延佇[19]。至於還飆入幕[20]，寫霧出楹[21]，蕙帳空兮夜鶴怨[22]，山人去兮曉猿驚[23]。昔聞投簪逸海岸[24]，今見解蘭縛塵纓[25]。

於是南岳獻嘲，北隴騰笑[26]，列壑爭譏，攢峯竦誚[27]。慨游子之我欺[28]，悲無人以赴弔[29]。故其林慚無盡，澗愧不歇，秋桂遺風，春蘿擺月[30]。騁西山之逸議[31]，馳東皐之素謁[32]。

【注釋】

[1]紐：紐帶，繫結用的帶子。這是是繫、佩帶的意思。金章：銅印。[2]綰：繫。墨綬：黑色綬帶。[3]屬城：指一郡所屬的各縣。跨：超越，占據。[4]百里：縣境大約方圓百里。這裡用來代指縣。[5]英風：美好的聲望。海甸：濱海地區。[6]妙譽：美好的聲譽。浙右：指浙江（今錢塘江）北面，即今浙江省的北部地區[7]道帙：指道家的書。帙：書套。擯：棄置。[8]法筵：講佛法的座席。[9]敲扑：拷打犯人。喧囂：審訊犯人的喧噪聲。[10]牒：公文。訴：訴訟。倥傯：繁忙。[11]琴歌、酒賦：皆借指隱士高雅的生活。[12]綢繆：束縛，別纏，結課：考課，考核官吏的成績。紛綸：忙碌。折獄：斷案。[13]籠：籠蓋。張趙：指張敞和趙廣漢。二人都是西漢名臣，都做過京兆尹。圖：法度，這裡指政蹟。[14]架：通「駕」，超越。卓：指卓茂。東漢人，做過密雲縣令，頗有政績。魯：指魯恭。東漢人，做過中牟縣令，頗負德名。錄：前代的典籍史傳等。這裡指政績。[15]縱：追隨。三輔：漢代稱京兆尹、左馮翊、右扶風的三輔、三輔豪：即治理三輔有名的能吏。[16]馳聲：聲名遠播。九州

牧：古時分天下爲九州，牧指管理九州的地方長官。17這四句說周顒離開北山後，山間景物寂然，雲霞明月無人賞玩，青松白雲無人相伴。18摧絕：破。磵戶：岩穴。19徒：空，白白地。延佇：長久站立。20還飆：回風、旋風。還通「旋」。21寫霧：流動的霧。寫通「瀉」。楹：廳堂前邊的柱子。22蕙帳：指隱士的用蕙草編成的帷帳。蕙：香草名。23山人：隱士，這裡指周顒。24投簪：指脫掉寫紗帽，棄官歸隱。簪：冠簪。這裡用的是漢代疏廣棄官列東海隱居的故事。25解蘭：指放棄隱居生活。蘭：指蘭佩，傳說是隱士的服飾。塵纓：塵世的冠帶。26北隴：北山。27攢峯：聚在一起的山峯。竦：伸長脖子，提起腳跟站著。28遊子：離家遠遊的人。這裡指周顒。29弔：慰問。指北山因受周顒之欺，周圍的峯巒都譏誚它，却沒有人去慰問。30薜：女蘿。擺月：在月下搖動。31騁：疾速傳播。西山：指首陽山。伯夷、叔齊隱居於此。曾唱：「登彼西山兮，采其薇矣」的歌。32東皐：東面的水邊高地。東陶淵明隱居不仕，曾有「登東皐以舒嘯，臨清流而賦詩」的話，抒寫他隱居之樂。素謁：陳述眞情。

今又促裝下邑1，浪栧上京2，雖情投於魏闕3，或假步於山扃4。豈可使芳杜厚顏5，薜荔蒙恥6，碧嶺再辱，丹崖重滓7，塵游躅於蕙路8，汚淥池以洗耳9。宜扃岫幌10，掩雲關11，斂輕霧12，藏鳴湍13，截來轅於谷口14，杜妄轡於郊端15。於是叢條瞋膽16，疊穎怒魄17，或飛柯以折輪18，乍低枝而掃跡19。請迴俗士駕，爲君謝逋客20。

【注釋】

1促裝：束裝。下邑：對京城來說，縣稱下邑。這裡指周子師主管的縣。2浪栧：使船快行。上京：國都，這裡指建康（今南京）3魏闕：官門外兩側巍然高聳的樓觀，其下爲懸佈法令的地方。這裡指朝廷。4或：又，假步：借步。山扃：山門。5芳杜：杜若，香草名。厚顏：頑鈍不知羞恥。6薜荔：香草名。7重滓：重新蒙上汚濁。8塵：用作動詞，汚染的意思，游躅：指隱者留下的足跡。9淥池：清水池。10扃：關閉。岫：山穴的帷幔。岫：山穴。幌：帷幔、窗帘。11雲關：烟雲封鎖的山道。12斂：收起。13鳴湍：響震山谷的急流。14

截：阻擋。轅：代指車乘。⑮杜：堵塞。妄轡：肆意亂闖的車馬，指周顒的車馬。⑯條：樹枝。瞋：同「嗔」，發怒。⑰疊穎：指重重疊疊的草穗。怒魄：內心發怒。⑱柯：樹枝。⑲乍：驟然。⑳謝：謝絕。逋客：逃客，指周顒。

【譯文】

鍾山的精英，草堂的神靈，從路上騰雲駕霧地馳騁而來，在山前刻下這篇移文：

憑著耿直磊落，超塵脫俗的風度，懷著瀟灑從容，與世俗不同的理想，品行可以與白雪比純潔，可以與青雲比高逸的人，我現在是了解他的了。像那超然於世俗之外，品俗高潔如雲霞一般，把千金看作草芥而不予顧盼，把萬乘之位視如草鞋而可隨意脫去，在洛浦吹奏鳳鳴般的音樂，在延瀨唱樵歌的隱士，本來也是有的。可是，誰能料想到竟會有人前後不一，反復無常。眞令人爲墨翟的悲痛而流淚，爲楊朱的哭泣而哀號。這種人雖然暫時隱居山林，而內心深深地被俗氣所污染，或許開始還是純潔的，可後來却變得污濁不堪，這是多麼荒唐的事！唉，尙生不在人間，仲氏也已逝去。山林寂寞冷落，千載以來，誰人賞識？

世間有位周先生，是個才智出衆的人；能文博學，既懂玄學，又通史書。可是他仿效顏闔逃遁，學作南郭歸隱；在草堂冒充隱士，在北山僞裝清高。誘惑我的青枱丹桂，欺騙我的雲霞澗壑。他雖然在江邊上裝作隱士，內心却始終惦記著封官晋爵。

他剛來的時候，就像要超過巢父，抑服許由，藐視百家，輕蔑王侯。那風度情致，遮天蔽日；氣概凜冽，勝過秋霜。肘而慨嘆隱士長去不歸，時而埋怨王孫不來交游。高談一切皆空的佛經，深究玄而又玄的道家學派。務光哪能同他相比，涓子更不能與他匹敵。

等到朝廷的使臣帶著前呼後擁的隨從來到山裡，皇帝徵召的詔書送到山中，他就得意忘形，神魂顚倒，志向變化，心情動搖。於是在徵召的筵席上眉飛色舞，擧袖伸手，焚毀了芰裳，撕破了荷衣，露出塵世的面目，表現出世俗的擧止。因此，北山的風雲哀愁含恨，石上的清泉嗚咽悲傷。遙望層林峯巒，它們菀然若有所失，環顧花草樹木，它們也似乎黯然神傷。

等到他佩著銅印，繫著黑綬，掌管一郡中的大縣，成爲首屈一指的縣令，英名炫耀於東海之濱，聲譽傳播於浙江之右。從此，永遠摒棄了道家經典，長期塵封了作法講坊，鞭打審訊的喧囂擾亂著他的心思，忙碌的公文訴狀裝滿了他的胸懷。中斷了撫琴吟唱，停止了飲酒賦詩。常常糾纏於應付考課雜事，每每忙碌於處理訴訟案件。想兼有往日張敞、趙廣漢那樣的政績，超過舊時卓茂，魯恭那樣的功德。企圖追隨三輔賢豪的足跡，在天下官吏中傳播自己的盛名。

他使得雲霞明月無人玩賞，青松白雲無人相伴，岩穴崩塌，無人回還，石徑荒涼，白白等待。以至於旋風吹入帳幕，雲霧飄出堂前，香草帳幔空懸，夜間白鶴悲怨，山中隱士已去，早晨猿猴驚叫，以前只聽說有人棄官逃到海邊隱居，今天卻見到有人解下蘭佩戴上世俗的纓冠。

於是，引起南山嘲諷，北嶺譏笑。溝溝谷谷爭相諷刺，峯峯嶺嶺伸長脖子譏誚。既慨歎周先生欺侮了我，又感傷沒人前來慰問。因此，林木羞慚不已，澗水愧悔無及，桂花在秋風中飄落，女蘿在月光下搖映。彼此傳播著伯夷叔齊的佳話，宣揚著東皋隱者的眞情。

如今，周先生又在急整行裝，趕赴京師。他雖然心向朝廷，卻想借機再遊北山。怎能讓杜若厚顏相陪，薜荔遭受恥辱，碧嶺再受羞恥，丹崖重遭玷污呢？他的腳會踩髒芬草小路上隱士的足跡，他洗耳會玷污清澈的池水。應該關上山的窗帘，掩閉雲霞封鎖的山路，收起輕霧，藏起鳴泉，把他的車子在擋在谷中，把他的馬匹攔在山外。於是，簇簇枝條震怒，層層野草含憤，有的揚起樹枝打斷車輪，忽然又垂下枝桑掃去轍痕。清俗士的車駕趕快轉回，我代表北山山神，謝絕你這個逃客。

諫太宗十思疏

魏徵[1]

【題解】

這是貞觀十一年（六三七年）魏徵寫給唐太宗李世民的一篇疏文。太宗初年，鑑於隋亡的教訓，勵精圖治，求得了一個國富民強、人民安居樂業的太平盛世，即史書所謂「貞觀之治」。但後來太宗却逐漸驕奢淫逸，過分貪圖享樂。於是魏徵寫了這篇文章勸諫太宗。文中提醒太宗要「居安思危、戒奢以儉」，並十分具體地提出了十個要經常考慮的問題，指出國君應當如何正確處理眼前的各種事情。一片忠心，盡於言表。

文章用比喻開篇，既委婉迂徐，便於人主接受，又將抽象的道理化爲生動的形象，加深人主的印象。結句用排比句式列出「十思」的內容，有如警句格言，令人刻骨銘心。

臣聞求木之長者[2]，必固其根本；欲流之遠者，必浚其泉源[3]，思國之安者，必積其德義。源不深而望流之遠，根不固而求木之長，德不厚而思國之安；臣雖下愚，知其不可，而況於明哲乎！人君當神器之重[4]，居域中之大[5]，將崇極天之峻，永保無疆之休，不念居安思危，戒奢以儉，斯亦伐根而求木茂，塞源而欲流長也。

【注釋】

[1] 魏徵：五八〇——六四三，字玄成，謚文貞。魏州曲城（今河北巨鹿）人。年輕時做過道士，隋末參加李密起義軍，後投奔李淵。唐太宗時官拜諫議大夫。檢校侍中，後任左光祿大夫。封鄭國公，卒於太子太師任上。

魏徵有膽識，屢犯顏直諫，一生寫過二百餘篇疏，爲唐代著名政治家。著有《隋書》的序論和《梁書》、《齊書》的總論，主編有《羣書治要》。其言論多見於《貞觀政要》。②長：生長。③浚：疏通。④神器：指帝位。⑤域中之大：天地間的重要位置。《老子》：「道大、天大、地大、王亦大。域中有四大，而王居其一焉。」

凡昔元首①，承天景命②，莫不殷憂而道著，功成而德衰，善始者實繁，克終者蓋寡，豈取之易，守之難乎？蓋在殷憂③，必竭誠以待下，既得志，則縱情以傲物④。竭誠，則胡越爲一體⑤；傲物，則骨肉爲行路⑥。雖董之以嚴刑⑦，震之以威怒，終苟免而不懷仁，貌恭而不心服。怨不在大⑧，可畏惟人⑨，載舟覆舟⑩，所宜深慎。

【注釋】

①元首：這裏指君主。②景：明、大。③殷憂：深重的憂患。殷：深。④物：這裏指人和事。⑤吳越：春秋時東南方的兩個諸侯國。公元前四九六年越國幾乎被吳國滅掉，後來越王句踐臥薪嘗膽，勵精圖治，終於一舉消滅了吳國。這裏用吳越兩國比喻仇恨深重。⑥骨肉：指親屬。行路：過路的人，比喻無甚關係。⑦董：督責。⑧怨不在大：《尚書．康誥》：「怨不在大，亦不在小。」孔穎達疏：「人之怨不在大事，或由小事而起，亦不恒在小事，因小至大。」⑨惟人：即「惟民」，因避唐太宗李世民的名諱，改爲「人」。⑩載舟覆舟：見《荀子》的〈王制〉和〈哀公〉：「君者舟也，庶人者水也。水則載舟，水則覆舟。」

誠能見可欲①，則思知足以自戒；將有作②，則思知止以安人；念高危，則思謙沖以自牧③；懼滿盈，則思江海而下百川④；樂盤遊，則思三驅以爲度⑤；憂懈怠，則思慎始而敬終，慮壅蔽⑥，則思虛心以納下；懼讒邪，則思正身以黜惡⑦；恩所加，則思無因喜而謬賞；罰所及，則思無以怒而濫刑，總此十思，弘茲九德[8]。簡能而任之[9]，擇善而從之，則智者盡其謀，勇者竭其力，仁者播其惠，信者效其忠[10]。文武並用，垂拱而治[11]。何必勞神苦思，代百司之職役哉[12]？

【注釋】

[1]誠能：果眞能夠。按：「誠能」領下十句。[2]作：指以事勞民傷財的建造事項。[3]沖：謙和。牧：這裏指修養。[4]江海下百川：《老子》：「江海所以爲百谷王者，以其善下之。」下百川，居百川之下。[5]三驅：一年打獵三次。因爲獵時必須驅趕禽獸，所以稱打獵爲「驅」。一說，網開一面，由三面圍合驅捕禽獸。[6]壅：堵塞。蔽：蒙蔽。[7]黜：排斥。[8]弘：擴大。茲：此。九德：古代的九種道德標準，即「寬而栗，柔而立，願而恭，亂而敬，憂而毅，直而溫，簡而廉，剛而塞，強而義。」（見《尚書・皐陶謨》）[9]簡：選擇。[10]信：誠實。[11]垂拱而治：天子垂衣拱手，無爲而治。[12]百司：百官。

【譯文】

我聽說要想使樹木長得高大，一定要鞏固它的根本；要想使水流得長遠，一定要深挖它的源頭，要想使國家得到安定，君王必須要多施恩德，多行仁義。源泉不深却希望水流能夠長遠，根本不鞏固却希望樹木長得高大，恩德不深厚却希望國家安定：我雖然十分愚蠢，但也知道這是不可能的，更何況深明事理的聰明人呢！帝王擔當統治天下的重任，占據天地間的大位，不在安定的時候想到危難，不戒除奢侈，力行節儉，這也就是砍斷樹根而想使樹木枝繁葉茂，堵塞源泉而想使水流得長遠啊。

所有過去的帝王，承受上天的大命，沒有不在艱苦的時候道德顯著，功成名就之後道德衰落，善於創業的多，但善於守成的却很少。難道奪取天下容易而守住天下就很難嗎？原因在於處於創業的艱難困苦之中時，一定竭盡誠心來對待部下，奪取天下之後，就放縱情慾而傲視他人。竭盡誠心，就是吳越這樣彼此敵視的國家也會團結一致；傲視他人，那麼即使是親人也會疏遠成爲過路人。即使用嚴刑來督責他們，用威勢來嚇唬他們，結果大家也只圖免去刑罰和威嚇而不會懷念恩德，表面上恭敬但內心並不服氣。怨恨不在大小，可怕的是百姓。百姓像水一樣，可以載船，也可以翻船。這是應當特別謹愼的。

果眞能夠做到：見到可愛的東西，就想到要知足，以便警戒自已；將要大興土木，就想到要適可而止，以便使人民安定；考慮到地位高隨時會有危險，就想到要謙虛，並加强自我修養；怕自己會驕傲自滿，就想到要像江海一樣，處在河流的下游；喜歡遊樂，就想到國君每年最多只能打三次獵的規定；擔心意志鬆懈，就想到始終都要謹愼；害怕受蒙蔽，就想到要虛心接受臣下的意見；擔心聽信讒言，就想到要端正自己，斥退小人；有所賞賜時，就想到不要因一時高興而賞賜不當；施行刑罰時，就想到不要因爲一時惱怒而濫用刑罰。要完全做到這十個「想到」，發揚九種美德，選擇有才能的人而任用他們，選擇好的意見而採納它，那麼，聰明的人就能竭盡他的智謀，勇敢的人就會竭盡他的氣力，仁義的人就能傳播他的美德，誠實的人就會貢獻他的忠心。這樣文武同時發揮他們的作用，君主就可以垂衣拱手，不用操勞就能使天下太平，人民幸福美滿了。何必要國君來勞神費力，代替百官的職事呢！

爲徐敬業討武曌檄

駱賓王[1]

【題解】

此文作於光宅元年（六八四）九月。當時，武則天掌握政權，正在積極準備建立大周王朝，統治集團內部新舊勢力的鬥爭，非常尖銳。徐敬業是唐朝開國功臣英國公李勣（本姓徐，有功，賜姓李）的長孫，曾任太僕少卿，眉州刺史，後因事謫柳州司馬。這年七月，他以揚州爲根據地，起兵反對武則天。自稱匡復府上將，揚州大都督，以駱賓王爲藝文令。這篇檄文就是駱賓王代他寫的。檄，軍用文書。劉勰《文心雕龍．檄移》云：「檄者，皦也。宣露於外，皦然明白也。……必事昭而理辨，氣盛而詞斷，此其要也。」本文以封建君臣之義爲依據，前半篇斥責武則天的罪行，後半篇號召各方面起來響應，當時爲人所傳誦。《新唐書》本傳說，武則天初讀此文，「但嘻笑。至『一抔之土未乾，六尺之孤何托』，矍然曰：『誰爲之？』或以賓王對。後曰：『宰相安得失此人！』」可見他的文才，連敵對方面也不得不折服。

僞臨朝武氏者[2]，性非和順，地實寒微[3]。昔充太宗下陳[4]，曾以更衣入侍[5]。洎乎晚節[6]，穢亂春宮[7]。潛隱先帝之私，陰圖後房之嬖[8]。入門見嫉[9]，蛾眉不肯讓人[10]；掩袖工讒[11]，狐媚偏能惑主[12]。踐元后於翬翟[13]，陷吾君於聚麀[14]。加以虺蜴爲心[15]，豺狼成性，近狎邪僻[16]，殘害忠良[17]，殺姊屠兄[18]，弒君鴆母[19]，人神之所同嫉，天地之所不容。猶復包藏禍心，窺竊神器[20]。君之愛子，幽之於別宮[21]，賊之宗盟[22]，委之以重任。嗚呼！

霍子孟之不作23，朱虛侯之已亡24。燕啄皇孫25，知漢祚之將盡26；龍漦帝后27，識夏庭之遽衰。

【注釋】

1駱賓王：六四〇——六八四，婺州義烏（今浙江義烏）人。初唐著名文學家，善詩文。與王勃、楊炯、盧照鄰齊名，合稱「初唐四傑」。歷任武功、長安主簿，臨海丞。武周時多次上書言事，而不被採納，後棄官，參加徐敬業的反周起義軍，任幕僚。徐敬業兵敗後亡命（或稱被殺）。有《駱臨海集》傳世。2僞：非法的，不被承認的。臨朝：親臨朝廷聽政。武氏：武則天，名曌（即照字），六二四——七〇五，初唐女皇帝，傑出的政治家。并州文水（今山西文水）人。唐太宗時被選入宮爲才人。太宗死，削髮爲尼。高宗時被招入宮爲昭儀，進號宸妃。六五五年立爲皇后。此後即參預國政，六七四年號天后，與高宗並稱爲「二聖」。六八三年中宗即位，她臨朝稱制，不久廢中宗，立睿宗。六九〇年，改唐爲周，建號爲聖神皇帝。七〇五年中宗復位，上尊號爲則天大聖皇帝。八十二歲卒。她在位十六年，掌權近半個世紀。她善於集中權力、破格選拔人才，打擊宗室、貴戚和官僚中的反對派，進一步削弱世家大族的勢力。但任用酷吏，獎勵告密，被牽連冤死的人也不少。她當政時期經濟上升，對初唐轉爲盛唐有承前啓後的作用。3地：指家庭的社會地位。4下陳：後列。舊時被迫供玩弄的婦女，地位卑賤，處於後列。這裏指武則天作過太宗的才人。5更衣：更換衣服。古時帝王宴會休息時要更換衣服。這裏借用漢武帝皇后衛子夫的典故。漢武帝即位數年無子，一日，過平陽公主家，遇到歌女衛子夫，衛子夫因侍侯漢武帝更衣得到寵幸。這裏用來比喻武則天，說她來路不正。6洎：及、到。7春宮：即東宮，太子所居之處。高宗爲太子時就和武氏有曖昧關係。8私：愛。嬖：寵幸。9入門見嫉：選進後宮的妃嬪，都遭到她的嫉妒。見：表被動。10蛾眉：蛾之眉彎細而長，古人認爲很美。形容女子的美貌。11掩袖：以袖掩面，故作嬌態。戰國時，魏王獻給楚懷王一個美人。懷王妃子鄭袖怕她奪取自己的寵幸，就騙美人說，大王愛你的美貌，但不喜歡你的鼻子，你如果見了大王，必須掩住鼻子。美人照辦了。楚王問鄭袖這是何故。鄭袖說，大概是不喜歡聞到您的口臭。楚王大怒，割掉了美人的鼻子。這裏暗指武則天像鄭袖一樣陰險。工讒：善進讒言。指武氏在高宗面前說王皇后的壞話。12狐媚：相傳狐善於魅人。指用狡猾的手段迷惑人。13踐：踩、登上。元后：皇后。翬翟：野雞。據傳野雞的配偶不亂，古人用它來象徵婦德，所以皇后的車服上有野雞羽毛的圖樣。這裏指武氏登上了皇后的寶座。⑭聚：共。麀：母鹿。原於兩頭公鹿共一頭母鹿。這裏指武氏是太宗、高宗父子共同的配偶，亂了人倫。⑮虺：毒蛇的一種。蜴：蜥蜴。⑯狎：親近。邪僻：不正派。指邪惡的人。這裏指許敬忠、李義府。許、李等人曾幫助高宗立武則天爲皇后，並幫助武則天驅逐褚遂良，逼殺長孫無忌、上官儀等大臣。⑰忠良：指褚遂良、長孫無忌、上官儀等人。三人都曾反對高宗立武氏爲后。⑱殺姊：實指殺姐姐之女。據說武則天的姐姐韓國夫人，有女賀蘭氏在宮中受寵，武氏用毒藥將她殺死。屠兄：武氏爲皇后之後，其異母兄元慶、元爽分別爲宗正少卿、少府少監。武則天受她生母榮國夫人的指使，將元慶調出京城，做龍州刺史，元慶到任後便死去。又將元爽調出京城，任濠州刺史，不久又發配振州，也死在那裏。⑲弒君鴆母：這裏將高宗和武則天母親楊氏的死都算作武氏的罪過。其實，二人都是病死，並非被害。鴆：鳥名，羽毛有毒，浸酒可以毒殺人。⑳神器：帝位。㉑唐高宗死，唐中宗李顯即位，武則天以皇太后名義臨朝稱制。六八四年，武氏廢中宗爲廬陵王，立睿宗李旦爲帝，但實際上也把他軟禁起來。幽：軟禁。㉒賊之宗盟：指武后娘家的親屬武承嗣、武三思等人㉓霍子孟：即霍光。漢武帝時爲奉車都尉，受武帝托孤之囑，立漢昭帝，以大司馬大將軍輔政。昭帝死，又迎立宣帝，保存了漢室。㉔朱虛侯：即劉章，西漢齊悼惠王劉肥的次子，封朱虛侯。劉邦死，諸呂叛亂，劉章與太尉周勃、丞相陳平等一起消滅諸呂，迎立文帝即位。㉕燕啄皇孫：西漢成帝時，趙飛燕入宮爲皇后，妹爲昭儀。姐妹都無子，嫉妒別人，暗中殺害了許多皇子，使成帝無嗣，後來姐妹都因此事而死。當時流傳童謠：「燕飛來，啄皇孫；皇孫死，燕啄矢。」武則天爲皇后，先殺死太子李弘，廢太子李賢爲庶人，不久李賢也死在巴州。㉖祚：皇位。㉗龍漦帝后：龍漦，古代傳說中神龍的涎沫。《史記．周本紀》說：夏代將衰，有兩神龍在帝庭，自稱是褒國的兩先君。經問卜認爲：只有請龍留下涎沫才會吉祥。於是，龍不見了，留下唾沫，帝將它藏在櫃子裏。夏亡，將它傳給殷；殷亡，又將它傳給周，都不行打開。至厲王末年，將櫃打開，龍沫流到王庭，化作玄黿進入後宮，有童女遇上它，於是懷孕，到成年沒有結婚就生下一個女孩，她感到可怕，就將這女孩拋棄了。宣王時，棄女被人帶到褒國。周幽王曾伐褒，褒人以棄女獻幽王，就是褒姒，幽王寵愛她，爲她舉烽火戲諸侯。並廢掉申后及太子，申后的父親申侯引犬戎入侵。殺幽王於驪山下，西周滅亡。這個傳說成爲歷代女人就是亡國禍水的依據，這當然是荒唐的。這裏也是抱持這種觀點。武后當朝，於唐不利。

敬業皇唐舊臣，公侯冢子[1]，奉先君之成業[2]，荷本朝之厚恩[3]。宋微子之興悲[4]，良有以也[5]。袁君山之流涕[6]，豈徒然哉！是用氣憤風雲[7]，志安社稷。因天下之失望，順宇內之推心[8]，爰舉義旗[9]，以清妖孽。南連百越[10]，北盡山河[11]，鐵騎成羣，玉軸相接[12]。海陵紅粟[13]，倉儲之積靡窮；江浦黃旗[14]，匡復之功何遠。班聲動而北風起[15]，劍氣沖而南斗平[16]，喑嗚則山岳崩頹，叱吒則風雲變色[17]。以此制敵，何敵不摧，以此圖功，何功不克[18]！

【注釋】

[1]冢子：嫡子，長子。[1]奉：繼承。先君：指徐敬業的祖父李勣、父親李震。[3]荷：承受。[4]宋微子：商紂王的庶兄微子啓，宋的開國君主。他經過殷故墟，看到一片荒涼景象，十分悲痛，作《麥秀歌》。[5]良：確實。有以：有根據，有道理。[6]袁君山：應作「桓君山」。桓譚，字君山，東漢光武帝時爲議郎，給事中，因上書評論時政，反對圖讖，被貶爲六安郡丞，積鬱而死。[7]是用：因此。[8]推心：等於說人心所向。[9]爰：句首語氣詞，無義。[10]百越：種族名。今福建、兩廣等地爲古代越族散居之地。越族自春秋之後，分爲若干支族，各有種姓，謂之百越。[11]山河：應作「三河」。指漢代所設河南、河東、河內三郡。地域相當於今河南、黃河南北和山西一部分。[12]玉軸：指戰車。[13]海陵：今江蘇泰縣，唐屬揚州，西漢吳王劉濞曾置倉儲粟於此。紅粟：陳年的粟，粟因發酵而顏色變紅。[14]江浦：今江蘇浦口附近。黃旗：《三國志．吳志．孫權傳》裴松之注引《吳書》云：「陳化……爲郎中令，使魏。魏文帝因酒酣嘲問曰：『吳魏峙立，誰將平一海內者乎？』化對曰：『……舊說，紫蓋黃旗，運在東南。』」[15]班聲：即馬聲。《左傳．襄公十八年》：「有班馬之聲，齊師其遁。」[16]劍氣：傳說晉初牛、斗（牽牛星、北斗星）之間有紫氣。張華問於雷煥，雷煥回答說：「是寶劍的精氣，上達於天。」後來果然在豫章豐城縣監牢房基下得到兩把寶劍。南斗：即斗宿，二十八宿之一。[17]喑嗚：怒氣鬱結。

叱咤：怒喝。《史記．淮陰侯列傳》：「項王喑噁叱咤，千人皆廢。」18克：完成。

公等或居漢地1，或叶周親2，或膺重寄於話言3，或受顧命於宣室4。言猶在耳，忠豈忘心？一抔之土未乾5，六尺之孤何托6？倘能轉禍爲福，送往事居7，共立勤王之勳8，無廢大君之命9，凡諸爵賞，同指山河10。若其眷念窮城，徘徊歧路，坐昧先几之兆11，必貽後至之誅12。請看今日之域中，竟是誰家之天下！

【注釋】

1公等：指朝庭和地方的文武官員。漢地：漢朝的封地。這裏借指唐朝的封地。2叶：同「協」，合於。周親：至親。3膺：接受。話言：一作「爪牙」，即爪牙之臣，節制一方的將帥。4顧命：皇帝臨死的遺令。宣室：漢未央宮正殿室名。這裏借指受顧命的地方。5抔：捧。6六尺之孤：指中宗李顯，當時已被廢，軟禁在房州。何托：一作：「安在」。7往：死者，指高宗。居：生者：指中宗。8勤王：古代天子有難，臣下起兵救援，叫做勤王。9大君：即天子，指高宗。10凡諸爵賞二句：漢初封功臣以王侯之爵，其封爵的誓詞云：「使河如帶，泰山若厲。國以永寧，爰及苗裔。」見《史記．高祖功臣諸侯年表》。兩句意謂，有功的一定受爵，同指山河爲信。11坐：白白地，徒然。昧：看不清楚。几：同「機」。12貽：遺留。這裏是召致的意思。後至之誅：事見：《史記．夏本紀》。禹在會稽召集羣臣開會，防風氏後至，禹把他殺了。

【譯文】

竊據帝位的武氏，她的本性並不溫和柔順，出身實在是貧寒低賤。她從前充當太宗的才人，曾利用服侍皇帝的機會得到寵幸。等到年事稍長，又勾引太子淫樂，她隱瞞了自己和先帝的私情，陰謀獲得皇上的寵幸。後宮的佳麗都受到她的嫉妒，總想以自己的美貌壓倒別人；她掩袖作態，賣弄姿色，又善於讒毀他人，像鄭袖那樣陰險狠毒，像狐狸那樣偏偏能迷惑君主。她謀得了皇后的地位，致使我們的君王敗亂了人倫。加上她心如蛇蝎，性如豺狼，親近邪惡的小人，殘害忠直善良的大臣。殺害哥哥、姐姐，害死高宗，毒死親母。使得人神所共恨，天地所不容。她還包藏禍心，想篡奪帝位。高宗心愛的兒子，被她軟禁起來，她的五親六戚，却被委以重任。哎！霍光不在了，劉章也死了。趙飛燕殘害皇子，就知道漢朝的隆運快完了；龍涎化爲帝后，就知道西周即將滅亡。

徐敬業是唐朝皇帝的老臣，是公侯的直系子孫。他繼承先君的事業，擔負國家的重任。宋微子見到殷墟荒涼而大興悲歎，眞有道理啊！桓君山痛苦流涕，難道是平白無故的感傷嗎？因此正氣可叫風雲憤怒，壯志足使國家安定。趁著天下百姓對武氏的失望情緒，順應海內民心的背向，於是舉起義旗，決心鏟除妖孽。南至百越，北達三河。戰馬成羣結隊，戰車前後相連。海陸的紅粟，糧倉的儲積，無窮無盡；江浦一帶，黃旗遍野，匡復天下的大功，指日可待！戰馬長嘶，似北風捲起；劍氣衝天，與南斗相齊。怒氣勃發，可使山岳崩摧；氣憤號呼，能讓風雲變色。用這樣的軍隊對付敵人，什麼樣的敵人不能消滅；用這樣的軍隊建立功業，什麼樣的功業不能完成！

你們有的享有國家的封地，有的身爲皇室的至親，有的在外擁兵自重，有的在朝接受遺命。君王的話語還在耳邊，怎能就忘恩負義？一捧墳土還未全乾，六尺孤兒交托何人？倘若你們能轉禍爲福，送別去世的先帝，扶持繼位的幼主，共同創建挽救王室的功業，不廢棄先王的遺命，那麼事成之後論功行賞，爵封王侯，可以指著山河起誓。如果還留戀一座四面受圍的孤城，猶豫觀望，坐失起義的良機，那麼一定會導致殺身之禍。請放眼看看吧，今天全國之內，究竟是誰家的天下！

滕王閣序

王勃[1]

【題解】

本文的題目原爲《秋日登洪府滕王閣餞別序》。

滕王閣爲我國江南三大名樓之一，故址在今江西省南昌市贛江之畔。唐高祖李淵的第二十二子李元嬰任洪州都督時所建，後元嬰封爲滕王，故稱滕王閣。

本文是宴會應酬之作。文中描繪了滕王閣四周景物和宴會盛況。意境開闊，結尾處抒寫羈旅之情，寓有懷才不遇的感慨。

這是一篇駢體文，詞藻華麗但不空洞，典雅而不艱深，屬對工整而精巧，氣勢奔放而自然。不愧是一篇絕妙好辭。

南昌故郡，洪都新府[2]。星分翼軫[3]，地接衡廬[4]。襟三江而帶五湖[5]，控蠻荊而引甌越[6]。物華天寶，龍光射牛斗之墟[7]；人傑地靈，徐孺下陳蕃之榻[8]。雄州霧列，俊彩星馳[9]。臺隍枕夷夏之交[10]，賓主盡東南之美[11]。都督閻公之雅望，棨戟遙臨[12]；宇文新州之懿範，襜帷暫駐[13]。十旬休暇，勝友如雲[14]；千里逢迎，高朋滿座，騰蛟起鳳，孟學士之詞宗[15]；紫電清霜，王將軍之武庫[16]。家君作宰，路出名區[17]；童子何知？躬逢勝餞[18]。

【注釋】

[1]王勃：六四九——六七六年，字子安，唐代絳州龍門（今山西稷山縣）人。初唐四傑之一。他從小聰明多

才，七歲就能寫很好的文章。十四歲時學幽素科，授朝散郎，爲沛王府修撰。當時諸王貴戚間盛行鬥雞，王勃作了一篇《檄英王雞》的遊戲文章，觸怒唐高宗，被趕出王府。後漫遊蜀中，補虢州參軍，犯死罪，遇赦，革職。他父親王福疇，也由於他的緣故被貶爲交趾令。康高宗上元二年（六七五），他往交趾省親，渡海時溺水而死，年僅二十八歲。②南昌：一作「豫章」。豫章爲漢郡名，唐改爲洪州，所以稱爲故郡。南昌本是豫章郡治所在縣名，到五代南唐時才改爲郡名。南昌在初唐爲洪州治所，故稱洪都。③星分翼軫：星空的分野屬於翼軫。古天文學家把星空的劃分和地面的區域聯繫起來，即地面的每一區域都劃在某一星空的範圍之類，稱爲分野，翼和軫都是星宿名。據《越絕書》，豫章郡古屬楚地，爲翼軫分野。又《晉書．天文志上》謂豫章屬吳地，吳越揚州當牛斗的分野，所以下文說「龍光射牛鬥之墟」。④衡廬：即衡山和廬山。⑤三江：泛指長江中下游。據說古時大江流過彭蠡湖（即今鄱陽湖），分成三道入海，即所謂三江。一說爲荊州的荊江，蘇州的淞江，杭州的浙江。五湖：指太湖、鄱陽湖、青草湖、丹陽湖、洞庭湖。⑥蠻荊：即楚地。甌越：泛指今浙江、福建一帶。控：控制、鎮守。引：連接。⑦物華：人世諸物的光華。天寶：天上的寶氣。龍光：這裏指寶劍的光芒。牛斗之墟：詳見《爲徐敬業討武曌檄》注。墟：原指居住的地方，這裏指星座。⑧徐孺下陳蕃之榻：徐孺即徐孺子，名穉，東漢豫章郡人。陳蕃，東漢時著名大臣。陳蕃做豫臺太守時，不接待賓客，但是專門準備一榻接待徐穉，徐走後就把榻掛起。⑨雄州：指洪州。俊彩：指人才。⑩臺：城樓。隍：無水的護城濠溝。夷夏之交：古代將東南地區稱爲夷蠻之地。中原稱爲華夏。洪州正處於二地之間，所以用這句話來形容洪州地位的重要。⑪東南之美：《世說新語．言語》：「會稽賀生，體識清遠，言行以禮，不徒東南之美，實爲海內之秀。」語本此。⑫都督閻公：名不詳。一說爲閻伯嶼。雅望、美好的名聲。棨戟：有絲綢套或經過油漆的木戟，古代官員外出時的前導儀仗。⑬宇文新州：復姓宇文的新州刺史。新州，唐屬嶺南道，今廣東省新興縣。一說，宇文名鈞，新任澧州（今湖南澧縣）牧，道經於此。懿範：美好的榜樣。襜帷：車上的帳幔，代指車駕。⑭十旬：唐制，官員十天休息一天，稱旬休。這裏指適逢旬休。休暇：即休假。勝友：才華出衆的朋友。⑮騰蛟起鳳：形容孟學士詞章之美。《西京雜記》說董仲舒夢蛟龍入懷，乃作《春秋繁露》。又說揚雄作《太玄》夢見自己吐出鳳凰，飛集書上。語本此。⑯紫電清霜：兵器寒光閃閃，如紫電，如清霜。一說，紫電、清霜均爲寶劍名。王將軍：座中貴客。武庫：本指儲藏武器的倉庫，這裏比喻王將軍精通兵法，善用各種武器。⑰家君：對別人稱呼自己父親之詞。宰：縣令。王勃父親當時任交趾（今越南河內一帶）令。名區：指洪州。⑱童子：這裏猶言後輩。王勃自指。餞：以酒食給人送行。

時維九月，序屬三秋[1]。潦水盡而寒潭清[2]，煙光凝而暮山紫。儼驂騑於上路[3]，訪風景於崇阿[4]。臨帝子之長洲，得仙人之舊館[5]。層巒聳翠，上出重霄；飛閣流丹，下臨無地。鶴汀鳧渚[6]，窮島嶼之縈回；桂殿蘭宮，即岡巒之體勢。披繡闥，俯雕甍[7]，山原曠其盈視，川澤紆其駭矚[8]，閭閻撲地[9]，鐘鳴鼎食之家[10]；舸艦迷津[11]，青雀黃龍之軸[12]。虹銷雨霽，彩徹雲衢[13]，落霞與孤鶩齊飛[14]，秋水共長天一色。漁舟唱晚，響窮彭蠡之濱[15]，雁陣驚寒，聲斷衡陽之浦[16]。

遙吟俯暢，逸興遄飛[17]。爽籟發而清風生，纖歌凝而白雲遏[18]。睢園綠竹[19]，氣凌彭澤之樽[20]；鄴水朱華[21]，光照臨川之筆[22]。四美具，二難并[23]。窮睇眄於中天[24]，極娛遊於暇日。

【注釋】

[1]序：時序。三秋：秋季三個月，即秋天。[2]潦水：雨後地面的積水。[3]儼：整齊的樣子。驂騑：駕車的馬，左稱驂，右稱騑。這裏指車馬。上路：地勢高的路。[4]崇：高大。阿：山陵。[5]帝子：指滕王李元嬰，他是皇帝之子，故稱帝子。舊館：指滕王閣。[6]汀：水邊或水中的平地。渚：水中小洲。鳧：野鴨。[7]披：推開。闥：門。甍：屋脊。[8]紆：廣大。矚：注視。[9]閭閻：里巷的門，這裏指房屋。撲地：遍地。[10]鐘鳴鼎食之家：鐘，古代的一種樂器；鼎：一種三足兩耳用以盛食的鍋子。古代貴族進餐，要奏音樂，桌上擺滿盛有食物的鼎，所以後來稱富貴人家爲「鐘鳴鼎食之家」。[11]舸：《方言》：「南楚江、湘，凡船大者謂之舸。」《玉篇》：「艦，板屋舟也。」舸艦，這裏泛指大船。迷津，一作「彌津」，塞滿渡口。[12]青雀：船頭作鳥雀形。

黃龍：船頭作龍形。前者又叫雀舫，後者又叫龍舟。軸：通「舳」，船後持柁的地方，代指船。[13]霽：雨雪停止。衢：四通八達的道路。[14]鶩：水鳥。[15]彭蠡：即今江西鄱陽湖。[16]衡陽：衡山的南邊，衡山七十二峯中有四雁峯，相信雁羣飛到這就不再南飛。浦：水邊。[17]遙吟俯暢：一作「遙襟甫暢」，意即開闊的胸懷剛剛暢快。遄：急速。[18]爽籟：參差不齊的排簫。爽，參差。籟，一種由多根竹管編排而成的管樂器。纖歌句：形容歌聲的美妙。《列子．湯問》：「薛譚學謳於秦青，未窮青之技，自謂盡之，遂辭歸。秦青弗止，餞於郊衢。撫節悲歌，聲振林木，響徹行雲。」遏：阻止。[19]睢園綠竹：睢園：西漢梁孝王劉武的睢陽兔園。園內多竹，劉武常和一些文人在此聚會。[20]彭澤：縣名，今屬江西省。這裏指晉末大詩人陶淵明，他當過彭澤令，好飲酒。[21]鄴水朱華：鄴，今河南臨漳縣，昔操爲魏王時的都城。朱華：即荷花。曹植有「朱華冒綠池」的詩句。鄴水朱華即指鄴下風流，建安文采。[22]臨川：在今江西省。這裏是指南朝宋的詩人謝靈運，他當過臨川內史。[23]四美：《文選》劉琨《答盧諶》：「音以賞奏，味以殊珍。文以明言，言以暢神，之子之往，四美不臻。」李善注：「四美，音、味、文、言也。」一說，四美指良辰、美景、賞心、樂事。二難：指賢主人、好賓客。[24]睇、眄：意思都是斜視。這裏指放眼上下左右，盡情觀賞。

天高地迥，覺宇宙之無窮[1]，興盡悲來，識盈虛之有數[2]。望長安於日下[3]，指吳會於雲間[4]。地勢極而南溟深[5]，天柱高而北辰遠[6]。關山難越，誰悲失路之人？萍水相逢[7]，盡是他鄉之客。懷帝閽而不見，奉宣室以何年[8]？

嗚呼，時運不齊，命途多舛[9]。馮唐易老[10]，李廣難封[11]。屈賈誼於長沙，非無聖主[12]；竄梁鴻於海曲，豈乏明時[13]？所賴君子安貧，達人知命[14]。老當益壯，寧知白首之心[15]？窮且益堅，不墜青雲之志[16]。酌貪泉而覺爽[17]，處涸轍以猶歡[18]。北海雖賒，扶搖可接[19]；東隅已逝，桑榆非晚[20]。孟嘗高潔，空懷報國之心[21]；阮籍猖狂，豈效窮途之哭[22]？

【注釋】

①迴：遙遠。宇宙：統指空間和時間。上下四方爲宇，古往今來爲宙。②盈虛：這裏指興衰、貴賤、窮通等。數：命運。③長安：康代的京城。日下：封建社會將皇帝比作太陽（日），也就將皇帝住的京城稱爲日下。④吳會：秦漢時會稽郡的郡治在吳縣，郡縣相連，稱爲吳會，即今江蘇蘇州市。⑤南溟：南方大海。王勃往交趾要南渡大海。⑥天柱：《神異經》：「昆侖之山，有銅柱焉。其高入天，所謂天柱也。」北辰：北極星。⑦萍水相逢：萍，浮萍。萍隨水飄流，聚散不定，故稱人們偶然聚會爲萍水相逢。⑧帝閽：原指天帝的守門者，這裏指京城。宣室：漢未央宮的正殿。漢文帝時，賈誼遷謫長沙，四年後文帝把他招回長安，召見於宣室。⑨舛：不順利，不幸。⑩馮唐易老：馮唐是西漢人，頭發白了，還是一個小小的郎官，文帝發現他有才能，升爲車騎都尉，景帝時又被免官，武帝即位，有人推薦他，這時他已九十多歲，不能爲官任事了。⑪李廣難封：李廣是西漢名將。抗擊匈奴幾十年，身經百戰，功勞很大，卻終身不得封侯。還在一次進攻匈奴的戰爭中，因迷失道路被斥責，自殺。⑫賈誼：見《過秦論》。賈誼有治國才幹，漢文帝想任命他爲公卿，後聽信讒言，將他貶謫長沙。⑬梁鴻：東漢人，隱居霸陵山中，因事出關，路過京城洛陽，作《五噫歌》諷刺皇帝宮殿華麗而百姓貧苦。漢章帝聽到了，很不高興，梁鴻怕問罪，於是隱姓埋名逃往今山東浙江一帶，做佣工度日。海曲：海濱偏遠地。⑭達人：通達事理的人。⑮寧：難道。⑯青雲之志：比喻遠大的志向。⑰貪泉：在今廣州市郊。傳說喝了貪泉的水，廉潔的人也會變得貪婪。晉朝吳隱之爲廣州刺史，不相信這話，上任時特地去喝了貪泉的水，並做詩表明自己的志節。他在廣州刺史任內及以後做大官，一直保持了廉潔的節操。⑱涸轍：乾涸的車轍。《莊子·外物篇》有一則寓言說，有一條魚在乾涸的車轍裏奄奄待斃，哀求一個過路人給一瓢水，而那人卻許諾引西江的水來救它。它生氣地說，那樣，還不如到賣乾魚的地方去找它的屍體。這裏用魚處涸轍的比喻處境困難。⑲賒：遠。扶搖：旋風。⑳東隅：古人因爲太陽從東方出來，故以東隅爲日出處。這裏借指青年時期。桑榆：古人在住宅四周多種桑樹、榆樹，日落時，餘輝照射在桑榆上，故以桑榆指日落時。這裏借指年老。㉑孟嘗：東漢人，任合浦太守，有政績，卻不被重用，後辭官隱居。㉒阮籍：魏末晉初人。他對魏末的權臣司馬氏不滿，又怕自己被司馬氏殺害，就喝酒裝糊塗，有時一個人駕車出遊，漫無目的，到無路可通處，痛哭而回。

勃，三尺微命[1]，一介書生[2]。無路請纓，等終軍之弱冠[3]；有懷投筆，慕宗愨之長風[4]。舍簪笏於百齡[5]，奉晨昏於萬里[6]。非謝家之寶樹[7]，接孟氏之芳鄰[8]，他日趨庭，叨陪鯉對[9]；今晨捧袂，喜托龍門[10]。楊意不逢，撫凌雲而自惜[11]；鍾期既遇，奏流水以何慚[12]？

嗚呼！勝地不常，盛筵難再[13]。蘭亭已矣[14]，梓澤邱墟[15]。臨別贈言，幸承恩於偉餞，登高作賦，是所望於羣公。敢竭鄙誠，恭疏短引[16]。一言均賦，四韻俱成[17]。

滕王高閣臨江渚，
佩玉鳴鸞罷歌舞[18]。
畫棟朝飛南浦雲[19]，
珠簾暮捲西山雨。
閒雲潭影日悠悠，
物換星移幾度秋。
閣中帝子今何在？
檻外長江空自流。

【注釋】

①三尺：和前面自謙稱「童子」一樣。古人稱成人爲「七尺之軀」，稱不大懂事的小孩爲「三尺童兒」。一說，三尺指衣帶下垂長度，即「紳」的長度。三尺是當時士大夫中最低一級的紳的長度。微命：卑微的地位。②一介：同「一芥」。芥是小草，用以比喻自己很渺小。③纓：繩子。終軍：西漢人。二十多歲時，武帝派他出使南越，臨行前，他請求武帝給他一根繩子，如南越王不肯和親，就用繩子捆來。弱冠：古代男子二十歲舉行加冠的禮儀，表示已成年。弱，年少，故二十歲左右的人稱弱冠。④投筆：指棄文從武。《後漢書·班超傳》說，班超早年家貧，爲官府抄寫文書度日。有一天他投筆於地，說：大丈夫應該「立功異域，以取封侯」。後來從軍出使西域，立了大功封侯。宗慤：南朝宋的將軍。少年時，叔父問其志向，他說：「願乘長風破萬里浪。」⑤簪：是古人束髮戴冠時用以固定冠的長針。笏是朝見皇帝時用的手版。這裏代指官職。百齡：百年一生。⑥奉晨昏：這裏指侍奉父親。古人早晚要向父母請安，故稱。萬里：指交趾。⑦謝家之寶樹：東晉謝安曾稱其侄謝去爲「吾家之寶樹」。意爲賢能子弟。⑧接孟氏之芳鄰：意思是說，自己能有幸和與會的羣賢相會。傳說孟子的母親爲了教育兒子而選擇居住環境，曾經三次遷移，最後定居於學堂的附近。事見劉向《列女傳·母儀篇》。⑨他日：來日。趨庭：快步走過庭院。叨：慚愧，表示自謙。鯉對：孔子曾在其子孔鯉走過庭前時對他進行教育，後人稱回答長輩的教誨爲「鯉對」。⑩捧袂：捧著衣袖，形容恭敬的樣子。龍門：東漢李膺，聲望極高，當時士人能和他接近的，稱爲登龍門。託龍門即登龍門。龍門即河津，在今山西省稷山縣，黃河口岸之一。地勢險峻，流經其地的魚類，都不能通過。古代傳說，魚能跳過龍門，就可變化爲龍。⑪楊意：即西漢人楊得意，漢武帝身邊管狗的官。大辭賦家司相如由於他的推薦，才得到武帝的賞識。凌雲：指漢武帝讀了司馬相如的賦，「飄飄有凌雲之氣。」⑫鍾期：春秋時人鍾子期。《列子·湯問》：「伯牙善鼓琴，鍾子期善聽。伯牙鼓琴……志在流水，鍾子期曰：『善哉！洋洋兮若江河。』伯牙所念，鍾子期必得之。」⑬勝地：名勝之地。盛筵：盛的宴會。⑭蘭亭：見《蘭亭集序》注。⑮梓澤：即晉石崇的金谷園，故址在今河南洛陽。⑯疏：分條陳述。這裏指寫作。引：引言，即序文。⑰一言均賦，四韵俱成：即「均賦一言，俱成四韵」的倒裝。意即與會的人，各分一言（字）爲韵，以四韵（八句）成篇。⑱佩玉鳴鸞：佩玉是古代士大夫的一種玉製衣飾，走路時，玉與玉相碰，發出音響。鳴鸞：車上掛的響鈴。⑲畫棟：彩繪的屋樑。南浦：地名，在今江西南昌市西南。

【譯文】

南昌是漢代豫章郡的古城，如今已成新設的洪州的都府。它在天上屬於翼軫兩星宿的分野，在地下連接著衡、廬兩山的峯巒。前面連帶著三江，周圍環繞著五湖，西連荊楚，東接閩浙。物類有光華，天上有寶氣，寶劍的光芒直射牛、斗兩個星區；人中有俊傑，大地有靈氣，陳蕃專爲徐孺設下榻几。雄偉的州城，在煙霧中若隱若見，英俊的人才，像繁星一般活躍異常，城池座落在夷夏交界的地方，主客都是東南地區的俊才。都督閻公，德高望重，遠道來洪州坐鎮；宇文州牧，品行高潔，赴任途中在此暫留。正逢十日休假的一天，傑出的友人像雲一樣匯聚於此；千里之遠來相集會，高貴的賓客坐滿席位。文筆能使蛟龍騰飛，鳳凰起舞，孟學士是文學大師；兵器寒光閃閃，如電如霜，王將軍武略超羣。我父親作交趾令，我由於省親而路過這個聞名的地方，我年幼無知，竟有幸參加這個盛大的道別宴會。

時間正是九月，剛是秋天季節，雨後的積水已經消盡，寒潭清澈，煙霧瀰漫，霞光燦爛，周圍的羣山在暮色中呈現紫色。整整齊齊駕著馬車出遊，在崇山峻嶺中欣賞美景。來到昔日帝子到過的長洲，發現了仙人居住過的殿閣，這裏山巒重疊，青翠的山峯高聳入雲；高高的閣宇鮮紅欲滴，下臨深潭。仙鶴野鴨棲息的沙灘小洲，島嶼迂曲回繞，沒有盡頭；桂樹蘭木建造的宮殿，隨著山勢起伏而排列，推開彩繪的大門，俯視雕飾的屋脊，極目遠眺，山峯平原盡收眼底，河流湖泊，浩瀚迷茫，令人驚駭。房屋遍地，這是享不盡榮華富貴的人家，船只塞滿渡口，上面雕刻著青雀或黃龍的圖案。彩虹消散。雨過天晴，陽光普照，滿天霞雲。空中的晚霞和孤寂的野鳥。彷佛齊在飛行；清碧的秋水和蔚藍的長空，好像溶爲一色。漁人划著小船，唱著歡歌滿載而歸，歌聲在整個彭蠡湖上空回蕩；雁兒在寒氣中驚叫，向南飛翔，停落在衡陽的水邊。

放聲長吟，登高俯視，十分舒暢，興致也十分高昂。排簫吹來陣陣清風，歌聲響起，遏止了浮雲。個個都像當年梁孝王睢園中的佳賓，酒量如海，豪氣遠遠超過了彭澤縣令陶淵明，又如當年鄴下曹操父子和建安七子，文采風流，可以和謝靈運媲美。良辰美景，賞心樂事，自古難全，而如今卻齊備，賢主、嘉賓，千載不遇，而如今卻歡聚一堂。在閣上四處觀望美景，在假日裏盡情享受遊覽之樂。

天高地遠，我覺察到了時空的無窮無盡；歡樂逝去，悲哀襲來，我明白了興衰貴賤都由命中注定。在夕陽而下時，遙望都城長安；在雲霧蒼茫中，指點江浙。地勢傾斜，到盡頭是極深的南海，天柱高聳，北斗星非常遙遠。吳山難以翻越，誰會爲不得的志的人悲傷？今天偶爾聚在一起的，全都是來自他鄉的賓客，懷念京都卻難以望見，到什麼時候才能被君王招見呢？

唉，命運是那樣的不好，前途多麼坎坷！馮唐容易衰老，李廣難得封侯。使賈誼蒙受委屈，被貶謫到長沙，並不是沒有聖明的君主；使梁鴻逃亡到海邊，難道是當時的政治不清明？幸好君子能夠安於貧困，通達的人能夠知道自身的命運。年紀雖大，但志氣應更加旺盛，怎能在白頭時改變心願？雖然窮困，但應更加堅强，不拋棄遠大的志向。喝了貪泉的水也覺得涼爽，處在乾涸的車轍壓痕中也要開心。北海雖然很遠，但是乘著旋風也能到達，少年的美好時光雖已消逝，但暮年努力也不算太晚。孟嘗是高潔之士，可他一輩子白白地懷抱報效國家的熱情，阮籍瘋瘋顛顛，我們怎能學他那種窮途的哭泣？

我地位卑微，只是一個書生。雖然和終軍一樣都是二十來歲，卻無處請纓殺敵，我也懷有投筆從戎之志，羡慕宗慤那種「乘長風破萬里浪」的英雄氣概。如今，我捨棄了一生的功名，不遠萬里前去朝夕侍奉我的父親。我不是謝玄那樣的俊才，卻有幸和在座諸君會面。不久我將聆聽父親的教誨，今天我能恭敬敬地拜見各位，高興得如同登上龍門。如果碰不到楊得意那樣的人，就只好撫摸著自己的錦繡文章而嘆息，既然遇到了鍾子期這樣的知音，就是彈奏一曲流水，又有什麼羞愧呢？

唉？名勝之地不能常遊，盛大的宴會也再難碰上。蘭亭宴集已成陳跡，梓澤也變成廢墟。僥倖在盛大的宴會上承受厚愛，臨別時作這一篇序文，至於登高作賦，只有指望在座諸公。我只是冒昧地盡我微薄的誠意，作了短短的序言，在座諸位都按各自分到的韵字作詩，我已寫成了四韵八句：

高高的滕王閣，聳立在大江邊，佩玉叮噹，車鈴響起，歌舞已經結束。南浦的雲霞，早晨時飛過雕樑畫棟，西山的風雨起落，黃昏時珠簾卷起。閑靜的白雲，在清潭中留下倒影，日子就這樣悠然而過，景物更換，星斗移轉，誰知經過了多少春秋。當年建築樓閣的帝王，如今到哪裏去了呢？只有門外的江水，默默地向前奔流。

與韓荊州書

李白[1]

【題解】

這是李白給韓朝宗的一封自薦書。書中介紹了自己的身世和志向，贊頌了韓朝宗的雄才大略及他舉賢任能的優良品德。並將韓朝宗比作周公、平原君，將自己比作毛遂，反覆陳述了自己希望得到援引的心願。

這封信措詞不卑不亢，甚至有些咄咄逼人，語言絢麗、用典自如，音節鏗鏘，充分顯示了「詩仙」的傲氣和才氣。

白聞天下談士相聚而言曰[2]：「生不用封萬戶侯，但願一識韓荊州[3]，」何令人之景慕一至於此[4]！豈不以周公之風[5]，躬吐握之事[6]，使海內豪俊，奔走而歸之，一登龍門[7]，則身價十倍。所以龍蟠鳳逸之士[8]，皆欲收名定價於君侯。君侯不以富貴而驕之[9]，寒賤而忽之，則三千之中有毛遂[10]，使白得穎脫而出[11]，即其人焉。

白，隴西布衣[12]，流落楚漢。十五好劍術，遍干諸侯[13]。三十成文章，歷抵卿相[14]。雖長不滿七尺，而心雄萬夫。皆王公大人，許與氣義[15]此疇曩心跡[16]，安敢不盡於君侯哉！

【注釋】

[1]李白：七〇一——七六二年，字太白，號青蓮居士。祖籍隴西成紀（現甘肅省秦安縣），生於安西碎葉（今

巴爾喀什湖南），生長在綿州昌明青蓮鄉（今四川江油縣南）。二十五歲時出蜀到各地漫遊，行跡遍布半個多中國，四十二歲時經他人推薦得到唐玄宗的召見，後任翰林學士。三年後去職。安史之亂後因受累於李璘，流放夜郎，中途遇赦放還。晚年飄泊清苦。後死在當涂（今安徽境內）。李白以詩著稱，被稱爲「詩仙」。其詩清新飄逸，熱情奔放，想像奇特。有《李太白集》傳世。[2]談士：能言善辯者，談論天下時事的人。[3]萬戶侯：食邑萬戶的侯。漢制，列侯的食邑，大的萬戶，小的五六百戶。韓荊州，即韓朝宗。唐玄宗開元年間曾任荊州長史，所以李白稱他韓荊州。[4]景慕：景仰愛慕。一：竟。[5]周公：名旦，周文王的兒子，周武王的弟弟，因封他在周（今陝西岐山東北）故稱。[6]躬：身體，這裏是親身實行的意思。吐握：吐哺和握髮。《史記・魯周公世家》記載，周公說：「我一沐三握髮，一飯三吐哺（口中嚼著的食物），起以待士，猶恐失天下之賢人」。[7]登龍門：見《滕王閣序》注。[8]龍蟠鳳逸之士：指未被任用，潛藏閒居等待時機的豪傑。龍蟠，像龍的盤屈伏藏，鳳逸，像鳳的安逸自在。[9]驕：傲視。[10]三千之中有毛遂：戰國時趙國平原君門下有幾千門客，毛遂是其中之一，三年默默無聞。後秦圍趙國都城邯鄲，趙國派平原君到楚國求救，毛遂自薦前往。在與楚懷王的談判中，由於他直陳利害，才促成了談判。[11]穎脫而出：尖端透過布袋露出來。穎：尖端。[12]布衣：平民。[13]干：求見。諸侯：指鎮守地方的長官。[14]卿相：指朝廷的高級官員。[15]許：贊許。氣義：氣概和道義。[16]疇曩：從前。

君侯制作侔神明[1]，德行動天地，筆參造化[2]，學究天人[3]。幸願開張心顏[4]，不以長揖見拒[5]。必若接之以高宴，縱之以清談[6]，請日試萬言，倚馬可待[7]。今天下以君侯爲文章之司命[8]，人物之權衡[9]，一經品題[10]，便作佳士；而今君侯何惜階前盈尺之地[11]，不使白揚眉吐氣，激昂青雲耶[12]？

昔王子師爲豫州[13]，未下車即辟荀慈明[14]，既下車又辟孔文舉[15]。山濤作冀州[16]，甄拔三十餘人[17]，或爲侍中，尚書[18]，先代所美。而君侯亦一薦嚴協律，入爲秘書郎[19]；中間崔宗之、房習祖、黎昕、許瑩之徒⑳，或以才名見知，或以清白見賞。白每觀其銜恩撫躬㉑，忠義備發。白以此感激，知君侯推赤心於諸賢之腹中㉒，所以不歸他人，而願委身國士㉓。倘急難有用，敢效微軀。

【注釋】

①制作：制禮作樂。這裏指所建的功業。侔：相等。②參：參與。造化：天地、自然。③究：窮盡，通曉。天人：指天道和人事。④幸：希望。開張心顏：即開心張顏。意即和顏悅色以誠相待。⑤長揖：古時平等的相見禮，拱手高舉由上而下。⑥清談：本指魏晉時士大夫以宣揚老莊學說爲主的玄談。這裏指高雅的言談。⑦倚馬可待：比喻文思敏捷。《世說新語．文學》載，桓溫北征時，命袁虎寫公告，袁靠著馬起草，手不停筆，很快就寫了七張紙，而且很不錯。⑧司命：星名，迷信的人認爲它主宰生死、賞罰、善惡。這裏指品定文章的最高權威。⑨權：稱砣。衡：稱杆。這裏是衡量、評定的意思。⑩品題：品評，評價。這裏是贊揚的意思。⑪盈：滿。⑫激昂青雲：奮發得志。青雲：本指天空。這裏指因薦舉提拔而得志。⑬王子師：一三七——一九二，名允，東漢太原祁縣（今屬山東）人。漢靈帝時任豫州刺史，漢獻帝即位，任司徒，後與呂布密謀誅殺董卓，不久被董卓部將李傕、郭汜所殺。⑭下車：指官吏初上任。辟：徵聘。荀慈明：名爽，東漢潁川（今河南許昌）人，曾與王允等謀殺董卓，未遂而死。⑮孔文舉：名融，東漢末年人，曾爲北海（今山東昌樂縣）相，後被曹操殺死。⑯山濤：字巨源，西晉名士，「竹林七賢」之一，曾任冀州刺史。⑰甄拔：考察選拔。⑱侍中：官名，漢代爲加官，在皇帝左右侍應雜事。後權力逐漸增大，到南北朝後，實際上就是宰相，唐代一度改爲左相。尚書：官名，隋唐設置尚書省，下設吏、戶、禮、兵、刑、工六部，六部長官爲尚書。⑲嚴協律：據說即嚴武，字季鷹，唐代華陰（今屬陝西省）人。協律：掌管音樂的官。秘書郎：又叫秘書郎中，掌管圖書經籍的官。⑳崔宗之：唐代人，名成輔。襲封齊國公，歷任左司郎中，侍御史，後貶官金陵。曾與李白交遊。房習祖、黎昕、許瑩：生平不詳。㉑銜恩：即不忘提拔之恩。撫躬：意即自己追思身世。㉒推赤心於諸賢腹中：即對各種賢人都能推心置腹。赤心，眞心誠意。㉓委身：托身。國士：一國之中最傑出的人。這裏指韓朝宗。

且人非堯舜，誰能盡善？白謀猷籌畫1，安能自矜2？至於制作，積成卷軸3，則欲塵穢視聽4，恐雕蟲小技5，不合大人。若賜觀芻蕘6，請給紙筆，兼之書人7，然後退掃閑軒8，繕寫呈上9。庶青萍、結綠10，長價於薛、卞之門11。幸推下流12，大開獎飾13。惟君侯圖之14！

【注釋】

1謀：計謀。猷：謀劃、打算。2自矜：自誇。3卷軸：古代文章書畫，都裱爲長卷，有軸可以舒展，所以叫卷軸。4塵穢視聽：玷污了您的耳目。這是請別人看自己文章的自謙說法。5雕蟲小技：比喻微不足道的技能。蟲：指蟲書，秦代八種字體之一，筆劃好像蟲形。這八種字體，在西漢時是學童必學習的課程。6芻蕘：本指割草打柴的人。後轉爲指草野的人。這裏是李白謙指自己的詩文。7書人：抄寫的人。8閑軒：空閑的小房子。9繕：謄錄。10庶：也許。青萍：寶劍名。結綠：美玉名。11薛：薛燭，春秋時越國人，善相劍。卞：卞和，春秋時楚人，善識玉。12推：推舉，推薦。下流：地位卑下的人，作者謙稱。13獎飾：相當於過獎，過譽，受者含有不敢當的意思。14圖：考慮。

【譯文】

我聽世上那些善於言談的人聚在一起時說：「活著用不著封萬戶侯，只想見識一下韓荊州。」您爲什麼會讓人仰慕到這種地步呢？難道不是因爲繼承周公的遺風，能親自實行吐哺握髮的美德，才使得國內的豪傑俊才，從四面八方趕來投奔在您的門下，一旦被您賞識，那他們的聲價就迅速提高。所以那些英雄豪傑，都想在您這兒獲得名聲和評價。您不因爲自己地位高貴而傲視他們，也不因爲他們的貧寒卑下而輕視他們。那麼您衆多的門人中也會有毛遂那樣的人物，假如給我表現才能的機會，那我就是毛遂了。

我本是隴西的平民，流落到楚漢之地。十五歲時，我喜歡劍術，到處拜見地方官員。三十歲時文章稍有成就，多次拜訪卿相。雖然我的身高不到七尺，但是雄心壯志在萬人之上。那些王公大人，都贊揚我的氣節和道義。這是我平日的心願和行爲，怎麼敢不全部告訴您呢！

您的功績可與神靈相等，您的德行感動天地，您的文章闡發了自然之道，您的學問把天道和人事都研究透了。希望您能夠眞誠、愉快地接見我，不因爲我禮節簡慢而加以拒絕。如果一定要隆重設宴款待我，聽任我縱情暢談，那麼請您用一日寫一萬字的文章來考查我，我也只要片刻就會完成。當今天下的人把您當作品評文章的權威，評價人物的標準，一經得到您的贊許，就可成爲公認的優秀人士；如今您爲什麼會不得用階前尺把寬的地方來接見我，不讓我揚眉吐氣，施展抱負，直上青雲呢？

當初王子師作豫州刺史，還沒上任就徵召了荀慈明；剛上任又推舉了孔文學。山濤任冀州刺史時，選拔了三十多人，有的做了侍中，有的做了尚書。這都是被前人傳爲美談的。如今您也一開始就推薦了嚴協律，使他做了秘書郎，後來又推薦了崔宗之、房習祖、黎昕、許瑩這些人，他們有的因爲才華名氣爲您所知，有的因爲品行高潔而爲您賞識。我每每看到他們感激您的恩德，不忘您的推舉，忠義之心，激蕩流露。我因此感觸很深，激動不已，知道您能夠和賢能之士推心置腹，所以我不歸附他人，而來投奔您。倘若在急難之中有用我之處，我願意爲您獻身。

再說我又不是堯舜一樣的聖人，誰又能盡善盡美？我在出謀對策方面，一點也不敢自誇，至於寫作詩文，累積成許多卷軸，却想讓您看一看，只怕這些雕蟲小技，不符合大人的心意。如果承蒙您要看一下我的詩文，就請賜給我紙筆，並派一位抄寫的人，然後回來打掃一間閑靜的小屋，抄好給您看。也許那青萍寶劍、結綠玉石，能夠在識貨的薛燭、卞和那裏提高它們的價値。希望您能夠推舉我這個卑賤的人，大大地給以鼓勵贊揚。希望您考慮一下我的請求。

春夜宴桃李園序

李白

【題解】

這是李白的一篇駢體抒情小品。

在春氣融融，桃李芬芳的花園中，與兄弟們飲酒賦詩，海闊天空暢談世事人生，盡情抒發和享受拳拳的親情，這確實是一件賞心樂事，再加上有良辰美景，賢主嘉賓，怎不令人興致盎然，一飲千鐘呢？因此，歡欣喜悅是這篇小品的感情基調。

文章雖短，但脈絡分明，層次井然。末尾以「如詩不成，罰依金谷酒數」作結，嘎然而止，言有盡而意無窮，令人浮想聯翩。通篇感情真摯強烈，語言清新俊逸，可謂「清水出芙蓉，天然去雕飾」。

夫天地者，萬物之逆旅1；光陰者，百代之過客。而浮生若夢2，爲歡幾何3？古人秉燭夜遊4，良有以也5。況陽春召我以烟景6，大塊假我以文章7。會桃李之芳園，序天倫之樂事8。羣季俊秀9，皆爲惠連10；吾人詠歌，獨慚康樂11。幽賞未已12，高談轉清，開瓊筵以坐花13，飛羽觴而醉月14。不有佳作，何伸雅懷？如詩不成，罰依金谷酒數15。

【注釋】

1逆旅：旅館，客舍。2浮生：一種消極的人生觀，以爲世事無定，生命短促，好像浮萍生活在水面上一樣。3幾何：多少，多久。4秉燭夜遊：指人生短促，應及時行樂。《古詩十九首》：「生年不滿百，常懷千歲憂。

晝短苦夜長，何不秉燭遊？」秉：持，拿。⑤良：確實。以：原因。⑥烟景：指春天煙霧迷濛的秀麗景色。⑦大塊：指大地，大自然。假：借。文章：指錦繡河山。⑧序：通「敍」，這裏是暢談的意思。天倫：舊時用爲父子、兄弟等親屬的代稱，倫，次序。因爲父子、兄弟間的長幼、先後等次序是天生的，故稱天倫。⑨羣季：衆位弟弟。季：古代兄弟按年齡排行，稱伯、仲、叔、季。⑩惠連：指謝惠連。南朝文學家。十歲能作詩文。是當時著名詩人謝靈運的族弟，時稱他們爲「大小謝」。作者在這裏讚美諸弟都有謝惠連的才華。⑩康樂：謝靈運是謝玄的孫子，曾襲封康樂公，世稱謝康樂。這裏李白以謝靈運自喻。⑪幽賞：幽雅地觀賞。已：止。⑫瓊筵：華貴的筵席。⑭飛羽觴：比喻杯盞交錯，開懷痛飲。羽觴：古代的一種雙耳酒杯。⑮罰依金谷酒數：晉人石崇家有金谷園，經常宴客於園中，當筵賦詩，沒有寫成的就罰酒三杯。

【譯文】

天地是萬物的旅館，時間是百代的過客。人生漂浮不定，好似夢幻一般，歡樂的日子又有多少呢？古代的人夜晚拿著蠟燭遊玩，實在有道理啊！何況正逢溫暖的春天，那煙雨迷濛的美好景色在召喚我，大自然在我面前顯示出一派錦繡風光。相會在桃李花開，香氣馥鬱的花園，暢談兄弟們之間的樂事。諸位弟弟俊美才秀，都有謝惠連的風采。而我吟詠詩篇，獨自以爲不能和謝靈運相比而感到慚愧。幽美的景色還沒欣賞完，大家縱情的言談開始變得清雅。坐在花叢中間，擺開豐盛的宴席，酒杯頻頻高舉，在日下開懷痛飲，醉又何妨？沒有出色的作品，怎能抒發高雅的情懷？如果作詩不成，那就只好按照金谷園的先例，罰酒三杯。

弔古戰場文

李華[1]

【題解】

本文從古戰場的陰森悲涼的環境落筆，接著想像當年驚心動魄的戰爭場面，極力渲染戰爭的恐怖和殘酷，然後又聯想到古往今來中原和四方少數民族時戰時和的歷史，對戰爭中陣亡的將士表示了痛惜，表達了作者厭戰、反戰的思想感情。但他不加區別反對一切戰爭，不能不使本文的思想深度打一個大大的折扣。

文章大量採用了誇張、排比的手法，感情真摯强烈，行文搖曳多姿，具有較强的感染力和震撼力。

浩浩乎！平沙無垠[2]，敻不見人[3]，河水縈帶[4]，羣山糾紛[5]。黯兮慘悴[6]，風悲日曛[7]。蓬斷草枯[8]，凜若霜晨。鳥飛不下，獸鋌亡羣[9]。亭長告余曰[10]：「此古戰場也。常覆三軍，往往鬼哭，天陰則聞。」傷心哉！秦歟？漢歟？將近代歟[11]？

吾聞夫齊魏徭戍，荊韓召募[12]，萬里奔走，連年暴露[13]。沙草晨牧，河冰夜渡，地闊天長，不知歸路。寄身鋒刃，腷臆誰訴[14]？秦漢而還，多事四夷[15]；中州耗斁[16]，無世無之。古稱戎夏，不抗王師[17]。文教失宣[18]，武臣用奇[19]；奇兵有異於仁義，王道迂闊而莫爲[20]。嗚呼！噫嘻！

吾想夫北風振漠，胡兵伺便。主將驕敵，期門受戰①。野樹旌旗②，川迴組練③。法重心駭，威尊命賤。利鏃穿骨④，驚沙入面。主客相搏⑤，山川震眩⑥。聲析江河⑦，勢崩雷電。

至若窮陰凝閉⑧，凜冽海隅⑨；積雪沒脛⑩，堅冰在鬚。鷙鳥休巢⑪，征馬踟躕⑫，繒纊無溫⑬，墮指裂膚。當此苦寒，天假強胡，憑陵殺氣⑭，以相剪屠⑮。徑截輜重⑯，橫攻士卒，都尉新降⑰，將軍覆沒。屍填巨港之岸⑱，血滿長城之窟⑲。無貴無賤，同爲枯骨，

【注釋】

①李華：七一五——七六六，字遐叔，唐趙州贊皇（今河北贊皇縣）人，開元二十二年進士。歷任監察御史，右補闕。安史之亂時被俘，被迫受任風閣台舍人官職，平亂後被貶爲杭州司戶參軍，後任吏部員外郎，因開罪於權勢，托病辭職隱居於山陽。李華與蕭穎士等提倡古文，改革文風。著有《李遐叔文集》。②浩浩：遼闊廣大的樣子。垠：邊。③夐：空曠。④縈帶：像衣帶一樣環繞著。縈：環繞。⑤糾紛：交雜錯亂的樣子。⑥黯：陰暗。慘悴：淒慘憂傷。⑦曛：昏暗不明。⑧蓬：草名。枯後根斷，遇風飛旋，又名飛蓬。⑨鋌：快跑。⑩亭長：秦漢制度，十里一亭，設亭長一人，掌捕劾盜賊。唐代亭長是地方上掌管治安和傳達禁令的小官吏。⑪將：還是。⑫齊、魏、荊、韓：即戰國時的齊、魏、楚、韓諸國。傜：勞役。戍：守邊。召募：即招募兵員。⑬暴：即「曝」，指日曬。露：指露宿野外。⑭腷臆：鬱悶的心情。⑮事：指徵伐用兵之事。夷：指邊疆少數民族。⑯中州：指中原地區。斁：敗壞。⑰戎：指居住在我國西部的少數民族，這裏泛指邊境地區各少數民族。夏：指中原地區民族，即漢族。王師：帝王的軍隊。⑱文教：舊稱用以統治天下的典章制度，如禮、樂等。失宣：不宣傳、不提倡。⑲奇：指奇詭的計謀。⑳王道：古代儒家所宣揚的用仁義禮樂治理天下的辦法。迂闊：迂遠而不切實際。

可勝言哉！鼓衰兮力盡，矢竭兮弦絕。白刃交兮寶刀折，兩軍蹙兮生死決[20]。降矣哉，終身夷狄；戰矣哉，骨暴沙礫[21]。鳥無聲兮山寂寂，夜正長兮風淅淅[22]；魂魄結兮天沉沉[23]，鬼神聚兮雲冪冪[24]。日光寒兮草短，月色苦兮霜白。傷心慘目，有如是耶！

【注釋】

[1]期門：這裏指軍營的大門。[2]旌旗：用旄牛尾裝飾的旗幟，這裏泛指軍旗。[3]川：平川，平原。組練：組甲和練袍，軍士穿的兩種衣甲。這裏借代軍隊。[4]鏃：箭頭。[5]主客：指敵我雙方。[6]眩：迷亂。[7]析：這裏是崩裂的意思。[8]窮陰凝閉：指嚴冬季節烏雲四合，凝結不開。窮陰：極陰，天色非常陰沈。[9]凜冽：嚴寒。海隅：海角，這裏指邊地。[10]脛：小腿。[11]鷙鳥：兇猛的鳥。休巢：歇巢不出。[12]踟躕：徘徊不前。[13]繒：古代對絲織品的總稱。纊：棉絮。[14]憑陵：依憑。殺氣：寒氣。[15]剪：搶掠。[16]輜重：軍用物資的統稱。[17]都尉：武官名，漢代在邊哨設都尉，掌武事。[18]港：河。[19]窟：孔穴。[20]蹙：迫近。[21]礫：碎石。[22]淅淅：風聲蕭瑟淒涼的樣子。[23]魂魄：古代稱人的精神靈氣爲魂魄。[24]冪冪：黑沉沉、陰森森的樣子。

吾聞之：牧用趙卒，大破林胡[1]，開地千里，遁逃匈奴。漢傾天下[2]，財殫力痡[3]。任人而已[4]，其在多乎？周逐獫狁[5]，北至太原[6]，既城朔方[7]，全師而還。飲至策勛[8]，和樂且閑，穆穆棣棣[9]，君臣之間。秦起長城，竟海爲關，荼毒生靈[10]，萬里朱殷[11]。漢擊匈奴，雖得陰山[12]，枕骸遍野，功不補患？蒼蒼蒸民[13]，誰無父母？提攜捧負，畏其不壽。誰無兄弟，如手如足？誰無夫婦，如賓如友？生也何恩，殺之何咎[14]？其存其歿，家莫聞知。人或有言，將信將疑。悁悁心目[15]，寢寐見之。布奠傾觴[16]，哭望天涯。天地爲愁，草木淒悲。弔祭不至，精魂何依？必有凶年[17]，人其流離。嗚呼噫嘻！時耶命耶？從古如斯，爲之奈何，守在四夷⑱。

【注釋】

①牧：李牧，戰國末年趙國名將，長期防守在趙國的北邊，打敗東胡，降服林胡，使匈奴遠遁，十餘年不敢接近趙國邊境。②漢傾天下：指漢朝從文帝起開始積蓄力量，到武帝時，發動三次大規模抗擊匈奴的戰爭，以致耗盡全國財力。③殫：盡。痡：病，引申爲疲病。④任人：指任用賢人，即用人得當。⑤獫狁：也作「玁狁」，我國古代北方的一個民族。⑥太原：在今寧夏固原西北，是太原戎所屬之地。《詩經・小雅・六月》：「薄伐玁狁，至於太原。」⑦城：築城。朔方：北方。《詩經・小雅・出車》：「天子命我，城彼朔方。」⑧飲至：古時諸侯朝見、會盟、征伐完畢都要到宗廟裏告祭祖先，飲酒慶賀，叫做「飲至」。策勛：把功勛記在簡冊上。⑨穆穆：儀表端莊恭敬。棣棣：儀態嫻雅和順。⑩荼毒：毒害、殘害。荼，苦荼。毒，螫人的蟲。⑪朱殷：這裏指血。朱，紅色。殷，赤黑色。⑫陰山：山名。起於河套西北，綿亙內蒙古自治區東北，與內興安嶺相接。⑬蒼蒼：青黑色，這裏指頭髮。蒸：通「烝」，衆。⑭咎：罪過。⑮悁悁：憂悶的樣子。⑯布奠：擺設祭品。傾觴：把酒杯中的酒在地上。觴：酒杯。⑰凶年：荒年。《老子》：「大軍之後，必有荒年」。⑱守在四夷：見《左傳・昭公二十三年》：「古者天子，守在四夷。」這是說要用仁德使四方歸服，都來爲天子守衛國土，就沒有戰爭的禍患了。

【譯文】

遼闊的沙漠啊，無邊無際，空曠無人。黃河猶如一條飄帶，將這裏環繞，山巒此起彼伏，交錯縱橫。景物黯淡愁慘，風聲悲愴，陽光昏暗。蓬根折斷，野草枯萎，寒氣逼人，宛如降霜的清晨。鳥兒驚飛，不敢停留，野獸狂奔，不顧同伴。亭長告訴我說：「這是古代的戰場，常常有軍隊在這裏覆沒。經常有鬼哭泣，陰天就可聽到。」這眞令人傷心啊！這是秦代的戰場呢？還是漢代的戰場？也可能會是近代的戰場吧？

我聽說戰國時各諸侯國征發傜役，招募兵員，戍守邊塞，將士們奔走萬里，連年露宿野外，早晨在沙洲上牧馬，夜晚渡過結冰的河流，天高地遠，不知道回家的道路在何方。在刀槍叢中求生存，這其中的鬱悶又能向誰訴說？秦漢以來，多次向四方邊境少數民族動用武力，中原凋敝破敗，沒有一個朝代不是如此。古人說，中原和四方都不敢抗拒帝王的軍隊。可後來禮樂教化廢而不用，武將的奇謀却得以施展。背棄仁義而用奇兵偸襲，認爲儒家的王道迂闊而置之不理。唉，可歎啊！

我想像北風呼嘯，大漠中飛沙走石的時候，胡人的軍隊便乘機入侵。主將驕傲輕敵，等敵軍殺到營門才倉猝應戰。野外樹立了各色軍旗，平原上將士們縱橫馳騁。軍法森嚴，令人心驚膽寒，將軍威武高貴，士兵的性命低賤不値錢。尖利的箭頭射進骨頭，大風揚起的塵沙撲擊臉面。敵我雙方互相拚殺，殺聲震動山野，刀光劍影令人目眩。激戰的聲浪猶如江河崩裂，凶猛的攻勢彷彿電閃雷鳴。

至於在天色陰沉，烏雲密佈，寒風凜冽的邊地，積雪淹沒小腿，堅硬的冰凝結在鬍鬚上，兇猛的大鳥躲在巢中休息，戰馬畏寒，徘徊不肯前進，衣服不能保溫，手指凍掉，肌膚凍裂，在這樣極其寒冷的時候，胡人憑藉嚴寒，前來搶劫屠殺。他們正面攔截軍用物資，側面攻殺士兵，將士們有的身亡，有的投降。戰死者的屍體塡滿了大河的堤岸，鮮血注滿了長城的洞穴。無論貴賤，都化作一堆白骨，這其中的悲慘又怎能說得盡呢！鼓聲漸小，力氣已經用盡，箭已射完，弓弦已斷。雪白的鋒刃碰在一起，寶刀都已折斷，兩支軍隊遭遇，將士們的生死就要見分曉。投降吧，終身都要成爲夷狄；拚命吧，死了屍骨都不得埋葬，在沙石上任日曬雨淋。鳥雀無聲，山林寂靜，黑夜正長，寒風呼嘯；魂魄凝結，天色陰沉，鬼神相聚，陰雲森森。日光寒冷，百草不長，月色淒苦，嚴霜雪白。令人傷心慘不忍睹的，就是這般景象！

我聽說過：李牧率領趙國士兵，大敗林胡，開闢了千里的國土，使匈奴遠逃。漢朝動用了全國之力攻打匈奴，致使財盡力竭。戍守邊疆，在於用人得當罷了，難道在於戍邊軍隊的衆多嗎？周朝驅逐獫狁，向北直到太原，在朔方築起城牆防守後，率軍回朝。祭告宗廟，宴飮歡慶，記載功勞，君臣和睦觀樂並且悠閑自在。恭敬文雅，互相尊敬。秦朝修築長城，一直到海邊都設了關隘，這使百姓受苦受累，血流萬里。漢朝攻打匈奴，雖然得到了陰山，但將士死傷無數，功勞不能彌補損失。天下的百姓，誰沒有父母？即使小心供養，還擔心他們不能長壽。誰人沒有兄弟，親如手足？誰人沒有夫妻，相敬如賓？活著給了他們什麼恩惠？憑什麼罪過要殺死他們？他們的死活，家中無人知道。有人說起他們的生死，也還半信半疑，心中十分憂慮，在睡夢中見到他們。洒酒設祭，望著天邊哭泣。天地爲他們憂愁，草木爲他們悲傷。弔祭了却不來享，靈魂到底依附何處呢？大戰之後必有荒年，人們又得到處流離。唉！是時運不濟呢？還是命中注定？自古以來都是這樣。怎麼辦呢？只有使四方受到文教的熏陶，讓他們替天子守衛邊疆。

陋室銘

劉禹錫[1]

【題解】

這篇銘文生動地描寫了陋室的美景，陋室主人的高雅閑散，充分顯示了劉禹錫自負、自得而又知足常樂的樂天派風采。

全文短小精悍。音韻鏗鏘，琅琅上口。開篇類比，微露主旨；結尾引言，畫龍點睛。

山不在高，有仙則名；水不在深，有龍則靈。斯是陋室，惟吾德馨[2]。苔痕上階綠，草色入簾青。談笑有鴻儒[3]，往來無白丁[4]。可以調素琴，閱金經[5]。無絲竹之亂耳[6]，無案牘之勞形[7]。南陽諸葛廬[8]，西蜀子雲亭[9]。孔子曰：「何陋之有？[10]」

【注釋】

[1]劉禹錫：七七二——八四二，字夢得。彭城（今江蘇徐州市）人，一作洛陽人。唐德宗貞元九年中進士，後又登博學宏詞科。任監察御史，政治上追隨王叔文，推行革新，先貶後貶朔州司馬，後又任鄱州、連州、夔州、和州刺史及集賢直學士，太子賓客，會昌年中加封檢校禮部尚書。劉禹錫善詩文，與柳宗元齊名，並稱「柳劉」，又與白居易唱和，人稱「劉白」。有《劉夢得文集》傳世。[2]馨：能散佈到遠處去的芳香。[3]鴻儒：大學者。鴻。大。[4]白丁：無官職的平民。這裏指缺乏文化的人。[5]金經：指用泥金（一種用金箔和膠水製成的金色顏料）書寫的佛經。[6]絲竹：指各種樂器。絲，弦樂器。竹：管樂器。[7]案牘：指官府的文書。形：身體。[8]諸葛：指諸葛亮。三國時蜀國丞相。未出山時，曾隱居在南陽郡鄴縣之隆中（今湖北襄陽西）茅廬中。[9]子雲：楊雄字子雲，成都人，西漢辭賦家。[10]何陋之有：語出《論語・子罕篇》：「子曰：『君子居之，何陋

之有？』」

【譯文】

山，不在於高，有神仙住著就會出名；水，不在於深，有蛟龍潛藏就會顯靈。這雖是一間簡陋的小室，但我的德行却遠近聞名。青苔爬滿台階，翠綠可嘉；芳草映入窗簾，青碧怡人。平時談笑，有飽學之士，來往接交，無鄙陋之人。可以彈彈雪白的琴，可以看看金字的經。沒有管弦樂曲擾亂心境，沒有官府文書勞神傷身。南陽有諸葛亮的茅廬，西蜀有楊子雲的圓亭。孔子說：「這有什麼簡陋的呢？」

阿房宮賦

杜牧[1]

【題解】

阿房宮，秦始皇所建，故址在今陝西省西安市西南阿房村。據史載，阿房宮建制崇麗，爲古今所罕見。此文作於唐敬宗李湛寶曆元年（八二五）。敬宗荒淫失德，自即位以來，即廣徵聲色，大興土木，修建宮殿。文章借秦建阿房宮爲題材，運用賦的傳統手法，鋪陳排比，極盡誇張形容之能事，而其用意所在，則是針對現實，提出歷史教訓，把統治者窮奢極欲的罪行和人民所遭受的殘酷剝削和繁重徭役緊密聯繫起來，指出由於驕奢浪費，失去民心，最終將會國破家亡。

通篇以散文爲賦，融敘事、抒情、議論爲一體。想像豐富，比喻新穎，語言瑰麗，音韻和諧，氣體遒勁。

六王畢，四海一[2]，蜀山兀，阿房出[3]。覆壓三百餘里，隔離天日[4]。驪山北構而西折，直走咸陽[5]。二川溶溶[6]，流入宮牆。五步一樓，十步一閣，廊腰縵迴，檐牙高啄[7]，各抱地勢，鉤心鬥角[8]。盤盤焉，囷囷焉[9]，蜂房水渦，矗不知其幾千萬落[10]。長橋臥波，未雲何龍[11]？復道行空，不霽何虹[12]？高低冥迷，不知西東。歌臺暖響，春光融融；舞殿冷袖，風雨淒淒。一日之內，一宮之間，而氣候不齊。

【注釋】

[1] 杜牧：八〇三——八五三，字牧之，祖籍京兆萬年（今陝西省西安市）人。二十六歲中進士，曾作了十多年

的幕僚。歷任黃、池、睦、湖等州刺史，官終中書舍人。詩文俱佳，人稱「小杜」，與李商隱齊名。著有《樊川文集》。②六王：指齊、楚、燕、趙、韓、魏六國的君王。畢：完結。一：統一。③蜀山：泛指蜀地之山。兀：山高而上平。這裏形容山的光禿。④《三輔黃圖》載：「阿房宮，亦曰阿城。惠文王造宮，未成而亡。始皇廣其宮。規恢三百餘里，離宮別館，彌山跨谷，輦道相屬，閣道通驪山八百餘里。」⑤驪山：在今陝西臨潼縣東南。咸陽：秦都城，在今陝西咸陽市東。⑥二川：渭水和樊川。溶溶：水盛貌。一說安流貌。⑦廊腰：走廊環繞在房屋之間，起連接房屋的作用，故稱。縵：無花紋的繒帛。簷牙：指屋簷的滴水瓦排列著和牙齒一樣。⑧鉤心鬥角：房屋和中心區相鉤連即勾心。屋角對湊，狀如相鬥，故稱「鬥角」。⑨盤盤焉：盤旋貌。囷囷：屈曲貌。⑩蜂房：形容天井之多。水渦：漩渦，比喻建築物的曲折回旋。矗：高聳。落，簷前的滴水裝置。一說指院落。⑪未雲何龍：古人認爲雲從龍，有龍必有雲。⑫復道：樓閣間架木構成的空中通道。霽：雨或雪後轉晴。

妃嬪媵嬙①，王子皇孫，辭樓下殿，輦來於秦②，朝歌夜弦，爲秦宮人。明星熒熒③，開妝鏡也；綠雲擾擾④，梳曉鬟也；渭流漲膩⑤，棄脂水也；煙斜霧橫，焚椒蘭也⑥；雷霆乍驚，宮車過也；轆轆遠聽，杳不知其所之也。一肌一容，盡態極妍，縵立遠視⑦，而望幸焉⑧。有不得見者三十六年⑨。

燕、趙之收藏，韓、魏之經營，齊、楚之精英⑩，幾世幾年，取掠其人，倚疊如山。一旦不能有，輸來其間。鼎鐺玉石⑪，金塊珠礫⑫，棄擲邐迤⑬，秦人視之，亦不甚惜。

【注釋】

①妃：皇帝的妾，地位僅次於皇后。嬪：皇帝的妾，地位次於妃。媵：妾的一種，古代貴族女子出嫁時的陪嫁女子。嬙：宮中女官。②《史記·秦始皇本紀》：「秦每破諸侯，寫放其宮室，作之咸陽北阪上，南臨渭，自雍

門以東至涇、渭，殿屋復道周閣相屬。所得諸侯美人鐘鼓，以充入之。」③熒熒：光明貌。④綠雲：比喻婦女黑潤而稠密的頭髮。擾擾：紛紛揚揚。⑤膩：油脂。⑥椒：花椒。蘭：蘭花。古代貴族婦女在房中焚燒的香料。⑦縵立：久久地站立。縵：通「慢」。⑧幸：古代指天子車駕到達某地。⑨三十六年：秦始皇在位三十六年。⑩收藏、經營、精英：皆指六國搜括的財寶。⑪鐺：平底鐵鍋。⑫塊：土塊。礫：粗沙。⑬邐迤：連續不斷的樣子。

嗟呼！一人之心，千萬人之心也。秦愛紛奢，人亦念其家，奈何取之盡錙銖①，用之泥沙！使負棟之柱，多於南畝之農民②；架梁之椽，多於機上之工女；釘頭磷磷，多於在庾之粟粒③；瓦縫參差，多於周身之帛縷；直欄橫檻，多於九土之城郭④；管弦嘔啞，多於市人之言語。使天下之人，不敢言而敢怒，獨夫之心⑤，日益驕固。戍卒叫，函谷舉⑥，楚人一炬，可憐焦土⑦。

嗚呼！滅六國者，六國也，非秦也。族秦者⑧，秦也，非天下也。嗟夫！使六國各愛其人，則足以拒秦；秦復愛六國之人，則遞三世可至萬世而爲君⑨，誰得而族滅也？秦人不暇自哀，而後人哀之；後人哀之而不鑑之，亦使後人復哀後人也。

【注釋】

①錙銖：古代極小的重量單位。二十四銖爲一兩，六銖爲一錙。②南畝：泛指田野。《詩經・豳風・七月》：「同我婦子，饁彼南畝。」③磷磷：水裏的石頭密集，這裏是形容密集的樣子。庾：露天穀倉。④九土：九州。郭：外城。⑤獨夫：專橫殘暴的統治者爲人所痛恨，衆叛親離。故稱「獨夫」。⑥戍卒叫：指陳勝吳廣起義。函谷舉：指劉邦攻下函谷關。⑦楚人：項羽及其部隊。《史記・秦始皇本紀》：「項羽引兵西屠咸陽，殺秦

降孺子嬰，燒秦宮室，火三月不滅。」⑧族：古代的一種酷刑，多至誅滅九族。⑨秦傳二世而亡。《史記·秦始皇本紀》載秦併六國後，始皇下令廢除謚法：「朕爲始皇帝，後世以計數，二世三世至於萬世，傳之無窮。」

【譯文】

六國滅亡，天下統一。蜀山的樹木被砍伐一空，阿房宮得以建成。它覆蓋了三百多里的地面，遮蔽了天空和太陽。它從驪山北面開始修建再折向西面，一直到咸陽。渭水和樊川的水緩緩流動，一直流進宮內。五步一樓，十步一閣。走廊迂迴曲折，屋檐高高聳起，如同鳥雀啄食，亭台樓閣隨著地勢起伏，向中心區靠攏，屋角相向，宛如互相爭鬥。宮室盤旋起伏，曲折環繞，既像蜂房，又似水渦，高高聳立在那裏，不知道有幾千萬座。長橋橫臥波面，天空無雲，哪裏飛來了蒼龍？複道架設在空中，並非雨過天晴，怎麼會出現彩虹？房屋高高低低，到處都是，讓人眼花撩亂，分不出東南西北。台上歌聲溫柔，讓人感到春天一樣的溫暖；舞殿上彩袖飄飛，彷彿是風雨交加，讓人感到陣陣寒意。一天之內，一宮之間，氣候各異。

六國的後宮佳麗、王子皇孫，離開自己的樓閣宮殿，乘坐輦車來到秦國，朝晨唱歌，夜晚彈琴，成了秦王後宮的侍妾。明星閃閃，原來是打開了梳妝的鏡子，黑雲瀰漫，原來是早晨梳理頭髮，渭水上漂滿了油膩，原來是倒掉的帶有胭脂香粉的洗臉水；煙霧繚繞，原來是在焚燒香料；雷聲突然響起，原來是宮車經過；車輪轆轆作響，聲音越來越小，不知它最終到了哪裏。佳麗們的全身上下，都打扮得非常美麗誘人，他們久久地站立著，目視遠方，希望君王能夠駕臨。有人就這樣等了三十六年，也沒見過始皇一面。

燕趙韓魏齊楚收藏的金銀珠寶，是他們幾代人從他們的國民手中掠奪搜刮得來的，堆在庫房裏像山一樣高。一旦不能繼續占有，就被秦王運到阿房宮。秦王把寶鼎當作平底鍋，把美玉當作頑石，把黃金當作土塊，把珍珠當作沙礫，丟得到處都是，秦人對待這些金銀財寶並不怎麼愛惜。

唉！一個人的心願，也就是千萬個人的心願。秦王喜歡奢侈浪費，人們也顧念自己的家。爲什麼搜刮它們的時候一絲一毫都不放過，但用起來卻像泥沙一樣呢？使承受棟樑的柱子，比田野中的農民還多；架在樑上的椽條，比織機上工作的婦女還多；釘頭密密麻麻，比倉中的粟米還多，瓦縫參差不齊，比身上帛布的絲縷還多；直的欄杆，橫的門檻，比全國的城池還多；樂器演奏發聲，比集市上的人聲還要嘈雜。這就讓全國的人，敢怒而不敢言，而獨夫民賊的心理，却日益驕橫頑固。陳勝、吳廣率先起義，函谷關被劉邦攻下，項羽一把火把阿房宮燒成一片灰燼。

唉！使六國滅亡的，是六國自己，並不是秦國。使秦朝滅亡的，是秦王朝自己，並不是天下人。唉！假使六國各自愛護自己的人民，那麼就足以抵抗秦國；假使秦又愛護六國的人民，那麼就可以傳遞三世甚至萬世都做皇帝，誰能夠消滅他們的家族呢？秦人來不及痛惜自己的亡國，後人替他們哀傷；後人雖替他們哀傷，但不吸取他們的教訓，這就會使更後來的人來哀臨他們啊！

原道

韓愈[1]

【題解】

此文是體現韓愈政治思想和文風特點的代表作之一。原道，探求道的本源，這本源就是篇中所説的儒家「仁義」之道，用以排斥佛老之説。此文系統地闡述所謂「先王之教」即封建的倫理、教化和等級制度，指出僧侶寄生階層嚴重影響國計民生，對社會危機深刻發展的中唐有其現實意義。但文中輕視人民羣衆在歷史上的作用，還表現了大漢族主義的思想，這是應該批判的。行文波瀾曲折，句式錯綜複雜，氣勢磅礴，表現出韓文雄健宏偉、深浩流轉的特色。

博愛之謂仁[2]，行而宜之之謂義[3]，由是而之焉之謂道[4]，足乎己無待於外之謂德[5]。仁與義爲定名，道與德爲虛位[6]。故道有君子小人，而德有凶有吉[7]。

【注釋】

[1]韓愈（七六八——八二四），字退之，河陽（今河南孟縣）人。祖籍河北昌黎，故世稱韓昌黎。唐德宗貞元八年（公元七九二年）進士。曾三次應博學宏詞拜考試，未被錄取，繼而三次上書宰相，希望得到提拔，也未如願。貞元十九年，任監察御史時，因關中大旱，上疏請寬免稅錢，爲幸臣所讒，貶爲陽山（今廣東陽山縣）令。憲宗元和十二年（公元八一七年），因參與平定淮西藩鎮吳元濟有功，升爲刑部侍郎。不到兩年，又因諫迎佛骨觸怒憲宗，被貶爲潮州（今廣東潮陽縣）刺史。穆宗即位（公元八二一年）後，召爲國子監祭酒。歷任官京兆尹、兵部侍郎，又轉吏部侍郎。後稱「韓吏部」，又謚號爲「文」，後又稱之爲「韓文公」。他和柳宗元等倡導了中唐時期的古文運動，是傑出的散文家，有特色的詩人。他推崇儒學，力排佛老，也是有影響的思

想家。[2]博：大；博愛：無所不愛。《論語・學而》：「汎愛衆，而親仁。」《論語・顏淵》：「樊遲問仁。子曰：『愛人』。」[3]行：行爲，實踐。宜：指合於人情事理所當然。《禮記・中庸》：「義者，宜也。」《孟子・告子上》謂「義」比生命更可貴，應當「舍生而取義」。它是「仁」的具體表現。[4]是：指上文所說的仁義。之：往，這裡指進修。道：應該行走的路，應該遵循的道理。[5]足乎己：是說仁義發於內心，有足夠的自我修養。外：外界的影響。《孟子・告子上》：「仁義禮智，非由外鑠我也，我固有之地。」[6]「仁與義爲定名」二句：謂仁與義是具體事物的固定名稱，循名責實，有其實際內容。道德則可以做不同的解釋，是從不同的內容和準則抽象出來的，故曰虛位。[7]「道有君子小人」二句：說明道與德爲什麼是虛位。有君子之道，有小人之道。《禮記・中庸》：「君子之道暗然而日章，小人之道的然而日亡。」《易經・泰・彖傳》：「君子道長，小人道消也。」有凶德，吉德。《左傳》文公十八年：「孝敬忠信爲吉德，盜賊藏奸爲凶德。」

老子之小仁義[1]，非毀之也，其見者小也。坐井而觀天[2]，曰天小者，非天小也。彼以煦煦爲仁，孑孑爲義[3]，其小之也則宜。其所謂道，道其所道，非吾所謂道也；其所謂德，德其所德，非吾所謂德也[4]。凡吾所謂道德云者，合仁與義言之也，天下之公言也[5]。老子之所謂道德云者，去仁與義言之也[6]，一人之私言也。

【注釋】

[1]老子：即老聃，姓李，名耳。春秋時的思想家，道家的創始人。小仁義：以仁義爲小，貶低仁義的意思。《老子》：「大道廢，有仁義。」又說：「失道而后德，失德而后仁，失仁而后義。」[2]坐井而觀天：比喻見識不廣。《太平御覽》卷六引《尸子》：「自井中視星，所見不過數星；自丘田上以望，則見始出也。非明益也，勢使然也。」[3]「彼以煦煦爲仁」二句：意謂老子不了解仁義的巨大意義，而停留在言辭顏色或生活小節上。煦煦：溫潤和悅的樣子。孑孑：瑣屑細小的樣子。[4]「其所謂道」六句：道其所道，德其所德：「道」字，「德」字皆作動詞用。《老子》：「人法地，地法天，天法道，道法自然。」「上德不德，是以有德；下德不失

德，是以無德。」大旨歸於無爲自化，與後面所引《大學》誠意、正心、修身、齊家、治國之說迥然有別，所以說「非吾所謂道」、「非吾所謂德。」5合：包括。公言：公理。6去仁與義言之：《老子》有「絕仁與義，民復孝慈」的話。去：拋開。

周道衰1，孔子沒2，火於秦3，黃老於漢4，佛於晉、魏、梁、隋之間5。其言道德仁義者，不入於楊，則入於墨6；不入於老，則入於佛7。入於彼，必出於此。入者主之，出者奴之；入者附之，出者汙之8。噫！後之人其欲聞仁義道德之說，孰從而聽之？老者曰：「孔子，吾師之弟子也9。」佛者曰：「孔子，吾師之弟子也。」10爲孔子者，習聞其說，樂其誕而自小也11，亦曰：「吾師亦嘗師之」云爾。不惟舉之於其口，而又筆之於其書12。噫！後之人雖欲聞仁義道德之說，其孰從而求之？

【注釋】

1周道衰：指周平王東遷洛陽後，王朝權力日益削弱。2孔子沒：孔丘死於魯哀公十六年（公元前四七九年），以後諸子百家爭鳴，儒家內部也分成八派（見《韓非子・顯學》）。3火於秦：火：焚燒。《史記・秦始皇本紀》記載，始皇三十四年，批准丞相李斯奏請，史書「非《秦紀》皆燒之」，除博士官掌管的古籍，「天下敢有藏《詩》、《書》、百家語者，悉詣守尉雜燒之」。4黃老於漢：黃老，指黃帝，老子之學，這裡作動詞用，謂黃老之學盛行於漢代。漢代稱道家之學爲黃、老之學，《隋書・經籍志》：「自黃帝以下，聖哲之士所言道者，傳之其人，世無師說。漢時曹參始薦蓋公能言黃老，文帝宗之。自是相傳，道學衆矣。」5佛於晉、魏、梁、隋之間：佛，佛教，世界主要宗教之一，公元前六至五世紀印度的釋迦牟尼所創立。佛教於東漢明帝時傳入中國，曹魏時有人剃髮爲僧。晉武帝時翻譯佛經甚多。梁武帝時崇奉佛法，佛教大爲盛行。隋文帝開皇元年，普詔天下，聽任人民出家，並計口出錢，營造佛像。6「不入於楊」二句：指孔子死後戰國時學術思想界的情況。楊：楊朱，戰國時思想家，道家的創始人之一。墨：墨翟，戰國時的思想家，墨家的創始人。《孟子·滕文公下》：「楊朱，墨翟之言盈天下，天下之言不歸楊，則歸墨。」[7]這二句指漢代以來老、佛學說的盛行。[8]這四句指各家都自以爲是，而肆意詆毀別家學說。附：附益，增加，誇大。汙：貶低，歪曲。[9]「老者曰」三句：《莊子·天運》：「孔子行年五十有一而不聞道，乃南之沛見老聃。」葛洪《神仙傳》亦有孔子師事老子的記載，把孔子拉入道家。老者：崇奉老子學說的人。[10]「佛者曰」三句：唐僧法琳《破邪論》引《清淨法行徑》說：佛遣三弟子來震旦（中國）教化，其中儒童菩薩就是孔子，光淨菩薩就是顏回，摩訶迦葉就是老子。《清淨法行徑》係僧徒所撰僞經。[11]誕：荒誕，虛妄。自小：自卑，貶低自己。[12]「吾師亦嘗師之云爾」三句：舉，稱述。筆，記載。《史記·老莊申韓列傳》、《孔子家語·觀周篇》，都記載有孔子至周問禮於老聃的事。

甚矣，人之好怪也！不求其端，不訊其末[1]，惟怪之欲聞。古之爲民者四[2]，今之爲民者六[3]，古之教者處其一[4]，今之教者處其三[5]。農之家一，而食粟之家六；工之家一，而用器之家六；賈之家一，而資焉之家六[6]：奈之何民不窮且盜也！

古之時，人之害多矣。有聖人者立，然後教之以相生相養之道；爲之君，爲之師，驅其蟲蛇禽獸而處之中土[7]。寒然後爲之衣，飢然後爲之食。木處而顛，土處而病也[8]，然後爲之宮室。爲之工，以贍其器用[9]；爲之賈，以通其有無；爲之醫藥，以濟其夭死；爲之葬埋祭祀，以長其恩愛；爲之禮，以次其先後；爲之樂，以宣其湮鬱[10]；爲之政，以率其怠倦[11]；爲之刑，以鋤其强梗[12]。相欺也，爲之符璽斗斛權衡以信之[13]；相奪也，爲之城郭甲兵以守之。害至而爲之備，患生而爲之防。今其言曰：「聖人不死，大盜不止；剖斗折衡，而民不爭⑭。」嗚呼！其亦不思而已矣！如古之無聖人，人之類滅久矣。何也？無羽毛鱗介以居寒熱也，無爪牙以爭食也。

【注釋】

①「不求其端」二句：端，開始。謂好怪的人不探究其始末、全過程，因而「樂其誕而自小」。下文論聖人相生相養之道，設君師臣民之職，辟老辟佛，就是韓愈的求端訊末。②四：指士、農、工、商。③六：指士、農、工、商、僧、道。④古之教者：指士。⑤今之教者：指士、僧和道。⑥資焉：依靠商賈以取得生活資料。⑦驅其蟲蛇禽獸而處之中土：中土，中原地帶。《孟子．滕文公上》：「益烈山澤而焚之，禽獸逃匿。」《滕文公下》：「禹驅蛇龍而放之淵。」⑧木處：樹上架巢而居。土處：穴居野處。⑨贍：給足。⑩宣：宣洩。湮鬱：情志抑塞不舒。「湮」一作「壹」⑪怠倦：怠惰。⑫強梗：強暴。《方言》「梗，猛也。韓、趙之間曰梗。」⑬符：竹製，分爲兩片，相合以示信。璽：印章。權：秤錘。衡：秤杆。⑭「聖人不死」四句：見《莊子．胠篋》，莊子的意思是說大盜不但竊國，而且還利用聖人之法來維持他的統治地位。老莊同一學派，《老子》亦有「絕聖棄智，民利百倍」，「絕巧棄利，盜賊無有」的話。

是故君者，出令者也；臣者，行君之令而致之民者也；民者，出粟米麻絲，作器皿，通貨財，以事其上者也。君不出令，則失其所以爲君；臣不行君之令而致之民，則失其所以爲臣；民不出粟米麻絲，作器皿，通貨財，以事其上，則誅①。今其法曰②：「必棄而君臣，去而父子，禁而相生相養之道」③，以求其所謂清淨寂滅者④。嗚呼！其亦幸而出於三代之後，不見黜於禹、湯、文、武、周公、孔子也；其亦不幸而不出於三代之前，不見正於禹、湯、文、武、周公、孔子也。

帝之與王，其號雖殊，其所以為聖一也⑤。夏葛而冬裘⑥，渴飲而飢食，其事雖殊，其所以為智一也。今其言曰：「曷不為太古之無事？」⑦是亦責冬之裘者曰：「曷不為葛之之易也？」責飢之食者曰：「曷不為飲之之易也？」

【注釋】①誅：責罰。②其法。指佛法。③「必棄而君臣」三句：句中「而」字皆與汝，爾同義。僧人見君不下拜，所以說棄而君臣；棄世出家，所以說去而父子；不事生產勞動，所以說禁而相生相養之道。④清淨，寂滅：指佛教的教義。清淨，指離開一切惡行，煩惱，汚垢。寂滅：即梵語的涅槃，超出世間。⑤「帝之與王」三句：黃帝，顓頊、帝嚳、堯、舜稱五帝。夏禹、商湯、周文王武王稱三王。時代不同，名號各異，而有功德於民相同。其所以有功德，在於能通情達理，因時制宜（即所謂聖），用以駁斥道家「太古無事」之說。⑥葛：麻衣。裘：皮衣。⑦曷不為太古之無事：曷，何，為什麼。《老子》：「為無為，事無事。」是返於太古的主張。

傳曰①：「古之欲明明德於天下者②，先治其國；欲治其國者，先齊其家③；欲齊其家者，先修其身；欲修其身者，先正其心；欲正其心者，先誠其意。」然則古之所謂正心而誠意者，將以有為也④。今也欲治其心，而外天下國家，滅其天常⑤，子焉而不父其父，臣焉而不君其君，民焉而不事其事。孔子之作《春秋》也，諸侯用夷禮則夷之，進於中國則中國之⑥。經曰：「夷狄之有君，不如諸夏之亡⑦。」《詩》曰：「戎狄是膺，荊舒是懲⑧。」今也舉夷狄之法，而加之先王之教之上，幾何其不胥而為夷也⑨！

【注釋】①傳：解釋經義，傳示後人的書。這裡指《禮記》。以下十句見《禮記・大學》。②古之欲明明德於天下者：鄭玄說：「明明德，顯明其至德。」（見《禮記注疏》）朱熹說：「明明德於天下者，使天下之人皆有以明其明德也。」（見《四書集注》）③齊：整肅。④有爲：有作爲，指修身，齊家，治國平天下。⑤天常：天倫，指封建秩序如君臣、父子、昆弟、夫婦等。⑥「孔子之作《春秋》也」三句：據說，《春秋》記載歷史事實，都富有深意。其中之一，即以中國（漢族）爲本位，嚴華夷之辨，凡中國諸侯用夷禮的，孔子就把它看作夷，而夷人能知嚮慕中國禮節的，則把它看成中國。這些用意，都從文字中具體地表現出來。《春秋公羊傳》多闡釋其意。夷，舊時漢族對他族的通稱。⑦夷狄：指外族。諸夏：中國，漢族地區。亡：無，這兩句見《論語．八佾》。引文意思是說，夷狄雖也有君長，但無禮義；中國雖也有偶然無君的時候，如周厲王被國人趕走，周公、召公共同管理國政，號稱共和，但仍舊禮義不廢。⑧「詩曰」二句：見《詩．魯頌．閟宮》。荊即楚國。舒，服屬於楚的小國，今安徽舒城一帶。膺：攻打，抗擊。⑨幾何：相去幾何。胥：皆，相。

夫所謂先王之教者，何也？博愛之謂仁，行而宜之之謂義，由是而之焉之謂道，足乎己無待於外之謂德。其文《詩》《書》《易》《春秋》，其法禮樂刑政，其民士農工賈，其位君臣父子師友賓主昆弟夫婦，其服麻絲，其居宮室，其食粟米果蔬魚肉。其爲道易明，而其爲教易行也。是故以之爲己，則順而祥；以之爲人，則愛而公；以之爲心，則和而平；以之爲天下國家，無所處而不當。是故生則得其情，死則盡其常①；郊焉而天神假②，廟焉而人鬼饗③。曰：「斯道也，何道也？」曰：「斯吾所謂道也，非向所謂老與佛之道也。」堯以是傳之舜，舜以是傳之禹，禹以是傳之湯，湯以是傳之文武周公，文武周公傳之孔子，孔子傳之孟軻④；軻之死，不得傳焉。荀與揚也，擇焉而不精，語焉而不詳⑤。由周公而上⑥，上而爲君，故其事行；由周公而下⑦，下而爲臣，故其說長。

然則如之何而可也？曰：「不塞不流，不止不行⑧。人其人⑨，火其書，廬其居⑩，明先王之道以道也，鰥寡孤獨廢疾者有養也⑪。其亦庶乎其可也！」

【注釋】

①死則盡其常：常，即上文的天常。意謂盡了君臣、父子之義，能夠終其天年。②郊：指祭天，古代祭天在南郊。假，通作「格」，感通，降臨的意思。③廟：指宗廟祭祀。人鬼：指祖宗。饗，同「享」，享食祭品。④孟軻：即孟子，戰國時思想家，是孔之後的大儒家。⑤「荀與揚也」三句：荀，荀況，荀子。戰國時思想家。揚：揚雄，西漢哲學家、辭賦家。擇焉而不精，謂荀況言論深博，但欠簡擇，不精粹。語焉而不詳，謂揚雄言論尊聖人（見揚雄《法言》），但太簡略，不詳盡。韓愈《讀荀子》：「孟氏醇乎醇者也，荀與揚大醇而小疵。」與此同意。⑥周公而上：指堯、舜、禹、湯、文王、武王。⑦周公而下：指孔子、孟子。⑧「不塞不流」二句：意謂老、佛之道不加塞止，則儒家的聖人之道不得流行。⑨人其人：前「人」字用如動詞，意謂迫使僧尼、道士返還四民之中，各就本業。⑩廬其居：句法同「人其人」，意謂把僧尼、道士住的寺觀廟宇改爲民用的廬舍。⑪道：同「導」，引導。鰥寡孤獨廢疾者有養也：《孟子．梁惠王下》：「老而無妻曰鰥，老而無夫曰寡，老而無子曰獨，幼而無父曰孤。」廢疾，殘疾，因病患致殘廢。

【譯文】

泛愛大衆叫做仁，行動適宜叫做義，從仁義出發去立身行事叫做道，自己的心中本來充滿仁義而不求之於外來影響叫做德。仁和義是有具體內容的定名，道和德是不具體的虛位。所以道就有君子之道和小人之道的分別，德有凶德和吉德的不同。

老子貶低仁義的意義，不是有意詆毀仁義，而是由於他所見狹小的緣故。這就像是坐在井中觀天，說天很小，其實並不是天很小。老子把巧言令色看作仁，細謹小節看作義，因而貶低仁義的意義，就不足爲怪了。老子所講的道，是把他對道的理解當作道，不是我講的道；老子所講的德，是把他對德的理解當作德，不是我講的德。我所講的道和德，都是包括仁與義來談的，是天下的公理；老子所講的道與德，都是拋開仁與義來談的，是一己的私見。

自從周王朝權力衰微，孔子去世後，詩書史籍被秦燒毀，黃、老之學盛行於漢，佛教盛行晉、魏、梁、隋之間。所以談論道德仁義的人，不是信奉楊朱的學說，就是信奉墨翟的學說；不是信奉黃老學說，就是信奉佛教學說。推崇那一說，一定排斥這一說，推崇一說，就奉爲宗主；排斥一說，就看作隸屬。推崇一說，就極力吹捧它；排斥一說，就肆意詆毀它。唉！後世的人想聽仁義道德的學說，到底聽從誰呢？崇尚老子學說的人說：「孔子是我們先師的弟子。」信奉佛教的人說：「孔子是我們佛祖的弟子。」推崇孔子學說的人，聽慣了老、佛兩家的說法，喜歡這些怪誕的說法而輕視自己，也跟著說：「我們的老師曾經向老子、佛教學習呢。」不但說在嘴上，而且寫在書上。唉！後世的人雖然想聽到仁義道德的學說，但他們從哪裡去探求呢？

太厲害了，人們愛好怪誕之說！不推求事物的開端，不探究其發展情況和影響，只要是怪誕之說就想聽，古時候的百姓只有四種，士、商、農、工。現在增爲六種了，士、商、農、工、僧、道，古時候只有士民主教化，居四民之一。現在士和僧、道並主教化，居六民之三。這樣，一戶農民，要供六戶人家的口糧；一戶工匠，要供六戶人家的器具；一戶商民，要供六戶人家的生活資料；怎麼能不使百姓窮困，被迫去做盜賊啊！

古時候，人類遇到的危害很多。有聖人出來，教導人們共同生活和長育的道理、方法；爲他們設立君主，爲他們設立師長，替他們驅走蟲、蛇、禽獸而定居在中原。冷了幫他們找穿的，餓了幫他們找吃的。住在樹上容易掉下來，住在土洞裡容易生病，就幫他們建築宮室。爲人們分設工民，來充分供應他們的器具，爲人們分設商民，來互通他們的有無，爲人們尋找醫葯，來拯救他們的夭折死亡；爲人們倡導葬埋祭祀，來增長他們的恩愛感情；爲人們規定禮儀，來敍列他們的尊卑長幼；爲人們制作音樂，來宣洩他們的抑鬱苦悶；爲人們布施政教，來督率怠惰；爲人們設立刑罰，來鋤除强暴。有欺騙別人的事，便爲人們設置符節、印章、斗斛、權衡，來表明信實；有侵略別人的事，便爲人們築城牆、製武器來防守。總之，禍害到來而聖人給他們先作了準備，患難發生而聖人給他們先作了預防。現在老子一派人的言論說：「如果聖人不死，大盜竊國的事就不會停止；只有打碎了斗斛，折斷了秤杆，百姓才不會爭奪。」唉！說這種話的人也實在是沒仔細想一想罷了！如果古時候沒有聖人，人類早已滅跡。爲什麼這樣說呢？人類沒有羽毛鱗甲來適應嚴寒酷熱的環境，沒有銳爪利牙來與禽獸爭奪食物。

因此，君主是發布命令的；臣子是執行君王的命令而施行到百姓身上的，百姓是生產粟米麻絲、製作器皿、流通貨物錢財來事奉上面的統治者的。君主不發布命令，就失去了他做君王的職責；臣子不奉行君王的命令而施行到百姓，就失去了他做臣子的職責；百姓不生產粟麻絲、製作器皿、流通貨物錢財來事奉上面的統治者，就應該受到責罰。現在的佛法說：「必須廢棄你的君臣禮節，斷絕你的父子親屬關係，取消你的共同生活和長育的道理、方法。」以求得他們所謂的清淨寂滅的境界。唉！這些荒誕的說法僥倖地出現在夏、商、周三代之後，沒有被禹、湯、文、武、周公、孔子廢黜掉；這些荒誕的教法，又不幸沒有出現在夏、商、周三代之前，沒有得到禹、湯、文、武、周公、孔子的糾正。

五帝和三王，他們的名字雖然不同，而都有功德於民卻是相同的。夏天穿粗麻布衣服，冬天穿皮襖，口渴了飲水，肚子餓了吃飯，這些事情雖然不同，但做得很明智卻是一樣的。現在老子一派人的言論說：「為什麼不做太古時代那樣無為而治呢？」這也就好像指責冬天穿皮襖的人說：「為什麼不做穿麻布衣那樣容易的事呢？」責備肚子餓了而吃飯的人說：「為什麼不做飲水那樣容易的事呢？」《禮記》說：「古時候想表大德於天下的人，先要治理他的國家；要治理他的國家，先整肅他的家庭；要整肅他的家庭，先要修養他自身；要修養他自身，先要端正他的思想；想端正他的思想，先要他有誠意。」因此，古時候所謂端正思想而有誠意的人，是將要有所作為（即治國平天下）呢。現在崇奉佛教，老子學說的人也想整治他們的思想，卻把天下國家當作外物，廢止人類的天然秩序，做兒子的不孝敬他的父親，做臣子的不尊奉他的君主，做百姓的不履行他的義務。孔子寫作《春秋》的時候，凡中原地區的諸侯如果採用夷禮的，便把他看作夷人；夷人和果能嚮慕、採用中原地區禮節的，便把他看作中原地區的諸侯。《論語》說：「夷狄雖然有君主，但沒有禮義，不如中國雖然也偶爾無君，卻禮義不廢。」《詩經》說：「要攻打西方北方的戎狄，要懲罰南方的荊、舒。」現在卻把夷狄的教法，加在先王的教化之上，差不多叫大家都成為夷人了啊！

所謂先王的教導是什麼呢？泛愛大衆叫做仁，做事行動適宜叫做義，從仁義出發去立身行事叫做道，自己心中本來具有仁義而不求之於外來影響叫做德。先王之教的文字是《詩經》、《書經》、《周易》、《春秋》，治國的辦法是禮節、音樂、刑法、政治，它的人民就是士、農、工、商，它的秩位就是君臣、父子、師友、賓主、兄弟、夫婦，它的衣服是麻布和絲綢，它的住宅是宮室，它的食物就是粟米、果蔬、魚肉。總之，先王之教的道理容易明瞭，教化容易施行。因此，用它來律己，就和順而吉祥；用它來待人，就仁愛而公正；用它來涵養心性，就氣和心平；用它來治理天下國家，就沒有什麼事情處理不恰當。因此，人活著就能夠順他的情意生活，人死時就可以享盡他的天年，祭天神就使天神感動，祭祖廟就使祖宗享受。有人會問：「這個道是什麼道呢？」我說：「這正是我所說的道，不是前面說的老子和佛教的道。」堯把這個道傳給舜，舜把這個道傳給禹，禹把這個道傳給湯，湯把這個道傳給文王、武王、周公，文王、武王、周公傳給孔子，孔子傳給孟軻，孟軻死後，此道就沒有傳下來。後來的荀況和揚雄，雖然都有成就，但荀況的言論還欠簡擇、不精闢，揚雄闡述道理還欠詳盡。從周公上推，堯舜禹湯文武在上做君王，所以他們的功德廣泛施行；從周公下推，孔子孟軻在下爲臣民，所以他們的言論長久流傳。

既然這樣，對這種情況怎麼辦才可以呢？回答說：「佛老之道不加堵塞，不禁止，先王之道就不能流傳，不能施行。必須迫使僧尼道士還俗於四民之中各就其業，燒毀傳布佛老教義的書，把他們住的寺觀廟宇改爲民用廬舍，大力宣傳先王之道來引導他們，使天下的鰥夫、寡婦、孤兒、孤老、殘疾，生活都有保障，這樣也就差不多算可以了。」

原毀[1]

韓愈

【題解】

本篇從對人、對己兩個方面，透過古今對比，贊揚了古之君子責己重以周，待人輕以約的態度，譴責了當時士大夫階級嫉賢妒能的惡劣風氣，指出「怠」與「忌」是毀謗的根源。

對比和排偶是韓愈論文常用的修辭手法。該文最大特點就是運用大量對比，並且變化多姿。由此，鮮明地說明了問題，增強了表達效果。

古之君子[2]，其責己也重以周，其待人也輕以約[3]。重以周，故不怠[4]；輕以約，故人樂爲善[5]。聞古之人有舜者[6]，其爲人也，仁義人也[7]。求其所以爲舜者[8]，責於己曰：「彼，人也；予，人也；彼能是，而我乃不能是[9]！」早夜以思，去其不如舜者，就其如舜者[10]。聞古之人有周公者，其爲人也，多才與藝人也[11]。求其所以爲周公者，責於己曰：「彼，人也；予，人也；彼能是，而我乃不能是！」早夜以思，去其不如周公者，就其如周公者。舜，大聖人也，後世無及焉[12]；周公，大聖人也，後世無及焉。是人也[13]，乃曰：「不如舜，不如周公，吾之病也[14]。」是不亦責於身者重以周乎[15]！其於人也[16]，曰：「彼人也，能有是，是足爲良人矣[17]；能善是，是足爲藝人矣[18]。」取其一，不責其二，即其新，不究其舊[19]，恐恐然惟懼其人之不得為善之利[20]。一善，易修也，一藝，易能也[21]。其於人也，乃曰：「能有是，是亦足矣。」曰：「能善是，是亦足矣。」不亦待於人者輕以約乎！

【注釋】

[1]原：推究。毀：毀謗，說別人的壞話。[2]君子：舊時指有道德和地位的人。[3]其責己二句：責，要求。重以周，嚴格而詳盡，與「輕以約」為對文。以，連詞，相當「而」。二句語本《論語．衛靈公》：「子曰：『躬自厚而薄責於人。』」[4]怠：怠惰。[5]樂為善：樂於做好事。[6]舜：虞舜，傳說是我國古代賢明的帝王。[7]仁義人：能行仁義的人。《孟子．離婁下》：「舜明於庶物，察於人倫，由仁義行，非行仁義也。」[8]求：探求，研究。[9]彼：指舜。予，同「余」，我。是：如此，這樣。這幾句是說以舜為標準要求自己。[10]去：去掉。就：追求，成。[11]周公：姓姬，名旦，周武王的弟弟，周成王的叔叔，西周初年的政治家，輔佐成王治國有功，凡事兢兢業業，古代賢臣的典範。才：才幹。藝：技能。[12]聖人：賢明聖哲的人。無及：沒有能趕得上。[13]是人：這個人，指「古之君子」。[14]病：弱點，缺陷。[15]是不亦：這不是……。亦，表判斷。[16]其於人：他對待別人。[17]良：善良，好。[18]足：夠得上[19]「取其一」二句：取他的一點（優點），不強求他再有第二點；只就他當時好的表現看，不追究他的過去。[20]恐恐然：惶恐的樣子。惟懼：只怕。不得為善之利：得不到做了好事應得的好處。[21]一善：一方面或一時的好處。一藝：一門技藝。

今之君子則不然，其責人也詳，其待己也廉[1]。詳，故人難於為善；廉，故自取也少[2]。己未有善，曰：「我善是，是亦足矣。」己未有能，曰：「我能是，是亦足矣。」外以欺於人，內以欺於心[3]，未少有得而止矣，不亦待其身者已廉乎。其於人也，曰：「彼雖能是，其人不足稱也[4]；彼雖善是，其用不足稱也[5]。」舉其一不計其十，究其舊不圖其新⑥；恐恐然惟懼其人之有聞也⑦。是不亦責於人者已詳乎！夫是之謂不以衆人待其身，而以聖人望於人⑧，吾未見其尊己也⑨！

【注釋】

①詳：詳盡。廉：低，指要求不高。②取：得益。③欺於心：心中自欺。④人：指人品。稱：道道。⑤用：作用，指才能。⑥「舉其一」二句：偏舉別人的一個缺點，而不管他的其他許多優點，追究別人過去的錯誤而不看他現在的表現。圖：考慮。⑦聞：聲望、名望。⑧不以衆人待其身：不以一般人的標準要求自己。意謂比一般人的標準還要低。望：期待，要求。⑨尊己：尊重自己。

雖然①，爲是者有本有原，怠與忌之謂也②。怠者不能修③，而忌者畏人修。吾嘗試之矣。嘗試語於衆曰：「某良士，某良士④。」其應者，必其人之與也⑤；不然，則其所疏遠，不與同其利者也⑥；不然，則其畏也⑦。不若是，強者必怒於言，懦者必怒於色矣⑧。又嘗語於衆曰：「某非良士，某非良士。」其不應者，必其人之與也；不然，則其所疏遠，不與同其利者也；不然，則其畏也。不若是，強者必說於言⑨，懦者必說於色矣。是故事修而謗興⑩，德高而毀來。嗚呼！士之處此世，而望名譽之光，道德之行，難已⑪！將有作於上者，得吾說而存之⑫，其國家可幾而理歟⑬！

【注釋】

①雖然：雖然這樣。雖，相當於今雖然。②怠：怠惰。忌：嫉妒。③修：指品德和學識的進步。④嘗：曾經。良士：猶言賢人，好人。⑤應：響應，附和。與：黨與，朋友。⑥不與同其利者：同他沒有利害關係的人。⑦畏：畏懼。指懼怕他的人。⑧怒於言：在語言中表示憤怒。怒於色：在表情上流露憤怒。⑨說：同「悅」，高

興。⑩事修：事情辦好了。修，治理。⑪光：光大，昭著。行：實行，貫徹。已：同「矣」，了。⑫將有作於上者：居上位而將要有所作爲的人。存之：牢記它。⑬幾：庶幾，差不多。表希望之詞。理：治理。

【譯文】

古時候的士大夫，他們要求自己嚴格而全面，對別人寬厚而簡約。對自己要求嚴格全面，所以不怠惰；對別人寬厚簡約，所以別人樂於做好事。聽說古人中有個叫舜的，舜爲人仁愛正義。他們便探求所以能夠成爲舜的原因，然後責備自己說：「他是人，我也是人；他能這樣，而我竟不能這樣！」於是早晚思考，去掉那些不如舜的地方，發揚那些像舜的東西。聽說古人中有個叫周公的，是一位多才多藝的人。他們便探求周公所以成爲周公的原因。然後責備自己說：「他是人，我也是人，他能這樣，我竟不能這樣！」於是早晚思考，去掉那些不如周公的東西，發揚那些像周公的東西。舜是一位大聖人，後世沒有人比得上；周公是一位大聖人，後世沒有人比得上。這種人卻說：「不如舜，不如周公，就是我的缺陷。」這不是要求自己嚴格而全面嗎？他們對待別人，總是說：「那個人能有這些優點，這就夠得上一個好人了；能擅長這些事情，這就夠得上一個有才技的人了。」取他的一點優點，不再强求他還有第二點；只看他的現在，不追究他的過去，擔心是怕別人做了好事而得不到應得的好處。本來，某個方面的一種好品德是容易修養的，一門技藝是容易學會的。他們對待別人卻說：「能有這些優點，這就足夠了。」說：「能夠擅長做這些事情，這就足夠了。」這不是要求別人寬厚而簡約嗎？

現在的士大夫卻不是這樣，他要求別人全面、苛刻，要求自己低廉、隨便。要求別人全面、苛刻，所以別人難以做好事；要求自己低廉隨便，所以自己得益就少。自己本來沒有什麼優良品德，卻說：「我有這些優良品德，這也就足夠了。」自己沒有什麼本領，卻說：「我擅長做這種事情，這也就足夠了。」對外以此欺騙別人，對內以此欺騙自己。沒有一點收獲就停止不前了。這不是對自己太隨便了嗎？他們對於別人，總是說：「他雖有這個特長，但他的人品不足稱道呀；他雖然有這種人品，但他的才能不足稱道呀。」偏舉他的一個缺點，不考慮他其他的十個優點；只追究他的過去，不考慮他的現在。提心弔膽地唯恐別人有了好聲譽。這不就是要求別人太全面、苛刻了嗎？這就叫做不以一般人的標準來要求自己，卻用聖人的標準去要求別人，我看不出他是在尊重自己呢！

雖然這樣，但這樣做的人是有根源的，這根源就是懶惰和嫉妒。懶惰的人不求上進，嫉妒的人卻怕別人進步。我曾經做過這樣的試驗。曾經試著對許多人說：「某某是好人，某某是好人。」那些附和的人，一定是那個人的朋友；不然就是那個人平時所疏遠，跟他沒有利害關係的人；再不然，就是怕他的人。如果不是這些關係，那麼，強硬的人一定憤怒地說出反對的話，懦弱的人也一定會表露出反對的神色。我又曾經對許多人說：「某某不是好人，某某不是好人。」那些不附和的人，一定是那個人的朋友；不然，就是平時所疏遠，跟他沒有利益關係的人；再不然，就是怕他的人。如果不是這些關係，那麼強硬的人一定會高興地說出贊同的話，懦弱的人也一定會高興地表露出贊同的神色。世俗正是這樣，所以事情做好了，毀謗也就發生了。道德高尚了，毀謗就隨著來了。唉！士人處於這種時代，卻希望名譽的光大，道德的傳播，實在困難啦！

居於上位而打算有所作爲的人，聽到我的議論而牢記心中，那麼國家大概能治理好吧！

獲麟解[1]

韓愈

【題解】

本文以麒麟比喻賢臣，以麒麟於聖人在位時出現被看作是祥瑞的動物，比喻賢臣遇到了明主才能成爲賢臣；以麒麟於聖人不在位時出現也可以說它是不祥的動物，比喻賢臣沒有遇到明主也不能成爲賢臣。托物寓意，曲折地表達了對封建社會裡人才不被賞識的理解和感慨，以及對「聖明之主」的幻想。

文章寫得隱晦曲折，跌宕起伏，富有變化，很能表現韓愈雜文的特點。

麟之爲靈[2]，昭昭也[3]。詠於《詩》[4]，書於《春秋》[5]，雜出於傳記百家之書[6]，雖婦人小子，皆知其爲祥也[7]。然麟之爲物，不畜於家[8]，不恆有於天下[9]，其爲形也不類[10]，非若馬牛犬豕豺狼麋鹿然[11]。然則雖有麟[12]，不可知其爲麟也。角者吾知其爲牛[13]；鬣者吾知其爲馬[14]；犬豕豺狼麋鹿，吾知其爲犬豕豺狼麋鹿。惟麟也不可知。不可知，則其謂之不祥也亦宜。雖然[15]，麟之出，必有聖人在乎位，麟爲聖人出也。聖人者必知麟。麟之果不爲不祥也[16]。又曰：麟之所以爲麟者，以德不以形，若麟之出不待聖人，則謂之不祥也亦宜。

【注釋】

[1]麟：麒麟，古代傳說中的一種動物。形狀像鹿，頭上有角，全身有麟甲，有尾。古人認爲麒麟出現象徵祥

瑞。麒麟當是作者自況。本文寫韓愈對於麒麟出現到底是不是祥瑞的理解，借以抒發他的感情。②靈：靈異。③昭：明白。④詩：《詩經》，我國最早的一部詩歌總集。其中《國風．周南》有〈麟之趾〉篇。⑤春秋：《春秋．哀公十四年》記載：「西狩於大野……獲麟。」孔子當時正在寫作《春秋》，聽說獲麟，認爲麟出非時，於是絕筆不把《春秋》寫下去了。⑥在《荀子》、《大戴禮記》、《史記》、《漢書》中都提到過麟。⑦祥：吉祥或凶險的預兆，又專指吉兆，引申爲吉祥。⑧畜：養。⑨恆：常。⑩不類：與別的獸樣子不相似。⑪豕：豬。⑫然則：這樣，那麼。⑬角：長角的動物。⑭鬣：獸類頸上長毛。⑮雖然：雖然這樣，儘管如此。雖，雖然。然，這樣。⑯果：果眞，確實。

【譯文】

麟是一種靈異的動物，這是很明白的。《詩》歌詠過它，《春秋》記載過它，還零散地記錄在歷史傳記和諸子百家的書中，即使是婦女和小孩子，都知道麟是一種吉祥的動物。但是麟這種動物，不養在家裡，天下也不常有，它的形狀也與別的動物不同，不像馬、牛、狗、豬、豺、狼、麋、鹿那樣。那麼即使有麟，也不知道它是麟，長角的我們知道那是牛，長了鬣毛的我們知道那是馬，狗、豬、豺、狼、麋、鹿，我們知道那是狗、豬、豺、狼、麋、鹿，只有麟不能認識。不能認識，就叫它不是祥瑞的動物也是可以的。儘管如此，麟的出現，一定要有聖人在位，麟是爲聖人而出現的。成爲聖人的人一定知道麟，麟果眞不是不祥的動物啊！又可以說，麟之所以成爲麟這樣祥瑞的動物的緣故，是憑藉著它的德行而不是憑著它的形狀。如果麟不等待聖人在君位的時候出現，那麼，說它是不祥的動物也是可以的。

雜說一[1]

韓愈

【題解】

本文論述龍和雲的相互關係。以龍比喻聖君；以雲比喻賢臣，以龍能夠使雲變得靈異，比喻臣子要得到君主的重用才能表現他的賢明，以龍沒有得到雲也無法顯示它的靈異，比喻君主沒有賢臣的輔佐也不能表現他的聖智。

全篇用比喻，寫得委婉曲折，寓意深長。

龍噓氣成雲[2]，雲固弗靈於龍也。然龍乘是氣，茫洋窮乎玄間[3]，薄日月[4]，伏光景[5]，感震電[6]，神變化[7]，水下土[8]，汩陵谷[9]。雲亦靈怪矣哉！

雲，龍之所能使為靈也；若龍之靈，則非雲之所能使為靈也。然龍弗得雲，無以神其靈矣。失其所憑依[10]，信不可歟！

異哉！其所憑依乃其所自為也。《易》曰：「雲從龍。」[11]，既曰「龍」，雲從之矣。

【注釋】

[1]〈雜說〉是韓愈寫的一組託物寫意的短雜文，共四篇，這是第一篇。[2]噓氣：吹氣。龍吹氣成雲是古代的一種傳說。[3]茫洋：雲霧騰騰的樣子。窮：盡，達到盡頭。乎：於，到。雲間：天空。玄：黑，天空的顏色。[4]薄：同「迫」，靠近。[5]伏光景：指龍駕著雲常常可以遮蔽日月的光亮。伏：掩蔽。景：同「影」。[6]感：同「撼」，撼動。[7]神：山林川谷丘陵能出雲為風雨見怪物都叫神。這句指變化風雨。[8]水：降雨。下土：大

地。⑨汩：水奔流的樣子，這裡指淹滅。⑩憑依：憑藉依靠的東西。⑪《易經》曰：「雲從龍，風從虎，聖人作而萬物睹。」

【譯文】

龍吹出氣來化成雲塊，雲本來不會比龍更靈異。然而龍乘著這雲氣，騰雲駕霧地遊遍天空，接近太陽和月亮，遮蔽日月的光輝，撼動那雷電，變化那風雨，下雨到地上，淹沒丘陵山谷，雲也是靈異的啊！

雲，是龍使得它靈異的，至於龍的靈異，就不是雲能夠賦予它的。但是，龍沒有得到雲，便不能顯示它的靈異。失去它所憑藉依靠的東西，眞正不行呢！

奇妙啊！龍所憑借依靠的東西卻是它自己創造出來的。《易經》說：「雲是跟著龍的。」既然叫做龍，雲自然會跟著它了。

雜說四[1]

韓愈

【題解】

本文借千里馬不遇伯樂，來說明奇材異能之士多沈淪於下僚，慨歎封建統治者不能加以識別和任用。它表現了，作者懷才不遇的委屈之感。文章矯健挺拔，篇幅短小，而寓意深長。戰國時燕昭王延攬人才，而郭隗以尋求千里馬爲比喻，事見《戰國策·燕策》，爲此文用意所本。

世有伯樂，然後有千里馬[2]。千里馬常有，而伯樂不常有。故雖有名馬，祇辱於奴隸人之手[3]，駢死於槽櫪之間[4]，不以千里稱也[5]。馬之千里者，一食或盡粟一石[6]。食馬者不知其能千里而食也[7]。是馬也，雖有千里之能，食不飽，力不足，才美不外見[8]，且欲與常馬等不可得[9]，安求其能千里也。策之不以其道[10]，食之不能盡其材[11]，鳴之而不能通其意[12]，執策而臨之[13]，曰：「天下無馬。」嗚呼！其眞無馬耶[14]？其眞不知馬也！

【注釋】

[1]《雜說》是韓愈寫的一組託物寓意的短雜文，這是其中第四篇。[2]「世有伯樂」二句：謂有伯樂才能發現千里馬。《戰國策·楚策四》載汗明見春申君曰：「君亦聞驥乎？夾驥之齒至矣，服盜東而上太行，蹄申膝折，尾湛胕潰，漉汁灑地，白汗交流，中坂遷延，負轅不能上，伯樂遭之，下車攀而哭之，解紵衣以冪之。驥於是俯而

噴，仰而鳴，聲達於天，若出金石聲者何也？彼見伯樂之知已也。」語意本此。伯樂：姓孫名陽，春秋秦穆公時人，以善於相馬著稱。③祇：只是。辱：埋沒。奴隸人：受人役使的人，指養馬的僕人。④駢死於槽櫪之間：謂和一般的馬同死在馬廄裡，駢：並。槽：盛食料的器具。櫪，繫馬之處，馬棚。⑤不以千里稱也：不被人稱爲千里馬。⑥一食：一餐。一石：十斗爲一石。⑦食：同「飼」。不知其能千里而食也：不當千里馬去飼養它。⑧見：同「現」。⑨等：同等，一樣。⑩策：馬鞭，用作動詞，鞭策。以：用，根據，按照。道：辦法。這句指駕馭不得法。⑪材：本能，指千里馬的食量。⑫鳴之而不能通其意：謂馬鳴時養馬者不能通識馬意。鳴：嘶叫。通：通曉。鳴之，一作「吆喝馬」解。⑬執：持，握。臨：面對著它。⑭其：副詞，難道。

【譯文】

世上先有善於相馬的伯樂，然後千里馬才能被發現。千里馬是經常有的，但善於相馬的伯樂卻不常有。所以，即使有日行千里的名馬，也只能埋沒在養馬人的手裡，和普通馬一起死在馬廄裡，不能憑借千里馬的才力受到人們稱贊。

日行千里的馬，每吃一餐大約要吃一石糧食。養馬的人不知道它能日行千里，不按千里馬的食量去餵飽它。這匹馬，即使有馳騁千里的才能，但由於沒有吃飽，力氣不足，才能和優點不能顯露出來，甚至想要它達到普通馬的水準都辦不到，又怎麼能要求它日行千里呢？

駕馭它不能掌握方法，飼養它不能滿足它的食量，聽到它嘶鳴又不能理解它的意思，反而拿著馬鞭指著它說：「天下沒有好馬！」唉！難道眞是沒有好馬？那是眞的不認識好馬啊！

卷五　唐文

師說[1]

韓愈

【題解】

這篇文章從理論上闡明師的作用和從師的重要性，是針對當時士大夫階層恥於相師的不良社會風氣而發的。作者在文中提出「道之所存，師之所存」，「弟子不必不如師，師不必賢於弟子」等觀點，在今天仍不失其積極意義。由於作者的階級侷限，文中不免透露出輕視「巫醫樂師百工」的思想。

全文立意高遠，錯綜複雜，反覆引證，筆勢縱橫，意味無窮。

古之學者必有師。師者，所以傳道、受業、解惑也[2]。人非生而知之者，孰能無惑[3]？惑而不從師，其為惑也，終不解矣。

生乎吾前，其聞道也[4]，固先乎吾，吾從而師之；生乎吾後，其聞道也，亦先乎吾，吾從而師之。吾師道也[5]，夫庸知其年之先後生於吾乎[6]？是故無貴無賤[7]，無長無少，道之所存，師之所存也。

【注釋】

[1]師說：說從師求學的道理。說：是議論文的一種。[2]道：指儒家之道。受：同「授」。業：指儒家的經典，即下文「六藝經傳」。惑：兼指道和業兩方面的疑難問題。[3]孰：誰。[4]聞道：懂得道。《論語．里仁》：「子曰：『朝聞道，夕死可矣』。」[5]師道：這個「師」字和前面兩個「師之」的「師」字，都用作動詞，即學習之

意。[6]庸知：豈知。庸，豈，難道。[7]無：無論。

嗟乎！師道之不傳也久矣[1]！欲人之無惑也難矣！古之聖人，其出人也遠矣[2]，猶且從師而問焉；今之眾人，其下聖人也亦遠矣[3]，而恥學於師。是故聖益聖[4]，愚益愚。聖人之所以為聖，愚人之所以為愚，其皆出於此乎[5]？

愛其子，擇師而教之。於其身也[6]，則恥師焉，惑矣！彼童子之師，授之書而習其句讀者也[7]，非吾所謂傳其道，解其惑者也。句讀之不知，惑之不解，或師焉[8]，或不焉[9]，小學而大遺[10]，吾未見其明也。

【注釋】

[1]師道：從師學道的風尚，從師求學的道理。[2]出人：超出於一般人。[3]下：低於[4]是故：因此。益：更加[5]其：表揣測語氣的副詞。出於此：由於這點，此，指「從師而問」和「恥學於師」的兩種態度。[6]身：自己。[7]句讀：斷句，指文字誦讀。語意盡處，古人叫做句；語意未盡，誦讀時須略作停頓處，古人叫做讀，通作「逗」。[8]或師：指不知句讀而從師學習。[9]或不：指惑之不解則不從師學習。不：同「否」。[10]小：不知句讀。大：指傳道、解惑。遺，遺棄，廢棄。

巫醫、樂、師、百工之人[1]，不恥相師。士大夫之族[2]，曰師曰弟子云者，則羣聚而笑之。問之，則曰：「彼與彼年相若也[3]，道相似也。位卑則足羞，官盛則近諛[4]。」嗚呼！師道之不復可知矣[5]！巫、醫、樂師、百工之人，君子不齒[6]。今其智乃反不能及[7]，其可怪也歟！

聖人無常師⑧，孔子師郯子、萇弘、師襄、老聃⑨。郯子之徒，其賢不及孔子。孔子曰：「三人行⑩，必有我師。」是故弟子不必不如師，師不必賢於弟子。聞道有先後，術業有專攻⑪，如是而已。

李氏子蟠⑫，年十七，好古文⑬，六藝經傳皆通習之⑭，不拘於時，學於余。余嘉其能行古道，作《師說》以貽之⑮。

【注釋】

①巫醫：古代巫醫不分，故連舉。巫，古代從事降神招鬼等迷信職業的人。樂師，古代以歌唱、奏樂爲職業的人。百工：各種手工業工人。②族：類。③若：似，近。④「位卑」二句：意謂以位卑於己的人爲師，則有失身份，感到恥辱；以大官爲師，則又有近於諂諛的嫌疑。⑤不復：不能恢復。⑥不齒：不與之同列，表示鄙視。齒：並列。⑦智：見識。⑧聖人無常師：《論語·子張》：「夫子焉不學？而亦何常師之有？」語本此。常師，固定的老師。⑨郯子：春秋時郯國的國君。因郯是子爵，故國君稱郯子。郯子朝魯，孔子曾向他請教古代的官制，見《左傳》昭公十七年。萇弘：周敬王時候的大夫。孔子至周，曾向他請教音樂方面的問題。見《孔子家語·觀周》。師襄：魯國的樂官，孔子曾向他學琴。見《史記·孔子世家》。老聃：即老子。孔子曾向他請教周禮。見《史記·老莊申韓列傳》。⑩「三人行」二句：《論語·述而》：「子曰：『三人行，必有我師焉，擇其善者而從之，其不善者而改之。』」⑪專攻：專長。攻，研究。⑫李蟠：唐德宗貞元十九年考中進士，韓愈的學生。⑬古文：指先秦、兩漢的散文。⑭六藝經傳：六經的經文和傳文。六藝：六經，就是《詩》、《書》、《禮》、《樂》、《易》、《春秋》。經，六經的正文。傳：解釋經的著作。⑮貽：贈送。

【譯文】

古代求學的人一定要老師；老師，是傳授道理，講授六藝經傳，解答疑難的。人不是一生下來就有知識懂道理的，誰能沒有疑難呢？有疑難而不從師學習，他的疑難就永遠不能解決了。

出生在我前面的，他懂得「道」自然比我早。我跟著他學習；出生在我後面的，他懂得「道」也比我早，我跟著他學習。我是學「道」呀，難道管他比我先出生還是後出生嗎？因此，不論地位高低，不論年齡大小，「道」在哪裡，老師就在哪裡。

唉！從師學道的風尚已經失傳很久了，想要人沒有疑難問題也太難了。古時候的聖人，他超過一般人夠遠了，尚且向老師請教；現在的一般人，低於聖人也夠遠了，卻恥於向老師學習。因此，聖人就更加聖明，愚人就更加愚昧。聖人之所以成名聖人，愚人之所以成爲愚人的原因，大概都是由於這一點吧。

一個人愛自己的孩子，就選擇老師來教他，自己卻恥於向老師學習，這太糊塗了。那些孩子們的老師，只是拿著書本教孩子學會其中的句讀，並不是我所說的傳授道理，解答疑難的老師。句讀不理解，疑難不能解答，前者還請教老師，後者都不這樣。小的方面學了而大的方面卻遺棄了，我看不出這是明智。巫醫、樂師及各種工師，他們不以互相學習爲恥辱，而士大夫這類人，如果有人說起「老師」「學生」等等，那麼大家就會聚在一起加以嘲笑。問他們爲什麼嘲笑，就說：「他和他年齡差不多，懂得的道理也差不多。稱地位低的人爲老師就感到羞恥；稱官職高的人爲老師就認爲有近於諂諛。」唉！從師學道的風尚不能恢復，由此可知了！巫醫、樂師和各種工匠，是君子瞧不起的人，現在君子的見識反而不如他們，這眞是可怪啊！

聖人沒有固定的老師，孔子曾經向郯子、萇弘、師襄、老聃請教。郯子這些人，他們的學識道德比不上孔子。孔子說：「三個人走在一起，一定有可以做我的老師的人。」因此，學生不一定不如老師，老師也不一定比學生高明，懂得「道」有先有後，學問也各有專長，不過如此罷了。

李家有個孩子名叫蟠的，今年十七歲，愛好古文，六經的經文傳文，他都學習了。不受時俗的束縛，在我這裡求學。我讚賞他能實行古人的從師之道，就寫了這篇《師說》贈給他。

進學解[1]

韓愈

【題解】

唐憲宗元和七年（公元八一二年），韓愈再度降爲國子博士後作此文以自喻。這篇文章通過設問設答，反話正説，抒發作者長期不受重用，反遭貶斥的不滿情緒，也暗寓著對當時執政者不以德才取人，用人不公不明的諷刺。同時指出了增進學、行的方法在於「勤」與「思」。文章屬於辭賦一類，押韻、排比和對偶句的運用，使文章音調和諧，語句整齊流暢，增強了藝術感染力。

國子先生晨入太學[2]，招諸生立館下[3]，誨之曰：「業精於勤，荒於嬉。行成於思，毀於隨[4]。方今聖賢相逢，治具畢張[5]，拔去凶邪，登崇俊良[6]。占小善者率以錄，名一藝者無不庸[7]。爬羅剔抉，刮垢磨光[8]。蓋有幸而獲選，孰云多而不揚[9]！諸生業患不能精，無患有司之不明[10]；行患不能成，無患有司之不公。」

【注釋】

[1]進學：在學業和德行上取得進步。解：對疑難的辨析。[2]國子：即國子監，是唐朝主管國家教育政令的機構，也是設在首都的最高學府，內設國子、太學、廣文、四門、律、書、算七個學，各學都有博士，韓愈當時擔任國子博士。「國子先生」是韓愈自稱。太學，此指國子監。[3]館：學舍。[4]業：學業。行：德行。思：思考。隨：因循隨俗。[5]聖賢：聖君賢臣，是對當朝君臣的贊美。治具：指法令。畢：全。張：舉，有設置、執

行的含義。[6]拔去：除掉。凶邪：凶惡奸邪的人。登崇：選用、提拔。俊良：德才兼備的人。俊，一作畯。[7]占：有。率：大率，大都。錄：錄用。名一藝者：指能以一技之長著稱的人。庸：通「用」。[8]爬：爬梳。羅：搜羅。剔：剔除。抉：選擇。都指搜取人才。刮垢：刮去污垢。磨光：磨去毛瑕，使之光澤。指精心造就人才。[9]孰云：誰說。多：指才能多。揚：舉，用。[10]有司：古代設官分職，各有專司，因稱主官的官吏或官府爲有司。此處指負責選拔人才的官吏。明：明察。

言未既[1]，有笑於列者曰：「先生欺余哉！弟子事先生[2]，於茲有年矣[3]，先生口不絕吟於六藝之文，手不停披於百家之編[4]。記事者必提其要，纂言者必鉤其玄[5]。貪多務得，細大不捐[6]。焚膏油以繼晷，恆兀兀以窮年[7]。先生之業，可謂勤矣。觝排異端，攘斥佛老[8]；補苴罅漏，張皇幽眇[9]。尋墜緒之茫茫，獨旁搜而遠紹[10]。障百川而東之，迴狂瀾於既倒[11]。先生之於儒，可謂有勞矣[12]。沈浸醲郁，含英咀華[13]；作爲文章，其書滿家。上規姚姒，渾渾無涯[14]，周誥殷盤，佶屈聱牙[15]，《春秋》謹嚴，《左氏》浮誇[16]，《易》奇而法，《詩》正而葩[17]；下逮《莊》、《騷》、太史所錄[18]；子雲、相如[19]，同工異曲[20]，先生之於文，可謂閎其中而肆其外矣[21]。少始知學，勇於敢爲；長通於方，左右具宜[22]。先生之於爲人，可謂成矣[23]。然而公不見信於人，私不見助於友。跋前躓後[24]，動輒得咎[25]。暫爲御史，遂竄南夷[26]！三年博士，冗不見治[27]。命與仇謀，取敗幾時[28]。冬暖而兒號寒，年豐而妻啼飢。頭童齒豁[29]，竟死何裨[30]？不知慮此，而反教人爲[31]！

【注釋】

①既：完畢。②事先生：事，侍俸。舊時代學生跟老師學習，這種關係也稱「事」。③茲：此，今。有年：多年。④六藝：六經，即《詩》、《書》、《禮》、《樂》、《易》、《春秋》。披：翻閱。百家之編：諸子百家的著作。⑤記事者：史籍一類的著作。要：要點，綱領。纂言者：立論一類的著作。鈎：探索。玄：精深的義理。⑥貪多務得：貪圖多學，務求得益。細：小。捐：棄。⑦膏油：油脂，指燈燭。晷：日影。這句意謂夜以繼日。恆：常。兀兀：勤勉不懈的樣子。窮年：終年，一年到頭。⑧觝排：抵制排斥。異端：指與儒家不相合的學說。攘斥：排斥。佛老：佛教和道家。老：老聃，道家的創始人。⑨補苴：塡補。引申爲彌補。苴：本義是鞋裡墊的草。罅漏：裂縫、缺漏。指前人學說未盡完善之處。張皇：張大，引申爲闡發。幽眇，指深奧隱微的道理。⑩尋：理出。墜緒：指已衰落不振的儒學。旁：廣泛。紹：繼承。⑪障：防堵。東之：使百川向東流。狂瀾：狂濤，比喻異端。既倒：已經傾倒。⑫有勞：有功績。⑬醲郁：指內容醇厚馥郁的作品。含英咀華：指對文章的精華，細細咀嚼體味。⑭規：取法。姚，虞舜的姓，姒：夏禹的姓。此處指《尚書》中的《虞書》和《夏書》。深深：深遠的樣子。無涯：無邊。⑮周誥：《尚書》中的「周書」。殷盤：《尚書》中的《盤庚》篇，借指商書。佶：曲折。聱牙：拗口，艱深。⑯《春秋》：孔子根據魯國史官記述整理而成的史書。謹嚴：用字不苟，褒貶謹愼。《左氏》：指《春秋左氏傳》，相傳左丘明作以闡述《春秋》的正文。浮誇：文辭鋪張華美。⑰《易》：作於西周末年，是一部有著完整思想體系的書。奇而法：奇妙而有法則。《詩》：《詩經》。正：思想純正，即孔子所說的「思無邪」。葩：花，指辭藻華麗。⑱《莊》：《莊子》，戰國時莊周所作。騷：《離騷》，屈原的詩篇。太史所錄：即《史記》，太史：史官。這裡指太史公司馬遷。⑲子雲：西漢揚雄的字。相如：西漢著名辭賦家司馬相如。⑳同工異曲：「異曲同工」的倒文。指樂曲雖不同，但同樣美妙動聽。㉑閎：大。中：文章內容。肆：恣肆。外：文章形式。㉒長：成年，與上句少相對。通：通曉。方：道理，禮義。宜：適宜、恰到好處。㉓成：成熟，完備。㉔跋：踐踏。躓：跌倒。《詩經．豳風．狼跋》：「狼跋其胡，載躓其尾。」意思是老狼前進就會踩到自己下巴下垂著的肉，後退就會被尾巴絆倒，進退兩難。㉕動輒得咎：動不動就獲罪。㉖暫爲御史：韓愈於唐德宗貞元十九年（公元八〇三年）由監察御史貶爲陽山（今廣東陽山縣）令。竄：貶逐，流放。南夷：因陽山地處南方荒辟地區，故稱南夷。㉗三年博士：憲宗元和元年（公元八〇六年）六月至元和四年六月，韓愈

第二次任國子博士，共三年。冗：多餘，閒散。現：表現。治：政績。按：此文作於元和七年，是韓愈第三次爲博士時的作品。「三年博士」應爲「三爲博士」。[28]命：命運，仇：仇敵。謀：合。幾時：無時。[29]頭童齒豁：頭禿，牙齒脫落。《釋名釋長幼》：「山無草木者曰童」。人老頂禿，如山無草木，故曰童。豁：開裂，破缺，這裡指齒落。[30]竟：終。裨：補益。[31]爲：助詞，表疑問語氣。

先生曰：「吁！子來前！夫大木爲宗，細木爲桷[1]，欂櫨侏儒[2]，椳闑扂楔[3]，各得其宜，施以成室者[4]，匠氏之工也。玉札丹砂，赤箭、青芝[5]，牛溲、馬勃，敗鼓之皮[6]，俱收並蓄，待用無遺者，醫師之良也[7]。登明選公，雜進巧拙[8]，紆餘爲妍，卓犖爲傑[9]，校短量長，惟器是適者，宰相之方也[10]。昔者孟軻好辯，孔道以明，轍環天下，卒老於行[11]；荀卿守正，大論是宏[12]，逃讒於楚，廢死蘭陵[13]。是二儒者，吐辭爲經，舉足爲法[14]，絕類離倫，優入聖域[15]，其遇於世何如也？今先生學雖勤而不繇其統，言雖多而不要其中[16]，文雖奇而不濟於用，行雖修而不顯於衆[17]。猶且月費俸錢，歲靡廩粟[18]；子不知耕，婦不知織，乘馬從徒，安坐而食[19]；踵常途之役役，窺陳編以盜竊[20]。然而聖主不加誅，宰臣不見斥[21]，茲非其幸歟？動而得謗，名亦隨之[22]。投閒置散，乃分之宜[23]。若夫商財賄之有亡，計班資之崇庳[24]。忘己量之所稱，指前人之瑕疵[25]，是所謂詰匠氏之不以杙爲楹[26]，而訾醫師以昌陽引年[27]，欲進其豨苓也[28]。」

【注釋】[1]宗：屋樑，桷：方椽子。[2]欂櫨：斗拱，即柱頂上承托樑的方木。侏儒：樑上的短柱。[3]椳：承門樞的門曰。闑：門中央所立的短木，用以阻住門扇。居：門栓木鎖之類。楔：門兩旁立的短木，用以阻止車輛觸壞門框。④成室：建成房屋。⑤玉札：藥名，地榆。丹砂：朱砂。赤箭：天麻。青芝：又名龍芝。以上都是貴重藥材。⑥牛溲：一說是牛尿，一是爲車前草。可治水腫。馬勃：藥名，馬屁菌，可治惡瘡。敗鼓之皮：年久敗壞的鼓皮，可治蛊毒。以上都是粗賤藥材。⑦無遺：沒有遺缺。良：良術。⑧登明選公：選拔人才既明察又公正。巧拙：聰慧的拙笨的。⑨紆餘：屈曲，婉轉。妍：美好。卓犖：超過一般人。⑩校：比較優劣。惟器是適：意謂各種人才都能得合理的使用。方：治國之術。⑪孟軻好辯：《孟子・滕文公下》：「公子都曰：『外人皆稱夫子好辯，敢問何也』？孟子曰『予豈好辯哉，予不得已也。』」孔子以明：孔子之道因而著明。轍：東輪痕跡。環：繞。行：道路。⑫荀卿：即荀況，戰國晚期人。守正：遵守正道（指儒家思想體系）。大：博大精深。宏：展開，擴充光大。⑬逃讒：《史記・荀卿列傳》：「齊襄王時，而荀卿最爲老師。齊尚修列大夫之缺，而荀卿三爲祭酒焉。齊人或讒荀卿，荀卿乃適楚，而春申君以爲蘭陵令。春申君死而荀卿廢，因家蘭陵。」蘭陵：在今山東省棗莊市。⑭二儒：指孟軻和荀卿。吐辭：指言論。經：規範，經典。舉足：指行爲。⑮絕、離：超出。類、倫：同輩人。優：有餘。聖域：聖人的境界。⑯其統：儒家學說的綱領。要：求，掌握。中：主旨，要害；一說中庸之道。⑰奇：出衆。濟：有益。顯：超出。⑱猶且：尚且。糜：耗費。廩粟：倉庫中的糧食。⑲從徒：跟隨服侍的人。⑳踵：腳後跟，作動詞用，踐履。常途：世俗之道。役役：勞累不停的樣子。一作「促促」。陳編：古舊書籍。盜竊：剽竊，沒有什麼心得，只是東抄西摘。㉑聖主：皇帝。諫：責罰。見斥：被斥逐。㉒名亦隨之：名聲跟著也有了。㉓投閒置散，乃分之宜：安置在閒散的職位上，是理所當然的。㉔若夫：至於。商：謀算。財賄：財貨，指俸祿。亡：同「無」。班資：班次，指品秩（官位）。崇庳：高低。庳：同「卑」。㉕量：指器量，才識。稱：相稱，相合。前人：指職位在自己前面的人。瑕疵：玉上的斑點，借指人的缺點。這裡指不公不明。㉖詰：責問。杙：小木橛。楹：柱子。㉗訾：批評，詆毀。昌陽：昌蒲的一種。引年，延年，傳說久服菖蒲可以延年。㉘豨苓：又名豬苓，利尿藥，久服損腎。

【譯文】

國子先生一大早就走進太學，召集全部學生站在學館下，教導他們說：「學業靠勤奮而進步，因貪玩而荒廢；德行靠深思熟慮而成就，因隨俗苟且而毀敗。當今賢臣聖主相聚在一起，國家法度政令都能貫徹執行。鏟除凶險奸邪的壞人，選拔德才兼備的好人，具有一點優點的人都已錄用，有一技之長的人沒有不被提拔使用的。國家搜羅人材，剔除不好的，選擇優秀的，讓這些人克服缺點，做出成績。可能有無才而僥倖得到提拔的，誰說能力强而不被舉用呢？你們怕的應是自己學業不能進步，不要擔心主管官吏不明察；怕的應是自己德行不能成就，不必擔心主管官吏的不公正。」

話還沒有說完，有一個學生就在隊伍中嘲笑說：「先生欺騙我們！學生我跟先生學習，到現在有幾年了。先生嘴不停地吟誦六經的文章，手不停地翻閱諸子百家的著作。對史籍一類的著作必提出書中要點，對理論性的著作，必探索其中精深的義理。貪圖多學而又要求有所收獲，知識不管大小都不會捨棄，點燈熬油，夜以繼日，常常終年苦學不倦。先生對於學業，可稱勤奮了。先生抵制儒家之外的學說，排斥佛教和道家。補充儒學的缺漏不足，闡發其精緻的義理。尋求茫無頭緒的失傳了的儒學，獨自廣泛搜求，遠承孔孟，防堵大小河流泛濫，引它們東流入海，把已經傾瀉的狂濤挽轉過來。先生對於儒家，可稱有勞績了，您沈浸在內容醇厚的儒家典籍之中，玩味其中的精華，寫起文章來，參考書滿屋子都是。向上學習虞書、夏書的深遠無窮，周書、殷書的曲折艱深，《春秋》的一字不茍，《左傳》的舖張華美，《周易》的變化無窮而又有規律，《詩經》的內容純正和辭藻華麗。向下學習《莊子》、《離騷》，司馬遷的《史記》，揚雄、司馬相如的辭賦，好像不同的樂曲同樣美妙動聽。先生對於寫文章，可說內容精深博大，文辭波瀾壯闊了。您少年時剛懂得學習，就勇於實踐，長大後通曉爲人行事的道理，事事都處理適當。先生對於爲人處世，可稱成熟完備了。但是，公不被人信任，私得不到朋友的幫助，處境困頓，動不動就獲罪惹禍。只短暫地做了御史，便被貶謫南方邊遠地區；三次當博士，擔任個閒散職務，表現不出您的政治才能。命運跟您的仇敵相勾結，使您屢遭挫敗。即使在溫暖的冬天，兒子也叫冷，在豐收年成，妻子也挨餓哭泣。頭禿齒落，到死有什麼好處呢？不知道去考慮這裡的原因，反而教別人去跟著做。」

先生說：「喂！你到前面來。你要知道，大木頭做屋樑，小木頭作椽子。斗拱，門臼、門中、門中短木、門閂、門楔，每一種木都得到合理使用，用來建成房屋，這是木匠的技術。地榆、朱砂、天麻、龍芝、牛尿、馬屁菌、破敗的鼓皮，兼收並蓄，備齊待用而沒有一樣被遺漏。這是醫師的高明技術。選拔人才，公正無私，好的和差的一起量才錄用。以屈曲穩重、不露鋒芒的爲可嘉，以超羣出衆的爲英傑。比較優劣長短，務必做到人盡其才，這是宰相的治國之術。從前孟軻喜歡辯論，孔子的學說才得以闡明，他周遊列國，終於在周遊中過完一輩子，荀況遵守正道，發揚光大了博大精深的儒學，爲逃避別人的詆毀跑到楚國，後來被廢的平民，死在蘭陵。這兩位先儒，言論成爲經典，行爲樹爲榜樣，遠遠超過一般人，綽有餘裕地進入聖人的行列。他們在當時社會上遭遇怎麼樣呢？現在先生我學習雖勤奮而不遵循儒學的綱領，言論雖多而不切合儒學的主旨。文章雖出衆而無益於用，舉止雖有修養而不比衆人顯著。尙且月月耗費俸錢，年年浪費國庫的糧食；兒子不知耕種，妻子不知紡織。出門時騎著馬帶著服侍的隨衆，安穩地享受一切。我不過是追隨世俗之道而勞苦奔走，看看古書東抄西摘而沒有創見。雖然如此，皇帝都不予懲罰，宰相也不予斥責，這難道不是先生我的幸運嗎？雖然一舉一動都被毀謗，但名聲也跟著來了。把我放在閒散的位置上，這是理所當然的。如果計較俸祿的多少，較量官位的高低，忘記了自己的能力同什麼職位相稱，卻去指責當權者的過失，這就好比責備木匠不用小木樁做柱子，批評醫師不該用昌蒲使病人延年益壽，而要他用對延年益壽不起作用的豬苓一樣。」

圬者王承福傳[1]

韓愈

【題解】

本文是韓愈爲一個泥工王承福寫的傳記，有簡要的生平敘述及作者的評議。文章通過對王承福的記敘和評議，提出了在封建制度下「各致其能以相生」的主張，並評斷了「獨善處事」的處世態度。文中肯定了憑勞動自食其力的人，批判了怠惰其事，才低位高的當權者。這在當時是難能可貴的。但文中宣揚了「用力者使於人，用心者使人」的錯誤觀點，這不足取。文章論說有理有據，夾敘夾議，錯落有致。最後以自鑑作結，實際是規勸世人，意極含蓄。

圬之爲技[2]，賤且勞者也。有業之[3]，其色若自得者，聽其言，約而盡[4]。問之，王其姓，承福其名，世爲京兆長安農夫[5]。天寶之亂[6]，發人爲兵。持弓矢十三年，有官勳[7]。棄之來歸，喪其土田，手鏝衣食[8]，餘三十年，舍於市之主人[9]，而歸其屋食之當焉[10]。視時屋食之貴賤[11]，而上下其圬之傭以償之[12]，有餘，則以與道路之廢疾餓者焉。

【注釋】

[1]圬者：泥水匠。圬：粉刷牆壁。[2]技：手藝、技能。[3]業之：以此爲職業。[4]約：簡約，簡單扼要。盡：詳盡，這裏可引伸爲透徹。[5]京兆：原意是地方大而人口多的地方，指京城及其郊區。京：大。兆：衆多。長安（今陝西西安市東北），唐時屬京兆府。[6]天寶之亂：天寶，唐玄宗（李隆基）年號。天寶十四年（公元七五五年），邊將安祿山、史思明起兵叛唐，史稱「安史之亂」。玄宗曾命榮王（李琬）爲元帥，在京師招募士兵

十一萬討伐安祿山。7官勳：官家授給的勳級。唐制，有功勞者授以沒有實職的官號，叫勳官。勳官有十二級。8鏝：抹牆用的抹子。俗稱泥刀。衣食：作動詞，維持生活。9市：街市。10屋食：房租和伙食費。當：相當的價值。11視時：根據當時。12上下：增加或減少。傭：受僱爲人勞動。這裏作「工價」解。

又曰：「粟，稼而生者也1，若布與帛，必蠶績而後成者也，其他所以養生之具，皆待人力而後完也，吾皆賴之。然人不可遍爲。宜乎各致其能以相生也2。故君者，理我所以生者也3。而百官者，承君之化者也4。任有小大，惟其所能，若器皿焉。食焉而怠其事，必有天殃5。故吾不敢一日舍鏝以嬉。夫鏝易能6，可力焉。又誠有功，取其直7，雖勞無愧，吾心安焉。夫力易强而有功也，心難强而有智也8。用力者使於人9，用心者使人，亦其宜也。吾特擇其易爲而無愧者取焉。

「嘻！吾操鏝以入富貴之家有年矣。有一至者焉，又往過之，則爲墟矣10。有再至、三至者焉，而往過之，則爲墟矣。問之其鄰，或曰：『噫！刑戮也。』或曰：『身既死，而其子孫不能有也。』或曰：『死而歸之官也。』吾以是觀之，非所謂食焉怠其事而得天殃者邪？非强心以智而不足，不擇其才之稱否而冒之者邪11？非多行可愧，知其不可而强爲之者邪？將富貴難守，薄功而厚饗之者邪12？抑豐悴有時13，一去一來而不可常者邪？吾之心憫焉14，是故擇其力之可能者行焉。樂富貴而悲貧賤，我豈異於人哉！」

又曰：「功大者，其所以自奉也博，妻與子，皆養於我者也15。吾能薄而功小，不有之可也。又吾所謂勞力者，若立吾家而力不足，則心又勞也。一身而二任焉[16]，雖聖者不可為也。」

【注釋】

[1]稼：種植。[2]遍：全部，致：盡。[3]理：治。因唐高宗名治，唐人避諱，用「理」代「治」。[4]化：教化。[5]天殃：天降的災禍。[6]易能：容易掌握的技能。[7]直：同「值」。價值，這裏指報酬。[8]力：指做體力活。心：指腦力勞動。強：勉力、努力。[9]使：使用，引申為統治。[10]墟：廢墟。[11]稱：相當，相配。冒：假冒，這裏是勉強充任，濫竽充數的意思。[12]將：還是。饗：用酒食款人，這裏指享受。[13]豐悴：同「盈虛」。豐指富足、顯達、成功等。悴指貧困，低賤、失敗等。豐悴有時，即富貴貧賤有定數。[14]憫：憂愁，憐憫。[15]我：不是指王承福，而是指「功大者」自己。[16]二任：既要勞力，又要勞心。

愈始聞而惑之，又從而思之，蓋賢者也[1]，蓋所謂「獨善其身」者也[2]。然吾有譏焉[3]，謂其自為也過多，其為人也過少，其學楊朱之道者邪[4]？楊之道，不肯拔我一毛而利天下。而夫人以有家為勞心[5]，不肯一動其心以畜其妻子，其肯勞其心以為人乎哉？雖然，其賢於世之患不得之而患失之者[6]，以濟其生之欲[7]，貪邪而亡道以喪其身者[8]，其亦遠矣。又其言有可以警余者，故余為之傳，而自鑒焉。

【注釋】

[1]蓋：大概，也許，表推測之詞。[2]獨善其身：封建社會一部分知識分子的處世哲學。當他們政治上順利的時候，就想推行一些有益於社會的措施；當他們在政治上處於困境的時候，則力求潔身自好。這叫「達則兼濟天下，窮則獨善其身」。見《孟子．盡心》。[3]譏：批評，指責。[4]楊朱之道：楊朱，字子居，戰國時人，主張「為我」學說，與墨翟主張「兼愛」相反。《列子》、《孟子》、《莊子》、《韓非子》都有關於他們事蹟言論的片斷

記錄。⑤夫人：這個人，指王承福。⑥患不得之而患失之：指一些貪求富貴的人，當他沒有得到富貴時，心中只怕得不到；當他得到富貴後，又怕失掉富貴。語出《論語》。⑦濟：滿足。⑧亡：同「無」。

【譯文】

粉刷牆壁這種手藝，是卑賤而且勞苦的。有一個以這作爲職業的人，樣子卻好像自得其樂。聽他講的話，言詞簡明，意思卻很透徹。我問他，知道他姓王，名叫承福。他家世代都是京兆長安的農民。天寶年間發生安史之亂，抽調百姓當兵，他也被徵入伍，手持弓箭當了十三年兵，有官家授給的勳級。但他卻放棄官勳回到家鄉，他家的田地已經喪失了，就拿起泥刀維持生活，到如今已經三十多年了。他寄居在街上的屋主家裏，並付給相當的房租、伙食費。根據當時房租、伙食費的高低，來增減他粉刷牆壁的工價，歸還給主人。有餘錢，就拿去給流落在道路上的殘廢、貧病、飢餓的人。

他又說：「糧食，是人們種植才長出來的。像布匹絲綢，一定要養蠶、紡織才能製成。其他用來維持生活的物品，都是靠人們勞動然後才能完成，這些東西我要賴以爲生。但是，一個人不可能樣樣親手去做，應該各自盡他的能力，相互協作來求得生存。所以國君的責任是治理我們，教導我們怎樣生活，而各種官吏的責任則是秉承國君的旨意來教化百姓，責任有大有小，只是各盡所能，就像器皿的大小雖然不一，但是各有各的用途一樣。如果光吃飯不做事，一定會有天降的災禍。所以我一天也不敢丟下泥刀去遊玩嬉戲。粉刷牆壁是比較容易掌握的技能，可以努力做好，又確實有成效，還能取得應有的報酬，雖然勞累卻問心無愧，因此我心裏十分坦然。體力是容易强行發揮並做出成績來的，腦力就難以强行使它聰明了。這樣，幹體力活的人被人役使，用腦力的人役使人，也是理所當然的。我只是選擇那種容易做而又問心無愧的活來取得報酬呢！

唉！我拿著泥刀到富貴人家幹活有好多年了。有的人家只到過一次的，再經過那裏時，當年的房屋就成爲廢墟了。有到過兩次、三次的，後來經過那裏時，也變爲廢墟了。向他們的鄰居打聽，有的說：『被判刑殺掉了。』有的說：『主人已經死了，他們的子孫不能守住遺產。』也有的說：『主人死後財產歸公了。』我由此看來，不正是光吃飯不做事遭到了天降的災禍嗎？不正是勉强自己去幹才智達不到的事，不選擇與他的才能相稱的事卻要充數居高位的結果嗎？不正是做了很多虧心事，明知不能做而硬要去做的結果嗎？也可能是富貴難以保住，少貢獻卻多享受造成的結果吧？也許是富貴貧賤都有一定時運，一來一去，不能經常保有吧？我的心很憐憫這些人，所以選擇力所能及的事情去做，喜愛富貴而嫌棄貧賤，我難道與別人不同嗎？」

他還說：「功勞大的人，他用來供養自己的物資多，妻子和兒女都由自己來養活。我能力小，功勞少，沒有妻子兒女也可以。再則我是個做體力活的人，如果成家而能力不足以養活妻子兒女，就又要勞心了。一個人要擔負勞力、勞心雙重任務，即使是聖人也不能做到啊！」

我剛聽到他的話便感到迷惑不解，接著又想了想，這大概是位賢明的人，大概就是人們所說的「獨善其身」的人吧。但是，我對他也要批評一下，他爲自己想得太多，爲別人想得太少，該是個學楊朱哲學的人吧？楊朱的哲學是不肯拔掉自己一根毫毛去造福於天下。這個王承福把有家當勞心，竟不肯動一點腦筋去養活妻子兒女，他還肯動腦筋來爲別人嗎？雖然這樣，他比世上那些患得患失，只求滿足自己的生活慾望，貪婪邪惡，沒有道德以至丟掉性命的人，還是好多了。而且，他的話有些是可使我警惕的，所以我給他寫了這篇傳記，作爲自己的鑑戒。

諱辯[1]

韓愈

【題解】 李賀很有才華，因爲父親名叫晉肅，怕犯諱而不去考進士，韓愈則勸他去考進士。但是，與李賀爭名的人就進行毀謗，說韓愈勸他去考進士是不對的。爲此，韓愈寫了本文進行辯白。他引證法律、經籍和國家的法典，說明李賀考進士無可非議，並嚴厲批評了那種不在提高道德品質上下功夫而專門在避諱父母的名字上下功夫的不良社會風氣。

文章氣勢磅礴，論據充足，層層辯駁，深刻透徹，很有說服力。

愈與李賀書[2]，勸賀舉進士[3]。賀舉進士有名[4]，與賀爭名者毀之曰：「賀父名晉肅，賀不舉進士爲是，勸之舉者爲非。」聽者不察也，和而唱之，同然一辭。皇甫湜[5]曰：「若不明白，子與賀且得罪。」愈曰：「然。」

【注釋】 [1]諱：避諱。古時候凡是遇到國君和父母的名字，在說話或書寫時都避開，叫避諱。凡遇到皇帝及孔子的名字，全國都避開，叫國諱，亦叫公諱。凡遇到祖先及尊長的名字，全家都避開，叫家諱，亦叫私諱。避諱的方法是：或改爲同義字，或改爲同音字，或就原字缺筆寫。諱辯：即關於名諱的辯白。[2]李賀（七九一——八一七）：字長吉，唐代傑出詩人，十幾歲就能作詩，得到韓愈、皇甫湜等人的賞識。死時年僅二十七歲。[3]舉：考。[4]有名：薦舉的名單裏有名字。[5]皇甫湜（約七七三——八三〇）：字持正，唐代文學家，元和進士，官至工部郎中。文才敏捷，從韓愈學古文，在古文運動中起過積極作用，與李翺、張籍齊名。

律曰：「二名不偏諱[1]。」釋之者曰：「謂若言『徵』不稱『在』，言『在』不稱『徵』是也[2]。」律曰：「不諱嫌名[3]。」釋之者曰：「謂若『禹與雨』、『丘與蓲』之類是也[4]。」今賀父名晉肅，賀舉進士，爲犯二名律乎？爲犯嫌名律乎？父名晉肅，子不得舉進士；若父名仁，子不得爲人乎？夫諱始於何時？作法制以教天下者，非周公、孔子歟[5]？周公作詩不諱[6]；孔子不偏諱二名[7]；《春秋》不譏不諱嫌名[8]。康王「釗」之孫，實爲「昭」王[9]；曾參之父名「皙」，曾子不諱「昔」[10]。周之時有騏期[11]，漢之時有杜度[12]，此其子宜如何諱？將諱其嫌，遂諱其姓乎[13]？將不諱其嫌者乎？漢諱武帝名「徹」爲「通」[14]，不聞又諱車轍之「轍」爲某字也。諱呂后名「雉」爲「野雞」[15]，不聞又諱治天下之「治」爲某字也。今上章及詔[16]，不聞諱「滸」、「勢」、「秉」、「機」也[17]。惟宦官宮妾乃不敢言「諭」及「機」[18]，以爲觸犯。士君子立言行事，宜何所法守也？今考之於經，質之於律，稽之以國家之典[19]，賀舉進士爲可邪[20]？爲不可邪？

【注釋】

[1]律：法律、律令。二名不偏諱：名有兩個字就可任諱其中的一個字。[2]「謂若」句：《禮記．檀弓》：「二名不偏諱。夫子之母名徵在，言在不稱徵，言徵不稱在」。[3]嫌名：嫌其與名音相近的字。[4]禹與雨：禹與雨音同義異，只諱禹而不諱雨。禹，遠古時代傳說中的治水專家，相傳受舜禪讓而爲天子，是夏朝的第一個帝王。丘與蓲：丘與蓲音同義異，只諱丘而不諱蓲。丘，孔丘，春秋末大思想家，封建時代尊爲聖人。[5]周公：姓姬，名旦，周文王的兒子，武王的弟弟，成王的叔叔。成王年幼，周公攝政，周朝的禮樂制度都是周公主持制

訂的。[6]周公作詩不諱：周公之父周文王名昌，其兄周武王名發，而《詩經》中不諱「昌」「發」二字，如《周頌．臣工．雝》有「克昌厥後」，《噫嘻》中有「駿發爾私」等。按：據孔穎達疏，上引二詩皆作於周公成王之時，但皆非周公作。韓愈說：「周公作詩不諱」，應是推測之辭。[7]孔子不偏諱二名：如孔子母名徵在，但《論語．八佾》有「宋不足徵也」，《衛靈公》有「某在斯」。[8]《春秋》：春秋時魯國的史書，據說經過孔丘刪訂。不譏不諱嫌名：如衛桓公名完。桓和完同音。《春秋》不以爲犯諱而加諷刺。[9]康王釗：周康王，名釗，周武王的孫子，公元前一〇二六年——公元前一〇〇〇年在位。昭王：周昭王，名瑕，周康王之子（韓愈誤記爲孫）。釗，昭同音，不爲犯諱。[10]曾參：即曾子，孔子的學生。曾皙：即曾點，也是孔子的學生。皙、昔同音，曾子不以爲犯諱。曾子曾說：「昔者吾友」。見《論語．泰伯》。[11]騏期：周人，不詳。[12]杜度：字伯度，後漢人，工草書。[13]「將諱」二句：因爲騏期與杜度的姓和名同音，要諱嫌就要改姓。[14]武帝：漢武帝，名徹，公元前一四〇——公元前八七年在位。名徹爲通：漢人爲避武帝諱，把「徹」字改爲「通」字，把「徹侯」叫「通侯」，改蒯徹爲蒯通之類。[15]呂后：名雉，漢高祖劉邦的妻子，曾臨朝稱制。雉：俗稱野雞。[16]章：奏章。詔：詔書，皇帝的命令。[17]滸、勢、秉、機分別與虎、世、昞、基同音。唐太祖（高祖李淵的祖父，後追尊爲景皇帝，廟號太祖）名虎，唐太宗名世民，唐世祖名昞，唐玄宗名隆基，但在奏章和詔諭中不諱「滸」、「勢」、「秉」、「機」等字。[18]諭：唐代宗名豫，豫與諭同音。[19]考：考證。質：批判。稽：考核。[20]邪：同「耶」。表疑問的語氣詞，下同。

凡事父母，得如曾參[1]，可以無譏矣；作人得如周公、孔子，亦可以止矣[2]。今世之士不務行曾參、周公、孔子之行[3]，而諱親之名，則務勝於曾參、周公、孔子，亦見其惑也。夫周公、孔子、曾參卒不可勝[4]。勝周公、孔子、曾參，乃比於宦者宮妾，則是宦者宮妾之孝於其親，賢於周公、孔子、曾參者邪[5]？

【注釋】

①得如曾參：曾參事親至孝，是有名的孝子。如：像。②止：頂點。③務：致力，行：品行。④夫：發語詞，卒：終於。⑤賢：超過，勝過。

【譯文】

我給李賀寫信，勸他去考進士。李賀考進士已被提名推薦，跟李賀爭名的人就毀謗他，說：「李賀的父親名叫晉肅，李賀不去考進士是正確的，勸他去考的人是錯誤的。」聽的人不加分析，隨聲附和，衆口一辭。皇甫湜說：「如果這件事不辯論清楚，你和李賀都將要獲罪。」我說：「是的。」

律令上說：「兩個字的名字不單獨忌諱其中的一個字。」解釋它的人說：「譬如孔子的母親名叫徵在，說了「徵」字就不說「在」字，說了「在」就不說「徵」字，就屬於這種情況。律令上說：「不避諱與名同音的字。」解釋它的人說：譬如「禹和雨」。「丘和蓲」這一類情況。現在李賀的父親名叫晉肅，李賀去考進士，是違犯了兩個字的名字不忌諱一個字的法令呢？還是違犯不忌諱與名同音的字的法令呢？父親名叫晉肅，兒子就不能考進士；假如父親名叫「仁」，兒子就不能做人了嗎？避諱是從什麼時候開始的呢？創立法制來教導天下的人，不是周公、孔子嗎？周公作詩不避忌諱，孔子對母親名字的兩個字也不單獨諱其中一個。孔子作《春秋》也不譏刺那些不諱與君父的名字同音的字的人。康王釗的孫子（應爲兒子）諡號就叫昭王，曾參的父親名晳，曾子就不避諱「昔」字。周朝時有個人姓騏名期，漢朝時有個人叫杜度，他們的兒子應該怎樣來避諱呢？是爲了避諱同音字，就連姓也不要了呢？還是不避諱同音字呢？漢武帝名徹，漢人爲了避諱，把「徹」叫做「通」，但沒有聽說把東轍的「轍」字改爲某字。呂后呂雉，漢朝人把「雉」叫做「野雞」，但沒聽說又把治天下的「治」字改爲某字。現在向皇帝上奏章或皇帝下詔書，沒有聽說諱「滸」、「勢」、「秉」、「機」一類字。只有宦官和宮中侍妾才不敢說「諭」字和「機」字。以爲說了就算犯諱。讀書人說話做事，應該效法和遵守什麼呢？現在來考證經籍，評判法制，考核國家制度，李賀考進士，到底是可以呢？還是不可能呢？

凡是侍奉父母能夠像曾參那樣，就可以不被譏誇了；做人能夠像周公、孔子那樣，也算是到了頂點了。現在世上的這些士大夫，不努力效法曾參、周公、孔子的品行，而在避諱父母的名字上則致力勝過曾參、周公、孔子，由此可見他們太糊塗了。想那周公、孔子、曾參是最終不能勝過的，想勝過周公、孔子、曾參，只能是學著宦官宮妾的樣子，那麼，難道那些宦官宮妾孝順他們的父母，還勝過周公、孔子、曾參的孝順父母嗎？

爭臣論[1]

韓愈

【題解】

本文是一篇評論眞人眞事的政論文。作者提出每個處於官位上的人都應盡職盡責，都要爲改變時世的不平和百姓的不治發揮作用的中心思想。並針對諫議大夫陽城，著重表明諫官就應積極諷諫君主，而不應獨善其身，因循敷衍。表現出韓愈敢於抨擊現實的勇氣和魄力。文章採用問答和辯論的獨特格式，觀點鮮明，開門見山，直率潑辣，雄辯恣肆。

或問諫議大夫陽城於愈[2]，「可以爲有道之士乎哉[3]？學廣而聞多，不求聞於人也。行古人之道，居於晉之鄙[4]；晉之鄙人薰其德而善良者幾千人[5]。大臣聞而薦之[6]，天子以爲諫議大夫[7]。人皆以爲華[8]，陽子不色喜[9]。居於位五年矣，視其德如在野[10]，彼豈以富貴移易其心哉！」

【注釋】

[1]爭臣：一作「諍臣」，指能以直言規勸君主的臣子。一作「諫臣」，即「諫議大夫」。[2]陽城：字亢宗，定州北平（今北京市）人。愛讀書，家裏貧窮沒有書讀，求爲集賢院寫書吏，竊官書讀之，晝夜不出，六年乃無所不通。唐德宗時考中進士，乃隱居中條山（今河北滄縣北），後由於李泌的推薦，德宗召爲諫議大夫。任諫官五年，只是天天飲酒而不言事，因此韓愈寫了這篇《爭臣論》激他，陽城亦不在意。又過了三年，奸臣裴延齡誣逐陸贄等人，陽城便慷慨上疏，極力論裴延齡之罪，爲陸贄等仗義執言。後來德宗想任裴延齡爲宰相，陽城

堅決反對，致使德宗改變主意。但陽城因此獲罪，改官爲國子司業。後又因故貶爲道州（今湖南道縣）刺史。在道州任上，因反對上官催迫賦稅，放棄官職離去。德宗末年卒。③有道之士：指有學識、有操守的人。④晉：今山西省。鄙：指邊遠之地。這句指陽城隱居中條山。⑤薰：薰陶，感化。幾：接近。⑥大臣：指李泌，他曾爲陝虢觀察使，聞陽城之名，後入相，薦城爲著作郎。⑦諫議大夫：官名，職責是侍從和規諫皇帝。⑧華：榮耀，光榮。⑨色喜：喜悅的表情。⑩在野：指沒有任諫議夫大的時候。

愈應之曰：「是《易》所謂『恆其德貞，而夫子凶者也①』，惡得爲有道之士乎哉②！在《易·蠱》之上九云：『不事王侯，高尚其事③。』《蹇》之六二則曰：『王臣蹇蹇，匪躬之故④。』夫亦以所居之時不一，而所蹈之德不同也。若〈蠱〉之上九，居無用之地，而致匪躬之節；以〈蹇〉之六二，在王臣之位，而高不事之心；則冒進之患生，曠官之刺興⑤；志不可則，而尤不終無也⑥。今陽子在位，不爲不久矣；聞天下之得失，不爲不熟矣；天子待之，不爲不加矣；而未嘗一言及於政。視政之得失，若越人視秦人之肥瘠⑦，忽焉不加喜戚於其心。問其官，則曰：『諫議也』；問其祿，則曰：『下大夫之秩也⑧』；問其政，則曰：『我不知也。』有道之士，固如是乎哉！且吾聞之：『有官守者，不得其職則去；有言責者，不得其言則去⑨。』今陽子以爲得其言乎哉⑩？得其言而不言，與不得其言而不去，無一可者也。陽子將爲祿仕乎⑪？古之人有云⑫：『仕不爲貧，而有時乎爲貧。』謂祿仕者也。宜乎辭尊而居卑，辭富而居貧，若抱關擊柝者可也⑬。蓋孔子嘗爲委吏矣⑭，嘗爲乘田矣⑮，亦不敢曠其職；必曰：『會計當而已矣⑯。』，必曰：『牛羊遂而已矣⑰。』若陽子之秩祿，不爲卑且貧，章章明矣⑱，而如此，其可乎哉⑲？」

【注釋】

[1]《易》，指《易經》。「恆其德貞」二句是《易經》恆卦六五的爻辭，原文爲：「恆其德貞，婦人吉，夫子凶。」意思是說：以柔順從人，長久不變易其德操，可以說是正派了。但這是婦人的道德，不是男子漢大丈夫所應遵從的。[2]惡：同「何」，怎麼。[3]《易・蠱》之上九：《易經》蠱卦上九的爻辭。「不事王侯」二句：說君子沒有出去做官侍奉王侯，應該修德樂道，提高自己的節操。[4]〈蹇〉之六二：《易經》蹇卦六二的爻辭。「王臣蹇蹇」二句：是說當王朝遭大難的時候，做臣子的要忠誠，不顧個人。蹇：危難，艱難。蹇蹇：忠誠。匪：同「非」。躬：親身，自己。[5]冒進：僥倖求進，指鑽營利祿。刺：批評。興：引起，引出。[6]則：效法，作爲榜樣。尤：過錯。[7]越人：浙江一帶人。秦人：陝西一帶人。這句話的意思是對不相干的人和事毫不關心。[8]大夫：官名，分上大夫，中大夫，下大夫三級。位在卿之下，士之上。秩：秩祿，品級，即薪俸。[9]官守：居官守職。「有官守者」四句，引自《孟子・公孫丑下》。[10]「今陽子」二句，原文作「今陽子以爲得其言乎哉」，這裏據《韓昌黎集》校改。[11]將：殆，莫非。[12]古之人：指孟子。以下十三句，均引自《孟子・萬章下》，但句子有變動。[13]抱關：守關小吏。擊柝：打更巡夜的士卒。[14]委吏：主管糧倉、會計事務的小官。《孟子・萬章》：「孔子嘗爲委吏矣。」[15]乘田：古代負責管理牧場，飼養牲畜的小吏。《孟子・萬章》：「孔子嘗爲乘田矣。」[16]會：總計，計：計算。當：委當、合適。[17]遂：生長，長成。《孟子》原文爲「茁壯」。[18]章章：明白顯著。[19]其：同「豈」。

或曰：「否！非若此也。夫陽子，惡訕上者[1]，惡爲人臣招其君之過[2]而以爲名者；故雖諫且議，使人不得而知焉。《書》曰[3]：『爾有嘉謨嘉猷[4]，則入告爾后於內[5]，爾乃順之於外，曰：斯謨斯猷，惟我后之德。』夫陽子之用心，亦若此者。」

愈應之曰：「若陽子之用心如此，滋所謂惑者矣[6]！入則諫其君，出不使人知者，大臣宰相之事，非陽子之所宜行也。夫陽子，本以布衣隱於蓬蒿之下[7]，主上嘉其行誼[8]，擢在此位[9]，官以諫爲名，誠宜有以奉其職，使四方後代，知朝廷有直言骨鯁之臣[10]，天子有不僭賞、從諫如流之美[11]；庶巖穴之士[12]，聞而慕之，束帶結髮，願進於闕下[13]，而伸其辭說，致吾君於堯舜，熙鴻號於無窮也[14]。若《書》所謂，則大臣宰相之事，非陽子之所宜行也。且陽子之心，將使君人者惡聞其過乎[15]，是啓之也[16]！」

【注釋】

[1]惡：討厭，不喜歡。訕上：譏諷上司。[2]招：舉，檢舉揭發，引申爲宣揚。[3]書：指《尚書》，見僞古文尚書《周書．君陳》。[4]爾：你。謨，猷：都是計劃、策略的意思。[5]后：繼位的君主，泛指君主。[6]滋：益，更加。[7]布衣：平民，沒有官職的人。蓬蒿：本爲草名，借指草野之間。[8]行誼：德行道義。誼，同「義」。[9]擢：提拔。[10]骨鯁：魚骨頭，比喻剛直。直言骨鯁：形容人有話要說就像魚骨頭卡在喉嚨裏不能不吐一樣。[11]僭賞：鑑賞。僭：假，冒充。[12]庶：庶幾，表推測的希望語氣。巖穴之士：居住在山野裏的隱士。[13]束帶：整理好衣冠。結髮：結好頭髮。束帶結髮：指修飾好儀容。這是說隱士做好出來做官的準備。闕下：宮闕下面，指朝廷中。[14]熙：明，昌明，光大。鴻號：大號，大名。[15]君：作動詞，統治，君臨。人，指百姓。[16]啓：教導，引導。

或曰：「陽子之不求聞而人聞之，不求用而君用之，不得已而起，守其道而不變，何子過之深也[1]？」

愈曰：「自古聖人賢士，皆非有求於聞用也，閔其時之不平[2]，人之不義[3]；得其道，不敢獨善其身，而必以兼濟天下。孜孜矻矻[4]，死而後已。故禹過家門不入[5]，孔席不暇暖[6]，而墨突不得黔[7]。彼二聖一賢者，豈不知自安佚之爲樂哉[8]，誠畏天命而悲人窮也。

夫天授人以賢聖才能，豈使自有餘而已，誠欲以補其不足者也。耳目之於身也，耳司聞而目司見，聽其是非，視其險易，然後身得安焉。聖賢者，時人之耳目也；時人者，聖賢之身也。且陽子之不賢，則將役於賢以奉其上矣；若果賢，則固畏天命而閔人窮也，惡得以自暇逸乎哉！」

【注釋】

[1]過：責備。[2]閔：同「憫」，憐憫，同情。[3]義：治理，安定。[4]孜孜：努力不怠，孜孜不倦。矻矻：勤勞不懈。[5]禹過家門不入：傳說大禹治水，三次經過家而不入。[6]孔席不暇暖：出自班固《答賓戲》。孔：指孔子。孔子存心濟世，周遊列國，到哪裏都不能久住，席子還沒有坐暖和，又忙於到別國去遊說。[7]墨突不得黔：出處同上。墨，墨翟。突：煙囪。黔：黑色。墨子爲了宣傳他的主張，到處奔走，很少在家裏，所以他家的煙囪也很少冒煙，沒有薰黑。[8]安佚：同「安逸」。

或曰：「吾聞君子不欲加諸人，而惡訐以爲直者[1]。若吾子之論，直則直矣，無乃傷於德而費於辭乎？好盡言以招人過，國武子之所以見殺於齊也[2]，吾子其亦聞乎？」

愈曰：「君子居其位，則思死其官；未得位，則思修其辭以明其道[3]。我將以明道也，非以爲直而加人也。且國武子不能得善人，而好盡言於亂國，是以見殺。《傳》曰：『惟善人能受盡言。』[4]謂其聞而能改之也。子告我曰：『陽子可以爲有道之士也。』今雖不能及已，陽子將不得爲善人乎哉！」

【注釋】

1 許：斥責別人的過失，揭發別人的陰私。直：直率。2 國武子：春秋時齊卿，名國佐。曾參加柯陵之會，單襄公見他好盡言，說：「立於淫亂之國而好盡言，以招人過，怨之本也。」魯成公十八年，齊慶克與齊靈公的母親聲孟子通奸，國武子責備他。慶克告訴聲孟子，聲孟子在齊靈公面前說國武子的壞話，齊靈公就把國武子殺了。事見《國語・周語下》。3 修：修飾。明：闡明。4 傳：書傳，這裏指《國語》。文見《國語・周語下》。

【譯文】

有人問我對諫議大夫陽城的看法，說：「陽城可以算是有道之士吧？他學識淵博，懂得很多，不求聞名於世人。他遵行古人的處世原則，隱居在山西的邊境，山西邊境的人，受到他品德的感化而變好了的，將近千人。大臣知道了向朝廷推薦他，皇帝任他做諫議大夫。人人都認爲這是很榮耀的事，陽城卻並不顯得高興。任職五年了，看他的品德好像還和在野時一樣，他難道會因爲富貴而改變了他的初衷嗎？」

我回答他說：「這就是《易經》上所說的：長久保持那種柔順的德操，並不是男子漢大丈夫的正道哩！怎麼能夠算上是有道之士呢？《易經》蠱卦上九爻辭說：『不事奉王侯，要保持自己的高尚情操。』蹇卦六二爻辭卻說：『做臣子的要勇於赴難，奮不顧身。』這也是由於所處的時候不同，所實行的道德也就不同。如果像《蠱》的上九那樣處於無用的地位，卻實行奮不顧身的節操；像《蹇》的六二那樣，處於臣子的位置上，卻以不事奉君王的高尚，那麼前者會產生鑽營利祿的禍害；後者會引來玩忽職守的責備。這種人的志氣不可以作爲榜樣，而他們的過錯也難於避免。現在，陽城在位不能說不久了；他聽到天下的得失，不能說不熟悉了；皇帝對待他，不能說不優厚了。但他從來沒有發表一句關於政事的言論，他看待政事的得失，就好像越人看待秦人的肥瘦一樣，毫不在意，不會在他心上引起高興和憂愁。問他的官職，說是諫議大夫；問他的俸祿，說是下大夫的品級；問他的政事，卻說我不知道。有道之士，原來是這樣的嗎？我還聽說過：有官職的人，不能盡職便要辭官而去；有進言責任的人，不能盡他進言的責任，便辭官歸去。現在陽城可以算是得到進言的官職了，但他進過言嗎？有進言的責任而不進言，和不能盡到進言的責任卻不離開，沒有一件是可以的。陽城難道是爲了利祿才出來做官嗎？古人說過：「做官不是因爲貧窮，但有時卻是因爲貧窮，」說的就是爲了俸祿而去做官。不過，那就應該辭去尊貴的職務，處於卑賤的地位，辭去優厚的俸祿，接受菲薄的待遇，像那些守關打更巡夜的人一樣。據說孔子曾經做過管理倉庫的小吏，又曾經做過放牧牲畜的小吏，也不敢玩忽職守，一定要說：『財物算妥當才罷了』。一定要說：『牛羊順利成長才罷了』。像陽先生的品級俸祿，不算卑賤菲薄，這是十分清楚明白的，而他的表現卻是這樣，難道行嗎？」

有人說：「不對，不是這樣的。陽城不喜歡諷諫上司的原因，是不喜歡做臣子的通過宣揚上司的過失而為自己求得名聲，所以儘管他進諫和建議，卻不讓別人知道。《尚書》上說過：『你有好的計劃，好建議，就到裏面去告訴你的君主；在外面你就宣揚說，這些好計劃好建設，都出於我們君主的英明。』那陽城先生的用心，也是這樣的。」

我回答他說：「假如陽城的用心是這樣，那就更加迷惑不解了。進去對君主進諫，出來不讓別人知道，這是大臣宰相的事，不是陽城應該做的。陽城本來是個平民，隱居在鄉村中，皇帝讚賞他的品行道德，提拔在這個位置上，授給他諫議大夫的官職，實在應該努力奉行他的職守，使四方後代的人，知道朝廷上有直言敢諫的臣子，皇帝有不濫賞、從諫如流的美德；這麼一來，山野中的隱士聽到後會羨慕他，整理好衣冠、修飾好儀容，願意到朝廷來發表意見，使我們的君主達到堯、舜那樣的聖明，把美名留傳到千秋萬世之後。像《尚書》上所講的那是大臣宰相之事，不是陽城應該做的。而且陽城的用心，將要使君臨百姓的人不喜歡聽到自己的過失嗎？如果這樣。就是引導君主文過飾非啊。」

有人說：「陽城不求揚名而人們使他揚名，不求任用而君主任用他，他是不得已才出來的，一直遵守他原來的原則不變。為什麼你那樣苛刻責備他呢？」

我說：「自古以來的聖人賢士，都不是追求聞名見用的，只是憐憫世道的不太平，百姓的不安定，他懂得作為聖人的道德學說，不敢獨自保全自己，一定要同時使天下的人都得到好處，勤勤懇懇，至死方休。所以大禹三過家門而不入，孔子的坐席沒有坐暖和過，墨子的煙囪沒有被薰黑過。這兩個聖人，一個賢人，難道不知道享受個人安逸的快樂嗎？他們實在是怕時世不平而同情人民疾苦呢！上天授給人的賢聖才能，難道只是使自己有餘就算了，實在是希望他用自己的賢聖才能去彌補別人的不足呢。耳朵、眼睛對於人的身體的作用，耳朵管聽，眼睛管看，聽清是非，看出安危，然後身子才能得到安全。聖賢好比世人的耳目，世人就好比是聖賢的身子。如果陽城不是賢者，那他就應該被賢人役使而去事奉君主；如果陽城果然是賢人，那麼本來就應該怕時世的不平並同情人民疾苦的，怎麼能夠只顧自己的淸閒安逸呢？」

有人說：「我聽說君子是不希望加罪於人而且不喜歡揭發別人的陰私來博得正直的名聲。像您的議論，直率倒直率，未免損傷德行而又浪費言辭啊。喜歡毫無保留地說話而招致別人的責備怨恨，是國武子在齊國被殺的原因，您大概也聽說過吧？」

我說：「君子處在他的官位上，就打算死在這個官位上；不能得到官位，就打算修飾他的言辭來闡明他的道理。我將用來闡明道理，不是拿這個來顯示自己的耿直而加罪於人。而且，齊國的國武子是因爲沒有碰到好人，卻喜歡在紛亂的國家說毫不保留的話，所以被殺。《國語》上說：『只有好人才能接受毫無保留的話』，這是說他聽到批評後能夠改正。你告訴我說：『陽城可以算是個有道之士』。我看現在他雖然還達不到，難道陽城不能夠做一個好人嗎？」

後十九日復上宰相書[1]

韓愈

【題解】

韓愈在這封信中，用生動而誇張的比喻説明自己窘迫的處境，希望宰相及時任用，反映了當時的統治者不重視提拔人才，同時也體現出封建文人庸俗的一面，表露出「俯首貼耳、搖尾而乞憐」的求官心切的醜態。

本文緊扣「勢」、「時」二字著筆，步步深入，論證人才能否被提拔，機會不在時，而在於在位之人。語言婉曲深沈又頗爲悲戚。

二月十六日，前鄉貢進士韓愈，謹再拜言相公閣下[2]：向上書及所著文後[3]，待命凡十有九日[4]，不得命。恐懼不敢逃遁，不知所爲[5]。乃復敢自納於不測之誅[6]，以求畢其説，而請命於左右[7]。

【注釋】

[1]韓愈在唐德宗貞元九年（七九三年）中進士，以後又參加了禮部的博學宏詞科考試，仍不見用。貞元十一年，他三次給宰相寫信求仕。第一封寫於正月二十七日，第二封（即本文）寫於二月十六日，第三封（即下文）寫於三月十六日。三次寫信都無回音，韓愈便於本年五月東歸。寫第二封信距寫第一封信的時間爲十九日，故本文題爲《後十九日復上宰相書》。[2]鄉貢進士：唐代分科選拔官吏，其中以進士科最爲人重視。凡經州縣考試及格，由州貢到尚書省參加進士科考試，稱鄉貢進士。相公：宰相。「公」是推尊之辭。亦説官至宰相，必然封爲公，故稱相公。閣下：寫信時對對方的尊稱。[3]向：過去，從前。著：作，寫。[4]待命：等待指

示。凡：總共。[5]逃遁：逃走，這裏指離開。不知所有：不知道怎麼辦。[6]復：再，又一次。自納於不測之誅：自己去招惹不可測度的責罰。[7]畢：完畢。左右：寫信時對對方的尊稱，相當於「足下」。

愈聞之：蹈水火者之求免於人也，不惟其父兄子弟之慈愛，然後呼而望之也[1]；將有介於其側者，雖其所憎怨，苟不至乎欲其死者，則將大其聲，疾呼而望其仁之也[2]。彼介於其側者，聞其聲而見其事，不惟其父兄子弟之慈愛，然後往而全之也[3]；雖有所憎怨，苟不至乎欲其死者，則將狂奔盡氣，濡手足，焦毛髮，救之而不辭也[4]。若是者何哉？其勢誠急，而其情誠可悲也[5]。愈之强學力行有年矣[6]。愚不惟道之險夷，行且不息[7]，以蹈於窮餓之水火，其既危且亟矣[8]；大其聲而疾呼矣，閣下其亦聞而見之矣。其將往而全之歟？抑將安而不救歟[9]？有來言於閣下者曰：「有觀溺於而爇於火者，有可救之道而終莫之救也[10]。」閣下且以爲仁人乎哉[11]？不然，若愈者，亦君子之所宜動心者也[12]！

【注釋】

[1]蹈水火者，遭遇到水災或火災的人。蹈：踐踏，這裏指遭遇。免：指免除災害。惟：只，僅。[2]將：表假設之詞。介乎其側：處在他的旁邊。介：居處。苟：假如。疾呼：急速地喊叫。仁：名詞用作動詞，施行仁愛。[3]彼：那個。往而全之：上前搭救保全他。[4]狂奔盡氣：快步奔跑使盡力氣。濡：沾濕，打濕。焦：被火燒傷。辭：推卻。[5]是：這，這樣。勢：形勢，趨勢。誠：實在，的確。[6]强學力行：奮發學習，努力實踐。强，力，皆勉力的意思。有年：多年，幾年。[7]愚不惟其道險夷：愚笨得從不考慮道路的危險和平安。息：停止。[8]窮餓之水火：貧窮飢餓的水火之中。亟：急迫。[9]抑將安而不救歟：還是安然不動坐視不救呢？抑：還是，表選擇的連詞。[10]爇：點燃，燃燒。終莫之救：爲「終莫救之」的倒裝，意謂終竟不去搭救他。[11]且：

將。仁人：仁愛的人。[12]若：如。宜：應當。

或謂愈[1]：「子言則然矣，宰相則知子矣。如時不可何[2]！」愈竊謂之不知言者[3]，誠其材能不足當吾賢相之舉耳[4]。若所謂時者，固在上位者之爲耳，非天之所爲也[5]。前五六年時，宰相薦聞，尚有自布衣蒙抽擢者[6]，與今豈異時哉？且今節度、觀察使及防禦、營田諸小使等[7]，尚得自舉判官，無間於已仕未仕者[8]；況在宰相，吾君所尊敬者[9]，而曰：『不可』乎？古之進人者[10]，或取於盜，或舉於管庫[11]。今布衣雖賤，猶足以方於此[12]。情隘辭蹙，不知所裁[13]，亦惟少垂憐焉[14]。愈再拜。

【注釋】

[1]或：有的人。[2]子：古代對男子的尊稱，此指韓愈。如時不可何：時機不允許，奈何。[3]竊：私自。不知言者：不懂情況的人。[4]誠：果眞。材能：才能。當：承當，承受。舉：薦舉。[5]「若所謂時者」三句：要是講所謂時機的話，本來是居於上位的人造成的，而不是天所造成的。固：本來。[6]薦聞：推薦奏聞。尚：且。蒙，受。抽擢：選拔提升。[7]節度：唐置地方軍政長官，轄管一道或數州，稱節度使。開始時只設於邊疆，後來全國遍設。觀察使：即經略觀察使。唐分全國爲十道，每道設一觀察使，掌考察州、縣長官政績。防禦：唐於大郡要害之地置防禦使，治理軍事，多由當地刺史兼任。營田：指掌管軍隊屯墾的營田副使，軍隊萬人以上設一名。小使：防禦使，營田副使，與節度使，觀察使相比，無論地位、權力都小得多，所以稱小使。[8]判官：唐朝凡臨時派出處理特殊事務的官都有判官，掌管文書事務。中期以後，節度、觀察、防禦、團練、營田等使都設有判官，其權漸重，幾乎等於副使。間：隔、離，引申爲「區別」的意思。仕：做官。[9]君：皇帝。[10]進人：薦舉人材。[11]或取於盜：《禮記．雜記》說：「管仲遇盜，取二人焉，上以爲公臣」。管仲是春秋時齊桓公的宰相。或舉於管庫：《禮記．檀弓》說：「趙文子所舉於晉國管庫之士，七十有餘家。」趙文子，即趙武，

春秋時晋國的大夫。管庫：管理倉庫的小吏。⑫賤：卑賤。方：比擬。⑬蹙：迫促，緊迫。裁：處理。⑭惟：希望。垂憐：加以憐惜。

【譯文】

二月十六日，前鄉貢進士韓愈，再次拜謁上書宰相閣下：

上次呈上書信及所寫的文章以後，我等候回音共一十九天，一直沒有得到指示。我惶惑害怕但又不敢離開，眞不知道該怎麼辦。於是大膽地再次自己招惹不可測度的責罰，以求得講完我的話，請您給個回音。

我聽說過這樣的事：遭遇到水火災害的人請求別人營救，不只限於他的父兄子弟這些慈愛自己的人，然才呼叫著期待他們來拯救；如果有站在他旁邊的人，即使是他所憎惡怨恨，只要是還不至於希望他死掉的人，那他就會大聲疾呼而希望他發善心來拯救，那個站在旁邊的人，聽見他的呼救聲，看見他掉在水火之中，不只限於他的父兄子弟這些慈愛自己的人，然後才上前搭救他。即使平常對他有些憎惡怨恨，只要是還不至於希望他死掉的人，也就會使盡氣力向前狂奔，不顧打濕手腳，燒焦毛髮，前去搭救而不退卻。這樣做的原因是什麼呢？是因爲那形勢實在危急，而且那情況實在可悲啊！

我勤奮學習，並照書上的道理努力實踐，已經多年了。我性情愚笨到不考慮道路的危險和平易，從不停頓，以致於陷在窮困和飢餓的水火之中，我的處境已經很危險並且很急迫了啊。我在大聲疾呼啊，閣下大概也聽到和看見了啊，您是前來搭救保全我呢？還是安然不動坐視不救呢？如果有人來告訴閣下說：「有人看到別人被淹沒在水中或被圍燒在火中，本來有能夠搭救的辦法然而終究不去搭救他。」閣下難道會認爲這是仁慈的人嗎？如果閣下認爲不是，那麼像我這種處境，也是仁人君子所應當動憐惜之心的啊！

有人告訴我說：「你所講的倒是對的，宰相也了解你，但是時機不允許，有什麼辦法呢？」我私下認爲他是不懂情況的人，實在是我的才能不堪承受我賢明宰相的薦舉啊！要是說所謂時機，本來是居在上位的人所造成的，決不是上天所造成的。前五六年的時候，宰相推薦奏聞，還有從平民受到提拔的，與現在的時機難道不同嗎？況且現在的節度使、觀察使以及防御、營田小使，還能夠自己薦舉判官，沒有已做官和沒做官的區別；何況是宰相，我們的君主所尊重的人，卻說不能推薦人才嗎？

古時候薦用人才，有的從盜賊中推薦，有的從管理倉庫的人員中推薦，現在我這樣的平民即使卑賤，還足夠和這些人相比。

我的性情狹隘而言辭急迫，不知道怎樣處置，希望閣下稍加哀憐憐惜。愈再拜。

後廿九日復上宰相書[1]

韓愈

【題解】

韓愈在這封信中極力美化周公的政治和求賢若渴的精神，用來和當朝宰相進行對比，表現了他對政治的抨擊，又拿當前的情況和古代的情況，自己的行爲和隱士的作風兩相比較，說明自己反覆上書是爲一片報國憂天下之心所驅使，表現出作者急於出仕的心情。

與第二封信不同，這封信語氣强烈，直言不諱，表現了青年作者的倔强品性和旺盛的氣概。排比、反問句式的連串使用，更顯出韓文「如長江大河，深浩流轉」的一貫風格。

三月十六日，前鄉貢進士韓愈，謹再拜言相公閣下：

愈聞周公之爲輔相[2]，其急於見賢也，方一食，三吐其哺[3]；方一沐，三握其髮[4]。當是時，天下之賢才，皆已舉用[5]；奸邪讒佞欺負之徒[6]，皆已除去；四海皆已無虞[7]；九夷八蠻之在荒服之外者[8]，皆已賓貢[9]；天災時變，昆蟲草木之妖[10]，皆已銷息[11]；天下之所謂禮樂刑政教化之具[12]，皆已修理；風俗皆已敦厚[13]；動植之物，風雨霜露之所霑被者[14]，皆已得宜；休徵嘉瑞、麟鳳龜龍之屬[15]，皆已備至[16]。而周公以聖人之才，憑叔父之親，其所輔理承化之功[17]，又盡章章如是[18]。其所求進見之士，豈復有賢於周公者哉？不惟不賢於周公而已，豈復有賢於時百執事者哉[19]？豈復有所計議能，補於周公之化者哉？然而周公求之如此其急，惟恐耳目有所不聞見，思慮有所未及，以負成王託周公之意，不得於天下之心。如周公之心，設使其時輔理承化之功，未盡章章如是，而非聖人之才，而無叔父之親，則將不暇食與沐矣，豈特吐哺握髮為勤而止哉⑳？維其如是㉑，故於今頌成王之德，而稱周公之功不衰㉒。

【注釋】

①這是韓愈貞元十一年（七九五年）第三次上宰相書，距第二次上書共二十九日，故題為《後廿九日復上宰相書》。②周公：姓姬，名旦，周文王的兒子，武王的弟弟，成王的叔叔。武王崩，成王年幼，由周公攝政。周朝的禮樂制度等都由他主持制訂，他是古人心目中的所謂聖人。輔相：指宰相。輔，相二字都是輔佐的意思，宰相輔佐帝王治理天下，所以稱為輔弼、輔相。③方：正當。哺：口中嚼食，這裏指咀嚼著的食物。④沐：洗頭髮。三握其髮，指周公三次握著已經披散洗濕的頭髮出來見客。《史記》記載周公告誡兒子伯禽說：「我一沐三握髮，一飯三吐哺，起以待士，猶恐失天下之賢人。」⑤舉：起，提拔。⑥奸邪：凶惡。讒：背後說別人壞話。佞：諂媚逢迎，花言巧語。欺負：虛偽欺詐，背棄信義。⑦四海：古人以為中國的四周都是海，所以把整個中國稱為四海之內，簡稱四海。無虞：太平，安定。虞：憂。⑧九夷八蠻：古代稱居住在東方的部族叫東夷，稱南方的一些部族為南蠻。相傳夷有九種，蠻有八種。這裏用來泛指處在邊遠地區的一些部族。荒服：五服之一。古代京畿之外，分地為五等，謂之五服，每服距京畿五百里。荒服是距京畿二千至二千五百里的地方，最荒遠。荒服之外：指漢族統治的中國之外。⑨賓貢：同「賓服」。賓：歸服。貢：貢納物產。指派使者來朝見。⑩時變：指季節、氣候的變異。妖：反常的變化。天災時變昆蟲草木之妖，是泛指自然界，諸如水、旱、蟲、風等各方面的災異。⑪銷息：消失停止。「銷」與「消」通。⑫教化之具：古代統治階級認為禮、樂、刑、政都是或從積極方面誘導或從消極方面禁止而使人民服從他們統治的手段。《禮記．樂記》：「禮以道其志，樂以和其聲，政以一其行，刑以防其奸，禮樂刑政其極一也，所以同民心而出治道也。」⑬敦厚：淳厚樸實。⑭霑被：霑，浸潤；被，覆蓋。⑮休徵：好的徵兆。休，美好；徵，跡象。嘉：吉祥；瑞，預兆。屬：類。古人把麟、鳳、龜、龍稱為四靈，它們出現就是國家大治的好徵兆。⑯備：全。⑰輔理承化：輔佐帝王治

理國家，奉承帝命施行教化。理，治。18章章：明白顯著。19百執事：即百官。供使令的人稱爲執事。20特：只是，僅僅。21維：相當於「以」，因爲。維通「惟」、「唯」。22衰：減弱。

今閣下爲輔相亦近耳1。天下之賢才，豈盡舉用？姦邪讒佞欺負之徒，豈盡除去？四海豈盡無虞？九夷八蠻之在荒服之外者，豈盡賓貢？天災時變，昆蟲草木之妖，豈盡銷息？天下之所謂禮樂刑政教化之具，豈盡修理？風俗豈盡敦厚？動植之物，風雨霜露之所霑被者，豈盡得宜？休徵嘉瑞，麟鳳龜龍之屬，豈盡備至？其所求進見之士，雖不足以希望盛德，至比於百執事，豈盡出其下哉？其所稱說，豈盡無所補哉？今雖不能如周公吐哺握髮，亦宜引而進之，察其所以而去就之2，不宜默默而已也。

【注釋】

1近：指地位職權與周公相近。不說「同」而說「近」，因爲當時宰相不見得有聖人之才，也沒有「叔父之親」。一說近指時間短，沒有周公輔相那麼久。2所以：根據的是什麼。去：離開。就：趨近。去就，這裏相當於用或不用。

愈之待命，四十餘日矣。書再上而志不得通，足三及門而閽人辭焉1。惟其昏愚，不知逃遁2，故復有周公之說焉。閣下其亦察之！古之士，三月不仕則相弔，故出疆必載質3；然所以重於自進者，以其於周不可，則去之魯；於魯不可，則去之齊；於齊不可，則去之宋，之鄭，之秦，之楚也4。今天下一君，四海一國；舍乎此，則夷狄矣5，去父母之邦矣⑥。故士之行道者，不得於朝，則山林而已矣。山林者，士之所獨善自養，而不憂天下者之所能安也；如有憂天下之心，則不能矣。故愈每自進而不知愧焉，書亟上⑦，足數及門而不知止焉。寧獨如此而已⑧，惴惴焉惟不得出大賢之門下是懼⑨。亦惟少垂察焉⑩！瀆冒威尊⑪，惶恐無已⑫。愈再拜。

【注釋】

①及：到。閽人：守門的人。②逃遁：指歸隱山林。③弔：慰問。疆：疆界。質：與「贄」通，初次進見君主或大臣所獻的禮物。④之：往。魯、宋、齊、鄭、秦、楚都是周天子下面的諸侯國，所以求仕的人即使朝秦暮楚，也還是在中國範圍內，不感到是背棄了祖國。⑤舍：同「捨」。舍棄，離開，夷狄：漢族人指外族。⑥父母之邦：父母之國，祖國。⑦亟：頻頻，多次。⑧寧獨：豈只。⑨惴惴：惶恐不安的樣子。大賢：是恭維當時宰相的話。⑩惟：希望。垂：由上向下地懸垂。地位低下的人要求尊長採取某種態度往往用「垂」字表示恭敬，如「垂憐」、「垂察」等。⑪瀆：輕慢，不敬。冒：冒犯。⑫已：止。

【譯文】

三月十六日，前鄉貢進士韓愈恭謹地再拜進言給相公閣下：

韓愈聽說周公作宰相時，他急於出來接見賢人，正在吃一餐飯，卻三次吐出口中的食物出來迎賓；正在洗一回頭，卻三次握著頭髮出來見客。那個時候，天下的賢才都已經舉薦任用了，邪惡兇頑，圖謀不軌，諂媚逢迎，暗地害人，虛偽欺詐，背棄信義的一類壞人，都已經清除掉；整個天下都已安定；四境之外的各少數民族都來向天子進貢；水旱節候的災害，昆蟲草木的反常現象，都已經銷聲匿跡；國家的禮、樂、刑、政這些教育感化人的工具，都已經整理完善；社會的風俗都已經淳厚樸實；動物，植物，凡屬風雨霜露所浸潤覆蓋的一切，都已經得到適宜的環境和合理的利用；美好吉祥的跡象，麟、鳳、龜、龍這四種靈物，都已經一一出現。而周公憑著聖人的大才，借助於成王叔父這樣至親的關係，他所輔佐治理奉承教化的功績，又都這樣顯著，那些請求進見的人，難道再有比周公更賢能的嗎？不只不會比周公賢能而已，難道還有比當時的百官更賢能的嗎？難道還有什麼計策建議慮天下的人才能安逸居住，如果他有憂天下的心思，就無法如此。因此韓愈每次自求進見而不知羞愧，頻頻上書，多次上門而不知道止步啊。豈只如此而已，心裏經常惶恐不安，只怕不能夠從您這樣

能夠補助周公的教化嗎？然而周公求士如此急迫，唯恐耳朵眼睛有些聽不到看不見的地方，唯恐有思慮不周的地方。以致辜負成王托政給周公的深意，得不到天下的人心。像周公這樣的用心，假使那時輔佐治理奉承教化的功績並沒有像那樣顯著，又不是聖人的大才，又沒有叔父的至親關係，那麼周公將沒有空時間去吃飯和洗頭了，難道只吐哺握髮就算是勤勞到了極點嗎？正因爲他的用心能夠這樣，所以到現在，人們還歌頌成王的大德，稱讚周公的功績，還沒有減弱。

現在閣下作爲宰相，身份與周公也相近了。天下的賢才，難道都已經推薦任用了？邪惡凶頑、圖謀不軌、諂媚逢迎、暗地害人、虛僞欺詐、背棄信義的一類壞人，難道都已經清除掉了？整個天下難道都已安定了？處在四境之外的各少數民族難道都來向天子進貢了？水旱節候的災害，昆蟲草木的反常現象，難道都已經銷聲匿跡？國家的禮、樂、刑、政這些教育感人的工具，難道都已經整理完善？動物、植物，凡屬風雨霜露所浸潤覆蓋的一切，難道都已經得到適宜的環境和合理的利用？美好吉祥的跡象，麟、鳳、龜、龍這四種靈物，難道都已一一出現？那些請求進見的人，雖然不能夠期待他有您那樣的大德，至於同您手上那些官吏相比，難道都在他們之下嗎？他們所提所說的意見，難道全都對政事毫無補益嗎？現在您即使不能像周公那樣吐哺握髮，也總應該引進、接見他們，考察他們究竟如何並決定用誰而不用誰，不應該不聞不問啊！

韓愈等候召見已四十多天了。上了兩次書而我的心願不能和閣下溝通，我的腳步三次到閣下的門口而被守門的人攔住。只因我昏昧愚笨，不知道逃隱山林，所以這次又給閣下寫信論及周公。希望閣下還是考察一下吧！古代的讀書人，只要有三個月不作官任職，相互之間就要慰問，所以他們只要一出本國疆界，車子上就一定載著準備隨時進見用的禮物。然而他們爲什麼又不肯輕易自己主動要求做官呢？因爲他們在周王室不可以任用，就離開周王室到魯國去；在魯國不可以任用，就離開魯國到齊國去；在齊國不可以任用，就離開齊國到宋國去，到鄭國去，到秦國去，到楚國去。現在天下只有一個君主，四海之內統一爲一個國家，離開這裏，那就是夷狄了，就離開自己的祖國了。所以讀書人，不能夠進入朝廷，就只有入山林當隱士了。隱居山林，只是讀書人那些獨善其身，自己顧自己而不憂

的大賢人門下求得出身哩，也希望閣下稍微留心審察啊。煩擾冒犯了您的威嚴，內心惶恐不已。韓愈再拜。

與于襄陽書[1]

韓愈

【題解】

這是一封求人推荐的信。作者在信中論說了有聲望的前輩應該荐用有才能的後輩的道理，希望得到于襄陽的賞識。但作者所論說的道理，都是從個人的揚名顯世出發的，於是對達官貴人作了無聊的吹捧，這不足取。

本文從寫法上看，有開有合，委婉曲折，頗爲淒愴悲涼。

七月三日，將仕郎守國子四門博士韓愈[2]，謹奉書尚書閣下[3]。士之能享大名、顯當世者，莫不有先達之士、負天下之望者[4]，爲之前焉[5]。士之能垂休光、照後世者[6]，亦莫不有後進之士，負有天下之望者[7]，爲之後焉[8]。莫爲之前，雖美而不彰；莫爲之後，雖盛而不傳[9]。是二人者，未始不相須也[10]。

【注釋】

[1]《韓昌黎集》有兩篇與于襄陽書，這是第一篇，于襄陽，名于頔，字元無，河南（今河南洛陽市）人，唐德宗貞元十四年（公元798年）九月工部尚書兼山南東道節度使。求于襄陽，襄陽，在今湖北襄陽，爲山南東道的治所。本文當作於貞元十八年七月。[2]將仕郎：唐朝的封階，爲文職的散官，如清朝的登仕郎之類，唐屬從九品。守：擔任。國子四門博士：國子，即國子監，唐代最高學府，下分七館：國子、太學、廣文、四門、律、書、算。四門博士，即四門館教授，貞元十八牛春，韓任此職。[3]于頔這時爲尚書左僕射，同中書門下平章

事，故稱他「尚書閣下」。④先達之士：先通顯的人。負：肩負。⑤爲之前焉：做他們的引導者。⑥休光：盛美的光輝。⑦後進之士：後通顯的人。⑧爲之後焉：做他們的歌頌者。⑨雖盛而不傳：即使成就卓越卻不會流傳。⑩是二人：這兩種人。須：待，用。

然而千百載乃一相遇焉！豈上之人無可援，下之人無可推歟①？何其相須之殷而相遇之疏也②？其故在下之人負其能不肯諂其上③，上之人負其位不肯顧其下④，故高材多戚戚之窮⑤，盛位無赫赫之光⑥。是二人者之所爲皆過也。未嘗干之⑦，不可謂上無其人；未嘗求之，不可謂下無其人。愈之誦此言久矣，未嘗敢以聞於人⑧。

【注釋】

①援：攀援。推：推舉。②殷：多、盛，這裏引申作密切解。相遇：互相遇合。疏：少。③負：仗恃。諂：討好。④顧：照顧關懷。⑤高材：才能傑出的人。戚戚：憂慮的樣子。⑥盛位：身居高位的人。赫赫：威顯的樣子。⑦干之：求他。干，干謁。⑧誦：嘴裡叨念，聞：告訴。

側聞閣下抱不世之才①，特立而獨行，道方而事實②，卷舒不隨乎時，文武唯其所用③，豈愈所謂其人哉④！抑未聞後進之士，有遇知於左右，獲禮於門下者⑤，豈求之而未得邪？將志存乎立功⑥，而事專乎報主，雖遇其人，未暇禮邪？何其宜聞而久不聞也。愈雖不材，其自處不敢後於恒人⑦，閣下將求之而未得歟？古人有言：「請自隗始⑧」。愈今者惟朝夕芻米僕賃之資是急⑨，不過費閣下一朝之享而足也。如曰吾志存乎立功，而事專乎報主，雖遇其人，未暇禮焉，則非愈之所敢知也。世之齪齪者，既不足以語之⑩，磊落奇偉之人，又不能聽焉，則信乎命之窮也⑪。謹獻舊所爲文一十八首，如賜覽觀，亦足知其志之所存⑫。愈恐懼再拜。

【注釋】

①側聞：從旁邊聽說，表示謙恭。②特立而獨行：人品傑出而有決斷。道方而事實：道行方正而做事講究實際。③卷舒：卷縮舒展。這裏是進退之意。文武：具有文武才能的人。唯其所用：只要您來使用。其，代第二稱。④其人：那種人。⑤遇知：受到賞識。獲禮：得到尊敬。⑥將：連詞，或者的意思。⑦恒人：普通人，一般人。⑧請自隗始：《戰國策．燕策》記載燕國被齊國打敗後，燕昭王想招攬人才，以求振興。郭隗先向他講了個涓人花五百金買匹死千里馬的故事，接著說：「今王誠欲致士，先從隗始。隗且見事，況賢於隗者乎。」韓以郭隗自比，用謙遜的口氣希望提拔。郭隗：戰國時燕國人。⑨惟朝夕芻米僕賃之資是急：只急需早晚買草料、口糧、雇僕人、租房屋的資金。惟，只有。是，使賓語提前的助詞。⑩齪齪：狹隘而無遠見的人。語之，告訴他。⑪則信乎命之窮也：那就確實是命運的窮困了。信：確實。⑫所存：所在。

【譯文】

七月三日，將仕郎，擔任國子四門博士的韓愈，恭敬地寫信給尚書閣下：

讀書人能夠享有大名，顯揚於世的原因，沒有一個不是先通顯而享有天下聲望的前輩做他們的引導者；讀書人能夠留下壯美的光輝，照耀後世的原因，也沒有一個不是有後通顯而享有天下聲望的後輩做他們的歌頌者，沒有人做他們的引導者，雖有美好的才能也傳揚不出去；沒有人做他的歌頌者，雖有盛大功業也流傳不下去。這兩種人未嘗不可以互相依賴。

不過這種情況要經過千百年才能夠碰上一次啊！難道是在上位的人沒有可以攀援的，在下位的人沒有值得推薦的嗎？爲什麼互相依賴這樣密切，而互相遇合的機會卻這樣少呢？其中原因，是在下位的人以才能自負而不肯逢迎在上位的人，在上位的人仗恃他的權位不肯關心他下面的人。因此有傑出才能的人往往處於憂傷的窮困之中，身居高位的人也沒有顯赫的榮光。這兩種人的行爲都是不對的。

在下位的人沒有去請求在上位的人，不能說在上位的沒有那樣愛才的人；在上位的人沒有去訪求人才，不能說下面沒有那樣的人才。我叨念這些話好久了，沒有敢把它講給別人聽。

我從旁邊聽說閣下具有超出世人的才能，人品傑出而有決斷，道德方正而做事講究實際，行動不隨俗浮沉，文臣武士量才錄用，難道不正是我所說的那種能引導後進的人嗎？但是沒有聽到哪個後進之士得到您的賞識、受到您的推崇。難道是訪求人才而沒有得到嗎？或者是志向傾注在立功上，行事一心在報答君主上，雖然遇可以推舉的人卻沒有空閒以禮相待嗎？為什麼那應該聽到的舉薦人才的消息而長久聽不到呢？我雖然沒有才能，可是自己立身處世從來不敢落後於一般人。閣下可能是訪求人才卻沒有得到吧？古人有句話：「（招攬人才）請從我郭隗開始。」現在我只急需早晚買草料、口糧、雇用僕人、租賃房屋的資金，這些只不過花您一天享受的費用就足夠了。如果您說：「我的志向傾注在立功上，行事一心在報答君主上，雖然遇上可推舉的人，卻沒有空閒以禮相待。」那就不是我韓愈所敢知道的。社會上狹隘而無遠見的人，既然不值得把情況告訴他；磊落而卓越偉大的人，又不肯聽我的傾訴。那就實在是命運注定我該窮困了。

恭敬地獻上我從前所寫的十八篇文章，如果承蒙您看看，也足以知道我的志向所在了。我恐懼地很，韓愈恭恭敬敬地拜上。

與陳給事書[1]

韓愈

【題解】

這是韓愈寫給一位大官陳給事的信。信中寫到從見陳給事到不見，從不見又想到要見，委婉地表現了對陳給事的態度由熱情變爲冷淡的埋怨，曲折地表達了希望陳給事賞識自己的意思，也側面反映出封建官場等級森嚴，奔競成風的陋習和地位低微的小官「幾乎無適而可」（錢基博《韓愈志》）的艱難處境。

文章寫得波瀾層迭，作者的心理活動刻畫得很細膩。

愈再拜[2]：愈之獲見於閣下有年矣[3]，始者亦嘗辱一言之譽[4]。貧賤也，衣食於奔走，不得朝夕繼見。其後閣下位益尊，伺候於門牆者日益進[5]。夫位益尊，則賤者日隔；伺候於門牆者日益進，則愛博而情不專。愈也道不加修，而文日益有名。夫道不加修，則賢者不與[6]；文日益有名，則同進者忌。始之以日隔之疏，加之以不專之望，以不與者之心，而聽忌者之說，由是閣下之庭，無愈之跡矣。

【注釋】

[1] 唐德宗貞元十九年（公元八〇三年）冬，韓愈被貶爲陽山縣令。他在離開京城之前，給新遷給事中的陳京寫了這封信。給事：即給事中，官名。唐代的給事中是中央機構門下省的重要官員，次於門下省的長官侍中的副長官侍郎，掌握駁正封還有缺失的皇帝詔敕。陳給事：名京，字慶復，唐代宗大歷元年（七六六）中進士，唐

德宗貞元十九年升給事中。②再拜：敬禮，作揖。③閣下：寫信說話中對對方的尊稱。本是指尊貴者樓房下的侍從。因爲有話不敢直接對尊貴者說，而請閣下的侍從轉達，於是「閣下」就成了對人的尊稱。④辱：自謙之辭，表示受之有愧，不敢當。⑤伺候：窺伺等候。門牆：《論語．子張》，子貢曰：「夫子之牆數仞，不得其門而入，不見宗廟之美，百官之富。得其門者或寡矣。」以數仞高牆比孔子的道德學問高深，不容易找到門徑了解其豐富的內容。後來就以「門牆」代指老師的家門。韓愈在這裏用來恭維一般尊貴者。⑥與：贊許。不與：指不贊許。

去年春，亦嘗一進謁於左右矣①。溫乎其容②，若加其新也③；屬乎其言④，若憫其窮也。退而喜也，以告於人。其後如東京取妻子⑤，又不得朝夕繼見。及其還也，亦嘗一進謁於左右矣。邈乎其容⑥，若不察其愚也；悄乎其言⑦，若不接其情也⑧。退而懼也，不敢復進。

今則釋然悟，翻然悔曰⑨：「其邈也，乃所以怒其來之不繼也；其悄也，乃所以示其意也。」不敏之誅⑩，無所逃避。不敢遂進，輒自疏其所以⑪，並獻近所爲《復志賦》以下十首爲一卷⑫，卷有標軸⑬，《送孟郊序》一首⑭，生紙寫⑮，不加裝飾，皆有指字注字處⑯，急於自解而謝⑰，不能俟更寫⑱，閣下取其意而略其禮可也。愈恐懼再拜。

【注釋】

①進謁：進見。一般用於下對上。左右：指左右之人，侍從僕役。「進謁於左右」是自謙的說法，不敢直言同對方見面，說只是進見他左右的侍從，因卑而達尊。②溫：溫和。容：容貌。③加：施加。若加其新：指溫和的顏色像是施加於那些新進見的人一樣。④屬：連續。⑤如：往，到。東京：唐代以洛陽爲東京。⑥邈：遠。這裏指容色冷淡，顯得很疏遠。⑦悄：靜。悄乎其言：指態度沉默，說話不多。⑧接：接納，領受。⑨釋然：疙瘩解開突然明白的樣子。翻然：反悔的樣子。⑩不敏：不才，對自己的謙稱。誅：責備。⑪輒：就。疏：疏

通，說明。⑫《復志賦》：韓愈貞元十三年在病中所寫的一篇賦，抒寫懷才不遇的幽憤。⑬標軸：標有題號的書軸。古人書籍寫在帛或紙上，卷起來收藏，所以用卷計其數量。卷端安上棍杆，稱爲軸。⑭《送孟郊序》：即《送孟東野序》（見本書）。⑮生紙：唐朝人寫字用的紙有生紙、熟紙之分，生紙非有喪故不用，用來寫書贈人是不禮貌的，所以特加說明。⑯揩：揩掉，塗抹。注：添加。⑰謝：請罪。⑱俟：等候。更：另外。

【譯文】

韓愈再拜，韓愈獲得進見您的機會已經多年了。起初也曾經承蒙您的片言稱賞；因爲我貧賤，不能不爲謀衣謀食的事情奔波，所以不能夠隨時繼續拜見您。後來您的地位更高了，守候在您家門外要求進見的人一天比一天多。地位更高，貧賤的人就自然一天天隔得遠了；守候在家門要求進見的人一天天地增多，您垂愛的對象也就更加廣泛而感情不能集中於某一人了。我的道德沒有進一步修養，倒是文章越來越有名望。道德沒有一進步修養，那麼賢人就不會贊許我；文章越來越有名望，就會使同時進見的人產生妒忌。起初因爲日益隔閡疏遠，加上您並不專一望我來見，又以不讚許我的心情，而聽信妒忌的人的讒言，因此，你的門庭，便自然沒有我的足跡了。

去年春天，我也曾到府上拜見過您一次，您的態度很溫和，好像是歡迎那新見到的人一樣；您說話滔滔不絕，好像很同情我的處境窮困。我離開您家以後心裏很高興，把您接見我的情形告訴別人。那以後我到洛陽去接妻小，又不能夠繼續拜見。等到從東京回來，也曾經去拜見過您一次，而你的神情很疏遠，好像辨不出我的愚衷；您說話很少而顯得沉默，好像不願領受我的情意。我離開您家以後心裏很恐懼，不敢再來進見。

現在我才恍然大悟，翻然懊悔，心想：您那疏遠的表情，其實是埋怨我沒有繼續來進見您；你說話很少而顯得沉默，是對我示意了。我沒有才能不能領會您的深意，我是無法逃避我的罪責了，不敢逕直來見您，就寫這封信說明這一原委，並獻上近年來所作的《復志賦》等十篇文，作有一卷，卷端有標了題號的軸子。其中《送孟郊序》一篇，是用生紙寫的，沒有加以裝飾。各篇都有塗掉和添加文字的地方，因爲急於替自己解釋和謝罪，不能等到換紙重新抄寫。希望您領會我的心意而忽略那禮節方面的不周到。我內心惶恐，謹再拜。

應科目時與人書[1] 韓愈

【題解】本文是韓愈二十五歲考中進士以後參加宏詞科考試時寫給一位大官時的信。作者在信中以涸水中的龍自喻，希望得到這位大官的幫助，給他做些宣傳，以擴大影響。比喻生動，委婉曲折，不亢不卑，氣勢悲壯。

月、日[2]，愈再拜[3]：

天池之濱，大江之濆，曰有怪物焉，蓋非常鱗凡介之品彙匹儔也[4]。其得水，變化風雨，上下於天不難也。其不及水，蓋尋常尺寸之間耳[5]，無高山大陵曠途絕險爲之關隔也，然其窮涸，不能自致乎水，爲獱獺之笑者，蓋十八九矣[6]。如有力者，哀其窮而運轉之，蓋一舉手一投足之勞也。然是物也，負其異於衆也，且曰：「爛死於沙泥，吾寧樂之；若俯首帖耳，搖尾而乞憐者，非我之志也。」是以有力者遇之，熟視之若無睹也。其死其生，固不可知也。

今又有有力者當其前矣，聊試仰首一鳴號焉，庸詎知有力者不哀其窮，而忘一舉手[7]、一投足之勞，而轉之清波乎？其哀之，命也；其不哀之，命也；知其在命，而且鳴號之者，亦命也。愈今者，實有類於是，是以忘其疏愚之罪，而有是說焉。閣下其亦憐察之！

【注釋】

1應：應對，有參加考試的意思。科目：考試士人的科目。唐朝設科取士。有秀才，明經、進士、明法，明算等科，名目繁多，故稱科目。2本文作於唐德宗貞元九年（公元七九三年）3再拜：敬禮，作揖。4天池：《莊子．逍遙遊》：「南冥者，天池也。」天池是寓言中的南海。濆：水邊。介：甲。品彙：品類。儔：同伴，伴侶。5尋常：古代長度單位，一尋爲八尺，二尋爲一常，這裡是指很近的距離。6獱獺：水中的動物，形狀像狗，食魚爲生，俗稱水獺。獱：小獺。十八九：指多次。7庸詎：相當於「豈」、「何」。表示反問。

【譯文】

某年某日，韓愈再三拜上；

大海的水邊，大江的灘旁，有個怪物，不是普通的鱗甲動物之類可以比擬的。它到了水裡，變化風雨，上天下地都不困難；但一旦離開了水，只能在幾尺或一丈多一點的小範圍內活動。沒有什麼高的山嶺、大的丘陵、曠遠的道路、險峻的關隘把它束縛住。然而它只能這麼乾涸著，毫無辦法自己移到水裡去，因而受到大大小小的水獺的譏笑，已經不知道有多少回了。如果有那麼一位有力量的人，同情它的窮困而把它移動到水裡去，也只需花費一舉手一提腳的工夫。但是，這種動物，偏偏以它的超羣出衆自負，說：「就是爛死在泥沙之中，我也樂意，像那種俯首貼耳，搖尾乞憐到處乞求之類，不是我的意願。」因此，有力的人遇到它，就像熟視無睹一樣。它的生死，實在還不可預知哩。

現在又有一個有力量的人正在它面前了。它姑且抬起頭來鳴叫一聲，哪裡知道有力的人會不會同情它的窮困而花費一舉手一提腳的工夫把它送到清水的波濤之中去呢？同情它，是命運注定的；不同情它，也是命運注定的；知道一切都是命定的還要鳴叫，也是命運注定的啊。

我現在的處境，實在和這怪物相似。因此忘記了自己的粗疏和愚笨的罪責，而說了這些話。希望閣下哀憐，體察我。

送孟東野序[1]　韓愈

【題解】

本文從自然界的物不平則鳴，說到人的心不平則鳴，論述了作家的作品是真情實感的表現，而且和所處的時代緊密相關，各個時代都會產生能表現其時代精神的作家。文章只在最後點題，讚揚孟郊的詩歌，對他的懷才不遇表示同情，並用命運決定於天意寬慰孟郊，實際上是爲孟郊鳴不平，指斥當時執政者不能重用賢人。

本文是表現韓愈文藝觀點的重要論文之一。在行文上，上下千古，廣泛徵引，比喻生動，寓意深長。

大凡物不得其平則鳴[2]：草木之無聲，風撓之鳴。水之無聲，風蕩之鳴。其躍也，或激之；其趨也，或梗之[3]；其沸也，或炙之。金石之無聲，或擊之鳴。人之於言也亦然：有不得已者而後言，其歌也有思，其哭也有懷。凡出乎口而爲聲者，其皆有弗平者乎！

樂也者，鬱於中而泄於外者也，擇其善鳴者而假之鳴[4]。金、石、絲、竹、匏、土、革、木八者[5]，物之善鳴者也。惟天之於時也亦然[6]，擇其善鳴者而假之鳴。是故以鳥鳴春，以雷鳴夏，以蟲鳴秋，以風鳴冬。四時之相推敚[7]，其必有不得其平者乎！

【注釋】

1 孟東野：孟郊，字東野，湖州武康（今浙江省武康縣）人，韓愈的學生，唐朝著名詩人。他一生很不得意，四十六歲才考中進士，五十歲才任溧陽（今江蘇溧陽縣西北）縣尉。本文就是韓愈送他出任溧陽縣尉時作的。序：贈序，臨別贈言。2 平：含有平衡、公正、安定、順暢等意思。鳴：本意是發出聲音，這裡還含有表現、抒發、傳揚思想感情、志趣等意思。3 梗：塞。4 假：借。5 金、石、絲、竹、匏、土、革、木：八種物質都能製作樂器，古人稱爲八音，故以此作爲古代樂器的名詞。金，如鐘、鎛；石，如磬；絲，如琴；竹：如簫，管；匏，如笙；土，如塤，形如秤錘，六孔；革，如鼓；木，如柷、敔，作雅樂開始擊柷，止樂擊敔。6 維：發語詞，無意義。7 四時：指春、夏、秋、冬四季。推敓：推移變化。敓：同「奪」。

其於人也亦然。人聲之精者爲言，文辭之於言，又其精也，尤擇其善鳴者而假之鳴。其在唐、虞1，咎陶、禹2其善鳴者也，而假以鳴。夔弗能以文辭鳴3，又自假於《韶》以鳴4。夏之時，五子以其歌鳴5。伊尹鳴殷，周公鳴周6。凡載於《詩》、《書》六藝7，皆鳴之善者也。周之衰，孔子之徒鳴之，其聲大而遠。傳曰：「天將以夫子爲木鐸8。」其弗信矣乎？其末也，莊周以其荒唐之辭鳴9。楚，大國也，其亡也，以屈原鳴10。臧孫辰、孟軻、荀卿11，以道鳴者也。楊朱、墨翟、管夷吾、晏嬰、老聃、申不害、韓非、眘到、田駢、鄒衍、尸佼、孫武、張儀、蘇秦之屬12，皆以其術鳴。秦之興，李斯鳴之。漢之時，司馬遷、相如、揚雄13，最其善鳴者也。其下魏晉氏，鳴者不及於古，然亦未嘗絕也。就其善者，其聲清以浮，其節數以急14，其辭淫以哀，其志弛以肆。其爲言也，亂雜而無章。將天醜其德莫之顧邪15？何爲乎不鳴其善鳴者也？

【注釋】

①唐：帝堯的國號。虞：帝舜的國號。②咎陶：一作皋陶，一作咎繇，人名，相傳是唐虞時代掌管司法的大臣，制訂法律，建立刑獄。③夔：人名。相傳爲虞舜時樂官。④韶：相傳是夔在舜時所做的樂曲名。⑤五子：指夏代帝啓的五個兒子，即太康的五個弟弟。一說五子是指啓的第五個兒子武觀。本文中作者取前說。夏代國君太康游蕩失國，他的五個弟弟作《五子之歌》，表示怨憤和進行勸誡。⑥伊尹：商朝初年的宰相。先輔佐湯伐桀，平定天下，後又輔湯的孫子太甲。太甲無道，伊尹把他放逐，後來太甲悔過，又把他接回來繼續統治國家。據說他曾作《汝鳩》、《伊訓》、《太甲》、《咸有一德》等文，都已亡佚。殷：即商朝，商的京都最後在盤庚時遷到殷（今河南安陽）才固定下來，因而商朝也被稱爲殷。周公：姓姬，名旦，周武王的弟弟，周成王的叔叔，周朝的禮樂制度都是由他制定的。⑦六藝：一是指《詩》、《書》、《禮》、《樂》、《易》、《春秋》等六經。一是指禮、樂、射、御、書、數。本文是指前者。⑧這句話見於《論語・八佾》。木鐸，是一種安有木舌的金屬玲子。古代當權者發佈政令，常搖木鐸以號召百姓。這裡是比喻孔子著書授徒，影響深遠。⑨莊周：即莊子，字子休，戰國時思想家，宋國蒙（在河南商丘縣東北）人，著有《莊子》。荒唐之辭：指莊周的文章想像豐富，妙趣橫生，富有浪漫色彩。荒唐：廣大無邊的樣子，與通常所說「荒唐」的意思不同。⑩屈原：戰國時楚國人，我國古代第一個偉大的詩人，著有《離騷》、《九章》、《九歌》等。⑪臧孫辰：複姓臧孫，名辰，即春秋時魯國大夫臧文仲。《左傳》、《國語》上載有他的一些言論。孟軻：即孟子，字子輿，一說字子東，戰國時鄒人，著名儒家，與孔子並稱「孔孟」，與弟子著《孟子》一書。荀卿：亦作孫卿，名況，戰國時趙人，儒家，著有《荀子》。⑫楊朱：戰國時思想家，字子居，衛人。其言論散見於《孟子》、《列子》等書。墨翟：宋大夫，一說和孔子同時，一說其後。其言論見《墨子》。老聃：姓李名耳，字伯陽，聃是死後的謚。周代楚國苦縣歷鄉曲仁里（今河南鹿邑縣東）人，做過周守藏室史（藏書室的史官），著有《老子》上下篇。申不害：戰國時韓昭侯的宰相，法家，著有《申子》。韓非：戰國時韓國公子，法家，入秦爲李斯所殺，著有《韓非子》。眘到：即愼到戰國寺越人，法家，著有《愼子》。田駢：戰國時齊人，齊宣王時爲上大夫，道家，著有《田子》。鄒衍：戰國時齊人，陰陽家，著有《終始》、《大聖》，燕昭王曾師事之。尸佼：魯人，雜家，曾作商鞅門客，著有《尸子》。孫武：春秋時齊人，我國古代有名的軍事家，著有《孫子》。張儀：戰國時魏人，後爲秦相，主張「連橫」，游說六國單獨

和秦講和，破壞了蘇秦主張「合縱」抗秦的聯盟。⑬司馬遷：西漢偉大的史學家、文學家，著有《史記》。相如：司馬相如，西漢著名的辭賦家，著有《子虛賦》、《大人賦》、《長門賦》等。揚雄：西漢著名的辭賦家，儒家思想家。字子雲，漢成都人。⑭節：節奏，節拍。數：頻繁，密。⑮醜：以之爲醜，憎惡。

唐之有天下，陳子昂、蘇源明、元結、李白、杜甫、李觀①，皆以其所能鳴；其存而在下者，孟郊東野始以其詩鳴。其高出魏晉，不懈而及於古，其他浸淫乎漢氏矣②。從吾游者，李翺、張籍其尤也③。三子者之鳴信善矣；抑不知天將和其聲而使鳴國家之盛耶？抑將窮餓其身，思愁其心腸，而使自鳴其不幸耶？三子者之命，則懸乎天矣。其在上也奚以喜？其在下也奚以悲？東野之役於江南也④，有若不釋然者⑤，故吾道其命於天者以解之。

【注釋】

①陳子昂：字伯玉，梓州射洪縣（今四川射洪縣）人，初唐著名詩人。蘇源明：字弱夫，京兆武功（今陝西武功縣）人，唐代文學家。元結：字次山，河南（今河南洛陽）人，唐代詩人，有《次山集》。杜甫：字子美，原籍襄陽，曾經時遷居洛陽附近的鞏縣（今縣名同），唐代大詩人，曾爲檢校工部員外郎等官，有《杜工部集》。李觀：字元賓，越州贊皇（今河北贊皇縣）人，唐代文學家，有《李元賓集》。以上六人當時已去世。②浸淫：逐漸滲透，這裡有逐步趕上的意思。③李翺，張籍：都是韓愈的學生。李翺：字習之，唐趙郡（今河北趙縣）人，一說成紀（今甘肅秦安縣東）人，以古文著稱，著有《李文公集》。張籍：字文昌，唐蘇州人，善古體詩，尤擅樂府。④役：指赴任。江南：孟郊赴溧陽尉，溧陽在唐代屬江南道。⑤不釋：指心放不開、鬱結著，不愉快。

【譯文】

大凡事物得不到平衡，就要發出聲音：草木沒有聲音，風吹動它們發出聲音；水沒有聲音，風振蕩它們發出聲音。水的飛濺，是由於外物的沖激；水流得快，是由於外物的阻塞；水的沸騰，是因爲用火煮它。金石沒有聲音，由於敲擊它而發出鳴聲。人們發表言論也是這樣，是因爲心中不平而不得不發表言論。人們唱歌是有所思考，人們哭泣是有所感觸。凡以口裡發出聲音來的，總是都有不平之處吧！音樂是人們將鬱結在內心的思想感情向外傾洩形成的聲音，選擇那些善鳴的東西借著它們來鳴：金鐘、石磬、琴瑟、簫管、匏笙、土塤、鼓、柷敔這八類東西，是物品中善於發出鳴聲的。天對於時令的變化也是這樣，選擇善於鳴的事物借著它們來鳴，所以用鳥來鳴春，用雷來鳴夏，用蟲來鳴秋，用風來鳴冬。四時互相推移變化，總一定也有不平之處吧！

對於人來說也是這樣的。人的聲音中的精華是語言，文辭對於語言來說，又是其中的精華，尤其要選擇那些善鳴的借他們來鳴。在唐堯、虞舜時代，咎陶、禹是當時善鳴的，就通過他們來鳴。夔不能用文辭來鳴，就借著自己制作的韶樂來鳴。夏朝的時候，太康的五個弟弟用他們的歌來鳴。伊尹鳴於商代，周公鳴於周代。凡是載在《詩經》、《尚書》等六部經書上的，都是鳴得最好的。當周朝衰微的時候，有孔子和他的學生一班人鳴著，他們的言論影響大，流傳得久遠，所以《論語》上說：「上天是要把孔夫子作爲曉喻衆人的木舌金鈴。」這能不相信嗎？到周朝末年，莊周以他氣勢宏大的文章鳴。楚是大國，在它滅亡的時候，有屈原來鳴。臧孫辰、孟軻、荀卿，都是以儒家的道理鳴於世。楊朱、墨翟、管夷吾、晏嬰、老聃、申不害、韓非、慎到、田駢、鄒衍、尸佼、孫武、張儀、蘇秦這些人，都以他們的學說主張鳴於當世。秦代興起，李斯爲它鳴。漢朝時候，司馬遷、司馬相如、揚雄是最善於以文辭鳴的。以後到了魏晉時代，鳴於世的人不及古時，然而也未嘗斷絕。就那些善鳴的人看，他們的文辭，聲音清麗而浮誇，節奏頻繁而急促，語言淫靡而哀傷，感情頹唐而放縱，他們的著作雜亂文章，沒有系統。大概是上天認爲他們的德行醜惡而不加以眷顧吧？否則，爲什麼不叫那些善鳴的人來鳴呢。

唐代有了天下以來，陳子昂、蘇源明、元結、李白、杜甫、李觀，都是以他們的所長鳴於當世。現在還活著但地位低下的，便是孟東野，開始用他的詩歌鳴於當世，他的詩高出魏晉詩文上，不懈怠地努力創作，其好詩達到古詩的水準；其餘的詩也接近於漢代的詩文了。跟我學習的人，李翺、張籍是其中突出的。他們三個人鳴於當世的詩文，的確是很好的了。不知道是上天將和諧他們的聲音而使他們歌頌國家的興盛呢？還是將使他們受窮挨餓、心情愁苦而讓他們抒發自己的不幸呢？這三個人的命運，就決定於天意了。他們在上位何必高興呢？他們在下位何必悲愁呢？東野要到江南去任職，好像有些不愉快的樣子，所以我談談命運決定於天意的道理來寬慰他。

送李愿歸盤谷序[1]

韓愈

【題解】

本文作於公元八〇一年，作者三十四歲。當時，他失官之後來到京師求官，遭到一些挫折，心情鬱悶，滿腹牢騷。於是，他便在這篇送朋友歸隱的詩中，讚美了隱士的清高和自由，諷刺了權貴的志得意滿和窮奢極欲，嘲笑了趨炎附勢者的阿諛逢迎和投機鑽營。文中對這三種人的刻劃，維妙維肖，對照鮮明。語言流暢，音調和諧，文中夾雜了許多對偶句，看得出保留了六朝駢文的餘跡。

太行之陽有盤谷[2]。盤谷之間，泉甘而土肥[3]，草木蘩茂，居民鮮少[4]。或曰：「謂其環兩山之間，故曰盤。」或曰：「是谷也，宅幽而勢阻，隱者之所盤旋[5]。」友人李愿居之[6]。

愿之言曰：「人之稱大丈夫者，我知之矣！利澤施於人，名聲昭於時[7]。坐於廟朝[8]，進退百官，而佐天子出令。其在外，則樹旗旄[9]，羅弓矢，武夫前呵[10]，從者塞途，供給之人，各執其物，夾道而疾馳。喜有賞，怒有刑。才畯滿前[11]，道古今而譽盛德，入耳而不煩。曲眉豐頰，清聲而便體，秀外而慧中[12]。飄輕裾、翳長袖[13]，粉白黛綠者[14]，列屋而閒居，妒寵而負恃，爭妍而取憐[15]。大丈夫之遇知於天子，用力於當世者之所爲也。吾非惡此而逃之16，是有命焉，不可幸而致也。

【注釋】

1李愿：當時的一位隱士，因隱居盤谷，又稱盤谷子，生平事跡不詳。盤谷：在今河南濟源縣。序：贈序，文體名。2太行：山名。陽，山的南面稱陽。3泉：泛指盤谷中的泉水、溪流。4藂：同「叢」。鮮：稀少。5宅：居，位置。盤旋：盤桓，逗留往來。6李愿：舊說是西平王李晟的兒子。這裡指的是另外一個人。7施：施給。昭：顯赫。8廟：廟堂。朝：朝廷。這都是古時皇帝接見臣下、任命官吏、討論政事、發佈號令的地方，因此，用「廟朝」代指封建專制時代的中央政府。9旗旄：古代大臣出使，大將出征，皇帝賜旗，旗上繫旄牛尾或鳥羽，作爲有指揮權的標誌。10羅：排列。呵：大聲喝斥。11才畯：指門客。畯同「俊」。12便：安逸。惠：同「慧」。13裾：衣服的前襟。翳：本意掩蔽，這裡指輕輕舞動。14黛：古代女子畫眉的顏料，翠綠色，又叫畫眉墨。15負恃：自以有侍仗，意即自恃美貌。妍：美麗。取憐：得到愛憐。16惡：厭惡、討厭。

「窮居而野處，升高而望遠，坐茂樹以終日，濯清泉以自潔1。採於山，美可茹2；釣於水，鮮可食。起居無時，惟適之安。與其有譽於前，孰若無毀於其後3；與其有樂於身，孰若無憂於其心。車服不維4，刀鋸不加5，理亂不知6，黜陟不聞7。大丈夫不遇於時者之所爲也，我則行之。」

「伺候於公卿之門，奔走於形勢之途8；足將進而趦趄9，口將言而囁嚅10；處汚穢而不羞11，觸刑辟而誅戮12。徼倖於萬一13，老死而後止者，其於爲人賢不肖何如也14！」

【注釋】

1濯：洗。2美：味美。茹：食、吃。3毀：毀謗。4車服：車馬服飾。古時的封建等級制度，在車馬服飾上分得很明顯，官位越高，車馬服飾越華麗，所以這裡用以代指官位，也就是功名利祿。維：本指繫物的大繩，引伸作束縛解。5刀鋸：古代刑具，用以砍頭、斷手足。這裡泛指刑罰。6理亂：治和亂。唐人避高宗李治的名號，凡是用「治」的地方，都改寫爲「理」。7黜：降職。陟：升官。8公卿：指貴族大官。形勢：人事盛衰強弱之勢。9趦趄：遲疑不前的樣子。10囁嚅：想說又吞吞吐吐不敢說的樣子。11汚穢：骯髒，醜惡。12刑辟：刑法。辟：法。13儌倖：指偶然獲得成功。萬一：萬分之一，指機會極少。14不肖：不賢。

昌黎韓愈聞其言而壯之1，與之酒而爲之歌曰：

盤之中，維子之宮2。盤之土，可以稼3。盤之泉，可濯可沿4。盤之阻，誰爭子所？窈而深，廓其有容5。繚而曲，如往而復6。嗟盤之樂兮，樂且無央7。虎豹遠跡兮，蛟龍遁藏。鬼神守護兮，呵禁不祥8。飲且食兮壽而康，無不足兮奚所望？膏吾車兮秣吾馬9，從子於盤兮，終吾生以徜徉10。

【注釋】

1昌黎：郡名。北朝時韓姓是昌黎郡的望族，韓愈常常自稱「昌黎韓愈」是稱郡望。2維：發語詞，無義。宮：古代對房屋的通稱。秦漢以後才專指帝王的房屋。3稼：種植。4沿：沿著溪流漫步。5窈：幽靜。廓：空闊。其：助詞，無意義。有容：可以容納許多東西。6繚：纏繞。復：回轉。7無央：沒有完盡，無窮無盡。8呵禁：呵斥、禁止。不祥：不吉利的東西。9奚：何。膏：指塗上油脂，使車潤滑。秣：用飼料餵馬。10徜徉：徬徨，自由自在地游走，也作「倘佯」。

【譯文】

太行山的南面有一個盤谷。盤谷中間，泉水甘美，土地肥沃，草木茂盛，居民稀少。有人說，因爲它環繞在兩山之間，所以叫盤谷。有人說，這個山谷，地方幽靜而形勢險要，是隱士盤桓往來的地方。我的朋友李愿往在那裡。

李愿說：「那些被稱爲大丈夫的人，我是知道的。他有利益恩惠施給別人，名望聲譽顯赫於當世。他坐在朝廷之上，決定百官的進退升降，輔佐皇帝發號施令。他在外面，便樹立旗幟，排列著弓箭，武士在前面吆喝開道，隨從人員擠滿了道路；服侍的僕役，各人拿著物件，排列在道路的兩旁迅速地奔走。他高興了就有獎賞，他發怒了就有刑罰。許多才學出衆的人在他面前，說古道今，稱頌他的美好品德，聽在耳朵裡並不感到滿足。那些眉毛彎曲，臉頰豐腴，聲音清亮，體態輕盈，外貌秀美，資質聰慧的美人；穿著輕軟的衣服，拖著長長的衣袖，臉上擦滿白粉，眉毛畫著黛綠的姬妾，住在一間間房子裡閒著沒事，嫉妒別人得寵，總以爲自己是天姿國色，互相比賽打扮，希望得到憐愛。這是得到皇帝賞識信任，在當時擁有很大權勢的大丈夫的所作所爲。我不是討厭這些人才逃避它；那是命運注定，不能僥倖得到呀。

「住在窮鄉僻壤，登上高山眺望遠景；逍遙地坐在茂密的樹蔭下過日子，用清冽的泉水把自己洗得乾乾淨淨。山裡採的野菜，甜美可口，水裡釣的魚蝦，味鮮可吃。起居沒有一定時間，只求舒適安逸。與其先受人稱讚，不如以後沒人毀謗；與其享受形體上的快樂，不如精神上沒有憂慮。功名利祿不會束縛我，慘酷的刑罰不會觸及我；政事的好壞不理會，官職的升降不關心。這是沒有遇上時機的大丈夫的所作所爲，我就要這樣做。

「守在貴族大官的門口，等待接見；在有權勢的人家，來往奔走。腳將要跨進人家的大門又不敢進去，口將要說話又不敢說出。處在卑下汚辱的地位卻不覺得羞恥，觸犯了刑律就被殺死。這種爲了僥倖得到一個機會，直到老死才肯罷休的人，他們的爲人到底是好還是不好呢？」

昌黎韓愈聽了他的話非常讚賞。敬了他一杯酒，並爲他寫了一首歌：

盤谷的中間，是你的宮室。盤谷的土地，可以耕種。盤谷的泉水，可以洗浴，可以沿著散步。盤谷的險阻，誰來和你爭奪。盤谷寂靜幽深，空闊得能包容萬物。盤谷迴環曲折，行人好像向前走，不知不覺又繞回。啊，盤谷中的快樂無窮無盡。虎豹跑得遠遠的啊，蛟龍也逃開躲藏。鬼神守護著啊，呵斥禁止各種不吉祥。喝著盤谷的水吃著盤谷的食物啊，延年益壽又安康。沒有什麼不滿足的啊，還有什麼更高的欲望？準備好我的車啊，餵飽我的馬，跟你去盤谷隱居啊，且讓我這一生也逍遙遊玩。

送董邵南序[1]

韓愈

【題解】

董邵南到長安考進士多次没有考取，打算到河北一帶去投靠藩鎮的勢力，韓愈在政治上是反對藩鎮割據的，所以不贊成董邵南到那裡去任職，並對比燕趙豪俠人物的悲壯結局，希望他留在長安爲朝廷効力，不應歸依藩鎮勢力。

文章的結構緊湊，欲抑先揚，波瀾起伏，語言簡練，含意曲折。

燕趙古稱多感慨悲歌之士[2]。董生舉進士[3]，連不得志於有司[4]，懷抱利器[5]，鬱鬱適茲土[6]。吾知其必有合也[7]，董生勉乎哉！

夫以子之不遇時，苟慕義彊仁者[8]，皆愛惜焉；矧燕趙之士，出乎其性者哉[9]！然吾嘗聞風俗與化移易，吾惡知其今不異於古所云邪[10]？聊以吾子之行卜之也。董生勉乎哉！

吾因之有所感矣。爲我弔望諸君之墓[11]，而觀於其市，復有昔時屠狗者乎[12]？爲我謝曰：「明天子在上，可以出而仕矣。」

【注釋】

[1]董邵南：壽州安豐（在今安徽壽縣西南）人，韓愈的朋友。[2]燕趙：周朝分封的兩個諸侯國。燕在今河北省北部，趙在今河北省南部和山西北部。這裡是指河北一帶地方。唐朝從安史之亂以後，藩鎮叛亂之禍延續了六

七十年；唐憲宗即位後討平吳、蜀叛亂，國內基本上安定，但河北地區仍然是藩鎮割據。藩鎮希望招攬人才，增强實力，而失意之士往往投靠藩鎮以尋找出路。董邵南就是去河北找出路的。③董生：指董邵南。生，古代對讀書人的稱呼。舉進士：唐代考試制度，在家自學的士人，可以自己向州、縣要求推薦，經考試及格，參加進士科的考試，叫舉進士。④不得志：指沒有考取，有司：主管部門的官員，這裡是指主持進士科考試的吏部。⑤利器：銳利的器具，比喻卓越的才能。⑥適：往，到。茲土：此土，指河北一帶地方。⑦合：遇合，順心的遭遇，即受到賞識重用。⑧彊：勉强，勉力而爲。⑨矧：況且。其性：指「慕義强仁」。⑩惡：同「烏」，怎麼。⑪望諸君：樂毅，戰國時燕國的名將，爲燕昭王攻下齊國七十餘城，燕昭王死，燕惠王懷疑他，他便逃奔趙國，趙王封他爲望諸君。其墓在河北邯鄲市西南。韓愈叫董邵南去弔望諸君之墓，意思是說唐朝的皇帝聖明，不會有樂毅從燕國逃到趙國的事（暗示董不要從長安去河北）。⑫屠狗者：指高漸離。戰國時荊軻到燕國，曾和燕市上以賣狗肉爲生並善於擊筑（一種古樂器）的高漸離交朋友，後來高也因爲以筑擊秦王被殺。這裡是借指隱居市井的有才能的人。

【譯　文】

燕趙地方自古以來稱說有很多慷慨悲歌的豪俠人物。董君來長安考進士，多次沒有被主考官錄取，懷著卓越的才能，鬱悶地到燕趙這個地方去。我知道他一定會受到賞識重用的。董君，您努力吧！

憑您的才能而在當世不得志，如果是仰慕正義，推行仁德的人，都會愛護同情的，何況燕趙一帶地方的豪俠人物是出於他們的本性呢！但是我曾經聽說風俗是隨著教化改變的，我怎麼知道那裡現在的風俗和古時候傳說的沒有不同呢？姑且拿你這次燕趙之行前去測驗一下吧。董君，您努力吧！

我國爲您這次前去引起了一些感想。請您代我去憑弔一下望諸君樂毅的墳墓，並且到那裡的街市上看看，還有古時賣狗肉的人那樣的隱居不仕的俠義之士嗎？替我告訴他們說：「聖明的皇帝在上面，可以出來做官了。」

送楊少尹序[1]

韓愈

【題解】

這是一篇送人辭官回鄉的贈序。序中把楊少尹和漢朝的二疏相提並論，從而讚揚了楊少尹思想品德。寫法上注意前後照應，富於變化；言婉意深，唱嘆抑揚，末段寫楊少尹年老回鄉情景，生動自然。

昔疏廣、受二子[2]，以年老，一朝辭位而去。於時，公卿設供張，祖道都門外[3]，車數百兩[4]；道路觀者，多歎息泣下，共言其賢。漢史既傳其事[5]，而後世工畫者，又圖其迹，至今照人耳目，赫赫若前日事。

國子司業楊君巨源[6]，方以能詩訓後進，一旦以年滿七十，亦白丞相去歸其鄉[7]。世常說古今人不相及，今楊與二疏，其意豈異也？予忝在公卿後[8]，遇病不能出，不知楊侯去時，城門外送者幾人，車幾輛，馬幾匹，道旁觀者，亦有歎息知其爲賢與否；而太史氏又能張大其事，爲傳繼二疏蹤跡否？不落莫否[9]？見今世無工畫者[10]，而畫與不畫，因不論也。然吾聞楊侯之去，丞相有愛而惜之者，白以爲其都少尹[11]，不絕其祿。又爲歌詩以勸之，京師之長於詩者，亦屬而和之[12]。又不知當時二疏之去，有是事否？古今人同不同，未可知也。

中世士大夫，以官為家，罷則無所於歸。楊侯始冠13，舉於其鄉，歌〈鹿鳴〉而來也14。今之歸，指其樹曰：「某樹，吾先人之所種也15；某水某丘，吾童子時所釣游也。」鄉人莫不加敬，誡子孫以楊侯不去其鄉為法。古之所謂鄉先生，沒而可祭於社者16，其在斯人歟！其在斯人歟！

【注釋】

1楊少尹：即楊巨源，字景山。少尹，官名，唐代州府長官的副職。2疏廣、受：即疏廣、疏受，西漢人，漢宣帝時疏廣任太子太傅，其侄疏受任太子少傅，在位五年，年老同時辭官，百官盛會歡送，歡者皆嘆曰：「賢哉二大夫。」封建時代成為美談。3公卿：三公九卿，泛指高官。供張：供具張設，在路上擺設帷帳等作餞行之用。祖道：餞行。4兩：同「輛」。5漢史：指《漢書》。6國子司業：國子監的司業。國子監，唐代最高學府。司業，學官，是國子監的副職。7白：告訴。8忝：謙詞，表示辱沒他人，自己有愧，當時韓愈任吏部侍郎，謙稱「忝在公卿後。」9落莫：冷落寂寞。10見今：現今，見同「現」。11其都：指楊巨源的家鄉河中府。唐朝以河中府為中都。12屬：跟從，跟隨。13冠：指二十歲，古時男子二十歲行冠禮，束髮加冠。始冠：指年輕時。14鹿鳴：《詩經．小雅》的詩篇名。唐代州、縣考試完畢，地方長官要出面主持鄉酒禮，歌〈鹿鳴〉之詩。後來把這種鄉酒禮叫做「鹿鳴宴」。15先人：祖先，包括已逝的父母。16社：祭土地神的處所。這裡指鄉賢祠一類的祠廟。

【譯文】

從前疏廣、疏受叔侄二人，因為年老，一時辭了官回去。那時候，公卿大臣擺設了供具，在首都城門外舉行宴會替他們餞行，車子有幾百輛。路旁圍觀的大多贊嘆，甚至感動得流淚，都說他們是賢人。《漢書》上記載了這件事，而後世善於繪畫的人又畫了這個動人的場面，直到今天，還呈現在人們的眼前，回響在大家的耳邊，清清楚楚，就好像是前幾天發生的事情。

國子司業楊先生巨源，很會寫詩並培養後輩，卻因為年滿七十，也請求丞相允許他辭掉官職回到家鄉去。世人常常說古人和今人不能相比，現在楊先生和二疏，他們的思想志趣難道有什麼兩樣？我當時雖然也算在朝廷任職，碰巧生病不能出來送行，不知道楊侯離京的時候，到城門外送行的有多少人，車子有多少輛，馬有多少匹，路旁圍觀的人，是不是也有贊嘆並且知道他是賢人的，而史官又能不能渲染傳揚這件事，寫成傳記接上二疏的事跡，並且是否不至於冷落寂寞。現今世上沒有善於繪畫的人，當然，畫與不畫，實在可以不必去議論它。然而我也聽說楊侯離京，丞相中有愛護和婉惜他的，奏明朝廷，要楊侯擔任他家鄉的少尹，不斷絕他的俸祿；又作詩來勉勵他，京都那些長於寫詩的人，也接近著和了詩，又不知道當時二疏離京，是不是有這樣的事。古人和今人到底是相同還是不同，是不可知道的了。

中世的士大夫，以官府爲家，離開官職，就沒有歸宿的地方。楊侯年輕的時候，在他家鄉被薦舉，參加了「鹿鳴宴」來到京師。今天他回鄉，指著那些樹說：「那棵樹，是我的祖先栽種的，那條河，那座山，是我小時候在那裡釣魚和玩耍過的。」家鄉的人都特別尊敬他，教育子孫要以楊侯不離開他的家鄉爲榜樣。古時候所說的鄉先生，死了之後可以入鄉賢祠受到祭祀的，大概就是指他這種人吧？大概就是指他這種人吧？

送石處士序[1]

韓愈

【題解】

這是一篇送人出仕的贈序。贈序讚揚了石處士的爲人和爲道而仕，也讚揚了烏大夫能以義取人的品德，並表示了對他們的希望。這些內容都通過簡明的記敍和生動活潑的對話來表現，不由作者直接説出。以記敍形式發表評論，語言幽默滑稽，與一般的贈序不同。

河陽軍節度、御史大夫烏公[2]，爲節度之三月[3]，求士於從事之賢者[4]。有薦石先生者。公曰：「先生何如？」曰：「先生居嵩、邙、瀍、穀之間[5]。冬一裘，夏一葛。食朝夕，飯一盂，蔬一盤。人與之錢，則辭。請與出游，未嘗以事免。勸之仕，不應。坐一室，左右圖書。與之語道理，辨古今事當否，論人高下，事後當成敗，若河決下流而東注；若駟馬駕輕車就熟路，而王良、造父爲之先後也[6]；若燭照、數計而龜卜也[7]。」大夫曰：「先生有以自老，無求於人，其肯爲某來邪？」從事曰：「大夫文武忠孝，求士爲國，不私於家。方今寇聚於恆，師環其疆[8]，農不耕收，財粟殫亡[9]。吾所處地，歸輸之塗[10]，治法征謀，宜有所出。先生仁且勇，若以義請而彊委重焉，其何説之辭？」於是撰書詞，具馬、幣[11]，卜日以授使者，求先生之廬而請焉。

【注釋】

[1]石處士：即文中的石先生，姓石名洪，字濬川。洛陽人，辭去黃州錄事參軍後，退居洛陽，十年不曾外出作官，所以稱處士。元和五年，應河陽軍節度使烏重胤的聘請，再次任事，所以韓愈寫了這篇序送他。[2]河陽：在今河南孟縣西。節度：節度使，唐代官名，主持一個地區軍、政的最高長官。烏公：指烏重胤。公：尊稱。御史大夫：官名，掌管監察和執法。[3]唐憲宗元和五年（公元八一〇年）四月，烏重胤任河陽軍節度使御史大夫。「爲節度之三月」，即這年的六七月。[4]從事：官名，五代以前州郡長官自己聘用的幕僚屬官，多稱從事，也稱佐使。[5]嵩：嵩山，五嶽中的中嶽，在河南洛陽。邙：洛陽北邙山。瀍、穀：穀河和澗水（古名穀水），皆洛水支流。[6]王良、造父：人名，相傳是古代兩個最會駕車的人。[7]燭照：燭火照明，比喻見事明察。數計：用蓍草算卦決定行事，比喻料事準確。龜卜：用龜甲灼裂來預卜吉凶。比喻善於推斷，有預見。[8]「方今寇聚於恆」二句：元和四年，成德軍節度使王士眞死，其子王承宗叛亂，朝廷派吐突承璀率領各道軍隊征討。恆：恆州，即成德軍所在地區，治所在今河北正定縣。[9]殫：盡。亡：無。[10]歸輸之塗：饋送運輸軍需品的要道。歸，同「饋」，送給。塗，同「途」。[11]幣：聘幣，禮物。

先生不告於妻子，不謀於朋友[1]，冠帶出見客[2]，拜受書禮於門內。宵則沐浴，戒行事[3]，載書冊，問道所由，告行於常所來往，晨則畢至，張上東門外[4]。酒三行且起，有執爵而言者曰[5]：「大夫眞能以義取人，先生眞能以道自任，決去就。爲先生別。」又酌而祝曰：「凡去就出處何常？惟義之歸，遂以爲先生壽[6]。」又酌而祝曰：「使大夫恆無變其初，無務富其家而飢其師，無甘受佞人而外敬正士，無昧於諂言[7]，惟先生是聽，以能有成功，保天子之寵命[8]。」又祝曰：「使先生無圖利於大夫，而私便其身圖。」先生起拜祝辭曰：「敢不敬，蚤夜以求從祝規[9]。」於是東都之人士[10]，咸知大夫與先生果能相與以有成也。遂各為歌詩六韻⑪，遣愈為之序云。

【注釋】①謀：商量。②冠帶：戴好帽子，穿好衣服，表示鄭重。冠，帽子；帶，束衣的帶子。③戒：準備。④張：供張，擺設筵席。上東門：洛陽城北門。⑤爵：古代盛酒和溫酒的器皿，有三足，這裡指酒杯。⑥壽：祝酒，敬酒。⑦諂言：阿諛奉承之類的語言。⑧寵命：加恩特賜的任命，即封賜的高官顯爵。⑨蚤：同「早」。祝規：希望和規勸。⑩東都：指洛陽。⑪韻：古詩一般是兩句一韻，六韻為十二句。

【譯文】

河陽軍節度、御史大夫烏公，擔任節度的第三個月，向從事中的賢能人士徵聘人才，有人向他推薦石先生。烏公問：「這位石先生為人怎麼樣？」從事說：「石先生住在嵩、邙兩山和瀍穀兩水之間。冬天一件皮衣，夏天一件麻衣。早晚吃兩餐，都是一碗粗飯，一盤蔬菜。別人送錢給他，則推辭不受。邀他一起出去遊玩，他從未曾藉故推辭過；人家勸他去做官，他不答應，他坐在一間房子裡，左右擺滿了圖書。跟他談論道理，分辨古今大事是否處理得當，評論人物的優劣，將來是成功還是失敗，他說起來就像黃河的下游決口而向東湧注；又像四匹壯馬拉著輕車奔跑在熟悉的道路上，而且有王良、造父這樣的車把式在前後駕馭；又像燭光照著一樣明白，算卦一樣準確。」大夫說：「這位石先生立志隱居到老，又沒有什麼事要去求人，他肯為我來嗎？」從事說：「大夫您文武雙全，忠孝具備，訪求士人是為了國家，又不是為自家私利。特別是當前，叛軍集中在恆州一帶，我軍包圍了它的轄地；農民不能耕種收穫，錢財糧食都消耗完了。我們所處的地方，是物資供給、運輸的交通要道，治理的辦法，討賊的計謀，應該有人來出主意。石先生的為人，仁義而且勇敢，如果拿治國安民的大義去聘請而誠心誠意地委以國家重任，他還有什麼理由推辭呢？」於是寫了聘書，辦了聘禮，選了好日子，把任務交給使者，尋找先生的住處恭請他出來。

先生不告訴妻子，不跟朋友商量，穿戴好衣服帽子出來見客，在屋裡接受了聘書聘禮。當天晚上，洗了澡，準備好行李，裝載了書冊，打聽路怎麼走，把要動身的消息告訴經常往來的朋友。第二天清早，朋友都來了，在上東門外擺下筵席。酒斟了三次，石先生準備站起來告別，有人端著酒杯，致詞說：「烏大夫眞能以義選用人才，石先生眞能以道作爲自己的責任，來決定取捨。乾了這杯，爲先生送行！」接著又斟了一杯，說：「凡是一個人的去就出處用什麼做準則呢？只有回到『義』上來，就因此爲先生您祝賀而乾杯。」又斟了一杯，說：「希望烏大夫永遠不要改變他當初的德操，不要只顧自家發財卻讓士兵挨餓，不要聽信奸佞之人而僅僅表面上尊敬正直的賢士，不要受到諂諛之言的蒙蔽，而要專一，聽取先生的意見，這才能夠成功，保全天子加恩特賜的任命。」又說：「希望先生不要從烏大夫那裡謀取私利，從而方便自己。」石先生起身拜謝，並致詞說：「我怎敢不早晚盡忠職守來實現這種祝願和規勸。」就這樣，東都的人士都知道大夫和先生一定能合作得到成功。於是各人寫了詩歌六韻十二句，叫我爲它寫了這篇序。

送溫處士赴河陽軍序[1]

韓愈

【題解】

這是一篇送人出仕的贈序。贈序贊揚了溫處士的才能，也贊揚了烏大夫善於識別和選拔人才。本篇是《送石處士序》的姊妹篇，但這兩篇文章的立意，構思都迥然有別，本文並沒有正面進行贊助，用的是比喻和反襯的手法。人們都說韓愈善寫贈序，翻空出奇，不落俗套，從本文可見一斑。

伯樂一過冀北之野而馬羣遂空[2]。夫冀北馬多天下，伯樂雖善知馬，安能空其羣耶？解之者曰：「吾所謂空，非無馬也，無良馬也。伯樂知馬，遇其良，輒取之[3]，羣無留良焉。苟無良，雖謂無馬，不爲虛語矣。」

【注釋】

[1]溫處士：名造，字簡輿，河內（今河南沁陽）人，從小愛好讀書，不喜歡出仕，隱居在五屋山，以漁釣逍遙爲事。壽州刺史張建封曾請他爲參謀，後來又隱居在洛陽。這次他是應河陽軍節度使御史大夫烏重胤之請從洛陽赴河陽軍的。處士：沒有官職的士人。[2]伯樂：見〈雜說四〉注。冀：冀州，古地名。轄境約相當今河南北部，河北中部，山東西部。[3]輒：總是。

東都[1]，固士大夫之冀北也。恃才能深藏而不市者[2]，洛之北涯，曰石生[3]；其南涯，曰溫生4。大夫烏公，以鈇鉞鎮河陽之三月，以石生為才，以禮為羅，羅而致之幕下5。未數月也，以溫生為才，於是以石生為媒，以禮為羅，又羅而致之幕下。東都雖信多才士，朝取一人焉，拔其尤6；暮取一人焉，拔其尤。自居守河南尹7，以及百司之執事8，與吾輩二縣之大夫9，政有所不通，事有所可疑，奚所諮而處焉10？士大夫之去位而巷處者11，誰與嬉遊12？小子後生，於何考德而問業焉？縉紳之東西行過是都者13，無所禮於其廬。若是而稱曰：「大夫烏公一鎮河陽，而東都處士之廬無人焉。」豈不可也？

【注釋】

1東都：唐代以洛陽為東都。2恃：一本作「懷」。市：一本作「賣」，指作官換取俸祿。3涯：水邊。石生：石洪，見《送石處士序》。4溫生：即溫造。5見《送石處士序》。鈇鉞：即斧鈇，古代軍中用來殺人的大斧，象徵軍權。羅：捕鳥的網，引申為聘請。幕：帷幕，在旁邊的叫帷，在上面的叫幕。軍營設有固定的住所，故將帥官署叫幕府。6尤：突出的。7居守：指東都留守鄭餘慶。河南尹：河南府的行政長官。河南府的治所洛陽是東都，所以行政長官稱「尹」。唐代在陪京、行都設留守，多由當地行政長官兼任。當時的河南尹是房式。8百司：河南府的百官。執事：左右供使令的侍從人員。百司之執事，就是婉曲地指百官。9二縣：東都城下的洛陽縣與河南縣。當時，韓愈任河南縣令，故說「吾輩二縣之大夫」。10奚：何。奚所，什麼地方。諮：詢問。11去位：離職。12誰與：與誰，疑問代詞賓語前置。13縉紳：一作「搢紳」，又同「荐紳」，指官員。縉，紅色。紳，帶子。縉紳，指古代官員的衣飾。搢，插。搢紳，插笏於帶。

夫南面而聽天下1，其所託重而恃力者，惟相與將耳。相為天子得人於朝廷，將為天子得文武士於幕下，求內外無治，不可得也。愈縻於茲2，不能自引去3，資二生以待老4。

今皆爲有力者奪之，其何能無介然於懷邪⑤？生既至，拜公於軍門，其爲吾以前所稱⑥，爲天下賀；以後所稱⑦，爲吾致私怨於盡取也。留守相公，首爲四韻詩歌其事⑧，愈因推其意而序之⑨。

【注釋】

①南面：古代天子面朝南坐接受羣臣的朝賀。②縻：繫住，羈留。這句指作者任河南縣令。茲：此，這個地方。③引去：引退離去。④資：資助，依靠。⑤介然：心有所不安，不能忘懷。⑥前所稱：指將相爲天子選拔人才。⑦後所稱：指烏公將石洪、溫造選走，使河南的人才空虛了。⑧留守相公：指東都留守鄭餘慶。⑨推：推廣，推充。

【譯文】

人們說：「伯樂一走過冀北的原野，馬羣就空了。」那冀北是天下產馬最多的地方，伯樂雖然善於識馬，怎麼能夠使那裡的馬羣空了呢？解釋的人說：「我所說的空，不是沒有馬，是沒有好馬。伯樂識馬，遇到好馬就取了去，馬羣中沒有留下好馬了。如果沒有好馬，就是說沒有馬，也不算虛誇的話。」

東都洛陽，本來是士大夫的冀北啊。懷抱著才能而深深隱居不願做官的人，洛水北岸的有石洪先生，那南岸的有溫造先生。御史大夫烏公，秉著軍權鎮守河陽的第三個月，便認爲石有才幹，用重禮去聘請，把他請到幕府中。沒過幾個月，又認爲溫先生有才幹，於是由石洪作介紹，用重禮去聘請，把他招請到幕中。東都洛陽即使眞正有很多突出的人才，又怎麼禁得起早晨選拔一個，挑其中最突出的，晚上又選拔一個，挑其中最突出的呢？今後，從東都留守、河南府尹，到府中的百官和我們兩縣的官員，遇到施政有不順利的地方和疑難的事情，到什麼地方去詢問從而妥善處理呢？離職而閒居在家的官員、讀書人，又跟誰去交遊？年輕求學的人，又到哪裡去檢驗自己的德行、詢問自己的學業呢？東來西往經過東都的官員，在他們的舊居也無從找到他們致以敬意了。像這樣的情況，人們讚揚說：「御史大夫烏公一鎮守河陽，東都沒有做官的傑出人才的房子都空無一人了。」難道不可以這樣說嗎？

天子治理天下，他所信任和依靠的人，都是宰相與大將。宰相在朝廷中給天子選拔人才，大將在幕府中給天子選拔謀臣武士。這樣就是想使內外不治，也不可能了。我韓愈羈留在這個地方作縣令，不能夠自己引退離去，全靠石洪、溫造兩人的幫助，直到告老還鄉。現在，兩人都被有權力的人奪走了。我怎麼能不耿耿於懷呢？溫先生到了河陽軍，在軍門拜會烏公的時候，請把我前面說的話轉告烏公，為天下慶賀得到了人才；請把我後面說的話轉告烏公，說我私人埋怨他把人才都選拔得一個不剩了。留守相公首先作一首四韻八句的詩歌頌這事，我韓愈就勢發揮他的意見寫了這篇贈序。

祭十二郎文①

韓愈

【題解】

韓愈和侄子十二郎從小生活在一起，年齡相差不大，感情深厚，所以他得到十二郎驟然去世的消息之後，非常悲痛，含淚寫下這篇祭文。祭文細緻地敘述了韓愈和十二郎幼年時患難與共，長大後生離死別的情形，訴說了韓愈在十二郎死後的極度悲傷和一些打算。古代的祭文一般是用整齊的四言韻語或駢文來寫的，這篇祭文卻打破常套，純用散文來寫，所以不受束縛，感情真摯，語不驚人，卻能打動人心，被稱爲祭文中的「千年絕調」。

年月日②，季父愈，聞汝喪之七日③，乃能銜哀致誠，使建中遠具時羞之奠④，告汝十二郎之靈：

【注釋】

①十二郎：名老成，是韓愈的二哥韓介的兒子。韓愈的大哥韓會沒有兒子，十二郎過繼給韓會做兒子。韓愈三歲喪父，從小由大哥、大嫂撫養，和十二郎生活一起，後來，韓愈的大哥、二哥、大嫂和二哥的另一個兒子百川，都相繼去世。韓愈和十二郎叔侄倆成了韓家的「兩世一身」。②年月日：《文苑英華》作貞元十九年（公元八〇三年）五月二十六日。但本文作於得到十二郎去世消息之後的第七日，文中說：「汝之書六月十七日」，因此不可能是五月二十六日，「五」字當爲「六」字誤。③季父：古人排兄弟次序爲伯、仲、叔、季。韓愈在兄弟中最小，故對十二郎自稱季父。今通稱叔父。喪：死。④銜：同「含」。建中：僕人名。羞：同「饈」，食物。奠：祭，這裡指祭品。

嗚呼！吾少孤，及長，不省所怙，惟兄嫂是依[1]。中年，兄殁南方[2]。吾與汝俱幼，從嫂歸葬河陽[3]，既又與汝就食江南[4]，零丁孤苦，未嘗一日相離也。吾上有三兄[5]，皆不幸早世[6]。承先人後者，在孫惟汝，在子惟吾。兩世一身，形單影隻。嫂嘗撫汝指吾而言曰：「韓氏兩世，惟此而已。」汝時尤小，當不復記憶；吾時雖能記憶，亦未知其言之悲也。

吾年十九，始來京城[7]，其後四年而歸視汝。又四年，吾往河陽省墳墓，遇汝從嫂喪來葬[8]。又二年，吾佐董丞相於汴州[9]，汝來省吾，止一歲，請歸取其孥[10]；明年，丞相薨[11]，吾去汴州，汝不果來。是年，吾佐戎徐州[12]，使取汝者始行，吾又罷去[13]，汝又不果來。吾念汝從於東，東亦客也，不可以久，圖久遠者，莫如西歸[14]，將成家而致汝。嗚呼！孰謂汝遽去吾而殁乎[15]！吾與汝俱少年，以爲雖暫相別，終當久相與處，故捨汝而旅食京師，以求斗斛之祿[16]。誠知其如此，雖萬乘之公相[17]，吾不以一日輟汝而就也[18]。

【注釋】

[1]少：小。孤：古人以幼年喪父爲孤。省：明白，知曉。怙：依靠。兄嫂是依：依靠兄嫂（韓會及其妻鄭氏）。[2]兄殁南方：韓會在大曆十二年死於韶州（在今廣東省）刺史任內，年四十一歲。當時韓愈十歲。殁：死亡。[3]河陽：今河南孟縣，韓愈的故鄉。[4]就食江南：在江南莊園過日子。就：向，歸。江南：指長江以南的宣州。韓家在宣州（今安徽宣城）有座莊園。唐德宗建中二年，北方幾個節度使叛亂，韓家避難到宣州莊園。[5]三兄：韓愈只有韓會和韓介兩個胞兄，「三」字恐怕是傳寫錯了。[6]早世：早死。[7]京城：指唐王朝首都長安（今陝西西安市）。[8]省：看望，探視。喪：喪事。[9]董丞相：董晉，唐德宗貞元十二年（公元七九六

年）任宣武節度使，汴、宋、亳、潁等州觀察史，韓愈在他屬下任節度推官。汴州，在今河南開封。⑩孥：妻子和兒女。⑪薨：古時諸侯和二品以上大官死亡稱薨。⑫佐戎徐州：韓愈離開汴州後，貞元十五年，韓愈在徐泗濠節度使張建封幕下任節度推官，駐徐州（今江蘇徐州）。⑬吾又罷去：罷，解除官職。去：離開。貞元十六年夏，張建封去世，韓愈離開徐州西歸洛陽。⑭東：指汴州，徐州。西：指河南老家。⑮遽：匆忙，驟然。⑯斗、斛：都是古代的量器，十斗爲一斛。祿：官吏薪俸。斗斛之祿，即微薄的薪俸。⑰萬乘：萬輛車，形容車馬很多。公：指三公（太師、太傅、太保，或大司馬、大司徒、大司空），相：宰相。⑱輟：中止，離開。就：趨從，接受。

去年，孟東野往①，吾書與汝曰：吾年未四十②，而視茫茫，而髮蒼蒼③，而齒牙動搖，念諸父與諸兄④，皆康彊而早世，如吾之衰者，其能久存乎？吾不可去，汝不肯來，恐旦暮死，而汝抱無涯之戚也⑤。孰謂少者歿而長者存，彊者夭而病者全乎？嗚呼！其信然邪？其夢邪？其傳之非其眞邪？信也，吾兄之盛德而夭其嗣乎⑥？汝之純明而不克蒙其澤乎⑦？少者彊者而夭歿，長者衰者而存全乎？未可以爲信也。夢也，傳之非其眞也，東野之書，耿蘭之報⑧，何爲而在吾側也？嗚呼！其信然矣，吾兄之盛德而夭其嗣矣！汝之純明宜業其家者，不克蒙其澤矣！所謂天者誠難測，而神者誠難明矣！所謂理者不可推，而壽者不可知矣！雖然，吾自今年來，蒼蒼者或化而爲白矣，動搖者或脫而落矣⑨，毛血日益衰，志氣日益微⑩，幾何不從汝而死也！死而有知，其幾何離；其無知，悲不幾時，而不悲者無窮期矣！汝之子始十歲，吾之子始五歲⑪，少而彊者不可保，如此孩提者⑫，又可冀其成立邪？嗚呼哀哉！嗚呼哀哉！

【注釋】

1孟東野：即孟郊，唐代著名詩人，韓愈的朋友。當時孟郊任溧陽尉，十二郎在宣州韓家莊園，兩地相距不遠，所以韓愈託孟郊帶信給十二郎。2吾年未四十：貞元十八年，韓愈年三十五歲。3茫茫：模糊的樣子。蒼蒼：斑白的樣子。4諸父：伯父、叔父的統稱。5戚：悲傷。6嗣：後代。7克：能夠。蒙：承受。8耿蘭：來報告十二郎死訊的韓家僕人名。9蒼蒼者：頭髮。動搖者：指牙齒。10毛血：指體質。志氣：指精神。11汝之子：十二郎的兒子韓湘。吾之子，韓愈的大兒子韓昶。12孩提：依靠父母提抱的幼兒。

汝去年書云：「比得軟腳病1，往往而劇。」吾曰：「是疾也，江南之人常常有之。」未始以爲憂也。嗚呼！其竟以此而殞其生乎2？抑別有疾而致斯乎？汝之書，六月十七日也3。東野云，汝歿以六月二日；耿蘭之報無月日。蓋東野之使者不知問家人以月日，如耿蘭之報不知當言月日，東野與吾書，乃問使者，使者妄稱以應之耳。其然乎？其不然乎？今吾使建中祭汝，弔汝之孤與汝之乳母4，彼有食可守以待終喪，則待終喪而取以來；如不能守以終喪，則遂取以來；其餘奴婢，並令守汝喪。吾力能改葬，終葬汝於先人之兆5，然後惟其所願。

嗚呼！汝病吾不知時，汝歿吾不知日；生不能相養以共居，歿不能撫汝以盡哀，斂不憑其棺，窆不臨其穴6。吾行負神明，而使汝夭；不孝不慈，而不得與汝相養以生，相守以死。一在天之涯，一在地之角7，生而影不與吾形相依，死而魂不與吾夢相接8，吾實爲之，其又何尤9？彼蒼者天，曷其有極10！自今以往，吾其無意於人世矣11！當求數頃之田於伊、潁之上⑫，以待餘年，教吾子與汝子，幸其成；長吾女與汝女，待其嫁。如此而已。
嗚呼！言有窮而情不可終，汝其知也邪？其不知也邪？嗚呼哀哉！尚饗⑬。

【注釋】

①比：近來。軟腳病：即腳氣病，以腿足軟弱，病人腳起，故名。②殞：死亡。③六月十七日：這是「去年（貞元十八年）」十二郎寫信的日子。④孤：指十二郎的兒子。⑤先人之兆：祖宗墓地。兆：本指墓地的界域，也指墓地。⑥斂：同「殮」。給死者穿衣入棺。憑：靠著。窆：落葬，即把棺材放進墓穴。⑦天涯地角：形容相距遙遠，不能見面。⑧影，魂：指十二郎的身影、靈魂。⑨尤：怨。⑩彼：那。蒼者天：蒼天，即天。曷：難道。其：代上述生離死別的痛苦。極：盡頭。《詩經．鴇羽》：「悠悠蒼天，曷其有極！」⑪人世：人世間事，意指做官。⑫頃：一百畝爲一頃。伊、潁：伊水和潁水，都在今河南省境。這裡指韓愈的家鄉。⑬尚饗：也作「尚享」，舊時祭文常用作結尾。尚：庶幾，希望。饗：用酒食款待人，泛指請人享受。

【譯文】

某年某月某日，叔父韓愈聽到你去世的消息的第七天，才能夠懷著悲痛來表達眞誠的心意，派了建中從遠道備辦時鮮食作爲祭品，在你十二郎的靈前傾訴衷情：

唉！我從小就失去了父親，到長大成人，不知道依靠誰，全賴大哥大嫂的撫養。大哥正當中年的時候，在南方去世，我和你都還小，跟著大嫂回到河陽安葬大哥，接著又和你一起去江南的莊園過日子，孤苦伶丁，從來不曾分開過一天。我上面有三個哥哥，都不幸死得早，繼承先人的後代，孫一輩只有你，兒一輩只有我，兩代人都是一個，好不形影孤單！大嫂曾經撫摸著你又指著我說：「韓氏兩代，只有這兩個了！」你那時尤其很小，一定不記得了；我當時雖然能夠記住，也不懂得嫂嫂話中包含的悲傷之情啊！

我十九歲那年，才來到京城，過了四年，我回家去看你。又過了四年，我去河陽掃墓，碰到你歸葬嫂嫂回來。又過了兩年，我在汴州輔佐董丞相，你來探望我，只住了一年，你要求回家去接妻子。第二年，董丞相逝世，我離開汴州，結果你沒有來。這一年，我在徐州節度使手下輔佐軍事工作，派去迎接你的人才動身，我又罷官辭職，結果你又沒有來。我想你跟我東來徐州，徐州也是異鄉客地，不可以長久停留；爲長遠打算，不如西歸河陽家鄉，把家安置好再去接你來。唉，誰料到你突然離開我而去世了呢！我和你當時都還很年輕，以爲雖然暫時分別，最後一定會長久住在一起，所以我離開你而旅居到京師謀生，以求得一點點俸祿；如果知道會是現在這樣的情形，就是擁有車馬萬乘的公卿宰相，我也不會離開你一天而去上任啊！

去年，孟東野去江南，我寫信給你：我年紀不滿四十，已經視力模糊，頭髮花白，牙齒鬆動。想起伯叔和兩位哥哥，都身體强壯卻過早地去世，像我這樣衰弱的人，能夠活得長久嗎？我不能離開這裡，你又不肯來這裡，恐怕有一天死了，使你抱著無限的憂傷啊！誰知道年輕的你死了而年長的我活著，身强的你短命，而體弱的我倒還保全了。唉！難道是眞的如此呢？還是做夢呢？還是傳來的消息不眞呢？如果是眞的，我哥哥具有美好的德行而他的兒子卻夭亡了嗎？你那樣純正賢明而不能夠承受我哥哥的福澤嗎？年輕身强的早死而年長體弱的卻活下來嗎？不能認爲這是眞的啊？如果是夢，傳來的消息不眞，那麼，孟東野的信、耿蘭的報告，爲什麼卻在我的身邊呢？唉！這是眞的如此啊！我哥哥具有美好的德行而他的兒子卻過早地死去了！你純正賢明可以繼承家業的人，卻不能夠承受我哥哥的福澤啊！這就是說，老天爺眞難猜測，神靈眞難明白了！這就是，事理不能夠推求，年壽也不能預先知道了！雖然這樣，我自從今年以來，花白的頭髮已經變爲全白了，鬆動的牙齒已經脫落，體質一天天更加衰弱，精神一天天更加萎靡，沒有多久時間也可能跟你一道死啊！人死後如果有知覺，眼下的分離就沒有多少時間了；人死後如果沒有知覺，這悲傷也不會有多久了，不悲傷倒是無窮無盡的。你的兒子才十歲，我的兒子才五歲，年輕身强的人尙且不能保全活下來，像這樣的幼小孩童，又可以期望他們成長自立嗎？唉，可悲可痛啊！唉，可悲可痛啊！

你去年的信中說，近來得了腳氣病，時常發作很厲害。我說，這個病，江南的人經常有，就沒有替你擔憂。唉！難道竟是因爲這個病奪去了你的生命麼？還是另外有別的病才到這個地步？你的信，是去年六月十七日寫的。孟東野說，你去世是今年六月二日；耿蘭的報告沒有月和日。那是因爲東野的使者不知道向家人問你去世的月日；耿蘭的報告，不知道應當講明月日。東野爲了給我寫信。才問使者，使者就隨便講個月日回答他，是這樣的呢？或者不是這樣的呢？

現在我派建中來祭你，安慰你的兒子和你的乳母，他們有錢糧可以守到喪期完畢，那就等到喪期完畢我再接他們來；如果不能守到喪期完畢，那就現在接了來。其餘的僕人婢女，都要他們守你的喪。我有能力給你改葬，總歸要把你葬在祖先的墓地，這樣做了以後，才算了卻我的心願。

唉！你得病我不知道在什麼時候，你去世我不知道是什麼日子；你活著的時候我們不能住在一起互相照顧，你死了我不能撫摸著你的屍體哭泣哀悼；你入殮時我不能在棺材旁守靈，你安葬時我不能親自送你到墓穴。我的所作所爲對不起神明，使你短命而死。我對父兄不孝，對侄兒不慈，因此不能和你生活在一起互相照顧，守在一起直到老死。一個在天邊，一個在地角。你活著的時候，影子不和我的形體互相依靠；你死了，靈魂不和我在夢中接觸。這實在都是我造成的，能夠怨誰呢？那蒼蒼的老天爺啊，這悲痛難道有個盡頭嗎！從今以後，我沒有心思再去作官了，應當在伊水、潁河一帶置辦幾頃田地，來消磨剩下的日子，教育我的兒子和你的兒子，期望他們長大成材；撫養我的兒女和你的女兒，等到把她們嫁出去。就這樣罷了！

唉！話有說完的時候而哀痛之情沒辦法終止。你知道呢？還是不知道呢？唉，可悲可痛啊！你來享用這些祭品吧！

祭鱷魚文

韓愈

【題解】

據《新唐書・韓愈傳》說，韓愈初到潮州，知道惡溪有鱷魚爲患，便寫這篇祭文勸誡它，結果惡溪的水西遷六十里，潮州永無鱷魚爲患了。這自然是故弄玄虛的神話，但本文確實表現了韓愈爲民除害的思想。說理也較充分，跌宕多姿，富於抑揚變化。

維年月日[1]，潮州刺史韓愈[2]，使軍事衙推秦濟[3]，以羊一、豬一，投惡谿之潭水[4]，以與鱷魚食，而告之曰：

昔先王既有天下[5]，列山澤[6]，罔繩擉刃[7]，以除蟲蛇惡物爲民害者，驅而出之四海之外[8]。及後王德薄，不能遠有，則江漢之間，尚皆棄之以與蠻、夷、楚、越[9]；況潮、嶺海之間[10]，去京師萬里哉！鱷魚之涵淹卵育於此，亦固其所。

【注釋】

[1]維：在，於；也可看作發語詞，無義。年月日：有的刊本作「維元和十四年四月二十四日」。[2]潮州：唐代一個州名，州治在今廣東潮安縣。刺史：唐代州的行政長官。公元八一九年，韓愈被貶爲潮州刺史。[3]軍事衙推：刺史的屬官。[4]惡溪：即潮安縣境內的韓江。[5]先王：上古的五帝三王。[6]列：同「烈」。列山澤：焚燒山野裡的草木。[7]罔：同「網」。罔繩：結繩爲網用於捕捉。擉：刺。擉刃：用刀槍刺殺。[8]四海之外：古人認爲中國四面都是海，因稱異域爲四海之外。[9]蠻、夷、楚、越：古代對中國東南部外族的泛稱。[10]嶺：五嶺

（越城、都龐、萌堵、騎田、大庾）。

今天子嗣唐位[1]，神聖慈武，四海之外，六合之內[2]，皆撫而有之；況禹跡所揜[3]，揚州之近地[4]，刺史、縣令之所治，出貢賦以供天地宗廟百神之祀之壤者哉！鱷魚其不可與刺史雜處此土也。刺史受天子命，守此土，治此民，而鱷魚睅然不安谿潭[5]，據處食民畜、熊、豕、鹿、獐，以肥其身，以種其子孫，與刺史亢拒[6]，爭爲長雄。刺史雖駑弱，亦安肯爲鱷魚低首下心。伈伈睍睍[7]，爲民吏羞，以偷活於此耶？且承天子命以來爲吏，固其勢不得不與鱷魚辨。

鱷魚有知，其聽刺史言：潮之州，大海在其南，鯨、鵬之大[8]，蝦、蟹之細，無不容歸，以生以食，鱷魚朝發而夕至也。今與鱷魚約，盡三日，其率醜類南徙於海[9]，以避天子之命吏。三日不能，至五日；五日不能，至七日；七日不能，是終不肯徙也。是不有刺史，聽從其言也；不然，則是鱷魚冥頑不靈，刺史雖有言，不聞不知也。夫傲天子之命吏[10]，不聽其言，不徙以避之，與冥頑不靈而爲民物害者，皆可殺。刺史則選材技吏民，操強弓毒矢，以與鱷魚從事，必盡殺乃止。其無悔！

【注釋】

[1]今天子：指唐憲宗李純，公元八〇六—八二〇年在位。[2]六合：天地四方稱六合。[3]揜：通「掩」。[4]揚州：禹分天下爲九州，揚州是其中之一。潮州屬古揚州地域。[5]睅然。同「悍然」。勇猛，無所畏懼的樣子。

⑥亢拒：通「抗拒」。⑦伈伈：恐懼的樣子。睍睍：瞇著眼睛看東西，也是害怕的樣子。⑧鵬：傳說中的一種巨大的鳥。⑨醜類：衆類，指大小鱷魚。⑩夫：發語詞。

【譯文】

某年某月某日，潮州刺史韓愈派遣軍事衙推秦濟，把一隻羊、一隻豬，投進惡溪的深水中，給鱷魚吃，同時勸誡它們說：

從前五帝三王統治了天下，焚燒山野裡的草木，結繩爲網，使用鋒利的刀槍，去掉危害民間的蟲蛇惡物，把它們趕到四海以外的地方。到了東周以後的君主，德行淺薄，不能領有遠處的地方，就是長江和漢水流域的土地，尚且拋棄給了蠻、夷、楚、越，何況潮州在五嶺和大海的中間，距離京師萬里呢？鱷魚在這裡潛伏、繁殖，也本來是自然的。

現在的天子繼承唐朝的帝位，神聖仁慈而又英武，四海之外，宇宙以內的地方，都屬唐朝安撫和統治。何況潮州是大禹的足跡所曾經到達過的古代揚州相鄰的地方，是刺史、縣令所治理的區域，是進呈貢物，繳納捐稅，以供天子對天地、祖宗和各種神明的祭祀的地方呢！鱷魚是不能跟刺史同住在這個地方的。刺史受了天子的命令，鎮守這塊土地，管理這裡的百姓，而鱷魚膽敢不安分守己，潛伏在溪底，卻盤據在棲息之處，吃掉老百姓的牲口和熊、豬、鹿、獐一類野物，來養肥自己的身體，繁殖自己的子孫；和刺史抗拒，要爭個上風，刺史即使無能懦弱，又怎肯對鱷魚低頭屈服，膽小怕事，給治理人民的官吏們丟臉，在這裡苟且偷生呢！而且我奉皇上命令來這裡做官，因此不能不和鱷魚說清道理。

鱷魚有知，且聽刺史的話：潮州這地方，大海在它的南面，大到鯨魚和大鵬，小到蝦子和螃蟹，沒有哪一種不可以在大海裡安居樂業，在那裡生存，在那裡吃喝；鱷魚從惡溪早上動身晚上就可以到那裡。現在，我和鱷魚約定：三天之內，希望你帶領你的同伴向南邊遷移到大海去，避開皇上派來治理百姓的官吏，三天不行，就五天；五天不行，就七天；如果七天不行，那是你永遠不肯遷移。那是你不把刺史放在眼裡，不聽從我的話；要不然，就是鱷魚愚蠢頑劣，不可教化，所以刺史雖然說了這麼一番話，你仍然等於沒聽到，不理會。要知道，藐視皇上派遣的官吏，不聽他的話，不遷移出去避開他，以及愚蠢頑劣、不可教化，成爲人民大害的，都可以殺掉。那麼，刺史就要挑選武藝高強的差役和健壯民丁，拿了強弓毒箭，跟鱷魚進行戰鬥，必定要完全殺盡方才罷休。希望你那時不要後悔！

柳子厚墓志銘 [1]

韓愈

【題解】

在本文中，作者概述了柳宗元的生平事跡，著重論述了他在政治和文學兩方面的成就，以及他的高風亮節。作者和柳宗元共同致力於古文運動，都有很高的成就，私人交誼也很深，本文特別歌頌了他篤於友誼，從而感歎世俗友情之薄。但由於兩人政治見解不同，柳宗元參加王叔文集團的革新運動，因而遭到反動勢力的打擊、迫害，韓愈不理解，反而批評他「勇於爲人，不自貴重顧藉」，這是不恰當的。

本文語言簡練，句法靈活多變，具有强烈的藝術感染力。

子厚諱宗元[2]。七世祖慶，爲拓跋魏侍中，封濟陰公[3]。曾伯祖奭，爲唐宰相，與褚遂良、韓瑗俱得罪武后，死高宗朝[4]。皇考諱鎮，以事母棄太常博士，求爲縣令江南[5]；其後以不能媚權貴[6]，失御史[7]，權貴人死，乃復拜侍御史；號爲剛直，所與遊，皆當世名人。

【注釋】

[1]墓志銘：埋入墓穴中的刻石文字，是文體的一種。分「誌」與「銘」兩部分，前者記述死者的姓氏、家世、經歷和子孫等；後者是韻語寫的悼念和贊頌之辭。[2]諱：意謂死者的名，本不應寫明。詳見本書〈諱辯〉注。[3]七世祖慶：七應爲「六」。柳慶在拓跋魏（南北朝時的北魏王朝，國君姓拓跋，後改姓元）時任侍中，位同宰相，封平齊公。其子柳旦，北周時任中書侍郎，封濟陰公。此處可能是傳寫錯誤，或係韓愈誤記。濟陰：北魏郡名，在今山東荷澤縣。[4]曾伯祖奭：柳奭，柳旦之孫，與柳宗元的高祖子夏爲兄弟，因此這裡應稱爲高伯

祖。柳奭是唐高宗李治王皇后的舅父，曾任中書令（即宰相）。高宗廢王氏立武則天爲皇后，柳奭被貶爲愛州（在今越南境）刺史，後來許敬宗等誣告他企圖謀害皇帝。與褚遂良勾結爲奸，高宗派人到愛州將他殺死。褚遂良：字登善，官至尚書右僕射。韓瑗：字伯玉，官至侍中，兩人都因勸阻高宗廢王皇后立武后，遭貶斥而死。[5]皇考：死去的父親。鎮：柳鎮，曾被命爲太常博士，他辭謝，願爲宣城（今屬安徽省）令。這時他的母親已死，以事母棄太常博士」不確。[6]權貴：指宰相竇參。[7]失御史：肅宗時，柳鎮爲殿中侍御史，因不肯與御史中丞盧佋、宰相竇參一同誣陷侍御史穆贊，並爲穆贊平反了冤獄，便被竇參以其他事誣陷，貶爲夔州（今四川奉節縣）司馬。

子厚少精敏，無不通達。逮其父時[1]，雖少年，已自成人，能取進士第[2]，嶄然見頭角[3]，衆謂柳氏有子矣。其後以博學宏詞[4]，授集賢殿正字[5]。儁傑廉悍[6]，議論証據今古，出入經史百子[7]，踔厲風發[8]，率常屈其座人[9]，名聲大振，一時皆慕與之交；諸公要人，爭欲令出我門下，交口薦譽之[10]。

貞元十九年，由藍田尉拜監察御史[11]。順宗即位，拜禮部員外郎[12]。遇用事者得罪[13]，例出爲刺史[14]；未至，又例貶永州司馬[15]。居閒益自刻苦，務記覽爲詞章，氾濫停蓄[16]，爲深博無涯涘，而自肆於山水間[17]。

【注釋】

[1]逮：及。[2]能取進士第：唐德宗貞元九年（公元七九三年），柳宗元參加進士科考試，及第，年二十一歲。[3]嶄然：高峻的樣子。見，同「現」，顯露。[4]博學宏詞：唐代臨時設置的考試科目之一，爲考選博學能文的人而設。柳宗元在二十四歲時考中。[5]集賢殿：全名爲集賢殿書院，是收藏整理圖書的機構。正字：校正書籍的官。[6]儁：同「俊」。廉：方正。悍，强勁。[7]百子：諸子百家。指各種不同的學派。[8]踔厲：精神振奮，

議論縱橫。[9]屈：折屈，屈伏。[10]交口薦譽：衆口一辭予以推薦，贊譽。[11]拜：古代授予官職時須舉行一定的禮儀，故後來稱任命官職爲拜。藍田尉：藍田縣（今屬陝西省）的縣尉，掌管捕盜賊等事。監察御史：掌管分察官吏、巡按州縣的刑獄、軍戎、祭祀、出納等事。[12]禮部員外郎：官名，掌管辨別和擬定禮制、學校貢舉等事。柳宗元因王叔文的推薦而做官。[13]遇用事者得罪：用事，當權的人，這裡指王叔文。王叔文深得順宗（李誦）的信任，和王伾一道，想改革當時的黑暗政治，引用了柳宗元、劉禹錫等一班新進人士，引起了舊派勢力的反對，被指爲朋黨；舊派發動政變，迫使李誦退位，擁立其子李純（憲宗），把王叔文貶黜殺死，把王伾以及柳宗元、劉禹錫等八人貶至遠州。[14]例出爲刺史：指永貞元年柳宗元因屬王叔文集團，由朝官出任邵州（治所在今湖南邵陽市）刺史。雖然也是貶謫，因禮部員外郎的品級跟州刺史大致相當，所以說是「出爲」。例：循例。[15]未至，又例貶永州司馬：指柳宗元還在赴邵州的路上，又被貶爲永州（今湖南永州市）司馬。司馬是刺史的屬官，當時無實職，僅存名義。[16]泛濫停蓄：形容學問文章的廣博和深厚。[17]肆：放縱，這裡有發洩苦悶，舒散胸懷的意思。

元和中，嘗例召至京師，又偕出爲刺史，而子厚得柳州[1]。既至，歎曰：「是豈不足爲政耶？」因其土俗，爲設教禁[2]，州人順賴[3]。其俗以男女質錢，約不時贖，子本相侔[4]，則沒爲奴婢。子厚與設方計[5]，悉令贖歸；其尤貧力不能者，令書其傭，足相當，則使歸其質。觀察使下其法於他州[6]，比一歲，免而歸者且千人。衡湘以南爲進士者，皆以子厚爲師，其經承子厚口講指畫爲文詞者，悉有法度可觀。

其召至京師而復爲刺史也，中山劉夢得禹錫亦在遣中，當詣播州[7]。子厚泣曰：「播州非人所居，而夢得親在堂，吾不忍夢得之窮，無辭以白其大人。且萬無母子俱往理！」請於朝，將拜疏，願以柳易播，雖重得罪，死不恨。遇有以夢得事白上者[8]，夢得於是改刺連州[9]。嗚呼！士窮乃見節義。今夫平居里巷相慕悅，酒食游戲相徵逐[10]，詡詡強笑語以相取下[11]，握手出肺肝相示，指天日涕泣，誓生死不相背負，眞若可信；一旦臨小利害，僅如毛髮比，反眼若不相識，落陷穽，不一引手救，反擠之，又下石焉者，皆是也。此宜禽獸夷狄所不忍爲，而其人自視以爲得計，聞子厚之風，亦可以少愧矣！

【注釋】 [1]柳州：治所在舊馬平縣（今廣西壯族自治區柳江縣）。[2]教禁：教令和禁令。[3]順賴：順從、依賴。[4]子本：利息和本錢。相侔：相等。[5]與設方計：替債務人設法。[6]觀察使：中央派往地方考察州縣官吏政績的官，後兼管民事，管轄的地區，即爲一道。在下不設節度使的地區，觀察使即爲一道的行政長官。當時柳州屬桂管觀察史。[7]劉禹錫：見本書《陋室銘》注。播州：州治在今貴州遵義縣。[8]以夢得事白上：指裴度、崔群曾向憲宗說明劉禹錫的困難，請求改派他到較近的地方。[9]連州：州治在廣東連縣。[10]平居：平日，平時。[11]詡詡：能說會道，取悅別人。以相取下：取，語詞，無意義。相下：互相謙虛，表示尊重。

子厚前時少年，勇於爲人，不自貴重顧藉[1]，謂功業可立就，故坐廢退[2]。既退，又無相知有氣力得位者推挽[3]，故卒死於窮裔[4]，材不爲世用，道不行於時也。使子厚在臺、省時[5]，自持其身，已能如司馬、刺史時，亦自不斥；斥時有人力能舉之，且必復用不窮。然子厚斥不久，窮不極，雖有出於人，其文學辭章，必不能自力以致必傳於後如今，無疑也。雖使子厚得所願，爲將相於一時，以彼易此，孰得孰失，必有能辨之者。

【注釋】 [1]不自貴重顧藉：顧藉，愛惜。這句的意思是不尊重、愛惜自己，結交不應結交的人，指柳宗元參加王叔文集團，韓愈認爲這是柳宗元的失誤。②坐：獲罪。廢退，指遠謫邊地，不用於朝廷。③推挽：推薦。提攜。④窮裔：荒遠偏僻的地方。窮：極。裔：邊。⑤臺：御史臺，指柳宗元曾做監察御史。省：尚書省，指柳曾做禮部員外郎。

子厚以元和十四年十一月八日卒，年四十七。以十五年七月十日歸葬萬年先人墓側①。子厚有子男二人，長曰周六，始四歲；季曰周七，子厚卒乃生。女子二人，皆幼。其得歸葬也，費皆出觀察使河東裴君行立②。行立有節概，重然諾③，與子厚結交；子厚亦爲之盡，竟賴其力。葬子厚於萬年之墓者，舅弟盧遵④。遵，涿人⑤，性謹慎，學問不厭。自子厚之斥，遵從而家焉，逮其死不去；既往葬子厚，又將經紀其家⑥，庶幾有始終者。銘曰：

是惟子厚之室⑦，既固既安，以利其嗣人。

【注釋】

①萬年：古縣名，故城在今陝西西安市中。柳宗元的先人墓在萬年縣的棲風原。②河東：郡名，治所在今山西永濟縣。裴行立：元和十二年任桂管觀察使。③然諾：應答的聲音。④舅弟：舅父的兒子。⑤涿：唐州名，州治在今河北涿縣。⑥經紀：經營，料理。⑦室：幽室，即墓穴。

【譯文】

子厚，名宗元。他的第七（六）世祖柳慶，做過北魏王朝的侍中，封爲濟陰公。曾伯祖柳奭，做過唐朝的宰相，和褚遂良、韓瑗都得罪了武后，在高宗時候被殺。父親名柳鎮，因爲要侍奉母親，辭掉太常博士，要求到江南道做縣令。後來升到殿中侍御史，因爲不能巴結有權勢的貴人，被免除了御史官職。那位貴人死了，才又擔任侍御史，被人們稱爲剛強而正直，和他來往的都是當代有名的人物。

子厚年輕時就精明聰敏，沒有什麼不通曉。當他父親還在世的時候，雖然年輕，卻已自立成人，能夠取得進士及第，才能表現得很突出。大家說柳氏有好兒子了。後來因爲考中博學宏詞科，授予集賢殿正字的官職。他爲人才能出衆而且很有鋒芒，所發議論，能用現在的事和古時的事作証據，廣泛而深入地引用經史百子的著作，剛勁有力，意氣風發，經常使同座的人折服。因此名聲大振，一時人們都很仰慕，願意和他交友；當政的人都爭著使他成爲自己的門下士，互相推薦贊譽他。

貞元十九年，他由藍田尉提升爲監察御史。順宗繼承皇位，被任爲禮部員外郎，碰到當權的王叔文等得罪了憲宗皇帝，被貶逐，子厚也照例被放出朝廷去做刺史；還沒有到任，又照例貶永州司馬。處在閒散的虛職上，更加刻苦學習，特別注意背誦和閱讀。寫起文章來，文筆既汪洋恣肆，又雄厚精練，學問廣博深厚，同時任意在山水之中遊覽，排遣自己鬱悶。

元和年間，曾經照例被召回到首都長安，又和原先一道被貶的人都到偏遠的州郡擔任刺史，子厚被派到柳州。到了那裡，他歎道：「這裡難道不值得我施展政治才能嗎？」按照當地的習慣，給人民進行教化，頒布禁令，柳州的人都服從他，信任他。那裡的習慣，窮人們借債，常常用兒女去抵押，預先約好，如果不按時贖回，到了利息和本錢相等時，就沒收抵押的兒女做奴僕和婢女。子厚給窮人們想辦法，全部叫他們把兒女贖回去。那些特別貧困實在沒有能力贖回的，子厚就叫他們把自己所勞動的工資數目記下來，等到這數目完全和債款本利相等了，就命令債主放回抵押的兒女。觀察使把這種辦法推行到其他的州，到了一年，被免除奴隸身分而回到自己家裡的人將近一千個。衡山和湘水以南應考進士科的人，都拜子厚做老師，那些曾經受到子厚親自指點寫文章的人，文章都寫得合乎規範，值得欣賞。

當他召到京師再出來做刺史的時候，中山人劉夢得禹錫也在派出者之列，應當去播州。子厚流著淚說：「播州不是中原人可以住的地方，而夢得還有老母在堂，我不忍看著夢得困難，沒有理由把去播州的事告訴他的老母親，並且萬萬沒有母子同往播州的道理。」將要向朝廷請求，上書皇帝，願意把柳州換播州，即使因此再加一重罪，死了也不怨恨。正碰上有人把劉禹錫的困難向皇上說明，夢得因此改做連州刺史。唉！士人遇上窮困才能表現出節操。現今平時同住在里巷中，互相仰慕要好，吃喝玩樂你來我往很密切，虛僞地奉承對方，裝模作樣地說笑，表示互相親熱尊重，握著手像要挖出肺肝給人看，指天對日哭泣，發誓生死都不背離變心，那誠懇的樣子，像眞可以相信；一旦遇到小小的利害，小得僅像毛髮一樣，就翻著眼睛像不認識；對方落入陷阱，不僅不肯伸手去救，反而擠他下去再投塊石頭的人，到處都是。這樣的事情，連禽獸和野蠻人都不忍做，而那種人卻自以爲得計，聽了子厚的風格，也可以稍稍知道慚愧了吧。

子厚從前年輕時，做人敢作敢爲，不尊重愛惜自己，以爲可以很快建功立業，因此受到牽連而被貶謫。既遭貶謫，又無知心朋友、有權力擔任重要官職的人推薦提攜，所以終於死在邊遠的地方，才能不被當世使用，主張不能在當時推行。假使子厚在御史臺和尚書省時，自己知道怎樣對待自己，已經能夠像後來當州司馬和刺史那樣，也自然不會遭到貶斥；被貶斥之後，如果有人能夠極力保舉他，也一定可以再起用而不至於窮困。然而如果子厚被貶斥的時間不長，困窮不到極點，即使有某方面可以超過別人，他在文學創作方面，一定不能自己努力達到這樣大的成就，留傳於後世，這是無疑的。即使子厚達到自己的目的，在有限的一段時間裡做了將相，拿那功名事業來換這文傳後世，哪是得，哪是失，這一定有人能夠辨明的。

子厚在元和十四年十一月八日逝世，享年四十七歲。在元和十五年七月十日，把靈柩運回去，安葬在萬年縣祖墓旁。子厚有兩個兒子，大的叫周六，才六歲；小的叫周七，子厚逝世以後才出生。兩個女兒，都很小。他的靈柩能運回去安葬，一切費用都是觀察使河東裴行立君負擔的。行立有氣節，答應人家的話就一定做到。跟子厚交情很深；子厚也很替他盡力，結果得到了行立的幫助。安葬子厚到萬年縣墓地上的，是他舅父的兒子盧遵。盧遵是涿縣人，生性謹愼，好學不倦。從子厚被貶那天起，盧遵就帶了自己一家跟著一起住，直到他死了也不離開。他已經去萬年縣安葬了子厚，還要代替子厚經營管理家務，這也可算是一個有始有終的人。銘道：

「這是子厚的墓穴，既堅固、又安穩，以利於他的後代。」

卷六　唐宋文

駁《復讎議》

柳宗元[1]

【題解】

文章從禮和法入手，透徹地分析了徐元慶的復仇行爲，反駁了陳子昂在《復讎議》中提出的對徐元慶應先誅後旌的矛盾主張，認爲徐的作法是合乎禮法的，不應受誅，並説明了賞罰褒貶是統一的，禮和法並不矛盾，「親親相讎」的現象不會發生。

官吏的濫用職權，枉法濟私是封建社會的通病，所以，徐元慶的復仇方式具有一定的反抗意識。柳宗元肯定了這種行爲，事實上也就在一定程度上承認了這種反抗的合法性。這較之陳子昂的見解要勝出一籌。

臣伏見天后時[2]，有同州下邽人徐元慶者[3]，父爽，爲縣尉趙師韞所殺[4]，卒能手刃父讎，束身歸罪。當時諫臣陳子昂建議誅之而旌其閭[5]，且請編之於令，永爲國典[6]。臣竊獨過之[7]。

臣聞禮之大本[8]，以防亂也。若曰：「無爲賊虐，凡爲子者殺無赦[9]。」刑之大本，亦以防亂也。若曰：「無爲賊虐，凡爲治者殺無赦[10]。」其本則合，其用則異。旌與誅莫得而並焉。誅其可旌，茲謂濫，黷刑甚矣[11]。旌其可誅，茲謂僭[12]，壞禮甚矣。果以是示於天下，傳於後代，趨義者不知所向，違害者不知所立，以是爲典可乎？

【注釋】

[1]柳宗元：七七三—八一九，字子厚，河東（今山西省永濟縣）人。貞元九年（七九三）進士。又中博學宏詞科，授集賢殿正字。調藍田尉，拜監察御史。後參與王叔文集團的政治革新活動，順宗時，官禮部員外郎。王叔文失敗後，貶永州司馬，十年後調柳州刺史。死於柳州。世稱柳柳州或柳河東。柳宗元的散文和韓愈齊名，是唐代古文運動的倡導者。詩與韋應物並稱，自成一家。著有《柳河東集》。[2]伏：古代臣子見皇帝，必須跪著俯伏，不敢面對，因此在奏疏中也常用「伏」字，表示敬畏。天后：即武則天。詳見〈爲徐敬業討武曌檄〉注。[3]同州：州治在今陝西大荔縣。下邽：縣名，在今陝西渭南縣。[4]縣尉：官名。掌一縣軍事、治安。趙師韞：曾爲下邽縣尉，枉法殺死徐元慶的父親，後升御史。徐元慶改變姓名，在驛站做佣人，乘趙旅宿驛亭時殺之，自首到官。[5]陳子昂：六六一—七〇二，字伯玉。梓州射洪（今四川射洪縣）人。初唐著名文學家，武則天時任右拾遺。旌：表彰。閭：里巷的大門，這裡指代鄉里。[6]國典：國法。[7]竊：謙詞。過：以……爲錯。[8]禮：指封建倫理道德。大本：根本。這裡指根本作用。[9]賊虐：行凶殺人。[10]爲治者：指做官治民的人。[11]黷：濫用。[12]僭：超越本分，越禮。

蓋聖人之制，窮理以定賞罰，本情以正褒貶，統於一而已矣[1]。嚮使刺讞其誠僞[2]，考正其曲直，原始而求其端[3]，則刑禮之用，判然離矣。何者？若元慶之父，不陷於公罪[4]，師韞之誅，獨以其私怨，奮其吏氣，虐於非辜，州牧不知罪[5]，刑官不知問，上下蒙冒[6]，籲號不聞[7]；而元慶能以戴天爲大恥[8]，枕戈爲得《禮》[9]，處心積慮，以衝讎人之胸，介然自克[10]，即死無憾，是守禮而行義也。執事者宜有慚色，將謝之不暇[11]，而又何誅焉？其或元慶之父，不免於罪，師韞之誅，不愆於法[12]，是非死於吏也，是死於法也。法其可讎乎？讎天子之法，而戕奉法之吏[13]，是悖驁而凌上也[14]。執而誅之，所以正邦典，而又何誅焉？

且其議曰：「人必有子，子必有親，親親相讎[1]，其亂誰救？」是惑於《禮》也甚矣。《禮》之所謂讎者，蓋以冤抑沈痛而號無告也，非謂抵罪觸法，陷於大戮。而曰：「彼殺之，我乃殺之。」不議曲直，暴寡脅弱而已，其非經背聖，不亦甚哉！《周禮》[2]：「調人掌司萬人之讎[3]。」「凡殺人而義者，令勿讎，讎之則死。」「有反殺者[4]，邦國交讎之。」又安得親親相讎也？《春秋公羊傳》[5]曰：「父不受誅，子復讎可也。父受誅，子復讎，此推刃之道[6]，復讎不除害。」今若取此以斷兩下相殺[7]，則合於禮矣。且夫不忘讎，孝也；不愛死[8]，義也。元慶能不越於禮，服孝死義，是必達理而聞道者也[9]。夫達理聞道之人，豈其以王法爲敵讎者哉？議者反以爲戮，黷刑壞禮，其不可以爲典，明矣！

請下臣議，附於令。有斷斯獄者[10]，不宜以前議從事。謹議。

【注釋】

[1]統於一：指統一於「防亂」。[2]刺：偵察、調查。讞：審判定罪，這裡意爲判定。[3]原：推究。端：緣由。[4]陷於公罪：指犯國法。[5]州牧：州郡的行政長官。這裡指上級官員。[6]蒙冒：蒙蔽。[7]籲：呼。[8]戴天：共存於天下。語出《禮記》：「父之仇，不與共戴天。」[9]枕戈：枕著武器睡覺。《禮記》：「居父母之仇……枕戈，不仕，弗與共天下也。」[10]介然：堅定不移的樣子。克：約束。[11]謝：認錯，道歉。[12]悊：違反。[13]戕：殺害。[14]悖：違背。驁：傲慢，不馴服。凌：侵犯。

【注釋】

①親親：第一個「親」是動詞，親愛；第二個「親」是名詞，親人。②《周禮》：也叫《周官》，儒家經典之一。由戰國到西漢的儒家學者採擇周及戰國各國的官制，加上自己的理想，分類編排而成。引文見《周禮・地官》。③調人：官名。④反殺：指殺人而不義。⑤《春秋公羊傳》：書名。見本書《春王正月》注。⑥推刃：一來一往的仇殺。⑦兩下：雙方。⑧愛：吝惜。⑨道：這裡指儒家思想。⑩斷：審理。獄：案件。

【譯文】

我看到則天皇后時的案例，同州下邽縣有個叫徐元慶的，父親徐爽被縣尉趙師韞殺了，他最後親手殺死他父親的仇人，然後投案自首。當時做諫官的陳子昂建議將他處死但又在他的家鄉加以表彰，並且請求將這種處理方式編入法令，永遠作爲國家法律。我個人認爲這是不對的。

我聽說禮的根本目的是爲了防止暴亂，如果說「不許殺人行凶，那麼凡是作爲兒子的，殺了無辜的人，都應當處死而不被赦免」；刑罰的根本目的，也是爲了防止暴亂，如果說「不許行凶殺人，那麼凡是做官的殺了無辜的人，也應當處死而不被赦免」。禮和刑的根本目的是一致的，只是採取的手段不同。表彰和殺戮不能同時應用到一個人身上。處死那些值得表彰的人，就叫亂殺，太濫用刑法了；表彰那些應該處死的人，就是越禮，嚴重地破壞禮了。果眞拿這些示範天下，傳給後代，那麼，追求正義的人就會迷失方向，躲避禍害的人不知道怎樣立身行事，以此作爲法令，眞的可以嗎？

大凡聖人的原則，是深究事理來確定賞罰，考察實情來確定褒貶，統一於同一個目的——防止暴亂。當初假使能夠調查，審定這個案情的眞假，研究、確定它的是非，推究案件的發端，進而追察起因，那麼刑和禮的應用就明顯地區別開了。爲什麼呢？如果元慶的父親並沒有觸犯國家法律，師韞將他處死，只是爲了私人間的仇怨，發洩他作官的囂張氣焰，對無罪者施加暴虐，上級長官不去治他的罪，執法的官員也不過問這件事，上上下下都互相蒙騙包庇，對喊冤叫屈的呼聲聽而不聞，而徐元慶能夠把容忍殺父之仇作爲奇恥大辱，而把時時刻刻不忘復仇看作合乎禮義，處心積慮，伺機刺穿仇人的胸膛，堅定不移地以禮約束自己，雖死無憾，這正是遵守禮而實行義的表現。執政的官員對此本應感到慚愧，去道歉認錯都怕來不及，又怎麼會將他處死呢？如果元慶的父親確實犯了死罪，趙師韞將他處死，並不違反法律，徐爽並不是被官吏害死，而是依法處死，法律難道可以被仇視嗎？仇視天子的法律，殺害執法的官吏，這是無視法紀，犯上作亂的行爲，將他抓獲處死，是爲了嚴肅國法，又爲什麼要表彰呢？

而且陳子昂在奏議中還說：「人們都有兒子，做兒子的也一定有父母，各自因爲愛自己的父母而互相仇殺，這種混亂靠誰解救呢？」這是對於禮的意義太不了解了。禮所說的仇，指的是蒙受冤屈，悲痛難忍，但又哭訴無門啊，並不是指觸犯法律，而要被處決。但陳子昂又說：「他殺了人，所以我要殺他。」這是不分是非好壞，欺侮弱者罷了。這種做法違反經典，背離聖人的教導，難道不是太過分了嗎？《周禮》上說：「調人負責調解人們的仇怨。」「凡殺人有理的，就不准報仇，報仇者要處死。凡殺人無理的，全國的人都把他當作仇人。這樣一來，又怎麼會出現爲自己的親人報仇而互相殘殺的事情呢？《春秋公羊傳》說：「父親不應當被處死卻處死了，兒子可以報仇。父親罪當處死，而兒子替他報仇，這是一來一往互相殘殺的做法，這樣就不能免除彼此仇殺下去的禍害。」如果現在拿這些原則來判定趙師韞和徐元慶之間的仇殺，那就會合乎禮了。

再說不忘爲父報仇，這是孝；不吝惜生命，這是義。徐元慶能夠不越出禮的範圍，盡孝爲義而死，這一定是通曉事理，明白道義的人。像這樣通曉事理，明白道義的人，他難道會把王法作爲仇敵嗎？可是，上奏議的人反而認爲應當將他處死，這種濫用刑法，敗壞禮義的意見，實在不可以作爲法令，這是很明顯的啊！

請把我的意見，附在法令後面頒發下去。凡是審理這類案件的人，不應當再按照以前的意見處理。謹對此發表以上意見。

桐葉封弟辨

柳宗元

【題解】

本文首先三言兩語敘述了「桐葉封弟」的典故，擺出批駁的靶子，然後替成王和周公設想了種種情況，並一一辨正，證明「桐葉封弟」的典故並不可靠。文章破中有立，指出君王的言行關鍵在於得當，如不得當，「雖十易之不爲病」。這雖是一篇辨僞文章，但作者能借題發揮，暗藏諷喻，實在是用心良苦。

古之傳者有言[1]：「成王以桐葉與小弱弟[2]，戲曰：『以封汝。』周公入賀[3]，王曰：『戲也。』周公曰：『天子不可戲。』乃封小弱弟於唐[4]。」

吾意不然[5]。王之弟當封耶，周公宜以時言於王，不待其戲而賀以成之也。不當封耶，周公乃成其不中之戲[6]，以地以人與小弱弟者爲之主。其得爲聖乎？且周公以王之言，不可苟焉而已，必從而成之耶？設有不幸，王以桐葉戲婦寺[7]，亦將舉而從之乎？凡王者之德，在行之何若。設未得其當，雖十易之不爲病；要於其當，不可使易也，而況以其戲乎？其戲而必行之，是周公教成王遂過也[8]。

吾意周公輔成王宜以道，從容優樂[9]，要歸之大中而已[10]。必不逢其失而爲之辭；又不當束縛之，馳驟之，使若牛馬然，急則敗矣。且家人父子尚不能以此自克，況號爲君臣者耶？，是直小丈夫缺缺者之事11，非周公所宜用，故不可信。或曰：「封唐叔，史佚成之」12。

【注釋】

1傳：指史書。史書多用紀傳體形式，故稱。這裏指《呂氏春秋．重言》和劉向《說苑．君道》。2成王：周武王的兒子，姓姬，名誦，十三歲繼位。小弱弟：指叔虞。3周公：周武王的弟弟，武王死後，輔佐成王治理國家。4唐：本是我國古代的一個小國，在今山西冀城縣一帶；周初成了叔虞的封地，後改稱晉。5意：推測，料想。6中：合適，恰當。7婦寺：指君主身邊的妻妾和宦官。8遂：成。9從容：指舉止行動。優樂：開玩笑，娛樂。10大中：正大適中。11直：只，只是。小丈夫：指那些不懂大中之道的庸人。缺缺：耍小聰明的樣子。12唐叔：即叔虞，因封於唐，叫唐叔。史佚：周朝太史尹佚。據《史記．晉世家》所載，促成封叔虞於唐的是史佚而不是周公。

【譯文】

古代史書的作者有這樣的話：「成王把桐葉給年幼的弟弟，開玩笑說：『用這個封你。』周公進來祝賀，成王說：『這只是一個玩笑。』周公說：『天子不能開玩笑。』於是成王就把他小弟弟封在唐地。」

我想這件事情不會是這樣的。如果成王的弟弟應當受封，那麼周公應當及時向成王進言，不會等到周王開玩笑的時候才趁機用祝賀的方式促成它。如果不應當受封，而周公竟然促使成王把那不恰當的玩笑變成事實，將土地和人民封給年幼無知的弟弟，讓他作那裏的君主。周公這樣做能稱得上聖人嗎？如果周公認爲君王說的話，不能隨便了事，一定要依從並實行吧？如果不幸，成王用桐葉和妻妾宦官開玩笑，那也要按照他的話照辦嗎！

大凡君王道德的好壞，關鍵在於他做得怎樣。如果做的不恰當，即使多次改變也沒有關係；關鍵在於恰當，恰當，就不能再改變，又何況是憑著一句玩笑的話呢？如果開個玩笑也要實行，這樣做就是周公教唆成王鑄成過錯啊。

我想周公輔佐成王，應當用正道誘導他，使他舉止行動以至嬉戲、娛樂，大體上合乎正道罷了。周公一定不會逢迎成王的過失並爲他巧言辯飾；也不應當對成王管束太嚴，使他終日忙碌，像牛馬一樣，管束太嚴就壞事了。再說家庭父子之間，尚且不能用這種方法來約束，更何況名分上有君臣之別的人呢？這只是耍小聰明的庸人做的事，不是周公應該做的，所以不可信。有人說：「封唐叔這件事，是太史尹佚促成的。」

箕子碑

柳宗元

【題解】

本文是為箕子廟寫的碑記。箕子是商紂王的叔父，名胥余，官太師。因封在箕地，所以叫箕子。殷末，紂王昏亂無道，箕子勸諫不從，便佯裝狂癲，被囚為奴。周滅商後，向武王陳〈洪範〉大法。在封建時代，士大夫十分推崇他，認為他是「智」和「忠」的楷模。

在碑記中，柳宗元從「正蒙難」、「法授聖」、「化及民」三個方面分析和讚頌了箕子的人品和功業，表達了無限欽慕之情。

凡大人之道有三：一曰正蒙難；二曰法授聖；三曰化及民。殷有仁人曰箕子，實具茲道以立於世。故孔子述六經之旨，尤殷勤焉[1]。當紂之時，大道悖亂[2]，天威之動不能戒[3]，聖人之言無所用。進死以併命[4]，誠仁矣；無益吾祀[5]，故不為。委身以存祀[6]，誠仁矣，與亡吾國[7]，故不忍。具是二道，有行之者矣。是用保其明哲[8]，與之俯仰[9]；晦是謨範[10]，辱於囚奴。昏而無邪，隤而不息[11]，故在《易》曰：「箕子之明夷[12]。」正蒙難也。及天命既改[13]，生人以正[14]，乃出大法，用為聖師，周人得以序彝倫[15]，而立大典。故在《書》曰：「以箕子歸，作〈洪範〉[16]。」法授聖也。及封朝鮮[17]，推道訓俗。惟德無陋，惟人無遠[18]。用廣殷祀，俾夷為華[19]。化及民也。率是大道，藂於厥躬[20]；天地變化，我得其正。其大人歟！

【注釋】

[1]六經：指《詩》、《書》、《禮》、《易》、《樂》、《春秋》六部書籍，它們被儒家奉爲經典，所以稱六經。這句是說，孔子在論述六經主旨時，對箕子特別關注，多次提到。[2]悖：違背。[3]天威之動不能戒：上天威怒，用各種怪異的自然現象或自然災害來示警，卻不能收到警戒的效果。這裏反映了古人「天人感應」的觀點。[4]進死以併命：這裏是指比干。比干是紂王的叔父，官少師，因擔心國家危亡，多次進諫，被紂王剖心而死。併，通「屏」，捨棄。[5]祀：祭祀。這裏指宗族。[6]委身以存祀：這是指微子。微子，名啓，紂王的庶兄，封於微（今山東梁山西北）。多次勸諫紂王不被採納，於是出走。武王滅商後，他拿著商祭器，自縛降周，被封於宋，奉殷的祭祀。[7]與：參與，幫助。亡：出走。[8]是用：因此。明哲：明智。[9]俯仰：周旋，隨波逐流。[10]晦：隱藏。謨：謀。範：法，原則。[11]隤：衰敗。[12]明夷：《易經》中卦名。明：光明。夷：傷，謂光明受到損傷，比喻君子遭難退隱。「箕子之明夷」這句話是「明夷」卦六五爻的爻辭。[13]天命既改：指周滅商。古人把朝代的更替看作是上天的意旨。[14]生人：即生民，意謂教育撫養人民。唐避李世民的諱，改「民」爲「人」。[15]彝倫：封建社會中人與人之間必須遵循的道德規範。彝：常規。倫：人倫，封建社會人與人之間的關係。[16]《洪範》：《尚書》的篇名，傳說是箕子向周武王陳述的「天地之大法」。洪：大。範：規範，法規。[17]朝鮮：古國名。包括今朝鮮半島及我國遼寧、吉林東部一帶。[18]惟德無陋：惟，語助詞，賓語前置標誌，無義。「惟德無陋」即「無陋德」，不鄙陋道德之意，也就是提倡道德禮義。惟人無遠：即「無遠人」，不疏遠百姓。[19]俾：使。夷：東方的少數民族。[20]蘩：同「叢」，聚集。厥：其，他的。躬：身。

於虖[1]！當其周時未至，殷祀未殄[2]，比干已死，微子已去，向使紂惡未稔而自斃[3]，武庚念亂以圖存[4]，國無其人，誰與興理？是固人事之或然者也[5]。然則先生隱忍而爲此；其有志於斯乎！

唐某年，作廟汲郡⑥，歲時致祀。嘉先生獨列於《易》象⑦，作是頌云⑧。

【注釋】

①於虖：感嘆詞，同「嗚呼」。②殄：滅絕。③向使：假使。稔：莊稼成熟，這裏指罪惡發展到了極點。④武庚：紂王的兒子。武王滅商後，曾封他奉商祭祀。武王死，武庚與管叔、蔡叔勾結，發動叛亂，被周公誅殺。⑤人事：人世間的各種事情，即社會現象；或然：可能出現。⑥汲郡：古郡名，治所在今河南汲縣，是商的故都。⑦《易》象：指《易經》。《易．繫辭下》：「是故易者象也。」意為《易經》的卦爻辭往往象徵自然與社會的變化吉凶。《易經》的「明夷」卦的爻辭、卦辭中三次提到箕子。在六五爻中說：「六五，箕子之明夷，利貞。象曰：箕子之貞，明不可息也。」⑧是頌：這篇頌。原文後面還有一首四言頌歌，《古文觀止》未錄。

【譯文】

凡是偉大的人物，都有三條處世的原則：一是堅持正義，敢於蒙受災難；二是把法典授給聖王；三是將教化施及人民。

商朝有個叫箕子的仁人，確實施行了這三條原則因而為世人所尊重。所以孔子在闡述六經主旨的時候，多次提到並讚頌了他。商紂王的時候，荒淫無道，上天震怒不能使他戒止惡行，聖人的教導也聽而不聞。比干冒死進諫，實在稱得上仁了，但對於保存自己的宗族不利，所以箕子不這樣做。微子逃亡出走，委屈自己以保存宗族，實在稱得上仁了，但先要離開自己的祖國，所以箕子不忍心這樣做。總共這兩條道路，都已經有人走過了。因此，箕子保持了自己的明智，與紂王周旋，隱藏起自己高明的謀略，甘心受辱當囚犯。處於黑暗的環境中卻能不改變正道，雖然處境很難，但是奮鬥不息。所以《易經》中說：「箕子的明智隱藏在內心。」這就是在患難中堅持了正道。等到武王滅商後，周用正道教養人民，於是箕子就獻出他那套治國大法，因而成為聖君的老師，周朝的人才能夠憑藉這套法規來整飭倫常綱紀，制定法典。所以《尚書》中說：「武王滅商與箕子一道歸來，制定了〈洪範〉。」這是把法典交給聖君。等到箕子受封朝鮮，他推行王道，教化人民，提倡道德，親近百姓，繼續了殷朝的祭祀，使少數民族接受中原地區的先進文化。這是將教化施及人民。所有這些立身行事的崇高的原則，箕子都親自實行了；在改朝換代的混亂的年代，箕子能保持正道。這應該算是一個偉大的人了吧！

唉！當周人的時運還沒有到來，商朝還沒有滅亡，比干已經死了，微子已經出走了的時候，假使紂王還沒惡貫滿盈就死了，武庚繼位，擔心國家動亂危亡想保住自己的王位，如果國中沒有箕子，那還有誰能治理好它而達到中興呢？這本來是可能會出現的情況啊。那麼，先生含垢忍辱地這樣做，大概是期望這種局面的發生吧。

唐朝某年，在汲郡建箕子廟，每年按時祭祀。我欽佩先生能單獨列名在《易經》的卦象中，便寫了這篇頌。

捕蛇者說①　柳宗元

【題解】

本文是柳宗元被貶到永州後寫的。文章先寫永州異蛇的劇毒，令人毛骨悚然，然後寫捕蛇者蔣氏祖、父都死於這種蛇，以之為佐証。但蔣氏仍有心以捕蛇為業，不願恢復賦稅，原因何在！接著便詳細敘述原因，最後作出結論：賦斂之毒甚於異蛇。表達了作者對於統治階級橫徵暴斂的極端不滿和對勞動人民的深切同情。

文章結構波瀾起伏，流轉自如；語言駢散相間，錯落有致。

永州之野產異蛇②，黑質而白章③，觸草木盡死，以齧人④，無禦之者。然得而腊之以為餌⑤，可以已大風、攣踠、瘻、癘，去死肌，殺三蟲⑥。其始，太醫以王命聚之⑦，歲賦其二⑧。募有能捕之者，當其租入。永之人爭奔走焉。

【注釋】

①說：是諷喻體散文的一種。明人吳訥說：「按說者，釋也，述也，解釋義理而以己意述之也。」（《文章辨體·序題》）原只是訓經釋雅一類的解釋文字。後逐漸演變成一種既可以發表議論，又可夾敘夾議的論說文。到了唐代，特別是韓愈、柳宗元進一步將說發展成一種諷刺小品。②永州：治所在今湖南省零陵縣。③質：底色。章：斑紋。④齧：咬。⑤腊：乾肉。這裡作動詞。餌：食物。這裡指藥物。⑥已：止，治愈。大風：嚴重麻瘋病。攣踠：手足彎曲不能伸展的病。瘻：脖子腫。癘：惡瘡。三蟲：三尸之蟲，道家把腦、胸、腹三部分叫「三尸」，說這三處有蟲，人就要病。這裡泛指人體內的寄生蟲。葉夢得《避暑錄話》卷下：「道家有言三

尸，或謂之三彭。認爲人身中皆有是三蟲，能記人過失，至庚申日，乘人睡去而讒之上帝，故學道者至庚申日輒不睡，謂之守庚申，或服藥以殺三蟲。」⑦太醫：爲帝王治病的醫生，又稱御醫。⑧賦：徵收。

有蔣氏者，專其利三世矣①。問之，則曰：「吾祖死於是，吾父死於是，今吾嗣爲之十二年②，幾死者數矣③。」言之，貌若甚戚者④。

余悲之，且曰：「若毒之乎⑤？余將告於莅事者⑥，更若役，復若賦，則何如？」

【注釋】①專其利：專門享有這種（捕蛇抵稅的）好處。②嗣：繼承，接替。③幾：幾乎，差一點。數：多次。④戚：憂傷。⑤若：你。毒：怨恨，懼怕。⑥莅事者：管這事的官吏。莅：臨，管理。

蔣氏大戚，汪然出涕曰①：「君將哀而生之乎？則吾斯役之不幸，未若復吾賦不幸之甚也。嚮吾不爲斯役②，則久已病矣③。自吾氏三世居是鄉，積於今六十歲矣，而鄉鄰之生日蹙④。殫其地之出⑤，竭其廬之入⑥，號呼而轉徙，餓渴而頓踣⑦，觸風雨，犯寒暑，呼噓毒癘⑧，往往而死者相藉也⑨。曩與吾祖居者⑩，今其室十無一焉；與吾父居者，今其室十無二、三焉；與吾居十二年者，今其室十無四、五焉。非死即徙爾，而吾以捕蛇獨存。悍吏之來吾鄉，叫囂乎東西⑪，隳突乎南北⑫，嘩然而駭者，雖雞狗不得寧焉。吾恂恂而起⑬，視其缶⑭，而吾蛇尚存，則弛然而臥⑮。謹食之⑯，時而獻焉。退而甘食其土之有，以盡吾齒⑰。蓋一歲之犯死者二焉，其餘則熙熙而樂，豈若吾鄉鄰之旦旦有是哉？今雖死乎此，比吾鄉鄰之死，則已後矣，又安敢毒耶？」

余聞而愈悲。孔子曰：「苛政猛於虎也⑱。」吾嘗疑乎是。今以蔣氏觀之，猶信。嗚呼！孰知賦斂之毒有甚是蛇者乎？故爲之說，以俟夫觀人風者得焉⑲。

【注釋】

①汪然：眼淚滿眶的樣子。②嚮：昔日。③病：指生活困苦不堪。④蹙：迫促，困苦。⑤殫：盡。⑥廬：房屋。這裡指家。⑦頓踣：困頓僵仆。⑧毒癘：毒氣。癘，疫氣。⑨藉：疊。⑩曩：從前。⑪叫囂：大叫大鬧。⑫隳突：破壞奔突，極言騷擾。隳：壞。⑬恂恂：擔心的樣子。⑭缶：大肚小口的瓦罐。⑮弛然：安心的樣子。⑯食：餵養。⑰齒：指年齡。⑱苛政猛於虎也：《禮記．檀弓下》：「孔子過泰山側，有婦人哭於墓者而哀，夫子式而聽之，使子路問之，曰：『子之哭也，一似重有憂者？』而曰：『然。』昔者吾舅死於虎，吾夫又死焉，今吾子又死焉。』夫子曰：『何爲不去也？』曰：『無苛政。』夫子曰：『小子識之，苛政猛於虎也。』」⑲人風：民風。民間情況。

【譯文】

永州的山野中出產一種特異的蛇，黑的底色，上面有許多白色的斑紋，這種蛇碰到草木，草木都要死亡，如被這種蛇咬傷，那就無藥可治，非死不可。但把它抓住晒乾做成藥品，卻可以治好痲瘋，手足彎曲不直的毛病，還可以治好脖子腫、惡瘡、除掉死掉的肌肉，殺死身體內的寄生蟲。開始的時候，太醫用皇帝的命令去收集這種毒蛇，每年徵收兩次。招募那些有能力捕到這種蛇的人，充當他們的租稅。永州的人爭先恐後地去捉這種蛇。

有一個姓蔣的人，他們家專門享受這種捕蛇抵稅的好處已經有三代了。我問他，他就說：「我祖父被這種蛇咬死，我父親也被這種蛇咬死，如今我繼承捕蛇這種職業已經有十二年了，有好幾次都差點沒命了。」說著，臉上顯示出憂鬱的神色。

我爲他感到悲哀，就說：「你討厭做這事嗎？我將告訴管這事的官員，更換你的差使，恢復你的賦稅，怎麼樣？」

姓蔣的聽後，非常憂傷，眼淚汪汪地哭著說：「您想可憐我，讓我活下去嗎？可是我做這種活的不幸，還不至於像恢復我的賦稅的不幸那麼嚴重。如果我不做這活，那我早就困苦不堪了。自從我們家三代住在這兒，到如今已經有六十年了，而鄉鄰們的生活一天比一天窘迫。用盡了他們田中生產出的物品，花完了家中的收入，哭號著四處遷徙，由於飢渴倒地而死。人們受到狂風暴雨，嚴寒酷暑的摧殘，呼吸著毒氣，常常可見到死者的屍體互相疊壓。從前和我祖父住在一起的人，如今是十家沒有一家存在了；和我父親住在一起的人，如今是十家沒有二、三家存在了；和我同住十二年的人，如今是十家沒有四、五家存在了。不是死了就是搬走了，但我卻因為捕蛇而僥倖單獨活了下來。凶悍的官吏來到我們鄉里，到處吆喝叫罵，衝撞騷擾，因此受驚駭而呼喊的，不僅是百姓，連雞狗都不得安寧。我提心吊膽地爬起來，看看那個裝蛇的罐子，如果蛇還在那裡面，那我就可以放心地去睡覺。我小心謹慎地餵養它，到時候了就獻上去。回來之後就可以香甜地吃著自己田裡收穫的東西，來度過我的餘年。一年之中冒生命危險的時候只有兩次，其餘的日子就可以快快樂樂地度過了，怎麼會像我的鄉鄰一樣，天天都面臨死亡的威脅呢？如今我就是被蛇咬死，也死在我的鄉鄰的後面了，又怎麼敢憎恨這個職業呢？」

我聽後更加悲傷。孔子說：「苛酷的政治比老虎還凶猛。」我曾經懷疑過這句話。今天從蔣氏的遭遇看來，才相信了。唉！誰能想到賦斂的毒害比這種蛇更厲害呢？因此我寫下這篇文章，等待那些考察民情的官員對這有所了解。

種樹郭橐駝傳

柳宗元

【題解】

本文是一篇紀傳體的諷喻性散文。通過善於種樹的郭橐駝的話，諷刺了當時的弊政，闡明了爲官之道應當減少繁瑣的政令，讓老百姓休養生息，否則，「雖曰愛之」而「卒以禍」。

文章寫種樹，採用了對比的手法，用「他植者」蹩腳的種樹方法襯托出郭橐駝種樹之技的高明，並象徵了兩種不同的爲官之道，生動形象，耐人尋味。

郭橐駝[1]，不知始何名。病僂[2]，隆然伏行[3]，有類橐駝者，故鄉人號之「駝」。駝聞之曰：「甚善，名我固當。」因捨其名，亦自謂橐駝云。其鄉曰豐樂鄉，在長安西。

駝業種樹，凡長安豪家富人爲觀游及賣果者[4]，皆爭迎取養。視駝所種樹，或移徙，無不活，且碩茂蚤實以蕃[5]。他植者雖窺伺傚慕，莫能如也。

有問之，對曰：「橐駝非能使木壽且孳也[6]，能順木之天[7]，以致其性焉爾[8]。凡植木之性，其本欲舒[9]，其培欲平，其土欲故[10]，其築欲密[11]。既然已，勿動勿慮，去不復顧。其蒔也若子[12]，其置也若棄，則其天者全而其性得矣。故吾不害其長而已，非有能碩茂之也；不抑耗其實而已，非有能蚤而蕃之也」。

【注釋】①槖駝：駱駝。這裡指駝背。②僂：背脊彎曲。③隆然：突起的樣子。伏行：臉朝下行走。④觀游：觀賞遊樂的園林。⑤碩：大。蚤：通「早」。蕃：繁多。⑥孳：繁殖得多。⑦天：天性。這裡指樹木生長的自然規律。⑧致其性：充分發展它的本性。致：盡。⑨本：根。⑩故：舊，指原有的土。⑪築：用木杵把土砸實。⑫蒔：栽種。

「他植者則不然，根拳而土易①，其培之也，若不過焉則不及。苟有能反是者，則又愛之太殷，憂之太勤，旦視而暮撫，已去而復顧，甚者爪其膚以驗其生枯，搖其木以觀其疏密，而木之性日以離矣。雖曰愛之，其實害之；雖曰憂之，其實讎之。故不我若也。吾又何能爲哉？」

問者曰：「以子之道，移之官理②，可乎？」駝曰：「我知種樹而已，官理，非吾業也。然吾居鄉，見長人者好煩其令③，若甚憐焉，而卒以禍。旦暮吏來而呼曰：『官命促爾耕，勖爾植④，督爾穫，蚤繅而緒⑤，蚤織而縷⑥，字而幼孩⑦，遂而雞豚⑧。』鳴鼓而聚之，擊木而召之⑨。吾小人輟飧饔以勞吏者⑩，且不得暇，又何以蕃吾生而安吾性耶？故病且怠。若是，則與吾業者其亦有類乎？」

問者嘻曰：「不亦善夫！吾問養樹，得養人術。」傳其事以爲官戒也。

【注釋】①根拳：根部彎曲。土易：泥土更換。②官理：做官治民。理，治。唐人避高宗李治諱，以「理」代「治」。

③長人者：指官吏。④勗：勉勵。⑤繅：煮繭絲。而：同「爾」你們。緒：絲頭。⑥縷：紗。⑦字：養育。⑧遂：成長。豚：小豬。⑨木：這裡指梆子。⑩輟：停止。飧。晚飯。饔：早飯。勞：慰勞。這裡有招待、應付之意。

【譯文】

郭橐駝，不知他起初叫什麼名字。由於得了佝僂病，脊背彎曲成爲駝背，走路時背部高高隆起，臉朝地面，有些像駱駝，因此鄉里的人給他起了個外號叫「橐駝」。郭橐駝聽到後說：「很好！用這個外號叫我的確很恰當。」因此他乾脆捨棄本名不用，也把自己叫做橐駝。他所在的那個鄉叫豐樂鄉，在長安的西面。

郭橐駝以種樹爲職業，凡是長安城中富貴人家想建造觀賞遊玩的園林的，或者是賣果品的人，都爭著把他接到家中供養。考查郭橐駝所種的樹，或者是他移栽的樹，沒有不成活的，而且長得高大茂盛，結實又早又多。其他那些種樹的人雖然在暗中觀察仿效，卻沒有一個能比得上他。

有人問他種樹的奧妙，他回答說：「我並不能使樹木活得久而且繁殖得多，只不過能順著樹木的天性，使它的本性能夠得到充分的發展罷了。凡是種植樹木，它的規律是：樹根要舒展，土要培平，要用原來的土，土要砸密實。種好之後，不要再動它爲它擔心，可以離開不管了。種的時候，要像愛護自己的孩子一樣，種好之後，不再管它就像扔掉一樣。那麼樹木的天性就能保全，因而能按自身的規律生長。所以說我只是不妨害它自由生長罷了，並沒有什麼能使它高大挺拔，枝繁葉茂的妙法；只不過是不抑制和損耗它的果實罷了，並沒有什麼能使它結果又早又多的訣竅。

別的種樹的人都不這樣，種樹的時候，樹根是彎曲的，泥土是新換的，培土時，不是太多就是太少。即使有不這樣做的人，卻又過分地關心它的生長，過多地憂慮它不能成活，早晨去看看，晚上去摸摸，已經離開了卻又回來再看，有的人甚至摳破樹皮來檢驗它的死活，搖動樹根來看培的土是鬆還是緊，這樣一來，樹木的天性就一天天地被破壞了。雖說是愛它，其實是害它；雖說是爲它擔憂，其實是仇視它。因此他們比不上我，其實我又有什麼特殊的本領呢？」

問的人說：「把你種樹的方法應用到作官治理百姓方面去，可以嗎？」郭橐駝說：「我只知道種樹罷了，當官治理百姓，並不是我的事。但我住在這個鄉里，看到那些當官的，喜歡頒布繁多的政令，好像是非常愛憐百姓，但最終卻給百姓帶來了災禍。一天到晚只見衙役來了就喊：『長官命令你們早點耕田，勉勵你們種植，督促你們收獲，早些煮繭抽絲，早些紡紗織布，要撫育你們的小孩，餵養你們的雞和豬。』又是擂鼓召集他們，又是敲梆子傳呼他們。我們這些小人即使放下碗筷不吃飯，專來招待這些官吏，也還是忙不過來，又哪有時間使我們生產興旺，生活安定呢？所以我們非常困苦疲乏。像這樣，那麼當官治理百姓和我栽種樹木是不是也有相同之處呢？

發問的人贊嘆說：「不也很好嗎！我問種樹的方法，居然懂得了當官治理百姓的道理。」於是把這件事記下來作爲官吏們的鑒戒。

梓人傳

柳宗元

【題解】

文中的梓人即建築師。文章題爲傳記，但作者的主要目的並不在於爲梓人樹碑立傳，而是借梓人修建官署一事闡明做宰相治理天下的道理：要善於全面規劃，指揮若定，而不要包辦代替，事必躬親；要堅守正道，不能貪圖富貴，苟合取容。

文章寫梓人，先抑後揚，波瀾起伏。寫宰相的爲官之道時，處處和前文中梓人的工作方法進行類比，前後照應，筆法十分嚴謹。寫宰相的爲官之道時，又假設了兩種截然相反的情形，對比描寫，孰好孰壞，讓人一目了然。

裴封叔之第在光德里[1]，有梓人款其門[2]，願傭隙宇而處焉[3]。所職尋引、規矩、繩墨[4]，家不居礱斲之器[5]。問其能，曰：「吾善度材[6]；視棟宇之制[7]，高深、圓方、短長之宜，吾指使而群工役焉[8]。捨我，衆莫能就一宇。故食於官府，吾受祿三倍；作於私家，吾收其直太半焉[9]。」他日，入其室，其床闕足而不能理，曰：「將求他工」。余甚笑之，謂其無能而貪祿嗜貨者[10]。

【注釋】

[1]裴封叔：名墐，柳宗元的姐夫，聞喜（今屬山西省）人，曾做過唐長安縣令。第，住宅。光德里：長安里弄名。[2]款：叩。[3]傭：租賃。隙宇：空閒的房屋。[4]職：掌管。這裡是隨身攜帶的意思。尋、引：度長短的工

具。八尺爲尋，十丈爲引。規：畫圓的工具。矩：曲尺，畫方形的工具。繩墨：墨斗，定直線的工具。⑤居：放置。礱：磨礪。斲：砍削。⑥度：衡量。⑦棟宇：屋柱和屋檐，指房屋。制：規模。⑧役：勞作。⑨直：通「值」，工錢。⑩貨：錢幣，財物。

其後，京兆尹將飾官署①，余往過焉。委羣材②，會衆工，或執斧斤，或執刀鋸，皆環立嚮之；梓人左持引，右執杖而中處焉。量棟宇之任③，視木之能舉④，揮其杖曰：「斧！」彼執斧者奔而右。顧而指曰：「鋸！」彼執鋸者趨而左。俄而斤者斲，刀者削，皆視其色，俟其言⑤，莫敢自斷者。其不勝任者，怒而退之，亦莫敢慍焉⑥。畫宮於堵⑦，盈尺而曲盡其制，計其毫釐而構大廈，無進退焉⑧。既成，書於上棟曰：「某年某月某日某建」，則其姓字也；凡執用之工不在列。余圜視大駭⑨。然後知其術之工大矣⑩。

【注釋】

①京兆尹：官名，管理京城長安，相當於郡守一級。②委：堆積。③任：負擔，這裡是需要的意思。④舉：承擔。⑤俟：等待。⑥慍：怨恨。⑦宮：房屋。這裡指房屋的設計圖。堵：牆壁。⑧進退：這裡指出入，差錯。⑨圜：同「圓」。⑩工大：技巧精深博大。

繼而嘆曰：「彼將捨其手藝、專其心智，而能知體要者歟①？吾聞勞心者役人，勞力者役於人②，彼其勞心者歟？能者用而智者謀，彼其智者歟？是足爲佐天子相天下法矣③，物莫近乎此也。彼爲天下者本於人。其執役者，爲徒隸④，爲鄉師⑤、里胥⑥，其上爲下士⑦，又其上為中士，為上士，又其上為大夫，為卿，為公。離而為六職⑧，判而為百役⑨。外薄四海⑩，有方伯連率⑪，郡有守⑫，邑有宰⑬，皆有佐政⑭。其下有胥吏⑮，又其下皆有嗇夫版尹⑯，以就役焉。猶衆工之各有執伎以食力也。彼佐天子相天下者，舉而加焉⑰，指而使焉，條其綱紀而盈縮焉⑱，齊其法制而整頓焉。猶梓人之有規矩繩墨以定制也。擇天下之士，使稱其職；居天下之人，使安其業。視都知野，視野知國，視國知天下，其遠邇細大，可手據其圖而究焉⑲。猶梓人畫宮於堵而績於成也⑳。能者進而由之㉑，使無所德；不能者退而休之，亦莫敢慍。不炫能，不矜名，不親小勞，不侵衆官㉒，日與天下之英才，討論其大經㉓。猶梓人之善運衆工而不伐藝也㉔。夫然後相道得而萬國理矣。相道既得，萬國既理，天下舉首而望曰：「吾相之功也。」後之人循跡而慕曰㉕：「彼相之才也。」士或談殷周之理者，曰伊、傅、周、召㉖，其百執事之勤勞㉗，而不得紀焉。猶梓人自名其功而執用者不列也。大哉，相乎！通是道者所謂相而已矣。

【注釋】

①體要：大體和綱要。指事物的關鍵。②這兩句話出自《孟子．滕文公上》：「或勞心，或勞力。勞心者治人，勞力者治於人。」③相：這裡是治理的意思。④徒隸：原指服役的犯人，這裡泛指處於社會底層從事各種勞動的人。⑤鄉師：一鄉之長。⑥里胥：一里之長。唐制，百戶為一里，五里為一鄉。⑦下士：西周時期統治階級中的最低等級。這裡泛指級別較低的官吏。⑧六職：周代管理中央府庫的六種官職。《禮記．曲禮下》：「天子之六府，曰：司土、司木、司水、司草、司器、司貨，典司六職。」⑨判：分別。百役：各種差事。⑩薄：迫近。四海：指國家的四境。⑪方伯：殷周時一方諸侯中的領袖連率，即「連師」，古代統轄十國的諸侯。⑫

守：太守，一郡的最高行政長官。⑬宰：縣令。⑭佐政：指郡縣的副長官。⑮胥吏：在官府中辦理文書的小吏。⑯嗇夫：佐助縣令管理賦稅，訴訟事務的鄉官。版尹：主管戶籍的官吏。版，版籍，即戶籍。⑰焉：代詞，指各級官吏。⑱條其綱紀：使綱紀條款清楚，即整頓綱紀。盈縮：增減。⑲據：按。究：推究。⑳績：業績。這裡用作動詞。㉑由：用。㉒侵：奪取別人的權利。㉓大經：指治理國家的大政方針。㉔伐：誇耀。㉕循跡：這裡是學習，模仿的意思。㉖伊：伊尹，商初的功臣，曾輔佐商湯攻滅了夏桀。傅：傅說，相傳原是在傅岩地方築牆的奴隸，後被商王武丁任命爲大臣，治理國政。周：周公，周武王之弟，曾輔佐武王滅了商，後輔佐成王，在鞏固周朝統治，建立典章制度方面起了重要作用。召：召公，姓姬，名奭，古燕國的始祖，曾佐武王滅商，後與周公一起輔佐成王。㉗百執事：辦理各類具體事務的官吏。

其不知體要者反此。以恪勤爲功①，以簿書爲尊②。炫能矜名，親小勞，侵衆官，竊取六職百役之事，听听於府庭③，而遺其大者遠者焉。所謂不通是道者也。猶梓人而不知繩墨之曲直、規矩之方圓、尋引之短長，姑奪衆工之斧斤刀鋸以佐其藝，又不能備其工④，以至敗績。用而無所成也，不亦謬歟？

或曰：「彼主爲室者，儻或發其私智，牽制梓人之慮，奪其世守⑤，而道謀是用⑥，雖不能成功，豈其罪邪？亦在任之而已。」余曰：不然。夫繩墨誠陳，規矩誠設，高者不可抑而下也，狹者不可張而廣也。由我則固，不由我則圮⑦。彼將樂去固而就圮也，則卷其術，默其智，悠爾而去，不屈吾道，是誠良梓人耳。其或嗜其貨利，忍而不能捨也；喪其制量⑧，屈而不能守也，棟橈屋壞⑨，則曰：「非我罪也。」可乎哉？可乎哉？

余謂梓人之道類於相，故書而藏之。梓人蓋古之審曲面勢者⑩，今謂之「都料匠」云。

余所遇者，楊氏。潛其名。

【注釋】

①恪：謹慎，恭敬。②簿書：文書。這裡用作動詞，泛指深入具體事物。③听听：通「齗齗」，爭辯的樣子。④備：完成。⑤世守：指固有的經驗法則。⑥道謀是用：即聽信過路人的意見，可過路人一人一個意見，屋子終於造不成。《詩經．小旻》：「如彼築室於道謀，是用不潰於成。」⑦圮：倒塌。⑧制量：指規矩、法度、原則。⑨橈：通「撓」。折斷。⑩審曲面勢：出自《考工記》，意思是審察各種材料的曲直、性能，根據建築需要來加以選擇。

【譯文】

裴封叔的府第座落在光德里，有個建築師來敲他的門，想租幾間空屋居住。這個建築師隨身攜帶的只有量尺、圓規、曲尺、墨斗這些東西，家中不放置磨刀石和刀斧等工具。問他能做些什麼，他說：「我善於度量木材。根據房屋的規模，高深，方圓，長短，決定用什麼材料合適，我指揮各種工匠協同工作。沒有我，工匠們無法建好房子。所以替官府工作，我的工資是一般工匠的三倍；爲私人建房，我要收取總工錢的一大半。」有一天，走進他的住房發現有一張床缺了腿，但他自己卻不能修理，說要請人來修。我覺得非常好笑，認爲他是沒有本領卻貪圖財物的人。

後來，京兆尹準備修理官署，我去拜訪他。只見那兒堆滿了各種各樣的建築用料，集中了各種工匠，有的拿著斧頭，有的拿著刀鋸，都圍成一圈面向這個建築師。建築師左手拿著尺，右手拿著杖站在中間。他衡量房屋的需要，考查木材的承受能力，揮動他的手杖說：「砍！」那些拿斧頭的木匠就趕緊跑到右邊去砍。回過頭來指著說：「鋸！」那些拿鋸子的木匠就趕緊小跑到左邊去鋸。一會兒拿斧頭的砍，拿刀的削，都要看他的臉色，等候他發號施令，沒有人敢自作主張。那些不能勝任的人，建築師就怒氣沖沖地辭退他，也沒有誰敢怨恨。建築師把設計圖畫在牆上，只一尺見方的圖樣就詳細繪出了房屋的規模結構。按照圖樣的尺寸比例建造高大宏偉的房子，沒有一點差錯。官署建成後，建築師在屋柱上寫道：「某年某月某日某建」，這是他的姓名，而那些被任用的所有的工匠都不列名。我看了一圈後感到非常吃驚。這才知道他的技術是多麼的精深博大了。

接著我又感嘆說：「他大概是個存心丟棄木工手藝，專門動腦，因而能夠掌握事物關鍵的人吧。」我聽說過腦力勞動者役使別人，而體力勞動者被別人役使，他是個從事腦力勞動的人嗎？有技能的人施展他的技能，有智慧的人施展他的謀略，他也許是個智慧的人吧。這就完全值得輔佐天子治理天下的人仿效了，再也沒有比這更貼切的事情了。那些治理天下的人應該以人爲根本。那些做勞動奔走的人員，是徒隸、鄉師、里胥，他們上面是下士，再上是中士、上士，再上是大夫、卿、公。就分工來看，管理中央府庫的有六種官職，還有各種各樣的差役。京城外面靠近邊境的地方，有方伯，連率，郡有太守，縣有縣令，而且都還有各自的輔助官員。他們下面有胥吏，再下面都有嗇夫和版尹，用來完成各種差役。這就像各種工匠都有各自的技能，可以自食其力，那個輔佐天子做宰相治理天下的人，選拔各級官吏，授給他們各種職務，指揮、使用他們，整秩國家的綱紀，並常常加以調整，統一法度，並常常進行整頓，就像建築師用圓規曲尺墨斗來確定規格一樣。選拔天下的人才，使他們勝任本職工作；安置天下的百姓，使他們安心自己的職業。看到都城的情況，就能知道都城外的情況，看到都城外的情況，就能知道封國的情況，看到封國的情況，就能知道整個天下的情況。那些遠近小大的地方，都可以手拿地圖去推究它。就像建築師把設計圖畫在牆上就可以建成高大的房子似的。對有才能的人，按正道來提拔他，使他不感戴誰的恩德。沒有才能的人就辭退罷免他，也沒有誰敢怨恨。不炫耀自己的才能，不自誇名望，不埋頭於日常瑣事，不侵犯衆官的權利，每天和天下的傑出人才一起討論治理國家的大策方針。這就像建築師善於指揮使用各種工匠卻不自我吹噓他的才能一樣。能夠做到這些之後，才算懂得了做宰相的道理，那麼天下就可以治理好了。做宰相的道理已經懂得，天下已經治理好，那麼人們就會抬頭仰望說：「這是我們宰相的功勞啊。」後人也會模仿他的做法並且十分敬佩地說：「他的確有做宰相的才能啊。」讀書人如果談起治理商周的人，只提說伊尹、傅說、周公、召公，而那些辛辛苦苦從事具體事務的人，卻沒有記錄下來。這就像建築師只把自己的功勞和姓名寫在屋柱上而那些幹活的工匠卻不能列上姓名一樣啊。宰相很重要啊！精通這個道理的人，就是所說的宰相啊。

那些不懂得事情的關鍵的人，他們的做法恰恰相反。他們把恭謹地忙碌於日常瑣事當作是一心爲公，把處理文書等具體事務當作尊貴，賣弄才能，自誇名望，親自做瑣碎的事務，侵犯衆官的權利，包辦衆官的本職工作，在官府朝廷上爭辯不休，卻把事關重大、影響深遠的事情遺忘了。這就是所說的不懂得做宰相治理天下的人。就像身爲建築師卻不知道繩墨的曲直、規矩的方圓、尋引的長短，姑且奪過衆工匠的斧頭刀鋸來幫助他們工作，但又無法完成他們的工作，以至於失敗一樣。做了事情卻沒有成績，這不是很荒謬嗎？

有人說：「那個主管建房的人，如果想實行他自己的主張，牽制建築師的計劃，强迫建築師放棄固有的法則，卻隨便採用過路人的意見，以致房子不能造好，這難道是建築師的罪過嗎？這是由於主管建房的人不信用建築師罷了。」我說這不對。假如設計確實已經完備，曲直方圓都定下來了，高的不能使它壓低，窄的不能使它加寬。由我安排就會牢固，不聽我安排就要倒塌。他如果不想使房子堅固而寧願它倒塌，那麼我就收起自己的技術，藏起自己的智謀，遠遠地離開，而決不放棄自己的原則，這才眞是好的建築師。也許有的建築師貪圖錢財，容忍主管人的錯誤而不願離開他，放棄自己的建築方案，而不能堅持原則，等到屋柱折斷，房屋倒塌時，卻說：「這不是我的罪過。」這難道可以嗎？這難道可以嗎？

我認爲當好建築師的道理與當好宰相的道理很相似，所以寫了這篇文章並保藏起來。建築師大概就是古書上所說的「審曲面勢者」，現在的人把他們叫作都料匠。我所遇見的這個建築師，姓楊，名潛。

愚溪詩序

柳宗元

【題解】

這是柳宗元爲他所作的〈八愚詩〉寫的一篇序言。序中說明了他將居處附近的溪、丘、泉、溝、池、堂、亭、島全部命名爲「愚」的原因，抒發了作者「以愚觸罪」，抱負和才能不得施展的悲憤心情。

文章大量使用反語、排比、反覆等修辭手法，造成了一種近乎自嘲的幽默效果，但這是一種含淚的幽默、黑色的幽默。

灌水之陽有溪焉[1]，東流入瀟水[2]。或曰：「冉氏嘗居也，故姓是溪爲冉溪。」或曰：「可以染也，名之以其能，故謂之染溪。」余以愚觸罪[3]，謫瀟水上[4]，愛是溪，入二、三里，得其尤絕者家焉。古有愚公谷[5]，今余家是溪，而名莫能定，土之居者，猶齗齗然[6]，不可以不更也，故更之爲愚溪。

愚溪之上，買小丘，爲愚丘。自愚丘東北行六十步，得泉焉，又買居之[7]，爲愚泉。愚泉凡六穴，皆出山下平地，蓋上出也。合流屈曲而南，爲愚溝。遂負土累石，塞其隘[8]，爲愚池。愚池之東爲愚堂，其南爲愚亭，池之中爲愚島。嘉木異石錯置，皆山水之奇者，以余故，咸以「愚」辱焉。

【注釋】

[1]灌水：在今廣西境內，源出於灌陽縣西南，流經全州注入湘江。陽：指陽光能照射到的地方，河陽爲河的北岸，山陽爲山的南坡。[2]瀟水：源出於今湖南道縣的瀟山，流經零陵縣城，至縣西北的苹島注入湘江。[3]以愚觸罪：此處指作者因參加王叔文集團的政治革新而觸犯權貴，失敗被貶。[4]謫：古代官吏被降職或流放，稱爲謫。[5]愚公谷：在今山東臨淄縣西。相傳齊桓公時，有個老翁因當時政治不明，官吏斷案不公，一匹小馬被人拉走而不敢爭辯，自稱所住山谷叫愚公谷。[6]斷斷然：爭辯不休的樣子。[7]居：占有，擁有。[8]隘：狹窄處。

夫水，智者樂也[1]；今是溪獨見辱於愚[2]，何哉？蓋其流甚下，不可以灌溉；又峻急，多坻石[3]，大舟不可入也；幽邃淺狹[4]，蛟龍不屑，不能興雲雨[5]。無以利世，而適類於余，然則雖辱而愚之，可也。

寧武子「邦無道則愚[6]」，智而爲愚者也；顏子「終日不違如愚[7]」，睿而爲愚者也[8]。皆不得爲眞愚。今余遭有道而違於理，悖於事[9]，故凡爲愚者莫我若也。夫然，則天下莫能爭是溪，余得專而名焉。

溪雖莫利於世，而善鑒萬類，清瑩秀澈[10]，鏘鳴金石[11]，能使愚者喜笑眷慕，樂而不能去也。余雖不合於俗，亦頗以文墨自慰，漱滌萬物[12]，牢籠百態[13]，而無所避之。以愚辭歌愚溪，則茫然而不違，昏然而同歸，超鴻蒙[14]，混希夷[15]，寂寥而莫我知也。於是作《八愚詩》，記於溪石上。

【注釋】

①樂：愛好。語出《論語．雍也》：「知者樂水，仁者樂山」。②見辱於愚：被愚這個名稱汚辱。見……於……，古漢語中表被動的一種格式。③坻：水中小洲。④邃：深遠。⑤蛟：傳說中一種類似龍的動物，古人認爲蛟龍得水，便能興雲作雨。⑥寧武子：名俞，謚武，春秋時衛國大夫，《論語．公冶長》記載：「寧武子邦有道則智，邦無道則愚，其智可及也，其愚不可及也。」⑦顏子：顏回，字子淵。《論語．爲政》記載：孔子給顏回講學，顏回從不提出不同意見，好像很愚笨。可是講完之後發現他不但懂了，而且能有所發揮。所以孔子說，顏回並不笨。⑧睿：看得深遠。⑨悖：違反。⑩清瑩透澈：潔淨、明亮、秀麗、澄澈。⑪鏘鳴金石：這裡指流水能發出金石般的響聲。鏘：像聲詞。金石：指用金屬或石頭製的樂器。⑫漱滌：洗滌。⑬牢籠：作動詞用，包羅。⑭鴻蒙：宇宙形成前的混沌狀態。這裡指宇宙。⑮希夷：《老子》：「視之不見名曰夷，聽之不聞名曰希。」指無聲無色，空虛寂靜的境界。

【譯文】

灌水的北面，有一條小溪，溪水向東流入瀟水。有人說：有個姓冉的曾經住在這裡，所以給這條溪起名爲冉溪；有人說：溪水可用來染色，依據這種性能命名，所以叫它染溪。我因爲愚笨而犯了罪，貶謫到瀟水邊上，非常喜愛這條溪，於是沿溪上行二三里之遠，尋找到一處景致特別的地方安下了家。古代有愚公谷，如今我在這條溪邊定居，可是溪的名字卻不能定下來，當地的居民，還爲它到底叫冉溪還是染溪而爭論不休，看來溪名不能不更改，於是改名叫愚溪。

在愚溪的上游，我買了個小山丘，叫它愚丘。從愚丘向東北走六十步，發現了一處泉水，於是又買了下來，叫它愚泉。愚泉一共有六個泉眼，都在山下平地，泉水都是向上噴出來。泉水合在一起，彎彎曲曲地向南流去，我叫它愚溝。於是搬運土石，堵住狹窄的流水通道，積水成池，就叫它愚池。在愚池的東面，建了一座愚堂，在愚池的南面，又建了一間愚亭，在池的中央，築了一個愚島。秀美的樹木，奇異的石頭，交錯陳列，因爲我的緣故，都被命名爲愚而蒙受屈辱。

水，是聰明人所喜愛的；如今這條溪卻單單被愚這個名稱汚辱，這是爲什麼呢？原來它的水道很低，不能用來灌溉農田、又險峻湍急有很多淺灘和石頭，大船不能進來；幽深淺狹蛟龍不屑一顧，因此不能興雲作雨。沒有什麼可以讓世人受益的地方，恰好和我相似，既然如此，那麼即使我汚辱它用愚字稱呼它，也是可以的。

寧武子「在國家無道的時候，就顯得愚蠢」，那是本來聰明而故意裝作愚蠢的。顏回「整天不提不同的意見，好像很愚蠢」，這是本來聰明而表現得愚蠢。這都不是眞正的愚蠢。如今我在政治清明之時，居然違背正確，做了錯事，所以凡是那些看起來愚蠢的人沒有一個像我這樣眞的非常愚蠢的了。既然如此，那麼天下的人就沒有誰能夠和我爭這條溪了，我可以獨自享有它並給它命名。

小溪雖然對世人沒有什麼用處，但能夠映照萬物，溪水清澈明亮，秀麗可愛，流水淙淙如同奏樂，能讓我這個愚蠢的人喜笑顏開，眷念愛慕，高興得不想離開。我雖然與世俗合不來，但也很喜歡舞文弄墨，自娛自樂，我選擇刻劃自然界中的各種景物，補捉它們的千姿百態，什麼都不迴避。用愚笨的文辭來歌詠愚溪，那麼物我都茫然一片，昏暗不明，非常協調，有共同的旨趣，超越宇宙，融進虛無，寂靜空闊，形神俱忘。於是我創作了《八愚詩》，並把詩記在溪石上。

永州韋使君新堂記[1]

柳宗元

【題解】

本文描寫了新堂修建前城中的荒穢景象，記敘了修建新堂的經過，描繪了新堂落成後優美的景色。並通過飲宴時客人的祝賀之詞，闡明了爲官治民的道理，即因俗成化、擇惡取美、除殘佑仁、廢貪立廉、安撫百姓。文章題爲新堂記，但能昇華主旨，寄寓作者的政治理想，表面上是贊頌之辭，實際上是規箴之言。

將爲穹谷、嵁巖、淵池於郊邑之中[2]，則必輦山石[3]，溝澗壑[4]，陵絕險阻[5]，疲極人力，乃可以有爲也。然而求天作地生之狀，咸無得焉[6]。逸其人，因其凌，全其天[7]，昔之所難，今於是乎在。

永州實惟九疑之麓[8]。其始度土者[9]，環山爲城。有石焉，翳於奧草[10]；有泉焉，伏於土塗[11]。蛇虺之所蟠[12]，狸鼠之所游。茂樹、惡木、嘉葩、毒卉[13]，亂雜而爭植，號爲穢墟。

【注釋】

[1]韋使君：元和七年新任命的永州刺史，名宙。漢朝稱刺史爲使君，後世沿用它來尊稱州郡的長官。[2]穹谷：深谷。堪巖：峭壁。淵池：深池。邑：城。[3]輦：人力推或拉的車，這裡用作動詞，用車裝載的意思。[4]溝：

這裡用作動詞，溝通、開鑿的意思。5陵絕：超越。6咸：都。7全其天：保全它的天然之態。8惟：是。九疑：山名，或寫作九嶷，又名蒼梧山。在今湖南寧遠縣南。麓：山腳。9度：量度，這裡有勘測規劃的意思。10翳：遮蔽。奧草：深草。11塗：汙泥。12虺：一種毒蛇。蟠：盤踞，環繞。13葩：花。卉：草。

韋公之來，既逾月，理甚無事1。望其地，且異之。始命芟其蕪2，行其塗3，積之丘如，蠲之瀏如4。既焚既釃5，奇勢迭出6。清濁辨質，美惡異位7。視其植，則清秀敷舒8；視其蓄，則溶漾紆餘9。怪石森然，周於四隅10，或列或跪，或立或仆，竅穴逶邃11，堆阜突怒12。乃作棟宇13，以爲觀遊。凡其物類，無不合形輔勢，效伎於堂廡之下14。外之連山高原、林麓之崖，間廁隱顯15。邇延野綠，遠混天碧16。咸會於譙門之內17。

【注釋】

1既：已經。理：治理。唐人避高宗李治諱，用「理」代「治」。2芟：割除。蕪：叢生的雜草。3行：流通，流動。這裡是疏導的意思。4蠲：除掉汙穢。瀏如：水清澈的樣子。5釃：疏導。6迭出：連續不斷地出。7辨質：因質地不同而分別開了。異位：安置在不同的位置上。這是針對前文「亂雜而爭植」說的。8敷舒：指樹木生長得很舒展繁茂。9溶漾：水動盪的樣子。紆餘：曲折環繞。10四隅：四角。11逶邃：曲折深遠。12阜：土山。突怒：挺立的樣子。13棟宇：堂屋。14伎：技巧。廡：堂下四周的房子。15間廁：參加，這裡是交錯的意思。16邇：近。野綠、天碧：即綠野、碧天的倒裝。17譙門：古代建築在城門上供瞭望用的樓。

已乃延客入觀1，繼以宴娛。或贊且賀曰2：「見公之作，知公之志。公之因土而得勝[3]，豈不欲因俗以成化[4]？公之擇惡而取美[5]，豈不欲除殘而佑仁？公之蠲濁而流清，豈不欲廢貪而立廉？公之居高以望遠，豈不欲家撫而户曉[6]？夫然，則是堂也，豈獨草木、土石、水泉之適歟？山原，林麓之觀歟？將使繼公之理者，視其細知其大也。」

宗元請志諸石[7]，措諸壁[8]，編以爲二千石楷法[9]。

【注釋】

[1]已乃：於是，接著。延：邀請。[2]或：有的人。[3]勝：優美的風景。[4]化：教化。[5]擇：應作「釋」，捨棄。[6]曉：應作「饒」，富饒。[7]志，記。諸：「之於」的合音。[8]措：安放。這裡是嵌置的意思。[9]編：指編入書籍。二千石。漢代郡守的俸祿爲二千石，後來習慣上也稱州郡一級的長官爲二千石，這裡指刺史。

【譯文】

如果想在城中或城郊營造深谷、峭壁和深池，那麼一定要運載山石，開鑿山澗溝壑，翻越險阻，勞民傷財，才可能辦到。但要想求得自然天成的形狀，是無法辦到的。不耗費民力，順應地形，且能保持天然之美，這種在過去極難辦到的事，如今卻在這裡辦成了。

永州城是在九嶷山下。最初在這裡勘測規劃築城的人，環繞著山麓建造了這座城池。這裡有山巖，被深草遮蔽；有清泉，卻埋藏在污泥之下，成了毒蛇盤踞，狸鼠出沒的地方。高大茂盛的樹和不成材的樹，美麗的鮮花和毒草，亂七八糟混雜在一起，互相爭奪陽光雨露，因此永州被稱爲荒涼污穢的地方。

韋公來到永州，過了一個月，州政大治，沒有多少事情。望著這塊地方，認爲它與衆不同。於是才下令讓人割除這裡的雜草，挖去污泥，割除的雜草堆積如山，疏通後的泉水清澈明淨。燒掉雜草，疏通清泉，奇異的景致就不斷湧現。清秀和污濁分開了，美的和醜的不再混在一起。看看那些種下的樹，枝葉都舒展開來，青翠而秀麗；看那池中的泉水，微波盪漾，曲折縈迴。奇形怪狀的岩石，衆多而且整齊，環繞四周，有的排列成行，有的如同跪拜，有的站立，有的臥倒。石洞曲折幽深，山丘聳立。於是建造廳堂，作爲觀賞遊玩的地方。所有的各類景物，沒有一件不與地形地勢配合得非常和諧，似乎在大堂廊屋下獻出它們的技藝。新堂外面，連綿起伏的羣山，高原，林邊的山崖，穿插交錯，或隱或現。近處延伸著碧綠的田野，遠處湛藍的天空和大地混成一片。這一切，都匯集在門樓之內。

於是韋公邀請客人到新堂內觀賞，接著擺上筵席，飲酒作樂。有人稱讚並且祝賀說：「看到韋公建這座新堂，就可以知道韋公的志向。韋公能夠順應地形地勢從而創造出優美的風景，難道就不想順應當地的風俗而使百姓受到教化嗎？韋公捨棄醜惡的東西而保留美好的東西，難道就不想鏟除殘暴的壞人而保護仁愛的好人嗎？韋公除去汚泥而使水流清淨，難道就不想除去貪汚而倡立廉政嗎？韋公住在高處，以便能望到遠處，難道就不想安撫百姓使他們富足嗎？既然如此，那麼這座記堂，難道只是為了草木、土石、水泉能夠賞心悅目嗎？難道只是為了觀賞山原、林麓的美景嗎？而是希望繼韋公之後治理永州的人，能夠通過這件小事，懂得為官治民的大道理啊。」

柳宗元請求把這篇記文刻在石碑上，嵌在牆壁中，並編入書中，做為刺史們的榜樣。

鈷鉧潭西小丘記

柳宗元

【題解】

柳宗元被貶永州後，鬱鬱寡歡，於是寄情山水，寫下了著名的「永州八記」，本文便是其中之一。本篇著力寫小丘羣石的奇狀異態和遊丘時所領會的佳趣，而深深感慨於小丘連歲「貨而不售」的命運，實際隱含著作者對自身懷才受謗，久貶不遷的感傷。寫地實爲感人。篇末賀小丘之終於遭逢識者，也正暗寓著流落不遇的心情。筆致幽冷，而寄慨遙深。鈷鉧，熨斗，潭形似熨斗，故名。

得西山後八日[1]，尋山口西北道二百步[2]，又得鈷鉧潭。西二十五步，當湍而浚者爲魚梁[3]。梁之上有丘焉，生竹樹。其石之突怒偃蹇[4]，負土而出，、爲奇狀者，殆不可數。其嶔然相累而下者[5]，若牛馬之飲於溪；其衝然角列而上者[6]，若熊羆之登於山[7]。丘之小不能一畝，可以籠而有之[8]。問其主，曰：「唐氏之棄地，貨而不售[9]。」問其價，曰：「止四百。」余憐而售之[10]。

【注釋】

[1]得：這裏是發現的意思。西山：在永州城西。柳宗元在唐元和四年九月二十八日發現西山，寫了《始得西山宴遊記》。[2]尋：沿著。道：這裏是「走」的意思。[3]湍：水勢激急。浚：深。魚梁：障水的石堰，中空，以通水之往來。[4]突怒：岩石突出，好像發怒。偃蹇：形容山石盤曲起伏，橫臥直起貌。[5]嶔然：高聳的樣子。[6]衝然：向上，向前的樣子。角列：像獸角一樣排列。[7]羆：熊的一種，即馬熊，能直立，故又叫人熊。[8]

籠：裝進籠子，用作動詞。⑨貨：賣。售：賣出。⑩憐：愛。

李深源、元克己時同游①，皆大喜，出自意外。即更取器用，剷刈穢草②，伐去惡木③，烈火而焚之④，嘉木立，美竹露，奇石顯。由其中以望，則山之高，雲之浮，溪之流，鳥獸之遨遊⑤，舉熙熙然迴巧獻技，以效茲丘之下⑥。枕席而臥，則清泠之狀與目謀⑦，瀯瀯之聲與耳謀⑧，悠然而虛者與神謀，淵然而靜者與心謀。不匝旬而得異地者二⑨，雖古好事之士，或未能至焉。

噫！以茲丘之勝⑩，致之灃、鎬、鄠、杜⑪，則貴游之士爭買者⑫，日增千金而愈不可得。今棄是州也，農夫漁夫過而陋之，價四百，連歲不能售，而我與深源、克己獨喜得之，是其果有遭乎⑬？書於石，所以賀茲丘之遭也。

【注釋】

①李深源：名幼清，原任太府卿。元克己：原任侍御史。此時同貶居永州。②刈：割除。③惡木：不成材的雜樹。④烈火：燃起大火。⑤遨遊：遊玩。⑥效：呈獻。⑦清泠：指天空清澈明淨。與目謀：同眼睛接觸，即映入眼簾。⑧瀯瀯：水流聲。⑨匝旬：滿十天。異地者二：指鈷鉧潭和小丘。⑩勝：秀美的景色。⑪灃：借作「豐」，古地名，在今陝西省盧縣東，周文王所都。鎬，古地名，在今陝西西安市西南，周武王所都。鄠：漢縣名，今陝西省盧縣漢上林苑所在。杜，舊縣名，在今西安市東南，亦稱杜陵。四地都是唐代帝都近郊豪貴們居住的地方。⑫貴游之士：這裏指沒有官職的一般豪門貴族，如王公子弟一類人。⑬遭：際遇，好運。

【譯文】

發現西山後的第八天，沿著山口往西北走了兩百步，又發現了鈷鉧潭。從鈷鉧潭再往西走二十五步，在水深流急的地方有一座魚梁。魚梁上有一個小丘，長著竹子和樹木。小丘上的岩石，有的危然聳立，有的仰臥丘上，有的拔地而起，頂著土向上鑽，各種奇形怪狀，多得難以盡數。那些高高聳起互相重疊而又傾斜著向下延伸的，好像牛馬在溪邊飲水；那些直立著像獸角一樣排列向上的，猶如熊羆向上攀登。

山丘狹小，不到一畝，幾乎可以用一個籠子把它罩住，問到小丘的主人是誰，有人說：「這是唐家廢棄的土地，要賣卻賣不出去。」問起它的價錢，回答說：「只要四百文錢。」我很喜歡這個小丘，於是買下了它。

當時李深源、元克己兩人和我一起遊玩，看到我買下了小丘，都非常高興，並且感到意外。馬上輪流使用各種工具，鏟除雜草，砍掉不成材的樹，燃起大火把它們燒成灰燼，這樣，俊美的樹木挺立在眼前，秀麗的綠竹顯露出來，奇形怪狀的岩石呈現在面前。在小丘上向四周眺望，只見大山高聳，白雲飄浮，溪水緩流，鳥獸嬉遊，它們全都快樂地顯示出巧妙的姿態，獻出高超的技藝，在這小丘下面表演著。鋪下枕頭席子躺下，那明淨的天空收入眼底，潺潺的水聲傳入耳中，恬淡空虛的境界融入神思，深沈幽靜的意趣沁入心靈。不滿十天就發現了兩個奇異的地方，即使古代愛好山水的人，也許做不到吧。

唉！憑著這個小丘幽美的景致，把它放到灃、鎬、鄠、杜這些地方，那麼那些王公貴族一定會爭著購買，即使每天增價千金也還是不能買到。如今卻被遺棄到永州，農夫和漁人從旁邊經過，都認爲它很粗陋。價錢只有四百文，可幾年了都賣不出去。唯獨我和深源、克己高興地把它買下了，這是它果眞碰上好運氣了嗎？我把這些話寫在石頭上，用來祝賀這個小丘的好運。

小石城山記

柳宗元

【題解】

這是「永州八記」中的最後一篇。描寫了小石城山清秀奇異的景致，對小石城山這樣絕美的景觀不座落在繁華都市的附近卻處於窮鄉僻壤的荒野中，得不到世人的欣賞和讚美而深表遺憾，寄寓了作者懷才不遇的身世之歎。

文章語言清新峻潔，簡單明瞭。託物言志，藉景抒情，意味深長。

自西山道口徑北，踰黃茅嶺而下[1]，有二道。其一西出，尋之無所得；其一少北而東，不過四十丈，土斷而川分，有積石橫當其垠[2]。其上，爲睥睨梁欐之形[3]；其旁，出堡塢[4]，有若門焉。窺之正黑，投以小石，洞然有水聲，其響之激越，良久乃已。環之可上，望甚遠。無土壤而生嘉樹美箭[5]，益奇而堅。其疏數偃仰[6]，類智者所施設也。

噫！吾疑造物者之有無久矣。[7]及是，愈以爲誠有。又怪其不爲之於中州[8]，而列是夷狄[9]，更千百年不得一售其伎[10]，是固勞而無用。神者儻不宜如是，則其果無乎？或曰：「以慰夫賢者而辱於此者。」或曰：「其氣之靈[11]，不爲偉人而獨爲是物，故楚之南少人而多石[12]。」是二者，余未信之。

【注釋】

①黃茅嶺：在今湖南零陵縣城西面。②垠：邊界，盡頭。③睥睨：即「埤堄」，城上有孔的矮牆。梁欐：屋的正樑。④堡：小城。塢：小城上的圍牆。⑤箭：一種竹名，因質地堅韌可作箭杆，故名。⑥數：密。⑦造物者：這裏指創造萬物的神靈。⑧中州：中原，黃河中下游文化發達的地區。⑨夷狄：古代稱我國東方少數民族為「夷」，稱北方少數民族為「狄」。這裏指偏遠地區。⑩更：經歷。傳：同「技」，即技巧，指小石城山的奇景。⑪氣：古人認為天地間有一種靈秀之氣，它賦在人的身上，便造就偉大的人物，它賦在物上，便造就出奇特美好的東西。⑫楚之南：湖南一帶是古代楚國的南部。

【譯文】

從西山路口一直向北走，翻過黃茅嶺下來，有兩條路。一條向西延伸，沿途尋找勝景，毫無所得；另一條稍稍偏北又向東伸展，往前走不到四十丈遠，就發現地層斷裂，被一條河水分開。有一個由堆積的石塊構成的小山橫立在河岸上。它的上面，形成矮牆和棟樑的模樣，它的旁邊，聳出一座天然的城堡，有個地方像城門一樣。朝裏看，黑洞洞的，投進一塊小石頭，傳來咚咚的水聲，那聲音高昂響亮，過了很久才消失。繞著它可以登上山頂，放眼四望，可以看見很遠的地方。山上沒有泥土卻生長出美好的樹木和箭竹，這些樹木和竹子顯得格外奇特而堅實。竹木的疏密高低適中，好像是聰明人精心設置的。

唉！我懷疑造物主的有無已經很久了。等到看了這裏的景致，才更加相信確實是有的。但是，我又對它不將這樣美好的景致設置在中原地區，卻安排在偏遠之地而感到奇怪，讓它們歷經千百年而不能向人們呈獻一次自己奇異的景色，這實在是徒勞無功。假使神靈不應該這樣，那麼造物主大概真的沒有吧。有人說：「小石城山是造物主用來安慰那些賢能而在這裏受屈辱的人的。」有人說：「這裏的天地靈秀之氣，不造就偉大的人物，卻只造就這些奇美的山水，所以楚地的南部賢人少而奇石多。」這兩種說法，我都不相信。

賀進士王參元失火書

柳宗元

【題解】

這是柳宗元謫居永州期間給友人寫的一封信。王參元，濮陽（今河南濮陽縣）人，鄜坊節度使王棲曜之子，唐憲宗元和二年（八〇七）進士。王家不幸失火，家財化爲灰燼，作者非但不去慰問，反而投書慶賀。但這並非故弄玄虛，作者分析得入情入理，認爲十年相知，不如一夕大火之助。文章用詼諧的筆調曲折反映了當時社會上以財貨論人才，誤人子弟的社會現實，以及科場舉仕中的種種積弊，同時也顯示出作者憤世嫉俗和不向厄運屈服的鬥爭精神。

得楊八書[1]，知足下遇火災[2]，家無餘儲[3]。僕始聞而駭[4]，中而疑，終乃大喜。蓋將弔而更以賀也[5]。道遠言略，猶未能究知其狀，若果蕩焉泯焉而悉無有[6]，乃吾所以尤賀者也。

足下勤奉養，樂朝夕，惟恬安無事是望也。今乃有焚煬赫烈之虞[7]，以震駭左右[8]，而脂膏滫瀡之具[9]，或以不給，吾是以始而駭也。

凡人之言皆曰：「盈虛倚伏[10]，去來之不可常。」或將大有爲也，乃始厄困震悸[11]，於是有水火之孽[12]，有群小之慍[13]，勞苦變動，而後能光明。古之人皆然。斯道遼闊誕漫，雖聖人不能以是必信，是故中而疑也。

【注釋】

①楊八：名敬之，排行第八。柳宗元的親戚，王參元的好友。②足下：您。敬辭，尊稱對方。③儲：積蓄。④僕：我。自己謙稱是對方的僕人。⑤弔：慰問。⑥蕩焉：一乾二淨。泯焉：消失。悉：全、都。⑦煬：火勢很旺。赫烈：火勢猛烈的樣子。虞：憂慮。⑧左右：身邊的人。不直接指稱對方，而稱他左右的辦事人員，這是委婉尊敬的說法。⑨脂膏：指油脂。滫瀡：這裏指澱粉一類烹調用的東西。滫：淘米水。瀡：古時把使菜餚柔滑的作料叫「滑」，齊國人稱之為「瀡」。⑩盈：滿。虛：虧損。倚：依托；伏，隱藏。《老子》：「禍兮福之所倚，福兮禍之所伏。」⑪悸：驚。⑫孽：災。⑬慍：怨恨。

以足下讀古人書，為文章，善小學①，其為多能若是，而進不能出群士之上②，以取顯貴者，蓋無他焉。京城人多言足下家有積貨，士之好廉名者皆畏忌不敢道足下之善，獨自得之心，蓄之銜忍③，而不出諸口。以公道之難明，而世之多嫌也。一出口，則嗤嗤者以為得重賂④。僕自貞元十五年⑤，見足下之文章，蓄之者蓋六七年未嘗言。是僕私一身而負公道久矣，非特負足下也。及為御史、尚書郎⑥，自以幸為天子近臣，得奮其舌⑦，思以發明足下之鬱塞，然時稱道於行列⑧，猶有顧視而竊笑者。僕良恨修己之不亮⑨，素譽之不立，而為世嫌之所加。常與孟幾道言而痛之⑩。乃今幸為天火之所滌蕩，凡眾之疑慮，舉為灰埃。黔其廬⑪，赭其垣⑫，以示其無有，而足下之才能，乃可以顯白而不汙。其實出矣。是祝融、回祿之相吾子也⑬。則僕與幾道十年之相知，不若茲火一夕之為足下譽也。宥而彰之⑭，使夫蓄於心者，咸得開其喙⑮；發策決科者⑯，授子而不慄⑰。雖欲如嚮之蓄縮受侮，其可得乎？於茲吾有望於爾，是以終乃大喜也。

古者，列國有災[18]，同位者皆相弔；許不弔災，君子惡之[19]。今吾之所陳若是，有以異乎古，故將弔而更以賀也。顏曾之養[20]，其爲樂也大矣，又何闕焉[21]？

【注釋】

[1]小學：漢代兒童入學先學文字學，故稱文字學爲小學，後泛指文字、音韻、訓詁方面的學問。[2]出群士之上：指做官。[3]銜：含，這裏指藏在心裏。[4]嗤嗤：譏笑聲。賂：賄賂。[5]貞元：唐德宗年號。[6]御史：指監察御史。尚書郎：指尚書省禮部員外郎。[7]奮：鼓動，盡情。[8]行列：指同僚。[9]良：很，非常。[10]孟幾道：孟簡，字幾道，善長寫詩；尚節好義，是柳宗元的朋友。[11]黔：黑色。此處用作動詞，指燒黑或燻黑。[12]赭：紅褐色。此處作動詞用，燒成紅褐色。[13]祝融、回祿：都是傳說中的火神名。相：幫助。[14]有：寬恕。[15]喙：鳥獸的嘴。這裏借指人的嘴。[16]發策決科：指科舉取士。方法是把問難疑義寫在策上，通過考試決定甲乙科。[17]授：授官。慄：害怕。[18]列國：指春秋時各諸侯國。[19]許不弔災，君子惡之：據《左傳》記載，魯昭公十八年（前五二〇年），宋、衛、陳、鄭四國發生火災，許國沒去慰問，當時的有識之士據此推測許國將要滅亡。許：春秋時國名，在今河南許昌一帶。[20]顏曾之養：指奉養父母。顏：顏回。曾：曾參。兩人都很窮困，也都是著名的孝子。[21]闕：同「缺」，廢棄。

【譯文】

收到楊八的信，才知道您遭受了火災，家中沒有什麼財產了。我開始聽說時大吃一驚，接著是懷疑，最後十分高興。本來是準備慰問一下您的，結果卻改成祝賀。路途遙遠，書信又太簡略，所以我不能確切知道您的府第燒成了什麼樣子，如果眞的全都化爲灰燼，一無所有了，那麼，這就是我要特別祝賀的了。

您殷勤地奉養父母，終日快快樂樂，只希望能夠平安無事就好，可如今卻遭受一場大火，使您震動驚懼，而且日常生活用品，也許無法得到，這就是我開始時驚怕的原因。

人們都說：盛衰禍福都互相依存，互爲因果，來去不定。也許一個人將要大有作爲之前，最初反而處於艱難困苦，動蕩不安之中，於是有水火造成的災害，有奸邪的小人的怨恨，受苦受累，顛沛流離，最後才會有一個美好的結果。古人都是這樣的。然而，這些道理荒誕而空洞，即使是聖人也不一定會相信，因此我隨即又發生了懷疑。

憑著您能讀古書，能作文章，又精通「小學」，如此多才多藝，卻不能出來擔任官職，取得顯貴的地位，這裏沒有別的原因，京城中的人常說您家中積有很多錢財，那些喜歡清廉名聲的士人，都顧忌別人說壞話而不敢稱讚您的才能，只是獨自一個人在心裏明白，但隱藏在心中而不敢說出來。這實在是因爲公道的話很難說清楚，而且世人又多疑忌的緣故。一說出口，那些嗤嗤譏笑的人就認爲是得到了豐厚的賄賂。我自從貞元十五年，看見了您的文章，想對別人稱讚您的才華，但一直沒能說出口而隱藏在內心已經有六七年了。這是我只顧個人而違背公道已經很久了，並不只是對您不起。等到我做了御史、尚書郎，我自以爲有幸做了皇帝的親近大臣，可以暢所欲言了，想說明您被壓抑的才能，可是當我向同僚稱讚您的時候，還是有互遞眼色，暗暗發笑的人。我痛恨自己修養不夠，沒能確立清白的名聲；因此讓世人懷疑。我經常和孟幾道談論這事，並爲此感到痛心。現在，您的家產幸虧被天火燒得一乾二淨，一切被大家懷疑的東西，全都成了灰燼。房屋燒得焦黑，牆壁燒成紅褐色，以此顯示出家中一無所有，因而您的才能，就可以淸白地顯示出來，不用擔心會受到誣蔑。您的眞才實學就可以表現出來了。這是祝融、回祿特地來幫助您的啊。而我和幾道十年來對您的了解，還不如這把火一個晚上給您帶來的利益。此後，人們都會諒解您，並宣揚您的才能，讓那些有話藏在心裏的人，都能夠開口稱讚您；讓那些主考官，敢於授給您官職而不再擔心受怕。這樣一來，即使要像以前那樣藏在胸中畏縮不敢講，或講了受到譏笑侮辱的現象，難道還可能出現嗎？在這方面，我對您寄予了很大的希望，因此，最終感到非常高興。

古時候，一國發生災禍，同等地位的諸侯國都對該國表示慰問，有一次許國沒有這樣做，君子們都憎惡它。如今我所陳述的這些情況，和古代不同，所以我準備慰問您但最終卻改爲祝賀。奉養父母，也是一件很快樂的事情，又怎能廢棄呢？

待漏院記

王禹偁[1]

【題解】

待漏院是古代百官早晨在殿廷外等待朝見皇帝時休息的地方。漏是古代的計時工具。本文運用正反對比的手法，勸誡宰相必須勤政安民，公正無私，使天下昇平，人民安康，而不能私心用事，敗亂國政，或者但求無過，庸庸碌碌，文章整句散句並用，辭氣嚴正，發人深思。

天道不言[2]，而品物亨，歲功成[3]者，何謂也？四時之吏[4]，五行之佐[5]，宣其氣矣[6]。聖人[7]不言，而百姓親、萬邦寧者，何謂也？三公[8]論道，六卿[9]分職，張其教[10]矣。是知君逸於上，臣勞於下，法乎天也。古之善相天下者[11]，自咎、夔至房、魏[12]，可數也。是不獨有其德，亦皆務於勤[13]爾。況夙興夜寐[14]，以事一人[15]，卿大夫猶然[16]，況宰相乎？

【注釋】

[1]王禹偁（九五四——一〇〇一）：字元之，鉅野（今山東省巨野縣）人，北宋文學家。曾任左司諫、知制誥、翰林學士等職。爲人忠直敢言，因而多次受到貶謫。他反對五代浮靡的文風，提倡文學韓愈、柳宗元，詩學杜甫、白居易。對詩文起了一定的革新作用，著有《小畜集》等。[2]天道：大自然的運行變化。這裏指大自然。[3]品物：指萬物。亨：通達，這裏有順利生長的意思。歲功：指一年農事的收穫。[4]四時之吏：指分管四季的神。[5]五行：金、木、水、火、土。佐：輔助。[6]宣其氣：宣導陰陽四季之氣，發揮孕育萬物的作用。[7]

聖人：指皇帝。[8]三公：太師、太傅、太保，這裏指朝廷主持大計的長官。[9]六卿：太宰、司徒、宗伯、司馬、司寇、司空。這裏泛指中央各部長官。[10]教：這裏指教化。[11]相天下者：輔助皇帝治理天下的大臣。[12]咎、夔：皋陶、后夔，舜帝的賢臣。房、魏：房玄齡、魏徵，唐太宗的賢臣。[13]務於勤：勤於職守。[14]夙興夜寐：早起晚睡。夙：早。[15]一人：指皇帝。[16]卿大夫：朝廷高級官吏。猶然：尚且如此，指上文的「夙興夜寐，以事一人。」

朝廷自國初，因舊制，設宰臣待漏院於丹鳳門之右[1]，示勤政也。至若北闕向曙[2]，東方未明，相君啟行，煌煌火城[3]；相君至止[4]，噦噦鑾聲[5]；金門未闢[6]，玉漏猶滴[7]，撤蓋下車，于焉以息。待漏之際，相君其有思乎？

其或兆民未安，思所泰之[8]；四夷未附，思所來之[9]；兵革未息，何以弭之[10]；田疇多蕪，何以闢之；賢人在野，我將進之；佞臣立朝，我將斥之；六氣[11]不和，災眚薦至[12]，願避位以禳之[13]；五刑未措[14]，欺詐日生，請修德以釐之[15]。憂心忡忡，待旦而入，九門既啟[16]，四聰甚邇[17]；相君言焉，時君納焉；皇風於是乎清夷[18]，蒼生以之而富庶。若然，則總百官[19]，食萬錢[20]，非幸也，宜也。

【注釋】

[1]待漏院：唐朝開始設置。因舊制，遵循唐朝的舊制。宰臣：宰相。丹鳳門：皇城的南門。[2]北闕：古代宮殿北邊的門樓，這裏指宮殿。向曙：快天亮。[3]火城：宰相早朝時，百官先到等候，燃著幾百支燭炬，叫「火城」。[4]止：語氣助詞。[5]噦噦：鈴聲。鑾：鈴，繫於馬銜兩邊。[6]金門：宮門。闢：開。[7]玉漏，用玉作裝飾的漏壺。[8]泰：寬，安。[9]來之：使其歸附。[10]弭：止息。[11]六氣：陰、陽、風、雨、晦、明，指自然氣

象。[12]災眚薦至：災害連續到來。[13]避位：讓位。禳：祭禱消災。[14]五刑：指古代墨、劓、剕、宮、大辟五種酷刑。未措：還沒有廢止。[15]釐：治理。[16]古代天子設九門，這裏指宮門。[17]四聰：皇帝對四方的民情隨時進行聽察，故稱爲「四聰」。[18]皇風：朝廷的政治風氣。清夷：清明平靜。[19]總：統率。[20]食萬錢：指俸祿優厚。

其或私讎未復，思所逐之；舊恩未報，思所榮之；子女玉帛，何以致之；車馬器玩，何以取之；姦人附勢，我將陟之[1]；直士抗言，我將黜之[2]；三時[3]告災，上有憂色，構巧詞以悅之[4]；群吏弄法，君聞怨言，進諂容以媚之。私心慆慆[5]，假寐而坐[6]，九門既開，重瞳屢迴[7]。相君言焉，時君惑焉，政柄於是乎隳哉[8]，帝位以之而危矣！若然，則死下獄，投遠方[9]，非不幸也，亦宜也。

是知一國之政，萬人之命，懸於宰相，可不愼歟？復有無毀無譽，旅進旅退[10]，竊位而苟祿，備員而全身者[11]，亦無所取焉。

棘寺小吏王禹偁爲文[12]，請誌院壁，用規於執政者。

【注釋】

[1]陟：提升。[2]黜：貶斥。[3]三時：指春、夏、秋三個農事季節。[4]構：編造。[5]慆慆：紛亂的樣子。[6]假寐：不解衣冠而睡。[7]重瞳：眼睛裡有兩個眸子。傳說舜帝是重瞳子，後世就常用「重瞳」指天子的眼睛。[8]隳：毀壞。[9]投：放逐。[10]旅進旅退：這裏是無所建樹，隨衆進退的意思。旅：衆。[11]備員：充數。[12]棘寺：大理寺，古代掌管刑獄的最高機關。

大自然不說話，但是萬物順利生長，農業獲得豐收，這是什麼原因呢？因為有分管四季的神明，又有五行的輔佐，宣導了各個季節的氣候。國君不說話，卻能使百姓親和，萬邦安寧，這是什麼原因呢？因為有朝廷掌管討論政治，有很多官員分門負責，宣揚他的教化。因此可以知道，君主在上面安逸，臣子在下面勞苦，是效法大自然啊。古時候善於治理天下的皋陶、后夔到房玄齡、魏徵，都是可以列舉出來的。這不僅是因為他們有德行，而且也因為他們都勤於職守。早起晚睡事奉君主，一般的卿大夫尚且這樣，何況宰相呢？

朝廷從開國之初，依照唐朝傳下的舊制，在皇城的丹鳳門右邊設了一座宰相待漏院，表示臣子的勤於政務，在曙光照耀著宮城門樓，東方還沒有全亮的時候，宰相就開始起行了。待漏院火炬明亮地照耀著；宰相到了，只聽到駕車的馬身上悅耳的鈴鐺聲，那時宮門還沒有開，漏壺還在滴著；就撤掉車蓋，走下車來，在待漏院裏休息。在等候上朝的時候，宰相大概有所思考吧？

他也許是在想：百姓還沒有安康，想使他們安居樂業；四方的少數民族還沒有歸附，想撫慰他們來歸順；戰爭還沒有停止，要怎樣去消除它；很多田野荒蕪，要怎樣去開墾它；有些賢人還在民間，我要選拔他們進朝廷；有些奸人在朝廷中做官，我要貶斥他們；氣候不調和，災害不斷，我情願讓位來消除它；各種酷刑還沒有廢止，欺詐的事一天天發生，我要請求君主修明德行來整頓它。心裏非常憂急，等待天亮上朝。宮門開了，君主聽察民情，相距很近；宰相說了，君主採納了，國家風氣從此清平，百姓因而富裕。像這樣，那麼，他統率百官，俸祿優厚，不是他僥倖，而是應該的。

他也許是在想：私仇還沒有報，想要排擠他人；舊恩還沒有報，想要使恩人顯榮；美女錢財，用什麼辦法得到它，車馬玩器，怎樣才能取得它；奸惡的人前來巴結，我要提拔他，正直的人直言抗爭，我要排斥他。春夏秋的時候，有人來報告災情，君主顯出憂慮的神色，我便編造花言巧語去取悅君主；官吏們貪贓枉法，君主聽到了不滿的話，就用諂諛的容貌去向國君獻媚。個人的打算無窮無盡，打著瞌睡坐在待漏院裏。宮門開了，天子屢屢注視；宰相說了，君主受了迷惑，政權從此毀壞，皇帝的寶座也因此發生危險！像這樣，那麼，判他死罪，關進監獄裏，或者流放到邊遠地方，不是他不幸，而是罪有應得的。

這樣就可以知道，一國的政治，萬人的性命，都掌握在宰相手裏，能夠不慎重對待嗎？還有一種宰相，無功也無過，跟著衆人進退。白白竊取高位享受俸祿，做一個充數的只求保全自身的人，也是很不可取的。

大理寺小吏王禹偁寫了這篇文章，請求記在待漏院的牆壁上，用來勸誡執政的人。

黃岡竹樓記

王禹偁

【題解】本文是王禹偁在咸平二年（公元九九九年）被貶為黃州知州時寫的。文章用韵致超絕的筆調，記述所造的竹樓，抒寫了自己悠閒自適的貶謫生活，反映了作者瀟灑淡泊的生活情緒以及多次遭到貶謫後產生的豁達自度、隨遇而安的思想。

黃岡[1]之地多竹。大者如椽[2]，竹工破之，刳[3]去其節，用代陶瓦；比屋[4]皆然，以其價廉而工省也。

子城[5]西北隅，雉堞圮毀[6]，蓁莽荒穢[7]；因作小樓二間，與月波樓[8]通，遠吞山光，平挹江瀨[9]，幽闃遼敻[10]，不可具狀[11]。夏宜急雨，有瀑布聲；冬宜密雪，有碎玉聲。宜鼓琴，琴調和暢；宜詠詩，詩韻清絕；宜圍棋，子聲丁丁然[12]；宜投壺[13]，矢聲錚錚然；皆竹樓之所助也。

【注釋】[1]黃岡：地名，今湖北省黃岡縣。[2]椽：屋頂上支架瓦片的木條。[3]刳：剖，挖空。[4]比屋：家家戶戶。比，並，連。[5]子城：附屬於大城外面的小套城。[6]雉堞：城上的矮牆。圮：傾塌。[7]蓁莽：密集的雜樹和野草。[8]月波樓：黃岡城西北角的一座城樓。[9]平挹江瀨：平視幾乎可以舀到沙灘上的流水。挹，汲取，舀；瀨，沙灘上的淺水。⑩幽闃：清幽寂靜。遼夐：邊闊遙遠。⑪具：全部，都。狀：描述出它的情態。⑫丁丁：象聲詞。下文「錚錚」同。⑬投壺：古代的一種遊戲。向長頸壺中投箭，按投中多少分勝負。

公退①之暇，被鶴氅衣②，戴華陽巾③，手執《周易》④一卷，焚香默坐，消遣世慮⑤。江山之外，第⑥見風帆沙鳥、煙雲竹樹而已。待其酒力醒，茶煙歇，送夕陽，迎素月，亦謫居之勝概⑦也。

彼齊雲、落星⑧，高則高矣！井幹、麗譙⑨，華則華矣！止於貯妓女，藏歌舞，非騷人之事⑩，吾所不取。

吾聞竹工云：「竹之爲瓦，僅十稔⑪；若重覆之，得二十稔。」噫！吾以至道乙未歲自翰林出滁上⑫，丙申移廣陵⑬，丁酉又入西掖⑭，戊戌歲除日，有齊安之命⑮，己亥閏三月到郡⑯。四年之間，奔走不暇。未知明年又在何處。豈懼竹樓之易朽乎？後之人與我同志，嗣而葺之⑰，庶斯樓之不朽也⑱。

【注釋】

①公退：指辦完公事以後。②被：通假字，即「披」。鶴氅：鳥羽製成的外衣。③華陽巾：一種道士戴的帽子。④《周易》：儒家六經之一，先秦時的哲學著作，主要講陰陽變化。⑤消遣：排除。世慮：世俗的各種雜念。⑥第：但，只。⑦勝概：佳境。概，狀況。⑧齊雲：樓名，在江蘇吳縣，唐代恭王所造。落星：樓名，在南京落星山，三國時吳帝孫權所造。⑨井幹：樓名，在長安，漢武帝所造。麗譙：樓名，魏武帝曹操所造。⑩騷人：文人，詩人。⑪十稔：十年。穀熟叫稔，古代一年收獲一次，所以一年叫做一稔。⑫至道：宋太宗年號（公元九九五——九九七）。至道元年的干支紀年是乙未（公元九九五年）。出：貶出京城。滁（除）上：指

滁州，今安徽滁縣。⑬丙申：至道二年（公元九九六年）的干支紀年。這一年王禹偁被從滁州調到廣陵。廣陵：即揚州。⑭丁酉：至道三年（公元九九七年）的干支紀年。這一年作者被調回中央。西掖：中書省，中央行政機構。因在皇宮西邊，所以稱西掖。⑮戊戌：宋眞宗咸平元年（公元九九八年）的干支紀年。除日：除夕，大年三十。齊安：即黃州，郡治在黃岡。這一年作者被貶官到黃州做知州。⑯己亥：咸平二年，即作者寫這篇文章的這一年。⑰嗣：繼續。葺：修理。⑱庶：表示希望與揣測的虛詞。斯：此，這個。

【譯文】

黃岡這個地方竹子很多。大的竹子象椽木那麼大。竹工把竹子破開，挖空竹節，用來代替瓦。家家戶戶都是這樣，因爲它的價錢便宜而且省工。

黃州子城的西北角，上面的矮牆已經倒塌毀壞，長滿雜樹野草，荒穢骯髒；我趁勢修建了兩間小竹樓，和月波樓連接起來。在這竹樓上，遠望，羣山的風光盡收眼底；平視，江灘上的流水都一覽無遺。清幽寂靜，遼闊遙遠，那些情境不能一一描述出來。夏天，最宜聽急雨，好像瀑布的聲音；冬天，最適宜聽密雪，好像撒下碎玉的聲音。這裡適宜彈琴，琴聲協調和諧；適宜吟詩，詩歌音韻清脆；適宜下棋，棋子落在棋盤上發出丁丁的聲音；適宜投壺，箭投進壺中發出錚錚的聲音。這都是竹樓的幫助啊。

在辦完公務以後的空閒時間裏，我披著鶴氅衣，戴著華陽巾，手裏拿著一本《周易》，焚上一爐香，默默地坐著，把世俗的各種雜念都拋開。這時，除了長江高山以外，我只看到乘風前進的帆船，沙洲上飛翔的水鳥，煙霧雲霞籠罩的竹林樹木。等到酒醒了，茶品完了，香爐裏的香也燒完了，就目送夕陽下山，迎來皎潔的明月，這也是貶官生活中的佳境啊。

那麼雲樓，落星樓，高是很高；井杆樓，麗譙樓，華麗是很華麗，但是它們只是用來安置一些歌妓舞女，讓她們唱歌跳舞，這不是文人應該做的事，我很不贊成。

我聽竹工說：「用竹子做瓦，只能管十年，如果蓋兩層，就可以管二十年。唉！我在至道乙未那一年，由翰林貶出京城到了滁州，丙申年調到廣陵，丁酉年又被調回中書省，戊戌年的除夕又命令我到黃州來，今年閏三月才到任所。這四年裡，我到處奔波，沒有空閒。不知道明年又會到哪裏。難道還怕竹樓容易朽壞嗎？後來的人如果和我志向相同，繼續修理這座樓，那麼這座樓也許可以不朽吧！

書《洛陽名園記》後

李格非[1]

【題解】

李格非作《洛陽名園記》，介紹北宋時十九座花園。這篇文章是它的跋。文章指出：從洛陽的盛衰，可以知道天下的治亂；從園囿的興廢，又可以看出洛陽的盛衰。告誡公卿大夫不能只顧自己的私利而忘記國事。可見作者很有政治頭腦。

洛陽處天下之中，挾殽、黽之阻[2]，當秦隴之襟喉[3]，而趙魏之走集[4]，蓋四方必爭之地也。天下當無事則已，有事則洛陽必先受兵。予故嘗曰：「洛陽之盛衰，天下治亂之候也。」

唐貞觀、開元之間[5]，公卿貴戚，開館列第於東都者[6]，號千有餘邸[7]。及其亂離，繼以五季之酷[8]，其池塘竹樹，兵車蹂蹴[9]，廢而爲丘墟；高亭大榭[10]，煙火焚燎，化而爲灰燼；與唐共滅而俱亡，無餘處矣。予故嘗曰：「園囿之興廢[11]，洛陽盛衰之候也。」

且天下之治亂，候於洛陽之盛衰而知；洛陽之盛衰，候於園囿之興廢而得。則《名園記》之作，予豈徒然哉？

嗚呼！公卿大夫方進於朝，放乎一己之私，自爲之而忘天下之治忽[12]，欲退享此，得乎？唐之末路是已！

【注釋】

①李格非：字文叔，濟南（今山東濟南市）人。宋神宗熙寧九年（一〇七六）中進士，歷任禮部員外郎、提點京東路刑獄。他是著名女詞人李清照的父親。②殽：即崤山，主峯在今河南靈寶縣東南。黽：澠池。古時「九塞」之一，在今河南澠池縣。③秦隴：今陝西、甘肅。襟：衣襟；喉：咽喉。襟喉比喻要害之地。④走集：原指邊境上的碉堡，它地處險要，四方的人往來一定要經過這裡。這裡指洛陽是通往越、魏之地的要道。⑤貞觀：唐太宗的年號（六二七——六四九）。開元：唐玄宗的年號（七一三——七四一）⑥東都：即洛陽。⑦邸：官吏的住宅。⑧五季：指五代，即後梁、後唐、後晉、後漢、後周。⑨蹂蹴：蹂躪，踐踏。⑩榭：建築在高台上的亭閣。⑪囿：飼養動物的園地。⑫治忽：治亂。

【譯文】

洛陽處在全國的中心，倚靠崤山和澠池的險要地形，面對著通往秦地和隴地的要道，又是越地和魏地出入的必經之地。天下太平就算了，一發生戰亂，那麼，洛陽一定先遭到攻打。所以我曾經說：「洛陽的繁榮和衰敗，是天下太平還是動亂的標誌」。

唐朝貞觀、開元年間，朝廷的大官和皇親國戚，在洛陽修建館舍和府第的，號稱有一千多家。等到發生戰亂，四處逃亡，接著是五代的慘重兵禍，那些池塘竹樹，被兵車踐踏，都荒廢了成爲廢墟，被烈火焚燒，化爲灰燼；跟著唐朝一起滅亡了，沒剩下一處園林。所以我曾經說：「那些園囿的興旺和荒涼，是洛陽繁榮還是衰落的標誌」。

天下的太平和動亂，根據洛陽的繁榮和衰落就可以知道；洛陽的繁榮和衰落，根據園囿的興旺和荒涼就可以知道。那麼，《洛陽名園記》的寫作，我難道是白花工夫的嗎？

唉！公卿大夫們在朝廷做官的時候，放縱自己一個人的私慾，只替自己打算而忘記天下的太平和動亂，想在退職後享受園囿的樂趣，能辦到嗎？唐朝的滅亡就是這樣的！

嚴先生祠堂記[1]

范仲淹[2]

【題解】

本文將嚴先生和光武帝互相映對，最後歸結到讚美嚴先生，結構巧妙，別具匠心。「相尚以道」是全文的核心，也是對嚴先生和光武帝的友誼的高度概括。文章以歌辭結尾，音韻鏗鏘，使文章更富文采。

先生，漢光武之故人也[3]。相尚以道。及帝握赤符[4]，乘六龍[5]，得聖人之時[6]。臣妾億兆[7]，天下孰加焉？惟先生以節高之。既而動星象[8]，歸江湖[9]，得聖人之清，泥塗軒冕[10]，天下孰加焉？惟光武以禮下之。在〈蠱〉之上九[11]，衆方有爲，而獨「不事王侯，高尚其事，」先生以之[12]。在〈屯〉之初九[13]，陽德方亨，而能「以貴下賤，大得民也」，光武以之。蓋先生之心，出乎日月之上；光武之量，包乎天地之外。微先生[14]，不能成光武之大；微光武，豈能遂先生之高哉？而使貪夫廉，懦夫立，是大有功於名教也。

仲淹來守是邦[15]，始構堂而奠焉，乃復爲其後者四家[16]，以奉祠事。又從而歌曰：「雲山蒼蒼，江水泱泱；先生之風，山高水長[17]！」

【注釋】

1嚴先生：嚴光，字子陵。東漢餘姚（今浙江餘姚縣）人。少與光武帝同學。光武即位後，他改名隱居，光武派人找到他，叫他做諫議大夫，他不接受，回到富春山隱居。2范仲淹（九八九——一〇五二）：字希文，蘇州吳縣（今江蘇吳縣）人。北宋著名政治家、文學家。宋眞宗祥符八年（一〇一五）中進士，官至樞密副使，參知政事（副宰相）。他爲官清正，關心人民疾苦，在鞏固邊防、改革政治方面，多有建樹。工詩詞散文，有《范文正公集》。3光武：東漢開國皇帝劉秀。4握赤符：赤符，是一種迷信活動，符上有讖文，預測吉凶。光武行至鄗，有微賤時同舍儒生彊華，從關中奉赤符奏上，光武因而即帝位。5乘六龍：古代天子之車駕六馬，所以用「乘六龍」指當皇帝。6聖人之時：適合時代潮流的聖人。《孟子．萬章下》：「孔子，聖之時者也。」7臣妾億兆：統治天下成千上萬的民衆。8動星象：《後漢書．嚴光傳》載：光武和嚴光同睡，嚴光把腳放在光武腹上，第二天，太史奏：客星犯御座甚急，帝笑曰：『朕故人嚴子陵共臥耳！』」9歸江湖：光武任嚴子陵爲諫議大夫，子陵不受，隱居耕釣於富春山（今浙江桐廬縣）。10泥塗軒冕：把軒冕看得像泥巴一樣。泥塗：比喻汚濁；軒冕：顯貴者的冠服。11以：通「有」。下「光武以之」，以亦解「有」。12《蠱》：《易》卦名。該卦的上九爻辭是：「不事王侯，高尚其事。」13《屯》、《易》卦名。該卦的初九爻辭是：「以貴下賤，大得民也。」14微：無，沒有。15是邦：指嚴州，即今浙江桐廬縣。16復：免除其賦役。17山高水長：指能像山水一樣長存。

【譯文】

嚴子陵先生是光武帝的老朋友，按照道義互相尊重。等到光武帝拿著赤符，當了皇帝，順應時代潮流，統治著億萬百姓，天下有誰能超過他呢？只有嚴先生能用自己的高尚節操壓倒他。後來他和光武同睡，犯動了星象，不接受官職，返回江湖，保持清高的節操，把富貴看得像泥土一樣，天下又有誰能超過他呢？只有光武帝用朋友的禮節謙恭地對待他。〈蠱〉卦的上九爻辭說：「大家正在追求名利，只有我不去事奉王侯，保持自己的高尚」，這句話，嚴先生做到了。〈屯〉卦的初九爻辭說：「陽德正亨通，却能以尊貴的身份去尊重地位低下的人，是大得民心的。」這句話，光武帝做到了。原來嚴先生的思想，可以高出日月，光武帝的氣量，可以包容天地。沒有嚴先生，就不能成就光武的偉大；沒有光武帝，又如何能成就嚴先生的高尚呢？他們使貪婪的人變得高尚，使懦弱的人變得堅強自立，這對於綱常、教化是很有功用的。

我到這裏做太守，才建造了祠堂祭祀嚴先生，又免除了他後人四家的賦役，讓他們管理祭祀的事。還作了一首歌來歌頌他：「雲霧繚繞的山，鬱鬱蒼蒼；長江裏的水，浩浩蕩蕩，嚴先生的高風高節，像青山一樣高，像江水一樣長。」

岳陽樓記

范仲淹

【題解】

本文是一篇千古傳誦的名文，是作者慶曆六年（一〇四六）被貶知鄧州時寫的。岳陽樓在今湖南省岳陽市，自唐建成以來，就負有盛名，爲歷代才士登臨之所。本文出色地描寫了岳陽樓上所能見到的景物，抒發了作者「先天下之憂而憂，後天下之樂而樂」的生活理想，表現出作者積極有爲的抱負與憂國憂民的思想，大大超出一般的「遷客騷人」的思想境界。文體駢散兼用，以駢語寫景，以散文議論，又多用四字句，偶亦用韵，使文章琅琅上口。

慶曆四年春[1]，滕子京謫守巴陵郡[2]。越明年，政通人和，百廢俱興。乃重修岳陽樓，增其舊制[3]，刻唐賢，今人詩賦於其上。屬予作文以記之[4]。

【注釋】

[1]慶曆四年：公元一〇四四年，慶曆是宋仁宗的年號。[2]滕子京：名宗諒，河南洛陽人，與范仲淹同年中進士，知慶州時被人誣告「前在涇州費公錢十六萬貫」，被降知岳州（今湖南岳陽）。[3]增其舊制：擴大原來的規模。[4]屬：同「囑」，囑托。

予觀夫巴陵勝狀，在洞庭一湖。銜遠山[1]，吞長江，浩浩湯湯[2]，橫無際涯，朝暉夕陰，氣象萬千。此則岳陽樓之大觀也[3]，前人之述備矣。然則北通巫陝[4]，南極瀟湘[5]，遷客騷人⑥，多會於此，覽物之情，得無異乎？

若夫霪雨霏霏⑦，連月不開⑧，陰風怒號，濁浪排空；日星隱耀⑨，山岳潛形；商旅不行，檣傾楫摧⑩，薄暮冥冥⑪，虎嘯猿啼。登斯樓也，則有去國懷鄉⑫，憂讒畏譏，滿目蕭然，感極而悲者矣。

至若春和景明⑬，波瀾不驚；上下天光⑭，一碧萬頃；沙鷗翔集，錦鱗游泳⑮；岸芷汀蘭⑯，郁郁青青⑰，而或長煙一空，皓月千里；浮光耀金⑱，靜影沉璧⑲；漁歌互答，此樂何極！登斯樓也，則有心曠神怡，寵辱皆忘，把酒臨風，其喜洋洋者矣！

【注釋】

①銜：包含。遠山：指洞庭湖中的君山。②浩浩湯湯：水勢盛大的樣子。③大觀：壯闊的景象。④巫峽：長江三峽之一，在湖北巴東縣西，與四川巫山縣接界。⑤瀟湘：江名。瀟水在湖南零陵境內流入湘江，古代詩人多用瀟湘稱湘江。⑥遷客：被貶謫的官吏。騷人：善作詩文的人。《離騷》是中國詩歌中最享盛名的作品，所以用「騷人」指詩人、文人。⑦若夫：與下文的「至若」，都是發語詞，如同「至於」。霪雨：久雨，過多的雨。霏霏：雨密的樣子。⑧開：開朗，晴朗。⑨隱耀：光亮隱沒不見。⑩檣傾楫摧：指船隻毀壞。檣：桅杆。楫：船槳。⑪薄：接近。冥冥：昏暗。⑫去國：離開國都。⑬景明：天氣晴朗。景，日光。⑭上下天光：明淨的天空倒映在水裏，天水融爲一色。上指天，下指水。⑮錦鱗：指魚。⑯岸芷汀蘭：水邊的花草。芷：香草。汀：水岸平處叫汀。⑰郁郁：形容成香氣濃郁。青青：花葉茂盛的樣子。⑱浮光耀金：月映水上如金光閃耀。⑲沉璧：指水中月影。璧：圓形的玉，比喻月。

嗟夫①！予嘗求古仁人之心②，或異二者之爲。何哉？不以物喜，不以己悲③。居廟堂之高④，則憂其民；處江湖之遠，則憂其君。是進亦憂，退亦憂。然則何時而樂耶？其必曰「先天下之憂而憂，後天下之樂而樂」歟？噫！微斯人⑤，吾誰與歸⑥！

【注釋】

①嗟夫：感歎詞，相當於現在的「唉」。②仁人：道德高尚的人。心：這裏指思想感情。③「不以物喜」兩句：指思想感情不因爲環境的好壞和個人的得失而或喜或悲。④廟堂：朝廷。⑤微：非，不是。斯人：這種人，指「古仁人」。⑥誰與歸：意思是歸心於誰呢？與。從：隨。歸：歸往，同道。

【譯文】

慶曆四年的春天，滕子京被貶到巴陵郡做太守。到第二年，巴陵郡的政事通暢，百姓安樂，一切廢弛的事都興辦起來了。於是他就重新修建了岳陽，擴大它原來的規模，把唐朝名人和現代人的詩賦刻在樓上，囑託我寫一篇文章記述這件事。

我看那巴陵的美景，全在洞庭湖上。它包含著遠方的山，接納了長江的水，浩浩蕩蕩，無邊無際。早晨的陽光，傍晚的月色，景色千變萬化。這就是岳陽樓上看到的壯麗的景色，前人已經描述得很詳細了。但是，它北通到巫峽，南邊一直到瀟湘，降職遠調的官吏和來到這裡的文人，看到景物之後產生的心情，難道沒有不同嗎？

像那連綿不斷的雨密密地下著，接連幾個月不天晴，寒風怒號，渾濁的浪頭騰空而起，太陽和星星隱沒了光輝，山峯也看不見了。商人和旅客不能趕路，船上的桅杆倒了，槳也斷了，一近傍晚，天色昏暗起來，虎在怒吼，猿猴在哀啼。這時候登上這座樓，就會想起遠離國都，懷念家鄉，害怕別人誹謗自己、嘲笑自己，只覺得滿眼是淒涼的景象，感慨不已，忍不住悲傷起來。

至於像春天溫和，陽光明媚，風平浪靜，湖光天色相映，碧綠無邊；沙鷗有時飛翔，有時停聚，美麗的魚兒游來游去，岸邊的香芷洲上的蘭花，香氣撲鼻，長得非常茂盛，有時候大片烟霧完全消散，明亮的月色照耀著千里湖面，有時水波蕩漾，金光閃閃，有時水面不起一絲波紋，靜靜的月光的倒影像沉在水裏的一塊玉璧，漁歌這邊唱，那邊和，這種樂趣哪裏有止盡！這時登上這座樓，就會心胸開朗，精神愉快，榮譽和恥辱都忘記了，端起酒杯面對和風，喜氣洋洋。

唉！我曾經探求過古代道德高尚的人的思想感情；或許和上面兩種心情不同。爲什麼呢？他們不因爲環境順利就高興，不因爲自己失意就悲傷。他們如果在朝廷上做官，就爲老百姓操心，如果在偏遠的民間，就替皇帝憂慮。這樣在朝廷也憂慮，在民間也憂慮，那麼什麼時候才快樂呢？他們一定會說：「要在天下人憂慮之前就憂慮，在天下的人享樂之後才享樂。」唉！如果沒有這種人，我將依歸誰呢？

諫院題名記

司馬光[1]

【題解】

本文是宋仁宗嘉祐八年（公元一〇六三年），司馬光為諫院題名刻石寫的一篇雜記。文章著重闡明諫官責任重大，應該忠誠正直。文章短小精悍，言簡意賅，卻又曲折周到。

古者諫無官，自公卿大夫至於工商，無不得諫者[2]。漢興以來，始置官[3]。夫以天下之政，四海之衆，得失利病[4]，萃於一官使言之[5]，其爲任亦重矣。居是官者，當志其大，舍其細，先其急，後其緩，專利國家而不爲身謀。彼汲汲於名者[6]，猶汲汲於利也。其間相去何遠哉！

【注釋】

[1]司馬光（一〇一九——一〇八六）：字君實，陝州夏縣（今山西省夏縣）人。宋仁宗時中進士，神宗時官至翰林學士、御史中丞，是反對王安石變法的保守派領袖，變法期間他離開朝廷專力主編《資治通鑑》。神宗死後哲宗即位，被召任門下侍郎（宰相）、尚書左僕射，立即廢除新法。所主編的《資治通鑑》是一部極重要的史書，此外還著有《溫國文正司馬公文集》。[2]得：能夠。[3]漢興以來始置官：秦朝開始設諫議大夫，但沒有固定官員。漢代設專職諫官，屬光祿勳。唐代除諫議大夫外，又增設補闕、拾遺。宋朝改補闕爲司諫，改拾遺爲正言。[4]利病：利弊。[5]萃：聚，集中。[6]汲汲：心情急切不肯休息的樣子。

天禧初[1]，眞宗詔置諫官六員[2]，責其職事。慶曆中[3]，錢君始書其名於版[4]。光恐久而漫滅[5]，嘉祐八年[6]，刻著於石。後之人將歷指其名而議之曰：「某也忠，某也詐，某也直，某也曲。」嗚呼！可不懼哉！

【注釋】

[1]天禧：宋眞宗年號（一〇一七——一〇二一）。[2]諫官六員：指左右司諫、左右正言、左右諫議大夫。[3]慶曆：宋仁宗年號（一〇四一——一〇四八）[4]錢君：一說指錢惟演，字希聖，博文善能。一說指錢惟演之侄錢明逸，字子飛，慶曆四年（一〇四四年）任右正言。[5]漫滅：模糊湮沒。[6]嘉祐：宋仁宗年號。嘉祐八年即一〇六三年。

【譯文】

古代向皇帝進諫沒有專門的官員，從公卿大夫到工匠商人，沒有誰不能進諫。漢朝建立以來，才設置了諫官。將全天下的政事，四海之內的民衆意見，正確的，錯誤的，有利的，有害的，都集中到一個官員身上，讓他向皇帝進諫，他擔負的責任也夠重大的了。擔任這個官職的人，要時刻記住那些重大的事情，丟掉那些小事，先講那些緊急的事，後講那些可以緩辦的事。一心想對國家有利而不爲自己謀利。那些急切追求名聲的人，正像不斷追求私利的人一樣。他們之間的距離又有多遠呢？

天禧初年，眞宗下詔書設置六名諫官，專門掌管進諫的事。慶曆年間，錢君才把諫官的名字題在木板上。我擔心時間長了，會模糊消失，所以在嘉祐八年，把諫官的名字刻在石碑上。後世的人將逐個指著他們的名字評論說：「某人忠誠，某人奸詐，某人剛直，某人是奸邪。」唉！這一來，他們能不戒懼嗎！

義田記

錢公輔[1]

【題解】

本文的內容是讚揚范仲淹設置「義田」，救濟親族和賢士的事迹。文章先介紹「義田」的具體做法，然後讚揚范仲淹「施貧活族」，自己卻「貧終其身」，並用晏平仲的行爲襯托，表示范仲淹還要更勝一籌，然後用只顧自肥的士大夫進行反襯，進一步歌頌范仲淹的高尚。

范文正公[2]，蘇人也。平生好施與，擇其親而貧、疏而賢者，咸施之。方貴顯時，置負郭常稔之田千畝[3]，號曰義田，以養濟群族之人。日有食，歲有衣，嫁娶凶葬皆有贍[4]。擇族之長而賢者主其計，而時其出納焉。日食，人一升；歲衣，人一縑[5]。嫁女者五十千[6]，再嫁者三十千；娶婦者三十千，再娶者十五千；葬者如再嫁之數，葬幼者十千。族之聚者九十口，歲入給稻八百斛[7]，以其所入，給其所聚，沛然有餘而無窮。屛而家居俟代者[8]，與焉[9]；仕而居官者，罷莫給。此其大較也。

【注釋】

[1]錢公輔：字君倚，常州武進〈在今江蘇〉人，官至知制誥，政治態度保守，反對王安石變法。[2]范文正公：即范仲淹，「文正」是他的諡號。見《嚴先生祠堂記》註。[3]負郭：離城很近。稔：莊稼豐收。[4]贍：供給，供養。[5]縑：雙絲的細絹。[6]千：指千文銅錢。宋時一千文爲一緡。[7]斛：古代量器名，十斗爲一斛。[8]屛：

棄，指丟了官。俟代者：等待缺額的人。俟：等待。[9]與：指可以享受義田的供給。

初，公之未貴顯也，嘗有志於是矣，而力未逮者二十年[1]。既而為西帥[2]，及參大政[3]，於是始有祿賜之入而終其志。公既歿，後世子孫修其業，承其志，如公之存也。公雖位充祿厚，而貧終其身；歿之日，身無以為斂[4]，子無以為喪；惟以施貧活族之義，遺其子而已。

昔晏平仲敝車羸馬[5]。桓子曰[6]：「是隱君之賜也。」晏子曰：「自臣之貴，父之族，無不乘車者；母之族，無不足於衣食者；妻之族，無凍餒者[7]；齊國之士，待臣而舉火者三百餘人[8]。如此，而為隱君之賜乎，彰君之賜乎？」於是齊侯以晏子之觴而觴桓子[9]。予嘗愛晏子好仁，齊侯知賢，而桓子服義也[10]。又愛晏子之仁有等級，而言有次第也：先父族，次母族，次妻族，而後及其疏遠之賢。孟子曰：「親親而仁民，仁民而愛物[11]。」晏子為近之。今觀文正公之義田，賢於平仲，其規模遠舉，又疑過之。

【注釋】

[1]逮：達到。[2]西帥：宋仁宗慶曆三年（一〇四三年），范仲淹出任陝西路安撫經略招討使。[3]參大政：慶曆三年，范仲淹進任參知政事。[4]斂：通「殮」，給屍體穿衣下棺。[5]晏平仲（？——前五〇〇年）：即晏嬰，見《管晏列傳》註。羸：瘦弱。[6]桓子：陳文的兒子，名無。[7]餒：飢餓。[8]舉火：生火做飯。[9]觴桓子：罰桓子喝酒。觴：酒樽，這裡用為動詞。[10]服義：在正義或正確的道理面前，表示心服。這裡指桓子受觴而不辭。[11]「親親而仁民」兩句：見《孟子．盡心上》。親親：親愛自己的親族。仁民：愛民。物指六畜牛羊之類。

嗚呼，世之都三公位[1]，享萬鍾祿[2]，其邸第之雄[3]，車輿之飾，聲色之多，妻孥之富[4]，止乎一己而已；而族之人不得其門者，豈少也哉？況於施賢乎。其下爲卿，爲大夫，爲士，廩稍之充[5]，奉養之厚，止乎一己而已；而族之人，操壺瓢爲溝中瘠者[6]，又豈少哉？況於他人乎？是皆公之罪人也。

公之忠義滿朝廷，事業滿邊隅，功名滿天下，後世必有史官書之者，予可無錄也。獨高其義，因以遺其世云。

【注釋】

[1]都：居。[2]萬鍾祿：形容俸祿很多。鍾：古代的量器，四升爲一豆，四豆爲一區，四區爲一釜，十釜爲一鍾。[3]邸第：官府宅第。[4]富：多。[5]廩稍：公家給予的糧食。《儀禮、聘禮》鄭玄注：「稍，稟食也。」賈公言疏：「以其稍稍給之，故謂米稟爲稍。」（稟，通廩，給予糧食。）[6]壺瓢：將葫蘆剖開做成的瓢。壺通「葫」。溝中瘠：指餓死在溝渠裏面。瘠，通「胔」，沒有完全腐爛的屍體。

【譯文】

范文正公是蘇州人，一生喜歡用財物救濟別人，選擇他的貧窮的親戚或者不是他的親戚但是很賢良的人，都給以救濟。

當他做了大官的時候，買了離城很近常年豐收的田一千畝，稱做義田，用來撫養、救濟同族的人。每天有口糧，每年有衣服，嫁女、娶媳婦、遭災、安葬都有供給。選擇族裡年長而賢明的人來管理，按一定時間一起結算收支帳目。每天的口糧：每人一升；每年的衣服：每人一匹細絹。嫁女的給錢五十千，再嫁的給錢三十千，娶媳婦的給錢三十千，再娶的給錢十五千。安葬的按再嫁的數目一樣給錢，埋小孩的給錢十千。族人聚居在一起接受救濟的有九十個人。每年收得的稻穀，供給他們八百觚。用這千畝田的收入，供給住在一塊的族人，綽綽有餘，不怕不夠，退職在家裡等待缺額的人，可以享受供給，做了官的就停止供給。這就是辦義田的大概情況。

起初，范文正公還沒有做大官的時候，就已經想辦義田，但是財力辦不到，這樣過了二十年，後來他做了陝西的經略安撫使，接著做了參知政事，於是才有了俸祿賞賜的收入，實現了他的願望。他去世後，他的後代子孫繼續他這項事業，繼承他施捨的遺志，就像他生前一樣。他雖然職位高俸祿多，却一生過著貧窮的生活。去世的時候，連裝殮的衣服都沒有，兒子們沒有錢給他辦理喪事。他只是把救濟窮人和撫養家族的道理留給了他的兒子罷了。

從前齊國的相國晏平仲坐的是破舊的車子，拉車的是瘦弱不堪的馬。陳桓子說：「你這是隱藏君主給你的賞賜。」晏子說：「從我做官以後，父親這一族，沒有不豐衣足食的，沒有一個不是出外就坐車的；母親的一族，沒有不豐衣足食的，妻子的一族，沒有挨餓受凍的，齊國的士人等著我的接濟生火做飯的有三百多人，像這樣，我是隱藏君主的賞賜，還是宣揚君主的賞賜呢？」於是齊侯拿起晏子的酒杯，罰陳桓子喝酒。我過去很欣賞晏子樂善好施，齊侯了解賢臣，陳桓子服從正義。又欣賞晏子的仁愛有等級，說話有次序：先說父族，再說母族，再說妻族，最後說關係疏遠而賢良的人。孟子說：「愛自己的親人從而愛一般百姓，愛一般百姓從而愛牲獸萬物。」晏子的行爲是接近這一點了。現在我看范文正公的義田，比晏子還要好；他的義田規模大意義深遠；我又覺似乎還要超過晏子。

唉！世上那些高居三公官位，享受萬鍾俸祿的人，住宅雄偉，車、轎華麗，聲樂美女衆多，妻子兒女一大羣，但這些都是他一個人享受，同族的人連他的門也不能進。這種人難道少嗎？更不要說周濟疏遠的賢人。地位低點的卿、大夫、士、享受著公家的供給，奉養優厚，也只限於他自己一人。同族的人拿著一只葫蘆瓢討飯，以至餓死在溝渠裡的，又難道少嗎？何況對於其他的人呢？這些傢伙都是文正公的罪人！

文正公的忠義大節傳遍朝廷，建立的功業傳遍邊疆，功績、名望傳遍天下，後世一定有史官來書寫，我可以不必記述的。只是我特別尊崇他救濟別人的義舉，因而把它記下來留給世人。

袁州州學記[1] 李覯[2]

【題解】

本文主要是說明孔子學說對人心的重大影響和教育的重大政治作用，結合秦漢兩代的教訓與經驗進行對比論述，要求讀書人不要「弄筆墨以徼利達」，而應該「踐古人之迹」，很有說服力。

皇帝[3]二十有三年，制詔州縣立學[4]。惟時守令[5]，有哲有愚，有屈力殫慮[6]，祗順德意[7]；有假官借師[8]，苟具文書。或連數城，亡誦弦聲[9]。倡而不和，教尼不行[10]。

三十有二年，范陽祖君無澤知袁州[11]。始至，進諸生，知學宮闕狀[12]，大懼人材放失，儒效闊疏，亡以稱上意旨。通判潁川陳君侁[13]，聞而是之，議以克合。相舊夫子廟狹隘[14]，不足改爲；乃營治之東[15]，厥土燥剛[16]，厥位面陽，厥材孔良[17]，殿堂門廡[18]黝堊丹漆[19]，舉以法。故生師有舍，庖廩有次[20]；百爾器備，並手偕作，工善吏勤，晨夜展力，越明年成。

【注釋】

[1]袁州：屬江西，治所在宜春。州學：州立學官，即孔子廟，儒學教官的衙署所在。[2]李覯：（一〇〇九—一〇五九）：字泰伯，南城（今江西南城縣）人。博識能文，宋仁宗皇祐初年，范仲淹薦爲太學助教。[3]皇帝：指宋仁宗。[4]制詔：皇帝的詔令。[5]守令：太守，縣令。[6]屈力殫慮，盡心竭力。屈、殫，都是竭盡的的意

思。7祗：恭正。8假官借師：借官府和老師的名義。9亡：同「無」。下同。誦弦：誦讀和弦歌。古代學校裡讀詩，有用琴瑟等弦樂器配合歌唱的，有只口誦不用樂器的。後用「誦弦」稱學校教學。10尼：阻止。11范陽：今河北涿縣。祖無澤：字擇之，上蔡（今河南上蔡縣）人。12闕：空缺，虧損。13通判：官名，地位略次於州府長官。穎川：郡名，在今河南。陳侁：字復之，福州長樂（今福建長樂縣）人。14夫子廟：孔子廟。15治：舊時地方政府所在地。16厥：其，那。17孔：甚，很。18廡：正房對面或兩側的小屋子。19黝堊：黝，微青黑色；堊，白色土。20庖廩：庖，廚房；廩，米倉。

舍菜且有日1，盱江李覯諗於衆曰2：「惟四代之學3，考諸經可見已。秦以山西鏖六國4，欲帝萬世；劉氏一呼5，而關門不守6，武夫健將，賣降恐後，何耶？詩書之道廢，人惟見利而不聞義焉耳。孝武乘豐富7，世祖出戎行8，皆孳孳學術9；俗化之厚，延於靈、獻10。草茅危言者11，折首而不悔12；功烈震主者，聞命而釋兵；羣雄相視，不敢去臣位，尚數十年。教道之結人心如此！今代遭聖神，爾袁得聖君，俾爾由庠序13，踐古人之迹。天下治，則譚禮樂以陶吾民14；一有不幸，尤當仗大節，爲臣死忠，爲子死孝，使人有所賴，且有所法。是惟朝家教學之意。若其弄筆墨以徼利達而已15，豈徒二三子之羞16，抑亦爲國者之憂17。

【注釋】

1舍菜：也稱「釋菜」，古代讀書人入學時，用芹藻之類的菜蔬祭祀孔子的典禮。舍：釋，進獻，陳設。2盱江：南城縣的一條河。李覯的學生稱他爲「盱江先生」。諗：規勸。3四代：虞、夏、商、周。4山西：殽山以四。鏖：戰鬥激烈，力戰。5劉氏：漢高祖劉邦。6關門：函谷關，在今河南省靈山縣東北。7孝武：漢武帝的謚號全稱。8世祖：東漢光武帝的廟號。戎行：軍隊行伍。9孳孳：勤勉。10靈、獻：東漢末年的靈帝和獻帝。11草茅：指民間的人。危言：發表正直的言論。12折首：斬首，這裡指竇武、陳蕃、李膺、郭泰、范滂、張儉等人反對宦官而不怕殺頭的史實。13庠序：古時對學校的稱謂。夏稱校，殷稱序，周稱庠。14譚：通「談」，談論。15徼：通「邀」，求取。16二三子、諸位，幾個人。《論語．陽貨》：「二三子，偃之言是也。」17爲國者：治理國家的人。

【譯文】

仁宗皇帝即位的二十三年，下了一道詔書，命令各州縣設立學堂。那時的太守和縣令，有賢明的，也有愚昧的。因而有的盡心竭力，恭恭敬敬遵照皇上的意思辦理；有的卻只是假借官府和老師的名義，敷衍塞責地寫個奏本上去，應付了事。有些地方，接連好幾個城市聽不到讀書的聲音。上面大力倡導下面卻不響應，使得教化阻塞不能流行。

到皇上即位的三十二年，范陽人祖無澤來到袁州做知府。他一到任，就召集全縣的讀書人來談話，了解到學堂破壞的情形，很怕人才被耽誤，儒學沒什麼成效，不能符合皇上辦學的意旨。通判官潁州人陳侁，聽了很贊成，兩人的意見因而一致。他們一起察看原來的孔廟，覺得很狹小，不能改用，於是就在知府衙門的東邊建房。校舍的基地乾燥、結實，方向朝南，建築材料也非常好。殿堂門廊，該塗青黑色，或塗白石灰，或者塗上紅漆，全都按照規定。所以學生和老師都有住舍，廚房和倉庫都在一定的地方，各種器具，一起動手製作。工匠們手藝高巧，官吏勤謹負責，早晚都盡力做，超越明年才完成，也就是第三年才完成。

將要舉行開學祭祀的時候，我對大家說：「提到虞、夏、商、周的學校情況，從經書裡考查它們就可以了解到。秦始皇憑借殽山以西的地方和六國激戰，想要子孫萬代做皇帝。但是劉邦一帶頭反抗，函谷關的關門就守不住了，大小將領爭先恐後地叛變投降，這是什麼原因呢?因爲詩書的道理被拋棄了，人們只看到私利，沒有聽說過大義啊!西漢武帝繼承下富强的天下，東漢光武帝率領軍隊打下天下，他們都努力發揚儒家學說，因此淳厚的風俗教化一直延續到靈帝和獻帝的時候。民間的人敢直言無忌，即使因此被殺頭也不後悔；功勛大得連皇上都害怕的人，一聽到皇帝命令就放棄兵權；很多割據一方的英雄，彼此虎視眈眈，卻不敢離開臣子的地位，維持這種情形還有幾十年。聖賢教化深入人心竟能到這樣的地步。現在逢著了聖明神武的皇帝，你們袁州得了聖君，使你們在學校裡讀書，效法古人的事迹。天下太平，你們就談論禮樂，陶冶百姓；一旦有不幸的事發生，你們就尤其應當堅持大節，作爲臣子，應該爲忠君而死，作爲兒子，應該爲盡孝而死，使一般人有依靠的力量，而且有學習的榜樣。這就是朝廷興辦教育的用意。如果只是舞文弄墨，從而求得自己的功名富貴就算了，那就不僅是你們幾個人的恥辱，也是治理國家的人最擔憂的事啊！」

朋黨論

歐陽修[1]

【題解】

宋仁宗慶曆四年（一〇四四），保守派代表人物呂夷簡、夏竦等被罷免，進用富弼、韓琦、范仲淹等，石介作《慶曆聖德詩》斥罵夏竦，夏竦等人就攻擊韓琦、范仲淹和歐陽修他們是黨人，歐陽修就作了這篇《朋黨論》給仁宗。文章的主要論點是朋黨有邪正：君子「以同道爲朋」，小人「以同利爲朋友」。文中列舉各個朝代興亡的事例，闡明了治理國家必須「退小人之僞朋，用君子之真朋」。

臣聞朋黨之說[2]，自古有之，惟幸人君辨其君子小人而已[3]。大凡君子與君子，以同道爲朋[4]；小人與小人，以同利爲朋。此自然之理也。

然臣謂小人無朋，惟君子則有之。其故何哉？小人所好者，利祿也；所貪者，貨財也。當其同利之時，暫相黨引以爲朋者[5]，僞也。及其見利而爭先，或利盡而交疏，則反相賊害[6]，雖其兄弟親戚，不能相保。故臣謂小人無朋，其暫爲朋者，僞也。君子則不然：所守者道義，所行者忠信，所惜者名節。以之修身，則同道而相益；以之事國，則同心而共濟[7]，始終如一。此君子之朋也。故爲人君者，但當退小人之僞朋，用君子之眞朋，則天下治矣。

【注釋】

[1]歐陽修（一〇〇七—一〇七二）：字永叔，自號醉翁，晚年又號六一居士，吉州廬陵（今江西吉安縣）人，宋仁宗天聖八年（一〇三〇）進士。為諫官，正直敢言，要求改革政治，站在范仲淹為首的革新派一邊。因而受到政敵的排擠打擊，屢遭貶謫。後累官至翰林學士、樞密副使參知政事（副宰相）。晚年漸趨保守，反對王安石變法。他在文學史上有著重要的地位，是北宋文壇的領袖，古文「唐宋八大家」之一，以文章負一代盛名。詩、詞方面也有成就。積極培養後進，對北宋文學進一步發展有重大影響。現存作品有《歐陽文忠公集》一百五十三卷。[2]朋黨：最早的意義是指同類的人為自私目的而互相勾結，這裡指人們因某種共同的目的而結成的集團。[3]幸：希望。[4]同道：志同道合。[5]黨引：結為私黨，互相援引。[6]賊害：傷害，殘害。[7]共濟：同心協力辦事。

堯之時，小人共工、驩兜等四人為一朋[1]，君子八元、八愷十六人為一朋[2]。舜佐堯，退四凶小人之朋，而進元、愷君子之朋，堯之天下大治。及舜自為天下，而皋、夔、稷、契等二十二人[3]，並列於朝，更相稱美，更相推讓，凡二十二人為一朋，而舜皆用之，天下亦大治。《書》曰[4]：「紂有臣億萬，惟億萬心，周有臣三千，惟一心。」紂之時，億萬人各異心，可謂不為朋矣，然紂以亡國。周武王之臣，三千人為一大朋，而周用以興[5]。後漢獻帝時，盡取天下名士囚禁之，目為黨人[6]。及黃巾賊起[7]，漢室大亂，後方悔悟，盡解黨人而釋之，然已無救矣。唐之晚年，漸起朋黨之論[8]，及昭宗時，盡殺朝之名士，或投之黃河[9]，曰：「此輩清流，可投濁流[10]。」而唐遂亡矣。

夫前世之主，能使人人異心不為朋，莫如紂；能禁絕善人為朋，莫如漢獻帝；能誅戮清流之朋，莫如唐昭宗之世。然皆亂亡其國。更相稱美、推讓而不自疑，莫如舜之二十二臣，舜亦不疑而皆用之；然而後世不誚舜爲二十二朋黨所欺⑪，而稱舜爲聰明之聖者⑫，以能辨君子與小人也。周武之世，舉其國之臣三千人共爲一朋，自古爲朋之多且大莫如周；然周用此以興者，善人雖多而不厭也⑬。

嗟乎！治亂興亡之迹⑭，爲人君者，可以鑑矣。

【注釋】

①共工、驩兜：舊傳共工、驩兜、三苗、鯀爲堯時的「四凶」。參見《蘇秦以連横說秦》注。②八元、八愷：元，善良的人；愷，忠誠的人。上古高辛氏的八個後裔叫八元，高陽氏的八個後裔叫八愷。《左傳·文公十八年》：昔高陽氏有才子八人：蒼舒、隤敳、檮戭、大臨、尨降、庭堅、仲容、叔達，……天下之民，謂之八愷。高辛氏有才子八人，伯奮、仲堪、叔獻、季仲、伯虎、仲熊、叔豹、季狸，……天下之民，謂之八元。」③皋、夔、稷、契：都是傳說中帝舜時賢臣。皋陶掌管刑法，夔掌管音樂，稷掌管農事，契掌管教育。④《書》：《尚書》，一部收錄上古時代政府文告、記錄的書。文中這段話引自《尚書·周書·秦誓上》。億萬，極言其多。⑤用：因此。⑥「後漢獻帝時」三句：《後漢書·黨錮列傳》載：桓帝時宦官專權，李膺等二百餘名士被目爲黨人，遭受逮捕。靈帝時李膺、范滂等「百餘人皆死獄中」，各州郡「死，徙、廢、禁者六七百人」。歷史上稱爲「黨錮之禍」。本文誤作獻帝時事。⑦黃巾賊起：指後漢靈帝中平元年（一八四年）張角領導的農民起義，起義軍以頭纏黃巾爲標誌，故稱「黃巾軍」。⑧「唐之晚年」二句：唐朝穆宗至宣宗年間，統治階級內部產生了牛、李兩黨互相傾軋的鬥爭。牛黨以牛僧儒、李宗閔爲首，李黨以李德裕爲首，雙方勢不兩立，此起彼伏，前後延續了近四十年（八二一—八五九）。⑨「及昭宗時」二句：唐哀宗天佑二年（九〇五）權臣朱全忠（朱溫）在白馬驛誘殺被朝廷貶職的宰相裴樞、吏部尚書陸扆、工部尚書王溥等三十餘人，誣爲朋黨、被貶死者數百人。第三年，朱溫就篡奪了帝位，改國號爲梁。本文誤記爲昭宗時事，昭宗是哀宗前的一個皇帝。⑩「或投之黃河」三句：《舊五代史·梁書·李振列傳》載：朱溫的謀士李振在唐咸通、乾符年間接近幾次都沒考

上進士，對朝廷大臣心懷不滿，當朱溫殺害裴樞等人時，他便獻計說：「此輩自謂清流，宜投於黃河，永爲濁流。」朱溫笑著接受了他的意見。⑪誚：責備。⑫聰明：耳聰目明，指天資高，能力强。⑬多而不厭：意思是多多益善。不厭，不滿足。⑭迹：事迹。這裡引申爲「道理」。

【譯文】

我聽說朋黨的說法，從古時候就有了。只是希望做皇帝的能夠辨清它是君子的朋黨還是小人的朋黨罷了。大凡君子和君子，因爲志同合結成朋黨；小人和小人，因爲私利相同結成朋黨，這是自然的道理。

但是我要說小人沒有朋黨，只有君子才有朋黨。這是什麼原因呢？因爲小人所喜歡的是利祿，所貪的是錢財。當他們私利相同的時候，暫時互相勾結作爲朋黨，這是假的。等他們看到好處就爭先恐後去搶奪，或者好處搶完了就交情疏遠，這時就反過來互相殘殺，即使他們是兄弟親戚，也不能彼此照顧。所以我說小人沒有朋黨，他們暫時結爲朋黨，是假的。君子卻不是這樣：他們信奉的是道德和義理，實行的是忠誠和信用，珍惜的是名譽和氣節。他們用這些來修養自己，就志同道合，互相幫助；他們用這些來服務國家，就團結一心，同舟共濟，始終如一。這就是君子的朋黨。所以做皇帝的，只應當斥退小人的假朋黨，重用君子的眞朋黨，那麼天下也就治理得好了。

唐堯時候，共工、驩兜等四個小人結成一個朋黨，八元、八愷十六個君子結成一個朋黨。虞舜輔佐唐堯，斥退四凶結成的小人朋黨，任用八元、八愷結成的君子朋黨，唐堯的天下治理得很好。到舜自己做天子的時候，皋、夔、稷、契等二十二人，一起在朝庭做官，互相稱讚，互相推讓，共二十二人結成一個朋黨，舜都任用他們，天下也治理得很好。《尚書》上說：「紂王有千萬個臣民，他們有千萬條心，周武王有三千臣民，他們只有一條心」。紂王的時候，千萬個人各有不同的心思，可以說是不結朋黨了，然而紂王卻因此亡了國。周武王的臣民，三千人結成一個大朋黨，周朝卻因此興盛起來。後漢獻帝的時候，把天下的名士全部拘禁起來，說他們是黨人。等到黃巾軍起義了，漢王朝大亂，後來才悔悟，把這些黨人全部釋放，但是局勢已經挽救不了了。唐朝末年，逐漸興起朋黨的爭議。到唐昭宗時，把朝廷的名士全部殺掉，把所有的人拋到黃河裡，說：「這些人自稱清流，可以把他們拋到濁流裡去！」唐朝也就滅亡了。

那前代的君主，能使每個人都不同心而不結成朋黨的，沒有誰比得上紂王；能夠禁絕好人結成朋黨的，沒有誰比得上漢獻帝；能夠殺戮清流結成的朋黨的，沒有哪一朝比得上唐昭宗的時候，但是他們的國家都因此而動亂，亡了國。互相稱讚、推讓，一點不避嫌疑的，沒有誰像舜的二十二個臣子，舜也不懷疑他們，全部任用他們。然而後世的人不責備舜被二十二人結成的朋黨欺蒙了，反而稱讚舜是智慧超羣的聖人，因爲他能夠辨別君子和小人。周武王的時候，全國的三千臣民一起結成一個朋黨，自古以來，結朋黨人數多範圍廣，沒有比得上周朝的了，然而周朝卻因此興盛起來，因爲好人雖然多而不嫌多啊！

唉！這些治亂興亡的道理，做皇帝的可以作爲借鑒了。

縱囚論[1]

歐陽修

【題解】

唐太宗釋放三百死囚出獄探親，到期之後全部回到獄中，這件事一直被封建史家稱道。歐陽修卻有不同的看法，他主張法治，不主張人治，認爲縱囚不近人情，不可作爲「常法」，甚至一針見血地指出唐太宗此舉在於沽名釣譽。文章步步分析，層層辨駁，縱收自如。

信義行於君子，而刑戮施於小人[2]，刑入於死者，乃罪大惡極，此又小人之尤甚者也。寧以義死，不苟幸生[3]，而視死如歸[4]，此又君子之尤難者也。

方唐太宗之六年，錄大辟囚三百餘人[5]，縱使還家，約其自歸以就死：是以君子之難能[6]，期小人之尤者以必能也[7]。其囚及期，而卒自歸無後者：是君子之所難，而小人之所易也。此豈近於人情哉？或曰：「罪大惡極，誠小人矣；及施恩德以臨之，可使變而爲君子。蓋恩德入人之深，而移人之速，有如是者矣。」曰：「太宗之爲此，所以求此名也。然安知夫縱之去也，不意其必來以冀免[8]，所以縱之乎？又安知夫被縱而去也，不意其自歸而必獲免，所以復來乎？夫意其必來而縱之，是上賊下之情也[9]，意其必免而復來，是下賊上之心也，吾見上下交相賊以成此名也，烏有所謂施恩德與夫知信義者哉？不然，太宗施德於天下，於茲六年矣，不能使小人不爲極惡大罪；而一日之恩，能使視死如歸而存信義，此又不通之論也。」

【注釋】

[1]縱囚：釋放囚犯。《新唐書》、《舊唐書》記載：唐太宗貞觀六年（六三二年）十二月，把二百九十名死囚釋放回家，並約定他們第二年秋天回來就刑。次年秋天，「縱囚來歸，皆赦之」。[2]刑戮：刑罰，殺戮。[3]不苟幸生：不苟且僥幸地活著。[4]視死如歸：把死看得像回家一樣，形容不怕死。[5]錄：選取。大辟：先秦時代死刑的通稱。辟，刑。[6]難能：不容易做到的。[7]期：希望。[8]冀免：希望赦免。[9]賊：揣摩，揣度。

然則何爲而可？曰：「縱而來歸，殺之無赦，而又縱之，而又來，則可知爲恩德之致爾。然此必無之事也。若夫縱而來歸而赦之，可偶一爲之爾，若屢爲之，則殺人者皆不死，是可爲天下之常法乎[1]？不可爲常者，其聖人之法乎？是以堯、舜、三王之治[2]，必本於情，不立異以爲高，不逆情以干譽[3]。」

【注釋】

[1]常：經常，長久。[2]堯、舜、三王：古代的聖明君主。三王：指夏禹、商湯、周文王。參看《蘇秦以連橫說秦》注。[3]逆情：違背人情。干譽：求取名譽。

【譯文】

對君子要講信義，對小人要施用刑罰。刑罰判成死罪的，是罪惡到了極點的人，這又是小人中最厲害的了。寧願爲了信義而死，不願苟且偷生，這又是君子特別難做到的。

當唐太宗貞觀六年的時候，選取判了死罪的囚犯三百多人，釋放了讓他們回家，並約定時間叫他們自己回來接受死刑：這是連君子都難以做到的事，希望最壞的小人一定去做到。那些囚犯到了期限，終於自動回來，沒有一個遲到的；這是君子都難以做到的事，小人卻輕易地做到了。這難道是近於人情的嗎？有人說：「罪大惡極，確實是小人，但是等到對他施加恩德，就能使他變成君子。因爲恩德深入人心，很快改變了他們的品質，所以出現了像這樣的事情。」我要說：「唐太宗所以這樣做，正是要求得這樣的好名聲。但是又怎麼知道囚犯回去，不是料想到他們一定會自己回來希望赦免呢？又怎麼知道那被放回家的囚犯，不是料想到他們自動回來一定會得到赦免，才自動回來的呢？料想到他們一定會回來而放他們出去，是上面的揣摩下面的心情；料想到一定會被赦免而回來，這是下面的揣摩上面的心思。我只看到上面下面互相揣摩來得到這種好名聲，哪裡有什麼布施恩得和懂得信義呢？如果說不是這樣的話，那麼唐太宗向天下布施恩德，到這時已經有六年了，還不能使小人不做罪大惡極的事；然而一天的恩德，卻能使他們視死如歸保存信義，這又是講不通的道理。」

既然這樣，那麼怎樣做才行呢？我說：「釋放了而能自動回來，殺掉他們而不赦免，然後再釋放一批，如果他們又回來了，就可以知道是布施恩德造成的。然而這是一定不會有的事啊。至於釋放了能夠自動回來再加以赦免的事，只能偶偶做次罷了。如果屢次這樣做，那麼殺人犯都不會死了，這能夠作爲天下長久的法律嗎？不能作爲長久的法律，是聖人的法律嗎？所以，堯、舜和禹、商湯、文王他們治理天下，一定根據人情，不標新立異來顯示高尚，不違背人情來求取名譽。」

《釋祕演詩集》序[1] 歐陽修

【題解】

本文是歐陽修給友人祕演詩集所作的序言。文章不落詩序俗套，重點寫祕演的生平盛衰，突出他是一個英雄無用武之地的奇男子。文章用石曼卿陪襯，並插入自己，既寫出三人知己朋友間的深情，也寫出了對二人懷才未能用，潦倒終生的無限惋惜與同情，更寫出了對當權派派苟且偷安，故意扼殺人才的憤恨。

予少以進士游京師[2]，因得盡交當世之賢豪。然猶以謂國家臣一四海[3]，休兵革[4]，養息天下以無事者四十年[5]，而智謀雄偉非常之士，無所用其能者，往往伏而不出，山林屠販[6]，必有老死而世莫見者，欲從而求之不可得。其後得吾亡友石曼卿[7]。曼卿爲人，廓然有大志[8]，時人不能用其材，曼卿亦不屈以求合；無所放其意，則往往從布衣野老[9]，酣嬉淋漓[10]，顛倒而不厭[11]。予疑所謂伏而不見者，庶幾狎而得之[12]，故嘗喜從曼卿游，欲因以陰求天下奇士[13]。

浮屠祕演者[14]，與曼卿交最久，亦能遺外世俗，以氣節自高[15]。二人歡然無所間。曼卿隱於酒，祕演隱於浮屠，皆奇男子也，然喜爲歌詩以自娛。當其極飲大醉，歌吟笑呼，以適天下之樂，何其壯也！一時賢士，皆願從其游，予亦時至其室。十年之間，祕演北渡河[16]，東之濟、鄆[17]，無所合，困而歸。曼卿已死，祕演亦老病。嗟夫！二人者，予乃見其盛衰，則予亦將老矣。

【注釋】

[1]釋：佛教，這裡指佛教徒，即僧人，俗稱和尚。祕演：人名，山東人，餘不詳。[2]京師：北宋都城汴京，今河南開封。進士，見《賀進士王參元失火書》注。[3]臣一：臣服統一。四海：古代認爲中國在四海之中，故四海指全國。[4]兵革：兵，武器；革，將士作戰用的衣甲：引申爲戰爭。[5]養息：休養生息。[6]山林屠販：指隱居山林、或者做屠夫商販的隱士。[7]石曼卿：名延年，河南商丘人，北宋詩人，他一生遭遇冷落，很不得志。[8]廓然：開朗豪放的樣子。[9]布衣：百姓。野老：鄉村老人。[10]酣嬉：酣，盡興喝酒；嬉，任性嬉遊。[11]顛倒：韓愈《醉後》詩有「淋漓身上衣，顛倒筆下字」，本文此句用其意。[12]庶幾：或許。狎：親近而且態度隨便。[13]陰求：暗地裡尋求。[14]浮屠：梵文音譯，即僧人。[15]遺外：超脫。即拋棄世俗的功名富貴。[16]河：黃河。[17]之：到。濟、鄆：濟州，鄆州。都在今山東省。

夫曼卿詩辭清絕[1]，尤稱祕演之作，以爲雅健有詩人之意。祕演狀貌雄傑，其胸中浩然[2]，既習於佛，無所用，獨其詩可行於世，而懶不自惜，已老，胠其橐[3]，尚得三、四百篇，皆可喜者。

曼卿死，祕演漠然無所向。聞東南多山水，其巔崖崛峍[4]，江濤洶湧，甚可壯也。遂欲往遊焉，足以知其老而志在也。於其將行，爲敍其詩，因道其盛時以悲其衰。

【注釋】

1清絕：清新到了極點。2浩然：剛直正大之氣。3胠：打開。橐：袋子。4巓崖：山峯和山崖。崛峍：高峻陡削。

【譯文】

我年輕的時候以進士的身份在京城遊歷，因而得以和當代的賢人豪傑都有交往。但是我還認爲，由於我們宋朝統一了天下，結束了戰爭，用太平生活休養生息天下百姓已經有四十年，因而富有智謀、雄才大略的非凡人物，沒有機會發揮他們的才幹，往往隱居不肯出來。在山林裡和屠夫、商販中，一定有這種人，直到老死還沒有人發現他們。我很想跟蹤追跡去尋找他們，但是沒能找到。

後來我找到了現已去世的朋友石曼卿。曼卿的爲人，胸襟開闊，有遠大的志向，當權的人不能用他的才幹，曼卿也不願意委屈自己去迎合他們；沒有地方可以抒發他的豪情壯志，就常常跟著平民、老農，飲酒嬉玩。常常喝得醉醺醺的，衣服上沾滿了酒，乘醉題詩，字寫得顛顛倒倒，從來不感到厭倦。我猜想先前說的隱居不出的奇人，可以在沒有拘束的親切交往中找到。所以曾經喜歡跟著曼卿一起遊玩，想從而暗暗尋找天下的奇才。

和尚祕演，和曼卿交往最久，也能夠超脫世俗；以堅貞的氣節來顯示自己。他們親密得沒有絲毫隔閡，曼卿用喝酒來隱伏自己，祕演用當和尚來隱伏自己，他們都是傑出的人才啊！但是他們喜歡寫詩來娛樂自己，當他們狂飲大醉的時候，他們唱歌吟詩、嬉笑呼喊，從而享受這種天下最大的快樂，那是多麼豪壯啊！當時的賢人，都願意和他們交往，我也時常到他們的房間裡去。十年之中，祕演向北渡過了黃河，向東到了濟州、鄆州，沒有遇到賞識他的人，窮困潦倒地回來了。這時，曼卿已經死了，祕演也年老有病了。唉！這兩個人，我親眼看到他們從壯年到衰老，那麼我也快要老了。

曼卿的詩文特別清新，他卻更稱讚祕演的詩作，認爲它幽雅而雄健，有眞正詩人的風味。祕演相貌雄偉，身材高大，胸中有一股正氣。已經入了佛門，沒有地方施展這些了。只有他的詩可以在世上流傳，但是他又懶散，自己不愛惜。現在已經老了，打開的書囊，還能找到三四百篇，都是讓人喜歡讀的。曼卿死後，祕演很寂寞，不知道到哪裡去。聽說東南山水很多，山峯高峻陡峭，江水波濤洶湧，是很壯觀的，就想去遊覽，從這件事也足以知道他年紀雖然大了，但豪情壯志還在。在他將要動身的時候，我給他的詩集寫了這篇序，借以講說他壯年時期，悲嘆他現在的衰老。

卷七　宋文

《梅聖俞詩集》序

歐陽修

【題解】

梅聖俞（一〇〇二—一〇六〇），名堯臣，是北宋時傑出的現實主義詩人。他用自己的創作反對宋初盛行的西昆體臺閣詩，配合歐陽修領導的古文革新運動。這篇序裡歐陽修極力稱讚了梅聖俞的詩歌才能，對他終生潦倒失意惋惜不已。序裡提出了一條可貴的文學見解：詩窮而後工。說明了生活和創作的關係，可以幫助我們理解封建社會文學創作成就的原因：只有潦倒失意的文人，才能接近人民，了解人民的痛苦和願望，因而能創作出優秀的文學作品。

予聞世謂詩人少達而多窮[1]。夫豈然哉[2]？蓋世所傳詩者，多出於古窮人之辭也。凡士之蘊其所有[3]，而不得施於世者，多喜自放於山巔水涯之外[4]，見蟲魚草木、風雲鳥獸之狀類，往往探其奇怪；內有憂思感憤之鬱積，其興於怨刺[5]，以道羈臣寡婦之所歎[6]，而寫人情之難言；蓋愈窮則愈工。然則非詩之能窮人，殆窮者而後工也[7]。

【注釋】

[1]少達而多窮：在功名富貴或事業上得意的少，窮困不得志的多。達：顯達；窮，窮困不得志。[2]夫豈然哉：難道眞是這樣嗎？[3]蘊其所有：胸懷他所有的才學、抱負。蘊，藏蓄，積聚。[4]「多喜」一句：太多喜歡在山水之間放浪。指過隱居生活。[5]興於怨刺：產生怨恨、諷刺的念頭。[6]道：表達。羈臣：羈旅之臣，指在外地做官的官吏，也泛指貶謫在外的官員。[7]殆：大概。

予友梅聖俞，少以蔭補爲吏[1]，累舉進士[2]，輒抑於有司[3]，困於州縣[4]，凡十餘年。年今五十[5]，猶從辟書[6]，爲人之佐[7]，鬱其所蓄，不得奮見於事業[8]。其家宛陵[9]，幼習於詩。自爲童子，出語已驚其長老[10]。既長，學乎六經仁義之說[11]。其爲文章，簡古純粹，不求苟說於世[12]。世之人徒知其詩而已。然時無賢愚[13]，語詩者必求之聖俞；聖俞亦自以其不得志者，樂於詩而發之；故其平生所作，於詩尤多。世既知之矣，而未有薦於上者。昔王文康公嘗見而歎曰[14]：「二百年無此作矣[15]！」雖知之深，亦不果薦也。若使其幸得用於朝廷，作爲雅頌[16]，以歌詠大宋之功德，薦之清廟[17]，而追商、周、魯頌之作者[18]，豈不偉歟？奈何使其老不得志，而爲窮者之詩，乃徒發於蟲魚物類、羈愁感嘆之言？世徒喜其工，不知其窮之久而將老也，可不惜哉？

【注釋】

[1]蔭補爲吏：梅聖愈由於他叔父的官勛做了河南主簿。蔭，指因前輩功勛而得官；補，指官吏有缺額，選人授職。[2]屢舉進士：屢次參加進士考試。[3]輒抑於有司：總是受到主考官的壓抑。有司：負有專職的官吏，這裡指主考官。[4]困于州縣：只在州縣做小官。[5]今：通「近」。[6]辭書：聘請書。辟，召。[7]爲人之佐：做人家的幕僚。佐：輔佐，指做副職。[8]「鬱其所蓄」二句：壓抑著胸中懷藏的本領，不能在事業上發揮出來。鬱：壓抑。[9]宛陵：今安徽宣城縣。[10]長老：年老的人。[11]六經：《詩》、《書》、《禮》、《樂》、《易》、《春秋》。[12]不求苟說于世：不苟且迎合求得世人的歡心。說，通「悅」。[13]無：無論。[14]王文康公：名曙，字晦叔，河南人，仁宗時丞相。文康是他的諡號。[15]「二百年」句：宋代曾敏行《獨醒雜誌》卷一載，王曙曾對梅聖俞說：「子之詩有晉宋遺風，自杜子美沒後二百餘年不見此作。」[16]雅頌：是商、周兩代帝王和春秋時魯國君主祭祀

祖先時用的樂歌，泛指歌功頌德的詩歌。⑰清廟：即宗廟。⑱追：趕上。商、周、魯頌：指《詩經》中的《商頌》、《周頌》、《魯頌》。

聖俞詩既多，不自收拾。其妻之兄子謝景初①，懼其多而易失也，取其自洛陽至於吳興以來所作②，次爲十卷③。予嘗嗜聖俞詩④，而患不能盡得之。遽喜謝氏之能類次也⑤，輒序而藏之⑥。

其後十五年⑦，聖俞以疾卒於京師。吾既哭而銘之⑧，因索於其家，得其遺稿千餘篇，併舊所藏，掇其尤者六百七十七篇⑨，爲一十五卷。嗚呼！吾於聖俞詩論之詳矣⑩，故不復云。

【注釋】

①妻之兄子：今稱內侄。②洛陽：即今河南洛陽市。吳興：縣名，今浙江湖州市。③次：編。④嗜：特別喜愛。⑤遽：立刻。類次：分類編排。⑥序：爲它作序。⑦其後十五年：宋仁宗嘉祐五年（一〇六〇年）。上文作於梅聖俞生前，以下是十五年後加寫的。⑧銘之：給他寫了一篇墓志銘。⑨掇其尤者：選取其中最好的。⑩於聖俞詩論之詳：歐陽修在他的《書梅聖俞稿後》等文和《六一詩話》中，曾多次評論梅聖俞的詩歌成就。

【譯文】

我聽到世人說：詩人中得意的很少，窮困潦倒的多。大概世上流傳下來的詩歌，大多出自古代窮困失意的詩人的作品。大凡胸懷不凡才能卻無法在當代施展的讀書人，大多喜歡在山水之間縱情遊覽，看到蟲魚、草木、風雲、鳥獸這一類東西，往往去探求那千奇百怪的情形。他們內心充滿了憂鬱和憤慨，產生怨恨和諷刺的念頭，傾訴貶謫外地的官吏和寡婦的哀嘆，因而能寫出人們難以說出的情感。詩人越窮困，詩就寫得越好。這樣看來，就不是詩能使人窮困，原來是窮困的詩人才能寫出好詩。

我的朋友梅聖俞，青年時期因爲叔父的功績做了官，但多次參加進士考試，總是被主考官壓抑了，只能在州縣做小官，總共有十多年，年近五十歲了，還是接受聘書，做人家的幕僚，壓抑著滿腹才學，不能在事業上發揮出來。他家在宛陵縣。小時候對詩就很熟悉，從做孩子時起，寫的詩就讓年長的人驚嘆。長大以後，學習六經仁義的學說，他寫的文章，簡潔古雅，內容純正，不願意苟且迎合博得世人的歡心。世上一般人只知道他的詩罷了。但是當時不管是賢能的人還是愚庸的人，說起做詩，總要用聖俞的詩作標準，聖俞也喜歡把自己不能得志的憂憤在詩裡發洩出來，所以他一生寫的，以詩最多。世人已經知道他了，卻沒有人向朝廷推薦。從前王文康公見到他的詩後嘆賞說：「兩百年來沒有這樣的好詩了。」雖然很了解他，結果也沒推薦他。假如他幸而能被朝廷任用，寫出《雅》《頌》一類詩章，來歌頌我們大宋王朝的功德，呈獻到宗廟裡，趕上《商頌》、《周頌》、《魯頌》那些頌詩、難道不偉大嗎？怎麼能使他到老也沒得志，而去寫些失意的詩，只是描繪蟲魚之美、寫些流落異鄉的愁苦感嘆的詩句。世人只知道欣賞這些詩的工巧，卻不知道他長期潦倒並且快要老了，這難道不可惜嗎？

聖俞寫的詩很多，自己不願整理，他的內侄謝景初，怕它們太多了容易散失，就收集他從洛陽到吳興這段時期的詩篇，編成十卷。我一向喜歡聖俞的詩，擔心不能全部得到，就對謝景初能爲他分類編排感到很高興，便寫了篇序文，把這些詩珍藏起來。

這以後過了十五年，聖俞因病在京城去世。我痛哭之後給他寫了篇墓志銘，順代向他的家人討要聖俞的詩，得到他的遺稿一千多篇，連同原來收藏的，選擇其中最好的六百七十七篇編成十五篇。唉！我對聖俞的詩已經評論得很詳細了，所以這裡就不再說了。

送楊寘序[1]

歐陽修

【題解】

本文是爲送別朋友楊寘寫的，卻花了大量筆墨，運用豐富的比喻和聯想，描寫琴聲傳達的複雜情感和它的作用，開始讓人以爲離題，讀至末段才知正是因爲楊寘「以多疾之體，有不平之心，居異宜之俗」，作者才寫這些，希望朋友學會彈琴來「道其湮鬱，寫其憂思。」，情由此見。

予嘗有幽憂之疾[2]，退而閒居，不能治也。既而學琴於友人孫道滋，受宮聲數引[3]，久而樂之，不知其疾之在體也。

夫琴之爲技[4]，小矣。及其至也，大者爲宮，細者爲羽[5]；操弦驟作，忽然變之：急者悽然以促[6]，緩者舒然以和[7]，如崩崖裂石，高山出泉，而風雨夜至也；如怨夫、寡婦之歎息[8]，雌、雄雍雍之相鳴也[9]，其憂深思遠，則舜與文王、孔子之遺音也[10]，悲愁感憤，則伯奇孤子、屈原忠臣之所歎也[11]。喜怒哀樂，動人心深；而純古淡泊，與夫堯舜三代之言語、孔子之文章[12]、《易》之憂患[13]、《詩》之怨刺無以異[14]。其能聽之以耳，應之以手。取其和者，道其湮鬱[15]，寫其憂思[16]，則感人之際，亦有至者焉。

予友楊君，好學有文，累以進士舉，不得志。及從蔭調①，爲尉於劍浦②，區區在東南數千里外，是其心固有不平者。且少又多疾，而南方少醫藥，風俗飲食異宜。以多疾之體，有不平之心，居異宜之俗，其能鬱鬱以久乎？然欲平其心以養其疾，於琴亦將有得焉。故予作琴說以贈其行，且邀道滋酌酒、進琴以爲別。

【注釋】

①楊寘：字宙賢，合肥（今屬安徽）人。少有俊才。仁宗慶曆二年舉進士，京師試國子監、禮部，皆第一。寘：「置」的異體字。②幽憂：過度憂勞。幽是深，憂是勞。語出《莊子·讓王》：「我適有幽憂之病。」③受宮聲數引：學習宮、商的聲音和幾支曲調。宮：古代五聲音階宮、商、角、徵、羽中第一音級。這裡泛指五聲引，樂曲體裁之一。④技：技藝。⑤羽：五聲音階的第五音階。⑥悽然：悲慘的樣子。⑦舒然：舒暢的樣子。⑧怨夫：即曠夫，指無妻的成年男子。⑨雍雍：和諧、和睦。⑩舜與文王、孔子之遺音：傳說舜、周文王、孔子都善於用琴聲表達思想。舜曾彈五弦琴，歌唱《南風歌》；周文王曾作琴曲《文王操》；孔子更常常「弦歌不絕」，重視音樂的教化作用。⑪伯奇：周朝人。調宣王大臣尹吉甫的兒子。伯奇本來很孝順，由於後娘讒害，被尹吉甫驅逐出去。伯奇很傷心，彈琴作《履霜操》，曲終，投河而死。⑫孔子之文章：《論語·公冶長》：「夫子之文章可得而聞也。」劉寶楠正義：文章，謂詩、書、禮、樂。⑬《易》之憂患：寫作《易經》的憂患。《易》，即《周易》，也稱《易經》，儒家重要經典之一，內容包括《經》和《傳》兩部分。《經》主要是六十四卦和三百八十四爻，作爲占卜之用。舊傳伏羲畫卦，文王作辭，說法不一。《傳》包含解釋卦辭、爻辭的七種文辭共十篇，舊傳孔子作。《史記·殷本紀》：「紂囚西伯（即周文王）羑里」，而孔子在五十歲後，曾周遊宋、衛、陳、蔡、齊、楚等國。自稱「如有用我者，吾其爲東周乎？」但始終不被重用。「《易》之憂患」，就是指文王被囚和孔子周遊不遇的憂患。⑭《詩》：即《詩經》，我國最早的詩歌總集。編成於春秋時代，分「風」、「雅」、「頌」三大類，共三百零五篇。⑮道其湮鬱：發洩他心裡的憂鬱，道同「導」，開導。湮鬱：阻塞。⑯寫：通「瀉」。

【注釋】①蔭調：憑先代官爵受封，而又改調另外的官職。②尉：縣尉，官名，始於秦，兩漢沿置，輔佐縣令，掌一縣的軍事。劍浦：縣名，今福建南平縣。

【譯文】

我曾經得了憂勞過度的病，退職回家休養，仍然沒能治好。後來我向朋友孫道滋學彈琴，學會了五聲和幾支曲譜，時間久了，覺得很快樂，竟不知道那疾病還在身上。

彈琴這種技藝，本來是很小的。但是等到這技藝非常高明的時候，大的是宮調，小的是羽調。撥動琴弦突然彈奏，忽然變調：聲調急促的，顯得很淒涼；聲調和緩的，顯得很舒暢。有時好像山崩石裂，高山上湧出泉水，又像急風驟雨在晚上來臨；有時像曠夫、寡婦的嘆息，又像雌鳥雄鳥在一起兒歡樂地叫著。琴聲表達的深長的憂慮，是舜和文王、孔子的遺音，琴聲表達的悲傷愁悶、感慨憤激，是孤兒伯奇、忠臣屈原的嘆息。琴聲表達的喜怒哀樂，能深深地感動人。而它的純厚、古雅、淡泊，是和那堯舜三代的言語、孔子的文章，《易經》表現的憂患、《詩經》包含的諷刺沒有區別。它可以用耳朵去聽，用手去彈奏。如果選取平和的曲調，排遣心中的鬱悶，發洩內心的痛苦，那麼，感動人心，有時也極深刻。

我的朋友楊君，喜歡學習，很會寫文章。多次以進士身份被舉薦，並不得意。等到依靠祖上的官勛，才調到劍浦去做縣尉。劍浦地方很小，又遠在東南幾千里外，這樣他心裡肯定有些憤然不平。並且他從小就多病，而南方又缺少名醫良藥，風俗飲食又不相同。以他多病的身體，抱著不平的心思，生活在風俗不同的地方，能夠這麼悶悶地長期過下去嗎？但是要平靜他的心思，療養他的病，那麼彈琴也能收到一點好處吧！所以我寫了這篇談琴的文章給他送行，並且邀請孫道滋勸楊君一杯酒，彈一回琴，作爲臨別的紀念。

五代史伶官傳序[1]

歐陽修

【題解】

《新五代史》是歐陽修編撰的一本史書，記載了從後梁開平元年（九〇七年）到後周顯德七年（九六〇年）共五十三年的歷史。《伶官傳》記載後唐莊宗寵幸的伶官景進、郭門高等敗亂朝政的事。本文把「莊宗之所以得天下與其所以失之者」作爲教訓，説明「憂勞可以興國，逸豫可以亡身」，「禍患常積于忽微，而智勇多困於所溺」，指出一個國家的盛衰興亡主要決定於人事。文章反覆運用了盛衰對比、欲抑先揚的手法和感嘆句，寄寓了作者的深切感慨。

嗚呼！盛衰之理，雖曰天命，豈非人事哉！原莊宗所以得天下[2]，與其所以失之者，可以知之矣。

【注釋】

[1]伶官：宮廷中的樂官。[2]原：推究，追本究源。莊宗：後唐莊宗李存勗。他於公元九二三年滅掉後梁，統一北中國，建立後唐王朝。

世言晉王之將終也[1]，以三矢賜莊宗而告之曰：「梁，吾仇也[2]；燕王，吾所立[3]，契丹，與吾約爲兄弟[4]，而皆背晉以歸梁。此三者，吾遺恨也。與爾三矢，爾其無忘乃父之志⑤！」莊宗受而藏之於廟⑥。其後用兵，則遣從事以一少牢告廟⑦，請其矢，盛以錦囊，負而前驅，及凱旋而納之⑧。

方其系燕父子以組⑨，函梁君臣之首⑩，入於太廟，還矢先王⑪，而告以成功，其意氣之盛，可謂壯哉！及仇讎已滅⑫，天下已定，一夫夜呼，亂者四應⑬，倉皇東出，未見賊而士卒離散，君臣相顧，不知所歸。至於誓天斷髮，泣下沾襟⑭，何其衰也！豈得之難而失之易歟？抑本其成敗之迹⑮，而皆自於人歟？

【注釋】

①晉王：莊宗的父親李克用。屬沙陀族，本姓朱邪，事唐，賜姓李，唐末割據今山西省一帶地區，封晉王。②梁，吾仇也：梁指後梁太祖朱全忠。原是黃巢起義軍的將領，叛變降唐，和李克用同爲鎮壓起義軍的强大軍閥，雙方不斷擴充勢力，互相仇視。唐僖宗時，他企圖謀殺李克用，兩人從此結下深仇大恨。③燕王，吾所立：燕王，指劉守光的父親劉仁恭。李克用曾向唐朝保薦劉仁恭爲盧龍節度使，後來劉仁恭不聽李克用調遣，發生武裝衝突，打敗李克用，依附於後梁。劉仁恭的兒子劉守光兵力漸强，被朱溫封爲燕王，公元九一一年，又自稱大燕皇帝。④契丹，與吾約爲兄弟：公元九〇七年，李克用與契丹首領耶律阿保機拜爲兄弟，結成軍事同盟，希望共同舉兵攻打朱全忠，後來阿保機背約，遣使和朱全忠通好。⑤乃：你的。⑥廟：宗廟。⑦從事：官名，這裡指一般屬吏。少牢：一豬一羊祭祀稱少牢。牢，牲獸。⑧納之：把箭仍然放在廟裡。⑨方其系燕父子以組：系，捆綁；組，繩索。劉守光自稱大燕皇帝的第二年，晉王李存勗遣周德威攻打劉守光，劉守光及其子被俘，用繩索捆綁，獻於晉王的太廟。⑩函梁君臣之首：函，木匣，這裡用作動詞。公元923年，已即帝位的李存勗帶兵攻梁。朱友貞（朱全忠的兒子，即梁末帝，爲避免死在仇人手裡，命部將皇甫麟殺死自己，之後皇甫麟也自殺。⑪先王：指李克用。⑫仇讎：仇人，敵人。⑬一夫夜呼，亂者四應：公元九二六年，屯駐在貝州（今河北省清河縣）的軍人皇甫暉勾結黨羽作亂，後來越太、王景戡、李嗣源等相繼叛亂。一夫，指皇甫暉。⑭倉皇東出……泣下沾襟：皇甫暉作亂後，李存勗派李克用的養子李嗣源去征討。李嗣源的部下卻趁機擁李嗣

源爲帝。李存勗倉促率軍前去鎮壓，到了萬勝鎮（今河南中牟縣境），聽說李嗣源已占據大梁（今河南開封市），李存勗沮喪嘆息，命令軍隊回洛陽。出發時，從駕兵二萬五千，一路上叛逃萬餘騎。到石橋（今洛陽城東），置酒痛哭，問諸將何策相救。諸將百餘人都割下頭髮向天發誓，表示忠於後唐，君臣相對大哭。⑮抑：或。本：考究原因。迹：事迹，引申爲「道理」。

《書》曰：「滿招損，謙得益。」①憂勞可以興國，逸豫可以忘身②，自然之理也。故方其盛也，舉天下之豪傑③，莫能與之爭；及其衰也，數十伶人困之，而身死國滅④，爲天下笑。夫禍患常積於忽微⑤，而智勇多困於所溺，豈獨伶人也哉！作〈伶官傳〉。

【注釋】

①《書》：《尚書》，見《朋黨論》注。「滿招損，謙得益」出自《尚書·大禹謨》，原作「謙受益」。②逸豫：安逸舒適。忘身：「忘」通「亡」。③舉：全，所有。④數十伶人困之，而身死國滅：李存勗滅梁後，驕傲自滿，縱情聲色，寵信樂工、宦官，伶人因而用事，朝政日壞。公元九二六年，從馬直（莊宗親軍）指揮使郭從謙（本爲伶人，藝名「郭門高」）乘李嗣源占據大梁，率軍作亂，李存勗中流矢而死。李存勗死後，李嗣源即位。李嗣源本名邈佶烈，是李克用的養子，不是李氏血統，所以說「國滅」。⑤忽微：細小。

【譯文】

唉！國家興盛和衰亡的道理，雖說是天命，難道不也由於人事嗎？推究後唐莊宗得到天下和失去天下的原因，就可以知道這個道理了。

世人傳說晉王臨死的時候，拿了三支箭給莊宗，告訴他說：「朱全忠是我的仇人，燕王是我扶植起來的，契丹，和我結拜過兄弟，可是他們都背叛我投向了朱全忠，這三件事，是我死了也感到憎恨的，現在我給你三支箭，你可一定不要忘了你父親的心願。」莊宗接過這三支箭，把它們保存在宗廟裡。後來帶兵打仗，就派官吏用一頭豬一頭羊去祭祀，到宗廟裡去禱告，恭正地取出那三支箭，裝在錦織的袋子裡，背著在前面開路，等到打了勝仗回來，又把它們放到宗廟裡。

當他用繩索綁著燕王父子，用木匣裝著梁君臣的頭，進入宗廟，把箭還給先王，稟報大功告成的時候，他的意氣多麼軒昂，可以說是豪壯極了。等到敵人已經被消滅，天下已經平定，一個人在黑夜裡一聲呼喊，叛亂的人就四處響應。莊宗倉皇地向東方出兵，還沒有看到叛軍，士兵就逃跑離散了，他和臣子們面面相覷，不知道回到哪裡去，以至於將領們割下頭髮，向天發誓，君臣痛哭，淚水沾濕了衣裳。這是何等的衰敗啊！難道是得到天下很難而失去天下卻很容易嗎？或許推究他成功和失敗的道理，都是由於人的作爲吧？

《尚書》上說：「滿招損，謙得益。」做皇帝的憂慮勞苦操勞國事，可以使國家興盛，安逸享樂，會使自身滅亡，這是很自然的道理。所以當莊宗興盛的時候，全天下的英雄豪傑，沒有誰能和他抗爭；等到他衰敗了，幾十個伶官圍困著他，就使他丟了性命、亡了國家，被天下的人譏笑。禍患常常是由一些細小的事積累而成的，聰明勇敢的人大多被他所溺愛的東西逼到困境，難道僅僅是伶官嗎？

五代史宦者傳論[1]

歐陽修

【題解】

宦官造成的災難，在漢、唐兩朝是最厲害的。歐陽修編寫《新五代史》，專門爲宦官立了傳，並且寫了這篇總結性的文章，告誡宋朝皇帝警惕這個問題。文章首先提出：宦官之害，深於女禍。然後分層詳細說明，進一步指出：女禍易除，宦官之禍勢有不得而去。最後，要求後代皇帝特別警惕，根除這種禍患。

自古宦者亂人之國，其源深於女禍。女，色而已；宦者之害，非一端也[2]。蓋其用事者近而習[3]，其爲心也專而忍；能以小善中人之意[4]，小信固人之心，使人主必信而親之，待其已信，然後懼以禍福而把持之。雖有忠臣、碩士列於朝廷[5]，而人主以爲去己疏遠，不若起居飲食、前後左右之親爲可恃也。故前後左右者日益親，則忠臣碩士日益疏，而人主之勢日益孤。勢孤，則懼禍之心日益切，而把持者日益牢。安危出其喜怒，禍患伏於帷闥[6]，則嚮之所謂可恃者，乃所以爲患也。患已深而覺之，欲與疏遠之臣圖左右之親近，緩之則養禍而益深，急之則挾人主以爲質。雖有聖智，不能與謀。謀之而不可爲，爲之而不可成。至其甚，則俱傷而兩敗。故其大者亡國，其次亡身，而使姦豪得借以爲資而起⑦，至抉其種類⑧，盡殺之以快天下之心而後已。此前史所載宦者之禍常如此者，非一世也！夫爲人主者，非欲養禍於內，而疏忠臣碩士於外，蓋其漸積而勢使之然也。

夫女色之惑，不幸而不悟，則禍斯及矣；使其一悟，捽而去之可也⑨。宦者之爲禍，雖欲悔悟，而勢有不得而去也。唐昭宗之事是矣⑩。故曰：「深於女禍」者，謂此也，可不戒哉。

【注釋】

①宦者：宦官，也稱太監。是被閹割後在宮廷內侍候皇帝及其家族的男人。本來規定不能干預政事，但其上層分子因爲是皇帝最親近的奴才，故往往能竊取大權。②一端：事情的一點或一個方面。③近而習：親近熟悉。④中：合。⑤碩士：道德高尚、學識淵博的人。⑥帷闥：帷，帳幕；闥：宮中小門，泛指宮廷之內。⑦姦豪：奸雄。指權詐欺世的野心家。資：口實，藉口。⑧抉：挖出。⑨捽：揪。⑩唐昭宗之事：唐昭宗因爲宦官專權，與宰相密謀誅殺宦官。宰相密令朱溫發兵迎昭宗。但事情被宦官知道了，劫昭宗到鳳翔。後來，朱溫兵圍鳳翔，城中食盡投降，朱溫盡殺宦官，然後弒昭宗，滅了唐朝。

【譯文】

自古以來，宦官擾亂國家，它的根源比女色造成的禍患更深。美女，只是使皇帝沉溺於美色；宦官的禍害，卻不只是一個方面。因爲他們在皇帝身邊辦事，又親近又熟悉；他們的心思，又專一又隱忍；能夠用小善去迎合皇帝的心意，用小信去加强皇帝對自己的信任，使皇帝一定信任他，親近他。等到皇帝已經信任他們了，就用禍和福的話來嚇唬皇帝，從而控制他。即使有忠臣賢士在朝廷做官，皇帝也認爲他們離自己很遠，關係不親，不如侍奉起居飲食、跟隨在前後左右的宦官可靠。所以，身邊的宦官一天天親近，忠臣賢士一天天疏遠，於是皇帝的處境一天天孤立。皇帝孤立了，害怕禍患的思想就一天天嚴重，於是控制皇帝的宦官地位一天天牢固。皇帝的安危就由他們的喜怒來決定，皇帝的禍患就隱藏在宮廷裡面。那麼以前認爲可靠的人，卻成爲禍患的原因。禍患已經很深了，皇帝才察覺，想要和以前疏遠的臣子，謀劃對付身邊的宦官，太遲緩了就會使禍患越來越嚴重，太急切了就會使宦官挾持皇帝作爲人質。這時即使有大聖大智的人，也沒法給皇帝謀劃，謀劃了也不能去做，做了也不能成功。到了事態嚴重的時候，就會兩敗俱傷。所以禍患大的就會亡國，次一點的就會喪身。而且會使奸雄利用這個機會作爲藉口起事。一直到挖出宦官的同黨全部殺光，使天下人心大快才算了結。以前史書上記載的宦官禍患，常常是這樣的，不是某一代啊。那做皇帝的，並不是想要在宮廷裡滋養禍患，把忠臣賢士疏遠在外邊，這是逐漸積累造成，形勢使他這樣的啊。

對於女色的迷惑，不幸不能醒悟，那麼禍患就到了；但是如果皇帝一旦醒悟了，揪著頭髮丟開她就行了。對於宦官的禍患，即使想悔悟，形勢卻使得皇帝不能除去它。唐昭宗的事就是這樣。所以說「比女色造成的禍患還要深」，就是說這個原因。怎麼可以不警戒呢？

相州晝錦堂記[1]

歐陽修

【題解】

晝錦堂是韓琦在家鄉相州擔任知州時修建的。韓琦，北宋名臣，是舊史極力讚美的正派人物，曾和范仲淹一起帶兵抵抗西夏的侵略；執政十年，輔佐仁宗、英宗、神宗三代皇帝。本文爲晝錦堂寫記，卻先寫蘇秦，朱買臣炫耀富貴，反襯韓琦無誇耀之心，只是希望「德被生民，功施社稷」。然後才寫韓琦作晝錦堂，不以誇耀爲榮，反以爲戒，讚賞他「可謂社稷之臣」。史載韓琦爲相，歐陽修在翰林院，人們讚這篇文章說：「天下文章莫大乎是。」

仕宦而至將相[2]，富貴而歸故鄉[3]，此人情之所榮，而今昔之所同也。蓋士方窮時，困厄閭里[4]，庸人孺子，皆得易而侮之[5]。若季子不禮於其嫂[6]，買臣見棄於其妻[7]。一旦高車駟馬[8]，旗旄導前[9]，而騎卒擁後，夾道之人，相與駢肩累迹[10]，瞻望咨嗟[11]；而所謂庸夫愚婦者，奔走駭汗，羞愧俯伏，以自悔罪於車塵馬足之間。此一介之士[12]，得志於當時，而意氣之盛，昔人比之衣錦之榮者也[13]。

【注釋】

[1]相州：地名，治所在今河南安陽市南。晝錦堂：韓琦在相州做知州時建的堂舍。《漢書・項籍傳》：「富貴不歸故里，如衣錦夜行。」《三國志・魏志・張既傳》：「太祖謂既曰：『還君本州，可謂衣繡晝行矣。』」。韓琦知相州，是歸判（以高官兼較低職位的官稱判）鄉郡，故名晝錦堂。[2]仕宦：做官。[3]富貴而歸故鄉：富貴後

回到家鄉，有向親友鄉鄰誇耀之意。④困厄：困苦，苦難。閭里：鄉里。⑤易：輕視。⑥季子不禮於其嫂：季子，蘇秦。事見《蘇秦以連橫說秦》。⑦買臣見棄於其妻：朱買臣，西漢吳縣（今屬江蘇）人，字翁子。家裏貧困，靠賣柴爲生。妻子忍受不住窮困，離棄了朱買臣。後來朱買臣做了大官，他妻子要求復婚；他叫人端來一盆水潑在馬頭前，讓妻子再收回來。見：被。⑧高牙駟馬：古代顯貴者的車乘。⑨旄：古時旗杆頭上用旄牛尾作的裝飾；也指有這種裝飾的旗幟。⑩駢肩：並肩，肩挨肩，形容人多。累跡：足迹相迭，形容人多擁擠。⑪咨嗟：讚嘆。⑫介：個。一介，含有藐小、低賤的意味。⑬衣錦：穿著錦繡衣服。指富貴。衣：穿。

惟大丞相衛國公則不然①。公，相人也②，世有令德③，爲時名卿。自公少時，已擢高科④，登顯士⑤；海內之士，聞下風而望餘光者⑥，蓋亦有年矣⑦。所謂將相而富貴，皆公所宜素有，非如窮厄之人，僥幸得志於一時，出於庸夫愚婦之不意，以驚駭而誇耀之也。然則高牙大纛⑧，不足爲公榮；桓圭袞裳⑨，不足爲公貴；惟德被生民而功施社稷⑩，勒之金石⑪，播之聲詩⑫，以耀後世而垂無窮：此公之志，而士亦以此望於公也。豈止誇一時而榮一鄉哉？

【注釋】

①大丞相衛國公：指韓琦。丞相，宰相。「大」是尊稱。衛國公：韓琦的封號。②相：即相州。③令德：美好的德行。令：美，善。④擢高科：中了高高的科第。擢：選拔。⑤顯士：顯貴的官吏。⑥餘光：本指落日的餘輝，這裏借指人們遠遠瞻望韓琦的風采。⑦有年：多年。⑧高牙大纛：高官的儀仗隊。牙，牙旗（軍前的大旗）；纛：儀仗隊的大旗。⑨桓圭：帝王授給三公的命圭。圭是古代帝王諸侯拿在手中的上圓下方的禮器。《周禮．考工記．玉人》：「命圭九寸，謂之桓圭，公守之；命圭七寸，謂之信圭，侯守之。」袞裳：三公所穿的禮服。⑩被：及。社稷：社是土地神，稷是農神。中國古代就用社稷象徵國家。⑪勒之金石：刻在鐘鼎、石

碑上。勒：刻。播之聲詩：頌揚在樂章裏。播：揚。

公在至和中①，嘗以武康之節②，來治於相③，乃作晝錦之堂於後圃④。既又刻詩於石，以遺相人。其言以快恩讎⑤、矜名譽爲可薄，蓋不以昔人所誇者爲榮，而以爲戒。於此見公之視富貴爲何如，而其志豈易量哉？故能出入將相，勤勞王家，而夷險一節⑥。至於臨大事，決大議，垂紳正笏⑦，不動聲色，而措天下於泰山之安，可謂社稷之臣矣！其豐功盛烈⑧，所以銘彝鼎而被弦歌者⑨，乃邦家之光⑩，非閭里之榮也。

余雖不獲登公之堂，幸嘗竊誦公之詩；樂公之志有成，而喜爲天下道也，於是乎書。

【注釋】

①至和：宋仁宗年號（一〇五四～一〇五六）。②武康之節：武康節度使。武康，地名，在今浙江省北部。③來治於相：來做相州知州，來治理相州。④晝錦之堂：晝錦堂。圃：園。⑤讎：故人，仇人。⑥夷險一節：太平的時候和患難的時候表現完全一樣：夷，平，險，難。⑦紳：官服上的大帶。笏：即朝笏，也叫手板。古時大臣朝見時手裏拿的以玉、象牙或竹片制成的狹長板子，用來指畫或記事。⑧烈：功業。⑨彝鼎：鐘鼎，古代宗廟用的一種禮器。弦歌，樂歌。⑩邦家：國家。邦，古代諸侯封國的稱號，後來泛指國家。

【譯文】

做官做到將相，富貴之後回到故鄉，這在人情上是認爲很榮耀的事，古往今來都是這樣看的。大凡讀書人在他還很窮困的時候，在鄉村里過著貧寒日子，庸夫俗子和小孩子都能輕視他，侮辱他。像蘇秦不被嫂子尊重，朱買臣被他妻子拋棄一樣。他們一旦坐著華貴的大車，旌旗在前面引路，騎兵在後面跟隨，路兩邊的看熱鬧的人，互相肩挨肩、足疊足地仰望著，讚嘆著。先前說的那些庸夫俗子和有眼無珠的婦人，東奔西走，嚇得汗流浹背，慚愧地趴在地上，在大車揚起的灰塵和馬腳中間懺悔自己以前的罪過。這是一個讀書人，當時功成名就，因而揚眉吐氣的表現。古人把這比作穿著錦繡回故鄉的榮耀。

只有大丞相衛國公卻不這樣。衛國公是相州人，世代都有美德，是當時有名的公卿。從衛國公青年的時候，就考取了很高的科第，做個大官，天下的讀書人，聞風下拜，仰慕他的名望，已經有很多年了。人們說的做將相，得富貴，都是衛國公本來應該有的。不像那貧寒的人，一時僥倖得到功名，出乎庸夫俗子和無知婦人意料之外，就故意讓他們驚駭，向他們誇耀。既然這樣；那麼，五彩斑斕的儀仗大旗，不足以顯示衛國公的榮耀，三公的命圭和袞袍，不足以表現衛國公的顯貴。只有恩德遍及百姓，爲國家立了功勳，把這些功德刻在鐘鼎和石碑上，在樂章裏頌揚，光照後代，永遠流傳，這才是衛國公的志向，而讀書人也用這些來期望衛國公，怎麼只是誇耀一時，榮耀一方呢？

衛國公在宋仁宗至和年間，曾經以武康節度使的身份，來做相州的知州，就在後園後修建了一座「晝錦堂」。後來又在石碑上刻了詩，留給相州的人，詩裡說盡力報恩報仇、誇耀自己是可鄙的。原來他不把古人誇耀的事看作榮耀，反而把它作爲警戒。從這裡可以看到衛國公是如何看待富貴的，他的志向哪裏能夠容易估量！所以他能夠到邊塞做統帥，回到朝廷做宰相，勤勤懇懇處理國事，平安和艱難的時候都一樣。至於遇到大事，決斷大的主張，垂著衣帶拿著笏板，不慌不忙，不動聲色，卻把天下治理得像泰山一樣穩定，眞稱得上是安邦定國的大臣。他的豐功偉績，用來刻在宗廟的鐘鼎上，譜在樂歌裏，都是國家的光榮，不是故鄉小地方的耀榮。

我雖然沒有到過衛國公的廳堂，幸而曾經私下讀過他的詩，對衛國公能夠實現自己的志向感到高興；很樂意講給天下人聽，就寫了這篇記。

豐樂亭記[1]

歐陽修

【題解】

本文是一篇爲宋王朝歌功頌德的文章。頌揚宋王朝統一中國結束戰亂後，實行休養生息政策，使人民能夠享受太平之樂。文章立意開闊，運用今昔對比手法，寫得頗有情感。

修既治滁之明年[2]，夏，始飲滁水而甘。問諸滁人，得於州南百步之近。其上豐山聳然而特立[3]，下則幽谷[4]，窈然而深藏[5]；中有清泉，滃然而仰出[6]。俯仰左右，顧而樂之。於是疏泉鑿石，闢地以爲亭，而與滁人往遊其間。

滁於五代干戈之際[7]，用武之地也。昔太祖皇帝[8]，嘗以周師破李景兵十五萬於清流山下，生擒其將皇甫暉、姚鳳於滁東門之外[9]，遂以平滁。修嘗考其山川，按其圖記，升高以望清流之關，欲求暉、鳳就擒之所，而故老皆無在者；蓋天下之平久矣。自唐失其政，海內分裂，豪傑並起而爭，所在爲敵國者，何可勝數[10]。及宋受天命，聖人出而四海一[11]。嚮之憑恃險阻，鏟削消磨。百年之間，漠然徒見山高而水清；欲問其事，而遺老盡矣[12]。今滁介江淮之間，舟車商賈[13]，四方賓客之所不至；民生不見外事，而安於畎畝衣食[14]，以樂生送死，而孰知上之功德，休養生息，涵煦於百年之深也[15]！

【注釋】

[1]豐樂亭：在今安徽滁縣城西豐山北麓。蘇軾曾將這篇《豐樂亭記》書刻於碑。[2]滁州，州名，治所在今安徽滁縣。慶曆六年（一〇四六年），歐陽修被貶知滁州。[3]聳然：高高矗立的樣子。特立：獨立。特，獨。[4]幽谷：幽深的山谷。[5]窈然：幽暗深遠的樣子。[6]滃：水盛大。[7]五代：後梁、後唐、後晉、後漢、後周。[8]太祖皇帝：宋太祖趙匡胤，宋朝的開國皇帝。涿州（今河北省涿縣）人。後周時任殿前都點檢，領宋州歸德軍節度使，掌握兵權。公元九六〇年發動陳橋兵變，即帝位國號宋。[9]「嘗以周師破李景」二句：周師：指後周世宗的部隊。李景（應爲「李璟」），五代南唐中主。當時趙匡胤爲周殿前都虞侯，領嚴州刺史。公元九五六年，周世宗征淮南，南唐守將皇甫暉和姚鳳退守清流關（關在滁州西南），世宗派趙匡胤衝進敵陣，皇甫暉等逃進滁州城，趙匡胤的兵活捉了他們。[10]勝：盡。[11]聖人：對帝王的尊稱，這裡指趙匡胤。[12]遺老：指經歷事變的老人。[13]商賈：商指行商，賈指坐商，這裡泛指出外經商的人。[14]畎畝：田地。畎：田間小溝。[15]涵煦：涵，包涵包容。意思是宋王朝恩德浩大，人們在恩德中生長繁育。

修之來此，樂其地僻而事簡，又愛其俗之安閒。既得斯泉於山谷之間，乃日與滁人仰而望山，俯而聽泉。掇幽芳而蔭喬木[1]，風霜冰雪，刻露清秀，四時之景，無不可愛。又幸其民樂其歲物之豐成，而喜與予遊也。因爲本其山川，道其風俗之美，使民知所以安此豐年之樂者，幸生無事之時也。夫宣上恩德，以與民共樂，刺史之事也[2]。遂書以名其亭焉[3]。

【注釋】

[1]掇：拾取，採取。[2]刺史：唐代稱一州的最高行政長官爲刺史，宋代則稱爲知州。所以刺史就是指知州。[3]名：作動詞用，命名。

【譯文】

我擔任滁州知州的第二年，夏天，才喝到滁州的泉水，覺得味道很甜。向滁州人詢問泉水的出處，在州城南邊約一百步遠的地方找到了。它的上面是豐山，高高地聳立著；下面是很深的山谷，幽暗深遠地隱藏著。中間有一股清泉，大量的水向上噴湧。我看看上下左右的景色，很喜歡這個地方，於是就疏導泉水，開鑿石頭，開闢出一塊地方來建造個亭子，和滁州人一起到那裡去遊玩。

滁州在五代戰亂的時候，是個用兵的地方。從前太祖皇帝率領後周的軍隊，在清流山下打敗南唐李璟的十五萬大軍，在滁城東門外活捉他的大將皇甫暉和姚鳳，從而平定了滁州。我曾經查看滁州的山水，觀察那些地圖和文字記載，登上高處眺望清流關，想找到皇甫暉、姚鳳被捉的地方，但是當時的人都不在世了，原來天下太平很久了啊！自從唐朝喪失了政權，天下分裂，英雄豪傑同時起來爭奪天下，到處都是敵國，數都數不清，等到我們宋朝承受天命，太祖這位聖人出來，天下才統一。先前憑著險阻的國家，都被鏟除消滅。百多年來，安安靜靜的只看見山巒高聳流水清清，想問一下當年的戰鬥情況，那些經歷過的老人全都死了。現在滁州處在長江、淮河中間，是那些坐船乘車的商人、四方各地的客人不來的地方，百姓一生中看不到外面的事情，只是安心地種田爲生，快樂地過著日子，妥貼地安葬老死的親人，有誰知道這是皇上的功德，休養民力，增殖人口，滋潤養育他們有百多年之久了呢？

我來到這裏，喜歡它地方僻靜，公事又少，又喜歡這裏風俗安閒。在山谷裏找到這口泉水以後，就經常和滁州人到這裡來，抬頭看看山景，低頭聽一聽泉水的潺潺聲，春天摘清香的花草，夏天在大樹下乘涼躲蔭，秋天裡起風下霜，冬天結冰落雪，那山形陡直顯露，更覺得清爽秀明，四季的景色，沒有不可愛的。又幸好這裡的百姓因爲年成豐收十分快樂，喜歡和我來遊玩。我也趁便給他們講這裡的山河以前是如何戰火紛飛，又稱讚他們現在風俗純良，讓老百姓知道他們之所以能安樂地享受豐年的快樂，是因爲幸運地生長在太平時代啊！宣揚皇上的恩德，和百姓同享觀樂，是知州的職分，我就寫了這篇記，來爲這個亭子命名。

醉翁亭記

歐陽修

【題解】

本文和《豐樂亭記》一樣，是作者被貶爲滁州知州時寫的。文章通過對優美的自然環境和和樂的社會風氣的描寫，表達了作者「與民同樂」的政治理想，從側面表現了自己在滁州的政績，同時，也反映了他遭貶謫後縱情山水，藉以排遣愁悶的思想。

文章文采飛揚，寫景抒情莫不酣暢淋漓。二十一個「也」使文章有一氣呵成之感，音韵鏗鏘，美不勝收。歐陽修作文，最喜精思細改。本文首句本來是用幾個分句寫滁州四面有哪些山，反復修改後，定爲五字：「環滁皆山也。」

環滁皆山也[1]。其西南諸峯，林壑尤美[2]。望之蔚然而深秀者[3]，琅琊也[4]。山行六七里，漸聞水聲潺潺，而瀉出於兩峯之間者，釀泉也[5]。峯回路轉[6]，有亭翼然臨於泉上者[7]，醉翁亭也。作亭者誰？山之僧智仙也。名之者誰？太守自謂也[8]。太守與客來飲於此，飲少輒醉，而年又最高，故自號曰醉翁也[9]。醉翁之意不在酒，在乎山水之間也。山水之樂，得之心而寓之酒也[10]。

【注釋】

[1]環：環繞。滁：滁州。[2]林壑：森林山谷。[3]蔚然：樹木茂盛的樣子。深秀：幽深秀麗。[4]琅琊：山名，在滁縣西南十里。東晋元帝爲琅琊王時，曾居此山，故名。[5]釀泉：泉水名，在瑯琊山內。[6]峯回路轉：山勢回

環，路也跟著轉彎。回，轉彎。[7]翼然：指亭子四角翹起，像鳥展翅的樣子。[8]太守：即郡太守，這是沿用前代的稱號。宋代並沒有郡，只有州，州的長官叫知州。[9]自號曰醉翁：歐陽修自稱醉翁時，不到四十歲。他在《題滁州醉翁亭》詩中說：「四十未爲老，『醉翁』偶題篇。醉中遺萬物，豈復記吾年。」又在《贈沈遵》詩中說：「我時四十猶強力，自號醉翁聊戲客。」這樣自稱，反映了他遭貶謫後的憤懣心情。[10]寓：寄托。

若夫日出而林霏開[1]，雲歸而岩穴暝[2]，晦明變化者[3]，山間之朝暮也。野芳發而幽香，佳木秀而繁陰，風霜高潔，水落而石出者，山間之四時也。朝而往，暮而歸，四時之景不同，而樂亦無窮也。

至於負者歌於途，行者休於樹，前者呼，後者應，傴僂提攜[4]，往來而不絕者，滁人遊也。臨溪而漁，溪深而魚肥；釀泉爲酒，泉香而酒洌[5]；山肴野蔌[6]，雜然而前陳者，太守宴也。宴酣之樂，非絲非竹[7]；射者中[8]，弈者勝[9]，觥籌交錯[10]，坐起而喧嘩者[11]，眾賓歡也。蒼顏白髮，頹乎其中者[12]，太守醉也。

【注釋】

[1]林霏：森林裏的霧氣。[2]雲歸：雲氣聚攏。暝：昏暗。[3]晦明變化：或暗或明，變化不一。[4]傴僂：彎腰駝背的樣子，指老年人。提攜：拉著手領著走，指小孩。[5]洌：極清。[6]山肴：指山裡得來的野味。肴：魚肉等葷菜；蔌：野菜。[7]絲、竹：管樂器和弦樂器，泛指音樂。[8]射者中：投壺的人投中了。射：古代飲宴時投壺的遊戲，用箭狀的酒籌去投長頸壺，投中的勝，敗的罰酒。一說射指射覆，在宴會中猜謎。[9]弈：下棋。[10]觥：酒杯。籌：酒籌，用來計算飲酒數量的籌碼。交錯：雜亂。[11]坐起：另一種版本作「起坐」。[12]「頹乎其中者」：另一種版本作「頹然乎其間者」。頹：倒。乎：同「於」。

已而夕陽在山，人影散亂，太守歸而賓客從也。樹林陰翳[1]，鳴聲上下[2]，遊人去而禽鳥樂也，然而禽鳥知山林之樂，而不知人之樂，人知從太守遊而樂，而不知太守之樂其樂也[3]。醉能同其樂，醒能述以文者，太守也。太守謂誰[4]？廬陵[5]歐陽修也。

【注釋】

[1]陰翳：樹蔭遮蔽著。翳：遮蔽。[2]鳴聲上下：鳥叫的聲音上上下下到處都是。[3]樂其樂：為他們的快樂而感到快樂。其：指滁人、賓兵。[4]謂：同「為」。[5]廬陵：今江西吉安市。歐陽修是永豐縣人，屬廬陵州。

【譯文】

環繞著滁州城的都是山。它的西南方的各個山峯，樹林和山谷尤其優美。望過去樹木茂盛、幽深秀麗的，是瑯琊山。在山上走了六七里，漸漸地聽到潺潺的流水聲，水從兩座山峯之間奔瀉出來的，這是釀泉。山勢回環，路也跟著轉彎，有座亭子四角翹起、像鳥兒張開翅膀一樣，靠近釀泉邊上，這就是醉翁亭。造亭子的是誰？是這山裡的和尚智仙，給亭子取這個名字的是誰？是太守用自己的別號來稱呼它。太守和客人們到這裏來宴飲，喝一點點酒就醉了，而年紀又最大，所以自稱醉翁。醉翁的心思不在於喝酒，而在於遊山玩水。遊山玩水的快樂，內心領略了，又通過喝酒來寄托這種快樂。

像那早晨太陽出來，樹林裡的霧氣散開，傍晚煙雲聚攏，山石洞穴又陰暗起來，這樣由明變暗，由暗變明的情形，就是山中的早晨和傍晚。野花開放，發出清幽的香氣；樹木枝繁葉茂，形成一片濃密的綠蔭；天高氣爽，霜色潔白；山谷裡水淺下去，石頭露出來：這就是山中一年四季的景像。早上去，傍晚回，四季的風景不同，遊玩的樂趣也無窮無盡。

至於背著東西的人在路上唱著歌，走路的人在樹下休息，前面的人大聲呼喚，後面的人隨聲答應，駝著背的老人和被牽著的小孩，來來往往絡繹不絕，這是滁州的人在山裡遊玩。到溪裡捕魚，溪水很深，魚很肥；用釀泉的水釀酒，泉水香甜，酒色清洌；野味野菜，紛紛擺在桌前：這是太守在舉行宴會。宴會喝酒的樂趣，不在於動聽的音樂；投壺的人投中了，下棋的人下贏了，就罰輸的喝酒，於是酒杯酒籌交互錯雜，一時坐著，一時站起，大聲喧鬧：這是太守的賓客在盡情地歡樂啊！蒼老的容顏、雪白的頭髮，醉醺醺地坐在他們中間：這是太守喝醉了。

後來傍晚的太陽落在西山上，人景散亂：這是太守回府，客人們跟著他。濃密的樹蔭遮蓋著，上上下下的鳥叫聲響成一片：這是遊人離去了，鳥兒在盡情歡唱。但是鳥兒只知道山林裏的快樂，卻不知道遊人的快樂；遊人只知道跟著太守遊玩很快樂，卻不知道太守因為看到他們快樂而感到很快樂。喝醉了能和大家一起快樂，酒醉以後能夠用文章記敘這些快樂情形的，是太守。太守是誰？是廬陵的歐陽修啊！

秋聲賦

歐陽修

【題解】

本文是散文賦中的名篇。作者運用多種比喻，把無形的秋聲寫得有形有色，形象生動，躍然紙上，反應了作者經宦海沈浮產生的清心寡欲的思想，要人們不「思其力之所不及，憂其智之不能」，但也並不一味悲秋恨秋。

文章以散句爲主，參以駢偶，加上自然轉挽的韵語，使文章很有一種音樂美。

歐陽子方夜讀書[1]，聞有聲自西南來者，悚然而聽之[2]，曰：「異哉！」初淅瀝[3]以蕭颯[4]，忽奔騰而砰湃[5]，如波濤夜驚，風雨驟至。其觸於物也，鏦鏦錚錚[6]，金鐵皆鳴；又如赴敵之兵，銜枚疾走[7]，不聞號令，但聞人馬之行聲。予謂童子：「此何聲也？汝出視之！」童子曰：「星月皎潔，明河在天[8]，四無人聲，聲在樹間。」

【注釋】

[1]歐陽子：作者自稱。[2]悚然：吃驚的樣子。[3]淅瀝：雨聲。[4]蕭颯：風聲。以：而，連詞。[5]砰湃：同「澎湃」：波濤洶湧聲。[6]鏦鏦錚錚：金屬相擊聲。[7]銜枚：古代行軍時，常令士兵口裏橫銜一根像筷子的小棍，使他們不能講話，保持部隊肅靜，以免被敵人發覺。銜：含。[8]明河：明亮的天河，也稱銀河。

余曰「噫嘻悲哉1！此秋聲也。胡爲乎來哉？蓋夫秋之爲狀也2：其色慘淡3，煙霏雲斂4；其容清明，天高日晶，其氣慄冽5，砭人肌骨6；其意蕭條，山川寂寥7。故其爲聲也，淒淒切切，呼號奮發。豐草綠縟而爭茂8，佳木蔥蘢而可悦9；草拂之而色變，木遭之而葉脱；其所以摧敗零落者，乃一氣之餘烈10。夫秋，刑官也11，於時爲陰12；又兵象也13，於行爲金14，是謂天地之義氣15，常以肅殺而爲心。天之於物，春生秋實。故其在樂也，商聲主西方之音16；夷則爲七月之律17。商，傷也，物既老而悲傷；夷，戮也，物過盛而當殺。

嗟夫！草木無情，有時飄零；人爲動物，惟物之靈；百憂感其心18，萬事勞其形；有動於中，必搖其精；而況思其力之所不及，憂其智之所不能；宜其渥然丹者爲槁木19，黟然黑者爲星星20。奈何非金石之質，欲與草木而爭榮？念誰爲之戕賊21，亦何恨乎秋聲！」

童子莫對，垂頭而睡。但聞四壁蟲聲唧唧，如助余之嘆息。

【注釋】

1噫嘻：感嘆詞。2蓋夫：發語詞。3慘淡：陰暗無色。4煙霏：煙霧。5慄冽：猶慄烈，寒冷。6砭：古代用來治病的石針。這裏是針刺的意思。7寂寥：冷落。8縟：繁茂。9蔥蘢：草木青翠茂盛的樣子。10一氣：指秋氣。11夫秋，刑官也：周朝設官，以天地四季命名（稱爲六卿），掌管刑法，獄訟的爲秋官。12於時爲陰：古人以陰陽配四季，春夏爲陽，秋冬爲陰。13又兵象也：《禮記．月令》載：「孟秋之月」，「天子乃命將帥，選士厲兵，簡練桀俊，專任有功，以征不義。」古代征戰，多在秋天，故云。14於行爲金：古代把五行分配於四季，認爲四季是五行「相生」的結果，秋天屬金。五行：金、木、水、火、土。15天地之義氣：《禮記．多飲酒義》：「天地嚴凝之氣，始於西南，而盛於西北，此天地尊嚴氣也，此天地之義氣也。」由西南方到西北方，正是秋的方位。16商聲主西方之音：舊說將樂聲分爲宮、商、角、徵、羽五聲，並分配於四時，商屬秋。同時，五聲和五行相配，商聲屬金，主西方之音。⑰夷則爲七月之律：《禮記．月令》以十二律（黃鐘、大呂、太簇、夾鐘、姑洗、仲呂、蕤賓、林鐘、夷則、南呂、無射、應鐘，分配十二月，七月爲夷則。⑱感：同「憾」，動搖。⑲渥然丹者：指紅潤的容貌，這裡指年輕人。槁木：枯木，這裏指衰老。⑳黟然：黑色的樣子。星星：點點白色。㉑戕賊：殘害。

【譯文】

我正在夜裏讀書，聽到有一種聲音從西南方傳來，我吃驚地細聽，說：「奇怪啊。」起初是淅瀝的雨聲夾雜著颯颯的風聲，忽然奔騰澎湃，好像波濤在夜裡猛然沖來，風雨突然襲來。它撞到物體上，發出鏦鏦錚錚的聲音，好像金屬撞擊；又像開赴戰場的士兵，口裏含著枚飛快地跑，聽不到號令，只聽到人馬行走的腳步聲。我對書僮說：「這是什麼聲音啊？你出去看看。」書僮回答說：「星光月色，明亮皎潔，銀河高掛在天上，四周都沒有人聲，聲音在樹林裡。」

我說：「唉！悲傷啊！這就是秋天的聲音。它爲什麼來的呢？那秋天的形狀是：它的顏色淒慘暗淡，煙雲聚集；它的容貌清靜明亮，天空高朗，陽光燦爛；它的氣候寒冷，刺人肌骨；它的意態蕭條，山河寂寞寥落。所以它發出的聲音，淒淒切切，呼喊號叫，盡力地發洩。春夏的時候，綠草繁茂欣欣向榮，美麗的樹木青翠茂盛，非常可愛。可是，青草一觸到這秋聲，顏色就變了，綠樹一碰到它葉子就落了；它們之所以摧敗零落，是因爲秋氣的餘威啊！秋天，是掌管刑罰的法官，在時令上屬於陽，它又是征伐的季節，在五行上屬於金；這叫做天地的肅殺之氣，常常把嚴厲的摧殘作爲主旨。天對於萬物，讓它們春天生長，秋天結實。所以，在音樂方面，商聲是秋天的音，主管西方。夷則是七月的律。商，就是傷，萬物已經衰老，就悲傷；夷，就是殺，萬物太茂盛了就該殺。

唉！草木是沒有情感的東西，尙且到了秋天就要飄零；人是動物，而且是動物中最有靈性的，百般憂慮動搖他的心緒，萬件事情勞累他的形體。心中燥動不安，一定會損傷他的精神，更何況要去考慮他的力量做不到的事，擔心他的智慧辦不成的事，這當然會使他紅潤的容貌變得衰老，烏黑的頭髮變得白髮斑斑。爲什麼要拿自己並不是金石般堅牢的身體，想去和草木爭榮呢？應該想想是誰折磨自己的，又何必怨恨這淒涼的秋聲！」

書僮無話可答，低著頭睡了。只聽到牆壁四周蟲子唧唧地叫著，就像在陪著我嘆息。

祭石曼卿文[1] 歐陽修

【題解】

這篇文章是作者悼念詩友石曼卿的，其時石曼卿已故去二十六年。文中三喚曼卿，一讚其聲名不朽，二悲其墳墓淒涼，三敘已哀痛之情。全文感情濃烈真摯，讀來令人淒惋不已。文章大體用韻，有音律之美。

維治平四年[2]，七月日，具官歐陽修[3]，謹遣尚書都省令史李敭[4]，至於太清[5]，以清酌庶羞之奠[6]，至祭於亡友曼卿之墓下，而弔之以文，曰：

嗚呼曼卿！生而爲英，死而爲靈。其同乎萬物生死，而復歸於無物者，暫聚之形[7]；不與萬物共盡，而卓然其不朽者[8]，後世之名。此自古聖賢，莫不皆然，而著在簡册者[9]，昭如日星[10]。

嗚呼曼卿！吾不見子久矣，猶能彷彿子之平生。其軒昂磊落[11]，突兀崢嶸[12]，而埋藏於地下者，意其不化爲朽壤，而爲金玉之精；不然，生長松之千尺，產靈芝而九莖[13]。奈何荒煙野蔓，荊棘縱橫，風淒露下，走燐飛螢[14]；但見牧童樵叟，歌吟而上下，與夫驚禽駭獸，悲鳴躑躅而咿嚶[15]。今固如此[16]，更千秋而萬歲兮，安知其不穴藏狐貉與鼯鼪[17]？此自古聖賢亦皆然兮，獨不見夫累累乎曠野與荒城⑱！

嗚呼曼卿！盛衰之理⑲，吾固知其如此，而感念疇昔⑳，悲涼淒愴，不覺臨風而隕涕者㉑有愧夫太上之忘情㉒！尚饗！

【注釋】

①石曼卿（九九四——一〇四一）：名延年，河南商丘人，北宋詩人，一生遭遇冷落，很不得志。可參看《釋秘演詩集》序》文。②維：發語詞。治平四年：公元一〇六七年。治平，北宋英宗的年號。③具官：唐宋以來，在公文函牘或其他應酬文字的底稿上，常把應寫明的官爵品級簡寫爲「具官」。④尚書都省：即尚書省，管理全國行政的官署。令史：管理文書工作的官。⑤太清：地名，石曼卿的故鄉，河南商丘東南永城縣的一個鄉。⑥清酌：清酒。庶羞：各色食品。奠：祭品。⑦形：指身體。⑧卓然：超羣出衆的樣子。⑨著：寫。簡冊：即史書。簡，古代用來寫字的竹板。⑩昭：明亮。⑪軒昂：儀表英俊。磊落：心地坦率光明。⑫突兀：高而不平。崢嶸：高峻的樣子。突兀崢嶸：這裏指石曼卿的精神氣質傑出優秀。⑬靈芝：菌類，一種稀有的藥用植物，古人把它視爲瑞草。九莖：靈芝中最名貴的一種，一幹九莖，呈紅黃色。⑭走燐：飄動的燐火，迷信的人稱之爲鬼火。⑮固：本來，下文「吾固知其如此」句中「固」亦同。⑯躑躅：徘徊不前。咿嚶：像聲詞，這裡指禽畜悲鳴的聲音。⑰貉：一種像狐狸的野獸。鼯：飛鼠。鼪：黃鼠狼。⑱累累：重迭相連的樣子。荒城：這裡指荒涼的墳墓。⑲盛衰：這裡指人的生死。⑳疇昔：從前。㉑隕涕：掉眼淚。㉒太上之忘情：《世說新語・傷逝》載：晉朝人王衍死了兒子，悲痛欲絕，山簡勸他，他說：「聖人忘情，最下不及情，情之所鍾，正在我輩。」太上：指聖人。

【譯文】

治平四年七月某日，某官歐陽修，謹派尚書省令史李敭，到太清鄉，用清酒和幾種食品作祭品，在亡友曼卿的墓前祭奠，同時做了一篇祭文弔念他，說：

唉！曼卿，您生前是個英俊不凡的人，死後一定會化作神靈。那和萬物一樣有生有死最後化爲烏有的，只是您那暫時聚結起來的形體，不同萬物一起消亡，而超然出衆、永遠不朽的，是您流傳後代的芳名。這是自古以來的聖賢沒有一個不是這樣的，他們的名字寫在史書上，像日月星辰一樣明亮。

唉！曼卿，我已經很久沒有看見您了。但是還能大致記得起您的生平。您儀表英俊，心地坦蕩，您才能超羣，氣質不凡，因而您那埋藏在地下的形體，想來不會化爲腐朽的泥土，而會化爲精金美玉。如果不是這樣，也應當生長出千尺高的松樹，培育出珍貴的九莖靈芝。怎麼會像現在這樣墳墓上煙霧迷濛，荒草叢生，荊棘遍布，冷風淒淒，露水零零，只看到牧童樵夫唱著歌在您墓地上上下下，以及受驚的飛禽走獸在來回行走，咿嚶悲鳴。現在就已經是這樣了，再過千年萬載又怎麼知道狐、貉、鼯、鼪不在這裡挖洞藏身？這是自古以來的聖賢都是這樣的，難道沒看到那重重迭迭的曠野和荒墳嗎？

唉！曼卿，生死的道理，我本來知道它是這樣的，但是我想起以往的情誼，我多麼淒涼悲愴，不知不覺對著風流下淚來，我做不到像聖人那樣忘情。請您享用祭品吧！

瀧岡阡表[1]

歐陽修

【題解】

本文是歐陽修撰寫刻在他父親墓前石碑上的墓表。表文前半部分稱美先人仁德，後半部分記述家世恩榮，充滿揚名顯親的思想。但文章並不像一般墓碑那樣誇張藻飾。追述父親的孝順仁厚，母親的儉約和安於貧賤，只舉一兩件平實事例，語言質樸，感情深刻真摯。

嗚呼！惟我皇考崇公[2]，卜吉於瀧岡之六十年[3]，其子修始克表於其阡[4]。非敢緩也，蓋有待也。

【注釋】

[1]瀧岡：地名，在江西省永豐縣沙溪南鳳凰山上。阡表：墓表，墓碑，是一種記敘死者功德的文體。[2]皇考：對亡父的尊稱。《禮記、曲禮下》：「（祭）父曰皇考」，「生曰父」，「死曰考」。崇公：歐陽修的父親名觀，字仲賓，後來追封崇國公。[3]卜吉：占卜吉地。[4]克：能夠。

修不幸，生四歲而孤[1]。太夫人守節自誓[2]，居窮，自力於衣食[3]，以長以教[4]，俾至於成人。太夫人告之曰：「汝父爲吏，廉而好施與[5]，喜賓客。其俸祿雖薄，常不使有餘。曰：『毋以是爲我累。』故其亡也，無一瓦之覆，一壠之植[6]，以庇而爲生。吾何恃而能自守耶？吾於汝父，知其一二，以有待於汝也。自吾為汝家婦，不及事吾姑[7]，然知汝父之能養也。汝孤而幼，吾不能知汝之必有立，然知汝父之必將有後也。吾之始歸也[8]，汝父免於母喪方逾年[9]。歲時祭祀，則必涕泣曰：『祭而豐，不如養之薄也。』間御酒食[10]，則又涕泣曰：「昔常不足，而今有餘，其何及也[11]！」吾始一二見之，以為新免於喪適然耳[12]。既而其後常然，至其終身未嘗不然。吾雖不及事姑，而以此知汝父之能養也。汝父為吏，嘗夜燭治官書[13]，屢廢而歎。吾問之，則曰：『此死獄也，我求其生不得爾[14]！』吾曰：『生可求乎？』曰：『求其生而不得，則死者與我皆無恨也；矧求而有得耶[15]！以其有得，則知不求而死者有恨也！夫常求其生，猶失之死；而世常求其死也。』回顧乳者，劍汝而立於旁，因指而歎曰：『術者謂我歲行在戌將死[16]。使其言然，吾不及見兒之立也。後當以我語告之。』其平居教他子弟[17]，常用此語，吾耳熟焉，故能詳也。其施於外事，吾不能知；其居於家，無所矜飾[18]，而所為如此。是眞發於中者耶[19]！嗚呼！其心厚於仁者耶[20]！此吾知汝父之必將有後也。汝其勉之！夫養不必豐，要於孝[21]；利雖不得博於物[22]，要其心之厚於仁。吾不能教汝，此汝父之志也。」修泣而志之[23]，不敢忘。

【注釋】

[1]孤：年幼無父稱孤。[2]太夫人：指歐陽修的母親鄭氏。古時列侯之妻稱夫人，列侯死，子稱其母為「太夫人。」[3]居窮：家境貧寒。衣食：指生活。[4]長：撫養。[5]施與：施捨，以財物幫助別人。[6]「無一瓦之覆」二句：謂沒有片瓦可資覆蓋（指沒有自己的房屋），沒有一塊田地可以耕種。[7]姑：婆母。這裏指歐陽修的祖

母。[8]始歸：才嫁過來的時候。古時女子出嫁稱「歸」。[9]免於母喪：母親死後，守喪期滿。古時父母或祖父母死，兒子與長房長孫須謝絕人事，做官的解除職務，在家守孝二十七個月（概稱三年）。免：指期滿。[10]間：間或，偶然。御：進用。[11]何及：指來不及以酒食事親。[12]適然：偶然這樣。和下文「常然」、「未嘗不然」相對應。[13]官書：官府的文書。這裏指刑獄案件。[14]求其生不得：指無法免除他的死刑。[15]矧：況，何況，況且。[16]術者：舊時占卜星象、推算人事吉凶的迷信職業者。歲行在戌：指歲星經行正在戌年。歐陽修的父親死於宋眞宗大中祥符三年庚戌年（一〇一〇）。這完全屬巧合。[17]平居：平時，平日。[18]矜飾：誇張，粉飾。[19]中：內心。[20]厚：注重，重視。[21]要：求。[22]博於物：普及於人。[23]志：記。

先公少孤力學[1]。咸平三年進士及第[2]。爲道州判官[3]，泗、綿二州推官[4]，又爲泰州判官[5]，享年五十有九，葬沙溪之瀧岡[6]。太夫人姓鄭氏，考諱德儀，世爲江南名族。太夫人恭儉仁愛而有禮，初封福昌縣太君[7]，進封樂安、安康、彭城三郡太君[8]。自其家少微時，治其家以儉約，其後常不使過之，曰：「吾兒不能苟合於世[9]，儉薄所以居患難也。」其後修貶夷陵[10]，太夫人言笑自若，曰：「汝家故貧賤也，吾處之有素矣[11]。汝能安之，吾亦安矣。」

【注釋】

[1]先公：指作者的父親。先，對去世者的尊稱。[2]咸平三年：公元一〇〇〇年。咸平：宋眞宗年號。[3]道州：治所在今湖南道縣。判官：州郡長官屬僚，掌文書事務。[4]泗：州治在今安徽省泗縣。綿：州治在今四川省綿陽縣。推官：州郡長官的僚屬，專理刑事。[5]泰州：治所在今江蘇泰州市。[6]沙溪：在江西省永豐縣南鳳凰山北。[7]福昌，今河南省宜陽縣。太君：古代官員母親的一種封號。《宋史、職官志》載文武羣臣母按官階依次封國太夫人，郡太君、縣太君。[8]樂安、安康、彭城：古郡名。這些縣、郡之名，有的宋代已不存在，只是作爲

封贈的一種稱號，並不是實際封在這些地方。⑨苟合：苟且迎合。⑩修貶夷陵：范仲淹與宰相呂夷簡不和，罷知饒州，朝臣多論救，獨諫官高若訥以爲當貶，歐陽修寫信罵高若訥，高上其書於仁宗，歐陽修因此被貶夷陵令。夷陵：縣名，在今湖北宜昌市東南。⑪素：向來，這裏引申爲習慣。

自先公之亡二十年，修始得祿而養[1]。又十有二年，列官於朝，始得贈封其親[2]。又十年修爲龍圖閣直學士[3]、尚書吏部郎中[4]，留守南京[5]。太夫人以疾終於官舍[6]，年七十有二。又八年[7]，修以非才，入副樞密[8]，遂參政事[9]。又七年而罷[10]。自登二府[11]，天子推恩，褒其三世[12]。蓋自嘉祐以來[13]，逢國大慶，必加寵錫[14]：皇曾祖府君[15]，累贈金紫光祿大夫[16]、太師[17]、中書令[18]；曾祖妣，累封楚國太夫人；皇祖府君，累贈金紫光祿大夫、太師、中書令兼尚書令[19]；祖妣，累封吳國太夫人；皇考崇公，累贈金紫光祿大夫、太師、中書令兼尚書令；皇妣，累封越國太夫人。今上初郊[20]，皇考賜爵爲崇國公，太夫人進號魏國[21]。

【注釋】

①「自先公之亡」兩句：宋仁宗天聖八年（一〇三〇），歐陽修考取進士後，授將仕郎，試祕書省校書郎，充西京留守推官。②「又十有二年」三句：宋仁宗康定二年（一〇四〇），歐陽修被召還京，復任館閣校勘原官，修《崇文總目》，後轉太子中允。慶曆元年（一〇四一），祀南郊，加騎都尉，改集賢校理，贈封其親，當在此年。③又十年：宋仁宗皇佑二年（一〇五〇）。龍圖閣直學士：龍圖閣，宋代管理典籍文獻的官署，沒有學士、直學士、待制、直閣等官。這些官號，常常是加給侍從官的一種榮譽頭銜。④尚書：即尚書省，下統吏、戶、禮、兵、刑、工六部。吏部：掌握全國官吏的任免、考課、升降、調動等事務，長官爲吏部尚書，下

設郎中四人，分別掌管各司的事務。[5]留守南京：宋眞宗升宋州（今河南商丘市，爲應天府，改爲南京。歐陽修於皇祐二年（一〇五〇），以龍圖閣直學士知應天府兼南京留守司事，轉吏部郎中，加輕騎都尉。[6]太夫人以疾終於官舍：歐陽修母親死於皇祐四年（一〇五二）。[7]又八年：宋仁宗嘉祐五年（一〇六〇）。[8]入副樞密：做樞密副使。樞密副使，樞密院的副長官。[9]參政事：做參知政事，即副宰相。歐陽修於嘉祐六年（一千零六十一）轉戶部侍郎，拜參知政事。[10]又七年而罷：歐陽修在宋英治平四年（一〇六七）被罷免參知政事。[11]二府：宋代樞密主管軍事，中書省主管政事，同爲最高國務機關，並稱「二府」。[12]推恩：推，施與；恩，恩惠。三世：指曾祖、祖、父母三代。[13]嘉祐：宋仁宗年號。[14]寵：恩寵。錫：賞賜。[15]府君：舊時子孫對其先世的敬稱。[16]金紫光祿大夫：官名。戰國時置中大夫，漢武帝時改稱光祿大夫，掌顧問應時。宋代爲散官。加金章紫綬，稱金紫光祿大夫，加銀章青綬的，爲銀青光祿大夫。光祿大夫爲從二品，金紫光祿大夫爲正三品，銀青光祿大夫爲從三品。[17]太師：官名。周朝設置的輔佐國君的官。歷代相沿，以太師、太傅、太保爲三公。宋承唐制，作爲封贈的官號，表示恩寵，並無實職。[18]中書令：中書省長官。宋代爲贈官。[19]尚書令：尚書省長官。魏晉以後，事實上即爲宰相。宋朝改爲加官、贈官，班次在太師上。[20]令上：當今皇上。指宋神宗。郊：郊祀，祭天。宋神宗初郊在熙寧元年（一〇六八）十一月丁亥日。[21]魏國：一作「韓國」。

於是小子修泣而言曰：嗚呼！爲善無不報，而遲速有時，此理之常也。惟我祖考，積善成德，宜享其隆。雖不克有於其躬[1]，而賜爵受封，顯榮褒大，實有三朝之錫命[2]。是足以表見於後世，而庇賴其子孫矣。乃列其世譜，具刻於碑。既又載我皇考公之遺訓，太夫人之所以教而有待於修者，並揭於阡。俾知夫小子修之德薄能鮮[3]，遭時窮位，而幸全大節，不辱其先者，其來有自。

熙寧三年[4]，歲次庚戌，四月辛酉朔，十有五日乙亥[5]，男推誠保德崇仁翊戴功臣、觀文殿學士、特進、行兵部尚書、知青州軍州事、兼管內勸農使、充京東路安撫使、上柱國、樂安郡開國公⑥，食邑四千三百戶，食實封一千二百戶⑦，修表。

【注釋】

①躬：身體，引申爲親自，自身。②實：是，此。三朝：指宋仁宗、英宗、神宗。③鮮：少。④熙寧三年：公元一〇七〇年。熙寧：宋神宗年號。⑤四月辛酉朔：謂四月初一的干支屬辛酉。朔：初一。在月下系以朔日的干支是漢朝以後墓碑的通例。顧炎武《日知錄、年月朔日子》：「古人文字，年月之下必係以朔，必言朔之第幾日，而又系之干支，故曰朔日子也。」⑥「男推誠保德崇仁翊戴功臣」句：男，兒子對父母的自稱。《廬陵歐陽文忠公年譜》載：歐陽修於嘉祐元年（一〇五六）進封安樂郡開國侯，嘉祐六年進封開國公。治平二年（一〇六五）加上柱國，四年進階特進，除觀文殿學士，改賜推誠保德崇仁翊戴功臣。熙寧元年（一〇六八）轉兵部尚書，改知青州軍州事，兼管內勸農使，充京東東路安撫使。特進：漢置官名，王侯將軍功德盛者，賜位特進，位在三公下。唐宋時改爲散官。青州，宋時屬京東路，治所在今山東省益都縣。宋制：知州以朝臣出守，號勸勵農作，當時爲州官兼職。京東東路：宋時路名，轄今山東省中部東部地區，治所青州。安撫使：掌一路兵政，多以知州兼任。上柱國，宋朝勳官十二級中之最尊者。開國公：宋朝封爵的第六等。⑦食邑：亦稱「采邑」或「封地」。指以徵收封地的租稅作食祿。食實封：謂實封的食邑。宋制，食邑自二百戶至一萬戶，食實封自一百戶至一千戶，有時可以特加。封爵的食邑至唐朝已爲虛設，實封者歲入有差。至宋朝，實封者也只是名義，並無所給。

【譯文】

唉！我的先父崇國公，在瀧崗占卜吉地安葬六十年了，他的兒子歐陽修才能夠在墓道上立碑。這並不是我敢拖延，而是因爲有所等待。

我不幸，生下來四歲父親就去世了。母親自己發誓守節，家境貧寒，自己操持生活，撫養我、教育我、使我一直長大成人。母親告訴我說：「你父親做官，清廉自守却喜歡周濟別人，又喜歡結交朋友。他的俸祿雖然微薄，却常常不讓它有一點剩餘。他說：『不要讓它成爲我的負擔。』所以他去世後，沒有一片瓦可以覆蓋，沒有一塊田地可以耕種，用來依賴維生。我靠什麼能夠自己守節呢？我對你父親，略微知道一二，因面對你有所期待。自從我做了你家的媳婦，沒有來得及趕上侍奉我的婆母，但我知道你父親是能孝養父母的。你沒了父親，年紀又小，我不能知道你一定會有所成就，但是知道你父親一定會有好後人。我剛嫁過來的時候，你父親服母喪期滿剛過一年。每當逢年過節祭祀的時候，他一定流著淚說：『祭祀時祭品再多，也比不上生前微薄的供養啊。』偶然用點好酒好飯菜，就又流淚說：『以前常常缺少，現在却有剩餘了，可是怎麼來得及供養父母呢？』我開始看一兩次，認爲他是新近免除服喪，偶然這樣罷了。後來却經常這樣，直到他去世，沒有一次不是這樣的。我雖然沒趕上侍奉婆母，但從這裏我知道你父親一定能孝敬奉養父母的。你父親做官，曾經在夜裏點著燭火批閱案卷，多次停下來歎息。我問他，他說：『這是判死罪的案子，我想救活他却做不到。』我說：『該判死罪的還能想法救麼？』他說：『想救活他却做不到，那麼死者和我都沒有遺憾了；何況想救活有時還做得到呢？因爲可以救活，而知道是沒有替他想辦法而被處死的，就會有遺恨。經常想救活死囚，還免不了錯殺；世上卻還有人總是想把人處死呢！』他回頭看到奶娘抱著你站在旁邊，就指著你歎息說：『算命的人說我碰到戌年就會死了，如果他的話說對了，那我就看不到這孩子成人了，以後你應該把我的話告訴他。』他平時教育其他晚輩，也常用這些話，我聽熟了，所以記得很清楚。他在外面做的事，我不能知道；他住在家裡，我却知道是沒有一點做作的。這些話是眞正發自內心深處的！唉！他的心是很重視仁德的！這就是我知道你父親會有好後代的原因。你一定要用這些勉勵自己啊！供養父母不一定要衣食豐厚，重要的是孝順；利人的事雖然不能遍及每個，重要的是心裡要重視仁義。我不能教導你，這是你父親的期望啊。」我哭著記住了這些話，不敢忘記。

先父小時候便失去了父親，努力讀書。咸平三年中了進士，做過道州的判官，泗州、綿州的推官，又做過泰州的推官，終年五十九歲，葬在沙溪的瀧崗。我母親姓鄭，她的父親名德儀，世代都是江南有名的大族。我母親恭敬節儉仁厚慈愛，待人很有禮節，開始被封爲福昌縣太君，後來進封爲樂安、安康、彭城三郡太君。從我們家裏貧窮時起，她管理家務就注意節儉，後來總是不讓超過這個限度，說：「我的兒子不會苟且迎合世人，儉樸節約是爲了準備將來過患難日子。」後來我被貶官做夷陵的知縣，母親談笑自如，說：「你家原來就很窮，我過這種日子已經過慣了。你能安心過，我也能安心過了。」

先父去世二十年後，我才得到俸祿供養母親。又過了十二年，我到朝廷做官，才能使先人得到封贈。再過了十年，我做了龍圖閣直學士、尚書吏部郎中，留守南京。母親因病在官舍裡去世，終年七十二歲。再過了八年，我雖然無才，却進了樞密院當副使，接著當了參知政事。又過了七年罷了官。自從我進了樞密院和中書省，天子施與恩德，褒揚了曾祖、祖、父母三代。從嘉祐年間以來，每逢國家大典，一定加以恩寵賞賜：先曾祖父，累封金紫光祿大夫、太師、中書令；先曾祖母，累封楚國太夫人，先祖父，累封金紫光祿大夫、太師、中書令兼尚書令；先祖母，累封吳國太夫人；先父崇公，累贈金紫光祿大夫、太師、中書令兼尚書令；先母，累封越國太夫人。當今皇上第一次祭天，贈封先父為崇國公，先母加封為魏國太夫人。

於是我流著淚說：唉！做好事沒有不得到好報的，只是有快有慢，這是常理。我的祖先，積修善行，成就仁德，應該享受隆厚的報答。雖然他們生前沒能親自領受，死後却能賜爵受封，榮光顯隆，褒揚厚重，享有三朝的恩寵詔命，這就足以讓後世稱揚，庇佑他們的子孫了。我於是列出世代的家譜，都刻在墓碑上。接著又記下我父崇國公的遺訓和先母如何教導期望我的，都在墓碑上寫明。使人們知道我德行微薄，才能缺少，却遇上清明的時代，做了官員，而且萬幸保全了大節，沒有辱沒祖先，是有來由的。

熙寧三年，庚戌歲四月十五日，兒子推誠保德崇仁翊戴功臣、觀文殿學士、特進、行兵部尚書、知青州軍州事、兼管內勸農使、充京東路安撫使、上柱國、樂安郡開國公，食邑四千三百戶、實食邑一千二百戶歐陽修撰表。

管仲論

蘇洵[1]

【題解】

本文責備了管仲臨死時不薦賢自代的行動。文章首先列出管仲的功與過，然後指出其原因。接著，針對管仲的過，指出「使恒公得用三子者，管仲也。」說明只要舉賢自代，齊國不患有三子。並通過晉、齊對比，進一步論述管仲不舉賢的錯誤。批駁了《管子》所謂無賢自代的說法。冷峻地指責了管仲的做法。

本文縱横開合，有戰國時策士的風格。

管仲相威公[2]，霸諸侯，攘夷狄，終其身齊國富强，諸侯不敢叛。管仲死，豎刁、易牙、開方用[3]，威公薨於亂[4]，五公子爭立[5]，其禍蔓延，訖簡公[6]，齊無寧歲。

【注釋】

[1]蘇洵（一〇〇九——一〇六六），字明允，宋朝眉州眉山（今四川眉山縣）人。宋仁宗至和、嘉祐年間，爲祕書省校書郎，參加編寫《太常因革禮》一百卷，書成去世。著有《嘉祐集》。他是北宋傑出政論家，宋代著名散文家。爲「唐宋八大家」之一，與他的兒子蘇軾、蘇轍並稱「三蘇」。[2]管仲：（？——前六百四十五年），名夷吾，春秋時齊人，相齊桓公，使他成爲五霸之首。威公：即桓公，宋人避宋欽宗諱，欽宗名桓，改桓爲威。[3]豎刁、易牙、開方：齊桓公寵幸的三個近臣。豎刁：是寺人（即閹人）。爲了接近桓公，他自己閹割。管仲死後，他同易牙、開方專權。桓公死，諸子爭立，豎刁與易牙等殺害羣臣，立公子無方，太子昭奔宋，齊國大亂。易牙：長於調味，善逢迎，爲了求寵，曾烹其子爲羹獻給桓公。開方：本來是衛國的公子，在齊國做

官，善於逢迎。管仲死後，他與易牙、豎刁弄權，使齊國大亂。後來又殺孝公的兒子而立昭公。[4]薨：諸侯死叫薨、周禮。[5]五公子：即齊桓公的五個兒子：武孟、元、潘、商人、雍。除太子昭外，這五人也想做國君。[6]訖：同「迄」至，到。簡公：名壬，據《史記・十二諸侯年表》，桓公以下是孝公、昭公、懿公、惠公、頃公、靈公、莊公、景公、悼公、然後簡公。公元前四八四年至公元前四八一年在位。

夫功之成，非成於成之日，蓋必有所由起；禍之作，不作於作之日，亦必有所由兆[1]。故齊之治也，吾不曰管仲，而曰鮑叔[2]，及其亂也，吾不曰豎刁、易牙、開方，而曰管仲。何則？豎刁、易牙、開方三子，彼固亂人國者，顧其用之者[3]，威公也。夫有舜而後知放四凶[4]，有仲尼而後知去少正卯[5]。彼威公何人也？顧其使威公得用三子者，管仲也。仲之疾也，公問之相。當是時也，吾意以仲且舉天下之賢者以對，而其言乃不過曰：「豎刁、易牙、開方三子，非人情，不可近」而已[6]。嗚呼！仲以爲威公果能不用三子矣乎？威公聲不絕於耳，色不絕於目，而非三子者，則無以遂其欲，彼其初之所以不用者，徒以有仲焉耳。一日無仲，則三子者可以彈冠而相慶矣[7]。仲以爲將死之言，可以縶威公之手足耶[8]？夫齊國不患有三子，而患無仲；有仲，則三子者三匹夫耳[9]。不然，天下豈少三子之徒哉？雖威公幸而聽仲[10]，誅此三人。而其餘者，仲能悉數而去之耶[11]？嗚呼！仲可謂不知本者矣！因威公之問[12]，舉天下之賢者以自代，則仲雖死，而齊國未爲無仲也。夫何患三子者？不言可也。

【注釋】

1兆：徵候、迹象。2鮑叔：即鮑叔牙、春秋時齊國大夫，以善於知人著稱。3顧：但是。其：助詞，與下文「顧其」中「其」一樣，可省。4舜：傳說中的部落聯盟首領。四凶：指共工、鯀、驩兜和三苗首領。5仲尼：孔子字仲尼。少正卯：春秋末期魯國大夫。史書記載，孔子位魯國司寇時，少正卯被殺。6非人情：管仲認爲豎刁等三人，既然能夠做出自閹、殺子，背親這種不近人情的事，也就不可能忠於君主，因此希望齊桓公不要親近他們。7彈冠：彈盡帽子上的灰塵。喻預備出任。8縶：捆住（手腳）。9匹夫：普通老百姓。10幸：僥幸。11悉：全部。數：列舉。12因：順著，趁著。

五伯莫盛於威、文1。文公之才，不過威公，其臣又皆不及仲2。靈公之虐3，不如孝公之寬厚4。文公死，諸侯不敢叛晉；晉襲文公之餘威5，猶得爲諸侯之盟主者百有餘年。何者？其君雖不肖，而尚有老成人焉6。威公之薨也，一亂塗地，無惑也。彼獨恃一管仲，而仲則死矣。夫天下未嘗無賢者，蓋有有臣而無君者矣。威公在焉，而曰天下不復有管仲者，吾不信也。仲之書7，有記其將死，論鮑叔、賓胥無之爲人8，且各疏其短9。是其心以爲是數子者，皆不足以託國；而又逆知其將死10，則其書誕漫不足信也11。

【注釋】

1五伯：同「五霸」，指春秋時期先後稱霸的五個諸侯：齊桓公、晉文公、宋襄公、秦穆公、楚莊王。威、文：即齊桓公與晉文公。2其臣：指晉文公（重耳）的大臣狐偃、趙衰、先軫等。3靈公：晉文公之子，暴虐無道，後爲其臣趙穿所殺。4孝公：齊桓公的兒子公子昭，在宋國幫助下即位後稱孝公。5襲：因襲，繼承。6老成人：經驗豐富而且通曉世事的人。7仲之書：即《管子》。8賓胥無：齊國的大夫。9吞疏其短：《管子・戒篇二十六》：管仲病重時，桓公問誰可繼承，管仲還沒回答，桓公就問鮑叔如何，管仲認爲他「不可以爲政」，「鮑叔之爲人也好直，而不能以國强。」，又談到「賓胥無之爲人也好善，而不能以國絀。」⑩逆知：預知。逆，預先猜度。⑪涎漫：荒誕。

吾觀史鰌①，以不能進蘧伯玉而退彌子瑕②，故有身後之諫③；蕭何且死，舉曹參以自代④。大臣之用心，固宜如此也！夫國以一人興，以一人亡；賢者不悲其身之死，而憂其國之衰。故必復有賢者，而後可以死，彼管仲者，何以死哉？

【注釋】

①史鰌：字子魚，衛國的大夫。②蘧伯玉：名瑗，衛國的賢大夫。彌子瑕：衛靈公寵臣。③身後之諫：據《孔子家語》記載：史魚病，就要死了，對他的兒子說：「吾仕衛不能進蘧伯玉退彌子瑕，是吾生不能正君，死無以成禮，汝置屍牖下，於我畢矣。」他兒子照辦。衛靈公來吊喪，很奇怪，問爲什麼要這樣。他兒子把史魚臨死的話告訴衛靈公。靈公聽了，就進用蘧伯玉，疏遠了彌子瑕。④「蕭何且死」二句：《史記‧蕭相國世家》載，蕭何爲相，與曹參向來關係不好，蕭何患病，惠帝親自去探望，問蕭何，如果他死了，誰可以代替他當丞相。蕭何說：「你最了解。」惠帝就問曹參怎麼樣。蕭何說，你選對了，我死後也沒有什麼遺恨了。

【譯文】

管仲做宰相輔佐齊桓公，使他能夠稱霸諸侯，抵禦夷狄的侵擾，一直到他死，齊國都很富强，諸侯不敢背叛。管仲死後，豎刁、易牙、開方掌握了政權。齊桓公在內亂中死去，五個兒子互相爭奪王位，這災禍蔓延開來，一直到齊簡公的時候，齊國沒有一個安定的年份。

功業的完成，不是完成在成功的那一天，而是一定有它成功的緣由。災禍的發生，不是發生在發生的那一天，也一定有它發生的徵兆。所以，齊國的强盛，我不說是由於管仲，而說是由於鮑叔牙。等到齊國發生動亂，我不說是由於豎刁、易牙、開方，而說是由於管仲。

爲什麼這樣說呢？豎刁、易牙、開方三人，固然是擾亂國家的人，但任用他們的，卻是齊桓公。只有虞舜，才知道放逐四凶；只有仲尼，才知道要殺掉少正卯。齊桓公又是什麼人呢？而使得齊桓公得以任用這三個人的，却是管仲。管仲病重時，桓公問他誰可以當宰相。在這個時候，我以爲管仲會推舉天下賢能的人來回答齊桓公，可他却不過是說：「豎刁、易牙、開方這三人違反人情不能親近而已。」唉！管仲以爲桓公果眞能不任用這三個人了嗎？管仲和齊桓公相處多年了，也應當知道桓公的爲人了吧？齊桓公每天沉湎於聲色歌舞，如果不是這三個人，他的欲望就無法得到滿足。這三個人當初所以不被重用，只因爲有管仲罷了，如果一旦沒有了管仲，他們三人就可以彈冠相慶了。管仲以爲他臨死的話，就可以捆住齊桓公的手腳了嗎？齊國並不擔心有這三個人，而擔心沒有管仲，有了管仲，這三人不過三個普通老百姓而已，如果不是這樣，天下像這三個人一樣的人難道還少了嗎？即使齊桓公僥倖聽取了管仲的意見，殺了這三人，但是其餘的人，管仲能全部列出來，把他們除掉嗎？唉！管仲可說是一個不知從根本上著眼的人。假如他能趁著齊桓公問他的機會，推舉天下賢能的人來代替自己，那麼，即使管仲死了，齊國也不能算沒有管仲。這三個人又有什麼可怕的呢，不說也可想可知。

五霸中沒有哪一個能比得上齊桓公，晉文公。晉文才子不比齊桓公强，他手下的大臣又都不如管仲。晉靈公暴虐，不如齊孝公寬厚。可是，晉文公死後，諸侯却不敢背叛晉國。晉國承襲文公的餘威，仍然做了百餘年諸侯的盟主。爲什麼呢？因爲晉國的君主雖然不賢能，却有老成練達的大臣在。而齊國在桓公死後，便一敗塗地，這一點也不奇怪，因爲他們只靠了一個管仲，而管仲却死了。天下從來不曾缺少賢能的人，相反，往往是有賢能的大臣而沒有聖明的君主。齊桓公在世時，竟說天下不再有管仲一樣的人才，我不相信這句話。在《管子》裏，記載著管仲快要死的時候，議論鮑叔牙、賓胥無爲人的話，並且分別擺出了他們的短處。這表明，在他心裏，這幾個人都不足以託付治理國家的重任；而且又預料到自己將要死了。那麼《管子》這部書荒誕不經，不值得相信。

依我看，史鰌因不能在生前進薦蘧伯玉，而斥退彌子瑕，所以才有死後用屍體進諫的事情。蕭何在臨死的時候，推舉曹參來接替自己。大臣的用心，本來就應當這樣。國家往往由於一個人而興旺，由於一個人而滅亡。賢能的人不爲他自己的死亡感到悲哀，而只對國家的衰敗感到憂慮，所以他們一定要在生前找到賢能的人接替自己後，才能死去。但管仲又做了什麼可以去死了呢？

辨奸論

蘇洵

【題解】

據前人考證，本文是南宋初年道學家邵伯溫爲攻擊王安石而假託蘇洵之名寫作的。爲了攻擊、誣蔑王安石，他從性格、生活、行爲等方面，對王安石肆意詆毀與醜化。爲達到政治上反對他人的目的，而進行人身攻擊，這種態度和手法是十分卑劣的，前人對此已有過許多批評。此論蕪蔓駁雜，文理不通。

事有必至，理有固然[1]。惟天下之靜者[2]，乃能見微而知著[3]。月暈而風[4]，礎潤而雨[5]，人人知之。人事之推移，理勢之相因[6]，其疏闊而難知[7]，變化而不可測者，孰與天地陰陽之事[8]，而賢者有不知。其故何也？好惡亂其中，而利害奪其外也[9]！

【注釋】

[1]理：情理。[2]靜：清靜、冷靜、道學家崇尚「靜」，認爲這是最高的道德修養。靜者：達到了這種修養的人。[3]微：小，指苗頭、迹象；著：明顯。[4]月暈：指環繞月球的彩色光環或通過月球的白色光帶。歷來民間有「日暈三更雨，月暈午時風」的諺語。[5]礎：柱子下面的石礅。潤：潮濕。[6]理勢：中國哲學術語。理：法則；勢：發展趨勢。[7]疏闊：寬大廣闊。這裏有渺茫難以提摸的意思。[8]天地陰陽之事：指自然界的一切現象。[9]奪：干擾、牽制。

昔者，山巨源見王衍①，曰：「誤天下蒼生者，必此人也！」郭汾陽見盧杞②，曰：「此人得志，吾子孫無遺類矣！」自今而言之。其理固有可見者。以吾觀之，王衍之爲人，容貌言語，固有以欺世而盜名者，然不忮不求③，與物浮沉④。使晉無惠帝⑤，僅得中主⑥，雖衍百千，何從而亂天下乎？盧杞之奸，固足以敗國，然而不學無文，容貌不足以動人，言語不足以眩世⑦，非德宗之鄙暗⑧，亦何從而用之？由是言之，二公之料二子，亦容有未必然也⑨。

【注釋】①山巨源：名濤，晉初人，好老莊學說，與嵇康、阮籍等交游，爲「竹林七賢」之一。他曾任吏部尚書，太子少傅等官職。當時選用人員，他都親作詳論。當時的士大夫認爲他善於識別人才。王衍，字夷甫，西晉大臣，與山濤同時，年輩較晚。據《晉書．王衍傳》記載。王衍少時秀美，去見山濤，山濤很稱賞他的神情風度，但又說：「將來貽誤天下蒼生的，恐怕就是這個人！」晉惠帝時王衍任宰相，終日清淡，不理國事，後被石勒所殺。②郭汾陽：即郭子儀，唐中期著名大將，以平定安史之亂有功，被封爲汾陽郡王。盧杞：字子良，唐德宗時任宰相。在職期間，陷害忠良，搜亂百姓，後被貶職。據《舊唐書．盧杞傳》記載，郭子儀病，盧杞來看望他，郭氏讓姬妾都回避，獨自等候。事後家人問他爲什麼不讓姬妾見客，郭子儀說：「盧杞容貌醜陋，心地險惡，姬妾見了他必定會發笑，將來他掌權，我的子孫會被他鏟除淨盡。」③忮：嫉妒，忌恨。④浮沉：上下，隨波逐流的意思。⑤惠帝：指晉惠帝司馬衷，二九〇年至三〇六年在位，以愚蠢昏庸出名。⑥中主：中等才能的皇帝。⑦眩：通「炫」，迷惑、炫耀。⑧德宗：即唐德宗李適，公元七八〇年至八〇五年在位。⑨容：或許。

今有人①，口誦孔、老之言②，身履夷、齊之行③，收召好名之士、不得志之人，相與造作言語，私立名字，以為顏淵、孟軻復出④，而陰賊險狠⑤，與人異趣，是王衍、盧杞合而為一人也，其禍豈可勝言哉！夫面垢不忘洗，衣垢不忘澣⑥，此人之至情也。今也不然，衣臣虜之衣⑦，食犬彘之食⑧，囚首喪面而談詩書⑨，此豈其情也哉？凡事之不近人情者，鮮不為大姦慝⑩。豎刁、易牙、開方是也⑪！以蓋世之名，而濟其未形之患，雖有願治之主，好賢之相，猶將舉而用之；則其為天下患，必然而無疑者，非特二子之比也⑫！

【注釋】

①今有人：指王安石。②孔、老：孔子和老子，兩人分別為儒家和道家的創始人。③夷、齊：伯夷，叔齊。兩人都是商朝末年孤竹國國君的兒子，相傳孤竹國國君死後，兄弟倆相推讓，都不繼位，後一同逃往周地。周武王伐紂，二人叩馬而諫，商亡後，他們足不踏周地，口不食周粟，餓死首陽山。他們的行為為後代儒家所推崇。④顏淵：（前五二一年──前四九〇年），春秋末年魯國人。名回，字子淵，孔子的得意學生，被譽為「賢人」。孟軻：即孟子，戰國時思想家、教育家，名軻，字子輿，戰國中期儒家的代表人物，孔子學說的繼承者。⑤陰賊：陰險狠毒。⑥垢：骯髒。澣：「浣」的異體字，洗濯。⑦臣虜：奴僕。⑧彘：豬。⑨囚首喪面：形容不注意修飾。囚首：指頭髮散亂，如同囚犯。喪面：好像居喪的人的面孔。詩書：泛指儒家的經典著作，即四書五經等。⑩鮮：少。姦慝：奸邪。⑪豎刁、易牙、開方：春秋時齊桓公的三個寵臣，具體見本書《管仲論》註釋。⑫特：但。

孫子曰①：「善用兵者，無赫赫之功②。」使斯人而不用也，則吾言為過，而斯人有不遇之歎，孰知禍之至於此哉？不然，天下將被其禍，而吾獲知言之名，悲夫！

【注釋】

①孫子：名武，齊國人，戰國時傑出的軍事家，著有《孫子兵法》十三篇，為我國最早最傑出的兵書。②善用兵

者，無赫赫之功：古代論戰功，根據斬首多少來評定。孫子認爲，善於用兵的人往往退敵於未臨，所以從表面上看起來沒有顯著的戰功。赫赫：顯要盛大的樣子。

【譯文】

事情的發展有一定要到達的地步，情理有必定如此的根源。只有天下那修養到靜的地步的人，才能從細微的變化中預知事情的明顯後果。月亮周圍出現了光圈，意味著要刮風，柱底的石礎返潮，預示著要下雨，這是人人都知道的。人世間事情的發展變化，道理情勢的相互因循，它們的渺茫難知，變化多端而不可預測，哪裡比得上天地萬物的陰陽變幻呢？可是賢能的人有所不知，這是什麼緣故呢？這是因爲喜好或厭惡的感情擾亂了他們的心，而利害的得失又影響了他們的行動。

從前，山巨源見了王衍，說：「將來貽誤天下老百姓的，一定是這個人。」郭汾陽見了盧杞，說：「這個人一旦得志，我的子孫將會被鏟除淨盡。」從現在來看，的確有可以預見的道理。據我看來，王衍的爲人，他的容貌言語，確實有欺世盜名的地方，然而他不嫉妒別人，不過分貪求，只是在世俗中隨波逐流。如果晉朝沒有晉惠帝，僅僅有一個一般的君主，即使有千百個像王衍這樣的人，又怎麼能使天下大亂呢？

盧杞的奸險，固然足以使國家敗壞，但是他不學無術，容貌既不足以動人，言談也不能迷惑世人，如果不是昏庸鄙陋的唐德宗，又哪裏能夠重用他。由此說來，山、郭二公對王、盧二人的預言，也未必準確吧。

現在有個人，嘴上說著孔子、老子的話，親身實踐著伯夷和叔齊的清高行爲，收羅了一伙沽名釣譽的士人和一些不得志的人，他們在一起製造輿論，自我標謗，把這個人說成顏淵再世，孟軻復生。可是他內心卻陰險狠毒，志趣和一般人大不一樣。這眞是合王衍、盧杞於一個人了，他成的禍患哪裏能夠說得盡呢？臉髒了不忘記洗擦，衣服髒了不忘記洗滌，這是人之常情。現在他卻不是這樣，穿著奴僕的衣服，吃著豬狗的食物，頭髮像囚犯一樣又長又髒，臉像居喪者一樣布滿塵垢，可是他卻大談詩書，這難道合乎情理嗎？凡是做事情不近人情的，很少有不是大奸大惡的，豎刁、易牙、開方就是這類人。以蓋世的名望來助成他還沒有呈現出來的禍患，雖然有勵精圖治的君主，以及喜愛賢才的宰相，也還是會提拔他，並加以重用。那麼，他將來成爲天下的禍患，那必然而無疑的情況，就不是王衍、盧杞所能比擬的了。

孫子說：「善於用兵的人，沒有顯赫的戰功。」假使這個人不被重用，那麼，我的話便會被認爲是錯的，這個人也會有懷才不遇之歎。如果這樣，又有誰能知道他所造成的禍患將會達到這種嚴重地步呢？如果不是這樣，那麼天下的人都將遭受他的禍患，而我個人則會獲得這卓識的美名，那就太可悲了！

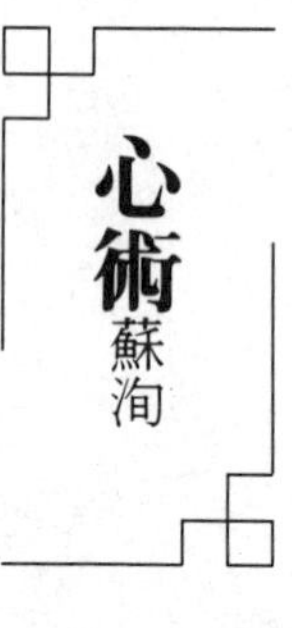

心術
蘇洵

【題解】

本文是一篇軍事論文。「心術」即「治心」的方法。作者從將帥的自我修養説起，分別從幾個方面闡述了戰爭的戰略策略思想，具有一定的見解。但「士欲愚」的權術思想，反映了作者的階級和時代局限性。

文章每節自成段落，各有中心，又有著內在的聯繫，邏輯很嚴密。

爲將之道，當先治心[1]。泰山崩於前而色不變[2]，麋鹿興於左而目不瞬[3]，然後可以制利害[4]，可以待敵。

凡兵，上義[5]；不義，雖利勿動。非一動之爲害，而他日將有所不可措手足也。夫惟義可以怒士[6]，士以義怒，可與百戰。

凡戰之道，未戰養其財，將戰養其力，既戰養其氣，既勝養其心。謹烽燧[7]，嚴斥堠[8]，使耕者無所顧忌，所以養其財；豐犒而優游之[9]，所以養其力；小勝益急，小挫益厲，所以養其氣；用人不盡其所欲爲，所以養其心。故士常蓄其怒，懷其欲而不盡。怒不盡則有餘勇，欲不盡則有餘貪。故雖併天下[10]，而士不厭兵，此黃帝之所以七十戰而兵不殆也[11]。不養其心，一戰而勝，不可用矣。

【注釋】

[1]心：指下文講的戰爭中的膽略，智謀和忍耐性、吃苦精神。治心：即純正思想、鍛煉意志。[2]泰山：山名。在今山東省中部。古稱東岳，又叫岱山、岱宗。[3]麋：鹿類的一種，也稱「四不像」。左：附近。瞬：眨眼。[4]制：掌握。利害：指戰爭形勢對已有利或有害的變化狀況。[5]上：通「尚」，崇尚。[6]怒：激發的意思。[7]烽燧：即烽火，古代邊防報警的兩種信號。白天報警的煙稱燧，夜晚報警的火稱烽。[8]斥堠：原指古代探望敵情的土堡，這裡指放哨、瞭望。[9]豐犒：豐厚的犒賞。犒：用酒食慰勞士兵。優游：閒暇自得的樣子。這裏指讓士兵得到空閒、休息的時間。[10]併天下：這裏指打遍整個天下。[11]黃帝：古代傳說中我國中原各族的共同祖先。相傳他曾打敗炎帝。又殺死作亂的蚩尤，本為部落首領，後被擁戴為部落聯盟領袖。殆：通「怠」，懈怠。

凡將欲智而嚴，凡士欲愚。智則不可測、嚴則不可犯，故士皆委己而聽命，夫安得不愚？夫惟士愚，而後可與之皆死。

凡兵之動，知敵之主，知敵之將，而後可以動於險[1]。鄧艾縋兵於蜀中[2]，非利禪之庸[3]，則百萬之師可以坐縛，彼固有所侮而動也[4]。故古之賢將，能以兵嘗敵[5]，而又以敵自嘗，故去就可以決。

凡主將之道，知理而後可以舉兵，知勢而後可以加兵，知節而後可以用兵[6]。知理則不屈，知勢則不沮[7]，知節則不窮。見小利不動，見小患不避；小利小患，不足以辱吾技也[8]，夫然後有以支大利大患[9]。夫惟養技而自愛者，無敵於天下。故一忍可以支百勇，一靜可以制百動。

【注釋】 ①險：這裏指危險的軍事行動。②鄧艾：三國時，魏國將領鄧艾，領兵從一條艱險小路進攻蜀漢。這條小路兩旁山高谷深，士兵都是用繩子拴住身子送下山去的，鄧艾自己也用毡布包住身體，從山頂滑下。兵至成都城下，蜀漢後主劉禪出降，於是蜀漢滅亡。縋：繫在繩子上放下去。③劉禪：（公元二〇七年——二六一年），三國蜀後主，小字阿斗，劉備子、降魏後封爲安樂公。④侮：輕視。⑤嘗：試探、檢驗。⑥節：節制，即指揮約束。⑦沮：沮喪。⑧辱：玷污。技：本領，才能。⑨支：對付得了，經得住。

兵有長短，敵我一也。敢問：「吾之所長，吾出而用之，彼將不與吾校①；吾之所短，吾蔽而置之，彼將强與吾角②，奈何？」曰：「吾之所短，吾抗而暴之③，使之疑而却④；吾之所長，吾陰而養之，使之狎而墮其中⑤。此用長短之術也。」

善用兵者，使之無所顧，有所恃。無所顧，則知死之不足惜；有所恃，則知不至於必敗。尺箠當猛虎⑥，奮呼而操擊；徒手遇蜥蜴⑦，變色而卻步，人之情也。知此者，可以將矣⑧。袒裼而按劍⑨，則烏獲不敢逼⑩；冠冑衣甲⑪，據兵而寢，則童子彎弓殺之矣。故善用兵者以形固⑫。夫能以形固，則力有餘矣。

【注釋】 ①校：較量。②角：較量，角斗。③抗：高舉。暴：顯露。④却：退却。⑤狎：輕忽。墮：落入。⑥尺箠：尺來長的棍子。⑦蜥蜴：一種爬行動物，俗稱四腳蛇。⑧將：帶兵。⑨袒裼：指脫衣露體。⑩烏獲：戰國時秦國力士，相傳能力舉千鈞，受到秦武王的信任。⑪冠冑：戴盔。冠，用作動詞。冑：盔。衣：用作動詞，穿。⑫

以形固：這裏指利用各種條件來保持自己的力量。以，憑借。形：形勢這裏指各種條件。固：鞏固。

【譯文】

當將帥的方法，首先應當培養智謀膽略。即使是泰山在眼前崩塌，也能做到臉色不變，麋鹿從身邊出現，也能做到目不轉睛，然後才能把握住戰爭形勢的變化，以對付敵人。

大凡用兵，要崇尚正義，如果不合正義，即使有利，也不輕易出動。並不是一動就會有什麼危害關係，而是將來可能會造成手足無措的局面。只有正義才能激發士卒，士卒一旦為正義所激發，就可以連續作戰。

一切戰爭的規律是：在戰爭前做好充分的物質準備，臨戰時養精蓄鋭，在戰爭中保持士氣，勝利後保持鬥志。小心烽燧，堅守邊防，使耕田的人沒有什麼顧忌，以此來積蓄財力；給予士兵豐厚的犒賞，使他們得到休息，以此來使士兵養精蓄鋭；打了小勝仗，越發要精神振作，吃了小敗仗，更要給予鼓勵，以此來保持士氣；用人時不要完全滿足他的要求，以此來保持鬥志。因此，要讓士兵經常保有旺盛的鬥志，懷著强烈的願望而無止境。鬥志旺盛就有多餘的勇氣，欲望無止境就會常有所求。所以，即使兼併天下，士兵仍然不厭戰。這就是黃帝七十餘戰後士兵仍然不懈怠的原因。如果不保持鬥志，即使只打了一仗，而且打勝了，也不能再用了。

凡是將帥，應該要足智多謀且號令嚴明；士兵，則應使他們愚昧。足智多謀就讓人感到深不可測，有威嚴就不可侵犯，因此士兵都能不顧自己而俯首聽命，這樣怎麼能不愚昧呢？只有士兵愚昧了，才能夠和將帥同生共死。

凡是部隊採取行動，要了解敵方的主帥、將領情況，然後才能進行那些冒險的行動。三國時，鄧艾用繩子把士兵吊下山去偷襲蜀國，如果不是劉禪昏庸無能，那麼，百萬大軍也會束手就擒，而鄧艾確實是看透了蜀國的情況，才敢於如此行動。所以古代明智的將領，既能用兵去試探敵方的虛實，又能夠利用敵人的進攻來檢驗自己，因此，他能夠決定自己是接戰還是避開。

大凡做主帥的方法，在於通曉事理而後才可以動兵，了解敵我雙方的形勢以後才可以作戰，知道指揮約束才可以指揮戰事。通曉了事理就不至於屈服；明瞭雙方的形勢就不會灰心喪氣；知道指揮約束就不會陷入困境。見到小利不行動，見到小患不躲避，這些小利小患，不值得施展我的本領，做到這一步，才能應付大利大患。只有善於練成各種本領而又保存自己力量的人，才能無敵於天下。因此，忍耐一下，可以準備百次的勇敢行動，冷靜一下，可以控制百次的輕妄舉動。

軍隊各有長處和短處，這是敵我雙方都一樣的。有人問道：「我方的長處，我把它發揮還用出來，可是敵方不和我較量；我方的短處，我把它隱蔽擱置起來，可是敵方一定要和我較量，怎麼辦呢？」回答說：「我方的短處，我公開讓它暴露出來，使敵方疑懼以至退却；我方的長處，我暗中保養它，使敵方輕率大意而落入我計策中，這就是運用長處和短處的方法。」

善於用兵的人，應當使士兵無所顧忌而又有所依靠。無所顧忌，就知道戰死不值得惋惜；有所依靠，就知道不至於一定失敗。手中即使只有尺把長的棍子，碰上了猛虎，也可以大聲吶喊著用棍子去打擊，可是，空著兩手，即使遇上蜥蜴，也會變了臉色而退步不前，這是人之常情。懂得這個道理的，就可以帶兵了。如果袒胸露背，手拿刀劍，那麼，即使是烏獲那樣的大力士，也不敢逼近你；如果穿甲戴盔，抱著武器睡大覺，那末，就是小孩子也能彎弓射箭殺死你。所以，善於用兵的人，能利用各種條件來保存自己的力量。而能保存自己力量的人，他的力量就綽綽有餘了。

張益州畫像記[1]

蘇洵

【題解】

本文記載了張方平安撫蜀地軍民的一樁政績，極力讚揚張方平恰當地平息了可能發生的動亂。全文分三部分，第一部分敘事，第二部分議論，第三部分頌詩。敘事部分和頌詩部分互爲補充，文句簡練古勁。在議論部分，蘇洵先指出張氏治將亂的大功，再說明張氏的政治觀點是不做「官逼民反」的蠢事，然後說明留下畫像的意義。

至和元年秋[2]，蜀人傳言[3]，有寇至邊。邊軍夜呼，野無居人[4]；妖言流聞，京師震驚[5]。方命擇帥，天子曰[6]：「毋養亂[7]，毋助變！衆言朋興[8]，朕志自定[9]。外亂不足，變且中起，既不可以文令[10]，又不可以武競。惟朕一二大吏，孰爲能處茲文武之間，其命往撫朕師？」乃推曰：「張公方平其人。」天子曰：「然。」公以親辭；不可；遂行。冬十一月，至蜀。至之日，歸屯軍[11]，撤守備，使謂郡縣：「寇來在吾，無爾勞苦。」明年正月朔旦[12]，蜀人相慶如他日，遂以無事[13]。又明年正月，相告留公像於淨衆寺[14]。公不能禁。

【注釋】

[1]張益州：即張方平，古人往往稱別人的官名以示尊稱，張方平爲益州太守，故簡稱張益州。[2]至和：宋仁宗年號。至和元年，即公元一〇六二年。[3]蜀：益州爲古蜀國地，秦漢時爲蜀郡地，故仍稱蜀。[4]野：郊外，這

裡指鄉村。[5]京師：指北宋的京城汴梁，即今開封。[6]天子：皇帝。指宋仁宗趙禎。[7]毋：不要。[8]朋興：一同興起。朋：一齊。[9]朕：皇帝自稱。[10]文：指禮樂法度，文章教化。[11]屯軍：駐防的部隊。屯：駐守。[12]朔：陰曆初一。[13]「蜀人」二句：《宋史》本傳：「張方平，……以侍講學士知滑州，徙益州。未至，或扇言儂智高（已歸附朝廷的壯族首領。）攻邕州，……將入寇，攝守（代理太守），亟調兵築城，日夜不得寧，民大驚擾。朝廷聞之，發陝西步騎兵仗，……方平曰：『此必妄也！』道遇戍卒，皆遣歸，他役盡罷，適上元張燈（元宵燈節）。城門三夕不閉，得邛部川譯人始造此語者，梟首境上，而流其餘黨，蜀人遂安。」[14]淨衆寺：在成都西北，一名萬福寺。

眉陽蘇洵語於衆曰[1]：「未亂易治也，既亂易治也。有亂之萌，無亂之形，是謂將亂。將亂難治：不可以有亂急，亦不可以無亂弛[2]。惟是元年之秋，如器之攲[3]，未墜於地。惟爾張公，安坐於其旁，顏色不變，徐起而正之[4]。既正，油然而退，無矜容。爲天子牧小民不倦[5]，惟爾張公，爾繄以生[6]，惟爾父母。且公嘗爲我言：『民無常性，惟上所待。人皆曰蜀人多變，於是待之以待盜賊之意，而繩之以繩盜賊之法[7]。重足屏息之民[8]，而以碪斧令[9]，於是民始忍以其父母妻子之所仰賴之身，而棄之於盜賊，故每每大亂。夫約之以禮，驅之以法。惟蜀人爲易。至於急之而生變，雖齊魯亦然[10]。吾以齊魯待蜀人，而蜀人亦自以齊魯之人待其身。若夫肆意於法律之外，以威劫齊民[11]，吾不忍爲也！嗚呼！』愛蜀人之深，待蜀人之厚，自公而前，吾未始見也！」皆再拜首曰：「然」[12]。

【注釋】

[1]眉陽：眉州眉山縣（在今四川），蘇洵的故鄉。[2]弛：鬆懈。[3]攲：傾側、不早穩。也可寫作「欹」。[4]

正：扶正。[5]牧小民：治民。古代統治階級蔑視勞動人民，把統治人民比做牧養牲畜。[6]繫以生：等於說因此能夠活下來。繫：是，相當於「這」，「此」。[7]繩：由木工用的繩墨引申爲糾正。[8]重足：疊足而立，不敢前進。形容非常恐懼。屏息：由於注意或恐懼而不敢出氣。[9]碪斧：碪，古代一種刑具，即鍘刀三下面的砧板。斧，殺人的刀斧。碪：通「椹」。[10]齊魯：泛指山東一帶。魯爲孔子家鄉，被封建統治者視作禮樂之邦。[11]齊民：普通百姓。齊：相等，無貴賤之別。[12]稽首：古時一種跪拜禮，叩頭到地。

蘇洵又曰：「公之恩在爾心；爾死，在爾子孫。其功業在史官，無以像爲也，且公意不欲，如何？」皆曰「公則何事於斯[1]？雖然，於我心有不釋焉[2]。今夫平居聞一善，必問其人之姓名，與其鄰里之所在，以至於其長短小大美惡之狀；甚者，或詰其平生所嗜好[3]，以想見其爲人，而史官亦書之於其傳。意使天下之人，思之於心，則存之於目；存之於目，故其思之於心也固。由是觀之，像亦不爲無助。」蘇洵無以詰，遂爲之記。

【注釋】

[1]斯：這。[2]釋：放下。這裏是安心的意思。[3]詰：問。

公，南京人[1]，爲人慷慨有大節，以度量雄天下[2]；天下有大事，公可屬。系之以詩[3]曰：

「天子在祚[4]，歲在甲午。西人傳言[5]，有寇在垣[6]。庭有武臣，謀夫如雲。天子曰：『嘻[7]，命我張公。』公來自東，旗纛舒舒[8]。西人聚觀[9]，於巷於塗。謂公暨暨[10]，公來于于[11]。公謂西人：『安爾室家，無敢或訛[12]。訛言不祥，往即爾常；春爾條桑[13]，秋爾滌場[14]。』西人稽首：『公我父兄。』公在西囿[15]，草木駢駢[16]。公宴其僚，伐鼓淵淵[17]。西人來觀，祝公萬年[18]。有女娟娟[19]，閨闥閑閑[20]。有童哇哇[21]，亦既能言。昔公未來，期汝棄捐。禾麻芃芃[22]，倉庾崇崇[23]。嗟我婦子，樂此歲豐。公在朝廷，天子股肱[24]。天子曰歸，公敢不承？作堂嚴嚴[25]，有廡有庭[26]。公像在中，朝服冠纓。西人相告，無敢逸荒，公歸京師，公像在堂。

【注釋】

[1]南京：宋大中祥符七年（公元一〇一四年），建應天府爲南京。在今天河南商丘一帶。[2]雄天下：即聞名天下。[3]系：聯綴。[4]祚：這裏指皇位。[5]西人：即蜀人，因四川在我國西部。[6]垣：牆、城牆。指邊境。[7]嘻：讚嘆聲。[8]纛：古時軍隊或儀仗隊的大旗。舒舒：伸展飄揚的樣子。[9]聚：聚集。[10]暨暨：果斷堅決貌。[11]于于：行動舒緩自得的樣子。[12]訛：謠言；或：語氣助詞。[13]條：修剪枝條。[14]滌場：打場。滌，打掃。[15]囿：園林。[16]駢駢：茂盛的樣子。[17]淵淵：鼓聲。[18]萬年：長壽的意思。[19]娟娟：美好的樣子。[20]閨闥：閨房。舊時指女子臥室。閑閑：嫻靜從容的樣子。[21]哇哇：小孩呀呀學語的聲音。[22]芃芃：茂密繁盛的樣子。[23]倉庾：即倉廩，儲藏穀物的地方。崇崇：高大的樣子。[24]股肱：比喻帝王左右得力的臣子。[25]嚴嚴：雄偉莊嚴的樣子。[26]廡：廳堂周圍的廊屋。庭：廳堂。

【譯文】

至和元年狄天，四川的人流傳著謠言，說有敵寇侵犯邊界。守邊的軍隊夜裏驚叫，城外的鄉村沒有人敢居住了；謠言流傳開來，京城大爲震驚。朝廷正準備選派將帥時，皇帝說：「不要釀成亂子，也不要助成變故。即使謠言四起，我的意志是堅定的。外患不足以使我們驚慌，只怕內亂從中興起。這事既不能用文教去感化他們，又不能用武力同他們較量，只需派我的一、二個大臣去妥善處理。誰能夠處理這種文事和武備之間的事情，就派他去安撫我的軍隊。」大家舉薦說：「張公方平就是這樣的人。」皇上說：「可以。」張公以奉侍雙親爲理由推辭，沒有得到允許，於是出發了。這年冬天十一月，他到了蜀地。到達的那天，他就讓屯守的軍隊回去，撤除了防備的軍隊，派人去告諭各郡縣說：「敵人來了由我對付，不必要辛苦你們了。」第二年正月初一，蜀人像往年一樣互相慶賀。就這樣一直平安無事。又過了一年，第三年正月，大家相互商量要把張公的畫像留在淨衆寺裏，張公也禁止不了。

眉陽人蘇詢對大家說：「沒有釀成變亂之前，是容易治理的，已經發生變亂了，也容易治理。有動亂的跡象，還沒有動亂的表現，叫做將要變亂。將要變亂的狀況是最難治理的。既不能因爲有發生變亂的趨勢而操之過急，也不能因爲還沒有變亂而放鬆警惕。至和元年秋天的形勢，好像器物已經傾斜了，但還沒有掉到地上一樣的緊張。只有你們的張公，才能安然坐在旁邊，臉色不變，慢慢地站起來扶正它。扶正了之後，又從容退下，沒有一點驕矜的神色。幫皇上治理百姓而不知疲倦的，只有你們的張公。你們因此而能夠生存下來，他就是你們的父母。而且張公曾經對我說過：「百姓沒有固定的性情，只看上面如何對待他們。人們都說，蜀人常發生變亂，於是政府就用對待盜賊的態度去對待他們。用管束盜賊的法令去管束他們。對於那些本來已經小心翼翼的百姓，還要用嚴制峻法來管束他們。於是百姓便忍心將父母妻兒依賴的身體投入盜賊的行列，所以常常發生大亂。如果用禮法來約束他們，驅使他們，蜀人是最容易治理的。至於逼得他們走投無路而發生變亂，即使是在禮樂之鄉的齊魯也會這樣。我拿對待齊魯百姓的方法來對待蜀人，蜀人便也會把自己看作齊魯地方的人。不按法律而爲所欲爲，用權勢強迫普通百姓，我是不忍心這樣做的。「唉！愛護蜀人是這樣深厚，對等蜀人是這樣仁慈，在張公以前，我還不曾看見過！」大家聽了，都再拜叩頭說：「正是。」

蘇洵又說：「張公的恩德銘記在你們心裏，你們死了，在你們子孫的心裏。他的功績有史官記載，用不著畫像了。而且張公自己也不同意。怎麼辦呢？」大家都說：「張公本來不在乎畫像。雖然這樣，我們心裏却感到不安。現在，就是平日聽到一件好事，也一定要問一問那人的姓名和他居住的地方，以至於他身材的高矮、年歲的大小，容貌的美醜等情況，更詳細的，也要問到他生平的嗜好，以此來想見他的爲人。而史官也將這些記在他的傳記裏，目的是使天下的人不僅心裡都記著他，而且眼裏也能看見他。眼裏看得見，心裏也就記得更眞切。由此看來，畫像也並非沒有幫助呢。」蘇洵再沒辦法反駁了，於是就替他們寫了這篇畫像記。

張公是南京人，爲人開朗豪放，節操高尙，以度量宏大而聞名於天下。國家有大事，張公是可以托付的。用詩記述他的事跡，就是：

皇帝在位，這年正是甲午年，蜀人紛紛傳謠言，說有敵寇侵邊。朝庭有武將，謀臣策士多如云。皇上接受衆人推薦，派張公去安撫平定。張公自東而來，大旗飄揚高舉。蜀人圍攏爭觀看，大街小巷人擁擠。張公神態剛毅，來後鎭定從容。他宣布於蜀人：「安頓好家室，別再傳謠言。謠言不吉祥，料理生活，恢復正常。春天修枝採桑，秋天淸掃谷場。」蜀人行禮叩頭：「張公是我們父兄。」張公在蜀地的園林，園裏草木繁密茂盛。張公宴請同僚，擊鼓淵淵有聲。蜀人紛紛探望，祝張公並壽延年。姑娘們長得多嬌美，居閨樓神態悠閒；哇哇哭鬧的童兒，如今已話語咿呀。當初張公未來，打算把你們丟棄。如今莊稼茂盛，糧倉高立。婦女兒童，爲豐年歡慶。張公往昔在朝廷，是天子的輔佐大臣，皇上召他回朝，張公怎麼不從命？興建起莊嚴的殿堂，有廊房又有庭院。殿堂正中有張公畫像，穿朝服繫著冠帶。蜀人互相勸勉，不再懶惰放蕩。張公回到京城，畫像永留殿堂。

刑賞忠厚之至論[1]

蘇軾[2]

【題解】

本文是蘇軾早年應試時所作，曾受到當時主考官歐陽修的賞識，認爲它毫無五代宋初以來浮靡艱澀的風氣，能「不爲世俗之文」，給予很高的評價。本文的主旨是宣揚儒家「重賞輕罰」的「仁政」主張，作者認爲：刑、賞都要以仁愛爲出發點，立法貴嚴，責人貴寬，這樣，天下就可以安定，就能達到「忠厚之至」。

本文語言平易曉暢，構思精巧。

堯、舜、禹、湯、文、武、成、康之際[3]，何其愛民之深，憂民之切，而待天下以君子長者之道也[4]。有一善從而賞之，又從而詠歌嗟歎之，所以樂其始而勉其終；有一不善從而罰之，又從而哀矜懲創之，所以棄其舊而開其新。故其吁俞之聲[5]，歡忻慘戚[6]，見於虞、夏、商、周之書[7]。成、康既沒[8]，穆王立而周道始衰[9]，然猶命其臣呂侯[10]，而告之以祥刑[11]。其言憂而不傷，威而不怒，慈愛而能斷，惻然有哀憐無辜之心[12]，故孔子猶有取焉。

【注釋】

[1]這個題目是論述刑罰和獎賞怎樣才能夠達到忠厚的極致。[2]蘇軾：（一〇三七年——一一〇一年），字子瞻，號東坡，眉州眉山（今四川眉山縣）人。北宋傑出的文學家，古文「唐宋八大家」之一，與父蘇洵、弟蘇轍，合稱「三蘇」。他在政治上比較保守，反對王安石變法；但與司馬光等舊黨的態度又有所區別。因此，他

遭到新舊兩黨的猜忌和排擠，幾次被貶官，最後貶到瓊州（今海南島）。後遇赦北歸，死在常州。蘇軾是北宋成就最高的文學家，是繼歐陽修而起的文壇領袖，在詩、詞、文章方面都有很深的造詣。此外，蘇軾在書法、繪畫方面也都有很高的造詣。蘇軾的作品，保存下來的共一百一十卷，收入《東坡全集》。③堯、舜、禹：唐堯、虞舜、夏禹，傳說中原始社會末期部落聯盟的首領。禹也是夏朝的第一個君主。湯：商朝的開國君主。文、武：周文王，周武王，周文王時即積極從事滅商的活動，至其子武王時滅商，建立周朝，成、康：周成王、周康王：史稱成王、康王之世，四十多年沒有使用過刑罰，被譽爲「成康之治」。④君子長者之道：指仁愛寬恕的品德。⑤吁：驚嘆聲，表示不以爲然。俞：表示應允。⑥忻：喜悅。戚：悲戚。⑦虞夏商周之書：指《尚書》。是我國上古歷史文獻和後人追述古代史事的著作的匯編，分爲《虞書》、《夏書》、《商書》、《周書》四部分。⑧沒：同「歿」，死亡。⑨穆王：即周穆王，名滿。昭王之子。⑩呂侯：周穆王之臣，相傳任司寇之職。據《尚書．呂刑》，周穆王曾採納他的建議，從輕制定了刑法。⑪祥刑：即詳刑，謹慎用刑。⑫惻然：傷痛憫惻的樣子。

傳曰：「賞疑從與，所以廣恩也；罰疑從去，所以慎刑也①。」當堯之時，皋陶爲士②。將殺人，皋陶曰：「殺之。」三，堯曰：「宥之③。」三。故天下畏皋陶執法之堅，而樂堯用刑之寬。四岳曰④：「鯀可用⑤。」堯曰：「不可。鯀方命圮族⑥。」既而曰：「試之。」何堯之不聽皋陶之殺人，而從四岳之用鯀也？然則聖人之意，蓋亦可見矣。《書》曰：「罪疑惟輕，功疑惟重。與其殺不辜，寧失不經⑦。」嗚呼！盡之矣！可以賞可以無賞，賞之過乎仁；可以罰可以無罰，罰之過乎義。過乎仁不失爲君子，過乎義則流而入於忍人，故仁可過也，義不可過也。

【注釋】

①傳：解說經義的書傳。疑：有疑問。與：給予。去：免除。②皐陶：傳說是堯的大臣。士：官名，掌刑獄。③宥：寬恕。據宋陸游《老學庵筆記》中說，皐陶與堯的對話，完全為作者杜撰的。④四岳：傳說為當時的四方部落首領。也有人認為是氏族社會後期掌管祭祀和曆法的官職。⑤鯀：傳說為禹的父親，由四岳推舉，奉堯的命令治水，後因治水無功，被舜殺死於羽山。⑥方：違抗。圮：毀壞。引文見《尚書．堯典》方命，亦作「放命」，違命。⑦寧失不經：寧願犯不按成法辦案的錯誤。失：失職。經：成規。這四句引文見《尚書．大誥》。

古者賞不以爵祿①，刑不以刀鋸。賞之以爵祿，是賞之道行於爵祿之所加，而不行於爵祿之所不加也；刑以刀鋸，是刑之威施於刀鋸之所及，而不施於刀鋸之所不及也。先王知天下之善不勝賞，而爵祿不足以勸也；知天下之惡不勝刑，而刀鋸不足以裁也。是故疑則舉而歸之於仁，以君子長者之道待天下，使天下相率而歸於君子長者之道②。故曰忠厚之至也。

《詩》曰：「君子如祉③，亂庶遄已④」；「君子如怒，亂庶遄沮。」夫君子之已亂，豈有異術哉？制其喜怒，而無失乎仁而已矣。《春秋》之義⑤，立法貴嚴，而責人貴寬。因其褒貶之義以制賞罰，亦忠厚之至也。

【注釋】

①爵祿：爵位和俸祿。②相率：互相帶領，也就是一個接一個。③君子如祉：祉：福。引申為喜悅。這裡指對賢人的進諫而感到高興。下文的「怒」，指對讒言而發怒。這四句引文見《詩．小雅．巧言》。④遄：快速。⑤《春秋》：魯國編年史，相傳曾經孔子修訂，文中寓有褒善貶惡之文。

【譯文】

唐堯、虞舜、夏禹、商湯、文王、武王、成王、康王的時候，他們愛民的心情是多麼深厚，憂民的心情是多麼迫切，並且完全是用忠厚的君子長者的態度來對待天下的人。一個人做了一件好事，隨即獎賞他，接著又歌頌讚美他，用這種辦法來表彰他的開端，勉勵他堅持到底。一個人做了一件壞事，隨即處罰他，接著又憐惜懲戒他，用這種辦法來幫助他改正以前的錯誤、開始新的生活。所以，那些嘆息或應答的聲音，歡樂喜悅，哀然悲戚的感情，都反映在虞、夏、商、周的書上。成王康王死後，穆王即位，周王朝的王道才開始衰落。但是穆王還訓導他的大臣呂侯，告訴他審慎用刑。他的話憂慮而不哀傷，威嚴而不憤怒，慈愛而又果斷，同情地表現出一種哀憐無罪者的感情，所以孔子對它也還有所肯定。

書傳上說：「在賞賜與否難以確定時就賞與，這是用來推廣恩德的做法。懲罰與否難以決定時，就免除懲罰，這是爲了愼用刑罰。」堯當政的時候，皐陶當刑獄官，將要處死一個人。皐陶多次說殺，堯多次下令：「寬恕他。」因此天下的的人都畏懼皐陶執法的嚴厲，而喜歡堯量刑的寬大。四岳說：「鯀可以使用。」堯說：「不可，鯀違抗命令，敗壞了他的族類。」後來又說：「可以試用。」爲什麼堯不聽從皐陶殺人的主張，而同意四岳使用鯀的建議呢？從這裡也可以看出聖人的用意了。《書經》上說：「罪行輕重不易確定時，量刑從輕；功勞大小難以確定時，論功從厚。與其殺掉無罪的人，寧可不殺而犯不守成法的錯誤。」唉！說得透徹極了。可賞可不賞的，獎賞他就是越過了仁；可以懲罰，也可以不罰，罰他就是越過了義。超過了仁慈的範圍，仍然是一個君子；越過了義，就會變成殘忍的人了。所以仁可以越過，而義卻不能越過。

古時候，獎賞不用爵位和俸祿刑罰不用刀鋸。賞賜有功的人只用爵位和俸祿，這樣獎賞的效用只給予得到爵位和俸祿的人身上，而不能給予得不到爵位和俸祿的人身上。刑罰用刀鋸，這樣刑罰的威力只能施加在受到刀鋸的人身上，而不能施加在不可以受刀鋸的人身上。古代帝王知道天下的善事賞不勝賞，而爵位和俸祿也不足以起到鼓勵的作用；又知道天下的壞事是處罰不盡的，刀子和鋸子也不足以實現制裁的作用。所以，不管賞與罰，凡是不能確定的時候，就根據仁的原則來處理，用君子長者的忠厚之道對待天下人，使天下人都互相帶領著回到忠厚寬仁。所以說：這是忠厚到了極點的做法。

《詩經》上說：「君子如果喜於納諫，禍亂便迅速停止；君子如果聽到讒言就發怒，亂子也就很快停止了。」君子平息變亂，難道有什麼特殊的方法嗎？只是做到該喜就喜，該惱就惱，總是不違背仁慈的原則罷了。《春秋》這部書的原則是：建立法制時盡量嚴格，而要求人民則要從寬。根據《春秋》的褒貶原則來規定賞和罰，這也是忠厚到了極點！

范增論[1]

蘇軾

【題解】

這是一篇立意神奇，論述出色的史論。蘇軾年輕時，由於人生閱歷，思想深度都不夠，所以這篇文章中的某些觀點有點幼稚，比如，主張范增殺掉項羽，不殺則離開他。但是卻也有許多精闢獨到的見解。文章翻空出奇，很有特色。結尾讚揚范增其實是爲項羽惋惜，也略有諷刺的鋒芒。

漢用陳平計，間疏楚君臣[2]。項羽疑范增與漢有私，稍奪其權。增大怒，曰：「天下事大定矣，君王自爲之，願賜骸骨歸卒伍[3]！」未至彭城，疽發背死[4]。

【注釋】

[1]范增（公元前二七七——前二〇四年）：秦末居鄛人，當時是項羽的智囊人物，項羽尊他爲亞父，爲項羽稱王立下了汗馬功勞。[2]漢用陳平計，間疏楚君臣：指劉邦滎陽被項羽所困。劉邦採用陳平的反間計，離間項羽和范增，項羽果然中計，削減了范增的權力，促使後者憤然離去，劉邦終於去了心中的隱患。陳平：先跟隨項羽，後歸向劉邦，成爲漢的開國功臣。[3]骸骨：身體的代稱。古代君爲臣綱，臣子對君主是依附關係。願賜骸骨，意思是請求辭職。伍：古時鄉村組織。[4]疽：毒疱。

蘇子曰：「增之去，善矣！不去，羽必殺增。獨恨其不早爾！」然則當以何事去？增勸羽殺沛公，羽不聽[1]，終以此失天下，當以是去耶？曰：「否。增之欲殺沛公，人臣之分也；羽之不殺，猶有君人之度也。增曷爲以此去哉？」《易》曰：「知幾其神乎[2]？」《詩》曰：『如彼雨雪，先集維霰[3]。』增之去，當於羽殺卿子冠軍時也[4]。」

陳涉之得民也，以項燕、扶蘇[5]。項氏之興也，以立楚懷王孫心，而諸侯叛之也，以弒義帝[6]。且義帝之立，增爲謀主矣；義帝之存亡，豈獨爲楚之盛衰，亦增之所與同禍福也。未有義帝亡，而增獨能久存者也。羽之殺卿子冠軍也，是弒義帝之兆也；其弒義帝，則疑增之本也，豈必待陳平哉？物必先腐也，而後蟲生之，人必先疑也，而後讒入之。陳平雖智，安能間無疑之主哉？

【注釋】

[1]增勸羽殺沛公，羽不聽：是指在鴻門宴上，范增多次暗示項羽誅殺劉邦，項羽沒有行動，後來又指使項莊趁舞劍機會殺了劉邦，都沒成功，詳細情況請見《史記．項羽本紀》。[2]幾：事物變化顯現的跡象。[3]霰：細小的雪球。雨：這裡是落下的意思。[4]羽殺卿子冠軍時：是講公元前二〇六年，上將軍宋義統率軍隊救援被秦軍圍困的趙王的路上，他滯留了四十多天，當時次將項羽借機殺死宋義這件事。卿子：對人的尊稱。冠軍：由於宋義是上將軍，位高諸將，所以這樣稱呼。[5]項燕，扶蘇：項燕，戰國時楚國名將，後跟秦作戰身死，是項羽的祖父、扶蘇：秦始皇的大兒子。後被趙高採用僞造詔書的方法逼迫自殺。[6]「項氏之興也」一段文字：范增勸項梁（項羽的叔父）立楚國的後裔爲王。項梁從民間訪到了楚懷王的孫子熊心，立爲懷王。後被項羽遵爲義帝，同時項羽分封天下，自己出關退到彭城，接著派人將義帝轉移到今湖南郴州，並暗中命部下將義帝殺死於江中。弒：臣殺君、子殺父的叫法。

吾嘗論義帝，天下之賢主也：獨遣沛公入關，不遣項羽；識卿子冠軍於稠人之中，而擢以爲上將[1]；不賢而能如是乎？羽既矯殺卿子冠軍[2]，義帝必不能堪，非羽弒帝，則帝殺羽，不待智者而後知也。增始勸項梁立義帝[3]，諸侯以此服從；中道而弒之，非增之意也；夫豈獨非其意，將必力爭而不聽也。不用其言而殺其所立，羽之疑增必自此始矣。方羽殺卿子冠軍，增與羽比肩而事義帝[4]，君臣之分未定也。爲增計者，力能誅羽則誅之，不能則去之，豈不毅然丈夫也哉？增年已七十，合則留，不合則去；不以此時明去就之分，而欲依羽以成功名，陋矣！

【注釋】

[1]「識卿子冠軍於稠人之中」二句：由於高陵的推薦，義帝找宋義議事，很欣賞他的才幹，於是封他爲上將軍。稠人：很多人。[2]矯殺卿子冠軍：詳見《史記・項羽本紀》。矯：假託，假借名義。[3]項梁：項燕的兒子，秦末繼陳勝之後，在今浙江省起兵反秦，後戰死。[4]增與羽比肩而事義帝：當時，宋義、項羽，范增各爲上將、次將，末將共事義帝。比肩：肩並肩，這裏是平等的地位。

【譯文】

漢王劉邦採用陳平的反間計，離間楚的君臣，疏遠他們之間的關係。項羽懷疑范增和漢私通勾結，漸漸地削減了范增的權力。范增勃然大怒說：「天下形勢大體上穩定了，君王你自己料理吧，請你將這把老骨頭賞給我讓我回老家吧！」范增還沒回到彭城，就背上長毒瘡死了。

蘇軾說：「范增的離開，很好！不走，項羽肯定會殺了他。只是恨他不早點離去罷了！」那麼范增什麼時候就應該離開呢！范增苦勸項羽殺了沛公，項羽不聽從，結果因此而痛失天下。范增應在這時就離開嗎？」回答說：「不」！范增力舉殺掉劉邦，這是做臣子的本份，項羽不殺劉邦，還有君主的胸襟，范增何必因爲這事就離開呢？」《易經》說：「洞悉事物的細微跡象，這是很神明的。」《詩經》說：「看那下雪之前，先降落下的是細小的雪珠。」范增的離去時間，就該是項羽誅殺宋義的當兒。

陳勝能贏得民心，是借助了項燕、扶蘇的名義。項氏的興起，是因爲擁立了楚懷王熊心，各路諸侯反叛他，是因爲項羽殺了義帝。況且楚懷王被擁立的義帝，范增是主謀。義帝的生死，難道僅僅是關係到楚的盛衰嗎！范增也與他同禍福呢！沒有可能義帝死了，而范增還能單獨幸存下去！項羽殺宋義就是要殺義帝的徵兆，而他謀害了義帝，就是懷疑范增的根本原因。哪裏一定要等到陳平施行反間計呢？東西一定先開始腐蝕後，然後蛆蟲才會出現在那裏，人要先懷疑，然後讒言才能乘機而入。陳平雖然很聰明，又怎麼能夠挑撥沒有猜疑心的羣主呢？

我曾經品評義帝，說他是賢明的君主。只是派劉邦進入關中，而不派遣項羽；能夠沙中淘金。識出卿子冠軍，並委任他做上將軍。假如不是賢明的君主，能夠像這樣嗎？項羽假託義帝的命令殺了宋義，義帝一定不能忍受，那麼不是項羽殺死義帝，就是義帝除去項羽。這是不要等待聰明人指明然後才知道的。范增以前規勸項梁擁立義帝，諸侯因此而服從調度，半路上殺了義帝，這決不是合符范增的意圖的。那裡僅僅不是他的意思，而是一定要去反對卻沒有被聽從啊。不採用他的意見卻殺了他擁立的人，項羽懷疑范增一定從這時開始了。當次羽殺卿子冠軍時，范增和項羽處於平等地位共同服事義帝，兩個人的君臣名分還沒確定。我爲范增考慮，當時有力量就殺了項羽，沒有力量就離開，這難道不更是果斷的大丈夫嗎！范增已入古稀之年，合得來就留下，合不來就分道揚鑣，不在這時決定是去是留，卻妄想依靠項羽來成就功名。這太淺薄了啊！

雖說如此，可是范增畢竟是劉邦的心腹大患。范增如沒離去，那麼項羽就不至於走向滅亡。唉！范增也稱得上傑出的人才啊！

留侯論[1]

蘇軾

【題解】

本文是蘇軾的名作之一，表現出蘇氏史論論述綿密又揮灑自如的風格。作者以「張良遇圯上老人」這一事件展開評論，對傳統的神秘觀點進行了批判，論述了秦末形勢和圯上老人出現的內在關係。從而確立「忍小忿而就大謀」這一論點。但認爲高祖與項羽的成敗只在能不能忍耐，這樣看問題是片面的。

全文以嚴肅的議論開始，以「閒筆」作收尾，含蓄深刻，饒有趣味。

古之所謂豪傑之士，必有過人之節[2]。人情有所不能忍者，匹夫見辱[3]，拔劍而起，挺身而鬥，此不足爲勇也。天下有大勇者，卒然臨之而不驚[4]，無故加之而不怒[5]。此其所挾持者甚大[6]，而其志甚遠也。

【注釋】

[1]留侯：即張良（？——前一八六年），字子房。相傳爲城父（今安徽亳縣）人。秦末，聚衆歸附劉邦，爲劉邦的重要謀臣。楚漢戰爭中，輔佐劉邦打敗項羽，建立漢朝。後封於留（今江蘇沛縣東南），故稱留侯。[2]過：超出。節：志節，指志向和氣慨。[3]匹夫：普通的人。[4]卒然：突然。卒，通「猝」。[5]加之：加以侮辱，遭受侮辱。[6]所挾持者：指志向，抱負。

夫子房受書於圯上之老人也[1]，其事甚怪[2]；然亦安知其非秦之世，有隱君子者，出而試之？觀其所以微見其意者[3]，皆聖賢相與警戒之義，而世不察，以爲鬼物[4]，亦已過矣。且其意不在書。當韓之亡[5]，秦之方盛也，以刀鋸、鼎鑊待天下之士[6]，其平居無罪夷滅者[7]，不可勝數。雖有賁、育[8]，無所復施。夫持法太急者，其鋒不可犯，而其勢未可乘[9]。子房不忍忿忿之心[10]，以匹夫之力，而逞於一擊之間[11]。當此之時，子房之不死者，其間不能容髮[12]，蓋亦危矣。千金之子，不死於盜賊，何哉？其身可愛，而盜賊之不足以死也。子房以蓋世之才，不爲伊尹、太公之謀[13]，而特出於荊軻、聶政之計[14]，以僥倖於不死，此圯上老人所爲深惜者也。是故倨傲鮮腆而深折之[15]，彼其能有所忍也，然後可以就大事。故曰：「孺子可教也[16]。」

【注釋】

[1]圯上老人：圯：橋，古代東楚方言稱橋爲圯。《史記．留侯世家》：張良在下邳（今江蘇邳縣東）圯上散步，一老父至良前，直墮其履（鞋）於圯下，叫張良撿上來。張良開始驚愕，想打他，因爲他老，勉強忍住，給他撿了上來。老父伸足叫他給自己穿上，張良又幫他穿好，他含笑而去。走了里許，又回來，說：「孺子可教矣！」和張良約好五天後天明時在橋上會面。到期，張良去時，老父已先在，責備了他幾句，又約五天後早上會面。第五天雞叫時張良就去，老父又先在，又責備了他，仍約五天後來。這次，張良不到半夜就去，一會兒，老父才來，很高興，然後授予張良《太公兵法》一書。傳說圯上老人就是黃石公。[2]其事甚怪：《留侯世家》記老父當時還對張良說：「再過十年你的事業就成功了；第十三年，你在濟北谷城山（今山東東阿縣東北）下可以看見我，黃石就是我。」司馬遷在篇末評論說：「學者多言無鬼神，然言有物。至如留侯所見老父予書，亦可怪矣！」[3]微：隱約。[4]以爲鬼物：王充《論衡．自然》：「張良遊泗水之上，遇黃石公，受太公書。蓋天

楚莊王伐鄭1，鄭伯肉袒牽羊以逆2。莊王曰：「其君能下人3，必能信用其民矣。」遂舍之。句踐之困於會稽4，而歸臣妾於吳者5，三年而不倦。且夫有報人之志6，而不能下人者，是匹夫之剛也。夫老人者，以爲子房才有餘而憂其度量之不足，故深折其少年剛銳之氣，使之忍小忿而就大謀。何則？非有平生之素7，卒然相遇於草野之間，而命以僕妾之役，油然而不怪者8，此固秦皇之所不能驚，而項籍之所不能怒也9。

觀夫高祖之所以勝10，項籍之所以敗者，在能忍與不能忍之間而已矣。項籍唯不能忍，是以百戰百勝，而輕用其鋒11；高祖忍之，養其全鋒而待其斃12，此子房教之也。當淮陰破齊13，而欲自王，高祖發怒，見於詞色。由是觀之，猶有剛强不能忍之氣，非子房其誰全之14？

佑漢誅秦，故命令神石爲鬼書授人。」5韓之亡：張良，韓國人，祖、父世代的韓相。秦吞食六國，最先滅韓。6刀鋸鼎鑊：都是古代的殺人刑具。這裏借喻以暴力待人。7夷：誅殺。滅：滅族，把全族的人殺掉。8賁、育：孟賁、夏育，都是戰國時著名勇士。9急：急切。犯：觸犯。10忿忿：忿怒。11一擊之間：《留侯世家》記載秦滅韓後，張良爲報亡國之仇。收歸力士行刺始皇。始皇東遊，張良與力士在博浪沙（今河南原陽東南），狙擊始皇，力士用鐵錐擊始皇，誤中副車。始皇大怒，大尋天下十日，沒有抓到。12間不容髮：距離很近，中間容不下一根頭髮，比喻到了非常危險的境地。13伊尹：商初大臣。輔佐商湯滅夏，立有大功。太公：指呂尚。本姓姜，因其先人封於呂，從其封姓。輔佐周武王滅商，建立周朝，封於齊。14荊軻：戰國時齊人。受燕太子丹的指派，到秦國謀刺秦王政，失敗被殺。聶政：戰國時韓人，曾爲韓卿嚴遂刺殺韓相韓傀。15鮮腆：這裏指沒有恭維的言辭。鮮：少。腆：豐厚、美好。16孺子：小孩。稱別人爲「孺子」，是傲慢的表現。

【注釋】

1楚莊王：春秋時楚國國君，前六一三年至前五九一年在位。鄭：春秋時國名，國都新鄭（今屬河南）。「楚莊王伐鄭」發生在前五九七年。2鄭伯：指鄭襄公。前六〇四年至前五八七年在位。肉袒：去衣露體。古代在祭祀或謝罪時表示恭敬的一種禮節。3下人：向別人低頭。4勾踐：春秋末年越國國君，前四九七年至前四六五年在位。前四九四年爲吳王夫差戰敗，困於會稽山上，屈服請和，質於吳國。三年後回國，臥薪嘗膽，發憤圖強，終於戰勝吳國。會稽：山名，在今浙江中部紹興、嵊縣、渚暨、東陽之間。5吳：國名，轄境有今江蘇大部和安徽、浙江一部份，建都於吳（今江蘇蘇州）。6報人：向人報仇。7素：素交。即老交情。8油然：順從的樣子。9項籍：字羽，秦末農民起義軍領袖，在楚漢戰爭中被劉邦打敗。10高祖：指漢高祖劉邦，前二百零六年至前一百九十五年在位。11輕：輕率。鋒：銳氣。12敝：疲敝。13淮陰：指淮陰侯韓信，秦末漢初的軍事家，輔佐劉邦擊敗項羽，建立西漢王朝。14「非子房」句：《史記・淮陰侯列傳》，韓信滅齊後，使人向劉邦說，要爲假王於齊。當時劉邦正被項羽圍困於滎陽，看信後大怒。張良提醒劉邦說當時不能得罪韓信。劉邦便派張良去封韓信齊王，調他的兵來打項羽。以後又聯結英布、彭越，重用韓信，終於消滅項羽，統一了天下。

太史公疑子房以爲魁梧奇偉1，而其狀貌乃如婦人女子2，不稱其志氣3。嗚呼！此其所以爲子房歟4！

【注釋】

1太史公：指《史記》作者司馬遷。2其狀貌乃如婦人女子：司馬遷在《史記・留侯世家》中說：「余以爲其人計魁梧奇偉，至見其圖，狀貌乃如婦人好女。」3稱：相當。4「此其」句：意思是說，張良相貌柔弱，而志節過人，經圯上老人指點，能夠忍人之師不能忍，這正是張良的長處。歟：句尾歎詞。

【譯文】

古時候被稱爲英雄豪傑的人，一定有過人的志節，有一般人情所不能忍受的度量。普通人一旦被侮辱，就拔劍而起，挺身而鬥，這不能算是勇敢。天下那些眞正有大勇的人，意外事情突然降臨而不驚慌，無緣無故地對他加以侮辱，也不發怒，這是由於他的抱負很大，而志向高遠的緣故。

張良從橋上老人那裏得到兵書，這件事很奇怪。但是又怎能知道不是秦時隱居的君子，特意出來考驗張良的呢？看他用來隱約顯示自己意思的，都是聖賢相互警戒的道理。而世人却不明白，以爲是鬼怪，這也太錯了啊！

況且老人的眞實用意並不在於授書。當韓國滅亡，秦國正强盛的時候，秦國用刀鋸鼎鑊等各種刑具殘酷地對付天下賢士，那些平白無辜被殺戮的人，不計其數。當時即使有孟賁、夏育這樣的勇士，也無法施展他們的本領。施行嚴刑峻法過於急切的人，他的鋒芒是不能去觸犯的，而且當時的形勢也沒有可乘之機。張良不能忍耐憤怒的心情，想此個人的力量，逞强於一次阻擊之中。這個時候，張良能夠活下來，生死之間簡直容不下一根頭髮，實在是危險極了。富貴人家的小弟，不死於盜賊之手。這是什麼原因呢？因爲他們知道生命的可貴，不値得同盜賊相鬥而死，張良憑著他出類拔萃的才能，不效法伊尹、太公那樣考慮大的謀略，而只想採取荊軻、聶政那種行刺的小計，因爲僥幸才保住了生命，這是橋上老人深深地爲他惋惜的事。因此，老人在他面前故意擺出高傲無禮的態度，狠狠地挫傷他。他如果能夠忍耐，然後才能夠成就大的事業。所以老人說：「這小伙子是可以敎誨的。」

楚莊王攻伐鄭國，鄭伯袒露身體，牽著羊去迎接他。楚莊王說：「一國的君主能夠屈己尊人，一定會得到百姓的信任和擁護。」於是收兵，不再攻伐。勾踐被圍困於會稽山上，於是留吳國爲質，如同臣妾，三年也不表示厭倦。再說，有報仇的志向，却又不能屈己尊人，這是世俗人的剛强。至於那橋上老人，他以爲張良才能有餘，但擔心他度量不足，所以才狠狠地挫傷他那年輕人剛强暴躁的脾氣，使他能夠忍受小的憤怒而實現遠大的謀略。爲什麼呢？兩個平常毫無交往的人，突然相遇在鄉野之間，却命令張良去做奴僕的事情，而張良處之泰然，不以爲怪。這樣的人當然是秦始皇所不能驚嚇，而楚王也不能激怒的。

觀察漢高祖之所以取勝，項籍之所以失敗的原因，也在於能忍與不能忍之間罷了。項籍只因爲不能忍耐，所以百戰百勝而輕易地使用他的精銳力量。漢高祖能夠忍耐，蓄養他的全部精銳等待項籍的疲敝，這正是張良教給他的。當淮陰侯韓信攻破齊國，想要自立爲王的時候，漢高祖大怒，表露於言詞和神情之上。由此看來，高祖還是有剛强不能忍耐的性情，如果不是張良，還有誰能成全他呢？

太史公曾猜測張良一定是身材魁梧，相貌奇偉的人，但他的體態，容貌竟像婦人女子一樣，與他的志向氣節很不相稱。唉，這大概就是張良之所以是張良的原因吧！

賈誼論[1]

蘇軾

【題解】

賈誼是位富有革新精神的政治家。由於他向文帝提出的一系列建議有損當時絳侯和灌嬰等舊官僚的利益，而遭到排擠，政治道路坎坷。蘇軾認爲賈誼的悲劇是因爲不自用其才，不能同皇帝、大臣做好關係造成的。認爲要善於等待時機，不要操之過急。這些有一定的合理性，但沒有觸及問題的實質。然而作者強調做事要經受得起挫折的磨鍊，這是很有道理的。

非才之難，所以自用者實難[2]。惜乎！賈生王者之佐[3]，而不能自用其才也。

夫君子之所取者遠[4]，則必有所待；所就者大[5]，則必有所忍。古之賢人，皆負可致之才[6]，而卒不能行其萬一者，未必皆其時君之罪，或者其自取也。

【注釋】

[1]賈誼：見本書《過秦論》中的註解。還可參看《史記、屈原賈生列傳》。[2]自用：發揮自己的才能。[3]賈生：即賈誼，古代稱儒者爲「生」。佐：輔助的人。[4]所取者：指功業、志向。[5]所就者：指成就、功業。[6]致：成就功業的意思。可致之才：能夠實現功業、抱負的才能。

愚觀賈生之論[1]，如其所言，雖三代何以遠過[2]？得君如漢文[3]，猶且以不用死，然則

是天下無堯舜，終不可有所爲耶？仲尼聖人，歷試於天下[4]，苟非大無道之國，皆欲勉強扶持[5]，庶幾一日得行其道[6]。將之荊，先之以冉有，申之以子夏[7]。君子之欲得其君，如此其勤也。孟子去齊[8]，三宿而後出晝[9]，猶曰：「王其庶幾召我。」君子之不忍棄其君，如此其厚也。公孫丑問曰[10]：「夫子何爲不豫[11]？」孟子曰：「方今天下，舍我其誰哉？而吾何爲不豫？」君子之愛其身，如此其至也。夫如此而不用，然後知天下果不足與有爲，而可以無憾矣。若賈生者，非漢文之不能用生，生之不能用漢文也。

【注釋】

[1]愚：作者蘇軾自稱的謙詞。賈生之論：指賈誼的《治安策》。[2]三代：指夏、商、周三個朝代。[3]漢文：漢文帝劉恒，舊史家都尊他爲明君。[4]試：游說。天下：春秋時各諸侯國。[5]勉強：勉力去做。[6]庶幾：也許可以，表示希望。[7]將之荊三句：語出《禮記．檀公上》，原文是「將之荊，蓋先之以子夏，又申之以冉有。」引文與原文有出入。荊：楚國。冉有，子夏，都是孔子的弟子。[8]去：離開。[9]三宿而後出晝：事見《孟子．公孫丑下》。孟子在齊爲卿。由於自己的政治主張不爲齊王採納，便辭官而去，但在晝邑停留了三天，希望齊王重新召他入朝。[10]公孫丑問曰：據今本《孟子．公孫丑下》，問話的人應是孟子另一弟子充虞。[11]豫：高興、快樂。

夫絳侯親握天子璽而授之文帝[1]，灌嬰連兵數十萬，以決劉呂之雌雄[2]，又皆高帝之舊將[3]，此其君臣相得之分[4]，豈特父子骨肉手足哉[5]？賈生，洛陽之少年，欲使其一朝之間，盡棄其舊而謀其新[6]，亦已難矣。爲賈生者，上得其君，下得其大臣，如絳灌之屬，優游浸漬而深交之[7]，使天子不疑，大臣不忌，然後舉天下而唯吾之所欲爲[8]，不過十年，可以得志。安有立談之間，而遽爲人痛哭哉⑨！觀其過湘爲賦以弔屈原⑩，縈紆鬱悶⑪，趯然有遠舉之志⑫。其後以自傷哭泣，至於夭絕，是亦不善處窮者也⑬。夫謀之一不見用，則安知終不復用也？不知默默以待其變，而自殘至此。嗚呼！賈生志大而量小，才有餘而識不足也。

【注釋】

①絳侯：西漢初年的大將周勃。秦代末年，他從劉邦起事，多有軍功，封爲絳侯。劉邦死後，呂后掌權，大力培植呂家勢力。呂后一死，諸呂企圖奪取劉氏政權，周勃、陳平、灌嬰等老臣平定了諸呂叛亂，立代王劉恒爲帝，這就是漢文帝。周勃在劉恒回京途中曾向他獻上天子印璽。②灌嬰：西漢初年大臣。曾隨劉邦轉戰各地，封爲潁陰侯。諸呂作亂，齊哀王舉兵討伐，呂祿派灌嬰迎去。灌嬰率兵到滎陽後，與周勃等共謀，與齊聯合，平定諸呂，擁立文帝。③高帝：漢高祖劉邦。④分：情分。⑤特：只。骨肉手足：比喻關係密切。⑥盡棄其舊而謀其新：賈誼爲太中大夫時。曾向文帝提出更定法令，易服色，改正朔，定官名，興禮樂，列侯就國等意見，文帝曾打算讓賈誼擔任公卿的職位。⑦優游：從容不迫的樣子。浸漬：漸漸滲透。⑧舉：全。唯：只有。⑨遽：急、突然痛哭：賈誼《治安策》中有這樣的話：「臣竊推事勢，可爲痛哭者一，可爲流涕者二，可爲長太息者六。」作者在此批評賈誼操之過急。⑩弔屈原：因朝中大臣排擠，賈誼貶爲長沙王太傅，路過湘水，作《弔屈原賦》。⑪縈紆：曲折環繞。比喻心境不寧。⑫趯然：形容心情激蕩的樣子。趯同「躍」。遠舉：原指遠走高飛，這裏指退隱。⑬處窮：處於困窘的環境。

古之人，有高世之才，必有遺俗之累①。是故非聰明睿智不惑之主②，則不能全其用③。古今稱苻堅得王猛於草茅之中④，一朝盡斥去其舊臣而與之謀，彼其匹夫略有天下之半⑤，其以此哉！愚深悲賈生之志，故備論之。亦使人君得如賈生之臣，則知其有狷介之操⑦，一不見用，則憂傷病沮⑧，不能復振。而爲賈生者，亦謹其所發哉⑨！

【注釋】

①遺：棄、脫離。俗：世俗。累：帶累。②睿智：英明、卓越。③全：盡。④苻堅：南北朝時前秦皇帝。王猛：字景略。年輕時販賣畚箕。隱居華山，後受苻堅徵召，與苻堅一見如故，屢有升遷，權傾內外。宗戚舊臣大爲不滿，尚書仇騰，丞相席寶幾次說王猛的壞話，苻堅大怒，貶黜二人，於是上下皆服。草茅：比喻草野、民間。⑤匹夫：普通人，指苻堅。略：奪取。⑥備：詳細。⑦狷介：潔身自好，不同流合污。⑧沮：沮喪。⑨所發：所作所爲，引申爲處世。

【譯文】

一個人要有才能並不難，怎樣使自己的才能發揮出來却實在難。遺憾得很，賈誼先生有宰輔的才能，却不能夠使自己的才能得到發揮運用。

君子要實現遠大的目標，就必須等待時機；要成就偉大的事業，也必定要有所忍耐。古代的賢人志士，都身懷可以建功立業的才能，可最終却不能施展他才能的萬分之一，這其中的緣由，未必都是當時的君主的過失，或許是他們自己造成的。

我曾經看過賈先生的政論文章，如果照他說的那樣做，即使是夏、商、周三代最清明的時候，又能超過多少呢？賈誼遇到漢文帝這樣的賢主，還是因爲沒被重用而憂鬱地死去，那麼，如果天下沒有堯、舜這樣的聖明皇帝，就永遠無所作爲了麼？孔子是位大聖人，他曾走遍天下，到處游說。只要不是過於無道的國家，都想盡力扶持它，希望有一天能實行他的主張。他打算到楚國去，先派冉有去聯繫，又派子夏去表明自己的意思。君子想得到了解他的君主，是這樣的勤勉！孟子要離開齊國，在晝邑這地方停留了三天才出發。他還說：「齊王也許會召我回朝。」君子不忍心離開他的君主，感情是這樣的深厚。公孫丑問道：「老師，您爲什麼不高興呢？」孟子回答說：「如今的天下，除了我還有誰能治理呢？我爲什麼不高興呢？」君子愛惜自己，考慮是這樣的周到！如果做到了這一步還不被任用，然後才知道天下果真不能讓自己有所作爲，因而也就沒有什麼遺憾了。像賈先生這種人，不是漢文帝不能重用他，而是他自己不懂得效力於漢文帝。

周勃曾親自捧著玉璽進獻給漢文帝，灌嬰統領幾十萬軍隊，以此決定了劉、呂兩家的勝敗。他們又都是漢高祖的老部將，這種親密的君臣關係，難道僅僅像父子兄弟一樣嗎？賈先生只是洛陽一個年輕人，想要漢文帝一下子就全部廢棄舊的規章制度，謀求建立新的，這也太困難了。作爲賈先生來說，在上要取得文帝的信任，在下要深得大臣的支持。像周勃，灌嬰這一類人，要慢慢地加深關係，與他們結爲朋友。使皇上不猜疑，大臣不忌恨，這樣，全天下的事我要怎麼做就可怎麼做，不超過十年，便可實現自己的抱負了。哪有在兩人站著淡恬的時間裏，就要爲別人而痛哭的呢！我看他過湘江時寫下的憑弔屈原的賦，鬱悶困頓，愁思百結，急切地流露出退隱的思想。後來終因過度憂傷、哭泣，而早早地去世了。這也是不善於對待逆境啊。建議一次不被採用，怎能斷定永不被採用呢？不懂得沉著等待時機的到來，而自己折磨自己到這種地步。唉！賈先生志向遠大，而度量太小，才能有餘卻見識不夠啊！

古代的賢人，有高出世人的才能，必定有不合時宜的憂慮。所以，如果沒有極端聰明賢的君主，就不能全部發揮他們的才能。從古到今，人們稱讚苻堅得到了鄉村中來的王猛，就立即叫那班老臣離開朝廷而單獨與王猛共商大事。苻堅，一個普通人居然攻占了一半天下，他大概就憑這一點吧！我非常同情賈先生的志向，所以詳細地論述了他。也是使得做皇帝的獲得像賈先生這樣的臣子，就知道他有孤芳自賞的氣節，一不被任用，就會憂鬱、頹廢，再不能振作起來。而作爲賈誼這一類人，也應謹愼地對待自己的立身處世啊！

鼂錯論[1]

蘇軾

【題解】

本文總結了鼂錯削藩失敗的教訓。作者在肯定鼂錯被殺是由於七國的壓力和政敵的中傷後，又從另一角度認爲，鼂錯的被殺是由於他自己缺乏堅韌不拔，臨危不懼的精神，在危機關頭只想保全自己而不敢冒風險、擔重擔，從而給政敵以可乘之機。

文章先從道理上立論，再引出事實，兩相對照，增強了說服力。

天下之患，最不可爲者，名爲治平無事而其實有不測之憂。坐觀其變而不爲之所[2]，則恐至於不可救；起而強爲之，則天下狃於治平之安而不吾信[3]。惟仁人君子豪傑之士，爲能出身爲天下犯大難[4]，以求成大功。此固非勉強期月之間[5]，而苟以求名之所爲也。天下治平，無故而發大難之端。吾發之，吾能收之，然後有辭於天下。事至而循循焉欲去之[6]，使他人任其責，則天下之禍必集於我。

【注釋】

[1]鼂錯：（前二〇〇年——前一五四年），西漢政治家。穎川人。景帝時，爲御史大夫，他建議逐步削奪諸侯王國的封地，以鞏固中央集權制度，被景帝採用。不久，吳、楚等七國以「誅鼂錯清君側」爲藉口，發動武裝叛亂；他被政敵袁盎等人攻擊讒害，被殺。[2]所：處所，這裏是處置的意思。[3]狃：習以爲常。[4]犯：冒犯。[5]期月：一年或一個月。這裏泛指短時期。[6]循循焉：有次序的樣子。

昔者鼂錯盡忠爲漢①，謀弱山東之諸侯②。山東諸侯並起，以誅錯爲名，而天子不之察，以錯爲之說③。天下悲錯之以忠而受禍，不知錯有以取之也。古之立大事者，不惟有超世之才④，亦必有堅忍不拔之志。昔禹之治水⑤，鑿龍門⑥，決大河，而放之海。方其功之未成也，蓋亦有潰冒衝突可畏之患⑦。惟能前知其當然，事至不懼而徐爲之圖⑧，是以得至於成功。夫以七國之强而驟削之⑨，其爲變豈足怪哉？錯不於此時捐其身，爲天下當大難之衝⑩，而制吳、楚之命，乃爲自全之計，欲使天子自將而己居守。且夫發七國之難者誰乎？己欲求其名，安所逃其患？以自將之至危，與居守之至安，己爲難首，擇其至安，而遺天子以其至危，此忠臣義士所以憤惋而不平者也。當此之時，雖無袁盎，錯亦未免於禍⑪。何者？己欲居守，而使人主自將，以情而言，天子固已難之矣，而重違其議，是以袁盎之說得行於其間。使吳、楚反，錯以身任其危，日夜淬礪⑫，東向而待之⑬，使不至於累其君，則天子將恃之以爲無恐，雖有百袁盎，可得而間哉？

嗟夫！世之君子，欲求非常之功，則無務爲自全之計。使錯自將而討吳、楚，未必無功。惟其欲自固其身，而天子不悅，奸臣得以乘其隙。錯之所以自全者，乃其所以自禍歟！

【注釋】

①「昔者鼂錯盡忠爲漢」：漢初分封同姓王，高祖死後，諸王漸强，有的甚至不服中央，另起野心。爲了加强中央集權，鼂錯請削減諸王國的封地。景帝三年，吳王濞、膠西王卬、膠東王雄渠、菑川王賢、濟南王辟光、

楚王戊，趙王遂，以誅殺鼂錯爲名聯合反叛，竇嬰、袁盎向來與鼂錯有私怨，乘機進言，景帝下令斬錯於東市。②山東：秦漢時稱崤山或華山以東的地區爲山東，七國叛亂就發生在這裏。諸侯：指當時的諸侯王。③說：通「悅」使動用法。④超世：超出一般人。⑤禹：相傳爲上古夏後氏部落首領，奉部落聯盟首領虞舜的命令治理洪水，因有功而被選爲舜的繼承人。⑥龍門：即禹門口，在今山西河津縣西北。此處黃河兩岸峭壁對峙，形如闕門，相傳爲禹所開。⑦潰冒衝突：大水沖破堤防，奔騰泛濫，不可遏止。潰：水衝破堤防。冒：衝犯。衝突：猛烈奔闖。⑧徐：緩慢。這裏是從容的意思。⑨七國：指吳、膠東、膠西、菑川、濟南、楚、趙等七個王國。⑩衝：交通要道，這裏指要害。⑪袁盎：歷任齊相、吳相，因與吳王劉濞有關係。曾被鼂錯告發降爲庶人，七國反叛時，他借機建議漢景帝殺掉鼂錯。他後來被梁孝王劉武派人刺殺身亡。⑫淬礪：磨鍊兵刃，淬：鍛鍊銅質器物時，爲了增强其彈性和硬度，燒紅後浸入水中。這裏指操勞。⑬東向：向東。七國都在京城長安的東或東南方向。

【譯文】

天下的禍患，最不好處理的，是表面上平安無事，其實却潛伏著不可預測的隱憂。要是坐等任其發展，而不採取相應的措施加以處置，恐怕會發展到不可挽救的地步；但如果起來用强制的手段去處理，那麼，天下人由於過慣於太平生活，却又不會相信我們。只有仁人，君子，豪傑這類人，才能挺身而出爲天下人去承擔大難，以求建立大功。這當然不是靠短時期的努力，且妄圖求得個人名譽的人所能做到的。在天下太平的時候，無故挑起大難的事端，那麼，我能挑起它，我就能夠收拾它，這樣才能在天下人面前有話可說。如果事到臨頭，却一步一步地想要躲開，讓別人去承擔責任，那麼，天下的災禍，必定集中到自己身上。

當年，鼂錯忠心耿耿地爲漢朝出力，謀劃削弱山東諸侯王的勢力。結果，山東諸侯王聯合起來，以誅殺鼂錯爲藉口起兵。但是皇帝却不能洞察其中的陰謀，用殺鼂錯的辦法來取悅諸侯。天下人都悲歎鼂錯因忠君而遭禍，却不知鼂錯也有咎由自取的原因。古代凡是成就大功業的人，不僅有出類拔萃的才能，還具有堅韌不拔的意志。過去大禹治理洪水，鑿開龍門，疏通黃河，讓河水流進大海，當他的功業尚未完成的時候，也存在著洪水沖毀堤防，奔騰泛濫的可怕災難。只是由於事先就預料到這種情況的發生，事情來了，毫不畏懼，從容不迫地想辦法解決它，終於取得了成功。以七國的强大，而想一下子削弱它們，那麼，它們起來叛亂，又有什麼奇怪的呢？鼂錯不在這個時候挺身而出，替天下人做排除大難的先鋒，以消滅吳、楚等國的力量，却做保全自己的打算，想讓皇上親自帶兵出征，而自己留守。再說引起七國叛亂災難的又是誰呢？自己既然想求得功名，又怎能避開它所帶來的禍患呢？以帶兵出征的極端危險和留守京城的極端安全相比，自己是發難的魁首，却選擇了極端安全的事情，而把極爲危險的事情留給皇上去承當。這就是使忠臣義士憤恨不平的原因。在這個時候，即使沒有袁盎進言，鼂錯也難免於殺身之禍。爲什麼這麼說呢？自己想要留守，却讓皇上親自帶兵，按常理說，皇上本來就對此爲難了，而又重視大臣反對鼂錯的意見，因此袁盎的話就在中間起了作用。假使吳楚叛亂後，鼂錯能親自承擔危險，日夜操勞，率兵向東嚴陣以待，使這件事不至於連累他的君主。那麼，皇上就會依靠他而覺得無所畏懼。即使有一百個袁盎，可以得到機會進行離間嗎？

唉！世上的君子，想要建立不尋常的功名，就不要作專爲保全自己的打算。假使鼂錯自己率兵討伐吳楚七國，不一定沒有成效。只因爲他想保全自己，才使皇上不高興，使奸臣得以乘機進言。鼂錯用來保全自己的打算，也正是他自取殺身之禍的原因！

上梅直講書[1]

蘇軾

【題解】

這是蘇軾寫給梅堯臣的答謝信。信中洋溢著「士遇知己」的喜悅之情。首先，把周公雖然富貴，由於沒遇知己缺乏快樂和孔子雖然貧賤，但可以與弟子同享快樂作對比。突出了孔子與弟子能夠快樂的原因，再極力推崇歐陽修和梅堯臣、表達自己的感激之情。文章自然流暢，雖有溢美之詞，但又表達得珠圓玉滑，不露痕跡，很有大家風範。

軾每讀《詩》至〈鴟鴞〉[2]，讀《書》至〈君奭〉[3]，常竊悲周公之不遇。及觀史[4]，見孔子厄於陳、蔡之間[5]，而弦歌之聲不絕[6]；顏淵、仲由之徒[7]，相與問答。夫子曰：「匪兕匪虎，率彼曠野，吾道非邪？吾何爲於此？」[8]顏淵曰：「夫子之道至大，故天下莫能容；雖然，不容何病[9]？不容然後見君子[10]。」夫子油然而笑曰：「回[11]！使爾多財，吾爲爾宰[12]。」夫天下雖不能容，而其徒自足以相樂如此。乃今知周公之富貴，有不如夫子之貧賤。夫以召公之賢，以管、蔡之親[13]，而不知其心，則周公誰與樂其富貴？而夫子所與共貧賤者，皆天下之賢才，則亦足以樂乎此矣！[14]

【注釋】

[1]梅直講：梅堯臣，字聖俞。宣州宣城（今天的安徽宣城）人。北宋大詩人。直講，國子監直講，官名，梅堯

臣當時在國子監任直講。梅堯臣和歐陽修是宋代詩文革新運動的重要人物。②《鴟鴞》：《詩、豳風》篇名。詩中借為抒發自己的難堪，不被成王理解的處境。這兒蘇軾為周公不被人了解歎息。③《君奭》：《尚書》篇名。奭：召公名，周文王的庶子。曾輔佐武王滅商，成王時，召公任太保，周公任太師，共同幫助成王，召公對周公不滿，周公作這首詩表白心跡，並與召公共勉。④史：《史記》。⑤孔子厄於陳、蔡之間：陳、蔡，春秋時的兩小國。《史記、孔子世家》中記載：孔長期居留陳、蔡中間。楚王聘他，陳、蔡大夫認為孔子是賢人，素來對他們不滿意，如果到楚為相，必將對他們有害。於是派兵把孔子和他的學生圍困在郊外，孔子和學生斷了糧，孔子仍對學生講學，弦歌聲不斷絕。⑥弦歌：彈琴，唱歌。⑦顏淵、仲由：孔子的學生。⑧「匪兕匪虎」以後四句：孔子被困時依然與學生們相互問答。這四句是孔子對顏淵說的。匪：同「非」。兕：獨角野獸。率：引申作來往。⑨病：害處，危害。⑩客：接受，見：顯現。⑪回：顏回。⑫吾為爾宰：我替你掌管。這裏是開玩笑。⑬管、蔡：管叔、蔡叔，周公的弟弟，武王死後，成王即位，周公輔政，管叔、蔡叔不服氣，他們聯合紂王的兒子武庚和東方夷族叛亂，散布謠言，中傷周公。⑭賢才：指孔子的優秀門徒。

軾七、八歲時，始知讀書。聞今天下有歐陽公者①，其為人如古孟軻、韓愈之徒；而又有梅公者，從之遊，而與之上下其議論②。其後益壯，始能讀其文詞，想見其為人。意其飄然脫去世俗之樂而自樂其樂也③。方學為對偶聲律之文④，求升斗之祿⑤。自度無以進見於諸公之間⑥。來京師逾年，未嘗窺其門⑦。今年春，天下之士羣至於禮部⑧，執事與歐陽公實親試之⑨，軾不自意，獲在第二。既而聞之，執事愛其文，以為有孟軻之風，而歐陽公亦以其能不為世俗之文也而取，是以在此。非左右為之先容⑩，非親舊為之請屬⑪，而嚮之十餘年間⑫，聞其名而不得見者，一朝為知己⑬。退而思之，人不可以苟富貴，亦不可以徒貧賤，有大賢焉而為其徒，則亦足恃矣！苟其僥一時之幸，從車騎數十人，使閭巷小民聚觀而贊嘆之，亦何以易此樂也！

【注釋】

①歐陽公：指歐陽修。北宋文壇領袖，見本書《朋黨論》注釋。②與之上下其議論：梅堯臣和歐陽修是好友，在文學上很很多相近見解。歐陽修高官顯位。他們共同反對西昆派，倡導新的詩文革新運動，因此蘇軾說他們的議論上下呼應。③自樂其樂：自樂，樂，愛好，喜愛。其樂，樂，快意。④對偶聲律之文：指詞賦和駢文。⑤升斗之祿：指很低的俸祿，形容官位卑微。⑥度：揣測、估計。⑦京師：當時北宋首都汴梁（今河南開封市）。窺：偷看、窺其門，偷看他的門第，這裏是登門拜訪求教的意思。⑧禮部：唐宋以來中央政府六部之一，專司禮制和學校貢舉等事。宋仁宗嘉祐元年，蘇軾應試禮部。⑨執事：原指供使喚的人，舊時的書信中用來稱呼對方，意思是不敢直陳，所以問執事者陳述，含濃厚的尊敬色彩。⑩先容：先前請人介紹，推薦。⑪請屬：屬，同「囑」。請屬：請求、囑託。⑫向：以前。⑬知己：與自己的心相通，賞識、理解自己的人。

《傳》曰①：「不怨天，不尤人」②，蓋「優哉游哉，可以卒歲」③。執事名滿天下，而位不過五品④，其容色溫然⑤而不怒，其文章寬厚敦朴而無怨言⑥。此必有所樂乎斯道也⑦。軾願與聞焉！

【注釋】

①《傳》：這裏指《論語》、《左傳》。《左傳》為左丘明所作，不同與孔子所訂的《經》，所以稱作《傳》。②「不怨天，不尤人」：出自《論語・憲問》，意思是不埋怨上天，不埋怨別人。③「優哉游哉，可卒歲」：這句括出自《左傳・襄公二十一年》。這裏作者引用《左傳》、《論語》中的話，就是為說明只要賢者們在一起，不論貧賤、富貴，都會有樂觀的氣氛，很好地生活。④品：我國古代官吏的級第，始於魏、晉。從第一品到第九品，北魏時又分正、從；第四品起，正、從品又可分為上、下兩階，這樣分為十三等。唐、宋文職沿用。⑤溫然：和藹的樣子。⑥敦樸：敦厚、樸實。⑦斯道：孔子所說的「道」，即傳疏的聖賢之道。

【譯文】

每當我讀《詩經》讀到〈鴟鴞〉篇，讀《書經》讀到〈君奭〉篇時，就時常爲周公不被理解而難過。等到閱讀史書，看到孔子被圍困在陳、蔡之間，可是彈琴和唱歌的聲音沒有停止。顏淵、仲由一班學生，與孔子一起互相問答。孔子說：「我不是犀和老虎，卻在曠野中到處奔走，難道是我的主張錯了以至到了這步田地呢？」顏淵說：「老師，你的政治思想太宏大，所以全天下沒有能夠容納、接受的國家，即使這樣，容納不了有什麼關係，正因爲容納不下才顯出您是眞正的君子啊！」孔夫子溫和地笑著說：「顏回啊，假使你有很多財產，讓我來掌管吧！」全中國沒地方容他們立足，但是他們師徒還這樣相互戲謔取樂，我這才知道周公的富貴，有時還比不上孔夫子的貧賤呢。憑周公那樣的聰明賢慧，像管叔、蔡叔這樣的骨肉之親，卻還不懂得他的心，那麼周公與誰來共同享受富貴呢？能夠和孔子一起過貧賤生活的，都是天下的德才兼備的人才，那就是足夠因爲這種情況而深感快樂了！

七、八歲的時候，我才知道讀書。常聽到現在天下有位歐陽先生他的爲人就像古時的孟軻、韓愈一樣；又有一位梅先生，與他交往，同他一起談論文學，上下呼應。後來，我年紀更大了，才開始能夠拜讀他們的文章，想像他們的風采一定是飄逸不羈，擺脫庸人所謂的歡樂而享受自己喜愛的、值得歡樂的東西。剛剛學習寫作，自己揣度沒有機會來拜見各位先生。我來到京城已經一年多，沒能夠窺視一下他們的門第。今年春天，天下的士人們，聚在一起，赴試禮部，您和歐陽先生親自主持我們的應試；我自己沒有意想到，居然獲取了第二名。後來又聽說這件事，說您欣賞我的文章，認爲它有古時孟軻的風範，歐陽先也認爲我沒有做世俗的文章，因而選取了。所以我留在這裏。我不是請你們左右的人替我事先說好話，也不是靠著親朋好友爲我請求囑託。然而，過去只聽到大名卻沒能見到的人，一下子變成了知己。退下來，好好地想想，一個人不能苟且追求富貴，也不可白白地貧窮一生，如果有大賢人而可以做他的弟子，也足夠可以依靠了。假使僥倖取得高官，跟著的車馬數十人騎，使街頭巷尾的老百姓圍繞來觀看，大加贊嘆，又怎麼能換取我這種快樂呢？

《論語》中說：「不埋怨天，不責怪人。」「從容不迫，可以輕輕鬆鬆地過一生。」先生您天下聞名，然而不過五品官位，您的態度溫和沒有慍色，你的文章敦厚樸實沒有埋怨的言語，這必定是對聖人之道有很深的愛好和領會，我期待著從您那裏聽到啊！

喜雨亭記

蘇軾

【題解】

這是一篇清麗可人的文章，是蘇軾在鳳翔府任簽書判官時所作。記敘了喜雨亭命名的緣由和人們在久旱逢雨的喜悅心情，表現出作者重民重農的思想。文章句法靈語，寓議論於風趣的談話之中，以吟詠的形式結尾，更顯得文筆多姿。

亭以雨名，志喜也[1]。古者有喜，則以名物，示不忘也。周公得禾[2]，以名其書；漢武得鼎[3]，以名其年；叔孫勝敵[4]，以名其子。其喜之大小不齊，其示不忘一也。

【注釋】

[1]志：記。[2]周公：西周初期的政治家。傳說周成王曾送給他兩株合生一穗的穀子，爲此，他寫下了《嘉禾》。這篇文章今已失傳，《尚書》僅存篇名。[3]漢武得鼎：據記載，公元前一一六年，漢武帝從汾水上得一鼎，於是改年號爲元鼎元年。鼎：上古炊具，多用青銅制成，圓形，三足兩耳，也有方形四足的。古代貴族多用做祭祀、宴享等活動時的禮器，因此常被看作是國家、權力的象徵。[4]叔孫：這裏指叔孫得臣，春秋時魯國人。他曾率軍打敗鄋瞞國，俘獲其國君僑如。於是他將自己的兒子命名爲僑如。

余至扶風之明年[1]，始治官舍。爲亭於堂之北，而鑿池其南。引流種木，以爲休息之所。是歲之春，雨麥於岐山之陽[2]，其占爲有年[3]。既而彌月不雨[4]，民方以爲憂。越三月，乙卯乃雨[5]，甲子又雨[6]，民以爲未足。丁卯大雨[7]，三日乃止。官吏相與慶於庭，商賈相與歌於市，農夫相與忭於野[8]。憂者以樂，病者以愈，而吾亭適成。

於是舉酒於亭上，以屬客而告之[9]，曰：「五日不雨可乎？」曰：「五日不雨則無麥。」「十日不雨可乎？」曰：「十日不雨則無禾。」「無麥無禾，歲且薦饑[10]。獄訟繁興而盜賊滋熾，則吾與二三子，雖欲優遊以樂於此亭[11]，其可得耶？今天不遺斯民，始旱而賜之以雨，使吾與二三子得相與悠遊而樂于此亭者，皆雨之賜也，其又可忘耶？」

【注釋】[1]扶風：即鳳翔府，治所在今陝西省鳳翔縣，蘇軾這時任鳳翔簽書判官。[2]雨麥：下麥雨。雨：下雨。龍捲風將地面的麥子帶入空中，可以產生「雨麥」現象。古代多有這一類記載，但都塗上迷信色彩。岐山：在今陝西岐山縣。[3]占：占卜。有年：半年。年：年成、收成。[4]彌月：整月、彌：滿。[5]乙卯：當年四月初二日。[6]甲子：當年四月十一日。[7]丁卯：當年四月十四日。[8]忭：高興、快樂。[9]屬客：指勸客飲酒。屬同「囑」，勸酒之意。[10]薦饑：連年飢荒。薦，通「洊」，屢次，接連。[11]悠遊：悠閑，閑暇自得的樣子。

既以名亭，又從而歌之，曰：「使天而雨珠，寒者不得以爲襦[1]；使天而雨玉，飢者不得以爲粟。一雨三日，伊誰之力[2]？民曰太守[3]，太守不有，歸之天子；天子曰不然，歸之造物[4]；造物不自以爲功，歸之太空；太空冥冥[5]，不可得而名，吾以名吾亭。」

【注釋】[1]襦：短襖。[2]伊：詞頭，無意義。[3]太守：郡的最高長官。宋時已改郡爲州或府，太守也改稱爲「知州」或「知府」，但人們仍常以太守稱呼知府。[4]造物：造物主，即天，古時以爲萬物都是天造的，所以稱天爲「造物」。5冥冥：渺茫。

【譯文】

亭子以「雨」來命名，是爲了記下久旱逢雨的歡樂。古時候的人有了喜事，就用來給事物命名，以表示永不忘記。周公得到了「嘉禾」，就以它作爲自己的書名；漢武帝得到鼎，就以它作爲年號；叔孫得臣戰勝了敵人，就用俘虜的名字作自己兒子的名字。他們的喜事雖然大小不等，但用它們來表示永不忘記，卻是一致的。

我到鳳翔府的第二年，才開始修建官署。在正堂的北面，建了一座亭子，在亭子的南面開鑿了水池，引來流水，種上樹木，作爲休息的場所。這年春天，岐山南面下了麥雨，占卜的結果表示將有一個豐收年。隨後，整整一個月沒有下雨，老百姓開始擔憂了。過了三月份，四月初二才下了雨，十一日又下了雨，老百姓還覺得沒有下夠。十四日下了大雨，三天才停。官吏們在廳堂中互相慶賀，商人們在街市上一起唱歌，農夫們在田野上一起歡笑。憂愁的人因此而高興，患病的人因此而痊愈。而我的亭子也恰好在這時落成了。

於是，我在亭子中備辦酒宴，借著勸酒的機會對客人們說：「五天不下雨行嗎？」客人說：「五天不下雨就沒有麥子了。」「十天不下雨行嗎？」客人說：「十天不下雨稻穀就活不了。」「沒有麥，沒有穀子，就會出現連年的飢荒，刑事案件將頻繁出現，盜賊也會日益囂張。那麼，我與各位先生，雖然想在這個亭子中悠閑地聚會歡樂，能做得到嗎？現在老天沒有忘記這裏的百姓，剛剛出現旱象就賜給了雨。使我與諸位先生能夠在這個亭子中悠閑地聚會歡樂，都是雨水賜給的。這又怎能忘記呢？」

給亭子命名之後，接著又爲它作歌，歌詞說：「如果天上降下珠寶，寒冷的人不能用它做短襖；如果天上降下美玉，飢餓的人不能用它當糧食。一場大雨連下三日，是靠誰的威力？百姓們都說是太守，太守不肯把美名據爲己有。歸功於天子，天子也說不是他；歸功於萬能的造物主，造物主也不認爲是自己的功勞；又歸功於茫茫的太空，太空渺渺茫茫，沒有什麼可作爲名字的。我就用「雨」來爲我的亭子命名。」

凌虛臺記

蘇軾

【題解】

這篇文章是蘇軾應扶風太守陳希亮的要求而作。文章以流暢的筆調敘述凌虛臺建造和命名這件事。抒發了作者的「廢興成毀」的感慨。同時指出不能消極地「誇世自足」而要不懈地探求。最後作者以樂觀曠達的筆調寫道：「蓋有足恃者，而不在乎臺之存亡。」全文感情充沛，沉鬱蒼涼，最耐人尋味的是作者沒有點明世有足恃的是什麼，使文章更顯深沉、含蓄。

國於南山之下[1]，宜若起居飲食與山接也。四方之山，莫高於終南；而都邑之麗山者[2]，莫近於扶風[3]。以至近求最高，其勢必得。而太守之居[4]，未嘗知有山焉。雖非事之所以損益[5]，而物理有不當然者[6]，此凌虛之所爲築也[7]。

方其未築也，太守陳公[8]，杖屨逍遙於其下[9]。見山之出於林木之上者，累累如人之旅行於墻外而見其髻也[10]。曰：「是必有異。」使工鑿其前爲方池，以其土築臺，高出於屋之檐而止，然後人之至於其上者，怳然不知臺之高[11]，而以爲山之踴躍奮迅而出也。公曰：「是宜名凌虛。」以告其從事蘇軾[12]，而求文以爲記。

【注釋】

[1]國：指城邑，這裏用作動詞。「國於南山之下」即「建城於南山之下」。南山：終南山。[2]都邑：指一般城

市，大的叫都，小的叫邑。麗：附著，依著。3扶鳳：鳳翔府的一個縣名。4太守：漢代的稱法。這裏蘇軾沿用。北宋是指知州知府。5損益：損，減小；益，增加，這裏是影響的意思。6物理：事物的道理。7凌虛：高聳入天空中。8太守陳公：陳公，指陳希亮，當時的鳳翔知府。蘇軾當時是任府判官。9杖屨：拄著手杖漫步。消遙：怡然自得的樣子。10累累：聯貫成串的樣子。髻：挽束在頭頂的頭髮。11怳然：恍恍惚惚，不容易把握。12從事：輔佐官吏，漢代以後三公及州郡長官都辟僚屬，一般稱從事，到南宋時取消，這裏使用舊名。

軾覆於公曰：「物之廢興成毀，不可得而知也。昔者荒草野田，霜露之所蒙翳1，狐虺之所竄伏2；方是時，豈知有凌虛臺耶？廢興成毀，相尋於無窮3，則臺之復為荒田野草，皆不可知也。嘗試與公登臺而望，其東則秦穆之祈年、橐泉也4，其南則漢武之長楊、五柞5，而其北則隋之仁壽、唐之九成也。6計其一時之盛，宏傑詭麗7，堅固而不可動者，豈特8百倍於臺而已哉？然而數世之後，欲求其彷彿9，而破瓦頹垣無復存者10，既已化為禾黍荊棘丘墟隴畝矣11，而況於此臺歟？夫臺猶不足恃以長久，而況於人事之得喪12，忽往而忽來者歟？而或者欲以夸世而自足，則過矣。蓋世有足恃者，而不在乎臺之存亡。」既已言於公，退而為之記。

【注釋】

1蒙翳：遮蔽。2虺：毒蛇。3相尋：互相循環，周而復始。尋：連續不斷而來。4秦穆：即秦穆公。祈年、橐泉：秦時二座宮殿的名字。5漢武：漢武帝劉徹。長楊：古時官名。在今陝西周至縣境內。原是秦的舊宮，到漢代加以修飾改建。因為宮中有很多楊柳，故稱。五柞：漢代宮名，舊址跟長楊在同一地方。因宮中有五柞樹，故稱。6仁壽、九成：古宮殿名，隋煬亳時修建，唐貞觀五年重修，改稱九成。舊址在今陝西麟游縣境內。⑥詭麗：奇特美妙：詭：怪異。⑦特：僅僅，只。⑧彷彿：相似的痕跡。⑨頹垣：倒塌的矮墻。⑩丘墟隴畝：丘墟，荒野土丘。隴畝：田地。⑪得喪：獲得和喪失。

【譯文】

終南山下修建城邑，城中的人的起居、喝茶、吃飯好像都會和山有接觸。圍著州城的四周的山峯，沒有哪座比終南山更高，而靠近終南山的城邑，比扶風更近的就沒有了。從離山最近的城邑去探求最高的山，按地勢來說，一定可以做到。可是太守居住的地方，從來就不知道山在那裏。雖然這對政事沒有什麼影響，但是在事理邏輯來說就應不是這樣。這就是修建凌虛臺的原因啊。

當這個臺還沒修建的時候，扶風太守陳老先生就拄著手杖，悠然地出去漫步。瞧見樹林的上邊露出山形的影子重疊著、串聯著，在一起好像是成羣結從行走的人走在牆外而露出他們的髮髻一樣，就說：「這裏必定有奇妙的景致！」於是叫人挖那地方的南面，開鑿出一口池塘，用挖出的土石修築成一座高臺。比屋檐還高時才停止。這樣一來，步行到臺子上面的人，恍恍惚惚不知道臺子有多高。卻以爲是山突然長出來，踴躍奔騰。陳老先生說：「這應該叫『凌虛』。」他把他的主意告訴部下蘇軾，請求他寫一篇文章來記下這件事。

我答覆陳老先生說：「一座建築物的破敗或興盛，存在和毀壞是無法預料的。先前，這裏是一片荒地野草，是霜露遮蔽，狐狸毒蛇出沒的地方，在這時，難道會知道將會有凌虛臺嗎？破敗和興盛，保存和毀壞，它們無窮無盡地相互轉化循環，那麼，有朝一日，凌虛臺重新成爲野草荒地，也是無法預料的。我曾經與您登上臺子極目眺望，臺子的東方是秦穆公時建成的祈年宮和槖泉宮，臺子的南面是漢武帝時修築成的長揚宮和五柞宮，它的北面是隋煬帝時的仁壽宮、唐太宗時修復仁壽宮而成的九成宮啊。想見那一時的盛大氣派、宏偉奇特和壯麗，堅固不可動搖的程度，比起這凌虛臺來，難道只是超過一百倍嗎？可是幾代過去後，想要再找到它們舊的大致形貌，卻連破瓦斷磚，倒塌的牆都再不存在了。即使是這樣的宏偉建築都已經變成長滿禾、黍的田野盛荊刺叢生的廢墟，更何況是這座凌虛臺呢！這凌虛臺尚且還不能依靠它的堅固而長久地存在下去，更何況是人事的得失，忽地去了，忽地來了，這樣的飄忽不定呢！可是有人竟然想用這些亭臺樓閣向世人誇耀，同時滿足自己，那就錯了。其實世界上有足夠用來依靠的，並不在乎一座臺的存在或毀滅。」我把自己的想法對陳先生說了，回來後就寫下這篇文章。

超然臺記[1]

蘇軾

【題解】

本文始終圍繞「超然」發揮超然物外，隨遇而安的思想。

宋神宗熙寧三年，蘇軾任密州知州時修復一座蘇轍爲它取名爲「超然」的樓臺，作者寫下這篇文章。全文說理敘事，寫景狀物，烘托出灑脫、淡遠的心理情趣。但也透露出消極避世，渴望鑽到老莊哲學中尋求心靈的安寧之思想。本文技法高明，比如用四季的美景來渲染氣氛等。

凡物皆有可觀。苟有可觀，皆有可樂，非必怪奇偉麗者也。餔糟啜醨[2]，皆可以醉；果蔬草木，皆可以飽。推此類也，吾安往而不樂？

夫所爲求福而辭禍者，以福可喜而禍可悲也。人之所欲無窮，而物之可以足吾欲者有盡。美惡之辨戰乎中[3]，而去取之擇交乎前[4]，則可樂者常少，而可悲者常多，是謂求禍而辭福。夫求禍而辭福，豈人之情也哉？物有以蓋之矣[5]。彼遊於物之內，而不遊於物之外[6]。物非有大小也，自其內而觀之，未有不高且大者也。彼挾其高大以臨我，則我常眩亂反覆[7]，如隙中之觀鬥[8]，又烏知勝負之所在？是以美惡橫生[9]，而憂樂出焉。可不大哀乎！

【注釋】 ①超然臺：臺名。在宋密州（治所在今的山東諸城縣）北城上。②餔：吃、啜、喝飲。醨：薄酒。③辨：分辨，區別。④擇：挑選。交：交錯。⑤蓋：蒙蔽、遮蓋。⑥游：超脫，處在。⑦眩亂：昏亂，瞭亂。⑧隙：物體的裂縫、小孔。⑨橫生：不斷出現，到處發生。

余自錢塘移守膠西①，釋舟楫之安，而服車馬之勞②；去雕牆之美，而蔽采椽之居③；背湖山之觀，而適桑麻之野④。始至之日，歲比不登⑤，盜賊滿野，獄訟充斥，而齋廚索然⑥，日食杞菊⑦。人固疑余之不樂也。處之期年⑧，而貌加豐，髮之白者，日以反黑⑨。余既樂其風之淳，而其吏民亦安余之拙也⑩。

於是治其園圃⑪，潔其庭宇，伐安丘、高密之木⑫，以修補破敗，爲苟完之計⑬。而園之北，因城以爲臺者舊矣，稍葺而新之⑭，時相與登覽，放意肆志焉⑮。南望馬耳、常山⑯，出沒隱見⑰，若近若遠，庶幾有隱君子乎⑱？而其東則盧山，秦人盧敖之所從遁也⑲。西望穆陵⑳，隱然如城郭㉑，師尚父、齊威公之遺烈㉒，猶有存者。北俯濰水㉓，慨然太息㉔，思淮陰之功，而弔其不終㉕。臺高而安，深而明，夏涼而冬溫。雨雪之朝，風月之夕，余未嘗不在，客未嘗不從。擷園蔬㉖，取池魚，釀秫酒㉗，瀹脫粟而食之㉘。曰：「樂哉遊乎！」

【注釋】 ①「余自錢塘移守膠西」句：蘇軾在新舊黨爭中，請求外調，於熙寧四年任杭州通判，七年調任密州。錢塘，舊時縣名，今浙江杭州境內。膠西：指密州，密州漢代爲膠西郡。②釋：離去，原意爲解除。服：適應。③采椽：簡陋的房屋。采。也作「棌」，即柞木，一種質地堅硬的樹木。椽，因在棌上支架屋面和瓦片的木條。雕牆：用彩畫裝飾牆壁。[4]觀：景色。適桑麻之野：密州屬古代魯國地。魯以桑麻出名，故這麼說。[5]比：屢屢，連續。[6]齋廚：指官署的廚房。[7]杞菊：兩種植物，可用作蔬菜和藥物。這裏泛指野菜。[8]期年：一周年。[9]反：同「返」。[10]拙：笨拙。作者自謙之詞，指處理政事方面。[11]園圃：畜養禽獸，種植果樹的園林。[12]安丘、高密：二縣名，當時都屬密州，安丘，在今山東濰縣東西，高密：在今山東膠縣西北。[13]完：保存自己，使自己保持完美。因當時作者不想捲入新舊黨之間的鬥爭，請求外調。[14]葺：修補。[15]肆：放任。[16]馬耳，常山：馬耳山在山東諸城縣約五十華里處，形如馬耳，故稱馬耳山。常山：：在諸城縣南二十里處，傳說秦漢時有很多清高的人在這裏隱居。[17]見：通「現」。[18]庶幾：也許，可能。[19]盧山，在諸城縣南，原叫故山，周盧敖而得名。盧敖，燕國人，秦始皇召他為博士，他逃亡隱居盧山，在山上求仙。[20]穆陵：關名，舊址在山東，臨朐縣東南大峴山上。山谷險峻，稱為「齊南天險」。[21]隱然：隱隱約約的樣子。[22]師尚父：即呂尚，名望，一說子牙。西周初年為「師」（宮名），也稱師尚父。齊威公，即齊桓公，春秋五霸之首。[23]濰水：即濰河，在山東東部境內流過。[24]太息：長嘆的樣子。[25]思淮陰之功，而弔其不終：淮陰：韓信。在劉邦和項羽的爭奪戰中，韓信為劉邦平定魏、趙、燕等地之後，又向東伐齊。項羽派龍且率兵二十萬救齊。濰河一戰，韓信殺龍且，打敗楚軍。韓信為漢高祖建國立下了汗馬功勞，後有人揭發他謀反，被呂后等所殺。[26]擷：採摘。疏，通「蔬」，蔬菜。[27]秫酒：秫，粘高粱、高粱酒。[28]瀹：煮。脫粟，糙米。

方是時，余弟子由適在濟南[1]，聞而賦之[2]，且名其臺曰：「超然」。以見余之無所往而不樂者，蓋遊於物之外也[3]。

【注釋】

[1]子由：即蘇轍、蘇軾的弟弟。當時為齊州守李師中掌書記。濟南，濟南府，治所在山東歷城縣。[2]賦之：為它作賦。蘇轍作了《超然賦》賦的序言說：「《老子》曰：『雖有榮觀，燕處超然。』嘗試以『超然』命之可乎？」因為之賦。」[3]物：指世俗中的事。

【譯文】

萬物都有值得觀賞之處，只要值得觀賞，就都可以使人快樂，不必是奇異瑰麗的東西。吃酒糟、喝淡酒，都能使人醉倒；瓜果、蔬菜、草木一類東西，也都可用來飽肚。照這樣類推，我到什麼地方會不感到快樂呢？

那些追求福祿而躲避禍患的人，認爲福祿讓人高興，而禍患使人悲哀。人的欲望沒有窮盡，但能滿足我們欲望的事物卻是有限的。如果心裏總存在著美與醜的鬥爭，眼前老是進行著取與捨的選擇，那麼，使人快樂的東西往往很少，而令人悲哀的事卻常常很多。這叫做尋求禍患而逃避幸福。求禍辭福，難道是人的常情嗎？這是受了物慾蒙蔽的緣故。那些人整天沉迷在物質生活當中，而不能超越現實。事物本沒有大小的區別，從它的內部來觀察，那就沒有不是又高又大的了。它憑著那種高大俯瞰著我們，使我們頭昏目眩，難辨是非，恰如通過小小的縫隙看人家毆鬥，又怎能知道誰勝誰負？因此，美好和邪惡交錯地產生，歡喜和憂愁也就隨之都出現了，這不是很可悲嗎？

我從浙江錢塘調任密州知州後，失去了舟楫暢通的安逸，忍受著騎馬坐車的辛勞；離開了華麗的的建築，住這簡陋的房屋；遠離了湖山的勝景，奔走於充滿桑麻的荒郊僻野。剛來的時候，莊稼連年歉收，盜賊遍地，案件很多；廚房裏很寒酸，每天只吃一些野菜。人們猜想我的心裏一定不快樂。但我在這裏住了一年，面容卻更加豐腴，頭上的白髮也一天天地重新變黑了。我已經喜歡這裏的質樸風俗，這裏的官吏和百姓，也正習慣了我的笨拙。

於是我修建了園圃，整理了房舍院落，砍伐安丘和高密山上的樹木，來修補破敗的地方，作爲暫時修治的計劃，在園子的北面，一個在城牆上修建的高臺正破舊不堪，我把它略微修補刷新了一下，時常和賓客一起登臺眺望舒展情懷，從臺上向南面望去，馬耳山、常山在雲霧中忽隱忽現，時遠時近，那裏大概有隱士吧。高臺東面的盧山，是秦朝的盧敖隱居的地方。向西面望去，穆陵關隱約中宛如城郭一般。姜太公和齊桓公的赫赫功業，還保存在這裏。向北俯瞰濰水，不禁慨然嘆息，懷想淮陰侯當年的功業，傷悼他的悲慘的結局。臺子高大而結實，深廣而明亮，冬暖夏涼，無論雨雪飄灑的早晨，還是月白風清的夜晚，我都在臺上，賓客們也總是跟隨著。我們採摘園中的蔬菜，捕撈池裏的鮮魚，釀了高粱美酒，煮了糙米飯，邊吃邊說：「在這裏遊玩多快樂啊！」

我的弟弟子由，正在濟南做官，聽到這情景便寫了篇賦，並給這個臺取名爲「超然」。以此來表現我無論到什麼地方都很快樂，大概是由於超於物外的緣故吧。

放鶴亭記[1]

蘇軾

【題解】

本文記載了隱居在雲龍山的張天驥在草堂被淹之後，建築放鶴亭和放鶴娛情的事情，著重描寫了作者與張天驥在亭中共飲的歡樂之情，並引出歷史上衛懿公因好鶴亡國和劉伶，阮藉以醉酒保全真性來作對比，强調說明：南面爲君不如隱居之樂。

文章寫景敘事緊密結合，以對話形式闡發道理，讀來使人興趣盎然。

熙寧十年秋[2]，彭城大水[3]，雲龍山人張君之草堂，水及其半扉[4]。明年春，水落，遷於故居之東，東山之麓。升高而望，得異境焉，作亭於其上。彭城之山，岡嶺四合，隱然如大環，獨缺其西十二，而山人之亭，適當其缺。春夏之交，草木際天[5]；秋冬雪月，千里一色。風雨晦明之間，俯仰百變。山人有二鶴，甚馴而善飛，旦則望西山之缺而放焉，縱其所如[6]，或立於陂田[7]，或翔於雲表，暮則傃東山而歸[8]，故名之曰「放鶴亭」。

【注釋】

[1]放鶴亭：宋神宗元豐元年（公元一〇七八年）張天驥建，舊址在江蘇徐州市雲龍山上。[2]熙寧十年：即公元一〇七七年。熙寧：宋神宗年號。[3]彭城大水：據《宋史》本傳，蘇軾任徐州知州後，黃河在曹村決口，水漲到梁山泊和南清河，匯集徐州城下，長期不退。蘇軾說：「吾在是，水決不能破城！」彭城：郡名，沿所在今江蘇徐州市。[4]雲龍山：在除州市南，連綿起伏如龍狀，故名。扉：門扇。張君山人：指張天驥，因隱居此山，

稱雲龍山人。山人：隱士的稱號。[5]際：接近。[6]如：往。[7]陂田：水池和稻田。[8]傃：向、朝。

郡守蘇軾[1]，時從賓佐僚吏[2]，往見山人，飲酒於斯亭而樂之。挹山人而告之曰[3]：「子知隱居之樂乎？雖南面之君[4]，未可與易也。《易》曰：『鳴鶴在陰，其子和之[5]。』《詩》曰：『鶴鳴於九皋，聲聞於天[6]。』蓋其爲物，清遠閑放，超然於塵垢之外，故《易》、詩人以比賢人君子。隱德之士，狎而玩之[7]，宜若有益而無損者[8]，然衛懿公好鶴則亡其國[9]。周公作《酒誥》[10]，衛武公作《抑》戒[11]，以爲荒惑敗亂，無若酒者；而劉伶、阮籍之徒[12]，以此全其眞而名後世。嗟夫！南面之君，雖清遠閑放如鶴者，獨不得好，好之則亡其國；而山林遁世之士[13]，雖荒惑敗亂如酒者，獨不能爲害，而況於鶴乎？由此觀之，其爲樂未可以同日而語也。」

【注釋】

[1]郡守：官。郡的最高長官。宋時已改郡爲州或府，但人們仍常常習慣地以「郡守」稱知州或知府。[2]賓佐僚吏：泛指蘇軾的賓客僚屬。[3]挹：這裏指酌酒。[4]南面之君：古代以面向南方爲尊位，帝王之位面向南方，故稱。[5]「鳴鶴在陰，其子和之」：《周易．中孚》的九二爻辭。意思是說：有德的人雖處在下位，也有人應和他。正像鶴在幽深的地方鳴叫，子鶴自然會跟它呼應一樣。[6]「鶴鳴於九皋，聲聞於天」：見《詩經．小雅．鶴鳴》。九皋：深澤。全詩用鶴比喻有才能的人。[7]狎：親近。[8]宜若：好像。[9]「衛懿公」句：衛懿公：春秋時衛國國君，養了許多鶴，對鶴特別寵愛，對百姓的生死卻不關心。狄人來侵犯，他下令抵抗。人們說：派鶴去吧，它們有祿位，我們怎麼能打仗呢？衛國於是被狄人滅亡了。[10]《酒誥》：《尚書》篇名，相傳周武王以商舊都封康叔，當地老百姓皆嗜酒，周公於是以成王的命令，作《酒誥》以警戒康叔。誥：古代一種訓誡勉勵的文

告。11衛武公作《抑》戒：《抑》戒，即《詩經．大雅．抑》篇，相傳為衛武公所作，用以自我警戒。第三章中說：「顛覆厥德，荒湛於酒。」12劉伶：西晉人，嗜酒，作有《酒德頌》。阮籍：竹林七賢之一，劉伶也是竹林七賢之一，由於他們對當時的政治不滿，又害怕遭到迫害，所以常常醉酒，掩蓋自己的政治觀點，保全自己。13遁世：避世。

山人欣然而笑曰：「有是哉？」乃作放鶴、招鶴之歌，曰「鶴飛去兮西山之缺，高翔而下覽兮擇所適。翻然斂翼，宛將集兮，忽何所見，矯然而復擊1。獨終日於澗谷之間兮2，啄蒼苔而履白石。」「鶴歸來兮，東山之陰；。其下有人兮，黃冠草屨3，葛衣而鼓琴4。躬耕而食兮，其餘以飽汝。歸來歸來兮，西山不可以久留。」

【注釋】

1矯然：展翅高飛的樣子。2澗：兩山之間的水流。3黃冠：道士所戴之冠。用筍殼制成，黃色。草屨：草做的鞋。4葛衣：即葛布做的衣服。葛，藤本植物，可織成葛布。

【譯文】

熙寧十年的秋天，彭城暴漲大水，雲龍山人張天驥的草堂，被水淹到大門的一半。第二年春天，水退了，他便搬到故居東面的東山腳下，他登高一望，發現一塊奇異的地方，於是就在那裏築了一個亭子。彭城的山嶺四面圍繞，隱隱約約像個大圓環，唯獨缺少西面的一角，而山人的亭子正好對著那個缺口。春夏之夜，草木繁茂，與天相接。秋冬時節，月光雪景，千里一色。刮風下雨，天色或明或暗的時候，俯視仰觀，山間的景象瞬息萬變。雲龍山人養了兩隻鶴，非常馴順，又善於飛翔。清晨望著西山的缺口把它們放出去，任憑它們自由飛去，有時停在水池稻田邊，有時飛翔於白雲之上，傍晚便向東山飛回。因此，便把這座亭子稱為「放鶴亭」。

郡守蘇軾，時常帶著賓客僚屬去見雲龍山人，在放鶴亭上飲酒，很是快樂。他給山人斟了酒，並對他說：「你知道隱居的樂趣嗎？即使是南面而坐的君主，也不能輕易換取得到！《易經》說：『鶴在幽深的地方的鳴叫，子鶴便會隨聲應和。』《詩經》也說：『鶴在沼澤深處鳴叫，它的聲音一直傳到天上。』這是因爲鶴的氣質清高柔逸，超然於塵世之外，所以《易經》、《詩經》都用它來比喻賢人，君子。道德高尚的隱士士，親近它、賞玩它，似乎是有益無害的，但是衛懿公因爲喜歡鶴，卻使國家滅亡了。周公作《酒誥》，衛武公作《抑》爲戒，以爲使人放蕩迷惑，使政治腐敗，國家動亂的，沒有比酒更厲害的了。但是，劉伶、阮籍這些人，卻因爲喝酒保全了自己的眞性，且名傳後世。唉！南面而坐的君主，即使像鶴這樣清高柔逸的飛禽也不能喜愛，愛好它就會亡國。而隱居山林逃避塵世的人，即使是酒這樣使人迷亂衰敗的東西，也不能爲害，更何況鶴呢？由此看來，隱居的樂趣，是沒有事情能和它相提並論的。」

山人聽了這番話後高興地說：「眞是這樣的麼？」於是作了放鶴，招鶴的歌，唱道：「鶴飛去啊！飛向西山的山口。高高地飛翔著向下俯瞰，啊，要選擇一個安適的地方，驟然收斂了羽翼，好像要停下來啊，突然間看了到什麼，矯健地重又振翅高翔。獨自終日飛翔在澗谷之間啊，嘴啄青苔而步行在白石之上。」「鶴飛回來了啊，飛到東山的北面，山下有一個人啊，頭戴黃帽，腳穿草鞋，身穿葛衣，撥動著琴弦。親自耕種而自食其力啊，用剩下的食物餵飽你們。歸來吧，歸來吧，那西山不可以久留。」

石鐘山記

蘇軾

【題解】

本文寫作者探求石鐘山命名原因的過程，作者先提出前人的說法，表示懷疑。然後他自己進行實地調查，找出了山名「石鐘」的真正根據，從而批評了那些主觀臆斷的人。

文章意境新奇，文筆流暢，以生動的筆觸，描繪了夜遊絕壁時所聞的奇特景象，把寫景和說理有機的結合起來，構成一篇優美的說理性遊記。

《水經》云[1]：「彭蠡之口有石鐘山焉[2]。」酈元以爲下臨深潭[3]，微風鼓浪，水石相搏[4]，聲如洪鐘。是說也，人常疑之。今以鐘磬置水中[5]，雖大風浪不能鳴也，而況石乎！至唐李渤始訪其遺蹤[6]，得雙石於潭上，扣而聆之[7]，南聲函胡[8]，北音清越[9]，枹止響騰[10]，餘韻徐歇[11]。自以爲得之矣[12]。然是說也，余尤疑之，石之鏗然有聲者[13]，所在皆是也，而此獨以鐘名，何哉？

【注釋】

[1]《水經》是我國古代一部專記江水河道的地理書，相傳是漢桑欽或晉郭璞著。北魏酈道元爲之作注，叫《水經注》。[2]彭蠡：湖名，即今江名鄱陽湖。[3]酈元：即酈道元，字善長，北魏范陽涿鹿人。是我國古代傑出的地理家，曾任安南將軍，關右大使。他博覽羣書，遍遊各地，並爲《水經》作注，共四十卷。《水經注》在地理學和文學上都有很高價值。[4]搏：撞擊。[5]磬：古代一種石或玉做的打擊樂器。後來寺廟裏拜神時敲去的一種鐵或

銅制器物，也叫磬。6李渤：字濬之，唐代洛陽人，曾寫過《辨石鐘山記》。遺蹤：舊跡，指酈道元考察過的地方。7聆：聽。8南聲：南邊那塊石頭的聲音。函胡：同「含糊」，厚重模糊。9清越：清亮高揚。10枹：鼓槌。騰：跳動，這裏是回蕩的意思。11餘韻：未盡的樂音。12得之：之，指代石鐘山命名的原因。13鏗然：敲擊金石所發出的聲響。

元豐七年六月丁丑1，余自齊安舟行適臨汝2，而長子邁將赴饒之德興尉3，送之至湖口4，因得觀所謂石鐘者。寺僧使小童持斧，於亂石間擇其一二扣之，硿硿然5。余固笑而不信也。至其暮夜，月明，獨與邁乘小舟至絕壁下，大石側立千尺，如猛獸奇鬼，森然欲搏人6；而山上棲鶻7，聞人聲亦驚起，磔磔雲霄間8；又有若老人欬且笑於山谷中者9，或曰此鸛鶴也10。余方心動欲還，而大聲發於水上。噌吰如鐘鼓不絕11。舟人大恐，徐而察之，則山下皆石穴罅12，不知其淺深，微波入焉，涵澹澎湃而爲此也13。舟迴至兩山間，將入港口，有大石當中流，可坐百人，空中而多竅14，與風水相吞吐，有窾坎鏜鞳之聲15，與向之噌吰者相應，如樂作焉。因笑謂邁曰：「汝識之乎16？噌吰者，周景王之無射也17，窾坎鏜鞳者，魏獻子之歌鐘也18。古之人不余欺也！」

【注釋】

1元豐七年：公元一〇八四年。元豐：宋神宗年號。六月丁丑：六月初九日。丁丑，古人記日的干支。2齊安：今湖北黃岡縣。適：去。蘇軾曾於一〇八〇年貶官到黃州（即齊安），於一〇八四年調赴汝州（即臨汝）。臨汝：今河南臨汝縣。3邁：蘇軾長子蘇邁，字伯達，善爲文。饒，州名，治所在今江名鄱陽縣。德興：縣名，今江名德興縣。尉：縣尉，主管一縣治安的官。4湖口：縣名，今江西湖口縣，石鐘山就在這裏。

5硿硿：像聲詞。6森然：陰森恐怖的樣子。7鶻：一種像鷹的猛禽。8磔磔：鶻的鳴叫聲。9欬：同「咳」。10鸛鶴：一種水鳥，形似鶴而頂不紅。11噌吰：擬聲詞，形容宏大沉重的鐘聲。12石穴罅：石頭間的空隙，罅：裂縫。13涵澹：水波蕩漾的樣子。澎湃：波濤沖擊的聲音。涵澹澎湃：形容波浪激蕩。14空中：即「中空」，竅，窟窿。15窾坎鏜鞳：擬聲詞，窾坎：擊物聲，鏜鞳：鐘鼓聲。16識：知道。17周景王之無射：史書記載周景王二十四年鑄成「無射」鐘。周景王：東周國君（前五四四年——前五二〇年在位）。無射：本樂律名，用作鐘名。18魏獻子之歌鐘：據《經進東坡文集》，魏獻子應遵魏莊子。魏莊子即魏絳，春秋時晉大夫。據《左傳．襄公十一年》載，鄭國送給晉侯歌鐘二套（每套十六枚），女樂十六人。晉侯將一半賜給魏絳。歌鐘：一種樂器，即編鐘。19古之人：指酈道元。不余欺：即不欺余。

事不目見耳聞而臆斷其有無1，可乎？酈元之所見聞殆與余同2，而言之不詳；士大夫終不肯以小舟夜泊絕壁之下，故莫能知；而漁工水師雖知而不能言3；此世所以不傳也。而陋者乃以斧斤考擊而求之4，自以爲得其實，余是以記之，蓋嘆酈元之簡，而笑李渤之陋也。

【注釋】

1臆：想像。2殆：也許，差不多。3漁之水師：漁夫、船工。4陋者：知識淺陋的人，指李渤。斧斤：都是斧頭，縱刃稱斧，橫刃稱斤。考：通「拷」，敲擊。

【譯文】

《水經》上說：「鄱陽湖的湖口，有一座石鐘山。」酈道元認爲這座下面是個深潭，微風鼓動著波浪，使水石互相碰撞，發出洪鐘般的聲音。這種說法，人們常常懷疑它，現在把鐘磬放在水中，即使是大風大浪也不能使它發出聲來，更何況石頭呢！到唐代，李渤才探訪了酈道元考察過的地方。他在潭上尋到兩塊石頭，敲著一聽，南邊的音聲模糊不清，北邊的聲音高揚清亮，停止敲擊後，聲音還在迴蕩，餘音繚繞，許久才消失，李渤自以爲找到了奧秘。但這種說法，我更加懷疑它。能夠敲出鏗鏘聲音的石頭，到處都有，偏偏這裏卻用鍾來命名，是什麼緣故呢？

元豐七年六月初九日，我從齊安乘船到臨汝去，而我的大兒子蘇邁也正要到饒州的德興縣去做縣尉。我送他到湖口，因此，有機會看看所謂石鐘山這地方。寺裏的和尚讓小童拿著斧頭，在亂石中間挑出一二塊敲起來硿硿作響。我只是笑著，並不相信這些。到那天夜裏，月光明亮，我單獨和邁兒乘著小船，來到峭壁之下，巨大的岩石聳立在水邊，高達千尺，形態獨如猛獸惡鬼，陰森森地像要向我們撲過來，山上棲息著的蒼鶻，聽到人的聲音也驚飛起來，磔磔叫著飛向雲霄中；又有什麼東西，在山谷中發出像老人邊咳嗽邊笑的聲音，有人說，這是鸛鶴。我正有些害怕，打算回去，這時水上發出巨大的響聲，像敲擊鐘鼓一樣，連續不斷，船夫非常害怕，我慢慢地察看，發現山下邊都是石頭孔穴，不知道它們的深淺，微波沖入，在孔隙裏澎湃回蕩，才發出這樣的聲音。當小船遷回到兩山之間，正要進入港口時，有一塊巨大的石頭立在中流，石上可坐百來人，大石中空且有許多小窟窿，吞吐著風浪，發出窾坎鏜鞳的聲音，同先前聽到的響聲互相應和，就像奏樂一樣。我因而笑著對邁兒說：「你知道嗎？發出轟響的，正像周景王的無射鐘；發出窾坎鏜鞳聲的，正如魏莊子的編鐘。看來古人並沒有欺騙我們！」

事物不經過自己眼見耳聞，就根據主觀想像來推斷它的有無，這樣行嗎？酈道元的所見所聞，大概與我相同，但是記載得很簡略。一般的士大夫終究不會乘著小船夜晚停泊於絕壁之下，所以不可能知道。而漁人船夫雖然知道，卻又不能記述，這就是石鐘山命名的來歷不能在世上流傳的原因。但是見識淺陋的人竟用斧頭敲打石頭來探求它，還自以爲獲得了它的眞相。因此，我把它記下來，既嘆惜酈道元的記載過於簡略，又譏笑李渤見識的淺陋。

潮州韓文公廟碑[1]

蘇軾

【題解】

這是一篇碑文。在文中，蘇軾對韓愈的一生，尤其是對韓愈在思想文化上所起的重要作用。給予了極高的評價。蘇軾認爲韓愈的這種人格、思想、精神之所以不爲人們所理解，甚至受到不公正的待遇，是由於他能替天行道，而不會盡人力去鑽營，不容於世俗的緣故。文章寫得很有氣勢。多種手法的運用，加上錯落參差的句子和音調鏗鏘的語言，使文章十分生動而又靈活。

匹夫而爲百世師，一言而爲天下法，是皆有以參天地之化[2]，關盛衰之運。其生也有自來，其逝也有所爲。故申、呂自岳降[3]，傅說爲列星[4]，古今所傳，不可誣也。孟子曰：「我善養吾浩然之氣[5]。」是氣也，寓於尋常之中，而塞乎天地之間。卒然遇之[6]，則王、公失其貴，晉、楚失其富[7]，良、平失其智[8]，賁、育失其勇[9]，儀、秦失其辯[10]。是孰使之然哉？其必有不依形而立，不恃力而行，不待生而存，不隨死而亡者矣！故在天爲星辰，在地爲河岳，幽則爲鬼神，而明則復爲人。此理之常，無足怪者。

自東漢以來，道喪文弊[11]，異端並起[12]。歷唐貞觀，開元之盛[13]，輔以房、杜、姚、宋而不能救[14]。獨韓文公起布衣[15]，談笑而麾之[16]，天下靡然從公[17]，復歸於正[18]，蓋三百年於此矣。文起八代之衰⑲，而道濟天下之溺⑳，忠犯人主之怒㉑，而勇奪三軍之帥㉒。此豈非參天地，關盛衰，浩然而獨存者乎？

【注釋】

①潮州：治所在今廣東潮安縣。韓文公：韓愈死後諡爲「文」，故稱韓文公。②參天地之化：《禮記·中庸》：「可以贊天地之化育，則可以與天地參矣。」與天地參：即與天地並立爲三。③申、呂：指申伯和呂侯。申伯：周宣王時功臣，呂侯：輔周穆王有功。岳：指高大的山，傳說山岳降神才生出了申伯和呂侯。《詩經·大雅·崧高》有「維岳降神，生甫及申」的詩句。④傳說：商王武丁時的大臣，原是從事版築的奴隸，被武丁提拔爲大臣，治理國家，使國家大治。傳說他得道死後升天，和衆星並列。⑤浩然之氣：這是孟子著作中的一個專門用語。他所謂的這種氣，是一種主觀的精神狀態，是由內心積善所產生的剛正之氣。語出《孟子·公孫丑上》。⑥卒：通「猝」，突然。⑦王、公：王侯、公卿。晋、楚：春秋時兩個富强的國家。晋在今山西、河西西南部一帶，晋文公曾改革內政，使國力富强。楚在今長江中游一帶，楚莊王時曾成爲中原霸主。⑧良、平：指張良、陳平，都是漢初大臣，以足智多謀著稱，劉邦的重要謀士。⑨賁、育：戰國時後國勇士孟賁和夏育。⑩儀、秦：指戰國時著名縱橫家張儀和蘇秦，兩人都善於辭辯。⑪道：指儒家的學說思想，即所謂道說。⑫異端：儒家把道、墨等不同的學派斥爲異端。這裏指漢魏以來長期興盛的佛教與道教。⑬貞觀、開元：分別爲唐太宗（六二七——六四九年在位），唐玄宗（七一三——七五五年在位）的年號，都是唐代興盛的時期。⑭房：指房玄齡，杜：指杜如晦。唐初兩人共掌朝政，輔左唐太宗。姚指姚崇，在武則天、睿宗、畜宗時屢任宰相。對「開元盛世」起過重大作用。宋：指宋璟，唐代政治家，繼姚崇爲相。⑮韓文公：指韓愈，字退之，唐代著名文學家、哲學家，河南河陽（今河南孟縣）人。死後諡文，世稱韓文公。布衣：平民。⑯麾：通「揮」，指揮，號召。⑰靡然：一邊倒的樣子。⑱正：指儒家正統。⑲八代：指東漢、魏晋、宋、齊、梁、陳、隋。當時文壇上出現一種形式綺靡而內容空洞的文風，韓愈提倡古文運動，從理論和實踐上努力糾正這種弊病。⑳濟：救助。溺：淹沒。這裡指佛、老之道的毒害。全句指韓愈提倡儒家正道，把天下人從佛、道的毒害中拯救出來。㉑忠犯人主之怒：指韓愈諫唐憲宗迎佛骨入宮一事。公元八一九年。唐憲宗派人到鳳翔迎佛骨入宮，韓愈上《諫迎佛骨表》，反對這種做法，觸怒了憲宗。因而被貶作潮州刺史。㉒勇奪三軍之帥：指韓愈鎭

撫鎮州叛亂一事。穆宗時，鎮州軍隊發生叛亂，殺掉原來的將帥，另立新帥。朝廷派韓愈前去鎮撫，很多人爲他擔心，但韓愈運用謀略，折服了叛亂將領，平息了這場叛亂。

蓋嘗論天人之辨①；以謂人無所不至，惟天不容僞②。智可以欺王公，不可以欺豚魚③；力可以得天下，不可以得匹夫匹婦之心。故公之精誠④，能開衡山之雲⑤，而不能回憲宗之惑⑥；能馴鱷魚之暴⑦，而不能弭皇甫鎛、李逢吉之謗⑧；能信於南海之民⑨，廟食百世⑩，而不能使其身一日安於朝廷之上。蓋公之所能者天也，其所不能者人也。

【注釋】

①天人：指天道和人事。②僞：人爲的事物，和自然的相對。③豚魚：《易・中孚》曰：「信及豚魚。」豚：小豬，古人認爲如果講求誠信的話，就連對這些動物也會講求誠信。④精誠：眞心誠意。⑤能開衡山之雲：韓愈經過衡山時，正逢秋雨，他潛心默禱一番之後，天就放晴了。他曾作《謁衡山南岳廟》詩記此事。衡山：在湖南南岳縣境內。⑥不能回憲宗之惑：指韓愈諫迎佛骨，唐憲宗不聽一事。⑦能馴鱷魚之暴：指韓愈到潮州後逐惡溪鱷魚一事，韓愈曾寫《祭鱷魚文》。⑧《新唐書》本傳載韓愈貶潮州后，憲宗後悔，想再用他，遭到宰相皇甫鎛的中傷，改調袁州刺史。另一宰相李逢吉彈劾韓愈，使得韓愈調職。⑨南海：這裏指潮州。⑩食：指指後世立廟祭祀。

始潮人未知學，公命進士趙德爲之師①，自是潮之士，皆篤於文行②，延及齊民③，至於今，號稱易治。信乎孔子之言：「君子學道則愛人，小人學道則易使也④。」潮人之事公也，飲食必祭，水旱疾疫，凡有求必禱焉。而廟在刺史公堂之後⑤，民以出入爲艱。前太守欲請諸朝作新廟⑥，不果。元祐五年⑦，朝散郎王君滌來守是邦⑧，凡所以養士治民者，一以公爲師，民既悅服，則出令曰：「願新公廟者，聽。」民讙趨之，卜地⑨於州城之南七里，期年而廟成⑩。

或曰：「公去國萬里而謫於潮，不能一歲而歸⑪，沒而有知⑫，其不眷戀於潮也審矣⑬！」軾曰：「不然。公之神在天下者，如水之在地中，無所往而不在也。而潮人獨信之深，思之至，焄蒿淒愴⑭，若或見之。譬如鑿井得泉，而曰水專在是，豈理也哉！」

【注釋】

①趙德：秀才，通五經，能文章，和韓愈一樣排斥佛、老，獨尊孔、孟，因此，韓愈派他主持潮州的教育工作。②篤：深好③齊民：平民。④「君子學道則愛人」以下二句：表現了孔子提倡禮樂教化的政治目的。引文見《論語．陽貨》。君子：指士大夫。小人：指者百姓。⑤刺史公堂：州官辦公的廳堂。刺史：唐代州的最高行政長官。⑥太守：唐時的刺史，相當於漢的太守，這裏沿用舊稱。⑦元祐五年：即公元一〇九〇年，元祐，宋哲宗的年號。⑧朝散郎：文官名。從七品。王君滌：人名，事跡不詳。⑨卜地：選擇地址。⑩期年：一整年。⑪不能一歲：沒有一年。韓愈於唐憲宗元和十四年（八一九年）正月貶潮州刺史，同年十月改袁州刺史，在潮州不到一年。⑫沒：通「歿」，死亡。⑬審：明白。⑭焄蒿淒愴：祭祀時引起淒愴的感情。語見《禮記．祭義》。焄：香氣。蒿：霧氣蒸發的樣子。淒愴：悲傷的樣子。

元豐元年①，詔封公昌黎伯②，故榜曰③：「昌黎伯韓文公之廟」。潮人請書其事於石，因作詩以遺之④，使歌以祀公。其詞曰：

「公昔騎龍白雲鄉⑤，手抉雲漢分天章⑥，天孫爲織雲錦裳⑦。飄然乘風來帝旁，下與濁世掃粃糠⑧。西遊咸池略扶桑⑨，草木衣被昭回光⑩。追逐李、杜參翱翔⑪，汗流籍湜走且僵⑫。滅沒倒影不能望⑬，作書詆佛譏君王。要觀南海窺衡湘⑭。歷舜九嶷弔英皇⑮。祝融先驅海若藏⑯，約束蛟鱷如驅羊。鈞天無人帝悲傷⑰，謳吟下招遣巫陽⑱。犦牲雞卜羞我觴⑲，於粲荔丹與蕉黃⑳。公不少留我涕滂㉑，翩然被髮下大荒㉒。

【注釋】

①元豐元年：據《經進東坡文集事略》卷五十五，當為元豐七年，即公元一〇八四年，元豐是宋神宗年號。②昌黎伯：韓愈自稱祖籍昌黎（今屬河北省），因而封為昌黎伯。③牓：木匾。④遺：送給。⑤白雲鄉：古代認為神仙居住在天上，把神仙居住的仙鄉叫白雲鄉。⑥手抉：用手挑取。雲漢：指銀河。天章：指分布在天空中的日月星辰等。⑦天孫：即織女，織女是民間神話中巧手織造的仙女，是天帝的孫女。⑧粃糠：本指米的皮屑，這裏比喻異端邪說。⑨咸池：神話中的地名，傳說為日浴之處。略：巡行。扶桑：神木名。⑩衣被：原意是給人穿衣服，引申為授給，這裏意為「受到」。昭回：原指星辰光耀在天空回轉，後亦指日月。整句意思是說韓愈的道德文章輝映一代，如同日月光照大地，澤及草木一樣。⑪李、杜：李白和杜甫。⑫籍、湜：指唐詩人張籍和文學家皇甫湜。汗流、走且僵：都是形容追趕不上。⑬滅沒倒影不能望：形容張籍、皇甫湜像倒影一樣容易滅沒，不能仰望韓愈日月般的光輝。⑭要：要服。傳說上古分天下為五服，要服是離王畿極遠之處。衡、湘：衡山，湘水。都在湖南境內，是韓愈貶潮州路經之處。⑮舜：古代部落聯盟首領，也稱虞舜。九嶷：指九嶷山。在今湖南宋遠縣。相傳舜死後葬於此。英皇：即女英、娥皇。相傳是唐堯的兩個女兒，同嫁給舜為妃，後舜外巡，死於蒼梧，他倆尋至南方，一起投湘水而死。⑯祝融：傳說中的火神。海若：海神。⑰鈞天：天的中央。帝：天帝。⑱謳吟：這裏是歌唱的意思。巫陽：古代善於占卜的人。⑲犦牲：古代祭祀用的犧牲。雞卜：古代占卜法之一，用雞骨占卜。羞：進獻。觴：古代的一種盛酒器。⑳荔丹與蕉黃：紅色的荔枝與黃色的香蕉，泛指祭祀供品，韓愈《柳州羅池廟碑》一文中有「荔枝丹兮蕉葉黃」的句子，這裏借用他的話。㉑涕滂：

淚流得很多，形容很悲傷。㉒被髮下大荒：韓愈詩「翩然下大荒，被髮騎麒麟」。這裏借用韓愈的話，表示祝他下來享受祭品。被，通「披」，大荒：指人間。

【譯文】

一個普通人能夠成爲百世的師表，說一句話就成爲天下人的準則，這都是因爲他們有與天地化育萬物相等同、與國家命運的盛衰相關聯的地方。他們的降生是有來歷的，他們的死亡也有作用。所以申伯、呂侯出生是山神降世，傳說死後成爲天上的星星。這些古今傳誦的事不可不信。孟子說：「我善於修養我的浩然正氣。」這種氣，寄托在平常的事物之中，而充塞於整個天地之間。突然遇到了它，則王侯公卿顯不出他們的尊貴，晋、楚這樣的國家也顯不出他們的富强，張良、陳平會失去他們的智謀，孟賁、夏育也會喪失他們的勇敢，張儀、蘇秦也使不出他們的辯才。是什麼東西使得他們這樣呢？這一定有一種不憑借形體而自立，不依仗外力而自行，不依賴生命而存在，不隨著死亡而消逝的東西。這種東西，在天上就化爲星辰日月，在地上就成爲河岳山川，在陰間化爲鬼神，在人世又變成人，這些都是很平常的道理，沒什麼值得大驚小怪的。

自東漢以來，儒道衰頹，文風敗壞，各種異端邪說相繼興起，雖然經過唐代貞觀、開元的盛世，又加上房玄齡、杜如晦、姚崇、宋璟的輔佐，仍然不能挽救過來，只有韓文公從庶民百姓中崛起，談笑著揮走異端，天下人紛紛跟隨著他，回到正路上來。這到今天，大約有三百年了。韓公的文章挽回了已衰敗八代的文風，他提倡的學說把天下人從沉淪中拯救出來。他的忠心觸怒了君主，他的智勇戰勝了三軍主帥，這難道不是與天地相並立，與國家盛衰相關聯，浩然獨存的正氣嗎？

有人曾經論述過天道和人事的區別，認爲人沒有什麼做不到的事，只是天道不是人力所能改變。人的智謀可以欺騙王侯公卿，卻不能欺騙小小的豬和魚；憑借武力可以奪取天下，卻不能得到普通男女的忠心。所以韓文公的精誠，能夠驅散籠罩衡山的雲霧，卻不能使唐憲宗從迷惑中清醒；能夠馴服鱷魚的凶暴，卻不能制止皇甫鎛、李逢吉的誹謗；能夠取信於潮州的廣大百姓，爲他建廟，死後世代享受祭祀，卻不能使自己的在朝近上得到一天安寧。這是因爲韓公所能順應的是天道，而他所不能做到的，是處理人事。

起初潮州人不知道讀儒家的書，韓文公派進士趙德去做他們的老師，從這時起，潮州的學者們都很重視文章、德行，這種風氣也影響到了平民百姓。直到今天，這裏還被稱爲是容易治理的地方。確如孔子所說，「君子學了禮儀道德就有仁愛之心，平民學了禮儀道德就容易驅使。」潮州人事奉韓文公，一飲一食都必定祭祀，每當遇到水旱災害，疾病瘟疫等有求於神炙的事情，必定向他禱告。可是韓身公的廟宇建在刺史公堂的後面，老百姓覺得進進出出很不方便。前任太守曾想請示朝廷，另建一座新廟，但沒有實施。元祐五年，朝散郎主君滌來做這個州的太守。他實行的所有用來培養賢士，治理百姓的措施，無不仿效韓文公的做法。在百姓已經心悅誠服後，他發出號令說：「願意新建韓公廟的人就聽從命令。」百姓們都高興地去參加修廟。於是，在距潮州城南七里的地方選定了廟址，一年內新廟就建成了。

有人說：「韓公被貶斥到離京萬里的潮州，不到一年就回去了。如果他死後有知，顯然是不會眷戀潮州的。」我說：「不對！韓公的神靈在人間，就像水在地下一樣，到處都是。可是唯獨潮州人對他特別信賴，無限思念。在祭奠時升騰的香氣中人們感到悲傷，彷佛見到了他。這就像挖井挖到了泉水，卻說泉水只存在這裏一樣。哪有這種道理呢？」

元豐七年，皇帝下詔書封韓文公爲昌黎伯，所以新廟的匾上寫著「昌黎伯韓文公之廟。」潮州人請我把他的事跡刻寫在石碑上，於是我寫下詩送給他們，讓他們吟唱，以此來悼念韓公。詩的詞句爲：

昔日裏您騎龍駒遨遊白雲仙鄉，長空揮手，分開銀河日月天章，織女雲彩爲您織就錦繡衣裳。您乘風飄游來自天帝身旁，下到人間爲的是一掃濁世的鄙陋文章。您西遊咸池，又東到扶桑，文章道德輝映一代，草木都蒙受光芒。您追隨李、杜，同他們比翼翱翔，張籍、皇甫湜慚愧流汗，退避奔走得僵倒地上，連韓公的影兒也不敢仰望。您疾書奏章，抨擊佛學，諷勸君王，被貶潮州，遊覽衡湘，路過九嶷舜墓，憑弔女英、娥皇。祝融爲您開路，海神率衆潛藏，您爲民趕走鱷魚如驅羔羊。天庭少了人才，天帝爲之悲傷，派遣巫陽高歌下降招您回天堂。潮州百姓殺牛宰雞再進酒漿，這裏有荔枝鮮紅，香蕉微黃。文公啊，您不稍稍逗留讓我們眼淚流淌，祈望您飄然下降嘗嘗我們的一片衷腸！

乞校正陸贄奏議進御劄子[1]

蘇軾

【題解】

本文是蘇軾在宋哲宗元祐二年擔任翰林侍讀學士時和呂希哲，范祖禹共同上的奏本。文章極力推崇陸贄，建議哲宗讀陸贄的奏議，從中學習治國之術。文中援引史實，娓娓而談，比喻貼切，對照鮮明，具有較强的説服力。

臣等猥以空疎[2]，備員講讀[3]。聖明天縱[4]，學問日新。臣等才有限而道無窮，心欲言而口不逮[5]。以此自愧，莫知所爲。竊謂人臣之納忠[6]，譬如醫者之用藥：藥雖進於醫手，方多傳於古人；若已經效於世間，不必皆從於己出。

【注釋】

[1]校正：把幾個不同本子加以比較進行訂正。進御：進獻皇帝使用。劄子：古代公文的一種，用以向皇帝進言議事。劄：「札」的異體字。[2]猥：謙詞，辱。這裏是玷辱職守的意思。空疎：胸無實學。[3]備員：充數、湊數。自謙之詞。講讀：指翰林院的侍講學士和端明殿的侍讀學士，職責是講論經史，以備皇帝顧問。[4]天縱：天稟，常用爲諛美帝王之辭。[5]逮：到、及。[6]竊：表示自謙，私自的意思。

伏見唐宰相陸贄[1]，才本王佐[2]，學爲帝師[3]；論深切於事情，言不離於道德；智如子房而文則過4，辨如賈誼而術不疏5；上以格君心之非6，下以通天下之志。但其不幸，仕不遇時。德宗以苛刻爲能7，而贄諫之以忠厚；德宗以猜疑爲術，而贄勸之以推誠；德宗好用兵，而贄以消兵爲先；德宗好聚財，而贄以散財爲急。至於用人聽言之法，治邊御將之方，罪己以收人心，改過以應天道，去小人以除民患，惜名器以待有功8：如此之流，未易悉數9，可謂進苦口之藥石10，鍼害身之膏肓11。使德宗盡用其言，則貞觀可得而復12。

【注釋】

1陸贄：（七五四年——八〇五年），字敬輿，蘇州嘉興（今屬浙江）人。唐德宗時官至宰相。爲人耿直，辨事幹練，史書說他「所言剴拂帝短，懇到深切。」後因受人誣陷而被貶廢。他的《陸宣公奏議》以見解精辟，文筆流暢而爲世人推重。2王佐：帝王的輔佐。3帝師：帝王的老師。4子房：即張良，字子房。漢初政治家，足智多謀，曾輔劉邦入關滅秦，後又輔佐劉邦打敗項羽，封爲「留侯」。5賈誼：西漢政治家和文學家。曾任太中大夫，太傅等官。他在寫給漢文帝的治安策中主張重本抑末，削弱諸侯王勢力。6格：糾正。7德宗：唐德宗李適，公元七八〇年至八〇五年在位。8名器：古代稱代表統治者等級，地位的爵位和車服等。前者稱名，後者稱器。這裏指官爵。9數：計數。10藥石：治病的藥物和砭石，這裏用來指規勸改過的話。11鍼：「針」的異體字，這裏用做動詞，泛指治病。膏肓：古代醫學上把心尖脂肪稱爲膏，心臟和膈膜之間稱爲肓，認爲是藥力達不到的地方。指嚴重的疾病。12貞觀：唐太宗的年號（六二七年——六四九年），這裏指貞觀之治。

臣等每退自西閣1，即私相告，以陛下聖明，必喜贄議論。但使聖賢之相契2，即如君主之同時。昔馮唐論頗、牧之賢3，則漢文爲之太息；魏相條鼂、董之對4，則孝宣以致中興。若陛下能自得師，則莫若近取諸贄5。夫六經三史6、諸子百家7，非無可觀，皆足爲治；但聖言幽遠，末學支離⑧，譬如山海之崇深，難以一二而推擇。如贄之論，開卷了然，聚古今之精英，實治亂之龜鑑。⑨臣等欲取其奏議，稍加校正，繕寫進呈⑩。願陛下置之坐隅⑪，如見贄面；反復熟讀，如與贄言，必能發聖性之高明，成治功於歲月。臣等不勝區區之意⑫，取進止⑬。

【注釋】

①西閣：宋朝皇帝聽講的地方。②契：合。③馮唐：西漢文帝時任中郎署長。曾向漢文帝稱道廉頗、李牧。文帝聽後，爲得不到這樣的名將以抵御匈奴而歎息。頗、牧：廉頗與李牧，兩人都是戰國時越國名將。④魏相：西漢大臣，宣帝時曾任丞相，主張整頓吏治，考核實效，在奏章中常引用鼂錯，董仲舒等人的言論。鼂：指鼂錯，西漢政治家。董：指董仲舒，西漢唯心主義哲學家，今文經學大師。他以《春秋公羊傳》爲主幹，綜合先秦各家思想，創立「天人感應」的思想體系。建議漢武帝「罷黜百家，獨尊儒術」，爲西漢大一統學說製造輿論。⑤諸：之於。⑥六經：指《詩》、《書》、《禮》、《易》、《樂》、《春秋》六部儒家經典。三史：指《史記》、《漢書》和《後漢書》。⑦諸子百家：指諸子百家的書。⑧末學：無本三學，與經學相對而言，指諸子的書和史書。⑨龜鑑：借鑑。龜：古代用龜甲占卜，以辨吉凶。鑑：鏡。⑩繕寫：抄寫。⑪坐隅：座位旁邊，坐，通「座」。⑫區區：猶「拳拳」，誠心。⑬取進止：聽從裁處。取：聽取。進止：進退。

【譯文】

臣等以淺薄的才識，充任侍講、侍讀之數。陛下有天賦的聖智聰明，學問日益長進。臣等才學有限，而儒家之道本身却是無窮的。常常心裏想說，而口裏却辭不達意。因此自感慚愧，不知怎樣做才好。我們私下認爲，臣子向皇帝敬獻忠言，如同醫生用藥，藥雖然是從醫生的手裏進獻的，但藥方却大多是古人傳下來的。如果它已經在社會上發生過效用，就不必都要由醫生本人手裏開出來。

我們覺得唐朝的宰相陸贄，論才能本來可做帝王的輔佐，論學問可做皇帝的老師。他的議論非常切合事理，言談不離道德。他的智謀有如張良而文才則超過他，明辨如同賈誼而在策略上却不粗疏。

對上能糾正君主思想上的錯誤，對下能溝通天下人的心願。可是不幸得很，他做官沒有遇上好時候。德宗把苛刻當作自己的才幹，而陸贄却用忠厚之道勸諫他；德宗把猜忌當作自己的權術，而陸贄却勸他誠心待人；德宗好用兵，而陸贄却把消除戰爭作爲他的首要任務；德宗喜歡聚斂錢財，而陸贄却把散發錢財當作迫切的事情。至於任用人材，聽取意見的方法，治理邊疆，使用將領的策略，遇事歸罪於己，以爭取民心，改正錯誤以順應天道，排斥小人爲民除害，珍惜官爵以封賞有功的人，像這一類奏議，舉不勝舉。這些可以說是進獻苦口的良藥，治療頑疾的針砭。假使德宗全部採納他的意見，那麼，貞觀盛世就能夠再現了。

我們每次從西閣退出來，便私下相互談論，認爲像陛下這樣聖明，一定會欣賞陸贄的議論。只要聖主和賢臣意志相合，那麼，就像君臣處於同一時代一樣。從前馮唐談論廉頗、李牧的賢能，漢文帝因得不到這樣的將領而歎息；魏相列述鼂錯，董仲舒的對策，漢宣帝憑著這些實現了中興。如果陛下能自求老師，那麼，沒有比就近向陸贄求教更好的了。六經、三史、諸子百家的學說，不是沒有閱讀的價值，都足以用來治理國家。但聖人的言論高遠深邃，諸子百家和史書又很零散，就像山那樣崇高，海那樣幽深，難以擇取一二處以供應用。像陸贄的議論，一開卷便一目了然。它聚集了古今的精華，實在是國家治亂的借鑒。我們打算選取他的奏議，略爲加以校正，抄寫出來進呈陛下。希望陛下把它放在座席一側，就像見到陸贄一樣；反復地熟讀它，就像和陸贄面談一樣。這樣一定能啓迪陛下聖明的天性，在短期內收到天下大治的功效。臣等表達不盡內心的誠意，聽候陛下的裁決。

前赤壁賦 [1]

蘇軾

【題解】

本文是蘇軾被貶黃州，和友人同遊黃崗赤壁時所寫。因他後來又寫有一篇《赤壁賦》，因此把這篇稱爲《前赤壁賦》。本文從月夜泛舟寫起，通過對歷史人物的憑弔，表現出作者自己對現實生活的厭倦，對人生無常的悵惘，同時也表現了作者曠達樂觀的人生態度。

文章語言優美清新，寫景、抒情、議論三者結合得極其自然巧妙，不露斧鑿之痕。

壬戌之秋[2]，七月既望[3]，蘇子與客泛舟遊於赤壁之下[4]。清風徐來，水波不興。舉酒屬客[5]，誦明月之詩[6]，歌窈窕之章[7]。少焉，月出於東山之上，徘徊於斗牛之間[8]。白露橫江，水光接天。縱一葦之所如[9]，凌萬頃之茫然[10]。浩浩乎如馮虛御風[11]，而不知其所止；飄飄乎如遺世獨立[12]，羽化而登仙[13]。

於是飲酒樂甚，扣舷而歌之[14]。歌曰：「桂棹兮蘭槳[15]，擊空明兮泝流光[16]。渺渺兮予懷，望美人兮天一方[17]。」客有吹洞簫者，依歌而和之[18]。其聲嗚嗚然，如怨如慕，如泣如訴；餘音嫋嫋[19]，不絕如縷[20]，舞幽壑之潛蛟[21]，泣孤舟之嫠婦[22]。

【注釋】

[1]《前赤壁賦》：宋神宗元豐五年，蘇軾被貶爲黃州（治所在今湖北黃崗縣，團練副使，在黃州時，他曾兩次遊

覽城外的赤壁（一名赤鼻磯），並寫下了《前赤壁賦》和《後赤壁賦》。但周瑜被曹操的赤壁在湖北嘉魚縣東北長江南岸。②壬戌：即宋神宗元豐五年（一○八二年）。③既望：過了望日，即十六日。望，夏曆每月十五日。④蘇子：蘇軾自稱。⑤屬：原是挹注的意思，引申為勸酒。⑥明月之詩：指《詩經·月出》篇，這首詩是月下懷人的。⑦窈窕之章：指《月出》篇的第一章，其中有「舒窈糾兮」一語，「窈糾」與「窈窕」音義相近。⑧斗牛：兩個星宿名。斗：北斗星，牛：牽牛星，位於吳越的分野。⑨縱：聽任。一葦：比喻小船，葦，葦葉。如：往。⑩凌：越過。指小船在江面上划過。萬頃：指江面廣闊無邊。茫然：形容江面迷茫曠遠。⑪馮虛：凌空。馮，通「憑」，憑依。虛，指天空。⑫遺世：離開人世。⑬羽化：道教認為人能飛升成仙，如生羽翼一樣，故稱成仙為羽化。⑭扣舷：敲打著船邊。立：助詞。⑮棹、槳：划船的工具，前推的叫「槳」，後推的叫「棹」⑯空明：指在月光映照下的清澄的江面。流光：水波上流動的月光。泝，同「溯」。⑰美人：指所思念的人，不是說美貌的女子。⑱洞簫：即簫。因簫管上下直通，所以稱為「洞簫」。和：和樂，伴奏。⑲嫋嫋：形容聲音不絕，若斷若續。⑳縷：絲縷。㉑幽壑：深谷，這裏指深淵。潛蛟：潛伏著的蛟龍。㉒嫠婦：寡婦。

蘇子愀然①，正襟危坐②，而問客曰：「何為其然也？」

客曰：「『月明星稀，烏鵲南飛③』，此非曹孟德之詩乎④？西望夏口⑤，東望武昌⑥，山川相繆⑦，鬱乎蒼蒼，此非孟德之困於周郎者乎⑧？方其破荊州⑨，下江陵⑩，順流而東也，舳艫千里⑪，旌旗蔽空，釃酒臨江⑫，橫槊賦詩⑬，固一世之雄也，而今安在哉？況吾與子漁樵於江渚之上⑭，侶魚蝦而友麋鹿⑮，駕一葉之扁舟，舉匏樽以相屬⑯；寄蜉蝣於天地⑰，渺滄海之一粟。哀吾生之須臾⑱，羨長江之無窮。挾飛仙以遨遊⑲，抱明月而長終。知不可乎驟得，托遺響於悲風⑳。」

【注釋】

[1]愀然：憂愁淒愴的樣子。[2]正襟危坐：整理衣襟，端正地坐著。[3]「月明星稀，烏鵲南飛」：這兩句詩是曹操《短歌行》中的句子。[4]曹孟德：曹操，字孟德，東漢末年傑出的政治家，軍事家，詩人。生前統一了中國北部，封魏王。子曹丕稱帝後，追尊為武帝。[5]夏口：漢水下游入長江處，古稱夏口，又稱漢口。[6]武昌：今湖北鄂城縣，公元二二一年，孫權曾遷都於此。[7]繆：通「繚」，盤繞。[8]周郎：即周瑜，孫權的將領。漢獻帝建安十三年（二〇八年）赤壁之戰，曹操兵敗於吳，蜀聯軍。周瑜是這次戰役的主要指揮者。因年輕，故稱「郎」。[9]破荊州：建安十三年，荊州牧劉表死後，曹軍南下，劉表次子劉琮以荊州降曹，當時，湖北、湖南等地都屬荊州，治所在今湖北襄陽。破：占領。[10]江陵：今湖北江陵，下：攻下。劉琮投降後，曹操又在當陽的長坂擊敗劉備，進占江陵。[11]舳艫：船尾和船頭連接。舳：船後掌舵處。艫：船前搖棹處。[12]釃酒：濾酒。這裏是「酒」的意思。在江面上灑酒，表示對古代英雄豪傑的憑弔。[13]槊：長矛。[14]漁樵：捕魚打柴。渚：江中小洲。[15]麋：鹿的一種。[16]匏樽：葫蘆做的酒器。匏：葫蘆的一種。[17]蜉蝣：一種小飛蟲，夏秋之交生活在水邊，成蟲僅能活幾個小時。這裏用來比喻人生短促。[18]須臾：片刻。很短的時間。[19]挾：帶，伴。[20]遺響：簫的餘音。悲風：秋天淒厲的風。

蘇子曰：「客亦知夫水與月乎？逝者如斯[1]，而未嘗往也；盈虛者如彼[2]，而卒莫消長也[3]。蓋將自其變者而觀之，則天地曾不能以一瞬；自其不變者而觀之，則物與我皆無盡也[4]，而又何羨乎？且夫天地之間，物各有主，茍非吾之所有，雖一毫而莫取。惟江上之清風，與山間之明月，耳得之而為聲，目遇之而成色，取之無禁，用之不竭，是造物者之無盡藏也[5]，而吾與子所共適[6]。」

【注釋】

①逝者如斯：比喻時光一去不復返。語出《論語．子罕》：「子在川上曰：『逝者如斯夫，不舍晝夜。』」子：孔子。川，河；逝，往；斯，這，指流水。②盈虛者：指月亮。月有圓有缺，故稱盈虛者。③消長：消，消失；長，增長。④無盡：永恆不朽，沒有窮盡。⑤造物者：自然界，原意指天。⑥共適：共同享受。適：享受的意思。

客喜而笑，洗盞更酌。肴核既盡①，杯盤狼藉②。相與枕藉乎舟中③，不知東方之既白。

【注釋】

①肴：菜肴。核：果品。②狼藉：散亂的樣子。藉，也寫作「籍」。③枕藉：互相枕著靠著睡覺。

【譯文】

壬戌年的秋天，七月十六日，我與客人乘船遊於赤壁之下。清風暖暖地吹拂，江面水波平靜。舉起酒杯，邀客人同飲，吟詠著《明月》的詩篇與其中的「窈窕」一章。一會兒，月亮從東山上升起，徘徊在北斗和牽牛星之間。白茫茫的霧氣籠罩著江面，水光與夜空溶成一片。我們聽憑這一葉小舟在茫茫萬頃的江面上自由飄動。浩浩蕩蕩地就像凌空御風，不知道將要停留何處；輕快飄逸，就像離開了塵世，無拘無束，飛升羽化，登上仙境。

這時，大家喝著酒，高興極了，敲著船舷唱起歌來。歌詞是：「桂木的棹啊蘭木的槳，拍打著清澈的江水啊，迎著流動的波光，我悠遠廣闊的情懷啊，仰望著思念的人兒，他在天的那一方。」客人中有一個會吹洞簫的，按著歌聲吹簫應和。簫聲嗚嗚，像怨恨又似思慕，如哭泣又如傾訴，餘音繚繞，若斷若續，宛如綿綿的細絲，使潛伏在深淵中的蛟龍起舞，孤舟上的寡婦啜泣。

我不禁感傷起來，整整衣襟，端正地坐著，問客人道：「簫聲爲什麼這樣的淒涼？」

客人說：「『月明星稀，烏鵲南飛，』這不是曹孟德的詩句嗎？向西望是夏口，向東望是武昌，山川繚繞，一片蒼翠，這不是曹孟德被周瑜擊敗的地方嗎？當他占領荊州，攻下江陵，順長江東下的時候，戰船前後相連，綿延千里，旌旗遮蔽了天空，對江灑酒，橫矛吟詩，本是一代英雄！可是現在卻在哪裏呢？何況你我在江中和沙洲上捕魚打柴，以魚蝦為伴，麋鹿為友。駕一葉孤舟，舉起匏樽互相勸酒；寄托這像蜉蝣一樣短促的生命於天地之間，渺小得像大海中的一顆穀粒。慨嘆我們生命的短促，羨慕長江流水的無窮。希望借同仙人遨遊，與明月一同永存。我知道這不可能忽然得到，便只能寄簫聲於悲涼的秋風。」

我說：「您也知道那江水和月亮嗎？江水永遠不停的流逝，但其實並沒有流走，月亮總是那樣缺了又圓，但始終沒有增減。如果從它們變化的一面來看，那麼天地萬物連一眨眼的瞬間都有變化；如果從不變的一面來看，則萬物和我們都將永恆，又有什麼值得羨慕的呢？再說，天地之間，萬物都有各自的主人，假如不是我所擁有的東西，即使是一絲一毫也不要取用。只有這江上的清風，山間的明月，耳朵聽到了，就成為聲音，眼睛看到了，就成為顏色。取有它們，無人禁止，使用它們，沒有窮盡。這是大自然無窮無盡的寶藏，我和您可以共同享受它們。」

客人聽了之後，高興地笑了。洗淨酒杯重新酌酒。菜肴果品已經吃光，席面上杯盤散亂。大家互相枕著靠著睡在船中，不知不覺東方已經發白。

後赤壁賦

蘇軾

【題解】

本文是蘇軾第二次遊赤壁時所寫，距初遊赤壁，時間雖只三個月，但景色不同，心情各異。在這篇文章中，作者描繪了冬夜的江岸，渲染出山間驚怖淒涼的氣氛；還寫了他獨自登高而引起的悲戚心情。結尾用白鶴道士虛幻的夢境，表現出作者幻想脫離塵世，卻不能逃避現實的矛盾心情。同時也給全文籠上一層飄渺迷幻的氣氛。

是歲十月之望[1]，步自雪堂[2]，將歸於臨皋[3]。二客從予過黃泥之坂[4]。霜露既降，木葉盡脫；人影在地，仰見明月。顧而樂之[5]，行歌相答[6]。已而歎曰[7]：「有客無酒，有酒無肴；月白風清，如此良夜何？」客曰：「今者薄暮[8]，舉網得魚，巨口細鱗，狀似松江之鱸[9]。顧安所得酒乎[10]？」歸而謀諸婦[11]。婦曰：「我有斗酒[12]，藏之久矣，以待子不時之須[13]。」

【注釋】

[1]是歲：這年。指作《前赤壁賦》的同一年，即一〇八二年。望：舊曆十五日。[2]雪堂：蘇軾在黃崗縣東坡建築的住所。堂在大雪中建成，四壁都畫有雪景，故名「雪堂」，蘇軾也因雪堂建於東坡之上而自號為「東坡居士」。[3]臨皋：即臨皋館，也稱臨皋亭，在黃崗縣南長江邊上。蘇軾於一〇八〇年貶到黃州做團練副使，就住在臨皋館。[4]黃泥之坂：即黃泥坂。在臨皋館附近。坂：山坡。[5]顧：四向看。[6]行歌：且行且歌，互相酬

答。[7]已而：一會兒。[8]薄暮：傍晚。薄，逼近。[9]松江：松江縣，現屬上海市。以產鱸魚著名。[10]顧：表轉折，但，但是的意思。安所，何處。[11]諸：「之於」的合音。[12]斗：古代盛酒的器具。[13]子：古代對男子第二人稱的尊稱。不時：預料不到的時候。

於是攜酒與魚，復遊於赤壁之下。江流有聲，斷岸千尺[1]，山高月小，水落石出。曾日月之幾何，而江山不可復識矣[2]！予乃攝衣而上，履巉岩[3]，披蒙茸[4]，踞虎豹[5]，登虬龍[6]，攀栖鶻之危巢[7]，俯馮夷之幽宮[8]。蓋二客不能從焉。劃然長嘯[9]，草木震動，山鳴谷應，風起水湧[10]。予亦悄然而悲[11]，肅然而恐，凜乎其不可留也。反而登舟[12]，放乎中流[13]，聽其所止而休焉。時夜將半，四顧寂寥。適有孤鶴，橫江東來，翅如車輪，玄裳縞衣[14]，戛然長鳴[15]，掠予舟而西也。

【注釋】

[1]斷岸：陡峭的江岸。[2]「曾日月之幾何」：就兩次遊赤壁所見的景象對比而言，前爲秋景，此爲冬景。江山：指江山的景象。[3]履：踐，踏。巉岩：險峻的山崖。[4]披：分開。蒙茸：雜亂的叢草。[5]踞：蹲或坐。虎豹：指虎豹形狀的石頭。[6]虬龍：指虬龍狀的樹幹，形容樹木彎曲的形狀。虬：古代傳說中一種有角的小龍。[7]鶻：隼，一種凶鳥。魚尾：高而險。[8]馮夷：古代傳說中的水神名。幽宮：幽深的水府。[9]劃然：指長嘯聲。嘯：撮口發出長而清的聲音，借以抒發鬱鬱不樂的情懷。[10]風起水湧：原是自然現象。作者故意附會爲長嘯的結果，借以襯托自己的心情。[11]悄然：憂愁的樣子。[12]反，通「返」。[13]中流：水流當中。[14]玄裳縞衣：黑裙白衣。古人稱下衣爲裳。因鶴身上的羽毛是白的，尾巴是黑的，所以這樣說。[15]戛然：像聲詞，這裏形容鶴尖聲高叫的聲音。

須臾客去[1]，予亦就睡。夢一道士，羽衣蹁躚[2]，過臨皋之下，揖予而言曰[3]：「赤壁之遊樂乎？」問其姓名，俛而不答[4]。「嗚呼噫嘻[5]！我知之矣！疇昔之夜[6]，飛鳴而過我者，非子也耶？」道士顧笑[7]，予亦驚寤[8]。開戶視之，不見其處。

【注釋】

1須臾：一會兒。2羽衣：道士穿的衣服。蹁躚：旋轉的舞態，這裏比喻道士體態輕盈。3揖：舊時拱手禮。4俛：同「俯」。5嗚呼噫嘻，感嘆詞。6疇昔：往日，這裏指昨日。疇：語首助詞，無義。7顧：回頭看。8寤：睡醒。

【譯文】

這一年的十月十五，我從雪堂步行出發，準備回臨皋館。兩位客人跟著我，一起走過黃泥坂。這時已經降過霜露，樹葉已落光了。人影映在地上，抬起頭，只見明月當空。我們看著四周清幽的景色，很是快樂，於是一邊走一邊唱，互相酬答應和。

過了一會兒，我嘆息說：「有客沒有酒，有酒沒有菜，月明風清，怎樣度過這美好的夜晚呢？」客人說：「今天傍晚，撒網捕到一條魚，大嘴巴細鱗片，樣子像是松江鱸。但是從哪裏能弄到酒呢？」回去後跟妻子商量，妻子說：「我有一斗酒，貯存好久了，預備供您在料想不到的時候飲用。」

於是帶著酒和魚，再到赤壁下遊覽。江裏的流水發出聲響，兩岸的峭壁高達千尺。山峯高聳，月亮顯得很小，江水下落，石頭顯露出來。才過了多少時光，江山就變得不能認識了！我於是提起衣襟上岸，登著險峻的山崖，撥開叢生的雜草，蹲在宛如虎豹的石頭上，爬上狀如虬龍的古樹，攀援高處棲鶻的窩巢，俯視水神幽深的水宮。兩位客人都不能跟著我上來了。高聲長嘯，划破夜空，草木震動起來，山谷回響，風起浪湧。我也感到憂愁悲涼，心中恐懼。害怕得不敢再留在那裏了。回到船上，任小船飄蕩到江心，停在哪裏就在哪裏休息。這時快到半夜了。環視四周，寂寞空蕩。恰好有隻孤鶴，橫過長江東向飛來，翅膀有如車輪，黑裙白衣，戛然一聲長鳴，掠過我的小船，向西飛去。一會兒棄舟登岸，客人辭去，我也睡覺。夢見一個道士，穿著羽衣，輕盈飄逸，從臨皋館下經過。他向我拱手行禮，說：「這次遊赤壁遊得快樂嗎？」問他的姓名，他低頭不答。「啊！我知道了！昨天晚上，一聲長鳴從我船上飛過去的，不正是您麼？」道士回頭對我笑了笑。我也驚醒了。開門一看，哪有他的影子。

三槐堂銘

蘇軾

【題解】

本文是一篇銘文，是歌頌王祐及其子孫的。說的是王祐積德，子孫多賢的事，宣揚了因果報應的天命觀。

本文在寫作方面：剖析事例、敘事證理，旁襯烘托，娓娓而談，使文章曲折而又通暢。

天可必乎？賢者不必貴，仁者不必壽。天不可必乎？仁者必有後。二者將安取衷哉[1]？吾聞之申包胥曰[2]：「人定者勝天，天定亦能勝人[3]。」世之論天者，皆不待其定而求之，故以天爲茫茫[4]。善者以怠，惡者以恣[5]。盜跖之壽[6]，孔、顏之厄[7]，此皆天之未定者也。松柏生於山林，其始也，困於蓬蒿，厄於牛羊；而其終也，貫四時，閱千歲而不改者，其天定也。善惡之報，至於子孫，則其定也久矣。吾以所見所聞考之，而其可必也審矣[8]。國之將興，必有世祿之臣，厚施而不食其報[9]，然後其子孫能與守文太平之主[10]，共天下之福。

【注釋】

[1]衷：通「中」，這裏是恰當，正確的意思。[2]申包胥：姓公孫，封地在申，故稱申包胥。春秋時楚國大夫。[3]人定：人的意志。天定：天的意志，即天道。定：決定，意志。引文見《史記．伍子胥傳》，原文爲「吾聞

之，人衆者勝天，天定亦能破人。」④茫茫：渺茫難測。⑤恣：放縱。⑥盜跖：即柳下跖，傳說中春秋末期的奴隸起義領袖，相傳他年壽很高才去世。盜：古代統治階級對起義者的蔑稱。⑦孔：孔丘，春秋末期儒家學派創始人。顏：顏回，孔子學生，被尊爲賢人。孔子一生不得志，顏回窮苦，又短命而死，所以叫做「厄」。⑧審：明白。⑨厚施：替王朝出力很多，對百姓的恩惠很大。⑩守文：遵守成法。

故兵部侍郎晉國王公①，顯於漢、周之際②，歷事太祖、太宗③，文武忠孝，天下望以爲相，而公卒以直道不容於時④。蓋嘗手植三槐於庭，曰：「吾子孫必有爲三公者⑤。」已而其子魏國文正公⑥，相眞宗皇帝於景德、祥符之間⑦。朝廷清明，天下無事之時，享其福祿榮名者十有八年。今夫寓物於人⑧，明日而取之，有得有否；而晉公修德於身，責報於天⑨，取必於數十年之後，如持左契⑩，交手相付。吾是以知天之果可必也。

【注釋】

①晉國王公：即王祐，字景叔。五代末年至宋初時人。宋初任潞州知州，後官至丘部侍郎（兵部的副長官），死後封晉國公（下文簡稱「晉公」。）②漢、周：即五代的後漢、後周。③太祖：宋太祖趙匡胤。太宗：宋太宗趙匡義（九七六年——九九七年在位），太祖之弟，即位後改名靈。④直道：這裏是「正直」的意思。容：接受，容納。⑤三公：西漢以丞相，太尉，御史大夫合稱三公，宋仍沿襲此稱，但已無實際職務。⑥魏國文正公：即王旦，字子明。王祐次子。宋太宗太平興國年間進士。眞宗時拜給事中，同知樞密院事，後又任工部尚書，同中書門下平章事（即宰相）、死後封魏國公（下文省作魏公），謚文正。⑦眞宗：宋眞宗趙恆，太宗之子（九九八——一〇二二年在位）。景德、祥符：宋直宗年號。景德：自一〇〇四年至一〇〇七年，祥符：大中祥符的簡稱，自一〇〇八年至一〇一六年。⑧寓：寄、托。⑨責：責望，期望。⑩左契：即左劵：古代契約分爲左、右兩聯，雙方各執一聯。左契即左聯，常用爲索償的憑證。

吾不及見魏公，而見其子懿敏公1，以直諫事仁宗皇帝2，出入侍從將帥三十餘年3，位不滿其德。天將復興王氏也歟！何其子孫之多賢也？世有以晉公比李栖筠者4，其雄才直氣，眞不相上下。而栖筠之子吉甫5，其孫德裕6，功名富貴，略與王氏等，而忠恕仁厚，不及魏公父子。由此觀之，王氏之福蓋未艾也7。懿敏公之子鞏8，與吾遊，好德而文，以世其家9，吾是銘之。

【注釋】

1懿敏公：即王素，字仲儀，王旦之子。官至工部尚書，諡懿敏。2以直諫事仁宗：王素在仁宗時做過知諫院的官。知諫院主管向皇帝進諫。仁宗：即宋仁宗趙禎（一〇二三年——一〇六三年在位），眞宗之子，十三歲繼位。3「出入」句：出入，指朝廷內外。侍從：指做皇帝的侍從官。將帥：指出任州府軍政長官。王素在朝內時當過知諫院，天章閣待制、龍圖直學士、端明殿學士，在朝外則做過知州、知府及青州觀察使，所以這樣說。4李栖筠：字貞一。唐代宗時人。進士出身。官至給事中，爲元載忌恨。貶爲常州刺史，又任浙江觀察使。唐代宗擬任命他爲宰相，由於元載阻止而未成。5吉甫：李栖筠之子李吉甫，字弘憲。唐憲宗時兩次爲宰相，一任節度使。6德裕：李吉甫之子李德裕，字文饒。唐武宗時宰相。執行削弱藩鎭政策，是「牛李黨爭」中李派首腦，後遭貶，死在崖州（今廣東海口）。7艾：止、盡。其實王家到王鞏就衰落了，王鞏只做到宗正丞。8鞏：王素之子王鞏，字定國，自號清虛先生。擅長作詩，與蘇軾交遊，後任宗正丞（宗正府的一名官員）。9世：這裏作動詞用，指繼承家風。

銘曰：「嗚呼休哉1！魏公之業，與槐俱萌；封植之勤2，必世乃成。既相眞宗3，四方砥平4。歸視其家，槐陰滿庭，吾儕小人5，朝不及夕，相時射利6，皇卹厥德7，庶幾僥倖，不種而穫。不有君子，其何能國？王城之東⑧，晉公所廬。鬱鬱三槐，惟德之符⑨。嗚呼休哉！」

【注釋】

①嗚呼休哉：表示感嘆、讚美的意思。②封植：培植。③既：已經，已然。④砥平：像磨刀石般的平穩，這裏指國家平定。砥：磨刀石。⑤儕：輩，類。⑥射利：追求財利。意思是說見到財利，就像獵人見到獵物一樣取箭射取。⑦皇：通「遑」閒暇。厥：其。卹：「恤」的異體字，擔心，考慮。⑧王城：指宋朝京城汴京（今河南開封）。⑨符：祥瑞的象徵。

【譯文】

天道一定能夠實現嗎？但是賢明的人卻不一定尊貴，仁愛的人卻不一定長壽。天道不一定能實現嗎？但仁愛的人卻一定有好後代。這二者中哪種說法恰當呢？我聽說申包胥說過這樣的話：「人事定了，能夠戰勝天；天道定了也能夠戰勝人。」世上談論天的人，都不等到天道定下來就去驗證它，所以認爲天是渺茫莫測的。善良的人因此而懈怠，邪惡的人因此而放肆，盜跖的長壽，孔子、顏回的困厄，這都是天道沒有定下來的緣故。松柏生長在山林中，起初，被困在蓬蒿底下，遭到牛羊的踐踏；而最終卻能四季常青，經歷千年而不凋零，這是因爲它的天性定下來了。對人的善惡的報應，有的一直到子孫後代才表現出來，那是天道定下來已經很久了。我根據所見所聞來驗證，天道一定能夠實現，這是明白無疑的了。國家將要興盛時，必定有世代積德的大臣，做了很大的貢獻而沒有得到報答，但此後他的子孫卻能夠和恪守成法的太平君主，共同享受天下的福祿。

已故的兵部侍郎晉國公王祐，顯赫於後漢、後周之間，並先後在太祖、太宗兩朝任職，文武雙全，忠孝具備，天下的人都盼望他能出任宰相，然而王公由於正直不阿，終究不爲當世所容。他曾在庭院裏種了三棵槐樹，說：「我的子孫將來一定有做三公的。」後來他的兒子魏國文正公，在眞宗皇帝景德、祥符年間做了宰相，當時朝廷政治清明，天下太平無事，他享有十八年的福祿榮耀。現在如果把東西寄存在別人處，第二天就去取，尚且可能得到、可能得不到。但晉國公自身修養德行，以求取上天的報答，在幾十年之後，得到了必然的回報。如同手持契約，親手交割一樣。我因此知道天道果然是必定能夠實現的。

我沒來得及見到魏國公，卻見到了他的兒子懿敏公。他事奉仁宗皇帝常常直言敢諫，出外帶兵，入內侍從三十多年，這種爵位還不足以和他的德行相稱。天道將再一次使王氏興盛嗎？爲什麼他的子孫有這麼多的賢人呢？世上有的人把晉國公比李栖筠，他們兩人的雄才大略、正直氣節，確實不相上下。而李栖筠的兒子李吉甫，孫子李德裕，享有的功名富貴和王氏也差不多，但忠恕仁厚，則不如魏公父子。這樣看來，王氏的福分也許正旺盛不衰吧。懿敏公的兒子王鞏，跟我交遊，他崇尚道德而又善爲詩文，以此繼承了他的家風，我因此把他記了下來。

銘文說：「啊，多麼美好啊！魏公的家業，跟槐樹一起萌興。培土栽植，何等辛勞，一定要經過一代才能長成。他輔佐眞宗、天下太平，回鄉探家，槐蔭籠庭。我輩小人，一天從早到晚，窺察時機求名利，哪有空閒修養自己的德行？只希望有意外的僥倖，不種植就能收獲。如果沒有君子，國家又怎能成爲一個國家？京城的東面，是晉國公的住所，鬱鬱葱葱的三棵槐樹，象徵著王家的仁德。啊，多麼美好啊！」

方山子傳

蘇軾

【題解】

這是作者爲他的朋友陳慥寫的一篇小傳，文章先概述方山子的生平及得名由來；再寫作者謫居後和他相見的情形，末尾點明他有所寄托而逃隱。表露出作者因政治上不得志而鬱鬱的心情。

本文短小精悍，作者善於抓住人物的性格特徵，寥寥幾筆，就把方山子在青年時代的豪邁氣概和他隱居後的曠達風度，生動而形象地表現了出來。

方山子[1]，光、黃間隱人也[2]。少時慕朱家、郭解爲人[3]，閭里之俠皆宗之[4]。稍壯，折節讀書[5]，欲以此馳騁當世[6]，然終不遇。晚乃遯於光、黃間，曰岐亭[7]。庵居蔬食[8]，不與世相聞；棄車馬，毀冠服[9]，徒步往來山中，人莫識也。見其所著帽，方聳而高，曰：「此豈古方山冠之遺像乎[10]？」因謂之方山子。

余謫居於黃[11]，過岐亭，適見焉。曰：「嗚呼！此吾故人陳慥季常也，何爲而在此？」方山子亦矍然[12]，問余所以至此者。余告之故。俯而不答，仰而笑。呼余宿其家。環堵蕭然[13]，而妻子奴婢皆有自得之意。余既聳然異之[14]。

【注釋】

[1]方山子：姓陳名慥，字季常，太常少卿陳希亮之子，宋代永嘉（今浙江永嘉縣）人，生卒年不詳。宋仁宗嘉

祐七年（一〇六二年），其父知鳳翔府，蘇軾任判官，兩人結為好友。②光：光州，治所在今河南潢川。黃：黃州，治所在今湖北黃崗，兩地鄰接，同屬淮南西路（宋時）。③朱家、郭解：都是西漢時的遊俠。事見《史記·遊俠列傳》。④閭里：鄉里。宗：尊崇，歸附。⑤折節：改變以往的志向和行為。⑥馳騁：縱馬奔跑，這裏指能放開手腳幹一番事業。⑦岐亭：岐亭鎮，在今湖北麻城縣西南。⑧庵：小草屋。⑨冠服：指一般讀書人穿戴的衣帽。⑩方山冠：漢代樂師戴的帽子，前高七寸，後高三寸，長八寸，以五彩縠紗製造。唐，宋時隱士常戴這種帽子。⑪謫：降職。蘇軾是在元豐三年（一〇八〇年）正月降職到黃州的。⑫矍然：吃驚的樣子。⑬堵：牆壁。蕭然：冷落的樣子。⑭聳然：吃驚的樣子。

獨念方山子少時，使酒好劍①，用財如糞土。前十九年，余在岐山②，見方山子從兩騎，挾二矢，遊西山。鵲起於前，使騎逐而射之，不獲；方山子怒馬獨出③，一發得之。因與余馬上論用兵及古今成敗，自謂一世豪士。今幾日耳，精悍之色猶見於眉間④，而豈山中之人哉？

然方山子世有勳閥⑤，當得官，使從事於其間，今已顯聞⑥。而其家在洛陽，園宅壯麗與公侯等⑦；河北有田⑧，歲得帛千匹⑨，亦足以富樂。皆棄不取，獨來窮山中，此豈無得而然哉？

【注釋】

①使酒：縱酒。使：縱，這裏是縱飲的意。②前十九年，余在岐山：指宋仁宗嘉祐七年，蘇軾在鳳翔府任判官，這年到蘇軾元豐三年謫黃州共十九年。岐山：亦稱天柱山，在今陝西鳳翔縣內。③怒馬：形容馬迅速奔馳。怒：這裏是振奮、使……怒的意思。④眉：眉宇。⑤勛閥：功勞。⑥顯聞：顯貴聞達。⑦公侯：指大官僚貴族。⑧河北：宋代路名，治所在今河北大名縣。⑨帛：絲織物的總稱。

余聞光、黃間多異人①，往往佯狂垢汙②，不可得而見；方山子儻見之歟③？

【注釋】

①異人：異才之人，即有才能的人。②佯狂：假裝瘋狂。垢汙：垢：髒物。汙：汙染，玷汙。這裏有髒汙自己的意思。③儻：即倘，或者。

【譯文】

方山子，是光州、黃州一帶的隱士。年輕時，他仰慕朱家、郭解的為人，鄉裏的豪俠都歸附他。長大以後，改變了以往的志趣，發奮讀書，想以此在世上做一番大事業；但是始終沒得到賞識。晚年就隱居在光州和黃州之間一個叫岐亭的地方。住草屋，吃素食，不和世人交往。他拋棄了車馬，毀掉了原先做書生時的衣帽，徒步往來於山中，山裏人都不認識他。看到他戴的帽子又方又高，都說：「這不是古代方山冠遺留下來的樣子嗎？」因而稱他為方山子。

我被貶謫到黃州時，經過岐亭恰好遇見了他。我說：「哎呀！這不是我的老朋友陳慥陳季常嗎？你為什麼在這裏呢？」方山子也驚訝地問我到這裏來的原因。我把情況告訴了他。他低頭不答，然後仰天大笑，邀請我到他家裏去住宿。他的家裏四壁蕭條，但他的妻子、兒女，和奴婢卻都顯出安適自在的樣子。我對此感到非常驚奇。

想當初方山子年輕的時候，喝酒縱性，喜歡劍術，揮金如土。十九年前，我在岐山，看見方山子帶著兩個騎馬的隨從，自己挾了兩支箭，在西山遊玩。前方飛起一隻鵲，方山子讓隨騎追趕射鵲，沒有射中；方山子便獨自躍馬而出，一箭就射中了。於是他跟我在馬上談論用兵以及古今成敗的道理，自認為是一代豪傑。到現在已經過去多少日子了，而他的眉宇之間，依然顯露著那股精悍的神色，這難道會是一個隱居山林的人嗎？

方山子一家，世代有功勛，他應當可以得個官職。假如他能夠在這方面活動，現在也已是顯貴了。他的家原在洛陽，園林房屋雄偉富麗，可同公侯之家相比。他家在河北地方還有田莊，每年可得上千匹絲帛。這些也完全可以讓他過富裕安樂的生活了。但他全都拋棄不要，獨獨來到這偏僻的山裏。如果沒有什麼自得之樂，難道肯這樣嗎？

我聽說光州和黃州之間有很多有才能的人，常常假裝顛狂，渾身汚垢。讓人無法見到他們。方山子或許看見過他們吧？

六國論

蘇轍[1]

【題解】

同一題目，蘇洵、蘇轍各作了一篇，兩篇可對照來讀。在這篇文章中，蘇轍分析了六國先後被殲滅的歷史，指出六國諸侯眼光短淺，胸無韜略，不能聯合一致，共同對敵，以致先後滅亡。本文是在宋王朝面臨北方邊和西夏威脅的形勢下寫的，要求積極抗敵，具有一定的針對性和現實意義。

嘗讀六國世家[2]，竊怪天下之諸侯[3]，以五倍之地，十倍之衆，發憤西向，以攻山西千里之秦[4]，而不免於滅亡。常爲之深思遠慮[5]，以爲必有可以自安之計；蓋未嘗不咎其當時之士[6]，慮患之疏，而見利之淺，且不知天下之勢也。

【注釋】

[1]蘇轍：（一〇三九年——一一一二年），字子由，一字同叔，眉州眉山（今屬四川）人。北宋著名散文家，「唐宋八大家」之一，與父蘇洵、兄蘇軾並稱「三蘇」。十九歲中進士，官尚書右丞，門下侍郎。政治上屬舊黨，與蘇軾態度一致，晚年辭官居許（含河南許昌），號潁濱遺老。著有《欒城集》。[2]六國世家：六國，指齊、楚、燕、韓、趙、魏。世家：西漢司馬遷所修《史記》體例的一種，主要用於記載諸侯國、王的歷史。六國各有世家。[3]竊：私下，用以表示個人意見時的謙詞。諸侯：西周時周王分封的各國國君。這裏指戰國時期的各國。[4]攻山西千里之秦：秦惠文王後元七年（前三一八年），韓、越、魏、齊、燕五國曾聯合匈奴攻秦，被秦戰敗。山西：指崤山以西地區，秦處於這一地區。與當時所謂關中含義相同。[5]深思遠慮：形容深入而周密地思考。也寫作「深思熟慮」。[6]咎：責怪。

夫秦之所與諸侯爭天下者，不在齊、楚、燕、趙也①，而在韓、魏之郊②；諸侯之所與秦爭天下者，不在齊、楚、燕、趙也，而在韓、魏之野。秦之有韓、魏，譬如人之有腹心之疾也。韓、魏塞秦之衝③，而蔽山東之諸侯④；故夫天下之所重者，莫如韓、魏也。昔者范雎用於秦而收韓⑤，商鞅用於秦而收魏⑥；昭王未得韓、魏之心⑦，而出兵以攻齊之剛、壽⑧，而范雎以爲憂。然則秦之所忌者可見矣。秦之用兵於燕、趙，秦之危事也。越韓過魏而攻人之國都，燕、趙拒之於前，而韓、魏乘之於後，此危道也。而秦之攻燕、趙未嘗有韓、魏之憂，則韓、魏之附秦故也。夫韓、魏，諸侯之障；而使秦人得出入於其間，此豈知天下之勢耶？委區區之韓、魏⑨，以當虎狼之強秦，彼安得不折而入於秦哉⑩？韓、魏折而入於秦，然後秦人得通其兵於東諸侯，而使天下徧受其禍。

【注釋】

①齊：前二二一年爲秦所滅。楚：前二二三年爲秦所滅。燕：前二二二年爲秦所滅。趙：前二二二年爲秦所滅。②韓：前二三〇年爲秦所滅。魏：前二二五年爲秦所滅。郊：邑外爲郊，周制離都城五十里爲近郊，百里爲遠郊，與下面的「野」同義，這裏指韓、魏兩國的國土。③塞：阻擋。衝：交通要道。④蔽：遮擋，掩護。山東：古地區名，崤山以東。韓、魏、齊、燕、趙等國處於這一地區。這裏泛指秦以外的諸侯國。⑤范雎：字叔。戰國時魏人。曾化名張祿，入秦遊說秦昭王，提出遠交近攻的政策，建議昭王先取韓國，秦昭王四十一年（前二六六年）被任命爲相，因封於應（今河南寶豐西南），又稱「應侯」。⑥商鞅：戰國時衛人，姓公孫，名鞅，又稱衛鞅。後入秦，輔佐秦孝公兩次變法，奠定了秦國富強的基礎。在他的策劃下，秦國多次攻魏。孝公二十二年，（前三四〇年），又用計戰勝魏軍，俘魏公子卬。因功封商，故又稱爲商鞅，後被車裂而死。⑦

昭王：秦昭王，即秦昭襄王。公元前三〇六年至前二五一年在位。[8]剛：即剛城，在今山東袞州附近，當時屬齊國。壽：壽張，在今山東東平縣北，當時也屬齊國。[9]委：放棄，下文中的「委」是對付的意思。區區：形容很小，整句意思是：諸侯放棄韓魏，讓其單獨抗秦。[10]折：受挫折、屈服。

夫韓、魏，不能獨當秦，而天下之諸侯，藉之以蔽其西[1]；故莫如厚韓親魏以擯秦[2]。秦人不敢逾韓、魏以窺齊、楚、燕、趙之國；而齊、楚、燕、趙之國，因得以自安於其間矣。以四無事之國，佐當寇之韓、魏[3]，使韓、魏無東顧之憂，而爲天下出身以當秦兵。以二國委秦[4]，而四國休息於內，以陰助其急[5]。若此，可以應夫無窮，彼秦者將何爲哉？不知出此，而乃貪疆埸尺寸之利[6]，背盟敗約，以自相屠滅。秦兵未出，而天下諸侯已自困矣；至使秦人得伺其隙[7]，以取其國，可不悲哉？

【注釋】

[1]藉：憑藉，依靠。[2]擯：排斥，拋開。[3]佐：輔助，幫助。[4]以二國委秦：即把抵抗秦國的事托付給韓、魏。委：抵抗。[5]陰助：暗暗地幫助。[6]疆埸：應爲「疆場」，國界的意思。[7]伺：等候，候望。隙：空子、時機。

【譯文】

我曾經閱讀《史記》中的六國世家，私下感到奇怪的是，天下的諸侯，憑著五倍於秦的土地，十倍於秦的兵力，發憤向西攻打崤山以西地方千里的秦國，最後卻不能免於被秦滅亡。我常常替他們深思熟慮，認爲一定會有使他們保全的計謀；因此，未嘗不責怪當時的謀士，對禍患考慮得太疏忽，對利害的見識太淺薄。並且不懂得天下的形勢！

秦國同諸侯們爭奪天下的重要地區，不在齊、楚、燕、趙，而在韓、魏境內；各諸侯國同秦國爭奪天下的重要地區，同樣不在齊、楚、燕越，而在韓、魏郊外。韓魏的存在，對秦國來說，就好像人有心腹之患。韓、魏兩國阻塞著秦國的交通要道，掩蔽著崤山以東的各諸侯國，所以對天下各國來說，最重要的地方，沒有能超過韓、魏兩國的了。從前范睢在秦國被重用，就沒法拉攏韓國，商鞅在秦國被重用，就沒法拉攏魏國。秦昭王沒有得到韓、魏的歸服，就出兵進攻齊國的剛、壽，范睢爲此而擔憂。這就可見秦國最顧忌的是什麼了。秦國對燕、趙用兵，這對秦國來說，是危險的事情。因爲越過韓、魏，去進攻他人的首都，前有燕、越的抵抗，而韓、魏又從後面乘機進攻，這是一條危險的道路。可是秦國攻打燕、越兩國，卻不曾擔心韓、魏從後面的襲擊，這是由於韓國和魏國依附了秦國的緣故。韓國和魏國是山東各諸侯國的屏障，卻讓秦人在兩國通行無阻，這難道是了解天下的形勢嗎？放棄小小的韓、魏兩國，讓它們去抵擋如虎狼一般强大的秦國，它們又怎能不屈服而歸附於秦國呢？韓、魏屈服而歸附秦國，這以後秦國的軍隊便可以經過韓、魏對山東各諸侯國用兵，從而使整個天下都受到它的禍害。

韓國和魏國不能獨自抵擋秦國，而天下的諸侯卻依靠它來障住西面的秦國，所以不如厚接韓、魏，加强親密關係，來抗拒秦國。秦國不敢跨越韓魏來窺探齊、楚、燕、趙等國，那麼，齊、楚、燕、趙等國也就能憑藉這種局勢使自己保全了。以四個沒有戰爭的國家，幫助面對敵寇的韓、魏，使韓、魏沒有東顧之憂，從而替天下諸侯挺身而出，抵抗秦國。讓韓、魏兩國對付秦國，而四國在後方休養生息，並且暗暗地幫助兩國解除急難，像這樣，就可以應付一切變化的局面，那秦國又能怎麼樣呢？

六國諸侯不出於這樣的考慮，卻貪圖邊境上的尺寸小利，背棄盟誓，毀壞信約，自相殘殺，相互吞滅。秦國尚未出兵，而天下的諸侯已經疲憊不堪了，致使秦國等到可乘之機，攻取他們的國家，難道不令人悲歎嗎？

上樞密韓太尉書[1]

蘇轍

【題解】

這是蘇轍爲了求見樞密使韓琦而呈上的一封書信。寫信的本意在於求見韓琦，作者却採用「王顧左右而言他」的筆法，首先從文與氣的關係談起，引出自己想博覽天下奇聞壯觀，交結一代賢人的願望，又以歐陽修作陪襯，最後表明希望得到韓琦重視和提攜的殷切心情。既表達了對韓琦的景仰，又不顯得低聲下氣，使文章不落俗套。

太尉執事[2]：轍生好爲文[3]，思之至深，以爲文者氣之所形[4]；然文不可以學而能[5]，氣可以養而致。孟子曰：「我善養吾浩然之氣[6]。」今觀其文章，寬厚宏博，充乎天地之間，稱其氣之小大[7]。太史公行天下[8]，周覽四海名山大川，與燕、趙間豪俊交游[9]，故其文疏蕩[10]，頗有奇氣。此二子者，豈嘗執筆學爲如此之文哉？其氣充乎其中而溢乎其貌，動乎其言而見乎其文[11]，而不自知也。

【注釋】

[1]樞密：即樞密使，這是執掌全國兵權的官。韓太尉：即韓琦（一〇〇八——一〇八五年）字稚圭，相州安陽（今屬河南）人。宋仁宗時任檢校太傅、充樞密使。宋神宗時任宰相，封魏國公，名望極高，爲當時名臣。太尉：秦、漢時全國軍事首腦，職位與宋朝樞密使相當。故稱韓琦爲韓太尉。[2]執事：指韓琦左右的工作人員。這是尊稱，表示自己地位低下，不敢和對方平等談話，只能通過對方左右工作人員轉告。[3]轍：自稱其名，表

示謙虛。4氣：氣質或精神。5文不可以學而能：蘇轍認爲，文章是氣質的表現形式，有什麼樣的氣質就能寫出什麼樣的文章，如果不養氣，而單純地去學習寫文章，那是學不好的。6浩然之氣：博大正直的精神氣質。語出《孟子．公孫丑上》。7稱：相稱。8太史公：即司馬遷，我國歷史上偉大的歷史學家、文學家。《史記．太史公自序》說：「遷生龍門，耕收河北之陽。年十歲則誦古文。二十而南游江、淮，上會稽，探禹穴，闚九疑，浮於沅、湘，北涉汶、泗，講業齊、魯之都，觀孔子之遺風，鄉射鄒、嶧，戹困鄱、薛、彭城，過梁、楚以歸。」9燕、趙：都是戰國時國名。燕在今河北省北部和邊定西、南部，趙在今山西中部、北部，陝西東北角和河北省西部一帶。這裏泛指北方。10疏蕩：疏暢奔放。11「其氣充乎其中」二句：承上文說明「文者氣之所形。」中：心，胸中，與「貌」相對。見，通「現」，顯現。

轍生年十有九年矣。其居家所與游者，不過其鄰里鄉黨之人1；所見不過數百里之間，無高山大野可登覽以自廣；百氏之書2，雖無所不讀，然皆古人之陳迹3，不足以激發其志氣。恐遂汨沒4，故決然捨去，求天下之奇聞壯觀，以知天地之廣大。過秦、漢之故都5，恣觀終南、嵩、華之高6，北顧黃河之奔流7，慨然想見古之豪傑8。至京師9，仰觀天子宮闕之壯10，與倉廩、府庫、城池、苑囿之富且大也11，而後知天下之巨麗。見翰林歐陽公12，聽其議論之宏辯，觀其容貌之秀偉，與其門人賢士大夫游13，而後知天下之文章聚乎此也。太尉以才略冠天下，天下之所恃以無憂，四夷之所憚以不敢發14；入則周公、召公，出則方叔、召虎15。而轍也未之見焉。

且夫人之學也，不志其大，雖多而何爲？轍之來也16，於山見終南、嵩、華之高。於水見黃河之大且深，於人見歐陽公，而猶以爲未見太尉也。故願得觀賢人之光耀，聞一言以自壯，然後可以盡天下之大觀而無憾者矣。

【注釋】 1鄰里鄉黨：相傳周制以五家爲鄰，二十五家爲里，五百家爲黨，一萬二千五百家爲鄉，後來以「鄰里鄉黨」泛指鄉里。2百氏之書：指古代諸子百家的著作。3陳迹：陳舊的。不適合當今時代需要的東西。4汩沒：沉淪，埋沒。引申爲無所成就的意思。5秦漢之故都：秦都咸陽（今陝西咸陽市），漢都長安（今陝西西安市），東漢遷都洛陽（今河南洛陽市）。6終南：即終南山，在今陝西西安市南。嵩：嵩山，爲五岳中的中岳，在今河南登封縣。華：華山，爲五岳中的西岳，在今陝西華陰縣。7北顧黃河之奔流：蘇轍從四川出發，經終南、華山、嵩山，赴開封應試，而黃河正在北面，因此他說「北顧黃河之奔流。」8慨然：慷慨激動的樣子。想見：想望，思念。9京師：京城，指汴京（今河南開封市）。10宮闕：即宮殿。闕：宮門外面的望樓。11倉廩：糧倉。府庫：儲藏財物的庫房。城池：城牆和護城河。苑囿：種植花木，畜養禽獸以供帝王遊玩的園林。12歐陽公：即歐陽修，曾任翰林學士（替皇帝起草詔令的官），是著名的文學家。蘇轍考取進士時，他是主考官。13門人賢士大夫：指曾鞏、梅堯臣、蘇舜欽等。門人：門生。14四夷：古代對邊境各少數民族的蔑稱。憚：畏懼。發：指爆發叛亂。15入則周公、召公，出則方叔、召虎：這裏作者借用周朝的四個大臣來稱頌韓琦出將入相，文武兼備的才能。周公旦、召公奭，都是周武王的大臣，政績卓著。方叔、召虎（即召穆公）都是周宣王時的名臣，征伐玁狁、淮夷有功。16轍之來也：指到京城來參加科擧考試。

轍年少，未能通習吏事1。嚮之來2，非有取於斗升之祿3；偶然得之，非其所樂。然幸得賜歸待選4，使得優游數年之間5，將歸益治其文，且學爲政，太尉苟以爲可教而辱教之6，又幸矣7！

【注釋】 1吏事：做官的行政事務。2向：從前、以前。3斗升之祿：微薄的俸祿，這裏指品級不高的官吏。4賜歸待選：蘇轍在中進士後，又參加制科考試，由於指責了當時政事的弊端，被列爲下等，派去當商州軍的推官，他嫌位卑官小，辭職不去。「賜歸待選」：是委婉的說法。⑤優游：閒暇自得的樣子。⑥辱：謙辭，意思是對方教自己是降低了身份。⑦又幸：因上文說了「幸得賜歸待選」。所以這裏說太尉辱教之是「又幸」。

【譯文】

太尉閣下：我平生喜歡做文章，曾經深入思考過這件事。我認爲文章是人的精神氣質的體現，雖然文章不能只學文辭來學會做好，氣質却可以通過加强修養來獲得。孟子說：「我善於修養我的浩然之氣。」現在看他的文章，內容寬廣深厚，氣勢充滿天地之間，正好和他的浩然之氣相稱。太史公周游天下，遍覽全國的名山大川，和燕、越一帶的豪傑之士交往，所以他的文章疏朗灑脫，頗有獨特的氣勢。這兩個人，難道曾提筆學過做這樣的文章嗎？他們的氣質充滿於心胸，而流露於外表，反映在言談中，從而表現在他們的文章裏，而他們自己却並沒有意識到。

我已經有十九歲了，在家時所交游的，不過是左鄰右舍本鄉本土的人。所見到的不過數百里的地方，沒有高山大野可以登臨遊覽，來開闊自己的胸襟。諸子百家的著作，雖然無所不讀，然而都是古人遺留下來的陳舊的東西，不足以激發自己的志氣。我擔心就這樣下去會一無所成，所以毅然拋開它們，去探求天下的奇聞和壯麗的景色，以了解天地的廣大。路經秦漢故都，縱情觀賞終南山、嵩山、華山的高峻。北望黃河奔騰的流水，慷慨激昂地想起古代的英雄豪傑。來到京城，仰觀皇帝宮殿的宏偉，倉廩府庫、城池苑囿的富足廣大，然後才知道天下的宏偉和壯麗。見到翰林學士歐陽公，聽到他那宏偉善辯的議論，看到他那秀偉的容貌，又和他門下的名人賢士交游，然後才知道天下的文學精華都集中在這裏了。太尉您的文才武略爲天下之冠，國家有所依靠而無憂慮，四夷有所畏懼而不敢叛亂。您在朝就像周公、召公，奉命外出就如方叔、召虎。但是，我却未能有幸一見。

再說，一個人在求學的時候，如果不從大處立志，即使學得再多又有什麼用呢？我這次來到這裏，游山則看到了終南山、嵩山、華山的高峻；觀水則看到了黃河的又大又深。訪求名士，則見到了歐陽公，可還沒能夠見到太尉您。因此，希望能瞻仰賢人的豐采，聽您的一句話來激勵自己；這樣才稱得上閱盡了天下的精華，而沒有什麼遺憾了。

我還年輕，還未能熟悉官吏的事務。當初到京城來，並非爲了取得一官半職，偶然得到了它，也並不是我樂意的事。有幸獲得允許回去等候朝廷再選拔，使我能有幾年閒暇的時光，我將更好地研究文章，並學習治理政事。太尉您如果認爲我還可以教誨而屈尊指教我，這就更使我感到榮幸了。

黃州快哉亭記　蘇轍

【題解】

本文是作者在宋神宗元年六年謫居筠州（今江西高安）時所作。文章描述了快哉亭上那足以使人快意的景物，說明了快與不快決定於心胸是否曠達，只有像亭主人一樣胸懷坦蕩，才能從壯麗的自然中得到生活的樂趣。

本文的中心是議論，但由寫景帶出、顯得流暢自如。

江出西陵[1]，始得平地，其流奔放肆大[2]；南合湘沅[3]，北合漢沔[4]，其勢益張[5]；至於赤壁之下[6]，波流浸灌[7]，與海相若。清河張君夢得[8]，謫居齊安[9]，即其廬之西南為亭[10]，以覽觀江流之勝[11]；而余兄子瞻名之曰「快哉」[12]。

【注釋】

[1]江：長江。西陵：又名夷陵，西陵峽，長江三峽之一。在今湖北宜昌縣西北。[2]奔放：水勢迅急。肆大：水道浩大。肆：展開。[3]湘、沅：湖南境內的湘水，沅水，向北經洞庭湖流入長江。[4]漢、沔：即漢水。漢水從今陝西流經湖北江入長江。其上游從源頭到今湖北襄樊市一段，古代又稱為沔水。[5]張：大。[6]赤壁：一名「赤鼻磯」。在今湖北黃崗縣附近，與「赤壁之戰」的赤壁不是一處。[7]浸灌：浸透灌注。形容水勢又大又猛。[8]清河：郡名。治所在今河北省清河縣。宋代為貝州地。張夢得：蘇轍在黃州的朋友，事蹟不詳。[9]齊安：即黃州。[10]即：緊靠。[11]勝：勝景。[12]子瞻：蘇軾的字。

蓋亭之所見，南北百里，東西一舍[1]，濤瀾洶湧，風雲開闔[2]；晝則舟楫出沒於其前，夜則魚龍悲嘯於其下；變化倏忽[3]，動心駭目，不可久視[4]。今乃得翫之几席之上[5]，舉目而足。西望武昌諸山[6]，岡陵起伏，草木行列[7]，煙消日出，漁夫樵父之舍，皆可指數[8]，此其所以爲快哉者也。至於長洲之濱[9]，故城之墟[10]，曹孟德、孫仲謀之所睥睨[11]，周瑜、陸遜之所騁騖[12]，其風流遺跡[13]，亦足以稱快世俗。

【注釋】

[1]東西一合：「合」字應爲「舍」，據《欒城集》《四部叢刊》影印本。舍：古代三十里爲一舍。[2]風雲開闔：闔同「合」，消失。形容雲時而散開，時而聚合，變幻不定。[3]倏忽：迅速，非常快的樣子。[4]不可久視：形容江流洶湧，讓人不敢久看。這裏是就沒有亭子時的情況說的。[5]玩：觀賞。之：指「江流之勝」，幾：古代的一種矮小的桌子，可以憑倚。席：坐席。[6]武昌：縣名，今湖北鄂城。[7]行列：成行成列。[8]指數：指點著數清。[9]長洲：泛指江中的長形沙洲。[10]故城：指隋朝以前的黃州城。墟：舊址，遺址。[11]曹孟德：曹操，字孟德。孫仲謀：孫權，字仲謀，三國時吳國的建立者（二二九年——二五二年在位）。睥睨：側目窺察，以便伺機奪取。也作「俾倪」「辟倪」。[12]周瑜：孫權的名將。二〇八年率吳軍大破曹操於赤壁，後病死。陸遜：孫權的名將，後官至吳國丞相。馳騖：奔走，馳騁。周瑜，陸遜先後當吳國大都督，帶領吳軍在長江一；帶與魏、蜀作戰，獲得勝利。所以這裏的「騁騖」。有大顯威風的意思。[13]風流：據《欒城集》，應爲「流風」，與「遺跡」意義差不多。風：傳說。遺跡：遺留的事跡。

昔楚襄王從宋玉、景差於蘭臺之宮[1]，有風颯然至者，王披襟當之，曰：「快哉此風！寡人所與庶人共者耶[2]？」宋玉曰：「此獨大王之雄風耳，庶人安得共之！」玉之言，蓋有颯焉。夫風無雌雄之異，而人有遇不遇之變3；楚王之所以為樂，與庶人之所以為憂，此則人之變也，而風何與焉4！

【注釋】

1楚襄王：即頃襄王，楚懷王的兒子。戰國時楚國君主（前二百九十八年——前二百六十三年在位）。宋玉：戰國時楚國大夫，擅長辭賦。下文引文見宋玉的《風賦》。景差：戰國時楚國辭賦家。蘭臺之宮：楚國的一所宮苑，舊址在今湖北省鍾祥縣。2庶人：平民、百姓。3變：變異、不同。4與：參與。

士生於世，使其中不自得，將何往而非病1？使其中坦然，不以物傷性2，將何適而非快3？今張君不以謫為患，收會稽之餘4，而自放山水之間5，此其中宜有以過人者。將蓬戶甕牖6，無所不快；而況乎濯長江之清流7，挹西山之白雲8，窮耳目之勝以自適也哉9！不然，連山絕壑，長林古木，振之以清風，照之以明月，此皆騷人思士之所以悲傷憔悴而不能勝者10。烏睹其為快也11哉！

【注釋】

1病：這裏指憂愁。2物：外物，指環境，遭遇等。性：精神。3適：往。4收：這裏是結束的意思。會稽：指錢財、賦稅等事務，這裏泛指公務。稽：通「計」。5放：任情。6將：即使。蓬戶甕牖：用蓬草編成的門，用破甕做的窗戶，指貧苦人的住所。7濯：洗滌。8挹：汲取，西山：在今河北鄂城縣西。9窮：盡。10騷人：詩人，這裏指失意的文人。思士：這裏指心懷憂思的人。勝：經得起。11烏：何，哪裏。

【譯文】

長江流出西陵峽，開始進入平地，水勢奔騰浩蕩。南面匯合湘水、沅水，北面匯合漢水、沔水，水勢顯得更加壯闊。流到赤壁之下，江水滔滔，就像是無際的海洋，清河縣的張君夢得，貶官後住在齊安。

他在靠近房舍的西南方修建了一座亭子，來觀賞江流的勝景。我哥哥子瞻給它取了一個名字叫「快哉亭」。

在亭子裏能看到的，從南到北可以上百里，從東到西三十里左右。波浪洶湧，風雲變幻；白天，船只在亭前出沒；夜晚，魚龍在亭下悲鳴。景色瞬息萬變，使人怵目驚心，不能長久地觀看。現在却可以在亭子裏的几席之上，盡情玩賞。向西眺望武昌的羣山，只見峯巒起伏，草木排列成行，煙雲消散，陽光普照，漁翁和樵夫的房舍都歷歷可數。這就是取名爲「快哉」的緣故。至於那沙洲的岸邊，舊城的廢墟，曾爲曹孟德、孫仲謀所窺視，是周瑜、陸遜大顯威風的地方。那些遺留下來的傳說和英雄事跡，也足以使一般的人稱快的了！

從前楚襄王和宋玉，景差在蘭台宮遊玩。一陣風吹來，颯颯作響，楚王敞開衣襟迎著風，說：「這風多麼使人快樂啊！這是我和百姓共有的吧？」宋玉說：「這只是大王享受的雄風，百姓怎麼能共同享受它呢？」宋玉的話大概是有所諷刺吧。風並沒有雄雌之別，而人則有受與不受賞識的不同。楚王之所以感到快樂，而百姓之所以感到憂愁，正是由於人的境遇不同，跟風有什麼關係呢？

士人活在世上，如果心中不得志，那麼，到什麼地方沒有憂愁呢？如果他胸懷坦蕩，不因外物而妨害自己的性情，那麼，到什麼地方沒有快樂呢？現在，張君不把被貶謫當作憂患，辦完公務之後，便任情漫游山水之間。這大概是他心中有超過別人的地方。即使是用蓬草編門，用破甕做窗，也沒什麼不快樂的。更何況洗滌著清澈的長江水，面對著西山的白雲，賞盡耳聞目見的勝景來使自己舒暢呢？如果不是如此，那麼，連綿不斷的巒峯，幽深陡峭的溝壑，邊闊的森林，參天的古木，淸風拂搖，明月高照，這些都是引起文人思士感到悲傷憔悴，以至難以忍受的東西，哪裏看得出它們能使人快樂呢！

寄歐陽舍人[1]書

曾鞏[2]

【題解】

宋仁宗慶曆六年（一〇四六）夏，曾鞏奉父親之命，請他的恩師歐陽修爲已故的祖父曾致堯撰寫墓碑銘。當年秋，歐陽修將寫好的銘文及回信寄給曾鞏。第二年，曾鞏寫了這封信致謝。文章從銘文的價值説起，批評了諛墓的不良文風，然後才向歐陽修表示感謝，並在感謝中稱頌了歐陽修的才德和影響。行文從容舒緩，議論縈紆曲折，布局完整謹嚴，風格平和沖淡味如橄欖。

去秋人還，蒙賜書，及所撰先大父墓碑銘[3]，反復觀誦，感與慚并。

夫銘誌之著於世[4]，義近於史，而亦有與史異者。蓋史之於善惡無所不書，而銘者，蓋古之人有功德、材行、志義之美者，懼後世之不知，則必銘而見之[5]；或納於廟，或存於墓，一也。苟其人之惡，則於銘乎何有？此其所以與史異也。其辭之作，所以使死者無有所憾，生者得致其嚴[6]。而善人喜於見傳，則勇於自立；惡人無有所紀，則以愧而懼。至於通材達識，義烈節士，嘉言善狀，皆見於篇，則足爲後法。警勸之道，非近乎史，其將安近？

及世之衰，人之子孫者，一欲褒揚其親[7]，而不本乎理；故雖惡人，皆務勒銘[8]，以誇後世。立言者既莫之拒而不爲，又以其子孫之所請也，書其惡焉，則人情之所不得[9]，於是乎銘始不實。後之作銘者，當觀其人。苟託之非人⑩，則書之非公與是⑪，則不足以行世而傳後。故千百年來，公卿大夫至於里巷之士，莫不有銘，而傳者蓋少；其故非他，託之非人，書之非公與是故也。

【注釋】

①歐陽舍人：歐陽修，當時他任中書舍人。②曾鞏：一〇一九——一〇八三，字子固，建昌南豐（今江西南豐縣）人。少年便有才名，以文章見賞於歐陽修。宋仁宗嘉佑二年（一〇五七）中進士，長期任州府通判和刺史。宋神宗時回到京師，官至中書舍人。他是「唐宋八大家」之一，著有《元豐類稿》。③先大父：去世的祖父。指曾致堯。致堯在南唐時不肯出來做官，宋太宗太平興國八年（九八三）中進士，官至吏部郎中，後因與當政者政見不合，多次直言指陳，屢遭貶黜而死。先：對去世者的尊稱。大父，祖父。銘：指墓碑碑文最後的贊頌文字，一般用韻。④志：記事的書或文章，這裏指記述死者生前事跡的墓志。⑤見：通「現」，顯現。⑥致：表達。嚴：尊敬。⑦一：一心一意。⑧勒：刻。⑨人情之所不得：等於說不合人情。得：符合：相稱。⑩苟：如果。非人：不適當的人。⑪公與是：公正和正確。

然則孰爲其人，而能盡公與是歟？非畜道德而能文章者①，無以爲也。蓋有道德者之於惡人，則不受而銘之，於衆人則能辨焉。而人之行，有情善而跡非，有意奸而外淑②，有善惡相懸而不可以實指③，有實大於名，有名侈於實④；猶之用人，非畜道德者，惡能辨之不惑⑤，議之不徇⑥？不惑不徇，則公且是矣！而其辭之不工，則世猶不傳，於是又在其文章兼勝焉。故曰：「非畜道德而能文章者，無以爲也。」豈非然哉！

然畜道德而能文章者，雖或並世而有，亦或數十年或一二百年而有之；其傳之難如此，其遇之難又如此。若先生之道德文章，固所謂數百年而有者也。先祖之言行卓卓[7]，幸遇而得銘，其公與是，其傳世行後無疑也。而世之學者，每觀傳記所書古人之事，至其所可感[8]，則往往衋然不知涕之流落也[9]，況其子孫也哉？況鞏也哉？其追睎祖德[10]，而思所以傳之之由，則知先生推一賜於鞏，而及其三世[11]；其感與報，宜若何而圖之？

【注釋】

[1]畜：通「蓄」，積聚。[2]淑：善良。[3]善惡相懸：指善惡懸殊。實指：如實指出。[4]侈：大，超過。[5]惡：怎麼。[6]徇：徇私，袒護。[7]卓卓：傑出，卓越。[8]所可感：感人之處。[9]衋然：傷痛的樣子。[10]睎：仰慕。[11]推一賜：給予一次恩賜。三世：指祖、父、己三輩。

抑又思若鞏之淺薄滯拙[1]，而先生進之[2]；先祖之屯蹶否塞以死[3]，而先生顯之[4]，則世之魁閎豪傑不世出之士[5]，其誰不願進於門？潛遁幽抑之士[6]，其誰不有望於世？善誰不爲，而惡誰不愧以懼？爲人之父祖者，孰不欲教其子孫？爲人之子孫者，孰不欲寵榮其父祖？此數美者，一歸於先生[7]！既拜賜之辱[8]，且敢進其所以然。所論世族之次[9]，敢不承教而加詳焉[10]。愧甚，不宣[11]。

【注釋】

[1]滯拙：愚蠢。[2]進：提攜獎掖。[3]屯蹶否塞：不得志，不順利。屯、否都是《易經》中的卦名。屯卦表示艱難，否卦表示困頓。蹶，跌倒。塞：阻塞。[4]顯：表彰，顯揚。[5]魁閎：俊偉。閎：大。[6]潛遁：逃避世俗，隱居山野。幽抑：受壓抑不得志。[7]一：全部，整個。[8]拜：受。辱：對人表示尊敬的謙詞。意思是，這對對方是屈辱，對自己是榮幸。[9]所論世族之次：指歐陽修在《與曾鞏治氏族書》中對曾氏族系次第的考辨。次：次

序。⑩加詳：進行審核考查。⑪不宜：不能說盡。

【譯文】

去年秋天，派去的人回來，帶來了您賜予的書信和爲我祖父寫的墓碑銘，我反復觀看朗誦，心中充滿了感激和慚愧之情。

在世上，銘誌這種文體，它的作用和史傳相近，但也有和史傳不同的地方。因爲史傳對於人的善惡都記載下來；而銘誌，大概是古時候那些功德顯著，才華操行出衆，志氣道義高尚的人，害怕後人不知道，才一定要作銘誌使以上種種美德顯揚於世。有的藏入宗廟，有的刻在墓碑上，其用意是一致的。如果死者是個惡棍，那在銘誌中又有什麼好寫的呢？這就是銘誌和史傳不同的地方。寫作銘文，是爲了使死者沒有什麼可遺憾的，使活著的人可以表達他們的尊敬之情。善良的人喜歡自己的立身行事能夠被人傳揚，那麼他就會勇於有所作爲。爲非作歹的人沒有什麼可以記載下來的，因此就會感到慚愧而且恐懼。至於博學多才，識見通達的人，忠貞英烈之輩，節操高尚之士，他們美好的言行和事跡，都會在銘誌中表現出來，這就足以成爲後世效法的對象。銘誌的這種警戒勸勉的作用，不和史傳相近，又和什麼相近呢？

等到後來世風衰落，做子孫的，一味想贊頌顯揚自己的親人，却不再重視作銘誌的原則。因此即使是惡棍，也都要寫作銘誌，來向後人誇耀。寫銘誌的人既因爲無法拒絕而不寫，又因爲他們子孫的請託，所以如果寫了他的惡行，那就太不合人情事理，既然如此，銘誌就開始不符實際情況了。後來寫作銘誌的人，應當考查一下死者的爲人，如果這是一個不適合有銘誌的人，那麼爲他寫作銘誌就會違反公道不合實行，也就不能在當今社會上流傳，更不要說流傳後世。所以千百年來，從公卿大夫到平民百姓，沒有誰沒有銘誌，但事跡能被人傳揚的却很少，這沒別的原因，就是因爲他們本不該有銘誌，寫出來的銘誌不公正也不切合實際。

既然如此，那麼寫銘誌的人應該是怎樣的人，他寫銘誌時才會盡量做到公正無私並切合實際呢？不是道德高尚並且善寫文章的人，無法做到。有道德的人對於惡人，就不會接受爲他寫銘文的要求，對於一般的人，就能分辨他們的善惡。可是人的品行，有的人內心善良而事蹟不好，有的人內心奸惡而表面上很善良，有的人好壞相差很大，却很難如實指出，有實際作爲比名望大的，有名過其實的，就像用人一樣，如果不是道德高尚的人，怎麼能夠分辨得清而不至於迷惑，評論是非而不徇私情呢？不受迷惑、不徇私情，這就能做到公正而又切合實際了。可是如果銘誌的文辭不美，那麼也不會在世上流傳。因此又要求同時具備擅長寫作文章。所以說：不是道德高尚而且善寫文章的人，是不能做這樣的事的。難道不是這樣嗎！

然而那些道德高尚並善寫文章的人，雖然也許有同時出現在世上的，但也許要隔幾十年或一二百年才有；銘誌的流傳是這樣的難，而遇到適當的人來寫銘誌又是這樣的困難。像先生這樣好的道德和文章，當然是所說的幾百年才會出現的啊。我祖父的言行超凡脫俗，有幸遇到您給他寫作銘誌，寫得非常公正並切合實際，看來這篇銘誌能夠流傳後世是確定無疑的了。世上的讀書人，每當看到古書上記載的一些感人肺腑的事情，就往往傷心得不知道眼淚已經流落下來，何況是他們的子孫呢？何況是我呢？我追念祖父的崇高品德，從而想到祖父的德行能夠傳揚的原因，就發現先生寫了一篇文章賜給我，其實是賜給了我家祖孫三代極大的恩德，我無限感激、渴望能夠報答您，可應該怎麼報答您呢？

我又想到自己非常淺薄愚笨，可是卻提拔獎掖我；我的祖父時運不好，抑鬱不得志，窮困而死，可是您卻顯揚表彰他，那麼世上那些俊偉豪雄，百年難遇的傑出人才，誰不願意投奔在您的門下？隱居山林的人，誰不希望在世上有所作爲？好事誰不去做，做壞事的人誰不感到慚愧和恐懼？爲人父親、祖父的，誰不想教導他們的子孫？爲人子孫的，誰不想使他們的父親，祖父得到美好的名聲？這幾種美事會都歸結在先生身上！我拜受了先生賞賜的墓碑銘，又大膽把爲什麼這樣感激您的原因告訴了先生。您所論及的我的家族的世系，一定遵照您的教誨詳加審核。我非常慚愧，不能把我的意思一一說盡。

贈黎安二生序

曾鞏

【題解】

本文從蘇軾談起，先稱黎安二生的文章「閎壯雋偉」、「窮盡事理」，然後就黎生說的「迂闊」一事詳加論述，說明自己的迂闊比黎安二生的要大得多，但自己能夠堅持聖賢之道，不媚俗，不怕打擊壓制，以此來勸勉二生要堅持學習並寫作古文，不要怕被世人譏笑。

文章結構迂徐婉轉，語言樸實平易。雖有不平之氣，但語氣始終平和沖淡，怨而不怒，儼然一副長者風度。

趙郡蘇軾[1]，余之同年友也[2]。自蜀以書至京師遺予[3]，稱蜀之士曰黎生、安生者[4]。既而黎生攜其文數十萬言[5]，安生攜其文亦數千言，辱以顧余[6]。讀其文，誠閎壯雋偉[7]，善反復馳騁，窮盡事理；而其材力之放縱，若不可極者也。二生固可謂魁奇特起之士[8]，而蘇君固可謂善知人者也。

【注釋】

[1]趙郡：即趙州，治所在今河北省趙縣。北宋末年升爲慶源府。蘇軾是四川眉山人，但他的遠祖、唐代文學家蘇味道（六四八——七〇五）是趙州欒城人。所以稱趙郡蘇軾。[2]同年：同年中老的人。曾鞏和蘇軾都是宋仁宗嘉祐二年（一〇五七）進士。[3]遺：贈予。[4]稱：贊揚。[5]既而：已而，不久。言：字。[6]辱：謙詞，這裏是屈尊的意思。[7]閎：宏大。雋：意味深長。[8]魁奇：同「恢奇」，傑出。

頃之[1]，黎生補江陵府司法參軍[2]，將行，請余言以爲贈。余曰：「余之知生，既得之於心矣，乃將以言相求於外邪？」黎生曰：「生與安生之學於斯文，里之人皆笑以爲迂闊[3]。今求子之言，蓋將解惑於里人。」余聞之，自顧而笑。

夫世之迂闊，孰有甚於予乎？知信乎古，而不知合乎世；知志乎道[4]，而不知同乎俗，此余所以困於今而不自知也。世之迂闊，孰有甚於予乎？今生之迂，特以文不近俗，迂之小者耳，患爲笑於里人；若余之迂大矣，使生持吾言而歸，且重得罪，庸詎止於笑乎[5]？然則若余之於生，將何言哉？謂余之迂爲善，則其患若此，謂爲不善，則有以合乎世，必違乎古，有以同乎俗，必離乎道矣。生其無急於解里人之惑，則於是焉，必能擇而取之。

遂書以贈二生，并示蘇君以爲何如也。

【注釋】

[1]頃之：不久。[2]補：充任。江陵府：府治在今湖北省江陵縣。司法參軍：官名，掌刑法。[3]迂闊：迂遠不切實際。[4]道：指儒家學說。[5]庸詎：也作「庸遽」，豈，難道。

【譯文】

趙郡蘇軾，是和我同年考中的學友。他從蜀地寫信到京城來給我，信中稱贊蜀地的士人黎生和安生。不久，黎生帶著他幾十萬字的文章，安生帶著他幾千字的文章，都屈尊來看望我。我讀了他們的文章，的確氣勢宏壯，意味深長，善於反覆論證，將道理分析得十分透徹。他們才華橫溢，似乎不可估量。他們二人的確可以說是傑出的士人，而蘇君也的確可以說是善於發現人才的了！

不久，黎生被任命爲江陵府司法參軍，臨走的時候，請我以言相贈。我說：「我已經從內心了解你了，還需要再用語言加以表達嗎？」黎生說：「我和安生學習文章時，鄉里的人都嘲笑我們；認為是迂闊。現在請您贈言，是想要解除鄉里人的困惑。」我聽了這話，想到自己，不禁笑了起來。世上迂闊的人，還有誰能超過我呢？只知信奉古人，而不知附和當世；只知立志於聖賢之道，却不知迎合流俗；這正是我窮困到現在而自己尚且不知道的原因。世上的迂闊，還有誰能比我更厲害呢？如今你的迂闊，只是因為文章不貼近俗務，這不過是小迂罷了，還怕被鄉里的人譏笑，像我的這種迂闊就大了，讓你帶著我的話回去，將要受到更多的責備，難道只是譏笑嗎？既然這樣，那麼我對於你，又有什麼話是好的，有它的話好說呢？如果說我的迂禍害却這樣嚴重；如果說它不好，那麼，有合乎當世之處，就必定會違背古人，有迎合流俗之處，必定會背離聖賢之道。你還是不要急於解除鄉里人的迷惑吧，你對此必定會加以選擇而有所採納。

於是把這些話寫下來贈給二位，並請蘇君過目，看他認為怎樣。

讀孟嘗君傳[1] 王安石[2]

【題解】

本文是一篇以短小精悍稱著的讀後感。全文不足九十字，卻抑揚吞吐，曲盡其妙，駁倒了世俗的看法。文章提出招攬人才要以政治大局著眼的主張，從側面反映了作者的氣魄和自負的態度。

世皆稱孟嘗君能得士，士以故歸之，而卒賴其力以脫於虎豹之秦[3]。嗟呼！孟嘗君特雞鳴狗盜之雄耳[4]，豈足以言得士？不然，擅齊之强[5]，得一士焉，宜可以南面而制秦[6]，尚何取雞鳴狗盜之力哉？雞鳴狗盜之出其門，此士之所以不至也。

【注釋】

[1]孟嘗君：田文，戰國時齊國大臣，家裡養了幾千名食客。參看《馮諼客孟嘗君》注。[2]王安石（一〇二一—一〇八六）：字介甫，號半山，臨川（今江西臨川）人。北宋著名的政治家、思想家、文學家。宋仁宗時，曾上書萬言，主張政治改革。神宗熙寧二年（一〇六九），任參知政事（副宰相），次年任同中書門下平章事（宰相）。執政期間積極推行農田水利、青苗、均輸、保甲、免役、市易、保馬、方田等新法，抑制大官僚地主和豪商的特權，遭到司馬光爲代表的保守派的强烈反對，於熙寧七年（一〇七四）被迫辭職。次年復出爲相，又於熙寧九年（一〇七六）去職。晚年退居金陵，不問政事，封爲荊國公，所以人們也稱他「王荊公」。王安石在中國文學史上亦有重要地位，爲「唐宋八大家」之一，詩詞也寫得很好，著有《臨川集》、《臨川先生歌曲》等。[3]「而卒賴其力」兩句：秦昭王囚禁孟嘗君並想殺他，他派人向秦昭王寵姬求救，寵姬要他的狐白裘，孟嘗君只有一件狐白裘，已獻給秦昭王，門客中一人裝狗做小偷，進入秦宮偷出狐白裘，獻給寵姬。寵姬替他說

情，秦昭王就放了孟嘗君。孟嘗君連夜逃到函谷關，關門要雞叫才會開，這時秦昭王已經後悔正派人追趕，門客中一人會學雞叫，引得附近的雞都叫起來，關吏打開了關門，孟嘗君才逃回齊國。④雞鳴狗盜：會學雞叫、會裝狗當小偷的人。雄：長，頭目。⑤擅：依靠，據有。⑥南面：泛指國君。古時國君聽政和朝見臣下時，坐北面南，故稱「南面」。

【譯文】世上的人都稱贊孟嘗君善於收攬人才，人才因此都歸附他，結果依靠這些人的本領，從虎豹一般殘暴的秦國逃了出來。唉！孟嘗君不過是雞鳴狗盜之徒的頭目罷了，哪裡可以談得上收攬人才！不然的話，他依仗齊國的富强，只要得到一個眞正的人才，就應該可以稱王降服秦國，還用得上借助雞鳴狗盜之徒的本領嗎？雞鳴狗盜的出在他的門下，這就是眞正的人才不到他那裡去的原因啊！

同學一首別子固[1] 王安石

【題解】文章是寫給子固贈別的，卻用正之陪襯，說他們素不相識卻言行相似，因為他們同是「學聖人」的。文章最後表示希望和他們共同達到中庸的高度，送別文章從志同道合上立意，尤顯友誼基礎堅牢。

江之南有賢人焉[2]，字子固，非今所謂賢人者，予慕而友之；淮之南有賢人焉，字正之[3]，非今所謂賢人者，予慕而友之。二賢人者，足未嘗相過也，口未嘗相語也[4]，辭幣未嘗相接也[5]；其師若友[6]，豈盡同哉？予考其言行，其不相似者何其少也！曰：「學聖人而已矣。」學聖人，則其師若友，必學聖人者。聖人之言行，豈有二哉？其相似也適然[7]。

予在淮南，為正之道子固，正之不予疑也，還江南，為子固道正之，子固亦以為然。予又知所謂賢人者，既相似又相信不疑也。子固作「懷友」一首遺予，其大略欲相扳以致乎中庸而後已[8]。正之蓋亦嘗云爾。夫安驅徐行，轥中庸之庭[9]，而造於其室[10]，舍二賢人者而誰哉？予昔非敢自必其有至也，亦願從事於左右焉爾，輔而進之其可也。

噫！官有守，私有繫[11]，會合不可以常也。作「同學」一首別子固，以相警，且相慰云⑫。

【注釋】

①同學：不是現在所說的「同學」，本文所說同學，是指共同學聖人之道。子固：指曾鞏，見《寄歐陽舍人書》注。②江之南：長江的南面。③淮之南：淮河的南面。正之：孫侔，字正之，吳興（今浙江吳興縣）人。④語：談話。⑤辭：言詞，指書信。幣：相互贈送的禮物。⑥若：及，與。⑦適然：恰好這樣。⑧扳：扭轉，這裡作幫助解。中庸：儒家倫理思想，指處理事情不偏不倚、過猶不及的態度。儒家認爲「中庸」是最高的道德標準。⑨轍：車輪輾過。⑩造：到。室：比喻品德修養達到很高的境界。《論語．先進》：「由也升堂也，未入於室也。」本文此句用其意。⑪繫：關係，牽掛。⑫云：句末助詞。

【譯文】

長江南邊有個賢人，字子固，他不是現在一般人所說的賢人，我敬慕他，和他交朋友；淮河南邊有個賢人，字正之，他不是現在一般人所說的賢人，我敬慕他，和他交朋友。這兩位賢人，是沒有互相來往過，口沒有互相交談過，書信禮物也沒有互相寄送過，他們的老師和朋友，難道完全相同麼？可是我考察他們的言論和行爲，不相像的地方多麼少啊！一句話：他們都是學習聖人的。他們學習聖人，那麼他們的老師和朋友，一定是學習聖人的。聖人的言論和行爲，難道會有兩樣嗎？他們相像也正是這樣。

我在淮南，給正之介紹子固的情形，正之不懷疑我的話；回到江南，我給子固介紹正之的情形，子固也認爲我的話對，因此我又知道了所謂賢人，他們是既相像，又互相相信而不懷疑的。子固寫過一首《懷古》送給我。它的大意是希望我們互相幫助，一直到達中庸的境界才爲止。正之也曾經這樣說過，穩穩當當慢慢前進，走上中庸的初級階段，最後到達它的高級階段，除了這兩個賢人還會有誰？我以前不敢肯定自己一定能到達這種境界，也願意跟隨在他們身邊，在他們幫助下達到也許可能呢！

唉！各人有官事的職守，有私事的牽掛，是不能經常合在一起的。因而做了一篇《同學》贈別子固，用來互相勸戒，互相慰勉吧。

遊褒禪山記

王安石

【題解】

本文借遊褒禪山說明了兩個治學的道理：一是不要淺嘗即止，而必須深入探索。指出要取得成功必須有「志」、有「力」、有「物以相之」，並強調最重要的是「盡吾志」。二是不能道聽塗說，而必須探本溯源，深思慎取。聯繫到王安石推行新法，正是如此。

褒禪山亦謂之華山[1]。唐浮圖慧褒始舍於其址[2]，而卒葬之；以故其後名之曰「褒禪」。今所謂慧空禪院者，褒之廬冢也[3]。距其院東五里，所謂華山洞者[4]，以其乃華山之陽名之也。距洞百餘步，有碑仆道[5]，其文漫滅[6]，獨其爲文猶可識[7]，曰「花山」。今言「華」如「華實」之「華」者，蓋音謬也[8]。

其下平曠，有泉側出，而記遊者甚眾，所謂「前洞」也。由山以上五六里，有穴窈然[9]，入之甚寒，問其深，則其好遊者不能窮也，謂之「後洞」。余與四人擁火以入，入之愈深，其進愈難，而其見愈奇。有怠而欲出者，曰：「不出，火且盡。」遂與之俱出。蓋予所至，比好遊者尚不能十一，然視其左右，來而記之者已少。蓋其又深，則其至又加少矣。方是時，予之力尚足以入，火尚足以明也。既其出[10]，則或咎其欲出者[11]，而余亦悔其隨之，而不得極乎遊之樂也。

【注釋】[1]褒禪山：在今安徽含山縣北十五里。華山：按本文意應讀作「花山」。[2]浮圖：梵語，也譯成「浮屠」，可解爲「佛」、「僧」、「塔」，此處指僧。舍：房屋，這裡用作動詞，意思是築舍定居。[3]禪院：佛寺。廬冢：廬舍和墳墓。[4]華山洞：有的版本作「華陽洞」。從文意看，似是。[5]仆：倒。[6]其文：此處「文」指整篇文章。漫滅：磨滅，模糊不清。[7]其爲文：這個「文」指碑上殘存的字。[8]謬：錯。[9]窈然：幽暗深遠。[10]既其出：此處「其」爲助詞。古書並無此種用法。[11]咎：責怪。

於是予有嘆焉。古人之觀於天地、山川、草木、蟲魚、鳥獸，往往有得，以其求思之深而無不在也[1]。夫夷以近[2]，則遊者眾，險以遠，則至者少。而世之奇偉瑰怪非常之觀，常在於險遠[3]，而人之所罕至焉，故非有志者，不能至也。有志矣，不隨以止也，然力不足者，亦不能至也。有志與力，而又不隨以怠，至於幽暗昏惑[4]，而無物以相之[5]，亦不能至也。然力足以至焉[6]，於人爲可譏，而在己爲有悔；盡吾志也而不能至者，可以無悔矣，其孰能譏之乎？此予之所得也。

余於仆碑，又有悲夫古書之不存，後世之謬其傳而莫能名者[7]，何可勝道也哉[8]！此所以學者不可以不深思而慎取之也。

四人者，廬陵蕭君圭君玉[9]，長樂王回深父[10]，余弟安國平父[11]，安上純父[12]。

【注釋】

1有得：心有所得，有心得。無不在：無所不在，有廣泛、周密之意。2夷以近：夷，平坦。以：連詞，相當於「而」。3瑰：壯麗。觀：景觀。4幽暗昏惑：幽暗，深遠黑暗，指客觀情況；昏惑，迷糊困惑，就主觀感受而言。5物：外物。相：幫助。6然力足以至焉：此句意思不完整，疑有殘缺，應添上「而不至者」。7莫能名：無法說明。8勝：盡，完。9廬陵：今江西吉安縣。蕭君圭君玉：蕭君圭，字君玉。10長樂：今福建長樂縣。王回深父：王回，字深父，宋朝著名理學家。11安國平父：王安國，字平父，王安石弟。12安上純父：王安上，字純父，王安石最小的弟弟。

【譯文】

褒禪山也叫華山。唐朝的和尚慧褒開始在這個地方建房舍定居，後來又葬在這裡。因此這以後就叫做「褒禪」。現在人們稱為慧空禪院的，是褒禪的禪房和墳墓。離這禪院東邊五里，人們稱為華山洞的，是因為它在華山的南面所以這樣稱呼它。離洞一百多步遠，有一塊石碑倒在路上，上面刻的文章已經模糊不清，不過那殘存的字還可以辨認出來，叫做「花山」。現在把「華」讀成「華實」的「華」，是音讀錯了。

山下平整開闊，有股泉水從旁邊湧出來。前來遊覽並題字留念的人很多，這是人們所說的「前洞」。沿著山往上走五六里，有一個深遠幽暗的洞，走進去十分寒冷，詢問這個洞的深度，就是那些很喜歡遊玩的人也沒能走到盡頭。人們叫它「後洞」。我和四個人打著火把進去，進去越深，往前走就越難，見到的景物就越奇妙。有人疲勞了想出去，就說：「還不出去，火把就快熄滅了。」於是大家就和他一起出來了。大概我所到的地方，比起愛好遊玩的人到過的，還沒有十分之一，但是看洞裡兩邊，到達那裡並題字留念的人已經很少了。大概再深一些的地方，到達的人就更少了。在這個時候，我的體力還足以往前走，火把還足以照明。出來以後，就有人責怪那個要出來的，我也後悔跟著出來了，沒能盡情享受遊覽的樂趣。

於是我產生了一些感慨。古人觀察天地，山川、草木、鳥獸、蟲魚，常常有收穫。這是因為他們思考得很深入而且廣泛周密。平坦而距離近的地方，遊覽的人就多；艱險而距離遠的地方，到達的人就很少。世界上奇妙雄偉壯麗很不平常的風景，卻常常在那艱難偏遠，人們很少到達的地方，所以不是有志向的人，是不能到達的。有了志向，不跟著別人中途停止，如果體力不夠，也還是不能到達。

有了志向和體力，不跟著別人惰怠，到了那幽深黑暗、使人迷糊困惑的地方，如果沒有外力幫助，也還是不能到達。但是如果力量可以到達卻沒有到達，在別人看來是可以譏笑的，在自己看來也會後悔；如果盡了我的努力卻沒能到達，就可以沒有悔恨了，誰又能譏笑我呢？這就是我得到啓發。

我對於那倒在路上的石碑，也有感嘆，古書沒能保存，後代以訛傳訛，不能弄清眞相的，哪裡說得完呢？這就是做學問的人不能不深刻思考、謹愼選取的原因啊！

同遊的四個人是：廬陵的蕭君圭，字君玉；長樂的王回，字深父；我的弟弟安國，字平父，安上，字純父。

泰州海陵縣主簿許君墓誌銘[1]

王安石

【題解】

這篇墓誌銘主要是哀悼許平有大才，卻以海陵縣主簿的小職終老。銘文用二十餘字概括了許平一生的遭遇，最後似乎隱約地歸之於天命，其實不然，聯繫作者《上仁宗皇帝書》「竊惟在位之人才不足，而無以稱朝庭任使之意；朝廷所以任使天下之士者或非其理，而士不得盡其才」之言，可以知道作者是把許平終生未得大用歸咎於人事的，作者對朝廷的所謂招賢是很不滿意的。

君諱平[2]，字秉之，姓許氏，余嘗譜其世家[3]，所謂今泰州海陵縣主簿者也。君既與兄元相友愛稱天下[4]，而自少卓犖不羈[5]，善辯說，與其兄俱以智略爲當世大人所器[6]。寶元時[7]，朝廷開方略之選[8]，以招天下異能之士；而陝西大師范文正公、鄭文肅公[9]，爭以君所爲書以薦。於是得召試，爲太廟齋郎[10]，已而選泰州海陵縣主簿。貴人多薦君有大才[11]，可試以事，不宜棄之州縣；君亦常慨然自許[12]，欲有所爲，然終不得一用其智能以卒。噫！其可哀也矣！

【注釋】

[1]泰州：州名，在今江蘇，治所在海陵。海陵縣：縣名，今江蘇泰州縣。主簿：官名，輔佐縣令，主管簿籍文書。[2]諱：名，古人對別人的名避免直接稱呼，叫做避諱。因此也用來指出避諱的名字。[3]譜：編列。[4]元：

許平的哥哥許元。宋仁宗慶曆年間，選拔爲江淮制置發運判官。在任期間，多方搜刮財物珍寶，賄賂京師權貴，以圖升官。後遷郎中，歷任揚、越、泰州知州。5卓犖：超絕，特出。不羈：放達，不受約束。6器：器重，重視。7寶元：宋仁宗年號。8開方略之選：《宋史．仁宗本紀》：「寶元二年五月癸巳，詔近臣舉方略材武之士各二人。」方略：治國用兵的計謀。9陝西：宋代路名。治所在京兆府（今陝西西安市）。范文正公：范仲庵。寶元三年（一〇四〇），西夏攻延州，他與韓琦同爲陝西經略副使。鄭文肅公：鄭戩，和范仲淹都是蘇州吳縣人，曾任陝西四路都總管兼經略安撫招討使。10太廟齋郎：太廟中祭祀時執事的小吏，品位很低。11貴人：地位顯貴的人。12自許：自信而又自負。

士固有離世異俗，獨行其意，罵譏笑侮，困辱而不悔；彼皆無衆人之求，而有所待於後世者也，其齟齬固宜1，若夫智謀功名之士，窺時俯仰2，以赴勢利之會，而輒不遇者，乃亦不可勝數。辯足以移萬物，而窮於用說之時3；謀足以奪三軍4，而辱於右武之國5，此又何說哉？嗟乎！彼有所待而不悔者，其知之矣。

君年五十九，以嘉祐某年某月某甲子6，葬眞州之楊子縣甘露鄉某所之原7。夫人李氏。子男瓌8，不仕；璋，眞州司戶參軍9；琦，太廟齋郎；琳，進士。女子五人，已嫁二人：進士周奉先，泰州泰興令陶舜元10。

銘曰：「有拔而起之，莫擠而止之。嗚呼許君！而已於斯！誰或使之？」

【注釋】1齟齬：上下齒不相合。比喻意見不合，不融洽。這裡指不得志。2俯仰：上下逢迎應付。3說：名詞。勸別人聽從己見的一套理論。4三軍：軍隊的統稱。5右武：尚武。右，崇尚，重視。6嘉祐：宋仁宗年號。7眞州：州名，治所在揚子。揚子：縣名，故城在今江蘇儀徵縣東南。⑧子男：兒子。⑨司戶參軍：管理戶口冊籍的官員。⑩泰興：今江蘇泰興縣。

【譯文】

先生名平，字秉之，姓許，我曾經給他家族世系編了本家譜，他就是譜上所說的現在的泰州海陵縣主簿。他不但跟他哥哥互相友愛，受到天下人的稱贊，而且從小就很出衆，豪放不羈，能言善辯，和他哥哥都因爲有智謀、才略而被當代的大官重視。寶元年間，朝庭舉行「方略」的選舉，招攬天下有不平凡的才能的人，陝西大師范文正公和鄭文肅公，爭著把先生的行事上書向皇帝推荐，於是能夠召進京城參加考試，做了太廟齊郎，不久又選拔做了泰州海陵縣的主簿。大官中有很多人推荐先生有大才，可以試著擔任重大職位，不應該棄置在州縣做小官；先生自己也曾經慷慨激昂，準備做一番大事，但是最後還是沒能得一次機會發揮他的聰明和才能就死了。唉！眞是值得悲痛啊！

讀書人中本來就有厭惡濁世，不同凡俗，只按照自己的意識行事，被人謾罵譏諷嘲笑侮辱，一生窮困也不後悔的人。他們沒有一般俗人對功名富貴的追求，而對於流芳後世卻有所期待，他們和世人合不來不得志，本來是應該的。至於那多智善謀又熱中功名的人，觀察時機，上下迎合，努力求得獲得權勢利祿的機會，可是常常不得志的，卻也多得數不清。辯論可以說服一切人，卻在盛行遊說的時代遭受困窘；謀略可以制服三軍，卻在崇尚武力的國家受到羞辱，這又怎麼解釋呢？唉！那些對傳名後世有所期待終生困窘而不後悔的人，大概懂得這個道理吧？

先生享年五十九歲，在嘉祐某年某月某日，安葬在眞州揚子縣甘露鄉某處的原野。夫人姓李。兒子瓌，沒有做官；璋，擔任眞州司戶參軍；琦，擔任太廟齊郎；琳，是進士。女兒五個，已經嫁的有兩個，分別嫁給了進士周奉先和泰州泰興縣令陶舜元。

銘文說：「有人提拔引用你，沒有誰排擠阻止你。唉！許君啊，你竟然停止在這個官職上就完了，誰使你這樣的呢？」

卷八　明文

送天臺陳庭學序　宋濂[1]

【題解】

本文是一篇贈序。文章從山水寫起，認爲西南地區的山水以蜀川爲最奇，接著描述入川之難，指出要「仕有力」、「材有文」、「强壯」的人才能遊覽川蜀的山水並從中受益。然後記述陳庭學遊歷蜀川，得到「山水之助」，精神面貌爲之一新。表達了宋濂對於後學陳庭學的首肯和褒揚。隨後作者對自己平生未能出遊天下而感到遺憾，但又用顏回、原憲的事例說明有比山水更高的東西，勸勉陳庭學進德修業。

文章語言平易流暢，結構一波三折，照應嚴謹，氣度雍容。

西南山水，唯川蜀最奇[2]，然去中州萬里[3]，陸有劍閣棧道之險[4]，水有瞿塘、灩澦之虞[5]。跨馬行，篁竹間山高者，累旬日不見其顚際[6]；臨上而俯視，絕壑萬仞[7]，杳莫測其所窮[8]，肝膽爲之掉栗[9]。水行則江石悍利[10]，波惡渦詭[11]，舟一失尺寸，輒糜碎土沈[12]，下飽魚鼈。其難至如此！故非仕有力者，不可以遊；非材有文者，縱遊無所得；非壯强者，多老死於其地；嗜奇之士恨焉！

【注釋】

[1]宋濂：一三一〇—一三八一，字景濂，景潛溪，諡文憲，浙江浦江（今浙江金華）人。明初文學家。元至正九年被薦爲翰林編修，藉口奉養父母，辭不就職。明初，受朱元璋征聘，任江南儒學提舉，給太子講經，並在

朱元璋左右備顧問，曾主修《元史》。官至翰林學士承旨知制誥，被譽爲明朝「開國文臣之首」。洪武十年，以年老辭官歸家，十三年因長孫宋慎犯罪，全家流放茂州（今四川茂縣），病死途中。文章主張「宗經」、「師古」。傳記文和記敘文寫得較有特色。著有「宋學士全集」。②川蜀：今四川。③中州：古豫州地處九州之中，故稱中州，此處泛指黃河中游地區。④劍閣：棧道名。在今四川劍閣縣東北大劍山、小劍山之間，是古時川、陝間的主要通道。棧道：又稱「棧閣」或「閣道」。古代在今川，陝、甘、滇諸省境內一些峭岩陡壁上鑿孔架橋連閣而成的一種道路。⑤瞿塘：長江三峽之一。在四川奉節縣東三十里。灩澦：即灩澦堆。瞿塘峽口有巨石立江中，形成險灘。虞：憂慮。⑥巔：峯頂。⑦壑：山溝。仞：古長度單位。一般稱爲一仞等於八尺。⑧杳：幽暗深遠。⑨掉栗：發抖。栗，通「慄」。⑩悍利：堅硬鋒利。⑪詭：奇異多變。⑫糜：碎爛。

天臺陳君庭學①，能爲詩，由中書左司掾屢從大將北征②，有勞，擢四川都指揮司照磨③，由水道至成都。成都，川蜀之要地。揚子雲，司馬相如，諸葛武侯之所居④，英雄俊傑戰攻駐守之跡，詩人文士遊眺飲射，賦咏歌呼之所⑤，庭學無不歷覽。既覽必發爲詩，以記其景物時世之變，於是其詩益工。越三年，以例自免歸，會余於京師：其氣愈充，其語愈壯，其志意愈高，蓋得於山水之助者侈矣⑥。

余甚自愧，方余少時，嘗有志於出遊天下，顧以學未成而不暇⑦；及年壯可出，而四方兵起⑧，無所投足，逮今聖主興而宇內定⑨，極海之際⑩，合爲一家，而余齒益加耄矣⑪！欲如庭學之遊，尚可得乎？

然吾聞古之賢士，若顏回、原憲⑫，皆坐守陋室，蓬蒿沒戶，而志意常充然，有若囊括於天地者，此其何故也？得無有出於山水之外者乎⑬？庭學其試歸而求焉。苟有所得，則以告余，余將不一愧而已也！

【注釋】

①天臺：今浙江天臺縣。②中書左司：元代以中書省總領百官，與樞密院，御史臺分掌政、軍、監察三權。中書省下置左右司，分管省事。明初尚沿元制，到洪武十三年廢除。掾：古代屬官的通稱。③擢：提升。都指揮司，明代在各省設的地方軍事機關。照磨：都指揮司的屬官，主管文書事宜。④揚子雲：即揚雄，字子雲，蜀郡成都人。西漢文學家，哲學家，語言學家，著有《法言》、《太玄》、《方言》等。司馬相如：字長卿，蜀郡成都人，西漢辭賦家，《子虛賦》、《上林賦》是其代表作。諸葛武侯：即諸葛亮，因封武鄉侯，故稱。⑤眺：遠望。射：射覆。古代用文字隱寫事物，今人猜度的一種酒令游戲。⑥侈：多。⑦顧：只，只是。⑧四方兵起：指元末各地的農民起義和反抗戰爭。⑨逮今：至今。聖主：指朱元璋。⑩極：窮盡。際：邊。⑪耄：年老。⑫顏回：孔子弟子，居陋巷而不改其樂。原憲：孔子弟子，字子思。用蓬草做門，破瓦作窗，不以爲意。⑬得無：莫非，豈不是。

【譯文】

西南地區的山水，只有四川的最爲奇特。可是和中原相隔萬里，從陸路上去，有像劍閣這樣危險的棧道，從水路上去，有瞿塘峽、灩澦堆這樣讓人提心弔膽的地方。騎馬行走，那竹林間的崇山峻嶺，一連走十來天，仍看不到它的峯頂；爬上高山往下看，懸崖峭壁高達萬丈，溝谷幽深，不知道它的盡頭，令人膽戰心驚。坐船行駛，那江中的礁石堅硬鋒利，波濤險惡，旋渦怪異，行船稍有差錯，就會粉身碎骨，像泥塊一樣沈入水底，葬身魚腹。要想到四川去，就是這麼難啊！因此，不是有能力的官員，不能夠去遊覽，不是有才華的文人，即使遊覽了也一無所獲；不是身體強壯的人，大多老死在那個地方。愛好奇山異水的人，對此都感到無比遺憾。

天臺人陳君庭學，會寫詩，任中書左司掾多次隨同大將北征，有功勞，被提升爲四川都指揮司照磨，從水路到成都。成都是四川的要地。揚子雲、司馬相如，諸葛武侯居住的地方，英雄豪傑作戰駐守的遺跡，詩人文士們遊覽眺望，飲酒射覆，賦詩吟咏，唱歌長嘯的地方，陳應學都一一遊覽過了。遊覽之後，心中的感慨一定會通過詩歌抒發出來，用來記述景物時世的變化，因此他的詩寫得越來越好，過了三年，陳君按照慣例自己辭職歸來，和我在京城相會，他的精神更加飽滿，語言更加豪壯，志向意趣更加高遠，這大概是在山水中獲得了很多益處。

我感到十分慚愧：我年輕的時候，曾經有出遊天下的志向，只是因爲學業未成，沒有時間，到了壯年可以出遊的時候，卻是四方戰亂，無處落腳；到如今聖主興起，天下平定，四海之內，合爲一家，可是我已經老了，想像庭學那樣四處遊歷，還有可能嗎？

然而我聽說古代的賢明之士，如顏回、原憲，他們都坐守簡陋的居室，野草遮沒了門戶，可是志向和意氣卻始終非常高遠、充沛、好像能包羅天地，這是什麼原因呢？莫非有什麼超出於山水的東西？庭學也許就是嘗試著回來探求它吧。如果有什麼心得，那就把它告訴我，我將不會只是慚愧一陣就算了。

閱江樓記

宋濂

【題解】

明太祖朱元璋在金陵獅子山上修建了一座閱江樓，命宋濂爲這座樓寫一篇記文，以「寓其致治之思」。

由於作者是奉詔而作，故在文中爲朱元璋寫了大量歌功頌德的溢美之辭，但由於加入了許多希望他的勵精圖治的箴規之言，所以仍不失爲一篇較優秀的應制之作。文章能將寫景、敘事和議論穿插在一起，具有寬闊舒展的氣勢。

金陵爲帝王之州[1]。自六朝迄於南唐[2]，類皆偏據一方[3]，無以應山川之王氣[4]。逮我皇帝[5]，定鼎於茲[6]，始足以當之。由是聲教所暨[7]，罔間朔南[8]；存神穆清[9]，與天同體；雖一豫一遊[10]，亦可爲天下後世法，京城之西北，有獅子山，自盧龍蜿蜒而來[11]；長江如虹貫，蟠繞其下[12]。上以其地雄勝，詔建樓於巔，與民同遊觀之樂，遂錫嘉名爲「閱江」云[13]。

【注釋】

[1]金陵：今江蘇南京市。州：這裏作「地方」「居所」解。[2]六朝：時代名。三國的吳、東晉和南朝的宋、齊、梁、陳，都在南京建都歷史上合稱六朝。南唐：五代十國之一，也建都南京。[3]偏據一方：指六朝和南唐的統治區域都只有江南一部分和長江中下游地區。[4]王氣：古時迷信的說法，帝王所在的地方，有一種祥光瑞

氣，叫做「王氣」。傳說秦時望氣者說金陵地形有王者都邑之氣。[5]我皇帝：指明太祖朱元璋，一三六八——一三九八在位。[6]定鼎：傳說禹鑄九鼎象徵天下九洲之立，夏、商、周三代都把它作爲傳國之寶，隨都遷徙，故後代往往稱建都爲「定鼎」。茲：此，指南京。[7]聲教：指天子的聲威、教化。暨：及、到。[8]罔間：沒有間隔。朔：北。[9]穆清：指上天。[10]豫：愉樂。[11]盧龍：山名。在金陵西北二十五里，山嶺綿延。晋元帝初渡江，把它北作北地盧龍山，因此以之爲名。[12]蟠繞：即盤繞。[13]錫：通「賜」。

登覽之頃，萬象森列；千載之祕，一旦軒露[1]；豈非天造地設，以俟大一統之君[2]，而開千萬世之偉觀者歟？當風日清美，法駕幸臨[3]，升其崇椒[4]，凭欄遙矚[5]，必悠然而動遐思[6]。見江漢之朝宗[7]，諸侯之述職[8]，城池之高深，關阨之嚴固[9]，必曰：「此朕櫛風沐雨[10]，戰勝攻取之所致也。」中夏之廣[11]，益思有以保之。見波濤之浩蕩，風帆之上下，番舶接跡而來庭[12]，蠻琛聯肩而入貢[13]，必曰：「此朕德綏威服[14]，覃及內外之所及也[15]。」四陲之遠[16]，益思有以柔之[17]。見兩岸之間，四郊之上，耕人有炙膚皸足之煩[18]，農女有捋桑行饁之勤[19]，必曰：「此朕拔諸水火，而登於衽席者也[20]。」萬方之民，益思有以安之。觸類而推，不一而足。臣知斯樓之建，皇上所以發舒精神，因物興感，無不寓其致治之思，奚止閱夫長江而已哉！彼臨春、結綺[21]，非不弗矣；齊雲、落星[22]，非不高矣，不過樂管弦之淫響，藏燕趙之艷姬[23]，一旋踵間而感慨係之[24]。臣不知其爲何說也？

【注釋】[1]軒：顯，明朗。[2]俟：等待。[3]法駕：皇帝的車駕。[4]椒：山巔。[5]欄：欄杆。[6]遐：遠。[7]朝宗：《周禮、春官、大宗伯》：「春見曰朝，夏見曰宗。」本指諸侯朝見天子，這裏借指百川流入大海。[8]述職：陳述自己的職守。即匯報工作。[9]阸：通「隘」，險要的地方。[10]朕：我。秦始皇以後專用於皇帝的自稱。櫛：梳頭髮。沐：洗頭。[11]中夏：中華。[12]番：外國。庭：通「廷」，朝廷。[13]蠻：古代對南方各族的泛稱。琛：珍寶。[14]綏：安撫。[15]覃：延長。[16]陲：邊境。[17]柔：懷柔。指用和平手段使之歸服。[18]炙：烤。皸：皮膚因寒冷而凍裂。[19]捋：用手握住東西，順著移動。饁：給在田裏耕作的人送飯。[20]衽席：床上的席子。這裏借指太平的日子。[21]臨春、結綺：都是南朝時陳後主建築的樓閣名。陳後主和張貴妃在此居住，怠於政事，終被隋軍所殺。[22]齊雲：樓名。在江蘇吳縣，唐時興建，明太祖攻占長江時，吳王張世誠的羣妾在此樓焚死。落星：樓名。三國時吳國興建，在江蘇江寧縣東北的落星山上。[23]燕趙：皆戰國時國名。這裏指燕趙地區。[24]旋：轉動。踵：腳後跟。

雖然，長江發源岷山[1]，委蛇七千餘里而入海[2]，白湧碧翻；六朝之時，往往倚之爲天塹[3]。今則南北一家，視爲安流[4]，無所事乎戰爭矣。然則果誰之力歟？逢掖之士[5]，有登斯樓而閱斯江者，當思帝德如天，蕩蕩難名，與神禹疏鑿之功[6]，同一罔極[7]；忠君報上之心，其有不油然而興耶？

臣不敏，奉旨撰記。故上推宵旰圖治之切者[8]，勒諸貞珉[9]。他若留連光景之辭，皆略而不陳，懼褻也[10]。

【注釋】

[1]岷山：在四川省北部，綿延川、甘兩省邊境。古代認爲長江發源於岷山，實則發源於今青海唐古拉山。[2]委蛇：同「逶迤」，曲折前進。[3]天塹：天然的壕溝。[4]安流：平靜的流水流。[5]逢掖：古代讀書人穿的一種袖子寬大的衣服。[6]神禹：即夏禹。疏鑿：疏導河流，開鑿水道。即治水。[7]罔極：無極。[8]宵旰：「宵衣旰

食」的略語。意思是天不亮就穿衣起身，天晚了才吃飯。⑨勒：刻。諸：之於的合音。貞珉：即「貞石」碑石的美稱，意思是能夠傳留久的碑石。珉，似玉的美石。⑩褻：輕慢。

【譯文】

金陵是帝王居住的地方。從六朝一直到南唐，大抵都是偏安一方，不能與山川出現的王氣相稱。直到我大明皇帝定居在這裏，才完全可以跟這王氣相稱。從此聲威和教化到達的地方，不分南北，聚精會神，領受上天的意旨，和上天融爲一體，即使是一次愉樂，一次遊玩，也值得天下後世效法。京城的西北方向，有座獅子山，從盧龍山彎彎曲曲延伸過來；長江像彩虹一樣，盤繞在獅子山下。皇上因爲這裏雄偉壯麗，下詔在山頂上建一座樓台，和百姓共同享受遊覽觀賞的樂趣。於是賜了這座樓台一個美妙的名稱叫做「閱江」。

登上閱江樓，極目四望的時候，只見各種景物都整齊地排列著，千年來的奧秘，一下子全都顯露出來。這難道不是天造地設，等待那一統天下的君主，來開闢千萬代的奇偉壯麗的景觀嗎？當清風輕拂，麗日高懸的時候，皇上的車駕來臨，登上這高高的山頂，靠著欄杆向遠處眺望，遐想一定會悠然而生。看到長江漢水奔流入海，諸侯匯報情況，城池高深，關隘牢固，一定要說：「這是我奔波勞苦，戰勝攻取才得到的啊。」對於廣闊的中國，更加努力地想辦法去保全它。看到波濤浩蕩，帆船隨波上下起伏，外國的船舶接連不斷地來到朝廷，南方少數民族的珍寶爭相進貢，一定會說：「這是我用恩德安撫，用武力威服，恩威遍及海內外才達到的。」對於四方遙遠的邊境，更加努力地想辦法去安定它。看到大江兩岸和四面的郊野上，耕作的農人有烈日曝晒，凍裂皮膚的煩惱，農女有採摘桑葉，行走送販的勞累，一定會說：「這是我把他們從水深火熱中拯救出來，才過上安定的日子的啊。」對於四面八方的百姓，更加努力地想辦法使他們安居樂業。接觸到類似的事物從而引起聯想，不能一一列舉出來。我知道修建這座樓台，是皇上用來振奮精神的，借外物引起各種感慨，沒有一處不寄寓他要達到太平盛世的思想，難道只是看看長江就算了嗎？那臨春樓、結綺樓，不是不華麗，齊雲樓、落星樓，不是不高，不過那裏邊只能享受管弦發出的淫蕩音樂，收藏燕、趙地方的艷麗女子，沒有多久，國亡樓毀，人們的感慨也就隨著發生了。我不知道這應當作何種解釋。

雖然如此，那長江發源於岷山，曲曲折折流經七千多里才注入大海，白浪洶湧，碧波翻滾，六朝的時候，往往倚靠它做一條天然的壕溝。如今南北統一，把它看作一條平靜的河流在戰爭上沒有用場了。那麼，這又是誰的功勞呢？讀書人有登上這座樓觀賞長江的，應當想到皇上恩德如同青天，浩大廣闊，無法明說，和神禹治水的功勞一樣，沒有窮盡，忠於君王，報答皇上的心情，怎麼會不油然而生呢？

我沒有才能，奉聖旨寫了這篇記文。想往上推求皇上日夜辛勤。勵精圖治的功業，刻在石碑上。其他如留連風光景物的辭句，都省略不寫，怕輕慢了建造這座樓的本意啊！

司馬季主論卜

劉基[1]

【題解】

本文節選自《郁離子．天道》，是一篇寓言，文章採取對話形式，借東陵侯被廢黜後想重新得到起用而問卜一事，表達了事物必然變化和物極必反的樸素辯證法思想，同時對天道，鬼神及占卜提出了疑問和否定。

文章句式整散間錯，音韻和協。大量運用排比和對比，加强了論說力量。

東陵侯既廢[2]，過司馬季主而卜焉[3]。季主曰：「君侯何卜也[4]？」東陵侯曰：「久臥者思起，久蟄者思啟[5]，久懣者思嚏[6]。吾聞之：『蓄極則洩，閟極則達[7]，熱極則風，壅極則通[8]。一冬一春，靡屈不伸[9]；一起一伏，無往不復。』僕竊有疑[10]，願受教焉。」季主曰：「若是，則君侯已喻之矣，又何卜爲？」東陵侯曰：「僕未究其奧也，[11]願先生卒教之[12]。」

【注釋】

[1]劉基：（一三一一—一三七五），字伯溫，處州青田（今浙江青田縣）人。元末進士。曾任江西高安縣丞、江浙儒學副提舉。因與元朝統治者政見不合遭到排擠，棄官隱居。後被朱元璋請出山，成爲明朝開國功臣，官至御史中丞，封誠意伯，謚號文成。著有《誠意伯文集》二十卷。[2]東陵侯：邵平，秦時封東陵侯。秦亡後，在長安城東種瓜爲生。[3]過：訪。司馬季主：複姓司馬，漢初人，以占卜聞名。卜：占卜。古人用龜甲、蓍草等預

測凶吉。④君侯：漢代對列侯的尊稱。⑤蟄：蟲類冬眠，比喻潛伏。啓：開，出來。⑥懣：悶。嚏：打噴嚏。⑦閉：關閉。⑧壅：阻塞。⑨靡：無，沒有。⑩僕：我，謙稱。⑪究：徹底知道。⑫卒：終，這裏有「徹底」的意思。

季主乃言曰：「嗚呼！天道何親①？惟德之親，鬼神何靈？因人而靈。夫著②，枯草也；龜③，枯骨也；物也。人，靈於物者也，何不自聽而聽於物乎？且君侯何不思昔者也！有昔者必有今日，是故碎瓦頹垣④，昔日之歌樓舞館也；荒榛斷梗⑤，昔日之瓊蕤玉樹也⑥；露蛬風蟬⑦，昔日之『鳳笙』、『龍笛』也⑧；鬼燐螢火⑨，昔日之金缸華燭也⑩；秋茶春薺⑪，昔日之象白駝峯也⑫；丹楓白荻⑬，昔日之蜀錦齊紈也⑭。昔日之所無，今日有之不爲過；昔日之所有，今日無之不爲不足。是故一晝一夜，華開者謝⑮；一春一秋，物故者新；激湍之下必有深潭，高丘之下必有浚谷⑯。君侯亦知之矣，何以卜爲！」

【注釋】

①天道：上天的意志。②著：植物名，又叫鋸齒草，古代用著草莖占卜。③龜：指龜甲。④頹垣：倒塌的墻。⑤榛：樹叢。梗：草木枝子。⑥蕤：草木花下垂的樣子。⑦露蛬：蟋蟀。風蟬：秋風中的鳴蟬。⑧鳳笙、龍笛：均爲管樂器名。因像龍鳳之形或飾有龍鳳的圖樣，故稱。這裏指悅耳的音樂。⑨鬼磷：即磷火。夜間火焰呈淡綠色，舊時迷信以爲是鬼火。⑩缸：據涵芬樓所藏明刊本，應爲「釭」。金釭，銅燈。⑪茶：苦菜。薺：薺菜，性涼，味甘淡。⑫象白：大象的鼻子。白，古「鼻」字。駝峯：駱駝的肉峯。⑬楓：楓樹。荻：草名，與蘆同類，生長在水邊，其花白色。⑭蜀錦：蜀地出產的彩錦。齊紈：齊地（今山東東南部）出產的薄綢。⑮華：同「花」。⑯浚谷：深谷。浚：水深的樣子。

【譯文】

東陵侯已經被廢黜爲平民，去拜訪司馬季主請他爲自己占卜。季主說。「您想卜什麼呢？」東陵侯說：「躺久了的人想要站起來，潛藏久了的人便想出來，長久憋氣的人便想打噴嚏。我聽說：『積蓄得太滿就會洩漏，悶得太久了就要通氣，熱得太厲害了就會刮風，阻塞得太死就會暢通。歷冬經春，沒有屈而不伸的，一起一伏，沒有一去不返的。』我私下裏有些疑惑，希望能得到您的指教。」季主說：「這樣說來，您已經明白了，還要占卜什麼呢？」東陵侯說：「我不能透徹地明白其中的奧妙，希望先生能徹底開導我一下。」

季主於是說：「唉！天道親近誰呢？它只親近有德之人；鬼神有什麼靈驗呢？它是靠人才靈驗的。蓍莖只是枯草，龜殼只是枯骨，都是沒有知覺的東西。人比任何東西都靈氣，爲什麼不聽從自己卻聽從無知之物呢？再說您爲什麼不想一想過去呢！有過去也就一定有今天。因此破碎的瓦片，倒塌的土墻，原是過去的歌樓舞館呢；枯樹斷枝，原是過去的華美園林呢；露蠶秋蟬，原是過去的悅耳音樂呢；鬼燐流螢，原是過去的輝煌燈火呢；秋荼野薺，原是過去的美味佳肴呢；紅楓白荻，原是過去的綾羅綢緞呢。從前沒有的，現在有了，不算過分，從前有的，現在沒有了，也不算不足。因此，過了一晝一夜，盛開的花朵會凋謝；歷經一春一秋，陳舊的東西會變新。急流下面一定有深潭，高山下面一定有深谷。您也明白這些道理，爲什麼還要占卜呢？」

賣柑者言

劉基

【題解】

這是一篇著名的寓言。作者以「金玉其外，敗絮其中」為喻，憑借賣柑者之口，辛辣地諷刺了元末那些昏庸無能、尸位素餐，但表面上又威武堂皇的文臣武將，表達了作者對黑暗現實的清醒認識和無比憎惡。

杭有賣果者[1]，善藏柑，涉寒暑不潰[2]，出之燁然[3]，玉質而金色[4]，剖其中，乾若敗絮。予怪而問之曰：「若所市於人者[5]，將以實籩豆[6]、奉祭祀、供賓客乎？將衒外以惑愚瞽乎[7]？甚矣哉，為欺也！」

【注釋】

[1]杭：杭州。[2]涉：經歷。潰：腐壞。[3]燁然：光彩鮮明的樣子。[4]四部叢刊本《誠意伯文集》卷七，在「玉質而金色」句下是：「置於市，賈十倍，人爭鬻之。予貿得其一，剖之，如有煙撲口鼻，視其中，乾若敗絮。」[5]若：你。市：賣。[6]籩豆：宴會或祭祀時盛食品的器具，類似後來的盤子，竹制的叫籩，木制的叫豆。[7]瞽：瞎子。

賣柑者笑曰：「吾業是有年矣，吾賴是以食吾軀[1]。吾售之，人取之，未嘗有言，而獨不足子所乎？世之欺者不寡矣，而獨我也乎？吾子未之思也。今夫佩虎符，坐皋比者[2]，洸洸乎干城之具也[3]，果能授孫、吳之略耶[4]？峨大冠，拖長紳者[5]，昂昂乎廟堂之器也[6]，果能建伊、皋之業耶[7]？盜起而不知御，民困而不知救，吏姦而不知禁，法斁而不知理[8]，坐靡廩粟而不知恥[9]。觀其坐高堂、騎大馬，醉醇醴而飫肥鮮者[10]，孰不巍巍乎可畏，赫赫乎可象也[11]！又何往而不金玉其外、敗絮其中也哉！今子是之不察，而以察吾柑！」

予默默無以應，退而思其言，類東方生滑稽之流[12]，豈其忿世疾邪者耶？而託於柑以諷耶？

【注釋】

[1]食：餵食。[2]虎符：虎形兵符，是古代調兵的憑證，一半由皇帝掌握，一半由軍隊統帥掌握。皋比：虎皮。[3]洸洸：威武的樣子，干城：指保衛國家。干：盾牌。城：城墻。具：才具，才幹。[4]孫：孫武，春秋時著名軍事家，齊國人，著有《孫子兵法》。吳：吳起，戰國時衛人，著名政治家、軍事家。[5]峨：高聳。紳：古代士大夫束在腰間並垂下一部分作爲裝飾的大帶子。[6]廟堂：這裏指朝廷。器：才能。[7]伊：伊尹，商湯的大臣，曾幫助湯伐夏桀。皋：皋陶，相傳是虞舜時的賢臣。[8]斁：敗壞。[9]靡：通「糜」，耗費。廩粟：國庫的糧食，這裏指俸祿。[10]醇醴：美酒。飫：飽食。[11]象：效法。[12]東方生：即東方朔，字曼卿，漢武帝近臣，以詼諧和善於諷喻著稱。滑稽：能言善辯。

【譯文】

杭州有個賣水果的人，善於貯藏柑子，經過嚴寒酷暑也不腐爛，拿出來仍然色彩鮮艷，玉石般的質地，黃金般的顏色。但是剖開當中一看，乾枯得像破舊的棉絮。我很奇怪，就責問他：「你要賣給別人的這些水果，是準備用來裝在盤子裏面，供奉祭祀或招待客人用的呢？還是炫耀它的外表，用來迷惑那些傻瓜或盲人的呢？太過分了，你這種欺騙行爲！」

那個賣水果的人卻笑著說：「我從事這個買賣已經有多年了，我依賴它養活自己。我賣人買，從來沒聽到過什麼怨言，卻偏偏不能滿足您的需要嗎？世上行騙的人不少，難道就我一個嗎？您沒有好好想一想啊。如今那些佩帶著虎符，坐虎皮交椅的人，威風凜凜，好像是個保衛國家的將材，他們果眞能拿出孫武、吳起那樣的策略來嗎？那些戴著高大的帽子，拖著長長的大帶的人，神氣十足，好像是朝廷的棟樑之材，他們果眞能建立伊尹、臯陶那樣的功業嗎？强盜蜂起卻不知道抵禦，人民困苦卻不知道解救，屬下爲非作歹卻不知道禁止，法紀敗壞卻不知道整頓，白白地耗費國家的俸祿卻不知道羞恥。看那些坐在高堂上，騎著大馬，美酒喝得醉醺醺，山珍海味塡滿肚皮的人，哪一個不是看起來高不可攀，令人敬畏，顯赫威武，値得效法呢？然而他們又何嘗不是外表像金玉，而腹中像棉絮呢！如今您不去考察這些，卻來挑剔我的柑子！」

我沉默了，無話可答。回來再仔細品味他的話，覺得他有些像東方朔那樣詼諧而能言善辯的人物，莫非他是個憤恨世道，仇視邪惡的人，卻借柑子來進行諷刺嗎？

深慮論

方孝孺

【題解】

方孝孺（一三五七年——一四〇二年），字希直，又字希古，別號遜志，人稱正學先生。宋濂的學生，以明王道、致太平爲己任。明太祖時爲漢中府學教授。建文帝繼位，召他爲侍講學士，後改爲文學博士。燕王兵入京城，命他起草登極詔書，不從，被殺，共滅十族（九族及方孝孺的學生）。著有《遜志齊集》。

本文是方孝孺的史論《深慮論》十篇中的第一篇。本文論述歷代儘管都總結前朝滅亡的原因，並採取相應的措施積極防止，然而最終都還是免不了被滅亡的命運。從而得出：「禍常發於所忽之中，而亂常起於不足疑之事」的結論。作者認爲人的智力：「不可以謀天」，只能「積至誠，用大德」求天保佑，方保長治久安。

慮天下者，常圖其所難而忽其所易①，備其所可畏而遺其所不疑②。然而禍常發於所忽之中，而亂常起於不足疑之事。豈其慮之未周與③？蓋慮之所能及者④，人事之宜然；而出於智力之所不及者⑤，天道也⑥。

【注釋】

①圖：謀劃，設法對付。②備：防備。遺：遺棄。③與：同「歟」。句尾語言詞，相當於「嗎」。④蓋：發語詞，用於句首，無義。及：達到。⑤出：超出。⑥天道：上天的意志。說人事是由天命所決定的。

當秦之世，而滅諸侯，一天下①，而其心以爲周之亡在乎諸侯之强耳，變封建而爲郡縣②；方以爲兵革可不復用③，天子之位可以世守，而不知漢帝起隴畝之中④，而卒亡秦之社稷⑤。漢懲秦之孤立⑥，於是大建庶孽而爲諸侯⑦，以爲同姓之親可以相繼而無變；而七國萌篡弒之謀⑧。武、宣以後⑨，稍剖析之而分其勢⑩，以爲無事矣；而王莽卒移漢祚⑪。光武之懲哀、平⑫，魏之懲漢，晋之懲魏，各懲其所由亡而爲之備⑬；而其亡也，皆出於所備之外。

【注釋】

①一：統一，用作動詞。②封建：指周朝分封疆土，建立諸侯國的制度。郡縣：秦始皇統一中國後，廢除分封制度，將全國界分爲三十六郡，郡下設縣。郡、縣長官均由皇帝任免，大大加强了中央集權的君主專制。③兵革：兵器衣甲的總稱。兵：兵器、軍械。革：用皮革制的甲。④漢帝：指漢高祖劉邦，公元前二〇六年至前一九五年在位。隴畝：田野。隴、通「壟」，田埂。⑤社稷：古代帝王和諸侯所祭的土地神和谷神，用來指國家。⑥懲：懲戒，以過去的失敗作爲教訓。⑦庶孽：妾媵生的子女，這裏泛指親屬。⑧七國：指漢初分封的吳、楚、趙、膠東、膠西、濟南、臨淄七國。漢景帝中元五年，吳王劉濞聯合其他六國以誅晁錯爲名發動叛亂。後被擊敗，諸王自殺或被殺。⑨武、宣：即漢武帝劉徹、漢宣帝劉洵。漢武帝繼續景帝的政策，頒行「推恩令」，削弱各王國割據勢力，加强中央集權。⑩剖析：分割。之：諸侯王的領地。⑪王莽（前四五年——公元二三年）：字巨君，西漢末以外戚掌握政權，公元八年，篡漢自立，改國號爲新。進行過一系列變革失敗，公元二三年，被綠林、赤眉起義軍所殺。移：移動，意爲奪取。祚：位，指皇帝之位。⑫光武：即東漢光武帝劉秀，公元二五年到五七年在位，漢開國皇帝。哀、平：即漢哀帝劉欣，漢平帝劉衎。⑬由：原由、原因。

唐太宗聞武氏之殺其子孫，求人於疑似之際而除之[1]；而武氏日侍其左右而不悟。宋太祖見五代方鎮之足以制其君[2]，盡釋其兵權[3]，使力弱而易制；而不知子孫卒困於敵國[4]。此其人皆有出人之智，蓋世之才，其於治亂存亡之幾[5]，思之詳而備之審矣[6]。慮切於此而禍興於彼，終至亂亡者何哉？蓋智可以謀人，而不可以謀天。良醫之子多死於病，良巫之子多死於鬼[7]。彼豈工於活人而拙於活己子哉[8]？乃工於謀人而拙於謀天也！

【注釋】

[1]據《資治通鑑》記載，貞觀二十二年，據星象和民間流傳的《秘記》說：「唐三世之後，女主武王代有天下。」恰巧有一個軍官李君羨，小名五娘，是武安縣人，官職和封邑是左武衛將軍武連縣公，又負責防守玄武門，太宗便誣賴他交通妖人圖謀不斬，滿門抄斬。太宗和太史令李淳風密議，打算「疑似者盡殺之」。武則天當時在宮中爲才人（女官名），太宗卻沒有發覺。[2]宋太祖：即趙匡胤，宋王朝的建立者。五代：指後梁、後唐、後晉、後漢、後周。方鎮：五代的節度使，是鎮守一方的軍事長官。[3]盡釋其兵權：指宋太祖解除將領兵權的事件，建隆二年，太祖與趙普定策召集禁軍將領石守信、王審琦等宴飲，以高官厚祿爲條件，解除了他們的兵權。開寶二年，又用同樣手段，罷王彥超等節度使，解除了藩鎮的兵權，以加强中央集權的統治，防止分裂割據。[4]敵國：指契丹、遼、金等國。[5]幾：先兆；細微的跡象。[6]審：周密。[7]巫：古代以爲人求神祈禱爲職業的人。[8]工：善於。拙：笨拙，在這裏與「工」相對。

古之聖人知天下後世之變，非智慮之所能周[1]，非法術之所能制；不敢肆其私謀詭計[2]，而唯積至誠，用大德以結乎天心[3]；使天眷其德，若慈母之保赤子而不忍釋[4]。故其子孫，雖有至愚不肖者足以亡國，而天卒不忍遽亡之[5]，此慮之遠者也。夫苟不能自結於天，而欲以區區之智籠絡當世之務[6]，而必後世之無危亡，此理之所必無者也，而豈天道哉？

【注釋】

[1]周：周全。[2]肆：放縱、施展。[3]結：緊緊連接。[4]赤子：初生的嬰兒。[5]遽：立刻，馬上。[6]籠絡：包攬。

【譯文】

考慮天下大事的人，常常謀劃那些困難的事情，而忽視了那些容易的事情；防備他們所認爲的可怕方面，而疏忽他們所不懷疑的方面。然而禍患常常從被略的事情當中產生，變亂常常在不必疑心的事情上開始。難道是他們考慮得不周全嗎？因爲人們所能考慮到的，是人的力量應該做得到的事；而超出人的智力，人無法考慮到的，就是天道。

當秦興起的時候，滅掉諸侯，統一天下，秦始皇認爲周朝滅亡的原因在於諸侯的強大，於是改分封制爲郡縣制，正當他認爲武器衣甲可以不再使用，皇位可以世代相傳的時候，卻不料漢高祖從民間崛起，終於推翻了秦王朝。漢代鑒於秦王朝的孤立無助，於是大分封子弟做諸侯，以爲靠同姓的血親關係，可以使自己的統治世代相傳而不會有變更了；可是吳楚七國卻產生了篡權弒君的陰謀。武帝、宣帝以後，逐漸分割諸侯王的封地，分散了他們的勢力，認爲平安無事了；但是王莽卻終於奪取了漢朝的皇位。漢光武帝把哀帝和平帝的禍患作爲教訓，魏把漢的禍患作爲教訓，晉把魏的禍患作爲教訓，都各自借鑒前朝滅亡的原因而制定了相應的防範措施，然而他們的滅亡，大都出於防備之外的變故。

唐太宗聽說有個姓武的人將來會殺戮他的子孫，就在有嫌疑和相像的人裡面尋找對象，把他們全部殺掉，可是武則天每天都在他身邊侍候，卻沒有被發現；宋太祖看到五代時各地藩鎮的力量能夠挾制君主，就全部解除了他們的兵權，使他們的力量削弱而容易控制，卻未料到自己子孫最終卻被敵國所逼迫。這些人都有超人的智慧、蓋世的才能，他們對於有關治亂存亡的微妙之處，考慮得很詳細，防備得很周密。考慮切合這裏而禍患發生在那裏，終於導至騷亂滅亡，這是爲什麼呢？這是因爲人的智慧只可以用來謀劃人事，卻不能用來謀劃天道的緣故，高明醫生的子女大多死於疾病，高明巫師的子女大多死於鬼神。難道他們善於救活別人卻不善於救活自己的子女嗎？只是由於他們善於考慮人事而不善於考慮天道罷了。

古代的聖人，知道天下後世的變化，不是人的智慮所能考慮周全的，也不是法令權術所能控制的，因此，不敢施展他們的陰謀詭計，只是積累至誠的心意，用最大的功德來緊緊連接上天的心，使上天喜愛他們的品德，好像慈母保育嬰兒而不忍拋棄他。所以他們的子孫雖然有非常愚蠢不成材的，足以使國家滅亡，可是上天終究不忍心立即滅亡它。這是考慮得非常深遠的！如果不能使自己緊緊連結上天，卻想靠自己小小的智慧來包攬當代的事務，又要使後世一定沒有危亡，這是必然沒有的道理，哪裏會符合天道呢！

豫讓論

方孝孺

【題解】

豫讓，戰國時晉人，早年曾做過晉貴族范氏、中行氏的家臣，因不被重用而投奔智伯，智伯非常尊重他。在趙、韓、魏三家貴族合謀滅了智氏之後，他改名換姓，潛入趙襄子宮中企圖行刺，未遂卻被捕獲。後漆身爲癩，吞炭變啞，再次行刺趙襄子，已失敗，後求得趙襄子的衣服，拔劍擊它，表示報仇意思，然後自殺身死。

本文先提出論點：君子事主應銷患於未形，然後指出豫讓處死之道未忠。接著以段規、任章、郄疵來對比，說明豫讓不能扶危於未亂之先，而殞命於既敗之後，不算國士。末尾又以叛臣與豫讓對此，痛斥前者的無恥。

士君子立身事主，既名知己[1]，則當竭盡智謀，忠告善道，銷患於未形，保治於未然，俾身全而主安[2]；生爲名臣，死爲上鬼，垂光百世，照耀簡策[3]，斯爲美也。苟遇知己，不能扶危於未亂之先，而乃捐軀殞命於既敗之後[4]，釣名沽譽，眩世炫俗[5]。由君子觀之，皆所不取也。

【注釋】

[1]名：被稱爲。[2]俾：使。[3]簡策：編連成册的竹簡，即書籍，這裏指史册。簡：削制成的狹長竹片或木片。上面刻寫文字，是古代的一種主要書寫材料。若干簡編綴在一起的叫策。[4]捐軀殞命：獻出生命。捐：獻出：

軀：身體；殞：死亡。⑤沽：買。釣：騙取。眩：同「炫」，誇耀、炫耀。眩世炫俗：欺世盜名的意思。

蓋嘗因而論之，豫讓臣事智伯①，而趙襄子殺智伯②，讓為之報仇，聲名烈烈③，雖愚夫愚婦④，莫不知其為忠臣義士也。嗚呼！讓之死固忠矣，惜乎處死之道有未忠者存焉⑤！何也？觀其漆身吞炭⑥，謂其友曰：「凡吾所為者極難，將以愧天下後世之為人臣而懷二心者也！」謂非忠可乎？及觀斬衣三躍⑦，襄子責以不死於中行氏而獨死於智伯⑧，讓應曰：「中行氏以眾人待我，我故以眾人報之；智伯以國士待我，我故以國士報之⑨。」即此而論，讓有餘憾矣⑩！

【注釋】

①智伯：名瑤，也稱智襄子，春秋時晉國貴族。曾聯合韓、趙、魏三家貴族吞并並瓜分了范氏、中行氏兩家貴族的土地。智伯後來又向韓魏趙索地，韓魏兩家送了部分土地給他，趙襄子卻拒絕了他，於是引起戰爭。趙聯合韓魏吞并了智伯，並三分其地。②趙襄子：即趙無恤，名毋卹。春秋時晉國貴族趙簡之子。他最恨智伯，滅智伯後，曾漆智伯頭骨作飲器。③烈烈：顯赫的樣子。④愚夫愚婦：指普通老百姓，這是古代統治階級對勞動人民的蔑稱。⑤道：方法。⑥漆身吞炭：指豫讓為行刺趙襄子，漆身以改變面貌，吞炭以改變聲音，為的是讓人認不出他，以便行刺。⑦斬衣三躍：趙襄子出外，豫讓暗伏橋下，謀刺趙襄子，沒有成功，被捕後，求得趙襄子衣服，「拔劍三躍，呼天擊之」，然後自殺。⑧中行：複姓。春秋時晉國大夫荀林父家族的一支，荀林父因掌管晉之中行軍，後就以官為姓。豫讓曾作過中行氏的家臣。⑨國士：指一國中才能傑出的人物。⑩餘憾：即餘恨，遺恨，不夠之處。

段規之事韓康①，任章之事魏獻②，未聞以國士待之也；而規也、章也，力勸其主從智伯之請，與之地以驕其志，而速其亡也[3]。郄疵之事智伯[4]，亦未嘗以國士待之也；而疵能察韓、魏之情以諫智伯，雖不用其言以至滅亡，而疵之智謀忠告，已無愧於心也。讓既自謂智伯待以國士矣；國士，濟國之士也。當伯請地無厭之日[5]，縱欲荒暴之時，為讓者正宜陳力就列[6]，諄諄然而告之曰[7]：「諸侯大夫，各安分地，無相侵奪，古之制也。今無故而取地於人，人不與，而吾之忿心必生[8]；與之，則吾之驕心以起。忿必爭，爭必敗；驕必傲，傲必亡。」諄切懇至[9]，諫不從，再諫之；再諫不從，三諫之；三諫不從，移其伏劍之死[10]，死於是日。伯雖頑冥不靈[11]，感其至誠，庶幾復悟[12]，和韓、魏，釋趙圍，保全智宗，守其祭祀。若然，則讓雖死猶生也，豈不勝於斬衣而死乎？讓於此時，曾無一語開悟主心，視伯之危亡，猶越人視秦人之肥瘠也[13]，袖手旁觀，坐待成敗。國士之報，曾若是乎？智伯既死，乃不勝血氣之悻悻[14]，甘自附於刺客之流，何足道哉！何足道哉！

雖然，以國士而論，豫讓固不足以當矣；彼朝為仇敵，暮為君臣，靦然而自得者[15]，又讓之罪人也！噫！

【注釋】

[1]段規：韓康子的謀臣，智伯向韓康子要土地，康子不想給，家臣段規說：「不如給他，他在我們這裏嘗到甜頭，一定會向別人伸手，別人不給，他一定會用武力去解決，這樣，我們就能不遭到他的進攻而靜待形勢的變化了。」康子於是答應了智伯的要求。[2]任章：魏獻子的謀臣，智伯向魏獻子要土地，獻子不想給，家臣任章說：「他無緣無故向人家要土地，所有的大夫一定會害怕。我們滿足他的要求，他一定驕傲。他那方面因驕傲而麻痺大意，我們這方面的大夫因怕他而互相團結。這樣，智伯的命一定不長了。」於是獻子割了些土地的給

智伯。③速：加速。④郄疵：智伯的家臣。在智伯與韓、魏聯合攻打趙國時，郄疵對智伯說：「您帶韓、魏的兵攻打趙城，他們會想，趙亡了您就會打他們。這麼一來，他們會叛變的。」智伯不聽。後韓魏趙三國果然聯合滅掉了智伯，三分其地。⑤厭：同「饜」，滿足。⑥陳力就列：貢獻才力，盡到職責。⑦諄諄然：反覆地，不厭其煩地。⑧忿心：憤恨的心理。⑨諄切懇至：懇切誠摯。⑩伏劍：即自刎、自殺。⑪頑冥不靈：愚蠢無知，頑：頑固，冥：愚昧，不靈：無知。⑫庶幾：或許，差不多。此句意爲好像個毫無關係的人。因爲趙在東南，秦在西北，相距遙遠，秦國人的胖或瘦，對趙國人毫不相干。⑬勝：承受。悻悻：忿怒的樣子。⑭靦然：厚著臉皮的樣子。靦：同「腆」。

【譯文】

士人君子置身在世上，服事君主，既然被稱作知己，那就應當竭盡自己的智慧和謀略，向君主提出忠誠的勸告和好的方法。在禍患形成之前就消除它，在國家秩序未破壞之前就維護好它，使自己不損害，使主人沒有危險；活著是有名的忠臣，死後是上等的鬼神，流芳萬世，照耀史冊，這才算是完美的士人。如果遇到知己，不能在動亂發生之前拯救危難，而卻在事情失敗之後才犧牲自己的生命，沽名釣譽，迷惑世人在社會上誇耀。這在君子看來，都是不可取的。

我曾經因此評論過這件事：豫讓做智伯的家臣，等到趙襄子殺智伯之後，豫讓才替他報仇，聲名顯赫，即使是平民百姓，也沒有誰不知他是忠臣義士的。哎！豫讓的死本來可以稱爲忠了，可惜他對待的方法還有不忠的成分存在。爲什麼呢？看他漆身吞炭，對朋友說：「我所做的事情極端困難，將要用這來使天下後世身爲臣子卻懷有二心的人感到羞愧。」說他不忠可以嗎？等到看他三次跳起用劍去刺趙襄子的衣服，趙襄子責備他不爲中行氏而死，單單只爲智伯而死時，豫讓回答說：「中行氏像對待一般人那樣對我，所以我用一般人的行爲去報答他，智伯把我當國士對待，所以我就用國士的行爲來報答他。」就此而論，豫讓就有不足之處了。

段規侍奉韓康子，任章侍奉魏子，並沒聽說韓康子、魏獻子把他們當作國士看待；可是段規、任章竭力勸說他們的君主順從智伯的無理要求，給他土地來使他志驕氣傲，從而加速他的滅亡。郄疵侍奉智伯，智伯也沒有把他當作國士看待，然而郄疵卻能洞察韓、魏的眞情來勸諫智伯。雖然智伯不採納他的意見因而導致滅亡，但是郄疵已獻出自己的智謀對智伯進行忠告，在內心已經沒有慚愧了。豫讓既然自己以爲智伯待他如同國士了；所謂國士，是拯救國家危難的人。當智伯向別國索取土地貪得無厭時，當他放縱私欲、荒淫暴虐時，作爲豫讓正讓該獻自己即力盡到臣子的職責，反覆地勸告他說：「諸侯大夫，應當各自安守自己的封地，不要互相侵奪，這是自古以來的制度，現在無緣無故從別人那裏索取土地，別人不給，我必然要產生怨恨，別人給了，那我就會產生驕傲的心理。怨恨必然會引起爭鬥，爭鬥必然會失敗驕傲就必然傲視一切，傲視一切必然導致滅之。」非常耐心誠懇地勸諫，一次勸諫不聽，第二次勸諫他，第二次勸諫他不聽，第三次勸諫他；第三次勸諫他不聽，就把自殺的時間移動一下，自殺在這一天。智伯即使頑固愚昧，也會被豫讓的誠意所感動，或許能覺悟，與韓、魏和好，解除對趙氏的圍困，保全智伯的宗族，守住他的祭祀。如果像這樣，那麼豫讓即使死了，也像活著一樣，難道不勝過斬亂衣服然後死嗎？豫讓在這個時候沒有說過一句開導主人，使他醒悟的話，看著智伯的危亡，就像趙人遠遠的看秦人的胖瘦一樣，袖手旁觀，坐著等待他的失敗。國士的報答就是這樣的嗎？智伯已經死了，才壓抑不住血氣的衝動，甘心情願加入刺客的行列，有什麼值得稱道的呢？有什麼值的稱道的呢？

雖然這樣，拿國士來說，豫讓的確是不配了，可是同樣那些早晨還是仇敵，晚上就變成君臣，厚著臉皮自以爲得意的人相比，他們又都是豫讓的罪人了。唉！

親政篇

王鏊

【題解】

王鏊：（一四五〇年——一五二四年）字濟之，吳縣（今江蘇省）人。明憲宗成化間鄉、會試都是第一，授編修。孝宗弘治時歷侍講學士，充講官。武宗正德初年，累升戶部尚書，文淵閣大學士。正德四年，爲避免宦官劉瑾迫害，上表求去，世宗即位後，派人慰問，王鏊上表感謝，不久去世。

王鏊奏上這篇文章給武宗，先說明「上下間隔」，就會亡國。再指出「不交之弊，未有如近世之甚者」。接著引證周、漢、唐、宋的史實，以及明太祖、明成祖和明孝宗的往事，希望武宗「復古內朝之法」，「以通遠近之情」、盡鏟壅隔之弊。娓娓道來，用心良苦。

《易》之「泰」曰[1]：「上下交而其志同。」其「否」曰[2]：「上下不交而天下無邦[3]。」蓋上之情達於下，下之情達於上[4]，上下一體，所以爲「泰」；上之情壅閼而不得下達，下之情壅閼而不得上聞[5]，上下間隔，雖有國如無國矣，所以爲否也。

交則泰，不交則否，自古皆然。而不交之弊，未有如近世之甚者。君臣相見，止於視朝數刻[6]；上下之間，章奏批答相關接[7]，刑名法度相維持而已[8]。非獨沿襲故事[9]，亦其地勢使然[10]。何也？國家常朝於奉天門[11]，未嘗一日廢，可謂勤矣；然堂陛懸絕[12]，威儀赫奕[13]，御史糾儀[14]，鴻臚舉不如法[15]，通司奏[16]，上特視之[17]，謝恩見辭，惴惴而退[18]

。上何嘗治一事，下何嘗進一言哉？此無他，地勢懸絕，所謂堂上遠於萬里，雖欲言無由言也。

【注釋】

①《易》：即《易經》。泰：《易經》中的卦名。引文是泰卦的彖辭。上：指君，下：指臣。意思是說君臣交好通氣，就能志意和同。②「否」：《易經》中的卦名。引文是否卦的彖辭。意思是說君臣不交好通氣，上下阻隔，國家就要滅亡。③邦：古代諸侯封國的稱號，後用來指代國家。④情：意圖，意見。⑤壅閼：阻塞、堵塞。⑥視朝：皇帝上朝聽政。刻：時間單位。古代用漏壺計時，一晝夜共一百刻。⑦章奏：古代臣下向帝王進言的文書，包括奏疏、對、狀、札子、封事、彈事等。批答：皇帝看臣下的奏章，以確定其可否，叫批答。⑧刑名：古代有所謂刑名之學，講究「以名責實」，即根據一人的名分來責成他們的行爲。法度：法令制度。⑨故事：舊例，老規矩。⑩地勢：地位權勢。⑪國家：指皇帝。奉天門：明代殿前的中門。⑫堂：朝堂。陛：帝王宮殿的台階。封建時代，羣臣朝見皇帝，要跪在離朝堂很遠的台階下，所以說「堂陛縣絕」。⑬威儀：莊嚴的容貌舉止。赫奕：顯耀盛大的樣子。⑭御史：官名。掌管糾劾百官的職務。⑮鴻臚：官名。明代的鴻臚專門掌管殿廷禮儀。⑯通政司：官署名。明朝設置，掌管內外章疏，凡送給皇帝的文件都由它轉交。引奏：指羣臣有奏章，概由通政使呈上。⑰特：只是。⑱惴惴：害怕的樣子。

愚以爲欲上下之交①，莫若復古內朝之法。蓋周之時有三朝②：庫門之外爲正朝③，詢謀大臣在焉④；路門之外爲治朝⑤，日視朝在焉；路門之內曰內朝，亦曰燕朝。《玉藻》云⑥：「君日出而視朝，退適路寢聽政⑦。」蓋視朝而見羣臣，所以正上下之分；聽政而適路寢，所以通遠近之情。漢制：大司馬、左右前後將軍、侍中、散騎、諸吏爲中朝⑧；丞相以下至六百石爲外朝⑨。唐皇城之北，南三門曰承天，元正，冬至⑩，受萬國之朝貢，則御焉⑪，蓋古之外朝也；其北曰太極門，其內曰太極殿，朔望則坐而視朝⑫，蓋古之正朝也；又北曰兩儀門，其內曰兩儀殿，常日聽朝而視事，蓋古之內朝也。宋時常朝則文德殿，五日一起居則垂拱殿⑬，正旦、冬至、聖節稱賀則大慶殿⑭，賜宴則紫宸殿或集英殿⑮，試進士則崇政殿。侍從以下⑯，五日一員上殿，謂之輪對，則必入陳時政利害；內殿引見⑰，亦或賜坐，或免穿鞾。蓋亦有三朝之遺意焉。蓋天有三垣⑱，天子象之：正朝，象太微也；外朝，象天市也；內朝，象紫微也。自古然矣。

【注釋】

①愚：自稱的謙詞。②三朝：相傳周代天子與羣臣謀議政事之處有三：外朝，在庫門外、臯門內；內朝有兩處，一在路門外，一在路門內，統稱三朝。③庫門：古代的宮門。天子有五門，即臯門、庫門、雉門、應門、路門。庫門爲二門。④詢謀大臣：顧問大臣，指參與討論決定國家大事的大臣。⑤路門：古代王侯宮廷最裏面的門。⑥《玉藻》：《禮記》篇名。⑦路寢：古代君主處理政事的宮室。⑧大司馬：官名，三公之一。西漢初爲太尉，武帝時廢太尉，設大司馬，以後各朝沿置，爲掌握政權及軍事重權的高官。明清用作兵部尚書的別稱。左、右、前、後將軍：官名。漢代爲在皇帝身邊統率軍隊的長官。侍中：官名。秦始置，爲丞相屬官。兩漢沿置，爲自列侯以下至郎中的加官。加了這個官銜，就能侍從皇帝左右，出入宮廷，成爲皇帝的親信。散騎、漢代的加官名。加了這個官銜，就可以做皇帝的騎從，向皇帝進諫、建議。諸吏：漢代的加官名，能對宮廷官員進行糾察和彈劾。⑨丞相：官名。始於戰國時，爲百官之長。秦代以後爲封建官僚組織中的最高官職，輔佐皇帝綜理全國政務。西漢初，稱爲相國，後改丞相。六百石：漢代的官秩。漢代以祿石多寡作爲官位高低的標誌。⑩元正、冬至：元正，即元旦。冬至，就是冬至節，二十四節氣之一。冬至前一日稱爲小至。古人把冬至看成一年節氣的起點。從冬至起，日子一天天長起來。⑪御：登。⑫朔：農曆每月初一。望：農曆每月十五。⑬起居：指向皇帝問安。⑭正旦：即元旦，下月初一日。聖節：皇帝的生日。⑮宸：封建時代指帝王住的地方。⑯侍從：宋代稱大學士至待制爲侍從官。因常在君主左右備顧問，故名。其後又稱在京職事官自六部尚

書、侍郎及學士、翰林學士、中書舍人等通爲侍從，所指範圍較廣。[17]引見：舊時皇帝接見臣下或外賓，須由官員引領，叫引見。[18]三垣：我國古代天文學家分周天之恆星爲三垣二十八宿。三垣即太微、紫微、天市。三垣各組星各自環列，都如屏藩之狀。

國朝聖節、正旦、冬至大朝會，則奉天殿，即古之正朝也；常日則奉天門，即古之外朝也；而內朝獨缺。然非缺也，華蓋、謹身、武英等殿，豈非內朝之遺制乎？洪武中[1]，如宋濂、劉基[2]，永樂以來[3]，如楊士奇、楊榮等[4]，日侍左右；大臣蹇義、夏元吉等[5]，常奏對便殿[6]。於斯時也，豈有壅隔之患哉？今內朝罕復臨御，常朝之後，人臣無復進見；三殿高閟[7]，鮮或窺焉[8]。故上下之情，壅而不通，天下之弊，由是而積。孝宗晚年[9]，深有慨於斯，屢召大臣於便殿，講論天下事。將大有爲，而民之無祿[10]，不及睹至治之美[11]。天下至今以爲恨矣。

【注釋】

[1]洪武：明太祖朱元璋的年號（一三六八——一三九八年）。[2]宋濂：字景濂。官至翰林學士承旨知制誥。洪武初年主修元史，並參與制作禮樂。劉基：字伯溫。元末中進士，曾任江西高安縣丞等職。後隨朱元璋起義，參與機密謀議，官至御史中丞兼太史令，封誠意伯。[3]永樂：明成祖朱棣年號（一四〇三——一四二四年）。[4]楊士奇：名寓。明朝建文年間，任翰林院編纂官，修《太祖實錄》。永樂初，入內閣。宣宗朝至英宗初年，長期輔政。楊榮：初名子榮，字勉仁。官至文淵閣大學士。歷任仁宗，宣宗、英宗三朝。[5]蹇義：字宜之。原名瑢，後明太祖賜名爲「義」。官至少師。熟悉典章制度，歷事五朝，諡「忠定」。夏元吉：字維喆。官至戶部尚書，經歷五朝，主持財政達二十七年。[6]奏對：奏事和回答皇帝的詢問。便殿：帝王休息宴遊的別殿。[7]三殿：這裏指華蓋殿、謹身殿和武英殿。閟：關閉。[8]鮮：少。[9]孝宗：名朱祐樘，年號「弘治」，公元一四八

八年至一五〇五年在位。⑩無祿：無福。⑪至治：太平盛世。

惟陛下遠法聖祖①，近法孝宗，盡剗近世壅隔之弊②。常朝之外，即文華、武英，仿古內朝之意：大臣三日或五日，一次起居；侍從、臺諫各一員③，上殿輪對；諸司有事咨決，上據所見決之，有難決者，與大臣面議之。不時引見羣臣，凡謝恩辭見之類，皆得上殿陳奏；虛心而問之，和顏色而道之④。如此，人人得以自盡⑤；陛下雖深居九重⑥，而天下之事燦然畢陳於前。外朝所以正上下之分，內朝所以通遠近之情。如此，豈有近時壅隔之弊哉？唐虞之世，明目達聰⑦，嘉言罔伏⑧，野無遺賢，亦不過是而已！

【注釋】

①法：效法。②剗：鏟除。③臺諫：臺官和諫官。臺官指御史臺官員，掌管糾劾百官；諫官指諫議大夫、給事中等。④道：通「導」。⑤自盡：全部說出自己的意見。⑥九重：指宮禁，極言其深遠。⑦明目達聰：視聽靈敏。⑧罔伏：沒有藏匿，沒有埋沒。罔，無。

【譯文】

《易經》中的「泰」卦說：「國君和臣子交好通氣，他們的意志就會相同。」它的「否」卦說：「國君和臣子不相通氣，天下就不會有國家了。」因爲上面的意圖能夠到達下面，下面的意見能夠傳到上面，上下成爲一個整體，所以說是吉利的，上面的意見被堵塞不能傳到下面，下面的意見被堵塞不能傳到上面，上下之間被隔絕，雖然名義上有國家，卻像沒有國家一樣，所以說是不吉利的。

互相通氣就吉利，不互相通氣就不吉利。自古以來都是這樣。但上下不通氣的弊病，沒有像近代這樣嚴重的。君主和大臣相會，僅僅是上朝聽政的那一會兒。君臣之間，只是通過奏章和批答互相聯繫，依靠刑名規定和典章制度，也是由地位和權勢使他們這樣的。爲什麼呢？皇上常常在奉天門上朝，沒有一天中斷，可以說是勤勉了；但是朝堂和台階相距很遠，皇帝的威儀顯耀，禮節隆重。御史大夫督察百官的儀節，鴻臚卿糾正不合法度的行動，通政使代爲呈上奏章。皇上只是看看罷了。大臣們就謝恩告辭，惴惴不安的退下。皇上何嘗親自處理過一件事，大臣又何嘗說過一句話呢？這沒有其他原因，地位權勢懸殊，也就是所說的雖在同一殿上而君臣相隔卻比萬里還遠，雖然想進言，卻沒有機會說起。

我認爲要做到上下通氣，沒有比恢復古代內朝制度更好了。周朝的時候，天子有三個聽政的地方；庫門外面是正朝，在這裏向大臣諮詢謀劃；路門外面是治朝；皇上每天在這裏接受百官朝見；路門的裏面是內朝，又叫燕朝。《禮記．玉藻》上說：「君主在太陽出來的時候上朝，退朝以後到路寢處理政事。」上朝與羣臣見面，以此來端正上下的名分；到路寢處理政事，用來了解遠近各處的情況。漢朝的制度：大司馬，左、右、前、後將軍，侍中，散騎，諸吏是中朝；丞相以下到六百石的官員，是外朝。唐朝皇城北面靠南的第三門，叫承天門，元旦、冬至節接受各國的朝貢，皇帝就駕臨那裏，這大概就是古時候的外朝，它的北面叫太極門，門的裡面叫太極殿，每月初一和十五，皇帝在這裏接受羣臣朝見，這大概就是古時候的正朝。再往北是兩儀殿，平常聽政和處理政事都在這裏，這大概就是古時候的內朝。宋朝的時候，平時上朝在文德殿；每五天向皇帝問侯在垂拱殿；元旦、冬至、皇上的生日，祝頌，受賀在大慶殿；對臣屬賜宴在紫宸殿或集英殿，考試進士在崇政殿。侍從官以下，每五天由一官員上殿見皇帝，叫輪班奏對，那就必須進來向皇帝陳述當前政治的得失；在內殿引見臣屬，也有時賜坐，有時免穿靴子。這大概還保存著三朝制度的遺風吧。因爲天上有三垣，天子就仿效它：正朝，仿效太微；外朝，仿效天市；內朝，仿效紫微。自古以來都是這樣的。

本朝皇上生日、元旦、冬至，盛大的朝會在奉天殿，就是古代的正朝；平日的朝會在奉天門舉行，就是古代的外朝；唯獨缺少內朝。但實際上並不缺少，華蓋、謹身、武英等殿的朝會，難道不是內朝的遺制嗎？洪武年間像宋濂、劉基，永樂以來，像楊士奇、楊榮等，每天侍奉在皇上身邊；大臣蹇義、夏元吉等，常在便殿對答皇上的疑問。在這個時候，難道會有上下堵塞隔絕的憂患嗎？現在內朝制度沒有恢復，皇上駕臨日常的朝會以後，大臣們便不能再進見了。三殿的門高高地關閉著眼，少有人能夠看到皇上。所以上下的意見隔絕阻塞不能溝通，天下的弊病因此積累起來。孝宗晚年，在這方面深有感慨。多次在便殿召見大臣，討論天下的事情，正要有所作爲，但老百姓沒有福氣，沒有來得及看到天下大治的美好情景，天下的人直到現在還感到遺憾。

希望陛下遠的效法聖明的祖先，近的效法孝宗，徹底鏟除近代上下阻塞隔絕的弊病。除日常的朝會之外，再到文華、武英兩殿，仿效古代內朝的意思：大臣每隔三天或五天進來問候一次，侍從官和臺諫官各選一人上殿來輪流回答諮詢；各部門有事請求決斷，皇上根據自己的看法決斷；有難以決斷的，就和大臣當面討論解決。經常召見羣臣，凡是謝恩、辭行這類情況，羣臣都可以上殿陳述。虛心地向他們詢問，和顏悅色的開導他們。像這樣，人人都能暢能欲言。皇上即使深居在皇宮裏，天下的事也都能清楚的展現在眼前。外朝用來端正上下的名分，內朝用來溝通遠近的情況。像這樣，怎麼會有近代堵塞隔絕的弊病呢？唐堯、虞舜的時候，帝王耳聰目明，好的言論不會埋沒，民間沒有遺漏的賢人，也不過是這樣罷了。

尊經閣記

王守仁

【題解】

王守仁（一四七二年——一五二八年），字伯安，號陽明，餘姚（今屬浙江）人。明代著名哲學家。弘治十二年中進士，任刑部侍郎、兵部主事。早年因反對宦官劉瑾，被貶爲貴州龍場驛丞。後因鎮壓農民起義，平定明宗室朱宸濠叛亂有功，封新建伯，官至南京兵部尚書。卒謚文成。

在哲學上，他繼承和發展了陸九淵一派的主觀唯心主義思想，提倡心學。認爲人心是宇宙的本體，也是天地萬物的主宰，「心外無物」「心外無理」。在文學上反對摹仿古人，主張自抒胸意，成就在復古派之上。著作由門人輯成《王文成公全書》三十八卷。

作者在本文中藉尊經之名宣揚他的主觀唯心主義的思想，「心外無理」，「心外無物」。他認爲六經是永恆的真理，它和人的「心」、「性」以及天命是一回事。六經是心的記錄。尊經要從自己心裏去認識，探求六經的精義，不必考究傳聞的是非，拘泥於「文字之末」。他的這種看法是唯心的，但在一定程度上衝擊了死守教條的程朱理學。

經，常道也[1]。其在於天謂之命[2]，其賦於人謂之性[3]，其主於身謂之心[4]。心也、性也、命也，一也；通人物，達四海，塞天地，亙古今[5]，無有乎弗具，無有乎弗同，無有乎或變者也[7]。是常道也！

【注釋】 [1]經：指儒家的經典。常道：經久不變的眞理。[2]天：泛指物質的客觀的自然，即自然界。命：命運。指吉凶禍福、壽夭貴賤等，即人對之以爲無可奈何的某種必然性。[3]賦：給予。性：指人物的自然質性，通常指人性。[4]心：與「物」相對，指人的意識。主觀唯心主義者認爲心是世界的本質。[5]亙：連續不斷，貫通。[6]具：具備，存在。[7]或變：有變化。或，有。

其應乎感也，則爲惻隱，爲羞惡，爲辭讓，爲是非；其見於事也，則爲父子之親，爲君臣之義，爲夫婦之別，爲長幼之序，爲朋友之信。是惻隱也，羞惡也，辭讓也，是非也；是親也，義也，序也，別也，信也，一也，皆所謂心也，性也，命也。通人物，達四海，塞天地，亙古今，無有乎弗具，無有乎弗同，無有乎或變者也。是常道也！

以言其陰陽消長之行[1]，則謂之《易》[2]；以言其紀綱政事之施[3]，則謂之《書》[4]；以言其歌詠性情之發，則謂之《詩》[5]；以言其條理節文之著[6]，則謂之《禮》[7]；以言其欣喜和平之生，則謂之《樂》[8]；以言其誠僞邪正之辨，則謂之《春秋》[9]。是陰陽消長之行也，以至於誠僞邪正之辨也，一也，皆所謂心也、性也、命也。通人物，達四海，塞天地，亙古今，無有乎弗具，無有乎弗同，無有乎或變者也。夫是之謂六經[10]。

六經者非他，吾心之常道也。故《易》也者[11]，志吾心之陰陽消息者也[12]；《書》也者，志吾心之紀綱政事者也；《詩》也者，志吾心之歌詠性情者也；《禮》也者，志吾心之條理節文者也；《樂》也者，志吾心之欣喜和平者也；《春秋》也者，志吾心之誠僞邪正者也。君子之於六經也，求之吾心之陰陽消息而時行焉，所以尊《易》也；求之吾心之紀綱政事而時施焉，所以尊《書》也；求之吾心之歌詠性情而時發焉，所以尊《詩》也；求之吾心之條理節文而時著焉，所以尊《禮》也；求之吾心之欣喜和平而時生焉，所以尊《樂》也；求之吾心之誠僞邪正而時辨焉，所以尊《春秋》也。

【注釋】

[1]陰陽：中國哲學的一對範疇，用來解釋自然界兩種對立和相互消長的物質勢力。消長：增減、盛衰。[2]《易》：《易經》，儒家重要經典之一，相傳爲周文王所作。內容包括《經》和《傳》兩部分。《經》主要是六十四卦和三百八十四爻，卦、爻各有說明，作爲占卦之用。《傳》包含彖辭釋卦辭、爻辭的七種文辭共十篇，統稱《十翼》，舊傳孔子作。[3]紀綱政事：法制和政治事務。[4]《書》：即《尚書》，也稱《書經》。儒家經典之一。「尚」即「上」，上代以來的書。它是中國上古歷史文件和部分追述古代事蹟著作的匯編。相傳由孔子編選而成。[5]《詩》：中國最早的詩歌總集。儒家列爲經典之一，故稱《詩經》。編成於春秋時代，共三百零五篇，分爲「風」、「雅」、「頌」三大類。[6]條理：指禮儀的一些準則。節文：禮儀制度。著：立，建立。[7]《禮》：即《禮記》，儒家經典之一。是秦、漢以前各種禮儀論著的選集。西漢戴聖編纂。[8]《樂》：即《樂經》，儒家經典之一。[9]《春秋》：儒家經典之一。相傳孔子依據魯國史官所編《春秋》加以整理修訂而成的編年體春秋史。起於魯隱公元年（公元前七二二年），終於魯哀公十四年（公元前四八一年），共計二百四十二年。[10]六經：指六部儒家經典，即前面所說的《易》、《書》、《詩》、《禮》、《樂》、《春秋》，也叫「六藝」。[11]是故：所以，因此。[12]志：記。指用文字記載。

蓋昔聖人之扶人極[1]，憂後世，而述六經也，猶之富家者之父祖，慮其產業庫藏之積，其子孫者，或至於遺亡散失，卒困窮而無以自全也，而記籍其家之所有以貽之[2]，使之世守其產業庫藏之積而享用焉，以免於困窮之患。故六經者，吾心之記籍也；而六經之實，則具於吾心。猶之產業庫藏之實積，種種色色，具存於其家；其記籍者，特名狀數目而已③。而世之學者，不知求六經之實於吾心，而徒考索於影響之間④，牽制於文義之末⑤，硜硜然以爲是六經矣⑥。是猶富家之子孫，不務守視享用其產業庫藏之實積，日遺亡散失，至爲窶人丐夫⑦，而猶囂囂然指其記籍曰⑧：「斯吾產業庫藏之積也。」何以異於是？

嗚呼！六經之學，其不明於世，非一朝一夕之故矣！尚功利，崇邪說，是謂亂經；習訓詁⑨，傳記誦，沒溺於淺聞小見，以涂天下之耳目⑩，是謂侮經；侈淫詞⑪，競詭辯⑫，飾奸心盜行⑬，逐世壟斷⑭，而猶自以爲通經，是謂賊經⑮。若是者，是並其所謂記籍者，而割裂棄毀之矣，寧復知所以爲尊經也乎？

【注釋】

①人極：指封建社會的道德準則。極：準則。②貽：遺留，留下。③特：只。名狀：名稱形狀。④影響：影子和回聲。這裏指關於六經的傳聞、注疏。⑤文義之末：文句、字義的細枝末節。⑥硜硜然：淺陋固執的樣子。⑦窶人：貧窮的人。丐夫：乞丐。⑧囂囂然：自得的樣子。記籍：帳簿。⑨訓詁：指對古書字義的註釋。⑩涂：蒙蔽、迷惑。⑪侈：過分、誇大。淫詞：誇大失實的言辭。⑫詭辯：顛倒黑白，混淆是非的議論。⑬奸心：邪惡之心。盜行：卑鄙的行爲。⑭逐世：角逐於社會上。意即排斥異己。壟斷：謀取高利。⑮賊：毀壞。

越城舊有稽山書院①，在臥龍西崗，荒廢久矣。郡守渭南南君大吉②，既敷政於民③，則慨然悼末學之支離④，將進之以聖賢之道，於是使山陰令吳君瀛⑤，拓書院而一新之⑥。又爲尊經之閣於其後，曰：「經正則庶民興，斯無邪慝矣⑦。」閣成，請予一言以諗多士⑧。予既不獲辭，則為記之若是。嗚呼！世之學者得吾說而求諸其心焉，則亦庶乎知所以為尊經也已。

【注釋】

①越城：在今浙江紹興縣。②郡守：一郡的長官。這裏指紹興知府。渭南：縣名，即今陝西省渭南縣。南大吉：字元善，明武宗正德年間進士，紹興知府，王守仁的門生。③敷政：施政。④末學：無本之學。「末」與「本」相對。支離：本為分散，引申為散亂沒有條理。⑤山陰：舊縣名，因在會稽山之陰（北）得名。吳君瀛：吳瀛，山陰縣令。君，對人的敬稱。⑥拓：擴充。⑦慝：惡念藏在心裏。⑧一言：一篇文章。諗：規勸。

【譯文】

經，是永恆的規範：它存在於天，就叫做「命」，它給予人的就叫做「性」，它主宰人的身體就叫做「心」。心、性、命，是同一個東西。溝通人類萬物，通達四海，充塞天地，貫穿古今，沒有什麼地方不存在，沒有什麼地方不相同，沒有什麼地方有變化。這就是永恆的規範。

它反應在人的情感上，就表現為同情之心，羞惡之心，謙讓之心和是非之心；它體現在事理上，就是父子之間的親近、君臣之間的忠義、夫婦之間的區別、長幼之間的次序和朋友之間的信義。這同情心、羞惡心、謙讓心、是非心，這父子的親近、君臣的忠義、長幼的次序、夫婦的區別、朋友的信用，都是上面所說的心、性和命。它溝通人類和萬物，通達四海，充塞天地，貫穿古今，沒有什麼地方不存在，沒有什麼地方不相同，沒有什麼地方有變化。這就是永恆的規範。

用它來闡明人事、自然的陰陽變化、生長消亡的運動，就叫做《易》；用它來闡明典章制度和政事的實施，就叫做《書》；用它來記述歌詠思想感情的抒發，就叫做《詩》；用它來敍說各種不同的禮儀制度的表現，就叫做《禮》；用它來記敍欣喜和平之音的發生，就叫做《樂》；用它來談論誠實虛偽以及邪惡正直的區別，就叫做《春秋》。這陰陽變化，生長消歇的運行，一直到誠實虛偽邪惡正直的區別，都是一樣的東西，就是所說的心、性和命。它溝通人類和萬物，通達四海，充塞天地，貫穿古今，沒有什麼地方不存在，沒有什麼地方不相同，沒有什麼地方有變化。這就叫做六經。

六經不是其他的什麼東西，是自己心中存在的永恆的規範。所以，《易》是記載我內心陰陽消長的變化的；《書》是記載我心中典章法制政事的；《詩》是記載我心中歌詠思想感情的；《禮》是用來記載我心中的禮儀制度的；《樂》是用來記載我心中的欣喜和平之音的；《春秋》是用來記載我心中的誠實虛僞邪惡正直的。君子對於六經，能從自己心中探求陰陽的變化，並及時實行它，就是尊崇《易》；探就是尊崇《書》；探求自己心中的歌詠思想感情，並及時抒發它，就是尊崇《詩》；探求自己心中不同的禮儀制度，並及時去表現它，就是尊崇《禮》；探求自己心中的欣喜和平之音，並及時抒發它，就是尊崇《樂》；探求自己心中的誠實虛僞邪惡正直，並及時去辨別它，就是尊崇《春秋》。

從前的聖人，建立了做人的最高道德標準，擔憂後世會拋棄他們，因而著述了六經，就像富貴人家的父輩、祖輩，擔心他們的產業和庫藏積蓄，到了後代子孫手裏，有的竟至於丟掉散失，最終窮困而沒有辦法來保全自己，於是把家裏所有的財產登記在簿籍上再傳給他們，使他們世世代代能守住這些產業和庫藏中的積蓄，並享用它，用來免除窮困的災難。所以六經只是我心中的帳簿；六經的內容實質，全部存在我的心中。好像產業庫藏中的實有積蓄，各種各樣，都貯存在他的家裏，在帳簿上登記著的，只是它的名稱、形狀和數目罷了。然而世界上做學問的人，不知道從自己心中探求六經的實質，卻白白地在一些傳聞和注疏之間思考、求索，被字義的細枝末節所牽制，還淺陋固執地自以爲這就是六經了。這就像那些富貴人家的子孫，不盡力看守、享用他的產業和庫藏中的實有積蓄，卻一一天天地把它們丟掉、散失，直到成爲窮人、乞丐，卻還洋洋自得地指著他們的帳簿說：「這些是我的產業和庫藏的積蓄。」世上學者的做法，同這種情況又有什麼區別呢？

哎，六經的學說，在世上不被正確的了解，不是短時間的事情了。看重功利，崇尚邪說，這叫作淆亂經義；學習註解，講求記憶和誦讀，沈溺在膚淺的傳聞和短淺的見識裏，以此來蒙蔽天下人的耳目，這叫做侮辱經義；鋪張詞藻，競相詭辯，掩飾奸邪的心跡和卑鄙的行爲，追隨世俗，投機取巧，卻還自以爲精通經義，這叫做毀壞經義。像這些人，是連同他所謂的帳簿都割裂毀棄了，難道還知道怎樣才算是尊崇六經嗎？

越城從前有座稽山書院，在臥龍山西面的山崗上，已經荒廢很久了。郡守渭南人南大吉，在對百姓施行政教之餘，感慨地嘆息近代末流之學的支離破碎，想爲他們引入古代的聖賢之道，於是派山陰縣令吳瀛擴建稽山書院，使它面目一新，又在它後面築了一座尊經閣，說：「經義一旦被正確地理解了，那麼百姓就會興旺就不會有邪惡的念頭藏在心裏了。」尊經閣建成後，請我寫一篇文章來規勸那些讀書人。我既然不能推辭掉，就替他寫了這樣一篇記文。哎！世上學習儒家經典的人，看了我的這篇記文，從而能從自己心裏探求六經的實質，那麼也就差不多知道怎樣才是尊崇六經了。

象祠記

王守仁

【題解】

本文從貴州苗民爲象建立祠廟談起，論述象被苗民紀念是由於他在舜的品德的感化下，能夠棄惡從善，任賢使能，澤加於民，所以後人爲他立祠。從而說明了「人性之善，天下無不可化之人」的觀點。最後得出結論：不善如象也可以改，至善如舜可以感化惡人。文章用意在最後點出。

靈博之山①，有象祠焉②。其下諸苗夷之居者③，咸神而事之。宣尉安君④，因諸苗夷之請，新其祠屋⑤，而請記於予。予曰：「毀之乎，其新之也？」曰：「新之。」「新之也，何居乎⑥？」曰：「斯祠之肇也⑦，蓋莫知其原。然吾諸蠻夷之居是者，自吾父、吾祖溯曾高而上⑧，皆尊奉而禋祀焉⑨，舉之而不敢廢也。」

【注釋】

①靈博山：山名。在貴州黔西縣水西苗族地區。②象祠：象的祠廟。象：人名，傳說中虞舜的弟弟。③苗夷：舊時對苗族的蔑稱。④宣尉：即宣慰使，官名。明朝在貴州苗族地區設宣慰司，長官爲宣慰使，尉爲其下屬武官。⑤新：這個「新」字和下面的三個「新」字，都用作動詞，意思是加以修整，使之如新。⑥居：語氣助詞，無義。⑦肇：創建。⑧溯：尋源。曾、高：曾祖、高祖。⑨禋祀：泛指祭祀鬼神。

予曰：「胡然乎？有鼻之祠，唐之人蓋嘗毀之[1]。象之道，以爲子則不孝，以爲弟則傲[2]；斥於唐，而猶存於今，毀於有鼻，而猶盛於茲土也，胡然乎？我知之矣！君子之愛若人也[3]，推及於其屋之烏[4]，而況於聖人之弟乎哉？然則祀者爲舜[5]，非爲象也。意象之死，其在干羽既格之後乎[6]？不然，古之驁桀者豈少哉[7]，而象之祠獨延於世。吾於是蓋有以見舜德之至，入人之深，而流澤之遠且久也[8]。象之不仁，蓋其始焉耳；又焉知其終之不見化於舜也[9]。《書》不云乎：『克諧以孝，烝烝乂，不格姦[10]。』瞽瞍亦允若[11]，則已化而爲慈父；象猶不弟[12]，不可以爲諧。進治於善，則不至於惡；不底於奸[13]，則必入於善。信乎象蓋已化於舜矣！孟子曰：『天子使吏治其國，象不得以有爲也！』斯蓋舜愛象之深而慮之詳，所以扶持輔導之者之周也。不然，周公之聖，而管、蔡不免焉[14]。斯可見象之既化於舜[15]，故能任賢使能，而安於其位，澤加於其民，既死而人懷之也。諸侯之卿[16]，命於天子，蓋《周官》之制，其殆仿於舜之封象歟[17]？吾於是益有以信人性之善，天下無不可化之人也。然則唐人之毀之也，據象之始也；今之諸夷之奉之也，承象之終也。

【注釋】

[1]有鼻：古地名。鼻，一作「庳」。在今湖南道縣北，接零陵縣界。相傳舜封象於此。古有象祠，唐憲宗時，道州刺史薛伯高以爲象不應有祠，毀祠。[2]《正義》：「孟子說象與父母共謀殺舜，是傲慢不友。」[3]若：此，這個。[4]古諺語，此喻推愛。《尚書大傳．大戰》：「愛人者，兼其屋上之烏。」[5]然則：既然這樣，那麼。[6]干羽：《尚書．大禹謨》記舜命禹征有苗（古族名），一月不服，禹收兵還，舜乃大布文德，舞干羽（舞者所執的兩種舞具）於兩階，過了七十天，有苗就來朝見了。格：來。[7]驁桀：凶暴而倔強。[8]澤：本指雨露，引申爲

恩澤、德澤。⑨烏：何，怎麼。見：被。⑩殼：能夠。諧：和睦。烝烝：上進的樣子。乂：治理。格：至，到；奸：奸邪。⑪瞽瞍：舜的父親。瞽：瞎眼。瞍：沒瞳仁。傳說舜的父親有眼卻不辨善惡，所以稱爲瞽瞍。⑫弟：同「悌」。敬愛兄長。⑬進：自我勉勵。治：修養道德。底：通「抵」，到達。⑭管、蔡：即周公的弟弟管叔、蔡叔。《書．金縢》記周武王死後，周公輔佐成王，管叔及蔡叔、霍叔不服，在國內傳播流言，說周公將篡位，後來同商紂王的兒子武庚共同叛亂，周公討平叛亂，殺死管叔，流放蔡叔霍叔。⑮見化於舜：見：被。化：感化。⑯卿：周代諸侯國的高級官員。《周禮》：諸侯國的卿都由周天子任命。⑰殆：大概，也許。

斯義也，吾將以表於世。使知人之不善，雖若象焉，猶可以改；而君子之修德，及其至也，雖若象之不仁，而猶可以化之也。」

【譯文】

靈和博山有象的祠廟。山下住著許多苗民，都把他當作神並建祠來祭祀。宣慰使安君根據苗民的要求，重新修整象祠，並且請我作一篇記。我說：「毀掉它呢，還是重新修整它呢？」宣慰使說：「重新修整它。」我說：「重新修整它，這是爲什麼呢？」宣慰使說：「這座祠廟的創建，大概沒有誰知道它的起源了。然而我們這些住在此地的苗民，從我父親祖父一直追溯到曾祖高祖以上，都尊崇並且祭祀它，一直舉行祭祀而不敢荒廢呢。」

我說：「爲什麼這樣呢？有鼻那地方的象祠，唐朝人曾經毀掉過。象的品行，作爲兒子就不孝，作爲弟弟就傲慢。對象的祭祀，在唐代就廢棄了，可是到今天還有存在的；他的祠廟在有鼻被毀壞，可在這裏卻還盛行，爲什麼這樣呢？」我知道了！君子愛戴某個人，就會推廣到愛他房屋上的烏鴉，更何況是對聖人的弟弟呢？既然這樣，那麼興建祠廟是爲了舜，不是爲了象。我估計象的死去，大概是在舜用德政使有苗歸順以後吧。不然的話，古代凶暴乖戾的人難道還少嗎？可是象的祠廟卻單單能傳到今世。我從這裏能看到舜的品德的高尚，深入人心，及其恩澤流傳的廣遠和悠久。象的不仁，大概只是他的前期罷了，又怎麼知道他的後期沒有被舜感化呢？《尚書》不是這樣說嗎：『舜能用他的孝道使全家和諧，一天天上進向善，不走到邪路上去』。舜的父親瞽瞍也確實和順了，已經轉變成慈父了，象如果還不尊敬兄長，就不能認爲是全家和睦。不斷上進，修身向善，就不會到邪惡的地步，不走上邪路，就一定會走上善路。象已經被舜感化了，這是眞實可信的。孟子說：『天子派官吏治理象的國家，象就不能任意作爲了』。這大概是舜愛象愛得深，並且爲他考慮得仔細，所以用來幫助輔導他的辦法就很周到。不這樣，像周公那樣聖明的人，可是管叔、蔡叔卻不能避免犯罪；這就可以看到象被舜感化了，所以能任用有才能的人，並且安於自己的職位，把恩惠施給自己的百姓，所以死後人們就懷念他。諸侯的卿，由天子直接任命，是周朝的制度；這大概是仿效舜封象的辦法吧！我從這裏有理由相信，人的本性是善良的，天下沒有不能夠被感化的人。既然這樣，那樣唐朝人拆毀象的祠廟，是根據象的前期表現；現在這些苗民尊崇象祠，是根據象的後期表現。

這個道理，我將把它向世上講明。讓人們知道，人的不善良，即使如象那樣，還是可以改正的；而君子修養自己的品德，當達到完美地步的時候，即使如象這樣不仁的人，也還是可以把他感化過來的。

瘞旅文

王守仁

【題解】

瘞旅，埋葬客死異鄉的人。作者因觸怒宦官劉瑾，被貶爲貴州龍場驛丞，在這裏他目睹吏目主僕三人客死異鄉的悲傷情景，想到自己的處境，也有客死蠻鄉的可能，因而起了淪落天涯，兔死狐悲的感慨。於是就帶了兩個童子埋葬了吏目主僕三人，並作了這篇祭文。告祭中對死者的詰問，看似責備，其實滿含深切的同情，因而也更深刻的抒發了自己的不滿的情緒。

維正德四年秋月三日[1]，有吏目云自京來者[2]，不知其名氏。攜一子一僕將之任[3]，過龍場[4]，投宿土苗家[5]。予從籬落望見之[6]，陰雨昏黑，欲就問訊北來事，不果。明早，遣人覘之[7]，已行矣。薄午[8]，有人自蜈蚣坡來云：「一老人死坡下，傍兩人哭之哀。」予曰：「此必吏目死矣。傷哉！」薄暮，復有人來云：「坡下死者二人，傍一人坐嘆。」詢其狀，則其子又死矣。明日，復有人來云，見坡下積屍三焉。則其僕又死矣。嗚呼傷哉！念其暴骨無主[9]，將二童子持畚鍤往瘞之[10]。二童子有難色然。予曰：「噫！吾與爾猶彼也！」二童閔然涕下[11]，請往。就其傍山麓爲三坎[12]，埋之。又以隻雞、飯三盂[13]，嗟吁涕洟而告之曰[14]：

【注釋】

①維：發語詞，無意義。正德四年：公元一五〇九年。正德：明武宗年號（一五〇六年——一五二一年）。②吏目：官名。明朝在知州下設吏目，掌出納文書，或分領州事。③之任：去赴任。④龍場：驛名，在今貴州修文縣。⑤土苗：指當地的苗族。⑥籬落：籬笆。⑦覘：察看。⑧薄：迫近。⑨暴骨：暴露在野外的屍骨。⑩將：帶領。畚鍤：畚箕和鐵鍬。⑪閔然：憂傷。⑫就：靠近。坎：坑。⑬盂：古代盛物的器皿。⑭嗟吁涕洟：悲傷器泣，嘆息流淚。洟：鼻涕。

「嗚呼傷哉！緊何人①？緊何人？吾龍場驛丞餘姚王守仁也②。吾與爾皆中土之產③，吾不知爾郡邑④，爾烏為乎來為茲山之鬼乎？古者重去其鄉⑤，遊宦不逾千里⑥。吾以竄逐而來此⑦，宜也；爾亦何辜乎？聞爾官吏目耳，俸不能五斗⑧，爾率妻子躬耕可有也⑨！胡為乎以五斗而易爾七尺之軀？又不足，而益以爾子與僕乎？嗚呼傷哉！爾誠戀茲五斗而來，則宜欣然就道，胡為乎吾昨望爾容蹙然⑩，蓋不勝其憂者？夫沖冒霜露，扳援崖壁⑪，行萬峯之頂，饑渴勞頓，筋骨疲憊，而又瘴癘侵其外⑫，憂鬱攻其中，其能以無死乎？吾固知爾之必死，然不謂若是其速；又不謂爾子爾僕亦遽然奄忽也⑬！皆爾自取，謂之何哉！吾念爾三骨之無依而來瘞耳，乃使吾有無窮之愴也！嗚呼痛哉！縱不爾瘞，幽崖之狐成羣，陰壑之虺如車輪⑭，亦必能葬爾於腹，不致久暴露爾。爾既已無知，然吾何能為心乎？自吾去父母鄉國而來此，二年矣，歷瘴毒而苟能自全，以吾未嘗一日之戚戚也⑮。今悲傷若此，是吾為爾者重，而自為者輕也，吾不宜復為爾悲矣。吾為爾歌，爾聽之！」

【注釋】①繄：句首語氣詞，猶「是」。②驛丞：官名，驛站的主管，掌管郵傳迎送之事。餘姚：縣名今屬浙江。③中土：指中原地區。④郡邑：指籍貫，即出生的州縣。⑤重：以……爲重。⑥遊宦：出外做官。逾：超過。⑦竄逐：放逐，這裏指被貶謫。⑧五斗：晉朝縣令的薪俸。這裏用陶淵明不爲五斗米折腰的故事。⑨躬：親自。⑩蹙然：憂愁的樣子。⑪扳：通「攀」。⑫瘴癘：指南方山林間可致疾病的濕熱之氣。瘴：瘴氣。癘：指瘟疫。⑬遽：突然、急促。奄忽：死亡。⑭虺：毒蛇。⑮戚戚：憂懼的樣子。

歌曰：「連峯際天兮飛鳥不通，遊子懷鄉兮莫知西東①。莫知西東兮維天則同②，異域殊方兮環海之中。達觀隨寓兮莫必予宮③，魂兮魂兮無悲以恫④！」

又歌以慰之曰：「與爾皆鄉土之離兮，蠻之人言語不相知兮⑤。性命不可期，吾苟死於茲兮，率爾子僕，來從予兮！吾與爾遨以嬉兮⑥，驂紫彪而乘文螭兮⑦，登望故鄉而噓唏兮⑧！吾苟獲生歸兮，爾子爾僕尚爾隨兮，無以無侶悲兮！道旁之冢累累兮⑨，多中土之流離兮⑩，相與呼嘯而徘徊兮。餐風飲露，無爾饑兮；朝友麋鹿，暮猿與棲兮。爾安爾居兮，無爲厲於茲墟兮⑪！」

【注釋】①遊子：指離家遠遊的人。②維：同「惟」，只有。③隨寓：到處可以安身。寓：安身。宮：古代對房屋的通稱。④恫：悲痛。⑤蠻：我國古代對南方各族的泛稱。這裏指苗族。⑥遨：遊。⑦驂：一車三馬或一車四馬中兩旁的兩匹叫「驂」，這裏作動詞用，「駕馭」的意思。紫彪：紫色斑紋的虎。文螭：有花紋的蛟龍。⑧噓唏：哽咽嘆息。⑨冢：同「塚」，墳墓。累累：重疊的樣子。形容墳墓多。⑩流離：指流落離散的人。⑪厲：

惡。鬼墟：村落。

【譯文】

正德四年秋季的某月初三日，有一個自稱是從京城裏來的吏目，不知他的姓名，帶著一個兒子一個僕人將要去上任，路過龍場，投宿在當地一個苗族人家裏。我從籬笆的縫隙間看見了他，因爲陰雨，天色昏黑，準備到他那兒打聽北方的消息，沒有去成。第二天早晨，派人去看他，已經走了。將近中午時，有人從蜈蚣坡來，說：「有個老頭死在坡下，旁邊兩個人哭得很悲痛。」我說：「這一定是吏目死了。可悲呀。」傍晚的時候，又有人來說：「坡下死了兩個人，旁邊一人坐著哭。」詢問哭泣者的模樣，知道是吏目的兒子死了。過了一天，又有人來說，看見坡上堆著三具屍體。那麼他的僕人又死了。唉，太令人傷心了。

我想到他們的屍骨暴露在野外沒人收殮，就帶著兩個童僕，拿著畚箕和鐵鍬去埋葬他們。兩個童僕臉上露出爲難的神色。我說：「唉，我和你們也會跟他們一樣的。」他倆感傷地流下淚來，請求同去。在他們屍體附近的山腳下，挖了三個坑，埋葬了他們。又把一隻雞，三碗飯供上，嘆息流淚，祭奠他們說：

「唉，可悲呀！你是什麼人？你是什麼人？我是龍場驛丞，餘姚人王守仁。我和你都生長在中原，我不知道你是哪一府哪一縣，你爲什麼來做了這座山的鬼呢？古人是不輕易離開家鄉的，出外做官不超過千里。我因被放逐來到這裏，是應該的。你又有什麼罪過呢？聽說你的官職只是個吏目，俸祿不滿五斗，你帶著妻子、兒女，親自耕種，就能獲得這些收入。又爲什麼要用五斗米的俸祿來送掉你這七尺的軀體呢？這還不夠，又要加上你的兒子和僕人呢？唉，可悲啊！你果眞是貪戀這五斗米而來，就應該高高興興的上路，爲什麼我昨天看見你滿面愁容，難過得似乎不堪忍受呢？冒著寒霜冷露，攀搖山崖石壁，翻越無數山峯，饑餓乾渴，勞累困頓，筋疲力竭，再加上瘴氣瘟疫侵害你的身體，憂愁鬱悶襲擊你的內心，難道能不死嗎？我本來就知道你一定會死，但沒料到竟然這麼快，更沒想到你的兒子、僕人也一下子死去。這都是你自己招來的，又有什麼可說的呢？我想到你們三具屍骨沒有依托才來掩埋，卻使我產生了無窮的悲傷。唉，可悲呀！即使我不埋葬你們，深山裏狐狸成羣，陰暗深谷中的毒蛇粗得像車輪，也一定能把你們埋葬在他們的腹中，不會讓你們的屍骨長久的暴露在野外。你們雖然沒有知覺，但我怎能忍心那樣呢？自從我離開父母家鄉來到這裏已經二年了，經受了瘴癘毒氣卻能夠苟且保全，是因爲我不曾有一天憂傷。現在我卻如此悲傷，這是我爲你想得多，而爲自己想得少。我不應當再爲你悲傷了，我爲你作一首歌，你聽著吧。」

歌詞是：「連綿的山峯高聳雲天啊，連飛鳥也無法暢通；遠遊的人懷念家鄉啊，不能辨別西和東。不能辨別西東啊，只有蒼天相同，不論異域他鄉啊，卻總是在四海之中。放開胸懷以四海爲家啊，未必要住在自己的家中。魂啊，魂啊，不要悲傷，不要悲痛。

又作歌安慰道：「我和你都是離開了家鄉的人，苗族的言語一點也聽不懂。人的生命長短不能預料，我假如死在這裏，你帶著兒子，僕人跟我在一起。我與你遨遊嬉戲啊，駕駛著紫色的猛虎又乘上斑彩的蛟龍，登上高處望著故鄉悲痛地嘆息！假如我能活著回去，你的兒子，僕人還是跟著你。道旁的墳墓一個挨著一個，大多是中原流落的人。大家可以在一起呼嘯、散步，吃著清風，唱著甘露，你們不會挨餓。早晨與麋鹿爲友，晚上跟猿猴一起棲息。你們安心在你們的地方居住，不要爲害這裏的村落。

信陵君救趙論

唐順之[1]

【題解】

本文是一篇翻案文章，但讀來卻讓人覺得作者一點都沒有説歪理，頗能令人信服。文章指出：信陵君竊符救趙，完全只是爲解救自己的親戚，「爲一平原君耳。」侯生幫他出謀，如姬幫他竊符，都是爲了報答信陵君私恩。而他們之所以敢這樣做，又是魏王沒能加强君權。所以，文尾得出結論：「信陵君可以爲人臣植黨之戒，魏王可以爲人君失權之戒。」

論者以竊符爲信陵君之罪[2]，余以爲此未足以罪信陵也[3]，夫强秦之暴亟矣[4]，今悉兵以臨趙，趙必亡。趙，魏之障也；趙亡，則魏且爲之後[5]。趙、魏，又楚、燕、齊諸國之障也；趙、魏亡，則楚、燕、齊諸國爲之後。天下之勢，未有岌岌於此者也[6]。故救趙者亦以救魏，救一國者亦以救六國也。竊魏之符以紓魏之患[7]，借一國之師以分六國之災，夫奚不可者[8]？

【注釋】

[1]唐順之（一五〇七——一五六〇）：字應德，人稱荊州先生，明武進（今江蘇武進縣）人。嘉靖八年（一五二九）會試第一。官翰林院編修。後以郎中視師浙江，破寇有功，擢右僉都御史、代鳳陽巡撫。他是明代中葉重要的散文家，與王慎中、茅坤、歸有光等，反對當時文壇的復古主義傾向，主張學習唐、宋，因此被稱爲「唐宋派」。著有《荊州先生文集》等。[2]竊符：符，兵符，古代調動軍隊用的憑證。公元前二五七年，秦軍圍

趙都邯鄲，趙向魏求援。魏王派晋鄙率十萬軍前往。晋鄙畏秦，屯軍鄴地觀望。趙相平原君的夫人是魏相信陵君的姐姐，平原君就派人向信陵君求救，信陵君欲率百餘門客與秦軍死戰。看守大梁東門的侯生，教信陵君請魏王寵姬如姬偷取虎符。如姬果然偷出虎符交給信陵君。信陵君於是奪取了晋鄙兵權，率兵救趙，解邯鄲之圍。信陵君，魏無忌，魏昭王少子，魏安厘王異母弟，封信陵君，任魏相，有食客三千人。③罪：譴責，歸罪。④亟丞：同「極」。⑤且：將要。⑥岌岌：很危險的樣子。⑦紓：解除。⑧奚：何。

然則信陵果無罪乎？曰：「又不然也。」余所誅者①，信陵君之心也。

信陵一公子耳，魏固有王也！趙不請救於王，而諄諄焉請救於信陵②，是趙知有信陵，不知有王也。平原君以婚姻激信陵，而信陵亦自以婚姻之故欲急救趙；是信陵知有婚姻，不知有王也。其竊符也，非為魏也，非為六國也，為趙焉耳；非為趙也，為一平原君耳。使禍不在趙，而在他國，則雖撤魏之障，撤六國之障，信陵亦必不救；使趙無平原，或平原而非信陵之姻戚③，雖趙亡，信陵亦必不救。則是趙王與社稷之輕重，不能當一平原公子；而魏之兵甲所恃以固其社稷者，只以供信陵君一姻戚之用④。幸而戰勝，可也；不幸戰不勝，為虜於秦，是傾魏國數百年社稷以殉姻戚！吾不知信陵何以謝魏王也！

夫竊符之計，蓋出於侯生⑤，而如姬成之也⑥。侯生教公子以竊符，如姬為公子竊符於王之臥內。是二人亦知有信陵，不知有王也。余以為信陵之自為計，曷若以脣齒之勢⑦，激諫於王；不聽，則以其欲死秦師者，而死於魏王之前，王必悟矣。侯生為信陵計，曷若見魏王而說之救趙；不聽，則以其欲死信陵君者，而死於魏王之前，王亦必悟矣。如姬有意於報信陵，曷若乘王之隙⑧，而日夜勸之救；不聽，則以其欲爲公子死者，而死於魏王之前，王亦必悟矣。如此，則信陵君不負魏，亦不負趙；二人不負王，亦不負信陵君。何爲計不出此？信陵知有婚姻之趙，不知有王；內則幸姬，外則鄰國，賤則夷門野人⑨，又皆知有公子，不知有王；則是魏僅有一孤王耳！

嗚呼！自世之衰，人皆可於背公死黨之行⑩，而忘守節奉公之道。有重相而無威君⑪，有私仇而無義憤。如秦人知有穰侯⑫，不知有秦王；虞卿知有布衣之交⑬，不知有趙王。蓋君若贅旒久矣⑭。由此言之，信陵之罪，固不專係乎符之竊不竊也。其爲魏也，爲六國也，縱竊符猶可；其爲趙也，爲一親戚也，縱求符於王，而公然得之，亦罪也。

【注釋】

①誅：責備。②「平原君」句：平原君，即趙勝，惠文王之弟，封於東武城（今山東武城，號平原君，任趙相。「以婚姻激信陵」，平原君夫人是信陵君的姐姐。魏將晉鄙停軍不進時，平原君派人對信陵君說：「勝所以自附爲婚姻者，以公子之高義，爲能急人之困。今邯鄲旦暮降秦而魏救不至，安在公子能急人之困也！且公子縱輕勝，棄之降秦，獨不憐公子姊耶？」③姻戚：由婚姻關係形成的親戚。④祇：僅，不過。⑤侯生：即侯嬴。魏國大梁（今河南開封市）夷門（東門）的守門小吏，後被信陵君迎爲上賓。⑥如姬：魏安厘王寵姬。其父爲人所殺，欲報仇，三年而不能得，信陵君遣刺客砍了仇人的頭給她報了仇。⑦曷若：何不，不如。唇齒：喻利害關係密切。⑧隙：這裏指空閒機會。⑨夷門野人：指侯嬴。夷門，東門。⑩背公死黨：對公事不顧及，替同黨盡死力。⑪重相：權勢很重的宰相。威君：威嚴的國君。⑫穰侯：魏冉戰國時秦國大臣。原爲楚人，秦昭王母宣太后異父弟。秦武王去世，秦內亂，他擁立昭王。初任將軍，後一再爲相，封於穰（今河南鄧縣），號穰侯。⑬虞卿：一作虞慶、吳慶。戰國時人，因進說趙孝成王，被任爲上卿，稱爲虞卿。布衣之交：平民間的交情。⑭贅旒：連綴在旌旗下的裝飾物。比喻君主爲大臣挾制，實權旁落。贅：亦作「綴」，連綴附屬。

旒：旌旗上的飄帶。

雖然，魏王亦不得為無罪也。兵符藏於臥內，信陵君亦安得竊？信陵不忌魏王，而徑請之如姬，其素窺魏王之疏也[1]；如姬不忌魏王，而敢於竊符，其素恃魏王之寵也。木朽而蛀生之矣。古者人君持權於上，而內外莫敢不肅。則信陵安得樹私交於趙？趙安得私請救於信陵？如姬安得銜信陵之恩[2]？信陵安得賣恩於如姬？履霜之漸[3]，豈一朝一夕也哉？由此言之，不特眾人不知有王，王亦自為贅旒也！

故信陵君可以為人臣植黨之戒[4]；魏王可以為人君失權之戒。《春秋》書「葬原仲」[5]，「翬帥師」[6]。嗟！聖人之為慮深矣！

【注釋】

[1]素：平素，向來。[2]銜：接受。[3]履霜：《易經》坤卦：「履霜堅冰至。」腳踩白霜就知道寒冬將至，比喻事物漸變。[4]植黨：為謀私利而結合黨徒，培植勢力。[5]「葬原仲」：《春秋》載：魯莊公二十七年，「秋，公子友如陳，葬原仲」。公子友即魯公子季友；如陳，自往陳國；原仲，陳大夫。原來季友和原仲有交情，原仲死，季友沒有得到國君同意就私自前往陳國送葬，這在當時是無禮行為。[6]「翬帥師」：《春秋》載：魯隱公四年，「宋公使來乞師，公辭之，羽父請以師會之，公弗許，固請而行，故書曰翬帥師，疾之也。」翬，即魯大夫羽父。意謂魯卿羽父強迫隱公出不義之兵，表現了無君之心。

【譯文】

評論史事的人把竊取魏王兵符當作信陵君的罪過，我認為這件事還不能夠拿來責怪信陵君。那強大的秦國殘暴到了極點，現在全軍出動進攻趙國，趙國必定滅亡。越國是魏國的屏障，趙滅亡了，魏國將會跟著滅亡。趙國和魏國，又是楚、燕、齊幾個國家的屏障，趙、魏滅亡了，那麼楚、燕、齊幾個國家就會跟在後面滅亡。天下的形勢，從來沒有像這樣危險的。所以救趙也就是救魏，救一國也就是救六國。竊取魏王的兵符來解除魏國的禍患，借魏國一個國家的軍隊來消除六個國家的災難，這爲什麼不可以呢？

這樣說來，那麼信陵君眞的就沒有錯誤了麼？我說：「又不是這樣。」我所責備的，是信陵君的動機。

信陵君不過是一個公子罷了，魏國本來還有國王嘛。趙國不向魏王求救，卻懇切地向信陵君求救；這是趙國只知道有信陵君，不知道有魏王啊。平原君用姻親的關係來激信陵君，信陵君自己也因爲是姻親的原因想急速援救趙國，這是信陵君只知道有姻親，不知道有魏王。他好竊取兵符，不是爲魏國，不是爲六國，只是爲了趙國；其實也不是爲了趙國，只是爲了一個平原君罷了。假如禍患不在趙國，而在別的國家，那麼即使秦國拆去魏國的屏障，拆去六國的屏障，信陵君也一定不會去救。假使趙國沒有平原君，或者平原君不是信陵君的姻親，即使趙國要滅亡了，信陵君也一定不會去救。這就是趙王和整個趙國的分量，還抵不上一個平原公子；而魏國依靠來保衛國家的軍隊，只是拿來供給信陵君一個姻親用的。好在打了勝仗，還可以；要是不幸打了敗仗，被秦國俘虜，這是推倒魏國這個延續了幾百年的國家去給姻親作犧牲，我不知道信陵君用什麼去向魏王請罪！

盜竊兵權的計策，是侯生提出，而由如姬完成的。侯生教公子去竊取兵符，如姬幫公子從魏王臥室裡盜取兵符，這是這兩個人也只知道有信陵君，不知道有魏王。我認爲信陵君爲自己打算，不如用魏、趙唇齒相依的形勢，激烈的勸諫魏王；如果魏王不聽，就用他準備死在秦國軍隊中的決心，死在魏國面前，魏王一定會醒悟的。侯生爲信陵君著想，不如進見魏王勸說他救趙，如果魏王不聽，就用他要爲信陵君去死的決心，死在魏王面前，魏王一定會醒悟的。如姬有意報答信陵君，不如趁魏王空閑的時候，日夜勸他救趙，如果他不聽，就用準備爲公子死的決心，死在魏王面前，魏王也一定會醒悟了。這樣，信陵君就不會對不起魏國，也不會對不起趙國；侯生和如姬既不會對不起魏王，也不會對不起信陵君，爲什麼不想到這樣去做？信陵君只知道有婚姻關係的趙國。不知道有魏國；從國內的得寵的姬妾，到國外的鄰邦，到卑賤的看守東門的野老，又都知道有公子，不知道有魏王。這就是魏國只有一個孤立的國王啊。

唉！自從世上風氣變壞以後，人們都可慣於背棄公益而爲小幫黨而死的行爲，忘記了堅守大節、奉行公道的道理。有權勢很重的宰相，都沒有威嚴的國君；有私人的仇恨，卻沒有正義的公憤。像秦國人只知道有穰侯，不知道有秦王，虞卿只知道有貧賤時的朋友，不知道有趙王。原來君王像連綴在大旗上的裝飾品已經很久了。從這樣說來，信陵君的錯誤，本來不單單是在盜兵符上面。他如果是爲了魏國，爲了六國，即使盜竊了兵符也可以；他是爲了趙國，爲了一個親戚，即使是向魏王求得兵符，光明正大地得到它，也是錯誤的。

雖然這樣，魏王也不是沒有錯誤的。兵符藏在臥室裡，信陵君怎麼能盜竊呢？信陵君不怕魏王發現，直接請求如姬偷出來，是他平時就看出了魏王的疏忽大意；如姬不怕魏王責怪，膽敢偷出兵符，是她向來依仗著魏王的寵愛。木頭腐朽了蛀蟲才會出來。古代的君主在上面掌握大權，裡裡外外沒有誰敢不恭敬。如果這樣，信陵君怎麼能在趙國建立私人交情，趙國怎麼會私下向信陵君求救，如姬怎麼能接受信陵君的恩惠，信陵君又怎麼敢向如姬施恩惠呢？由降霜到結冰的變化，難道是一朝一夕的功夫麼？由這樣說來，不僅僅是大家不知道有魏王，魏王也自然願意做那連綴在旗上的裝飾品啊！

所以信陵君可以作爲臣子培植私黨的鑒戒；魏王可以作爲君主喪失權勢的鑒戒。《春秋》上寫著「葬原仲」，譴責魯季友培植私黨；寫著「翬帥師」，譏諷魯隱公喪失權力。唉！聖人考慮的多麼深遠啊！

報劉一丈書[1]

宗臣[2]

【題解】

明朝嘉靖年間（一五四二——一五六二），嚴嵩父子專權，「事無大小，惟嵩主張，一或少遲，顯禍立見。」趨炎附勢之徒，爭著奔走於其門下。作者在這封書信中，極其生動地諷刺了當時上流社會的這種污濁和醜惡，傳神地描繪了權奸的氣焰高熾、貪污受賄；門者的狐假虎威，敲榨勒索，干謁者的諂媚無恥、受寵若驚。無怪乎有人稱此書爲「明朝的《官場現形記》」。作者同時也表白了自己耿正清白、剛直不阿的品格。

數千里外，得長者時賜一書[3]，以慰長想，即亦甚幸矣；何至更辱饋遺[4]，則不才益將何以報焉[5]！書中情意甚殷[6]，即長者之不忘老父，知老父之念長者深也。至以「上下相孚，才德稱位」語不才[7]，則不才有深感焉。夫才德不稱，固自知之矣；至於不孚之病，則尤不才爲甚。

【注釋】

[1]劉一丈：生平不詳，是宗臣父親的朋友。「一」是排行，「丈」是對老人的尊稱。[2]宗臣（一五二五——一五六〇）：字子相，揚州興化（今江蘇興化縣）人。明代嘉靖進士，先作刑部主事，後轉吏部員外郎。爲人剛直不阿，又在《報劉一丈書》中盡情諷刺嚴嵩，出爲福建參議，後因率衆擊退倭寇有功，升爲福建提學副使，後病死在任上。他是明文壇「後七子」之一，著有《宗子相集》。[3]時：時常。[4]饋遺：贈送禮物。[5]不才：不成

材的人，自謙之詞。[6]殷：深厚。[7]「上下相孚」兩句：這是劉一丈給宗臣信中的話。孚：信任。稱：適應，相稱。

且今之所謂「孚」者何哉？日夕策馬候權者之門[1]，門者故不入[2]，則甘言媚詞作婦人狀，袖金以私之[3]。即門者持刺入[4]，而主人又不即出見，立廄中僕馬之間[5]，惡氣襲衣袖，即饑寒毒熱不可忍，不去也。抵暮，則前所受贈金者出，報客曰：「相公倦，謝客矣[6]。客請明日來。」即明日又不敢不來，夜披衣坐，聞雞鳴即起盥櫛[7]，走馬抵門，門者怒曰：「爲誰？」則曰：「昨日之客來。」則又怒曰：「何客之勤也！豈有相公此時出見客乎？」客心恥之，强忍而與言曰：「亡奈何矣[8]，姑容我入。」門者又得所贈金，則起而入之，又立向所立廄中[9]。幸主者出，南面召見，則驚走匍匐階下[10]。主者曰：「進！」則再拜，故遲不起。起則上所上壽金[11]。主者故不受，則固請；主者故固不受，則又固請，然後命吏納之。則又再拜，又故遲不起，起則五六揖，始出。出，揖門者曰：「官人幸顧我[12]！他日來，幸無阻我也！」門者答揖。大喜，奔出。馬上遇所交識，則揚鞭語曰：「適自相公家來，相公厚我，厚我！」且虛言狀。即所交識，亦心畏相公厚之矣。相公又稍時語人曰：「某也賢，某也賢。」聞者亦心計交贊之[13]。此世所謂「上下相孚」也，長者謂僕能之乎？

【注釋】 ①策：馬鞭；這裏用作動詞，以鞭捶馬。權者：掌權的人，這裏指當時的權臣嚴嵩、嚴世蕃父子。②門者：守門的人。③私：賄賂。④刺：名帖。古時官場謁見，把姓名寫在削制好的木片上，叫「刺」。到明、淸時，改用紅紙，上寫官銜、姓名，叫「名帖」。⑤廄：馬房。⑥盥：洗手，洗臉。櫛：梳頭。⑦相公：古代稱宰相爲「相公」。這里指嚴嵩。謝客：謝絕賓客，意即不見客。⑧亡：同「無」，亡奈何：沒有辦法。⑨向：以前。這裏指前一天。⑩匍匐：身子伏倒地下。⑪壽金：指獻給主者的禮金。以金帛奉獻於人叫「壽」。⑫官人：對守門人奉承的稱呼。幸：希望。顧：照顧。⑬心計：挖空心思。

前所謂權門者，自歲時伏臘一刺之外①，即經年不往也。間道經其門②，則亦掩耳閉目，躍馬疾走過之，若有所追逐者。斯則僕之褊衷③，以此長不見悅於長吏④，僕則愈益不顧也。每大言曰：「人生有命，吾惟守分而已⑤。」長者聞之，得無厭其爲迂乎⑥？

【注釋】 ①歲時伏臘：歲，過年；時，每季的節日；伏，夏天的伏日；臘，冬天的臘日，伏臘是古代兩種祭祀的名稱。②間：間或。③褊：狹隘。衷：內心。④長吏：高官。⑤守分：謹守本分。⑥明刻本《宗子相集》卷七，在此句後還有一段文字：「鄉國多故，不能不動客子之愁。至於長者之抱才而困，則又令我愴然有感。天之與先生者甚厚，亡論長者不欲輕棄之，而天意亦不欲長者之輕棄之也，幸寧心哉！」

【譯文】 在幾千里之外，能夠得到您老人家時常寫信給我，安慰我長久的思念，已經是我的幸福了，怎麼還能承蒙您贈送禮物給我呢，我就越發不知道用什麼來報答您了。您信中的情意非常深厚，說明您老人家沒有忘記我的老父，也明白我父親爲什麼深深懷念您老人家了。至於您信中用「上下互相信任，才德和官位相稱」來開導，我就很有感慨了。我的才德和官位不相稱，本來自己已經知道這點，至於不能得到上級官員的信任，那尤其算我最嚴重。

況且現在所說的「信任」是怎樣的呢？白天黑夜打著馬趕到權貴的門口恭侯，守門的人故意不進去通報，他就甜言蜜語，做出一副婢妾相，從袖子裏摸出金子塞給守門的。等到守門的拿著名帖進去通報，主人又不立刻出來接見。他站在馬房裏那些奴僕和馬匹中間，臭氣直撲衣袖，即使飢餓、寒冷、熱得受不了，也不離開。到天快黑了，那先前收了金子的人出來，答覆客人說：「相公累了，不見客了。客人明天來吧。」第二天又不敢不來。夜裏披著衣服坐在床上，聽到雞叫了就起來洗臉梳頭，打馬趕到相府，去推門，守門的發怒說：「是誰？」就說：「昨天的客人來了。」守門人又怒沖沖地說：「你爲什麼來得這樣勤快呢？難道相公會在這時出來見客嗎？」客人心裏感到受了羞辱，但只能勉強忍度，和守門的人說：「沒有辦法，姑且讓我進去吧。」守門人又得到送的錢，就起身讓他進來，又站在昨天站過的馬棚裏，幸而主人出來了，面朝南接見他，他就誠恐誠惶地跑上去，趴在台階下。主人說：「進來吧。」他就拜了兩拜，故意遲遲不起來。起來後就獻上自己的禮金，主人故意不接受；就再三請求收下，主人故意堅決不要，就又再三請求。然後主人叫手下人收下了。就又拜了兩拜，又故意連連不起來，起來後又作了五六個揖，才出來。出來後，對守門的作揖說：「請官人多多照顧。以後再來，請不要攔住我。」守門的回了他一個揖，他就非常高興地跑出來。在馬上碰到熟人，就揚起馬鞭告訴別人：「我剛從相公家裏出來，相公對我很好，對我很好。」並且假編相公待自己好的情形。他的熟人，也就害怕起他來，以爲相公眞的看重他。相公又漸漸對人說：「某人很好，某人很好。」聽到的人也挖空心思交口稱贊他。這就是世人所說的「上下互相信任」。您老人家說我能這樣嗎？

前面所說的權貴人家，除了過年過節我送一張名帖去之外，是一年到頭不去的。偶爾經過他的門前，也是捂著耳朵，閉了眼睛，打著馬飛快地跑過去，好像有誰在追趕我似的。這就是我的狹隘心胸，因此長期不被長官喜歡，我就更加不管那些。我常常高聲說：「人生一切都是命中注定的，我只願意安守本分罷了。」您老人家聽了這些，該不會嫌我迂腐不懂人情世故吧？

吳山圖記

歸有光

【題解】

歸有光（一五〇六年——一五七一年），字熙甫，號震川，明代崑山（今屬江蘇）人。少年時勤奮好學，三十五歲中舉，後八次考進士未被錄取，於是遷居江蘇嘉定安亭江上，講學二十餘年，遠近從學的人很多，人稱「震川」先生。六十歲中進士，出任湖州長興知縣，官至南京太仆寺丞。卒年六十六。有《震川文集》傳世。他極力反對當時文壇上的復古主義和形式主義的文風，推崇唐宋以來古文運動的傳統和成就，是明代後期有名的古文家。

《吳山圖》是吳縣的百姓送給作者的朋友魏用晦的一幅山水畫，本文即以這幅畫爲線索淡淡幾筆就描繪出吳縣的山光水色，風物名勝，稱讚魏用晦做吳縣知縣，「有惠愛」，百姓懷念他，他也不忘吳縣的百姓，風格淡雅清新，較好的體現了他的散文的特點和優點。

吳、長洲二縣[1]，在郡治所[2]，分境而治；而郡西諸山，皆在吳縣。其最高者：穹窿、陽山、鄧尉、西脊、銅井[3]，而靈岩，吳之故宮在焉[4]，尚有西子之遺跡[5]；若虎丘、劍池及天平，尚方、支硎，皆勝地也[6]；而太湖汪洋三萬六千頃[7]，七十二峯沉浸其間[8]，則海內之奇觀矣。余同年友魏君用晦爲吳縣[9]，未及三年，以高第召入爲給事中[10]。君之爲縣有惠愛，百姓扳留之不能得[11]，而君亦不忍於其民；由是好事者繪《吳山圖》以爲贈[12]。

【注釋】

①吳縣：在江蘇東南部，明朝時是蘇州府治，長洲：舊縣名，治所與吳縣同城，在今江蘇蘇州市；明朝時和吳縣同爲蘇州府治。②在郡治所：指吳縣、長洲的縣治同在蘇州府治所。③穹窿山：在吳縣西南，山頂方平，廣可百畝，山半有泉名法雨，四時不絕。陽山：在吳縣西北，背陰面陽，故名；近太湖。鄧尉山：在吳縣西南七十里，漢朝時鄧尉在此隱居，故名。西脊山：在鄧尉山西。銅井山：與鄧尉山相連。④靈岩山：在吳縣西，吳王夫差置館娃宮於此，今靈巖寺即其地。娃指西施，越王勾踐所獻美女。⑤西子：即西施，春秋末年越國人。由越王勾踐獻給吳王夫差，成爲夫差最寵愛的妃子。⑥虎邱：蘇州市西北小丘。有虎丘塔、劍池，千人石，吳王闔閭墓等古跡。劍池：在虎丘山上，傳說秦始皇東巡至虎丘，到吳王闔閭墳尋寶劍，一只老虎蹲在墳前，始皇用劍刺它，沒有刺中，刺在石上，攻陷城池，故稱劍池。天平山：在吳縣西支硎山南五里，特別高出羣峯之上，山頂正平，有望湖台，山半有亭，白雲泉由此流出，山下有范仲淹墓。尙方：即楞枷山，也叫上方山，在吳縣東北。支硎山：在吳縣西南，東晉佛教學者支遁隱居山中，平石叫硎，山有平石，所以支遁以支硎爲號，而山又因支遁得名。⑦太湖：在江蘇南部，是我國第三大淡水湖，面積二千二百一十三平方公里，湖中小山甚多，以東西二洞庭最爲著名。頃：面積單位，一頃爲一百畝。⑧七十二峯：指湖中小山。⑨同年：科舉制度中稱同科考中的人爲同年。⑩高第：這裏指官吏考績列入優等。第：等第。給事中：官名，明朝吏、戶、禮、兵、刑、工六科，各設都給事中一人，左右給事中各一人，給事中若干人，鈔發章疏，稽察違誤，其權頗重。⑪扳留：挽留。⑫由是：因此。

夫令之於民誠重矣。令誠賢也，其地之山川草木，亦被其澤而有榮也①；令誠不賢也，其地之山川草木，亦被其殃而有辱也。君於吳之山川，蓋增重矣。異時吾民將擇勝於巖巒之間②，尸祝於浮屠老子之宮也③，固宜。而君則亦既去矣，何復惓惓於此山哉④？

昔蘇子瞻稱韓魏公去黃州四十餘年⑤，而思之不忘，至以爲思黃州詩；子瞻爲黃人刻之於石。然後知賢者於其所至，不獨使其人之不忍忘而已，亦不能自忘於其人也。君今去縣已三年矣。一日，與余同在內庭⑥，出示此圖，展玩太息，因命余記之。噫！君之於吾吳有情如此，如之何而使吾民能忘之也！

【注釋】

①澤：本指雨露，引申爲恩澤。②異時：他時，將來。岩巒：山③尸祝：本指古代祭祀時擔任尸和祝的人，引申爲崇敬，浮屠：即佛教。老子：即老聃，姓李名耳。本是春秋時期的思想家，後來道教奉他爲始祖。④惓惓：懇切意。⑤蘇子瞻：即蘇軾。韓魏公：即韓琦，北宋大臣，封魏國公。⑥內庭：後院。

【譯文】

吳縣、長洲二縣，治所同在蘇州府，只是劃界分別治理。郡西各山，都在吳縣境內。其中最高的有穹窿、陽山、鄧尉、西脊、銅井幾座山；而靈巖山上，有春秋時吳國遺留下來的宮殿，那裏還有西施的遺跡。至於虎邱、劍池，以及天平、尚方、支硎，都是名勝之地，而汪洋三萬六千頃的太湖中，有七十二座山峯沉浸在裏面，那稱得上是海內的奇觀了，我的同年好友魏用晦做吳縣縣令，不到三年，因爲政績卓著被朝廷召入任給事中，魏君做縣令對百姓有恩德，百姓挽留他沒有成功，而魏君也不忍心離開他的百姓；因此熱心的人畫了一張《吳山圖》送給他作爲贈別紀念。

縣令對於百姓來說，的確是很重要的。縣令如果賢能的話，那地方的山川草木也會因爲受到他的恩澤而顯得更有光彩；縣令如果不賢能，那地方的山川草木也遭到他的災禍而蒙受恥辱。魏君給吳縣的山川草木確增加了光彩，他日吳縣的百姓將在青山秀岩間選擇一處風景勝地，在佛堂和道觀裏祭祀他，也固然是應該的。然而魏君已經離開了吳縣，爲什麼還對這些山念念不忘呢？

從前蘇軾稱讚韓琦離開黃州四十多年，仍然思念它不能忘懷，以至於寫下了《思黃州》的詩；蘇軾替黃州人把這首詩刻在石碑上。從這以後，我就知道賢能的人對於他所到的地方，不單是使那裏的百姓不忍忘記自己，自己也不會忘記那裏的百姓。如今魏君離開吳縣已經三年了，有一天和我同在後院，拿出這幅《吳山圖》來，邊玩賞邊嘆息，於是讓我爲這事作一篇記文。唉！魏君對我們吳縣的感情深厚到這個地步，又怎麼能使我們吳縣的百姓忘記他呢？

滄浪亭記[1]

歸有光

【題解】

作者用樸素簡潔的語言，自然流暢的筆調，敘述了滄浪亭演變的始末，並把滄浪亭與盛極一時的吳越國的宮館苑囿相比，從而得出結論：使士人千載垂名的不是興建的紀念物，而是士人的品德和文章。

浮圖文瑛居大雲庵[2]，環水[3]，即蘇子美滄浪亭之地也[4]。亟求余作《滄浪亭記》[5]，曰：「昔子美之記，記亭之勝也；請子記吾所以爲亭者[6]。」

【注釋】

[1]滄浪亭：蘇州名園之一，原爲五代吳越廣陵王錢元璙的花園。北宋慶曆五年詩人蘇舜欽在園內建滄浪亭，故名。滄浪：水色。《孟子．離婁》：「滄浪之水兮，可以濯我纓。」亭名取此。[2]浮圖：梵語的音譯，即佛，這裏指和尚。大雲庵：又名結草庵。[3]環：環繞。[4]蘇子美：名舜欽，字子美，北宋詩人，與梅堯臣齊名，著有《蘇學士文集》。曾被范仲淹荐其才爲官，因主張政治革新，被排擠罷官。後建造滄浪亭，並作《滄浪亭記》，自號滄浪翁。[5]亟：多次。[6]所以：原因。

余曰：「昔吳越有國時[1]，廣陵王鎮吳中[2]，治南園於子城之西南[3]；其外戚孫承佑亦治園於其偏[4]。迨淮海納土[5]，此園不廢，蘇子美始建滄浪亭，最後禪者居之[6]。此滄浪亭爲大雲庵也。有庵以來二百年，文瑛尋古遺事，復子美之構於荒殘滅沒之餘。此大雲庵爲滄浪亭也。夫古今之變，朝市改易。嘗登姑蘇之臺⑦，望五湖之渺茫⑧，羣山之蒼翠，太伯、虞仲之所建⑨，闔閭、夫差之所爭⑩，子胥、種、蠡之所經營⑪，今皆無有矣。庵與亭何爲者哉？雖然，錢鏐因亂攘竊⑫，保有吳越，國富兵强，垂及四世⑬，諸子姻戚，乘時奢僭⑭，宮館苑囿⑮，極一時之盛；而子美之亭，乃爲釋子所欽重如此⑯。可以見士之欲垂名於千載之後，不與其澌然而俱盡者⑰，則有在矣？」

【注釋】

①吳越：五代十國時的十國之一，轄地包括今浙江、江蘇西南、福建東北部②廣陵王：吳越王錢鏐的兒子錢元璙。吳中：指蘇州地區。③子城：大城所屬小城。④外戚：指帝王的母族或妻族。孫承佑：五代十國時期吳越國人，是錢鏐之孫錢俶的岳父。⑤淮南納土：指吳越於公元九七八年向北宋投降。淮南：指吳越；納土：交出領土，意即投降。⑥禪者：佛教徒，俗稱和尚。⑦姑蘇台：在今江蘇蘇州市西南的姑蘇山上，春秋時吳王闔閭所建。夫差於台上立春宵宮，爲長夜之飲。⑧五湖：泛指太湖流域一帶的所有湖泊。⑨太伯、虞仲：分別是周太王古公亶父的長子、次子。傳說太王欲立幼子季歷，太伯、虞仲便奔避江南，改從當地風俗，斷發文身，成爲當地君長、吳國的開創者。⑩闔閭、夫差：均爲春秋末年吳國國君。闔閭名光，刺殺吳王僚自立。後被越王勾踐打敗，重傷而死。其子夫差繼位，發誓爲父報仇，結果打敗了越國，迫使越王勾踐屈服，後來驕橫不聽忠言，被勾踐滅之，自殺。⑪子胥：姓伍，春秋時楚國人，曾輔佐吳王夫差伐越。他勸吳王拒絕越王勾踐的求和，又要求停止伐齊。夫差不聽，日漸疏遠他，後夫差賜劍命他自殺。種、蠡：文種和范蠡，兩人都是越王勾踐的大夫。越王勾踐被吳王擊破，困守會稽。文種向越王獻計，到吳賄賂太宰嚭，得免亡國，范蠡則到吳國作爲人質。勾踐歸國後，以文種治國政，范蠡治兵甲，君臣發憤圖强，終於滅掉吳國。後勾踐聽信讒言，賜劍命文種自殺；范蠡也離開越王經商致富，號陶朱公。⑫錢鏐：吳越國的建立者（九〇七年——九三二年在位），謚號武肅。攘：竊取、奪取。⑬垂及四世：延續到第四代。吳越從錢鏐建國公元九〇七年至公元九七八年降於

北宋，共歷五主，傳國四代，七十二年。⑭奢僭：奢侈僭越。僭：超越本分，指冒用上一級的名義與器物。⑮苑囿：畜養禽獸並種植林木的園林。⑯釋子：和尚的通稱，取釋迦牟尼弟子的意思。⑰澌然：冰塊溶解的樣子。

文瑛讀書喜詩，與吾徒游①，呼之爲滄浪僧云。

【注釋】

①吾徒：即吾輩，指讀書人。

【譯文】

文瑛和尚居住在大雲庵，四周環水，就是蘇子美建造滄浪亭的地方。他多次請我寫一篇《滄浪亭記》，說：「從前蘇子美寫的《滄浪亭記》，寫的只是亭子的優美風景，請你記下我重新修建這個亭子的原因。」

我說：「從前吳越國存在時，廣陵王鎮守蘇州，他在小城的西南面建造園林；吳越王的外戚孫承佑也在它的旁邊建造園林。到了把淮南之地拱手送給宋朝時，這座園子也沒有荒廢。蘇子美開始建築滄浪亭，最後僧人居住在這裏。這滄浪亭就變成了大雲庵。從有大雲庵到如今已有二百年了，文瑛尋訪古代的遺跡，在荒蕪殘破的廢墟上，重新修復蘇子美的建築，這大雲庵又變成了滄浪亭。時代變遷了，朝廷都市也發生了變化。我曾經登上姑蘇台，眺望著煙波浩渺的五湖，蒼翠的羣山；太伯、虞仲所建立的，闔閭、夫差所爭奪的，子胥、文種、范蠡所經營的，現在都沒有了，大雲庵和滄浪亭又算什麼呢？雖然這樣，錢鏐只是趁著天下大亂竊取了王位，占有吳越，國富兵強，延續了四代，他的許多子孫和姻戚，乘機興起，奢侈無度，修造的宮館苑囿，盛極一時。然而只有蘇子美的滄浪亭才被一個佛家弟子如此重視。由此可見，士人想要千載垂名，不與形體一同消失，是另有原因的。

文瑛愛好讀書並喜歡詩，同我們這些人交遊，我們稱他爲滄浪僧。

青霞先生文集序

茅坤[1]

【題解】

本文是爲沈煉的詩文集寫的一篇序言。沈煉以小臣的身份上書直斥嚴氏父子專權誤國，被流放塞外後，又用詩歌揭露嚴黨將領殺良冒功的罪行，以致被迫害致死。本文記敘了沈煉的這兩件事，並用孔子、屈原、伍子胥、賈誼、嵇康、劉蕡等人作比，高度評價了沈煉的詩文，表現了作者對他的景仰。

青霞沈君[2]，由錦衣經歷上書詆宰執[3]。宰執深疾之，方力構其罪[4]；賴天子仁聖，特薄其譴，徙之塞上[5]。當是時，君之直諫之名滿天下。已而，君累然攜妻子[6]，出家塞上。會北敵數犯內[7]；而帥府以下束手閉壘[8]，以恣敵之出沒[9]，不及飛一鏃以相抗[10]，甚且及敵之退，則割中土之戰沒者[11]，與野行者之馘以爲功[12]。而父之哭其子，妻之哭其夫，兄之哭其弟者，往往而是。無所控籲。君既上憤疆埸之日弛[13]，而又下痛諸將士之日菅刈我人民以蒙國家也[14]，數嗚咽欷歔，而以其所憂鬱發之於詩歌文章，以泄其懷，即集中所載諸什是也[15]。君故以直諫爲重於時，而其所著爲詩歌文章，又多所譏刺，稍稍傳播，上下震恐，始出死力相煽構[16]，而君之禍作矣[17]。

君既沒，而一時閫寄所相與讒君者⑱，尋且坐罪罷去⑲；又未幾，故宰執之仇君者亦報罷。而君之門人給諫俞君⑳，於是裒輯其生平所著若干卷㉑，刻而傳之；而其子以敬，來請予序之首簡㉒。

【注釋】

①茅坤（一五一二——一六〇一）：字順甫，號鹿門，浙江歸安（今浙江吳興縣）人。嘉靖進士。負文武才，好談兵。官至大名兵備副使。文學上反對前後七子「文必秦漢」的論點，主張學習唐宋古文，曾選編《唐宋八大家文鈔》，影響較廣。與王愼中、唐順之、歸有光等同被稱爲「唐宋派」。年九十卒，有《茅鹿門集》行世。②沈君：名煉，字純甫，號青霞。明會稽（今浙江紹興縣）人。嘉靖進士。③錦衣：明代官署錦衣衛的簡稱，原爲皇帝親軍侍衛，即禁衛軍，管理侍衛、緝捕，刑獄等事。後來成爲特務機構。經歷：錦衣衛沒有經歷司，掌管公文出納。正七品。詆：這裏是彈劾的意思。宰執：宰相，指嚴嵩。④構：羅織罪名。⑤徙之塞上：流放到邊塞地區。徙：流放。沈煉被削職爲民，流放到保安州（今陝西延安縣）⑥累然：不得志的樣子。《史記・孔子世家》，「累累若喪家之狗。」⑦會：適逢，碰上。⑧帥府：指總督楊順。他是嚴嵩的乾兒子。壘：軍營四周所築的堡壘，即營牆。⑨恣：聽任。⑩鏃：箭頭。⑪中土：泛指黃河、長江中下游地區。⑫馘：古時戰鬥中割取的所殺敵人的耳朵。用以計功。⑬疆埸：國界。⑭菅刈：指隨意殺人。菅：一種小草；刈，割。⑮什：指書篇。《詩・小雅・鹿鳴之什》，陸德明注：「以十篇編爲一卷，名之曰什。」⑯煽構：煽動羅織罪名，進行陷害。⑰君之禍作矣：當時宰相、邊師對沈煉恨之入骨，就將他的名字列入白蓮敎，殺害於獄中。⑱閫寄：統兵在外的人。閫，郭門的門檻。古代帝王派遣大將出征，說：閫以內者，寡人制之；閫以外者，將軍制之。」所以用「閫寄」指帝王對大將任以重要軍職。⑲尋：不久。坐罪：因犯法而獲罪。沈煉被害後不久，有人告發楊順等殺平民冒功的事，楊順削職爲民。⑳給諫：宋代是給事中及諫議大夫的合稱。職掌均爲糾正及規諫。這裏指給事中。㉑裒輯：搜集編輯。㉒首篇：書的開篇。

茅子受讀而題之曰①：若君者，非古之志士之遺乎哉？孔子刪《詩》②，自〈小弁〉之怨親3，〈巷伯〉之刺讒以下4，其忠臣、寡婦、幽人、懟士之什5，並列之為風6，疏之為雅7，不可勝數8。豈皆古之中聲也哉9？然孔子不遽遺之者10，特憫其人，矜其志11，猶曰：『發乎情，止乎禮義』；『言之者無罪，聞之者足以為戒』焉耳12。予嘗按次春秋以來，屈原之騷疑於怨13，伍胥之諫疑於脅14，賈誼之疏疑於激15，叔夜之詩疑於憤16，劉蕡之對疑於亢17。然推孔子刪《詩》之旨而裒次之18，當亦未必無錄之者。

君既沒，而海內之薦紳大夫19，至今言及君，無不酸鼻而流涕20，嗚呼！集中所載〈鳴劍〉、〈籌邊〉諸什，試令後之人讀之，其足以寒賊臣之膽，而躍塞垣戰士之馬21，而作之愾也22，固矣。他日國家采風者之使，出而覽觀焉，其能遺之也乎？予謹識之。至於文詞之工不工，及當古作者之旨與否，非所以論君之大者也，予故不著。

【注釋】

1茅子：茅坤自稱。2孔子刪：《詩》：舊說《詩經》為孔子刪定。3〈小弁〉：《詩．小雅》篇名。周幽王娶褒姒後生子伯服，於是廢太子宜臼。宜臼被廢後，作〈小弁〉詩抒寫憂怨。4〈巷伯〉：《詩．小雅》篇名。作者不詳，詩中自言「寺人孟子，作為此詩」。舊注以為刺幽王。，說寺人（宦官）被讒受宮刑，憤而作此詩。5懟：怨恨。6風：詩為《風》、《雅》、《頌》三部份。《風》：為各地民歌。7疏：分別。8勝：盡。9中聲：中和的樂聲。《禮記．中庸》：「喜怒哀樂之未節謂之中，發而皆中蘇謂之和。」10遽遺：驟然刪除。11憫：同情。矜：顧惜。12「發乎情」四句：出於《詩．周南．關雎．序》。13屈原之騷：屈原的抒情長詩〈離騷〉。屈原，名平，戰國楚人，楚王信讒，放逐他到沅、湘流域，最後投汨羅江自殺。〈離騷〉抒寫了無法實現理想抱負的悲憤。14伍胥之諫：伍蛋即伍子胥，名員，春秋時吳國大夫，屢諫吳王夫差不要與越國友好，被太宰嚭讒害，夫差迫使他自殺。茅坤說他「諫疑於脅」，指他諫夫差時常用「悔之無及」、「越必滅吳」之語。15賈誼：西漢辭賦家、政論家。漢文帝時上《陳政事疏》，指出當時政治危機：「夫抱火厝之積薪之下而寢其上，火未及燃，因謂之安，方今之勢，何以異此！」⑯叔夜之詩：指稽康的《幽憤詩》。稽康，字叔夜，三國時魏國文學家、音樂家。因不與司馬氏合作，被司馬昭殺害。《幽憤詩》是他被捕後在獄中所作，抒寫了被囚的憤慨。⑰劉蕡之對：劉蕡，字去華，唐代人。文宗時應賢良對策，慷慨激昂，極言宦寺之禍。⑱裒次：搜集整理。⑲荐紳：同「搢紳」、「縉紳」，指官員。⑳酸鼻：形容悲痛。㉑躍塞垣戰士之馬：意思是使戰士振奮。塞垣。邊塞。㉒愾：憤恨、憤怒。

【譯文】

沈青霞先生，以錦衣衛經歷這種小官的身份上書痛斥宰相。宰相痛恨他，正在盡力羅織他的罪名；幸好依靠皇上仁慈聖明，特別減輕他的處分，把他流放到邊塞。在這個時候，先生直諫的名聲傳遍了天下。不久，先生失意地帶著妻子兒女，全家搬到邊塞。正碰上北方的敵人多次侵入境內騷擾，可是從總督到下面各級官吏，都毫不抵抗，緊閉軍營，任憑敵人出沒，沒有射一支箭抵抗；甚至等敵人退出去後，就割取戰死的中原人和野外行人的耳朵，把它用來邀功。使得父親哭兒子的，妻子哭丈夫的，哥哥哭弟弟的，到處都是，沒有地方可以伸冤。先生既對上面憤恨朝廷的邊疆軍務一天天鬆弛，又對下面痛恨將士們每天隨意殘殺百姓欺騙朝廷，因而常常哭泣嘆息，把心中的憂鬱表達在詩歌中文章中，來發洩自己的感情，這就是集中所載的各篇文章。先生原來就因爲能夠直諫被人們敬重，而他所做的詩歌文章，又大多是譏議諷刺時政的，逐漸傳播開來，上上下下的當權的人都很震驚恐懼，開始下死力煽動羅織罪名陷害他，先生的災禍就發生了。

先生死後，那些一時在外面帶兵，勾結在一起陷害先生的人，不久都因犯罪被罷了官，沒有多久，原來仇視先生的宰相也被罷了官。先生的學生做給事中的俞君，於是就搜集編輯了先生生平所寫的詩文若干卷，刻印成書讓它流傳，他的兒子以敬，來請我在書的前面寫篇序。

我接受了文稿讀著，給它題記說，像先生這樣的人，不是古代仁人志士的繼承者嗎？孔子刪定《詩經》以怨恨親人的《小弁》、譏刺讒言的《巷伯》開始，那忠臣、寡婦、隱者、懟士的篇章，編在《風》中或者分進《大雅》、《小雅》裏的，多得數不清。難道它們都是古代的中和之聲嗎？可是孔子不一下子刪掉它們，只是因爲同情那些人，同情他們的思想。還說「產生在感情基礎上，停留在禮義範圍內」，「說的人沒有罪，聽的人足以作爲警戒」。我曾經按時代順序審察過春秋以來的詩文：屈原的《離騷》近似怨恨；伍子胥的規諫近似脅迫；賈誼的奏章近似激烈；稽康的《幽憤詩》近似憤恨，劉蕡的對答近似過激。但是依照孔子删定《詩經》的宗旨去搜集整理它們，也不見得就一定不會採錄。

沈先生去世後，國內的官員、士大夫現在說到他，沒有不鼻子發酸流淚的。唉！文集中載的《鳴劍》、《籌邊》等篇章，如果讓後世的人讀到它們，足以使奸臣心驚膽戰，使邊塞戰士振奮，是必定的了。將來國家採集詩歌的使者出來看到了這些詩文，能夠遺棄它們嗎？我恭謹地記下這些話。至於這些詩文辭句是不是精巧，合不合乎古代作家的宗旨，這不是評定沈先生大節的東西，所以我不敍寫。

藺相如完璧歸趙論

王世貞[1]

【題解】藺相如完璧歸趙，歷來爲人們傳誦。本文作者卻提出了不同看法，他認爲藺相如此舉有諸多不妥，「歸直於秦」，能全身回國以及趙國幸免於兵，只不過是僥幸。

藺相如之完璧[2]，人皆稱之，予未敢以爲信也。

夫秦以十五城之空名，詐趙而脅其璧。是時言取璧者情也[3]，非欲以窺趙也。趙得其情則弗予，不得其情則予；得其情而畏之則予，得其情而弗畏之則弗予。此兩言決耳，奈之何既畏而復挑其怒也？

且夫秦欲璧，趙弗予璧，兩無所曲直也[4]。入璧而秦弗予城，曲在秦，秦出城而璧歸，曲在趙。欲使曲在秦，則莫如棄璧，畏棄璧，則莫如弗予。夫秦王既按圖以予城，又設九賓，齊而受璧[5]，其勢不得不予城。璧入而城弗予，相如則前請曰：「臣固知大王之弗予城也。夫璧非趙璧乎？而十五城秦寶也。今使大王以璧故而亡其十五城，十五城之子弟，皆厚怨大王以棄我如草芥也[6]。大王弗予城而紿趙璧，以一璧故而失信於天下，臣請就死於國，以明大王之失信。」秦王未必不返璧也。今奈何使舍人懷而逃之[7]，而歸直於秦？是時秦意未欲與趙絕耳。令秦王怒，而僇相如於市[8]，武安君十萬衆壓邯鄲[9]，而責璧與信，一勝而相如族[10]，再勝而璧終入秦矣。吾故曰：「藺相如之獲全於璧也，天也！」

若其勁澠池[11]，柔廉頗[12]，則愈出而愈妙於用。所以能完趙者，天固曲全之哉！

【注釋】

[1]王世貞（一五二六——一五九〇）：字元美，號鳳洲，又號弇州山人，太倉（今江蘇太倉縣）人，明嘉靖進士，官至刑部尚書。早年與李攀龍同爲「後七子」領袖，倡導復古摹擬，主張「文必秦漢，詩必盛唐」，所作詩文過分藻飾。晚年主張稍有改變。著有《弇州山人四部稿》等。[2]藺相如之完璧：藺相如，戰國時趙國大臣。趙惠文王得到一塊和氏璧，秦昭王要用十五城換璧。當時秦強趙弱，趙王怕給了璧得不到城，藺相如自願奉璧前往。他到秦國後見秦王無意償城，就叫隨從化裝從小路逃回趙，將璧送回。[3]情：實情。指秦國確實只是想得到和氏璧。[4]曲直：理虧、理直。[5]設九賓：古代舉行朝會大典用的極隆重的禮節。九賓，九個迎賓贊禮的官吏。齋：齋戒：古人祭祀前沐浴更衣，不飲酒不吃葷，以示誠敬。[6]草芥：比喻輕賤。芥，一種小草，引申以指輕微纖細的事物。[7]舍人：左右親隨。這裏指隨行人員。[8]僇：通「戮」，殺戮。市：市朝，指人衆會集的地方。武安君：即白起，戰國時秦國名將。屢戰獲勝，奪得韓、魏、趙、楚的很多土地。秦昭王二十九年攻克楚郢都，因功封武安君。[9]邯鄲：戰國時趙國國都。故址在今河北邯鄲市。[10]族：滅族。刑及父母兄弟妻子。[11]勁澠池：公元前二七九年，秦王約趙王相會於澠池。宴會上秦王請趙王鼓瑟以侮趙王，藺相如就以刺殺相威脅，要秦王爲趙王擊缶，秦王只得同意。勁：强，有頑强堅決之意。澠池：在今河南澠池縣境，當時屬韓國。[12]柔廉頗：柔，安撫，這裏有忍讓、團結之意。廉頗，趙國大將。藺相如冠璧歸趙，又在澠池會上立功，被趙王拜爲上卿，位在廉頗上。廉頗不服，欲侮相如，相如以國家利益爲重，總是躲避他。後廉頗受到感動，負荊請罪，兩人成刎頸之交。

【譯文】

藺相如保全和氏璧，人們都稱讚他，我卻不敢認爲這是對的。

秦用十五座城的空名，欺騙趙國並且威逼著要它的和氏璧，這時說要得到玉璧是眞實的意圖，並不是想打趙國的主意。趙如果了解秦的眞實意圖就不給它，不了解它的眞實意圖就給他；了解它的眞實意圖卻怕它就給，了解秦的眞實意圖但不怕它就不給，這只要兩句話就解決了，爲什麼既怕他又要挑起他的怒氣呢？

況且秦王想要玉璧，趙王不給玉璧，雙方都沒有什麼理曲、理直可說。玉璧送到了秦國，秦王卻不給城，理方在秦國；秦拿出了城而玉璧送回去了，理虧在趙國。要想讓秦國理虧，就不如不要玉璧，怕放棄玉璧，就不如不給。秦王既然已經察按地圖來給城，又設置了九賓的大禮，齋戒沐浴來接受和氏璧，那形勢是不會不給城的。如果秦王收了和氏璧，卻不給城，相如就可以上前去請求說：「我本來就知道大王是不會給城的。和氏璧不就是趙國的一塊璧麼？那十五座城卻是秦國的寶貝。現在如果大王因爲玉璧的原因失去了這十五座城，十五座城的子弟，都會深深怨恨大王，因爲大王拋棄他們就像拋棄小草一樣。如果不給城而騙取趙王的璧，因爲一塊玉璧而失信於天下，那麼我就請求死在秦國，從而揭露大王不守信用。」這樣，秦王不一定不退還玉璧。現在爲什麼卻派隨從懷揣著玉璧逃回去，而讓秦國得理呢？這時秦國還不想和趙國斷絕關係罷了。假如秦王發了怒，把相如殺死在市朝上，派武安君帶領十萬大軍逼近邯鄲，叫趙王交出玉璧，責罵趙王失信，那麼，秦國打一次勝仗相如就會滅族，再打一次勝仗和氏璧就會落入秦國。所以我說：「藺相如能夠保全那塊玉璧，這是天意啊！」

至於他在澠池會上那樣頑強堅決，對廉頗那樣忍讓團結，那是他方法越來越多，運用這些方法又越來越巧妙。他所以能保護趙國，是上天在曲意成全他啊！

徐文長傳

袁宏道[1]

【題解】

徐文長是明代一個多才多藝的文學家，在詩文、戲曲、書法、繪畫等方面都有一定的成就和影響。他性格狂傲，憤世疾俗，政治上很不得意。本文對他的生平、遭遇和文藝上的成就，作了扼要、明快的敘述與評價，充滿了作者的敬仰和同情。作者最後用「無之而不奇，斯無之而不奇」概括徐文長，是比較恰當的。

徐渭，字文長，爲山陰諸生[2]，聲名籍盛[3]，薛公蕙校越時[4]，奇其才，有國士之目[5]。然數奇[6]，屢試輒蹶[7]。中丞胡公宗憲聞之[8]，客諸幕[9]。文長每見，則葛衣烏巾[10]，縱談天下事，胡公大喜。是時，公督數邊兵[11]，威鎮東南，介冑之士，膝語蛇行[12]，不敢舉頭；而文長以部下一諸生傲之，議者方之劉眞長、杜少陵云[13]。會得白鹿，屬文長作表[14]。表上，永陵喜[15]。公以是益奇之，一切疏計[16]，皆出其手。文長自負才略，好奇計，談兵多中，視一世士無可當意者，然竟不偶[17]。

【注釋】

[1]袁宏道（一五六八——一六一〇）：字中郎，號石公，公安（今湖北公安縣）人。萬曆二十年進士，曾任吳縣知縣，官至吏部郎中。與其兄宗道、弟中道都是晚明反復古主義運動的「公安派」代表人物，時稱「三

袁」。他們力矯前、後七子「文必秦漢，詩必盛唐」的流弊，主張文學作品要「獨抒性靈，不拘格套」。其作品語言清新明快，著有《袁中郎集》。[2]山陰：今浙江紹興縣。諸生：明代凡經過本省各級考試取入府、州、縣學的，通稱諸生或生員，俗稱秀才。[3]籍甚：《漢書．陸賈傳》王先謙補注：「言聲名得所籍而益盛也。甚與盛意同。」[4]薛蕙：字君采，亳州人。明正德進士，官至吏部考功司郎中，學者稱四原先生。校越：主管越中考試。越：今浙江省。[5]國士：舊稱一國中傑出的人物爲「國士」。目：看待，對待。[6]數奇：命運不好。[7]蹶：失敗。[8]中丞胡公宗憲：浙江巡撫胡宗憲。中丞，官名，指副都御史。明代常以副都御史或僉都御史任巡撫，故稱巡撫爲中丞。[9]客諸幕：客，做幕賓，即任參謀、秘書之類，職務。諸，即「之於」合音。幕，幕府。本指將帥在外的營帳，因軍隊無固定住所，在營帳中處理公務，故幕府即將帥的衙署。[10]葛衣烏巾：古時隱士或平民的穿戴。徐文長這樣穿戴，是表示不做胡的屬吏。[11]公督數邊兵：嘉靖三十二年，因爲倭寇猖獗，朝廷議設總督大臣，總督江南、江北、浙江、山東、福建、湖廣諸君。胡宗憲繼張經、周琉、楊宜之後任總督，故說「督數邊兵」。[12]介冑：即「甲冑」，披甲戴盔。介，甲；冑，頭盔。膝語蛇行：跪著講話，匍匐前進，形容十分畏懼。[13]劉眞長：名惔，東晉人。簡文帝爲相，與王濛同爲談客，待以上賓禮。少陵：唐代詩人杜甫，曾在詩中自稱少陵野老。嚴武再鎭江南，表甫爲參謀，武以世舊，待甫甚善，親至其家。甫見之或時不巾。方：比。這兩個人皆爲幕僚，皆不屈於勢位，故以相比。[14]表：古代奏章的一種。[15]永陵：明世宗之陵。宋、元、明人皆以陵名稱已故的皇帝。[16]疏計：公文，奏章。計，同「記」。[17]不偶：不遇時。

文長既已不得志於有司[1]，遂乃放浪麴糵[2]，恣情山水，走齊、魯、燕、趙之地，窮覽朔漠[3]，其所見山奔海立，沙起雲行，雨鳴樹偃[4]，幽谷大都，人物魚鳥，一切可驚可愕之狀，一一皆達之於詩。其胸中又有勃然不可磨滅之氣[5]，英雄失路[6]、託足無門之悲，故其爲詩，如嗔，如笑，如水鳴峽，如種出土，如寡婦之夜哭，羈人之寒起。雖其體格時有卑者[7]，然匠心獨出，有王者氣[8]，非彼巾幗而事人者所敢望也[9]。文有卓識，氣沉而法嚴，不以模擬損才，不以議論傷格，韓、曾之流亞也⑩。文長既雅不與時調合⑪，當時所謂騷壇主盟者⑫，文長皆叱而奴之，故其名不出於越。悲夫！

喜作書，筆意奔放如其詩，蒼勁中姿媚躍出，歐陽公所謂「妖韶女，老自有餘態」者也⑬。間以其餘，旁溢為花鳥⑭，皆超逸有致。

【注釋】①不得志於有司：指多次參加鄉試不中。有司，古代設官分職，各有所司，所以稱官吏為有司。這裏指主持鄉試的官吏。②麴蘗：酒。《禮記·月令》：「乃命大酋，秫稻必齊，麴蘗必時。」注云：「古時穫稻而漬米曲，至春而為酒。」因此稱酒為麴蘗。③朔漠：北方的沙漠地帶。④山奔海立，沙起雲行，風鳴樹偃：崇禎刻本《鍾伯敬增定袁中郎全集》為「山崩海立，沙起雲行，風鳴樹偃」。⑤勃然：奮發的樣子。⑥失路：不得志。⑦體格：體裁格調。體裁，文風詞藻；格調，風格。⑧王者氣：自成一家的高昂氣派。⑨巾幗：古代婦女的頭巾和髮飾，後來作為婦女的代稱。⑩韓、曾之流亞：韓愈、曾鞏一流的人。流亞：同一類人物。⑪雅：素常，向來。⑫騷壇：文壇，詩壇。⑬「歐陽公」句：歐陽修《文谷夜行寄子美聖俞》稱梅聖俞詩「譬如妖韶女，老自有餘態。」妖韶：艷麗美好。⑭花鳥：指花鳥畫。

卒以疑殺其繼室①，下獄論死。張太史元忭力解②，乃得出。晚年憤益深，佯狂益甚③，顯者至門，或拒不納，時攜錢至酒肆④，呼下隸與飲⑤；或自持斧擊破其頭，血流被面，頭骨皆折，揉之有聲；或以利錐錐其兩耳，深入寸餘，竟不得死。周望言⑥：晚歲詩文益奇，無刻本，集藏於家。余同年⑦有官越者，托以鈔錄，今未至。余所見者，《徐文長集》、《闕編》⑧二種而已。然文長竟以不得志於時，抱憤而卒。

【注釋】

①繼室：後妻。②張太史元忭：字子藎，別號陽和，山陰（今浙江紹興）人。明穆宗隆慶年間進士，官至翰林侍讀。太史：史官名。後來修史之事歸於翰林院，因此翰林也稱太史。③佯狂：假裝瘋癲。徐文長晚年時，胡宗憲被下獄死，他怕受牽連，假裝瘋癲，後來卻眞的發狂。④酒肆：酒店。⑤下隸：地位低下的人。⑥周望：陶望齡，字周望。號石簣，會稽人，萬曆十七年廷試第三名，授編修。袁宏道的朋友。⑦同年：科舉制度中稱同科考中的人爲同年。⑧闕編：殘缺不全的書。這裏作爲書名。闕，同「缺」。

石公曰①：先生數奇不已，遂爲狂疾；狂疾不已，遂爲囹圄②。古今文人，牢騷困苦未有若先生者也。雖然，胡公間世豪傑，永陵英主；幕中禮數異等③，是胡公知有先生矣；表上④，人主悅，是人主知有先生矣。獨身未貴耳。先生詩文崛起⑤，一掃近代蕪穢之習，百世而下，自有定論。胡爲不遇哉！梅客生嘗寄予書曰⑥：「文長吾老友，病奇於人，人奇於詩」。余謂文長，無之而不奇者也，無之而不奇，斯無之而不奇也⑦。悲夫！

【注釋】

①石公：袁宏道的別號。②囹圄：亦作「囹圉」，牢獄。③禮數異等：胡宗憲聘文長時，文長再三推辭，最後提出要保持賓客身份，不以下屬官吏相待，胡宗憲答應了。故在胡幕中，文長始終受特殊優待。④表：指前面說過的《獻白鹿表》。⑤崛起：突出。⑥梅客生：名國禎，麻城人，萬曆進士，官至兵部右侍郎。⑦無之而不奇，斯無之而不奇也：前一個「奇」是奇特的奇，後一個「奇」是數奇的奇。

【譯文】

徐渭，字文長，是山陰縣的秀才，名聲很大。薛先生薛蕙主持浙江考試時，對他的才學非常讚賞，把他當國士看待。但是他命運不好，多次參加鄉試都失敗了。浙江巡撫胡宗憲聽到他的名聲，請他到幕府做幕賓。文長每次進見的時候，都穿著葛布衣服，戴著黑色頭巾，高談闊論天下的事。胡公很高興。這個時候，胡公統率著幾個邊境地區的軍隊，威名鎮懾東南各省，披盔戴甲的將士，跪著對他說話，匍匐在他面前爬行，不敢抬頭，文長卻以他部下一個秀才的身份高傲地對待他，議論的人把他比作劉惔和杜甫。恰巧胡宗憲得到一頭白鹿，囑咐文長寫一篇奏表；奏表呈送上去後，世宗皇帝看了很高興。胡公因此更加看重他，一切公文奏章，都出自他的手筆。文長自己覺得有雄才大略，喜歡提出出人意料的計謀，談論軍事大多中肯，在他看來，世上的事沒有可以滿意的，但是他最終沒能遇到能重用他的人。

文長既然不能在科舉上得志，就拚命地喝酒，任意遊山玩水，跑遍了山東河北一帶，一直遊歷到北方沙漠地帶。他所看見的山峯連綿、大海翻騰、沙石飛揚、烏雲滾滾、暴雨傾盆、樹木捲起、幽深的山谷、繁華的都市、各色人物、蟲魚鳥獸，一切可驚可怕的形狀，全都表達到詩歌中。他胸中又有蓬蓬勃勃不可磨滅的壯志，英雄不得志、無處立足的悲憤，所以他寫的詩，像憤怒，像嬉笑，像急流在峽谷中轟鳴，像種子在泥土中萌發，像寡婦在夜晚淒惋地哭泣，像飄泊他鄉的遊子在寒夜起程。雖然詩的體裁格調有時也有卑下的，但是構思巧妙有創造性，具有宏大莊嚴的氣魄，不是那些奴顏婢膝、逢迎別人的文人所敢比擬的。他的文章有卓越的見識，氣勢沈著章法謹嚴，不用模仿別人損害自己的才情，不用空洞的議論傷害自己的格調，眞是韓愈、曾鞏一類的人物。文長的文章既然和當時盛行的文風不一致，當時所謂的文壇領袖，文長都叱責、怒罵他們，因而他的名聲不能傳出浙江，可悲啊！

文長喜歡寫字，筆意奔放像他的詩，蒼老剛勁中顯露出柔媚的姿態，正像歐陽公說的「好像美麗的姑娘，即使老了，也還保存著往日的風姿」。間或他用多餘的精力畫些花鳥，都高雅清逸，別有風格。

後來因爲疑心，他殺死了後妻，被關進監獄定了死罪。翰林張元忭竭力解救，才能被放出來。晚年時候他憤恨更深了，假裝瘋癲越發厲害。大官上門來訪問，有時不讓進來；經常帶了錢到酒店中，叫一些地位低賤的人和他喝酒。有時自己拿起斧子砍破自己的頭顱，血流滿臉，頭骨都斷了，揉著會發出響聲，有時用鋒利的錐子錐自己的兩耳，錐進去寸多深，竟沒有死。陶周望說：他晚年的詩文更加奇特，沒有刻印本，底稿都藏在家裏。和我同科登榜的有一個在浙江做官，我托他去抄錄，現在還沒抄來。我所看到的，只有《徐文長集》和《闕編》兩種。而文長終究因爲不能在當時得志，懷恨去世了。

袁石公說：先生總是命運不好，就成了瘋癲，長期瘋癲，就成了囚犯。從古到今的文人，受委屈遭磨折沒有像先生這樣厲害的。雖然這樣，但是胡公是隔幾世才出現的英雄，世宗是英明的皇帝；在幕府中受到特殊優待，這是胡公知道有先生了；奏表呈上去，世宗高興，這是世宗知道有先生了。只不過自己沒有顯貴罷了。先生的詩、文突出，完全掃除了近代文壇荒蕪汚穢的積習，百代以後，自有公正的評價。怎麼是不曾遇到知己呢？梅客生曾經寄信給我說：「文長是我的老朋友，他的病比他的人奇特，他的人比他的詩還奇特。」我認爲文長無論什麼沒有一樣不是奇特的。沒有一樣不是奇特的，所以沒有一個地方他不倒霉啊！讓人心痛啊！

五人墓碑記[1]

張溥[2]

【題解】

這篇碑記敘述明天啓七年蘇州市民抗暴事件，歌頌了蘇州市民不畏強暴、不怕犧牲，敢於向惡勢力抗爭的精神，表達了對「激於義而死」的五人的敬仰和悼念。文章夾敘夾議，運用了多種對比，突出了五人死得有價值。

五人者，蓋當蓼周公之被逮[3]，激於義而死焉者也。至於今，郡之賢士大夫[4]請於當道[5]，即除魏閹廢祠之址以葬之[6]，且立石於其墓之門，以旌其所爲[7]。嗚呼，亦盛矣哉！

夫五人之死，去今之墓而葬焉，其爲時止十有一月耳。夫十有一月之中，凡富貴之子，慷慨得志之徒，其疾病而死，死而湮沒不足道者[8]，亦已衆矣，況草野之無聞者歟[9]！獨五人之皦皦[10]，何也？

【注釋】

[1]明天啓年間，宦官魏忠賢專權，大肆搜捕反對他們的東林黨人。東林黨人魏大中被捕，過蘇州時，周順昌曾招待他，因此周順昌亦被捕。周被捕時蘇州市民數萬自動集會，包圍捕人的官吏差役，打死一人，傷多人。事後魏黨逮捕了顏佩書等五人，誣以暴亂，處死。[2]張溥，（一六〇二——一六四一）：字天如，太倉（今江蘇太倉縣）人。崇禎四年進士，「復社」的發起人之一。著有《七錄齋詩文合集》、輯有《漢魏六朝百三十名家集》。[3]蓼洲周公：周順昌，號蓼洲。吳縣（今江蘇吳縣）人。明熹宗時任吏部主事、文選員外郎，後辭職回家。爲人

剛直，曾當衆斥責魏忠賢及其黨羽奸邪誤國，深爲魏黨忌恨。被捕後受盡酷刑，死於獄中。④郡：指蘇州。⑤當道：執掌政權的人，官府。⑥除：清除。魏閹廢祠：魏閹，因魏忠賢是太監，故貶稱魏閹。魏當權時，其黨羽在全國各地爲其建立生祠。這裏所說廢祠，是蘇州城內毛一鷺爲魏建的「普惠祠」。⑦旌：表彰。⑧湮沒：埋沒。⑨草野：原指鄉野，此處指民間。⑩皦皦：同「皎皎」，光明。

予猶記周公之被逮，在丁卯三月之望①。吾社之行爲士先者②，爲之聲義③，斂資財以送其行④，哭聲震動天地。緹騎按劍而前⑤，問：「誰爲哀者？」衆不能堪，抶而仆之⑥。是時以大中丞撫吳者⑦，爲魏之私人。周公之逮所由使也。吳之民方痛心焉，於是乘其厲聲以呵，則譟而相逐。中丞匿於溷藩以免⑧。既而以吳民之亂請於朝，按誅五人⑨，曰顏佩韋、楊念如、馬杰、沈揚、周文元，即今之傫然在墓者也⑩。

【注釋】

①丁卯：明熹宗天啓七年（一六二七）。《明史》作天啓六年丙寅。張溥作此文時距周順昌被逮時間較短，應當比史書可靠。三月之望：三月十五日。陰曆每月十五日叫「望」。②吾社：指作者和郡中名士所倡建的「復社」。③聲義：伸張正義。④斂：募集。⑤緹騎：本指古代貴官的侍從，比處指明代專事偵查、逮捕人犯的差役。⑥抶：擊。仆：倒下。⑦大中丞：指巡撫毛一鷺。中丞爲漢御史台的長官。明代制度，以副都御史或僉都御史放到外省任巡撫，故稱巡撫爲中丞。吳，今江蘇省一帶，當時治所在蘇州。⑧溷藩：廁所。⑨按：追究。⑩傫然：聚集的樣子。

然五人之當刑也，意氣揚揚①，呼中丞之名而詈之②，談笑以死。斷頭置城上，顏色不少變。有賢士大夫發五十金，買五人之脰而函之③，卒與屍合。故今之墓中，全乎爲五人也。

嗟夫！大閹之亂，縉紳而能不易其志者[4]，四海之內，有幾人歟？而五人生於編伍之間[5]，素不聞詩書之訓[6]，激昂大義，蹈死不顧，亦曷故哉[7]？且矯詔紛出[8]，鉤黨之捕[9]，遍於天下，卒以吾郡之發憤一擊，不敢復有株治[10]。大閹亦逡巡畏義[11]，非常之謀難以猝發[12]，待聖人之出[13]，而投繯道路，不可謂非五人之力也。

【注釋】

[1]揚揚：昂然自若的樣子。[2]詈：罵。[3]脰：通「頭」。函：用木匣盛。[4]縉紳：也叫「搢紳」，古代做官的人常把笏板插在腰帶裏，所以稱做官的人爲「縉紳」。縉：插；紳，大帶。[5]編伍：民間。古時編制戶口，以五人或五家爲一「伍」。[6]詩書：《詩經》和《書經》。這裏泛指一切經書。訓：教育。[7]曷：同「何」。[8]矯詔：假托皇帝名義僞造的詔書。[9]鉤黨：牽引爲同黨。鉤，牽引，牽連。[10]株治：牽連治罪。[11]逡巡：猶豫不決。[12]非常之謀：指魏忠賢企圖篡奪帝位的陰謀。猝：突然。[13]聖人：封建時代對帝王的尊稱。這裏指崇禎皇帝。投繯：自縊。崇禎即位後，根據錢嘉征所奏魏忠賢的十大罪狀，將魏放逐到鳳陽，不久復召還，魏乃自縊於阜城驛。

由是觀之，則今之高爵顯位，一旦抵罪[1]，或脫身以逃，不能容於遠近，而又有剪髮杜門[2]，佯狂不知所之者[3]，其辱人賤行[4]，視五人之死[5]，輕重固何如哉？是以蓼洲周公，忠義暴於朝廷[6]，贈諡美顯[7]，榮於身後；而五人亦得以加其土封[8]，列其姓名於大堤之上[9]，凡四方之士，無有不過而拜且泣者，斯固百世之遇也。不然，令五人者保其首領[10]，以老於戶牖之下[11]，則盡其天年，人皆得以隸使之，安能屈豪傑之流[12]，扼腕墓道[13]，發其志士之悲哉？故予與同社諸君子，哀斯墓之徒有其石也，而爲之記。亦以明死生之大，匹夫之有重於社稷也。

賢士大夫者，冏卿因之吳公⑭，太史文起文公⑮，孟長姚公也。

【注釋】

①抵罪：犯罪應受懲治。②剪髮杜門：剪髮爲僧、閉門不出。③佯狂：裝瘋。之：往。④辱人賤行：可恥的人格，卑賤的行爲。⑤視：比較。⑥暴：顯露。⑦贈諡美顯：指崇禎贈給周順昌「忠介」的諡號。美顯：美好而光榮。⑧加其土封：增修他們的墳墓。土封：指墳墓。⑨列：刻。大堤：指吳縣虎丘前蘇州河上的大堤。⑩首領：腦袋。⑪戶牖：門窗。這裏指家。⑫屈：使……拜服。⑬扼腕：用一隻手握住另一隻手腕，形容感情激動。墓道：墓前。⑭冏卿因之吳公：指太仆卿吳默（字因之）。周穆王立伯冏爲太仆正，所以後人用「冏卿」稱太仆卿。⑮太史文起文公：指翰林院修撰文震孟（字文起）。太史：史官。明、清兩代修史的事由翰林擔任，所以又稱翰林院修撰爲「太史」。

【譯文】

這五個人，是在周蓼洲先生被捕的時候，激於義憤而死的。到現在，蘇州一些賢明的士紳向當局請求，清除已被廢除的魏閹的生祠來安葬他們，並且立了一塊石碑在他們的墓門前，用以表彰他們的行爲。唉！這也眞是隆重啊！

從這五個人犧牲，到現在修墓安葬他們，時間不過是十一個月罷了。在這十一個月裏，那些富貴人家的子弟，快意得志的人物，他們得病死去，死了就埋沒不值得提起的，也太多了，何況鄉間默默無聞的人呢！只有他們聲名顯耀，這是爲什麼呢？

我還記得周先生被逮捕，是在天啓七年三月十五日。我們復社裡那些行爲可以做讀書人榜樣的人，爲他伸張正義，募集財物給他送行，哭聲驚天動地。前來抓人的緹騎手握寶劍跑上前來責問：「哪些人很傷心？」大家再也不能忍受了，把他們打倒在地下。這時以大中丞職銜做江蘇巡撫的，是魏忠賢的黨羽，周先生的被捕就是他指使的。蘇州的人正對他恨之入骨，於是就趁他大聲呵責時，哄鬧起來追趕他。這位大中丞躲在廁所裏才逃脫。後來就用蘇州百姓暴亂的罪名向朝廷請示，追究這件事，殺了五個人。他們是：顏佩韋、楊念如、馬杰、沈揚、周文元。就是現在合葬在這墓裏的。

但是這五個人臨刑的時候，昂然自若，叫著中丞的名字痛罵他，談笑著去死。他們砍下來的頭掛在城上，臉色一點沒有改變。有賢明的士紳拿出五十兩銀子，買下這五個人的頭用木匣裝起來，終於和他們的屍體合在一起。因而現在墓裏，是五個人的全身。

唉！魏忠賢當權作亂時，做官的能不改變自己的志節的，天下這麼大，有幾個人呢？可是這五個人出身平民，從來沒有聽過經書上的教訓，卻能被正義激發，冒著生命危險毫不顧惜，這又是什麼原因呢？並且，當時僞造的詔書紛紛傳出，全國到處都搜捕和東林黨人有牽連的人，終於因爲我們蘇州這一次奮起反抗，他們不敢再株連治罪。魏忠賢也因爲害怕正義力量而遲疑不決，篡奪帝位的陰謀難以突然發起，等到當今皇帝即位，他就吊死在路上。這些不能說不是這五個人的功勞。

由這樣看來，現在那些做大官、居高位的人，一旦要治罪了，有的脫身逃跑，遠近都不能容身，又有的削髮爲僧，閉門不出，假裝瘋癲，不知躲到哪裏去了，他們的可恥的卑賤的行爲，比起這五個人的死來，輕重到底如何呢？因此，周蓼洲先生的忠誠義節顯露在朝廷上，皇帝賜給他美好光榮的謚號，在死後得到榮耀。這五個人因而也能夠修建起大墳，把他們的姓名刻在大堤上，所有南來北往的人，沒有不經過墓前就跪拜而且哭泣的。這眞是百世難逢的事情啊。否則，假使這五人保全他們的頭顱，老死在家中，活到他們的生命結束，人人都能把他們當作僕人使喚，又怎麼能使那些豪傑們拜服，在他們墓前激動地握住手腕，發抒他們有識之士的悲憤之情呢？所以我和同社的各位先生，可惜這座墓只有一塊空白的石碑，就爲他們寫了這篇碑記，也用它來說明生死的重大意義，百姓也能對國家安危起重大作用。

賢明的士紳是：太僕卿吳因之先生，翰林院撰文公文起先生和姚孟長先生。

好書推薦

用中文說日語遊日本

李萍　　$ 250

總鋪師古早味

張錦枝 . 葉清祥 . 馬克魯
$ 250

狗狗教養百科

羅小衛　　$ 250

貓咪教養百科

羅小衛　　$ 250

好書推薦

最新彩色成語辭典

張嘉文　　$ 350

最新俗諺語智慧精華（閩南版）

王永興　　$ 250

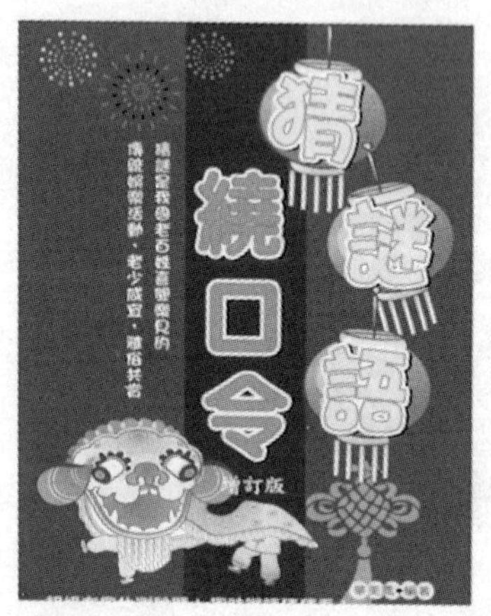

猜謎語 - 繞口令
增訂版

華美鳳　　$ 200

速習漢字訣

江澄格　　$ 250

好書推薦

姓名密碼

張晉慊　著　　　　$ 250

文字姓名學，要將它推薦到世間的原因，是因為它好用又人人能懂。學會文字姓名學幾乎可以「望名生義」，從名字裡得知一個人的個性，讀者如果能好好運用，相信可以為人生帶來很多助力。

皇帝內經與運氣推算

張晉慊　著　　　　$ 250

黃帝內經不是一本單純談論醫學的專門著作，它結合了陰陽和五行理論的學説，將其應用於疾病成因方面，讓陰陽五行學説靈活起來，影響人們的日常生活至今。

風水開運運自己來

龍琳居士　著　　　　$ 280

一本教你打造好風水的開運習。完全圖解風水地理分析佈置祕訣。精選最有幫助的案例，並透過淺顯易懂涵蓋天機祕訣的用字遣詞來説明。

MEMO

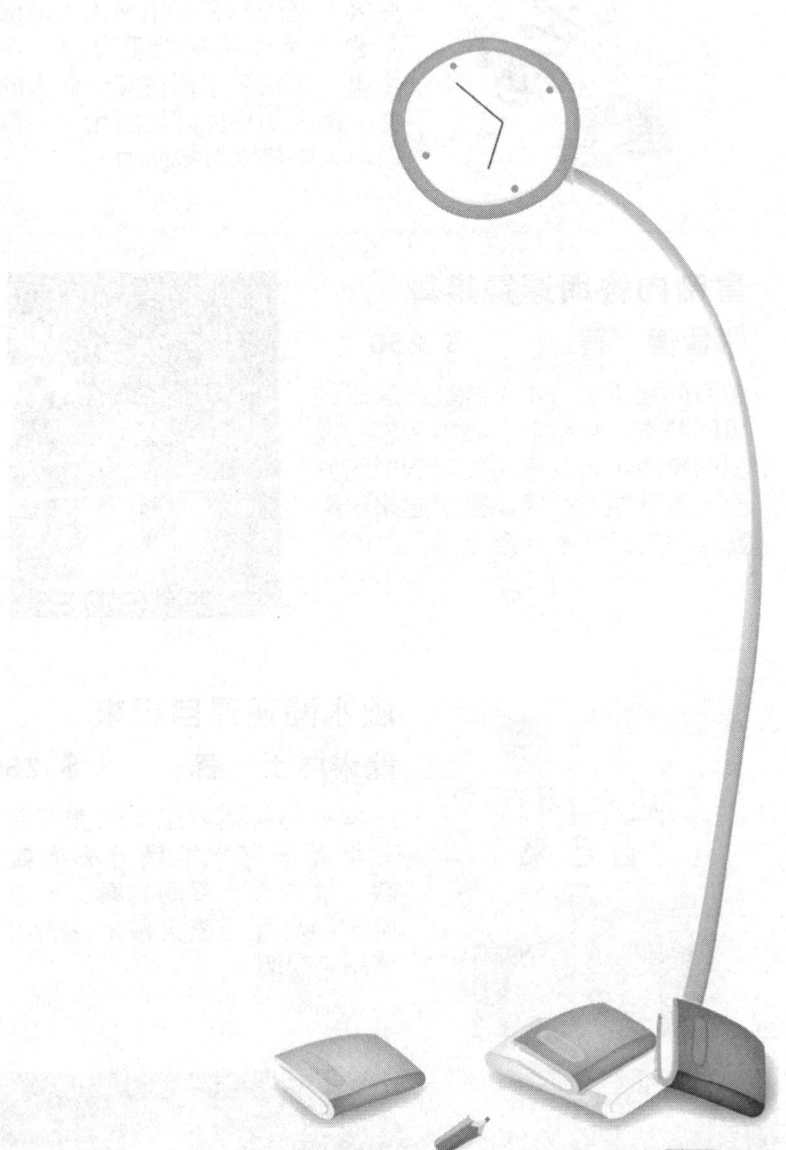

國家圖書館出版品預行編目資料

古 文 觀 止／遲嘯川／謝哲夫／著
初版.- - 新北市：俊嘉文化. 2013〔民102〕
面 ： 公分.-
ISBN:978-986-6080-54-8 （平裝）
1. 中國古藉大觀
835 101026313

古 文 觀 止

初版一刷／2013年1月
I S B N／978-986-6080-54-8
作 者／遲嘯川／謝哲夫
封面設計／SWALO 視覺設計中心
出 版 者／俊嘉文化事業有限公司
地 址／(235) 新北市中和區永和路333巷21號6樓
電 話／(02)2226-7906
傳 真／(02)2226-2839
劃撥戶名／俊昇印製廠有限公司
劃撥帳號／50002931
總 經 銷／朝日文化事業有限公司
地 址／新北市中和區橋安街15巷1號7樓
電 話／02-2249-7714
製 版／俊昇印製廠有限公司
封面印刷／和楹彩色印刷有限公司
定 價 ／220元
本書資料／漢湘文化事業有限公司提供

後記

俊嘉